■ 綦江优秀传统文化传承发展工程

■ 綦江文化遗产保护利用项目

■ 綦江老故事丛书

U0855238

綦江老故事

历史卷

总编◎胡梅　　主编◎熊勇

华龄出版社
HUALING PRESS

图书在版编目（CIP）数据

綦江老故事 / 胡梅总编；熊勇主编. -- 北京：华龄出版社, 2023.5

ISBN 978-7-5169-2523-2

Ⅰ. ①綦… Ⅱ. ①胡… ②熊… Ⅲ. ①民间故事－作品集－綦江区 Ⅳ. ①I277.3

中国国家版本馆CIP数据核字(2023)第070596号

策划编辑	熊　勇	**责任印制**	李未圻
责任编辑	李梦娇	**装帧设计**	龙承文化

书　名	綦江老故事	**作　者**	胡梅总编；熊勇主编
出版发行	华龄出版社 HUALING PRESS		
社　址	北京市东城区安定门外大街甲 57 号	**邮　编**	100011
发　行	（010）58122255	**传　真**	（010）84049572
承　印	河北浩润印刷有限公司		
版　次	2023年9月第1版	**印　次**	2023年9月第1次印刷
规　格	787mm×1092mm	**开　本**	1/16
印　张	41. 75	**字　数**	500千字
书　号	ISBN 978-7-5169-2523-2		
定　价	168.00元（全三册）		

序

整理綦江老故事　讲好綦江新故事

习近平总书记指出：要立足中国大地，讲好中国故事，塑造更多为世界所认知的中华文化形象。

“观今宜鉴古，无古不成今。”整理綦江老故事，有助于讲好綦江新故事。经过两年多的努力，我们成功实施了“綦江文化遗产系列丛书——綦江老故事”整理工程，成效显著。綦江老故事分为历史卷、民间卷、地名卷。历史卷以《道光綦江县志》《四川綦江县续志》为渊源，生动展现了綦江境内数千年历史进程中的重要人物和事件。民间卷尽其可能搜集整理了民国成立以前人们口口相传、代代相袭的綦江神话、传说、俚俗生活故事。为了展示綦江地名蕴含的丰富历史文化密码，我们将色彩斑斓的地名故事单列，形成地名卷。

綦江老故事内容丰富、篇目众多、洋洋大观，是打开非遗綦江、文史綦江的钥匙。她展示着綦江丰富的历史文化，是研究綦江的口述史，保存着大量可供历史学、语言学、民族性、宗教学、民俗学、文化人类学等研究的珍贵资料。她至今慰藉着这里的人民，发挥着娱乐解乏、传知启智、成风化人等重要作用。她还是綦江文化艺术发展永恒的母题和创作沃土，滋养着一代又一代作家、艺术家找到新的灵感和创作的动力。

瀛山雄峙千年秀，綦河奔腾激新声。新的时代，勤劳智慧的綦江儿女，为建成重庆重要红色文化高地、文化强区和知名康养休闲目的不懈努力，正讲述着“多彩綦江·创新之城”新的传奇故事。

是为序。

2023 年 6 月于綦江

前　言

(一)

綦江民间故事，是指流传在綦江境内，由綦江人民群众用綦江方言讲述的神话、传说、故事、笑话及寓言等形式的民间口头文学的统称。

在綦江大地，讲故事叫摆龙门阵、吹牛、日白、冲壳子、打广子、款天等名称。本书所指的老故事，是指流传在綦江的民国以前的故事。白旭旻《中国民间文学2.0论纲——以新故事和多源故事为表象的故事文化现象》中将民间文学分为“口传”(传统民间文学)、“字传”（现代民间文学)、“屏传”(当代民间文学）三种形式。本书收录的即是口传形式的故事。至于近现代的故事，以后专门探讨。

綦江民间故事的产生和流传与本地的历史地理文化息息相关。綦江，江以綦名，区以江名，已有1400多年的州县建制史，600余年的正式命名綦江史。在漫长的历史进程中，綦江民间故事得以诞生和发展，形成它的集体性、口头性、变异性和传承性特征。它在茶馆酒馆说书人的神采里，在薅草打腰台的嬉戏处，在盐马古道背二哥、赶马人的谈兴中，在川黔大路驿站、幺店子的火塘前，在热天避暑歇凉的蒲扇上……

綦江地处渝黔、渝湘交通要冲，邻近西南重镇重庆府治所地，历来是兵家必争之地，《清道光綦江县志》载“天下无事则已，有事则黔蜀必变，黔蜀变则綦江必先被兵”。改朝换代，城头变幻大王旗，给帝王将相带来实惠，却给綦江人民带来无尽的灾难和战乱。特别是明末清初，綦江被张献忠部将、吴三桂余党等反复冲击，清代又经历石达开三次攻击县城，留下了关于明末农民起义军领袖张献忠、清代天平天国石达开众多历史故事和传说故事，炼就了綦江人藐视强暴、抵御浩劫的不屈不挠的胆识和性格。

綦江地处四川盆地东南边缘，以山地为主，属典型的丘陵地带，以致人民劳作修桥补路异常辛苦，人人称赞，善莫大焉，产生了许多的山地文化故事。境内大娄山山脉向北延伸，川东平行岭谷呈帚状山脉纵横，古剑山、老瀛山、牛心山等众山突兀，悬崖溶洞深谷瀑湖数不胜数，成为綦江地理标识，所以修道拜佛蔚然成风，佛陀、真人故事源远流长。区境内水系发达，长江一级支流綦江自南向北蜿蜒而过，大小溪流225条润泽众生，成为人民群众生产生活的重要组成部分，人民也讲述着母亲河的传说故事。

綦江一带，先秦时期是濮人、僰人的重要分布区域。《重庆通史》载：“南平僚一直到南宋中期才全部汉化，个别地区到清初还有土僚，后融入苗族。”再加上两次湖广填四川，客家人与綦江土著的融合，形成汉族聚居和多民族杂居及拉锯式融合，移民文化和少数民族文化成为綦江民间故事重要的底色。

綦江方言是属于北方方言区的西南次方言区。它的语音特点是声母、韵母和声

调保留古音较多，与重庆其他地区的语音以及普通话的语音都有较大区别。尤其是保留了古音当中的入声调，具有发音短促、口音较重、语音靠近口腔前部，音节粗犷有力的特点。綦江方言讲述故事，有着自己的口语节奏和韵味，增添了綦江民间故事的魅力。

（二）

綦江民间故事源远流长，在典籍文献中莹莹闪现。宋人王明清的笔记小说、宋人曾敏行《独醒杂志》有记载“毕斩赵谂”故事，说南平（綦江）人赵谂考中榜眼那年，状元为毕渐，由于印刷水平问题，渐字三点水模糊不清，所以最初快报出来被传为毕斩，连念前三名时，就成为“必斩赵谂”。后来赵谂谋反，兄弟被诛，徽宗为此改渝州为恭州，孝宗改年号“隆兴”为“乾道”。结合后事，真可谓“一语成谶”。这可能是现在搜录到的最早讲述綦江故事传说的记载。

綦江民间故事的官方搜集整理，最早见于《清道光綦江县志》卷之十“杂识”部分，收录了《补锅匠绉眉柑诗》《李豸山武人工诗》《尹县宰遇贼》《铁脚和尚》《城隍司北京救火城》《何老八义犬》《水驴》等21个故事。

民国时期，綦江诞生了《綦江日报》《正视报》《一一闻》《南强报》《白云报》《建国先锋》《鉴琴》等报刊，进步人士利用文艺副刊，发表短篇小说《黄桷树下》《逃》等有革命内容的诗歌、小说等文艺作品。我们推测报刊也应该有相关民间故事刊登和发表。由于资料缺乏，现在暂时未能发现这一时期收集的印证资料。

二十世纪80年代，綦江迎来民间故事搜集整理的高潮。原綦江县政协自1981年起到2011年，编印《綦江文史资料》18辑，收文400余篇，其中相关故事、掌故20余篇。1983年1月重庆市群众艺术馆编辑的《故事集锦》收录万邦荣《鱼腹印》、王志华《神仙脚板》两个綦江民间故事。万邦荣在《綦江县三江镇文化概况》写到:（三江）文化站创办的刊物《山溪》，每月一期，定期出版，每期约一万字……《山溪》还搜集编印了《民间故事》（计收入11篇）、《三江掌故》（计收入19篇）各一辑。

1984年4月，中国民间文艺研究会开始编撰《中国民间故事集成》等中国民间文学三套集成。綦江民间文学搜集整理工作，从1985年7月起，历时两年，收录民间故事1095个，计76万字。1991年由綦江县民间文学三套集成编辑委员会编印《中国民间故事集成·重庆市綦江县卷》，这是綦江第一本由政府组织大规模搜集整理民间故事的书籍。该书主编刘光全，执行编辑韩井泉。全书实际收录111篇，其中神话8篇、传说17篇、故事86篇。1997年选编的《中国民间故事集成·重庆卷》，收录綦江故事《双魂坡》《送礼》等。

进入2000年以后，为了配合旅游产业发展，一批文化工作者开始改编整理民间故事出版。2008年胡世博、杨飞著，宁夏少年儿童出版社出版《白云观传奇》，2014年陈昌建、胡世博主编、重庆出版社出版《黑山谷历史传说故事》，雪燃整理、团结出版社出版的《古剑山传说故事》，王兴骥等编、社会科学文献出版社出版《播州土司民间传说》收录有綦江人肖朝明整理的杨应龙传说4篇。

2013–2015年区政协主编、湖南地图出版社出版《綦江街镇历史文化丛书》共20册、300多万字，较为全面整理和改编了各街镇典型人物和地名故事。2021年

区委宣传部编，重庆出版社出版《綦江红色故事》，第一次系统性收录近代红色故事，共 46 个。

2019 年“东溪故事”列为第六批市级非遗代表性项目。2008 年“邓小伙系列传说”“白云观系列传说”列为第一批区级非遗代表性项目。2010、2018 年“扶欢民间文学”“东溪故事”分别列为第二、四批区级非遗代表性项目。

（三）

綦江民间故事类型较为丰富。其中神话故事收录较少，原因大致是搜集整理时，神话涉及信仰，杂糅封建迷信。估计是改革开放初期，搜集整理选编人员有所顾忌。类型主要有宇宙起源型，如《太阳和月亮》；五谷六畜来历型，如《大米的来历》《稻谷与毛稗》《小麦和荞子》《牛大哥下凡》。也有讲述神仙故事的《张果老和盘古王》。有专家认为该故事中盘古、张果老，不在一个神仙系统中，故事不严谨。但是老百姓讲述故事，大多是解乏、逗趣功效，讲究天马行空，也有张飞杀岳飞，杀得满天飞的故事流传，还有习俗形成型的《一天吃三顿饭的来历》等。这些都是先民认识世界、解释世界的一种表达方式。

綦江民间故事中的传说故事非常丰富，包括著名的历史人物传说，如诸葛亮、赵子龙、王羲之、孙思邈、吴道子、杜甫、张献忠、苏东坡、石达开等。也有外籍来綦的官吏、道士、和尚，如邓仁堃、慧宗和尚、王白云、杨太明等人。其中邓仁堃“邓小伙”的故事，数量最多，特点显著。邓仁堃在綦江是妇孺皆知的人物，在綦江历任县令中，知名度最高的。在正史中，记录了他在綦江短短五年做出的丰功伟绩，评价很高。但是民间传说中的“邓小伙”，却是一个到处破坏风水、跛扈显摆、贪婪欺君的人物。为什么正史和民间故事之间差异这么大？笔者认为应该是邓仁堃在綦江的作为，损害和触及部分土豪劣绅的利益。于是这些人挖空心思，巧编故事，泄愤污蔑，误导了舆论，进而一传十、十传百，歪曲了史实，玷污了贤能。部分故事机枢独具，刻画生动，十分传神。所幸，历史自有公论！贤能之功德终不至毁于扭曲之口舌。

传说故事也有本土綦江人的传说。有各级官员：赵高峰、南明“忠国公”王祥、吏部京官王永文、陈鐭陈洪猷父子、张华庭、杨材选等。有商人、武士，如麻乡约创建人陈洪义等。这些传说，十分精彩，流传甚广。还有一些民间的“歪人”传说，如罗正其、好汉郭宗、割肉救娘罗斌、朱宪、麻箩神刘国茂、黎天发等传说故事，十分生动曲折，是綦江式的机智人物“阿凡提”。

另外一类风物习俗传说，色彩斑斓，有艺术起源的故事，如《山歌的起源》《隶书的来历》《唢呐七孔的由来》《芦笙和芦笙舞的来历》等，有民族起源故事，如《汗转苗的来历》，有传统技艺起源故事，如《安酒的传说》《桥头上雕狮子的来历》《蜡染的传说》《木匠吊线为啥用一只眼》等，也反映风俗习惯的故事，如《打母猪鬼传说》《苗族超度竹卦传说》《围腰的来历》等等。这些传说故事有着浓厚的民族色彩和民间味道。

风物习俗传说中，最多的是地名传说，我们专门列为一册。地名传说解读着綦江的山水林田湖草沙等自然形态，解读着人文古迹。名字来历五花八门。最多是象形命名，如棋盘石、独石沱、马脑滩。也有美好期望命名的，如摸儿洞、金银洞、

梭米洞、天成庙、隆盛场。也有人物或故事命名的，如“翰林”岩洞、七仙庙、石老公石老婆、相思岩、扶欢场……

幻想故事展示着綦江先民对生活的热爱，对高尚道德情操的追求。其中动植物故事中，动物报恩故事有《山羊报恩》《虎大哥》，有经典的《熊家婆》故事，有宗教故事《孝子目莲过路》《范丹问佛》《王显遇仙》等，也有浪漫的鬼狐精怪爱情故事《双魂坡》《二百年的选择》，有“死鬼也要怕活鬼”的《廖大爷卖鬼》故事，也有对假丑恶的鞭挞故事《龟背花纹的由来》《城隍遭剐刑》，也有劳动人民逆天改命的故事《王小二添岁数》。

綦江生活故事种类繁多，真实体现了最底层民众的痛苦与快乐、愿望和祈盼，反映了民众豁达、幽默、敢于反抗的精神追求。有经典的蛇吞象类型《蛇吞相》《官路酒》，气死不告状类型《气死莫告状》，有吝啬鬼类型《老汉的心事》《圣贤愁》，“孙打婆”类型。从故事数量上来看，这三个类型的故事最多。第一类是文人、酸秀才类型的《吟扇诗》《秀才和退职官》《谢家女》等。第二类是呆女婿、傻儿子类型《吃鸡》《傻子相亲》《不要留起》等。第三类是整人、诈骗类型《贪口福要吃亏》《守茅厮》《何三爷上当》等。其他尚有还有长工、地主类型《俩大小》《聪明的庄稼汉》等，有媒婆类型《媒婆整人》，懒人类型《懒妇人》，宣传因果报应的故事《金瓜子》《摇钱树（狗耕田)》等，也有宝物故事《宝缸》《兄妹寻宝记》等，有恶母故事《大老爷发稀饭》，巧女、巧媳妇的故事《李才女的故事》《聪明的媳妇》等，这些故事，根植生活底层，充满烟火气，呈现世间百态，蔚为大观，是一本记录綦江历史文化和风俗人情的大书。

（四）

綦江民间故事很多尽管在文化交汇中融合和移植了其他地区的故事类型和思想内涵，但终究形成属于自己鲜明的风格。

綦江故事具有鲜明的地域性。一是民族融合色彩浓厚。綦江原住民不多，在历代的战争中，西南少数民族在此争夺领地和繁衍生息。到今天为止綦江区是重庆市杂散居少数民族分布的重点地区之一，是重庆市民族工作重点区。全区有苗、彝、回、满、壮、白、藏、侗、傣、蒙古、纳西、土家、布依、高山、仡佬等43个少数民族，总人口近万人，约占全区总人口的1%。綦江民间故事中都包含着丰富的历史文化信息，透露着僚人、苗族、彝族等多民族、多种族融合的信息。二是融合民间艺术能力巧妙。抑扬顿挫的口头语言配合着肢体语言以及脸部表情，在故事中有熟悉的俗谚，穿插一些当地的民谣或者歌谣，使讲故事变成了说唱故事。綦江故事与川剧、民间谚语、歌谣、民歌、楹联牌匾等多有融合，显示着綦江故事的独有内容和包容性。三是方言讲述特色显著。綦江方言，与重庆其他地区及普通话，语音方面的差异最大、最明显。綦江方言入声调，也使綦江方言具有古朴、粗犷、铿锵有力的特点。“嘎嘎、腩腩”等古入声调随处可见，“恁、爹、二天、麻粉粉、名堂、叫唤”等方言增加了故事的生动性和趣味性。

綦江故事内容的丰富性。一是奇妙的想象，构建奇异的世界。綦江人用綦江的山山水水为背景，依托存在的或不存在的人物，通过奇妙的想象，创造了一个个精彩的故事，或者是世外桃源，或者宇宙洪荒，或者万物有灵，让人身临其境，欲罢

不能。二是完整的讲述程式。綦江人讲述自己的故事，如何起头，如何铺排，如何煞角，都有程式和套路。綦江人喜欢开门见山，较多故事直接开场。綦江人不喜欢啰嗦，大多故事都短小，长篇故事较少。三是塑造了一系列艺术形象。天地万物皆有形象，塑造了张华庭等清官形象，石达开等豪迈豁达、平易近人农民起义领袖形象，王白云、杨太明憨态可掬、清修精进、充满情趣的师徒形象，罗正其、郭宗阳、刘国茂等人有胆有识、机智聪明的形象……让人过目不忘，深深陶醉，备受感染。

綦江故事传播的特殊性。綦江故事的本土传播，一般是冬季烤火传承、夏天歇凉传承、田间劳作歇气四季传承，也还有赶场茶馆传承、民俗节庆传承。一般是闲时相聚，口口相传。綦江故事的外来输入，主要是"生僚招慰""湖广填四川"移民人群的故事输入，也有川黔大路商贾往来的故事输入，加之綦江在古代战略上的险峻地位设置有南平军等机构，军旅官员也是故事输入的主要人群，当然也有一些讲经评书专业人员流落四处巡演，带来整本的文人故事，也是重要来源。

（五）

綦江民间故事是綦江传统生活的"活化石"，是地方史和民族史的重要载体，有着自己的功能和价值。

一是娱乐交际功能。故事的作用首先是娱乐、慰勉作用。恩格斯《德国的民间故事书》指出：民间故事书的使命是在一个农人晚间从辛苦的劳动中疲乏归来的时候，是他得到安慰，感到快乐，是他恢复精神，忘掉繁重的劳动，是他的石砾的田园变成馥郁的花园。这是民间故事特有的生活魅力，丰富着綦江先民的日常生活和精神世界。故事还有文学和视听艺术未有的交际功能，人们用讲故事这样的形式，增进了解，促进熟稔，增进友谊，认识更多的朋友。日本学者关敬吾在描写故事演述活动中的这种情形时说：随着故事情节的发展，不管它的主人公是人，是动物，是天狗，还是老山妖，故事里的主人公、讲故事的人和听众们能完全融为一体。人们沉浸在故事里，形成了一种精神集体。

二是传承教化功能。綦江民间故事发挥着道德教化、伦理约束、文化引领等方面的作用。首先，綦江民间故事是巴渝民间文化的重要组成部分，反映了当时社会的风貌、习俗、信仰等，具有历史和文化的价值，蕴含着历史学、语言学、民族性、宗教学、民俗学、文化人类学等人文和自然科学信息，通过故事，实现知识技能代际传递。通过故事，使人获得对自然、世界、人情世故基本的认知，让基本伦理、主流价值观得到传播，启迪人们获得更多的生活生产智慧。恩格斯《德国的民间故事书》指出：民间故事书还有一个使命，这就是同圣经一样使农民有明确的道德感，使他意识到自己的力量、自己的权利和自己的自由，激发他的勇气并唤起他对祖国的热爱。

三是审美评价功能。万建中《讲好中国的民间故事》说到：故事演述活动作为民众最基本的生活样式，之所以得以传承，主要不是依靠信仰的支撑，也不是依附仪式的神圣，而是出于民众对审美的基本需要，也是各民族、各地区民众将生活诗意化的产物。因而，綦江民间故事深刻地凝聚着本地民众的审美理想、审美观念与审美情趣，折射出先民生产生活、道德伦理的评价标准。在故事讲述传播中，綦江

先民体验崇高美、悲剧美、喜剧美、和谐美，体验讲仁爱、重民本、守诚信、崇正义、尚和合、求大同的思想理念，弘扬自强不息、敬业乐群、扶危济困、见义勇为、孝老爱亲的传统美德，学会求同存异、和而不同的处世方法，文以载道、以文化人的教化思想，形神兼备、情景交融的美学追求，俭约自守、中和泰和的生活理念，心理得到激励和启发，精神得以满足和升华，奋力维护着族群的繁衍，创造着属于本土特有的灿烂文化。

（六）

毋庸讳言，綦江民间故事，也有其消极、保守的一面，它反映着綦江人农耕文化的封闭意识和小农观念。考虑到本书有责任应当全面反映綦江民间文学的真实性和研究价值，编纂时有意识地保留了一些具有地域特色的消极、保守意识的口头作品，以便从中窥见綦江民间故事的真实面貌，其中的糟粕因素和非主流价值，请读者明辨。

本书在整理中，力求保持故事原貌以及讲述人的艺术风格，为文学欣赏和学术研究提供一部科学版本。但是，搜集来源较杂，我们也发现很多文本，已被文人加工或者收集者改编。讲述人多已离世，无法补录，已有故事无法恢复原样。这样一来本书故事中，原貌收录作品有之，改编作品有之，臆造作品也有之，存在风格不统一的问题。

经过三载艰苦细致的工作，经历了初选、复选，本书入选的故事基本能够反映綦江本土故事的类型和特色。历史重大人与事，民间神话传说故事代表篇目都有收录，地名故事还覆盖到全区 21 个街镇。

由于水平所限，本书的编纂工作难免存疏漏和瑕疵，敬请诸位同仁、专家和广大读者批评指正！

2023 年夏于綦江

凡　例

一、本丛书遵照中国民间文学相关文件精神进行编纂。其指导思想力求体现作品的本真性、全面性和代表性，使丛书具有较高的民间文学欣赏价值、人文研究价值。

二、本丛书用于留存綦江民间故事，尽量原汁原味采集和汇编，以利来者研究綦江文化使用，故丛书故事中传说色彩浓郁、存在不符合现代主流观点等的情节和描述，望读者认真辨别，不代表本书编者观点。

三、本丛书的编纂以《中国民间故事集成·重庆市綦江县卷》（綦江县民间文学三套集成编辑委员会 1991 年）为基础，并征集了各个时期采录、发表的民国以前（不含民国）的民间故事作品汇编而成。全丛书共精选全区各民族民国以前故事 500 余篇，计 60 余万字。

四、本丛书分为历史卷、民间卷、地名卷三卷。其中历史卷根据近年研究成果，遴选历史上真实发生的事件撰写而成，以普及推广为主。民间卷按神话故事、传说故事、幻想故事、生活故事四大类编排，尽量呈现綦江老故事原貌，保持讲述者方言特色和口语特点。地名卷是綦江民间故事的重要组成部分，因数量较多，满足民政地名管理要求，独立成卷，按照现有镇（街道）行政区划排列，展示地名变迁、历史文化传承。

五、同一主题流布较广的故事，选取有代表性者入选，如有情节不同、较有特色的故事也一并选入。

六、作品有出处的，作品有采录时间地点的，以脚注标注；有讲述者、采集者的，在作品后面标注，尽量标注其姓名、性别、年龄、民族、文化程度、住址或职业（因年久，采录整理者基本情况有缺项，无法补齐），其中年龄均以采录时间为准，凡未注明族属者均为汉族。

七、作品中的方言、难词、典故、习俗、人物生平及专用术语等，均采用页下脚注形式标注。

《綦江老故事》编辑委员会

《綦江老故事》编辑部

《綦江老故事·历史卷》编辑组

总　　编：胡　梅

主　　编：熊　勇

编　　撰：胡世博　熊　勇

执行编辑：杨友钱　王　颖　杨永果

执行校对：杨友钱　王　颖

目　录

綦江的历史沿革

綦江很早就有人类居住。据清道光年间编写的《綦江县志》记载：周朝时，綦江属巴子国的领土。巴子国是周武王打败殷王朝后封姬姓为国王建立的国家，面积很大，经过春秋战国时期被秦国灭了。

秦国统一中国后在各地建立郡，在原巴国领土建立了巴郡，綦江属于巴郡江州县的一部分。巴郡很大，南北四千余里，东西五千余里。

东汉时綦江仍为巴郡的一部分，归江州管辖。汉献帝初平之年，分出了巴郡的一部分地方设置了永宁郡，江州归其管辖。建安六年，江州又恢复为由巴郡管辖，綦江仍为巴郡的一部分。

晋及五代的宋齐时期，仍然设置了巴郡，梁时改巴郡为楚州，綦江属于楚州一部分。

魏、周时仍设置了楚州，綦江属楚州一部分，隋朝时又设置了巴郡，綦江属于巴郡一部分。

唐朝时设置了南州南川郡南川县，管辖现在綦江的领地。开始，县名叫隆阳县，唐高祖武德二年设置，同时，在现在綦江境内设置了扶化、隆巫、丹溪、灵水四县。唐太宗三年，改南州叫僰州，不久又恢复叫南州。

唐太宗时现綦江属剑南道管辖，当时全国分为十个道，渝州、南州、珍州都隶属剑南道。

贞观四年设置了瀛山县，五年设置三溪县，七年又设置了当山、岚山、归德、汶溪四县，都属南州管辖。八年，撤去了四县。贞观十一年，撤去了扶化、隆巫、灵水三县，十六年，置溱州溱溪郡，管辖荣懿、扶欢两个县，后来又设置了乐来县，溱州隶属剑南道，以上县、州都在现在的綦江范围之内。

文宗时南州属于黔中道，现綦江属于南州，即在黔中道管辖内。唐开元二十一年，全国分为十五道，黔中道首府在现彭水境内。

代宗时南州属黔州经略观察使管辖。黔州经略观察使管辖了播州、南州等十二个州。

宋朝初现綦江为南州南川郡，属夔州路管辖。

宋仁宗皇祐五年，撤掉了南州，现綦江县叫南川县，属渝州管辖。

宋神宗时期，南川县改属南平军管辖。当时在铜佛坝（现赶水附近）设置南平军，南川（今綦江）隆华（今南川）归南平军管辖。

元朝时綦江仍叫南川县，属重庆路管辖，当时重庆路管辖了巴县、江津县、南川县（今綦江县）三个县。

元末明玉珍在重庆建大夏国，改南川县为綦江县，从此綦江县名及所管辖地方沿袭至今。

綦江已有 1400 余年州县建制史，以及 650 多年的正式命名史。

清溪河边“石桅子”

生活在綦江清溪河流域的古代人，有起源于原始社会的生殖崇拜文化习俗，这个地区分布着非常多的男性生殖器石刻，规模之大世所罕见，被不少专家学者称为“男性崇拜圣地”。男性生殖器石刻又被专家称为“男根”石刻，它的发现引起了专家学者以及全国新闻媒体的广泛关注。綦江男根石刻文化，是中华祈福文化的重要内容。

在綦江的清溪河流域永新、中峰一带，人们把男根石刻称为“石桅子”或“桅子”，传说在清溪河立石桅子不但“求子”十分灵验，而且“求官”“求财”“求长寿”也十分灵验。有一个姓石的庄稼人，原来十分穷，生下一个男孩卖给了过路人。他立了不少石桅子求财，过了十多年，当年卖掉的孩子当了大官回来寻找生父生母，把穷庄稼人接出去享福了。这个传说在清溪河一带广为流传，于是老百姓争相立“石桅子”，直到唐宋时期。

清溪河边的石桅子分为用石柱刻成桅子（圆雕）及在石壁上刻出桅子的样子（浮雕）两种。刻成石柱的桅子直径 20 厘米左右，仿佛一根高高的石柱，高 3~6 米不等，粗壮古朴，强劲有力，耸立在山岩边。石壁上刻的桅子一根紧挨着一根，两根到几十根排成一组，长短不一，短的几十厘米，长的 2 米以上，刻工分为阴刻和阳刻，还有一些桅子之间有像女性生殖器官的图样，形状像剑柄，人称“宝剑”。亚洲性学联合会刘达临教授曾到现场考察，将其命名为“东方十字架”，认为这表达了男女进行性交的意思。

清溪河石桅子在两岸绵延 30 余里，总数多达 6000 余根，气势恢宏，十分雄奇壮观。

分布着“石桅子”的綦江清溪河流域是全国汉族聚居地唯一的生殖崇拜文化遗址所在地，是一座天然的生殖文化博物馆，是中华祈福文化的重要内容。

吹角坝现古汉碑

綦江境内打通镇吹角村（当地人称吹角坝）曾经发现一块汉代留下的石碑，上面的碑文虽然字迹模糊，但还是可以勉强认得一些。

碑文如下：“建安六年八月乙丑朔廿一伏庐议严季男设☐兵遂讨五连讨营平卅西

卅牧□方以灾致祀项分表□壮□之及吉加此永列于今。”

汉代留下的石碑位于打通镇吹角村南1500米的“孔明洞”洞口。据当地人说该石碑是为了纪念蜀汉时孔明实行“和抚”政策而立。蜀汉时候，南方少数民族造反，孔明带兵平叛，他多次打败造反的少数民族，活捉了少数民族首领，但都放了，被后人称为“七擒孟获”。南方的少数民族十分感谢孔明放了他们的首领，不再造反闹事。因此人们把发现石碑的洞称为“孔明洞”。石碑上的字写得很好，石碑的石质也好，虽然经过很长的时间，字迹仍然可辨认，所以人们把石碑称为“三绝碑”。不过，孔明带兵南下征讨少数民族是在蜀汉建兴年代，比建安六年（30年）晚了几十年，因而可以推断吹角坝上发现的石碑不是为纪念诸葛孔明而立的，为什么东汉建安六年在少数民族聚居的吹角坝会竖立石碑，至今还是一个谜。

吹角坝的汉碑十分珍贵，清末遵义有“西南巨儒”之称的著名诗人、学者郑珍，想将这块石碑搬走。吹角坝上的百姓得到消息，都来保护石碑，郑珍没能搬走。郑珍又想用钱买走石碑，吹角坝上的老百姓也没有同意。郑珍得不到石碑很不甘心，又想趁天黑偷走石碑，不料被人发现阻止了。后来这块石碑被政府送到四川省国学院，一直珍藏在四川省博物院，被命名为“綦江吹角建安残碑”。

綦江南平僚故事

很早以前，綦江境内就有人居住。有的居住在山崖上，在山崖上凿一个洞作为居住的地方，或在树上搭一个棚作为居住的地方。那时候不分汉人、苗人，现代的人把他们称为南平僚人。

唐宋以前，綦江境内居住着大量的南平僚人。南平僚，又称“南川僚”“渝州僚”。

《旧唐书》里对南平僚有一段记录：“南平僚者，部落四千余户，土气多瘴疠，山有毒草及沙虱蝮蛇，人并楼居，登梯而上，号为干拦，男子左衽露发徒跣，妇人横布两幅，穿中贯其首，名为通裙……多女少男，为婚之法，女氏必先货求男族。贫者无以嫁女，多卖与富人为婢，俗皆妇人执役。”藻渡河在綦江旧县志上称作“僚人河”，是綦江河（古称南溪、夜郎溪、僰溪）的两条主要支流之一，其流域以前是高山林密，蛮荒瘴疠之地。南平僚就在这些几乎与世隔绝的地方过着穴居、渔猎的生活。据相关志书记载：“藻渡河流域曾分布过三支僚人：红僚、花僚、青衣僚，以所穿麻衣色彩区别。”僚人捕鱼用柳叶舟，妇女以棕丝织网具，男子在湍急的河水上奔跑似箭。丰收的时候两岸僚人击打铜鼓，高声歌唱。《太平御览》一书中有“僚人不解丝竹，唯坎（击打）铜鼓”的记载。铜鼓是僚人部落的象征物。

从东汉到隋唐600多年间，南平僚很少与外部有经济文化往来。唐太宗贞观三年（629年），僚人首领“剑荔王”派遣使者到唐朝首都长安，进贡铜鼓以及当地特产，请求归依朝廷。贞观十年（636年）唐朝廷在现在綦江的地方设置溱州，管辖荣懿、扶欢两个县。汉人开始逐步迁入这一地区。在汉文化的影响下，南平僚的经济有了长足发展，开始学习并使用汉话交流，用汉人的名字，生活习俗也有所变化，如墓葬改岩葬为一直沿俗到现在的土葬。

五代的时候，战乱频繁，一些南平僚的头头各自割据称雄，时而归顺朝廷，时而反叛朝廷，朝廷鞭长莫及。宋太祖乾德四年（966年），南平僚又给朝廷献上铜鼓表示归顺。英宗治平元年（1064年），溱州被僚人首领李光吉、梁承秀、王兖三族的人控制，各自有数千户人家，他们与官府对抗，不缴赋税，抢劫汉人财物，侵扰相邻汉人。

宋神宗熙宁三年（1070年），朝廷派夔州路转运使孙构平定三族。可是过不了多久，以木斗为首的南平僚人再次反叛。熙宁八年（1075年），梓夔访察使熊本率大军讨伐，进驻铜佛坝（今赶水一带）顺藻渡河而上，在铜鼓滩一带与僚人发生激战，僚人大败，再一次归顺朝廷。从此，汉人慢慢的进入并且控制了现在綦江的大部分地区，一部分僚人与汉人结了婚后代变成了汉人，一部分僚人进入山地成了苗人或其他少数民族，也有一些僚人离开家乡退到云贵地区了。

赵揆大战扶欢坝

唐朝末年，居住在京都长安一带的赵氏家族，跟随朝廷委任的平叛大将杨端，平定南方南诏国叛乱。赵氏家族首领奉命率中路平叛大军在江津附近渡过长江，进入綦江境内，在扶欢一带遭遇南诏国反叛军，双方展开了激战。

南诏国在现在云南昆明一带，是唐朝时期由西南地区的“乌蛮”与“白蛮”联合组建起来的一个奴隶制地方政权。后来，南诏地区建立了“大蒙国”，势力慢慢强大起来，不再服从唐朝中央政府的管治，不向大唐朝廷称臣纳贡。“安史之乱”后，唐朝中央政府力量较弱，很难制服边境少数民族政权，南诏更加肆无忌惮，向北进攻更加频繁。唐僖宗乾符三年（876年）南诏又向北方大举进攻，占领了包括川黔边境播州在内的大片土地，威逼巴蜀。

朝廷下诏招募勇士率家族力量平叛。山西太原人杨端应诏，被朝廷封为平叛大将，率谢、成、赵、娄、梁、令狐、犹、韦等八大家族平定南诏叛乱。平叛大军到了四川泸州、合江一带，兵分三路。西路由杨端亲自率领，占据了川黔边境的险要地带，修建寨堡打退了南诏军。中路军在扶欢坝和大队南诏叛军相遇。赵揆率领的军队发起了进攻，将士和兵丁个个勇敢，奋勇向前。可是南诏军占了有利地势，一个个呐喊着，抱着一块块石头砸向赵揆及他手下的兵将。赵揆不少兵将被石头砸到受了伤，他自己也被一块大石头砸中，无可奈何，只得让传令兵敲响了收兵锣，收兵回营寨休息。

当天晚上，赵揆让随军的医官给自己包扎了肩膀上的伤，他不放心军营中受伤的士兵，带了两个随从到各个兵营查看。看到一个个受伤的士兵愁眉苦脸，听着一声声痛苦的呻吟，他心里像针扎一样难受。赵摸是一个十分爱护士兵的人，而且手下兵将是他从长安带来的，多半是赵家子孙，他想到由于自己指挥不利，首战失败，让众多手下兵将受了伤，心里十分难过。赵摸传令军中医官给受伤兵丁治伤，自己回到营房，闷闷不乐，一声接着一声叹气。突然，守门士兵来报，军中一员将领拜见，赵摸赶忙让兵丁请前来拜见的将领进了营房。前来拜见的将领是赵摸军中的亲信，作战时十分会用计谋。他进了营房，微微笑着说："赵大帅，今天我们打了败仗，不知大帅知不知道我们打败仗的原因。"

赵摸长长地叹了一口气说："好兄弟，今天我们打了败仗，不少兵丁受了伤，我正发愁怎样才能转败为胜，打败南诏兵。你足智多谋，快给我想一个办法，以便转败为胜。"

将领不慌不忙地说："大帅，我认为，我们失败的原因是盲目冒进。大帅作战，一向只讲猛，凭自己和手下兵将作战勇敢，武艺高强，在战场上两军对峙时打败对方。现在我们遇到的对手南诏兵作战也很勇敢，他们还占据了有利地势，所以打败了我们，现在我们只能用智谋才能转败为胜。"

赵摸高兴得拍响了巴巴掌，大声叫起来："好！好！好！你这几句话说得我心服口服。确实，以前我小看南诏兵了，认为只要猛打猛冲，就会把这些南方来的蛮子打败。现在看来不行，应该按照你说的，用智谋转败为胜，快说一说，应该用什么智谋？"

赵摸正在和前来拜见的将领商讨用智谋打败南诏兵，突然外面传来了喊杀声，原来南诏兵趁赵摸大军打了败仗士气不振，并且天色已晚，发起了突然进攻，袭击赵摸大军的营盘。南诏兵来势凶猛，一个个大声呐喊着猛冲猛杀，赵摸手下兵将长途行军，刚到扶欢坝便打了一个败仗，一个个十分疲乏。还有不少兵将受了伤没有得到治疗，抵挡不住南诏兵的进攻，丢弃营盘溃败了十多里路才稳住了阵脚。赵摸想到自己带着大军刚刚到了扶欢坝，白天打了败仗，晚上又被南诏兵偷袭，两仗打下来损失了不少兵将，心里十分难过。他听了手下亲信将领的劝告，决定不再盲目冒进，派兵丁找来会用计谋的亲信将领，十分认真地商讨了一个晚上，制定了一个比较稳妥的转败为胜的方法。

赵摸给手下兵丁将领下达了命令，大军退兵五十里，并且寻找了一个地势较高的山头，在山上扎下营盘，按兵不动了。暗中派出一些兵丁化装成当地农民的样子，到南诏兵扎营山寨附近侦察地形。

赵摸手下的大军在自己的营盘里住了一天、两天、三天，没有向南诏兵发起进攻。南诏兵一次又一次到赵摸大军的营盘前发起攻击，赵摸只让手下将士防守营盘，不准反击。时间长了，南诏军的将领摸不清楚赵摸葫芦里卖的什么药，一些南诏军将领认为赵摸及他手下军士一个个都是纸糊的老虎，看起来很凶，实际上不经打，慢慢的大意了，麻痹了，放松了警惕。赵摸听外出侦察的兵丁回来报告了南诏兵的情况，心中十分高兴，叫来会用计谋的将领商议，暗中派出了一队兵丁，绕僻静小路悄悄地到了南诏兵后面的一片树林里，约定好时间同时从南诏兵的前后两方突然发起进攻。南诏兵没有想到被自己当成了纸老虎的赵摸及他手下将士兵丁突然变成了真老虎，慌乱中组织防守。可是赵摸手下将士兵丁一个个早已憋足了劲，非常凶猛，大声呐喊着冲向南诏兵。经过了整整一天的厮杀，尽管南诏兵拼命抵抗，终于挡不住赵揆及手下军士的冲杀，溃败了，退出了扶欢坝。

赵揆率领手下兵士在扶欢坝上打退了南诏兵，他们继续进军，收复了被南诏兵占领的大片地区。

东坡送友南平军

北宋时期，綦江南部少数民族经常起兵造反，攻打北边汉人聚集的地方，掠夺汉人财富，抢劫边界汉民，攻打官府。朝廷先后派出孙构、熊本讨伐綦江南部的少数民族。后来，朝廷为了镇住綦江南部少数民族，让少数民族各个部族不至再次反叛、骚扰边境，在綦江南部赶水地区铜佛坝建立了南平军，常年驻有官兵镇守。南平军既是军事机构，又是一级政权机构，除了管辖铜佛坝周边地区外，朝廷还把渝州的南川县（今綦江）、涪州、隆化（今南川）划给南平军管辖。由于南平军地处当时十分偏僻荒凉的地方，南边播州的苗人经常骚扰边境，因此一些官吏不愿意到南平军做官。

苏东坡是宋代著名大文人，唐宋八大家之一，时任翰林学士，和朝廷很多官员都有来往，受到朝廷不少人的尊重。一天，苏东坡正在家里看书，忽然门人前来禀报："有客人拜访。"苏东坡让门人把前来拜访的客人请到客房，自己整理好衣帽赶到了客房，看到前来拜访的是认识不久的年轻文人曹旦。曹旦考取功名不久，还在京城等待朝廷安排官职，经朋友介绍认识了大文人苏东坡。

苏东坡来到曹旦面前，正要询问他赶来拜见自己有什么事情。还没有来得及开口说话，只见曹旦眼里流出泪水，扑通一声跪在了前面，大声说："苏大人！苏大学士！小生希望苏大人能救我一救。"

苏东坡不明白眼前这个年轻人遭到了什么事，十分疑惑，赶忙上前拉起了曹旦，说："曹公子，曹家兄弟，快快请起。有什么事慢慢讲，只要我能帮上忙的一定尽力相帮。"

曹旦仿佛看到了希望，在苏东坡身旁的椅子上坐下了，长长地叹了一口气，说："苏大人，我知道你在朝廷很多官员面前说得起话，吏部有不少官员是你的朋友或者学生，晚辈这次在分配上遇到了难题，希望老前辈帮一把。"

原来曹旦在等待朝廷安排官职时得到了消息，吏部准备把他分配到四川南部既偏僻又荒凉，且境内多是僚人、僰人的南平军去任职。曹旦从小在京师附近生活，学习刻苦努力，家庭是中等富裕之家，生活上温饱有保障，而且一直得到父亲、母亲等家人关照。猛然听说将被分配到远离家乡、偏僻凄凉的蜀南蛮夷之地任职，吓得心惊肉跳，吃不下饭，睡不好觉。曹旦的父亲、母亲也不放心自己的儿子到荒凉偏僻的南方去当官。一家人愁眉不展，挖空心思想办法，思来想去，想起了曹旦刚结识的苏东坡、苏老前辈。

苏东坡听完了曹旦的诉说，他紧紧地皱起了眉头，心里十分犹豫。苏东坡知道像曹旦这样的年轻人到了南平军一定会受很多苦。不过他心里十分明白，一个人要真正成为能为百姓办事、替朝廷分忧的栋梁之才，一定要经过很多痛苦的磨炼。曹旦一直生活在京城附近、父母身边，不愿意到远离家乡亲人、偏僻荒凉的南平军去任职，是可以理解的。不过，曹旦是一个勤奋努力，做事认真负责的年轻文人，朝廷非常需要像他这样的人才。而要把曹旦培养成才，需要把他放到艰苦的环境中去锻炼，南平军正是锻炼年轻人的好地方。苏东坡终于下定了决心，劝说曹旦到南平军去任职，在那里努力把自己锻炼成国家的有用之才。苏东坡笑了笑，亲切地拍了拍曹旦的肩头，十分诚恳地说："曹家兄弟，你应该到南平军去。"

曹旦十分失望，皱起了眉头，说："苏老前辈，你，你不愿意帮我？"

苏东坡摇了摇头说："不，我劝说你到南平军去，正是在帮你。曹家兄弟，你读过很多书，一定知道玉不打磨不成器的道理，南平军正是锻炼人、打磨人的好地方。"

曹旦的脑子没有转过弯，长长地叹了一口气说："苏老前辈，我，我一个丝毫没有做官经验的年轻人到了南平军，如果遇到蛮横不讲理的蛮人，我怎么能去处理好和蛮人的关系，我怕辜负了朝廷的信任。"

苏东坡耐心劝说："曹家兄弟，蛮人也是人，凡是人都会听懂道理。只要你能关心他们、爱护他们，把蛮人当成自己的兄弟姐妹，会管理好蛮人的。曹家兄弟，大宋朝疆域辽阔，需要不少对百姓有爱心、对朝廷有忠心、勤奋肯干的官员。而要想成为一个好官员，成为百姓爱戴、朝廷信任的好官员，必须先到艰苦的地方接受锻炼。曹旦兄弟，我相信你一定能成为一个好官。"

苏东坡给曹旦讲了很多到艰苦环境接受锻炼才能成为一个好官的道理。终于，曹旦被说服了，脸上的愁云消失了，露出了笑容，向苏东坡表示愿意到南平军任职了。苏东坡又到了曹旦的家，十分有耐心地劝说了曹旦的父亲和母亲，让两位老人放心让儿子去南平军任职。

过了不久，曹旦要启程去南平军了，苏东坡把他请到了自己的家，设下酒宴招待，天晚了，苏东坡留曹旦在自己家里过夜，一老一少同睡一床，长谈到了深夜，苏东坡说了很多鼓励的话。

綦家同榜三进士

南宋绍兴二十一年（1151 年），当时的南川县（现綦江区）出了一件震动全县的大喜事，住在綦江河边一个山村里的綦老汉家里考中了三个进士。古时候兴科举考试制度，读书人要勤奋刻苦读书，参加官府举行的考试。先在县城里考，考取的叫秀才，再到省城考，考取的叫举人，然后到京城考，考取的叫贡生，经过皇帝在大殿上面试，合格的叫进士。进士十分难考，有时候一个地方几十年，甚至上百年考不上一个进士。可是綦家一次考取了三个进士，两兄弟和一个亲侄儿，不仅为綦家争了光，而且为全县的文人争了光。县大老爷带着人亲自到小山村綦家祝贺，附近的邻居、綦姓家族的人纷纷到綦家祝贺，人来人往，差一点踏断了綦家的门槛。

綦家管事的綦老汉已经六十多岁了，他是一个对儿子和孙子管教都很严的人，年轻时他也读过书，参加过县里的科举考试，可是考了很多次都没有考上。后来父亲死了，母亲生了病，弟弟年纪正小，维持一家人生活的重担落在了綦老汉身上，他就不能专心致志读书考功名了。綦老汉不仅要到地里干活种庄稼，还要到附近乡场做小生意挣钱给家里买盐买油，于是他把读书考取功名的希望寄托在了两个儿子和孙子身上。

綦老汉是一个十分孝顺的人，每天早上天蒙蒙亮便起了床，首先来到年迈的母亲房间问好，把母亲夜间解小便的尿壶倒了，刷洗干净，将头天晚上熬好的药水端到母亲床前，守着母亲喝下，然后到地里干活，太阳一竹竿高了才回家吃早饭。綦老汉殷切盼望儿子和孙子能勤奋读书，考上秀才、举人，甚至考中进士，为綦家争光。綦老汉的两个儿子叫綦母常、綦母宁，孙子叫綦清卿，看到綦老汉一天到晚忙碌，把好吃的让给自己，还不让干活，只叫一心一意读书，十分感动。有一次，两个儿子找到父亲，流着眼泪说："父亲，现在我们家里七八口人，全靠你一个人下地干活，赚钱养家，你太辛苦了，我们不读书了，不去考秀才、考举人、考进士了，我们要下地帮你干活，到街市做买卖帮你挣钱！"

綦老汉听了儿子的话，长长地叹了一口气，拉着两个儿子的手，找了一个长凳子，父子俩紧挨着坐下。綦老汉语重心长地说："好儿子，听父亲的话，好好读书，下地干活，到街市做买卖有父亲。好儿子，你们不仅自己要好好读书，还要带着清卿读书，只要你们能刻苦用心读书，将来考取功名，父亲再苦再累也值。"

两个儿子十分激动地异口同声说："好父亲，我们听你的话，好好读书，不但自己好好读，还带着清卿好好读，绝不辜负您的希望。"

綦老汉十分高兴，大声说："好儿子，父亲相信你们，我们綦家一定会在科举场上扬名。"

綦老汉照样一天到晚忙忙碌碌，从清晨到深夜，照顾读书的两个儿子和孙子。他头上有了白头发，额头上有了皱纹，尽管有时候累得腰酸腿痛，可是从来不在儿子和孙子面前叫一声累，说一声苦。

看到两个儿子綦母宁、綦母常带着孙子刻苦用功地读书，綦老汉心里非常高兴。

有一年冬天，叔叔綦母宁怕侄儿綦清卿衣服单薄，受凉生病耽误读书学习，瞒着父亲綦老汉把身上内衣脱下让侄儿穿了。侄儿身上暖和了，叔叔身上冷了。终于，綦母宁着凉生了病，头像针扎一样痛，读书时头昏眼花看不清字。他非常想回房间躺上床休息，可是想到自己病了的事如果被父亲知道了，一定会十分担心，还要请大夫，到街市买药，父亲已经十分辛苦，不能再让他为自己担心，劳累了。綦母宁咬着牙忍着头痛，坚持看书学习，还给侄儿讲解书中疑难的地方。终于，侄儿发现叔叔病了，在带病坚持看书学习，侄儿要去告诉綦老汉。綦母宁拦住了他，摇着头装出了十分轻松的样子，说："叔叔的病不要紧，你的爷爷、我的父亲太累了，千万不能让他为了我的一点小病担心，同时读书要紧，不能因为一点小病耽误读书，你看，我的头已经不怎么痛了，让我们一起读书吧！"綦清卿不想违背叔叔心意，叹着气回到自己的书桌前，捧起书本继续读起来。綦母宁忍着头痛，坚持看书学习。

綦清卿年纪不大，有时候读书的时间太久，疲倦了，綦老汉允许他到屋外小溪旁边走一走，转一转，散一散心。有一次，綦清卿在屋外小溪边散步时认识了也在溪边游玩的两个少年，摆谈中两个少年说起附近有不少风景秀丽、十分好玩的地方，说得綦清卿心里痒痒的。两个少年邀约他一同去游玩，綦清卿犹豫了一会答应了，他想让爷爷放自己一天假，外出游山玩水，可是綦老汉摇着头没有答应。綦清卿很想出去游玩，于是假装生病头痛，没有到书房看书学习，等到爷爷到地里干活，父亲和叔叔去了书房，一个人悄悄溜出了门，想去和两个认识不久的少年一起去游玩。想不到刚刚出了家门，他听到父亲和叔叔在书房里大声读书的声音。想起了爷爷教育自己读书要专心，要持之以恒的话，犹豫了，脚迈不出步子了，终于又回了家，回了书房，他把自己装病想出去游玩的事告诉了父亲，也告诉了爷爷。爷爷和父亲没有责备他，不过，綦清卿在心里狠狠地责备了自己。

俗话说：功夫不负有心人，綦家人刻苦努力读书学习终于有了好的收获，一家考中了三个进士，成了綦家以及县里的骄傲，而且由于綦家同榜考中了三个进士，前来祝贺，拜师学习的人很多，綦老汉住的地方形成街市，被人们叫住了綦市。

赵高峰建崇恩寺

綦江扶欢曾经有一座建于北宋时期的寺庙，名字叫崇恩寺，是一个名字叫赵高峰的人修建的。

赵高峰是北宋人，中年时在湖南长沙任太守。他为官清廉，是当时有名的清官，年纪大了告老还乡，家里十分贫寒。皇上知道了，特地把他住的地方赐名叫青莲院。赵高峰为了感谢皇上的赐名，用尽了家中的财物，修了一座寺庙，取名崇恩寺。还在庙中佛像背上刻了感谢皇恩的字。后来赵高峰的夫人生了一个儿子，十分聪明，长大后考试中了状元，也被皇上分配到湖南长沙任太守，人称父子太守。

崇恩寺开始修得不是很大，赵高峰的后人一辈一辈培修扩建，成了当时扶欢坝上十分有名的一座寺庙。到了南宋嘉定七年（1214 年）、淳祐元年（1241 年）、淳祐七年（1248 年），在 34 年间，扶欢坝上的赵家赵鸿、赵振庚、赵振揆、赵子寅兄弟四人同时考中进士。那时候，考中进士是荣耀家族、乡里的大喜事。赵家一次考中四个进士，而且是兄弟四人，更是喜上加喜。赵家及乡里的人认为是崇恩寺菩萨保佑，加修了庙宇，增添了神佛。崇恩寺成了在当地及周边地区十分有名的一座寺庙。经过元朝、明朝、清朝，一直到新中国成立前夕，崇恩寺仍然是扶欢坝上一座气势恢宏的古庙。

蜀将马忠过綦江

綦江境内有一条古道，从北边的北渡场进入綦江，从北向南，经过綦江县城、三江、东溪、赶水，在安稳崇溪河进入贵州。这条古道曾经是四川的货物运往贵州，贵州的货物运往四川，连接四川、贵州的大通道，为川黔边境交通运输做出了不小的贡献。

这条穿过綦江全境的大路，传说是蜀汉时期蜀国大将马忠带着手下兵将修建的。蜀汉时蜀国南边的少数民族造反，蜀国宰相诸葛亮率大军南下平叛。平叛大军兵分两路，一路由诸葛亮亲自率领，从宜宾方向进入南边少数民族聚居区。另外一路则由当时担任门下督的马忠率领，从江津渡过长江，向南进入少数民族地区。当时江津南部包括綦江在内的大片地区是只居住了一些少数民族的荒凉之地，没有可以行走的道路，马忠和他的手下官兵只得一面艰难地修路一面前进，特别是进入现在的綦江境内以后，面对茫茫的森林、巨大的山岩、汹涌的河流，马忠和他手下的官兵只得逢山开路，遇水搭桥，前进得非常艰难。

有一次，马忠率领的大军被一条河流挡住了去路。时值夏天，上游刚刚下过大雨，河涨了水，浑浊的浪头一个接一个拍打着河岸，发出轰轰的巨大声音。马忠手下一个将领带着两名士兵想游水过河，在河上用绳索搭起便桥，让大军过河。可是，水猛浪恶，一个兵士刚刚下水，一个恶浪打来，就把士兵卷进水中向下游冲去，瞬间不见了踪影。一个士兵牺牲了，又有一个士兵扑下了水，同样被浪头卷得不见了踪影。看到连着损失了两名士兵，马忠不得不让手下将领停止了让士兵下水，他带着大军沿着河边前进，想寻找到河水上游水浅的地方过河。河流很长，马忠率领着手下兵将走了很久很久都没有找到水浅的地方。天黑了，马忠知道河边山坡上到处是泥潭，到处有悬崖，冒险走夜路危险，他不敢让手下兵将继续前进，让大家搭帐篷住下来。那个时候军队里的帐篷十分简陋，遮不住风雨，并且粮食已经吃完，军士们靠采野菜、寻找树林里面的野果子，或者到树林里打猎维持生活。连日风雨，士兵们在树林里没有采到多少野菜和野果子，更没有猎到多少野兔、野山羊，不少将士没有东西吃，只好饿肚子。

天慢慢黑下来，帐篷里漏雨，水滴一滴一滴落在将士和兵丁身上，风呼呼刮着，带来阵阵寒意。马忠坐在帐篷里的一块石头上，皱着眉头想心事，他想到过长江后遇到的一个又一个困难，想到牺牲了的一个又一个将领和士兵，眼里有了泪花。马忠知道继续前进的路上还有更多更大的困难在等着他和手下的将士兵丁，也许还要牺牲更多的将领和士兵。马忠是一个十分关爱手下将领和士兵的人，他很想命令手下兵将掉头往回走，避开前面的危险，可是又想到离开成都时丞相的交代，为了蜀国百姓能过上安稳祥和的日子，不再遭受战乱之苦，为了让南部边境少数民族蛮人能同蜀国汉人和平相处，只有南征找到蛮人首领，用战争和安抚相结合的方法平定南方边境少数民族蛮夷叛乱。因此，吃苦受累以及牺牲一些将领和士兵都是值得的。

马忠正想着心事，帐篷外响起一声：“报告门下督大人，卑将有事求见！”他从声音听出是自己平素十分喜爱并且经常在遇到难事时可以帮助自己出主意、想办法的一个手下将领，赶忙大声回应让门外将领进帐篷说话。

将领进了帐篷，看到马忠眉头紧锁、面露难色，长长地叹了一口气说：“将军大人，这次南下平定叛乱我们遇到了很难克服的困难，卑职愿意为将军大人分忧。”

马忠眼里仿佛看到了希望，赶忙说：“爱将，你有什么好主意快讲出来。如果能帮助我们渡过难关，本帅一定重重有赏。”

马忠让手下爱将在帐篷里找了一块石头坐下，催他赶快说出克服眼下困难的好主意。

马忠手下爱将想出的办法是放慢进军的速度，集中力量先修路，理由是路修好了，大军前进就顺利了。同时，在荒凉的长江南面修好了路，能方便汉人进入少数民族蛮人居住的地区，加强汉人与蛮人的交流。同时蛮人见蜀汉大军为他们修路，方便他们以后的进出，一定十分感激，改变对大军的敌意，帮助进军南方。马忠经过认真思考，认为手下爱将想出的主意很有道理，采纳了。

马忠命令手下官兵放慢进军速度，他把手下官兵分成了几个大队，一部分向前探路，一部分修路，路修好一段，大军前进一段。不过，在荒山野岭修路并不是一件容易的事，马忠让探路的官兵沿着一条从南流向北方的河流探路，探好路后，分成一段一段地让官兵修路。有时候，探出的路上有巨大的石岩挡着，修路的官兵用铁锤击打，一块又一块地打掉山岩上的石块，在山岩上砸出一条山路。有时候，探出的路上长满荆棘，修路的官兵们砍掉荆棘，在荆棘丛中修出一条山路。有时候，探出的路上有小溪挡着，修路的官兵在小溪上搭起木桥或石桥。尽管探路、修路都十分辛苦，也要冒一定的危险，可是马忠和他手下的兵将想到修好了路，南方安定了，蜀国的百姓能过上安定祥和的生活了，于是有了战胜困难的决心。他们不怕辛苦，不怕危险，一面探路，一面修路，向南挺进。

终于，马忠率领手下兵将南征到了川黔交界的蛮人聚居区，平息了蛮夷的反叛，完成了诸葛丞相交给的任务。修好的大路成为一条从长江边上经过綦江境到川黔边境的大路，为川黔边境的众多百姓造了福。当然，当时修成的路仅仅是一条荒僻的小路，经过一代又一代人的修整，终于成了贯穿綦江南北的官道。

唐末杨端平南诏

汉朝灭亡后，中华大地建立了魏、蜀、吴三个国家。经过近百年战乱，三国先后灭亡，司马氏统一了中国，建立了晋朝。经过东晋、西晋、南北朝、隋朝，到了唐代初期，这时候重庆被称作江州。朝廷在江州南面设立了南州，现在的綦江属于南州管辖的范围。唐朝贞观年间朝廷在如今綦江的北部先后设立了隆阳县、三溪县、丹溪县、灜山县，后来又在如今綦江的北部现扶欢地区设立溱州，管辖扶欢、荣懿等县。不久又撤掉了三溪、丹溪、灜山等县，隆阳县也改名叫作南川县。唐朝中期，安禄山、史思明起兵反叛朝廷，反叛虽然被镇压下去，但是唐帝国的统治大大削弱，到了唐末僖宗年代，朝廷衰弱，边界地区一些少数民族起兵反叛，社会动乱不安。地处南边云南昆明一带的南诏国也趁机起兵反叛朝廷，南诏大军从云南北上，不仅占领了贵州大部分地区，还占领了包括綦江南部在内的川黔边界不少地区。

南诏国是在唐朝中后期（约在649–902年间）西南地区兴起的一个少数民族国家。南诏是当时的少数民族“乌蛮”“白蛮”组建起来的奴隶制土司政权，势力强大后不服唐朝廷管辖，自称南诏国。隋唐之际，湘、滇、黔边境的部分乌蛮进入云南中部洱海、哀牢山一带，与当地的白蛮组成蒙舍、蒙钧、浪穹、施浪等六个较大的部落，历史上称为六诏，后来六诏中的蒙舍部落势力强大起来，灭掉了其他五诏，因为蒙舍当时所处的地理位置在六诏的南面，所以被称为南诏。南诏建立起对抗朝廷的政权后，将国名定为“大蒙国”，不过历史上习惯地把南诏部落所建立的国家称为“南诏国”。

慢慢的，南诏国的势力越来越强大，再也不满足原来所控制的云南中部地区，于是向外扩张，攻打唐朝廷控制的地区。因为这时候的唐朝廷力量衰弱，军队士气不振，南诏国的军队一路北上，占领了贵州、四川南部的很多地方，而且还有继续向北进犯的势头。大唐国南部边境送到朝廷的报警奏折一次又一次呈送到僖宗皇帝手里，可是朝廷既派不出征战的将领和士兵，也没有支持讨伐南诏国的经济实力，然而不能眼睁睁地看着南诏大军打进都城，怎么办？急坏了也愁坏了僖宗皇帝。后来一个大臣向朝廷提出了一个建议：招募百姓中间有实力的家族许以重赏，让这些家族中的首领率领家族的兵丁壮士讨伐南诏。

唐朝末期虽然朝廷衰弱，民间却有不少势力强大的家族。这些家族有的占有大量土地，将土地租与农民耕种收取地租；有的在城市经营商业，经济实力十分雄厚。一些家族为了保护自己的利益还建立起类似军队的武装组织，所以才有大臣向僖宗皇帝提出征召民间家族武装抵御南诏国进攻的建议。

唐僖宗接受了建议，下了圣旨，在京城及全国各地张贴出了征召民间武装讨伐南诏国布告，朝廷的布告惊动了山西太原人杨端。

杨氏家族在唐代初期并不十分强盛，后来家族中有人考中进士被派到外地做官，杨氏家族凭借官威慢慢强盛起来。到了唐僖宗乾符年间，杨氏家族在山西太原地区已经成为拥有武装力量和巨大财富的家族。杨端是杨氏家族的族长，他决定响应朝廷诏令，率领自己家族的武装以及和杨氏家族友好并能服从杨氏家族统领的谢、成、赵、娄、梁、令狐、尤、韦等八大家族拥有的武装力量到南边去平定南诏反叛。

僖宗皇帝在金銮殿上召见了杨端，嘉奖了杨端忠于朝廷的行为，封杨端为大将军，让他率领杨氏及八大姓的家族武装南下征讨南诏国的反叛。僖宗皇帝许诺杨端如果将南诏国军队击退，便将所夺回被南诏国侵占的地区赐予杨氏，让杨氏家族在夺回的土地上世代为王。

杨端率领的大军向南进入四川地界，他把手下大将及军队分成三路，分头向南迎战南诏国的进攻军队。其中一路由赵氏首领统帅沿着蜀汉时马忠南征的路线在江津附近渡过长江，进入现在的綦江范围，在扶欢地区和南诏军相遇，双方展开激战。经过了十分艰苦的战斗，赵氏首领率领的军队终于将南诏军驱赶出了扶欢地区，在扶欢一带驻扎下来。

杨端率领的大军经过四川南部僰道（现宜宾地区）进入贵州境内，和南诏国的主力部队相遇，战斗打得非常残酷，双方将士都很顽强。终于，杨氏家族的军队击退南诏国军，收复了一些地方，可是时隔不久又被南诏国军夺了回去。像这样你争我夺，从冬到春，杨氏家族军士以及南诏国军士都有不少在战争中阵亡。据桐梓地区杨氏家族族谱记载，杨端率领的军队曾经遭到南诏国军重重围困，杨端当了俘虏，后来化装成一般士兵，历尽艰辛才得逃脱。后来杨端在长江边上一处乡村病逝，临终嘱咐儿孙要团结一心，想办法击退南诏国军，完成朝廷所交给的任务。

杨端死后，他的儿子和八大姓的将士团结一心，并寻求到了当地少数民族的支持，终于打败了南诏军，收复了川黔边境大片土地，还在遵义以北三百里一个叫白锦堡的地方建立了自己的政府。杨氏以及当初一同前来讨伐南诏国的其他八个姓氏以及他们所带来的军士便在这些地方生活下来，其中赵氏在现扶欢地区定居，令狐氏在扶欢以西现万盛地区定居，娄氏、杨氏在遵义桐梓一带定居，成为最先在这些地方定居的汉人移民。这些姓氏的一些族谱真实地记录了他们祖先在杨端率领下征讨南诏国的经过。随着杨氏力量逐渐向南转移，杨氏政权中心转移到了现贵州遵义地区，经朝廷准许，在那里建立了由杨氏世代统治的播州，一直到明朝万历年间。

许陈氏抚育孤小

许陈氏是清朝雍正年间人，丈夫叫许玉麟，公公许应举曾任过綦江知县。

许陈氏结婚不到三年，丈夫许应麟死了。许应麟之前娶过一房妻子，生有一个儿子和两个女儿，许陈氏嫁给许应麟后，又生了一个儿子，取名叫许芬。许应麟死的时候，家中有六十多岁的老母，下有 4 个孩子，最小的许芬只有 3 岁。一家人的生活重担全落在了许陈氏身上。她早起晚睡，既要侍奉老母和孩子，还要纺纱织布，挣钱来供家中用费，十分辛苦。

许陈氏娘家的哥哥，看到妹妹一个人侍奉老人，抚养儿子，太辛苦了，来到妹妹家劝许陈氏回归娘家，还承诺只要许陈氏回归娘家，就分给她田地和房子，让妹妹生活得到保障。但是许陈氏没有答应，因为她知道，自己走了，年迈的婆婆，丈夫前妻留下的儿女没有人照应，生活将非常困难。许陈氏谢绝了哥哥的好心劝说，坚持留在了许家，辛辛苦苦侍奉婆婆，抚养子女。她还督促孩子们读书学习，慢慢的，丈夫和前妻留下的儿女长大了，离开了家。许陈氏继续侍奉婆婆，一直到婆婆去世。后来，许陈氏自己的儿子许芬也长大了，考取了举人，许陈氏才放下了上养老人下抚儿子的沉重担子。

孙构平定三族蛮

唐朝灭亡以后，中原大地经历了后梁、后唐、后晋、后汉、后周5个王朝，最长的统治时间为十六年，短的只有几年。由于长期战乱，朝廷力量薄弱，包括现綦江在内的西南地区少数民族势力越来越强，各自占据一定的区域，不再向朝廷进贡，不服朝廷管辖。这时候朝廷设置的一些州县，实际上已经完全被少数民族控制，成了“蛮夷”的势力范围。

朝廷的官员不敢到这些地方去任职，朝廷设置的州县有名无实，这种情形一直延续到北宋初期。北宋皇祐年间，朝廷调整边境各处州县，撤销了一些已经被少数民族占领的州县。綦江现在的区域在唐、五代以及宋初南部属于溱州，北部属于南州南川郡南川县。皇祐年间朝廷调整州县时因南州绝大部分地方已被少数民族占领，因而裁撤了南州，将南川县（现綦江县北部）划给了渝州（现重庆）管辖。在南川县南部设置荣懿寨和扶欢寨，派军队驻守，以防少数民族作乱，并且在荣懿、扶欢两寨的东南面设置了隆化县，即现在的南川县。

尽管朝廷把西南少数民族占领的地方区划作了调整，还设立寨堡，派出军队防止“蛮夷”作乱，可是仍然没有能够制止住一些少数民族的反叛行为。宋熙宁年间（1071年），渝州所属巴县（现巴南区）、南川县（现綦江县）以及扶欢、荣懿寨一带的僚人李光吉、梁承秀、王兖“各有地客数千户”。三家聚在一起与朝廷对抗，经常派出人马袭击南川县汉人聚集区，抢夺汉人财物，把汉人中的男人抢掠作为奴隶，女人作为小妾、侍女，闹得南川以及相邻州县汉人人心惶惶。官府称李光吉、梁承秀、王兖三个首领所属部落抢掠汉人的行径为“三族蛮”反叛行为。

南川县有个巡检叫李忠闵，受上司指派前往三族蛮所居住的地区平定叛乱。李忠闵带领军队深入到现在赶水一带三族蛮聚居的地区平叛，可是山高林密，军队行走极为不便，僚人藏匿在深山密林，趁汉人军队不备发动突然袭击。李忠闵不仅没有能够平定叛乱，反而中了三族蛮的埋伏，被三族蛮杀死，丢了性命。消息传到宋朝朝廷，皇上极为恼怒，召集群臣商议征讨三族蛮的方法。有大臣推荐了时任夔州路转运使的孙构南下平叛，朝廷采纳了这个建议。

孙构是一个善于作战的将领，奉了朝廷旨意，他与手下判官张诜、兵马使冯仪率领军队到了渝州驻扎下来。孙构找来熟悉三族蛮行径的南川、巴县、隆化等地官员了解三族蛮活动情况，得知李光吉、梁承秀、王兖三人都非常狡猾，人马平时藏匿在深山老林，并且和汉人聚集区的一些汉人暗中私通，窥视官府情况。如果了解到官府军队开走，朝廷地方兵力空虚，便趁机偷袭，闹得官府防不胜防。孙构认真听了地方官员的禀报，深知平定三族蛮反叛非常不容易，要想出一个妥当的办法，选择有利时机进军，才能完成朝廷交给的任务。

渝州及南川、巴县等地方官员，对孙构平定三族蛮抱有很大的希望，见孙构迟迟按兵不动，非常焦急。渝州府有官员上奏朝廷，希望朝廷催促孙构早日进军，于是朝廷下旨督促孙构进军。孙构接到朝廷命令，不得不进军到三族蛮盘踞的地方。但是他所带的兵丁多是中原人，不适南方山地的水土。况且山高林密，加上三族蛮非常狡猾，孙构所率领的大军所到之处，只见到了三族蛮兵丁住过的痕迹，看不到三族蛮的兵丁。而他们稍稍松懈就会遭到三族蛮的突然袭击，特别是一些落在队伍后面的零散兵丁，常常遭到三族蛮捕获或杀害。孙构和他的两个副将都感到平叛任务不容易完成，最终孙构决定退出三族蛮所居住的地方，找到了好的办法再进军平叛。

正当孙构苦苦思索平定三族蛮计策的时候，南川县有一个官员向他提出了以夷制夷的建议，想办法收买“蛮夷”的人，组成少数民族的队伍，让少数民族的军队去攻打三族蛮。孙构采纳了建议，并且让这个官员在渝州附近的涪州找了一个叫作杜安行的少数民族大户，给予财物，让杜安行竖起招兵旗，招募“夷人”入伍。很快，杜安行招募到了一千多个少数民族兵丁，孙构把这些兵丁稍作训练，派往三族蛮居住的地方讨伐三族蛮。他和两位副将带着所率领的军队切断了三族蛮的退路，包围了三族蛮居住的地方。

征剿三族蛮的战斗打响了，杜安行所率领的少数民族兵丁熟悉三族蛮居住地的地形，了解三族蛮的生活习性，他们钻密林，爬高山，切断了三族蛮水源。大军步步进逼，终于攻到了三族蛮首领之一梁承秀盘踞的山寨前，吹起号角发起进攻。由于孙构对“夷人”兵丁许以了重赏，所以杜安行率领的兵丁个个英勇，人人争先，终于在号角声中攻进了梁承秀盘踞的山寨，混战中杀死了梁承秀。

三族蛮中 3 个首领只剩下李光吉、王兖两人，他们害怕杜安行率领的兵丁攻击自己的山寨，不敢再住在山寨里了。两个人带领自己手下的人马退到了一个叫作黑崖岭的山头，想凭借险要的地形阻挡孙构及杜安行所率领的军队。孙构得知杜安行作战获胜的消息非常高兴，让人烧毁了三族蛮的山寨，断了李光吉、王兖的后路，然后让杜安行率领的兵丁为前峰，亲自率领大军包围了黑崖岭。

黑崖岭攻击战开始了，天刚黑，号角声、呐喊声阵阵响起，让人胆战心惊。杜安行所率领的“夷人”兵丁在重赏下渡溪流、攀悬崖，终于攻上了黑崖岭。李光吉、王兖指挥手下兵丁奋力抵抗。天黑路险，混战中李光吉看不清道路，失脚落下悬崖摔死了，三族蛮 3 个首领只剩下王兖一个人。他知道大势已去，已经抵抗不住孙构所率领军队的强势进攻了，无可奈何打出了白旗，率领剩下的兵丁向孙构投降。孙构知道一次两次的进军取胜并不能稳定住西南地区的少数民族，要想边境平定，只有让“蛮夷”从心里服了朝廷。于是很好地安慰了王兖，让他率领三族蛮剩下的人在自己领地内安心生产，不要再进攻汉人。王兖非常感激。

孙构平定三族蛮取得胜利，回到朝廷受到皇帝嘉奖，同时得到社会人士的高度赞扬,《宋史》以及清人编纂的《续资治通鉴》、清道光年间编纂的《綦江县志》《遵义府志》都记载了孙构平定三族蛮的事迹，给予孙构平定边疆叛乱、保护百姓的行为很高的评价。不过道光《遵义府志》和《綦江县志》把孙构写成了孙固。宋代当年确实有一个孙固，不过是一个文官，不会带兵打仗。因此《遵义府志》和《綦江县志》上的孙固平定三族蛮极有可能是笔误所致。

熊本讨伐南平僚

綦江境内南部以前一直是南平僚居住的地方，不易管理，历代朝廷组织了大批汉人移民到那里，还派了汉人官员，建立官府，同时派了军队驻扎，巩固统治。朝廷的做法遭到“僚人”的抵抗，朝廷强盛时，派兵镇压“僚人”反抗；朝廷衰弱时,“僚人”侵占大量土地，到处抢夺滋事。所以清代以前南平僚在綦江南部及贵州边界与朝廷派到那里的官员及汉人展开了长达数百年的争夺战。

北宋熙宁四年（1071 年），孙构平定了綦江南部的“三族蛮”叛乱，委派了一个名字叫王才进的土人首领统辖原来“三族蛮”占据的地方，授予了王才进巡检的官职。綦江南部“三族蛮”居住的地方暂时平静了，四川北边生活的汉人和南部生活的少数民族各自生活，相安无事，有的汉人还和少数民族成了朋友。

可是事隔不久，王才进死了,“三族蛮”部族没有头人统领管辖，又经常成群结队抢劫汉人，攻打地方上的官府，闹得生活在四川北部的老百姓不得安宁。于是，官府上报给了朝廷。那时候宋朝廷的力量比较强大，又派了一个叫熊本的大将率领军队前往平定“三族蛮”的反叛行为。

熊本的名字叫熊伯通，番阳人，小时候很爱学习，人也很聪明。有一次，当地的郡守，大文人范仲淹微服下乡访问乡民，见到了熊本，问了一些问题，熊本回答得很好。范仲淹觉得熊本是一个天才娃娃。熊本长大后考中进士，当了抚州军事判官，后来又升为秘书丞，建德县知县，镇守淮南常平的武将。熊本是一个能文能武的人，他两次奉朝廷之命令讨伐西南少数民族的反叛。第一次在熙宁六年（1073 年），四川泸州一带的少数民族首领罗晏反叛朝廷，熊本奉朝廷命令率大军到了梓州、夔州，朝廷给予熊本“得以便宜治夷事”的授权，意思是发现少数民族反叛可以军队镇压，不用请示朝廷。熊本曾经担任过抚州通判，熟悉“泸州夷”的生活习惯，认为“蛮夷”之所以能够骚扰汉人居住的地方，主要是汉人村落中一些豪强给“蛮夷”通风报信做向导，于是用计抓捕了一百多个曾为“蛮夷”做向导的豪强斩首示众，其余豪强害怕了，都愿意冒死攻打“蛮夷”以赎罪。熊本向朝廷奏明，封了一些豪强担任镇守边界的官职，取得了豪强们的拥护。熊本率官军乘胜挺进，平定了泸州少数民族反叛，受到神宗皇帝奖赏，赐三品服。

熙宁八年（1075 年）綦江南部少数民族首领木斗叛变，朝廷再次命令熊本前往安抚。熊本率大军到达南川县南部铜佛坝，恩威并重，一面释放了被关押在官府大狱中“南平僚”小首领，还派出会讲“蛮夷”话的将士潜入少数民族居住的地方，联络和汉人友好的少数民族，然后派兵攻打木斗所属的部队，控制了险要地形及“南平僚”进出的道路，焚烧了不少“南平僚”居住的房屋，杀了一些反抗的“南平僚”人。木斗打不过熊本率领的官军，无可奈何，带着自己拥有的溱州五百里土地投降了。

熊本讨伐平定了木斗之乱，为了镇住“南平僚”各部族不至再次反叛，骚扰边界，朝廷在铜佛坝建立了南平军。还将原属渝州的南川县（现綦江县），涪州的隆化县（现南川县）划归南平军管辖。南平军既是地方政权机构，同时也是一个军事机构，南平军长官拥有军事指挥权。

南平军所在地“铜佛坝”在现在綦江境内赶水镇附近，南平军设立后，确实镇住了附近少数民族不再反叛。并且，汉人不断进入铜佛坝附近地区，因为有官府支持，汉人挤压了少数民族。慢慢的，原来在綦江南部生活的“三族蛮”“南平僚”离开了铜佛坝周边地区。

刘望之写诗抒情

綦江地处四川省与贵州省交界之处，由重庆通往贵州的大道从北往南贯穿全境。境内高山巍巍耸立，河水潺潺流淌，景色秀美。一些外地文人诗客路过綦江，常常会访问名山，游览溪流，欣赏秀丽河山。有一些外地籍官员和军人，闲暇之余也会游山玩水，欣赏美景。宋代文人刘望之便是其中一个。

清道光《綦江县志》在描绘老瀛山雄伟壮丽景观时引用了两句诗：“山盘四十八面险，云暗三百六旬秋。”这两句诗便是刘望之写的。

道光《綦江县志》记载了曾任南平军教授的刘望之，又叫刘观堂、刘叙仪，四川省合江人，四川有人在书中记载：刘望之是宋代绍兴年间进士，当时的宰相沈该看了他写的文章，认为文章写得好，没有一般人文章的俗气，推荐当了朝廷学官，授秘书省正字（一种官阶），写有《观堂集》一书。

刘望之是在绍兴年间考中进士的，绍兴是南宋高宗皇帝赵构的年号。当时，北方的金国大军入侵，赵构逃到长江南面的杭州建立了南宋小朝廷，只图在江南享受安乐，得过且过，醉生梦死。当时的宰相秦桧是个大奸臣，把持了朝中大权，朝廷十分腐败，对入侵的金人委曲求全，对老百姓残酷压榨。刘望之考中了进士，而且考试成绩很好，一般情况进士最少要授一个七品县令，而刘望之却仅仅授得一个南平军教授。据有关资料介绍，南平军教授是正八品，比七品知县低一级。这是因为刘望之天生耿直，不喜欢溜须拍马，又没有托人说情，所以被朝廷发配到偏远的南蛮之地南平军做了一个小小的教授。

刘望之官职虽小，但十分关心国家大事，效忠国家，对当时金人步步入侵、朝廷面对强敌委曲求全的做法非常气愤。古代有本叫《坚瓠集》的书记载了这样一个故事：宋代绍兴己未年间，金人发动了对南宋的战争，南宋小朝廷割地求和，给金人寄去了求和的文书，然而金国主子兀术对求和文书不满意，仍发兵进攻南宋。后来宰相秦桧私自修改了求和文书，文书上加写了不少献媚金国的话，并且承认割更多的土地，赔更多的钱，金兀术才答应不再进攻。刘望之听说了这件事，十分气愤，写了一首诗：

一纸盟书换战尘，天涯呼舞泪沾巾。
崇陵访沈空遗恨，郢国怜怀尚有人。
收拾金缯烦庙算，安排钟鼎诵宗臣。
小臣何敢知机事，终望君王赦奉春。

诗的意思是南宋朝廷中只知享乐，不想办法收复失地任由奸臣害了国家，害了老百姓，希望皇上亲忠臣远奸臣，录用忠于国家的人做大臣，让国家强盛，百姓过上安稳的生活。

刘望之的诗对朝廷委曲求全，换取金人停战表示了痛心。

刘望之空有满腹才学，生不逢时，于是寄情山水，遍游南平军附近僰溪山水，在很多地方留下了足迹，也留下了不少诗句。写瀛山的两句诗便是其中之一，可惜全诗失传，只留下了两句。道光《綦江县志》载，刘望之在南平军任教授时还留下了一首《水调歌头·夜郎溪春泛》：

劝子一杯酒，清泪不须流。人间奔名走利，骑鹤梦扬州。向见楚玉台畔，云雨无情有恨，眠却数沙鸥。聚散随来去，天地亦虚舟。

谪仙人，换了马，抛了裘。共君何事流觞，曲水附悠悠。鸟亦弹丝吹竹，花亦飞香舞艳，泥饮更何求。三万六千日，日日此酣游。

当时一个很有名气的文人颜师贤把这首词用大笔写在了僰溪旁边的石壁上，认为这是当时文人的光彩，由此可见刘望之当时在南平军及附近名声十分大。

有关史书记载："宰相沈该荐其文无尘埃气，召除学官迁秘书省正字。"照这段话记叙，刘望之后来应该离开南平军赴京城任职，可是后人又在南平军附近发现了他的坟墓。《道光綦江县志》记载：刘观堂墓在赶水东二里许，一户居民宅后竹林内，离雁塔碑不远，墓碑上写有"刘先生观堂墓"几个大字，墓碑上还有碑文，只是字迹模糊看不清楚了。于是道光《綦江县志》解释："其迁正字，或者来不及到京城任职便逝世了。"道光年间邓仁堃任县令时重修了刘望之的墓，当时举人罗星写了赞颂刘望之的诗：

寂寞孤坟在，无人到陇头。一官殊落拓，千载擅风流。
古壁仍留字，长江不系舟。瀛山佳味在，三百六旬秋。

刘望之是宋代生活在綦江境内的大文人，留下了很多赞颂綦江山水的诗文。

王坚做客古南州

清道光《綦江县志》记载了南宋大将王坚写的一首描写在綦江做客时登上观音岩的诗。

王坚是南宋末年抗击蒙古军入侵的有名将领。南宋末年，北方的蒙古族在首领忽必烈的领导下强盛起来，灭掉了金国，统一了中国北方，接着向南进攻，占据了大批国土，建立了元朝。元军继续向南进攻，遭到南宋朝廷中一些爱国之士的坚决抵抗，其中十分有名的合州钓鱼城守卫战便是其中一个例子。

王坚是南宋时期一个十分有名的将领，曾经任湖北安抚使。南宋理宗宝祐六年（1258 年）蒙古宪宗（蒙哥，即蒙古的皇上）亲率大军攻进四川，第二年进军包围合州。当时南宋大将王坚守合州，他在合州地区老百姓支持下，利用合州钓鱼城易守难攻的地势，以少战多，坚守合州。数月后，蒙古大军的统帅宪宗受伤而死（一说病死），蒙古大军被迫撤退。王坚打了胜仗，本应受到朝廷嘉奖，同时王坚也愿意继续坚守合州，打败前来进犯的蒙古军。可是南宋皇帝和把持朝廷大权的奸臣不想抵抗蒙古大军，把王坚调离了合州，王坚遭奸臣贾似道排斥，郁郁而死。

有关历史书充分肯定了王坚身为南宋派驻合州的守将，没有畏惧数倍于自己的蒙古大军进攻，坚守孤城，给蒙古军造成重大损失的事，肯定了王坚的功绩。也指出王坚遭当时手握大权宰相贾似道迫害，终被调职的事。

王坚什么时候到了当时被叫作南州，也就是今天的綦江，而且做了两年南州的客人，相关历史书上没有确切记载，王坚在綦江做客期间，有一天登上观音岩，乘兴写下千古绝句，至今八百多年了。

贾似道是南宋理宗皇帝的贵妃贾氏的弟弟，开庆元年（1259 年）以右丞相身份带领大军救鄂州（今湖北武昌），他不敢上战场和蒙古军刀对刀、枪对枪地打仗，私自向蒙古忽必烈求和，答应称臣赔款，蒙古兵退后谎称大胜，此后专权多年，借推行“公田法”用贱价收购农民大量土地占为自己所有。后来权势更大，被皇上封为太师，执掌国家种种重大事务，他不在朝廷上听取大臣意见，朝廷大政都在自己西湖私宅中决定。襄阳被元军围攻数年，他隐匿军情不报，不以全力救援。接着元军沿长江东下，贾似道被迫出兵，大败，不久被革职放逐，在放逐途中被监送人员郑虎臣杀死。传说王坚就是在贾似道横霸朝廷、调任合州知府后，于宋理宗景定二年（1261 年）至景定五年（1264 年）间来南州做客“两年”，并登上观音岩游玩，留下了《游观音岩》一诗：

两载南州客，悬岩此日登。
翠环千丈壁，红映一龛灯。
索句拈枯笔，凭高倩老藤。
闲身何所托，抛剑欲依僧。

从王坚的诗中可以看出，他十分赞赏綦江观音岩的秀丽景色，同时觉得自己空有本事，不能率大军拼战于战场，击退入侵的蒙古大军。他看到国家危机，百姓受难，十分心痛，于是产生了出家当和尚不问世事的想法。遗憾的是，当年王坚登上的观音岩，因为抗战时期修建川黔公路炸掉了。

罗天秀修广惠桥

现在的三角镇过去叫三角塘，因场镇子边有一个三角形的池塘而得名。池塘边有三条大路，一条是上老瀛山的大路，一条是通往乐兴场，再往前可以到巴县的大路。还有一条是通往隆盛场，再往前可以通往南川地界的大路。三角塘场边上有一条小河，是由东南隆盛方向流来的小溪与南面乐兴场流来小溪汇合而成。

明朝、清朝时期，从綦江县城渡过綦江河前往三角塘，以及从三角塘前往隆盛场或乐兴场的路都是羊肠小道，当时人们叫作毛狗路，意思是只有毛狗[①]才能走的小路。行人走路十分艰难，不小心或被路边荆棘树枝刮破衣裳，或掉下路边石崖，特别是挑着担子背着背篓的人行走起来更需小心翼翼。

因为交通不便，当地居住的人少。远远望去，山路两旁山沟一片荒凉。三角塘边上的小河因为是山间小溪水汇集而成，平时水浅滩多，不能行船，也没有过河船。要过河的人或捞起裤脚涉水过河，或踩着河中石头过河。不过，能涉水过河或踩着河中石头过河的都是年轻男子。那时候女人裹小脚，把一双脚裹缠得小小的、尖尖的，河水中石头多，小脚涉水过不了河，也不能踩着河中石头过河。还有年迈力衰的老人，也不能涉水过河或踩着河中石头过河。到了夏天，天降暴雨，河水猛涨，恶浪一个接着一个，汹涌澎湃，即使是年轻力壮的男人也只能望而却步，不能过河了。

明朝成化年间，三角塘小河边住着一户姓罗的人家，有一个叫罗天秀的小孩。他从小就经常到小河边同伙伴们一起玩耍，常常看到老人或女人十分艰难地过河，还看到过凶猛的洪水把过河的人冲走的事情。罗天秀从小就有爱心，经常帮助过河的人，扶老年人过河，帮助过河的人背东西。

年纪稍大，罗天秀有了些力气，还经常背要过河的老人或女人过河。罗天秀读书也很努力，虽然家里贫穷，可是父母受了不识字的许多苦，想尽办法凑了一些钱送他到附近私塾老师那里读书识字。后来，老师见他聪明勤奋，还免了他的学费。罗天秀读了书，到县城考取了秀才，有了功名，又加上待人诚恳，做事认真，在县里当了一个小官，把家搬到县城里。不过他当官不忘本，仍然经常回到三角塘看望昔日的穷苦朋友。

一次，罗天秀回三角塘看望朋友。朋友刚好住在三角塘小河边上，时值夏日，下了几天暴雨，小河涨了水，浊黄的浪头一个接着一个拍打着河岸，发出“轰轰”的声音。罗天秀坐在朋友家门前，正想着小河涨水，要过河的人过不了河该怎么办时，隐隐约约听到有人在水中呼救的声音。他吃了一惊，赶忙叫上了朋友，大步向发出呼救声的地方奔去。罗天秀知道有人落水了，便和朋友一边跑一边脱了身上衣服，纵身跳进河中救人。被救起的是一个中年妇女，原来她的丈夫患了疾病，急着

①毛狗：指狼一类动物。

到三角塘请大夫，冒险涉水过河被浪头冲倒了。幸好罗天秀听到了呼救声，妇女得救了。

傍晚，罗天秀到了另外一个朋友家里看望，看到小河边一棵大黄桷树下挤着坐了三四个年轻男人，旁边放着几个装满货物的担子，罗天秀猜出几个年轻人是帮人挑运货物的挑夫，可是天晚了为什么不到三角塘客栈住宿而挤坐在河边黄桷树下呢？他上前询问，一个挑夫告诉罗天秀，他们原来准备过河把货物运到乐兴场，那里的货物主人给他们准备了住处。可是遇上小河涨水，挑着东西没有办法过河，到三角塘客栈住又没有钱，无可奈何，只好挤在黄桷树下过夜。罗天秀听了挑夫的话，更加感到小河上没有桥给当地穷苦百姓的出行带来了很多不便。他暗暗下了决心，要在三角塘小河上修一座桥，方便两岸百姓。罗天秀知道自己拿不出修桥所需的钱，决定向住在城里有钱的三角塘人募捐，千方百计想办法修桥。

罗天秀回到县城，向父母讲了要募钱在三角塘小河上修桥的事，得到了父母的支持。

罗天秀开始募集资金修桥，首先，他让家里人尽量节约，不吃肉少吃菜，衣服破了缝缝补补继续穿，节约下钱捐出来修桥。妻子有些不理解丈夫为什么决意修桥，抱怨说："官人，我们家已经搬进了城里，三角塘边的小河上修不修桥与我们家没有多大关系，为什么为了修桥这么苦自己？"

罗天秀耐心劝说："夫人，三角塘小河两岸住着许多穷苦百姓，我们住进了城里，可是不能忘了他们。我们不能只顾自己，心里要想着许许多多还在受苦的穷苦百姓。"

罗天秀到一些有钱人家去募钱修桥。一些有钱人心地善良，心里装着受苦的穷苦百姓，十分慷慨地捐出钱来修桥。也有一些有钱人十分小气，不愿意拿出钱来帮助修桥。还有一些为富不仁，不但不捐出钱来修桥，还骂罗天秀是"狗咬耗子多管闲事"。有一次，罗天秀到一户人家募钱，主人还没有听他说完修桥的事，黑了脸，恶狠狠地说："姓罗的，你关心三角塘的穷苦百姓，要修桥自己掏腰包。我家有钱，可是不会把钱拿来扔在水里。我不会捐钱的，请你不要再说捐钱的事。"罗天秀耐着性子劝说，主人理也不理，终于听得不耐烦，起身走了，罗天秀无可奈何，只得叹着气起身离开了这家。

罗天秀跑了不少路，到一家又一家劝说捐钱修桥，也碰了不少钉子。不过俗话说：事怕有心人。罗天秀终于募齐了修桥的钱，在三角塘边小河上修起了一座石桥，他给石桥取名叫广惠桥，意思是三角塘小河两岸广大穷苦百姓受惠于石桥的建成。

广惠桥修好后大大方便了三角塘小河两岸的百姓以及经过三角塘的行人，石桥经过一百多年的风吹雨打，到了清乾隆三十九年垮了，两岸的百姓及过路行人又出行不便了，后来当地百姓集资重建，把小石桥改名叫广济桥。

杨慎诗赞夜郎溪

夜郎是古时候贵州北部、四川东南的一个小国家。后来，夜郎国不存在了，但是名字却保留了下来。至今在贵州桐梓北部仍然有一个山间平坝叫夜郎坝，从夜郎坝流出来的小溪叫夜郎溪。据古籍记载，綦江河从前曾叫僰溪，也叫夜郎溪，从古夜郎国境内流出，流过赶水的南平军城下，和藻渡河汇合，流过西北面的东溪场，流到三溪与葛溪（今蒲河）汇合，再流经南川（今綦江）县城，在江津境内的南江口流入长江。因此，夜郎溪即綦江河上游古时候是一条支流的名字。杨才子写诗赞夜郎，从诗中描述的景色可以看出，杨才子赞的夜郎溪，就是綦江河上游的景色。

杨才子名字叫杨慎，四川新都人，明朝正德六年状元，为人刚烈，遇见不平之事，喜出面帮助弱者打抱不平。他善于写诗作文，著述很多，为当时文人所敬仰，被称为明代三大才子之首。曾担任朝廷翰林院修撰，经筵讲官等文职高官。明朝嘉靖年间，杨慎因为在朝廷上指出了皇帝的一些不当行为而获罪，被流放到云南一个叫永昌卫的地方。在从京城到云南的路途上，他经过了綦江，看到綦江山美水美，特别是夜郎溪流淌在青山丛中，溪水青青，水草丛丛，锦鳞游泳，鸟儿歌唱。杨慎赶了十多天路，累了，于是和押解他的公差商量，在夜郎溪边寻了一个小渔村住了下来。天色还早，他一个人漫步在夜郎溪畔，看到夜郎溪上的美景，想到自己满腹才学，曾任朝廷高官，却因性情刚烈，直言冒犯皇上而获罪，从此将长住远离朝廷的边疆荒僻之地，再也无法为国家出力，心中感慨万分。一个人走到溪边，长长地叹了一口气，大声喊道："老天爷，我杨慎胸中有才，却再也无法施展才能了！"

忽然溪边响起了一个洪亮的喊声："杨大才子，早闻大名，不想今天在这里相见。"

原来小溪边有一棵枝繁叶茂的黄桷树，树下有一只小小的渔船。由于溪边水草茂盛，遮住了渔船，以致杨慎走到溪边也没有发现小渔船。

杨慎大吃一惊，向发出声音的黄桷树下望去，只见一个须发全白的老渔翁跳上了岸。老渔翁看上去年龄在七十以上，声音洪亮，身手敏捷，一边向杨慎走来，一边大声说话："杨大才子，你胸中有才，置身于山美水美的夜郎溪畔，何不留下佳句，让夜郎溪沾一下大文人的光，给夜郎溪添美。"

杨慎见老渔翁一口称呼出自己名字，大吃一惊，不过他心情不好，叹了一口气，说："老人家，我已是戴罪之身，写的诗词再美，只会让夜郎溪蒙羞，不会给夜郎溪添美，不知老人家因何知道我的姓名，望老人家告知。"

老渔翁哈哈大笑起来，说："杨才子，你虽获罪于朝廷，被流放滇南。但杨才子应该明白，一个人有高高站在峰顶之时，也有落在谷底的时候，不论在峰顶，还是在谷底，都应该让自己心中之才为山河添美，为百姓增福，不愧在世上走了一遭。"

杨慎听出老渔翁绝不是山野中一平凡渔夫，赶忙行了礼，询问道："老人家，听了您说的话，我获益不少，老人家是哪位饱学之士，隐居夜郎溪边，望能实言相告。"

老渔翁笑着说："杨子才，以前你在朝廷做高官，身边有人奉承，还有美女相陪，自然觉得生活很美好，而今来到夜郎溪边，老夫要让你体验一下生活在偏僻山野小小渔村的美。来来来，跟随老夫到夜郎溪边游一游，再到小渔村里走一走。"

杨慎跟着老渔翁漫步在夜郎溪边，老渔翁一边走一边给杨慎介绍夜郎溪边的景点。在一处野草丛生，高过人头的地方，老渔翁向杨慎介绍这个地方叫孟获巢。传说当年蜀汉丞相诸葛亮带兵南下平定南蛮孟获造反，孟获为了躲避诸葛亮的大军，曾经把巢穴建在夜郎溪边的水草丛中，也就是这里。诸葛亮七擒孟获，让南方的蛮人心服口服，保证了南方的安定，诸葛亮为百姓造福，真是一个了不起的人。

杨慎跟着老渔翁走进小渔村，小渔村的人跟老渔翁都很熟，年长的叫他老哥子，年轻的叫他老伯。老渔翁很热情地跟人们打着招呼，带着杨慎走进了一个茅草盖的渔家小院，几个年轻人正等着他。老渔翁向人们介绍了杨慎的身份，年轻人既惊讶又十分高兴，有的赶忙拿出自己写的诗词请杨大才子修改，有的拿出纸笔请杨大才子留下佳作。杨慎想不到偏僻的深山小溪旁边小渔村里居然有写诗作词的年轻人。老渔翁向他介绍，小渔村里几乎人人都会读书认字，还曾经出过举人、进士。这里的人不论是年长的，还是年轻的，都有登高峰不骄、处低谷不气馁，时时刻刻都想着国家，想着百姓的好心态。老渔翁的话让杨慎脸发热，心里咚咚跳。

杨慎在小渔村里感受颇多，被流放边境偏僻地方而引发的忧和愁似乎被小渔村民们的热情完全驱走了。离开小渔村时，他应老渔翁和小渔村里人们的邀请，写了一首古体诗和一首七绝留了下来。

夜郎曲三章

夜郎城桐梓，原东堞垒平。村民如野鹿，犹说翰林名。
夜郎溪槃木，阴中半景西。渔舟投树宿，水鸟逗花啼。
夜郎歌汉宫，曾取教秦娥。竹枝传窈绊，杨柳转猗傩。

夜郎溪

行到滇南欲尽头，江边深处隐扁舟。
不知孟获巢何处，料入烟芜避武侯。

杨慎用诗歌赞美了夜郎溪，赞美了綦江的山山水水，也赞美了老渔翁以及在小渔村里见到的人。

杨慎被流放到了滇南，而且始终没有回到朝廷为官，不过他并没有因为身处偏僻的边境就放下手中的笔，而是创作了不少优秀诗文流传世间。

张希召置东溪驿

从前，官府在交通要道上设置驿站，为官府传递文书、信件和一些物件。那时候交通、通信都非常不方便，没有汽车、火车，更没有电报、电话。朝廷有命令下达，官府之间有文书传递，全靠驿站里的驿夫一站一站地传递。每个驿站有两三个、四五个不等的驿夫专门负责传送官府的文书、信件和物件。一个驿站里的驿夫把文书、信件和物件传送到下一个驿站，便算完成了任务，然后再由下一个驿站接着传。

设置驿站要花很多钱，官府不愿意花钱，于是把驿站的花费加在了老百姓身上。每个驿站的驿夫工资以及驿站马匹所用马料、各种各样的开销，都由驿站所在地的老百姓负担。有的驿站管辖的路途远，所用的驿夫和马匹多，需要的费用也多，所以老百姓的负担也就更重了。明朝中期，綦江在北渡设有驿站，所管辖的驿道从县境北端的北渡场向南穿过了整个綦江，一直到川黔边境的松坎，有近两百里远。路线长，北渡驿站里所需的驿夫、马匹多，费用很大，当地老百姓的负担沉重，叫苦不迭。

明朝隆庆年间，原来在朝廷担任户部郎中的张希召张大人被分派到重庆担任郡守。张郡守是一个非常关心百姓疾苦的好官，他到了重庆，在郡守府的公堂上接了郡守的大印，没有好好歇几天，便找来郡守府里的下级官员，换上普通老百姓的衣服，让官员带路，到重庆府管辖的各个县去微服私访，了解民情。当时重庆府管辖的地方很大，十多个县。张大人一个县一个县地走访百姓，每到一个地方，他不让带路的官员通报当地官府，或径直到场镇坐在茶馆酒店里听老百姓闲谈，从中了解老百姓的疾苦，或到乡下穷苦农民家里倾听百姓诉说。张郡守微服私访了解到了重庆府各县的情况，然后回到郡守府升堂问事，革除各县官府施行的损民之法，弘扬爱民精神，为重庆府所管辖各县的老百姓做了很多好事。

有一天，张大人又带了两个下级官员出了重庆城，乘船渡过了长江，下乡微服私访。他顺着官驿道向南走，爬上一个又一个山坡，渡过挡在路上的小溪大河，走得满头是汗，气喘吁吁。肚子饿了，在路边小店买一碗米饭和两个小菜吃，天黑了，在驿道路边小客店住下。走了整整两天，来到了綦江县境最北端的北渡场。张大人知道北渡在驿道上，有驿站，不过他跟以前微服下乡私访一样，没有让手下随从通报驿站里的官员，而是在北渡场上找了一家小客店住下了。第二天一早，张大人带着两个随从下了乡，他们在一条泥巴路上走了一阵，天上下起了雨，因为出门时没有带雨具，没有办法继续赶路。张大人看到路边有一个茅草房，于是带着两个随从到茅草房里躲雨。茅草房里住的是一位姓王的穷苦农民，一家五口人，靠租种东家几亩山地维持生活，日子过得很苦。张希召和随从进茅草房躲雨时，王家正在吃早饭，吃的是和着野菜煮的稀饭，饭锅里没有几粒米，全是野菜。张大人看到王家生活过得这么苦，长长地叹了一口气，皱起了眉头，正想开口询问王家人生活为什么这样苦，从门外进来两个公差，其中一个满脸横肉的公差一进门就大声吼叫：“王老头，你家该交的驿站驿夫马匹费，为什么到现在还不交，今天我们登门来收，快快交上来！”王家男主人放下手中饭碗，上前哀求说：“公差大人，今年收成不好，我们全家人只能靠野菜过生活，实在没有办法交驿站费。”满脸横肉的公差瞪起一双牯牛眼，大声吼叫：“不行，今天我们登门来收，非交不可！”

张希召看到公差蛮不讲理，实在忍不住了，上前一步训责说：“这位公差大哥，讨要钱粮不能凶横不讲道理，这家人吃饭的口粮都没有了，饭锅里全是野菜，还要他们交什么驿站费！”

公差见有人出来替王家人说话，转过身对着张希召瞪大了眼睛，高声怒骂：“哪里来的野汉子，竟然敢责备我们征收税捐，胆子不小。”

张希召的随从忍不住了，大声吼道：“不得放肆，瞪大眼睛看清楚，站在你面前的是重庆府郡守张大人！”

两个前来催收驿站捐的公差早就听说重庆新来的郡守大人经常下乡微服私访，吓得白了脸，再也不敢放肆，灰溜溜地逃出了王家草房。

王家男主人听说进来躲雨的是重庆郡守张大人，还没有等两个公差出门，几步到了张希召跟前，扑通跪下了，眼里流着泪，颤抖着说：“张大人，张青天，小民有冤屈要诉说给大人听，希望大人为民做主。”

张希召拉起了王家男主人，认真地倾听了王家人的倾诉，了解到北渡驿站距离下一个驿站太远，所用驿夫马匹多，费用也大，当地百姓负担十分沉重。张希召记住了王家男主人的话，他又走访了北渡场附近十多家老百姓，这些人家也都谈到了北渡驿站管辖地段长，百姓负担重的情况，张希召还带着两个随从亲身体验从北渡驿站走到下一个驿站，他们走了三天，走得腿酸脚痛。

张希召了解到重庆府所管辖区域内驿站分布不合理的情况，找来了郡府里管理驿站的官员，认真研究后调整了驿站的位置，綦江的北渡驿站调整到了东溪场，东溪到松坎的路途比北渡到松坎近了将近一半，老百姓的负担大大减轻了。

张希召调整驿站为綦江百姓做了一件大好事。

房嘉宠滥杀苗人

明朝万历年间，綦江南部播州苗民经常骚扰綦江南部边境，和汉人发生纠纷以致发生争斗，让綦江南部边境不得安宁。

后来，朝廷派来游击将军房嘉宠镇守綦江南部边境，保护綦江百姓安全。可是朝廷派错了人，房嘉宠是一个自高自大、目中无人而且生性十分残暴的人，听不得别人提出反对的意见。他带着兵马来到綦江后，放纵士兵，骚扰百姓，强拿强买百姓财物，害得綦江百姓叫苦连天。

房嘉宠有一个副将叫张良贤，他是一个很会打仗并且是个爱护老百姓的好人，可惜给房嘉宠当了副将，提出的好建议很难得到房嘉宠采纳。张良贤看到兵士扰民，一次又一次向房嘉宠提出要约束兵士，爱护老百姓，作战才能得到老百姓的支持。可是房嘉宠却认为要想让士兵卖力打仗，就不要把士兵管得太紧，士兵拿老百姓一点东西，搪个把女人是小事，用不着大惊小怪。张良贤劝了几次，见房嘉宠听不进去自己的意见，终于不再劝了。

对于如何对待边境的苗民，房嘉宠和张良贤的意见也不统一，房嘉宠认为边境的苗民一个个都是刁民，必须用武力坚决镇压，而张良贤却认为对待边境苗民要以爱护为主，坚持和为贵的原则。房嘉宠抓住了在边境惹事的苗民一律斩首示众，而张良贤抓住在边境惹事的苗民则采用安抚的办法，认真听取苗民申诉，好言劝导，然后放其回去。两个镇守綦江的将军，处事的方法不同，对待老百姓及边境苗民的态度不一样。不过房嘉宠是镇守綦江的主要将领，张良贤只是一个副将，重大事情的决策副将必须听主要将领的话。

房嘉宠还是一个好在上司面前邀功的人。有一次，边境乡镇来报，播州苗兵进犯边境，占了綦江的一些地方。房嘉宠带领人马和副将张良贤一起到边境驱逐苗兵出境。可是，等到两位将军带领的兵马到了綦江南部边境石壕一带，苗兵早已经退回去了，副将张良贤见苗兵退走，主张也收兵返回綦江县城，可是房嘉宠却认为自己带领的大军既然已经到了边境，应该追到苗民所居住的播州境内，斩杀一些苗兵首级才能收兵回綦江县城。张良贤劝说不住主将房嘉宠，无可奈何，只好听任房嘉宠带着人马进入了播州地界，借口搜查进入綦江境内抢劫的苗兵，行凶作恶，斩杀了一些无辜的苗人。房嘉宠把斩杀苗人的首级送到重庆知府衙门邀功。重庆知府不明事情真相，上报朝廷为房嘉宠请了功，房嘉宠得到朝廷表彰，洋洋得意，镇压边境苗人更加猖狂。副将张良贤害怕因为房嘉宠的行为惹怒苗人，引发战乱，一次又一次提出忠告，可是房嘉宠不听。

不久，房嘉宠又做了两件滥杀无辜苗民的事。

万历乙亥年四月中旬，播州一个名叫周抚六的苗民到綦江经商做生意，带着几个雇请的搬运工到东溪买盐巴，准备运回播州地界卖给苗人使用。那时候贵州百姓吃的盐大都是由自贡一带盐户区运盐到綦江涪陵一带，再由商人运回包括播州在内的贵州境内卖给老百姓食用。周抚六在买盐的时候，因为认为所称分量不够和卖盐的人发生纠纷，周抚六性情暴躁，用手打了卖盐的商人一拳，打出了鼻血。

卖盐的商人挨了打心中不服，跑到官府告状。碰巧房嘉宠带着兵丁巡视县境到了东溪，刚好碰到卖盐的人前来告状。卖盐的人为了让周抚六受到严厉惩罚，诬告周抚六是播州苗人的奸细，到东溪明为买盐，其实是来买硝磺，买回播州做火药好来攻打綦江。房嘉宠听了非常生气，马上命令兵丁到市场上去捉拿周抚六，把周抚六捉来后问也不问就斩了首，头颅挂在市场上示众。知道实情的人都说周抚六死得冤枉，指责房嘉宠滥杀苗人。张良贤听说了这件事，十分认真地劝说房嘉宠以后处理苗人与汉人纠纷时一定要小心慎重，不要因小事引发汉苗之间大的争斗。想不到房嘉宠冷笑了两声，说："错杀了一两个苗人有什么了不起，苗人个个都像强盗，我很想把他们抓起来全杀光。"

万历乙亥年六月，房嘉宠又一次不听张良贤忠告，滥杀了十多个苗民。由于播州苗民与綦江汉人经常发生冲突，一个叫水三的汉族商人当起了劝和汉苗矛盾的中间人。水三费了不少心血，终于劝说了播州苗人和汉人和好，并且带着十多个苗人来綦江境内与相关汉人商谈和好的事。想不到这件事被房嘉宠知道了，竟然不分青红皂白，让手下兵丁把前来商谈的苗人抓了。张良贤得到消息后急匆匆赶到房嘉宠的大帐，苦口婆心劝告房嘉宠以和为重，放了前来商谈和好的苗人。可是房嘉宠仍然听不进去张良贤的忠言，下令将抓起来的十多个苗人全部杀了。

房嘉宠滥杀苗人，终于惹怒了播州苗人头领杨应龙，发大兵攻进了綦江境。房嘉宠抵挡不住苗人进攻，綦江城被攻陷，房嘉宠及家人死于乱军之中。张良贤也战死了，成千上万的綦江百姓死于战乱。房嘉宠滥杀无辜苗人，害了自己，也害了綦江人。

播州杨氏犯綦境

杨氏家族从唐朝末期开始统治播州，经历了宋元三百多年。南宋时期，朝廷力弱没有能力保障边界安宁，播州杨氏趁机兴兵北犯，占领了南川县南部南平军一带大片区域。元朝初期，朝廷任命杨氏不单为播州宣慰史，还兼溱州、南平州、绍庆州边沿史，杨氏侵占南平军（现赶水地区）一带区域，成了朝廷承认的合法行为。到了元朝末期，明玉珍在重庆建立大夏国，将播州杨氏赶出了所占原南平军大片区域，并将原南平军部分区域和北边的南川县合为一体，设立了綦江县。明时朝廷遵循大夏国明玉珍的做法，保留了綦江县的设置及区域面积。

可是播州杨氏不甘心失去原南平州大片区域，经常想着怎样才能向北面扩展，恢复南宋时不单统治播州，还统治南平州、溱州等区域的辉煌时代。加上播州周边汉人居住的区域由于引进一些先进耕作技术，同时加强了与经济发达地区的经济交流，百姓的生活相对要好一些，引起了播州地区苗民的羡慕与妒嫉。于是苗、汉之间有了矛盾，由于矛盾不断加深，常常爆发一些小的冲突，而汉人官府以及播州杨氏都不能很好地教育管束边民友好相处，有时还火上浇油，更加深了边民之间的矛盾，加大了冲突。

明朝万历年间，统治播州的是杨端的第二十九代后人杨应龙。杨应龙是一个凶狠残暴的人，他早年娶有妻子张氏，后来又纳了一个年轻漂亮的女人田氏为小妾。杨应龙喜欢小妾，疏远妻子，引起了妻妾之间的矛盾。小妾田氏告了状，杨应龙一生气杀了妻子张氏，让妻子娘家极度不满。恰好他妻子的叔叔张世照暗中掌握了杨应龙准备反叛朝廷攻打周边汉人区域的一些证据，于是逃出播州到贵阳向贵州巡抚告了状。

当时的贵州巡抚名字叫叶梦熊。叶巡抚早就对播州杨氏经常放纵苗兵、苗民骚扰汉人不满，得到了张世照提供的证据，更加认为杨应龙是贵州、四川边境的大祸害，一定要想方设法除去。于是他上奏朝廷，说播州杨氏要想造反，请求朝廷发兵征讨。万历皇帝见到贵州巡抚的奏章，找来四川巡抚核对情况，商讨对策。四川巡抚李化龙已经得到綦江、合江等地官府报告，知道杨应龙确实经常放纵苗兵、苗民骚扰边境地方的汉民，有反叛朝廷、祸害川黔边境汉民的可能。不过他担心播州与四川边界很长，如果采取了不当的措施，惹怒了杨应龙，纵兵侵犯，四川的边民要受迫害，于是主张采取安抚的方法，稳住杨应龙，让他不要兴兵危害川黔边境。

朝廷综合了贵州巡抚、四川巡抚的意见，下达了旨意，让杨应龙到贵阳或重庆接受审问，表明对朝廷的态度。杨应龙探听到贵州巡抚对自己有敌意，于是愿意到重庆接受审问。万历二十年，杨应龙到了重庆，经审问查明确实违反了明朝廷多条规定，按法律应当斩首。杨应龙愿意拿黄金赎罪。当时沿海地区受到倭寇侵扰，朝廷要派军队到沿海讨伐，急需要用钱用兵，杨应龙又请愿带五千兵去沿海征讨倭寇。朝廷同意了，赦免了杨应龙犯下的罪行。后来因为沿海倭寇退走，杨应龙没有带兵前往征讨。

不久，四川巡抚换成了王继光，王巡抚十分痛恨川黔边境苗兵祸害汉人，决定再次审问杨应龙，但想不到杨应龙拒绝前来受审，王巡抚发兵征讨，可是官兵打了败仗。贵州巡抚也派兵征讨，官兵仍然打了败仗。杨应龙骄傲起来，不再把朝廷官兵放在眼里，经常带兵四处骚扰，几次侵犯綦江边境，还到川黔边境合江惹事。四川巡抚奏请朝廷，在綦江设置了一个武官官职，还派驻了两千兵丁，驻守綦江县城和川黔边境安稳场。

防守綦江的武官名字叫房嘉宠，他是一个独断专横、听不进去意见的人，在綦江放纵手下兵士骚扰百姓，随意砍伐百姓竹木修建营房。播州苗民到了綦江境内，不管是不是前来惹事扰民，只要与汉人发生纠纷，也不问谁是谁非，抓住苗人就严厉惩罚，错杀了不少苗民。有一次，有一个叫周抚六的播州苗民到綦江东溪场贩盐巴，被周抚六的仇人诬告为播州探子，房嘉宠听了，不问青红皂白，让官兵抓起来杀了头，知情的人都说周死得冤枉；还有一次，播州苗民水三带了十多个苗人前来投靠房嘉宠，愿意帮助防守綦江南部边境，他不问青红皂白就把水三及十多个苗民全部杀了。房嘉宠还经常带着兵士到綦江和播州边界巡视，也遇到过苗兵袭击，于是非常仇恨苗人，多次把他认为是苗兵探子的人捉来杀了。房嘉宠误杀、乱杀边界苗人的事被报告到了杨应龙耳朵里，让杨应龙越发增添了对周边官府，特别是綦江官府的仇恨，终于决定发大兵北上攻打綦江。

綦江和播州边界苗民、汉人的矛盾得不到很好解决，杨应龙向周边扩张的野心、房嘉宠的极端错误做法终于引发了一场血腥大战，给播州及綦江众多无辜百姓带来深重灾难。

杨应龙攻陷綦江

明朝万历年间，播州宣慰史杨应龙反叛朝廷，发兵攻破綦江城，屠杀綦江百姓，放火烧綦江城里房屋，给綦江百姓带来沉重灾难。

杨氏统治播州多年，一心想扩大管辖区域，当时生活在播州的多为苗人，苗人与周边地区汉人及其他少数民族来往做生意，难免要发生矛盾，以致成群斗殴，发生伤人、死人事件。而杨应龙性格暴躁，遇到自己管辖的苗人与其他地方的汉人发生斗殴伤人、死人事件，往往派出苗兵帮助自己的苗人袭击汉人，以致酿成事端。加上管辖播州周边地区的汉人官员大多没有认真调查事件起因，妥善处理，只是向朝廷报告播州杨应龙纵兵抢劫，希望派兵镇压惹事苗民。就在杨应龙公开反叛前不久，一些苗人到綦江石壕地区经商做买卖，与汉人发生纠纷引起斗殴。有人报告了驻守在石壕地区的官兵，官兵首领派人把当时在石壕地区做买卖和办事的十多个苗人全部抓起来杀了。事情传到杨应龙耳里，杨迁怒于綦江百姓，决定发兵綦江，攻打綦江县城。

明朝万历二十七年（1599 年）六月，播州杨应龙率大队苗兵进攻綦江，当时防守綦江的明兵主将是游击官房嘉宠，副将是游击官张良贤。听到播州大队人马攻进綦江境内的消息，房嘉宠派张良贤率兵前去迎战，想把苗兵阻止在离綦江县城远一点的地方。张游击率领军队到了东溪，遇到杨应龙率领的苗兵。两军开战，张良贤率领的人马不多，虽然他作战勇敢，手下兵士也奋勇拼搏，但是寡不敌众，被杨应龙打败，仓皇逃回县城。

张良贤看到苗兵人多，守卫綦江县城的明军人少，知道守不住綦江城，劝主将房嘉宠打开城门，把城里的老百姓疏散出去避祸，然后把守城的明军带到附近山林埋伏，留一座空城给杨应龙，再寻找机会出击，消灭一些苗兵。可是房嘉宠是一个非常骄傲、听不进劝告的人，不但没有听信张良贤疏散百姓以避祸的好建议，反而下令把原来居住在县城附近的老百姓赶进城内，严令不准綦江百姓出城避祸，要老百姓与军队一起死守綦江县城。

杨应龙率领的苗兵赶到綦江城下，把綦江城团团围住，苗兵奋力攻打县城，房嘉宠在城墙上指挥兵士点燃火炮袭击攻城的苗兵，不料火药在炮筒里爆炸，反而伤了守城的明军。杨应龙指挥苗兵奋力攻城，苗兵个个都能打仗，冒着城墙上射下的箭、砸下来的石头向城墙上攀爬。终于，守城的明军抵不住苗兵进攻，退下了城墙，苗兵趁机攻进了城。房嘉宠、张良贤知道綦江城守不住了，两个人不愿自己家属受苗兵欺凌，回家杀了家人，然后冲出家门带领明军与苗兵展开巷战，可是打不过凶猛的苗兵，两个游击官都战死了。

杨应龙率领的苗兵攻进了綦江城，一个个像疯子似的见人就杀，见东西就抢，见房子就烧。綦江百姓遭了灭顶之灾。一些明军士兵与百姓为逃活命拼命往城外跑，可是多数还没有逃出城就被苗兵杀死。有的侥幸逃出了城，城外也有苗兵，于是一些逃出城的明军士兵往山上跑，一些往綦江河里跑，逃上山的被埋伏在山路边上的苗兵截住杀死。逃进綦江河里的或者被苗兵驾的船拦住杀死，或者被水淹死。杨应龙还指挥苗兵打开綦江城里的官府粮仓，抢光了仓里的粮食。打开綦江城里关押犯人的监狱，放走了所有犯人。苗兵抢劫了城里的店铺和人家，钱物统统抢走，然后放火烧掉房屋。还把城里的人全部抓了起来，年轻的女人和男子抓走，女人供苗兵享乐，男人当作奴隶使用，年老的和年少的全部杀掉。《道光綦江县志》记载，苗兵将被杀的綦江百姓尸体投入綦江河，尸体遮满了河面，綦江河的水变成了红色，红色的河水流到下游很远的地方。

播州杨应龙攻破綦江城，杀了城里的百姓，抢了财物，烧了房屋，然后退出了綦江城，大兵到了三溪一带住下了。他让人在綦江三溪、母渡、南川的东升坝竖起了播州界碑，声称这些地方都是播州的领地。

胡汝宁信守綦城

播州杨应龙攻陷綦江城，在保卫綦江城的战斗中战死的官兵将领里有一个叫胡汝宁的守备，死后没有得到朝廷抚恤，尸骨也在混战中遗失，不过当时的人或后人都认为他是冤死的。

但是，胡汝宁并不是奉朝廷命令到綦江来守城的，而是为了信守朋友的承诺到綦江帮助守城的。

胡汝宁是明朝万历年间的一员武将，陕西汉中人，万历二十七年受朝廷任命到湖广（现湖北省）一个地方做都司。胡汝宁接到朝廷任职文书后十分高兴，让家里的人准备了行装去上任。离开家时，父母与妻子送出家门很远，叮嘱他好好做官，为朝廷尽忠，保护一方百姓安宁。

从陕西汉中到湖广要经过重庆，时任重庆知府的人叫张与行，同胡汝宁是朋友。胡汝宁路过重庆时，特意到知府衙门拜会了张知府。他与张与行见了面，张知府见到胡汝宁十分高兴，特意设下酒宴招待胡汝宁。酒席宴上，张知府接到差人送来的一个加急文书，看后脸色大变，眉头紧紧地皱了起来，紧接着一声又一声地叹气。胡汝宁有些奇怪，关心地询问张知府出了什么事。张与行长长地叹了一口气，刚想开口说话又闭上了嘴。胡汝宁更加奇怪，又一次追问，张知府仍然不想告诉，叹着气说："胡将军，我管辖的重庆府区域里确实发生了一件十分棘手的事，不过这事与胡将军无关，你还是不要问的好。"胡汝宁有些生气地说："张知府，张大哥，我们是朋友，你遇到了棘手的难事不该瞒我，只要我能帮忙的，我一定帮你解决难题。"终于，张知府告诉了差人送来的加急文件里呈报的事，原来呈文上报告的是播州苗兵大队人马已经到达綦江与播州边界，准备攻打綦江城的紧急军情。

胡汝宁听了张知府的话，有些不以为然地说："张知府，俗话说，兵来将挡水来土掩。播州苗兵来袭，派兵将去挡就行了，不用愁眉苦脸地叹气。”

张与行摇了摇头，说：“胡将军，播州苗兵十分恶狠。特别是他们的主子，播州宣慰史杨应龙，心狠手辣，武艺过人，手下又有不少干将，不好对付。綦江城只有两千兵，官家的将领只有房嘉宠、张良贤两人，恐怕对付不了播州苗兵，我因此十分担忧。”

胡汝宁笑了笑，说：“张知府，张大哥，我也是一个武人，既然綦江防守缺人，不如让我先到綦江帮助守城，打退播州苗兵再去湖广上任，如何？”

张知府急忙摇起了一双手，说：“胡将军，这绝对不行。一来你是朝廷任命的湖广都司，没有防守綦江的责任，二来苗兵攻打綦江会是一场恶战，万一有一个三长两短，我怎么向朝廷和你的家人交代。”

胡汝宁态度十分坚决地说：“张知府，张大哥，我到湖广上任时间很宽裕，先去帮你到綦江守城，打退苗兵再去上任。我是朝廷将官，綦江是朝廷的疆土，为朝廷守疆土，保卫一方百姓是我的职责，即便有危险也应该去。”

张与行仍然摇着头不答应，说：“胡将军，胡家兄弟，你是好人，朝廷的好将士。不过，綦江将面临的确实是一场恶仗，一场苦仗。有的人想方设法要躲开，你何必要惹祸上身。”

胡汝宁拍着胸脯说：“张知府，我意已决，到綦江帮助守城，不打退播州苗兵不回重庆见你。”

张知府泪流满面，拍着胡汝宁的肩头说：“胡将军，你一定要到綦江帮助守城，我谢谢你了，希望你一定保重……”

胡汝宁带了张知府交给他的一队兵士，连夜启程赶到了綦江，这时杨应龙率领的苗兵已经攻进了綦江境内，在东溪打败了綦江守将武备张良贤、百户蒋懋赏。胡汝宁和张良贤也是好朋友，他赶忙拜见了张良贤，询问播州兵进犯的情况。张良贤听说胡汝宁自愿到綦江帮助守城，摇着头，叹着气说：“胡将军，胡大哥，听我一句劝，赶忙走吧，再迟就走不了了，苗兵很快就会包围綦江城。你看到了，綦江城不大，兵将不多，一定守不住城的。我是奉朝廷命令守城，不能走。你是湖广都司，没有责任守綦江，快走吧，不要惹祸上身。”

胡汝宁有些奇怪地问：“张将军，既然苗兵人多势众，綦江城兵少将寡，就该让綦江百姓避出城去，官兵也该在城外埋伏，留一座空城给苗兵，然后寻机袭击，等待大军前来剿灭叛逆，为何死守綦城，而且把众多百姓关在城内。”

张良贤叹了一口气，告诉胡汝宁綦城主要守将房嘉宠骄横自傲，不听手下将官建议，决意死守綦城。张良贤一再劝说胡汝宁离开綦江，回重庆带着手下去湖广上任。然而胡汝宁决意信守对张知府的承诺，帮助綦江将士守城。后来，綦江百户长蒋懋赏也来劝说胡汝宁，让他趁早离开綦江，避开危险。张良贤还带着胡汝宁视察了綦江城“守城”将士，让胡汝宁亲眼看到了綦江守城官军兵少将寡的情况，还让胡汝宁听了探子报告苗兵聚集准备攻城的事，让胡汝宁真正认识到留在綦江的危险。可是胡汝宁坚持守信于对重庆知府张与行的承诺，决意留在綦江帮助守城。

胡汝宁在抵挡苗兵进攻的战斗中十分英勇，手持长矛冲进苗兵中拼命厮杀，受了伤也没有退却，最后战死了。由于綦江被苗兵攻占，重庆知府张与行受到处分，而胡汝宁因为是私自到綦江参战，没有得到朝廷任何抚恤。不过，綦江的老百姓记住了这位英雄，即使播州苗兵攻打綦江城的战斗过去了很久很久，綦江的老百姓仍然流传着胡汝宁守信护綦江城的故事。

王祥智取刁化神

王祥是綦江思里①人，明万历三十六年（1608 年）生，他从小喜欢舞枪弄棒，还拜了附近一个武术老师当师傅，练成了一身好武艺。

王祥武艺高强，同时心地善良，他家庭富有，常常拿出钱财救济穷苦百姓。由于明末战乱不停，川黔边境一带老百姓饱受战乱骚扰，不少百姓为避战乱离家别境，到处流浪，成为难民。王祥在自己住家周围置购田产，接受难民前来耕地种田，王祥还供给耕牛、种子，让难民自种自收，不交田地租金。

后来，王祥为了保护家乡百姓，组建了军队。由于他善待士兵和将官，前来投奔的人越来越多。终于，王祥的军队成为了明朝末年川黔地区很有影响的一支军队。王祥带着这支军队参与了抵抗农民起义大西军以及清王朝大军向四川、贵州进军的多次战斗。他还曾经带着自己手下的军队驻守遵义，挡住了清军向南进攻的大军，由于作战有功，曾经被南明王朝封为綦江伯、忠国公。

王祥在刚刚起兵抵抗清军进攻时，曾经用计击败江津占山为王、危害百姓的刁化神，至今在江津一带当地百姓中传为佳话。

刁化神原本是一个文人，曾经考中进士，被朝廷分派到湖北荆州一带当官。明朝末年，农民起义风起云涌，李自成进攻北京，张献忠攻入四川，明王朝风雨飘摇。刁化神看出明王朝江山不保了，于是弃官不做逃回了家乡江津。他想在乱世中也拉起一支军队，弄一个大王当一当，或许以后会被新朝廷招安，弄一个更大的官来当。刁化神拉起军队后，看到四川已经有张献忠的大西军、清王朝进军四川的军队，还有效忠于南明王朝的一些军队，你打过去，我打过来。他害怕自己辛辛苦苦拉起的军队在混战中被打散，甚至被消灭，于是带着手下人马上了家乡附近的一座高山，靠抢劫附近百姓财物维持手下人马的吃和穿，并将手下军队抢来的珠宝等珍贵财物占为己有。

终于，刁化神和他手下的人马成了一群扰民害民的强盗。

王祥在綦江建起军队的目的是保境安民，他听到从江津逃来的难民讲述刁化神扰民害民的事，心里非常愤怒，决心消灭这股强盗土匪，让当地老百姓过上清静的日子。

这时，刁化神和他手下的人马已经成为江津、綦江及附近地区老百姓人人惧怕的恶魔。刁化神宣扬自己有神法，可以撒豆成兵，而且能够隔着大山砍下仇人的脑袋。正是因为宣传自己有神法，说自己有仙人助阵，在不长的时间内聚集了五万“神兵”。刁化神还吹嘘自己的“神兵”一个个刀枪不入，作战时有神人助阵。当

①思里：明朝末期思里所辖地域为现在的新盛、正自、通惠、横山等地。

时科学不发达，不但普通老百姓，就是一些朝廷命官、作战勇敢的将军也相信世上真有神兵神法，所以，不少人谈刁色变，不敢招惹刁化神。

王祥了解了刁化神凭借神法为非作歹、行凶江津及附近州县的情况，他不相信世上真有刀枪不入的神兵，也不相信隔山取仇人头的神法，下定决心进军江津，消灭刁化神，为民除害。可是王祥手下不少将领相信神法神兵的传言，担心攻打有神法的刁化神会吃大亏，打败仗。王祥的一些亲信将领好言劝告他不要拿自己凡人的身躯去碰有神法的刁化神。

有一天，王祥正在召集手下将领开作战会议，劝说手下将领不要相信刁化神吹嘘自己有神法、神兵刀枪不入的传言。守门的卫士来报，王祥家乡一位老人求见。王祥十分尊重家乡的老人，赶忙叫卫士把老人请到自己住的地方，让手下将领各自回到自己的驻地，作战会议隔日再开。王祥匆匆赶回住处去会见从家乡前来求见的老人。他到了住处，认出家乡来的老人是德高望重、在乡亲中威信很高的李大伯。李大伯见了王祥，满脸疑虑，长长地叹了一口气，问："王将军，王家侄儿，听说你要带着人去剿灭刁化神。老汉劝你早早打消了这个念头，刁化神有神法，你打不过他，不要偷鸡不着蚀把米，自己吃了亏。"

王祥笑着安慰李大伯，请老人家放心。他费了很多口舌，劝说李大伯不要相信刁化神有神法的传言。李大伯走后，王祥家乡又来了不少人，有他的长辈，也有他的同辈人，都是因为担心王祥带人马去攻打刁化神会吃亏而前来劝说的。王祥耐着性子劝说，终于让家乡的人放了心。

王祥决心消灭刁化神，打破他有神法的谎言，为老百姓除去祸害。为了击败刁化神，王祥想出了一个"以怪制怪"的打法，他买了上万只大娄山山羊。在山羊角上绑上小灯笼，黑夜驱赶至刁化神人马驻扎的大山下。士兵们点亮灯笼，擂起大鼓，惊天动地齐身大吼"太上老君驾到，小鬼快拿命来"。然后放出山羊，把山羊驱赶得满山乱窜，因为山羊角上扎着小灯笼，刹时间，满山星火点点。

山上"神兵"一个个吓得胆战心惊，有的回身往后逃跑，有的扔下手中武器扑通跪下，刁化神控制不住自己手下的神兵了。王祥挥师上山，取了不少"神兵"头领的首级，打败了刁化神，彻底破除了刁化神有神法的谎言，让江津、綦江一带的老百姓不再受刁化神以及他手下人马的骚扰及迫害。

后来，王祥在和农民起义大西军的战斗中兵败身亡。他是綦江历史上唯一被朝廷封赠为国公的人。王祥不相信迷信，以邪治邪打败刁化神，为老百姓除了当地一害。王祥智取刁化神的故事至今仍在江津当地老百姓中传为佳话。

蒲林单骑闯敌营

封建社会的官吏中，有不少贪官污吏，他们只知道捞钱肥腰包，不关心百姓疾苦。不过也有一些清廉爱民、关心百姓、千方百计为民造福的好官。贪官在百姓中留下骂名，好官的事迹在百姓口中代代传颂。

明朝万历年间，有一位县令为免除綦江老百姓遭受战乱之苦，单人匹马闯入播州杨应龙设在川黔边界松坎的营地，费了不少口舌说服了准备进军攻打綦江的杨应龙放弃了进攻綦江的打算，让綦江百姓避免了一场战争带来的灾难。

这位县令姓蒲，名字叫蒲林，陕西省咸阳人，从小读书勤奋，年轻时考中举人，万历十八年由朝廷分派到綦江当县令。蒲县令来到綦江县城上任，刚好遇上綦江遭受连年大旱，众多百姓挣扎在生死线上。蒲县令也是穷苦人家出生，知道天旱庄稼无收时穷苦人家没吃没喝的痛苦。他带着衙役到乡下考察灾情，访贫问苦。爬高山渡綦河，不怕吃苦，走遍綦江境内大山深谷，亲眼看到穷苦百姓吃树皮草根，年轻人外出逃荒，老弱因饥饿死在家中无人收尸的种种惨景。他想方设法募集粮钱赈济灾民，劝说有钱有粮的人家拿出钱粮给济穷苦百姓。对一些在天干无收还强收佃户租子的豪强地主，蒲县令加以严厉惩罚，他的做法得到广大綦江百姓的拥护。

灾害过去，綦江多数百姓过上了吃穿不愁的生活，蒲县令非常高兴。不过他仍然一天到晚忙碌，想方设法集资买田产作为开办学校（当时叫书院）、维持学校日常开支的学田，收集忠孝人家的事迹上奏朝廷，争取得到朝廷表彰。蒲县令操心费神，想让綦江的老百姓过上好日子，让綦江的读书人受到好的教育。

蒲林在綦江当知县的时候，挨邻綦江的播州宣慰史杨应龙萌生了反叛朝廷之心。他经常派出手下兵马，有时候还亲自带领兵马到川黔边境挑起战事，抢掠周边州县汉人的财物，引起周边州县百姓和官府愤慨。贵州巡抚多次派出官兵攻打播州，希望剿灭播州杨氏，除掉川黔边境惹事生非挑起战争的祸根。可是杨应龙手下有强兵猛将，官府几次派兵围剿都打败了，损兵折将。这时，有人提出派出得力官员前往播州面见杨应龙，劝说杨氏好好服从朝廷管辖，不要做出叛逆朝廷、四处惹是生非，攻打周边州县的事。如果真的能够劝服播州杨应龙，让川黔边境免除战乱，确实是一件利国利民的好事，可是派谁前往播州杨氏占领地去会见杨应龙呢？川黔边境一带的朝廷官员都知道杨应龙是一个心狠手辣、反复无常的小人，翻了脸什么人也不会认。前往播州地界会见杨应龙，万一话说得不投机，杨氏翻了脸则性命不保。川黔边境官府里的官员你推我，我推你，谁也不愿意到播州劝说杨应龙。

后来朝廷知道了，下旨让重庆知府前去劝服播州杨氏。重庆知府姓王，王知府接到朝廷旨意，不敢不从命。可是，单骑前往，王知府实在不敢，带军队前去保护，又害怕播州杨氏误认为朝廷派了军队前去围剿，弄巧成拙，反而激起战事，同样会送了性命。王知府思来想去，想到了蒲林，他知道蒲县令为人机灵，况且上任后能够较为妥当地处理綦江与播州边民之间的争执，为播州杨氏信服，于是派人去通知蒲县令先到播州和杨氏说好条件，然后再陪着知府大人一起前往播州。

蒲林收到知府衙门派人送来的书信，考虑起来，其实他本可以借县里有事抽不开身婉言拒绝王知府的要求，可是蒲县令知道綦江与播州地界相连，如果播州杨氏真的起兵反叛朝廷，战事肯定会波及綦江境内，綦江的老百姓会遭受战乱之苦，老百姓或许会死于战乱，或许会被战乱弄得毁家破产。蒲县令非常关心百姓，不愿看到战事波及綦江，让綦江境内千万百姓受苦受难，终于决定先为王知府到播州走一趟，劝说杨应龙打消反叛朝廷、举兵祸及周边州县之心。

受到百姓拥戴的蒲县令要单人独骑到播州会见杨应龙的事在綦江县城传开。老百姓害怕蒲林单骑到播州受到伤害，于是派出代表到县衙门劝说。蒲县令见百姓如此担心，心中感激万分，这更加坚定了他为了綦江百姓安危单身去播州的决心。

一天，蒲林走在綦江县城的大街上。忽然一个满头白发的老人拦住了他，“噗通”跪在了前面。老人满脸是泪地说：“蒲县令，听说您要单人独骑去播州，我的心悬到了嗓子眼。播州的苗兵个个凶狠，翻脸不认人，怕是凶多吉少。”

蒲林急忙扶起了老人，眼里也有了泪，说：“大爷，你放心，我到播州是去说理，不会出事的，大爷，谢谢您的关心。”

蒲林回到家里，妻子也担心丈夫安危，被他好言说服了。

播州的探子打听到了这个消息，报告了杨应龙。手下的人都认为杨应龙会安排人抓住蒲林，将綦江的知县大人作为人质和朝廷讲条件，借以扩大管辖地盘。不料杨应龙作出了好礼相待蒲知县的决定，原来杨应龙也是一个豪爽的人，非常佩服蒲县令单人独骑闯播州的胆量。他愿意和蒲县令这样有胆有识的人交朋友，于是亲自赶到了川黔边境的松坎，准备迎接蒲县令。

蒲县令果然没有带一兵一卒，单人独骑从川黔边境赶水出发，走了三十多里山路到了安稳，杨应龙已经派了人在安稳迎接他了。

蒲林见到了杨应龙，劝说杨应龙打消了与朝廷及周边州县作对的心，讲好了条件。然后他又把王知府请到了松坎，同播州杨氏达成了互相守好各自疆土，听从朝廷旨意的协议。

蒲县令单人独骑到了播州，劝说杨应龙放弃了和朝廷相对抗的打算，暂时稳定了播州与周边州县的关系。后来杨应龙因为有仇人躲藏在合州（今合江县）城内，发兵围住合州，蒲县令又奉命前往合州劝说杨应龙罢兵，解了合州的围。

因为蒲林两次出面劝说播州杨氏都成功了，立了功，也引起了一些官员的妒嫉。于是有官员上书朝廷，诬说蒲县令和播州杨氏暗中有来往，图谋不轨，明朝的万历皇帝听信了谗言，下旨撤了蒲林的官职。

周作乐安抚百姓

明朝万历二十七年，杨应龙造反，率大军攻进綦江城，杀人放火，奸淫妇女。綦江城里的老百姓有的被杀，有的被抓走，有的逃出到了城外。綦江城成了一座空城、一座死城。杨应龙退兵回播州时又一路烧杀抢劫，残害百姓，从綦江到贵州沿途不少百姓家被抢劫一空。后来朝廷派大军平定了播州杨应龙叛乱，可是綦江百姓惨遭迫害，不少人逃往深山老林，不少乡场空无一人。重新恢复綦江城乡往日的繁荣，需要让老百姓重返家园，或耕地种田、或开店经商。朝廷需要派遣一位非常能干的官员到綦江担任知县，朝廷选来选去，选中了云南昆明县举人周作乐。

周作乐是云南昆明人，从小勤奋读书，孝敬父母，和睦乡里，受到乡里人赞扬。周作乐年纪稍大方才考中举人，由于在当地名声极好，地方官员将他的种种优秀品质报到京城，受到万历皇帝赞许，授予官职做了四川省万县知县。他上任后关心百姓疾苦，勤俭节约，下乡拜访贫苦百姓不坐轿不骑马，带着衙役步行，有时候一天要走五六十里山路；审案时认真听取当事人申辩，仔细研究案情，尽量做到办案公正，不冤枉好人，不放走为非作歹的坏人；还大兴教育，鼓励读书人勤奋读书。万县百姓提到周县令，一个个都要伸出大拇指赞扬，称他是一个好县令。朝廷派人到万县考察周作乐的政绩，亦给出了上上等评价，万历皇帝高兴了，决定提升他为郡丞（相当于知府），可是一时没有找到安置的地方，便让周作乐暂时在家里等待。

不久后，周作乐接到朝廷到綦江任知县的命令，于是收拾行装，带了一个书童到綦江上任。他先到重庆，拜见了顶头上司重庆知府。知府大人拉着他的手，满脸愁容对他说："周知县，綦江遭播贼摧残，已经成了一座荒凉的空城，你去后一定会吃很多苦，遇很多难。你肩上的担子很重啊，遇到克服不了的难处，尽管到重庆来找我。"

周作乐到了綦江，看到县城房倒屋倾，满街破砖烂瓦，不见一个百姓身影，到处一片凄凉景象，他以前曾经到过綦江，看到过去繁华热闹的綦江城如今成了这副样子，不由得连连叹气，眼里有了泪花。周作乐来到县大堂，只有得到消息来到县大堂等待的师爷，没有其他差人。师爷见到周县令，眼里流着泪水说："周大人，你看，綦江县城已经成了一片废墟，县衙门的房子被烧了，县大堂也被烧了一个角。周大人，你这时候来到綦江县，不但没有人摆宴接风，晚上睡觉都没有地方。县城成了这个样子，大人的县令怎么当啊？"

周作乐苦笑了，叹了口气说："情况确实十分糟，不过既来之则安之。师爷，你能不能帮着找一找原来县衙里的差役，把县衙打扫一下，然后贴出布告，让逃散的百姓回来修整房屋，该开店的重新开店，该种田的耕种田地，让綦江县城恢复过去的繁华景象。"

师爷长长地叹了一口气说："周大人，说话容易做起来难，百姓房子被烧了，回到县城住在什么地方，吃什么？"

周作乐想了想说："对！要想让百姓回县城必须解决吃住问题，我到重庆府去要赈济，等到把县衙门收拾好马上去。"

当天晚上，周作乐就在县衙门一间破旧的房子角打了个地铺，和带来的两个差人挤在一起住下了，没有吃的，师爷给他弄来一些红薯烧熟吃了。第二天，师爷找来几个县衙门的衙役，周作乐和师爷、衙役一起，打扫了县衙的大堂，綦江县经过战乱又有了县衙门，有了知县大老爷。

周作乐带着差人，步行两百里赶到重庆府拜见了知府大人，磨破了嘴皮子，诉了整整半天苦，终于要到了赈济灾民的钱粮，知府大人还答应免除綦江百姓三年赋税。周作乐高高兴兴地回到綦江。尽管来回奔波，十分辛苦，可是，周作乐回到綦江后没有休息。让当地衙役带路，钻进深山老林，寻找从綦江县城逃去的百姓，劝说他们回到綦江县城。有一次，周县令一行到离县城二十多里的古剑后山劝说逃到那里的老百姓返回县城，过一个山沟的时候没有注意，脚踩滑了，跌倒在山沟里，他爬起来继续走，可是脚崴了，走起路来钻心刺骨般疼痛，一跛一拐的，差人想背着他赶路，可是山高路陡，背着人爬山十分危险，周作乐没有让差人背。天晚了，山里风大，呼呼呼响，找不到住的地方，周作乐一行人只得选了一个背风的山洞住了一晚。夜里冷，睡不着，并且山里野兽多，狼啊虎啊一声一声叫，十分吓人，周作乐一行人不敢睡觉，燃起火堆驱赶野兽。

周作乐吃了不少苦，受了不少累，终于劝说了不少原来住在綦江县城的老百姓重回县城，他带着衙役帮助重回县城的百姓盖房子，整修毁坏的街道。老百姓看到周县令跟自己一样干活，伸出大拇指称赞他是好县令。周作乐还让师爷记好赈粮赈款发放的账目，让重庆府拨下的粮钱完完全全发放到受灾百姓手中。重庆府发下来的粮款不够，周作乐还捐出自己的俸禄分发给受灾的贫苦百姓。

经过努力，周作乐终于让遭受大灾后的綦江县城重新恢复了生机。这时候，朝廷派出的平播大军分几路进军围剿曾经攻破綦江县城的播州杨应龙，其中刘铤刘大刀率领的大军正好从綦江县城经过，周县令害怕大军过境扰民，到刘大刀军营拜见刘将军，希望刘大刀约束官军不要扰民，还亲自带着衙役到县城各处巡夜，制止妄图扰民的军士，他想了很多办法，保护綦江县城的百姓不受过路官军骚扰。

周作乐在綦江先后做了七年县令，他鼓励农民辛勤耕作，商人守法经商，买卖公平，还筹资在县城北关建了文明书院，亲自为读书人上课。后来，周作乐升任遵义太守，离开了綦江，綦江百姓怀念他，为他修筑了周公祠，世世代代纪念他。

彭监移民兴綦江

彭县令名字叫彭监，江西省建昌县人。明朝宣德年间考中进士，后来朝廷任命他担任了綦江县县令。

彭县令出身贫寒家庭，只身一人，背着一个行李包，一路辛苦，步行到了綦江县，来到了县衙门。綦江县衙门看门的人看到他身穿旧衣衫，只身一人，不相信是朝廷派来綦江当县令的人，拦住不让彭县令进县衙。直到彭县令拿出了朝廷吏部文书才相信了，慌得手忙脚乱，把彭县令迎进了县衙门。县里的绅士和富有人家听说朝廷派来的新县令到了，为了讨好新县令，按照以前新来县令需大摆接风酒宴的惯例，准备在县城大摆酒宴为彭县令接风。彭县令知道了，让手下差人通知县里绅士富户，取消了迎风酒宴，把绅士富户准备办迎风酒宴的钱收起来用作救济灾民的赈济款。

永乐年间，綦江县遭遇了严重的自然灾害。先是干旱，接着是洪水泛滥，南部不少地方农田绝收，加上疫病肆虐，农民生活艰难。那时候农村老百姓生了病不知道请大夫看病，而且多数农民也没有钱请大夫看病，而是求神拜佛，希望神佛保佑躲过病灾。于是疫情越来越严重，有些人家因为得病没有治疗死光了，成了绝户。

同时，綦江南部连着遵义地区，两地边界多高山密林，素来常有土匪强盗抢劫富户。天灾年份，一些年轻农民生活极度艰难，于是上山参加土匪队伍，当起了土匪强盗。高山密林的强盗多了，经常下山抢劫，闹得百姓十分惶恐，成群结队外出逃荒，以致大片农田无人耕种，长满了荒草。

彭县令来到綦江以前就听说綦江南部的惨状，刚刚上任就准备到南部乡下去考察灾情。当时县令下乡，须带三班六役，坐大轿，一路鸣锣开道，让普通百姓避让。而彭县令下乡只带了两个带路的衙役，穿便衣下乡探访民情。因为带的人不多，害怕遇上土匪强盗遭遇伤害，所以很多衙役不愿跟随彭县令下乡。彭县令刚刚上任，不便强迫衙役，却又担心独自下乡不认识路，好在有两个忠厚老实的衙役主动提出愿意为彭县令带路下乡考察民情。

从綦江县城到南部赶水、安稳、打通有一百多里路。彭县令带着两个衙役走路下乡，山路崎岖难行。三个人你扶着我，我牵着你，上山下坡，从太阳出山走到太阳落坡。饿了，吃随身带的干粮。渴了，喝路边小溪里的溪水。累了，靠在路边大树歇一阵。天黑了，找了一家路边小客店住下。走了两天多才到了綦江南部。

彭县令找到当地里长和保甲长了解灾害情况，得知差不多一半的人家因病或饥饿死得家里没有了人。还有不少人外出逃荒，再也没有回来。彭县令在乡下看到大片农田荒芜，长满荆棘杂草。有些人家的茅草房因为久久没有人居住倒塌了，有的房屋破烂不堪了。彭县令心情十分沉重，一口接着一口叹气，皱着眉头想着如何让綦江南部农村繁荣起来。

彭县令回到县城，终日忧愁，后来他到了重庆府，向知府大人报告了綦江南部的灾情，请求知府大人拨粮拨款救济灾民，派军队剿灭山上的土匪强盗。开始，知府大人不愿拨粮派兵，彭县令苦苦哀求，终于打动了知府大人，答应派兵拨粮拨款。綦江南部山区的农民得到了救济。后逢没有了天灾，收成好了，上山当强盗的人因官兵多次围剿害怕了，加上农村的收成好，日子能过下去了，多数下了山，回到家里种地干活了。

綦江南部山区农村恢复了生机。不过，因为人口稀少，一些地方出现了田地没人耕种的现象。彭县令决定组织移民到南部地区。他让人统计了绝户留下的田地亩数，经过认真核实统计，当时綦江南部山区有二百八十户绝户，几千亩无人栽种的山田山土；绝户这么多，无人栽种的山田山土也不少，到哪里去找移民来耕种？当时綦江地广人稀，要从县内移民去南部山区十分困难，彭县令带着衙役到北部乡镇动员移民，跑细了脚杆，磨破了嘴皮子，也没有找到愿意移民到南部山区的人。彭县令没有办法，只好又跑到重庆府找知府大人想办法。知府大人被彭县令为国为民、为让管辖区域繁荣起来的诚心感动，帮彭县令想了一个办法。在重庆府负责警卫的军队里挑选了骆羊奴等三百八十名忠厚勤劳且到了退伍年龄的军士，让他们到綦江南部山地承种绝户人家的田地。

荒芜的土地有了人耕种，耕种绝户土地的军士有的娶妻安家，有的接来了原来家里的人，他们都成了綦江人，綦江南部农村经济繁荣起来。

彭县令任期里还将綦江境内的八里改成了五里，即思滩里、附郭里、永城里、安稳里、遵化里，这五个里的编制一直延续到清末民初。

綦人王祥守遵义

王祥是綦江历史上唯一被封为爵侯的人。

王祥是綦江思里人，明万历三十六年（1608 年）生，从小习武，曾考上县里武秀才，做了守綦江桐梓边界九盘子的官员。

明朝崇祯后期，农民李自成、张献忠起义。张献忠率军攻入四川，逼近綦江，当时王祥奉命守綦江，张献忠兵多将勇，势力强大。王祥退守遵义城，他派人补修城墙，遣兵分守关隘。张献忠害怕攻不下遵义，转而攻占了成都。清顺治二年（1645 年），明福王派官员总督四川、贵州等省军务。见云南、贵州地区只有王祥兵力强大，封他做了綦江伯，挂征蜀将军印。

清顺治七年（1650 年），农民起义军再次攻进四川、贵州。起义军军力强大，攻打王祥守的遵义城，王祥带兵拼死守城。可是农民起义军兵多将勇，兵力是王祥率领守遵义的数倍，终于攻进了遵义城。王祥带兵退到了乌江边上，他不忍手下将官士兵作战死尽，劝说手下兵将分散想办法回家。自己则奋起闯入敌阵，拼死奋战，杀敌数十人，然后自刎而死，死时仅有 42 岁。

方四攻打綦江城

明正德三年至九年（1508 年至 1514 年）川东大宁（今重庆巫溪）盐场盐工鄢本恕与蓝廷瑞率领穷苦盐工及农民起义，很快聚集了数万人，攻下大宁县城，起义部队活动于夔州、重庆一带，攻打官府，开官仓赈济穷苦百姓，震惊了朝廷。

后来，川东起义的军队和川北保宁（今阆中）起义的刘烈、川南起义的曹甫南北东西呼应，声势很大。朝廷派大军镇压，起义军流动作战，攻打州县。正德五年（1510 年）川南起义军首领曹甫战死，他的部下方四、任胡子等继续率领起义军与官府作战。

方四，仁寿人，出身雇农，从小帮人打工维持生活，家里十分贫困。他作战勇敢，又会谋算，自称总兵。任胡子任御史，联络农民起义军廖麻子等，形成了一股十分强大的力量。他们攻下了重庆附近的江津县城，准备从江津攻打重庆，占据重庆后自立为王，慌得朝廷急忙调集兵马拦击。方四等见官兵强大，知道攻打重庆无望，守在江津孤城也难以成功，于是从江津取小道攻入贵州，占领了贵州思南等地，然后从贵州进军川东南，攻下了南川等地方。

南川和綦江邻界，起义部队大军临境，綦江官府十分惊慌。当时綦江县令刘玉，急忙调集官兵及团防乡勇抵御起义军。无奈方四、任胡子领导的起义军力量强大，兵士勇敢，官兵抵御不住，起义军经蒲河、石角、三溪等地逼近县城。当时綦江县城城墙是用土筑成的，经不住起义军攻打，眼看方四、任胡子要攻进綦江县城，重庆方向来援的大队官军赶到。方四、任胡子率领的起义军退回了南川一带山区。因为綦江土城在起义大军围攻时遭到毁坏，起义军退出綦江后知县刘玉开始修筑石城。

赵谂造反改渝州

《重庆市志》(1992 年第一版）大事记载：“北宋崇宁元年（1102 年）二月宋国子博士南平僚人赵谂，回乡省亲，被人告发‘谋反’，处死。六月，改渝州为恭州。”《宋史·徽宗本纪》中也记有此事：“崇宁元年二月……奉议郎赵谂谋反，伏诛。”

与重庆地名沿革相关的多种史志均载有重庆原名渝州，后因一个名叫赵谂的人造反伏诛而改恭州。但各文中对赵谂系何人及其谋反案情均语焉不详。

赵谂本是古代重庆人中难得的青年才俊，原籍南平军，即现重庆市南川、綦江一带（有说为江津人）。其祖上原为僚人，其父赵庭臣也是被招安的土著头领。关于他谋反一案，虽事出有因，但也大有被有意夸大案情而扩大化的可能。当时有刑部官员说赵谂是属有口无心的行为，可见案情在当时就有争议，是否因其牵涉党争而从重处罚很值得考究。正史记载极略，而宋人笔记中尚有若干资料可供管窥。

少年才俊登龙门

北宋赵谂，渝州人，从小天资聪慧。其父赵庭臣是渝州南平军的某“戎洞”首领。神宗年间，赵庭臣以计谋杀除周围同伙，率众投宋，获得朝廷嘉奖，不但受封官职，还赐姓赵，成为皇帝本家，全家也到渝州安置。赵庭臣有子二人：赵谂、赵诙。赵谂十五岁上京赶考，于元祐九年（1094 年）“擢进士第二”。照此算来，赵谂十六岁就高中榜眼。

查《巴县志》，宋朝巴县总共得进士题名 6 人，可见赵谂当时真是少年英才，不仅在归化僚人中，就在当时宋朝上下都应该是精英人物了。所以当时就用为教授成都，自己也自诩“天锡雄材孰与戡”。后来进京受职时，更得当朝执政大臣曾布赏识，一见即“奇其才，擢国子博士”。眼见得即将平步青云，似乎前程不可限量。

狂生议政出狂言

赵谂谋反一案，只有南宋人陈均《九朝编年备要》记述较详：“绍圣中擢甲科，教授成都，因章惇逐元祐大臣，不合人心，欲以此为名起兵据蜀，与所亲何奖、王师直、贾成时及日者罗京等同谋，借孟姓起兵，以从蜀人之属望。上登极，赦到，谂谓奖等曰：‘章惇必败，天下既安，人心难动，前事愿勿出口。’遂入京，除太学博士。请假还家，欲回止诸人，而党中有发其谋者，狱具当族，有诏诛之，家属分配湖广。”明朝汪琬认为此案“皆当国者深文罗织，不足为据”，多有存疑之处。

参考古代文史笔记资料，对案情作大致复原：赵谂高中进士之时，正值苏轼兄弟等元祐大臣被逐之时，苏轼先被贬惠州，不久又贬到海南岛儋州安置，苏辙也被贬至筠州。当时刚得任成都教授的赵谂对同为蜀人的苏轼兄弟及元祐党人遭遇打击十分同情，对朝廷作为十分不满，在返家省亲时与一群亲近友朋聚会中大放厥词，扬言要“清君侧”，并提出改年号为“隆兴”。当时聚会言论，说了就散，从现有资料看来，所谓“清君侧”只是文人激愤之事，并没有实际举动，只有其弟赵恢少不更事，在渝州自家宅中柱上题字“隆兴二年天章阁待制荆湖南北等路安抚使”，第二年又再题“隆兴三年随军机宜李时雍从行”。数年以后，宋徽宗继位，元祐案息，赵谂见“天下既安”也就告诫众人不要再生妄想，自己则入京受职去了。到京之后，被曾布看重，受太常博士，即请假回家探亲，该更是衣锦还乡了，不料却落入囚网。

告讦成狱多诛连

赵谂正式被授予太常博士之职后，太常少卿李积中又招其为婿。正当其衣锦还乡回蜀探视父母之时，之前欲“清君侧”的聚会事件被他的一个名叫句群的学生告发，酿成为大案，赵谂回蜀即被拘押。有人又揭发他曾经对人说在返蜀途中有神人投梦，得一诗：“天锡雄材孰与戡，征西才罢又征南。冕旒端拱披龙衮，天子今年二十三。”即不但要密谋起兵以清君侧，而且还要自当天子，明目张胆要造反。

事发狱成，家乡又有人揭发其弟赵恢在家中堂柱题字事，并将其家中题字柱头戳下送官，柱上题字更坐实了两兄弟谋反事实，判叛逆大罪。

在判案过程中，朝中反响不一，有蜀中官员认为，蜀中多有不知天高地厚的青年常常口出狂言，其实本无反心，刑部郎中王吉甫当时就认为，“口陈欲反之言，心无真实之状。”从正史记载看，也本无任何举兵反叛之事实。但狱已成，按反叛之罪本应诛灭九族，而皇帝下诏只决斩了赵谂兄弟二人，其父赵庭臣谪贬琼州，家属分发湖广。同时，王吉甫因为在审案过程中发表了不同意见，被罢了官。当年看中赵谂的曾布也因为举荐赵谂而被谪贬。对曾布处罚决定内容是：“第求可用之才，辄荐逆谋之首。”说他只想觅求自己认为可以驱使的精明人，独断专行地举荐了一个谋反头子。曾布由此从执政的右仆射职位上被“责散官衡州安置”（后来有人认为，拉下曾布才是本案做大的关节）。

此案后，官方认为渝州之“渝”有变动不稳定之意，因此于崇宁元年（1102年）六月“壬子，改渝州为恭州”。重庆地名于此为一大改动。

曾布女婿的外孙，南宋文史学家王明清的笔记《挥麈录》中还记载了时隔60年后发生的一件与此相关的大事。1163年，已经是南宋时期，宋孝宗继位，从宋高宗的“绍兴”年号改为“隆兴”。王明清的一个朋友看到当年王的外祖父的手稿，记载了赵谂谋反罪正是要改年号为“隆兴”，随即借走手稿上书朝廷。孝宗顿时愕然，第二年即将年号改为“乾道”。王明清的那朋友也因此升了官，但王明清的外祖父亲笔手稿却要不回了。

一个渝州南平军僚人后裔高中进士，名列榜眼，官职达奉议郎国子博士，案发后又涉及地方改名、皇帝改年号的大案，正史却语焉不详，实在有些使人不解。只是一个青年才俊，为一时冲动的几句话而夭折，实在有些可惜。

坊间传闻

关于赵谂，一个影响颇大的年轻书生，虽正史极简，但私下笔记小说记载传闻不少，且多有故事性。

一是著名的“毕斩赵谂”。宋人王明清的笔记小说中收有，宋人曾敏行《独醒杂志》也有记载，说赵谂考中榜眼那年，状元为毕渐，由于印刷水平问题，渐字三点水模糊不清，所以最初快报出来被传为毕斩，连念前三名时，就成为“必斩赵谂”。结合后事，成为“一语成谶”。

二是其父赵庭臣先是僚夷后代，为南平一带“洞主”，当时南平僚时时反叛，政府军时常清剿，赵庭臣相约周边各路洞主共同投宋，得到响应，不料赵庭臣却施加阴谋，杀掉其他各路洞主，独占财产，独受重赏，被赐国姓。事发后被评为因果报应之效验。

三是赵谂考中后被当朝执政曾布赏识，授朝奉郎国子博士，太常少卿李积中招他为婿，不久事发，但留下遗腹子，外传即为冯时可，更有说也就是冯当可，就是重庆人耳熟能详的状元冯时行。这毕竟为后人附会之说，但可以看出有同情望其有后，且能又高中状元。

还有一说，由于赵谂一案本与苏氏兄弟被贬有所牵系，所以苏家兄弟回调返朝没有提出回川的要求，苏辙甚至尽量避见川人，以避免另生枝节。

如此，等等，说明赵谂事在当时影响颇大，有可能因其本身案情实际有差，正史才以极略文字处理。重庆本地是否还有地区资料可寻，有待专家发掘。

本文原刊于《重庆政协报》2019-03-29期第03版，重庆考古网站略作修改。
作者：苏祖斌

綦天佑带侄避贼

明末清初，战乱频繁。綦江处于四川和贵州交通要道上，参加战乱的各方人马，或由四川进入贵州，或由贵州攻进四川，都要经过綦江，因此綦江百姓饱受战乱之苦。一些歹人趁战乱结成团伙，上山为盗，抢劫财物，强奸妇女，杀人放火，百姓实在不能忍受兵灾匪患之苦，纷纷逃出县城和乡场到深山老林躲避。

綦天佑是綦江县城里的人，年龄刚满二十。年幼时母亲去世，跟着父亲和继母一起生活。他从小跟着父亲读书，非常刻苦，成绩很好，作诗写文得到綦江文人称赞。綦天佑还很孝顺父亲和继母，爱护同父异母的弟弟。他有两个姐姐，先后嫁了人，不幸的是两个姐夫都在战乱中遭强盗杀害，两个姐姐带着丈夫留下的儿子，孤儿寡母过得十分艰难。綦天佑经常到两个姐姐家帮助照看小侄儿，还帮助两个姐姐干些地里的农活。

一次，綦天佑又去了两个姐姐家，他教两个小侄儿读书写字，天晚了没有来得及进城回家，住在了姐姐家里。不料就在这天晚上，一队贼兵突然到了綦江城下，吓得綦江城里的百姓纷纷逃出县城，逃进深山老林躲避战乱。綦天佑的父亲、继母带着他年幼的弟弟也跟着逃难的人群逃出了綦江县城。綦天佑第二天清早起床，正准备返回县城自己家里，听说綦江县城被贼人占了，吓了一大跳，赶忙打听父亲、继母及年幼弟弟的消息，得知已经安全逃离了县城，心里的一块石头落下了地。他在姐姐家住下了，不料刚刚住了两天，占领了綦江县城的贼人窜下了乡，到处抢劫财物，杀人放火，眼看着就要窜到綦天佑姐姐家住的地方。他的两个姐姐看到左邻右舍的人家都在收拾东西逃出家门以避贼人，也赶忙收拾家中的财物准备逃走。因为害怕带着年幼的小孩逃得不快，于是让綦天佑带着两个侄子先逃，约定了汇合的地点，两个姐姐收拾好家中财物，然后赶到约定的地点汇合。

綦天佑带着两个小侄儿离开了姐姐家，他看到沿路农家都在慌慌忙忙收拾家中财物准备逃离家园，大人哭、娃娃叫，十分凄惨。綦天佑带着两个侄儿往约定的地方赶，突然发现前方好几处农家房子着了火，传来贼人吆喝声，女人和娃娃的哭喊声。原来一队贼人绕道占了前方一大片地方，断了綦天佑赶往与姐姐约定汇合地点的路。

綦天佑不敢带着两个小侄儿继续往前走了。他想退回到姐姐家，可是两个姐姐家的方向也有房子被烧着燃起的烟火，也传来女人孩子的哭叫声和贼人的吆喝声，知道姐姐家已经被贼人占了。往前走，前方有贼人，走不通，退回姐姐家也不行。綦天佑和两个小侄儿被贼人堵在一个狭窄的山沟里，而且随时会有贼人追到，十分危险。綦天佑既担心两个姐姐是否逃离贼人魔爪，又见两个小侄子眼泪汪汪地望着自己，心里像有一盆火在烧，他看见一些人在往路边河沟旁小树林里躲，带着两个小侄儿也躲进了河沟边的一片小树林。綦天佑选了一处深草丛让两个小侄儿躲了进去，嘱咐不论外面发生什么事情都不要出来，并且不要发出声响。

綦天佑也选了旁边一个草丛躲了进去，他听见贼人的吆喝声、吼叫声越来越近，突然想到山沟里地势狭窄，如果贼人搜查，很容易搜出两个小侄儿，决定想办法把贼人引开，于是猛地站起身，向小河沟旁边小山坡奔去，并且弄动身边的树木，吸引贼人的注意力。果然，一队贼人顺着綦天佑逃跑方向追去了，他的两个小侄儿躲过了贼人的搜查。由于綦天佑经常到姐姐家带着两个小侄儿到附近河沟和小山玩耍，熟悉地形，他拼命奔跑，终于躲过了贼人的搜捕。

天黑了，贼人退走了。綦天佑回到两个小侄子躲藏的地方，听见两个小侄子正在低声哭泣。綦天佑知道小侄子饿了，自己的肚子也在咕咕叫，于是绕过贼人的岗哨偷偷回到了姐姐家，拿了一些吃的东西回到小侄子躲藏的地方，把拿来的东西给小侄子吃了。綦天佑知道小侄子躲藏的地方不安全，连夜带着离开了小河边，在小山上找到了一个小山洞，叔侄三人躲了进去。半夜，外面刮起了风，小侄子冷得浑身颤抖，綦天佑脱下自己的衣服给小侄子穿，自己冷得打抖。从姐姐家偷偷拿来的食物吃完了，綦天佑便寻找树林里的野果子，农民种在地里的红薯、萝卜吃。每次找到了吃的东西，他都先让两个小侄子吃饱，小侄子吃剩下了自己才吃，因此常常饿肚子。綦天佑每次拿了地里农民种的红薯、萝卜都记好拿的东西是谁家的，拿了多少东西。小侄子不理解舅舅为什么要记这些。綦天佑说："红薯、萝卜是农民辛辛苦苦种出来的，我们吃了以后要付钱给主人的，吃了东西不给钱是不义，我们不能做不义的人。"

綦天佑带着两个小侄子在山洞里躲藏了十多天，他想了很多办法让小侄子不饿肚子，夜里把衣服脱给小侄子穿，照顾小侄子非常周到。终于，贼人退走了，綦天佑带着小侄子回到姐姐家，两个姐姐看到自己的儿子平平安安回到了身边，十分感谢弟弟的照顾，綦江城里和附近乡镇的人听说了綦天佑带着侄儿躲避贼人的事，都伸出大拇指称赞。

后来，綦天佑刻苦学习，考中了明朝末期的进士。明朝灭亡后，他不愿意到清朝廷去做官，在家乡设馆教书，同时，把自己在明朝末期及清朝初期綦江处于动乱时亲身经历的事情，一件一件清清楚楚地记了下来，形成《綦天佑甲戌纪事》，留给以后编写綦江历史的人用。

肖仁极善待瞎母

明朝时候綦江城郊桥坝河有一户姓肖的人家，母亲肖傅氏，儿子肖仁极。肖仁极 8 岁时，母亲眼睛瞎了，他尽心侍奉眼瞎的母亲直至肖傅氏 92 岁时去世。肖仁极侍奉瞎母六十多年，他的孝心受到周围百姓赞扬，并被记载在《道光綦江县志》上。

肖仁极 3 岁的时候，父亲生病去世了。母亲肖傅氏历尽艰辛把他抚养到 8 岁，还送肖仁极进附近学堂读书。肖家不富裕，家里只有祖上留下的五亩薄田，所收租子只够勉强维持母子两人的生活。肖傅氏非常节俭，母子两人的衣服全是亲手缝制，还在家后面开辟了一块菜地，自己种菜吃。尽管家中不富裕，肖傅氏还是努力想办法让没有父亲的儿子吃得好一些，穿得好一些。儿子肖仁极慢慢长大，他知道母亲十分辛苦，尽心尽责照顾自己，因此十分理解母亲。孝顺母亲，抢着帮母亲做家务事，有了好吃的，留给母亲一大半，绝不一个人独吃。

肖家一个寡妇带着年幼的儿子生活，母贤子孝，家里虽然贫穷，但日子过得和和美美，周围乡亲个个赞扬。

肖仁极 8 岁了，这一年肖家又遭遇了天大的不幸，母亲肖傅氏眼睛得了病，尽管四处求医治眼，邻居们也帮助到处打听治眼的药方，而且千方百计帮着配好药送到肖家，不过肖傅氏的眼病一直没有治好，最终还是瞎了。

肖家母子两人，儿子年幼，母亲双目失明，肖家的天塌了，地陷了。母亲肖傅氏非常伤心，一天到晚以泪洗面，周围邻居也很为肖家今后的日子怎么过而忧心。

一天傍晚，肖傅氏把儿子叫到床前，流着眼泪说："儿啊，母亲的两只眼睛瞎了，不能照顾你了。你年纪还小，今后怎么生活。我想了又想，决定把你送到叔叔家，你在他家生活，好吗？"肖仁极吃惊地瞪大了眼睛，说："母亲，我不去叔叔家。你眼睛瞎了，我不在家，谁照顾您？”肖傅氏一把将儿子搂在怀里，说：“儿啊！你年纪小，怎么能照顾母亲呢，还是到叔叔家去吧！”肖仁极摇着头大声说：“我不去叔叔家，我要留在母亲身边。我8岁了，可以照顾母亲了。我要学会煮饭，白天煮饭给母亲吃，以后每天早上我要早一点起床，给母亲烧洗脸水，晚上我要把尿盆子端到母亲床边，让母亲晚上用。”肖傅氏听着儿子说话，心情越来越激动，说：“好儿子，乖儿子，你要进学堂读书，哪里有时间照看母亲呢？”肖仁极歪着脑袋想了想，说：“以后我在家里读书，遇到不懂的，抽空时间到学堂问老师。”

肖仁极没有去叔叔家，留在了双目失明的母亲身边。小小年纪，尽心尽力照顾母亲，就像他在母亲面前承诺的，每天清早起床，烧热洗脸水端到肖傅氏身旁，然后煮饭给母亲吃，还给母亲洗衣服。隔壁邻居看到肖仁极小小年纪照顾双目失明的母亲，非常感动，争先恐后到肖家帮忙。有的教肖仁极煮饭，有的帮肖家在屋后菜地里种菜。大风吹坏了肖家房顶，邻居们争着来帮忙修房顶。

一天、两天、一年、两年，肖仁极尽心照看双目失明的母亲。他慢慢长大了，到了应该娶媳妇的年纪了。一个媒人给他说了一门亲事，姑娘人长得漂亮，做事情很能干，肖仁极非常满意这门亲事。可是姑娘家的父母听说肖仁极有一个双目失明的母亲，不愿意女儿一进丈夫家门就侍奉瞎眼婆婆，没有答应肖家的亲事。媒人接着又给肖仁极说了两门亲事，姑娘都对肖仁极很满意，但打听到肖家有一个双目失明的老人，都拒绝了亲事。

肖傅氏看到儿子年纪大了，该娶亲成家了，因为自己的拖累，一门、两门、三门亲事都没有成，她不愿意再拖累儿子，思来想去，作出了一个决定，到古剑山的庙子里出家当尼姑，离开肖家。肖傅氏知道儿子是个孝顺人，如果给他讲明自己要出家当尼姑，儿子绝不会答应。于是，有一天，肖仁极外出办事，肖傅氏悄悄地拄着拐杖离开了家。

肖仁极办完事回到家里，发现瞎眼母亲不见了，吓得出了一身冷汗，赶忙出门寻找。他找遍了邻居家，没有找到瞎眼母亲，又到附近小山坡、小河边寻找，担心母亲跌落到河里，大冷天脱光了衣服跳到河里寻找，冻得周身发紫，搜遍了小河上游下游，没有找到母亲。邻居们听说肖家瞎眼女人不见了，也帮着肖仁极寻找。天黑了，肖仁极没有找到母亲，心里仿佛有一盆火在烧，两顿没有吃饭，他感觉不到饿，打着火把继续寻找母亲，附近找遍了，没有找到肖傅氏。

肖仁极在两个邻居陪同下，爬上了附近的古剑山，一边寻找一边大声呼喊，嗓子喊哑了，叫不出声了。山路上摔倒了两次，脸上出了血，钻心刺骨般疼痛。肖仁极找到母亲的心意十分坚定，仍然不停地寻找，终于，天快亮的时候，在古剑山的山路旁边一条山沟里找到了摔倒在沟里的瞎眼母亲，原来肖傅氏一个人摸着上古剑山，路上摔了两跤。她挣扎着爬起来，继续往山上爬，因为看不见路，又一次摔倒在路边山沟里，挣扎了一阵，爬不起来，后来索性不爬了，躺在山沟里等死，心里想，快点死吧，死了就不会拖累儿子了。

肖仁极找到了瞎眼母亲，在邻居帮助下把肖傅氏抬回了家中。母子俩相互拥抱着痛哭了一场，肖傅氏终于答应儿子，以后再也不离家出走了。

肖仁极继续尽心照顾瞎眼母亲，他的孝心感动了周围邻居。终于，一个好心的邻居把女儿嫁到了肖家，肖仁极成了亲，他仍然尽心尽力照顾瞎眼母亲。他的妻子是一个好女人，也帮着照顾瞎眼婆婆。肖傅氏得到儿子、媳妇尽心照顾，虽然眼睛瞎了，日子过得十分舒心。她逢人便夸自己福气好，儿子媳妇都十分孝顺。后来肖仁极也有了儿子，肖傅氏有了孙子。由于肖家以孝传家，孙子刚刚懂事就学会了照顾瞎眼婆婆。

肖傅氏在儿子、媳妇、孙子的照顾下，活到了九十多岁，日子过得十分幸福。

明玉珍设綦江县

綦江县是什么时候设立的？据《道光綦江县志》记载，綦江地域在春秋战国属于巴子国，当时的巴子国很大，包含现在大半的西南地区。当时现在的綦江区域内没有汉人，只有不多的少数民族僰人。到了秦王朝时候，秦国并吞了巴子国，占领了巴子国的所有区域，设立了巴郡，现綦江区域属巴郡管辖，到了汉代，现綦江区域仍然属于巴郡管辖，当时巴郡管辖的地面很宽,《道光綦江县志》记载,“巴郡南北四千，东西五千，周万余里。”到了西晋和南北朝时候，据《綦江道光县志》记载，晋朝及南北朝仍然设有巴郡，现綦江区域属巴郡管辖，后设立了僰州，綦江区域属僰州管辖，到隋朝又恢复了巴郡，并设立了渝州，现綦江区域属巴郡渝州管辖。

直到隋朝末，现綦江区域上没有设立行政管辖单位，也没有汉人居住。

到了唐朝，朝廷开始在綦江区域上设立行政单位管辖，开始设立了隆阳县，当时一并设立的还有扶化、隆巫、丹溪、邻水四个县，这些县属于南州管辖，进入这些州县的汉人越来越多。唐初南州还曾改名为僰州，时间不长，又改回叫南州，南州管辖的区域是现在綦江县、南川县及挨邻贵州的一些区域。

唐太宗贞观年间，全国分置了十道，其中剑南道有 26 个州，渝州、南州、珍州都属于剑南道管辖，现綦江区域大部分属南州管辖。贞观四年，朝廷在綦江区域内设置瀛山县，贞观五年设立了三溪县，七年又设了当山、岚山、归德、汶溪四个县，上面这些县都属于南州管辖，大部分区域在现在綦江区域之内，唐贞观八年，十一年又先后撤掉了上面所说的县，到了贞观十六年，在现綦江区域内设置了溱州溱溪郡，管辖荣懿、扶欢两个县。整个唐代，现綦江区域大部分属于南州、南川郡，南川县。

宋朝初期，现在綦江区域上的行政单位叫南州南川郡。到了宋仁宗时代，南州改名叫南川县，到了宋神宗时代，现綦江区域内居住的少数民族起兵反叛朝廷，朝廷派大军镇压了少数民族的反叛，在綦江赶水铜佛坝地区设立了军营，驻扎了军队，这个军营被称为南平军，朝廷还拿了两个县交给南平军管辖，一个县叫南川县，也就是现在的綦江县，一个县叫隆化县（现在的南川县）。整个宋代，在现在綦江区域上设立的县一直叫南川县。不过在赶水有一个地方住有不少姓綦的人，被称作大綦市。

元代现在綦江区域上设立的县仍然叫南川县。

元朝末期，全国爆发了大规模的农民起义，其中一支起义部队的领袖是湖北人明玉珍。明玉珍率领军队南征北战，占领了不少地方，在重庆设立了大夏国。明玉珍率军队攻下了现在的綦江区域以及挨邻的一些地区，决定在这片区域上设县，因为明玉珍了解到当时綦江区域内有不少姓綦的人，元代还在这片区域上设立了南平綦江长官司，赶水有大綦市，于是把设立的县称作了綦江县。

明玉珍所设的大夏国后来被朱元璋灭了，但是綦江的县名没有改，一直到现在。

奢崇明攻破綦城

明天启之年，奢崇明父子造反，攻破綦江，战乱给百姓带来沉重的灾难。

奢崇明是贵州遵义的巡抚司，也算是一个不小的地方官。但是他并不满足，还想占据更多的地方，自立为王。明朝天启年间，辽东方向外敌入侵，朝廷下令各地方官招兵买马，准备到辽东抗敌。奢崇明趁机扩大手下兵马，当年十一月，重庆巡抚下令让奢崇明带领手下兵马到重庆校场接受检阅，准备出发到辽东抵抗外敌入侵。奢崇明认为造反时机到了，带了大队兵马到重庆，在校场接受巡抚检阅时，重庆巡抚见奢崇明带来的人马中有年龄太小不适合当兵的人，责备奢崇明不应该招年小的人入伍当兵。奢崇明借此发怒，挥刀杀了重庆巡抚，并攻进了重庆巡抚衙门，杀光了重庆巡抚衙门的官员和兵丁，占据了重庆，公开打出了反叛明朝廷的旗号，建立了一个叫大梁的国家。

奢崇明反叛明朝建了大梁国。他把自己手下的兵马都带着到了重庆，老窝遵义空虚。他担心明朝兵马攻打遵义，失去了老窝，于是亲自带兵马回遵义。綦江城在重庆与遵义之间，是奢崇明回遵义的必经之地，綦江知县听说他造反占据重庆，猜想他必定要来攻打綦江，招兵丁，修城墙，做了应付奢崇明大军攻城的准备。但是，以綦江一县之力抗拒奢崇明反叛大军，力量悬殊太大，不过，綦江知县守城决心很大，綦江城被奢崇明大军攻下，綦江知县率兵收复，然后又被攻占，再收复，直到奢崇明大军离开。

奢崇明攻进綦江县城，綦江百姓饱受战争之苦，很多百姓被杀，房屋在战乱中毁坏……

张绍禹关心百姓

张绍禹是关中人，从小读书勤奋，考中了举人。被朝廷派到贵州遵义当过知县。明朝万历 24 年间，调到綦江担任知县。当时綦江经过战乱，百姓生活十分艰难。可是由于朝廷要平息战乱，向百姓征收很重的税。害得百姓生活更加艰难，不少穷苦的百姓不能交出税，只得离开家乡外出开荒。

张知县是一个关心百姓的好官，看到綦江百姓为了交出朝廷规定的重税，十分艰难，于是到上司道台衙门申请减免綦江百姓的重税。不过道台衙门的长官听说了张知县申请为綦江百姓减税，十分生气，板着脸，把张知县大骂了一顿，再也不理他了。张知县一次到道台衙门申请为綦江百姓减税失败了，不过他并不灰心，第二次、第三次又到道台衙门申请为綦江百姓减税，仍然没有被批准。知县衙门的师爷见知县老爷去道台衙门申请为綦江百姓减税遭上司训斥，好心劝他不要再去道台衙门碰壁了。可是张知县决心很大。他下乡调查了綦江百姓艰难生活的情况，写了呈文上报道台衙门。仍然一次又一次地往道台衙门跪求，终于感动了上司。为綦江百姓减了税。

张绍禹关心綦江百姓的事迹被綦江大文人罗星写入了《道光綦江县志》。

罗杨氏奋力救夫

明朝万历年间，綦江平滩沟（今永新镇）住着一户姓罗的人家，丈夫叫罗倜，妻子罗杨氏，家里还有一个年迈的老母亲罗魏氏。

罗杨氏是一个贤惠的女人，孝敬婆婆，爱护丈夫，嫁到罗家后，生了 3 个女儿。过去，一个家庭必须有男孩子继承香火，如果没有男孩子便会被本家族中的人或周围邻居指责绝了后，因此罗杨氏多次劝丈夫讨一个小老婆，替罗家生一个儿子，让罗家后继有人。不过，罗倜深深爱着自己的妻子，不愿意讨小老婆，罗杨氏劝了好几次，见丈夫没有讨小老婆的心意，十分感动，更加爱丈夫，孝敬婆婆。家里有了好吃的先让给婆婆和丈夫吃，有了好的布料先给婆婆和丈夫做衣服，还让丈夫教女儿读书写字。

罗倜和妻子罗杨氏夫妻恩爱，家庭和睦，周围邻居十分羡慕。可惜好景不长，播州杨应龙反叛朝廷攻破了綦江城。后来杨应龙退走了，綦江闹起了强盗，一些歹人聚集山林抢劫百姓财物，还杀人放火，奸污妇女，闹得百姓人心惶惶。罗倜是一个有正义感的汉子，见盗匪猖獗，挺身而出，组织起一些会武术的年轻人抵御盗匪，他们作战勇敢，好几次打败了前来抢劫的强盗，还抓住了几个小头目送交官府治罪。

罗倜得罪了强盗，被强盗看成了眼中钉、肉中刺。一些歹人想方设法要除掉罗倜。一次，强盗设下诡计，派出了几个小强盗故意到罗倜所住的村庄附近抢劫，把大队强盗埋伏在四周。罗倜得到强盗抢劫村民的消息，十分气愤，召集了几个年轻武士拿着刀枪去打强盗。几个小强盗按照事先定好的计谋，看到罗倜带着人来了，撒腿就跑。罗倜带着人追赶强盗。几个小强盗在前面跑，罗倜不知道强盗设下的计谋，一心一意要抓住小强盗送交官府治罪，在后面奋力追赶，终于中了强盗的埋伏。罗倜发现上当中计，他担心跟随自己追赶强盗的年轻人受到伤害，独自一人挡住包围过来的众多强盗，让年轻人赶快回到村子报信。罗倜勇斗强盗，拼死挡住了强盗追赶年轻人的路，不过他只有一个人，强盗多，寡不敌众，身上受了几处伤，终于被强盗捉住了。

强盗捉住了身受重伤的罗倜，把罗倜关在了一个石洞里，放出了话，要罗家拿出三百两银子去赎回罗倜。罗杨氏听到丈夫被强盗抓去的消息，仿佛大晴天打了一个炸炸雷，惊得头发昏，眼发黑，差一点要摔倒在地上。后来听说强盗要罗家拿出三百两银子赎人，罗杨氏心里十分清楚，罗家并不是大富人家，加上闹起盗窃以来，罗倜的心全用在了率领年轻人打强盗，原来经营的生意没有好好经营，家里入不敷出，根本无法拿出三百两银子去赎人。

罗杨氏想到要依靠官府救丈夫，她连夜赶到县城，尽管天还没有亮，急急敲响了县大堂门口的鸣冤鼓。知县大人被咚咚鼓声惊醒，急急忙忙穿好衣服升堂。听了罗杨氏的哭诉，知县大人十分吃惊，他知道，罗倜在县里是一个有影响的人物，不仅文笔好，会写文章，是秀才中的佼佼者，在强盗猖獗时还是带领民众勇斗盗匪的好汉。县太爷不敢迟疑，急急忙忙派出县里的团防队随同罗杨氏下乡剿匪，想救出罗倜。罗家周边村子里的乡亲都知道罗倜是带领乡亲们抵御强盗的英雄好汉，乡亲们都想救出罗倜，不少人争着参加剿匪队伍，同团防队一起剿匪救人。

强盗见前来剿匪的队伍人多势众，还有官府的团防队，慌了，不敢抵抗。远远地看到剿匪队伍来了，仿佛山里的兔子，脚底抹油溜了，他们把抓到的罗倜藏到了一个十分隐秘的山洞。罗杨氏带来的剿匪队伍搜遍了大大小小不少山梁与河沟，抓住了一些逃散的小强盗，罗杨氏跟着剿匪队伍寻找被强盗抓走的丈夫。可是强盗关押罗倜的山洞十分隐秘，不少乡亲帮着杨氏寻找，找了整整一个白天没有找到关押罗倜的山洞，天色昏暗，官府派来的剿匪团防队要收兵回城了；一些帮着剿匪的乡亲也要回家照料自己的家务事了。因为强盗躲在暗处，剿匪的官兵走了，晚上继续寻找罗倜十分危险，一些乡亲劝罗杨氏先回家休息，等天亮了再来找。可是罗杨氏救夫心切，眼里含着泪谢绝了劝她的乡亲，坚持天黑后冒着危险继续寻找丈夫，一些年轻人受了感动，自愿留下来和罗杨氏一起寻找罗倜。俗话说："皇天不负有心人。"终于，罗杨氏和帮助她寻找丈夫的年轻人一起，找了大半夜，在一个隐秘的山崖下石洞中找到了身负重伤的罗倜。

罗杨氏在年轻人的保护下把丈夫背回了家，请来大夫为罗倜医伤。可是罗倜受的伤太重，加上受了强盗的折磨，伤很难治好了，他十分感谢妻子冒着危险救自己，担心如果自己不在了，罗杨氏一个人既要奉养年迈的婆婆，又要照料 3 个女儿，日子一定会十分艰难。一天，罗倜把罗杨氏叫到床前，流着眼泪嘱咐妻子，如果自己不在了，让妻子带着3个女儿找一户好的人家改嫁，把母亲送到姨妈家，请外侄帮着照料。罗杨氏听完丈夫的话，哭着扑到了罗倜身上，抽泣着说："老爷（旧时妻子称丈夫一般都叫老爷），我不会改嫁的，我要尽心尽力服侍婆婆，照料3个女儿，让婆婆安享晚年，3个女儿长大成人，再苦再累我也不会丢下婆婆、丢下女儿……"

罗倜伤重去世了，罗杨氏忠实地履行了对丈夫的承诺，留在罗家侍奉婆婆，照看女儿，好在罗家左邻右舍都知道罗倜是打强盗、保护乡亲死的，经常有人送钱送粮到罗家，还有人帮助罗家做事。

罗杨氏奋力救夫、孝敬婆婆的事，被明末綦江一个叫蒲林的县令知道了，写文章赞颂了罗杨氏的高尚品质。

刘宪题字凤冠石

綦江县城东面大约六十里的地方，即现在永城镇的境内，有一座形势险要，山林树木郁郁葱葱的山，从前人们把这座山叫作得胜山。得胜山右边山峦上，有两块矗立在山顶形态雄伟的巨大石块，其中有一块巨石仿佛公鸡的鸡冠，当地人称它凤冠石。

凤冠石景致特别，引得不少人前往观看，是永城乃至綦江地区一大景观。

明朝嘉靖年间，綦江来了一个县官，姓刘名宪。刘宪是贵州省镇远人，传说他小时候读书十分勤奋，并且天资聪明，学习成绩很好，不过到了青年，喜欢上了到处游玩，观赏风景。父母亲怕他只顾游玩误了科举考试，多次劝说，终于劝得刘宪不再游玩，专心读书，考中了进士，被朝廷分配到綦江担任知县。

刘宪在綦江当了县大老爷，恢复了游山玩水的爱好，除了处理好应该处理的行政事务外，有了空便到古剑山、老瀛山各处游玩。他十分欣赏綦江的美丽山水，写了不少诗词赞赏。

有一天，綦江县衙门的师爷告诉刘知县，县城东面有一处风景秀美的得胜山，山里有一块高高耸立的石块，形状像公鸡的鸡冠，人称"金鸡报晓"。刘知县听了，找了个机会，让师爷带路亲自到得胜山去查勘。

可是，得胜山山势雄伟，山路陡峭，刘知县和师爷的轿子进了得胜山不多远，轿夫抬着轿子无法往前走了。实在没有办法，刘知县和师爷都下了轿子，让衙役扶着往山里走去。

山路崎岖，路两边长满刺人的荆棘，刘知县走了一会，裤子被荆棘划破，腿上的肉也被荆棘划出一道道血痕，痛得紧皱眉头，长呼短叹。师爷见知县大老爷走山路吃了苦，好心好意劝说："刘大老爷，我从前没有到过得胜山，不知道山路这么难走。刘大人，要不我们别去看像公鸡冠子一样的大石头了，打道回衙门吧！"

刘宪叹了口气，摇了摇头，说:“不，我们要去看一看。你们放心，我不怕山路难走，你们也不应该害怕山路难走。我们走一次就怕苦了，想一想山里的老百姓，他们天天都要在山里走。”

终于，刘宪带着师爷、衙役到了得胜山一个形状像公鸡冠子的大石头旁边。登上凤冠山远眺，方斗山、天台山、老瀛山、马脑山争相拥抱。向下俯视，东边山峦起伏，气势磅礴,“三仙供忏”“五马归槽”“七星拜斗”“九龙抢宝”等自然天成的景观尽收眼底，壮美无限。

一阵风吹来，松柏森森、鸟语阵阵，三块奇石好像凤凰高高挺立，四周山峦好似百鸟朝拜，好一幅百鸟朝凤的动人景象。

刘知县被高高耸立的巨大石块深深震惊了，一声接着一声称赞，遂题写“凤冠石”3个大字。

“凤冠石”3个大字被刻在了大石头上，从此大石头有了名字。

石刻竣工于明嘉靖二十二年十月，距今已有400多年。

刘宪在綦江知县任满后，升任了知府离开，但他命名凤冠石的故事还在流传。

刘家乐班入綦江

明末清初，四川天灾连年，战乱频繁，人口锐减。綦江是战乱的重灾区。朝廷因此实施“移民填四川”的政策。湖北，江西等地百姓迁到四川，綦江也迁来了不少移民。其中就有湖北麻城刘家乐班的一些人。他们把湖北省麻城县的吹打乐班带到了綦江。

湖北麻城刘氏家谱记载，刘家乐班为明末湖北麻城县犀牛坪刘义文创立。到了明末清初，刘家乐班的第七代班主刘继梳接到官府训令，要离开家迁到一千多里外的四川。刘班主虽然舍不得离家搬迁，但是官府的命令不得不遵，于是准备迁往四川。刘家乐班其他人听说班主要迁四川，都表示愿随班主一起到四川。于是，刘家乐班的人都带着家人从麻城起身往四川走，虽然一路上走得十分艰苦，但是每天晚上休息的时候拿出乐器吹打起来，吸引了很多同行百姓围观欣赏。

刘继梳带领着刘家乐班的同伴克服了很多困难，终于到了四川，在四川与贵州交界地万盛场乡下落户住了下来。到了清朝同治年间，刘家乐班第十三代传人带着刘家乐班的人迁到了綦江永城镇落户，一直到今。

孙可望攻陷綦城

清朝顺治三年（1646 年）冬天，张献忠部将孙可望、白文选攻占綦江县城，綦江老百姓再一次饱受战争带来的灾难。

张献忠是陕西省延西延安府肤施县人，早年当过官府捕快、官兵中的低级军官。明朝末期川陕地区遭受旱灾，农田粮食无收，可是官府催粮要捐，地主催逼地租，广大百姓无法生活，纷纷铤而走险，揭竿起义，参加到反叛明朝廷的队伍中。张献忠便是众多起义军首领中的一个，他率领起义军队在川陕鄂边境崇山峻岭中与官兵作战，因为不少百姓前来投靠，加上张献忠指挥有方，打了不少胜仗，起义部队慢慢壮大。

明朝崇祯十七年（1644 年），张献忠率水步骑兵四十万由湖广（今湖北）沿长江而上，一路攻城夺地，先后占领夔州（奉节）、万县、涪州（涪陵），六月二十二攻破重庆，八月初九攻下成都，建立了政权，定国号大西，定年号为大顺。张献忠当上了大西皇帝，他手下几员勇将如孙可望、李定国、刘文秀等都被封为了大将军，各自率领起义部队征讨明政权在四川的残余部队。

张献忠在成都当了两年皇帝，这期间北方的李自成攻破了明王朝京城北京，逼得崇祯皇帝上吊死了。李自成的手下将领进了北京城后多数贪图享乐，只知抢夺明朝皇宫及显赫大臣家中财物和女人。不料明王朝派往山海关镇守的大将吴三桂投了清兵，引清军入了关，农民起义军打不过清兵，北方农民起义军领袖李自成最终失败了。由于张献忠和李自成一样当了皇帝后只知享乐，他的部下效仿他也奢侈享乐起来，军队战斗力大大下降，打不过明王朝派到四川的围剿部队，成都附近的嘉定、雅州以及重庆、遵义（当时遵义属四川，清朝雍正七年划归贵州）先后被明军将领攻占。张献忠害怕被围困在成都，清顺治三年（1646 年）撤离成都，到达了顺庆（今南充），驻兵西充凤凰山。这时，清军已经击破了李自成的大顺军和明王朝军队主力，清朝太宗皇帝皇太极的大儿子豪格亲率大军入川围剿张献忠的大西军，张献忠在战斗中被豪格杀死。

张献忠死后，孙可望、李定国、刘文秀、白文选等统领大西军残部向东南方向败退。这时，重庆已经被明军将领曾英收复，孙可望、李定国、白文选等率大军突然到了重庆城下，再一次攻占了重庆，杀死了明军将领曾英。可是，孙可望、李定国、白文选等人害怕清军及明王朝残余武装力量追来，抵挡不住会全军覆灭，不敢在重庆久住，决定向南败退。清王朝顺治三年（1646 年）十二月二十七，大西军残余军队到了綦江城下。

张献忠攻进四川后，民间传言他是一个杀人魔王，不仅杀了不少官军和地主老财，也杀了一些无辜百姓。听到张献忠的大西军占了重庆，綦江百姓十分惊慌，城里一些富有的人家逃进深山老林躲避。可是张献忠没有派出军队南下攻占綦江，綦江的老百姓虚惊了一场。后来听说张献忠死了，人们以为綦江不会发生战事了，一些百姓又搬回了县城。想不到张献忠的残部突然出现在綦江城下，老百姓个个惊慌，想逃走已经晚了。当时，綦江的县令仍然是明朝廷任命的，名字叫赵嘉龙，赵县令率领官兵迎战孙可望、白文选率领的大西军。不过，区区綦江县城的几千官兵和乡勇怎么能与大西军近二十万人马抗衡，赵县令战死了，孙可望、李定国、白文选率领的大西军攻陷了綦江县城，老百姓受到惊吓，躲的躲，逃的逃，綦江县城几乎成了一座空城。

孙可望、李定国、白文选率领的大西军在綦江住了多久？残害綦江老百姓没有？《道光綦江县志》引用康熙年间编写的綦江县志说："杀戮一月，尸填城野。次年正月乃去。"

孙可望、李定国、白文选率领的大西军在顺治四年（1647 年）春离开綦江后，直到顺治九年（1652 年），整整 6 年，綦江县城废墟一片。没有官府，没有百姓，城墙以及城内房屋倒塌，大街上长满了荆棘野草。老虎、野猪在县大堂上做了窝，綦江县城成了一座没有人迹的废城、荒城、死城。綦江境内残存的老百姓不敢待在家里，逃跑到深山老林或更加偏远的贵州大山中躲避战乱。大片土地荒芜，人口减少到以十百计数。綦江遭到了战乱毁灭性的打击，綦江百姓饱受战乱之苦。

不过，不论是康熙年间还是道光年间编写的《綦江县志》，编写县志的人都难免对农民起义军有偏见。至于大西军残部撤出綦江后綦江县城一片荒凉，也有可能因为明朝末期战乱不止，老百姓为避战乱逃进了深山老林，而不是因为大西军的杀戮造成的。真相到底是什么样子，现在已经很难查清了。

张师素亲招流民

明朝末年，农民起义军领袖李自成攻进北京，明朝崇祯皇帝上吊死了，明朝灭亡了。后来，明朝的官兵将领拥戴崇祯皇帝的弟弟福王朱由崧当皇帝，建立了南明王朝，定年号为永历。张献忠残部于顺治四年（1647 年）春离开綦江，退到了云南昆明一带，终于和南明王超联合起来，张献忠部将孙可望被南明皇帝封作了义王。

孙可望及部将李定国、白文选率领大西军退出四川后，因清王朝内部权力斗争，同时也因为清军入关后遭到各地明军残余力量及农民起义军顽强抵抗，战线拉得很长，给养供给困难，不得不收缩兵力。清军统领豪格率大军也退出了四川，四川很多地方屡遭战乱，清军退走了，明王朝的地方统治也崩溃了，于是四川成了没有官府管辖的荒凉之地。綦江县城被毁，没有官府管理，老百姓为躲避战火躲进深山老林，綦江县城及周边地方没有了人烟。

孙可望、李定国等大西军将领投靠南明朝廷后，率大军又经贵阳、遵义打回了四川，顺治九年（1652 年）冬重新占领了綦江。孙可望要在四川恢复南明政权，于是委任了占领地区的地方官员，他先后委任了两任綦江县令，一个叫张师素，一个叫许应举。

张师素是贵州人，从小努力学习，孝敬长辈，和睦兄弟，经常帮助周边邻居中有困难的人，受到当地人的赞扬。明清时朝廷规定，凡是品学兼优受到当地百姓赞颂的人，可以不经过县、省科举考试，而由县、州府层层推荐直接进京参加特定的考试后分配做官。张师素被推荐进京考试考中了进士，不过还没有等到他被派官，明王朝就灭亡了。张师素回到家乡，被孙可望任命做了綦江县令。

张师素为人忠厚老实，来到綦江，看到县城一片荒凉，找不到一个活人，到处是残破的房屋，到处是散落的白骨。大街上荆棘丛生，老虎野猪白日在大街上出现，在县衙大堂上做了窝。张县令看到川黔古驿道上曾经十分繁华的綦江县城竟然成了眼前的模样，十分伤心，让带来的衙役找了两间稍稍好一点的房屋，打扫干净暂时住下了。

张师素成了没有百姓可以管理的綦江县令。不过，他是一个十分有责任心的人，不愿意做空头县令，决心重建綦江城。他找到了义王孙可望，禀报了綦江县城的情况，要了一些钱粮，返回贵州买了耕牛、种子，然后带着手下衙役进了深山老林，寻找从綦江县城逃出去的人。他费了很大的力气，登高山，钻密林，找遍了綦江县城周围的深山老林，也没有找到逃跑的老百姓。张师素没有灰心，带着衙役继续在深山老林寻找，近处找不到就到远处寻找，甚至走了上百里路到贵州境内的深山老林寻找，不知磨破了多少双鞋底，荆棘挂破了多少件衣服。皇天不负有心人，张县令终于找回了几十家逃亡在深山老林的綦江人，他免费送耕牛和种子，让回到綦江县城的人开荒种地养活自己。荒无人迹的綦江县城终于恢复了人气，有了居民。

张师素在綦江只当了两年县令，因为他性情古怪，不讨上司喜欢，又经常找孙可望要钱要粮，终于被免了职，回了贵州老家。

张师素是明朝末年綦江县城被毁、县城荒无人烟时重新恢复县城生气的第一任县令。张县令走后，孙可望又委任了长沙人许应举到綦江当县令，《道光綦江县志》记载，许县令跟张县令一样，“招流民，修残疆，地方渐有起色”。《道光綦江县志》还记载了许县令带着衙役和老百姓修复綦江县城城墙、在县城重修关帝庙等情况。后来，许县令因为过度劳累死在了綦江，他的儿女们在綦江安下了家，成了綦江人。

李秉直重修城墙

李秉直是江南人，从小既练武又喜欢读书，后来考取武举人。康熙初期，经过明末的战乱，綦江百姓四处流浪，城中很少有居民了，而县城城墙损坏，城不像个城。李秉直在这时被朝廷任命担任了綦江县令，来到綦江城看不到人，房屋破烂，县大堂空空的。李县令深深感受到了战乱给綦江人民带来的灾难。

当时随李县令一起到了綦江的家人看到綦江如此破破烂烂，劝李秉直辞官不做，回家去。但是李县令认为既然当了綦江县令，就要为綦江百姓负责。他同带来的家人在破烂的县大堂搭了三个草棚住下，然后到綦江县城周边的村庄去寻找逃到那里的县城居民。终于，綦江县城有了居民，有了人气。

这时候李县令又想到了破破烂烂的县城城墙应该修好，不然，遇着强盗土匪前来县城抢劫百姓，没有办法抵抗。可是修城墙要钱，经过多年战乱，朝廷没有钱拿给綦江县修补城墙，经过战乱，綦江百姓生活艰难，也拿不出钱修城墙。李秉直补修城墙的决心很大，他不但节省下自己薪水，还让家人回老家卖掉房地，终于凑齐了修补城墙费用。李县令不仅自己带头，还动员家人同工人一起动手，挖土搬砖，参与修补城墙劳动。在他的感召下，綦江百姓都来参加修补城墙，使工程得以顺利推进。经过两年多的时间，綦江县城城墙终于修好了。

李秉直在綦江当了四年的县令，很受百姓爱戴，他的政绩，被写入了清朝嘉庆年间的四川省志。

孟李县令抚流民

清朝顺治末到康熙初，綦江还有两位县令努力招抚流民，修复残破的县城及周边乡镇，为重建綦江做出了贡献。这两位县令一位是顺治十七年（1660 年）上任的孟易吉，一位是康熙七年（1668 年）上任的李秉直。

顺治十一年（1654 年），孙可望与昔日战友、同样是农民起义军首领张献忠部下的李定国反目成仇，孙可望出兵攻打李定国遭到失败，终于投降了大清王朝。清军进军四川，綦江归入了清王朝的版图。顺治年间清政府先后任命了几任县令，不过来去匆匆，有的在綦江任了一年县令，有的只有几个月，这些县令见綦江地瘠民贫，经过战乱田野荒芜，都不愿意待在綦江，即使留在了綦江任县令，也终日饮酒解闷，或贪图享受，寻欢作乐，少问政事。直到孟易吉任了綦江县令，前后五年，任职时间比较长，为恢复綦江繁荣做了不少事。

綦江县城自顺治九年（1652 年）冬天，张师素招抚流民，有了几十户人家。后来南明政权任命的县令许应举也努力招抚流民、修整残疆，綦江县城住户人家多了一些，一些乡场也有了人家。可是，清军占领四川后，吴三桂被封作了平西王，他带着家眷及手下兵将浩浩荡荡经过綦江、遵义到云南上任。吴三桂手下兵士军纪不好，一路骚扰百姓，要钱要粮要美女，强拉民夫，吓得綦江县城及川黔古道乡场上刚刚回来安家落户的百姓又逃进了深山老林。刚刚开始恢复生机的綦江县城及周边乡场又遭到摧残，满目荒凉，少见人迹了。就是在这种情况下，孟易吉被任命做了綦江县令。

顺治十年（1653 年），清朝政府因四川遭受战争摧残后人烟稀少，土地荒芜，在全国各地，特别是湖北、湖南、广东、广西组织百姓移居四川，提出了“四川荒地，官给牛种，听兵民开垦，酌量补给价值，凡抛荒田地，无论有主无主，任人极力开垦，永给为业”的政策，意思是：凡荒了的土地，不管以前有无主人，主人是谁，谁开垦种上庄稼土地就永远归于开荒者。政府还发给种子和耕牛，另外再给一定的钱粮补助。清政府以这样的政策，鼓励流亡在外的百姓返回家园，恢复生产，鼓励其他省份的百姓移居到四川开荒种地，居住下来。

孟易吉是湖广行省武昌县的拔贡生,《道光綦江县志》记载：孟易吉在綦江当县令时，为了让綦江县城及周边乡镇恢复生产，带着衙役进深山老林劝说逃亡在那里的乡民回家务农经商。乡民们有顾虑，孟县令努力劝说，并且想方设法应付平西王吴三桂过境的大军，尽量不让兵士骚扰百姓。他还奉上司命令丈量外出百姓返乡后开垦的田地，按照朝廷规定给予补助，发给土地永属开垦者的官府文书，态度十分诚恳。孟易吉还领着官府衙役和百姓修复县城街道、县城城墙。他生活简朴，在綦江任了五年县令，住的是几间茅草屋。有人劝孟县令把茅屋翻盖成瓦屋。孟易吉回答说：“不用了，只要能住下人就行了，现在战乱刚定，满目疮痍，百姓痛苦，不要再劳累百姓给我盖房了。”县大堂也是泥墙草顶，非常简朴。当时，县官的俸禄很少，孟县令还拿出俸禄帮助贫苦百姓。他吃饭只有简单的一样素菜，不过很爱喝酒。

孟县令曾经对人说：“有人说一天只消耗一升米，并且不饮酒的官员才能算贤吏，我与仆人一天的花费不足一升米钱，可是却不能不喝酒，不知道算不算贤吏？”康熙七年（1668 年），孟易吉调离綦江时，写了一首《留别綦江》的诗篇，诗里有“宦舍肖然如客舍，官人依旧是儒人”,“父老何劳遮马首，后来还有范莱芜”的句子，诗的意思是当官的听从朝廷调遣，不能在一个地方久住。老百姓也无须依依不舍前来相送，我只是做了该做的事情，以后还会有更好的官员来任职。綦江县城的老百姓听说孟县令调离，人们依依不舍，争相前来送行。

孟易吉调离后，清政府任命了江宁人李秉直任綦江知县，他也是一个勤恳工作、亲民爱民的好官，当时上司拨下的钱粮有限，李县令捐出自己俸禄，招抚逃亡在外的百姓返家，妥善安置外地移民到綦江的人，还亲自指挥重修綦江县城城墙，给东、南、北三个城门取名叫“青阜”“崇极”“端文”。他亲笔写了城门的名字刻在城门上，筹钱修建学宫，让读书人有学习的地方，让綦江慢慢恢复了战乱以前的繁荣。

王无荒守城战死

王无荒是河南省孟津县人，从小学习十分勤奋，长大后参加科举考试，成绩优秀，在县里考试考中了秀才，到省城考试考中了举人，后来到京城考试考中贡生，被朝廷委派当了县令。

清朝康熙十九年，王无荒被朝廷委派到綦江担任县令。当时由于吴三桂反叛朝廷，西南各省战乱不停，到西南地区做官十分危险。王无荒的朋友和家里的亲人都劝他不要到綦江当官，找一个借口辞了綦江知县的职务。可是王无荒没有听从家人和朋友的意见，他认为西南一带动乱不停，百姓受苦，正需要人到那里去组织民众，抵抗叛军，让老百姓过上和平安稳的生活。王无荒在家乡选了一个机智勇敢的朋友做随从，两个人从河南孟津出发，不辞劳苦，千里迢迢来到了綦江。

王无荒进了綦江县城，大大地吃了一惊，经过明末清初的多次战争，綦江县城已经完全毁了，一些城墙垮了，城门也被火烧掉了一扇，街道上的房屋多处垮塌，到处是破瓦碎砖，长满了荒草，城里看不见一个百姓，几只野狗在撕扯着一具死人的尸体，发出汪汪的叫声。王无荒的随从见了眼前凄凉的景象，长长地叹了一口气说："王大人，綦江已经成了一座荒城、一座死城，在这里为官实在艰难，我劝王大人辞了綦江县令的官职，返回河南老家。"王无荒摇了摇头说："我们既然来了，就不能轻易打退堂鼓，我听说綦江以前是一个十分富裕的地方，山河美丽，百姓勤劳，是几十年的战乱把它变成了眼前这个样子，让老百姓遭受苦难，我要和綦江的老百姓一道努力，保卫綦江，建设綦江，让綦江恢复过去的样子，让百姓过上安稳生活。"

王无荒带着随从朋友到了县衙门，县衙门的大堂在战乱中烧毁了，只剩下后院几间破败的房子。一个年老无家可归的衙役住在一间低矮破损的房子里，算是綦江县衙门的留守人员。老年衙役见到朝廷又派来了新县令，摇着头叹着气说："王大人，自从明朝万历年间杨应龙反叛，近百年来綦江遭了大罪，一次又一次被攻占，城里的老百姓逃的逃、躲的躲，已经没有人了。王大人，现在西南战乱未平，说不一定哪一天吴三桂的残兵败将又要打来占领县城。王大人，你还是不要来当綦江县的知县，回河南老家去过安稳日子吧，免得在这里担惊受怕。"

王无荒笑了笑说："老大爷，綦江的老百姓需要有人来带领他们修复家园，重建綦江，我要留在这里，和綦江的老百姓一道重建綦江。"

王无荒带着随从朋友和老衙役打扫干净了县衙后院一间较大的房间，摆上桌椅做了县大堂，还打扫干净了县城里的街道，安埋了大街小巷无人认领的尸体，然后让老衙役带路到深山老林去劝说从綦江城里逃到那里避难的老百姓返回綦江县城。他态度诚恳，加上老衙役帮助劝说，效果很好，不少百姓愿意跟随新上任的县太爷回到綦江城，重新建设綦江县城。

王无荒又和百姓一起，修整破损的街道，修建破败的房屋，重新让綦江县城有了生气。重庆府的知府大人听人禀报王知县在綦江工作勤恳，特地派了一队官兵到綦江帮助修复残破的綦江县城城墙。慢慢的，綦江县城里的人越来越多，一些商店开了门，重新开始了经营，綦江城几条主要街道修整好了，大街两旁的房屋修好了，綦江城终于像一个县城了。

俗话说，天有不测风云。就在王无荒带着綦江县城的老百姓修复家园，重建綦江城的时候，吴三桂的一支残兵败将突然又窜回到綦江县境内，逼近了綦江城。王无荒得到了消息，他知道吴三桂的残余兵将人数远远超过重庆府派到綦江帮助守城的官兵，而且个个凶残，要想把吴三桂的残余兵将抵御在綦江城之外是非常困难的。王无荒想到了被自己动员回城的众多綦江百姓，如果这些百姓再次受到吴三桂残余兵将的残害，自己也将成为残害綦江百姓的帮凶，于是下达了命令，让县衙里的衙役、重庆府派来帮助守城的官兵一起出动，劝说綦江城里的老百姓重新躲出綦江城，以避吴三桂兵将的伤害。

一些老百姓觉得经过千辛万苦，已经回到綦江城里住下了，不愿意再次离开綦江城，又回到深山老林躲避。王无荒亲自登门耐心劝说，他说服了一家开始不愿离开的老百姓撤离了綦江城，又去劝说第二家、第三家……这时，吴三桂的残余兵将已经逼近了綦江城，形势十分危急，綦江县衙门里的官员，他从家乡带来的随从都劝王无荒趁敌兵还没有围住綦江县城赶紧撤离，避免遭到伤害。王无荒流着眼泪拒绝了，他让自己的随从跟着老百姓逃离了綦江城，自己坚持要劝走最后一家仍留在綦江县城里的老百姓撤离后才离开。王无荒告诉随从，如果自己没有来得及在叛军攻占前撤离綦江城，战死在了綦江城，请把他的遗体运回家乡，告诉他的家人自己的死讯。

綦江城里的老百姓及时撤离了，可是王无荒却没有来得及撤走，被围在了綦江城里。他带领重庆府派来的守城兵将奋勇守城，终因敌我力量悬殊，重庆救援官兵又迟迟未到，致使綦江城被攻破了，王无荒则在混战中战死了。

王无荒在綦江只当了不到一年的县令，然而綦江的老百姓永远记住了这位好县令。

吴世宦捐修监狱

吴世宦是綦江三角场人，祖上曾经在朝廷为官，家中富有。吴世宦心地善良，常用家里的钱财帮助穷苦人。他 8 岁的时候，有一次看见门前有几个要饭的穷苦人路过，十分好奇地询问其中一个穿得破破烂烂的老婆婆为什么不在家里让儿孙拿出粮食煮着吃，而要在外面讨要。老婆婆流着眼泪说：“天遭大旱，庄稼无收，儿孙们自己都没有吃的，哪里有粮食给我吃。”吴世宦非常同情要饭的穷苦人，把他们领到自己家里，让管家拿出很多粮食给要饭的穷苦人，周围邻居听说了这件事，都夸吴世宦年纪虽小，却很有善心，是个好孩子。

吴世宦长大了，娶了妻子，有了孩子。他自己生活十分简朴，从不乱花一分钱，要求家里的人也要节俭过日子。但是周济穷苦人家却十分大方，遇到灾荒年，拿出粮食救济灾民。有穷苦人到他家里请求帮助，他总是有求必应。綦江县里或三角场上但凡有公益事情，需要有钱人捐出钱粮，他总是最先捐出钱粮，并且是捐出钱粮最多的人，綦江城里和三角场上的老百姓都称赞他是吴大善人。

三角场到綦江县城的山路要经过一条河，水少时人们可以踩水过河，可是夏天洪水发了，水急浪高，行人无法踩水过河了，一些有急事需要过河的人，得冒着危险脱了衣服游水过河。有一次，一个年轻人有急事要过河进县城，可是连日大雨，河水暴涨，水急浪高。旁边的好心人劝他说："洪水太猛，过河危险，还是等洪水稍稍消退一些再过河。"年轻人性子急，没有听从好心人的劝告，脱了衣服跳进了水中，凫水过河。洪水太猛了，汹涌的浪头一个接着一个，浪里夹着从山上冲下来的树木及杂物。年轻人凫到河的中心，一根大木头被浪花卷着打来，刚好打在了年轻人的头上。年轻人忍着痛，挣扎着想凫水到岸边，可是没有成功，被洪水冲走了。洪水过后，年轻人的父母在小河下游找到了儿子的尸体，两位老人十分伤心，抱着儿子的尸体哭得昏天黑地。

吴世宦听说了这件事，也流出了同情的眼泪。他让家人请来了死去儿子的老夫妻，给了一些钱粮，让老夫妻安葬了儿子。还让老夫妻搬进吴府住，让他们帮着看看门，做一些老人能做的家务事，供给了失掉儿子老夫妻的吃和穿。吴世宦想到三角场到綦江县城山路要经过的那条小河年年涨洪水，只要涨了水要想过河的人就只有凫水过河，一些不会凫水或者年纪大的老人、年幼的孩子就过不了河了，并且凫水过河十分危险，要想让一年四季行人都能平安过河，就只有在小河上修一座桥，于是他有了在三角场边小河上架桥的想法。

吴世宦的一些朋友知道了他想修桥的事，好心地前来劝说，架一座桥要花费不少钱粮，实在不是一件容易的事情，要他放弃修桥的想法。吴世宦听了朋友的话，有些犹豫，可是看到被自己接进家门的那对失去儿子的老夫妻经常伤心流泪，终于下决心捐出钱粮修桥。吴世宦请了工人修桥。三角场上的百姓听说吴大善人要在小河上修桥，争先恐后前来帮忙。俗话说，众人拾柴火焰高，没有用多少时间，三角场边小河上的石拱桥修成了，而且由于吴世宦捐出的钱粮多，给修桥工人的报酬多，石拱桥修得非常牢固。从此不论春夏秋冬，要想过河的人都可以从石拱桥上过河，三角场上的老百姓都称赞吴世宦办了一件大好事。

綦江县城衙门里的监狱建成的时间久了，破破烂烂，而且十分狭窄，需要关押的犯人不论重罪轻罪都关在一起。犯人们关在狭小的监狱里，吃和睡，甚至大便小便都在一间牢房里。监狱的窗子又很小，空气不流通，牢房里臭气熏天。特别是夏天，又热又臭，众多犯人挤在一起，一些身体弱的实在无法忍受，生了病。管监狱的衙役又没有及时通知犯人家里请大夫给生病的犯人治病，以致病死。綦江监狱每年都要病死不少犯人。县衙门曾经想重修监狱，让关在里面的犯人过得好一些，可是没有钱，修监狱成了一句空话。

吴世宦家附近住着一户穷苦人家，这家的儿子因为一点小纠纷和人打了一架，后来被告到县衙门，衙役奉命将打架的人抓进监狱关了起来。当时正是盛夏，天气炎热，吴世宦邻居的儿子在监狱里关了五六天，生了病，由于得不到及时医治，竟然就这样死在了监狱里。他的父亲母亲闻讯后从监狱里领回了儿子的尸体，由于丧子悲痛，老父亲上吊自尽了，剩下了老母亲孤苦无依。吴世宦听说了这家的遭遇，十分伤心，他拿出钱粮让家人帮着安葬了死去的父子俩，把老妇人接到了自己家，让老妇人老年有靠。吴世宦了解到县衙门监狱狭小破烂，关押的犯人多，每年盛夏都会死一些犯人。他想到有的犯人只犯了小偷小摸或打架斗殴的小罪，教育后可以重新做人，若是因为监狱里条件恶劣，被关死了，这些死者的父母亲、兄弟姐妹、妻子和儿女一定会万分伤心。

于是，吴世宦决定捐出钱粮重修监狱，让被关押的犯人有一个好的生活环境，消息传开，一些朋友又到他家里来劝说他放弃捐钱修监狱的打算，一是修监狱要花费很多钱粮，二是关押的犯人都是坏人，用不着为了这些坏人花费钱粮。吴世宦摇着头告诉前来劝说的朋友："犯人也是人，犯了法应该受到惩罚，可是一些没有犯死罪的人，因为关押的监狱破烂狭窄，死了是不公平的，他们的亲人会十分伤心。"

吴世宦捐出钱粮重修了监狱，牢房宽敞了，并且重罪和轻罪分了不同的关押地方。从此，綦江县衙门的监狱再也没有因为关押地方狭小、空气不流通而生病死人了，綦江城乡的百姓齐声称赞吴大善人又做了一个大善事。

吴三桂叛清陷綦

明朝末年到清朝之初，西南地区的四川、贵州陷入了长期战乱之中，明军和农民起义军之战的战争，清军和明军之间的战争，清军和农民起义军之间的战争。綦江地处川黔边境，是由川入黔，或由黔进川重要通道上的重要城镇，老百姓饱受了战争骚扰。农民起义大西军经过綦江开往贵州、云南，清军追击明军经过綦江，直到大清王朝建立了比较巩固的政权，战争终于平息，可是老百姓仅仅过了不到30年的平静生活，吴三桂背叛清王朝，发兵北上，再次攻陷綦江，綦江百姓又一次蒙受战争灾害。

吴三桂是明朝末年的著名将领，江苏省高邮人，武举人出身，父亲是明军将领，吴三桂子袭父职，也做了明军将领。明朝崇祯十七年（1644年），农民起义首领李自成攻进北京，明王朝灭亡。当时吴三桂担任辽东总兵，官封平西侯，统领大兵镇守山海关抵御欲进军关内的清军。李自成在北京建立大顺朝，做了皇帝，曾派人到山海关招降吴三桂。吴三桂正在犹豫，听说大顺皇帝霸占了他喜欢的女人陈圆圆，心中恼怒，于是投降了清王朝，打开山海关大门放清军进了关，攻占了北京，赶走了李自成，消灭了农民起义军建立的大顺朝。吴三桂还随清军攻城略地，消灭各地的反清武装，镇压农民起义军，因为作战有功，被清王朝封作了平西王，镇守云南昆明一带。吴三桂随清军经四川、贵州进军云南，消灭了在云南的南明政权（南明政权是农民起义军攻进北京后明朝将领拥戴明朝皇室福王朱由崧建立在西南地区的政权），残酷地绞杀了南明皇帝，成了兵力强大的云南王。

吴三桂倚仗着自己帮助清兵入关立了大功，手下又有雄兵猛将，滋生了骄横之气，慢慢的不再把清政府放在眼里，独断专横，不按大清朝廷旨意办事，成了大清国的国中之国。康熙皇帝主持朝廷政务以后，觉察到各地像吴三桂一样被封作藩王的汉人将领拥有强大武装，看不起他这个年轻皇帝，不听朝廷调令，觉得长此以往将成为大清国的祸患，于是提出了撤藩。吴三桂得知清政府撤藩的打算，他不想失掉手中的权力，于是和当时几个地盘比较大的藩王，如平南王尚可喜、靖南王耿精忠相互联络，准备起兵造反。

康熙十二年（1673 年），吴三桂公开打出反叛清王朝的旗帜，自称为周王，率大军杀出云南，兵分三路向长江中上游地区进发，一路攻城略地，所向披靡。当时清兵刚入关不久，基础不牢，汉人中普遍有不服异族统治的思想，原来投降清朝的明军将领多数是迫于清兵大军压境之势，见吴三桂打出反清旗号，纷纷响应，四川总兵谭弘、吴元茂，提督郑蛟麟，巡抚罗森均起兵叛清，投靠了吴三桂，四川大部分州官县令也投靠了吴三桂。

吴三桂叛清后，遣手下大将王屏藩率大军沿贵州经綦江进军四川。大军到了綦江城下，王屏藩派人劝说綦江县令张宲投降，并且用四川很多官员已经投降的例子劝说张县令，可是张宲不愿意投降。王屏藩遂向綦江县城发起进攻。綦江县城的城墙在明末清初战乱中已经毁坏，后经孟易吉、李秉直等县令修缮，暂时用土筑起了城墙，修建了城门，城内有了上百家人户。不过，綦江县城根本经不住吴三桂叛军的进攻，战乱中东南方向城墙全遭毁坏，无辜百姓惨遭杀戮，刚刚有了生机的綦江县城又遭到毁灭性打击。县令张宲虽然在战乱中逃得生命，可是看到县城被攻破，百姓受难，他又悲又气，不久就病死了。

王屏藩攻下綦江县城后继续北进。康熙十三年至十六年（1674 年至 1677 年），吴三桂的大军与清王朝的大军在四川进行了残酷的争夺战，有时候吴三桂的军队占了上风，控制了四川大部分地区。有时候清军占了上风，控制了四川大部分地区。吴三桂的军队和清王朝的军队打来打去，苦了众多的四川无辜百姓，《道光綦江县志》记载，康熙十五六年间，綦江的百姓每家都要准备吴三桂的大周国及大清朝的两种旗帜。吴三桂的军队来了挂出大周国的旗帜，清王朝的军队来了挂出清王朝的旗帜。如果挂错了旗帜，就会引来杀身灭门的灾祸。并且吴三桂的军队来了，要向百姓征粮征税。大清朝的军队来了，也要向百姓征粮征税。百姓不堪其苦，被迫又逃离刚刚安下的家，逃回到高山密林躲避战乱，綦江县城及周边乡场又呈现出了一片荒凉的凄惨景象。

清康熙十七年（1678 年），吴三桂在湖南衡州（今湖南衡阳）建立朝廷，登上皇帝宝座。可是，他手下兵将遭到清王朝军队阻击，进兵极为不利。吴三桂忧郁成疾，不久就病死了。他手下将领抵挡不住清王朝大军的攻击，退出了四川、湖南等地。

战乱似乎平息了，綦江城乡流亡在外的百姓正准备返回家园，重新垦荒建屋，开始新的生活。想不到康熙十九年，已经投降清政府的吴三桂余党谭宏、彭时亨再次叛清，准备和占据遵义的吴三桂余党马宝相互勾结，攻取四川。《道光綦江县志》记载：康熙十九年，吴三桂余党谭宏部将吴月双、杜学突然攻至綦江城下，当时在綦江当县令的是河南人王无荒，看到叛军包围綦江城，王县令慌忙组织军民抵抗。可是叛军兵多将勇，王县令无将少兵，同时城墙尚未修复，无险可守，抵抗无异于以鸡蛋碰石头，綦江县城很轻易地落入叛军之手，王县令在混战中被叛军杀死。

吴三桂叛军先后两次攻陷綦江县城，綦江死了两位县令，广大百姓遭战乱摧残，死的死，逃的逃，綦江城又没有了人烟，成了一片荒野。直到康熙二十年后，吴三桂叛军被清政府消灭，天下太平了，綦江才又慢慢恢复了生机。

知县王武修学宫

过去人们读书的地方不叫学堂、学校，叫学宫。从明朝到清朝，綦江的学宫搬迁了几次，到了明末清初，綦江的学宫因为地方官府缺少修补的资金，风吹雨打，破破烂烂了。綦江的读书人很想将学宫修好，盼望綦江能来一个关心学宫的好县令，可是盼了很多年都没有盼到。

有一年，綦江河涨大水，冲来了很多木材，河西岸的老百姓捞起了不少木材，綦江的读书人觉得可以用捞起的木材修理学宫。他们到捞起木材的百姓家中，一家一家说服动员把捞起的木材捐出修整学宫，于是不少沿河边的老百姓捐出了从河中捞出的木材。修整学宫的木材有了，可是没有钱，仍然没有办法修好学宫。

正当綦江的文人愁苦无钱修整学宫时，綦江来了一个名叫王武的县令。王县令决定重修学宫。可是重修学宫要花不少钱，到哪里去弄钱呐？王县令带着县衙的师爷和綦江文人的代表，到重庆府、四川省去申请了修学宫的钱。他们磨破了嘴皮子，还挨了上司不少训斥，终于要到了一些钱。王知县还到綦江县城不少有钱人家中劝说捐出钱财帮助修学宫，也募集了一些钱。

修学宫的钱有了，王知县听取了綦江文人的意见，原来学宫所在位置不好，重新选取了山下一个好的地方修了学宫，学宫修好了。綦江的读书人终于有了读书学习的地方。

陈时俊仗义救人

陈时俊是清朝道光年间綦江县城的人，为人十分讲义气，肯帮助人。他家是做生意的，比较富有，遇到家里贫穷的人，常常拿出钱财帮助，遇见家贫生病无钱医治的人家，便施给药品帮助治病，因此綦江城里以及附近乡下百姓称他为陈大善人。

陈时俊还喜欢结交朋友，不论是有钱的还是贫穷的，也不论是读书人还是下苦力的干活人。由于朋友多，无论做什么事情都可以找到朋友帮忙，于是有些人遇到自己不能办到的事便来找他帮着办，陈时俊总是一口答应并且努力去办。

陈时俊到綦江县城北边平滩沟（现名永新场）一个朋友家去玩，吃酒时，朋友谈起平滩沟有一户贫苦人家因得罪了他家附近一个豪绅，遭到诬陷。豪绅勾结附近山上的强盗，把赃物偷偷放在他家里然后去报官，诬告这户人家私通强盗。官府来人从他家里搜出赃物，把男主人抓进县衙门关进了大牢。陈时俊听了十分生气地说："这些豪绅仗着自己有钱有势欺压贫苦人家，真是丧尽天良，如果我遇到这个遭冤枉人家的人，一定要大力帮助。"

陈时俊从平滩沟回县城，这时天色已晚，他独自一人在路上走，走得累了便在一个树丛下休息。突然发现树边草丛中有一布袋，心里奇怪，拿起布袋打开看，布袋里竟然是黄灿灿的十两纹银。陈时俊猜出是有人带着银子赶路，走累了在树下休息时把银子失落在草丛里。他进一步想到，如果是富有人家丢失了十两银子还没有什么，穷苦人家丢失了十两银子会陷入极端恐慌之中，或许还会遭到灭顶之灾。陈时俊决定把十两纹银捡回家去，然后打听出丢银子的人家再登门送还。

陈时俊到附近邻居家打听，还托朋友四处询问，打听丢失银子的人家。终于从平滩沟朋友处打听到了，原来被豪绅诬陷与强盗有勾结人家的女主人见丈夫被关进了大牢，万分焦急，想救丈夫又没有钱，万般无奈，只得将亲生儿子卖了，卖得十两银子。她拿着钱进城到县衙门去救丈夫，不料路途中把十两银子丢了，回家后悲痛得要上吊自杀，幸亏被邻居救了，如今在家里整日哭泣。

陈时俊万万没有想到自己捡到的十两银子竟然是平滩沟受冤屈人家妇人卖子救夫用的。他很想尽快赶到平滩沟那户人家还了十两银子。可是转念一想，受冤屈人家的妇人得了十两银子，说不定会急着拿进县城找县衙门的衙役救丈夫，即使用十两银子救回了丈夫，可是失去了亲生儿子，于家庭仍然是很大的不幸。

陈时俊打定主意要想办法帮助受冤屈的人家救回男主人，平反冤屈，同时要用拾得的十两银子赎回被妇人卖掉的亲生儿子，让受冤屈人家的家人团圆。他再次来到平滩沟，通过朋友找到受冤屈的人家，见了女主人，说了不少安慰的话，并且拍着胸脯向受冤屈人家的女主人保证，一定想办法救回她的丈夫，找回她卖掉的儿子。受冤屈人家的女主人将信将疑，不过，在陈时俊和附近邻居劝说下不再寻死觅活了。

陈时俊又让朋友带路，找到了勾结强盗栽赃陷害的豪绅，劝说豪绅不要倚仗钱财及势力欺压善良穷苦百姓，主动到县衙门说清实情，还受冤屈人的清白。开始，豪绅并没有把陈时俊的劝说听进耳朵里，可是事过不久，发现陈时俊竟然通过朋友拿到了自己和强盗私通诬陷妇人的证据。知道陈时俊朋友广，有神通，害怕了，派人找到了陈时俊，并且请到家中摆下酒宴请吃请喝，还送上银子，想收买陈时俊，让他不要管闲事，不要与自己为敌。陈时俊没有吃豪绅人家的酒宴，也没有收豪绅的银子，他明明白白地告诉豪绅，他讲的是一个"义"字，要的是人的良心，再一次相劝豪绅主动到县衙门说明真相，让受冤屈的人恢复清白之身，而且保证只要说出了事情真相，豪绅不会受到县衙门的惩罚。终于，豪绅既因陈时俊拿住自己私通强盗的证据而害怕，又被陈时俊的君子之言折服，答应到县衙门去说明真相。陈时俊又找到县衙门里的朋友，希望让被冤枉的百姓得以平反，恢复清白之身，同时希望自己的朋友在县大老爷前说好话，只要诬陷好人的豪绅真心悔过就不要惩罚了。

陈时俊为了帮助平滩沟受冤屈的贫苦百姓恢复清白之身，跑了很多路，托朋友帮忙，请吃请喝，也花了自己不少钱，终于办成了事情。受冤屈的人出了县衙门大牢，回到了家。夫妻俩十分感谢陈时俊，置办礼物专程赶到县城陈家拜谢。可是到了陈时俊家没有见到大恩人，听陈家的人讲，陈时俊到重庆府办事去了。贫苦人家的男主人和他的妻子没有见到大恩人，十分遗憾，回了平滩沟家里。想不到十天后，陈时俊带着被女主人卖掉的亲生儿子到家里来了，男主人和女主人见大恩人到家，并且带回了卖掉的儿子，又惊又喜，激动得张开嘴说不出话，眼泪流满了脸。原来，陈时俊见受冤屈的男主人恢复清白之身的事情已经办妥，开始寻找被女主人卖掉的亲生儿子，他打听到孩子被辗转卖到了重庆府，便赶到了重庆，跑了不少路，托了不少朋友帮忙，终于找到了被卖掉的孩子。他添加了二两银子，加上拾到的十两银子赎回了孩子。

陈时俊还将被赎回的孩子认作了义子，拿钱让孩子读书。后来这个孩子考中了举人，十分孝顺，不仅孝自己亲生父母，也孝他的义父陈时俊。

陈铭善治新昌县

陈铭是清朝乾隆年间綦江人，少年时熟读诗书，十分佩服古人孝长辈、爱百姓、忠心报国的优秀品质。他常常对同伴说：我如果长大做了官，一定要做一个忠心报国、爱护百姓的好官。

陈铭学习刻苦，17 岁时考中秀才。过了 7 年，在省城考中了举人，又过了 7 年，赴京城考中了进士，被分配到浙江省新昌县担任县令。他从家乡出发前往新昌县上任时，对家里的亲人和昔日的朋友说：我去了新昌县，一定要做一个亲民爱民、忠心报国的好县令，做一个好官。

新昌县是浙江省一个十分偏僻、地处大山深处的小县。陈铭到了新昌，发现新昌县城只有两三条简陋的街道，四周没有城墙保护，老百姓生活十分贫困。

陈铭当了新昌县的知县大老爷，他找来衙门里的书吏、师爷、衙役班头，了解新昌县的情况。县里的书吏告诉他，新昌县历来民风淳朴，尽管由于地处大山深处，土地贫瘠，遇上天旱水涝等自然灾害时老百姓的生活十分艰难，但很少发生偷盗、杀人害命的案件，所以新昌县一直没有修筑城墙。不过，近几年由于常有海盗上岸，窜到新昌附近抢劫杀人，闹得老百姓心里恐慌，希望修筑好城墙，加强训练团防，以抵御海盗的进犯。陈铭又到百姓家里走访，也有不少老百姓希望早日修好城墙以防海盗及歹人窜入县城。

于是他下了决心，率领新昌县老百姓修筑城墙。不过，修筑城墙需要钱，还需要不少民夫。陈铭带头捐出自己俸禄（工资），同时让县里分管钱粮的官员紧缩开支，减少县衙门日常费用，把省下的钱粮用来修筑城墙。新昌县一些富有之家也捐出钱粮，为了表示一定要修好城墙的决心，陈铭还脱掉官服，穿上普通老百姓衣服，捞起衣袖裤脚，扛起锄头参加修筑城墙的劳动。县太爷带头，众多百姓跟着干，用了不到一年的时间，新昌县修好了城墙，陈铭还带领百姓整修了新昌县的街道，新昌县城焕然一新。

新昌县城修好了城墙，陈铭刚刚想松一口气，想不到县里闹起了饥荒，市场上的粮价上涨了一倍多。原来这一年从春到秋，新昌县很少下雨，田里的水干了，禾苗干死了，坡土上栽种的红薯、苞谷也干死了不少。新昌县的农民多数家境贫苦，家里没有存积准备抵御荒年的粮食，遇上干旱，田里地里没有了收成，家里的大人小孩只好饿肚子。

陈铭来到了新昌县才一年多，修城墙差不多用光了官库里的粮钱，拿不出多少钱粮来救济灾民。陈铭看到灾民挨饿，市场上的粮价暴涨，心里十分难受，白天吃不好饭，晚上睡不好觉，思考着怎样筹款筹粮救济灾民，帮助新昌县的老百姓渡过灾荒。陈铭再一次捐出自己的俸禄，并且亲自出面到县里一些富有之家劝说捐出粮钱赈济灾民，由于他到新昌后修城墙保护百姓，平时为人亲和，得到包括不少富有之家在内的人的赞扬，所以不少富有之家尽自己能力捐出了钱粮。

陈铭还专程到上一级官府苦苦哀求，希望拨给新昌县钱粮赈济灾民，也得到了上级官府的支持。陈铭看赈灾有了钱粮，松了一口气，连忙让县衙里的官员、衙役分头到县境内各个地方实地调查灾民情况，根据实情分发赈灾的钱粮。这时县里的师爷提出，赈灾不仅要给灾民分发赈灾钱粮，还应该平抑县里市场上的粮价，稳定普通百姓担心粮价上涨而恐慌的心态。陈铭觉得师爷说得有理，他让师爷陪同再一次到新昌县城百姓家里实地了解情况。发现新昌县市场粮价持续上涨主要是因为不少人家害怕粮价还要上涨而大量抢购粮食存在家中，以致市场上粮价持续上涨。陈铭和师爷商量后作出了决定，将赈灾筹集到的粮食分发给县境内缺粮的贫苦人家，让这些人家能够吃饱肚子，再筹集资金派人到省城及省外一些富有地方购买粮食，运回新昌在市场上原价出售。由于省城及省外一些富有之地的粮价大大低于新昌市场上原有的粮价，新昌城里有低价米粮卖了，市场上的米价、粮价也就降了下来。家里存粮过多的人家不仅不再担心粮价继续上涨而买进粮食，反而担心荒年过去，粮价下降，自己存粮吃亏，而把家里多余的粮食卖出去。终于，新昌县由于天旱歉收引起的粮荒过去了，新昌县老百姓十分感谢陈知县赈灾有方。

陈铭为了新昌县不会再次因为天旱水涝引发众多百姓无粮度日的状况，决心存粮于民间、存粮于县衙。他制定了县里各级存粮避荒的措施，动员县里大户丰年时捐出一些粮食让县里存起来，荒年时赈济灾民，由于措施制定得十分符合实际，得到了新昌百姓的拥护。陈铭在新昌县当了 5 年县令，虽然县境内发生过大大小小多次天旱水涝灾害，但灾民能够得到及时赈济，没有再发生过粮荒。

陈铭在新昌县担任县令时，审案判案不只听堂上原告、被告的陈诉，而是深入案发地调查了解，认真听取知情人的介绍，因此作出的判决比较公正，原告、被告心服，在新昌以及周边几个县有了善断疑案的好名声。有一次，邻县出了一个妻子谋杀亲夫案，县里判决罪犯凌迟处死。案子报到了州府，知州大人认真审阅了案件，觉得案件的判决存在着不少疑点，罪犯很可能是被冤枉的，可是找不到证据可以推翻原来知县的判决。

知州大人想到了陈铭，于是把他找到了州府，让陈铭复审案件。陈铭接受任务，他不仅亲到监狱，好言询问，认真听取了罪犯的申诉，还亲自到了案发现场，认真勘察，连一根草一根绳头也不放过，又让人从坟墓里挖出棺木，重新开棺验尸，终于发现罪犯供认的杀夫方法是用绳索勒住颈部致其死亡，而重新验尸发现死者颈部虽然有绳勒痕迹，但却是死后加上的，与罪犯招供不符。陈铭又走访了死者家附近的百姓，了解到罪犯与丈夫关系一直很好，而与婆婆有较大矛盾，经过认真调查了解，陈铭终于审明了案情。原来死者是突发疾病而亡，婆婆制造假象，冤枉媳妇，原判知县糊涂判案。

陈铭审清了邻县“谋杀亲夫案”，使媳妇冤情大白，新昌知县善断疑案的事传遍浙江全省。

嘉庆十九年，陈铭被调离新昌县，百姓依依不舍。当地文人绘制了“十政图”，即十幅描绘陈知县亲政爱民的图画，赞颂他是一个亲政爱民的好官，还在县城立了劝捐采买平崇碑，以纪念陈知县赈灾的功绩。

冯汝弼受民爱戴

清朝乾隆五十四年，綦江县城有一位县令任期满了，收拾行装准备坐船返家。不料他刚出县衙，发现大街上挤满前来送行的百姓，并且摆着一桌又一桌的宴席为自己送行，从衙门口沿着大街摆出了城门，一直摆到了上船的渡口，真是千户出动，万人塞街，如此巨大的场面，真真相当感人。

众多百姓前来送行的离职县令名字叫冯汝弼，云南省昆明府人，从小勤奋读书，中年考中贡生，刚开始担任朝廷内阁中书，后来被分派到綦江县担任县令。冯县令从小家境贫寒，虽然后来当了官，也没有忘本，把朝廷发的俸禄（工资）拿回家乡帮助贫苦乡亲，自己仍然过着简朴的生活，到綦江上任时只带了一把琴，几十本书，一个简单的被盖卷，一个被叫作书童实际上是他收养的家乡孤儿。

冯县令在綦江上任后，勤勤恳恳工作。当时綦江没有书院，读书人考秀才时用的考棚破破烂烂，读书人没有地方安心读书，也找不到好的老师指导，因此近六十年没有人在省城考中举人，更不用说到京城考取贡生、进士了。老百姓提到这件事个个摇头，人人叹气。冯县令下决心搞好綦江教育，让綦江出人才。他节约县衙门的各项开支，还动员城里绅士捐出钱粮，自己节衣缩食，节省下俸禄捐出，修建房屋开办书院，修好了考棚，还亲自到书院给学生们上课，讲解经书。

冯县令还设立了奖励金，对学习成绩优秀，考了好成绩的文人给予金钱物资的奖励。冯县令采取的措施果然见了效，他来綦江县当了两年县令后，綦江县一个叫陈铭的读书人果然在省城考取了举人。冯县令非常高兴，将陈举人请到县衙大堂，摆了丰盛的酒宴招待，发给了奖金，说了不少鼓励的话。陈铭没有辜负冯县令的期望，继续努力，进京城考中了进士，冯县令听到消息更加高兴，逢人就说，“綦江有了希望，綦江能出人才，陈铭考中了进士，将来一定会有更多的綦江人考中举人、考中进士。”

冯县令审理案件时从不对犯人用刑，而是深入调查研究，和犯人友好交流，让犯人真心悔过，接受法律制裁。有一次，一个犯了盗窃罪的人被押到县大堂接受审讯，这个犯人在衙役审讯时承认盗窃了东西，可是死活也不说出赃物藏在了什么地方。衙役用了刑，想逼犯人供出藏赃物的地方，可是监狱里所有刑具都用遍了，犯人仍然没有招供。冯县令听了衙役的禀报，决定亲自审讯，在县大堂上，他看到犯人身上到处是伤，仍然带着重重的刑具，大声训斥了审讯的衙役，还走下堂来亲自解开了犯人身上的刑具，叫来医官，为犯人的伤口上药。冯县令没有急着审讯犯人，让衙役换了一间条件较好的牢房给犯人住，让县衙门的医官每天都去给犯人换药。有时候，他还亲自到牢房看望犯人，陪着摆摆心里话。冯县令还到犯人住家附近调查，了解到犯人小时候是一个十分听话的乖娃娃，有一年闹灾荒，父亲带着他母子外出逃荒，不料母亲走丢了，他成了没有妈的孩子。不久父亲病死，他成了孤儿，被一些坏人教唆坏了，染上了盗窃恶习。后来母亲找了回来，发现儿子变坏了非常伤心，又离家走了。冯县令想办法找到了犯人的母亲，让他到牢房劝说儿子改邪归正。犯人被冯县令的宽大感动了，又听了母亲的劝说，交代出了藏赃物的地方，还交代出了县里一个盗窃集团。冯县令没有用刑，教育改造好了一个惯盗，并且破获了县境内的盗窃集团，让綦江百姓过上了“夜不闭户”的安稳日子。

冯县令非常关心以种地为生的农民，只要有了空闲，他就带着自己的小书童跋山涉水到农村看望农民朋友，还用自己的俸禄买酒买肉招待勤奋耕种的农民朋友。有一次，他到附近一个村子里看望一个姓王的农民朋友，在王老汉家附近的小路上遇到一个哭哭啼啼的女人追赶一个抱着被子的男人。女人一面追一面骂：“背时的懒鬼，你把被子拿去当了钱还赌账。冬天到了，我们大人娃娃盖什么？”女人追得急，没有看清脚下的路，一不小心跌进了路边的水田。冯县令看到了，急忙带着小书童赶过去帮助女人爬出了水田，这时候男人已经抱着棉被跑远了，女人一身泥水哭着回了家。冯县令到了朋友王老汉家，摆谈了一会农村耕种情况，问起了路上遇见的追赶男人的女人情况。王老汉叹了一口气说：“可怜，那个女人真可怜，她追赶的男人是她丈夫，原来还是一个安分守己的庄稼人，不知道怎么搞的，这两年染上了赌博恶习，输了钱欠了赌债，便拿家里东西去当铺当钱还债，现在他们一家四口，两个大人和两个娃娃全靠女人干活种庄稼养活。”

冯县令听了十分生气，决定管一管这件事，他先让小书童拿着自己的钱到附近当铺赎回了男人当了的棉被，送回到女人家里，又让人捎信叫来了县里的衙役，把当地几个经常到赌场赌博的人全都抓了起来，冯县令不审也不问，更没有用刑拷打，让衙役把几个赌徒送到修建书院的工地，罚赌徒们搬砖抬石头劳动。一个月过去了，赌徒们知道错了，先是向监督他们劳动的衙役认了错，又被带到县大堂当着冯县令的面写了认错改过的文书，冯县令把决心改正的赌徒放回了家。

冯县令清正廉明，判案公正，奖勤罚懒的好名声在綦江传遍了，提起冯县令，人人都会竖起大指姆，现在冯县令要离开綦江县了，他到綦江任职的时候带着一个书童和一把琴。五年过去了，冯县令要离开綦江了，陪伴他的仍然是一个小童一把琴。綦江城里的士绅富户知道冯县令家里不富裕，送了不少财物让他带回家，冯县令婉言谢绝了。

在县衙门前等候已久的綦江百姓看到冯县令从县衙里走出来了，一起涌了上来，一个个手里端着酒杯叫着、喊着:“冯大人，您要走了，今天这杯践行酒您一定要喝了。”

“冯县令，清天大人，感谢您在綦江做了很多好事，我们永远不会忘记您。您要走了，我的这一杯践行酒您一定要喝!”

“冯大人、冯青天，您教育我丈夫改正了赌博坏习惯，小女子这一杯践行酒您一定要喝!”

冯县令看到举到自己身前的众多酒杯，看着一张张诚挚的面孔。前来敬酒的綦江百姓多数认识，也有一些不认识的，冯县令觉得不管认识的不认识的都是好朋友，看到綦江乡亲们热情相送，想起自己做得还很不够，他心里有些惭愧，眼里满是泪水，说不出话来……

一个头发胡子都白了的老人站了出来，大声喊:“乡亲们，大家都争着为冯县令敬酒，是难为冯县令，不如大家都回到酒席上，冯县令挨着次序来，一个酒桌喝一点酒，吃一点菜，满足大家的愿望，好不好?”

争着敬酒的人都同意老人的提议，于是冯县令挨着顺序一张酒桌喝一点酒，吃一点菜。前来设宴送行的百姓太多，他从早上挨着酒席喝酒吃菜，一直到太阳落坡才走到了渡口。尽管冯县令酒量大，也喝得酩酊大醉，走不稳脚步了，在小童的搀扶下，他上了船，挥动手、流着热泪再次与綦江百姓道别……

曾氏胆大铸私钱

从前，造纸技术不发达，造出的纸张质量不好，不能用来制作市场上流通的货币，所以那时候民间使用的钱币，是用铜或铁制造的。綦江南部群山中有铁矿，早在宋代南平军奉朝廷之命便采铁矿炼铁铸钱供民间使用。后来因为缺乏炼铁铸钱的燃料，南平军停止了炼铁铸钱。到了清代初期，綦江南部又有人炼铁铸钱，不过不是官府派人炼铁铸钱，而是民间私自炼铁铸钱。

清代民间私自炼铁铸钱的地点在綦江南部与贵州交界的一个叫老鸦窝的地方。老鸦窝民间私自铸钱案是清代乾隆年间的一件大案，惊动了四川、贵州两省巡抚。

老鸦窝山高林密，地势险要。那里有一个名字叫曾石保的人，家中兄弟四个，一个个力气大，会武术，经常跟游手好闲、不务正业的歹人来往，周围百姓十分畏惧。曾氏兄弟做了违法的事，当地官府也是睁一只眼闭一只眼，不敢追究。

乾隆五十一、五十二（1786 年到 1787 年）年间，曾氏兄弟觉得炼铁铸钱会发大财，于是悄悄炼铁铸私钱，他们与川黔边界一些胆大不畏官府的人相互勾结串联，私自铸了钱拿到市场上用。当时朝廷规定民间市场上使用的钱只能由官府铸造，民间私自铸钱是犯了死罪的，所以曾氏手下开始铸私钱用的人不多，有时几个，有时十多个。官府发觉后派衙役来清查，私自铸钱的人或搬迁地方以避官府，或拿钱收买官差衙役，就这样悄悄小规模地干了六七年。后来，慢慢的胆子越来越大，到了乾隆五十七、五十八（1792 年到 1793 年）年间，由曾氏兄弟招集起来铸私钱的人多达数千，在川黔边境老鸦窝设立了几百个炉房，白天晚上不停地铸私钱，很远地方都能看到铸铁炉冒出的黑烟，炉火映红了很大一片天。铸私钱的人还成立了严密的组织，曾石保任外掌柜，一个叫刘荣厚绰号刘伯温的任内掌柜，另外还有张仲何等四五个人为外当事。参加铸私钱的人喝血酒，发盟誓，不论发生什么事都不出卖同伴。还在老鸦窝最高的山峰建起大堂，供奉关帝神像，大堂两旁插满兵器和五色旗。他们还建立了军队，每小队兵丁 26 人，由小头领统管，有事时放炮集合，兵士戈矛林立。

私铸的钱在重庆、泸州及贵州等地通行使用，如有商家不愿意接受老鸦窝私铸的钱，外当家曾石保就会带人上门问罪，吓得商家不敢不用。曾石保严令手下的人不准欺负附近乡民，也不准拿私铸的钱到附近乡镇使用，到附近乡场买东西要用实物交换，以此获得乡民好感。老鸦窝附近还设了不少赌馆，经常有几十个上百个身穿漂亮衣衫的人聚在一起赌博，周围有钱的人受诱惑也纷纷前去赌博。

桐梓县衙门听说了老鸦窝铸私钱的事，曾经派官差前去捉拿，因为曾石保手下有人和衙门里的人相好，事前秘密通了消息，官差来时掩炉熄火，停止了炼铁铸钱，官府拿不到证据，无可奈何。乾隆五十九年（1794 年）七月，巴县（今重庆巴南区）界石场有叫蒋文维、周登才的人，带着钱到綦江桐梓一带做生意，被人引诱到老鸦窝赌场赌博，输光了做生意的钱，十分恼火，回家后到巴县衙门告发了老鸦窝铸私钱的事。巴县县令禀告了重庆知府赵秉渊，赵知府报告了四川总督福康安。福康安是朝廷重臣，听说了老鸦窝铸私钱的事十分生气，一面派人通禀贵州巡抚，让贵州各州县派兵缉拿铸私钱的罪犯，一面命令重庆官兵前往捕拿罪犯，还表示要亲自到綦江督办。綦江知县吴巩听说福大帅亲临，赶忙把文庙修整一新，准备用来做福康安的行营。重庆游击将军李发先、总镇袁国璜各率大军分两路于七月二十九抵达老鸦窝，几千官军将老鸦窝团团包围。

曾石保率领手下人抗拒抓捕，无奈官府兵多将勇，而且有当时十分先进的火枪“过山鸟”。曾石保手下的人抵挡不住，死伤多人，剩下的四处逃散。官兵当场抓获了曾石保手下二百九十个人，不过没有抓到曾石保等要犯。官兵继续搜寻，几天后抓到了内掌柜刘荣厚，接着抓获了外当事张仲何，最后在綦江境内扶欢坝抓获了曾石保兄弟。

官兵大举进攻老鸦窝，搜捕曾石保等人，惊扰了附近乡民，官兵乡勇纪律不好，随意到乡间骚扰百姓，有的乡民房屋被烧，有的财物被抢，还有不少乡民被错抓错捕。

曾氏兄弟在老鸦窝私自炼铁铸钱，违背了当时朝廷制定的法律，结果不仅害了自己，还牵连了不少无辜百姓。

白莲教綦江举义

清嘉庆七年（1802 年），綦江县附里（现北渡、永新一带）蔡家坝牟正国与同乡王际林、王祥秘密发展白莲教，并且起义攻打綦江县城，遭清政府残酷镇压而失败。

牟正国是蔡家坝农民，早年秘密参加了白莲教，嘉庆七年冬天，牟正国与教私塾的老师王际林暗中串联贫苦百姓参加白莲教，牟正国当了白莲教首领，自称为“何二老爷”。王际林的儿子王祥曾经在达州清朝廷官府里充当乡勇，会一些武艺，后被遣散回乡，他们和附近山寨一些草莽英雄秘密串联，暗中制成了白莲教用的白旗和刀枪等兵器，约定好十二月二十三日夜晚在北渡附近清溪河边白鹤庙聚集起义，冲进县城，攻打县衙门。并且侦察了綦江县城地形，选好了从县城西边山地翻城墙进入县城的路线，并且定好了攻城计划。

所谓白莲教，起事于南宋，是在百姓中相互串联而兴起的民间秘密组织，以传教作为依托，宣扬佛的明王（阿弥陀佛）出世和弥勒神仙下凡，鼓动民众“真空家乡，天生老母”，返归天界，免遭劫难。意思是用尽用完家中财物，诚心信奉神佛，只有这样，死后才能升天为仙，免去人间种种磨难。当然，这是一种不科学、十分迷信的说法，不过当时普通老百姓受教育不多，不懂得科学技术，很相信“神佛”的说法，同时白莲教入教非常方便，不用到寺庙剃头为僧，“在家出家”，意思是加入白莲教后可以仍然在家里生活。到了元代、明代，不少民众反抗官府的统治，利用白莲教的旗号秘密进行串联。

明嘉靖四十四年（1565 年）重庆大足县人蔡伯贯秘密发展白莲教徒，派出弟子到周边州县鼓动百姓登记入教，秘密授予虚伪的官职，约定好时间举行起义，反叛朝廷，果然得到了不少穷苦百姓响应。白莲教起义军先后攻占了安居、定远、荣昌、合川等州县。綦江离荣昌、合川不远，因而受到影响，一些百姓秘密串联，准备响应白莲教起义部队。綦江官府害怕县内也有了白莲教造反，组织兵勇修筑城墙寨堡，做好防御的准备。后来，四川巡抚刘自强亲自到重庆督军围剿，调集附近州县官兵乡勇与白莲教起义军作战，经过半年多的时间，终于将白莲教起义镇压了下去，一些白莲教首领被捉。据《道光綦江县志》记载：白莲教首领陈四蛮作战时被綦江县典史廖珊用箭射中，坠马死去。不过，白莲教在民间仍然在秘密活动，并且活动区域越来越广。清代乾隆末到嘉庆初，四川、陕西、湖广一带乡村遭遇大旱，不少农民生活无着，白莲教借机串联百姓再次发动反叛朝廷的起义。嘉庆元年（1796 年）正月，白莲教首领张正谟率众起义，攻占湖广当阳、保康，三月，白莲教徒姚之福等拥戴已故白莲教首领齐村的妻子王聪儿为白莲教总教师，聚集百姓数千人在湖北襄阳起义，攻破襄樊城。九月，四川达州的白莲教首领徐天德聚集万人起义，东乡（今四川宣汉）王三槐、冷天禄，巴州（今巴中）的罗其清、苟文明，通江的冉文俦、冉天元等白莲教首领同时聚众起义，声势浩大，白莲教起义震惊了清朝廷。次年，白莲教起义遍及川陕鄂边界地区，击杀清军游击将军尚维岳、都司福清，声势迅速扩大，陕、鄂的白莲教起义军进入四川与四川白莲教合兵一处，先后攻克川北营山、巴州，川东广安、长寿，迫使清军退守重庆，一直到嘉庆四年（1799 年）以后，大规模白莲教起义在清王朝残酷镇压下才慢慢消失，然而小规模的白莲教起义仍然在一些州县发生。

话说牟正国、王际林要求起义人员按时聚齐起事，可是王际林太大意了，在写给约定起义人员的信中写错了起事时间。十二月二十一日、二十二日，有不少装扮成走乡串户民间大夫、算卦的、卖药的、唱莲花落的人在綦江县城内外以及北渡、广兴等场镇聚集，引起了官府怀疑。并且，二十二日夜，不少约定好的起义人员已经在白鹤庙聚集了，牟正国、王际林知道发出信件中约定起事的时间写错了，把二十三日写成了二十二日，可是，事情已经没有办法挽回，于是决定将错就错，提前一天起事，在十二月二十二日晚上大摆酒筵，举旗起义。

牟正国手拿白旗，白旗上写着“统兵大元帅牟正国”8 个大字。王祥骑着马，拿着先锋旗冲在前面，一路高声呼喊:“白莲教到此，拦路者死。”直接冲向綦江县城。沿途有不少贫苦百姓参加起义部队，到达綦江县城时聚集了数百上千人。凡是参加起义的人均剪掉了发辫，手里拿着大刀长矛。当时綦江县令叫图敏，听到衙役禀报县内出现了白莲教反叛，十分吃惊，同时县城里的百姓闻听白莲教攻城，害怕打起仗来受到伤害，都十分惊慌。图县令急忙命令衙役紧闭城门，并且派出乡勇兵丁上城墙防守，严查进出人员，防止白莲教奸细进城，接着命令把总翁翊清带领官兵出城迎战白莲教。

因为王际林在起事信函中写错了日期，约定起事的一些白莲教徒没有能够赶到参加，王祥、牟正国率领的白莲教人数太少，并且都是没有经过军事训练的贫苦农民，不能对抗官军。两军刚刚交战，白莲教起义军就被官军打败了，牟正国、王祥战乱中逃走了，王际林被官兵抓住，还有一些白莲教徒也被官兵捉住。

图县令升堂审问被抓住的白莲教徒及战士，王际林被当堂乱棍打死了，其他抓住的白莲教徒共十四人被押送到重庆府，后来王祥在江北县也被官府抓到。经过官府审讯，王祥被判凌迟处死，其他被捉住的白莲教首领都被判处了斩首，就连已经被打死埋葬了的王际林也被从坟墓中挖出，取下首级示众，毁尸灭迹。只有牟正国逃脱了，始终没有被官府抓到。

綦江的白莲教起事因为准备不周，过于仓促，同时首领王际林在分送给各地白莲教徒的书信中写错了起事时间，刚刚起事便被官府镇压下去了。

陈燮坤灵川判案

陈燮坤是綦江安里人，“里”是明清时的行政机构，当时綦江境内分有五个里：安里、永里、遵里、思里、附里。安里在县城南部，包含了东溪、赶水、安稳、石壕、打通等地。陈燮坤出生于读书人家，从小受到父亲教育，勤奋学习，清朝道光辛丑年考中进士，被选派到广西灵川当县令。

他带着随从到了灵川，灵川一些刁顽之徒，见陈燮坤年纪轻轻，从表面上看似乎没有一点做官的经验，有一些看不起他。一天，陈燮坤微服私访，到百姓中间去了解县里的情况。走在大街上被几个刁顽之徒认了出来，他们故意在陈县令身边挤来挤去，差一点把陈燮坤挤得跌倒在大街上。

其中两个刁顽之徒还故意说起了瞧不起年轻县太爷的话。一个人说：“朝廷不知怎么搞的，弄了个年轻娃娃来当县太爷，灵川人要倒霉了。”另一个人说：“陈县令这个年轻娃娃，鼻子还在横起擦，怎么当得好一县之长，等两天我们故意惹点事闹到县大堂，看他娃娃县太爷怎么处理。”陈燮坤听了，十分生气，很想让随从抓起这些刁顽之徒。不过转念又想，几个说怪话的人虽然可恶，却并没有触犯朝廷法律条文，不能随随便便抓起来问罪。他强忍住没有发火，回了衙门。

过了两天，这两个刁顽之徒果然故意当街打架，扭扯到县衙门，想看看陈县令怎么处置。陈燮坤坐上县大堂，三言两语问出了两个当街打架的刁顽之徒是故意闹事，喝令衙役将闹事的刁顽之徒掀翻在地，一人打了三十大板。打得两个刁顽之徒哭爹喊娘，此处人再也不敢瞧不起县太爷了。

过了两个月，灵川县发生了一件恶妇谋杀亲夫的大案。由于案情复杂，恶妇背后又有后台支持，县里的百姓都认为案子很难审清。不少人替年轻的县太爷手心里捏了一把汗，十分担心他不能审清恶妇谋杀亲夫案，将犯罪的恶妇绳之以法。

原来，灵川县城有一户姓吴的生意人家，家里几代人做生意赚了不少钱，十分富有。吴老板娶了两房妻子，可是只有一个儿子，而且人很老实。吴老板给儿子娶了一个十分漂亮的女人做妻子。后来吴老板夫妇都死了，吴家店铺由儿子吴谦及老婆吴李氏操持。开始，吴谦和吴李氏勤勤恳恳做生意，夫妻恩爱，家里生活美好。不过吴谦的妻子迟迟没有生育，夫妻俩都很着急。吴谦到处请大夫给妻子号脉处方，买药熬给妻子吃，希望吴李氏早一点为吴家生下传宗接代之人。也有人劝吴谦纳妾，妻子不生育或许妾能生育，同样能为吴家传宗接代。不过吴谦认为妻子进吴家后对自己很好，不忍心娶妾怠慢了妻子。他一心想请大夫开药方给妻子吃药，让妻子为吴家生个一男半女，传宗接代。

可是，他万万没有想到，请来给妻子号脉开方的大夫中竟然有一个是心怀歹意之徒，由于常来给吴李氏看病，借号脉故意轻抚女人光滑的皮肤，趁吴谦不在时说一些挑逗的话，慢慢的，大夫挑逗得吴李氏动了心。有一次吴谦有事出了门，大夫借看病来到吴家，吴李氏支走了家里其他的人，一对男女竟然上了床，做出了不轨之事。

有了初次必然有两次、三次，丑事终于被吴家的佣人发觉。有个佣人告诉了吴谦，开始吴谦不相信，可是有一次吴李氏和大夫竟然被吴谦撞见了正抱着睡在床上。吴谦又气又恨，扑上前要捉奸，不料被大夫奋力一推，跌倒在地，摔得昏过去。奸夫奸妇趁机逃脱，后来吴家的佣人发现主人昏倒在地，将吴谦抬上了床，吴谦终于醒了，可是因为脑部受伤，变得痴呆了，张开嘴说不出话。吴家佣人赶紧请大夫为吴谦看病拿药，服侍主人吃了药上床睡觉。

想不到，就在这一天晚上，吴谦睡觉的房子着了火，他被活活地烧死在床上。吴李氏死了丈夫，装出伤心欲绝的样子哭得昏天黑地。作为吴家的女主人，吴李氏请来了道士为吴谦超度，忙前忙后安排丈夫的葬礼。

吴家的一些佣人认为吴谦死得不明不白，怀疑是被吴李氏害死的，吴家一些邻居也听说过吴李氏和治病的大夫有奸情的事，认为吴老板死得不明不白，可是没有吴李氏谋杀亲夫的证据，奈何不得行凶作恶之人。

终于，吴家有佣人到县大堂报了案，希望县大老爷揭开吴谦被烧死的真相，惩办作恶之人。

陈夔坤接到吴家佣人报案，带着衙役赶到吴家，吴李氏正要将吴谦的尸体入棺送到墓地安葬。陈县令制止了，他仔细察看了现场，可是吴谦睡觉的房间已经被烧得一塌糊涂，看不出吴谦死亡的真相。陈夔坤又认真训问了吴家佣人，走访了邻居、佣人和邻居，虽然了解到吴李氏和大夫通奸的事，知道吴谦的死多半和吴李氏有关，但是找不到歹人作恶的证据。

陈夔坤苦苦思索，白天吃不好饭，晚上睡不着觉。他突然想起在一本推断案情的书中曾经看到，如果人被火烧死，口肺必有灰尘。如人死后再用火烧，口中一定十分干净。于是他们开棺验尸，果然发现死者口里干干净净。陈县令命人拿下吴李氏和大夫，分开关押，严加审讯。果然，两个作恶之人在县大老爷的严词追问之下交代了害死吴谦的罪行。

原来吴李氏见丈夫发现自己的奸情，害怕因此受到严厉惩罚，便趁吴谦跌倒后痴呆的机会，叫来大夫一起掐死了丈夫。然后用床前烛火点燃了床上被子，装成吴谦不小心弄倒床前火烛引起火灾烧死自己的假象。

吴家恶妇杀夫案审清了，行凶之人受到惩罚，灵川百姓齐声称赞年轻的陈县官断案英明，再也没有人瞧不起他了。

陈夔坤在灵川为百姓做了很多好事，他调离灵川县时，灵川百姓依依不舍，不少人含着眼泪送出了很远。

陈氏女善教儿子

清朝雍正年间，綦江有一个名字叫许应举的知县，他有一个儿子叫许玉鳞。

许知县是一个清正廉洁的官，当知县大老爷时没有捞钱肥腰包，后来不当官了，想回老家没有盘缠路费，于是在綦江住了下来。儿子许玉鳞娶了妻子，有了一个儿子、两个女儿，靠许县令在任时置下的一点田产收租维持生活，日子过得并不富裕。后来妻子死了，许玉鳞一个大男人带着3个孩子日子过得十分艰难，于是有人劝许公子再娶一个妻子，并且给他介绍了巴县陈家的一个女子。本来，陈家有田有地，日子过得比许家富裕得多，所以陈氏女的哥哥并不十分赞成许家这门亲事，但是陈氏女听说许玉鳞是许知县家里的公子，她知道许知县是个爱民的好官，十分敬重他的为人，于是说服了哥哥，嫁到了许家。

陈氏女和许玉鳞成亲后，夫妻十分恩爱。陈氏女对待丈夫前妻留下的一男二女就像自己亲生的一样关怀照顾。许家还有一个年迈的婆婆，陈氏女十分孝顺，每天清晨为婆婆烧好洗脸水，端到床前服侍婆婆起床，晚上服侍婆婆脱衣服睡觉。婆婆有一个背痛的老毛病，陈氏女每天晚上等婆婆睡下后就轻轻地为老人家捶背，一直到婆婆睡着。家里有了好吃的，先让婆婆、丈夫吃，再让丈夫前妻留下的一儿两女吃，最后有剩下的自己才吃。陈氏女孝敬老人，和睦家庭，在周围邻居中传为佳话。

三年后，陈氏女为许玉鳞生了一个男孩，取名许芬，夫妻俩都很喜欢。许芬长得十分乖巧，刚会说话就一天到晚爹爹、娘亲、婆婆地叫，两岁多便学着认字，左邻右舍都夸许芬是个乖娃娃，长大后一定有出息。

陈氏女和丈夫及家里人一起甜甜蜜蜜过日子，想不到灾祸降临。就在小许芬满3岁不久的一天，许玉鳞到山里拜访一个朋友，回家时天色已晚，刚刚下过雨，泥路很滑，经过一个小山崖时，不小心摔了跤，摔下了山崖。陈氏女闻听丈夫摔下了山崖，仿佛大晴天响了一个炸炸雷，惊得张大嘴巴说不出话，眼泪像断了线的珠子不住地往外掉。她慌慌张张带着人到山崖下找回丈夫，许玉鳞已经只剩下一口气了。他拉着陈氏女的手，眼里流着泪，嘱咐陈氏女等他死后，再找一个好人家嫁了，或者带着孩子回娘家。陈氏女流着泪，摇着头回答，自己要想尽办法为丈夫治伤，即使丈夫的伤治不好，走了，她也要留在许家照顾婆婆，带好许芬。

不久，许玉鳞因伤势过重死了。陈氏女非常悲痛，跪在丈夫坟前整整哭了3天。由于许玉鳞不在了，前妻家里的人担心留下的一男两女在许家会挨饿受苦，要把3个孩子接回去，并且要许家分给一定的田产作为3个孩子的生活费。陈氏女是一个贤惠的女人，答应了丈夫前妻娘家人的要求，把许家几处田产给了丈夫前妻的娘家人，剩下了一些山坡上不好的田地。

陈氏女的哥哥听说许玉鳞前妻的娘家人接走了孩子，分走了田产，害怕自己妹妹留在许家受苦，从巴县赶到了綦江找妹妹，提出要接陈氏女与许芬回家。陈氏女非常感谢哥哥关心自己，可是看到年迈的婆婆，她流着眼泪，摇着头对哥哥说：“我不能回娘家，我要替许郎照顾婆母，婆母年纪大了，又有背痛的老毛病，我不能丢下她不管。”陈家哥哥长长地叹了一口气，说：“好妹妹，你要替许郎尽孝，是好事，可是，现在许家的田产不多，以后你们一家三代人怎么生活啊？”陈氏女大声说：“哥哥，你不用替妹妹担心，许家田产不多，可是我有一双手，我会纺纱织布，我们不会挨饿的。”陈家哥哥见妹妹决意留在许家，自己回了巴县。

陈氏女担起了孝敬婆婆、照顾儿子的重担。许家留下的田产不多，加上连年干旱歉收，收租子养不活一家三口，陈氏女纺纱织布，挣钱补贴家用。儿子许芬长大了，需要进学堂读书，可是缴不起老师要收的学费，陈氏女卖掉了嫁到许家时娘家陪嫁的首饰，凑齐了学费送许芬进了学堂。开始，许芬年幼，贪玩好耍，学习不认真。一天傍晚回到家，和邻舍家几个孩子玩耍，耽误了读书时间，第二天进学堂背不出老师要求背的书，被老师用竹板打了手心。许芬害怕再被老师责打，就不想上学读书了。陈氏女知道后非常伤心，把儿子叫到身前，流着眼泪讲了要读书学习的道理，她搂着许芬的头，声音凄切地说：“儿啊，你父亲不在了，母亲以后的希望就在你身上，你不替母亲争气，不好好读书学习，母亲百年后，怎么去阴曹地府见你父亲啊！”陈氏女真挚的情感打动了许芬的心，他“扑通”一声跪在了陈氏女身前，哭着说：“母亲，我错了，以后我一定用功读书，不辜负母亲的期望。”果然，从此以后，许芬读书学习十分努力，多次得到老师的称赞。

许家留下的田产多在山坡上，遇上天旱收成不好，租田耕种的农民交不起田租。陈氏女是一个十分善良的人，遇到天旱就不让租田的农户交租子，没有租子收入，许家三口人的生活全靠陈氏女起早摸黑纺纱织布挣钱维持，加上天旱米贵，许家的生活十分艰难。陈氏女就让婆婆、儿子吃米饭，自己吃价钱便宜的红苕。有时候连红苕都买不起了，她就吃糠咽菜。

最困难的时候，陈氏女一日三餐做三样饭，婆婆吃米饭，儿子吃红苕，自己吃糠和野菜。儿子许芬见母亲吃糠咽菜，身子一天比一天瘦，非常心痛。一天吃饭的时候，许芬倒掉母亲碗里的糠糊糊，流着眼泪说：“母亲，我和婆婆与你是一家人，一家人就该吃一锅饭，为什么你让我和婆婆吃好的，自己吃糠糊糊，你不应该这样苦自己。”婆婆在一旁帮着孙子说：“媳妇，芬儿说得对，你不该苦自己一个人，今后我们一家人就吃一锅食。”陈氏女摇了摇头，大声责备儿子：“芬儿，你大了，应该懂事了，婆婆年纪大了，应该让她吃好一点，我曾经听人说‘百善孝为先’，婆婆是长辈，我们要孝敬她，不能让她吃苦。你年纪不大，是长身体的时候，也要吃好一点。只要你好好学习，懂得孝敬长辈，母亲就是吃苦受累也高兴。”

就这样在陈氏女言传身教下，儿子许芬成了一个有学问、有孝心的人，年纪轻轻便考中秀才，接着又考中了举人。许家的日子一天天好起来。

东溪重修太平桥

东溪场过去是两个场，一个是沿綦江河边的东溪场，一个是沿山而建的万寿场，后来到东溪场安家的老百姓越来越多，房子也越盖越多，把东溪场和万寿场连成了一片，人们就统称为东溪场，再也没有地方叫万寿场了。

东溪场是沿着从西往东流过的綦江河边建的，同时还有一条从北往南流经东溪场流进綦江河的河，人们把这条河叫成瓮渡河。瓮渡河水流湍急，挡住了沿綦江河从四川进贵州的大路。

在没有修建民国时期的川黔公路以及新中国成立后的川黔铁路以前，沿綦江河边的大路是一条非常重要的进贵州通道。贵州遵义一带老百姓用的食盐靠这条大道运进去，贵州出产的物品靠这条大道运出来，而流经东溪场的瓮渡河成为了大道上的障碍。

很早以前，东溪场上的老百姓在瓮渡河上修了一座小石桥，石桥修得不十分结实，挑担背东西的人过得多了，时间久了，桥足的石头经不住河水冲刷，垮塌了，石桥也垮了。瓮渡河上没有了小石桥，四川人到贵州，贵州人到四川都十分艰难了。春秋季节好一些，过路人可以脱掉长衣长裤，挑着担子涉水过河。可是冬季天气寒冷，光着腿挑着担子从冰凉的水中过河，实在艰难。夏季，瓮渡河涨水，波涛汹涌，涉水过河稍不小心会被洪水卷走，惨死河中。

清朝康熙四年，有一个名字叫杨辅鼎的游击将军从贵州遵义经过东溪回四川，在瓮渡河边看到一个妇女跪在河边哭得十分凄惨。杨将军非常同情，让手下人把啼哭的女人叫到身边询问为什么啼哭。原来女人的丈夫是一个从四川到贵州经商的商人，两天前经过瓮渡河时不小心跌入水中，被急流冲走淹死了，家中留下了妇人以及四个年幼孩子。

妇人想到丈夫惨死，自己带着孩子以后的生活一定会十分艰难，所以在河边啼哭。瓮渡河边居住的老百姓看到一个当官的在询问河边啼哭女人啼哭的原因，纷纷上前向杨将军陈述过河的艰难，希望官府能在瓮渡河上重修石桥。杨将军答应回到成都一定把瓮渡河边老百姓的要求转呈省里制宪大人。

清朝初期一个省的制宪大人是省里面最大的官员，相当于现在的省长。当时四川的制宪大人叫李国英，也是一个关心老百姓疾苦的好官。杨将军回到成都，果真把川黔大道东溪场瓮渡河上石桥垮塌没有修复的事呈报了李国英。

可是当时清王朝刚建立不久，战争一直没有停歇，朝廷拨给四川省的钱粮有限，拿不出在瓮渡河上修桥的钱。李国英听了杨将军呈报由于瓮渡河上石桥垮塌，行人过河艰难，常有人落水淹死的情况，愁得一天到晚紧皱眉头，经常叹气。终于，他回家和妻子商议并且得到妻子同意，拿出几年来朝廷所发的俸禄，让游击将军杨辅鼎到川黔边境綦江县东溪场瓮渡河边，在瓮渡河上重建了石桥，还给石桥取了个名字叫太平桥，希望从此以后行人平平安安渡过瓮渡河。

《道光綦江县志》记载了李国英捐俸修建太平桥的事。

陈兰田修孝感桥

陈鉠，号兰田，是道光年间进士陈洪图、陈洪猷的父亲。家住綦江安里篆塘镇一个叫金土地的地方。祖上曾在明代及清代初期担任过朝廷大官，所以家中十分富有。

陈兰田自幼十分喜欢读书，常常读书到深夜，父母叫他睡觉，一连叫几次才依依不舍地放下书回房睡觉。可是陈兰田父亲死得早，他是家里的长子，年纪不大便承担起了管理家务的重任，由于弟弟妹妹多，家里佣人也多，在綦江城里有商铺，在乡下有土地，管理起来非常麻烦，耽误了读书的时间，没有参加科举考试。陈兰田虽然很不甘心，但又无可奈何，只得教育儿子认真读书，考取功名，弥补自己没有读好书参加科举考试的遗憾。

他的两个儿子哥哥陈洪图要老实一些，听父亲的话，认真读书。老二陈洪猷比较顽皮好耍，读书有些不认真。陈兰田十分着急，后来想了一个办法，把老师请到家中，给老师较高的报酬，让老师守着两个儿子读书，自己有了空也到儿子书房里鼓励儿子读书。终于，二儿子陈洪猷也认真读书了，两个儿子先后考中了进士。

陈兰田心地善良，周围邻居中有贫困人家，他就让家人送去钱粮，或把一些孤苦伶仃的老人接在家中养起来，邻居中有发生争吵、闹矛盾的，他知道后主动当起了调解员，为邻居调解纠纷。有一次，陈兰田有事坐轿子到綦江县城，路过一个小山村时听到两个妇女正在吵架，吵得很凶。他不知道两个妇人吵架的原因，便叫轿夫停住了轿子，让随从去叫来吵架的妇人。

随从害怕陈兰田为妇人调解矛盾耽误了时间，劝他说："老爷，乡间吵架的事经常发生，管不过来。今天老爷要进城办事，不要管妇人吵架的事了。"陈兰田叹了一口气说："民间吵架看起来是小事，可是如果小事没有人劝解，得不到及时解决，也许会闹成打架伤人，甚至害人性命的大事。为了小事伤人害了命，犯了法被官府判了刑，入了狱，或被砍了脑袋，不论是受害的一方，还是犯法受刑的一方，都要丢下孤儿寡母或孤苦的父母无人奉养。因此，不论大纠纷还是小纠纷，碰见了都应该尽力劝解，化解矛盾，让百姓之间和睦相处。"

随从听了，觉得陈老爷说得有道理，于是把两个吵架的妇人叫了来。陈兰田询问了吵架的原因。原来两个妇人是为了一个鸡蛋而吵架。张家的母鸡跑到李家的鸡窝里下了蛋，张家妇人要从李家鸡窝里拿走鸡蛋，李家妇人不让。于是两个妇人争吵起来，还差一点动了手。陈兰田弄清了两个妇人是为了一个鸡蛋吵架，长长地叹了一口气说："一个小小的鸡蛋，让你们争吵起来，耽误了时间，伤了和气，鸡蛋是祸首，摔碎了吧！"他叫随从拿钱赔了张家同时也赔了李家的鸡蛋钱，然后把鸡蛋摔碎了。两个妇人听了陈兰田的话，都很惭愧，各自回家，一场为了一个鸡蛋的争吵终于结束了。

陈兰田家附近有一个集镇叫镇子场，场边有一条小河。有一天，陈兰田陪着两个朋友到镇子场玩耍，在镇子场边的一家茶馆里喝茶聊天。茶馆对着小河，陈兰田和朋友一边喝茶聊天，一边欣赏小河的景色。当时正是春二三月，小河边杨柳树绿了，桃树开了花，红的绿的相互映衬，煞是好看。一阵微风吹来，小河水泛起波浪，在太阳光下闪着光，景色很美。陈兰田和两位朋友正欣赏着河上的风光，看见一个妇人背上背着一个老妇人来到河边。也许是妇人要过河，可是背上背着人走路都十分艰难，更不要说涉水过河了。妇人有些犹豫，从背上放下老妇人，抬起头往四处看了看，也许是没有找到能够帮助自己背老人过河的好心人，又十分艰难地背起老人向小河边走去。

陈兰田看到妇人要背着老人过河，十分担心妇人的安全，害怕妇人和老人会在河里遇到危险，叫上随从急忙向河边奔去。可还是迟了一步，妇人背着老人已经下了水，由于河中有石头，妇人的脚绊着了石头，扑通一声摔倒了，滚到了河水深处，妇人和老人在水中挣扎着，有时露出身子大声呼喊“救命!”，有时沉入水中。妇人在水中仍然紧紧地抱住老人不放，两个人始终在一起。

陈兰田急忙叫随从下水救人。茶馆里一些喝茶的客人，小河两岸农田里耕作的人、一些过路的人，看见有人落水，都奔到河边救人。可是河水太深，救起落水的人很不容易。大家费了很大的力气，终于救起了落水的两个人。她们都被河水淹得奄奄一息，昏迷不醒，鼻子里只有微微的气息。陈兰田让随从请来了附近的大夫，花了不少时间才让两个被水淹的妇人恢复了知觉。妇人苏醒过来的第一句话是：“婆婆呢，我的婆婆在哪里？你们救起了她没有？”原来，妇人是一个非常孝顺的媳妇，丈夫一年前生病死了。她和婆婆相依为命，婆婆生了病，需要到镇子场上找大夫看病，媳妇便背着她来了。

陈兰田被落水妇人对婆婆的孝心深深地感动了，她把妇人和她的婆婆接回了自己家，让佣人腾空了一间住房，让媳妇和她婆婆住在了自己家里，吩咐人按时供给吃的穿的和用的。陈兰田担心镇子场边的小河还会淹着其他涉水过河的人，于是拿出钱财，雇请了工匠，在小河上修了一座十分牢固的石桥。他为了让过桥的人记住曾经掉进河水之中、在水里仍然紧紧抓住婆婆身子不放的孝顺媳妇，教育人们要有孝心，孝长辈，敬老人，用孝心感动天下人，于是给小河上的石桥取名叫孝感桥。

孝感桥修好了，镇子场边的小河再也没有落水人了。孝感桥的名字的由来，更教化着镇子场附近百姓孝老爱亲的风俗。

危毓相善心救孤

清朝乾隆年间，东溪场附近一个叫上榜的地方住着一个名字叫危毓相的人。他孝顺父母，还经常拿出钱财帮助乡间贫苦百姓，出钱在乡间修桥补路，被周围百姓称为大善人。

一天，危毓相正准备出门到东溪场上去办事，突然，一个乡民慌慌张张跑进家门，扑通跪倒在他的身前，满脸是泪地说："危大善人，我那不争气的儿子正同李老三打架，求求你，快去帮忙制止。如果我儿子把李老三打伤了，我家那么穷，哪里有钱赔医药费。如果打死了人，我儿子要被关进大牢。家里留下我一个孤老头，怎么活哟！"

危毓相认出跪在身前求他的是邻居王大爷。王大爷年轻时老伴就去世了，一个人把儿子拉扯大。老人万万没有想到，儿子王老幺长大后和乡间一些喜欢打架斗殴的小流氓混在一起，常常与人打架，由于打伤了人要赔钱。几年下来，王老头家里的财物全都赔光了，王家的生活越过越穷。危毓相扶起了王大爷，安慰说："不要慌，有事慢慢说，我能帮忙的一定帮。"王大爷叹了一口气，摇了摇头说："我那不争气的儿子和李老三为了一点小事发生纠纷，想不到我儿子约了一帮小流氓找李老三打架。危大善人，只有你能制住我儿子，要是他把祸惹大了怎么办啊！"

危毓相听说王老幺又约人打架，有些生气。他知道王家贫困，打伤了人赔不出医疗费，急忙站起身跟在王大爷身后向李老三家跑去。尽管他们一路跑得很快，可是仍然迟了一步，李老三被王老幺约来的小流氓打得浑身是伤，躺在自家院子里起不来了。王老幺见惹了祸，随着前来帮忙打架的小流氓跑了，不知道躲到什么地方去了。一些邻居正围在挨打受伤、倒在地上的李老三身旁，你一言我一句地骂打人行凶的小流氓。

"跑到乡下行凶打人，这些小流氓真是无法无天了。"

"快去报官，让官府派人抓起那些打人的小流氓，把他们统统关进大牢！"

"打人的小流氓是王老幺约来的，官府应该把王老幺抓起来关进大牢！"

危毓相和众人扶起李老三，李老三老婆也是一个十分泼辣的女人，见丈夫被打伤，又看见王大爷。她扑上来一把抓住老人衣领大声叫骂起来："姓王的，你那混账儿子把我丈夫打成这样，我要到官府去告状。让官府来人把你儿子抓进大牢关起来，还要你赔给医药费！"

危毓相拦住了李老三的妻子，好言劝说："李家媳妇，你放心，李老三被打伤了，我会让人请来大夫为他治伤，还会帮王家赔给你们一些钱。你们和王家同住在一个村里，都是靠种庄稼过活的人，家隔得不远。俗话说低头不见抬头见，闹纠纷好好协商解决，不必一定要告到官府。"

李家媳妇仍然不依不饶，大声说："危大善人，我知道你心好，愿意帮王家赔钱，不过，王老幺约人打伤我丈夫，不让他受到官府严惩，我不甘心。”危毓相皱起了眉头，轻轻叹了口气说：“李家媳妇，你放心，对于王老幺，我会帮王大爷和乡亲们好好管教，让他以后不再祸害乡亲们。”

王大爷在旁边感动得满脸泪水，‘扑通’一声跪在了众人面前，大声说：“李家媳妇，我那不孝的儿子打伤了李老三，我替他给你赔罪了。危大善人能出钱帮我王家给李老三治伤，我已经非常感谢，如果再帮教育好我那喜欢打架斗殴的不孝儿子，危大善人就是我们王家的大恩人，今生今世我报不了大恩大德，来生变牛变马也要报答危大善人的恩德。”

危毓相让家人请来太医给李老三治了伤，还把王大爷和李家媳妇请到自己家里，摆上了酒席，请来了一些邻居，为王李两家解除矛盾。酒席上，危毓相劝说了李家媳妇很久，还拿出了银子替王家赔给李家。李家媳妇感动了，答应不再到官府告王家，王大爷也又一次向李家道了歉。乡亲们见危毓相出钱出力化解王李两家矛盾，都称赞他做了一件大好事。后来，危毓相派出家人找到了打伤人后在外面躲祸的王老幺，把他送到重庆城里一个做生意的朋友那里学做生意，由于远离了那些喜欢打架惹祸的小流氓，王老幺不再打架了。他人很聪明，学会了做生意，成了一个守规矩的生意人。

危毓相经常帮助穷苦人，特别是无依无靠的穷苦老人。有一次，他到东溪场上办事。当时正值寒冬，天冷，刮着风，下着小雨，危毓相看到路边一棵大树下坐着一个穿得破破烂烂的老人，两手抱着肩，身子瑟瑟发抖。危毓相赶忙脱下自己的一件衣服递给老人。想不到老人摇了摇头说：“好心人，我不怕身上冷，你要做好事，就赏给一些钱。让我到街上买东西吃，我已经一天多没有吃东西了，肚子饿得慌。”危毓相赶忙拿出一些钱给老人，又好心地询问老人家住在什么地方，这么冷的天，要到什么地方去？老人说儿子两年前死了，媳妇带着孙子改嫁了，家里只剩下自己孤苦伶仃一个人。人老了，没有力气，种不了庄稼，靠邻居东家给一点粮食，西家给一点钱过日子。危毓相非常同情老人，他让随从把老人送回了自己家，给老人买了新衣服穿，拿出一间房子让老人住，一天三顿让家人送去吃的。孤苦老人在危家过上了安稳的生活。后来，危毓相又陆陆续续收养了十多个乡间孤苦老人，他为孤苦老人修建了一个院子，派了专人服侍孤苦老人，逢年过节，除了让老人们吃好的，穿上新衣服，还专门到县城或重庆府请戏班子为老人们唱戏，让老人们高高兴兴过节。

危毓相为乡间百姓调解纠纷，拿出钱财帮助穷苦百姓，收养孤苦老人，做了很多好事与善事。

孟易吉百姓爱戴

孟易吉是湖北省武昌县的拔贡生（相当于举人），清顺治十七年前来綦江担任知县。

当时正是明末清初。经过战乱，綦江县城城墙垮了，城中房屋被火烧了，綦江城里的百姓为避战乱，逃到了大山上密林中。孟易吉到了綦江，县衙门被烧，没有房子住，就和他带来的仆人动手搭了个草棚子。

县城里没有人，孟县令就带着仆人爬上高山，钻进密林，寻找逃到那里的綦江百姓，劝说回到綦江城里住。他跑酸了腿，说干了嘴皮，受了很多累，终于劝说了不少老百姓回到县城。

孟易吉知道，老百姓回到县城要吃饭，要住房子。他跑到上司衙门，费了很多口舌，要了一些钱粮发给百姓，还捐出自己的俸禄从外地买了粮食，分发给百姓。孟县令和回到县城的綦江百姓一道，动手打扫干净綦江县城街道，搭建起居住的房子，让回到綦江县城的百姓安了家，然后又动员年轻有力的百姓修复城墙。孟知县和百姓一起劳动，终于把綦江县城修整得像一个县城了。

清康熙七年，孟易吉调离了綦江。綦江百姓舍不得他走，不少百姓一直送出去几十里……

妇女集资修山路

离綦江县城二十里路有一座高高的古剑山。传说宋代有人在山顶修庙子时挖地基挖出了一把古剑，所以便把山取名叫古剑山。又因为山的形状像一个大公鸡，当地人又把山叫作鸡公嘴。

从前，从綦江县城到古剑山的山路非常难走，特别是山脚茶店子到山顶的一段路，山势陡峭，仿佛像墙壁似的笔直向上，一直到山顶。路是在茅草荆棘丛中踩出来的窄窄的小路，人走在路上，需抓住路边的茅草和树木，一步一步艰难地向上爬，稍不注意就可能摔下山崖，轻的摔断手脚，重的摔得粉身碎骨。

古剑山周围的人非常想修一条从古剑山脚到山顶比较好走的大路，可是修路要钱，而且要花很多的钱，人们没有想出筹钱的方法，古剑山上的路迟迟没有修。

清朝嘉庆年间，綦江城里有一位姓綦的妇女，她为人热情，喜欢帮助人，在家里孝敬公婆，关心丈夫，在外面和睦邻居，遇到邻居有难尽力帮助，因此周边的人都很相信她，听她的话。

一天，姓綦的女子约了两个邻居家的女人在家里做针线活，忽然听到门外不远处传来凄惨的哭叫声。姓綦的女子出门去看，是离她家不远处一户姓周的人家在办丧事，原来这周家男子带着妻子到古剑山上的庙子里去烧香，下山时，男人一脚踩虚摔下了山，摔得头破血流，抬回家就死了。周家的人十分伤心，一家人哭得死去活来。

姓綦的女子非常同情周家的遭遇，陪着流了一阵眼泪，回家拿了些钱帮助周家埋葬摔死的人。綦氏女心里想，古剑山上的路已经摔死摔伤不少人，一定要想办法修好古剑山上的路，不再让摔死摔伤人的事情发生。綦氏女找来几个关系非常好的女人，一起商量筹钱修古剑山的路。一个妇女摇着头说："我们家里都是男人外出挣钱，女人带孩子煮饭洗衣服服侍男人，到哪里去找钱？靠我们女人筹钱修古剑山上山的路，实在不容易办到。"另外一个女人插上嘴说："是啊，听说修一条上古剑山的路要用不少钱。我们女人挣钱难，筹钱修一座小桥还可以，修上古剑山的路，确实不容易。"

女人们都知道自己筹钱难，不说话了。过了一会儿，一个年轻女子拍着巴巴掌说："綦大姐，我想到了一个办法，我们女人不能抛头露面，外出做工挣钱，可是，我们会做针线活，会绣花，会做鞋子。我们都去联络朋友，再让朋友联络朋友，把綦江城里的女人都联络上，大家都来绣花做鞋子，然后托人拿出去卖，卖的钱凑起来，俗话说聚少成多，一定能凑足修古剑山上小路的钱。"

綦氏女高兴地笑了，大声说："这位妹子说得好，大家都来做针线，把缝好的绣好的东西托人拿去卖，卖钱来修古剑山上的路，一定会修好。"

一个妇女提出了建议，说："再过半个月就是城隍庙庙会了，现在我们大家抓紧时间去联络人，联络的人越多越好，约定在城隍庙会那天大家都去庙会烧香，凑在一起商量做针线、绣花卖钱的具体方法。"

姓綦的女人和她约来的几个女人商量好了，大家的热情很高，回到自己的家便按照约定的方法去联络人。一个人联络十个人，十个人联络百个人。到了綦江城里城隍庙会那天，成百上千的妇女聚集在庙会上，到处都可以看到穿红戴绿的女人，听到清脆的女人笑声。

凑巧那一天，当时綦江县令张九谷也乔装打扮去庙会烧香，还想顺便了解一下民风民情。张县令是一位关心百姓的好官，不过装了一脑袋封建思想，特别轻视女人，认为女人就应该守在家里服侍男人，不应该出家门抛头露面。

张县令看到城隍庙会上到处都是女人，有的女人还打扮得花枝招展，仿佛在有意勾引男人，非常生气，回到县衙找来师爷，讲了在城隍庙会上看到的情景，要师爷写一个告示，禁止女人随意外出，抛头露面勾引男人。师爷是綦江城里的人，知道这次女人到城隍庙会烧香是为了邀请更多的女人做针线活卖了凑钱修古剑山上的小路，是一件大好事，不应该禁止，于是把綦江城里的妇女要做针线活集资修古剑山上小路的事禀明了张县令，希望张九谷支持綦江妇女的行动。不料张县令听了哈哈大笑，带着轻蔑的口气说："靠女人做针线赚钱修好古剑山上的路，我看她们是在做梦。我了解古剑山上小路的情况，要修好上山小路要花不少钱。我是綦江县县令，一县之长，想修好古剑山上的小路尚且心有余而力不足，几个女人想筹钱修路，是痴人说梦话。"

师爷好心回禀说:“知县大人，綦江城里的女人也许和其他地方的女人不同，个个都是好样的。在家孝敬父母，和睦邻居，而且都非常能干。希望知县大人支持她们，让她们了却集资修路的心愿。”

张县令摇了摇头说:“师爷，我看你是被女人迷了心窍，好，我就暂时不贴出禁止女人随意外出的布告，给她们十个月时间，让事实来教育你。让你相信圣人的话，女人只能在家服侍男人，做不了大事。”

张知县瞧不起女人，和师爷打赌的事情被姓綦的妇女知道了。然后一传十，十传百，时间不长，綦江城里的妇女都知道了。妇女们很生气，认为知县大老爷不该小看女人。她们决心更加努力做针线活，早一天凑足修古剑山上小路的钱，修好小路，用事实教育轻视妇女的张知县。

妇女们委托了几个信得过的男人，帮忙卖做好的针线活，把卖得的钱凑起来。时间过得很快，半年过去了，綦江城里妇女做针线活凑起了不少钱，于是请了工匠，买了工具，开始修古剑山上的小路，妇女们对修路的质量要求很严，取来做路基的石料尺寸一样，厚度也相同，路基要挖到硬石上。为了保证修路的质量，綦姓妇女还经常带着她的伙伴到古剑山修路现场实地察看。

綦江知县张九谷听说綦江城里的妇女果然靠做针线活凑足了修古剑山上小路的钱，又惊奇又惭愧。他是一个勇于承认错误的人，找来师爷让他传话给妇女们，表示了自己的愧疚，还派了县衙门的衙役到古剑山帮忙修路。

古剑山上的小路修好了，而且是綦江城里的妇女用做针线活凑起来的钱修好的。从此不论远近的人到古剑山上庙子里烧香敬佛，再也不埋怨上山小路难走，也不担心会摔下山崖了。清朝道光年间，綦江文人罗星在编写《綦江县志》时，记下了綦江城里妇女靠做针线集资修路的事。

有桂单骑平战端

这里要讲一个清嘉庆年间，綦江古人池有桂单骑往台湾平息战端的故事。

池有桂，字月溪，诸生，清代綦江人，福建县丞。池有桂虽然是以捐贡身份去了京师国子监读书。但他进了帝都后勤奋用功，表现好，后被派到福建当了县丞。后又遇到了闽浙总督，因他长得帅，办事能力强，调到身边当了主管讼词的随从辅官。

得到总督赏识的池有桂，从此官运亨通，历任永春州盐捕、州同，武平县知县。

“大人，据线人来报，有台商抱团，针对外来生意人，索取高利。”

“大人，台商这样做，易引事端，不是好事啊。”

“大人，关键还不只一伙人这样干。”

“大人，他们还结党连群。”

“大人，他们还争夺地盘!”

“大人，放任下去，就是聚钱拜会。”

“大人，这是要谋逆啊！”

“大人，林贼余党，死灰复燃啊！”

“大人，天地会的教训，不得不防啊！”

……

嘉庆后期某一天，闽浙总督府上，幕僚七嘴八舌，差点儿乱成了一锅粥。

“把钱有组织地凑到一起，人来人往这可是反叛的预兆！这些台商，究竟要干什么？”总督大人想到这里，倒吸了一口凉气。

清乾隆五十一年（1786 年），台湾发生民变，清廷派军四万，费时一年零四个月才予以平定，这一功绩还被乾隆皇帝列入他的“十全战功”。但毕竟才过去三十来年，如果台湾再生叛乱，处置不好，福建总督轻则革职，重则脑袋搬家。总督府自然草木皆兵，众议大军进剿，扼杀反叛于萌芽状态。

怎么办？大家都想不出一个好办法。照着《大清例律》，立即查办，缉拿归案，谋反重处，总没得错吧？

“大人，可听下官一言？”总督正准备布置福建布政使司即速办理。一个熟悉的声音传来。原来是曾经做过他随从辅官，后外放知县的四川人池有桂。这天，他恰好回来办事，正好碰上了么。池有桂心里明白，战端一开：地不分南北，满目疮痍；人不分老幼，生灵涂炭。能忍心子民妻离子散、流离失所？

“大人，商人重利，抱团垄断，并不能证明其一定谋反。”其实这个道理，总督明白，身边的幕僚也都明白。只是谁都不愿意去承担这个风险。

“大人，人命大于天。跟风的是众多小商贩，还有的甚至是被豪商裹挟。并非本意啊！”池有桂展开了游说。

“大人，如果那些跟风做小生意的，却被连累‘谋反’，我们于心何忍啊！”池有桂毕竟是个读书人，骨子里的仁慈之心，溢于言表。

其实，又有多少官员真的是视黎民为草芥、杀人如踩蚂蚁呢？只是没人愿意出头罢了。

“大人，如果你不放心。就派下官去台湾走一遭，仔仔细细了解个透。”池有桂看没人反对他的发言，总督也没有阻止他说下去，接着说：“如果真有谋反迹象，再缉杀不迟。”

既然池有桂把这层窗户纸都捅破了，旁边的人怎么会不顺水推舟送个人情，把这件棘手的坏事往好的方面引导呢？

总督是何等聪明的人，加之他对池有桂人品的了解，根本不可能为真正的叛逆说话。就让这个足智多谋的干才先去打头炮吧。“来人呐，给池县令备船，送他渡海巡台！”

池有桂确实有两刷子，到台湾后深入涉案台商，敷陈其事、晓以大义，谕以皇帝恩威，见利忘义的结党台商也不敢拿全家性命来开玩笑。于是，干戈化为玉帛。

整理：杨友钱。

池腾龙修报恩桥

永新场又叫平滩沟。街市的下场口，绕场东流的龙溪河上，横跨着一座风雨廊桥，桥的名字叫报恩桥。桥是木结构，桥的上方仿佛房屋似的有梁有柱，还盖了瓦。因为桥身是木结构，永新场上的一些人便把桥称作了木桥。

永新场上的风雨廊桥是什么时候建的，什么人建的？时间久了没有人知道了。不过风雨廊桥毁于洪水后是永新场上一个名叫池腾龙的人修复的。

清朝嘉庆年间，有一次，龙溪河涨大水，风雨廊桥被洪水冲垮了，由于这座桥处于永新场场口，桥垮了，很多要经过桥到永新场上赶场或走亲访友的人，只能捞起衣裤涉水过河，非常不方便。有一次，一个妇人带着孩子过河，那时女人大半裹成了尖尖小脚，在河里走不稳，不小心摔倒在河水中，带的孩子也跌倒在河水中，幸亏岸边有人，发现妇人和孩子跌倒在河水里，及时相救，跌倒在水里的妇人和小孩才脱离了危险。

永新场上及附近山林的百姓都希望尽快修复龙塘溪河上的木桥。

清嘉庆十五年，永新场出身在朝廷做官的一个名叫池腾龙的人拿着钱来修复了龙溪河上的木桥。

池腾龙是永新场上的人，家中十分富有，他从小非常聪明，长大后跟着父亲经商，知道怎样做生意才能挣钱。在他的经营下，池家更加富有了。池腾龙还从小练习武术，由于练武十分刻苦，本领越来越大，十多个人和他拼斗都打不过他。池家拿出钱来为池腾龙捐官。清朝时朝廷兴用钱捐官，意思是不用参加科举考试，只要拿出大笔的钱捐给朝廷，朝廷便会封一个官，不过这种官多半是有名无实，只空有名号，不实际任职，朝廷也不发给工资。池家人不仅为池腾龙捐了官，还为他的两个儿子也捐了官。当时不少用钱捐了官的人会横行乡里，欺压百姓，池腾龙和他两个儿子用钱捐了官则不像那些有了官名便为非作歹的人，照样和睦乡民，有时还拿出钱粮救济贫困乡民。

龙溪河上的木桥垮了，乡民过河很不方便，特别是妇女小孩，过河十分艰难。池腾龙看在了眼里，急在心里，做出了决定，拿出钱来修复木桥。为了让修复的木桥能经住大水冲击不垮，池腾龙亲自到修桥工地监督，做到基石牢靠，木材结实。

龙溪河上的木桥修复了，还在桥上架了房梁，盖上了瓦，修得比原来的木桥更加结实好看。

池腾龙出资修复的龙溪河上风雨廊桥被人们叫作了报恩桥。至于是报什么恩，有人说是池家人要报朝廷封官的恩，有人说是永新地区老百姓要报池家人出资修桥的恩。

清嘉庆到现在一百多年过去了，池腾龙出资修复的报恩桥仍然横跨在龙溪河上，方便永新地区老百姓来往。

陈芬守义娶瞎女

陈芬是綦江县城里的人，家里十分富有，在农村有田产，在城里有店铺。陈芬长得十分英俊，从小读书勤奋努力，18 岁时考中秀才，20 刚出头又考中了举人。邻居们都夸奖他年轻有才，将来前途无量。

陈家在巴县有一房亲戚，亲戚家旁边有一户姓张的人家，这户人家有一个年纪和陈芳差不多的女孩，人长得十分好看，并且聪明伶俐，十分讨人喜欢。陈芬小时候随父母到巴县亲戚家玩，总是爱和隔壁张家小女孩玩耍，并且有了东西互相让着吃，让着玩，显得十分亲热。陈芬的父母和张家女孩的父母都觉得陈芬和小女孩是天生的一对，很愿意将两个孩子结成娃娃亲。于是，由陈家在巴县的亲戚做媒人，陈芬和张家小女孩定了亲。

一对男女慢慢长大，从不懂得定亲的意义到知道定了亲将来会成为夫妻，在一起生活。因为张家女孩越来越漂亮，对人温柔体贴，陈芬十分满意，每次到巴县亲戚家玩，总要想办法偷偷和张家女孩见面，即使找不到机会见面，也要想办法在远处偷偷看上几眼。张家女孩也是一样，见陈芬长得一表人才，并且常常听父母及邻居夸陈芬读书勤奋，心里十分高兴。每次听说陈芬来了，也想见上一面，说两句亲热话。

陈芬和张家女孩盼望着早日结成夫妻，在一起恩恩爱爱过日子。

天有不测风云，人有旦夕祸福。就在陈芬家和张家父母准备为一对有情男女举办婚礼时，张家女孩患了重病，婚礼不得不推迟。陈芬得知未婚妻得了重病，心里仿佛有一盆火在烧，三两天就让家人去张家看望，还到处寻访大夫，推荐给未婚妻的家人，给未婚妻治病。可是，张家女孩的病很重，也很难治。陈芬家和张家想了很多办法，请了不少大夫，终于保住了张家女孩的命，不过，张家女孩的眼睛却瞎了，并且长了一脸的麻子，从一个像花一样的美女变成了眼瞎脸上还有麻子的丑女。

女孩的父母见女儿成了麻脸瞎子，知道配不上陈芬了，不敢催促陈家娶走自己的女儿。陈芬的父亲母亲见订了亲的儿媳妇变成了麻脸瞎子，也觉得配不上自己的儿子，也不再提儿子与张家女孩举办婚礼的事。

张家女孩眼睛瞎了，心里难过，常常躺在床上偷偷哭泣。女孩子难过了很久，哭肿了两只眼睛，终于作出了决定，让父母主动向陈家提出退婚，让陈芬另外找一个配得上的好女人娶做妻子。

陈芬家附近有一户姓李的人家，家里有一个和陈芬年纪相差不多的女孩。父母是生意人，和陈芬家门当户对。李家女孩见陈芬人长得英俊，读书勤奋努力，心里偷偷地爱上了陈芬。不过听说陈芬和巴县张家女孩从小就定了娃娃亲，无可奈何，只得把对陈芬的爱慕偷偷地藏在心里。现在张家女子提出退婚，李家女子猜想陈家一定会退掉张家的亲事，心里十分高兴，觉得自己和陈芬结为夫妻有希望了，于是请父母找了媒人到陈家提亲。

媒人到了陈芬家，说明了来意，劝说陈芬父母早早退了张家的亲事，并且拍着胸膛保证替陈芬说一个年轻漂亮、温柔体贴的好妹子做妻子。陈芬的父母十分犹豫。可是陈芬却十分生气，他大声说："人生于世上既要讲信，又要守义。讲信就是讲究诚信，一个人说过的话，签订的契约就要遵守，不能随意更改。守义就是要重情义。我与张家女孩自幼定亲，有情有义，不能因为张家女孩眼睛瞎了，脸上有了麻子，变得丑了，就嫌弃悔婚。"

陈芬说得媒人红了脸。父母警告陈芬这是人生大事，请他三思而行。陈芬态度十分坚决，说："父亲，我过去喜欢张家女子，尽管她成了瞎子、麻子，我仍然喜欢她，你就派人回复巴县张家，过两日我们就派人迎亲。"

媒人见陈芬守信守义娶瞎女，十分感动，不再劝说陈家退亲了。陈家邻居李家的女孩听了媒人的回话，十分佩服陈芬守信守义的行为，也不再请人到陈家劝说陈芬退亲了。

陈芬和张家女婚后十分恩爱，育有两个儿子、一个女儿。子女也很孝敬父母，儿子刻苦学习，先后考取了功名。陈家成了当时綦江城里家庭和睦、夫妻恩爱、儿女孝顺的典范人家。

罗星探访莲花寨

清朝道光年间，蒲河场一个名叫罗星的人，奉知县邓仁堃的委托编写《綦江县志》。为了证明綦江的文人学习刻苦努力，他收集了很多綦江出身考取过功名的文人材料。整理材料时，发现宋末元初綦江县三角场有一个叫綦祥元的解元。

解元是当时文人必须十分努力才能考取的功名。綦解元留下了不少诗词和文章，其中一些诗词和文章述说他在元朝蒙古兵攻下合州钓鱼城，逼近綦江时为了躲避战事带来的伤害，他曾经在三角场附近一个山洞里雇人修筑了安身之处，在山洞里躲藏了很久，一直到战乱平息才离开。

罗星是一个喜欢山水的人，因为在科举场上屡次失利，于是寄情山水，游遍了綦江的高山大河，其中包括三角场附近的瀛山和三角河。他钻过瀛山大大小小不少山洞，可是没有看到过綦解元躲避战乱留下的一点痕迹。罗星猜不出綦解元宋末元初躲避战乱时藏在三角场附近的哪一个山洞。罗星是一个有了疑问一定要找到答案的人，于是他下定决心到三角场附近大小山头和山沟寻找，即使磨破几双鞋底也要找到当年綦解元躲避战乱的山洞。

罗星来到了三角场，先在三角场上挨家挨户访问，打听是否有人知道綦解元躲避战乱的山洞。他在三角场上打听了两天，问遍了三角场上的老人，没有人知道綦解元藏过的山洞在哪里。

罗星没有灰心，又到三角场附近的山林寻找。每天清晨出门，天黑才回家，寻遍了三角场附近大小山头。俗话说：皇天不负有心人，罗星终于问到了一个知道綦解元躲避战乱所住山洞的古稀老人。原来古稀老人小时候曾经听爷爷讲过，他们家以前是綦解元家的佃户，宋末元初，綦解元让家里的佃户到附近山里一个十分隐蔽的山洞里干活，在山洞深处搭床铺，安炉灶，以便战乱时躲在山洞里。因为山洞的岩壁上有不少像水中莲花一样的印迹，当时的人便把山洞叫作莲花洞。

莲花洞的洞口在一处凹进去的山崖隐蔽处，洞口外长有小树。小树的枝枝叶叶遮住了洞口，所以很难被人发现。罗星经历千辛万苦终于打听到了綦解元躲避战乱的山洞十分高兴。第二天，罗星起了一个大早，让古稀老人带路到莲花洞去探访。罗星是一个办事十分实在的人，他虽然相信古稀老人说的话，但还是想要亲自寻访出綦解元当年在莲花洞中躲避战乱的痕迹，用来证明宋末元初綦解元确确实实在莲花洞中住过。同时罗星听说山洞岩壁上有像水中莲花一样的印迹，也想去亲眼看一看，弄明白水中莲花一样的印迹是什么？

他随古稀老人爬上山岩，钻进了莲花洞，看到莲花洞洞口虽然不大，但是越往里面钻山洞越是宽敞。终于到了綦解元当年住过的地方，看到了前人住过的痕迹。特别让罗星兴奋的是，他在洞里石壁上发现了綦解元刻上去的几行字。这些字记录了当年綦解元花费银子雇人修整莲花洞的事情。

因为莲花洞是躲避战乱十分保险的地方。罗星也在莲花洞石壁上刻了字，记录自己为了寻访宋末元初綦解元躲避战乱所住山洞的经过。罗星看到了山洞石壁上的那些大大小小像水中莲花一样的印迹。他左思右想，想了很久很久，始终想不明白石壁上那些像莲花一样的印迹是怎样形成的。无可奈何，罗星只好叹着气离开了莲花保寨。

慢慢的，三角场附近传开有一个山洞叫莲花保寨，石壁上留有宋末元初綦解元和清道光年间罗星刻的字，岩壁上还有像水中莲花一样的印迹，不少人钻进莲花保寨去看，不过始终没有人知道石壁上水中莲花一样的印迹是怎样形成的。

时间又过去了很久很久，到了 2007 年 11 月 15 日，一群研究古生物的学者来綦江考察很古很古时候的动物、植物的痕迹。这些古生物学者中有年纪大的，也有刚从大学毕业十分年轻的，他们听说了三角场莲花保寨里莲花印迹的事，一定要去莲花保寨看一个究竟。于是，这些古生物学者在当地百姓的带领下，跋山涉水，不怕辛苦，还有人摔伤了腿，终于来到了莲花保寨石壁下，钻进了莲花洞。他们认真地观察了莲花洞壁上的水中莲花印迹，惊奇地发现莲花印迹竟然是远古时候爬行动物留下的脚印。

特别是莲花保寨石壁上还刻着宋宝祐年间解元綦祥元、清朝道光年间罗星刻下的文字，证明早在七百多年前就有人居住在恐龙脚印旁边，这是世界上至今绝无仅有的。

吴泽棠善教儿孙

綦江永城镇有一块耸立在山岩边的巨大岩石，上面刻着“凤冠石”三个大字，旁边还刻着“綦风士气”四个大字。据相关资料记载：“凤冠石”三个大字是明朝嘉靖二十二年綦江知县刘宪题写的，而“綦风士气”四个大字是清朝道光年间永丰当地人王元年和当时綦江很有名气的文人吴泽棠、饶履丰题写并集资雇人刻在“凤冠石”上的。

吴泽棠是清朝道光年间的举人，他从小学习刻苦认真，知识丰富，年轻时考中举人，虽然按当时官府的规定考中举人便可以做官。可是他不愿意当官，而是热心教育，在綦江瀛山书院担任主讲教师十多年，教出了很多人才。吴泽棠心地善良，乐于帮助穷人，他把自己教学生收得的钱大半用来帮助穷苦老百姓。

有一次，吴泽棠到京城办事，遇到了两个也到京城办事的綦江文人。他们住在客店生了病无钱治疗。吴泽棠拿出自己的钱帮助两个穷苦文人请大夫看病，还十分耐心地照顾病人，但是，两个穷苦文人病情越来越重，最后还是死了。吴泽棠心中悲痛，他自己带的钱为两个穷苦文人请大夫看病花光了，于是又在京城朋友处借了钱，买了棺材，还请了力夫，把两个穷苦文人的尸体装进棺材运回了綦江，交给了他们的家里人。綦江城里的人听说了这件事，一个个伸起了大拇指，称赞吴泽棠是一个乐于助人的大善人。

吴泽棠教的学生多，收的学费也多，可是自己却过着十分节俭的生活，一天到晚穿着粗布做的衣服，吃的是青菜萝卜、粗米饭。他家里的人也同他一样过着十分节俭的生活。吴泽棠有个儿子叫吴光銮，人很聪明，学习也十分用功。小小年纪便能背得四书五经和唐诗宋词中不少诗篇，很受吴泽棠喜爱。

有一次，吴泽棠带着儿子到街上玩耍，经过一家丝绸店时儿子看到店里有不少小孩穿的十分好看的丝绸衣服，于是拉着父亲的手往丝绸店里拽，要父亲为自己买一件好看的丝绸衣服。吴泽棠心里十分犹豫，他知道儿子的要求并不过分，像自己这样人家的孩子穿的都是漂亮好看的丝绸衣服，而自己的儿子快十岁了，从来没有穿过一件像样的丝绸衣服，可是吴泽棠想了又想还是没有给儿子买丝绸店里的衣服。儿子十分不高兴，嘟起了小嘴，回到家，挣脱了父亲拉着的手跑到妈妈身边哭了起来。吴泽棠的妻子问明了儿子啼哭的原因，也有些不高兴，埋怨丈夫说：“老爷，你这样对待孩子是不是太过分了，不过是一件丝绸衣服，我们家又不是没有钱买，就给孩子买一件有什么不行？”

吴泽棠摇了摇头，叹了一口气说：“夫人，我们家确实有钱给儿子买漂亮的好衣服，可是你看一看我们周边的穷苦人家，他们有很多人家连给孩子买一件遮体衣服的钱都没有。我们不能光想到自己，要多想想周边的穷苦人家。”他把儿子吴光銮叫到身边，拉着儿子的手说：“孩子，为人要讲善，我们不能只想到自己一家人，光顾自己吃得好、穿得好，要多想想那些吃不饱肚子、没有衣服穿的穷苦人。宋代有一个叫范仲淹的大文人说过两句话，‘先天下之忧而忧，后天下之乐而乐。’我们要做他说的那种人，一个人要有爱天下人的胸怀，尽自己之力帮助周边的穷苦人。你以后长大了，如果当了官，要做亲民爱民的好官。如果像我一样做老师，要教导学生有善心、爱心，善待周边的人，爱周边的人。”小光銮听了父亲的话，擦干了眼睛里的泪花，点了点头说：“父亲，我懂了，将来我长大了一定做一个有善心、有爱心的人。”

吴泽棠经常带儿子吴光銮去周边农民家里玩，看农民耕田、下种、收割，听农民摆谈生活的艰难，还给儿子讲一些贪腐官员害民的事。他反复教导儿子做官一定要多到老百姓家里看，多听老百姓的诉苦声。吴泽棠常常把历史上贪官、清官的事编成故事讲给儿子听，教导儿子做官要做老百姓拥戴的清官、好官。慢慢的，吴光銮长大了，通过当时的科举考试做了官。他被朝廷分派到贵州一个县去当县令。儿子要去当官了，吴泽棠不放心，要陪儿子去上任，监督儿子做一个廉洁爱民的好官。吴光銮见父亲年纪大了，身体不好，劝父亲留在家中，拍着胸膛说：“父亲大人，儿子从小受到您的教诲，知道人要有爱心、善心。您放心，儿子一定按照您的教导做一个清正爱民的好官。”

吴光銮到贵州上任做官去了。吴泽棠留在綦江，虽然年纪大了，不再教书了，但是他仍然十分关心青年文人的成长，经常到瀛山书院去看望。他也十分关心儿子为官的情况，经常写信教导儿子做清正爱民的好官。吴光銮没有辜负父亲的教导，在贵州当知县时，关心百姓，经常微服私访，了解百姓的疾苦，办了很多有利于老百姓的好事，受到老百姓称赞。当吴光銮卸任离开思南时，不少百姓依依不舍去送别，还在乌江边上竖立了一块赞颂吴光銮政绩的石碑，这块石碑直到 20 世纪 80 年代仍然被思南当地老百姓保存得很好。

吴泽棠整顿义学

义学，是不用花钱就能读书的地方。过去有钱人家把文人请到家中教子弟读书，一些地方也办起学馆（像现在的学校），不过进学馆读书要收取很多费用，一般的穷苦老百姓根本无力送子女到学馆读书，于是社会上一些善良的文人办起了义学，即不收取费用就让贫苦人家的孩子去读书认字。

慢慢的，义学越办越多，官府也参与了进来。一些地方官府以办义学为名募集钱财，购置田产，把田产租与人耕种，用租金办义学，请老师教穷苦人家子弟读书。由于没有很好的管理，为办义学购置田产收取的租金有不少被管理官员贪污了，致使义学办不起来，穷苦人家的孩子没地方去读书识字。

吴泽棠是綦江的举人，他十分同情穷苦百姓家的读书人。为兴办义学也出了不少力，还拿出了一些钱财。他见县里办学募集的钱财、置田产的收益常常被管理人员贪污，非常气愤。几次写递状给县令，要求彻查义学田产收益，还写文在綦江文人中广为散发。负责管理义学田产的人见吴泽棠告他们的状，十分生气。不过因为吴泽棠是举人，有一定的社会地位，不敢采取报复行为，只得收敛了自己的贪污行为。

吴光銮与去思碑

吴光銮，字德舆，四川綦江县人，1897 年任思南府知府，至 1899 年离任。

从 1895 年开始，到 1896 年这两年间，思南府恰逢荒年歉收，百姓食不果腹，饿殍遍野。而前一年中日甲午海战，北洋水师全军覆没，清廷正为《马关条约》向日本筹集赔款，无力赈济灾民。久而久之，灾民日益增多。为了生存，在一些匪盗的鼓动下，遂被逼为盗，靠四处劫掠为生。

自此思南府域之地，一时烽烟四起。乌江往来之客船、商船多被截杀。官府不仅剿贼无力，就连府城也险些被盗贼攻破。川盐无法从乌江进入思南府，从而转运铜仁、石阡、镇远三府。三府县司，最基本的吃盐都成了问题。同样，思南府、石阡府的土产山货也无法通过乌江转运外销，导致商品严重积压。商贾无法正常交易，更加剧了百姓的痛苦。以致民不聊生，人无宁日。可谓是危卵倒悬，生灵涂炭。

1897 年 3 月，王毓藻就任贵州巡抚。面对思南之危局，王毓藻深知唯有吴光銮方可堪此大任，于是特奏调吴光銮为思南府知府，全权处理思南事宜。

临危受命之际，吴光銮深感苍生天下，系于己身。也知道思南府域素号难治。自己唯有恪守底线，刚正不阿，才能救黎民于水火。遂以“枉要一文钱难逃天鉴，祇凭三尺法不循人情”以自勉，悬于思南府府衙大堂之上，时刻提醒自己要奉公守法，两袖清风。

乱世用重典，上任仅一个月，吴光銮就缉杀盗匪三十人，以儆效尤。其余匪徒或望风而逃，或改过自新。并安抚百姓万余人，使其安心农商，杜绝民众铤而走险，化匪变贼。在这样的铁血手腕之下，思南府社会治安立马发生了天翻地覆的变化，甚至还出现了夜不闭户的景象。

吴光銮深知文武之道，一张一弛，唯有并用，才能长久。在稳定社会治安之后，遂以道德礼仪为主导，再辅以刑罚于其中。思南衙役恶习由来已久，办事差役多向百姓索贿，更有包案恶习。即衙役尝垫钱唆人诬告良民，而后带原告往被告之家趁机勒索，谓之和案。吴光銮了解之后，立马着重净化官场风气，规范衙役言行。使官员衙役的不正之风得到了扭转，一些社会弊端也得到了根本的清除。

面对如此巨变，地方乡绅与百姓惊叹到:“历任未有出其右者。”意思是在这么多历任知府之中，还从来没有哪个知府能有吴光銮一样的政治才能与道德水平。恭颂德政之余，并赠匾额“刚正廉明”，以表诸民崇敬感激之心。

面对地方百姓如此之高的赞誉，吴光銮并没有自得自满，并继续脚踏实地，一心为政。在他的主持下，思南府儒学试院得以搬迁至城东并选址重修（即旧时科制度考试的考棚）。落成之后，试院可同时容纳两千学子进行考试，为乌江中下游各府县最大的试院。

吴光銮关心教育，重视人才。任内多次亲自组织府学生员进行考试，为朝廷选拔人才。还经常微服私访，深入民间，了解百姓疾苦与社会各行各业的基本情况。甚至还准备为思南府城加修城墙，以防日后兵匪城陷之乱。虽然随着吴光銮的离任，加固城墙一事没有得到落实，但是他这种居安思危、心怀百姓、心系苍生，先天下之忧而忧的仕子精神与忧患意识，是值得我们肯定与称赞的。

“枉要一文钱难逃天鉴，祇凭三尺法不循人情”——吴光銮就任思南府尹两年期间，真正地实现了他的人生格言。一句“历任未有出其右者”之声，一副“刚正廉明”之匾，就是对其就任思南府最好的诠释。

1899 年，吴公其离任之际，史载称其“琴书回籍”，这正是两袖清风的真实写照。而送别百姓，道塞两岸。哀恸悲怆之情，难舍离别之心，可谓感召日月，伤怀神祇。而后，乡绅百姓在安化街济江亭为其勒石树碑，作《郡伯观察吴公光銮字德舆去思碑记》一文，以怀其人、其政、其德、其廉。

整理：陈砚。

毛辉凤建森宝楼

毛辉凤（1788 年至 1841 年），字梧生，晚号觉生，江西丰城县石滩人。早年就读丰城县学时，经常独占鳌头，嘉庆二十三年（1818 年）参加江西乡试中亚元；道光六年（1826 年）丙戌大挑第一等，以知县签分四川，历任彭县、江油、灌县、綦江、乐山、巴县等县知县。毛辉凤在任时兢兢业业，兴利除弊，保境安民。他历任六县，口碑载道，人称“毛青天”。道光二十八年（1848 年）入祀彭县、綦县、巴县三县名宦祠；同治五年（1866 年）入祀丰城乡贤祠。

清朝道光年间毛辉凤任綦江县令时，为官清廉，爱护百姓，关心青年学子读书求学的事，审案时不轻易用刑，认真听取被审者的申诉，认真调查了解案情，根据实际情况作出判断。

有一次，一个富人把家里丫鬟押到县衙，说丫鬟偷了夫人的首饰。但是丫鬟坚决不承认偷了夫人的东西。毛县令升堂审问，丫鬟哭哭啼啼十分可怜，可是富人坚称丫鬟偷了东西，并且在大堂上告诉毛知县，这个丫鬟已经偷过夫人好几次东西，而且都是十分贵重的物品，要毛知县从重处罚。毛辉凤认真听了富有之家派来的人和丫鬟的申诉，觉得案情有不少疑点，不敢轻易做出判决。师爷多次建议：犯人不招供应该用刑，打她一两百板子，丫鬟一定会招认偷了主人家的东西。毛县令没有采纳师爷的建议，摇着头反驳说：“不能轻易用刑，酷刑之下容易造成冤案，冤枉了好人。”

毛县令下令将丫鬟暂且收监。然后亲自到那富人家里及周围百姓家调查，终于了解到富有之家的夫人暗中有一个小情夫，她悄悄将自己的一些东西送给了小情夫，然后诬陷丫鬟偷走东西。毛辉凤审清了案子，还了丫鬟的清白，给了富有之家的夫人一定的惩罚。綦江城里的老百姓见毛县令审案公正，都称赞他为“毛青天”。

毛辉凤喜爱勤学苦读、努力上进的年轻学子，所以他经常到县里的学宫去慰问用心苦读的文人，还把一些勤学苦读的文人请到县衙门，听取他们对学宫的意见，以及对县衙的要求。有一次，一个家境贫困的年轻文人谈到无钱买书，希望县衙门能拿出一些钱为学宫购买一些书，让无钱买书的学生有书读。毛县令听进了心里，他自己也是穷苦人家出生，理解穷苦人家读书人想多读一些圣贤之书却苦于无钱买书的境况。到了綦江，他当了县令，走访穷苦文人家庭时，也多次看到一些穷苦文人想读书而无钱买书的窘境。毛县令觉得应该在县里建一个穷苦文人读书的场所，于是找来县里分管钱粮的官员，询问县衙门能不能拿出钱来买书及修建一个穷苦文人读书的场所。县里分管钱粮的官员苦笑着摇了摇头回禀县令大人：近年连遭天旱水涝，田地歉收，一些应该收起来的税赋没有收起，县衙里没有多余的钱来买书以及修建文人读书的场所。

毛县令看到县衙门里拿不出钱，思考了很久，决定自己尽量节约开支捐出俸禄买书，同时动员一些富有之家捐出家里收藏的书。毛县令说办就办，他让家里人节约伙食费，每顿饭只要一两个小菜下饭，并且辞了家里雇请的佣人，煮饭洗衣都让夫人亲自动手，自己有了空，也帮助家里的人做事。在县衙门升堂问案时穿官服，平时穿粗布衣服，节约出自己的俸禄，然后派人到重庆购买书籍。为了找一个供文人读书的地方，毛辉凤亲自到学宫书院寻找空闲的房间，最后选中了书院上房东面的一间房。毛县令带着人打扫了房间，让人搬来桌椅。这时到重庆买书的人也买回了书，一共买回了《周易》《尚书》《诗经》《春秋》《左传》《论语》《孟子》等二十四部六十九套四百三十九本书。毛县令让人把买回的书摆放在收拾好的书房内，他给这间房子取了一个名字叫“森宝楼”，取自黄庭坚的《双井茶送子瞻》“人间风日不到处，天上玉堂森宝书”。意思是森然陈列着许多贵的典籍，每一部书都是宝贝。

森宝楼是綦江有历史以来第一个公共图书馆。

没有钱买书的穷苦文人都可以到森宝楼去读书了，穷苦文人个个高兴，感谢毛县令为他们办了一件大好事，綦江城里的众多老百姓人人称赞、个个夸奖，都说毛县令是一个关心穷苦文人的好县令。的确，森宝楼的建立解决了穷苦文人没有书读的难题，促进了綦江教育文化的发展。

毛辉凤知道，因为自己节约俸禄用来买书的钱有限，森宝楼里收藏的书还太少，远远不能满足綦江文人的需要，他想买更多的书收藏在森宝楼里，满足綦江穷苦文人的需要。可是毛县令没有料到，綦江和贵州习水相邻的地区爆发了反叛朝廷的农民起义，打起了仗，重庆府下令綦江、南川等县派出团防严防边境，不让起义民众进入县境。毛辉凤一天到晚忙着调派团防，同时还要为防守边境的团防筹粮筹款。后来，朝廷派来剿灭起义民众的军队进驻綦江，经过綦江前往綦江边境地区镇压起义民众，大军过境，需要供应钱粮马料。毛县令一天到晚忙，有时候一天只能睡一两个小时，实在抽不到时间来考虑森宝楼的事，也没有精力筹钱来为森宝楼增添书了，等到綦江与贵州习水的边境安定了，毛县令接到了上司调职的命令，带着没有来得及给森宝楼添置新书的遗憾离开了綦江县。

后来毛辉凤被调到成都附近乐山县任知县，仍然想着为綦江森宝楼添置新书的事，他再一次拿出自己的俸禄，买了《周易》《谷梁》等二十部四十三套三百零八本书，托人从千里之外的乐山县运到綦江县城，收藏进了森宝楼。

毛辉凤在綦江县任知县时，不但新建了森宝楼，还修建了节孝祠等建筑，他大力倡导为人应孝顺父母长辈。毛辉凤在綦江为老百姓做了不少好事，受到綦江百姓赞扬。

邓公帮助穷文人

清朝道光年间，綦江来了一个姓邓的县令，名字叫邓仁堃，因为年岁不大，个子矮小，并且对人亲切，百姓称他为“邓小伙”。

邓县令是个关心民间疾苦、努力为老百姓办好事的好县令。他千方百计募集资金修堤坝挡洪水，让沿江百姓免受洪水泛滥之苦。邓县令还整修了城墙和县城街道，让綦江县城焕然一新。邓县令经常到乡间走访百姓，他见一些人不孝父母、平时喜欢上赌场、抽鸦片，特意写了《劝民歌》，教儿童朗诵，借以教育百姓。

邓县令还资助贫苦文人的路费，让贫苦文人能到省城、京城参加科举考试，还办学校让一些贫苦人家的孩子能够受到教育，读书识字。

清代四川各州县兴起一种“宾兴”的做法，就是在文人到省城、京城参加科举考试前，由县令牵头，县里富有之家出钱，在县大堂摆上宴席，请赴省城、京城参加科举考试的文人吃一顿饭，然后送给每个文人一点钱，算是为赶考的文人践行。邓仁堃在綦江当县令的时候，有一年，到了文人该到省城参加考试的日子，他按照当时州县的惯例，让城里富有之家出了一些钱，自己也拿出了一些俸禄，在县大堂摆上酒席，请准备到省城参加考试的文人来吃饭。

可是，邓仁堃发现县试（按照当时科举制度规定，文人先参加县里考试，录取的叫秀才，有了秀才资格才能赴省城参加考试，考中的为举人，有了举人资格才能参加京城考试）成绩考得最好的两个文人没有来参加宴请，心里很奇怪。后来他专门来到一个姓陈的文人家里，了解没有参加“宾兴”宴的原因。姓陈的文人见县大老爷登门拜访，心里十分感激。他告诉邓仁堃，自己家里太穷，想了很多办法也没有凑足到省城参加考试的路费，就不准备参加省城考试了，所以没有参加县大老爷的“宾兴”宴请。

邓仁堃了解情况后心里非常难过，他知道到省城参加考试确实要花不少钱，一些家境贫寒的文人凑不出路费，只好放弃考试，这样一来一些十分优秀的人才被埋没了。邓县令回到县衙，从自己家里拿了一些钱，让衙役送到姓陈的文人家，让姓陈的文人按时到省城参加考试。邓仁堃从姓陈的文人家贫没有钱到省城考试的事情中想到应该想办法解决贫苦文人参加科举考试的路费。他思来想去，决定扩大“宾兴”时送给文人践行钱的数量，特别是成绩优秀家境贫困的文人，送给“宾兴”践行的钱应该够到省城、京城参加考试的路费。

邓县令把自己的想法告诉了县衙门里的师爷和平时亲近的县城绅士，大家被他关心贫苦文人的心意感动，支持邓县令增加“宾兴”践行费的做法，都愿意多捐出钱，还主动帮助找綦城富有之家捐资。终于，大家捐出的钱够资助贫苦文人到省城、京城参加考试了。邓县令还想到，自己在綦江当县令时人在人情在，綦城富有之家看在县令大老爷的面子上愿意拿出钱来捐给贫苦文人，自己不在綦江当县令了，继任的县令不关心这件事，富有人家还会不会捐出钱来作为贫苦文人参加科举考试的路费呢?

他得想一个长远的解决办法，帮助贫苦文人参加科举考试。于是他再一次从自己俸禄中拿出钱，还尽量节约县衙门的开支，节省出钱来，又动员富有人家再一次捐出钱，在綦江城附近买了田产，还制定了规章制度，选出忠厚老实的人按照定好的规章管理田产，用田产收得的田租资助贫苦文人参加科举考试。邓仁堃为綦江贫苦文人做了一件大好事，受到綦江百姓的称赞。

邓仁堃解决了贫苦文人到省城、京城参加科举考试缺少路费的事，又想到綦江城里每三年举行一次的县考，同样，一些家境贫苦的读书人，拿不出参加县试要交的卷子费和到县城参加考试的路费、住宿费、伙食费。有一年，县里举行县试，邓仁堃到考场考察文人考试的情况，一天，他刚刚走到考场大门口，就听到一个穷苦文人正在与发试卷的官差争吵。原来参加考试的文人身上带的钱少，交试卷费差一点钱。发试卷的人不发给这个文人试卷，文人哀求一阵，发试卷的人仍不理不睬，终于发生了争吵。

邓县令问明了发试卷的人与文人争吵的原因，训斥了发试卷的人，掏出自己荷包里的钱替文人交够了试卷费，让他参加了考试。这件事后，邓县令为试卷费动起了脑筋，他想永远解决文人们到县里考试要交的试卷费。只得又一次把县城里有钱的绅士召集起来商量怎样解决文人们参加县试时要交的试卷费。士绅们知道县大老爷又要大家为贫苦文人捐钱，因为自从邓县令到了綦江，修堤坝和城墙，为贫苦文人到省城、京城考试赞助路费，都让他们捐钱。

士绅们已经捐了很多次钱了，不愿意再掏腰包，于是一个个埋着头不说话。邓仁堃非常理解士绅们的心情，苦笑了下，又叹了口气说:“我知道大家捐过很多次钱了，不过这次解决贫苦文人参加县试考卷费需要大家捐的钱不多，而且我向大家保证，以后不再让大家捐钱了。就像一场考试，已经到了要考试完的时候，大家捐出钱就算考试终场了，邓某这点要求，希望大家支持。”

士绅们见邓仁堃说得非常诚恳，很受感动，终于有人带头捐出了钱，紧接着，士绅们一个接着一个捐出了钱。邓仁堃像解决贫苦文人到省城、京城考试路费一样，选出忠厚老实的人把士绅们捐出的钱一笔一笔记好账，用士绅捐出的钱买了田产，用田产收的租钱解决三年一次县里举行县试时需要的试卷费。从此，綦江县举行的县试不再收取考生的试卷费，人们把邓县令的这种做法称作“义卷”，邓仁堃让人制定出章程，规定了义卷费用的管理。

邓仁堃在綦江担任县令时，非常关心贫苦百姓家孩子的读书问题，参加县里、省里、京城的考试，不仅兴起了“宾兴”“义卷”，还办书院，修整考棚，想了不少办法，让綦江出人才。正是因为有了邓仁堃以及像他这样的好县令，关心教育，想方设法振兴綦江教育，所以尽管綦江地处偏僻的川黔边境，山高谷深，百姓生活艰难，还是出了不少人才，让綦江县城成为川黔交通线上的重要城镇。

邓仁堃修金墉堤

这一年，邓仁堃到綦江当了县官，他上任时适逢綦江河涨大水，县城沿江民房冲毁四百余间，洪水冲垮的房屋，大梁、瓦角以及淹死人的尸体飘满江面，县城东南面的城墙也被洪水冲垮了一大半。邓仁堃是个一心为民的好官，率领衙役察看灾情，走到东门外綦江河边，被一大群灾民拦住，灾民们扑通扑通跪在了县大老爷面前，齐声高呼：“县大老爷，可怜可怜我们年年遭水灾，赶快修起堤坝吧！”

原来綦江县城修建在綦江河边，而綦江河是一条集山间溪流形成的河流，像所有山间溪流一样，夏季山雨多时，河水暴涨，冬春雨水少时，河里水少，有的地方还会断流。河水暴涨时，洪水滔滔，巨浪翻滚，直扑两岸，冲毁农田，冲垮房屋，酿成灾害。因为綦江河水在县城南面沱湾附近拐了一个弯，走向从由南往北变成了由东往西，江水直冲綦江县城东面河滩。清代初期，綦江县城东面城墙离河边还有一段距离，经不住江水连连冲刷，洪水冲到了城墙脚下，一些居民住在城墙脚下，年年遭洪水威胁。到了清道光年间，发生了多次洪水冲垮贫苦百姓房屋、冲走人畜的事情，老百姓希望在河边修起堤坝，挡住洪水，可是修堤坝需要花不少钱粮，很难凑足，所以迟迟没有修成。

邓任堃听了众人的请求，心里十分难受。他知道，当前最紧迫的事是要拯救灾民，于是带头捐出俸禄赈灾。灾民得到赈济，暂时不愁吃穿了，邓仁堃又思考起整修河堤的事。整修河堤要花费很多银子，道光年间国力衰弱，朝廷不会拿出钱来整修綦江河堤，邓县令和县里一些有钱的商人、地主商议，这些人认为“修堤坝要花不少钱，綦江老百姓大多贫困，不富裕，很难修起堤坝”。

可是邓县令认为在一方担任地方官就要关心百姓疾苦，为百姓兴利除害。他下了决心，向有钱富户筹集资金整修綦江河堤。邓仁堃写了《财主辩》一文，印发全县广为张贴，奉劝有钱的商人绅士作为公益事情捐出钱财的财主，不做积财不舍的财奴。并且以身作则，带头捐出从家里带来的银子5000两，开工修建河堤，接着筵请全县有钱之人，在酒席上劝有钱人家尽力捐出钱修建堤坝，为了让捐出钱财的人相信所有捐出的钱财会全部用在修筑堤坝上，邓仁堃当众发誓：“我若将众人捐出的分文放入自己私人荷包，不能回家乡！”终于打动了有钱人家，于是人人欣然，互相劝勉，踊跃捐出钱财，共收集到捐银39698两。

邓县令专门设置管理捐款、监督修整河堤的机构，选出公正勤能的人掌管捐银。针对綦江河夏天洪水泛滥成灾、城边河岸容易垮塌的实际，他决定先筑河堤拦水，然后再修城墙，努力做到永绝后患。开工时邓仁堃亲临现场监督，为保证河堤修筑质量，指示凡是河堤基础要挖到深深的老底，让石工匠人“凿出实址，竖桩下石。石取新，质必坚，长皆三尺，宽厚逾尺，不合格者不用”。施工中，邓县令和县衙少尉（官名）耿成基、汛防（官名）朱荣魁常常来到工地查勘，发现有工料不精、石料置放位置不当的，马上命令返工重做。

邓县令原准备东南河堤建成之后，只对南西北三面城墙残缺部分进行修补。后来看见旧城墙所用石料都不到一尺，城墙中都是一些土，所以容易垮塌，于是命令通通拆去，彻底重修。在修建城墙的时候，邓仁堃还对文昌宫、考棚、试院、奎阁以及有关街道，全都一一进行彻底重修或修整。修好的河堤长 130 丈、宽 5 丈、高 1 丈 7 尺，因为工人努力，仅用了 3 个多月的时间即修砌好了。城墙周长 610 丈、高 2 丈 2 尺、厚 1 丈 3 尺，连同其他同时进行的各项工程，不到一年的时间全部完工。

河堤修成的时候，县城里及周边农村的人，男的女的、老的少的都来参观。有些七八十岁的老人，让儿子、孙子搀扶着也来参观。大家异口同声称赞邓县令为綦江老百姓做了一件大好事，夸堤坝修得牢实，百年、千年不会坏。父老乡亲们请将修好的河堤命名叫邓公堤，以纪念邓仁堃功绩。邓仁堃没有答应，他取“金城汤池”的意思，将修成的堤命名为“金墉堤”。

邓仁堃把修筑堤坝城墙后剩下的银子存在盐商处生息，用以资助县里家境贫困前来县城参加秀才考试的文人。清道光十五年，邓仁堃的綦江知县任期快满了，他遍查全县应该兴办而未兴办的事情。见学宫陈旧应该修了，于是商议立即动工重修。不久邓仁堃奉调四川富顺县，离开綦江前再次部署，务求开春一月之内将文庙大成殿等修好。邓仁堃调到富顺后，还经常派差人到綦江询问工程进展情况，知道一些工程未完工，又捐出白银 400 两送来，让大成殿、启圣祠、忠孝祠、名宦祠、乡贤祠等工程得以一一竣工。

綦江人怀念他的德行，于道光十六年（1836 年）夏集资修建邓公祠，举人罗星为祠写了额扁:“遗爱长留”。

邓仁堃是綦江百姓非常怀念的一位好县令，綦江百姓亲切地称他为“邓小伙”，民间流传着他惩罚恶人、帮助弱贫、破除封建迷信的很多故事。尽管时间过去了近两百年，现在谈起邓小伙，一些老人还会津津有味地讲起他们从父辈、祖辈听来的故事。

邓仁堃写《劝民歌》

邓仁堃是清代綦江有名的县令，他勤奋爱民，为綦江百姓做了不少好事。邓仁堃当綦江县令时常常穿着便衣，带着一个小童到民间走访，看一看老百姓生活怎么样，听一听老百姓对官府有什么要求。

有一次，邓仁堃到乡下走访，看到一对夫妻正在吵架。原来这家人的丈夫喜欢赌博，尽管他家中并不富有，仍然拿钱到外面赌博，家中的钱输光了，就拿家里衣裳去当。夫妻二人为此争吵起来，丈夫动手打妻子，家中老人出来劝架，指责儿子不该拿家中衣裳去当钱赌博，儿子还与父亲争吵起来。

还有一次，邓县令到乡下走访，看到两家人争吵不休，一家的男人还动了手，结果两家的男人都打得头破血流。邓县令还看到有些人为了一点小事到县里告状打官司，结果花了不少冤枉钱……

邓县令为了劝说綦江的老百姓孝敬父母，和睦邻居，特意写了一首《劝民歌》，让手下的人教百姓唱，让《劝民歌》在綦江百姓中传唱开来。

邓县令写的《劝民歌》有十方面的内容：一劝百姓孝爹娘；二劝百姓爱弟兄；三劝百姓善教儿子；四劝百姓和睦邻里；五劝百姓敬重老师，老师善教弟子；六劝百姓做好本职工作，农民耕作，商人做好生意；七劝百姓戒奸淫，男子不要调戏女人，女人要对丈夫忠贞；八劝百姓不要赌博；九劝百姓不要为一点小事打官司；十劝百姓不要打架。

邓县令写了《劝民歌》，让手下人教百姓传颂，让孩子当民谣传诵，收到了好的效果。

彭县令修沱湾堤

离綦江县城两里多路的沱湾，明清时叫作南沱，据说从前是十分繁荣的市场，名字叫綦市。綦江河从綦市东边流过，与街市隔着一段很长的距离，河边还有一座小山，山足有石岩，山上有土，后来石料被人取走，小山足下没有了石头，只剩下了泥土。山上原来有一棵很大的黄葛树，很多掌船的人夜晚把船系在黄葛树上。可是，因为没有了石头，经过河水长时间的冲刷，土山越来越小，一天晚上，狂风暴雨，河水猛涨，岸边的人家听见一巨大声响，天明后看到土山已经被洪水淹没，大黄葛树不知被河水冲到什么地方去了。

南沱江边小山足再也没有石头挡住洪水了，小山也被洪水冲走了。从此以后，每年夏天，洪水直接冲刷到岸边，河岸的泥土被洪水冲走，导致河岸坍塌，跟当年洪水冲击綦江县城一样，綦江河涨水时洪水冲走南沱河边老百姓的房屋财物。这时候，邓仁堃已经调离了綦江，他没有想到，努力修成了綦江县城足下的堤坝，保住了綦江县城的百姓，却因大量取走南沱江边小山足下的石料而害苦了在南沱居住的百姓。

同时，因为没有了小山，原来停泊在南沱的大大小小船只找不到系船的地方，无法停泊在南沱了，只有河东停一些，河西停一些，船工到处寻找停船的地方，非常不方便。

清道光二十年（1840 年），江西人彭旭初到綦江当县令，彭县令也十分关心綦江百姓的疾苦，听说南沱因为取光了江边小石山下石料年年闹水灾，决心像邓县令当年修金庸堤一样在南沱河边修筑堤坝。彭县令想办法筹集了修南沱堤坝的钱，让县里士绅饶校先、廖仁贵负责找工人修筑堤坝，还常常亲自到修堤工地察看，要求用料优质、施工精细。经过几个月的修建，终于在南沱河边上修成了堤坝，挡住了綦江河水的冲击，保证了南沱百姓的安全。

彭县令在綦江任职时间不长，仅仅只有一年，他除了修筑沱湾堤坝，还修了武庙（现北街附近）前临江的堤坝，修建了纪念明朝万历年间平定播州（今遵义）杨应龙反叛的名将刘铤刘大刀的刘将军庙。

彭县令在綦江为百姓做了好事，綦江百姓也记住了这位爱民的好官。

伍绍曾千里寻父

伍绍曾（1762 年至 1852 年），号燕堂，广东嘉应州兴宁县人，秀才，后投奔在綦江做小生意的父亲伍庄（原名方威，字敬斋）。育浚祥、辅祥、奎祥三子，先后考取进士。道光十五年（1835 年），以子辅祥贵，貤封中宪大夫。

伍绍曾的老家在广东省兴宁县，年少时家里面有几亩田地。因为土地太少，收得的租米不能维持家里人的生活，于是他的父亲伍庄便出外做生意，挣钱来补贴家中的生活费用和供养伍绍曾读书。伍绍曾学习非常刻苦，每天天不亮就起床读书，深夜才上床休息，一天到晚，除了吃三顿饭，不是读书便是写文章。他学习成绩优秀，写出的文章受到县里文人齐声称赞。

可是，因为父亲出外做生意，常年不在家。母亲身体不好，患有多种疾病，需要伍绍曾在家里照顾。同时因为伍绍曾放心不下母亲，一直没有到省城和京城参加科举考试，二十多岁了仍然是个秀才。

有一年，父亲外出到千里之外的四川去讨要一笔货款，去了之后就再也没有回来。伍绍曾和母亲依靠家中的田地收租维持生活，有时候年成不好，种田人交不上租子，伍绍曾就收几个学生，靠教书给母亲治病和补贴家用。他的母亲思因念丈夫，病越来越重，抱憾离世。伍绍曾十分悲痛，安葬了母亲，决心到四川去寻找父亲。

他的一些朋友听说伍绍曾要到四川寻父，一个个摇起了头，好心劝告说:“到四川一千多里路程，要翻大山，过大河，路十分难走。而且四川很大，找一个人就像大海捞针，实在很难，还是不要去。”伍绍曾态度十分坚决，说:“母亲死了，父亲是我唯一的亲人，千难万难我也不怕，一定要到四川去寻找父亲。”

伍绍曾卖了家中的田地，用卖得的钱做路费，出发到四川寻找父亲。他担心带的路费不够用，一路上非常节省，一天只吃两顿饭，而且顿顿都是清水煮白菜萝卜当菜。走路费鞋，伍绍曾就买草鞋穿着走路。晚上住客店要花钱，他就住荒郊野外的小庙，有时候找不到小庙，就住在野外大树下、山洞里。

有一次，伍绍曾晚上住在一片树林里的山洞中，半夜山洞外来了两只野狼，高声嚎叫着要扑进山洞。伍绍曾害怕，于是在山洞里找到了一根木棍准备和野狼搏斗，不料两只野狼的嚎叫引来了更多的野狼，伍绍曾慌乱中想起野狼怕火，赶忙掏出身上带的火石和火镰，打着火点燃了山洞里的干草干柴，果然，野狼怕火，没敢冲进山洞伤害伍绍曾。

还有一次，伍绍曾睡在一棵大树下过夜。当时是冬天，风呼呼吹着，带来一阵阵寒意。实在太冷了，冻得睡不着，伍绍曾找来一些干树枝，点起了火，靠在火堆旁边睡着了。不料半夜下起了雨，雨点越下越大，淋灭了火堆，淋湿了伍绍曾的衣服，他被雨声惊醒了。风呼呼在吹，雨还在下，伍绍曾裹紧了湿衣服，冷得浑身发抖，上牙巴打着下牙发出“咯咯”的声音。好不容易挨到了天亮，伍绍曾挣扎着站起身，艰难地往前走，找到了一户山里的好心人家，烤干了衣服。因为半夜受冻，他病了，脸烧得通红，在好心的人家住了两天，农户为他到山坡上找了治感冒的草药，煎好给他吃了。伍绍曾的感冒好了，他谢过好心的农户继续赶路。

还有一次，伍绍曾来到大山中一条小河边，小河不宽，可是水流很急，河中布满大大小小的石块，他见附近没有桥，只好脱了鞋，捞起裤脚踩水过河，想不到走到河中心，光脚板踩到了一块尖石头，痛得他身子一歪，扑通一声摔倒在河里，被河水冲走了两三丈。伍绍曾抓住河边一丛荆棘才爬上了河岸，衣服被水打湿了，脚板被河里的尖石头划伤了。伍绍曾脱下湿衣服在小河边草地上晒衣服，晒了半天，衣服干了他穿起衣服艰难地继续往前走。

伍绍曾吃了不少苦，受了不少罪，终于走进了四川地界，可是不知道父亲在四川什么地方，仍然十分难找。好几次，他都想返回广东老家不再寻找父亲了。可是想到父亲是他在世上最亲的亲人了，纵然有天大的困难也要找到父亲，在父亲身前尽一个儿子的孝道，他又咬牙坚持下来。

伍绍曾在四川寻找了很多地方，走了一个又一个县城，寻访了一个又一个乡村，从冬天到春天，又从春天到夏天，整整找了一年多。他身上的衣服破了，脸黑了，人瘦了，手上脚上全是伤疤，仍然坚持着寻找父亲。终于，他在重庆府里遇到了一个家乡的熟人，打听到了父亲的消息，得知父亲住在离重庆府一百多里的綦江城里。

原来伍绍曾的父亲讨债到了四川綦江，不料生了病，身上的钱用完了，走投无路时遇到綦江城里一个好心人收留了他，还帮伍庄治好了病，并把女儿嫁给了他。伍庄也多次想返回老家看望那里的妻儿，可是手里不富裕，凑不足回家的路费，始终没有返回老家。伍庄看到儿子不远千里找来了，非常激动，抱着伍绍曾大哭了一场。

伍绍曾在綦江城里父亲家中住下了，这时伍庄又有了 4 个儿子，家里人多，仅靠做生意挣钱养活全家十分困难。于是伍绍曾开始跟着父亲做生意，后来发现生意不好做，挣的钱不多，便开馆教学生，挣钱帮助养 4 个弟弟。

伍绍曾十分孝敬父亲和继母，爱护 4 个弟弟。每天清早起床，一定先到父亲母亲床前问候，还要亲手为父母刷洗夜间用的便桶，晚上父母亲要上床休息了，也一定到房前问候。伍绍曾知道家里兄弟多，用钱的地方多，因此平时十分节省，从不乱用钱。有时候朋友邀约他外出游玩，因为害怕用钱，伍绍曾总是婉言谢绝。

伍绍曾在綦江城里定居了，他教学生十分认真，写的文章也很好，慢慢的在綦江城里有了名声，送子弟拜他当老师的人越来越多。伍绍曾在綦江娶了妻，有了孩子，在綦江扎下根来。

伍绍曾教子有方

清朝同治年间綦江城出了伍家三进士。伍家兄弟的老大叫伍浚祥，老二叫伍辅祥，三弟叫伍奎祥，他们的父亲伍绍曾也是一个文人，饱读诗书，考中了秀才和举人，不过，因为要奉养年迈的父母，又要照顾年幼的弟妹，还要挣钱抚养儿子，实在没有精力参加在京城举行的会试了。于是开了学馆，招了学生，靠教书挣钱担起了一家人的生活重担。

伍绍曾从小便教三个儿子苦读诗书，希望他们在科举上有所作为。伍家三兄弟中，老大伍浚祥、老二伍辅祥都比较老实，学习也刻苦，每次父亲考试赋诗作文，都能写出好的诗词和文章。只有老三伍奎祥，人很聪明，不过因为年纪小，又受到母亲的溺爱，有些贪玩好耍，父亲考试诗文时，心情好，用了心，能写出好诗好文；如果心里只想着玩耍，或心情不好，就胡乱凑成诗文交给父亲。因此，伍奎祥学习成绩不稳定，有时受到父亲夸奖，有时受到父亲责罚。

伍绍曾为了教育好 3 个儿子，费了不少心思。有一次，他教儿子们写诗作文，看到小儿子的眼睛老是望着窗外桃树上叽叽喳喳叫着飞来飞去的麻雀，心不在焉地听着自己讲课，紧紧皱起了眉头。事后，伍绍曾把小儿子叫到书房，耐心地询问他为什么不专心听课。伍奎祥大着胆子说：“父亲大人，我觉得读书作文太苦了。”伍绍曾笑了笑，反问道：“读书作文确实很苦，不过，人活在世上总要做事，做什么事不苦呢？”伍奎祥歪着脑袋想了想说：“农民种田就不苦，春天的时候牵着牛耕田，牛儿在前面拉犁，人跟在后面走，舒服好玩。再有，当商人做生意也不苦，一天到晚坐在店铺里，眼睛望着大街上来来往往的行人，好玩得很。”

伍绍曾轻轻地叹了口气说：“好吧，我就让你们兄弟过一过犁田、做生意的瘾，让你们亲自看看犁田、做生意到底苦不苦。”过了几天，伍绍曾果然把三个儿子带到了一个熟识的农民家的水田边，让人牵来了牛，还给牛套上了犁头，让三个儿子去犁田。伍浚祥、伍辅祥两个人捞起衣袖裤脚，下了田，费了九牛二虎的力气大声吆喝，挥着鞭子赶牛，可是牛儿一动不动，两个人实在没有办法，哭丧着脸，带着一身泥水爬上了田坎。

轮到老三伍奎祥下田去犁田了。他人聪明，见两个哥哥赶不动牛，便事先准备了一根细竹竿。下田后自己也赶不动牛时，便用细竹竿去捅牛屁股。不想惹恼了牛，拉起犁头便跑。伍奎祥手里抓着牵牛绳，一不小心跌倒在水田里，被牛拖着在水田里走了一截路，不但弄了一身泥水，手还擦破了皮，钻心刺骨般疼痛。伍绍曾带三个儿子犁了田，又带着他们去做生意，做生意要送货下乡，三个儿子各自背了五十多斤货物，跋山涉水送到十多里远的一个乡场，累得一个个大口喘气，一身臭汗。老三伍奎祥还在山路上摔了一跤，大腿摔破了皮，流了不少血。

伍绍曾的三个儿子终于明白了，人活在世上不论做什么事情，都要不怕苦，不怕累，才能做好。特别是小儿子伍奎祥，知道了自己以前学写诗文时怕吃苦是不对的，从此，学习努力了。

伍家三兄弟每天清早天不亮便起身刻苦学习，一直到深夜。俗话说：功夫不负有心人。伍家三兄弟的诗文越写越好，得到父亲伍绍曾和不少文人的赞扬，后来都考取了进士，伍家三兄弟考中进士的事在綦江传为美事。

伍绍曾教育三个儿子好好做官，儿子个个争气，不管做什么官，在什么地方做官，都清正廉洁，爱护百姓。由于伍绍曾教育包括自己儿子在内的学生有方，被皇上看中，招进京城做了皇家子弟的老师。伍绍曾在京城当了十五年皇家子弟的老师，被皇家封为中宪大夫，他写的《下车首政三十二条》被收进清道光年间编的县志里，用来教育綦江的众多文人，当官要当勤政爱民的好官。

伍家一门三进士

綦江县城文龙街道五桥路后面有一条巷子，巷子里有一段很早以前留下的石板路，这条石板路是明清时重庆到云贵方向古驿道的一小段，石板路上有一个清朝同治年间建成的石牌坊，上面刻着“兄弟进士”四个大字，是綦江县城有名的进士牌坊。后来因为修建綦江河上的二桥，在二桥附属工程中，古驿道留下的石板路被毁了，有名的进士牌坊搬移到了后山坡綦江博物馆门前小广场上。

根据有关史料记载，同治年间留下的进士牌坊表彰的是清朝道光年间伍家一门兄弟三个都考中进士的事。

封建时代用科举考试来选拔人才，县里的考试叫县试，考中后叫秀才，秀才三年一次到省城参加乡试，考中的叫举人，举人三年一次到京城参加会试，考上的叫贡士，贡士在金殿上经皇上亲自面试合格的叫进士，封建社会里，凡考中进士的读书人都可以获得做官的资格。

因为进士要经过十分严格的筛选，所以每届考中的文人都不多，能考中进士是十分荣耀的事。綦江历史上有过三次一家考中 3 个进士的事，被人们传为佳话。第一次是在南宋，一个綦姓家庭中同榜考中 3 个进士，兄弟俩加上一个侄儿，綦姓由此发家，綦家所住的地方形成市场，被称作綦市。第二次也是在南宋时期，扶欢坝赵家兄弟四人历时 34 年先后考中进士，其中二人同榜。第三次发生在清朝道光年间，伍家兄弟三个先后考中进士，为伍姓增了光，也为綦江增了光。

伍家考中进士的三弟兄老大叫伍浚祥，道光十一年（1831 年）考中举人，道光十六年（1836 年）考中恩科进士。清代朝廷规定三年考一次进士，有时候皇上想在三年一次考试外另外再加考一次，这种增加的考试叫恩科，意思是皇上恩赐全国的举人多有一次考进士的机会。伍家老二叫伍辅祥，道光十四年（1834 年）考中举人，而且考了全省第一名，夺了魁，紧接着于道光十五年（1835 年）考中进士，他比哥哥迟三年考中举人，却早一年考中进士。老三叫伍奎祥，道光十七年（1837 年）考中举人，道光二十七年（1847 年）考中进士。为了纪念伍家兄弟三人先后考中进士的盛大喜庆，同治年间奏请朝廷准许綦江百姓在古驿道上竖起了兄弟进士牌坊。

伍绍曾看到自己的儿子考中进士要当官了，他害怕儿子当官贪财，不为老百姓办好事，有损伍家的声誉，特地先后写了《民说》《下车首政三十二条》等文章，让考中进士做了官的儿子们关心百姓疾苦，做一个清正廉明的好官。

伍家兄弟的哥哥伍浚祥，考中进士后做了户部主事，后来升职为员外郎，又做了御史。他做事认真，关心百姓疾苦，朝廷交办的事情，完成得都很好，受到皇上多次召见，当面夸奖。后来因为父亲病故，奔丧回家，再没有出去做官。老二伍辅祥也做了工部主事，同哥哥伍浚祥一起升任员外郎，做了御史，后来伍辅祥接受朝廷的命令回到家乡查访乡间民情，目睹了地方官府的种种弊端，如盐税弊端、綦江桐梓边界不明等等，于是上书朝廷，为穷苦百姓呼吁，很受綦江百姓爱戴。三弟伍奎祥，考中进士后被派到山西阳高县任知县。他廉洁自律，惩豪强，助贫弱，被当地百姓称为伍青天，后来又调到垣曲任县令，同样清廉自律，做官不带家眷同行，只用几个佣人，审理疑案，常常从清晨工作到深夜，可惜寿命不长，年仅 50 岁就因病而逝。

伍家三兄弟考中进士都在朝廷做了官，可是他们在家乡没有一点骄横之气，和睦乡里，常常拿出钱粮帮助贫困乡人，綦江人非常敬佩他们。

伍奎祥严惩刁顽

伍奎祥，綦江县古南镇人，伍家兄弟三进士中的老三，从小受到父亲伍绍增学习须勤奋、为官须清廉的教导，立志刻苦学习，将来做一个勤政爱民的好官。

清朝道光丁未年，伍奎祥果然考中了进士，被朝廷分派到山西省。道光二十九年，伍奎祥到了山西省阳高县做知县。阳高县地处山西省偏僻的边陲之地，由于离省城比较远，一些到阳高做官的人认为山高皇帝远，任意贪赃枉法，欺压善良百姓，放纵恶人行凶作恶，以致阳高县不论城乡歹人猖狂，善良受欺。伍奎祥还没有到阳高赴任就听到不少阳高县里歹人行凶作恶的事，他下定决心到阳高后要严惩刁顽，扶助善良。

阳高县有一个不好的习惯，新知县上任，县城里的商家要捐出钱来为新知县接风，整个县衙门的人不仅要跟着大吃大喝三天，还要进赌场、逛妓院，痛痛快快玩三天。伍奎祥还没有到阳高，衙门里的人便让城里的商家捐出了钱，在县城最豪华的酒家订好了酒席，派了专人到省城去阳高县城的路上迎接新县令。

想不到迎接新县令的县衙书吏，接到了新县令上任的大官轿，却没有迎到新县令本人。随同大官轿到阳高上任的师爷对县衙门的书吏传达了伍县令的话，他不会参加为新县令准备的接风酒宴，而且如果县衙门里有人参加了接风酒宴，查出来罚俸一年。书吏吓得白了脸，急急忙忙跑回县城，传达了新县令的指示，原准备趁新县令上任之机痛痛快快吃喝三天、玩三天的县衙门官员和衙役一个个都呆了、傻了，无可奈何，只得取消了订好的酒宴，回到县衙各自的工作岗位等候新县令上任。

伍奎祥没有坐在县大老爷的大官轿里到阳高上任，他到哪里去了？原来他带着书童，换了便装，步行进了阳高县境。伍县令决心要杀一杀阳高恶人欺压善良百姓的歪风邪气，于是微服私访，想了解善良百姓受欺压的情况，从中选择一个典型案例，严惩刁顽扶善良，以警告在阳高县行凶作恶的歹人。他走进一个名字叫王官屯的村子，正想向村里的老百姓打听歹人作恶的情况，就看到一个水井旁边围了一大堆人，并且传出哭声和七嘴八舌的议论声。

“这个年头，歹人行凶，官府庇护恶人，哪里还有穷苦百姓的活路啊！”

“刘大爷真可怜，唯一的两亩地被张三霸占了，一大家人今后怎么活哟？”

“刘大爷不该跳井寻死，应该去状告混蛋张三，阳高县衙门告不准到州府、省城去告。”

“算了，现在官官相护，到官府告不了歹人。”

伍县令想不到刚进阳高县境就遇到了歹人行凶欺民的事，心里愤怒，决心惩治歹人，为善良百姓做主。他装成一个喜欢打听的过路人，找知情的乡亲打听清楚了阳高县城的歹人张三霸占刘大爷仅有的两亩地的事情经过，并且给了准备跳井自杀的刘大爷一些银子，劝说刘大爷不要跳井自杀。

伍县令到了县城，换上官服，坐上县衙大堂，立即发出抓捕命令，让衙役把欺压善良霸人田产的歹人张三抓捕起来。虽然县衙门里的衙役有不少与张三是朋友，平时交往密切，可是县大老爷的命令不得不听，而且，伍县令为了防止县衙门的衙役给歹人通风报信，作了十分周全的安排，让自己的贴身书童陪着衙役去抓歹人。伍县令一面让衙役去抓歹人，一面又派人去把被霸占了两亩地的刘大爷请到了县衙门。歹人张三的家人看到新上任的县大老爷下令抓了张三，吓坏了。按照以前对付县大老爷的惯例，准备了不少银子，托人给伍县令行贿，想不到新来的县令不吃这一套，不仅没有接受贿金，还把前去送贿金的人打了二十大板，赶出了县衙门。

伍县令刚刚上任就审清了歹人霸占田产案。张三在大堂上被打了五十大板，打得两个多月起不了床，还乖乖地把霸占的两亩地退还给了刘大爷。阳高城乡传遍了新知县惩恶扶善的事，人们称赞伍奎祥是亲民爱民的好官。

阳高城里不少平时行凶作恶、欺压善良的歹人害怕了，收敛了自己的行为。可是有一个姓刁的歹人，仗着自己在州府里有靠山，不仅没有收敛自己欺压良善的行为，反而放出了话，说伍县令能惩治其他歹人，却奈何不了他。这个姓刁的歹人长期霸占了县城的两条街，凡是在这两条街上经商做生意的都必须缴纳保护费，否则就有小流氓前来捣乱，让商家做不成生意。

伍县令见姓刁的歹人不知收手悔改，继续行凶作恶，正准备让人收集姓刁的歹人行凶作恶罪证，然后依法严惩。这一天他刚刚坐上大堂，听到堂外有人大声呼喊："歹人行凶作恶，请大老爷为民做主。"伍县令传令请告状人上堂详细叙述歹人行凶作恶情况。原来是一户市民娶新媳妇，新媳妇十分漂亮，是阳高县城有名的美人，想不到花轿抬到半路上被姓刁的歹人带着一帮恶棍拦住了，新媳妇被姓刁的歹人奸污了。伍县令听了告状人的哭诉，火冒三丈，下令让县里衙役抓捕姓刁的歹人。姓刁的歹人上了县衙门的大堂，竟然仗着州府有人做靠山，一点都不害怕，仍一副嬉皮笑脸的泼皮样子，大模大样地承认奸污了新媳妇。

伍县令更加生气，喝令拖下去痛打五十大板。可是县大堂上的衙役竟然没有人敢按照县大老爷的命令打姓刁歹人的板子。伍县令气坏了，让自己带来的两个随从按倒了姓刁的歹人，亲自走下官位，拿过衙役手中的板子，用力地一五一十打起来，打得姓刁的歹人哭爹喊妈。伍县令严惩了阳高县里行凶作恶的歹人，阳高县里的歹人不再敢欺压善良百姓了。

伍奎祥得到了阳高县老百姓的热爱，有一次，他下乡调查案子，回县城时再一次路过王官屯，想不到被村民认出来了，立刻一传十，十传百，伍县令身前聚集了数百人，为首的就是曾被歹人霸占田土，后来被伍县令判还给了刘大爷。刘大爷见到伍县令，"扑通"一声跪下去，眼里流出了感激的泪，大声呼喊着："伍大人、伍青天，你惩恶扶善，是一个难得的好县令！"接着有越来越多的老百姓口里叫着青天大老爷，跪在了伍县令跟前，慌得伍奎祥急忙去扶起跪在身前的老百姓……

伍奎祥在阳高县当了三年知县，又调到垣曲县任知县，他每到一处都尽心爱护善良百姓，得到了老百姓拥护。

罗氏女敬孝公婆

清朝道光年间，綦江遵里出了一个守寡三十多年的节妇，供养年仅两岁的儿子长大成人，侍奉身有残疾的公公和婆婆，以及年迈的祖母，受到周围邻居的夸奖，县里将相关事迹上报朝廷受到嘉奖，罗星在编写《道光綦江县志》时将其记入孝敬长辈篇里加以赞扬。

受到赞扬的节妇姓罗。父亲叫罗世迪，从小熟读诗书，成年后没有考取功名，便在家乡开了一个学馆，招收附近儿童入馆读书。他教给了女儿孝敬公婆、爱护丈夫的道理。罗氏女 17 岁时嫁给了附近村里一个叫黎鶆正的男人，黎鶆正家中有年迈的祖母，还有身有残疾的父亲及母亲。罗氏女嫁到黎家后，按照当时妻随夫姓的习惯被人们称作黎罗氏。黎鵏正是经商做生意的人，家中有五亩田土租给了同村的农民，每年收取一些地租补贴家用。黎罗氏到了丈夫家，爱护丈夫、孝敬公婆和祖母，夫妻关系十分融洽，男恩女爱。黎罗氏的公公身有残疾，行走不便，她处处照顾，端茶倒水洗衣服，一家人日子过得红红火火，周围邻居都夸黎家娶了一个好媳妇。

一年过去，黎罗氏为丈夫生了一个小儿子，家中添了男丁，家里人个个高兴，孩子满周岁的时候，附近的乡亲都来祝贺，黎家办了三十多桌酒席招待前来祝贺的乡亲。

日子过得好便会觉得时间过得快，转眼间罗氏女的儿子要满两岁了，聪明伶俐，很得大人喜欢。娘亲爹爹亲，爷爷婆婆爱，黎家充满融和互爱的气氛。可是，想不到正当黎罗氏的儿子满两岁的时候，黎家出了大事，家里的顶梁柱黎鵏正患了病，请附近的大夫医治没有医好，送到綦江城里请大夫医治仍然没有医好。眼看着丈夫的病一天比一天重，黎罗氏急得白天吃不好，晚上睡不着，她不仅继续请大夫给丈夫看病，还求神拜佛，然而不论是大夫还是神佛都没有治好黎鵏正的病。黎罗氏心里着急，偷偷流眼泪，害怕丈夫看到难过，在丈夫面前时咬着牙忍住悲痛，脸上装出笑模样。

终于，黎鵏正卧床不起了，身子瘦得只剩下一把骨头，他知道自己的病很难治好了，看到年幼的儿子、有残疾的父亲、年迈的祖母，心里像刀割一般疼痛。黎鵏正知道如果自己不在了，家里的天可能会塌，他非常希望妻子能撑起家里的天，不过想到妻子还很年轻，让妻子守寡留在家中孝敬父母及祖母有些自私，一直没有把心中的想法对妻子说。

黎鵏正的父亲、母亲看到儿子的病治不好了，也悄悄商量起了以后的日子怎么过，他们也不忍心把年轻的媳妇留在黎家守寡。有一天，黎鵏正把妻子叫到了床边，还叫来了父亲和母亲，眼里流着泪，大口喘着气说："父亲！母亲！我的病治不好了，孩儿不孝，我走了以后，两位老人，还有祖母，只有靠你们自己养活自己了。我的妻子是一个好妻子，你们的好媳妇，我走了以后，求你们不要难为她，随她心意改嫁，我只希望她，不！是求妻子把年幼的儿子养大成人，并且让他永远姓黎，父亲母亲，好妻子，你们能答应吗？"

黎鵏正的父亲抢过话头说："孝顺儿子，好儿子！你放心吧，如果有一天，你真的不在了，我绝不会难为你的妻子，同意她改嫁。我们会养活自己，照顾好自己的。好儿子，你的妻子是我们的好媳妇，我们也希望她能找到一个好人家改嫁，带好我们的小孙子。"

听了丈夫的话，黎罗氏已经是泪流满面，她痛哭失声，扑倒在了丈夫身上，听到了公公的话，挣扎着爬了起来，到了公公婆婆面前，"扑通"一声跪下来，哭着说："公公、婆婆，你们错看我了，如果鵏正真的不在了，我仍然留在黎家，既给你们当儿子，也给你们当媳妇，给祖母养老送终，孝敬你们一辈子，我还会带大你们的孙子，让他读书，将来撑起黎家的天来……"

黎鵏正长长地叹了一口气，说："好妻子，我懂得你的心，可是，我不在了，你一个弱女子拿什么来支撑我们黎家啊，你只要带大我们的孩子就行了，我不会怪你改嫁，离开黎家的。”

黎罗氏扑通又跪在了丈夫床前，流着眼泪说：“鸫正，我的好丈夫，我向你发誓，将来不论你在不在，我都不会离开黎家，不会抛弃公公、婆婆和祖母不管，永远不会离开黎家……”

不久，黎鸫正走了，永远离开了父母，离开了心爱的妻子和年幼的儿子。

黎罗氏强忍心中的悲痛，和公公婆婆一起料理了丈夫的丧事。她遵照丈夫生前自己的承诺，没有起过改嫁的念头。丈夫不在了，公公有残疾，行走不方便，黎罗氏托父亲把丈夫生前经商存留在家中的货物卖了，还清了丈夫经商及治病欠下的债，为了今后一家人的生活，收回了以前租佃给人的五亩田土，把儿子托给婆婆照看，扛起锄头，捞起裤脚到田里耕种。一些邻居见了，摇头叹息好心劝她说：“黎罗氏，你一个弱女子，怎么干起下田种地的苦活，带着儿子改嫁吧，另外找一个好人家，让男人养活你和儿子。”

黎罗氏笑了笑说：“我不怕苦，男人能干的事，我也能干。我在丈夫生前发过誓，要好好孝敬公婆和祖母，带大孩子，我不会抛弃他们另嫁他人的。”

黎罗氏跟从前一样，在家里孝敬公公婆婆和祖母，在田里干活回来，不论多么累，她都要给行动不便的公公打洗脸水、洗脚水，婆婆做好了饭，黎罗氏总是先给公公婆婆和祖母盛好饭，把好吃的菜夹进三位老人碗中，公公婆婆和祖母吃完了饭，自己才带着儿子吃饭。丈夫不在了，家里没有经商的收入，没有了钱。黎罗氏便制了纺车、织布机，她白天到田里干活，晚上守着一盏桐油灯纺线织布，然后把织好的布拿到乡场上卖，把卖布的钱买了好吃的拿回家孝敬三位老人。

黎家仍然跟黎鸫正在的时候一样，充满着浓浓的爱意和亲情。

黎家附近有一户姓金的人家，金老大是一个勤劳忠厚的种田人，看到黎家一个女人种五亩田土非常辛苦，常常来帮忙，刚好金老大的妻子两年前死了，于是有人想把金老大和黎罗氏撮合在一起，找了媒人到黎家说媒。可是，不论媒人怎么劝说，黎罗氏都摇着头婉言谢绝，她始终遵守丈夫生前自己的承诺，替丈夫孝敬三位老人，带大小孩。黎罗氏白天下地干活，晚上纺纱织布到深夜，维持一家人的温饱，有了好吃的、好穿的，先孝敬老人，再给孩子。有一年天旱，收成不好，黎罗氏自己吃糠和野菜，把粮食让给三位老人和儿子吃，她瘦了，脸晒黑了，手粗糙了，失去了女人的美，却赢得了周边不少人的赞扬。后来，祖母死了，公公也死了，黎家只剩下黎罗氏和婆婆。后来孩子大了，很有出息，果然撑起了黎家的天。

黎罗氏一个弱女子孝敬公公婆婆和祖母三十多年的佳话，传了一代又一代。

方家沟百姓反叛

清道光十八年（1838 年），川黔边境一个叫方家沟的地方发生了数百名百姓反叛朝廷、抗拒官兵达三个月之久、杀死了多名前去镇压的官兵将领及数百名士兵的事件，震惊了川黔两省。

距离贵州省仁怀县温水场不足十里有一个地方叫铁匠坝，离綦江石壕场也不远，家住在铁匠坝上有一个叫穆继贤的人，家中有田有地，生活还算富裕。离铁匠坝七里地有一个谢家坝，坝上有一户人家，当家人叫谢士伦，女儿叫谢昭，许配给附近一个叫穆开先的青年。清道光十七年（1837 年）七月的一天，谢昭忽然称自己是观音佛祖下凡，要辅佐真主做皇帝。消息传开，周围不少百姓相信了。

谢昭称自己神人附体，这是谢家及周围一些不满官府残酷压榨的百姓想借此号召百姓反抗朝廷的托词。清朝后期，朝廷黑暗，官僚贪赃枉法，特别是川黔边境山高林密，地势偏僻，土地贫瘠，种地人家一年从春干到冬，脸朝黄土背朝天，辛辛苦苦，仍然吃不饱、穿不暖。加上官僚及豪强认为天高皇帝远，欺压百姓为所欲为。一些老百姓非常希望改变现状，于是产生了反叛心理，而一些心怀不轨的人，正好借助百姓的反叛心理，以此实现自己称王拜相、建立小朝廷的梦想。当时科技不发达，民间普遍认为主宰世界的是神，十分相信神的话，遵从神的旨意，一些想鼓动百姓跟随自己反叛官府的人常常借着神的名义发出号召，亮出反叛的旗帜。

因为谢士伦曾经把女儿谢昭拜给附近一个叫赵国标的人做干女儿，谢昭又被取名叫赵国英。谢昭称自己是神，于是，谢、赵，以及谢昭未婚丈夫穆开先的家族不少人拜起了神，居住在铁匠坝一个叫穆继贤的人也随着谢昭拜起了神，他们借拜神把铁匠坝以及附近方圆十多里地的老百姓聚到了一起，秘密准备起兵反叛朝廷。不料谢昭、穆继贤等人的拜神行动引起了当地官府的注意，仁怀县令王鼎彝吩咐将穆继贤、穆开先传去县衙门讯问，因为没有拿到他们反叛朝廷的证据，无奈又把穆继贤、穆开先等受传讯的人放了。

道光十八年（1838 年）九月初九，穆继贤由仁怀县城返回家中，在温水场见到好友赵应松与谢士伦，秘密商量了举义旗反叛朝廷的事。穆继贤回到铁匠坝，一面杀猪宰羊大宴邻居，号召百姓起来反叛朝廷，一面让铁匠赶造兵器，称有菩萨相助，一定会造反成功，扶新主在成都登基。还封了一些首领的官职：谢士伦封为主子千岁，穆继贤封为困山大王，赵应松封为天保大元帅，谢乔姑封为佛手观音，等等。反叛百姓把一些布染了猪血包扎在头上，脸上涂成红色或黑色、黄色，竖起了反叛旗帜，并且到附近豪绅恶霸家，杀了豪绅恶霸，抢了家中财物，吓得一些平日欺压百姓的恶人纷纷逃离家乡，躲到仁怀或綦江城里去了。

仁怀县王县令得到温水附近发生百姓举旗造反的消息，非常吃惊。当时綦江的县令叫毛辉凤，听到消息也十分担心反叛百姓杀进綦江境内。重庆知府姓汪，听到消息也担心反叛百姓越聚越多，成了气候将威胁重庆安全，于是发文命令綦江知县务必同仁怀知县一起，把反叛的百姓剿灭在刚刚起事的时候，并派了一个姓朱的巡检赶到綦江协助毛县令剿灭反叛百姓。

道光十八年十月初一，仁怀、綦江的数千官兵把铁匠坝团团包围，加上附近百姓赶来看热闹，铁匠坝附近聚集了两三万人，黑压压一片。朱巡检和贵州官兵将领章讯看到铁匠坝不过十几间房屋，料定住不了多少人，因而判定反叛的人不会很多，大意轻敌。朱巡检还端了一把椅子坐在铁匠坝对面山头上，看着从铁匠坝屋里冲出来的脸上涂了红黑颜色的反叛百姓，和周边的人大声说笑。没有料到反叛百姓十分勇敢，行动迅速，挥舞着大刀很快杀到官兵前面，挥刀就砍，举起长矛就刺。

章讯来不及躲避，被长矛刺中，当场身亡。朱巡检吓得调头就跑，在手下兵丁帮助下，侥幸脱身。官兵及征调去剿灭反叛的民团乡勇死伤上百，加上围观百姓惊吓逃跑，相互践踏，也死伤了不少，官军大败，反叛百姓大胜。

铁匠坝百姓造反杀退了前去围剿的官兵，杀死了官兵将领的消息很快传到贵州、四川总督的耳朵里，两省总督非常震惊，责令遵义府、重庆府派出更多官兵围剿，务必将反叛百姓消灭，将反叛首领擒拿问罪。可是，官兵中多数是贪生怕死之人，很久没有打仗，平时也没有认真训练，战斗力很弱，将领及士兵都被脸上涂着红黑颜色的"神人"吓破了胆。在上司督促下，官兵们向铁匠坝进攻了几次，都被反叛百姓打退了，伤亡了不少官兵。

小小的一个铁匠坝，区区数百反叛百姓竟然让成千上万的官兵久攻不下。一些人以为反叛百姓真的有神人帮助，相互传说，有钱的豪绅吓坏了，不少人逃到綦江或仁怀县城，县城里的人又往重庆、遵义城里逃，四川、贵州两省总督都十分生气，认为川黔两省重兵久攻不下铁匠坝，有伤官兵的颜面。

铁匠坝的反叛首领穆继贤、赵士伦、穆孝等看到官兵围住铁匠坝，知道铁匠坝地势狭窄，况且粮草不多，不易久守。不过，他们都是没有军事经验的人，不知道该怎样应付官兵的围剿，后经商议转移到了地势开阔、粮草较多的方家沟，死守方家沟，等待第二年开春再进军成都。

穆继贤、穆孝、谢士伦、谢昭等率领反叛百姓转移到方家沟后，很快，被官兵包围。官府还从重庆、綦江运去了火炮，远远地用火炮轰击。

终于，穆继贤、谢士伦等人领导的反叛行动被镇压下去了。官府对参加反叛的百姓进行了血腥的屠杀，穆继贤、穆孝、谢士伦、谢昭等 24 人被凌迟处死，三百多人被斩首示众，官府一天就处死了参加反叛的三百多人，其中有四分之一是妇女。

石达开三攻綦江

石达开，广西贵县人，祖上世代务农，早年曾入私塾读书，因为家道衰落，中途辍学，后来刻苦努力，自学成才，能文能武，成为当地十分杰出的人才。清道光三十年（1850 年）参与洪秀全领导的金田起义，攻占天京（今南京），拥戴洪秀全当了皇帝，建立了太平天国。次年九月被封为翼王。后来太平天国领导集团为争夺权力与财富发生了内讧，东王杨秀清及一些将领在内讧中遭杀害，石达开也遭到天王洪秀全的猜忌。咸丰七年（1857 年）夏，石达开率领自己手下兵将四万余人离开天京，由于没有建立起根据地，只好在浙、闽、赣、湘、桂、川、黔、滇诸省转战。在川黔两省转战中，石达开曾亲自率领或由部属率领大军三次出入綦江县境。

咸丰十年（1860 年）春，石达开率手下太平军将士转战到广西省庆远府(今宜山县)，因严重缺粮，于是分兵活动。部将曾广依率大军进入贵州，辗转于二十多个州县。另一部将赖裕新率部取道黔西的仁怀、温水，进入綦江石壕场。七月下旬，赖裕新分兵由赶水、扶欢进入三江境内，大有攻占綦江县城之势。綦江知县杨铭甚为恐慌，急下令关闭城门，与手下幕僚指挥官兵乡勇分段固守城池，以阻止太平军攻占綦江县城。杨县令让人在县城内外“遍设旗鼓灯火，以张声势”，想让太平军知难而退，不要攻打綦江县城。

果然，太平军赖裕新见綦江县城防守严密，担心一时难以攻克，于是在七月二十四日晚往蒲河方向撤走。二十五日晨，太平军直趋万盛，击毙正在万盛会商联合民团抵御太平军的青羊市（今青年乡）团总。

太平军经过綦江时，因綦江连遭干旱，百姓生活艰难，于是一些年轻人争先恐后参加太平军，赖裕新部因此有发展壮大之势。三溪有一个叫申培元的读书人，出身贫苦，在赖裕新率部进占三溪时来不及远避，遇到了太平军，当太平军将领问他当地官兵守备情况，申培元告诉太平军将领：綦江战有备，三百梯高险难越。因为申培元担心太平军进攻綦江县城，百姓会遭战乱之灾，所以谎称綦江官兵有准备，意欲让太平军知难而止。可是事后三江乡团总竟然以“通贼”罪名将申培元绑缚到县城，杨铭将申培元杀害了。杨县令杀了好人，申培元无辜被害。

同治元年（1862 年）正月初二日，石达开亲自率领大军和赖裕新在湖北来风县会师，两队太平军会合后约十万余人。二月底，石达开率大军到达涪陵，连营二百里，声势很大，然后分兵向巴县、綦江、南川、江津等地进发。

石达开认真研究了川黔边境地形，认为綦江地处川黔边界，可能不为清军所注目，于是在三月初分兵三路向綦江进军，意欲攻克綦江，然后征集綦江河上的船只，顺江而下袭取重庆。石达开率大军昼夜兼程，经南川、万盛，直向綦江进逼。三月二十三日，石达开率大军抵达永丰，当晚在永丰场宿营，手下大队人马连续四日方才过完。二十四日，前锋抵达三角塘，太平军竖旗在三角场桥上，士气高昂，军容整齐，大有一战即攻下綦江县城的势头。

二十五日清晨，太平军抵达綦江城河对岸的石佛岗，战士“短衣短裤，手执长矛，军中号角呜呜，旗手执旗四绕”，声势很大。随即太平军士兵从龙宝石和上菜坝泅水过河，占据望鱼坎，接着在綦河上搭浮桥通过，大军从东、南、北三面将綦江县城围住。当天夜里攻打南门，因为早已得到太平军即将前来攻城的信息，官军作了准备，见太平军果然攻城，奋力抵抗，“城上矢石齐下”，太平军没有能够攻入綦江城内。

二十七日，太平军大队陆续到齐，四周连营百里。石达开住在沱湾万顺盐号，他在驻地门上贴上了“圣主本慈仁，只恨他污吏贪官，败坏二百余年基业；皇天隆眷顾，全凭我雄兵猛将，扫除一十七省妖魔”的楹联，气势逼人，綦江城内官兵乡勇吓得胆战心惊。

四月初三，綦江思里张先达率乡勇来援助綦江城里官军，攻打营盘山时被太平军击溃，死了 42 个人，监生李增荣、王三阳在混战中被杀死。

由于綦江县城地势险要，并且经过几次培修比较牢固，加上当时清朝政府宣传太平军个个是杀人魔王，吓坏了綦江城里的人。一些老百姓帮助官军守城，以致石达开率领的大军久攻綦江县城不下。当时清军大队援兵即将到达，为避免与清军的大部队作战，石达开指挥大军从綦江县城附近退走。七月二十五日，太平军大军逼近江津。八月初十攻江津大垭口，由于大垭口清军把守严密，太平军遂改道再次进入綦江县境。

太平军又一次进入綦江县境后，经三会、分水直向东溪进发。石达开大营设于东溪场，前队驻扎在青羊市，中队占据高庙场，后队驻三会场，并且派出兵丁在扶欢罗汪村等地筹集军粮，当时石达开手下的太平军号称二十万。与此同时，石达开在东溪镇大营召集太平军各将领开会商议，重新制订了进取成都的行军计划。

当年闰八月初六，清军将领刘臬司到綦江督战。石达开为了保存战斗力量，实现东溪制定的战略目标，避免与官军正面交战，毅然决定撤离东溪。闰八月初八日，他按照既定的行军计划和行军路线，率领手下兵马撤离綦江县境，进入贵州地域。

石达开大军及其部属在綦江县境三进三出，迫使清军官军疲于奔命。綦江官绅亦手足无措，陷于困境。交战中，官军和地方乡勇被击毙 432 人，仅綦江县城攻城战中，官兵即死亡 271 人。太平军伤亡也很大。

石达开率领的太平军因为较长时间流动作战，一直没有固定的根据地，筹粮筹款十分困难，将领和士兵长期得不到休息，战斗力下降，因而虽然人多势众，却连一个小小的綦江县城也没有攻下，最终失败了。

罗春堂修花门路

罗春堂又叫罗星，是綦江有名的文人，道光年间考取的举人。他是一个非常善良的人，孝顺父母，爱护兄弟姐妹。有一次，他的一个弟弟生了病，请大夫看了病，开了药方，药方中有一味药在当地药铺买不到，家里人十分着急。罗春堂连夜赶到县城，当时天色已晚，县城药店关了门，他敲开了门，可是，县城药店也没有他要买的那种药。罗春堂决定连夜赶到重庆城里去买，他在县城朋友家借了一个灯笼，点起灯笼连夜赶路，由于心里急，走得快，在过一个山梁时不小心跌倒了，灯笼从手里滚到了山崖下。罗春堂忍着痛爬了起来，可是灯笼没有了，只好摸黑赶路。这时刮起了风，下起了小雨，风带来了寒意，雨打湿了他的衣服，并且路更滑了。罗春堂实在没有办法再往前走，只好在路边找了一户人家借宿了一晚。

第二天天刚亮，罗春堂就起床准备赶路，房东老板劝他把夜里被雨打湿的衣服烤干，吃了早饭再赶路。罗春堂急着到重庆城里药铺买药，谢绝了房主人的好意，起身赶路了，又走了整整一天，终于来到了重庆城，找到了一家药铺，药铺里有他要买的药，不过价钱贵，罗春堂带的钱不够，买不到药，他头上急得冒出了汗。突然，他想起随身带的扇子，这扇子是一个十分要好的朋友送的，上面有唐代大诗人杜甫亲笔写的一首诗，十分珍贵。罗春堂一直随身带着，藏在贴身衣服的口袋里。为了买药，他拿出了扇子，想用扇子作抵押买药。药铺掌柜也是一个文人，看了罗春堂的扇子，同意用来做抵押买药。罗春堂有些舍不得扇子，十分犹豫，可是想到买不回药兄弟的病治不好，性命难保，终于咬着牙把扇子抵押在了药铺，买到药后，又赶路回了家，他的弟弟吃了药，病好了。后来罗春堂又专程赶到重庆城，赎回了自己的扇子。

罗春堂老年时曾经在綦江蒲河场一个叫花门的地方居住，他同情邻居中家里贫苦的人，常常拿出钱财帮助穷苦邻居，花门的人都称赞他是大善人。罗春堂还经常捐出钱粮修桥补路做善事，花门一带老百姓中至今流传着罗春堂捐资修路的事。

花门有一条通往蒲河场的山路，山路一边是奔流着的蒲河，一边是高高的山崖。山路忽而直上高崖，忽而下到奔流激荡的河流边。因为是土路，下雨天路上满是稀泥，行人十分难走，稍不小心就会跌下山崖，滚入河中，被汹涌的河水冲走。花门以及蒲河场上的人很想把山路修成石板大路，让走在路上的人不再担惊受怕。可是山路崎岖，修路要花不少钱，因此一直没有人敢出来领头修路。罗春堂住在花门的时候，不仅亲眼看到从花门到蒲河场的泥泞小路带给老百姓种种困难和不便，还亲身感受了这条路的泥泞难行，也很想出头募钱修路，不过他的一些朋友以及一些好心人听说了他想领头修路的事都来劝说，劝罗春堂想清楚修花门到蒲河场山路的艰难，知难而退。

罗春堂隔壁住着一户姓王的人家，由于家里贫穷，儿子快满 30 岁了还没有娶上媳妇，王老头的儿子十分能干，又懂得孝敬老人，曾经被附近一户人家看中，不过这户人家只有女儿，没有儿子，想让王老头的儿子做上门女婿。王老头的亲戚朋友知道了这件事，都来劝王老头的儿子答应这门亲事，不要错过了机会。可是王老头的儿子想到如果自己做了上门女婿，留下父亲一个年迈之人在家里孤苦伶仃怎么办，终于还是拒绝了婚事。罗春堂住在花门时和王家父子成了好朋友，他赞赏王老头儿子的孝顺。王家父子有了困难，罗春堂拿出钱帮助，有了空余时间，还把王老头或王家儿子请到家中，让他们讲一些当地风俗及乡间逸事。罗春堂还托人在自己家乡介绍了一个寡妇作王家儿子的妻子，双方很快定下了结婚的日期。

万万没有想到的是，一天王家儿子到蒲河场上置办结婚用品，不幸从蒲河场回花门的路上摔下山崖。王老头得到消息，带着人在山岩下找回了儿子，可是儿子已经摔成重伤。他拉着父亲的手，眼里流着泪，十分艰难地说："父亲，媳妇娶不成了，我走后留下你一个人孤苦伶仃，你要保重身体……"话还没有说完就咽了气。王老头扑在儿子身上大声痛哭，无论旁边的人怎么劝说也不从儿子身上起来。

罗春堂亲眼目睹了邻居王老头家这凄惨的一幕，也陪着流了不少眼泪，还拿出钱帮助王老头安葬了儿子。罗春堂被王家儿子摔下山崖丧生的事震动了，终于下了募钱修路的决心，他带头捐出了不少钱。花门到蒲河场上的路有十多里，而且在高高的山崖和湍急的流水之间，修路十分艰难，要花不少钱。于是罗春堂到一户又一户富裕人家劝募。他在綦江是出了名的写文章文采好道德也好的人，修桥补路做了不少善事和好事，一些富有人家看到他登门劝募，受到感动，尽家中所有捐出了钱粮。不过，也有一些特别吝啬的富有人家舍不得拿出钱财来修路，看到罗春堂来了，知道是来劝募的，关紧了门，不论罗春堂怎么敲门也不开。还有的人家放出了恶狗，不让罗春堂进自己家门。

罗春堂不管刮风下雨，还是烈日炎炎，天天出门劝募，走了一家又一家。他还让花门的百姓选出公正无私的人来管理募集到的钱财，请了工人来修路，罗春堂要求修路的人注意路的质量，过于陡峭的路段要弄掉高坎，填平低洼，铺路的石板要既平整又坚硬，把一块一块的石板铺整齐。罗春堂募钱修路花了一年多的时间，终于，花门到蒲河场的路修好了，修成了宽宽的石板大路，从花门到蒲河场，或者从蒲河场到花门，人们走在石板路上，再也不用担心会摔下山崖，或跌入河中。花门的人十分感激帮助他们修好路的罗春堂，一代又一代传说着罗举人募钱修路的故事。

罗小妹孝敬婆婆

明代末期，綦江县城有一个名叫罗文翠的秀才，他有个女儿，人称罗小妹。

罗小妹聪明能干，不但会做针线活，还会读书写字，同时罗小妹非常孝顺长辈。她有一个年迈的婆婆，经常生病。小妹尽心服侍婆婆，成天守在婆婆床前，端茶倒水。婆婆久病，整日闷闷不乐，唉声叹气，罗小妹便讲些故事逗婆婆开心。

由于罗小妹聪明能干又有孝心，刚刚到了谈婚论嫁的年龄，便有很多人家请来媒人提亲。可是罗文翠也十分喜欢自己的女儿，舍不得早早把罗小妹嫁出去，一直没有答应媒人所提的婚事。后来，县里面一个管教育的官员前来给县里一个叫王邦祯的秀才提亲。王邦祯家里贫穷，但学习勤奋努力，在县里秀才中成绩优异，并且忠厚老实。罗文翠也早听说王秀才是一个品学兼优、十分难得的人才，于是答应了这桩婚事，由于男女双方年纪都已不小，很快，罗小妹嫁到了王家，与王邦祯结成了恩爱夫妻。

罗小妹到了王家，尽心照顾丈夫，孝敬婆婆，每天想方设法煮些好吃的给婆婆吃，天冷了，早早地做好棉衣给婆婆穿。王邦祯也很爱自己的妻子，在外面办事时看见女人喜欢的东西，便买了拿回家送给自己的妻子，王家小夫妻男恩女爱，生活十分美好。

可惜好景不长，因为王邦祯为人正直，经常帮助受财主欺负的穷苦百姓写状纸到官府告状，于是得罪了当地一个姓冯的大财主。姓冯的为人阴险，暗中与山上强盗勾结。一天晚上，王邦祯有急事出门去办，在一条僻静的山路上被强盗拦住，尽管他努力反抗，可是一个文弱的书生怎么可能斗过凶狠的强盗，打斗中王邦祯被强盗推下山崖摔成重伤。罗小妹得讯后带了人急急忙忙赶到出事的山崖下，找到了身受重伤的丈夫。罗小妹请了大夫为王邦祯治伤，不过因为受伤过重，王邦祯还是死了。临咽气，丈夫拉着妻子的手，告诉罗小妹自己是被强盗推下山崖的，而幕后主凶可能是姓冯的大财主，要妻子想办法为他报仇。

罗小妹含着眼泪埋葬了丈夫，便到县大堂状告姓冯的财主雇凶杀人。可是她拿不出确切的证据，县大堂没有收罗小妹的状纸。罗小妹为丈夫报仇心切，并且决心很大，她写了鸣冤求助的文章，每天清早出门，高举着跪在大街上，恳求了解丈夫被害内情的人站出来作证，让行凶歹人受到惩罚，让被害的丈夫冤情得申。罗小妹在綦江大街上跪了一天、两天、五天、十天，终于感动了一个知道姓冯财主勾结强盗内幕的人，站出来愿意作证。县太爷接下了罗小妹的状纸，并且也被罗小妹替夫报仇的真情感动，拒绝了冯财主的托人讲情及送钱行贿。县太爷秉公审案，依法惩办了买凶害人的冯财主，还派出衙役抓捕了杀害王邦祯的强盗，依照法律条文给予严惩。

罗小妹为丈夫报了仇，申了冤，因为告状打官司花了不少钱，欠了债。为了还债，罗小妹卖掉了王家仅有的几亩田产，没有了田产租金的收入，本来就十分贫穷的王家更穷了。这时，王家只剩下罗小妹和年迈的婆婆，婆婆看到媳妇替自己儿子报仇鸣冤，已经吃了不少苦，受了不少累，不愿意让媳妇再守在王家跟着自己受苦受累，想劝罗小妹趁人还年轻，改嫁他人。

一天晚上，婆婆将媳妇叫到自己房间，拉着罗小妹在床前坐下，流着眼泪说："好媳妇，你嫁到王家吃苦受罪了，我儿子邦祯的仇已经报了，他在地下也应该闭上眼睛了，你还年轻，另外找个好人户嫁了吧，没有必要陪着我这老婆子受苦受累。"罗小妹眼里流着泪说："婆婆，是不是我有做得不好的地方，你生气了，要赶我离开王家？"

婆婆一把抱住了媳妇，哭着说："好媳妇，你心好，人善良，没有做不好的事情，我是不愿意让你跟着我在王家受苦，趁年纪还轻，找一个好人家改嫁吧！"

罗小妹摇了摇头说："婆婆，您年纪大了，如果我改嫁走了，谁为您挣钱买米买菜，您生了病，谁为您请大夫看病，婆婆，我不能丢下您孤苦伶仃一个人受苦，婆婆，我不能改嫁，我要像邦祯在世一样好好服侍您一辈子！"

婆婆长长地叹了一口气说："好媳妇，你是个女人，怎么能挣钱来养活我们两个人啊？"

罗小妹笑了笑说："婆婆，我虽然是一个女人，肩不能挑，手不能拿锄头，但是我能够纺纱织布，同样能挣钱，婆婆，您放心，即使千难万难，我也不会让你挨饿受冻。"

罗小妹的父亲罗文翠见女婿死了，王家只剩下自己的女儿和年迈的婆婆。俗话说，儿女是父母的心头肉，他也不愿意罗小妹留在王家受苦受累，派了人要把罗小妹接回娘家。可是罗小妹不愿意丢下婆婆一个人在王家，拒绝跟着来接她的人回娘家。罗文翠心疼女儿，一次又一次派人去接，罗小妹终于回了家，她对父亲说："现在王家只有我和婆婆两个人，我不能丢下年迈的婆婆不管。"罗文翠也是一个明理人，他被女儿的孝心和善心感动了，同意女儿回王家，隔十天半月派人给王家送吃的、穿的，帮助自己的女儿服侍婆婆。

罗小妹留在王家尽心尽力服侍年迈的婆婆，她纺纱织布，拿到街市上卖，挣钱买米买油，维持家中她和婆婆的生活。罗小妹心灵手巧，还给人绣花，每天清早天不亮便起身，煮好早饭请婆婆起床吃饭，除了一天三顿饭服侍婆婆吃，有了空便纺纱织布或给人绣花，有时候纺纱织布绣花到深夜。

罗小妹尽心服侍年迈婆婆的事迹，感动了綦江城里很多人。

杨隆喜造反称王

清咸丰四年，贵州桐梓人杨隆喜造反，因为綦江与桐梓相连，因此杨隆喜造反让綦江人受到惊吓。

杨隆喜曾在官府当过衙役，住在贵州桐梓一个叫九坝场的地方，家中十分富有，与当地有钱人经常来往。清咸丰四年，九坝场来了一个姓朱的人，自称是上帝派下界拯救百姓的。遭百姓报官，官府派人捉拿，杨隆喜将姓朱的人藏在家中逃脱了官府的捉拿。后来姓朱的人称杨隆喜也是上天派下凡间拯救受苦受难的百姓的。于是不少百姓聚在杨隆喜和姓朱的人周围，杨朱两人势力越来越大。当年冬天，打出了反朝廷反官府的大旗。桐梓和綦江土地相连，杨隆喜打出造反大旗，一些綦江百姓也前往参加。造反的百姓抢了当地豪绅家的钱粮，让不少綦江的豪绅也心惊胆颤，一般的百姓害怕官府与造反队伍交战受到伤害，与桐梓相连的石壕、安稳以及赶水、东溪的一些地方百姓也逃离了家园。

杨隆喜打出了造反大旗，消息传到重庆府及遵义，官府派兵前往围剿造反的百姓，綦江知县郑兆荃带着兵丁、团防一起前往围剿，遵义桐梓官府也派出兵丁前往围剿。当时正是冬天，而且特别寒冷，杨隆喜手下的造反百姓和前去围剿的官兵都冻得拿不起刀枪，因此战事久久不能结束。直到第二年春天，綦江遵义官府派的兵丁才将反叛平息，杨隆喜以及姓朱的人在战斗中被杀死。

邹辰保反叛官府

清朝后期，官府腐败，残酷压榨百姓，百姓生活艰难，反叛朝廷的事经常发生。咸丰三年，綦江、桐梓边界发生了百姓造反的事，官府好不容易平息了叛乱。仅仅过了两年，綦江和贵州交界的桐梓地区又发生了桐梓泸西人邹辰保反叛朝廷及官府的事。

邹辰保家中十分富有，父亲绰号邹十王。是当地很有影响的人，常常带领当地百姓抗拒官府苛捐杂税，惹得官府十分头痛。桐梓杨隆喜造反，曾经派人暗中邀约邹辰保一起反抗朝廷。邹辰保看到四川、贵州两省官兵前来围剿，没有敢轻举妄动。

九月，邹辰保听说綦江、桐梓边界一带百姓起义反叛朝廷的事一起接着一起，绥阳吴大刀造反、正安康四康五造反，惹得官府无法派兵镇压。他觉得时机已到，于是打出了反叛朝廷的大旗，随他造反的百姓不少，占据了川黔边境一个叫周市坝的地方。

邹辰保很会用兵打仗，很少与官府派来围剿的官兵正面交锋，官兵打来。躲进深山老林，官兵退走，他再寻找机会偷袭。惹得围剿的官兵防不胜防。川黔边界的百姓造反，弄得官府十分头痛，朝廷下令四川、贵州两省官府派出重兵围剿。邹辰保率领的反叛民众寡不敌众，在朝廷大军围剿中，终于失败。邹辰保在战斗中身亡，家中妻儿被官兵捉住杀害了。

霍敬修募桃源桥

桃源桥在綦江永里金兰坝（现在万盛经开区），是当时一个叫霍敬修等人募资修建的。

当年，金兰坝是一个非常美丽的地方，四周树木茂盛，中间有一个小小的村庄，住着二十多户人家，这些人家都很富有，生活过得十分舒适。不过金兰坝通往外面的路很不好走，因为金兰坝四周除了树林，就是一大片湿地。金兰坝通往外界的路要经过湿地，湿地里到处都是水，走在路上稍不小心就会掉进沼泽里。特别是老人和小孩走过湿地，往往要弄得衣服湿透。因此，金兰坝上的老人和小孩很少走出金兰坝。

清朝咸丰三年，金兰坝出了一个叫霍敬修的人，他看到进出金兰坝的小路要经过湿地，十分难走，于是下决心修建一座跨过湿地的桥。他的家人及邻居都觉得修桥不易，要花很多钱，劝霍敬修慎重思考。霍敬修也知道自己家里不是十分富有，拿不出修桥的钱，不过他修桥的意志十分坚决。他到富有人家一家一家去募钱，受了很多苦，费了很多口舌，还被一些富有人家的狗咬了好几次。终于募了不少修桥的钱。霍敬修自己也拿出了不少钱，终于修好了金兰坝跨过湿地的桥。他给桥取名为桃源桥。

有了桥，金兰坝的人通过湿地方便了，他们十分感谢霍敬修。

罗星编《綦江县志》

罗星（1777 年至 1858 年），字稼崖，又字灿之，号春堂，綦江永里黄沙坎（今綦江区永城镇黄沙村）人，为嘉庆、道光年间邑中名儒，也是第一部成书的《綦江县志》编撰者。

罗星出生书香门第，自幼熟读经书，16 岁入县城瀛山书院深造，20 岁入县庠为弟子员，24 岁赴省城乡试后，复肄业于锦江书院。可惜科场不利，直到 44 岁才考中举人，后入京会试又未考中，于是淡泊名利，隐居山村授教著书。县里进士伍辅祥、伍浚祥以及举人吴泽棠、巴县举人张文思等都曾经是他的学生。道光十四年乡试前五名中，就有两人是罗星门生。星闻而叹曰："竟道老夫衣钵好，五魁分半在门墙。"

罗星生性好学，博览群书，积学甚厚，知识面广。每挑灯夜话，累累如贯珠，听者眉飞色舞，不知其从何处得来。道光五年（1825 年）夏，知县宋灏见《綦江县志》稿"残缺错谬，不可卒读"。乃筹集经费，设立修志局，招县里秀才陈师孝等 21 人分头采访，督办分校，礼聘县孝廉罗星专任编辑。经过 100 多天的旁搜博采，校正核实，编写缮正，最后完成《綦江县志》12 卷，共 26 个志。道光六年刻版成书，这是道光年间綦江县刊印成书的第一部县志。本志有 23 人参修。

道光十五年（1835 年）春，知县邓仁坤聘罗星任编辑，在原志的基础上进行增修。经过 3 个月的时间完成，篇目照旧，内容增加十分之二三。该增修本有 12 人参修。

同治二年（1863 年），知县杨铭为补记道光十五年后近 30 年的史实，先请邑进士伍纬东专责补修。伍纬东病逝后，又请进士伍睿祥总理其事，并延聘国学生罗庚仪、邑贡生代琛、邑孝廉王在隆，根据史实，收集编纂。凡有光大邑乘之人和事，皆搜罗采访，在原志各篇目之后附载无遗。该补修本有 28 人参修。

罗星编写的《綦江县志》刊印后经过三次补修、增补，终于成为流传至今的道光《綦江县志》。

罗星关心狱中人

罗星一生十分关心生活艰难受苦的老百姓。有一次，他遇见一位受冤入狱的穷苦百姓，听说狱中关押的人生活十分艰难，吃不饱，身上衣服单薄，冬寒天冷得一天到晚颤抖不停，特别是受冤屈被关押的穷苦百姓，没有钱贿赂狱中牢头，受的苦更多。

罗星决心去狱中看看，了解一下狱中穷苦百姓的生活，他用钱买通了一个牢头，进监狱，果然看到监狱中穷苦百姓生活在水深火热中。罗星十分同情狱中受苦受难的老百姓，写了一篇《狱囚词》，写出了狱中穷苦百姓的生活，罗星在文中写道：监狱"四壁不通风"，犯人"未死先就木"。"迁之古墙阴，不辨昏与旭"，监狱像"牛圈与鸡栖，腥秽流沟渎""天听既已远，嗥鸣益鞭扑"。

罗星在《狱囚词》中用悲愤的词语写出了狱中关押的穷苦百姓苦难生活，表现出他对穷苦白受屈的百姓的关心。《狱囚词》写出来后，四处传看，不少人对官府酷待被关押的穷老百姓表现出了极大的愤怒，官府对罗星写《狱囚词》揭露监狱被关押人所受的非人待遇十分恼火。因为罗星是一个举人，在当时社会有一定地位，官府不敢对罗举人有报复行动。

罗星写的《狱囚词》在綦江社会上被人广为传阅，官府害怕遭到社会人士广为反对，不得不稍微改善了一些狱中穷苦百姓的生活。

伍辅祥勘明边界

明朝及清朝咸丰年间，綦江与贵州桐梓边界不清，引起两地居民生产生活诸多不便。

居住在綦江桐梓交界地的老百姓，不能明确地知道自己是哪个省，哪个县的，官府前来征收粮食税的时候，綦江的官府认为大片土地是綦江的，向老百姓征收了官税。桐梓官府认为大片土地是桐梓的，也要老百姓上税，害苦了这些地方的老百姓。

一些歹人做了坏事，杀人抢劫。綦江的官府前来捉拿，歹人逃往桐梓地界。由于那时各地官府各自管辖自己区域，綦江官府不能到桐梓地界捉拿歹人，做了坏事的歹人就逍遥法外了。同样，在桐梓地界做了坏事的歹人逃到綦江地界也就不受到惩罚了。边界不明，各地官府只管自己地界的事，害苦了平常百姓，让歹人做坏事后逃脱惩罚。

清朝咸丰五年，出身綦江的朝廷御史伍辅祥了解了綦江、桐梓边界不明的情况，向朝廷写了奏章《请饬令划清黔蜀疆界》，希望朝廷派官员划清綦江、桐梓边界。终于，朝廷派来了官员，划清了綦江、桐梓的边界。两地群众生产生活秩序得以恢复。

伍辅祥变通盐法

盐和铁是老百姓生活中的必需品，特别是盐，一个人一日三餐都需要盐，没有盐要吃淡食，人的身体健康会受到很大影响。古时候綦江县境内有一个盐井江，据说很早以前生产过盐，可是明清时候已经不产盐了，綦江所需的盐须从自流井、富顺一带运来。

由于盐和铁在百姓生活中非常重要，不可缺少，古时候长期由官府监督经营，或者由官府自己经营，从中收取巨额盐税、铁税和利润。

清朝初期官府没有自己经营盐业，朝廷推行“盐引”制度，商家凭在官府领取的“盐引”在产盐处购盐运回经销地销售给百姓，官府根据经销地人口多少计发“盐引”，同时也依据盐引收税。清朝雍正年间，綦江人口不多，根据人口计算发给盐引 60 张，每张每年可购盐 50 包，每包重 135 斤。当时担任綦江县令的是湖广人唐有勋，他公开招标，綦江富商石为清中标充当綦江盐引商人，带着盐引在四川射洪、蓬溪、三台、富顺四县采购食盐，路上官家哨卡验证盐引和所运的盐数量相符便放行。县衙门在东门外水码头设立盐关，查看盐商所持盐引及盐包数目，数量相符的放行，多余“盐引”的盐和没有盐引的盐被称为私盐，官府稽查私盐，罚款或没收。对于有盐引的盐，官府按每张盐引征收正税银三两四钱五厘，征收羡余银五两三钱三分四厘六毫，征收截角银六钱。盐引商人每次在盐厂购盐后用船运至长江南江口，再逆水而上运到綦江，经盐关验证，起运上岸卖给百姓食用。后来綦江百姓多了，60张盐引不够供应百姓食用了，经两次申请增加了125张盐引，清乾隆三十年（1765年）左右，綦江全县每年需用185张盐引配给的食盐。石为清逝世后富商刘荀英顶替他做了盐引商人，刘荀英逝世后富商任仕瑶顶替做了盐引商人，任仕瑶逝世后戴兆梅接替。由于官府征收的盐税越来越重，清乾隆五十一年（1786年），戴兆梅辞去了盐引商人，綦江城里找不到人顶替，只得委托贵州盐商富顺人朱明辉、范云集顶替。

当时不少从四川贩盐到贵州的商人经重庆、江津过綦江运盐到贵州桐梓、遵义一带，每年从綦江运往贵州的盐约有2000张盐引所配给的盐。不论是销往綦江本地的，还是销往贵州的都需在綦江缴纳盐税，每年綦江盐关征收的盐税有数万两银子。到了清道光、咸丰年间，帝国主义列强入侵，朝廷既要应付赔给帝国主义列强的巨款，又要支付镇压农民起义的庞大军费，国库空虚，入不敷出，于是加重了各项赋税的征收，同样也加重了盐税征收，盐商又把加征的盐税转嫁在老百姓身上，以致盐价上涨，一些百姓吃不起盐。于是逃过地方盐税关卡，低价卖给百姓的“私盐”越来越多，不少人为生活所迫，也有人为牟取暴利，成群集队从盐厂购盐偷运到各地卖给百姓，由于逃掉了朝廷征收的巨额赋税，盐的成本低，自然比盐引商人卖的价钱低得多，贫困百姓愿意买。结果私盐越卖越多，盐引商人的盐卖不出去，朝廷收不到盐税，严重影响了国库收入。

咸丰年间，綦江籍御史伍辅祥回到家乡，目睹了私盐泛滥的情形，向朝廷呈上了《请变通盐法奏》的奏章。伍御史在奏章中陈述了私盐泛滥的情况，分析了原因，建议将按盐引征收盐税改为按盐灶（生产食盐的盐厂熬盐的大灶）征收盐税，盐厂生产盐需用盐灶，规定每灶每年征税数量，在盐出厂前就征收了税，运输销售时不再征税，不用担心私盐泛滥了。伍御史提出的建议对朝廷来说是一个好建议。

不过，清咸丰年间，朝廷腐败，民不聊生，再好的建议也没有用处，既帮助不了朝廷，也帮助不了百姓。到了清光绪年间，以“盐引”计税的方法终于再也无法推行，于是改成“官运商销”，不再发“盐引”让商家从盐厂购盐运回经销地卖给百姓，而是由官家直接从盐厂把盐运到经销地卖给盐商，再由盐商卖给百姓。不过这种办法虽然杜绝了“私盐”，保证了官府及朝廷利益，老百姓却再也无法买到低价的私盐，一些贫苦百姓无钱买盐，只得淡食。相关资料记载，新中国成立前中峰、石壕一带高山地区，食盐对于一些穷苦百姓是非常珍贵的东西，一些人家一年中大半年淡食，身体健康受到严重摧残。

田秀栗修遇仙桥

从前，綦江县城北门外有一座桥，名字叫遇仙桥。传说神仙张三丰曾经变化成一个要饭的叫花子到綦江城里来查访老百姓的生活状况，被人看破了身份，化成一条金龙腾空飞去。这件事传开了，小桥便被叫作了遇仙桥。

古时候，城市都修筑有城墙，为的是防止敌兵或强盗进攻，城墙修有城门，方便人进出。有的地方为了让城墙更能起到保护城内官员以及老百姓安全的作用，在城墙外修有深深的壕沟，又叫护城河，而在城门护城河上修桥方便人们进出，綦江县城北门外的遇仙桥便是这样的桥。

清朝同治十年的元宵节，綦江县城里的老百姓按照习俗玩龙灯耍狮子，想不到龙灯狮子耍到北门时，焰火引燃了街道旁边的一家鞭炮店。鞭炮着了火，“噼里啪啦”炸了起来，火越燃越大、越烧越旺，烧坏了不少房屋，还引燃了北门城外壕沟上的遇仙桥。因为当时遇仙桥是一座木桥，被烧坏了，桥断了。由于北门外壕沟上没有了桥，老百姓进出县城要绕到东门，有时候甚至要绕到南门，非常不方便，盼望着重新修好遇仙桥，可是綦江县衙门财力有限，拿不出钱来重修遇仙桥，甚至连烧毁的北门城楼也没有办法修好。

正当綦江城里的老百姓盼望着早日修好遇仙桥的时候，陕西城固县人田秀栗到綦江担任了县令，田县令看到綦江县城北门到东门很多房屋被火烧坏，只剩下残瓦断砖，一片焦土，一些房屋被烧的老百姓搭起茅草房，一家四五个人挤在用破木板搭起的床上睡觉，非常可怜。一天，田县令又到东门和北门一带查看，老百姓看到县大老爷来了，一个个围了上来，七嘴八舌地诉说着各自的痛苦。一个满头白发的老大爷“扑通”一声跪在了田县令面前，满脸是泪地说：“田大人！元宵节一场大火烧得我家破人亡，城门烧坏了，北门外的遇仙桥也烧垮了。我家本来住在城里做小生意，现在城里的房子烧了，小生意做不成了，只好到乡下租两亩山土种地。可是北门外的遇仙桥被烧垮了，出城种山土要绕到东门出城，翻山越岭，绕十多里路去种地，实在不方便。田大人，你能为我们重新修好北门壕沟上的遇仙桥吗，我给你磕头了！”一个老妇人也跪倒在了田县令面前，流着眼泪说：“田大人，刚才这位大爷说得对，求求你想办法重新修好遇仙桥，不然出北门办事绕路十多里，实在不方便！”

田秀栗听了老百姓的诉说，心里酸酸的，眼里也有了湿意。他的家原来也很贫穷，父母是种田的农民，从小受父母以及老师的教诲，人心要善，做官要爱民，多为老百姓做好事，做实事。田秀栗靠着自己勤奋努力读书考中了贡生，被分配到綦江县当县令。离开家来上任时，父亲拉着他的手教诲说：“儿啊，我们家是种地的，你现在当了官，即将成为一县之长，可是千万不能忘本，到了綦江要关心老百姓，关心种地的农民。”

田秀栗拉起了跪在身前的老人及妇人，大声说："大爷、大妈、乡亲们，你们放心，我一定想办法重新修好遇仙桥，让老百姓出行方便。同时，我还要想办法修好被烧坏的北门城楼，以防贼人攻城，保护城里居住的百姓安全。"

田秀栗视察了县城里被烧毁的北门以及北门外壕沟上的木桥，心里仿佛压上了一块大石头，回到县衙，赶紧让人找来了管钱粮的官员，询问县里粮钱情况，能不能拿出修复北门城楼、北门外壕沟上遇仙桥以及被烧坏街道的钱粮。管粮钱的官员听了县大老爷的询问，苦着脸摇起了头，回答说："大人，因为綦江县境内以及相邻贵州闹强盗，县里组织民团防盗保民，早把县里的粮钱花光了，现在已经拿不出钱粮修复北门城楼和遇仙桥了。"

田县令听了县衙里分管粮钱官员的回答，紧紧皱起了眉头，他刚到綦江，不了解綦江的情况，想不出筹集钱粮的办法，白天吃不好，晚上睡不着，一声接着一声叹气。县衙里的师爷知道了县大老爷的心事，给田秀栗出了一个主意，让他召集起县里有钱的绅士和财主，让绅士和财主捐出钱粮修复北门城楼和遇仙桥。田秀栗听信了师爷的话，让人找来了几位县里有钱的绅士和财主，可是绅士财主们听说让他们捐出钱粮，一个个都苦起了脸，说出了一大堆难处，不愿意拿出钱粮。

田县令见绅士财主们不愿意拿出钱粮，非常着急，他不愿意依仗官威强迫绅士财主们，无可奈何，大声哀求起来，说："诸位，为了早日修复北门城楼及遇仙桥，我向你们借钱借粮，写下欠条，以后用我的俸禄归还。"

县衙里的师爷感动了，站起身，长长地叹了一口气，大声说："各位绅士财主，田县令到綦江不久，愿意拿出自己的俸禄修复北门和遇仙桥。你们是土生土长的綦江人，难道不应该为綦江出一点力、做一点事？看一看田县令，他一心为民，一心为綦江，你们心里愧不愧？"

终于，一个绅士答应捐出钱粮了，接着又一个绅士答应捐出钱粮。田县令和师爷也捐出了钱粮。田县令让师爷找了綦江最好的匠人修复了被烧坏的县城北门城楼和遇仙桥，为了让遇仙桥以后不再被火烧，还把原来的木桥改成了十分牢实的石拱桥。

民国时期，綦江城北端修起了宽敞的公路，北门城楼和遇仙桥都不见了踪影，只留下遇仙桥的名字。

白号军围攻綦城

清咸丰年间贵州杨隆喜举旗造反，他死后起义百姓并没有散，而是躲藏在进深山老林或洞穴之中，等待时机以图东山再起，再度起兵反叛朝廷。

到了清同治年间，由于帝国主义列强入侵，清政府对外委曲求全，割地赔款，对内残酷压榨，加征赋税，引起百姓不满，川黔边境百姓再度举旗造反。起义农民用白帕或红帕、黄帕包头，时聚时散，寻找机会袭击官军，抢劫豪绅大户，人们称作“号军”，白帕包头的称作“白号军”，黄帕包头的称作“黄号军”，红帕包头的称作“红号军”，官府无力镇压，起义百姓的声势比咸丰年间更大。

杨隆喜的儿子杨三部统率父亲死后仍聚集不散的起义军，他们用白帕包头，被老百姓称作白号军。杨三部率领数万白号军，攻打川黔边境大小城镇，弄得官兵防不胜防。同治三年（1864年）杨三部率领手下白号军围桐梓，攻正安，十一月占领川黔边境南川、綦江的一些地方。

当时綦江的县令是杨铭。杨县令本来是一个十分能干的人，也比较关心百姓疾苦，同情贫苦农民，可是起义部队反叛朝廷，与官兵势不两立，他不得不想尽方法调兵勇镇压。闻知白号军进了綦江境内，杨县令赶紧调兵遣将，严加防守，同时向川东道、四川巡抚衙门呈文报告，希望上司派兵将来綦江帮助防守。

同治三年二月，杨三部率白号军三万余人从松坎直扑綦江境内的安稳、赶水。杨知县赶紧同驻扎在綦江的官军将领商讨如何调兵防守，不料杨三部率领的白号军进兵迅速，很快占领了赶水及扶欢一带。因为当地百姓生活贫苦，并且长期饱受官府苛捐杂税以及恶吏之苦，对官府抱有极度不满的人很多，于是争先恐后参加义军。这些人熟悉地形，并且长期生活在大山中，习惯走崎岖山路，连续多次打退了前去围剿的官兵。杨县令见派出的官兵屡战屡败，十分惊慌，慌忙在各地征调兵勇防守县城。

二月初六，杨三部率领的白号军从扶欢经盖石洞、三溪直逼綦江县城，占领了离綦江县城仅一里的沱湾，大军驻扎下来，准备攻打綦江县城。杨铭见白号军兵临城下，城中有钱的人十分害怕，赶忙召集城中有钱的绅士，加紧凑钱凑粮招募乡勇防守綦城。二月初七，白号军从沱湾走小路经后山居高临下准备攻城，城中的官绅慌作一团，杨县令命令官兵严加防守。不久白号军发起进攻，官军用西城炮台上当年邓仁堃铸的大炮轰击敌军，战斗十分激烈，白号军一次又一次攻城，均被官兵打败。双方都有很大伤亡。白号军武器简陋，没有攻城经验，久久攻不下綦江城。

这时，官府援军从江津到达了綦江县城对岸石佛冈一带，杨三部害怕官府援军渡河夹击，两面受敌会有大的损失，于是放弃了攻下綦江县城的打算，从北渡绕小路到了郭扶场，大部队仍然回到扶欢一带。杨三部看到扶欢地处川黔边上，前进可以渡过綦江河直逼綦江县城，退可回到贵州境内高山丛林，于是在扶欢坝修筑城堡，挖掘战壕，准备把扶欢作为根据地长期驻守，而且还让兵士在扶欢坝开荒种田，准备自种粮食供给兵丁食用。白号军在盖石洞架起了浮桥，以便大军从扶欢过浮桥到盖石，南到东溪，北上綦江。

白号军在扶欢一带驻扎时纪律好，不骚扰贫苦百姓，只向富有人家征收税赋，不收贫苦人家的，很得民众欢迎。

杨县令看到白号军占据扶欢一带，离綦江县城只有几十里路，随时可以直扑县城，心里不安。县中有人向他提出建议：石角刘罗坪山势高峻，并且紧挨扶欢坝，可派兵勇驻在刘罗坪，寻找机会杀下山直扑扶欢坝，击退白号军。杨县令让人带路悄悄上了刘罗坪，果然看到刘罗坪寨紧挨扶欢一带，山高路险，易于防守，同时可以居高临下窥视扶欢，寻找机会攻打扶欢坝上白号军。

于是杨铭在刘罗坪招募乡勇加紧训练，意图从高处直扑白号军扶欢大营，同时连续写文呈送上司。清朝廷为了消灭白号起义大军，下旨川、黔各地官军合围扶欢一带。贵州、四川的官兵遵旨到了綦江，占领了东溪、盖石洞，拆毁了綦江河上浮桥。刘罗坪上官兵乡勇居高临下直攻白号军大营，另有一股官车从石角经青羊市进攻扶欢白号军。

历时三个多月，在官军轮番围攻下，杨三部白号军终于被打败，退回了贵州境内，重新在高山密林中时聚时散，继续打击清朝廷的官兵。

王世珍赡养老母

道光年间，綦江县附里有一户姓王的人家，一天，这户人家的茅草房里传出女人凄惨的哭声。一个年轻的女人一面大声痛哭，一面大声呼喊着："娃儿他爹，你怎么丢下我们母子走了，娃儿这么小，家里又这么穷，以后让我怎样来养活我们的娃娃。"女人一直哭着，声音哑了，哭不出声了。旁边一些人家的人见王家女人哭得凄惨，忙赶来劝说。从白天到深夜，王家屋里一直响着哭声，夹杂着幼儿的哭喊声。

啼哭的女人是王家媳妇王冯氏，她嫁到王家才两年，和丈夫十分恩爱，婚后一年生了一个孩子，取名叫王世珍，这家人十分穷，家中没有土地，靠男人上山打柴挑到城里去卖，换钱养活一家人。不料十天前男人上山打柴时从山崖上摔下，邻居救回后，王冯氏到处求医，用尽了家里的钱，也没有治好丈夫的伤，终于，丈夫伤重而死。王冯氏在邻居帮助下埋葬了丈夫，王家的亲戚住得都很远，也都不富裕，没有办法照顾王冯氏和她的儿子，于是，王冯氏担起了养活自己和年仅一岁儿子的重任，她买来纺车纺纱织布，每天天不亮起身，除了煮饭和喂儿子的奶，其余时间都在纺纱织布，一直到深夜。一天又一天，一年又一年，儿子王世珍长大了，王冯氏变老了。

王世珍和邻居家一些小孩到附近场上玩，经过一个书馆的大门前，听到里面传出读书的声音，他好奇地走到门前探着脑袋朝里面张望，看到一个教私塾的老师正在教七八个学生读书。老师见王世珍在门外张望，走过来温和地问："你是谁家的娃娃，回去告诉家里父母，让他们送你到这里来读书认字。"王世珍回到家里，果然要求母亲送自己到学校读书识字。王冯氏也觉得应该送儿子上学读书，可是家里太穷了，没有钱交学费。后来，她卖掉了成亲时丈夫送的、丈夫死后留作纪念一直珍藏的一条项链，凑齐了学费，送儿子进了附近场上一家私塾读书。

不过，一个寡妇带着儿子生活实在太艰难了，王世珍只读了三年书，便没有继续读了，回到家里像父亲一样上山打柴，把打来的柴挑进城里卖了钱补贴家用。慢慢的，王世珍长大了，他十分聪明，见打柴卖挣不了多少钱，而做生意挣钱容易，于是凑了一些钱，又向朋友借了一些钱，当作本钱做起了生意。开始本钱不多，只能做小生意，后来赚了钱，本钱多了，生意也做大了。王世珍把家搬进了城里，娶了妻子，有了儿子。

王冯氏年纪大了，家里富裕了，用不着一天到晚纺纱织布了。王世珍深知自己年幼丧父，母亲养大自己不容易，他十分孝顺母亲，有了好布，先给母亲做衣服，有了好吃的，先让母亲吃。王冯氏一天到晚没有事做就逗孙子玩，媳妇也很孝顺她，一家人亲亲热热过得非常快活，周围邻居都称赞王家母贤子孝，是居家过日子的榜样。

王冯氏和儿子、媳妇、两个孙子快快活活地生活在一起。王家的生意越做越火红，赚的钱也越来越多。王世珍送两个儿子进学堂读书，他想让王家也有人考取科名，永远兴旺发达。

慢慢的，王冯氏老了，也许是年轻时过度劳累，种下了病根，年纪大了，病发了。开始，老人不想麻烦儿子媳妇，没有把自己有病的事告诉他们，可是病越来越重，终于卧床不起了。王世珍见母亲病了，心情十分沉重，赶忙请大夫给母亲治病。綦江县城的大夫号了脉，开了方，拿了药，却总治不好王冯氏的病。

王世珍见母亲的病情越来越重，把店里的生意完全托给了一个伙计经营，自己和妻子一天到晚为给母亲治病忙碌。每天清早，王世珍起了床便来到母亲病房，端来热水为母亲洗脸，把母亲晚上解大小便的便桶拿去倒了，刷洗干净，然后询问母亲想吃什么，煮来鸡蛋或稀饭，用汤匙一匙一匙喂给母亲吃。大夫前来看了病，买回了药，王世珍的妻子守着火炉把药熬好，用碗盛上端进婆婆房间，用嘴吹着把药水吹得温温的，然后喂给婆婆吃。有时候药水太苦，婆婆皱着眉头不愿吃，王世珍便在药里加了糖，媳妇再喂给婆婆吃。王冯氏身上的衣服脏了，要脱下来洗，可是她病得脱不下。于是，王世珍扶着母亲，媳妇帮助脱衣服。晚上王冯氏要洗脚睡觉，媳妇扶着婆婆的身子，王世珍为母亲洗脚。王家两个孙子也十分孝顺婆婆，每天从学堂读书回家，首先到婆婆屋里看望，帮助父亲母亲照顾生病的婆婆。

一天又一天，一月又一月，时间慢慢过去，王冯氏的病始终不见好，綦江城里的大夫治不好，王世珍赶到重庆城里请来大夫。可是，重庆城里请来的大夫也没有治好王冯氏的病。王世珍和他媳妇急得吃不好饭，睡不着觉。有一次，王世珍听说江津城附近有一个老大夫专门医治疑难杂症，不过不是交情好的人来请都不出诊。王世珍专程赶到江津，托朋友找到了与老大夫有交情的人，陪着一起到了老大夫家，说了不少好话，终于请老大夫到綦江为王冯氏看了病，开了方子，买回了药。

王冯氏病了三年，在床上躺了三年，王世珍和妻子细心照料了三年，王冯氏病重时在床上睡，在床上吃喝，也在床上拉屎拉尿。吃饭或吃药时，王世珍坐在床边，一手端碗，一手拿着勺子一口一口喂。王冯氏拉屎拉尿时，王世珍和媳妇一人端着屎尿盆子，一人抱着老人的身子，让王冯氏拉屎拉尿。有时候，王冯氏觉得自己生病太拖累儿子媳妇了，不想治病，不吃药了。王世珍耐心劝母亲吃药，儿子媳妇的孝心让王冯氏感动得流下了眼泪。

功夫不负有心人，在王世珍和媳妇细心照顾下，整整照顾了三年，终于王冯氏的病好了。王世珍和妻子孝敬母亲的事感动了不少人，他们的事迹传遍了綦江城乡……

吴氏尽心抚孤女

清朝同治年间，綦江三角场有名行善积德的吴家老爷吴世樊的女儿出嫁了，嫁给了秀才池增源做妻子。池秀才以前娶过妻子，还有一个小女儿。在池秀才的小女儿不到5岁时，妻子便去世了，没有了母亲的小女孩十分可怜。

吴家和池家是邻居，吴世樊的女儿见池家小女孩没有母亲照料，于是想嫁到池家做小女孩的继母。开始，吴世樊不愿意让女儿嫁给池家做后娘，可是经不住女儿再三要求，终于答应了。吴氏女到了池家，悉心照顾丈夫，抚养前妻留下的孤女。她心地善良，对待孤女就像对待自己亲生女儿一样。天气冷了给她添置衣服，家里有了好吃的，留给丈夫和女儿吃。周围邻居见了都夸吴氏女对待继女比对待亲生女儿还要好。

吴氏女和丈夫池增源夫妻恩爱，家庭和睦，日子过得红红火火。可惜天有不测风云，吴氏女嫁到池家不到两年，丈夫池增源突然生了重病，睡在床上起不来了。吴氏女到处求医，细心照顾生病的丈夫，近处的大夫治不好池增源的病，吴氏女就到远处的县城以及江津、重庆为丈夫寻求良医。

有一次，吴氏女在县城为丈夫买好了药，回家时天色已晚，并且刮着风，下着雨，吴氏女只能顶风冒雨往家走。她怕在路上把药弄丢了，便把药放在自己衣服里胸口处，路上不知摔了多少跟头，弄得一身泥水。吴氏女回到家后顾不得脱下身上满是泥水的衣服，急急忙忙生火为丈夫煎药，一直等到药煎好了，细心地喂丈夫吃了，她才换下满是泥水的衣服。这时天已经亮了。吴氏女顾不得一夜没有睡觉，十分疲倦，又忙着给丈夫和女儿煮早饭，照顾女儿穿衣起床。

还有一次，一个大夫为池增源开的药方里加了一种十分奇怪的药引子，即是最亲的人大腿上的二两肉，当时人们十分迷信，认为亲人身上的肉能当成药治病。池增源母亲早已去世，女儿年幼，最亲的人只有妻子吴氏女了，可是吴氏女既要照顾丈夫，又要照看女儿，一天到晚忙得没有空闲，如果割了大腿上的肉，行动不方便，怎么能再承担照顾丈夫和女儿的事呢？于是邻居们都劝她不要相信大夫的话，割下自己大腿上的肉做药引子。不过吴氏女为了救丈夫，相信了大夫的话，忍着剧痛，在自己大腿上割下了二两肉给丈夫做药引子，还忍着大腿伤口的剧痛，继续每天清早起床，照料生病的丈夫，照看前妻留下的女儿，煮饭洗衣，为丈夫煎药，忙个不停。

吴氏女远远近近请了不少大夫为丈夫治病，可是池秀才的病不但没有治好，反而一天比一天重，眼看着快要不行了。这时，吴氏女已经怀上了池家的孩子，一天，池增源把妻子和女儿叫到病床前，眼里流着泪，大口大口喘着气，对吴氏女说："我的好妻子，你嫁到我家受苦了，实指望夫妻恩爱，白头到老。等到女儿和你腹中之子大了，好好享享天伦之乐。可是，我病已重，恐怕在人世的时间不长了，我走了以后，你一个女人，如果既要照顾我前妻留下的女儿，又要照料你腹中之子，恐怕力不从心，你把我前妻留下的女儿送人吧，然后带着腹中之子改嫁！”吴氏女满脸泪水，摇了摇头说：“池郎啊，你放心养病，万一你不在了，我会带着两个孩子好好生活，绝不会把女儿送人的。”说着，一把抱过女儿，亲着女儿的脸蛋说：“好女儿，以后不管你父亲在不在，你都跟着娘，娘一定好好待你，把你养大。”女儿依偎在吴氏女怀里，哭着说：“娘，我的亲娘，我永远跟你在一起。”

不久，池增源去世了，吴氏女在邻居的帮助下安葬了丈夫，一个女人带着女儿和后来生下的遗腹子艰难度日。她对待自己亲生儿子和继女同样好，有时候对待继女甚至超过对待自己的亲生儿子。有一年冬天，吴氏女要为女儿和儿子做过冬的衣服，可是手里的钱只够为一个人做新衣，另外一个只能改旧衣服来过冬。吴氏女为继女做了一件新衣服，而为自己亲生儿子做了旧衣服改成的过冬衣服。儿子穿着旧衣和邻居孩子玩耍遭到嘲笑。哭着回家对母亲说：“娘亲，为什么姐姐穿新衣服，我只能穿旧衣服，邻居孩子都在笑我了。”吴氏女眼里有了泪花，把亲生儿子紧紧抱在怀里，说：“好孩子，娘不好，没有能力给你做新的过冬衣服。你是娘的亲生儿子，姐姐不是，要给姐姐先做新衣服，以后有了钱再给你做。”

有一年的春天，由于头年干旱少雨，年成不好，家里收的粮食不够吃，吴氏女便煮了两锅饭，让女儿和儿子吃米饭，自己吃红苕和野菜。为了不让两个孩子知道自己在吃红苕和野菜，吴氏女每顿饭都提前悄悄地吃了，然后再让两个孩子吃，不过时间长了，两个孩子终于知道母亲顿顿吃的都是红苕和野菜。

一天，吴氏女刚刚煮好红苕和野菜，两个孩子冲进了厨房，拿起碗就要盛锅里的红苕和野菜吃。吴氏女赶忙拦住了两个孩子，眼里流着泪说：“孩子们，你们都还年幼，正是长身体的时间，要吃好一点，娘已经是大人了，吃差一点不要紧。”女儿扑进娘的怀里，哭着说：“娘，咱们一家人，有苦有泪一起扛！”

吴氏女尽心尽力照顾丈夫前妻留下的女儿和自己为丈夫生下的遗腹子，吃了不少苦，受了不少累。她教女儿学针线，还教女儿认字，托了娘家哥哥举人吴泽棠教儿子读书，写诗作文。吴氏女的儿子十分聪明，同时学习十分用功，年纪不大便考取了秀才，接着到省城参加考试，考中了举人，池家有了后继之人。后来，女儿长大了，吴氏女请媒人为女儿找了个好婆家，也给儿子娶了妻，池家从此兴旺起来。

冯汝弼募建书院

冯汝弼，号补亭，云南昆阳州举人，乾隆四十九年任綦江县令，修建了瀛山书院。

书院是文人们读书求学的地方，綦江很早就建有书院。明代周作乐建有文明书院（县城北关外关王庙），清代陈燮坤建有明善书院（安里东溪场），同时清代道光《綦江县志》也提到建有文昌阁（县城北门外水口关）、育英书院、毓英书院等书院。

当时，冯知县见县里的学宫破破烂烂，于是向有钱人家募集了资金修整学宫。由于募集的钱多，修整好了学宫还有剩余，冯知县就用这些钱修起了书院，取名叫瀛山书院。书院有13间书舍，还有大厅。除了供读书人们读书讲学以外，县里来了重要的客人，节日文人们搞庆典也在瀛山书院里进行。到了清朝乾隆五十九年，与綦江交界的贵州一个叫老鸦窝的地方发生了老百姓私自铸造钱币的案件，当地官府派兵前往抓捕私铸钱币的百姓又遭到反抗，于是朝廷派兵前往镇压。当时綦江的县令叫吴巩，他得到了上级官员的通知，四川总督福制军要率领大军，经过綦江到老鸦窝围剿反叛的百姓。福制军是省里的大官，要经过綦江，并且可能在綦江居住数日，吴县令不敢怠慢，寻找福制军到綦江住的地方，想到了瀛山书院。

吴县令重新整修瀛山书院。经过昼夜赶工，瀛山书院被整修得焕然一新，还增添了房屋，扩大了规模。结果福制军并没有到綦江，吴县令白忙了不少日子。不过瀛山书院修得比以前更大更好，綦江的读书人有了比以前更好的读书地方了。

张先达平价售粮

张先达生，卒年不详，字德孚，綦江人，例贡生，家中富有，在綦江城郊有多处田产。

他从小读书十分努力，不到20岁便考中举人。但是父亲在他考中举人不久便因病去世，家中没有管理家务的人。张先达只好不再读书求取功名，回到家里管理家务。张先达很善于经营，和佃种土地的农户关系很好，经常关心农户家里的生活，农户家有人生病或遭遇不测之祸，总是拿出钱财帮助，农户知恩报答，不论丰年还是歉收年，按时缴纳租谷。因此在张先达的管理下，张家越来越兴旺发达。

张先达很有善心，肯帮助住家附近的穷苦人家，经常拿出钱财送给家庭困难的人。有的困难人家生了病无钱治，张先达知道了，或让家人送去钱财，或带着钱财亲自登门慰问。有的人家死了人没有钱安埋，张先达知道了，施给买棺木和安葬死者的钱。家乡的道路坏了，他拿出钱财雇人整修，还把十分难走的泥巴路修成石板路。此后乡亲们称他为张大善人。

清朝同治年间，綦江先遭旱灾，后遇水灾，粮食减收，粮价上涨，很多穷苦人家买不起粮，只能用红苕南瓜充饥。后来红苕南瓜吃完了，人们只得挨饿。张先达看在眼里，急在心里，思考着怎样帮助乡亲们度过灾年。有一天，他出门办事，看到一个邻居手里提着刚买回来的半袋米，唉声叹气往家里走。张先达关心地上前询问邻居为什么叹气。提着米袋的邻居摇着头，有些气愤地说："张家兄弟，那些米贩子个个都是黑良心，趁着灾年发黑心财，故意把米价抬了又抬，我带着买一袋米的银子上街买米，想不到米贩子提高了米价，买一袋米的银子只能买回半袋米了！"

张先达听邻居讲述了买米的遭遇，十分难过，决定拿出家里多年存积的粮食在市场上平价卖出，压低米价，帮助乡亲们渡过灾年。而平价售粮不仅要损失不少粮食，还断了米贩子的财路，得罪县里的米贩子，而米贩子多与官府有勾结，得罪米贩子就意味着也得罪了官府，朋友们很替张先达担心。一个朋友实在不愿意看到张先达为救济乡亲得罪官府而受到伤害，专程来到张家，劝张先达先不要忙着平价售粮，认真考虑一下得罪米贩子和官府的后果，权衡利弊再做决定。

张先达听了朋友的话，长长地叹了一口气说："的确，拿出粮食平价卖出要得罪不少人。不过看到近日市场上的粮价像断了线的风筝，一天一天往上涨，看到众多乡亲因粮价上涨，买不起粮饿肚子，我这心里仿佛有一锅滚油在煎。现在已经顾不了得罪人的事了。"

张先达拿出家里粮仓里的一千担稻谷，以比当时市场价格低三分之二的价钱卖出。挣扎在饥饿线上的穷苦乡亲纷纷涌到张家售粮的地方买平价粮食，伸出大拇指称赞张先达做了一件天大的善事，帮助了成千上万的穷苦乡亲不至饿死。不过，正如先前朋友相劝告的那样，张先达卖平价粮得罪了米贩子及米贩子背后的一些官府官员。

一天清早，张先达准备出门到粮市看卖粮情况。刚刚打开大门，发现自己家的大门外吊着一条死狗，死狗身上还贴了一张字条，上面写着："姓张的，如不赶快停止售卖平价粮，死狗就是你的下场。"张先达十分生气，不过他没有害怕，站在家门口大声喊道："平价粮我卖定了，想吓我害我的人，不论你们耍什么花招，打什么鬼主意，都吓不到我！"一些朋友得知有人在他家大门口吊死狗相威胁的事，十分气愤，有的报告了官府，有的搬到张家住，准备同张先达一起对付想害他的人。

张家附近的穷苦乡亲知道了有人威胁张先达的事，一个个都十分气愤，一些年轻人组成了保护张家的队伍，派出人日夜守护在张家附近，不准陌生人挨近张家。还在张先达外出时派人暗中跟随在他身后保护。俗话说：邪不压正。因为有朋友以及众多乡亲的帮助，那些想暗害张先达的歹人始终没有敢动手加害他。张家卖出的平价粮让市场上的粮价慢慢下降到正常合理的价钱，帮助众多的贫苦乡亲度过了灾年。

张先达家附近有一户人家，兄弟三个，租种着张家的田地，灾年田里没有收成，张先达便免了他们的田租，可是兄弟三人个个的饭量都很大，很快把家里的陈粮吃光了，想到市场上买粮食吃，家里又没有钱，无可奈何只好饿肚皮。张先达听说了此事，于是把这家兄弟三人找来，让兄弟三人每天到附近山上打柴，用打来的柴到张家换粮食，让兄弟三人有了饭吃，度过了灾年。还有一些人家，家里贫穷，又缺乏劳动力，灾年中既没有钱买粮食吃，也没有劳动力到山上打柴到张家换粮食，张先达便无偿地把粮食送到这些人家，让这些人家度过了灾年。正是因为张家拿出粮食帮助灾民，被灾民们称为张大善人。

张先达的儿子张继辉科举考试考中了贡生，被朝廷分派到贵州天柱、婺川等地做官。张先达在儿子离家上任时再三教导，做官要善待百姓，关心百姓生活，千万不能有半点贪心，还编辑了《历代酷吏》一书交给儿子，让张继辉在当官时以历代良吏为榜样，以历代酷吏为戒。正是因为有了父亲的教导，张继辉被他担任过知县、同知地方的老百姓称为青天。张先达还装扮成寻常商人，在儿子任官的地方暗中查访，得知儿子完全按照他的教导管理地方，终于放了心。

王氏舍命保家人

綦江地处川黔边境，由四川到贵州的大道从北到南穿过全境。清朝末年，太平天国石达开率大军三次过綦江，同时川黔边境一些起义反抗朝廷的义军也多次经过綦江，官兵追击起义军也常常经过綦江境内，老百姓深受兵灾之苦。

过路官兵中有一些掉队后，不愿再当兵上战场而逃跑的士兵，与老百姓中一些心怀不轨的人纠合一起上山当强盗。綦江高山密林容易隐藏歹人，因此綦江境内清代末期盗贼泛滥。强盗经常趁夜晚窜到居住在山里的老百姓家抢劫财物，强奸妇女，危害善良百姓。

綦江石角场附近蒲河边上有一个叫干坝子的地方，清光绪年间居住着一户姓胡的人家，丈夫叫胡达鹏，妻子姓王。过去女人没有名字，随夫家姓，胡达鹏的妻子就叫胡王氏。胡王氏是一个非常贤惠善良的女人，她上有婆婆、公公，下有两个小叔子，还有一个不到两岁的孩子。胡王氏孝顺公婆，平时端茶送水，饭熟了先盛了端给公公婆婆，公婆年纪大了，有时候想吃好东西，胡王氏想方设法弄来肉啊蛋啊煮熟给公婆吃。胡王氏对丈夫和两个小叔子也很好，小叔子年幼，有时贪玩，不愿做事，她从不责备，帮着做了公婆分配给小叔子做的事。胡王氏自己十分节俭，身上穿的衣服破了缝缝补补继续穿，却让公公、婆婆、丈夫和小叔子穿得好，穿得干净。

胡王氏孝公婆、爱家人，得到了附近百姓的赞扬，大家都说胡家娶了一个好媳妇，家和万事兴。

自从干坝子附近山里闹起了强盗，胡家和附近乡亲经常受到惊吓，有些妇女还被强盗抓上山，受尽欺辱。有的男人被强盗抓上山，强迫家里的人拿钱去赎。贫穷人家没有钱赎人，强盗会撕票，杀了抓去的人。胡家及附近住着的老百姓一天到晚提心吊胆，有钱或城里有亲戚可以投奔的人家，把家搬进城里避难。胡达鹏和胡王氏商量，也想把家搬到安全的地方，可是家里有老有小，城里没有可投奔的亲戚，同时手头紧，没有多余的钱，没有办法把家搬到城里。后来，他们在家附近找了一个石洞，洞里很宽敞，能住下十多个人，洞口在几丛荆棘后面，十分隐蔽，很难被不知情的人发现。胡家在洞子里藏了一些吃的东西，强盗来了便钻进山洞里躲避。

一天下午，胡王氏正在地里干活，突然一个邻居跑来告诉：“强盗来了，快躲起来！”当时她丈夫胡达鹏到石角场上办事，不在家，胡王氏赶紧安排两个小叔子抱着自己的孩子，带着公公婆婆躲进山洞，她收拾了一下屋里的东西，也急急忙忙往山洞里跑，不料迟了一步，被强盗发现了。几个强盗追赶过来。胡王氏心里有些慌，加快脚步跑，眼看快要跑到山洞，猛然，她停止了脚步，胡王氏心里想，如果继续往山洞里跑，强盗一定会发现洞口，洞里的公公、婆婆、两个小叔子、自己的孩子，或许还有其他躲藏在洞里的乡亲都会被强盗找到，受到伤害。特别是公公和婆婆，年纪大了，受不得伤害。于是，胡王氏决意让强盗抓住自己，不让强盗发现洞口，保护洞中的家人和乡亲。她没有继续往洞口跑，转了一个弯，往树林深处跑，胡王氏是一个弱女子，跑不过强壮凶狠的强盗，终于被强盗抓住了。凶神恶煞般的强盗要胡王氏说出乡亲和财物藏匿的地方。胡王氏摇着头不说，强盗生气了，拿来了绳子，把她紧紧地绑在一棵树上。

一个强盗恶狠狠地说："小女子，快说出这附近的人和财物躲藏的地方，说了我们就放你，其他人不知道是你说出来的，不会为难你。"

一个满脸横肉的强盗手里提着一根葛藤做成的鞭子，大声吼叫："我们早已经派人打探了，这附近有一个山洞，是这一带人们藏财物的地方，刚才你在前面跑，一定是想躲进山洞，快说，山洞在哪里，不说我就用鞭子抽你。"

胡王氏装出十分可怜的样子，流着眼泪说："大爷，我真的不知道什么山洞，这附近没有山洞，我说的是实话。"

强盗生气了，挥起葛藤鞭子狠狠抽来，胡王氏脸上出了血，身上也出了血，刺骨般疼痛。她紧紧咬住嘴唇，就是不说。

强盗正在用葛藤鞭子狠狠抽打胡王氏，一个强盗头目走来，让用鞭子抽打的强盗停住手。强盗头目走到胡王氏前面，用手摸了摸她的脸，装出一副大善人的样子说："哎呀呀，这么好看的女人，让你们糟蹋成这般模样，好可怜啊，快松了绑，扶到树林里休息。"果然，强盗为胡王氏松了绳子，一个强盗把她扶到附近小树林里空地上，让胡王氏躺在草坡上休息。胡王氏挨了打，浑身疼痛，躺在草坡上闭上了眼，心里庆幸遇到了有善心的强盗头目。她昏昏沉沉地正要睡着，突然觉得身上压了一个人，而且那个人正撕扯自己的衣服。原来强盗头目并不是发善心，而是见胡王氏长得还算好看，心生邪念，想强暴胡王氏，所以才让手下强盗放了女人。

胡王氏是一个很守妇道的女人，她宁愿死，也不能让坏人糟蹋自己，于是努力挣扎，想甩开压在身上的男人。可是强盗头目身壮力大，甩不掉。胡王氏急了，张开口咬住了男人的肩头，强盗头目痛得大声嚎叫，不得不爬起身，放开了胡王氏。

胡王氏又被紧紧地绑在了一棵大树上，强盗们弄来一些干柴堆放在她身边。强盗头目恶狠狠地大声嚎叫："臭女人，现在摆在你前面有两条路，一是说出附近山洞在什么地方，让我们找到财物，抓到躲藏的人；或者你从了我，从今以后做我的女人。如果两条路你都不愿意走，我就用柴火活活烧死你。"

胡王氏挣扎着说："烧吧，你烧死我吧，我不知道山洞在什么地方。即便知道了也不会告诉你，让你们去祸害其他乡亲。我也不会让你占有了我的身子，让你们这些坏人占了身子，坏了我的名声，不如让我去死。"

一个强盗装模作样地长长叹了一口气，假惺惺地劝说："小娘子，你可要好好想一想，年纪轻轻就去死，不值得了。你不愿意连累乡亲，就依了我们头目，做他的人吧，跟着我们吃香的喝辣的，过舒服日子。"

胡王氏用尽全身力气大声说："烧吧，快点火吧，我不会答应你们条件的……"

强盗点燃了柴火，胡王氏被烧死了，强盗走后，躲在山洞里的人出来找到了她的尸体，流着眼泪安葬了她。胡王氏舍命保家人、保乡亲的事，传遍了綦江，道光《綦江县志》记载了她的事迹。

费宾如慎断命案

清朝光绪四年，浙江人费宾如到綦江当了县令。费县令为人聪明机灵，关心百姓，特别善于审理疑难案件，为遭冤的百姓平反，让行凶作恶之人受到应有的惩处。

费县令刚刚来到綦江上任时，县城附近发生了一桩凶杀案，办案的差役搜捕凶手，奔波忙碌了好几天也没有抓到真正的凶手，也没有弄清楚凶手作案的动机。

被杀的是一个十三四岁的小孩，被害的地点是在县城通往乡村的一条大路旁边。据被杀的小孩家里人讲，小孩的父亲在县城做生意，小孩前往县城父亲的住地玩耍，父亲让他带了一千文钱回家。当时天色黄昏，家里人久等孩子不归，正准备到县城寻找，有人前来报信，孩子被杀死在了大路旁边。

费县令接到报案，急忙带着差役赶到案发现场，认真仔细地勘验了尸体，他观察周边情况，可是孩子被杀死在大路旁边，大路上来往的人多，加上发现小孩被杀后不少百姓前来观看，以致尸体周边被践踏得乱七八糟，寻找不到有价值的足迹。费县令紧紧地皱起了眉头，不过，他没有恢心，仍然耐着性子仔细察看尸体，忽然眼睛亮了，原来费知县看到了死者手腕处有 4 个十分模糊的血指痕，看样子不像是被害小孩自己的指痕，极有可能是凶手在与被害小孩抓扯时留下的。费知县十分高兴，不过害怕惊动凶手，他没有声张，只是吩咐衙役认真地看守着尸体，不准任何人翻动，到了深夜，费知县带了两个心腹，趁着观察尸体的群众散去，悄悄不动声色地收集了尸体手腕上血指痕的样本，带回了县衙。由于费知县做事十分谨慎，除了两个心腹，包括县衙里的衙役也没有谁知道费大老爷已经寻到了凶手的血指痕。

费县令推算出凶手一定会自己跳出来。他装出对破案并不十分关心的样子，只是派出几个衙役四处寻访，捉拿凶手。自己每天只是在清晨传齐衙役问事时，仿佛十分随意的样子，问一问破案情况，平时忙着做县衙里其他事情，好像并不十分关心破案。

办案的衙役东奔西走，很想早一点抓到凶手，破了凶杀案。死者家里的人，死者家的一些亲戚朋友都十分关心案子的侦破情况。特别是死者的一个远房叔叔，听到侄儿被杀的消息，连夜赶到凶案发生地，十分着急地询问办案衙役有关情况，帮着寻找杀人凶手。被害的小孩家有一个仇人，也是一个生意人，因为生意上的事情和被杀小孩的父亲发生过争吵和殴打。小孩被杀后，这个仇人不知什么原因躲进了县城附近的一座大山里，而且小孩被杀的那天傍晚，有人看见这个仇人急匆匆地出家往县城方向走，半夜时分神色慌张地回了家。第二天清晨，这个仇人就进了山，之后再也没回来。很多人怀疑这个仇人就是杀害小孩的凶手，办案的衙役也很想抓住这个人，再严加审讯，以弄清楚他到底是不是杀害小孩的凶手。可是大山里岩高沟深，加上无边无际的大森林，一个人藏在山里要找到仿佛在大海里捞针，很难办到。

正当办案衙役没有办法可想的时候，那个十分关心办案进展、被害小孩的远房叔叔找到了办案衙役，自告奋勇表示愿意带着办案衙役进大山抓捕被害小孩家的仇人。办案衙役相信了被害小孩叔叔的话，让他带路进了大山，费了不少力气，也走了不少冤枉路，最后终于抓到了被害小孩家的仇人。

办案衙役以为小孩被害的凶手已经抓到，案子破了，一个个都很高兴，把抓到的人犯五花大绑押回了县衙门，并且敲响了县大堂上的大鼓，催促县大老爷升堂审案。消息传开，綦江县城不少人前往县衙门观看审理小孩被杀案，县衙门大堂外挤满了人。

费知县不慌不忙地升了堂，他走下座位仔细观察了跪在大堂上的人犯，失望地摇了摇头。被害小孩家里的仇人看到县大老爷升堂问案，大声呼唤冤枉。费知县回到座位上坐好，态度温和地问："跪在堂下的人，你真的是杀害小孩的凶手吗？有什么冤枉从实讲来。"

小孩家的仇人哭丧着脸分辩说："青天大老爷，我没有杀人，也不知道小孩被杀的事，我进山是去收山货，不是杀了人躲进山，大人，我没有杀人。"

一旁办案衙役不耐烦了，大声回禀："大人，用刑吧，这个凶犯杀了人，不用刑是不会招供的！"

大堂外观看审案的人群中也有人高声呼喊起来："大人，办案差哥说得对，用刑吧，不用刑凶犯是不会招供的！"

堂上堂下一片吼声，催促费知县用刑。可是费宾如不仅没有吩咐用刑，反而高声吼道："审案不得随意用刑，我看这个人不像是罪犯，让他取保回家吧。"

办案衙役听到县大老爷吩咐让犯人取保回家，一个个吃惊地睁大了眼睛，张大了嘴巴。大堂外观看审案的百姓也非常吃惊，有的人责备费知县妄放杀人凶手，也有人称赞费知县不随便用刑冤枉好人。

被害小孩家的仇人被放了，办案衙役一个个垂头丧气，不过费宾如心里却暗暗高兴，他猜出真正的杀人凶犯就要自己送上门了。果然，这天傍晚，被害小孩的远房叔叔带着被害小孩一家以及一些认为县大老爷妄法断案、放走凶手的百姓，抬着被害小孩的尸体到县大堂外鸣冤叫屈了。费知县升了堂，他让鸣冤叫屈的人全都举起双手跪在大堂上，自己走下座位，一个一个地仔细观察着，费知县发现鸣冤叫屈的人当中有一个人，听见知县大老爷让人们举起双手吓得直往人群后面躲，眼看着就要逃出县大堂，急忙大声喝叫衙役抓住了那个人。

原来，吓得想躲出县大堂的人正是被害小孩的远房叔叔。费知县让大堂上鸣叫冤屈的人到大堂外观看审案，他让衙役把被害小孩的远房叔叔带到大堂上跪下。开始，被害小孩的远房叔叔还大声呼叫冤枉，可是费知县让心腹衙役拿来深夜取回的血指痕对比，证明了小孩的远房叔叔就是杀害小孩的凶手。原来，小孩从父亲处拿了一千文钱回家，半道上遇到赌博输了钱的远房叔叔，钱被抢了，远房叔叔害怕小孩回家告诉父母，心生恶念杀害了自己的远房侄儿，案发后想找人来给自己顶罪，想了不少办法，让人吓走了小孩家的仇人，还带着办案衙役抓凶犯，不想这一切都没有瞒过知县费宾如。

费宾如审清了小孩被杀案，得到了老百姓的赞扬。

石角沉船酿惨剧

石角场在蒲河的边上。蒲河是一条山间小溪汇聚而成的河流，平常时期河里水不多，一些大胆的人捞起裤子便可以涉水过河。可是下过雨后，山梁上小河沟的水流进蒲河，蒲河涨水，浪头一个接着一个，十分吓人。

石角场上有一只渡船，把石角场河对面老瀛山坡上住着要到石角场赶场买卖东西的老百姓渡过河，还把在石角场上办完事要回河对岸家的老百姓渡过河回家。

清光绪三十四年（1908 年）夏天，接连下了六七天暴雨，蒲河涨了水，浪头一个接着一个拍打着河岸。这一天石角场赶场，蒲河对岸老瀛山山坡山梁上住着的老百姓要到石角场上赶场，那时候老百姓生活很苦，家里吃油吃盐要用的钱都需卖了地里种的蔬菜、家里养鸡养鸭生的蛋换钱来买。石角场河对岸山坡上住着一户姓张的寡妇，丈夫两年前生病死了，丢下张寡妇带着七十多岁的老母亲以及两个七八岁的孩子十分艰难地生活。一天，家里的盐吃完了，张寡妇带了十多个生蛋鸡下的蛋准备过河到石角场卖了买回盐巴。

张寡妇到了蒲河边上，看见要过河到石角场上买卖东西的人很多，因为是农忙季节，大家都想早一些卖了东西买回东西下地干活。于是争着往渡船上挤，撑渡船的船家大声喊着叫着："不要挤，我这只渡船一次最多只能坐三四十个人，现在已经挤上了七八十个。乡亲们，下船一些人，渡船装的人多了十分危险。"可是，没有人听船夫的话，挤上船的人谁也不愿意下船等下一趟船渡过河。

张寡妇也挤上了船，她看到船上人太多，河里的浪花拍打着船舷，飞溅的水打湿了衣服，也知道渡船过河有危险，可是想着早一点卖了鸡蛋买回盐让家里中午饭桌上的菜有咸味，也没有下船。

渡船上的人谁也不愿意下船，船夫没有办法，只好冒险撑船过河。渡船到了河中心，巨大的浪头一个接着一个扑来，渡船摇晃起来，船上的人害怕了，有的大声惊叫，有的往船中心挤，渡船摇晃得更加厉害，一个巨大的浪头打来，渡船翻在了河中心。

渡船翻了，船上的八十多个人全都淹死了，家属们赶来痛哭着想找到被淹死的亲人遗体，蒲河两岸哭声震天动地……

张寡妇被淹死，家里只剩下七十多岁的老母亲和两个年幼的娃娃，老母亲知道自己没有办法带着两个孙儿生活，上吊死了，两个娃娃成了讨饭的小叫花子。

石角场沉船事件毁了不少人家的家庭，是一场震惊社会的惨剧。

石壕神拳遭镇压

义和团是清代后期出现的反对帝国主义入侵的民间武装组织，义和团开始提出的口号是“反清灭洋”，称有神人帮助，喝神水，念神咒，洋人的刀枪不能伤害，后来为了得到清朝廷支持，把口号改为“扶清灭洋”，不反朝廷，专门打洋人，处处攻打洋人教堂。清朝廷曾经利用义和团对付帝国主义列强入侵，后来又在帝国主义列强的压力下出兵镇压义和团。

清光绪二十七年（1901年），綦江县境内扶欢场及青羊市一带兴起了义和团，起源是一个由北方来的姓马的人，在扶欢场一带传习义和团神咒，称念了神咒，人会突然昏倒，过一会儿站立起来，舞动刀枪会非常轻巧，没有武功的人也有了武功，还会设下大坛，登坛宣讲，不识字的人念了神咒，登在坛上会读文章，写诗歌，还会说不少保国家灭洋教的道理。弄得当地人都非常信服，争先恐后参加义和团。义和团从綦江境内的扶欢场、青羊市一直传到贵州桐梓一带，相信的人很多。

当时有一个名字叫陈秀俊的读书人，是个贡生，家里比较富有，住的地方在桐梓县境内，十分挨近綦江境内的青羊市（当时的青羊市一半属于贵州桐梓县管辖，一半属于綦江青羊市管理），陈贡生迷上了义和团念神咒喝神水的“法术”，自告奋勇愿意当义和团的头头，参加义和团的人也十分拥护他。陈秀俊拿出家产置办了刀枪棍棒等兵器，组织加入义和团的百姓天天念神咒、学武术，准备起事攻打洋教堂，赶走洋人。

当时，外国传教士在綦江很多地方都建起了教堂，一些加入了洋教的人倚仗着洋教士的庇护，在乡间称王称霸，欺负乡邻，百姓非常痛恨，听说要砸洋教堂，赶走洋人，都很赞成，纷纷参加义和团，学习念神咒，学武术。

不料当地一个信了洋教的人看到参加义和团的人越来越多，担心义和团起事自己受到伤害，于是报告给了教堂的洋教士，洋教士派人告诉了綦江、桐梓两县的县令。当时，清朝政府屈从列强，省、府、州、县各级官吏都把洋人的话当成朝廷圣旨，坚决遵照执行。桐梓县令发出传票，传陈秀俊到县大堂问话。陈秀俊知道聚众闹义和团违背了官府的禁令，十分害怕，不敢到桐梓县衙去，躲在了家中。綦江知县接到洋教士的举报，不敢怠慢，亲自带人到青羊市一带查看，陈秀俊及义和团的人都非常害怕，以为綦江县令要来抓捕信了义和团的人，官兵要来镇压义和团。

陈秀俊和义和团中的骨干商议，与其让官府抓去，不如事先起事烧了洋教堂。于是，八月十八日，陈秀俊和义和团的人聚在一起准备起事。陈秀俊家旁边住了一户姓肖的人家，主人叫肖际云，平素因邻里口角与陈秀俊家结了仇，陈秀俊怀疑是肖际云到桐梓、綦江两县官府告了状，引来了官兵，于是带了数百人围了肖际云的住宅。肖际云吓坏了，带着家人砸穿后墙逃了出来，陈秀俊带着义和团的人烧了肖际云家的屋子。

青羊市义和团闹事，綦江知县不敢怠慢，急忙写了呈文派了差人到重庆、成都报告，桐梓县令也呈文上报了遵义府、贵州省。两省总督巡抚派出官兵到青羊市一带围剿义和团，大军来到，百姓害怕，流言四起，说官兵要血洗綦江、桐梓、南川三县，人人惊慌。陈秀俊见大队官兵到来，知道率领团众与官兵拼斗如鸡蛋碰石头，没有让义和团的人起事，自己站出来让官兵抓走了，让当地百姓免受了一场兵戎之灾。不过，当地一些豪绅恶霸，借口某某参加过义和团，趁机敲诈勒索，弄得不少人家破人亡。后来，陈秀俊惨遭綦江官府杀害。

戴海珊喜读诗书

戴琛，字海珊，是綦江县城的人。小时候家中比较富有，吃穿不愁，他的父亲是一个乐善好施的大善人，遇见家中贫困的人总是拿出钱财帮助。

清朝后期，朝廷腐败，官员贪腐。綦江又连年遭遇灾害，城里城外，到处可以看到吃不饱饭、没有钱买衣服穿的穷苦人。戴海珊的父亲拿出家中钱财帮助穷苦人，家中钱财拿光，变卖家中田产和房屋资助穷苦人家，终于，一个比较富有的小家庭便也成了贫苦家庭。

戴海珊从小十分喜欢读书。小时候，父亲送他到学馆读书，戴海珊读书勤奋努力，成绩很好。后来，戴家家道中落，父母不能送他进学馆读书了，戴海珊便自己学习。没有钱买书便到学馆的老师或朋友家借书来读，由于他学习刻苦，并且待人很有礼貌，学馆里的老师和朋友都愿意借书给他。

有一次，戴海珊到朋友家玩耍，看见朋友在读一本很好的书，他趁朋友去做其他事情便捧起书本来读，读着读着入了迷，朋友做完了其他事，回来要继续读书，可是戴海珊舍不得放下手中的书了。朋友无可奈何地叹了一口气说："海珊，书借给你读吧，不过，明天清晨你一定要把书还给我，书是我借别人的，我要赶着看完后还给书的主人。"

戴海珊见朋友愿意把书借给自己读，欣喜若狂，捧着书急急忙忙赶回了家。他心里想：书里的内容太好了，要是能留在家中，想看的时候就翻开来看一看该多好。后来，戴海珊想到了一个永远把书留在家里的办法，就是把书完完整整地抄下来。他说干就干，找来纸笔，工工整整，一个字一个字地抄写起来，到了吃饭的时间，家里人叫戴海珊去吃饭，可是戴海珊担心到了还书的时间还没有把书抄完，不敢去吃饭，继续抄书，肚子饿得咕咕叫，他努力忍着。抄书的时间久了，手腕酸痛，戴海珊也努力忍着，仍然工工整整地一个字一个字地抄写。天黑了，戴海珊点起油灯，在昏暗的灯光下继续抄书。母亲见他没有吃饭，天黑了还在抄书，担心儿子饿坏了，累坏了，走到戴海珊书桌前，长长地叹了一口气说："儿啊！天晚了，就不要抄写了，你的饭还在锅里热着，快去吃吧！"戴海珊摇了摇头说："母亲，这本书明天一早就要送还它的主人，一定要赶在明天早上以前把书抄完。"

戴海珊的母亲吃了一惊，说："儿啊，这么厚的一本书，你要把它抄完。累坏了身体怎么办。"戴海珊语气坚决地说："母亲，你放心，我身体好，累不坏，这是一本难得的好书，我一定要抄写完。"

母亲见劝说不了儿子，摇着头叹着气走了。

戴海珊在油灯下认真抄写着书，灯里的油干了，他添上了灯油继续抄写，夜深了，戴海珊的父亲见儿子房里的灯亮着，知道儿子连夜在抄书，忍不住披衣起床劝他。儿子还是执意要抄完才休息。父亲了解儿子的脾气，知道儿子不完成决定要做的事是不会住手的，叹着气摇着头走了。

戴海珊连夜抄书，终于在天亮前把书抄写完了，他十分高兴，把自己抄写好的书放进书箱里，吃了早饭，拿着书送还到朋友家。

还有一次，戴海珊到重庆城里办事。那时候从綦江城到重庆城，有钱人家骑马坐轿，要走两天。贫穷人家迈开两条腿走路，也要走两天，中途要在路边客店里住宿一晚。戴海珊带着来回的盘缠路费到了重庆，办完了事，顺便进了一家书店。他是书店的老顾客，每次到重庆城办事都要趁机到书店里看书。书店里有了好书，千方百计要买。时间久了，和书店老板成了朋友。书店里来了好书，老板便给他留着。因此，戴海珊刚进书店门，书店老板便笑嘻嘻地迎上来招呼，十分热情地说："年轻人，你来得正好，这次书店进了不少好书，你一定十分喜欢，选几本买回家去吧。"

戴海珊翻看了书店里新进的书，果然都是好书，他拿起一本看了看，舍不得放下了，又拿起一本看了看，也舍不得放下了。可是，他身上带的钱不多，不能把书店里的好书都买了。戴海珊左思右想，把回家的盘缠都用来买了书。

戴海珊带着书走上回綦江的路。饿了努力忍着，实在饿得走不动路了，找路边小溪喝一肚子凉水继续赶路，凉水不抵饿，不一会肚子又咕咕叫了，戴海珊就钻进路边树林，找一些野果子吃了充饥。天黑了，没有了进客店住宿的钱，他只好找了路边一棵大黄角树，蹲在树下过夜。

夜深了，刮起了风，下起了小雨，戴海珊怕雨水打湿书，脱下衣服包好书，然后紧紧地抱在胸前，天快亮时很冷，戴海珊身子颤抖着，上牙巴打着下牙巴"喀喀"响，可是他心里很高兴，因为买回了不少好书。

戴海珊喜欢书，也很爱惜书。有一次，他家附近一户人家不小心失火，当时正好刮着风，火借风势越烧越大，人们忙着跑回家抢出值钱的财物，戴海珊也急急忙忙冲进自己家里，抢出他珍藏着的书。好在那一次邻居家的火很快被扑灭了，戴海珊喜爱的书一点也没有受到损坏。

戴海珊不仅自己喜爱书，还劝人珍惜书，好好读书，后来，他做了官，有了钱，经常买书送给没有钱买书的读书人。他还编写了《愿学编》《壮不如人馆诗文稿》《国朝古文家言辑》《题识杂存》《得一乐斋试帖》《戴氏家言》等书籍，希望自己的子孙也喜欢书，认真读书。他自己两次修编县志，还培养了其子纶喆成功编修民国《四川綦江县续志》。

戴纶喆为綦续志

戴纶喆（1839 年至 1915 年），又名子仁，别号吉双，世居綦城，出身名儒之家，学识甚广。37 岁中进士，曾任四川邛州学正，十余年后辞职返乡。1881 年主讲四川瀛山书院。著有《诗集》《诗话》《书记》《琐言》《江汉归船日记》《氍毹杂记》等，多未刊行。有《汉魏六朝赋摘艳谱说》《四川儒林文苑传》传世。

戴纶喆从小勤奋读书，成绩很好。他想长大后参加科举考试，博取科名来荣誉家庭，同时谋个一官半职，既效忠朝廷又能为老百姓办些好事。可是，清朝末期朝廷腐败，官僚贪婪，民不聊生。戴纶喆不能从政实现理想报复，为了谋生只好设学馆教学生。因为他学问好，同时教学生认真负责，教出的学生个个有出息，名声传开，不仅附近的学生纷纷前来求学，就连贵州一些地方的人也前来聘请他去讲学。

清光绪十八年，戴纶喆在贵州讲学返回家，感觉到十分疲劳，正想在家里休息两天。县衙门衙役登门拜访，说县大老爷赵默斋有事相请，麻烦戴先生到县衙门去一趟。戴纶喆平时和官府的人没有往来，不知道县大老爷为什么要请自己，心里有些不安。他跟随衙役进了县衙门，知县赵默斋正泡好香茶在客房相候，原来赵县令也是一个做官想为地方上办一些事的人。他来到綦江县，看到了道光年间罗星等人编写的《綦江县志》，想到道光后又经历了咸丰同治、两朝到了光绪年间，四五十年过去了，应该编一部《道光綦江县志》的续志，把近几十年綦江发生的事写进去，让后人了解綦江这段历史。可是，找什么人来编呢？有人向赵县令推荐了戴纶喆。赵县令派人认真了解了戴纶喆的人品、学识，得知他是非常适合主持编写《四川綦江县续志》的人选，于是打听到戴纶喆在贵州讲学回来了，急忙让衙役登门相请。

戴纶喆听明白了赵县令请他到县衙门的用意，既高兴又有一些不安，高兴的是赵县令能想到为綦江编志书，让綦江人的子孙后代了解綦江历史，是一件大好事。可是要编写记载綦江几十年历史的志书不是一件容易的事，要查阅不少资料，采访不少知情人，任务相当重。不过，戴纶喆是一个不怕困难的人，考虑了一会，终于答应编写《四川綦江县续志》的事。

戴纶喆请了綦江文人吴子春、杨建亭帮忙。正在这时，贵州有一个十分富有的人派专人到綦江来请戴纶喆，高价请他到家里讲学。戴纶喆家里并不富有，全靠他一个人外出讲学挣钱养活全家七八个人。他的妻子和朋友得知贵州有富有人家愿出数倍于平常价格的钱请去讲学，都劝戴纶喆先把编县志的事放一放，去贵州富有之家讲学，挣了钱再回来编志书。戴纶喆开始也有一些犹豫，可是想到挣钱是自己家里的私事，编志书是全县的公事，不能因私废公，于是婉言谢绝了贵州富有之家的高薪聘请，专心开始编写《四川綦江县续志》。

编一个县的志书要收集大量资料，古时候没有档案馆、资料室，收集资料全靠查阅县里文书及各族的族谱，以及一些文人写的文章，还需要采访一些老人，工作量很大。戴纶喆和他邀请一起编写志书的两个文人，每天清晨开始，查史料、查族谱、拜访知情人，常常一直忙到深夜。有时候连中午饭都没得吃，两个月过去了，戴纶喆邀约前来和他一起编写志书的两个文人先后病倒了，又只剩下戴纶喆一个人。不过，他没有被困难打倒，一个人坚持继续收集资料，采访知情人，为编写《四川綦江县续志》做准备。

有一次，戴纶喆打听到在老瀛山顶道观里有一个老道士，以前曾经在县衙门当过书吏，也为编写綦江志书准备过一些材料。戴纶喆十分高兴，决定爬上老瀛山，找到老道士，收集编写《四川綦江县续志》的资料。可是，老瀛山山高路险，到处是茫茫的大森林，人烟稀少，上老瀛山寻找老道士要冒很大风险。家里人害怕戴纶喆上老瀛山遇到危险，不让他去。不过，戴纶喆是一个决定要办的事一定想办法办到的人，他费了不少口舌，说服了家里的人，准备了干粮，一个人上了老瀛山。

戴纶喆爬上了老瀛山，山路上满是荆棘。戴纶喆艰难地往前走，荆棘划破了衣服，腿上、手臂上划出了一条条血痕，火辣辣地痛，他挣扎着往前走。上一个陡坡时不小心摔倒了，腿受了伤，走起路来一拐一拐的，他坚持往前走。中午了，路两边找不到人家，没有地方买吃的，肚子饿得咕咕叫，戴纶喆忍着饿仍然坚持往前走。几朵乌云飘过来遮住了太阳，山上刮起了风，呼呼的，带来一阵阵凉意，紧接着下起了雨。雨越下越大，戴纶喆的衣服打湿了，风吹来冷得直打冷颤，他坚持往前走。天黑了，看不清路了，才终于找到了要找的老道士。老道士看到戴纶喆一身泥水，知道他吃了不少苦才找到自己，十分感动，让戴纶喆换了衣服吃了饭，然后把自己以前收集的资料全部给了他，还给戴纶喆详详细细地讲了自己做县衙门书吏时了解到的有关事情。

戴纶喆不怕吃苦受累，到处收集资料，又起早睡晚地写呀写，花了大半年时间，终于写好了《四川綦江县续志》，他把抄写得工工整整、装订得整整齐齐的《四川綦江县续志》五大本送到县衙门交给了赵县令。

这时又有贵州的人请戴纶喆前去讲学，于是他离开家去了贵州。戴纶喆在贵州讲了两年学后回到綦江，赵县令已经调离綦江县了，新来的县令不再重视编写《四川綦江县续志》。戴纶喆辛辛苦苦编好的《四川綦江县续志》放在县衙门的书房里没有人过问。他有些生气，想从县衙门里拿回《四川綦江县续志》书稿，可是还没有等他拿回书稿，贵州又有人催促他去讲学。等到戴纶喆再次从贵州回到綦江县城，已经是辛亥革命以后的事了，清朝的统治被推翻了，清政府派到綦江的县大老爷被赶下了台，戴纶喆从文人们口里得知他辛辛苦苦编写的《四川綦江县续志》不但没有印成书，连书稿也在动乱中不知道弄到什么地方去了。戴纶喆非常伤心，他的一些朋友知道了编写《四川綦江县续志》的事，希望他重新整理出一部书稿，等到有机会的时候印成书，让綦江的后人们了解家乡的历史。戴纶喆又费了很多心血，熬了不少个夜晚，重新整理残存的稿件和材料，终于在晚年时重新编写出了《四川綦江县续志》。不过，当时仍然只是手稿，等到戴纶喆编写的《四川綦江县续志》刊印成书，已是在他去世十多年以后了。

韩俊兵三年成堰

在中峰村蟠龙山关口至瓦房，有一条堰渠，当地人称“夫妻堰”。夫妻堰起于关口丝浪子瀑布，在瀑布中段，人工在岩壁上凿有一水渠，飞落的山泉跌入渠中，在山间蜿蜒而走，最终止于瓦房，全长2200米。关口至韩家庄段，全是悬崖峭壁，不用说修堰渠，就是人走都非常困难，但当时修堰的人硬是在这悬崖峭壁间将堰渠修通。今天看夫妻堰，设计非常巧妙，有的在整块石头上凿成石槽；有的利用凿壁缝隙，用石头覆盖，让水从石缝中穿过；如遇不平，则用条石铺垫；如遇陡壁，则让水从陡壁流落，滑至下一层岩壁的堰渠中。堰渠有的宽60厘米，有的仅有10厘米，它犹如一条丝带，飘在蟠龙山的腰间，格外引人注目。如此堰渠，是何人所凿？不由让人产生疑问。

在丝浪子瀑布下行10米的水槽边，有一石刻，上书“綦地小屋基韩俊兵、妻胡氏、男登元、春臣，依崖开修，河堰一道，大清乾隆二十七年二月四日。”这块石刻中，清楚地记载了韩氏夫妇修堰的事迹，为我们解开心中的疑惑，让我们真正感受到现实版的愚公移山精神。今天见之，仍不由为之震撼。

据当地村民讲，当年韩家庄、瓦房一带，地处蟠龙山的余脉之上，上面是巍巍的蟠龙山，下面是一道高高的岩壁将清溪河隔断。蟠龙山的出水口在山两面的关口和三角塘处，而韩家庄和瓦房则处于山脊上，自古用水都是听天由命。世代生活在这里的人们都苦不堪言，继而有的迁到中峰别处生活，有的远走他乡，所以当地人丁逐渐稀少。

这样的日子，一晃就到了乾隆二十五年 (1770年)，家住瓦房的村民韩俊兵、妻子胡氏，眼看着瓦房周围的庄稼由于缺水，慢慢开始枯萎，不由得万分焦急。如果再不下雨，当年庄稼可就全毁了。他们一会儿看看天，一会儿又向菩萨祈祷。但无论怎样，天上一丝云彩都没有，丝毫没有下雨的意思。最后，没有办法，就只能到清溪河中挑水救急。可清溪河距离瓦房来回要走个多小时，挑来的水“扑哧”一下浇在地里，就被火热的太阳蒸发掉了。这样一天挑水下来，人几乎要散架了，可庄稼还是一天天地干枯下去。最后，他们几乎绝望了。

“这样下去不是办法。”韩氏夫妇挑了几天水，疲惫不堪地想。对面的大湾等地方，没有像他们那样拼命地挑水，庄稼却是绿油油的长势喜人。为什么呢？他们发现，他们的田里始终有从蟠龙山上下来的山泉灌溉，所以，不受天气干旱的影响。蟠龙山上的山泉除了灌溉这些地方，还有富余。看着清澈的山泉水哗哗地流入清溪河，他们的心好像被挖了一样。“如果有一条堰渠，把蟠龙山的水引过来就好了。”他们心里暗自思量着。

“可如何将蟠龙山上的水引过来呢？”他们看着巍巍的蟠龙山，不由得发了愁。蟠龙山的出水口在关口，从关口到韩家庄，是十分险峻的悬崖峭壁，不说修堰渠，就是人走都成问题。“再也不能靠天吃饭了。”韩氏夫妇下定决心，哪怕再难，也要修一条堰渠，解决用水难的问题。于是他们找来了铁锤、钢钎、凿子，每天天不见亮就到关口处开山凿石,“叮叮当当”响声，响彻山谷。

“韩氏夫妇要修堰渠了。”一时间，成为小小山乡的主要话题，人们争相传播。

“又一个愚公出现了。”“这次没有王母娘娘派神仙帮忙了。”“不要堰渠没修好，命丢了。”人们七嘴八舌，大致都是等着看韩氏夫妇的笑话。但韩氏夫妇不为所动，依然倔强的一锤一锤地敲，堰渠也一点一点地往前延伸。后来，他的两个儿子韩登元、韩春臣在父亲的劝说下，也加入到修堰中来。第二年春天，堰渠居然进入了最为陡峭的周成沟段。原来观望的乡邻们慢慢的不再看笑话，也加入了修堰渠的行列，一个、两个……渐渐的，人越来越多。看着乡亲们加入进来，韩氏夫妇又惊又喜，信心也更足了。“人心齐，泰山移”，到第三年春天，这条堰渠终于通到了瓦房。

通水这天，鞭炮齐鸣，锣鼓喧天，像庆祝重大节日一样，每个人的脸上都挂满了激动、幸福的泪水，韩氏夫妇更是泣不成声。“庄稼终于可以不靠天吃饭了。”韩氏夫妇大声地喊道。随着是一阵阵开怀的笑声，久久的在山谷间回荡。

有了水，瓦房的庄稼有了活力，水稻压弯了腰，玉米籽大饱满，村民的生活也开始好转。随后，那些离开的乡民又重新回到了这里，瓦房社又充满了欢歌笑语。

后来，人们为了纪念韩氏夫妇修建堰渠的高风亮节，把这条堰渠命名为“夫妻堰”。夫妻堰也沿用至今，一直以来都是瓦房、韩家庄等群众生产生活用水的主要渠道。

收集整理：中峰镇文化服务中心。

知县图敏设义仓

图敏是满人，清嘉庆年间考中举人，嘉庆七年秋来綦江任知县，第二年冬调到西藏任职。嘉庆十三年又调回綦江任知县，一直到嘉庆二十二年。

图敏在綦江担任知县期间，十分关心老百姓的生活。那时候綦江有很多穷苦百姓，丰收年间能够勉强生活下去，到了有灾的年份，生活无着落，有的吃野菜或树皮草根，有的流落他乡，讨口要饭。图敏思考着怎样在灾荒年间帮助穷苦老百姓生活。想来想去，终于想出了一个设义仓解决灾荒年间穷苦百姓生活的方法。图敏在收成好的年份亲自出马劝有钱人捐出粮食和钱财，他自己还带头捐出当知县所得朝廷的俸禄，然后用这些钱财置买田产，在民间选出一些办事公正的百姓，让他们管理这些田产，所收的粮食积存起来。敏县令担心所积存粮食被有贪心的人拿去，让管理人每年将所得粮食向百姓公布，并且做好账目管理，定期将账目向百姓公布，到了灾年，用所存粮食救穷苦百姓。图县令称积存粮食救济百姓的仓叫义仓，他任綦江县令期间，用义仓的粮食救济了不少穷苦百姓。

图县令还用义仓所有积余的粮食卖了三百两银子，存在一些商行中，用所得利息救济穷苦生病的百姓，给无钱买棺木下葬的穷苦百姓买棺木安葬。

知县杨铭修城墙

清朝咸丰年间，四川各地发生动乱，有农民起义反抗官府，也有盗匪趁乱抢劫民财，杀人放火。当时任綦江县令是山西灵石县人杨铭。杨县令看到綦江县城城墙低矮，且多处损坏，担心一旦有盗匪进攻，很难防守，于是召见綦江的一些有钱士绅，希望他们能捐出钱来修整县城城墙。

杨知县态度十分诚恳，打动了不少士绅，捐出了钱。杨知县亲自参加修整城墙的劳动，感动了不少老百姓也来参加修整城墙，不仅把城墙毁坏的地方修好，还把城墙修高了好几尺，一些险要的地方，还运来石头加固城墙墙角。

咸丰十一年，农民起义军首领石达开率领部队到了綦江附近，杨知县害怕石达开攻进綦江县城，老百姓受到惊吓，又在綦江城城墙下修了矮墙，让綦城墙更加牢固。那时候，綦江县城内没有水井，老百姓吃水都到东门外綦江河里挑水。杨知县担心农民起义军围住綦江城，老百姓没有水吃，让人在綦江城里挖了一个大的水池和好几口水井。后来石达开率领的农民军打探到綦江县城城墙牢固，没有攻打綦江县城，綦江城里的老百姓免去了一场战火。

杨铭先后两次担任綦江县令，他关心綦江县城建设情况，为綦江县城建设出了不少力。

同盟会攻下綦城

清朝末年，朝廷腐败，政治黑暗，国力衰弱，列强入侵。清政府对外妥协退让，割地赔款，对内残酷压榨百姓，引起广大人民群众强烈不满。一些爱国的有识之士，有的到外国寻求救国之道，有的组织百姓结成团体，密谋武力推翻满清政权。革命先行者孙中山组织同盟会，发动广州起义、睦南关起义，虽遭到清政府残酷镇压而失败，但人们并未气馁，抗击清政府统治的浪潮一浪高过一浪。

宣统二年（1910年），綦江成立了同盟会地方组织，领导人是赶水场的杨锦云。

清朝末期，朝廷命各州县选送读书人去日本留学，綦江的留日学生中，东溪的夏江秋，赶水的杨锦云、杨晴霄在日本留学期间结识了同盟会领导人孙中山，受到孙中山的革命思想影响，先后参加了同盟会。杨锦云、杨晴霄受孙中山指派，回家乡綦江发展同盟会组织。

杨锦云、杨晴霄是兄弟，回到綦江后，在县境内积极开展反清的革命宣传，组建了同盟会组织，在乡间召集群众宣讲革命思想，将“驱除鞑虏，恢复中华，建立民国，平均地权”的同盟会革命纲领灌输到群众心中，綦江不少知识分子，如赶水的张树楠，东溪的陈硕凡、田斗寅、陈京慵、程仿周、三江的李雪琴，石角的谢松泉，永新的代易东等先后参加了同盟会。一些商界著名人物以及盐防军中一些军官也参加了同盟会，同盟会革命思想为綦江不少革命群众及上层人士接受。

宣统三年十月初十，武汉爆发了反对清政权的武装起义，并且获得成功。消息传开，全国各地革命者受到鼓舞，掀起了反清武装斗争高潮。四川以保路同志军为主要力量，各州县纷纷举行武装起义，推翻清朝政权，宣布独立。綦江也于十一月二十四日晚爆发武装起义，推翻了清政府的地方政权。

领导綦江反清武装起义的是池列五、苟少堂、任寿山，三人均是共进会成员及哥老会首领。

共进会是与同盟会联系紧密的一个组织，由同盟会成员吴玉章、熊克武等人联络哥老会、三点会、三合会等会党组建而成。清时会党在四川拥有很雄厚的群众基础，特别是哥老会，一些地方政府官员为了维系自己的地位，也参加了哥老会。因此同盟会为了宣传反清革命思想，联系了哥老会，充分利用了哥老会在广大人民群众中的影响。

武昌起义爆发后，重庆同盟会召集周边州县同盟会和共进会相关人员秘密商议，准备先在合江、江津、长寿、涪陵、南川等县发动起义，以分散和孤立在重庆的清军兵力，然后在重庆发动反清武装起义。綦江的池列五、池佑骞参加了密议，当时綦江虽未列入先期起义的县份，但两人根据全国各地武装起义形势，约集綦江及毗邻江津乡场的哥老会首领，在江津广兴场召开了紧急会议，策划武装起义的具体行动。决定十一月二十四日晚上举行武装起义，起义部队称为同志军，人人手臂缠白布作为标志。除了将乡场团防武器作为起义武器外，还动员群众将私有武器拿出，组成了洋抬枪队、前膛枪队、春秋刀队、牛角叉队、梳标队、矛杆队等队伍。队伍分南、北、东三路，以北路同志军作为主攻，从綦江县城北门直扑县衙门夺取县印。东、南两路同志军分别在东、南门外埋伏，隔断城内城外清军联系，会议推举池列五和彭龙钧为起义总指挥，并且与城防军中共进会成员秘密联络，里应外合，夺取县城。

十一月二十四日夜，来自綦江县永新、升平、三会和江津五岔、广兴的北路同志军带着武器在北渡集中，于午夜前后在总指挥池列五、彭龙钥的带领下直扑綦江县城，队伍抵达县城北门后，早已等候在城内的同志军立即打开了城门，北路同志军长驱直入扑向县衙，迅速将县衙团团包围。同志军齐声大呼：“交出大印，饶县令不死！”清政府委任的綦江县令顾浩臣在梦中被叫喊声惊醒，见县衙已陷入同志军的重重包围中，到处是火光，到处响起同志军的喊杀声，吓得手足无措，想跳进县内荷花池自杀。手下人拉住了他，说：“大人，只要交了大印，同志军不会杀你。”顾县令无可奈何，只得交出了知县大印。

同志军一枪未发，没有伤及一人，推翻了清政府在綦江的政权。大家推举从成都返回綦江、在百姓中威望很高的革命知识分子危抚辰暂时接管了县印。接着，同志军又冲进綦江县衙门武官衙内，武衙总爷程子典见同志军人多势众，群情激愤，自己手下不少兵士也加入了同志军，无可奈何，也交出了武衙的大印。

埋伏在东、南城门的同志军看到城内信号，知道北路同志军已成功夺取了县印，十分兴奋，也迅速行动。南路同志军冲到沱湾，攻占了清政府的经征局。经征局黄局长在睡梦中成了同志军的俘虏，吓得连声大叫“饶命”。这时天已大亮，綦江县城的居民起床后听说同志军攻占了县城，人人高兴，户户喜欢。一些人家拿出大幅白布做成旗帜，旗的正中写上大大的“汉”字插在家门前，表示推翻了清政府在綦江的政权。

同志军攻占了綦江县城，危抚辰、池列五、池佑骞等人商议并召开了各路同志军首领及綦城各界代表会议，决定一面派人维持綦江县城秩序，一面派人到赶水迎接綦江同盟会负责人杨锦云到县城主持大政，同时要求各路进城的同志军不得骚扰百姓，要让綦江县城的百姓照常经商务工种地。给前清政府綦江县令顾浩臣发放足够路费，让他带着家人返回家乡。危抚辰特意写了一副对联张贴在县衙门口：“这个奴才，平易得来平易去；今日天下，汉子做事汉子当。”

綦江同盟会负责人杨锦云在赶水接到专人送来的危抚辰信函，第二天即带领赶水、东溪方向的同盟会成员和同志军赶到綦江县城，从危抚辰手中接过了县印，在县中学堂（现中山路小学）召开了各界人士及同志军各路领导人大会。大会成立了綦江都统府（临时军政府），经选举由杨锦云任都统，危抚辰任行政部长，其他教育、财政、军政部门都选举了专人管理。会议还将清政府设立的保綦营改编成了都统府的警备队。

东溪古镇（罗毅摄）

古剑山

麻乡约民信局（孙治波摄）

韩国临时政府旧址

中峰镇灵应岩桅子

老瀛山“老瀛如来”石像（区旅游度假区提供）

风冠石全景

扶欢崇恩寺

三角相思岩石刻

赶水石房子正门

兀立在綦河中的独石砣

丁山城隍庙牌坊正面

石角新农村茶山

石壕花坝火盆洞

天台山猴头石

老瀛山白云观（蒋焰摄）

郭氏修建的石拱桥郭扶桥

■ 綦江优秀传统文化传承发展工程
■ 綦江文化遗产保护利用项目
■ 綦江老故事丛书

綦江老故事

地名卷

总编◎胡梅　　主编◎熊勇

华龄出版社
HUALING PRESS

图书在版编目（CIP）数据

綦江老故事 / 胡梅总编；熊勇主编. -- 北京：华龄出版社, 2023.5
ISBN 978-7-5169-2523-2

Ⅰ. ①綦… Ⅱ. ①胡… ②熊… Ⅲ. ①民间故事—作品集—綦江区 Ⅳ. ①I277.3

中国国家版本馆CIP数据核字(2023)第070596号

策划编辑	熊　勇	**责任印制**	李末圻
责任编辑	李梦娇	**装帧设计**	龍承文化 Longcheng wenhua

书　　名	綦江老故事	**作　　者**	胡梅总编；熊勇主编
出　　版 发　　行	华龄出版社 HUALING PRESS		
社　　址	北京市东城区安定门外大街甲 57 号	**邮　　编**	100011
发　　行	（010）58122255	**传　　真**	（010）84049572
承　　印	河北浩润印刷有限公司		
版　　次	2023年9月第1版	**印　　次**	2023年9月第1次印刷
规　　格	787mm×1092mm	**开　　本**	1/16
印　　张	41.75	**字　　数**	500千字
书　　号	ISBN 978-7-5169-2523-2		
定　　价	168.00元（全三册）		

序

整理綦江老故事　讲好綦江新故事

习近平总书记指出：要立足中国大地，讲好中国故事，塑造更多为世界所认知的中华文化形象。

“观今宜鉴古，无古不成今。”整理綦江老故事，有助于讲好綦江新故事。经过两年多的努力，我们成功实施了“綦江文化遗产系列丛书——綦江老故事”整理工程，成效显著。綦江老故事分为历史卷、民间卷、地名卷。历史卷以《道光綦江县志》《四川綦江县续志》为渊源，生动展现了綦江境内数千年历史进程中的重要人物和事件。民间卷尽其可能搜集整理了民国成立以前人们口口相传、代代相袭的綦江神话、传说、俚俗生活故事。为了展示綦江地名蕴含的丰富历史文化密码，我们将色彩斑斓的地名故事单列，形成地名卷。

綦江老故事内容丰富、篇目众多、洋洋大观，是打开非遗綦江、文史綦江的钥匙。她展示着綦江丰富的历史文化，是研究綦江的口述史，保存着大量可供历史学、语言学、民族性、宗教学、民俗学、文化人类学等研究的珍贵资料。她至今慰藉着这里的人民，发挥着娱乐解乏、传知启智、成风化人等重要作用。她还是綦江文化艺术发展永恒的母题和创作沃土，滋养着一代又一代作家、艺术家找到新的灵感和创作的动力。

瀛山雄峙千年秀，綦河奔腾激新声。新的时代，勤劳智慧的綦江儿女，为建成重庆重要红色文化高地、文化强区和知名康养休闲目的不懈努力，正讲述着“多彩綦江·创新之城”新的传奇故事。

是为序。

2023 年 6 月于綦江

前 言

（一）

綦江民间故事，是指流传在綦江境内，由綦江人民群众用綦江方言讲述的神话、传说、故事、笑话及寓言等形式的民间口头文学的统称。

在綦江大地，讲故事叫摆龙门阵、吹牛、日白、冲壳子、打广子、款天等名称。本书所指的老故事，是指流传在綦江的民国以前的故事。白旭旻《中国民间文学2.0论纲——以新故事和多源故事为表象的故事文化现象》中将民间文学分为“口传”（传统民间文学）、“字传”（现代民间文学）、“屏传”（当代民间文学）三种形式。本书收录的即是口传形式的故事。至于近现代的故事，以后专门探讨。

綦江民间故事的产生和流传与本地的历史地理文化息息相关。綦江，江以綦名，区以江名，已有1400多年的州县建制史，600余年的正式命名綦江史。在漫长的历史进程中，綦江民间故事得以诞生和发展，形成它的集体性、口头性、变异性和传承性特征。它在茶馆酒馆说书人的神采里，在薅草打腰台的嬉戏处，在盐马古道背二哥、赶马人的谈兴中，在川黔大路驿站、幺店子的火塘前，在热天避暑歇凉的蒲扇上……

綦江地处渝黔、渝湘交通要冲，邻近西南重镇重庆府治所地，历来是兵家必争之地，《清道光綦江县志》载“天下无事则已，有事则黔蜀必变，黔蜀变则綦江必先被兵”。改朝换代，城头变幻大王旗，给帝王将相带来实惠，却给綦江人民带来无尽的灾难和战乱。特别是明末清初，綦江被张献忠部将、吴三桂余党等反复冲击，清代又经历石达开三次攻击县城，留下了关于明末农民起义军领袖张献忠、清代天平天国石达开众多历史故事和传说故事，炼就了綦江人藐视强暴、抵御浩劫的不屈不挠的胆识和性格。

綦江地处四川盆地东南边缘，以山地为主，属典型的丘陵地带，以致人民劳作修桥补路异常辛苦，人人称赞，善莫大焉，产生了许多的山地文化故事。境内大娄山山脉向北延伸，川东平行岭谷呈帚状山脉纵横，古剑山、老瀛山、牛心山等众山突兀，悬崖溶洞深谷瀑湖数不胜数，成为綦江地理标识，所以修道拜佛蔚然成风，佛陀、真人故事源远流长。区境内水系发达，长江一级支流綦江自南向北蜿蜒而过，大小溪流225条润泽众生，成为人民群众生产生活的重要组成部分，人民也讲述着母亲河的传说故事。

綦江一带，先秦时期是濮人、僰人的重要分布区域。《重庆通史》载：“南平僚一直到南宋中期才全部汉化，个别地区到清初还有土僚，后融入苗族。”再加上两次湖广填四川，客家人与綦江土著的融合，形成汉族聚居和多民族杂居及拉锯式融合，移民文化和少数民族文化成为綦江民间故事重要的底色。

綦江方言是属于北方方言区的西南次方言区。它的语音特点是声母、韵母和声

调保留古音较多，与重庆其他地区的语音以及普通话的语音都有较大区别。尤其是保留了古音当中的入声调，具有发音短促、口音较重、语音靠近口腔前部，音节粗犷有力的特点。綦江方言讲述故事，有着自己的口语节奏和韵味，增添了綦江民间故事的魅力。

（二）

綦江民间故事源远流长，在典籍文献中莹莹闪现。宋人王明清的笔记小说、宋人曾敏行《独醒杂志》有记载“毕斩赵谂”故事，说南平（綦江）人赵谂考中榜眼那年，状元为毕渐，由于印刷水平问题，渐字三点水模糊不清，所以最初快报出来被传为毕斩，连念前三名时，就成为“必斩赵谂”。后来赵谂谋反，兄弟被诛，徽宗为此改渝州为恭州，孝宗改年号“隆兴”为“乾道”。结合后事，真可谓“一语成谶”。这可能是现在搜录到的最早讲述綦江故事传说的记载。

綦江民间故事的官方搜集整理，最早见于《清道光綦江县志》卷之十“杂识”部分，收录了《补锅匠绉眉柑诗》《李豸山武人工诗》《尹县宰遇贼》《铁脚和尚》《城隍司北京救火城》《何老八义犬》《水驴》等21个故事。

民国时期，綦江诞生了《綦江日报》《正视报》《一一闻》《南强报》《白云报》《建国先锋》《鉴琴》等报刊，进步人士利用文艺副刊，发表短篇小说《黄桷树下》《逃》等有革命内容的诗歌、小说等文艺作品。我们推测报刊也应该有相关民间故事刊登和发表。由于资料缺乏，现在暂时未能发现这一时期收集的印证资料。

二十世纪80年代，綦江迎来民间故事搜集整理的高潮。原綦江县政协自1981年起到2011年，编印《綦江文史资料》18辑，收文400余篇，其中相关故事、掌故20余篇。1983年1月重庆市群众艺术馆编辑的《故事集锦》收录万邦荣《鱼腹印》、王志华《神仙脚板》两个綦江民间故事。万邦荣在《綦江县三江镇文化概况》写到:（三江）文化站创办的刊物《山溪》，每月一期，定期出版，每期约一万字……《山溪》还搜集编印了《民间故事》（计收入11篇）、《三江掌故》（计收入19篇）各一辑。

1984年4月，中国民间文艺研究会开始编撰《中国民间故事集成》等中国民间文学三套集成。綦江民间文学搜集整理工作，从1985年7月起，历时两年，收录民间故事1095个，计76万字。1991年由綦江县民间文学三套集成编辑委员会编印《中国民间故事集成·重庆市綦江县卷》，这是綦江第一本由政府组织大规模搜集整理民间故事的书籍。该书主编刘光全，执行编辑韩井泉。全书实际收录111篇，其中神话8篇、传说17篇、故事86篇。1997年选编的《中国民间故事集成·重庆卷》，收录綦江故事《双魂坡》《送礼》等。

进入2000年以后，为了配合旅游产业发展，一批文化工作者开始改编整理民间故事出版。2008年胡世博、杨飞著，宁夏少年儿童出版社出版《白云观传奇》，2014年陈昌建、胡世博主编、重庆出版社出版《黑山谷历史传说故事》，雪燃整理、团结出版社出版的《古剑山传说故事》，王兴骥等编、社会科学文献出版社出版《播州土司民间传说》收录有綦江人肖朝明整理的杨应龙传说4篇。

2013–2015年区政协主编、湖南地图出版社出版《綦江街镇历史文化丛书》共20册、300多万字，较为全面整理和改编了各街镇典型人物和地名故事。2021年

区委宣传部编，重庆出版社出版《綦江红色故事》，第一次系统性收录近代红色故事，共 46 个。

2019 年“东溪故事”列为第六批市级非遗代表性项目。2008 年“邓小伙系列传说”“白云观系列传说”列为第一批区级非遗代表性项目。2010、2018 年“扶欢民间文学”“东溪故事”分别列为第二、四批区级非遗代表性项目。

（三）

綦江民间故事类型较为丰富。其中神话故事收录较少，原因大致是搜集整理时，神话涉及信仰，杂糅封建迷信。估计是改革开放初期，搜集整理选编人员有所顾忌。类型主要有宇宙起源型，如《太阳和月亮》；五谷六畜来历型，如《大米的来历》《稻谷与毛稗》《小麦和荞子》《牛大哥下凡》。也有讲述神仙故事的《张果老和盘古王》。有专家认为该故事中盘古、张果老，不在一个神仙系统中，故事不严谨。但是老百姓讲述故事，大多是解乏、逗趣功效，讲究天马行空，也有张飞杀岳飞，杀得满天飞的故事流传，还有习俗形成型的《一天吃三顿饭的来历》等。这些都是先民认识世界、解释世界的一种表达方式。

綦江民间故事中的传说故事非常丰富，包括著名的历史人物传说，如诸葛亮、赵子龙、王羲之、孙思邈、吴道子、杜甫、张献忠、苏东坡、石达开等。也有外籍来綦的官吏、道士、和尚，如邓仁堃、慧宗和尚、王白云、杨太明等人。其中邓仁堃“邓小伙”的故事，数量最多，特点显著。邓仁堃在綦江是妇孺皆知的人物，在綦江历任县令中，知名度最高的。在正史中，记录了他在綦江短短五年做出的丰功伟绩，评价很高。但是民间传说中的“邓小伙”，却是一个到处破坏风水、跋扈显摆、贪婪欺君的人物。为什么正史和民间故事之间差异这么大？笔者认为应该是邓仁堃在綦江的作为，损害和触及部分土豪劣绅的利益。于是这些人挖空心思，巧编故事，泄愤污蔑，误导了舆论，进而一传十、十传百，歪曲了史实，玷污了贤能。部分故事机枢独具，刻画生动，十分传神。所幸，历史自有公论！贤能之功德终不至毁于扭曲之口舌。

传说故事也有本土綦江人的传说。有各级官员：赵高峰、南明“忠国公”王祥、吏部京官王永文、陈鉷陈洪猷父子、张华庭、杨材选等。有商人、武士，如麻乡约创建人陈洪义等。这些传说，十分精彩，流传甚广。还有一些民间的“歪人”传说，如罗正其、好汉郭宗、割肉救娘罗斌、朱宪、麻箩神刘国茂、黎天发等传说故事，十分生动曲折，是綦江式的机智人物“阿凡提”。

另外一类风物习俗传说，色彩斑斓，有艺术起源的故事，如《山歌的起源》《隶书的来历》《唢呐七孔的由来》《芦笙和芦笙舞的来历》等，有民族起源故事，如《汗转苗的来历》，有传统技艺起源故事，如《安酒的传说》《桥头上雕狮子的来历》《蜡染的传说》《木匠吊线为啥用一只眼》等，也反映风俗习惯的故事，如《打母猪鬼传说》《苗族超度竹卦传说》《围腰的来历》等等。这些传说故事有着浓厚的民族色彩和民间味道。

风物习俗传说中，最多的是地名传说，我们专门列为一册。地名传说解读着綦江的山水林田湖草沙等自然形态，解读着人文古迹。名字来历五花八门。最多是象形命名，如棋盘石、独石沱、马脑滩。也有美好期望命名的，如摸儿洞、金银洞、

梭米洞、天成庙、隆盛场。也有人物或故事命名的，如“翰林”岩洞、七仙庙、石老公石老婆、相思岩、扶欢场……

幻想故事展示着綦江先民对生活的热爱，对高尚道德情操的追求。其中动植物故事中，动物报恩故事有《山羊报恩》《虎大哥》，有经典的《熊家婆》故事，有宗教故事《孝子目莲过路》《范丹问佛》《王显遇仙》等，也有浪漫的鬼狐精怪爱情故事《双魂坡》《二百年的选择》，有“死鬼也要怕活鬼”的《廖大爷卖鬼》故事，也有对假丑恶的鞭挞故事《龟背花纹的由来》《城隍遭剐刑》，也有劳动人民逆天改命的故事《王小二添岁数》。

綦江生活故事种类繁多，真实体现了最底层民众的痛苦与快乐、愿望和祈盼，反映了民众豁达、幽默、敢于反抗的精神追求。有经典的蛇吞象类型《蛇吞相》《官路酒》，气死不告状类型《气死莫告状》，有吝啬鬼类型《老汉的心事》《圣贤愁》，“孙打婆”类型。从故事数量上来看，这三个类型的故事最多。第一类是文人、酸秀才类型的《吟扇诗》《秀才和退职官》《谢家女》等。第二类是呆女婿、傻儿子类型《吃鸡》《傻子相亲》《不要留起》等。第三类是整人、诈骗类型《贪口福要吃亏》《守茅厮》《何三爷上当》等。其他尚有还有长工、地主类型《俩大小》《聪明的庄稼汉》等，有媒婆类型《媒婆整人》，懒人类型《懒妇人》，宣传因果报应的故事《金瓜子》《摇钱树（狗耕田）》等，也有宝物故事《宝缸》《兄妹寻宝记》等，有恶母故事《大老爷发稀饭》，巧女、巧媳妇的故事《李才女的故事》《聪明的媳妇》等，这些故事，根植生活底层，充满烟火气，呈现世间百态，蔚为大观，是一本记录綦江历史文化和风俗人情的大书。

（四）

綦江民间故事很多尽管在文化交汇中融合和移植了其他地区的故事类型和思想内涵，但终究形成属于自己鲜明的风格。

綦江故事具有鲜明的地域性。一是民族融合色彩浓厚。綦江原住民不多，在历代的战争中，西南少数民族在此争夺领地和繁衍生息。到今天为止綦江区是重庆市杂散居少数民族分布的重点地区之一，是重庆市民族工作重点区。全区有苗、彝、回、满、壮、白、藏、侗、傣、蒙古、纳西、土家、布依、高山、仡佬等43个少数民族，总人口近万人，约占全区总人口的1%。綦江民间故事中都包含着丰富的历史文化信息，透露着僚人、苗族、彝族等多民族、多种族融合的信息。二是融合民间艺术能力巧妙。抑扬顿挫的口头语言配合着肢体语言以及脸部表情，在故事中有熟悉的俗谚，穿插一些当地的民谣或者歌谣，使讲故事变成了说唱故事。綦江故事与川剧、民间谚语、歌谣、民歌、楹联牌匾等多有融合，显示着綦江故事的独有内容和包容性。三是方言讲述特色显著。綦江方言，与重庆其他地区及普通话，语音方面的差异最大、最明显。綦江方言入声调，也使綦江方言具有古朴、粗犷、铿锵有力的特点。“嘎嘎、肭肭”等古入声调随处可见，“恁、爹、二天、麻粉粉、名堂、叫唤”等方言增加了故事的生动性和趣味性。

綦江故事内容的丰富性。一是奇妙的想象，构建奇异的世界。綦江人用綦江的山山水水为背景，依托存在的或不存在的人物，通过奇妙的想象，创造了一个个精彩的故事，或者是世外桃源，或者宇宙洪荒，或者万物有灵，让人身临其境，欲罢

不能。二是完整的讲述程式。綦江人讲述自己的故事，如何起头，如何铺排，如何煞角，都有程式和套路。綦江人喜欢开门见山，较多故事直接开场。綦江人不喜欢啰嗦，大多故事都短小，长篇故事较少。三是塑造了一系列艺术形象。天地万物皆有形象，塑造了张华庭等清官形象，石达开等豪迈豁达、平易近人农民起义领袖形象，王白云、杨太明憨态可掬、清修精进、充满情趣的师徒形象，罗正其、郭宗阳、刘国茂等人有胆有识、机智聪明的形象……让人过目不忘，深深陶醉，备受感染。

綦江故事传播的特殊性。綦江故事的本土传播，一般是冬季烤火传承、夏天歇凉传承、田间劳作歇气四季传承，也还有赶场茶馆传承、民俗节庆传承。一般是闲时相聚，口口相传。綦江故事的外来输入，主要是“生僚招慰”“湖广填四川”移民人群的故事输入，也有川黔大路商贾往来的故事输入，加之綦江在古代战略上的险峻地位设置有南平军等机构，军旅官员也是故事输入的主要人群，当然也有一些讲经评书专业人员流落四处巡演，带来整本的文人故事，也是重要来源。

（五）

綦江民间故事是綦江传统生活的“活化石”，是地方史和民族史的重要载体，有着自己的功能和价值。

一是娱乐交际功能。故事的作用首先是娱乐、慰勉作用。恩格斯《德国的民间故事书》指出：民间故事书的使命是在一个农人晚间从辛苦的劳动中疲乏归来的时候，是他得到安慰，感到快乐，是他恢复精神，忘掉繁重的劳动，是他的石砾的田园变成馥郁的花园。这是民间故事特有的生活魅力，丰富着綦江先民的日常生活和精神世界。故事还有文学和视听艺术未有的交际功能，人们用讲故事这样的形式，增进了解，促进熟稔，增进友谊，认识更多的朋友。日本学者关敬吾在描写故事演述活动中的这种情形时说：随着故事情节的发展，不管它的主人公是人，是动物，是天狗，还是老山妖，故事里的主人公、讲故事的人和听众们能完全融为一体。人们沉浸在故事里，形成了一种精神集体。

二是传承教化功能。綦江民间故事发挥着道德教化、伦理约束、文化引领等方面的作用。首先，綦江民间故事是巴渝民间文化的重要组成部分，反映了当时社会的风貌、习俗、信仰等，具有历史和文化的价值，蕴含着历史学、语言学、民族性、宗教学、民俗学、文化人类学等人文和自然科学信息，通过故事，实现知识技能代际传递。通过故事，使人获得对自然、世界、人情世故基本的认知，让基本伦理、主流价值观得到传播，启迪人们获得更多的生活生产智慧。恩格斯《德国的民间故事书》指出：民间故事书还有一个使命，这就是同圣经一样使农民有明确的道德感，使他意识到自己的力量、自己的权利和自己的自由，激发他的勇气并唤起他对祖国的热爱。

三是审美评价功能。万建中《讲好中国的民间故事》说到：故事演述活动作为民众最基本的生活样式，之所以得以传承，主要不是依靠信仰的支撑，也不是依附仪式的神圣，而是出于民众对审美的基本需要，也是各民族、各地区民众将生活诗意化的产物。因而，綦江民间故事深刻地凝聚着本地民众的审美理想、审美观念与审美情趣，折射出先民生产生活、道德伦理的评价标准。在故事讲述传播中，綦江

先民体验崇高美、悲剧美、喜剧美、和谐美，体验讲仁爱、重民本、守诚信、崇正义、尚和合、求大同的思想理念，弘扬自强不息、敬业乐群、扶危济困、见义勇为、孝老爱亲的传统美德，学会求同存异、和而不同的处世方法，文以载道、以文化人的教化思想，形神兼备、情景交融的美学追求，俭约自守、中和泰和的生活理念，心理得到激励和启发，精神得以满足和升华，奋力维护着族群的繁衍，创造着属于本土特有的灿烂文化。

（六）

毋庸讳言，綦江民间故事，也有其消极、保守的一面，它反映着綦江人农耕文化的封闭意识和小农观念。考虑到本书有责任应当全面反映綦江民间文学的真实性和研究价值，编纂时有意识地保留了一些具有地域特色的消极、保守意识的口头作品，以便从中窥见綦江民间故事的真实面貌，其中的糟粕因素和非主流价值，请读者明辨。

本书在整理中，力求保持故事原貌以及讲述人的艺术风格，为文学欣赏和学术研究提供一部科学版本。但是，搜集来源较杂，我们也发现很多文本，已被文人加工或者收集者改编。讲述人多已离世，无法补录，已有故事无法恢复原样。这样一来本书故事中，原貌收录作品有之，改编作品有之，臆造作品也有之，存在风格不统一的问题。

经过三载艰苦细致的工作，经历了初选、复选，本书入选的故事基本能够反映綦江本土故事的类型和特色。历史重大人与事，民间神话传说故事代表篇目都有收录，地名故事还覆盖到全区 21 个街镇。

由于水平所限，本书的编纂工作难免存疏漏和瑕疵，敬请诸位同仁、专家和广大读者批评指正！

2023 年夏于綦江

凡　例

一、本丛书遵照中国民间文学相关文件精神进行编纂。其指导思想力求体现作品的本真性、全面性和代表性，使丛书具有较高的民间文学欣赏价值、人文研究价值。

二、本丛书用于留存綦江民间故事，尽量原汁原味采集和汇编，以利来者研究綦江文化使用，故丛书故事中传说色彩浓郁、存在不符合现代主流观点等的情节和描述，望读者认真辨别，不代表本书编者观点。

三、本丛书的编纂以《中国民间故事集成·重庆市綦江县卷》(綦江县民间文学三套集成编辑委员会 1991 年）为基础，并征集了各个时期采录、发表的民国以前（不含民国）的民间故事作品汇编而成。全丛书共精选全区各民族民国以前故事 500 余篇，计 60 余万字。

四、本丛书分为历史卷、民间卷、地名卷三卷。其中历史卷根据近年研究成果，遴选历史上真实发生的事件撰写而成，以普及推广为主。民间卷按神话故事、传说故事、幻想故事、生活故事四大类编排，尽量呈现綦江老故事原貌，保持讲述者方言特色和口语特点。地名卷是綦江民间故事的重要组成部分，因数量较多，满足民政地名管理要求，独立成卷，按照现有镇（街道）行政区划排列，展示地名变迁、历史文化传承。

五、同一主题流布较广的故事，选取有代表性者入选，如有情节不同、较有特色的故事也一并选入。

六、作品有出处的，作品有采录时间地点的，以脚注标注；有讲述者、采集者的，在作品后面标注，尽量标注其姓名、性别、年龄、民族、文化程度、住址或职业（因年久，采录整理者基本情况有缺项，无法补齐），其中年龄均以采录时间为准，凡未注明族属者均为汉族。

七、作品中的方言、难词、典故、习俗、人物生平及专用术语等，均采用页下脚注形式标注。

《綦江老故事·地名卷》编辑组

目 录

古南街道

文龙街道

三江街道

新盛街道

通惠街道

石角镇

东溪镇

赶水镇

打通镇

石壕镇

永新镇

三角镇

隆盛镇

郭扶镇

篆塘镇

丁山镇

安稳镇

扶欢镇

永城镇

中峰镇

横山镇

其他

古南街道

百步梯

在綦江县衙左上方不远处是百步梯。据说，没人能数得清百步梯的台阶，究竟是九十几步还是一百零几步。人们数上去不一样，数下来又不一样。就算二三人同行，得到的结果也每次都有差异。真是怪事!

总之，数来数去，就是迷迷糊糊，只好马马虎虎都说成“百步梯”。

话说清道光年间綦江县令“邓小伙”(邓仁堃)，年轻气盛，初来尚未立威。他不信“数不清”那个邪，寻思着怎样叫人信服。

某天清晨，鸡公嘴的公鸡尚未打鸣。武头领兵晨练，邓小伙亲自督察。他提议叫兵丁们上百步梯拉练，一人站一个台阶，从一、二、三开始报数。

年轻的兵丁们激情满满、铿锵有力的报数声，惊吓到了暗藏在百步梯隔壁土地公公座后的妖神。

此妖神从古剑山下来，道行比百步梯土地公公高了那么一篾片①。他挟持了土地公公，故布迷阵，让人数不清梯步，扰乱心神，趁人恍惚之际吸人精气，修炼妖术，使人迷迷糊糊不知西东。

邓小伙只用一招简单粗暴的站队报数法，就破了妖神迷阵。

妖神惧怕阳气十足负有天命的童子县令，一下子逃得无影无踪，从此不敢再下山兴妖作怪。

搜集整理：简贵莲，女，54岁，大专，郭扶镇龙台村人，简氏剪纸传承人。

飞鹅石

飞鹅石位于古南街道飞鹅村境内。一丘陵中一小山突起，小山上层石叠砌，远观之，状若飞鹅，昂首向天，人们将此景称为飞鹅石。1980年人口普查时，将飞鹅石所在的永和村改名为飞鹅村。目前该地附近均开发为工业园区，但此石仍保留。

传说从前鸡公嘴上有雌雄白鹅一对，同鸡公一起生活。有一天，鸡公为了抢食物，有意向雌鹅献爱，雌鹅对鸡公没有好感，便同雄鹅一起腾空而飞，一直飞到天黑，落在了一处山丘上。

第二天天亮，这对白鹅看见此地有山有水，决定留驻此地，不再飞走。后来，雌

①一篾片:〈方〉,像竹篾条那么高,比喻一点点。

鹅产了不少鹅蛋，繁育了小鹅，日子过得有滋有味，开开心心。

再说，此山背后还有一山，名大坪虎山。山上树林茂密，风景旖旎，是块风水宝地，引得一头卧虎在此独踞。卧虎看见雌鹅勤劳能干，又生得貌若天仙，便频频向雌鹅示爱。久而久之，雄鹅看出了端倪，但慑于虎威无可奈何，只得迁怒于雌鹅，对其不停地扑打。雌鹅有口难辩，不忍欺凌，含泪飞走了，从此不再回来。

天长日久，沧海桑田，此地便只留下状似飞鹅的大石一块、飞鹅石后山小路上一群形似小鹅的小石以及不远处虎山上那只日夜思念雌鹅的卧虎。

搜集整理：古南街道文化服务中心。

遇仙桥

綦江古南街道有一个地方叫遇仙桥。遇仙桥名称的由来，有一个传说故事。

传说很早以前，綦江古南街道北部有一条小河，河上有一座桥，没有名字。一年的冬天，下着雪，很冷。有一个穷叫花子因为没有家，晚上就住在小桥的桥脚。风呼呼地刮着，穷叫花子双手抱着胸，颤抖着。他觉得自己快要冻死了，喊着："老天爷，行行好，不要刮风了，留我一条活路。菩萨神仙，行行好，赏我一件棉袄，让我度过这个寒冬……"

穷叫花子正喊着，身边出现了一个人，手里拿着一件棉袄，说："喂，叫花子，我知道你冻得受不了了，这个衣服拿去穿吧。"穷叫花子拿过来穿上，不冷了，他扑通跪下叩头表示感谢，嘴里不停地喊着："恩人、救命恩人，敢问您尊姓大名，让我一辈子都记着您。"那人说："我叫张三丰①。"说完就不见了。

第二天，叫花子到处打听，张三丰住在哪里，他要去磕头感谢。结果打听了十多天也没有消息，后来一个道士告诉他，张三丰是天上的神仙。

穷叫花子在桥上遇到了神仙，这座桥就改名为遇仙桥。

搜集整理：胡世博，男，78 岁，区政协退休干部。

①张三丰(1248 年—?)，武当山道人，中国道教武当派、三丰派开山祖师，三丰太极拳祖师。张三丰于元世祖中统元年(1260 年)举茂才异等，历官至中山博陵令，居宝鸡金台观时曾死而复活，道徒称其为"阳神出游"；入明，自称"大元遗老"，时隐时现，行踪莫测。历代皇帝敕封其有"忠孝神仙"等。

桥坝河

不知何朝何代、哪年哪月，有表兄弟俩溯白水①而上，在其支流②边扎下营盘，垦荒谋生。表弟勤劳耕作，收获时粮食满仓。表哥懒惰不思进取，开镰后所收无几，靠表弟馈赠一些荞粑③度日。后来表哥羞愧难当，于是把门前的小河称作“荞粑河”，以寄托追悔之情。到清末民国初期，“荞粑河”被人们以讹传讹叫成了“桥坝河”。

搜集整理：古南街道文化服务中心。

马脑滩

清朝时候，邓仁堃在綦江做县官，不知是什么原因，綦江人并不称他县太爷，而称呼他“邓小伙”。他在綦江上任，綦江人说成“邓小伙坐綦江”。

“马脑滩”是綦江县城边的一个拐弯河滩，因为形状像马头，人们就叫它马脑滩。

传说，綦江有一家姓刘的大户人家，祖上有人曾经在朝当过天官④，得到过皇帝很多的赏赐，故乡的家，也称为天官府第。刘家历经数代，人丁兴旺，代代都有人在朝为官，是綦江地区极具影响力的人家。一般到綦江上任的新官，都是先拜见刘家，后坐堂问案。邓小伙到綦江后，自恃有才，年少登科，心高气傲，一上任就坐堂办案，一点也没拜见刘家的意思。过了两天，刘家派人送帖子来请去赴宴，说是为县太爷接风。邓小伙见刘家人为自己接风，以为是地方乡绅敬重父母官，心中高兴，欣然应诺。

到了刘家，刘老太爷亲自迎接，客堂献茶，问候了县太爷一路鞍马劳顿。寒暄客套后，刘老太爷说，开席还要等一会儿，请县太爷在敝庄小转，赏赏小景。邓小伙想，既然吃饭还要等一阵，出去转转总比干坐好。二人来到一林木茂盛处，只见邓小伙愣了一下，立刻弹冠抖袖，三呼九叩地拜个不停。原来他们来到刘家祖坟，上面供着皇帝的圣旨，当官的见到必须朝拜。

待邓小伙拜完，一个家人走来禀告，筵席齐备，请县太爷到大厅入席。经过这番折腾，邓小伙心中明白：“哪里是为我接风，明明是上任后没到刘府拜见，今天借接风为名，要自己拜刘家祖坟。”想到这里，邓小伙来时的兴致全无，席上勉强应酬一会

①白（be）水：疑为“僰水”，綦江河的古称。
②支流：今桥河。
③荞粑（qiáo bā）：綦江地区用荞麦做的一种食品。粑，面食状食材蒸煮成的食物。
④天官：古代官名，后世称吏部为天官。也泛指百官。

儿，借口衙门公事，匆匆离去。

邓小伙正春风得意，到哪儿都是受人吹捧奉承的，哪里受得了这种气，寻思怎样挫挫刘家的锐气。他早年学过堪舆，会看风水，想知道刘家的气运如何，便青衣小帽，乔装打扮，悄悄地来到刘家祖坟。邓小伙在坟头看了一阵后，暗暗惊叹，好风水呀！山藏水隐，左青龙，右白虎，文运昌盛，刘家正是兴旺时期。邓小伙沿着山形地理一路看去，发现刘家风水的龙脉①就是綦江的马脑滩。当然，他也不敢贸然行事，只是暗暗记在心中。

江中有滩，难免会有涨水翻船、枯水搁浅的事件。正好，这年夏天，马脑滩翻了两条船，死了几个人。邓小伙就以此为由，招请地方乡绅，商议整治马脑滩。刘家传到刘老太爷这一代也不清楚自家的风水龙脉了，还以为县太爷整治河流，是造福地方的善举，除了对县太爷说了一些溢美之词外，还带头捐资。邓小伙动员乡绅捐资是醉翁之意不在酒，就是要看刘家是否知道：马脑滩是他家风水所在。他见刘老太爷的态度，心头明白，刘家人对马脑滩是他家龙脉全然不晓，便决定打断马脑滩，以出被骗去拜坟的那口气。

冬天水枯，正好打滩。邓小伙请来一帮石工，指点掌墨师②对着马头打滩，限期完工，逾期不完就打板子。原以为江滩一打就断，谁知今天打掉的，到第二天又复原了。期限到了，滩没打断，掌墨师倒被打了几十大板。过了两三个期限，掌墨师也被打了两三回板子。眼看大地回春，花开草长，如果春雨发，江水涨，滩就不好打了。掌墨师心中烦躁，这天中午，他趁工人午睡，一个人来到江边，看着滔滔江水，始终想不明白，带着这样一大帮人打了几个月，都打不断这个滩。由于他多日未眠太疲倦，不知不觉坐在江边就睡着了，迷糊中听到有人说话，睁眼看，江边站着三个老人。

两个年纪稍小的问年长的老人，这样一大群人，在这里打了几个月，也没有打出个什么名堂，到底为什么？年长的老人说，新来的县太爷上任没去拜天官府刘家，刘家人就哄他去拜自家祖坟，县太爷为此记恨，想破刘家风水。他虽然懂点风水，只是半罐水，只看出刘家龙脉在马脑滩，却没看准精脉③在马颈子④上。刘家人现在气运很旺，想打断刘家龙脉，不容易，只有对准马颈子打，一打龙脉就断了。眼看三位老人要走，掌墨师想拉住三位，问个仔细，刚伸手就听“扑”的一声，被甩在地上，原来是做了一个梦。掌墨师回忆梦中情景，觉得年长的老人好生面熟，想了好一阵，忽然醒悟，那不是我们供奉的鲁班祖师么，难道是他老人家见我几番挨打可怜，特来指点迷津？想到这里，翻身起来，跑到工棚把工人叫到江边，对准马颈子打滩。果然一打，滩就断了，血水流了三天三夜。邓小伙见此情景，内心感叹刘家气运之旺。

马脑滩被打断后，刘家就开始倒运了。在外当官的，不是被贬，就是暴病身亡，没过几年就败了。

搜集整理：古南街道文化服务中心。

---

①龙脉：即是随山川行走的气脉。古人认为，以此可以辨别藏风蓄水、大富大贵的风水宝地。在中国古代传统堪舆学中，将“龙脉”视作一种特殊的地理形态。

②掌墨师：掌控墨线的师傅，即是传统修房造屋时全程主持建设的“总工程师”。

③精脉：指中枢、关键。

④马颈子：马脖子。

古剑山阳桥

传说很久很久的时候，有一对夫妻到古剑山净音寺烧香拜佛。这时天上正好下起了大雨，等大雨下完，两人走出庙时，看见云海拥着两座山峰，一道彩虹架在两峰之间。

妻子被近在咫尺的美丽彩虹吸引了，禁不住抬脚向彩虹走去。妻子踏着彩虹来到了对面的山峰上，陶醉于“一览众山小”的意境之中。可是当她转身想回来时，却发现彩虹不见了，没有了彩虹妻子再也回不来，被困在了孤峰上。

丈夫没有办法救她，夫妻俩只能眼睁睁地隔峰相望。丈夫跪在菩萨面前不起来，乞求佛祖显灵救回他的妻子。

这天鲁班路过古剑山时见此情景，为他们夫妻感到惋惜。于是，鲁班便留了下来，利用两天两夜的时间，开山辟石，把重达千斤的条石砌成拱桥，连接在两峰之间，让他们夫妻得到团聚，此桥即为阳桥。后来，人们还在这里修了庙宇，以此纪念鲁班。现在这座为纪念鲁班而修建的光明殿仍立在阳桥旁边。人们都说，鲁班是菩萨显灵派他到这里修桥的。

搜集整理：古南街道文化服务中心。

古剑山摸儿洞

相传很久以前，有一个名叫莲年的妇人，连生三胎都是女娃娃。莲年一心想再生一个儿子，她听说古剑山鸡公嘴山上净音寺里的菩萨特别灵，于是，就带着小女儿千辛万苦来到古剑山拜佛求子。

因为上古剑山的路险要陡峭，背着娃上山很累，攀到中途歇脚时，莲年就把女儿放在一个石洞里，心想等拜了菩萨回来再把女儿带走。可是，当莲年在寺院里烧完香拜了菩萨回来时，发现放在洞里的女儿不见了。莲年哭得呼天抢地，但不管她哭得有多大声，女儿还是失踪了，找不到了。

几天后，莲年回到了家，发现自己床上竟然坐着一个男娃娃。莲年见了男娃娃悲喜交加，惊讶之余，她认定男娃娃是菩萨显灵所赐。于是，她又带着男娃娃来到古剑山净音寺还愿，感谢菩萨的大恩大德。她还在那个石洞前烧起香跪拜，过路人都不知道她为什么要在那里烧香，好奇地停下来问她。一妇人听了莲年的讲述后也想试一试，但是妇人没有把女儿带来，就随便捡了块石头放进洞里，乞求菩萨保佑她生个儿子。

第二年的秋天，妇人果然生了个男娃娃，于是妇人就抱着男娃娃到古剑山上还愿。

从此以后，人们就把这个洞称作“摸儿洞”，再后来“摸儿洞”成了人们求子的“宝地”。每年从全国各地来“摸儿洞”求子的人络绎不绝。据说“摸儿洞”求子特别灵，只要你闭上眼睛，心无杂念，把手伸进去。如果摸到了石子，你就必生儿子。心诚者一摸就能摸到石子，心不诚者，不管你摸多少回都摸不到。

但“摸儿洞”里的石子是从哪里来的呢？很多人都发出这样的疑问，洞口很小，洞很深很黑，头又伸不进去，有的人想把头伸进去看个究竟也不得行。因而“摸儿洞”里的石子便成了一个谜。

搜集整理：古南街道文化服务中心。

鸡公嘴

传说很久以前，古剑山上到处都是仙桃树，那是西王母的蟠桃园，一到夏天仙桃又大又香又脆，漫山遍野都是。西王母担心蟠桃被盗，派铁拐李前去守护。

再说古剑山的半山腰上有个大仙洞，洞里住着鸡仙娘娘，鸡仙娘娘早就对山上的蟠桃垂涎三尺，但铁拐李看得严，她没有机会得到。有一天，鸡仙娘娘穿得幺五幺六[①]的到山上去找铁拐李。她对端坐在守望台上的铁拐李说：“铁拐李大哥，看你一天到黑都守在这里，衣服都没有人给你洗，要是你不嫌弃我的话，就把衣服脱来我给你洗嘛。”铁拐李长期一个人孤零零地坐在山上，从来没有听到过这么亲热的话，心里感到很舒服。他就一边脱衣服一边说：“那多谢鸡仙娘娘了。”

鸡仙娘娘见计谋奏效了，高兴得不得了，于是又坐下来和铁拐李一起摆龙门阵。铁拐李守蟠桃一直很寂寞，更没有和这么漂亮的女子摆过龙门阵，心里非常高兴。鸡仙娘娘一心想吃蟠桃，又借送衣服的机会找铁拐李。铁拐李见衣服洗得干干净净，心里高兴极了，就摘了个蟠桃给鸡仙娘娘表示感谢。

吕洞宾、何仙姑等神仙来古剑山巡视时，正好碰到鸡仙娘娘在吃蟠桃。而没有王母娘娘的命令是不能给任何人吃蟠桃的，铁拐李犯了天规，被吕洞宾告到天上。王母娘娘问明了原因，决定惩罚鸡仙娘娘，鸡仙娘娘知道后就想逃之夭夭，结果被吕洞宾抓回来绑在古剑山上。绑在山上的鸡仙娘娘又使用妖术兴风作浪。王母娘娘一气之下就把她变成了一块巨石。这块巨石形状像只鸡，现在都还立在古剑山的最高峰上，后来人们把古剑山的最高峰叫成了“鸡公嘴”。

铁拐李本来也该被惩罚的，但善良的何仙姑极力维护他，在王母娘娘面前说了很多好话。王母娘娘念他守蟠桃园有功，就没有追究他的过错。从此以后，铁拐李便下界行医救世，再后来与吕洞宾、张果老、汉钟离、韩湘子、曹国舅、蓝采和、何仙姑几位神仙一起普度众生，便有了八仙的传说。他们周游四海，巡视人间，为民解困，

①幺五幺六：〈方〉妖娆、妖艳。

过着无忧无虑的快乐日子。

因为古剑山上的蟠桃没人管了，后来，王母娘娘就把蟠桃树移到了天上栽种，每年都要按时举行蟠桃宴会。

搜集整理：古南街道文化服务中心。

古剑与古剑山

古剑山俗名鸡公嘴，远远望去，翘起的山峰好似伸长脖子啼鸣的雄鸡。鸡冠前有一高耸突起的石峰，犹如倒插的宝剑。

民间传说，啼鸣的雄鸡和倒插的宝剑都是古剑山镇山之宝，早时候，古剑山还没有名字，人们叫它无名山，直到后来发生了一件事……

有一年，无名山一带遭了大旱，稻田干得裂开大缝，水井干得亮了底，庄稼干死了。

可是，不管天旱得怎么厉害，无名山脚那一弯一弯的稻田，照样长得翠绿翠绿的，秋天到了，稻田里一片金黄金黄的稻子。种这片稻田的朱家三兄弟，喜滋滋地获得了丰收。

为什么其他地方田里旱得“起火”，无名山脚那一弯一弯的稻田却能喜获丰收呢，因为无名山上有一股流不断的泉水，源源不断地灌溉着无名山脚那一弯一弯的稻田。

朱家三兄弟，老大、老二为人忠厚老实，经常帮助人；老三为人奸诈，满肚子的花花肠子，不管干什么都想占便宜。

这一年天干，朱老大、朱老二拿出自己的粮食接济年老体弱的邻居，救活了好多好多人。朱老三也拿粮食给周围的人，不过他不是白送，而是借，并且借出去一升，第二年要收回一升五。

无名山周围的人，伸着大拇指称赞朱老大、朱老二。暗地里骂朱老三缺德，赚黑良心钱。

无名山有一股流不断的泉水的消息传到了县老爷耳朵里。县老爷是个贪官，立刻歪着脑袋想开了，他猜无名山里一定藏着宝物，因为只有宝物护着，泉水才会永远不断流着。

县老爷打起了小算盘，合计着怎样才能找到无名山的宝物，并且把宝物弄到自己手里。

这一天，县老爷正挖空心思想着，忽然差役来报，有一个胖和尚来访。原来，这胖和尚是县老爷的密友，在附近山上一个庙里出家。他会一些法术，却不学好，暗中干着抢劫、奸淫的勾当。他几次犯法，全靠县老爷才得以逃脱。县老爷摸着焦黄的胡子想，让胖和尚去无名山寻宝，说不定会找着。打定主意，笑嘻嘻地去会见客人。

寒暄几句后，胖和尚便提起了宝物的事情。县老爷见胖和尚问的是他日日夜夜想的事，嘻嘻一笑，尖着嗓门问："师傅，你的心意是……" 胖和尚性急，抢过县老爷的话头说："父母大人，常言说，有水则有龙，有龙则有仙，水流不断，不怕天干，必有灵气护着，水源附近定有宝物。"

胖和尚眼睛瞪得溜圆，大声嚷："父母大人，宝物弄到手，价值千万金，难道你不想。"

"哈哈哈哈……" 县老爷一阵奸笑，一把拉起胖和尚的手进了内室……

第二天一早，县老爷带上衙役，坐着大轿，一行人装模作样地前往无名山查看灾情，胖和尚装成衙役的样子，混在队伍里面。

县老爷一行来到无名山脚已是下午时分。朱家，老大、老二听说县老爷来查看灾情，怕见官府里的人，早早躲开了。老三想巴结上官府里的人，不但没躲，反而准备了好酒好菜，县老爷一到，连忙迎到家里，殷勤招待，千方百计讨好。

县老爷和胖和尚吃得酒足饭饱，让朱老三带路上了山，装模作样地查看田里的庄稼，暗中却在寻找宝物的踪迹。胖和尚一面走，一面贼眉贼眼到处盯。

县老爷看见胖和尚紧紧盯住石峰下的石壁，贼眼发亮，知道胖和尚一定查寻到了宝物。县老爷灾也不查了，吩咐衙役打道回府，忙着和胖和尚商量挖山取宝的事。

第二天，县衙门张贴出告示，要在无名山石峰脚下凿石开洞，称是为了扩大永远不干的泉水水源，引出更多的水浇灌更多的农田，并要求乡亲们出工。

县老爷和胖和尚做着升官发财梦，却苦了一方百姓。

朱家老大、老二，对县老爷开石凿洞的告示既愤恨又担忧，恨的是县老爷无事生非，掠夺钱财，忧的是开石凿洞破坏了泉水源头。朱家老三却认为这是巴结官府拍马屁的好机会，自告奋勇做了开山凿石的监工，整天跟在胖和尚屁股后头往山里钻，测量开山凿洞的位置。

县老爷的告示贴出去半个多月，规定的期限到了，开山凿石的石工还差很多很多，县老爷生了气，责骂乡绅们无能，当堂打了好几个乡绅的屁股。最后，勉勉强强凑齐了开山凿石的石工，由于担心泉水源头被破坏，朱家老大和老二都留在家里没有走，也被抓进了开山凿石的队伍。

朱家老三狐假虎威，帮着官府作恶，提着鞭子驱赶开山凿石的匠人进山。

石工们到了石峰下，举起铁锤，刚刚要砸下，天发怒了，山里刮起了大风，呼呼呼，好像在哭泣；风停后又下起了大雨，雨水汇成了山洪，发出雷鸣般的吼声。

可是，胖和尚监视着，朱家老三用皮鞭驱赶着，石工们尽管不情愿，也只得不停地挥动铁锤砸着石峰。

一天天过去，石工们不停地砸，石峰被砸出斗大的一个洞，直通向大山深处。胖和尚每天都到石洞里查看，常常侧着耳朵听，他看出石洞离宝物越来越近，脸上露出奸笑。

石洞越砸越大，风越来越烈，雨也越来越狠。而原来永远流不断的泉水却没有了。

有一天，朱家老大和老二躲在自己家里谈论石峰被砸的事，谈着谈着，两个人就迷迷糊糊地靠着墙壁睡着了。朦胧中，远远地有一个亮光闪动，一个英俊威武的少年，身披金黄铠甲，手执一把硕大无比、金光四射的宝剑，走到朱家兄弟跟前。

朱家老大惊呆了，望望身边的老二，老二也正惊呆呆地望着他。英俊少年恭恭敬敬地微笑着说："施主，近来可好。"

朱老大说话都结巴了：“你，你是何方人氏？我们不认识你。”英俊少年说：“施主，你不认识我，我却天天和你见面，我是无名山里的宝物，因为有我和这柄宝剑守护着石峰，山里有了灵气，才有永远流不断的泉水，你们才能不怕天旱，年年丰收。而今，坏人逼着石工打石凿洞，想从山里盗走宝物，破坏山里的灵气，你家老三还帮助坏人，实在令人气恼。”

朱老大扑通跪下，泪流满面，哀求说：“恩人，我家弟兄年年受你们恩惠，老三恩将仇报，帮助恶人，实在对不住恩人，现在，有没有救护恩人的办法，如果有，我们一定不畏艰难困苦，舍生忘死，也要努力做到。”

英俊少年说：“施主，今天来找你们，正是有护宝的要事相托。明晨寅时，也就是雄鸡啼鸣叫出第一声的时候，石洞将打通到宝物藏身的地方。你们要骗老三待在家里，然后赶在众人前面，用铁锤猛砸石峰三下，让我们冲破石壁飞出，不落在坏人手中，才能永远保住这里山山水水的灵气。”

英俊少年说完不见了。朱老大猛然醒来，原来做了一个梦。

奇怪的是，朱老二也在同样的时间做了同样的梦。朱家老大和老二决定照梦中英俊少年所说的去做。两个人分头准备起来，老大跑到十几里远的小镇上买来最好的酒，老二在家里杀了一只鸡、一只鸭，还到池塘里捞了两条鱼，做出了香喷喷的饭菜。

这天晚上，老三经不住老大老二的盛情邀请，便去了老大家中，他看见满桌冒着扑鼻香气的菜，端起盛满美酒的杯子，把上山监视石工开山的事忘得干干净净，一杯杯美酒往嘴里倒，不一会儿，便醉得辨不出东南西北，倒在老大家床上呼呼睡着了。

时间慢慢的过去，东方墨黑的夜空开始发白，笼里报鸣鸡拍动了翅膀。朱家老大和老二知道英俊少年所说的时辰快到了，两个人望望床上，老三还在呼呼大睡，于是急忙出了大门，摸黑来到凿石开山的石洞里面，举起铁锤等着。

“喔喔喔——”报晓的雄鸡叫起了第一声。朱家老大和老二，就在报晓鸡刚刚开始叫的时候，咚！咚！咚！连着砸下三大锤！

轰隆隆！一声巨响，好像山崩了！好像地裂了！

巨大的声响惊醒了从县城赶来取宝的县大老爷，也惊醒了胖和尚和朱家老三，他们连忙起身出门，急匆匆往石洞赶。可是已经迟了，只见一片金光，石壁裂开一条大缝，一只金光闪闪硕大无比的雄鸡，背上负着一把宝剑，正从裂缝中飞出。县大老爷和胖和尚使出吃奶的力气，抓住雄鸡的爪子，被雄鸡带上了天，终于，力气使完了，手软了，两人从半空中摔下来，摔进了波涛滚滚的綦河，沉入了河底，只有县大老爷的帽子浮出了水面，变成了一块大石头，据说就是那块綦江县城附近的独石沱。

雄鸡背负着宝剑在天空中盘旋了一阵，仍然落在无名山脚，宝剑落下地，倒插在山前。

风停了，雨住了，那股永远流不断的泉水，又淙淙地从石洞中流出，灌溉着山前那一弯弯水田。

从那以后，无名山有了名，人们都称它作古剑山，或者叫作鸡公嘴。

搜集整理：古南街道文化服务中心。

东岳庙

(一)

据说，最早在鸡公山上修庙的是秋古道人。传说他是宋朝末年反元义军的一名将领。

宋朝末年，蒙古大军进攻中原，一些义士侠客组织起来抵抗，建立反元义军。有一次，秋古接受义军统帅的命令防守一座县城。秋古带着义军顽强地战斗着，双方拼杀了三天三夜，双方均死伤惨重，他自己的大腿也被敌箭射穿，这时，一个元军士兵窜到他的身后，一剑刺来，秋古眼前一黑，扑地倒下城墙……

不知过了多少时间，秋古从昏睡中醒来，发现一个白发苍苍的老道蹲在自己跟前，手里端着一个黑色大碗，正细心地往他嘴里喂着药汁。白发老道看见秋古睁开了眼睛，高兴地放下药碗，抚着银白的胡须笑了笑，朗声说:“道祖慈悲，施主，你终于活过来了。”

原来，几天前的一个傍晚，白发老道从城墙下经过，发现一个义军身负重伤，倒在荆棘丛中昏迷不醒，便悄悄将其背回道观，找来草药为他治伤。

白发道人摇着蒲扇说:“施主，你已经昏睡了七天七夜了。”

从此，秋古就在白发道人的道观里住了下来。在白发道人精心医护下，他的身体慢慢复原，后来又拜白发道人做了师傅，出家当了道士，法号秋古，附近的人们也就称呼他为秋古道人。

可是时间长了，蒙古官兵不知从哪里得到了消息，要派人到道观来抓他，秋古道人不敢再在道观住下去，含泪拜别救了他生命、待他如慈父的白发道人和附近的乡亲，向南方逃去。

(二)

秋古道人逃到四川与贵州交界的僰水河边。

有一天，还在寻找住处的秋古道人在一片小树林旁找了一个避风的地方，靠着一棵大树坐下休息。

“救命呀！救命呀!”

忽然，身后传来女人尖利的叫声，紧接着又响起阵阵打门声、狗叫声、女人的求饶声以及男人恶狠狠的叫骂声。

秋古道人是一个烈性子人，爱打抱不平，听了哭声骂声，知道是地痞恶霸欺辱穷人,“嚯”的站了起来，想出手援助，但考虑到自己是一个逃亡之人，又忍住没动。无奈，正当他刚退回树下，远处火光一闪，原来，恶棍们见砸不开门，点燃了一把干草，想把房子引燃，逼屋里的妇人开门。秋古道人心里一惊，想到救人要紧，再没有犹豫，大步奔了过去。

只见一户农家小院前，几个恶棍挥动着手中点燃的火把，凶神恶煞地跳着，乱糟糟地叫骂着：

“屋里的死婆娘，快打开门，不然把你们统统烧死。”

说时迟，那时快，黑暗中窜出一个身材高大的道士，挥掌推开举着火把的恶棍，拦在门前挡住了准备放火行凶的人。

恶棍恼羞成怒，高声骂道：“哪里来的穷道士，谁借给你的胆子，敢在大爷面前碍手碍足。”

秋古道人耐着性子劝道：“道祖慈悲，烧房行凶，会伤害人命的。”一个恶棍挥拳朝秋古道人脸上打来，秋古道人鼻子流出了血，他忍着没有还手，挡在恶棍们前面动也不动。

恶棍们一拥而上，叫骂着你一拳我一脚，秋古道人强压着心中的怒火，忍着，忍着，终于忍不住了，他憋足了劲，“哇哇哇”地高声吼了起来，雄武的吼声把恶棍们震住了。一个恶棍不知好歹，仍吼叫作挥拳冲上来，秋古道人顺势抓住他的双手，一声怒吼把恶棍扔出一丈多远，摔得那恶棍杀猪似的尖声叫起来。其余的恶棍见秋古道人力气大得出奇，又懂武功，自知不是对手，一个个傻子似的呆住了。

秋古道人轻蔑地摇摇头，大声训斥道：“你们听着，今后谁胆敢再来这个施主家里闹事，我就把他的双腿折成两段。”

恶棍们看着不知道什么地方钻出来的道士，不敢再逞凶，夹着尾巴灰溜溜地逃走了。秋古道人松了口气，正想转身离开。农户家的门“吱呀”一声打开，一个农妇领着一个十三四岁的姑娘走出门，双双跪倒在秋古道人面前，农妇大声感谢道：“师傅，你是我们两娘母的救命恩人啊！”

农妇家姓李，丈夫李老二十天前帮一伙贩牛的商人赶着一群牛出门了。附近镇子里的一些恶棍早就听说李家女子李小花长得像一朵花，打听到李老二不在家，邀约着前来，想糟蹋掉李家这朵鲜花，没想到遇到了秋古道人。

(三)

李家娘子非常感谢秋古道人，硬要李小花认秋古道人作义父，并留下秋古道人在家里住几天。秋古道人开始有些不愿意，后来想到恶棍可能还会来捣乱，便答应留下来。不久，李小二回来了。他也是个侠义肝胆的人，跟秋古道人一见如故，很说得拢，后来干脆和秋古道人结拜成了义兄义弟。了解了秋古道人的遭遇后，他极力劝秋古道人在綦水河边住下，以便相互有个照应。

秋古道人见綦水河边地形隐蔽，李家紧挨茂密的树林，背后有绵延起伏的高山，有事可躲避上山，同时见李家夫妻态度诚恳，便答应了。于是，在李小二及附近农民的帮助下，秋古道在此地住了下来。

一次，李小花吃了有毒的野果子，肚子痛起来，越痛越厉害，脸上淌满汗珠，躺在床上，呻吟不止。李小二和李家娘子吓坏了，急忙找秋古道人出主意。见干女儿生病，秋古道人立即上山采药，按照在白发道人那里所学的治病法子替干女儿治病，李小花的肚子果然不痛了。消息传开后，附近农民生了病，受了伤都来找秋古道人。秋古道人到处采草药给人治病，成了綦水河边的华佗，成天忙个不停。

（四）

但好景不长，一次，秋古道人在小镇上卖完野物，被一个乡亲拉进酒铺喝醉了酒，无意中说出以前参加反元义军的经历，碰巧被一个小流氓听见，小流氓连忙报告给恶棍头目刘麻子。刘麻子听后喜出望外，早就想除掉秋古道人，现在终于有了机会。他一面派人到县衙门添油加醋报案，一面派人到綦水河边秋古道人住处暗中监视。接到报案后，县令急忙点齐衙门里大大小小捕头，连夜赶往綦水河边捉拿。也是秋古道人命不该绝，捕快中有一个小捕头，其老母亲生病，是秋古道人上山采草药给治好的。为了报答秋古道人的恩情，此人借口上街买草鞋，趁机找了一个可靠的朋友到綦水河边报信。

得到消息后，秋古道人只好与李小二及邻居告别，准备逃往他乡。知道恩人要走，小花姑娘紧紧拉着义父的手，眼里含着泪大声说："干爹，你哪里也不走，就藏在我们家，县里捕头来了就钻进山林，他们捉不到你。"

李家娘子也擦眼泪说："恩人，不要走，我家屋后就是大山，捕头捉不住你。"

邻居们也舍不得秋古道人离开，大家一合计，决定把秋古道人送到深山藏起来，躲过捕头的捉拿。于是，李小二在家拖住官兵，小花带着秋古道人离开了綦水河边，逃进了深山。

（五）

李小二家背后的大山又高又险，绵延起伏数百里。秋古道人跟着小花姑娘在树林中穿行。李小花从小在父亲带领下走遍了綦水河附近的山山岭岭，熟悉山里每一条小路，她手拿砍刀，奋力砍开遮住路面的灌木。天快黑的时候，他们钻出了密林，眼前突然出现一座奇峰，朦胧暮色中，远远望去，像一个昂颈啼鸣的雄鸡，高高的鸡冠在苍黑的天幕下显得格外奇特壮观。小花姑娘指着山峰说："义父，那叫鸡公山，上山的小路险得很，打猎找柴的都不敢上去。"秋古道人听了，久久望着鸡公山，心里想：在山上修个小庙住下，官兵捕头不敢上去，又能避开追捕，离綦水河又只有一天路程，小花家万一有个好歹也能及时赶去照应。

这天晚上，秋古道人和小花姑娘找了个避风的地方睡下了。秋古道人睡了一会儿，依稀听见耳边有人说话："徒儿！徒儿！快快起来。"他吃惊地睁开眼，看见师傅白发道人站在面前，忙翻身起来给师傅行礼。白发道人把一个竹子编的东西交到他手里，高声吟诵道："厮杀半生漂泊苦，鸡公头上修道行，多替穷人做善事，方圆百里显法名。"说完一阵白烟飘来，白发道人不见了。秋古道人低头打量手上的东西，原来是一座小小的道观模型，他忙大声喊起来："师傅！师傅！"猛然醒来，原来是一场梦，秋古道人再也睡不着了，望着天上闪亮的星星，回忆着师傅梦里说的话，打定了在鸡公山上修庙，再度出家的主意。

天亮了，鸡公山看得更清楚了，高耸的鸡冠是一块凌空突兀、悬挂在半空的巨石。秋古道人和小花姑娘吃了干粮，寻路上山。原来，鸡公山上根本没有路，只有一些猎人攀登后留下的足迹。荆棘挡住，他们用砍刀斩断棘刺；巨石挡住，他们抓住石缝中小树往上爬。衣衫被树枝挂破，脸上、腿上被棘刺扎得鲜血淋漓。他们爬呀爬，终于爬上了山顶，爬上了高高的鸡冠。秋古道人在鸡冠上放眼四望，青山绿水，层层峰峦、片片稻田，尽在足下，白云在身边飘，松涛在耳边吼，顿时觉得飘飘然，仿佛上了天。

后来，他在鸡冠石边找了一小块平地准备修建小庙。小花姑娘回到綦河边叫来了父亲帮助，附近一些农民也闻讯赶来帮忙，有的出钱，有的出力，他们伐树做梁，凿石砌墙，几天时间，一座东岳小庙便在鸡公山顶建成了，秋古道人选了个良辰吉日，朝北方遥拜师傅，重新穿上了道装，自此成了鸡公山上第一个修行的道人。

恶棍和官军得到消息，几次想上鸡公山捉拿秋古道人。无奈山高路陡，只能望山兴叹。至今，秋古道人修建的东岳小庙还在。

搜集整理：古南街道文化服务中心。

阴阳坟

传说凤灵先生是黔南地区的阴阳先生，他的徒儿化生跟随他多年，深得真传，已经到了青出于蓝而胜于蓝的地步。

这年秋天，凤灵先生大病不起，卧床休息差不多半年的时间也不见好转。他突然感到自己这把老骨头大势已去。这天夜里，凤灵先生做了一个梦，梦中他走出一片大森林后，发现了一座又高又陡的大山，山上隐隐约约闪着霞光，他非常好奇地攀登上去。山上荆棘丛生，凤灵先生从山下看到的霞光，是从山脊上发出来的。

梦醒后，凤灵先生努力回忆着梦中的情境，他坚信，这山这霞光一定存在于世，但到底在什么地方呢？凤灵先生发誓走遍山川，也要寻得梦中情景。

凤灵先生背上行囊开始了远行。他沿着大娄山"龙脉"走，历经千辛万苦来到古剑山下。这时，天色骤变，乌云密布，下起了大雨。凤灵先生瞬间成了"落汤鸡"。当他焦急地抬头朝山顶望去时，心中不禁大喜：眼前的山势不就是梦中所见吗？再一看，他惊呆了：山脊上一道霞光闪闪耀耀，正是自己历经艰辛要寻的梦境！于是，他不顾一切攀上山顶，眼前的山势走向犹如龙脊，那起起伏伏的沟壑正是一根一根龙骨，闪闪耀耀的霞光来自那块最大的龙骨之上。

这是真龙现身！

凤灵先生从行囊里拿出一枚铜钱，埋在最大的那根"龙骨"上，他知道这是天意所赐，暗暗把自己百年之后的葬身之地选在了这里。

再说凤灵先生的徒儿化生，看见师傅背上行囊远行，就猜到师傅一定是去寻找风水宝地了。就在师傅离开的第三天，他也背上行囊，沿着"龙脉"开始了寻宝之旅。就在凤灵先生在古剑山的龙脊上埋下铜钱着上记号不久，化生也来到了古剑山，他也相中了这块风水宝地，也选择了这根最大的"龙骨"，他取出一根银针扎在龙脊上做记号。

两年后，凤灵先生准备了足够的钱财，到古剑山龙脊上修坟造墓，为自己百年之后做准备。他惊讶地发现，自己埋下的小孔铜钱里，不偏不倚地扎了一根银针。他突然明白过来，自己选中的风水宝地也被徒儿相中了，也就是说，徒儿化生在与自己抢地盘儿。凤灵先生大怒，一气之下，竟然命断黄泉。

化生得知师傅仙逝后，立即赶到古剑山，他怎么也没想到，自己当年扎下的银针，竟然不偏不倚正好插在了师傅埋下的铜钱孔里。化生跪在师傅遗体前说："师傅啊，不是徒儿有意冒犯您，徒儿实在不知道您选中的宝地也是这个地方啊。"

化生决定把这个宝地让给师傅。他请来工匠为师傅修坟造墓，但他发现这里是"龙脊"正中，视野开阔，四面平坦，如仙居之地。化生心想：这么一块风水宝地让师傅一个人独享，实在是可惜得很，如果在此修建庙宇，塑造神佛，岂不是能普度众生，造福于民？

后来，化生在龙脊上修建了庙宇，并把师傅葬在了距庙宇不远的一块平地上，然后把自己的坟修在师傅的坟旁边，后来人们把这两个坟合称为阴阳坟。

搜集整理：古南街道文化服务中心。

舍身崖

舍身崖也叫阳桥，是古剑山最负盛名的地方，千百年来，围绕舍身崖的传说就有很多。

据史籍记载，明朝时期，政府强行改土归流，引起了居住在云贵川交界地区崇山峻岭中的少数民族僰人①的强烈不满。加之州县地方官吏贪暴异常，借改土归流之机对僰人重税勒索，横征暴敛，逼人于绝路之上，使僰人不得不为自身的生存而抗争，多次举行大规模的武装起义。

为了平定僰人武装起义，1573 年，明王朝对僰人进行了毁灭性的征剿战争，血染僰人皇城九丝山，被杀僰人达 4600 多人，投火者、从九丝山跳崖者千余人。躲进洞穴或林中的老弱病残，除饿死、病死的外，也被明军集体处死。

阿幺妹是僰人阿大王的妹妹，因为她武艺高强，手下有一批女精兵，因此僰人也称她为三大王。传说明朝血染九丝山时，阿幺妹正在黄土寨保护彝族头领奢俊杰撤退，但奢俊杰不忍心阿幺妹为他们牺牲，于是，就号召手下战将，配合阿幺妹阻击官兵，结果，奢俊杰战死，阿幺妹幸存了下来。她带领彝人和僰人残留将领，躲过明朝军队的围追堵截，从蜀南山区转移出来。

他们历尽千辛万苦，来到了川黔交界处的古剑山。古剑山林深茂密，山高路陡，不但极具隐蔽性，而且还是易守难攻的军事要塞。僰人世代生活在山区，以山为居，以山为荣，就连死后也要把遗体高悬于悬崖峭壁上，僰人"亲死不葬，悬棺高崖，垒垒峭壁间"，这就是有名的"僰人悬棺"。阿幺妹看中鸡公嘴的有利地形，便率部留下来盘踞峰上。阿幺妹始终没有忘记报仇雪恨，他们在山上开荒种地，修建栈道，操练僰兵，把鸡公嘴整得热气腾腾，生活得还算安居乐业。

①僰人：僰(bó)，古民族，先秦时期中原对西南诸族的统称。

阿幺妹那年芳龄二十有三，还在九丝山时，明军奸细刘祥化名成白合，打入僰军内部获得阿幺妹好感，骗取了阿幺妹的爱情。血染九丝山那天，正是阿幺妹与白合成亲的日子，刘祥与明军里应外合攻下九丝山，给僰人带来了灭顶之灾。从此，阿幺妹再也不敢相信男人，她关闭了爱情之门。

阿幺妹手下有个叫黑吉大的彝族将领，小伙子长得牛高马大，又有一身好武艺，而且还会带兵打仗，当年从九丝山突围时也多亏他相助，阿幺妹及僰兵才得以脱身。可以说，黑吉大不仅是阿幺妹的救命恩人，更是女僰兵的救星。到古剑山后，黑吉大辅助阿幺妹建家园、练僰兵，把整个军营搞得热火朝天。阿幺妹打心眼里喜欢上了这个小伙子。但喜欢归喜欢，阿幺妹只把这种感情埋藏在心里。阿幺妹心里也明白，黑吉大之所以对她这样好，也是因为喜欢自己的缘故。但两个人都把这种感情埋藏在心里，都不敢轻易说出口。按照僰人风俗，两个青年人即使相爱，也要有媒妁之言，父母之允。但是现在父母早已去了九泉之下，兄长也生死不明，更没有媒婆，就是两情相悦，也没有办法走到一起。两个人就这样默默地爱恋着、帮助着彼此。

这样的日子过了不到两年时间，明朝的追兵就找到古剑山来了。那是一个伸手不见五指的夜晚，驻守要塞的僰兵突然遭到明军袭击。这时黑吉大正好巡岗过来，看到此景便奋不顾身，以身抗击。但明军来势凶猛，来的人也多，黑吉大手臂被砍伤，阿幺妹奋力出击，率领众僰兵拼命反抗，但终因势单力薄，被潮水般涌来的明军杀得伤亡惨重。因为黑吉大受伤，阿幺妹既要指挥僰兵，又要照顾黑吉大，最后阿幺妹和黑吉大及残留下来的僰兵，被逼得退到舍身崖上。舍身崖三面都是万丈深渊，明军凶相毕露，如猛兽般直逼过来。最后，阿幺妹和黑吉大抱作一团，纵身跳下了万丈深渊。

搜集整理：古南街道文化服务中心。

棋盘石

传说有一日，古南州知县接报：巍峨的鸡公山上，每当月圆之夜，茂林修竹处，有厮杀之声可闻。

“啊，有这等事！”县官发怒道，“既是佛门圣地，缘何刀兵相见，要枉自杀生呢？”县官急令衙役备轿，亲自登山前去查巡。

丽日高悬。县官乘坐四人抬的青泥小轿，刚行至大山门前，忽地狂风大作，飞沙走石。少顷风过雨来，豆粒大的雨点从天而降。

片刻，风雨稍停，半空中有马蹄哒哒响。突然有人高喊，声若洪钟：“呔，尔等止步！来至大帝殿前，文官下轿武官下马，尔等何人？为何不下拜。藐视玉皇，该当何罪？”

县官慌忙出轿，俯首站在没膝的荒草中，战战兢兢答不上一句话来。“听着，吾乃守卫山门的白驹。今日，念汝官声清廉又是初犯山规，姑赦汝等。”言讫，一匹白马扬鬃奋蹄，朝山上白云深处飞去。

县官拂袖稽首称谢，惊魂未定，想就此打道回府。但转而又想：庙宇圣地，岂容人厮杀。既来之，必须弄个明白才是。

县官舍轿，独自步行登山。行至山顶垭口，风声鹤唳，县官耳畔听到厮杀之声，一阵阵从松林中传出来……

“这还了得！”县官撩起袍襟，拨开树丛，蹑手蹑脚隐身于一棵大松树后面。借着朦胧月光，方始看清是一副棋局。

细看下棋的两位长者，鹤发童颜，似神若仙。左为一个老和尚，右为一个游方僧，两人端坐在一礅大石包上，弈战正酣。一个驾炮跃马，车挪大道；一个调兵遣将，冲锋陷阵，骤起一片杀声！飞马吃卒，开炮轰象。二人每次吃掉对方一粒棋子，便随手往山岩下扔去……

一盘棋下毕，游方僧不服输，笑道：“重摆一局如何？”“好，痛快！”只见老和尚用手一招，转瞬间，那先前扔下山岩去的棋子，不知从何处飞回来，又整整齐齐摆在棋盘上。那棋盘也怪，明明是刀錾在石包上凿刻的线路子，一俟棋子落位摆好，则传来铿锵的金鼓齐鸣！

“啊哈，果然造化。”那游方僧拈须笑道，“早闻你这副棋子是老子炼炉遗丹。今日亲眼所见，真是妙，妙不可言，哈哈！……”

县官不胜惊讶，缄口噤声。再往下看时，只听那游方僧道：“琴棋诗酒花，乃人生乐事，我老远赶来陪你夜战，焉能不请喝杯酒？”

老和尚答曰：“喏，君有口福。昨夜巴山夜雨，后山石笋岩上，有一道千丈瀑布，我已撒了点曲药在流泉之上，想此刻已酿热。”说毕他一招手，那飞泉像听话得很，如一根银丝，凭空飘飘洒洒而来，细细地注入壶中。转眼见那飞泉渐飞渐远，随风而逝于星空云际。

老和尚从长把壶中咕咕咕倒出酒时，异香扑鼻，笑道：“酒为日月棋为年，哈哈！哎，来干杯。嗯哼，原只说你我二人同饮一壶酒足矣。今天有客自远方来，不亦乐乎。怕这壶美酒不够吃了。”

“客人？”游方僧问，“什么客人？在哪里？还不快请出来。”

“瞧，那儿不是。”

风吹过，官帽险些落地，树枝飒飒顺风朝一边倒去，县官嘴脸裸露无遗。

“来，朋友，酒逢知己醉千觞嘛。”

县官无奈，遂起身过去，长长一揖：“下官刚才见长老弈棋，出神入化，万分钦佩！”

“好哇，你既是棋坛中人，”老和尚起身打个稽首，“阿弥陀佛，今夜幸会，趁月朗风清，允我做东把盏，你二人楚河汉界一试锋芒，以博一娱，不知尊意如何？”

“使不得，使不得，我乃凡夫俗子，岂敢班门弄斧。”县官自觉汗颜，急道，“这棋断断下不得。”

“下得下得，你我皆是朝山客，不必拘泥那些俗礼。”游方僧执红棋先走，递一杯美酒与县官，叫声：“请恕在下冒犯！”只见他凝神屏息，剑拔弩张。“嗒嗒嗒”一马当先，率先踏营闯宫而来……

县官见那白马，立眉竖目，非常眼熟，似乎在哪里见过。联想到刚才路经山门受呵斥之事，心中老大不悦。于是乎酒运棋力，使全军倾巢出动，炮打车追，专攻击那白马，死死咬住不放手。这时，却见那游方僧右手捉棋子，左手执酒壶，下一子棋，灌一口酒。口中还念念有词唱出布袋和尚的四句偈语诗：

“我有一布袋，虚空无挂碍。

展开遍四方，入时观自在。”

棋阵风云变幻，县官力追白马，已累得大汗淋漓。游方僧腾挪闪让，保护着白马，倒显得从容不迫，颇有法度。老和尚观棋一旁笑而不语。

战局岂可言和。一盘棋下到金鸡报晓，双方旗枪已折损过半。游方僧毕竟也是年迈带岁之人，眼皮一耷，稍不留神打了一个盹。那陷入重围的白马，足失前蹄，被县官双车扑上来擒获！

“阿弥陀佛，菩萨心肠，斯可为仁矣。”老和尚双手合十念道。“尔公报私隙，非良将所为。”游方僧气咻咻掷棋罢战。

空中白马咴咴嘶鸣，说：“休怪县尊，是我白马钟爱鸡公嘴这名山，不忍离去，自失前蹄，心甘情愿留下来做山守卫。请长老允准，明鉴我一片苦心。”

“白马志向堪嘉，理当允留。”老和尚转而向县官道：“县大人，实话与你说了吧，你平生居官尚算清正，宦海难得你这样的好官。感念你衙门口照壁上题写的‘尔俸尔禄，民脂民膏；下民可虐，上天难欺’八个大字。保境安民，心中还算有地方上黎民百姓，故意乒乒乓乓打得个闹热，特邀你上山来，弈棋会友，仙酒赠饮，以添吾寿。”

“多谢长老赐教。小鸟树林，悉皆念佛。”县官连连作揖。“好，既是白马神驹甘愿常驻鸡公嘴山，我们就不带它走了。”言毕，两位高僧已不知去向。东方晨空现出绚丽朝霞。棋盘石至今还在，在古迹“三尊佛岩”上面那磡大石包上。据说月白风清之夜，耳朵贴在棋盘石上，还听得见“嗒嗒嗒、得得得”白马神驹巡山的马蹄声响……

搜集整理：古南街道文化服务中心。

綦江独石沱

明朝嘉靖年间，云南有个秀才赴京城赶考。他跋山涉水，走过贵州的崇山峻岭，沿崎岖的川黔古道，一路风尘，来到了川黔咽喉道上的綦江县城。

秀才住进县城的常来客栈，暂时休息逗留，温习功课，游览綦城的主街小巷。眼前的县城也由明初的土城改成石城。县城依山傍水，前临綦江河，后靠古剑山。城墙内边，巴渝民居木楼两三层四五层参差不一、鳞次栉比。石板铺街，街面狭长，街宽能容一马一轿。秀才逛了闹市区：衙门口到南门的珠藏街、中南街。去过北街，到过靠后山的税家巷、南门巷、水巷、城垣巷……巷内民居富人不多，房舍矮小，杂乱无序。

第二天下午，秀才出南门，过半边街，沿綦河边的石板街观看了沱湾高大的砖墙院落，白色封火墙，八字朝门。

乘着游山玩水、欣赏美景的兴致，秀才顺石板路继续朝前走去。

六月的夜晚，暑气还没退尽，河边也是特别凉爽。秀才心情爽快，一路欣赏河边的景色，不觉来到了离沱湾四五里的一处地方。驻足观望，不禁被眼前的景色惊呆了。一轮圆月挂在天空，皎洁的月光给山野披上了银色的素装。远处的山上，树影在如同白昼般的夜色中恍惚，四周的藤蔓枝叶像是铺上了一层白霜，反射出白色的夜辉。静谧的夜的气息里，万物在酝酿、发酵，在萌动。两岸依稀的树影石头间，綦江河映着月光像一条银白的带子蜿蜒延伸出去，消逝在远山迷茫的夜色中。岸边不远的水面上几块黑褐色的大石头突出，一幢巨石高高突兀在河中，黑乎乎的石影显出雄壮威武的气势。这就是发源于贵州桐梓县、向北注入长江的綦江河中远近闻名的独石沱。

凭着读书人的文才素养欣赏美景的独特气质，眼前的景色令秀才陶醉，不禁诗兴大发。佳诗信口而出："乱石江边一秤砣……乱石江边一秤砣……"

下句该怎么吟呢?

"乱石江边一秤砣……"

秀才一时文思阻塞，下句怎么也吟不上来。"乱石江边一秤砣……"秀才搜索着名词佳句，那些优美的字句仿佛躲到了九霄云外，一个字也吟不出来。秀才不禁忧郁起来，忧郁生苦闷，苦闷生着急，"乱石江边一秤砣……乱石江边一秤砣……"怎么吟不出下句呢?

秀才掩面沮丧，吟着"乱石江边一秤砣……"高一脚低一脚不知是怎样回到县城常来客栈的。

回到客栈，下一句仍是吟不上来。秀才越想越着急，越想越怄气。十年寒窗苦读，家境贫寒，父母节衣缩食供自己读书，终于不负苦心人，顺利过了县考，考取了秀才，参加乡试省试，中了举人。"四书""五经"背得滚瓜烂熟，八股文做得有板有眼。眼看就要进京城参加会试、殿试，考状元荣登榜首，成为国家栋梁，后就会荣归故里，光宗耀祖报效父母。现在怎么连首诗都作不出来呢？都说八股文是其他文体的基础，做好了八股文作诗就很顺畅，难道自己的八股文还不到火候？会试考不上，以前的考试不就前功尽弃？怎么回去面见乡亲、面见父母妻儿……

深夜，迷迷糊糊的秀才解下腰带，带着遗恨悬梁自尽……

从那以后，常来客栈便闹鬼。每到晚上，秀才住过的客房在夜色里、在阴风惨惨中便会响起凄楚悲凉的声音，那声音由微弱变明朗："乱石江边一秤砣……乱石江边一秤砣……"吓得住客魂不附身。那间客房不久就关闭，蛛网尘封，常来客栈也生意萧条，差点关门。

三年后，云南又有一秀才书生进京赶考，经贵州逶迤来到綦江县城。他走走望望，找客栈落脚。不料县城几家客栈已客满，便来到常来客栈。

"客房已满了，只有那间还是空着的。"老板见是一书生，一肚子的怨气。他指指那间布满蛛网灰尘的客房说："不过有点邪气哟。"店小二便在旁边给他讲了那间客房封陈的来龙去脉。书生没办法，心想这世上哪有什么鬼，吓人的！我就不信这个邪。

晚上，书生洗毕早早歇息，心中不免有几分害怕，钻到帐内不敢睡下，静坐，等着要发生的事。他眼睛望着桌上燃烧的蜡烛，不敢看别处。两个多时辰过去，仍没有动静。

夜深，月亮快要落下去。静静的房里突然从窗外飘进几丝冷风，蚊帐飘动起来，蜡烛的火苗绕来绕去偏向一边要熄灭，书生浑身打颤。一声细微的声音出来了："乱石江边一秤砣……"接下来又是"乱石江边一秤砣……乱石江边一秤砣……"声音悲楚凄凉逐渐明朗，仿佛从遥远传来。

"江河作秤又如何?"书生急中生智对了一句，那声音戛然停止——不一会又响起来，"乱石江边一秤砣……乱石江边一秤砣……"

书生顿时心生怜悯悲凉，鼻梁发酸，泪流满面——那读书人吟不出诗想不开啊！死了做鬼也不甘心！可怜可悲啊！同是读书人，我一定要了却他的心愿，让他的灵魂安息！

"暂把日月作钩挂，秤看江山有几多?"书生吟了下面一句。

那声音由大变小渐渐消逝了——桌上蜡烛的火苗又燃得正了，蚊帐不飘了，屋里的一切又恢复了平静。

从此以后，常来客栈再也没有闹过鬼，生意渐渐红火起来。

讲述：不详。
搜集整理：刘小华，男，46 岁，綦江实验中学教师。

独石沱下金扁担

很早以前，传说綦江河中的独石沱下面有一根金扁担。因为那里水很深，同时水流很急，没有人敢下水到独石沱下面取金扁担。

清朝末年，列强入侵，一些想在我们国家发大财的外国人来了。他们到处乱窜，找寻宝物以便窃取。

一个外国人听说了綦江河上独石沱下有一根金扁担，心里暗暗高兴，想把金扁担弄到手发个大财。他来到綦江，找到官府，说了要到独石沱取金扁担的事情。官府怕得罪洋人，只好答应了。

外国人要取走独石沱下的金扁担的事情被綦江城里几个年轻人知道了。他们决心不让外国人得逞，保护家乡宝物。在外国人下水之前，他们选了两个水性极好的人提前潜伏在独石沱下面的深水里。外国人下水后，果然找到了独石沱下面的金扁担，艰难地拿着金扁担浮出水面。潜伏的年轻人，拦住了外国人，并与之进行了生死搏斗。最终外国人被淹死，年轻人把宝贝重新放到了独石沱下面。

传说，金扁担至今仍然在原地。

搜集整理：胡世博，男，78 岁，綦江区政协退休干部。

文龙街道

双 山

传说远古的时候，太公山上住着一个好吃懒做的恶魔，它白天睡觉，晚上出来偷吃村民的家禽，村民对它恨之入骨，大家团结起来，发誓要尽快除掉它。这天晚上，村民们准备好了镰刀、锄头，埋伏在恶魔经常出没的地方，要将恶魔一举歼灭。可是恶魔狡猾多端，它趁人们都集中在东山头的时候，绕道进入西山口，把西山口村民家养的猪全部吃光了。村民们义愤填膺，摩拳擦掌，发誓一定要除掉它。

村南头有个叫豆子的小伙子，这小伙子当过兵，打过仗，大家就推举他当头儿，带领大家消灭恶魔。豆子总结前几次围剿恶魔失败的教训后，决定智取恶魔。豆子当年在军营中，跟着军师学过一些天文地理知识，能观天象看地气定好日子。为此，他先把村民的家禽集中起来，关在一个陡峭的山坡上，然后在山脚设下埋伏，准备袭击恶魔。这天深夜，大雾弥漫，天上下着小雨，家禽的叫唤声惊动了恶魔，它毫无顾忌地循着叫唤声上了山。当恶魔大摇大摆地往山坡上去时，埋伏在路边的村民，用竹箭一起射向恶魔。可是，这恶魔毛多皮厚，竹箭伤不到它分毫。

豆子使出最后一招，他一声号令，十多个身强力壮的小伙子，手握锄头、铁锤一起冲向恶魔。恶魔被吓得扭头就跑。可是，它跑了几步后又猛扑回来，冲向人群，凶相毕露，它冲倒了人群后面的一个小伙子，撕咬他的身体。“不好，恶魔在吃人了！”豆子见了，忙冲过去救人，恶魔又反扑过来，冲向豆子。豆子与恶魔搏斗时不慎摔下了悬崖。

凶残的恶魔连续攻击了几个人。小伙子们见势不妙，便四处逃命。这时候，天空中突然响起一个惊天大雷，把恶魔劈成了两截。恶魔嚎叫一声，凄惨的嚎叫让人听了全身发麻。人们都说是恶魔作恶多端，得到了老天爷的惩罚，罪有应得。

第二天早上，人们发现山上多了两座山峰，而昨天夜里被大雷劈成两截的恶魔不见了。人们都说，这两座山峰就是恶魔的身体变成的。

恶魔被除掉了，人们又过上了幸福的日子。

后来当地人就称这两座山峰叫双山。千百年来，双山越变越大，越长越高，成了连绵起伏的大山中一道靓丽的风景。

搜集整理：文龙街道文化服务中心。

金钗井

清朝末年，朝廷腐败，外国列强入侵，各地农民举旗起义，反对朝廷的腐败统治。形势动荡，皇室贵族衰落。在这样的情况下，不少富贵人家纷纷带着金银财宝，携家带口到山区避难。

传说，这天一位从京都逃出来的王爷，携家人来到了太公山上，准备找一个隐蔽地方安顿下来。王爷的千金小姐一路走来口干舌燥，饥渴难忍，忽见田中有一口井，于是，这个千金小姐马上跑过去。

这井好深，水面离井口有点距离，小姐只好双膝跪在地上，伸出双手去取水，不料头上的金钗落入水中，小姐急得惊呼。就在这时，只见一道金光闪过，惊疑之际，发现井中竟喷起无数股泉水，一会儿井里就灌满了水。一家人喝饱后，发现金钗早就沉入井底。千金小姐对着深井说："我知道你有灵气，希望你永不干枯，让过往的行人随时都有水喝。"谁知小姐话音刚落，井里又回响起优美的声音。王爷听了非常高兴，"真是天助我也！这是一口仙井啊。"于是，王爷决定就在这井边住下来。

从此以后，这口井就再没有干枯过，来来往往的行人，随时都有水喝。后来，人们便称这口井为金钗井。直到现在，不管天有多旱，金钗井从不干枯，井水始终味美甘甜。

搜集整理：文龙街道文化服务中心

"盐圣泉"与"盐圣庙"

位于綦江城区沙溪河畔，老百姓俗称"土盐井"的小地方①，传说原来叫"盐圣泉"，其名字的由来说来话长。

秦汉以来，綦江一带均为"僚人"聚居，史称"南平僚"，那时并无成品食盐可供食用,"南平僚"人多感到疲乏无力、头晕眼花、恶心呕吐、不思饮食，甚至还出现四肢、腹壁肌肉疼痛等"热痉挛"症状，特别是因长期缺碘患上甲亢，危及生命。

时年，綦江城区还是蛮荒一片，土著僚人偶然发现喝"土盐井"里的泉水比喝綦江河水、沙溪河水和通惠河水或其他泉水更有力气，用"土盐井"里的泉水煮出来的食物也更鲜美。因此土著僚人"逐泉而居"，长期饮用，形成了一个比其他"僚人"部

①土盐井:今南州中学致存高远教学楼围墙外沙溪公园九龙吐水景观处。

落更强壮的群体。

唐宋时期，汉人逐渐南迁，通过多次族群冲突，特别是宋治平元年（1064 年）夔州转运使孙构率军讨伐熟僚李光吉作乱，以及宋熙宁七年（1078 年），梓夔访察使熊本屠族南平僚，赶走了世居“僚人”，逐渐占据了今綦江城区一带。汉人将这股难得的“盐泉”，取名“土盐井”，后来又扩展成为当地的地名。

元顺帝三十年（1362 年），明玉珍开创夏国，改南平綦江长官司为綦江区，不少楚民随军入川，“土盐井”由杨姓楚民“插占为业”。经过数代人辛苦经营，家产逐渐殷实。

至明万历年间，又买入永里一带[①]土地。巧合的是，杨姓又在石板井凿得一口盐井。尝到前一口盐井甜头，嗅觉敏锐的杨姓当家人赓即就地取水熬盐，自给自足之余供给乡邻，很快成为富庶一方的旺族。

明万历十七年（1589 年），“土盐井”杨氏第九代传人杨为栋，考中进士。感念先祖觅得“土盐井”福地，得到“盐圣”神助，恩泽荫蔽后人九代，自己才得以高中进士。遂取“一佛出生九龙吐水，十方清净三界蒙恩”之意，结合入綦始祖传至九代开枝散叶的“巧合”，在发祥地“土盐井”壁凿装 9 个石龙头引流泉水，并命名为“盐圣泉”。

后面，人们又在石板井凿井熬盐的地方建了“盐圣庙”，供奉“盐圣”夙沙氏，以佑族人安康、富贵、贤达。距今已近 500 年。

“盐圣庙”历经数百年历史沧桑，特别是明末张献忠进攻綦江，庙宇毁坏殆尽。包括杨氏一族在内的当地人在“官‘匪’防攻”中或遭杀戮或逃难外迁，个别幸存下来的也被清初移民融合同化，“盐圣庙”供奉“盐圣”夙沙氏的由来逐渐淡出记忆，仅在石板井留下了“盐井菩萨”这唯一印迹。不过，建国初期菩萨塑像被人破坏殆尽。

直到 2000 年后，才有当地信众有感于原石板井不通公路，不便香客供奉，自发募集在三角镇彭香村范家湾独木桥公路边新建一小庙，仍沿用旧名“盐圣庙”。

搜集整理：杨友钱，男，47 岁，綦江区文化旅游委干部。

香炉石

香炉石位于太公山上的金钗村，海拔 860 米，是重叠在一起的两墩怪石，上面大像碗，中间小基脚大，从江津区麒麟村方向[②]看，就像一只烧香拜佛的炉子，故名。香炉石高约 6 米，直径 3 米，峰顶平面约 1.5 平方米。因其拔峰而起，显得格外的雄伯和壮观，犹如擎天一柱，高耸入云，巍峨雄壮。让你感觉似云梯在眼前，高不可攀。

其实，从东、南两面看香炉石，它又是不同的形状。南面看它像头戴镜帽的炼钢

①永里一带：今三角镇塘垭村石板井区域。
②麒麟村方向：即北面，人们称其为“正面”。

工人，东面看恰似卡通片中的大力神士，正如苏轼的“横看成岭侧成峰，远近高低各不同”的诗句，从这点上讲，将其取名为“香炉石”只是“一面”之词。不过，香炉石真乃鬼斧神工，让你真正感受到大自然的绝妙和神奇。驻足香炉石下，一阵山风吹来，“香炉”好像摇摇欲坠，令人心惊肉跳，但很快就是美妙动听的敲磬之声回旋在耳际。香炉石的正面约一米处，雕刻有三尊菩萨小像，其头已被损坏，炉脚下有一些破碎的石碑，被香灰杂草和尘土所掩埋，文字已难以辨认。

关于这香炉石，有一个非常动人的神话传说。

古时，太公山的老百姓过着富足美好祥和的生活。不知何时，来了几只饿虎，踞守在太公山岩口下的老虎窝，不几天后，就开始出来祸害山民的牛羊鸡猪等牲畜，还常常祸害山里的百姓。人心惶惶，鸡犬不宁。后来有人提议去白石口下面观音庙烧香拜佛，求佛祖保佑。大家觉得这是个好主意，便组织起浩浩荡荡的一大帮人，带上贡品去观音庙朝拜。几炷高香燃着，香烟缥缈，领头的那人便把恶虎伤害百姓之事向观音庙里的长老说了，恳请观音菩萨施法制服那只恶虎，保百姓平安。朝拜的人走后，这长老做了七七四十九场法事。

本来人间虎患这样的事并不该观音庙里的菩萨管，但为了保一方百姓平安，加上太公山上百姓的虔诚，所以这庙里菩萨也就“越权”管了此事。一日，观音菩萨驾着祥云在高空一看，太公山上果真有一只“大头猫”①在为非作歹。观音菩萨决定除掉它。菩萨压下云头，从袖口甩出一个小玩意儿，直接砸向那只恶虎。只听一声哀叫，这恶虎被镇压在一个大香炉下。为保险起见，菩萨又把身边的虎男蝎女留下守候。从此，太公山恢复了平静，那香炉巨石实际上就是镇虎之石。

太公山的虎患平了。与太公山对望的骆崃山的一个山寨王，人们都称其为王侯。他想当皇帝，嫌骆崃山太小，就计划在太公山修建金銮殿。不过，太公山的平地也太少，于是他就请杨二郎把香炉石赶走。杨二郎第一次拿起赶山鞭轻轻地敲了一下香炉石就回去了。他想：这赶山鞭是神鞭，要敲打了山石，这山石在当天夜里就会自动行走。不想这香炉石在当晚夜深人静的时候只动了一下就什么动静都没了。

第二天一大早，杨二郎发现这香炉石还在原地，就再次拿起赶山鞭重重地抽了香炉石两下。他说，这下你该滚下山去了吧。就在当晚夜深人静的时候，这香炉峰只摇晃了两下，又不动了。天亮时杨二郎走来一看，这香炉石既没倒，更没有滚下山，但有了裂痕。他骂道：这怪石还不听我赶山鞭的使唤，看我抽打你三鞭，让你粉身碎骨。

他举起赶山鞭，狠狠地抽打了香炉石三下。当晚，香炉石重重地摇晃了三四下，但最终还是没有倒下。只是上下裂痕很大，都显得摇摇欲坠了。

次日，杨二郎到现场一看，香炉石虽然没倒，但也是鞭痕累累，摇摇欲坠了。如再加上几鞭，这香炉石必倒无疑。到时，王侯变皇帝，山坪变成金銮殿，他也能敕封个什么三品四品的官衔。正当他举鞭欲打之时，一股旋风吹来，将他的赶山鞭折断成两截，并卷到太公山下的綦河去了。杨二郎自己跌了一个“狗啃土”，觉得这事有些奇怪，就回到家蒙头大睡。深夜，观音庙里的长老给他托来一个梦。长老在梦中对他说：你将这香炉石抽打得伤痕累累、摇摇晃晃就罢了，还要推倒他，叫他滚下山粉身碎骨。你知道这香炉巨石下镇着什么吗，下面镇着恶虎。

①大头猫：老虎。

从此，杨二郎再也不说推倒香炉石的事了。现在香炉石上下都有裂缝，看起来伤痕累累，有时也感到摇摇欲坠，就是当年杨二郎干的好事。后来，人们在香炉石下建起了香炉寺，进行拜祭。同时修建了一个香炉场，将金銮殿的位置占着。

这只是个神话传说。关于香炉石的来历，据地质学家考察后说，很久很久以前这里就是一座山，因自然变化特别是地壳变化使山形也发生变化。后又经过千百万年的雨水冲刷，山石下面的泥土被水和风侵蚀磨损，逐渐成为柱状。而上面部分因为没有被冲击损耗而保存得较多，久而久之形成了香炉状。

至今在太公山还流传着这样一首民谣：

太公追太婆，二郎赶香炉。
香炉镇恶虎，鞭断綦江河。

搜集整理：文龙街道文化服务中心。

三江街道

石牛背[1]

綦江、蒲河二水汇合处原名“三溪”，后改“三江”。三江顺流而下，有一沱，名“马家沱”。马家沱对岸一石梁，貌似石牛，石梁高出江面，宛如牛背，故名“石牛背”。

抗战前綦江河无闸，从三江至江口[2]长百余公里，河床弯弯曲曲，江底怪石嶙峋，水流湍急，汹涌澎湃，形成綦河有名的“九沱、十八子、一百零八条滩”。如果洪水季节，驾一叶扁舟顺江而下，清晨离三江，黄昏即可停泊重庆。

当时，公路、铁路皆无。下行煤焦、铁矿、山货、土产，上行食盐、布匹、百货、棉纱等，运输全赖綦河木船承担。满载物资的下行木船云集三江后，船工们纷纷去石牛背查勘水位线，根据石牛背的水位，测定三江至江口的载重吨位，航道方向，确保物资运输畅通安全。于是，石牛背就成了当年綦河下行船工的“航道测量器”，石牛背之名也因之而远扬四方。

枯水季节，水落石出，石牛露出江面，引来远近不少文人墨客，为石牛题词吟咏，或抒发感情，或以物寓志……

后来，綦河修闸，水位上升，河床逐年增高，石牛背因此被河沙淹没而成为一大沙坝。

最近，从满头银发的船工中，得当年咏“石牛”七律一诗，虽无甚意义，仍抄录于后，以记其事：

贫叹石牛在江中，岁月流逝几春秋？
轻风拂拂无毛响，细雨蒙蓁有汗流。
青草在山难入口，长鞭打去不回头。
牧童归去无人问，天地为栏夜不收。

搜集整理：晓凤。

①选自《綦江文史资料(合订本)》(政协重庆市綦江区委员会,2018 年编印)。
②江口:长江口,綦江河注入长江的地方,位于重庆市江津区珞璜镇石关村江口社。

永新场[①]

据传，明朝末年，离三溪场[②]十余华里，有个山乡集镇名“永新场”。永新场背靠大山，坐落在深沟里。那里曾经是四川东南部通往贵州黔北的大路。明朝万历年间，贵州省遵义府武职官员杨应龙在桐梓县“永安庄”大兴土木，修建皇城，招兵买马，自立为王，把疆域扩大到綦江县所辖扶坝、石角、三溪一带，竖碑立界为播州界[③]。后来杨应龙举兵犯綦江，妄图一举攻下綦城，直捣重庆，称霸川东。不料綦城一战，溃不成军，退屯三溪。不数日，探悉四川省督军带兵征剿，遂率残部分两路撤退：一路溯綦河而上，沿篆塘、盖石、东溪；一路翻山越岭，沿永新场、扶坝、赶水。两路约定会师川黔交界处的“酒店垭”。

在撤退时，一支三十余人的后勤队伍，押着二十余名挑白银的力夫，夜宿永新场。当晚，天空漆黑，阴云密布。时至夜半，狂风大作，暴雨倾盆，忽然“轰隆”一声，山鸣谷应，地裂天崩，永新场后面的大山崩塌下沉，填平深沟，把永新场覆盖在山下厚百余米处。数百年来，无人挖掘。当年垮塌处有一山堡是永新场居民每年立灯杆之处，因名“灯杆堡”，至今沿用旧名。灯杆堡脚下山冈，是通往扶坝，盖石、篆塘、母渡的岔路口，立有高大的指路碑，碑座至今犹在。这个山冈，今天仍名“碑冈”。听当地老人讲，在垮塌后的巨石缝中，曾有人沿缝隙爬进去，亲眼看到有通往山下的石梯步。可惜年深月久，容人爬进去的缝隙，已无处问津。

搜集整理：钦贤。

黄荆村

渝湘渝黔公路交汇路口，原名“雷神殿”。1949年，雷神殿的村民开会，讨论修改村名之事。会上，有人说：我们雷神殿，远近闻名，不如就叫雷神村。但是，有人提出了异议，认为“雷神”这个名字太封建了，还信神信鬼的，不符合时代要求。大家一想，这个话有道理。那么要起个什么名字才对呢？大家又七嘴八舌，议论纷纷，众说不一。忽然，有个农民提议：“还是请工作队的戴同志取个名字，他文化水平要高得多！”这一提议立即得到大家的拥护。

①选自《綦江文史资料(合订本)》(政协重庆市綦江区委员会，2018年编印)。
②三溪场：今重庆市綦江区三江街道区域。
③播州界：今石角上场平交道处“播川界”石刻大字尚存。

姓戴的工作人员稍微皱了一下眉头，站起来对大家说："现在，土地分到了家，只要大家努力生产，就一定会勤劳致富。中国有句古话叫'书中自有黄金屋'，我看土中也有黄金屋！只要功夫深，黄土变成金，我提议就叫'黄金村'行不行？"

"行、行、行！"会场上响起一片热烈的掌声。村名"黄金"就这样定下来了。

后来，村民们觉得"黄金"显得这里的人太贪财了，于是把"金"字改成了"荆"。

搜集整理：蒋焰，男，59 岁，三江街道文化服务中心干部。

三江菜坝

三江街道元通寺社区的"菜坝"，原为新联村，古时叫"蔡坝"。

传说几百年前，这里居住着两户人家：一户姓蔡，一户姓韩。而蔡、韩两家的女主人，是张家同胞姐妹。后来蔡家生有两男一女，韩家育有两女一男。因为他们缺少有关知识，不知近亲不可通婚为使儿孙长期友好下去，由两家父母做主就相互给儿女们订下了婚事。自此，两家亲上加亲，来往更加密切。遗憾的是，他们的儿女呱呱坠地之时，大都带有先天性不足，有的跛、有的驼、有的痴、有的呆……虽多方求神问卜，寻医找药，但均未根治。两家长辈为此深感恼火，怪天时地利不和，打算迁居远方。

一日，天将傍晚，有一位童颜鹤发的长者，途经三江投宿蔡坝。蔡、韩两家十分好客，接待热情。晚上，以丰盛的菜肴招待长者。席间，长者见几个孩童生理上有明显的缺陷，便寻根问源。蔡、韩两家长辈唉声叹气，详述始末。长者听罢，深为惋惜，对众人道："此乃表兄妹联姻之故。凡近亲结婚者，其子女多为异症。究其根底，乃血缘相同，即或父母之病，也有遗传给胎儿者。如非近亲，衣钵各异，即或父母遗患，也可相互抑制。以好制恶，以正扶邪，父母之疾可止于下一代。大凡婴儿遗传之怪症，药物也万难解救的。要得后辈健壮，家族不衰，近亲不婚，方为正理。"长者一席话，说得在座者茅塞顿开，对长者的博学宏论倍加赞赏。

第二天，蔡、韩两家长辈，在堂屋召集两姓成员，阐明近亲联姻的危害，并制定蔡、韩两家子孙不准相互通婚的族规。

近百年来，蔡、韩两家人丁旺盛。至 20 世纪 80 年代初期，三江菜坝的蔡、韩两姓最旺，虽友好相处，礼尚往来，他们也严守祖训，互不能婚，传为佳话。

1960 年后，新联村七社整村划为蔬菜队，远近百姓干脆就把这个以蔡姓最多的社叫作了菜坝，沿用至今。

搜集整理：蒋焰，男，59 岁，三江街道文化服务中心干部。

罗　坝

传说在很久很久的时候，有个“法术”高明的道士，名叫丁道亨。

一天他背个背篼，由“古剑山”来，到“白云观”去。行至蔡坝，因天色已晚，船工收渡，无法过河。丁道士即从背篼里取出一面锣和一根敲锣用的棒，把锣放于水面，把棒拿在手中，以锣当船，以棒作篙。人坐在锣里，用棒时撑时划，横江而过。于是，人们就把丁道士渡河的地方叫作“锣撑棒”。

“锣撑棒”与“罗村坝”音近意异，日子一久，后来的人就把它传叫成了“罗村坝”，就是现在三江的罗坝村。

搜集整理：蒋焰，男，59 岁，三江街道文化服务中心干部。

圈河村

原圈河村有一溪流由“刘罗坪”蜿蜒而下，汇入蒲河。在入口处，河道环绕如“太极图”般，大有杜诗“清江一曲抱村流”的秀雅。数百年来，人们把这块山环水绕的地方，叫作“圈圈河”。

新中国成立后，建立村政权，这个村便以圈河命名。人民公社化以后，在“战天斗地”的日子里，圈河村人民拦河造田，过去圈圈河的河床，变成而今旱涝保收的丰产田。

搜集整理：蒋焰，男，59 岁，三江街道文化服务中心干部。

玉河村

“刘罗坪”逶迤送青，“老鹰岩”舒羽呈绿。在两山麓下是一条乱石嶙峋的沟壑。雨天，山洪经此流出，注入綦江而南去。雨后初霁，乱石上无数水珠闪烁，琳琅满目，好似群玉一般。是夜，群玉银河，长天一色；拂晓，峰峦睁眼，溪水欢唱，更为晨曦增辉。

这一叫人心旷神怡的佳景，该有个无损他的名字呀！祖辈对它的命名想开了：江、河、溪是长年流水的地方，黄河因终年呈现黄色而得名，天上的银河想来也是因如玉的群星而有此雅称吧？家乡的这条小溪，我们能叫它石头河吗？不能。有人提议："他山之石，可以攻玉。不如就叫它玉河。"玉河村也因之而得名。

新中国成立后，人们在玉河上的黄桷坝，修起了14万立方米的"黄桷坝水库"，于1982年又把玉河村改名为黄桷村。

搜集整理：蒋焰，男，59岁，三江街道文化服务中心干部。

大山村

三江往石角的路程，到"茶店"刚一半。茶店对岸的蒲江边上有一巨石，名"猴子石"。

传说在很久以前，刘罗坪山下，"大山头"上，住着一群猴子。每年冬天，当板栗成熟的时候，山上的猴子就成群结队，通过"二墩"来到"板栗沟"摘板栗吃。一季板栗，被猴子吃得所剩无几，主人对此很伤脑筋。于是请来猎户数十人，爬上猴子居住的老巢"大山头"，围剿群猴。猴子突围，直往山下河边逃命。猎户尾随不放，跟踪追击。赶至江边，群猴进退无路，只好舍命跃到对岸巨石上。众猎户盖上纸火，抬起猎枪，正欲对准群猴开枪。忽然，一道金光划破长空，巨石上的猴群倏然不知去向。

此后，每当月朗星稀，夜深人静的时候，大山顶上居住的人们，都能亲眼看见无数只猴子在那块巨石上嬉戏追逐。但一到江边，猴子便无影无踪，惊为怪事。人们便把这江中的巨石，叫作"猴子石"。

猴子石的猴子，原是从"大山头"上赶下来的。新中国成立后，建立村政权，这个村就命名为"大山村"。

搜集整理：蒋焰，男，59岁，三江街道文化服务中心干部。

雷打石

大垭、黄桷、新华三个村交界的地方，矗立着一块断成三截的巨石，体积约两百立方米。这就是远近闻名的"雷打石"。

传说，若干年前李老君胯下的犀牛路过此地，在巨石上拉了一堆牛屎。从此，这石头餐风吸露，沐日浴雨，始成精怪。因石头原气属粪，方圆几十里内的粪气，都被这石怪吸收得干干净净。致使庄稼缺肥，萎缩枯黄，四周农民年年歉收，哀声载道，怨气冲天。

一日，吕洞宾朝罢南海归来，忽见前面怨气直冲云霄。拨开云头一看，原来是石头成精，涂炭生灵。

便请闻太师率雷公电母、天兵天将来到石精上空，口中念念有词……刹时狂风大作，雷鸣电闪，一声霹雳，将巨石劈成三截。

从此，周围田野，郁郁葱葱、欣欣向荣，年年五谷丰登，百姓安居乐业。为了答谢上苍，老百姓便在雷打石旁修起一座庙宇。至今，庙宇残址依稀可辨。

搜集整理：蒋焰，男，59 岁，三江街道文化服务中心干部。

涌孔子

“涌孔子”位于寨门村的蒲河江边上，离三江场约两华里。江底因有怪石，两山对峙，蒲江穿过，水流湍急，旋起大涡。行船过此，须掉头而下，船尾先下，船头后下。尾高头低，波不可及，物资生命无损，沉船覆舟可避。

时人来三江，凡未亲睹“涌孔子”者，皆引为遗憾！三江“涌孔子”，实为綦河航道一大奇观。

民国二十八年（1939 年），大智闸[①]竣工，蒲江水道平静如镜，“涌孔子”奇观已不复存。

搜集整理：蒋焰，男，59 岁，三江街道文化服务中心干部。

娘水井

三江“黄桷坝”，有一口闻名乡里的“娘水井”。时至今日，来往行人过此都要歇脚喝水，怀念开井人。

据传，明朝末年，这里住着一位姓张的老大娘。大娘贤淑热情，门前搁口瓦缸，经常盛满老荫茶，为来往行人解渴。

有一年夏天，天旱不雨，张大娘住房周围也滴水难寻。为使过路行人不缺水喝，

①大智闸：20 世纪 30 年代，民国导淮委员会在綦河上修建的抗战闸坝之一。1956 年 11 月 5 日，经有关部门批准，綦河上的船闸进行了更名。大智闸改为三江闸坝，其他綦江境内 7 座闸坝，分别更名为綦江闸坝（大常）、桥河闸坝（大华）、盖石洞闸坝（大信）、石溪口闸坝（大中）、羊蹄洞闸坝（大严）、石角闸坝（大仁）、桃花滩闸坝（大勇）。

她便到山下河沟里去挑水。山势陡峭，道路崎岖，大娘行路艰难，来回一次要一个多时辰。尽管大娘不辞辛苦地下山挑水，也没法满足行人喝水的需要。大娘想，这儿要有口井该多好哇！大娘下决心，要在附近岩石脚下凿出清泉来，以济行路人。第二天，她起床后就扛起锄头，在屋侧边的岩石旁凿起水井来。

张大娘助人为乐的行动感动了近邻，更感动了南来北往的过路行人。于是，有的用锥子，有的使锄头，轮番开井。众人拾柴火焰高，没几天，一股清泉破岩而出。望着汩汩不断沁人心脾的泉水，张大娘差点跳了起来。从此，这个地方就是遇上天旱年也不缺水了。

后来，大娘逝世了，人们为了怀念这位不辞辛劳、助人为乐的老大娘，把这个井起名为“娘水井”。

搜集整理：蒋焰，男，59 岁，三江街道文化服务中心干部。

鲤鱼滩

从三江河嘴，溯蒲河而上，经三江闸，过“佛尔岩”，就到了“鲤鱼滩”。目前，巨力粉末厂就坐落在这里。

传说五百多年前，这里住着一位姓黎的老人，为使子孙后代“繁荣昌盛”，专门从三十里以外的“盖石洞”，请来一位有名的“风水”先生，为他看一穴寿葬①。先生慨然应允，即刻登上老人驻地的后山坡，东瞧西望。最后对老人说，你住宅下那片地很好，葬上了不出三代就可以“跳龙门”②。

老人问:“何时动工？寿葬挖多深?”

先生答:“后天黄道吉日，可破土，你挖到‘鱼上树’就不挖了。总之，不要超过‘戴铁帽’的时间，千万记住?”

老人以丰盛的宴席招待先生，临走时还送了二两银子作为谢礼。第三天，老人率领儿子，请来邻居，在住宅下破土了。碰巧，这天正逢三江赶场，来往人多，把个“金井”围了厚厚一圈。

巳牌时分，一个在河边钓鱼的中年人，把钓到的一串小鱼挂在树上，走拢来看热闹。稍停，取下树上的鱼走开了。

时已近午，一位买锅回家的年轻人，头顶铁锅，挤进人群，看了一下回身又走了。

顶铁锅的年轻人刚刚离开，那位“风水”先生气冲冲赶来，指着老人说:“你为什么不听我的话，鲤鱼都挖飞出来，落到河里去了！”

“我们怎么没有看见呢?”老人问。

“凡夫俗子，怎么看得见?”先生答。

①寿葬：人未死修的墓。

②跳龙门：从唐代起，称士子登第为“跳龙门”。

“没有看见鱼上树哇?”

“起先把鱼挂在树上，走拢来看热闹的人，那不是鱼上树吗?”

“那么‘戴铁帽’呢?”

“刚才一个头顶铁锅的年轻人不是来过吗？那就是戴铁帽的啦!”其实，钓鱼的、顶锅的，都是先生事前就安排妥当的，因为“先生说白天就是白天”。后来，人们就把鲤鱼“飞”入河处的急流，叫作“鲤鱼滩”。

搜集整理：蒋焰，男，59岁，三江街道文化服务中心干部。

打虎岚垭

“打虎岚垭”在今三江街道黄桷村。

相传，有个叫欧武的人，身材魁梧，臂力过人，性子暴躁，做事粗鲁，人们便送给他一个绰号叫“武炮毛①”。

提起武炮毛，方圆数十里真是无人不知，无人不晓。而欧武这个名字，倒逐渐被人遗忘了。

一天午后，夕阳西下，武炮毛赶场回家，途经一个松树茂密的山垭，突然一只黄斑猛虎，张牙舞爪，迎面向他扑来。武炮毛赤手空拳，吓出满身大汗，连忙闪身躲过。正欲寻找自卫武器与猛虎搏斗，谁知猛虎又第二次扑了过来。他只好再次闪身让过，谁知心慌意乱，脚下一个趔趄，尽管猛虎扑空，但他却跌倒在地。

当猛虎第三次向他扑来的时候，他急中生智，沿地一滚，从猛虎身下滚了过去。碰巧，武炮毛的身体正好撞着一棵松树，他腾地跃起，双手抱住松树，使出全身力气，“唰”的一下，来个“鲁智深倒拔杨柳”。好家伙，一棵碗口大的松树，被他拔了起来!武炮毛乘势举起松树，对准猛虎天灵盖用力砸去。霎时，猛虎脑浆迸裂，扑伏倒地。武炮毛抛开松树，急步奔到虎旁，用脚连连踢了几下，老虎一动也不动，已经断了气。武炮毛望着死虎，擦去额上的汗珠，倒抽了一口冷气，自言自语地说:“今天好危险，差点喂了‘扁担花’①!”

第二天，有人从山垭口走过，看见一棵横着的松树旁，躺着一只死老虎。一打听，才知道这只老虎原来是被武炮毛打死的。很快，武炮毛力拔松树打死猛虎的故事，飞一样传遍了四面八方。据说，当时“铁马岩”一户姓欧的人家，正建新房，还把这棵松树抬回去做了檩子。自此，这个山垭就叫“打虎岚垭”。

搜集整理：蒋焰，男，59岁，三江街道文化服务中心干部。

①炮毛:〈方〉,指性子暴躁,做事粗鲁的行为。

②扁担花:〈方〉,老虎。

簏子丘

圈河村的半山腰，有一个小石堆，貌似簏子①，侧面一块田，靠近簏子，因名“簏子丘”。相传五百多年前，游方道士“王道长”路过这里，因天色已晚，便借宿附近一户姓李的贫苦农家户。主人盛情接待王道长，还特地把准备过年吃的黄谷拿出来，放在碓窝里舂成米②，煮饭招待他。王道长很感动，问主人：“舂米不省事，又费力，何不用簏子簏？”主人答：“每年除去交老板③地租，一家人渗粗吃杂尚且困难，哪有钱买簏子啊！”

第二天早上，王道长在主人的坝子边，抬头望着山顶，嘴里叽里咕噜念了一阵，然后转身对准屋侧小石堆，用手指画个圆圈，随即告诉主人：“我送给你一个石簏子，以后你有谷子就在那里去簏，这个簏子不用人推，只用脚对着它踢三下，谷子放上去，米就出来了。”

王道长走后，主人拿出谷子，照他说的法子一试验，果然米出来了。日子一久，李家用石簏子簏米的消息渐渐传开了，周围穷苦乡邻都挑着谷子来请主人帮忙，主人也十分乐意。据说，当年“白云观”的蠢钝道长也来这里簏过谷子。

道光六年，邓仁堃任綦江县知县，在綦江境内大修庙宇，一时成风，簏子垭山顶上也修起一座“玉皇观。”建庙掘基时，挖断一老树根，其大如桶，流血三日。谁知这树根与山下的石簏子是连在一起的，树根一断，簏子就失灵了。从此，簏子再也簏不出米来了。

讲述：不详。

搜集整理：蒋焰，男，59岁，三江街道文化服务中心干部。

铜鼓坪

铜鼓坪位于古剑两路村四社，海拔约500米。很早以前，这里有一直径约10米的大石包，形若鼓状。每当农历十五的月圆之时，大石包就会发出铜锣般的浑厚声响，回荡在山谷之间，于是，人们便把这个大石包叫作铜鼓，把这一带称作铜鼓坪。20世

①簏(lěi)子：古代一种用竹篾编制成的稻谷脱壳工具。

②舂(chōng)米：捣米去糠，使成洁净的白米。

③老板：这里指利用土地收租的地主。

纪 70 年代，大石包被开采成石料，用于建筑基石，今已不存。

搜集整理：蒋焰，男，59 岁，三江街道文化服务中心干部。

瓦窑坝与真读书人①

两百多年前，一家姓王的农户，从圈圈河“独树子”迁来石角与三江交界的地方。建房时，挖出一个烧瓦土窑。后来这儿就取名“瓦窑坝”。

传说清朝咸丰年间，川东道一位文职官员，微服出访，夜宿瓦窑坝王家。第二天早晨起床，见主人长子端坐堂前聚精会神，捧读诗文，旁若无人。一会儿，见一少妇右手托一盘糍粑，左手端一碟白糖，轻轻置于案头，不声不响离去。又一会儿，少主人顺手从盘内取一个糍粑，在案头石砚内沾了一下，放入口内。文中疑句，使他陷入沉思，虽满口乌黑，细嚼慢咽仍不知其味。官员见状深为感动，悄悄地离开了。

第二年，川东道在重庆府开科取士。主考官就是去年微服出访的人。瓦窑坝王氏长子赴渝应试，名列前茅。主考召见，问其籍贯姓名，知道就是去岁瓦窑坝糍粑蘸墨而食的读书人。于是勉励一番，并书“真读书人”四字赠与王氏长子。

王氏长子府试归来，将主考的“真读书人”四字交与父亲。父亲请匠人制一木匾刻其上，悬挂堂屋。从此“真读书人”专心致志、勤奋好学的佳话，四处传扬。乡里劝学，都引用“真读书人”事例启发诱导。

讲述：不详。
搜集整理：万邦荣，男，20 世纪 80 年代三江镇文化站站长。

五马石

传说，白云观道长王白云得道升天后，依然惦记着白云观内事务。这天，他奏请玉皇大帝同意，率随从蠢钝一起，从天宫回到他创建的白云观。面对眼前有些残破凄凉的道观，王白云心中不由升起万千愁绪，当即决定：募集善款，重修白云观。

蠢钝是王白云的书童，出家后便成为王白云的大弟子，并与王白云一起得道成仙。师傅重修白云观的决定作出后，他便不分昼夜奔走八方，四处化缘，筹集善款。建庙资金募足后，他又马不停蹄地采集木材、石料等建筑材料，终日十分辛劳。

①选自《綦江文史资料(合订本)》(政协重庆市綦江区委员会,2018 年编印)。

临奠基日三天前，王白云告诉蠢钝："道观周边山石坚硬而易碎，少了韧性，难堪重荷。坚而韧且能负重是基石之根本。"蠢钝顿悟，二话没说，立刻牵上五匹骏马，腾空跃起，四下搜寻基石之材。

第二天，蠢钝从刘罗坪巡来，欲往古剑山。刚至三江五里村境内的山腰，见一片松林中裸露着皑皑青石，不由眼前一亮。他拔出宝剑，但见剑光闪过之后，一块长五尺、宽二尺的四方青石呈现于脚下。收住宝剑，他挥掌一击，青石稍有抖动，石面留下五指掌印。蠢钝大喜，喝道："这不正是坚而韧且能负重的基石吗?"一阵开心爽朗的笑声过后，蠢钝唤来五匹骏马，一边挥剑采石，一边起石装运。只一天工夫，便完成了基石的采集，遁身返回白云观。

从这以后，人们便把五里村松林坡一带蠢钝取石之处叫作"五马石"。如今,"五马石"已改建为公墓。

搜集整理：蒋焰，男，59 岁，三江街道文化服务中心干部。

鲤鱼池与龙门桥

清同治四年，綦江大兴土木，广修庙宇。

古剑山下的溪流平缓处，兀地出现一座寺庙，旁边还建有十丈高的文笔一座。庙的西面，有一条溪流冲刷而成的天然水坑，而东面紧邻庙宇建有一座十一孔的石桥。

这日，县令微服出访，来到庙内。见一和尚正在清扫，问道："请问主持，崭新的寺庙为何没有庙名？莫不是起好了名忘记挂了?"和尚双手合十，笑道："施主有所不知。敝寺刚建成不久，建庙之时已拟多个寺名，总是难合众意。明日小僧师傅巡游至此，再请师傅定夺!"县令点头，又道："寺外环境幽雅，小桥流水，真若江南洞庭。恕敝人直言，溪流之上大塘，乃为天公养鱼之所；溪流之下石桥，尤似登天龙门。而贵寺正居塘、门之中，庙名得来岂费吹灰之力?"和尚听罢，似有所悟，默不作声。县令见此，哈哈一笑，拂袖而去。

不久，寺庙挂出了"鲤鱼池寺"的门匾，当地百姓便把大水塘叫作鲤鱼池，而把石桥叫作龙门桥，还将"龙门桥"三个字用大青石拓成碑，竖立于桥侧。

讲述：不详。

搜集整理：蒋焰，男，59 岁，三江街道文化服务中心干部。

元通寺①

“元通寺”与三江场隔河相望，是綦江县四大名寺之一。元通寺三面临水，一面靠山，木船环绕相通，故名“元通”，另一说为“圆寂”通西方之意。

元通寺始建于明朝嘉靖年间。寺分前后两殿，左右两厢。前后殿供有如来、观音、文殊、普贤诸佛。左右厢塑有十八阿罗汉。门窗雕饰花纹，寺顶搬鳌垛脊，雄伟庄严，蔚为壮观。明末清初，张献忠率部过此，欲借宿寺内。住持以“清静禅院不便留宿”为借口，拒张部于门外。农民军大怒，一把火焚之。

清朝道光年间，綦江县令邓仁堃巡行过此，觉得此处山清水秀，别具一格，唯文采不振，不免有美中不足之感，于是令人于元通寺旧址修一圆锥形石塔，状似毛笔，高约数丈，命名“文笔”，百姓称石甑子。文笔落成后，当地绅士又集资纹银百两，在文笔旁建成三间庙宇一座，内供川主、玉皇等神像，仍题为“元通寺”。

民国初年，军阀混战，匪风四起，元通寺几经践踏，无人管理，成了断垣残墙。直至“九一八”事变前后，三江哥老会及地方绅士又出面募化集资，稍事修整。自此，不少善男信女常出没寺内“吃斋把素，超凡脱俗”。抗战爆发后，国民政府被逼迁都重庆。于是省外逃难同胞，纷纷入川，因而外地一些封建反动会道门也相继渗入元通寺。民国二十七年（1938年），国民党导淮委员会迁来重庆，为确保军政部兵工署钢铁厂迁建委员会大渡口钢铁厂的生产，着手整治綦江河。当时，导淮委员会水文勘测组来三江，设办事机构于元通寺。后来，闸坝初具规模，移交给兵工署“水道运输处”。“水道运输处”机关也设在元通寺。

民国三十四年（1945年），青年军二〇二师在元通寺靠水道运输处上边，新建平房数幢，作为该师六〇四团团部。

1949年底，中国人民解放军炮兵四团第一营营部设在元通寺。1951年12月，第一营调走，元通寺移交重庆铁路分局。分局在元通寺建“铁路职工疗养院”。1958年，“铁路职工疗养院”迁走，交三江钢铁厂③“职工医院”。1962年，“重庆市第六人民医院”由九龙坡迁来元通寺。1982年，“重庆市第六人民医院”改为重庆市职业病防治院。

几经沧桑，元通寺除当年的“石甑子”尚有遗迹外，已面目全非了。

搜集整理：万邦荣，男，20世纪80年代三江镇文化站站长。

---

①选自《綦江文史资料（合订本）》（政协重庆市綦江区委员会，2018年编印）。

②大渡口钢铁厂：今重庆钢铁集团公司。

③三江钢铁厂：后改名重钢四厂、重庆东源钢业股份公司，2012年停产。

新盛街道

金银村一碗水

“一碗水”位于新盛镇原金银村，今德胜村 5 社，地处原新盛至綦江的人行石板大路旁。石板路内侧是一个硬石壁滩，石壁滩有一条毛线般大的石缝，石缝里有一股涓涓细流，一年四季源源不断。水干净、清凉，喝起来十分凉爽。

据说很早以前有个姓郭的石匠，住在“一碗水”附近，婚后几年都无子女，于是请人观花跳神。观花婆对他说:“你要多做好事，行善积德，使千千万万的人都称赞你。你就会有‘千个儿、万个孙’，自然就能儿孙满堂。”这个姓郭的石匠听了观花婆的话，左思右想都没有想出办法来。后来他的妻子灵机一动说:“我想到一个办法，不知道是否可行？咱们屋子旁边的硬石壁滩不是有股出水吗？而且位于大路边，过路行人又很多，你何不在那石缝下打一个凼，把水装起来，并放一个碗在旁边，为过往行人提供一个歇脚喝水之处呢?”郭石匠认为这个办法不错，于是就照办了。据说后来郭石匠生了 5 个儿子。

远近闻名的“一碗水”就是因此而得名，它的确为往来行人提供了不少方便。遗憾的是因公路建设，该井被毁。

搜集整理：新盛街道文化服务中心。

正自场

据《綦江县志》记载：正自乡始建于明朝，原名镇子场。

清朝末年，在外任府官的正自人张华庭回乡，谈及为官之道时，他提倡“正人先正己，然后正他人”。对本地子弟影响深远。

民国二十四年（1935 年）因镇子场与本县镇紫街同音，需要改名。有人就提出张华庭以“正人先正己，然后正他人”之意，改“镇子”为“正自”。

从此,“正自”的地名就沿用下来。

搜集整理：新盛街道文化服务中心。

熊家嘴

原正自场高石村[①]有个叫熊家嘴的地方，自古以来，都是姓熊的人居住，住宅也建得漂亮。清朝年间，有个姓彭的人路过此地，因为懂得一点风水知识，他认为熊家嘴是个懒龙下山的风水宝地，今后肯定要出大人物，心中暗喜，就用重金把熊家嘴买下了。据说，后来彭家真的考上了两个举人。

有一天，从贵州来的一个“阴阳”[②]路过此地，看了熊家嘴便对彭家的人说:“你们家虽然考起了举人，但不敢出门做官。因为你们这房子前面有两座山，一座是椅子山，可以坐着都有吃；还有一座是半壳[③]山，这个山是对准了后面的蛇头的。蛇只要下来，半壳就会夹死它，所以就不敢出门做官，否则就会凶多吉少。”就这样，熊家的两个举人还真没有出去做官。后来，这两个举人就在家开了个私塾教起了书来，培养了很多的人才。

传说，这座椅子山，只要山上一垮点泥土下来，熊家嘴就要出一个小文人。

搜集整理：新盛街道文化服务中心。

“小姐大丘”与“冒火山”

“小姐大丘”与“冒火山”都是地名。在新盛、正自一带，类似奇怪的地名还不少，究其原因，都有一些来历。

“小姐大丘”位于今新盛镇石桥村5社[④]。

据传新中国成立前正自场有个地主，他家里有一块大丘田[⑤]位于今新盛镇石桥村杜家坝房屋前，此田约有400米长，围着一小山包。在田的一边喊叫，另一边也听不到。这个地主很吝啬，每到需请人栽秧的时候，都不愿意花钱雇人。他想了一个鬼主意，用他家待嫁的小姐做诱饵，放出话去说:“谁把这块田的秧子，从这头栽到那头，一直不伸腰杆[⑥]，我就把女儿许配给他。”

这样一来，就有很多人来这块稻田里栽秧子，可就是没有一个人，能一直不伸腰

①高石村:现新盛街道阳台村。
②阴阳:风水师。
③半壳:〈方〉,河蚌。
④原正自乡桂圆村。
⑤大丘田:大块水田。
⑥腰杆:〈方〉,腰部。不伸腰杆,不立起腰。

杆就把这块稻田栽过去的。慢慢的，人们明白了地主的用意，也就没有人再来赌了。自那以后，人们就把这块田叫“小姐大丘”，至今这里还叫这个名字。

“冒火山”在新盛镇金银村[①]附近的一个山岗上，有很多户人家居住。由于山上没有水，人畜饮水都要到山下150米远的老水井去挑。一家人每天要用四至五挑水，担一挑水至少要花40分钟时间。不管是天寒地冻、日晒雨淋，一年三百六十五天，天天如此。本来就是上坡路，担起水来就更费力气。特别是雨天挑水，泥泞的山路，滑跤摔倒成了“家常便饭”。辛辛苦苦的一担水，眼看到家了，却被摔倒了，心里很冒火，人们就把这个山岗取名“冒火山”。后来，这里生活的人们逐渐搬离，到别处建房，再也没人为挑水而“冒火”了。

搜集整理：新盛街道文化服务中心。

王冯氏节孝牌坊

王冯氏节孝牌坊，位于原綦江县正自场[②]外南约两百米、系九井山延伸而下伏龙山山脉的一个小山包上。清咸丰十一年（1861年）始建，至今已有150多年，不幸被炸毁于20世纪60年代末。节孝牌坊虽被破坏，但冯氏妇女的节孝故事却在当地经久不衰地流传。

巧运巨石，师徒斗法

牌坊修造时，人们无法将几吨，甚至十几吨重的巨石，一块一块运上去安砌[③]，掌墨师感到束手无策，只好去求教他的师父。年迈的师父告诉他：“我也是年老力衰的人，泥巴都堆到颈颈[④]了，事情还得要你自己去做啊。”告别师父，掌墨师感觉很失望。途中，他突然醒悟，师父是在考验自己的悟性：用泥土逐步堆高成斜面，然后用拉、推、撬及滚动的方法把巨石搬运上去，牌坊成型后，再除去泥土，不就把安砌巨石的问题解决了吗！

话说掌墨师的一个得意徒弟，也在贵州修完牌坊回正自看望师父。走到离正自牌坊不远的庄子坡时，听说师父建的牌坊还没有修好，傲慢说道：“师父真是老不中用了，我后动工都修好回来了，你才修到第二层。”这个不知天高地厚的徒弟，怎么敢把自己在贵州修牌坊的水准，拿来与师父修的正自牌坊比呢！其规模，工艺水平真是天壤之别。于是他心生“邪念”，想开他师父的玩笑。这时，他师父正在工地指挥吊运大石梁，徒弟使出“金刚剪”邪法，把正运往高处二层大梁的麻绳剪了其中一根，掌墨师见势不妙，一看麻绳断痕，知道有人在和他斗邪法，于是，他顺势扯了一把茅草，再

①今德胜村。
②今新盛街道正自中学球场处。
③安砌：安装。
④泥巴都堆到颈颈：比喻人老得快入土了。颈颈：〈方〉，人的颈部。

吐一口水在茅草上，双手将麻绳断痕紧捏着，口中念念有词，大呼:“用力拉!”只见一根大梁安上去了，徒弟惊骇得面如土色，无颜面见师父，回家不久就死了。后来，掌墨师知自己徒弟所为，骂徒弟不是，亦深悔不已。

鲁班托梦，和尚帮忙

牌坊修建期间，一天，一衣襟褴褛的和尚，来到牌坊工地化缘。他未经任何人允许，拿起随身携带的手锤便打起石料来。掌墨师见了心中不悦便上前制止，而和尚要求在工地干活，混口饭吃，当即被掌墨师婉言拒绝，和尚无奈，只得离开了工地。不过和尚并没有走远，而是在工地附近借住了下来，无所事事，天天东走西看，住了一段时间，他便打了一个石猪槽和一块石料，临走时告诉借住之家人说:“这个猪槽和石料送给你们，猪槽你用来喂猪，包你的猪儿长得又肥又大，石料今后一定有人要，到时你就高价卖给他，所卖的银子就当我在你这里吃住的费用。”说完，扬长而去。

和尚走后，农家半信半疑。后来牌坊修到第三层，工匠们多次取来的石料有一块总是缺料，掌墨师很棘手，整天闷闷不乐。一天，他梦见鲁班，聪明的掌墨师一觉醒来后，怀疑前段时间，那个举止怪异的和尚说不定就是来点化自己的高师。于是，掌墨师寻踪访查到和尚住过的农家，农家告诉他，和尚已经走了，还打了一个猪槽，留下一块石料送他，并说以后有人来寻取这块石料。掌墨师前往一看，两眼放光，兴奋极了，原来这块石料，恰好与所需石料不差分毫。就这样，掌墨师高兴地用重金购走了这块石料。农家也用那猪槽来喂猪，果真猪儿会吃会长。

麻绳成妖，除妖安宁

再说牌坊修好后，族人把用过的最粗的一根麻绳收藏起来以作纪念。过了许多年，偶然发现石桥坝田坝间传闻有一条巨蛇出没，四周的鸡鸭等家禽常常失踪，田间有蛇类爬行的痕迹和血迹。一次，有人突然看到收藏的麻绳有湿漉漉的血迹，开始跟踪侦察，终于判定是麻绳修炼成妖，危害邻里，于是将它砍断分给族人，除却了绳妖，石桥坝从此便安宁了。

搜集整理：新盛街道文化服务中心。

通惠街道

登瀛麻子桥①

一

綦江登瀛有一座小桥，叫作麻子桥。为什么叫这个名？传说早年，瀛山脚下的登瀛是个小镇，为了疏通道路，在那儿修了一座小石桥。竣工这天，按传统要有声望的人或新人首先踩桥。这时人们正为找不到合适的人踩桥而着急，突然看到来了一乘花轿。大家就叫新人下轿踩桥，这新娘羞羞答答地下了轿，姗姗踩过。新娘脸上有几颗麻子，人们从此就把这桥叫作“麻子桥”，沿用至今。

讲述：黎贵儒，男，58 岁，登瀛乡，书写个体户。
搜集整理：李宗槐，男，26 岁，登瀛乡文化站专干。

二

綦江通惠街道有一个登瀛场，登瀛场边小溪上有一座石桥，当地人称作麻子桥，登瀛场也因此很长一段时间被附近老百姓叫作麻子桥。

为什么这座石桥被叫作麻子桥呢？当地老百姓中流传着这样一个故事……

登瀛场边有一条小溪，小溪虽然不宽，水也不深，但却是位于附近乡村的老百姓到登瀛场街上买东西卖东西的必经路，于是老百姓自发凑了钱，请了匠人修桥。匠人花了大半年时间终于把桥修好了，可是按照当时老百姓中自发定下的规矩，新修好的桥必须请贵人首先从桥上走过，然后其他人才能过桥，这个规矩叫作贵人踩桥。登瀛场是一个偏僻的小场，到什么地方去请贵人来踩桥呢。修桥的牵头人想不出办法，于是去找登瀛场上一个算命的先生帮忙算一算。算命先生闭着双眼，摇头晃脑，口中念念有词算了半天，终于拍着巴掌叫起来：“贵人踩桥，对，明天午时有一贵人路过，就请他踩桥，桥一定百年永固。”

算命先生是随口胡说，可是修桥的牵头人却信以为真，记在了心里。第二天召集了附近乡亲，准备了锣鼓等乐器，守候在桥的边上，等候贵人出现。时间慢慢过去，午时就要到了，却没有看见贵人的影子，造桥的牵头人以及等候在桥附近的老百姓都非常焦急。想不到事情非常巧，就在午时三刻桥附近山路上传来一阵锣鼓声，一队娶新媳妇的人抬着新娘子坐的轿子路过，造桥的牵头人心里想到，贵人！对，轿子里抬的新媳妇就是贵人，请新媳妇踩桥，桥一定百年永固，造福百姓！

建桥牵头人急急忙忙带了人在山路上拦下了娶亲的队伍，说了很多好话，劝得迎亲队伍同意让新媳妇去踩桥。

新媳妇羞羞答答，头上盖着红绸子上了石桥，周围观看的老百姓你一言我一语地

①选自《中国民间故事集成·重庆市綦江县卷》(綦江县民间文学三套集成编辑委员会，1991 年)。

称赞着新娘子。

“看，新娘子细细的腰，一定是一个大美女！”

“新娘子一定是大美女，以后这座桥就叫作美人桥吧！”

造桥的牵头人以及观看贵人踩桥的百姓万万没有料到踩桥的新娘子走到桥中间，突然刮起了一阵大风，吹掉了新娘子头上盖的红绸子，露出了新娘子的本来面目，原来新娘子是一个大麻子，有一张十分难看的麻脸。

由于是麻脸女人踩的桥，第一个从桥上经过，桥便叫作麻子桥。

搜集整理：胡世博，男，78岁，綦江区政协退休干部。

转关口①

从前，有一个重庆知府要修重庆府的衙门，就派了一个官员负责在綦江瀛山上砍木料的工作。这官员找了许多人上山砍树。树子很大，砍下来不好运，只有等下大雨，河沟里有水了，才把棒棒②放在沟沟头冲起走。

那年天旱，没有下几次大雨，木棒棒就没有按时送到重庆府。重庆的知府认为耽误了期限，就另外派人来问那个官员的罪。当时，木料正运到山脚，来人就把那个官员斩了。

从此以后，大家就叫这地方为“斩官口”。时间越久，大家说讹了，就成了现在的“转关口”。

讲述：谢光德，男，汉族，35岁，瀛山乡千秋村农民。

搜集整理：周呈焕，男，23岁，瀛山乡千秋村农民。

①选自《中国民间故事集成·重庆市綦江县卷》(綦江县民间文学三套集成编辑委员会编，1991年)。

②棒棒：木棒。

石角镇

莽渡河①

莽渡河，位于新民乡南约五百米处，长约一公里。人们只知道称呼它，对它的名字的来历却不甚了解。

明朝末年，西南三省巡抚罗伦驻镇云南，他老家在新民乡铺子村石庙子。一日巡察回乡，从云南带回菜蛇一根，喂于家后檐沟内，以猎物喂之。几年后，菜蛇重达七百多斤，形大如桶，状如传说中的蟒蛇。食量之大，猎物无法满足，见鸡食鸡，见狗食狗，三四尺内，张口一呼鸡狗即进。罗伦及亲属大为吃惊。怕它梭②出来吃人，想设法杀掉它。

罗伦派人上街买来剃胡刀三十多把，安放于沟底出口处。打开沟栅栏，让人拿一块肉在外逗引，蛇饿极了，见肉思食，顺沟梭出，腹破而亡。罗伦找来村里几个力气大的男人，用刀将蛇砍为三段，两人一段，抬至离村约一里路的小河边，摔在河内。蛇在水里，背露水面，人们见了，无不惊讶。认为是巨蟒入河，要归东海。此后，人们便称这无名小河为莽渡河。

讲述：罗群华，男，84岁，新民乡八一村，农民。
搜集整理：罗玉彬、唐光忠。

老瀛山

传说很久以前，没有老瀛山，更没有白云观，高低起伏的山峦上长满各式各样的大树，林子里生活着许多动物。可是有一天，林子里有一只恶龙借来海水兴风作浪，让好多的百姓和动物都遭了殃。后来遇到治水的大禹王，他用神仙送给他的神斧勇斗恶龙。恶龙战败逃到了东海，大禹王追到了东海。

东海边有一座蓬莱仙山，峰峦叠翠，松柏参天。恶龙躲到了蓬莱仙山树林中。大禹王追到仙山前，看到恶龙的身影，一挥斧猛劈下去，震天动地一声响，神斧没有劈到恶龙，却劈断了仙山一角。

住在南海的一仙人受到震动，查明实情后，帮助大禹王收服了恶龙。可是，被砍下的仙山一角还在空中漂浮着，仙人和大禹王商量要给砍下的仙山找一个新家，让仙山造福生灵。大禹王沿着洪水入海的水道一面走一面寻，终于在大江南岸巴州地界找

---

①选自《中国民间故事集成·重庆市綦江县卷》(綦江县民间文学三套集成编辑委员会编,1991年)。
②梭:〈方〉,爬。

到一片开阔的洼地，非常适合放置漂浮的仙山，仙人和大禹王将仙山置放在洼地上，因为这山本来就是瀛洲蓬莱仙山的一角，便将其取名为瀛山，后来人们称之为老瀛山。

因为仙山曾经生在海边，所以山上有厚厚卵石堆积层，山崖边还有靠船的绳洞，和恶龙留下的好多足印。再后来，太上老君来此炼丹，还留下了些许丹炉中的红壤……瀛山对面不远处还有一座高高的像公鸡一样的高山，也就是后来人们所称的鸡公嘴。

搜集整理：石角镇文化服务中心。

白云观

綦江境内老瀛山白云观被誉为川东道教圣地，历史悠久，远近闻名。道观名称的由来众说纷纭，其中有两个版本广为流传。

一传。道观修建于明朝嘉靖三十一年（1552年），当年，江西洪都道士杨常符游历天下名山，按图索骥，千里迢迢来到綦江，终于选定老瀛山这人间仙境，在前山西南角绝顶平台修造道观。挖掘地基时得一石砚，上刻有“白云”二字，于是将道观命名为“白云观”。这白云石砚也有些来历。在“八仙闹海”的故事中，说蓬莱岛有一个“白云仙长”，办了一个牡丹宴，邀请八仙赴宴。这老瀛山和蓬莱岛都属于神山之一，白云仙长在老瀛山和蓬莱岛之间轮岗交流，刻有“白云”二字的石砚，也许就是当年白云仙长的遗物。

又传。当年，洪都道士杨常符，携徒弟王白云游历天下名山大川，辗转来到綦江境地，发现孤耸雄峙的瀛山是不可多得的人间仙境，便在此结庐修道，后建道观一座，杨常符便用徒弟的名字命名为白云观。另传。在綦江民间世代相诵一个谚语：“好个鸡公嘴，生出（错）个白云观”。民间百姓善于想象，散发思维。又传说：玉皇大帝寿辰，大办寿宴，看到古剑山的鸡公又大又肥，想必炖来味香可口，便诏命灶神菩萨下天庭，架起大捆大捆的柴禾，将公鸡放入“白云观(罐)”中，烧起熊熊大火，炖呀！炖呀！只见蒸气大发，罐中公鸡骨散肉烂。意思是说白云观（罐）是专门克鸡公嘴的，大自然也是一物降一物的。

搜集整理：石角镇文化服务中心。

棋盘石

在綦江白云观景区内，有一处自然景观叫作“南岩仙弈”，位于灵官殿旁边的绝壁上，有一处凹进去的地方，长约 7 米，宽约 3 米，内有石墩、石凳，石墩上刻有中国象棋棋盘，传说曾经有仙人在此对弈过。还传綦江县令邓仁堃曾经偷换过这里的棋子，但最终还是没有能够把棋子带出巴蜀地界。

张果老不敌两小孩

传说张果老游山玩水来到老瀛山，登临白云观，见一绝壁处有一凹陷的台地，便想去看个究竟。发现有两个十四五岁的少年正坐在石凳上，俯身石墩上下棋，神情专注，对张果老的到来不予理睬。张果老也是一个棋迷，蹲在一旁认真观起战来，见两个少年年纪虽小，但棋艺十分高强。张果老开始不声不响，一心观棋，慢慢的不安稳起来，随着两个少年移动棋子，或大声叫好，或连声叹息。一个少年见张神仙在一旁吵闹不息，生气了，丢掉手上棋子，立起身责备说:“你看这人，又吵又闹，烦死了，有本事自己下一盘。”

张果老看棋看得心痒手痒，听了少年的话，不客气地坐在了石凳上，摆好棋子下起来。观棋的时候，张果老没有把少年棋手放在眼里，没有想到自己跟他下起棋来十分棘手，根本占不了上风。另外一个少年立在一边观棋，看到了张果老被对手逼得只有招架之功，没有还手之力，拍着手叫作:“好啊，臭棋输定了。”

张果老在八仙中自恃棋艺高妙，赢得多，输得少，想不到在一个少年面前成了“臭棋”，羞得满面通红。第一盘输了，张果老不服气，逼着少年再下一盘，可是，仍然被对手逼得连连退让。另外一个少年在一旁又笑又叫，大喊“臭棋”。张果老心烦意躁，稍不注意，第二盘又输了。

第三盘棋摆上了，张果老决心下赢这一盘棋，赢回面子，他仔细斟酌，认真考虑，尽管费了九牛二虎之力，仍然不是少年的对手。听到另外一个少年在一旁嘲笑，恼了，拿起被对方吃掉的棋子，一挥手扔下了山。少年笑着唱起来，“神仙输不起，是个大癞子①。”张果老知道遇上了真正的高手，不敢怠慢，手一招，用法力把甩下山的棋子拿了回来，小心翼翼地下起棋来。张果老和两个少年下了一整夜棋，太困了，迷迷糊糊靠着石壁睡着了，不知道两个少年什么时候走了。

张果老睡得正香，忽然听到身前有人大声呼喊:“师兄，醒来，太阳晒到屁股了!”张果老被人推了推，勉强睁开眼，眼前金光万道，翻身坐起，见吕洞宾站在前面，吃惊地问:“师弟，你怎么会在这里?”吕洞宾笑笑说:“师兄，你能找到仙山宝地，小弟就不能找了来?这瀛山果真是一座仙山，师兄好眼力，小弟佩服，不过，师兄下棋输给

①癞(lài)子:头上长黄癣的人;无赖。

十多岁小儿，被人骂成臭棋，丢了我们八仙的面子哟！”

张果老想起头天晚上和两个小儿下棋的事，十分懊恼，他十分奇怪，吕洞宾怎么知道输棋的事，正想问，吕洞宾指了指洞穴后壁，说：“师兄，你回身看看，壁上写的什么？”张果老回过身去，见洞穴壁上写着 20 个大字：

臭棋张果老，输棋本领高。

再练五百年，咱们再过招。

他的脸一下子红到了耳根，生气地抓起棋盘上的棋子，通通扔下山去，可是棋子沾了仙气，被扔下山后一颗颗又跑了回来，跟原来一样摆放在棋盘上，气得张果老摇头晃脑，无可奈何。

吕洞宾神秘地问：“师兄，你可知道昨天晚上跟你下棋的两个小儿是什么人？”张果老茫然地摇了摇头，一脸莫名其妙。吕洞宾笑着说：“师兄，你下了一辈子棋都是赢别人，昨天晚上输了，而且输得很惨，不过也不用懊恼，昨天和你下棋的两个小儿是太上李老君炼丹炉前的两个童子，看起来像小儿，但一直陪老君炼丹，修行上万年，应该是我们的师祖爷爷。瀛山原本是李老君炼丹的地方，这棋盘就是两个童儿炼丹空闲时下棋玩的地方。尽管老君的炼丹炉移到了九重天上，两个炼丹童儿仍然经常来下棋玩。师兄有眼不识泰山，逞能好胜，妄自评论两个童儿下棋，还敢与他们对弈，有些自不量力嘛。”

张果老听了，心里满是愧意，赶忙对着洞壁上的字跪下，嘴里连声喊道：“祖师爷爷，徒孙不知，多有得罪，万望宽恕。”说也奇怪，张果老跪拜后，洞壁上的字就消失得无踪无痕了。

白云观神棋不出川

在清代道光年间，瀛山所在的綦江县来了一个青年县官，年纪只有十四五岁，姓邓名仁堃。由于年轻，县里人私下都叫他“邓小伙”。

邓仁堃是湖北省麻城县人氏，家里是做生意的，十分有钱。父亲想让家里出一个考取功名、入仕做官的人。邓仁堃天资聪颖，科举考试一路顺风，在他 15 岁那年便考中了进士，官封綦江知县。上任不久，听说境内白云观很出名，于是便带了随从前往白云观拜见蠢钝大师。蠢钝大师见到这个娃娃知县，十分敬佩，陪同他到白云观各处游玩。当来到棋盘石，听大师讲了仙人下棋的故事，看到棋盘上仍然摆放着 32 枚棋子，觉得十分好玩，顺手抓起两个棋子拿在手上，光光滑滑的，想偷偷放进衣兜带走，又觉得当着大师的面拿走棋子不好意思。后来，趁睡午觉休息之机，叫随从偷偷去棋盘石拿来几个棋子。县太爷有令，随从不敢不去。可是，一会儿，随从就满脸大汗回来了，说棋子太重，拿不动。邓仁堃责备说：“小小棋子你都拿不动，上午在棋盘石玩时我都拿起来的。”随从十分委屈地说：“棋子实在很重，真的拿不动。”邓仁堃有些奇怪，跟着随从又来到了棋盘石，他顺手又拿起棋子，并不觉得沉重。可是，让随从去拿，使尽全身力气也拿不起。邓仁堃更觉得十分神奇，从棋盘石上拿了 3 个棋子，放入衣兜，回道观继续休息。

下午，邓仁堃询问大师：道观破损严重，为什么不及时修缮？大师回答因为资费紧张，暂时无钱整修。正在摆谈，小道士前来报告：棋盘石不见了三枚棋子。大师笑了笑，说：“不用担心，丢失的棋子会自动回到棋盘上的。”邓仁堃心中暗暗讥笑大师太过自信，三枚棋子在我衣兜里装着，怎么会自动跑回棋盘石。正在暗中得意，突然觉得衣兜中的棋子要往外跳，急忙用手捂着，可是，三枚棋子越跳越厉害，捂不住。邓仁堃害怕棋子当着大师的面从衣兜里蹦出，县太爷偷拿神棋，脸面不好看，急得满头大汗。随从看到小县官满脸通红、一头汗，不知什么原因，便请邓仁堃回房间休息。大师似乎心中有数，送县爷回房。邓仁堃刚刚回到房间，“咚！咚！咚！”三声响，三枚棋子从衣兜中跳出。邓仁堃扑上前去抓，抓不住，三枚棋子一蹦一跳出了房门，上了大厅。邓仁堃不死心，叫上随从一起追。十分奇怪，邓仁堃和随从追得紧，三枚棋子跳得快，邓仁堃和随从累了，追得慢了，三枚棋子跳得也慢了。追着，跳着，三枚棋子跳回了棋盘石，跳上了棋盘，像从前一样摆得整整齐齐。

这石盘上的神棋，真的让邓县令着了迷，回到县衙后，老惦记着白云观的神棋，盘算着制作一副样子相同的棋子去把神棋换回来，于是邓仁堃便吩咐工匠开始秘密打造，准备再访白云观时去偷换。为了给白云观赞助些修缮款，邓仁堃打算让那些为富不仁的财主捐献一万两银子。正好遇到县城里一个叫王半仙的财主，想霸占穷人的女儿做小妾，邓仁堃便设计让财主把自己关到他家的柴房里，然后要治财主私自关押朝廷命官的罪，叫他乖乖交了捐银。

当工匠给他做好了一副仿真神棋后，邓仁堃带着这副棋子又到了白云观，瞅准机会自己偷偷去把神棋换了出来，带回县衙收藏起来，视为珍宝经常把玩。过了些年后，朝廷调邓仁堃回湖北家乡为官。走时，邓仁堃叫随从一定不要忘记带上白云观的神棋。他们一路舟船，当船行至长江巫峡快要出川之际，江面突然巨浪滔天，仿佛要将他们的行船掀翻，当时的邓仁堃惊恐万状，不知到底是何原因。在这万分危急关头，随从提醒他说：“老爷，赶快使用你的神棋。”于是邓仁堃将神棋取出，一颗一颗投入江中，投完棋子后，江面突然变得风平浪静，邓仁堃感慨地说了句话：“神棋呀真神奇！你原来是不想出川呀！”

搜集整理：石角镇文化服务中心。

石轿子与莫人抬

石角境内，民间流传着一个谚语：好个石轿子，生出（错）个莫人抬（抬）。

石轿子位于老瀛山山顶马脑山脚瀛坪之上。其实是一个独立的大石头，貌似一座美丽壮观的轿子，上面戴着四方圆帽宝顶，四周镶嵌着帽檐，下面开着长方形的轿门，轿门内可以坐下一个大人。“莫人抬（抬）”位于今青年镇板辽坝连贵州崇山峻岭脚下的一块大台地，莫氏家族在此居住开垦，多少代人的休养生息，后来人们把此地叫作“莫人抬（抬）”，与“石轿子”遥相对峙。

那是在唐朝初期，老瀛山所辖周围一百余里，多系少数民族僚人居住开垦，繁衍生息，官府为管理僚人，设治了瀛山县。瀛山县衙，设在马脑山脚石轿子所在的半山平地，叫瀛坪。不管从登瀛、三溪、石角到瀛山县衙，都要爬山坡走陡路，感觉难于上青天。

县大老爷听说那里有一神奇的天然石轿子，十分高兴，便差役拉农夫抬轿，天天、月月、年年抬他上衙门、下衙门。这样一来，真是累苦了轿夫，轿夫们怨声载道，但敢怒不敢言。老瀛山的猴群，是花果山水帘洞孙悟空的徒子徒孙，见此情此景，报告了祖师爷孙悟空。孙悟空哪里容得下这等害人的恶事，便驾着祥云，一个筋斗，来到瀛山县衙，率领徒子徒孙大打大闹，县大老爷吓得屁滚尿流，灰溜溜地逃跑了。孙悟空拔下猴毛一吹，就把石轿子永远定死在马脑山脚。孙悟空救了轿夫，轿夫们万分感谢，拜叩孙悟空后高高兴兴回家与亲人团聚，恢复了男耕女织的幸福生活。从此，石轿子，莫人抬。

搜集整理：石角镇文化服务中心。

油篓坪与灯草坪

石角境内有个家喻户晓的谚语：好个“油篓坪”，生出（错）个“灯草坪”。“油篓坪”就是指现在的“刘罗坪”。“灯草坪”则位于老瀛山脚石轿子所在的地方，两坪隔河遥遥相对。

刘罗坪是个古战场，因战事导致土地荒芜。特别是明末清初，四川战乱频发，死人过多，到处一片荒凉，“千村薜荔人遗矢，万户萧疏鬼唱歌”。清康熙年间，实行移民，湖广填四川，川内人口大增，生产发展，大种经济作物，綦江满山遍野栽种油桐树，到处都是榨桐油的油房。刘罗坪十分适宜油桐树生长，产量远远盛于其他地方，年年桐油丰收，故又称油篓坪。

灯草坪也很开阔，广种灯草。那时，乡村、街镇家家户户都是用桐油灯，用灯草浸入桐油内，点燃灯草照明。

那句谚语的寓意是：你虽然是富有桐油的油篓坪，我这里却是专燃桐油的灯草坪，用灯草天长地久就会把桐油烧干。

搜集整理：石角镇文化服务中心。

挖断山

綦江石角境内的刘罗坪，海拔逾千米，山腰有座数百米高的小山峰，位于双树村龙山垭，山顶不过数丈方圆。这小山原为刘罗坪的一部分，现与刘罗坪一分为二，当地人称之为“挖断山”，又名“万錾山”。人只要身临其境，翘首仰望，可见那高高的断壁上，一道道錾子打凿的痕迹依稀可辨。这山名、断壁和錾子印为何存在？当地山民中流传着一个故事。

刘罗坪山腰有一座山神庙，庙宇附近有一个叫李家湾的湾子，住着一户姓周的人家。户主年近半百，人称周善人。周善人读过两年私塾，家境殷实，信奉神灵，乐善好施。平时遇到有乡邻吃不起饭的时候，常接济一两升粮食，还说不用还。叫花子上门不但给饭吃，走时还给一合（gě）米。遇有手艺人走村串户，喜欢留其吃住。久而久之，落得个周善人的美名。

有一天夜里，周善人梦见山神庙上敲锣打鼓，唢呐阵阵，人声鼎沸，比看大戏还热闹……直到鸡叫头遍，他才从梦中惊醒。第二天夜晚他又做了同样的梦，周善人心里称奇，笃信山神庙有神灵。这个梦经周善人加油添醋，讲给附近村民，又一传十，十传百，越传越神，越传越远。过不多久，十里八乡老幼皆知。

未隔数月，李家湾来了个姓王的阴阳先生。此人身穿旧长衫，肩上挎着蓝布口袋，走进周家堂屋，向周善人拱拱手说：“老哥子，我看你天庭饱满，地阔方圆，是个福相。我给你选席地，包你身后儿孙升官发财，不信，你把我的名字倒起喊。”周善人一听，正中下怀，心想我正要找席地修坟造墓，阴阳就上了门，真是天助我也。

于是对王阴阳说：“我给你讲，附近山神庙有点神奇，我想请你到那里看一看，能不能在那里给我选席地。”于是就把那两晚上做的梦竹筒倒豆似的讲给王阴阳听。王阴阳听后一拍大腿说：“哎呀，我当阴阳这么多年，还是头一回听说这样的奇事，这地方肯定是风水宝地。如你百年之后，福人葬宝地，儿孙定要升官发财，起码都要当个县太爷。”

一席话说得周善人心花怒放，于是吩咐家人推豆花、煮腊肉，温上一壶酒，招待王阴阳吃了午饭。饭后二人爬坡上坎，来到山神庙后面的山坡上。周善人喘着粗气用手指了指眼前一片地说：“先生，梦中见到的大概就是这一带”。王阴阳顾不得休息，先爬上刘罗坪山顶，察看山脉的走向，又下到半山坡，细看附近的地形，大约看了两个时辰，才从随身口袋里取出罗盘放在地上，来回转动，神神秘秘地眯起眼睛，这方瞄瞄、那方瞧瞧，耳朵贴在地上，这边听听、那边敲敲，如此这般，折腾到太阳落山才收起东西，原路返回。

晚上酒足饭饱，王阴阳打着酒嗝，从随身口袋里拿出一本书翻了几页，便拉开了话匣子：“老哥子，这地不是等闲之地，按书上的说法，这是一条龙脉！这条龙脉还不短，从山上一直延伸到山脚河边，脊背上正是龙王庙。这条龙脉，有福之人葬了，儿子不当皇帝，孙子也要登基。”

周善人一听，吓得张不开嘴，大气不敢出。隔了一会，王阴阳叹息道：“可惜呀！老哥子，你没有这个福气受用这席地。这个皇帝前生是个要饭的，这个龙脉只有叫花子才有福分受用。一句话，你百年之后葬进去也没有用。不但没有用，反而会给你子孙带来杀身之祸，你就不要痴心妄想了。”

周善人听了，如坠五里云雾，说道：“先生，可有良策？”“无可奉告。”王阴阳的头摇得像拨浪鼓。两个人叹息了一阵，吹牛吹到半夜才睡觉。第二天早饭后，周善人拿出一吊铜钱给王阴阳，算是工钱。临走，王阴阳再三嘱咐周善人：“老哥子，这叫花子当皇帝和龙脉的事，不能让第三个人晓得，只能是你知我知，天知地知，天机不可泄露。如果传出去，恐怕猫抓糍粑脱不了爪爪哦。弄不好，不掉脑壳都要坐牢哟。”

送走阴阳先生，周善人心里盘算，这龙脉要叫花子才有这个福分受用，我若去当叫花子，一来吃不了这份苦，二来舍不得这份家业，又不敢去找八字先生出主意，要是走漏了风声，这是诛九族的罪呀！冥思苦想几天，心中顿生主意：本地不是有小孩拜叫花子为干爹的习俗吗？经常都有叫花子要饭路过，何不与叫花子认个干亲，等叫花子死后埋到山神庙后面，自己百年之后以亲戚名义与之合坟，也就沾上了龙脉。只要沾上龙脉，子孙不敢有奢望去当皇帝，当个小官也算积了八辈子的德了。

真是无巧不成书，没过多久，李家湾就来了个六十开外的老叫花子。此人穿着一身又脏又烂的衣服，赤着双足，手里拄着根打狗棍，烂背篼里装着一个破砂锅，还有一床破棉絮。他走到周家门口，拱拱手，有气无力地对周善人说：“主人家，打发点嘛，我一天没有吃饭了。”

周善人一见，喜出望外，忙把老叫花子迎进堂屋坐下，吩咐堂客[1]把饭菜端上桌子让他吃。叫花子狼吞虎咽，吃饱了肚子，说声“多谢”，背上背篼就要走。周善人连忙起身说：“老哥子，不忙走，我有一事相求。”老叫花子答道：“有事尽管吩咐。”周善人说：“我的小儿子算过八字，八字先生说要拜穿百家衣吃千家饭的人当保爷，保他一生平安，不知你愿意不愿意？”“如此，高攀啰！”老叫花子回答。于是周善人把小儿子叫出来，扶老叫花子上坐，磕了三个响头，喊一声“保爷”。周善人说：“请赐名。”老叫花子说：“我姓李，他是我第九个干儿，就叫李九，你看要得不？”“要得。”这个干亲就这么认下了。

周家备下酒肉，留老叫花子吃了午饭，临走时，周善人让堂客拿了一升米、一套旧衣服、一床旧铺盖，给老叫花子装进烂背篼，对他说：“老哥子，你我是兄弟了，你没有住处，我看就住上边山神庙，以后如有揭不开锅的时候，我好接济你。”老叫花子千恩万谢走了，住进了山神庙。这山神庙虽破，总比住岩洞、睡屋檐强多了，因而他白天出门要饭，晚上回庙住，从此把山神庙当成了家。

周善人心里做着美梦，自然高兴。有一天赶场与朋友下馆子喝醉了酒，风水先生的嘱咐顿时忘到九霄云外，终于把心中憋了很久的那叫花子要当皇帝和有龙脉的事吐了出来，走时再三嘱咐朋友不要对人说。这天大的奇闻，哪能包得住，给亲戚说，经朋友讲，没过多久就在当地传开了。这话终于传到了县衙师爷耳中，师爷连忙禀报县太爷。县太爷不敢怠慢，连忙奏报朝廷。

---

①堂客：〈方〉，媳妇、老婆。

当朝天子阅过奏章，龙颜大怒，连发两道诏书：杀乞丐，斩龙脉。第一道诏书发往各州各府，捕杀天下乞丐，顿时全国腥风血雨，不几天城里的乞丐尽被就地正法，乡村的乞丐闻讯躲进深山老林，未来得及躲避的，皆被捕杀。山神庙的老叫花子首当其冲，自然在劫难逃，被县衙的官差捉住，押往县城北较场砍了脑壳。这次杀乞丐，全国有十万多人成了刀下之鬼。第二道诏书飞到南川[①]县衙，县太爷忙整衣冠，净手焚香，跪地接旨。“奉天承运，皇帝诏曰：速征本地民夫，七天之内斩断龙脉。否则，南川县令全家问斩。”

听罢诏书，县太爷吓得汗水湿透了官袍，抖动着双手接了圣旨，火速征调民夫数百人，开赴刘罗山挖龙脉。县太爷亲自督阵，昼夜不停开挖，一时间，人迹罕至的刘罗坪山腰人声鼎沸，挖山不止。如此折腾了五天五夜，功夫不负有心人，终于挖断了山脉，一条比小箩筐还大的地巴藤[②]露出泥土。县太爷一见，连忙下令斩断它。民夫们慌忙用锄头挖、斧头砍。殊不知这东西又硬又绵，一锄挖下去，锄头蹦起三尺高，一斧头砍下去，手掌震开血口子。在场民夫、监工均束手无策。离圣旨限期只有一天了，县太爷急得像热锅上的蚂蚁，忙与师爷商量对策。师爷出点子：一边写奏章禀报朝廷宽限时日，一边派衙役四处张贴招贤榜。榜曰：“凡有妙计能斩断地巴藤者，无论贫富男女，一律赏银三百两，如是男丁保奏皇上封官。”

招贤榜贴出半天，无人问津，急死了大老爷。这时一个衙役报告说，有人看见发现这条龙脉的王阴阳住在茅草坝[③]场上客栈。县太爷坐上官轿，亲自到场上客栈把王阴阳请到现场。王阴阳看了地巴藤，附在县太爷耳边：如此如此，这般这般。

大老爷急忙叫来几个手艺好的铁匠，连夜打造宽一尺、长三丈的铁锯，令民夫轮流拉锯。第三天中午，一声霹雳，山摇地动，地巴藤断，一股缸钵大的红色浆液喷出，一时间飞沙走石，电闪雷鸣，暴雨倾盆，在场的数百人个个成了落汤鸡。这场暴雨下了几个时辰，洪水淹没了山下茅草坝场半条街。地巴藤的红色浆液流了三天三夜，山被染红了，河水也被染红了。从此，人们将刘罗坪被挖断的山梁叫作“挖断山”，又因岩石上留有很多錾子印，也称之为“万錾山”。

县太爷挖山有功，由七品芝麻官升到四品朝廷命官。王阴阳出良策斩断龙脉，领到三百赏银，皇帝也封他当了一个七品官县令，可是他却欺压百姓、冤死良民。后来，十万冤魂齐聚丰都鬼城，在阎王爷那里告了一状。阎罗天子见众怒难平，令小鬼抠瞎了王阴阳的双眼。皇帝见他残废，将其革职。钱用完后，王阴阳成了讨口的叫花子，最后冻死荒郊野地，尸首都被野兽吃了。县太爷做了四品命官没多久，被判官勾了生死簿，死后魂魄被押到丰都推腰磨、下油锅。

搜集整理：石角镇文化服务中心。

---

①南川县：今綦江。

②地巴藤：地瓜藤，又称地石榴，过江龙、土瓜等，属桑科，为桑科植物地瓜的茎、叶。多年生落叶藤本，全体具乳液。气根须状，攀附于树上或石上。茎圆柱形或略扁，棕褐色，分枝多，节略膨大。

③今石角镇。

乌龟将军

在海拔近千米，方圆数十里的刘罗坪上，有一个独立乌龟石，民间流传着乌龟将军的故事。

乌龟石位于石角镇原有的小坪村和刘罗村的分界线上，邻公路边，椭圆扁平，长3.8米，宽2.5米，高1.5米，有圆溜圆溜的背脊和一片片的龟甲。为什么人们叫它乌龟将军呢？说来话长。

传说，乌龟将军属于东海龙王敖广所管。在龙王生日那天，它偷吃了龙王给玉帝准备的一瓶美酒。敖广经过多方调查，才知道是乌龟将军偷吃的，被敖广打了五十大板。乌龟将军受到了惩罚，下了狠心离开东海龙宫，来到人间过日子。

它出东海后，就不停地往上爬，到了重庆辗转綦江，上了石角刘罗坪。这时，天已经擦黑，它十分疲惫，心想："走得又累又饿，做一顿饭吃该多好啊！"于是偷偷爬到二里远的地方，从一家有钱人那里取来了火，做了饭，总算熬过了这个夜晚。第二天，来到三江大垭场。那儿有一块大秧田，地主正在请人栽秧。可天公也不作美，明明三四月的天气却晒得人们满头大汗。乌龟将军更是热得汗流满面，口干舌燥。它看到那块田的水清亮得像镜子，就爬在草丛里躲着，想等人们回去吃饭时出来洗个澡。等了一会，栽秧的人们果然回去了，乌龟乘机爬到水里，从东到西，由南到北地游了几大圈。但还是不过瘾，大丘里的水不很深，乌龟便乘兴把身一拱，想彻底凉快一下，一块平坝田被拱出个斗筐大的坑，深有五六尺，就这样玩了很久才跑到岸上寻食去了。等长工们吃了午饭走来一看，都觉得很奇怪。有的以为是邻居的牛滚出来的凼凼，有的责怪是小娃娃去洗澡造成的。地主也闻讯赶来，说这么大的一块田，费了这么大的劲才弄平，又栽了半天秧，却被什么怪物弄成这样子，决定亲自弄个水落石出。

地主把这事告到刘罗山上土地神那里，土地神就腾云驾雾，来到灵霄宝殿，跪拜在玉皇大帝那儿奏上一本。玉帝急忙派太白金星下界清点四海龙王。玉帝使者太白金星来到东海，把详情告诉四海龙王。敖广召集水府中大小兵将点名，唯独不见大肚皮短脚杆的乌龟将军。他亲自派儿子全身披挂，带领三千虾兵蟹将从水路向刘罗坪出发。太白金星回告玉帝。玉帝命托塔李天王父子率天兵天将杀奔人间问罪。乌龟将军因势孤力单，再也不愿意下海。神兵天将们都无奈，雷神取出铜锤猛地一击，"咔嚓"一声巨响，乌龟的颈子被打烂了，只剩下一个闪亮的龟身和一个怒目圆睁、张口欲吼的龟头。从此，乌龟一动不动地躺在那里。龙王太子自带虾兵蟹将回东海请功，李天王父子也率天兵天将班师回了天宫。

刘罗山上的老百姓十分同情乌龟将军，把这块石头叫作"乌龟石"，人们路过此地都不免歇歇脚看它一眼。

搜集整理：石角镇文化服务中心。

鲁峡洞与斩妖剑

鲁峡洞，位于蒲河大桥上游。洞口直径一尺多，洞水常年奔流不息，注入蒲河之中。此段河流河床狭窄而且河水较深，旧时人们用石木筑有堤坝，建有船闸，可关水放水，方便木船运煤。整个鲁峡洞，深不可测，充满了神秘色彩。民间传说，洞里曾经藏有一妖怪，像龙不是龙，身长粗大，全身长有多双脚爪，头上长着独角，性情暴野，时逢涨大水，就蹦出来兴风作怪，撞毁桥梁。

蒲河场边，蒲河之上，原架有一座木桥，方便百姓过河。可有一年，天公发怒，电闪雷鸣，暴风骤雨呼啸而来，山洪暴发，河水猛涨。妖怪乘势出洞，一路发出怒吼，顺大水而冲到蒲河木桥处，妖身一拱，尾巴一甩，头角一顶，就把蒲河木桥摧垮，架桥的木材均付之东流。

百姓无法过河，只好又捐钱出力，在木桥的位置新修了石拱桥。为防妖怪再次毁桥，在石拱桥下面正中位置吊了一把斩妖剑，此剑是用生铁打造，显得非常厚重，宝剑时时监视着妖怪的动向，守卫着蒲河大桥。这把剑也真神，长年不锈。从此以后，石拱桥毅然沉稳，是老川湘公路的必经通道。

遗憾的是，“文化大革命”期间，有人以“破四旧”为名，将这一文物宝剑取下销毁了。

搜集整理：石角镇文化服务中心。

石达开剑书

相传石达开围攻綦城不克，队伍休整时曾经到过老瀛山，还去过永丰场找曾同在长沙岳麓书院念书的好友王清澄，适逢好友母亲百岁寿诞，畅饮咂酒赞不绝口，写下一首打油诗：

万颗明珠一瓮收，君王到此也低头。

王岳拴住擎天柱，吸进黄河水倒流。

其后，带领手下将领查看瀛山周围地形，见老瀛山山势险峻、隘口筑有寨门，山下良田无数，适宜屯兵筹粮，于是暂据瀛山，伺机攻打綦江城。

石达开看到白云观气势宏大，庙宇整齐，便去拜见了道长，寻求出路何在。道长告诉他：“得民心者得天下，失民心者失天下。将军率大军西进，若要得到人民拥戴，建万世不朽之功业，应该想民之所想，急民之所急，万勿骚扰百姓，要让民亲之爱之，莫使民厌之烦之。如有战事，要为民着想，能保民则保民，能不害民则万万不能害民，千万记着一条，民是根本，民爱你，你爱民，将军大功可成。”石达开听了，点头称是，太平军和瀛山乡亲和睦相处。太平军在瀛山休整数日，石达开召开军事会议，认为当务之急是攻打綦江县城，北上拿下重庆，南下攻占桐梓、遵义，在川黔建立新的天朝政权。太平军将领有了两种意见，一种是攻下綦江县城，一种是不攻綦江县城，从东溪、赶水方向一直向西进军。

石达开拿不定主意是否进攻綦江县城，他又到白云观拜会了道长，想听一听道长的意见。道长微微笑着说:“大将军，綦江乃弹丸之地，占与不占，看将军意向如何，有意占即出兵攻占，无意占即撤兵退走，万事顺民心，听民意，海阔天空，随处可以去。”石达开听明白了道长话中意思，打仗害民，意欲绕开县城退走云贵。不过，为了慎重，他仍然派了暗探前往綦江县城方向打听消息。

打探时遇到了一个姓申的秀才。申秀才想到，如果太平军攻打县城，不知有多少人要遭殃、要吃苦，为了阻止太平军攻打綦江，心生一计，欺骗暗探说:“这里到綦江县城，从陆路走要经过三百梯，坡陡路险，小路崎岖难行，有清军重兵防守，不是轻易能够攻上去的。从水路走要经过关门石，河流狭窄，岸边有巨石横空，河中有暗礁挡道，清军也驻有重兵，准备了大炮脏石，也不是轻易能够通过的。綦江县城城墙坚厚，靠山环水，清军在县城四角筑有炮台，有重兵防守，你如不信，可前往探看。”暗探离开了申秀才，在三溪场上果然看到一队队清兵巡查甚严，不敢继续向前，赶回瀛山向石达开报告了详情。石达开听了道长的话，攻打綦江县城的决心已经动摇，又听了暗探的报告，决定不再攻打綦江县城，率领大军下了瀛山，从东溪、赶水往贵州方向进发。

瀛山人为了记住石达开率领太平军到过瀛山一事，在抬头山场镇通往白云观后山观音堂的山路上，找了块比较平整的石壁，刻下了“同治元年三月，石达开率太平军到此”之类的字样，这就是后来人们传说的石达开“剑书”。

搜集整理：石角镇文化服务中心。

新农茶园

从前，在老瀛山白云观脚下大路旁有一户人家。母亲姓新，人称新氏，儿子叫大农。大农父亲死得早，全靠母亲新氏拉扯大。孤儿寡母，相依为命，倒也其乐融融。

大农长大后，犁田打耙、栽秧搭谷，种田本领样样在行。大农朴实勤快，除了把自己的薄田打理得井井有条，还经常在农忙时节帮助乡亲收割栽种。他还用土墙和竹篱笆建起了自己的小房子。农闲之余，他总会到老瀛山上找柴、采药，采摘茶树制成茶叶，卖到山脚三溪县贴补家用，小日子也还勉强可以应付。可是，因为他家里太穷了，一晃三十多岁，还没能讨上媳妇。

有一年，瀛山地区发瘟疫，死了好多人，一直没有找到病因和解药。周围村庄很多人都染病身亡，甚至有的全家毙命，哀嚎遍地，十分凄惨。疫情还逐渐拓展到周边地区，三溪县城人心惶惶。

可奇怪的是，新氏、大农两母子却安然无恙。

他们家一定有克制瘟疫的神药！乡亲们都议论纷纷。但向新氏大娘和大农讨要时，他们都哭笑不得，表示并没有什么神药。

但是大农家藏有神药的消息，却一传十、十传百地传开了。周边的村庄，甚至三溪县的人纷纷来讨药。大家先是把他们房前屋后的蔬菜、水果、草、柴全部当药采走了。人还是越来越多，又把他家房屋土墙的泥土都刮了当药冲服，墙面岌岌可危。后来，前来讨药的乡亲又把大农家种的庄稼都一并当作神药薅走了。

最后，找来找去，大家最终发现，这些都不是神药，能够治抗疫救人的是——新氏、大农两母子天天喝的茶水。

说到这茶叶的由来十分不易。原来，大农是在老瀛山上找柴、采药的空隙，发现了瀛山顶上的几棵古茶树。早春时节，老茶树的新芽一颗颗冒出头，用这些新芽制出来的茶叶特别芳香，喝了让人感觉神清气爽。母亲新氏特别喜欢。

那个时候的老瀛山，没有上山的路，必须攀援悬崖峭壁，过程险象环生。能够上山的人十分稀少。同时，上了山后，山上积雪还没融化完，天气特别寒冷，上行异常险滑，要攀上山顶更是非一般人可以办到。但是，每年早春农忙前，大农准会千辛万苦，攀到老瀛山顶摘古茶树鲜叶，积攒了几大箩筐新芽，炒制一大罐茶叶，和妈妈享用一年。一年新茶出来，旧茶有少量结余，才送到街上售卖。

母亲新氏不光自己喝，每天还会煎好一锅茶，放到大路旁，供来来往往的赶路人自取。大家都夸新氏大娘的茶又甜又解渴。

这不，瘟疫来了。经常路过大农家，喝了他们家的煎茶的人，居然没有瘟疫症状。染上疫病的人，路过喝了他们的茶，也奇迹般地好了。误打误撞，这救命茶居然成了神药。

前来讨茶的人，络绎不绝。新氏大娘和大农，来者不拒，把小锅改成大锅煎茶，每天煎了一锅又一锅，免费提供给周边的乡亲服用。

三溪县城的官员和商贾知道了，都认为这是个发财的好机会。一日，县官就携一帮财主乡绅坐着轿子前来采购。县官假惺惺地对母子俩说："你们采集瀛山茶，救了不少黎民，本县十分感谢。为了救更多的人，请交给官府来操办此事吧。"

新氏大娘面有难色："大人，我们本地的乡亲也很需要，确实已经没有多的茶叶了。"

县官道："全县疫情十分严重，但是赈灾要分轻重缓急，重点还是要保住县城黎民。"

"都是一样的人呀，大人，在我眼中没有不一样的。"大农十分反感县令，"这些乡亲，都是我们孤儿寡母的恩人、守护神。在我们心目中，他们最重要！"

县官见母子不从，准备叫差人硬抢。结果看到满院子讨要茶水的乡亲拿上砍刀、锄头、扁担等农具要和他们拼命，只好作罢。

一计不成，又生二计，钱庄廖老板开价了，说："这个茶是救命茶，新氏母子功不可没，一定得来不容易。我们就买一点，十两银子一两，给我们来 10 斤。这上千两银子的订单，保你母子后半生衣食无忧，如何？"

盐庄张财主接着说："也卖我一点。听说大农还没有讨媳妇，这个事情包在我身上！”但是，新氏大娘和大农任凭这些土豪劣绅重金悬赏，威逼利诱，始终没有交出不多的茶叶，只愿意免费煎茶提供给周边乡亲，县官及财主乡绅只好快快离去。

周围的乡亲都获救了，十里八乡都传颂着新氏大娘和大农煎茶救人的故事。

既然大家都需要好茶，那就一起分享吧。新氏大娘吩咐大农，采集古茶树的种子，分发到周边村庄，让大家都种上瀛山茶。大农还教他们摘茶、制茶、煎茶。几年过去了，瀛山脚下家家户户都种上了茶树。一塝塝的茶林，形成了大大的茶园。乡亲们特别感激新氏大娘和大农，为了纪念他们的功绩，把这片茶园叫作“新农茶园”，把最好的茶叫“瀛峰雪”，表达对新氏母子善良纯洁如雪的心灵的赞美。

后来，新农茶园名声远扬，新氏大娘和大农煎茶救人的故事还传到了皇上耳朵里。皇上下旨要表彰他们，还要亲自尝一尝“瀛峰雪”，从此“瀛峰雪”便成了皇家贡品。

讲述：杨永果，30 岁，新农村驻村干部。

搜集整理：熊勇，44 岁，区文化旅游委工作人员。

新农仙井

话说当年洪都道士杨常符，携徒弟王白云游历天下名山大川，以寻找适宜的修真之地。二人一路寻找，一路炼道，均拥有呼风唤雨的道行。

这一日，二人风尘仆仆来到綦江的茅草坪新农地界，适逢连晴高温，酷暑难解，口干舌燥，挑着行李担子的王白云道行稍浅，面对恶劣的天气无法如杨道士那般风轻云淡、泰然处之，尽管心中很是窝火，却又不敢在师父面前表露出来。肩上的担子就一会儿左肩、一会儿右肩地来回晃动，杨道士看得可是一清二楚，口上却并没有吭声。

就在王白云闹情绪之时，杨常符猛然间抬头一看，远处有一山山形胜如符之图，正是结庐辟谷的理想之地，便对徒弟说：“白云，你看那山，我们到了那里就可以歇息了。”

寻着师父的手指方向望去，有一山峰突兀而起，巍然傲立，陡峭峻拔，气势雄伟。整个山形蜿蜒曲折，犹如巨龙盘旋。山中草木纵深、绿意葱茏，山间白云缠腰，若隐若现，让整座山峰更具神秘之感。

见此山景，王白云却高兴不起来，你道为啥？只因师徒二人所处之地距离那山还有一段距离，且不说那沟沟壑壑、阡陌杂草，仅是口中干渴就已是难熬。“师父，要不我们……”王白云还没有把“飞过去”三字说出口，心知肚明的杨道士就说道：“修道需要一步一个脚印，不断积累，不断领悟，哪有什么捷径可走？白云，收起你那些小心思吧！”

看着眼前的满山茶绿、绿意蔓延，王白云灵机一动，便说：“师父，你看这里这么多山茶，何不就在此稍作歇息，徒儿去找点水来煮茶解渴。”杨道士心诚默祷，却并未发现此处有饮用水源，心里头暗自斟酌，便欣然应允。

放下担子的王白云从行李中取出二人的葫芦瓢，飞奔而出，本以为很快就能找到水源，打水煮茶，现实却是给了他一个不小的打击。东边，没有；西边，没有；南边，没有；北边，没有！在一番折腾后，王白云气鼓鼓地回到原地，却看见师父正收拾心神，修行打坐，身前一水珠正在形成。

“坐下吧，这里没有水源！既然来了，我们就为当地人引来天外水源，要不然真是浪费了这些古茶树！”

“啊，没水源，师父，你为啥不早说？害我白白跑了这么一阵子。”王白云嘟囔着。

杨常符手指了一个方向，手掌往下轻轻地按了按，便不再言语！王白云跟随其师云游潜修多年，心中自然知晓了这手势中的意思。坐端、直背、盘腿，两手平平地放在膝盖，调整好呼吸，瞬间进入了空明境界。

有风吹过，有鸟飞过，师徒二人不受干扰，口中念念有词。顷刻间，二人的手掌间各自奇迹般出现了一汪水，并随着二人手掌的运动走向迅速流向了身下的土里，最终形成了碗口粗的小水井。

杨常符率先睁开眼，看着王白云身前的那水井，暗暗点了点头。

师徒二人歇息了片刻，打水煮茶，便起步直奔那山而去，开山拓路，创建道观，取名为“白云观”。当地人发现师徒二人引天地灵气形成的小水井，大感惊奇，纷纷称之为“新农仙井”。后人在水井的基础上扩建成了两个水库，取名“玉荷堂”和“李家庄”，而那满山的茶树也被后人们精心呵护，成为了发家致富的重要来源之一。

讲述：杨永果，30 岁，新农村驻村干部。

搜集整理：兰采勇，40 岁，区文化馆工作人员。

野猪咀①

刘罗坪观音岩福德门对面，有一座山峰，植被茂密、绿树成荫，那儿正好也是个山咀，地形地貌宛如一只站立的野猪，因此人们叫它“野猪咀”。

传说野猪咀的“天然野猪”在贼匪来犯时曾经发过怒。某年的一天，有一股土匪从石角场出发，想经南寨门、福德门上刘罗坪去掠夺山民的财物。可是这股土匪还没有到达福德门的时候，就被站在山顶的野猪发现了，为了尽快地把这个消息告知山民，以便守寨勇丁们做好战斗准备，于是发出狂风呼啸般的吼声。那声音是越吼越大、越吼越怒。山民们听到这声音，都纷纷走出家门，想知道是哪里发出的声音。细细一听，声音来自野猪咀上。人们心想：怎么回事呢？难道是暴风雨要来吗？可这天却晴空万里呀！不对劲，肯定是有别的事情要发生，于是大家立即展开巡查，还是寨门守丁心细，发现山脚远处有大队人马朝山上蠕动，一会再看，上山人群手中的刀枪也隐约可见，便断定是来攻山寨的土匪。这消息很快传遍了山寨，老人、妇女和孩子全都回家

①选自《綦江名山志》(张健、李忠朴、朱德贤编，湖南地图出版社，2022)。

关好门躲起来，男丁们拿上武器到寨门集合，各门做好分工，到寨墙找好伏击位置，等待贼匪的到来。

当这伙土匪爬到福德门跟前时，看到寨墙上勇丁密布，一派严阵以待的架势，感到非常失望，最后，匪徒们黯然撤退，扫兴而归。见此情形，山民们非常高兴，也打心眼里感激野猪咀的这头“野猪”，从此，这个故事也被人们一代一代相传下来。

搜集整理：不详。

耗子石寨门①

从三江老街走路上刘罗坪，要经过一道寨门，人们叫它耗子石寨门。因为寨门侧面有一个凸起的大石头，形状非常像耗子，石耗子头上，眼、耳、鼻、嘴、须等部件一应俱全，栩栩如生，传说石耗子曾经显灵守卫寨门，用十分诡异的办法打击了逞能的土匪，吓得来犯者失魂落魄，让贼匪望而生畏。

那是在綦江遭遇干旱的不祥之年，不知从哪里来的一帮土匪，打着花脸，头包黑巾，穿着短衣短裤，扛着刀、枪，趁着天黑摸到了耗子石寨门，叫嚷着让寨门上的守丁打开寨门，不然就要强攻山门。当时守寨门的勇丁不多，只有四五个人，看来者不善，不但没有打开寨门，反而把寨门抵得更死，同时派人火速报告寨长。

由于贼匪来得突然，寨长事先也未得知信息，组织人马需要一个过程，在此期间，匪首明白守丁是不会自动打开寨门的，而且估计援军很快就会赶到，便命令喽啰用火药去炸寨门。只听“轰”的一声巨响，寨门被炸开，匪徒鱼贯而入，守门勇丁拼死抵抗，终因实力悬殊，几人都受伤倒地。

当贼匪正在狂妄之际，突然有人尖叫起来，原来是那个匪首的脚被什么东西咬了一口，感觉钻心的疼痛，但又看不清具体是啥动物，听声音是耗子。匪首火冒三丈，哪里肯饶过这小小的耗子呢，立即循声找去，想打死这只敢跟他作对的小东西。这耗子也怪，既不钻洞也不跑远，就停在匪首前面不远处“唧唧”地叫。匪首更是恼羞成怒，便叫嚷着“给我打死它”。见贼人追来，耗子就沿着小路跑。一只耗子在前面跑，一群贼匪在后面追。开始还有明显的路可走，后头就没有路了，但贼匪还是穷追不舍。不一会，耗子在悬崖边停住不跑了，可继续发出叫声，匪徒也追到了悬崖边，眼看耗子就要被抓住，说时迟那时快，耗子轻轻一跳，就趴在了崖壁上，而且叫得更响了，由于天黑，匪徒们又不熟悉地形，有几个依然不停地跟着追，只听“啊！啊！啊！”几声惨叫，有三个匪徒已经摔下了山崖。等匪首赶上来一看，方知上当，才想起问身边的领路人：“这到底是什么地方？”得知这是耗子石寨门，吓得头上冷汗直冒，心里琢磨着：难道石耗子也是守门的，耗子精也要帮山民，这趟活还是别干的好。匪首犹豫之际，寨长带着一大批勇丁也靠近了寨门，眼看形势不对，于是下令立即撤退。众匪徒簇拥着匪首逃出了寨门。

①选自《綦江名山志》(张健、李忠朴、朱德贤编，湖南地图出版社，2022)。

寨长抵达山门时匪徒已经快要逃到山脚了，因有勇丁受伤，寨长也没下令追击，回头立即组织抢救受伤的勇丁。后来从受伤的勇丁口中才知道了石耗子显灵的怪事。从此，这石耗于显灵守寨门的故事就传开了，贼匪也不敢轻易走这条路了，山民也因此非常敬重这只“石耗子”。

石锣门①

在刘罗坪西北角，原小坪村的悬崖边，有一道石锣寨门，人们又叫它锣鼓门。从石锣门山脚向上张望，只见一片山崖大多是石壁。在大石壁当中，有一道像门一样宽的裂缝的两边，一边的石壁像一面圆圆的大锣，另一边的石壁像一个圆圆的大鼓。这大概就是大自然鬼斧神工的杰作吧。明清时期刘罗坪山寨寨长在修筑这道寨门时，看好这个天然的关口，于是因地制宜就在这陡峭山崖裂缝的地方，建筑了石墙寨门，架上了铁炮，派勇丁日夜把守，抵御来犯的敌兵和匪贼，以保山寨平安。

某年，一股气势汹汹的土匪，从三溪场沿山路而上，意欲抢劫刘罗坪。这股土匪异常凶猛，虽说他们的攻打受到了寨长与勇丁的英勇抵抗，但他们好像都不怕死。有不少的匪徒借着山势地形的掩护，慢慢的靠近了寨门，朝着寨墙上的勇丁连连射击，打得勇丁们招架不住了。闻讯有不少山民赶来支援，但没有经验，使不上劲。有人提议:“这里有石锣、石鼓，我们就敲锣打鼓为勇丁们助威，鼓舞他们英勇抗敌。”众人觉得办法不错，但不知道石锣、石鼓是否敲得响。不过也没有其他办法可想，人们边说边试，捡起石块敲击石锣、石鼓。没想到，石锣、石鼓真的发出响声，并且声音很响亮。于是山民们捡起石块轮流敲击石锣，敲打石鼓，石锣和石鼓发出的响声，经过山间的回荡，发出了惊天动地的锣鼓声，震撼人心。

勇丁们见了这阵势，立即精神振奋、斗志昂扬，顽强地狙击贼匪，射向贼匪的火力也更加猛烈了。寨门外的匪徒们听到这奇特的锣鼓声，加之寨墙上勇丁们的猛烈射击，吓得不敢抬头。匪首看到这阵势，知道再打下去绝对没有好果子吃，为了不吃眼前亏，赶紧下令撤退。

就这样，石锣、石鼓显灵的事很快就在民间盛传起来，而且越传越神，说什么这石锣、石鼓只要遇到贼匪攻击，自已就会发出惊天动地的响声，给守卫们呐喊助威。后来，有山民还高兴地编了一首歌谣传唱：

刘罗坪，是个碗，自有神仙来看管。
石锣石鼓冲天响，家家户户得平安。

①选自《綦江名山志》(张健、李忠朴、朱德贤编，湖南地图出版社，2022)。

东溪镇

石和尚和石幺姑①

从前，柴坝乡太坪村的花滩有一座庙。庙里有百多个和尚，每天练功习武。其中有一个和尚不想练武了，也不想当和尚了。他就悄悄地跑出来，往贵州方向跑，在一个地方做临活。

时间过了几年，他和当地一个农村姑娘耍熟了，经常在一起摆龙门阵，做家务事。

有一天，当过和尚的小伙喊那个姑娘到他住的地方去耍。两人还没有走拢屋，就被姑娘的父母晓得了，带了好多亲戚追出来。他两个正跑到花滩，晓得跑不脱。小伙就躲在石缝缝里头。那姑娘看见家里的人追来，很不好意思，就从岩上跳下去，落在河里，变成了石头，但还是像一个姑娘。那小伙在石缝里也变成了石头。

现在，人们从花滩岩下过时，看得见石和尚在石缝缝朝河下看。水清亮的时候，坐在船上也可以看见石幺姑倒映在水底的影子。

讲述：李大明，男，汉，70岁，柴坝乡太坪村二队。
搜集整理：代洪荣，男，24岁，柴坝乡文化站专干。

琵琶山②

东溪镇的西南有一座山，名叫琵琶山，是个万木葱茏的地方。关于这座山还有一段优美的传说。

很早以前，山的南面住着兄妹两个，哥叫青山，妹叫聪妹。父母相继去世后，留给他们的家产只有租的三亩田，半间破茅屋。兄妹俩起早摸黑地劳动，想多收点粮食来糊口，可是秋天谷子刚熟，财主就来收租了。交了租子，剩下的余粮就难以糊口，兄妹俩只得吃些糠呀菜呀，苦熬那艰难的岁月。

有一年大年三十，天上飞着鹅毛大雪，北风呼叫，寒气逼人。有钱的人家桌上满是山珍海味，香气扑鼻。青山家呢，只剩下唯一的一升米了。聪妹煮了两碗稀饭，和哥坐在灶前正准备吃饭。这时候，门外风卷着雪花，越下越大。忽然风雪中走来个老态龙钟的老太婆，满头银发，衣衫褴褛，但两眼炯炯有神。一手拄着拐杖，一手抱着个琵琶。口中念道，世间的善心人呀，好心人，可怜可怜我这个老不死的老太婆吧！这凄惨的声音被呼啸的北风传进了破茅屋。兄妹俩打开了门，把这个素昧平生的老太

①选自《中国民间故事集成·重庆市綦江县卷》(綦江县民间文学三套集成编辑委员会编，1991年)。
②选自《中国民间故事集成·重庆市綦江县卷》(綦江县民间文学三套集成编辑委员会编，1991年)。

婆扶进了屋。聪妹替她拍落了身上的积雪，青山端来了那两碗稀饭给她充饥。

第二天，雪停了，天晴了。兄妹俩起来一看，那老太婆已经不辞而别了，留下了她的琵琶。兄妹俩拿着琵琶仔细地看了看，原来是老太婆有心送的。兄妹俩喜不自胜。自此，他俩日夜练习弹唱。三百六十天过去了，兄妹俩学就一手好琵琶。弹悲歌的时候，谁听了谁都心碎。弹欢歌的时候，谁听了谁都欢快。这样一来，兄妹俩的声誉可大啦，远远近近的人们都喜欢听他们弹唱。

兄妹俩的美名像一阵风似的传到了郡官的耳朵里。他便差人马，日夜兼程，马不停蹄来请他兄妹俩。兄妹刚到郡府，青山被定了个“以弹琵琶为名收买人心，企图谋反”的罪名打下地牢。聪妹则被软囚起来，原来郡官老爷要娶聪妹为十房太太。郡官软硬兼施，聪妹却誓死不从。

她救哥心急，但一时又想不出什么办法来，只得独自垂泪。垂泪之余，就望着手中的琵琶吐露心中难言的苦衷：琵琶呀琵琶，你有什么办法救救我们兄妹俩吗？说来奇怪，那琵琶不弹自响了，好像在絮语：好聪妹，别着急，待到三更我晓得。是夜三更，不知从哪里飞来了一只美丽的天鹅驮着兄妹俩回到了故乡。青山因在地牢里受尽了折磨，刚到家就含恨死去了。聪妹悲痛欲绝，边哭边弹着悲悲切切的琵琶，其声音之凄惨，惊天动地。

时值王母娘娘在天宫开蟠桃会，正宴请八十六路神仙哩。听见琵琶声他们纷纷走出天庭，观这悲切之声从何而来。闻其声，个个潸然泪下。后来，王母娘娘把青山的魂魄收归天界。

七天后，郡官又差人马来捉青山兄妹。魂魄既收天界，自有神人相佐。那郡府人马正盛气凌人之时，送琵琶的老太婆突然出现在眼前，大吼一声：琵琶山！聪妹手中的琵琶顿时变成了一座高山，把郡府的人马全部压在山底。聪妹却被那只美丽的天鹅驮着飞向那自由的地方去了。每当清晨来临，琵琶山上常常笼罩着朵朵五彩霞云，从山脚望上去，隐隐约约地看见一个美丽的姑娘，披着长长的黑色秀发，骑着天鹅，面对“青山”落泪。当地的人说，那是聪妹来探望哥哥啦。静静地细听，还能听到哀伤的琵琶声……

讲述：林老泉，男，67岁，东溪镇人。
收集：罗毅，男，23岁，扶欢乡人。

“气死莫告状”碑

在东溪镇观音岩路边，有一个摩崖石刻。石刻是在整块石岩上凿的一个平面，宽4尺4寸，高7尺，正中是“气死莫告状”5个颜体楷书大字，右面有两行小字：“愿天常生好人，愿人常行好事”。左面有两行小字：“读好书说好话，行好事做好人”。石刻上没有刻碑时代、事由及姓名等。

历来传说颇多，择其一说，现录于下：

传说大清定鼎中原后，贵州有一商人名叫王远，来东溪做生意，结果被东溪一个名叫陈竹的奸商所骗，于是两人到县衙对簿公堂。县大老爷因收了陈竹的包袱，断了个歪歪理①。

这个贵州商人，连本带利几乎被整光。最后，他不得不含着满腔悲愤返家。途经观音岩时，天黑了，就在路边张家敲门投宿，还将他的遭遇对张家人倾诉了。

夜深人静，这个商人翻来覆去怎么也睡不着，想想自己做生意历尽艰辛却被人骗，打官司又输，连本钱都没有了，实在没脸面回家见自己的父母妻儿。他就悄悄到屋后黄葛树上吊死了。

第二天，张姓人家发现那位借宿的贵州商人死了，赶忙请来地方团政、小甲现场勘定，确系自缢而死。

张姓人家将贵州商人草草安埋，然后把他所剩的银钱用来请工，在路边石岩上，刻下这个碑，用以告诫后人：凡事要忍气，切莫轻易打官司，否则会人财两空。

收集：罗毅，整理时 39 岁，现为市级非遗东溪故事项目传承人。

石棺材

石棺材，位于东溪鱼沱，状如棺材而得名。

石棺材，相传是秦始皇用“赶山鞭”赶山时留下的。它由棺身和棺盖两个部分组成，整个棺长 12 米、宽 5.2 米，棺身高 3.5 米，棺盖高 1.5 米，棺身、棺盖均为一个独立完整的整体，没有破裂的缝隙，整个棺材呈浅黑色，远观近看都令人叹为观止。

石棺材的由来，有个美丽的传说。

石棺材的原籍本在陕西，因秦始皇在灭掉六国，统一中原后，为了巩固统一，保证中原地区农业经济的稳定发展，便派大将蒙恬做统领，太子扶苏做监督，率领 50 万大军修筑万里长城。修筑长城，并不是一件轻而易举的事。

长城是用石块、黄土、砂石、城砖和其他材料筑成的。如果把修筑长城所耗费的土石，用来修一条厚 1 米、高 5 米的大墙，这条大墙就可以绕地球一周还多。如果用这些土石铺一条宽 5 米、厚 0.35 米的公路，这条公路就可绕地球四圈。

长城所在的地区，不是崇山峻岭，就是沙漠荒原，劳动条件十分艰苦。修筑长城的条石，一块就重达 2000 多斤，筑城用的城砖，最重的 50 多斤，最轻的也有30 斤左右。

筑长城的民工劳苦不堪，有的被活活累死在工地上，许多亡魂到玉帝处状告秦始皇奴役百姓。玉帝派仙使给每个修筑长城的民工发一条金色丝线，并把丝线嵌在肩垫上，这样一来，民工的力气大增。一个人肩挑、肩扛四五百斤重的条石、城砖等物都

①歪歪理：这里指胡乱判案。

不感到沉重，还能奔走如飞，从而加快了修筑长城的进度。

太子扶苏把这一情况上奏给了父皇秦始皇。秦始皇便下令把民工肩垫上的金色丝线收起来，编成了一根鞭子。秦始皇拿着鞭子，走出都城咸阳，举鞭在空中一扬，奇了，高山、大河、巨石等物应鞭子舞动的方向如潮水般滚滚而动，声震九霄。

秦始皇龙颜大悦，一气举鞭赶了九九八十一天，于是形成了华北平原、珠穆朗玛峰等。

东溪鱼沱雄奇壮观的石棺材，就是秦始皇赶山的最后一天赶来此处的。由于秦始皇赶山惊动了天界，他的“赶山鞭”被神仙收走了。相传，与石棺材同来的还有石幺姑和石和尚。他们二人本是青梅竹马的恋人，曾对天盟誓:“哥妹心应长相依，在地愿做连理枝。两情相悦共白头，石棺破时是归期。”可是他们二人被秦始皇赶山时赶散了。石和尚立在石棺材的河对面，石幺姑留在了距石棺的百米处。

他们二人，被奔流不息的綦江河无情地分隔开来。这样，石和尚和石幺姑生不能同床，死不能同穴。于是石棺材也就完好如初地保存到现在。

有诗为证：

千里迢迢一路来，姻缘错位谁安排。
綦河阻断巫山雨，垂泪守望石棺材。

收集：罗毅，整理时 39 岁，现为市级非遗东溪故事项目传承人。

白云寺

各脱尘缘数十年，白云山里静参禅。
而今欲为身后想，清风明月伴蒲团。

这首诗是刻在白云寺庙后一个和尚坟的墓碑上。

和尚俗名王树林，出家法号叫圣德，其师仁和。王树林乃东溪六角亭人氏，幼年因家贫，13 岁出家，始入佛门于东溪“万天宫”，后迁往白云寺。

仁和法师教圣德读佛经，念了一年半，就去重庆华岩寺受戒。当时师徒二人抱着大木鱼和 15 斤重的大鱼锤，边打边念，一句一锤，不能多也不能少，高声朗诵，方能通过。

白云寺墙内的碑铭“道光十三年十一月十八日丁子政卖业”“道光二十一年九月二十六日帅元贡”。据此，从买庙基到动土中间用了七八年。据僧人圣德回忆当年的白云寺是这样的：

白云寺坐西向东，石木结构，宽为 20 米，长为 46 米，分为上、中、下三个殿。上殿叫“普陀山”，上殿与中殿之间有一小天井，内栽一棵七星茶花。中殿与下殿之间有一大天井，长为 15 米，宽为 14 米，天井左右两边为书楼。中殿门口，有一对望天石狮子。石狮子面前，各有一棵大梨树。天井中间为字库。白云寺四面都被树、竹遮蔽，上殿后面是苦竹林、大白果树、凤尾棕、楠竹林，还有三棵红豆树。寺的南面是苦竹林、白果树、青杠林。寺北面是楠竹、红豆树。寺前为楠竹林、白果。寺的东北角还有一鱼塘，清澈见底，游鱼成群。夏天，浓荫蔽日，香客盈门，名是进香，实为避暑。

白云寺周围树木和下殿及书楼毁于 1958 年“大跃进”时期，用作了大办钢铁的土高炉燃料。中殿用作了民房，因最后一个僧人还健在，还俗后有妻儿，年逾 80 岁。现在的白云寺只剩下一对石狮子待在那里，像是在仰天长啸。

据说白云寺动土的那天，开头是烈日当空，万里无云，到午时三刻，突然飘来一片白云，刚好把庙基罩住，所以就定名为白云寺。

收集：罗毅，整理时 39 岁，现为市级非遗东溪故事项目传承人。

神女石幺姑

东溪农建村，躺卧着一位天然神女，当地人称为石幺姑。

石幺姑亭亭玉立，栩栩如生。身高 127 米，头部长 11 米，宽 6 米，颈子长 3 米，两腿长 22 米，那丰满凸起的乳房高 16 米，宽 14 米。

石幺姑肚脐与生殖器部位匀称。

千百年来，东溪就流传着一首歌谣：

星星排对排，幺姑好人才。
先学煮茶饭，后学绣花鞋。
乖巧逗人爱，媒婆牵线来。
幺姑不答应，逃婚跑出来。
为了心上人，愿等千万年。

长期以来，人们把她神化了。不管春夏秋冬，还是天旱年间，幺姑的“阴部”，常年总有一凼清澈之水。

神话一代传一代，石幺姑名震四方。

人们就在石幺姑脚下不远处，修了一座庙宇，名“显灵寺”，香火一直兴旺。

收集：罗毅，整理时 40 岁，现为市级非遗东溪故事项目传承人。

九朵莲花落后坝

相传，在很久很久以前，一个夏天的晚上，东溪福林学堂岗有一农夫，吃饭后在院坝乘凉，突然发现东方天空有九颗闪亮闪亮的星星向北边移动，落在了后坝。

第二天，农夫把见到 9 颗星星像 9 朵莲花一样落在后坝的事传开了，一传十，十传百，越传越神奇。人人都想亲眼看看，星星下凡的奇观。从此，每当夜幕降临，许多人就走出家门，在院坝，在山坡，在树林下观测天空，希望见到这一奇观。

时间一年年过去，人们渐渐淡忘了这件事，唯独有一张姓财主，独自一人天天守候，夜夜观天，从不间断，始终坚持在松林坡上观测。

功夫不负有心人，那年秋天的一个夜晚，月色朦胧，繁星点点，张财主突然发现东边上空有 9 颗星星分外闪亮，似 9 朵莲花，然后闪电般向北边移动，飞向了后坝的北边土岗上。

张财主暗暗高兴，彻夜未眠，想出了一个好主意。便不声不响地把他家祖坟迁葬于九朵莲花飞落之地。迁坟之秘密，谁也不知，谁也不晓。

不过三五年光景，坟上长出一棵枝叶茂盛的黄葛树。远看，树上像挂着九朵莲花。从此，张财主家六畜兴旺，家业扩张，族人在外地也升官发财。

张财主的突然发迹，引起了赵财主的妒嫉，但又不得其解。后来，偶然联想到张财主迁坟发家的事儿，越想越觉得张家迁坟有文章。于是便偷偷请来阴阳先生，让其悄悄观测张家祖坟。阴阳先生观后，连连惊赞:“此乃宝地矣!”

赵财主冥思苦想，便想了个鬼花招。在一个漆黑的夜晚，他让长工偷偷将庙湾庙上的一口大钟，挂在张财主祖坟的黄葛树上。第二天就大造舆论，说庙上菩萨显灵，要求搬庙宇，并说，若违背菩萨意愿，会遭灭顶之灾。

赵财主显得顺应神意的样子，主动与张财主协商，带头募捐。

张财主不知真相，只好迁坟让地，很快就把庙宇搬迁到此地，取名回龙庙。

从此，九朵莲花压于庙下，人们担心莲花落地会带来灾害，就将后坝南边的鱼池，取名火焰塘，其意火克莲花。

20 世纪五六十年代，回龙庙受到一些损坏，由于人们暗中保护，至今庙宇尚存。九朵莲花及庙中神灵，也一直护佑着当地风调雨顺，百姓安居乐业。

收集：罗毅，整理时 40 岁，现为市级非遗东溪故事项目传承人。

箭刀丘

很早以前，东溪福林河两岸，森林茂密，野草丛生，是各种动物栖息的天堂。可是，随着人类的繁衍，大自然遭到了人为破坏，砍伐树木，开垦荒地，动物生存之地越来越小，有的动物遭遇灭顶之灾。

相传，有一天傍晚，一只雄狮从林中飞奔而出，来到佛灵桥的火焰塘边，横卧河中，张牙咧嘴，豹眼环睛，大有阻挡河流、吞灭万物之势。

有一吴姓之家人，认为卧狮之地风水好，就把祖坟埋在了狮子头下。不料，吴姓祖孙几代，男性人人走路都摇头晃脑，像玩狮子一样摆动，人们传说是雄狮发威所致。

善良的人们盼望降狮神灵下凡。终于有天傍晚，突然三声巨雷，狂风大作，电闪雷鸣，大雨滂沱，天空有一条火龙从天而降，正好落在狮子头正前方。

第二天，一个农夫下田耕作，发现一支箭插在田中，神箭直射凶猛的雄狮。

从此，雄狮再不敢伤害黎民，以前摇头的人神奇般不再摇头。人们便把这块田取名箭刀丘。

收集：罗毅，整理时40岁，现为市级非遗东溪故事项目传承人。

立刀山与磨刀溪

东溪流传着一首民谣：

琵琶战场是个名，水井湾是金宝盆。
攻了一层又一层，不知伤亡多少人。

相传张献忠入川时，曾率部经綦江、东溪，进入贵州。在攻打东溪琵琶山寨门和福林水井湾寨子时，遭到了地方武装的顽强阻击。尤其是攻水井湾寨子时打得十分悲壮，死伤将士不计其数，被俘者当场被杀死，横尸累累，血流成河。人称杀人场、万人坑。

后来，水井湾因杀人多，死鬼多，到处阴风惨惨，鸟兽哀鸣。人们到此害怕，耕牛到此止步。

人们为了镇邪，便在山上立了一把斩妖刀。此刀座高一丈五尺，刀高三丈多，重1200斤。这斩妖刀耸立直指天空，非常雄伟，方圆几十里都能看见。从此，镇住了那些冤魂野鬼，人们恢复了正常的耕作和生活。

这山就叫立刀山，并在山脚下修了一座庙宇。

万物真奇妙，在立刀山东面的一条小溪上，神奇般出现两块磨刀石，意欲立刀山斩妖刀不锋利了可到此磨刀，人称磨刀溪。

收集：罗毅，整理时40岁，现为市级非遗东溪故事项目传承人。

南华宫

东溪南华宫，又名南华六主庙，相传是广东来的一个名叫南华的年轻和尚于清代乾隆年间所建。

南华和尚因家道中落，看破红尘，方遁入空门。他曾于广东佛山仁寿寺内当伙夫。

仁寿寺住持名叫洪圣，道法高明。一次，他掐指推算后发现，自己不久将命归西天，于是召集寺内所有僧人改选主持。

他提出的8个问题，参加应答者，均未能圆满回答。而平时沉默寡言的南华和尚在住持洪圣病重的当晚，轻松自如地回答了主持的问题。于是洪圣于当晚子时传法于南华，并说："南华啊！受法之后你必须于天亮之前离开，你的五位师兄均未得到我的真传，他们会加害于你的，切记远走他乡，弘扬佛法。"洪圣说完就圆寂了。

南华和尚未出家时是修文的，出家后只当伙夫，未能练到功力深厚之武功。当他逃到广东韶关时，师兄五人追来，险些遇害。因他遇到一犁田老农把他藏于铧沟中，再用泥土轻覆，才幸免于难，躲过一劫。

南华历尽千辛万苦，到了东溪。他欲在东溪化一块地盘来修南华宫，由东溪的廖、相、肖、龙、彭和伍六姓人为首，出面与南华和尚协商。

六人问南华需要多大地基。南华说，只要他的袈裟那么大。六人不信，袈裟大的地盘怎能修庙？南华朗声说道："诸位不管，出家人从不打诳语，一言为定。"

于是，南华将袈裟往空中一抛，口中念念有词，袈裟神奇般地随风变大，如一朵火焰般的红云，所罩之地甚阔，有四五百平方米，即定为南华宫庙基。

后来，南华和尚又到丁山坝去化修庙所需木材。他找到了当时丁山的旺族赵家，赵大老爷认为修庙是善事，不好推辞，好的木材又舍不得，只好说："凡是山中树巅断的树木，你但砍无妨。"南华和尚说："善哉！施主功德无量。"

是夜，南华在丁山坝设坛施法。半个时辰后，丁山坝陡然狂风大作，沙飞石走。赵家山中凡是大而直的树都被狂风折断了树巅。

南华和尚就叫人来伐断巅之树，赵大老爷有口难言，只得任其砍伐。

赵大老爷想："丁山坝山高路陡，无车无船，看你和尚怎样运走。"孰知，过了七天，夜里丁山坝适逢大雨倾盆，河翻水涨。第八天早上，赵大老爷派人到山中察看，所伐之树已无影无踪，不知去向。南华和尚回到东溪码头，叫人到南华宫庙基内的一口大井去捞，从井中捞起来一根，井下又冒上来一根，如此反复，最后一根就如生根一样立在井口捞不上来，这根木柱就作了南华宫建筑的中心柱。

1952年，东溪粮站设在南华宫，用于存放粮食，又怕有人掉进井中，故砍断井中木柱后封了井。

据说，这口井水清澈明净，每日可供几百人饮用，从未干涸过。

收集：罗毅，整理时40岁，现为市级非遗东溪故事项目传承人。

雷子潭

雷子潭，位于东溪镇农建村，即原来的胜利村三社。这是一个风景秀美、环境宜人的休闲游玩好去处，雷子潭和这里的雷子洞，在当地有一个凄美的传说。

相传在很久很久以前，该地大旱三年，滴雨未下，田地干涸，老井枯竭，连年颗粒无收，民众苦不堪言。众神知情后，联名上奏玉帝，玉帝震怒，即刻派雷公下凡探查灾情。

雷公领命，左手执楔，右手执槌，腾云起驾下凡。雷公第一次来人间，看到一切景物都是那般新鲜和好奇。雷公顺白杨湾①小溪而下，来到一处高岩石壁时，见一貌若天仙的女子，正用树叶将从石缝里渗出来的水滴引进一个土罐里。雷公顿生同情之心，并与女子攀谈起来。他们言说投缘，相见恨晚，很快有了感情。那一夜，他们同宿于这石壁的一个天然洞子里，天亮，雷公离去。后来，女子发现有了身孕，被撵出家门。她无路可走，只好住进这洞里，整日以泪洗面，思念着雷公归来。艰难熬过了十个月，女子生下一男孩，为念与雷公之情，取名雷子。母子俩就这样相依为命，在这个洞里艰辛地生活着。

雷公自回到天宫后，再也没机会降身人间。忽一日，雷公偶然从土地神仙那里得知在凡间相爱的那女子为他诞下一子，凄苦守于洞中。雷公泪流不断，可是，天地相隔两茫茫，唯有相思自难忘。心生内疚，自责之情难平复，终究无济于事，他只能在天宫施法护佑，让溪水泛清波，崖间挂流瀑，潭中蓄绿水，供母子俩生活和耕作所用。

雷子潭和雷子洞因此而得名，流传至今。

搜集：袁其模。男，63岁，东溪镇书院街小学退休老师。

①白杨湾：现东溪镇上榜村。

赶水镇

石房子

赶水镇石房村，因村内有一座奇特的石房子而得名。

石房子规模宏大，似有皇家风范，但未完工。石房的主人叫张国祥，又名张铎，生于康熙五十七年（1718 年）。

关于这座规模宏大的石房子，民间流传着很多故事。

传说有一天，张铎去赶水街上帮工，晚饭喝了一些酒，吃过晚饭，趁着月色回家。走到一处叫羊角脑嘴嘴[①]的地方，眼前忽然出现了一匹白马，张铎以为自己喝多了酒眼花，但定睛一看，好一匹宝马。他想把这匹马捉回家，卖个好价钱改善贫寒的生活。于是他就去追赶白马，追到了一个崖洞下，白马忽然消失，张铎正失望之时，眼前却出现了一堆白花花的银子。张铎立刻回家叫上老婆，用背篼把银子背回了家，银子堆了整整一间屋。

从此，张铎过上了好日子，不断地买田地，买房子。他出钱将油草湾至贺家沟范围内的土地和赶水街上所有的街房门面全部买断，最后就只有他自己家大门前的一块田没有买到。据说这块田是他堂兄弟的，堂兄弟看不惯他财大气粗、吃不完穿不完[②]的样子，不管张铎出多少银子，他就是不卖。张铎甚至在三分田里面摆满了银子，说只要你同意将这块田卖给我，田地的所有银子都是你的。但张铎终究还是没有得到这块地。

张铎 50 岁时，准备修建一座新的祠堂，以此显示自己的富贵，他把新祠堂取名为“德铎祥祠”，名字取自他儿子张贤德和他自己的名字张铎、张国祥，这座新祠堂就是现在的石房子。从乾隆三十三年（1768 年）开始修建，一直到 1783 年，历时 15 年之久，这座房子也没有修得好，可见工程之巨大。

建造房子的巨石也有一段传说：传说石房子的巨石取自离他家房子 100 米的地方。取石时，石中有一对金光闪闪的鸭子，张铎兴奋不已，认为是上天送给自己的又一份礼物，正待去抓时，鸭子向西飞去了。当时有一算命先生路过，算命先生说，这对金鸭子象征着富贵财富，没有抓到证明张铎老爷离衰落不远了。后来正如算命先生所言张铎家果然迅速衰败，这是后话暂且不谈。

石房子的修建没有任何的耽搁，后厅和中厅很快建好，后厅是住所，雕刻了一幅“二十四孝图”，这幅图现在还保存完好。上面有着“卧冰求鲤”“华山救母”等故事石刻。在中厅修建了花园和戏台，时光荏苒，花园和戏台已不复存在，只有墙上的一幅石刻“观戏图”依稀可见。

在前厅立着四根大石柱，高 10 多米，直径 70~80 厘米，平坐于石台上，经历了 200 多年的风吹日晒，至今还巍然屹立。关于这四根石柱的竖立也有一个传说。据说

---

①羊角脑：地名。嘴嘴：〈方〉前面，入口的地方。

②吃不完穿不完：形容骄傲自大的样子。

当时立此石柱时，基座无论有多么平整，始终竖立不稳。正当工匠们束手无策时，有一位卖豆腐的老头从此地路过，对工匠说我送几块豆腐干给你们垫上吧。工匠都当这老头随口开玩笑，但死马当作活马医，工匠万般无奈只有一试，神奇的是当把豆腐干垫上去的时候，石柱立刻就稳当了。工匠们惊奇不已，想向卖豆腐老头道谢时，老头已不知去向，传闻卖豆腐的老头是神匠鲁班。

正在石房子修建前厅的时候，张铎老爷开始修建起他的百年之所，规模巨大，当地人都悄悄地称为“皇坟”。因为张铎富甲一方，他70岁生日时，在石房子大办宴席，操办了一个月之久，连当时的綦江父母官县太爷也亲自到场祝寿，送上一块7尺长、15厘米厚、用金粉题写的“国杖登年”匾额，留有县府大人及其夫人的名字。可见当时的张铎老爷显赫一方，所以到皇坟修建完善，县府也是睁一只眼闭一只眼。

哪知道和他关系一直不好的堂兄弟知道后，向州府大人上告，告他私造皇城和皇坟，这项罪名引起了州府大人的注意。张铎老爷连忙去打点，也想靠金钱把此事化解了，哪知道州府大人不是一般的人物，他收下钱财却没有了结此案。张铎老爷就此与官司结下了不解之缘，年年打点耗尽了张铎老爷的财力物力，所以石房子正在修建的前厅一直没有完工。

石房子就此停工，直到现在，留下了一座前厅未完、没有院坝的石房子。石房子因建造工程浩大，规模宏伟，建造时间长，在綦江南部民间独一无二，方圆一百里，乃至贵州的松坎、温水等地都流传着石房子的故事。石房子所在地原名叫和平村，后来也因石房子改名为石房村。

搜集整理：赶水镇文化服务中心。

钦差坝

在距赶水石房子不远的地方，有一个地名叫“钦差坝”，有关名字的来历，民间流传着两个不同的故事。

传说之一：相传石房子的主人张铎老爷私造皇城、皇坟以及人命案最终被上告到朝廷，乾隆皇帝当即派了钦差大臣前来查办此案。钦差大臣就住在离石房子500米的一大户人家，也就是现在的村办公室所在地。派来的钦差大臣在此地住了几个月，当地老百姓因稀罕大官，故称此地为钦差坝。

传说之二：有一对相依为命的母子，因家庭贫困，生活难以为继，儿子为求生外出讨活。机缘巧合之下，外出的儿子居然当上了官，而且一直做到了钦差大臣。当了大官自然要荣归故里，当了大官的钦差大臣派人来接母亲前去享福，母亲不愿离开，儿子就只好在原址修建了一座行宫。因其房子在当地算得上标志性建筑，故老百姓称此地为钦差坝。

搜集整理：赶水镇文化服务中心。

石仓岩

在赶水镇马龙村，有一个地名叫石仓岩，位于马龙山顶。石仓岩名字来源于山顶的一墩巨石，因其形似石仓，故人们称这儿为石仓岩。

关于这墩石头，还有一个久远的传说。

据传，石仓岩这个地方，有大大小小的寺院七八座，是方圆数百里有名的佛教圣地，其中一座名为“大窝寺”的寺庙最有名，来这里烧香拜佛的人络绎不绝。

寺庙古遗迹的正前方就是万丈深渊，谷深崖陡，地名叫“风吹湾”。这里视野开阔，站得高看得远。传说菩萨特别灵，因此，香客不断，香火旺盛。

传说有一天，晴空万里，艳阳高照，来这里烧香拜佛的人源源不断。按规定，每天石仓最多能出 20 斗[①]米，供 200 个人吃斋。可那天先后来了 300 多人，而且多数都是从很远的地方慕名而来，甚至有些人还是徒步数日后才到达的。

就快要到中午吃饭的时间了，看着满寺院的人，住持和尚心里着急了。就在这时，一个新来的法号叫小裴的小和尚，建议跟附近的乡邻们借点粮食。住持同意了小裴和尚的建议，并派他下山去完成这个任务。小和尚来到厨房，拿了米袋子就匆匆下山，此时，临近中午，太阳正炙烤着大地，火辣辣的太阳令小和尚放慢了脚步……小裴不禁想到：“从下山到各家各户去借米，再扛上米袋子往回赶，要翻山越岭，这样的话不知要何时才能重返山顶的寺庙？突然心生一计——上天不是赐给我们一个永远也放不完的粮仓吗？我也知道每天最多只能放 20 斗米，多了就犯了天条。师父也一直在告诉徒儿，就算是多一粒米，那也是万万不能的。管它三七二十一，现在也顾不了那么多了，我先去放 5 斗米再说，兴许明天就没有那么多香客了，到时少放 5 斗米不就扯平了吗？”

想到这，小和尚兴奋地加快了往回赶的脚步。此时的他，脚上好像长了弹簧似的，连蹦带跳，脚底生风，半炷香的时间，小和尚就来到了每天放米的地方——石仓岩的仓斗。边念咒语边打开漏斗的开关，接着，晶莹剔透的大米一下就装满了小和尚的米袋子。不到半个时辰的功夫，小和尚就完成了这个艰巨的任务。可现在还不能就这么早回去呀，不然被住持知道了，那还了得？小和尚坐在粮仓旁，思考起今天这个事情来，他掏出随身携带的小本子，用自己才能读懂的符号记下了明天要做的事：“切记，少放五斗米，恳求明天就不要再来这么多香客了。”同时他也在心里一次又一次地告诫自己：“这是唯一的一次，同时也承诺，也是最后一次。”

确实，小和尚解决了当天 300 来号人吃饭的燃眉之急，可事情远没有小和尚想象的那么简单。到了第二天清晨，寺庙的钟声敲响了，晨钟敲响也是开仓放粮的时间。小和尚再去放粮的时候，仓里一粒米都没流出来。此事很快就惊动了住持。其实大家心里都已经明白，小和尚昨天都干了些什么，尤其是他的那些师兄师弟们，个个都把

---

①斗：中国市制容量单位。十升为一斗，十斗为一石。一升≈3 斤，一斗≈30 斤。

矛头指向了他，小和尚也深知自己犯下了滔天大罪，是任何人都不可能原谅和饶恕的。此时，夜已经很深了，大家都没有饭吃，也没有睡意，小和尚给师父留了封遗书，来到悬崖边的一棵无名小树上，就上吊自尽了。勤劳憨厚的乡亲们看在他年幼无知的分上，就把他安葬在离粮仓不远处的一个小山坡上。直到今天，小和尚的坟依然存在。粮仓再也放不出米了，而且还变成了一块巨石。这块巨石就是石仓岩。

搜集整理：赶水镇文化服务中心。

农山场

在赶水镇与扶欢镇交界的地方，有一座很高的山叫农山场，因其山顶有一个市场而得名。关于这座山，有一个凄美的故事。

很久以前，农山场上有一座山王庙。山王庙是金山和民主两个村[①]的神庙，每逢过年过节，两村的村民都会在庙前敲锣打鼓举行庙会。金山的庙会在院坝的西面，民主的庙会在院坝的东面，虽然各分东西，但敲锣打鼓唱诗说辞往往一唱一和，配合默契。每次举行庙会，两个村的孩子们都会聚集在这里玩耍，既可享受供果，又可三五成群追逐嬉戏。也有一些年轻人，将庙会当成了男女相亲会成就了一桩桩姻缘。两村虽属于不同乡镇，但交往密切。

有一年，久旱无雨，庄稼几乎全被晒死，无论两村的村民杀多少只鸡宰多少只羊供奉神灵，老天爷也不下雨。有一日，金山村一个叫杨子的村民做了一个梦，梦中山神告诉他只要他在某日子时燃起篝火，就会下雨，只是这火将烧毁山一边的森林。杨子被梦惊醒后半信半疑，但他还是牢牢地记住了这个日子。

山神说的日子很快就到了，天空还是没有下雨的征兆。午夜时分，杨子还是悄悄地来到了山王庙，他准备好了柴草，但迟迟不敢点火，他害怕大火真烧了森林，而又见不到一滴雨。杨子愣了一会神，最后还是点燃了庙前准备好的柴草。火越燃越大，但就是没一点下雨的征兆。就在杨子失望地准备离去的时候，忽然从西边刮起风来，越来越大，把烧着的柴草向东边吹去，顿时民主村那边的树木便噼里啪啦烧了起来，火光冲天。说也奇怪，就在民主那边树木熊熊燃烧的时候，金山这边却下起了瓢泼大雨。杨子在一阵恐惧和惊奇中偷偷地溜回了家。

这场大火虽然救了金山村的森林，却让金山村与民主村结了深仇。民主村的人恨透了金山村的人，一则因为妒嫉，二则因为他们从山王庙前的灰烬发现了些端倪，觉得这场火肯定是金山村的人干的。最主要的是在大火烧毁民主村森林的时候，金山村居然没一人来帮他们扑火。其实，哪里是金山村民无情，除了杨子，他们压根就不知道这场火，因为在火燃烧时，他们听到的是房顶、窗外噼里啪啦的暴雨声。

这以后，虽然每年过年过节两村的人依然在山王庙举办庙会，但各办各的。除了

---

①金山村、民主村：分属赶水镇、扶欢镇。

小孩有时不听大人的话还一起玩，大人们彼此间已经不搭话了，姑娘小伙哪怕有心仪的对象也只能埋在心底，不敢告诉别人。

可后来两村又开始了往来，而且更为融洽，这又得从一个故事说起。金山村有个女孩，姓杨，名露，年方十八，聪明能干，清秀俊美，是杨子的小孙女。一日夜里，杨露做了一个梦，梦见了去世的爷爷，爷爷就像活着时一样，很亲切。爷爷在梦中告诉了她那场火的经过，希望她帮他完成一个心愿，让金山民主两村的人重归于好，这样爷爷九泉之下才能安心。爷爷梦中告诉了她具体的做法。

就在杨露爷爷托梦给孙女杨露的那个晚上，民主村的一位小伙子李贵也做了一个梦。梦中他见到了一位披着蓑、戴着笠的老人在农山场一飞而过，接着裸露的土地上就出现了一排排绿油油的茶树，自己还和一个女孩在茶叶林间追逐嬉戏。

第二天，天刚蒙蒙亮，李贵就爬上了农山场。站在农山场顶，李贵听着金山那边树林里叽叽喳喳的鸟鸣，望着金山那边绿绿葱葱的松树。正在李贵望得出神的时候，金山那边的树林里钻出来一个姑娘。李贵一看吓了一跳，这不是昨夜梦中的女孩吗？正在李贵看得愣神的时候，杨露已经来到了他身前。

两个年轻人把昨晚的梦相互进行了交流。忽然醒悟，是不是神灵让我们在这被烧的山顶上种茶，于是两个年轻人开始商议起来。

那日过后，李贵每天都会上农山场垦荒种地，很快一片荒土被整理出来了，李贵撒下茶籽，担来农家粪灰、粪水，精心照料茶苗。每天，杨露也会远远地看着李贵干活。朝夕相处，爱情火苗在两个人心里悄悄燃烧起来。

农历八月十五，两村乡民照常在山王庙举行庙会，两村的人照常互不搭理。忽然，有人来告，说金山村与民主村有两个年轻人在庙会后边山林里幽会，热闹的空气一下就凝固了。今天是祭神的日子，两人竟然在此幽会。李贵和杨露都各自被两村长辈带到了庙前高檐上，决定罚跪并由各自亲人施以鞭刑，正在两村准备施刑的时候，杨露说道："乡亲们，不是我们要这样做，是神让我们这样做的，只有这样，才能让金山民主两村重归于好。民主的山是我爷爷烧的，神托梦给爷爷用牺牲一边拯救另一边的方法救这儿的树，爷爷点燃了火，没想到这时从西边刮来一股大风，这样就烧毁了民主那边的森林。"杨露哭着给民主的乡民磕了三个响头，还从裤兜里拿出了爷爷在世时割破手指写的大火经过。接着她还说了她和李贵两人做的梦，告诉村民已经种好了茶苗。

听了杨露的一番话，一直萦绕在两村人心里的疑云也终于有了答案。第二天，农山场上出现热闹的情景，两村村民都带上锄头，铲除荒草，挖土种茶，半月下来，农山场上出现了一排排的茶苗。

待到第二年农历八月十五，农山场上已是茶叶青青，两村第一次合办了大型的庙会。为了两村世代友好，增加两村往来，两村人决定每年八月十五，为拜神日。后来有人提议干脆建一个市场，于是就在这个山顶上兴起了市场。但后来不知哪儿跑来了一股持枪的土匪，霸占了农山场，农山场便从此败落，现在只剩下残垣断壁。

搜集整理：赶水镇文化服务中心。

太公山与太公铺

太公山就在赶水镇的南面，站在上场口就能看到，洋渡河与岔滩河就从太公山脚下流过，在赶水汇合。太公山海拔七百米，山势较为平缓，山的南面与九盘山相连。

太公山因山上有一奇石叫太公石而得名。这块石头有数百吨重，它与下面的石头背靠背，中间只有近似一条直线的三个点支撑着，相传姜太公就是坐在这块石头上钓鱼。一次他从河中钓到一条大鲤鱼，一高兴，猛抬鱼竿，鱼却飞到河对岸去了。河对岸的福田有个叫鲤鱼坡的石头上就有像鲤鱼鳞片的遗迹。在太公石的下面不远处还有“篙杆石”，石头上有一些圆洞就像是当年人们在河中撑船时用篙杆凿的洞一样。山背面的千秋雷吼洞（地名）上面山边还有“鱼鳅石”。山背后公路田壁有一条“龙蛇石”，其纹理极像蛇头，可惜当地的人们怕它兴风作怪，将其头斩断了。

川黔盐茶古道就从太公石旁经过，200 年前就有人来太公石旁修房开铺，供来往客商吃饭住宿，生意兴隆，这就是后来的太公铺。解放后人民政府还在这里设立太公铺乡，管辖太公山上的几个村，直至 1958 年。沿着这条盐茶古道在黄泥岗也有很多幺店子，供商客歇脚。

在太公山上，至今还有许多战壕遗址。1935 年为抵抗红军进川，刘湘的部队就有一个连驻扎在太公铺。黄泥岗至九盘山一带更有不计其数的部队驻扎。

搜集整理：赶水镇文化服务中心。

铁石垭

（一）

赶水场下街有个地方叫铁石垭，附近农村叫铁石垭村。铁石垭村姓余的人特别多。

据余氏家谱记载，铁石垭余姓原是蒙古成吉思汗铁木真的后代。元朝晚期，蒙古人对汉族人进行残酷统治，汉族人称蒙古人为“鞑子”。而后朱元璋利用“明教”起义推翻元朝后，到处追杀“鞑子”，因此一些蒙古人改名换姓，便在中原地区存活了下来。铁石垭余姓就是为了躲避朱元璋对蒙古人追杀而改后的姓氏。

清朝乾隆年间，由于四川重庆地区大旱三年，本地居民很多都饿死，有的也背井离乡，所以人口十分稀少，于是乾隆皇帝下旨从湖广强迫百姓移民至四川，余氏一族首先到扶光坝、松山一带以种植为生，不久，其中一些弟兄搬迁到铁石垭居住。

据说，铁石垭本来叫回龙垭，余氏兄弟因为“余”即“鱼”，经不起“回龙”袭击，便想改名。又因当地有铁矿，多有铁锈堆积，铁锈俗称铁屎[①]，因此叫此处铁屎垭。但余姓本身是铁木真的后代，而铁屎谐音“铁死”，既不雅观，也不吉利，后来干脆改名铁石垭，遂沿用至今。

(二)

据说，铁石垭本来叫回龙垭。

传说有一天，回龙垭一个老人到附近山坡上去干活，路过一片树林时被一块大石头拌得摔了一个大跟斗，非常生气，举起手中锄头想打碎石头。想不到石头像铁一样硬，老人的锄头卷了口也没能够砸下石头的一点碎粒。老人生气地骂到:“什么石头这样，简直就是铁石头。”

后来，老百姓发现山坡上到处都有像山坡上铁一样硬的石头，便把地点改成铁石垭口，也就是铁石垭。

搜集整理：赶水镇文化服务中心。

山羊洞

在赶水镇东面，与贵州省桐梓县坡渡镇接壤，有一座马龙山地处大娄山山脉，最高山峰石仓岩海拔 1480 米。

马龙山除了“三桥九洞十（石）狮子”等自然美景，还有石仓岩和山羊洞等岩石、洞穴。“三桥”在东风煤矿至天生桥水库之间的一段峡谷里。“九洞”是从天生桥向上走可看到的那些溶洞，如风洞、熬硝洞等。“十（石）狮子”就在天生桥不远处的石家屋基旁的石岩子，从马桑台远远望去，就像一个巨大的石狮子蹲在那里，遗憾的是前些年那座石狮子岩石已经崩塌了。

山羊洞位于赶水镇适中村，其来历还有一段故事。传说在很久以前，万盛、南川的几个猎人围追一群野山羊，这群野山羊被逼进了一个岩洞。这可乐坏了猎人们，他们一边围住山洞，不让一只山羊跑出来，一边组织猎人，找来火把，背着刀枪，进洞捕捉野山羊。可是，洞深无比，怎么也找不着山羊，有几个青壮年猎人不信邪，他们回村准备了大量的干粮和火把，沿着山洞一直追踪下去，追了几天，前面出现了亮光。猎人们顺着亮光出来，却是一个大洞口，洞外是一片森林，山羊也无影无踪了。

山羊洞中奇石异景，夺人心扉，有多彩多姿的石笋、石柱、钟乳石，奇形怪状，美不胜收。洞内幽深奇特，当地居民经常进洞探秘，发现有一感应洞，石头扔进去，发出隆隆响声，且声音越来越大，令人毛骨悚然；洞内三四公里处，有一处宽敞的亮堂子，光线不知从哪一个洞折射而来，不用照明物也能看清洞内景物，洞中有洞，层

①铁屎:炼铁后产生的废渣。

层重叠。再往深处行走，便能看见沙滩、阴河等。抗战时期，国民党重庆铜元局曾派人在此洞内取石熬硝，用来制作火药，运送到抗日前线。

搜集整理：赶水镇文化服务中心。

赶水观音寺

赶水观音寺，又名“紫云山观音寺”，位于赶水镇铁石垭村境内，始创于明清时期。古往今来，这里交通便利，工农业和商贾云集，因此，信众颇多，香火旺盛。

赶水观音寺临济正宗、传承久远，根据寺内现存清道光二十三年石碑记载，该寺庙始建于明朝成化二年（1466年）。又据赶水韩家沟韩氏族谱记载，有一天，韩家沟韩氏兄弟登芳、翠芳二人上街赶场回家，途径观音寺的一棵黄桷树下歇气，他们依树而坐，由于树荫凉爽，不知不觉就睡着了：只见观音、文殊、普贤菩萨驾紫色祥云，带着韩登芳之祖韩明宗①来到此地，韩明宗吩咐韩登芳说：“还不跪拜，迎接菩萨，此地是佛门圣地，是菩萨住的地方，应立刻建寺。”说完，驾紫云而去。

登芳兄弟同时醒来，述说梦中情景，历历在目。因此，在韩登芳的带领下，集资修建了小庙，取名紫云山观音寺，寺中僧侣靠捐地供养，当时是半寺半祠。自明万历元年（1573年）距今已500多年。

搜集整理：赶水镇文化服务中心。

东狱庙

东狱庙位于赶水镇新炉村地界，始建于南北朝时期（575年），距今已1430多年了。

庙内有大帝等十五尊神圣，设十殿，每殿设有十六小狱，位于川黔交界地捍水②串珠山三水交汇处，神圣显灵，香火旺盛，誉及川黔滇三省。

575年6月，勿迷道人云游成都青城山途中路遇淡痴尊者，勿迷跪问师从何而来，师云：从轮回生死地鬼国幽都③而来，阳间犯罪皇恩大赦可免可减，且有隐恶掩饰推卸逃脱者，今昔颇多，吾受玉皇大帝恩准，已在丰都修建幽都惩治阴间犯罪。

---

①韩明宗：佛教得道弟子。

②捍水：今赶水。

③鬼国幽都：丰都。

阴司对阳间逃脱犯罪者，一毫不能漏网，并无赦。师曰：要在东西南北各建狱府，惩恶扬善，汝即去东选址建造殿府。说毕驾云而升。

559 年 3 月，把守南天门云团老祖奏玉帝，凡人吕释师徒要在怖洲大娄山脉脉系的川蜀捍水三江交汇串珠山修墓葬祖。玉帝即令风雷神从天飞来一大铜钟盖覆宝地，并定此地建铜狱府，“铜”谐音“东”，世人俗称东狱府，也称东狱庙。

有一大户人家因逐渐衰落，请了师徒二人来支招，想要重振家业。师徒二人看后告知大户人家老爷：“老爷家原来发达兴旺，是因为祖坟地处龙脉之上，风水极佳，但因上次地震此龙脉被震断，祖坟在此处反而不祥。”大户老爷一听着急了，忙询问解决之法，师徒二人告知唯有迁祖坟，大户人家的老爷忙请求师徒二人为其选址迁坟。

于是，师徒二人从贵州遵义开始看地。师父前，徒弟后，师父以放钱来决定地址，徒弟以放针来决定地址。说来也巧，在选址走到东狱庙附近时，师徒二人同时扔出钱和针。钱滚到了现东狱庙的正中间，而徒弟的针却正好插在铜钱的钱眼里，不偏不倚。师徒二人相视一笑，便回去告知大户人家的老爷祖坟新址已选好。

师徒二人带着大户人家老爷来看时，却见地上凭空多了一鼎大钟，大户人家老爷叫家丁来把大钟移走，大钟却又自己飞过来，如此反复几次，总是移不走。后来一位道人匆匆赶来，对大家说：“这是神仙选好的宝地，准备建庙，尔等怎能与仙人争抢。”大户人家的老爷听后，只得作罢。

搜集整理：赶水镇文化服务中心。

东狱庙石马

东狱庙石马，长 2.14 米，高 1.9 米，厚 63.3 米。原位于东狱庙门前，后转移到綦江南州公园内。传说，石达开被追剿受困于赶水之时，逃于东狱庙门前，只见后有朝廷追兵，前方便是悬崖，正叹“天要亡我”，忽见庙前一石马竟变作真马。

石达开跨上石马，石马一跃跨越藻渡河，飞到了对岸南平山上，石达开因此逃过一劫。

关于东狱庙前石马，还有不少传闻。一说东狱庙前有两匹石马，一次两匹石马跑到陈家坝河边偷吃百姓庄稼，由于被老百姓发现，一匹石马跑得快，逃回了东狱庙，另一匹被老百姓打断了腿，一直留在了陈家坝河边。还有一种说法，说两师徒在陈家坝雕刻石马，徒弟非常刻苦，师父自视技艺高，便经常到赶水场上喝茶。最后徒弟雕刻的石马比师父雕刻的还要生动，就像真马一样，师父担心自己的地位被徒弟超越，便偷偷打断了徒弟的那匹石马的腿。于是，那匹石马只能待在了陈家坝河边。虽然这样的传说很多，但人们在陈家坝沿岸找寻那匹被打断腿的石马，却没能找到。

搜集整理：赶水镇文化服务中心。

赶　水

“赶水”以前叫“三江”，曾经设过县，叫三江县。由“三江”改名“赶水”，当地有一个民间传说。

传说很早以前三江县来了一个新上任的县官。这位县太爷上任前心里就想，三江县毗邻夜郎，是蛮荒之地，不过既然叫三江，也该是江水滔滔，千帆竞发，水陆码头，车来人往的热闹地方。

到了县城，叫人大失所望。县城在山谷中，一条极短的肠子街，住户不多，人口也少，五天赶一次场，热闹半天，平时清静极了。所谓三江，原来只是三条小河的汇合处，枯水季节，人涉水也能过河。这里的民风淳朴，争斗纠纷少，衙门清静，门可罗雀。县太爷见此情景，很扫兴，小溪山场，却取这样大一个地名，心中很是不快。

县太爷在衙门无事可办，闲得发闷，便带着衙役到街上巡视。转了半天，无事可管，正准备回衙，忽然听到有人说：“孙打婆——孙打婆。”县太爷也不亲自去过问，只叫衙役把相关人犯带到县衙，老爷要坐堂审理。

人犯带到，喊过堂威，老爷升堂。县太爷不问青红皂白，只说一句，“孙敢打婆，没大没小，先打二十大板。”把签子往堂下一甩，就喊打。

县太爷发话后，衙役们相互看看，谁也没动。县太爷正要发火，师爷凑到他耳边说：“老爷，打不得，只怕一板子就把人打死了。”县太爷以为师爷为犯人说情，嘿嘿冷笑一声：“我听人说过，衙役贪钱，金黄银白，使人变得眼红心黑，没想到手有这样重，一板子就能打死人。”师爷见县太爷有些误会，请他站起来亲自看看人犯。因为县官的公案很大，坐着看不见下面的人，当他欠身往下一看，只见大堂上跪的是一个老太婆和一个两岁的小孩。老太婆回禀：“是我逗孙子玩，孙子在我身上拍，我哄着孙子说孙子打婆婆，不是孙子忤逆。”

县太爷知道自己唐突，为了掩饰尴尬，一口咬定，即使是小孩，拍打婆婆也是以下犯上，并口中念念有词：“蛮荒之地，未蒙教化，上下尊卑不分，不识大小，不分老幼，都是地名取大了的缘故。人多汇在一起叫赶场，水多汇在一起叫赶水嘛，三条小河，还叫什么三江。”可能是县太爷自己也觉得无聊，懒得多说，就对师爷说了句“你看着办吧”，就回后衙去了。

师爷蒙了，县太爷要自己办什么呢？审两岁小孩是不可能的，思来想去，是不是县太爷要自己将“三江”改为“赶水”。于是乎，师爷把两婆孙放了，按县太爷的理由出了一个告示，把“三江”改名“赶水”，自此，“赶水”一名沿用至今。

搜集整理：赶水镇文化服务中心。

马桑台[1]

马桑台是赶水马桑岩精妙之宅。因为这里原来有高大的马桑树而得名。

乾隆元年（1736年），由当时的清朝贡生孙正榜从桐梓县宫仓镇马孔村小坝搬到这里开垦寓居。当时他还有两个弟弟，正栋和正党，住在石仓岩，繁衍生息后代约2000人。

他修造的房子被后人称为老房子[2]。房子的木材全部用马桑树做成，至今还保存有粗大马桑树做的天罗椎、地罗椎、看樑。另外，还有一尺多宽的天门槛、地门槛。这些“老古董”见证了它远去的岁月与沧桑！只是现在的马桑树通常三尺弯腰。

据传，当年这里有一棵马桑树身材修长，春风得意，无休止地生长，直插云霄，树巅甚至高过了天宫。有一天，顽皮捣蛋的孙猴子耍得不耐烦了，便顺着桑树的树干爬到树巅，一看树下房子好漂亮，这时他内急，就朝着房子撒猴尿……正好遇王母娘娘上厕所，一股骚臭味扑鼻而来，而且还有好几滴猴尿流到了她的罗裙上，险些溅到脸上。这还了得，王母娘娘当即雷霆大发，清查何人所为，竟敢窥视老娘，还随便撒尿。机灵手巧的孙猴子知道闯了祸，于是就顺着树梢迅速地往下溜，瞬间就不见踪影。王母娘娘好一顿脾气发过之后，就把罗裙朝着马桑树的方向扔了出去。罗裙随风飘荡，在阳光的照耀下婀娜多姿。说来也巧，围绕马桑树飘来飘去的罗裙最后居然飘落到了马桑台，把马桑台装扮得五彩缤纷，甚是漂亮。

王母娘娘扔了罗裙之后，又去找玉皇大帝诉说，就是那棵马桑树，不然哪有此事。当即，玉皇大帝找来张果老，吩咐：桫椤树别忙砍了，先把这棵马桑树的树巅给削了。后来，玉皇大帝还把张果老下派到马桑台监督这棵马桑树长势，并安排他住在一个石洞[3]里。从此以后，马桑台再也见不到如此高大的马桑树了，变成了一些杂草灌木，只能让山民割去喂养猪牛。虽然马桑树不再长高了，但马桑台有着王母娘娘的罗裙点缀，变得更加斑斓绚丽，也给马桑台增添了无穷的传奇色彩。

讲述：不详。

搜集整理：孙文锋，赶水镇藻渡中心小学教师。

---

①选自《綦江名山志》（张健、李忠朴、朱德贤编，湖南地图出版社，2022）。

②老房子：现孙文华老宅。

③石洞：今叫张石洞。

金银洞[1]

在赶水马桑岩下天生桥水库旁[2]有一片石林，没有云南石林那么奇特壮观，也不如万盛石林那么秀丽玲珑，只是虎头虎脑的一片石墩拔地而起，看似也没什么特别之处，但它有一个“莫贪便宜财”的传说，让人叹为观止，更加令人唏嘘，引人深思。

天生桥有一个金银洞。但千万不要把它想成像张石洞、熬硝洞等那种洞穴。金银洞处在一块方方正正的大石头中央，光滑滑、圆溜溜，有碗口那么大。说它是一个洞，还不如说是一个孔，背靠巨石，孔口朝阴。不像现在有些石洞，洞口朝上或朝下。

此洞构造和形状为何如此奇特？话说某年，七仙女路过天生桥水库时，只见绿水悠悠，水如碧玉，清澈见底，静得像一块无瑕的翡翠，闪烁着美丽的光泽，误以为就是天上的瑶池。七姊妹按捺不住内心的激动，就要立刻下水洗澡，二姐怕戴的金手镯弄丢在水里，于是把金手镯放在了这个四方四正的石头洞里面，便与其他姊妹下水洗澡。

七姊妹洗得正欢，一个路过挖煤的匠户听见嬉水声之后，就顺口问了一句:“是哪些人在水库洗澡？这水可是吴家山那边的人喝的。”听见质询声，七姊妹慌了神，匆忙穿好衣服就朝石仓岩方向逃遁远去。二姐的金手镯来不及拿，三姐还在赵家沟跑丢了一根银白色的裙带，至今那银白色的裙带都在两山之间飘动。

回到天宫，王母娘娘知晓了此事，便狠狠地把几姊妹教育一番：你们出去玩不是不可以，但是不要总是丢三落四，裙带就算了，金手镯一定要拿回来。

于是二仙女戴着银手镯，牵着她心爱的白虎和狮子再次下凡，并吩咐它俩在人间不许说话，不然就永远回不到天宫。他们一行下到凡间天生桥当天，二仙女还找来当地一个和尚协助掏金镯子，安排和尚站在后面的一个山顶上，白虎站在垭口，狮子就跟随她一起壮胆。来到石头边，由于洞口朝枣木岩方向背着光，什么也看不见，于是她将石头翻转过来，让洞口朝天，这时，她看见了金灿灿的手镯，情急之下，她就把戴有银手镯的那只手伸进洞里。这下完了，金手镯还在洞里不说，银手镯也跟着进了洞里。慌乱中，她急忙喊话让站在山顶上的和尚前来帮忙，可她完全忘了下凡后“不许说活”的忌讳。

这一叫一答，就把和尚瞬间变成了一个坚不可摧的山顶，就是现在的和尚顶。白虎性子急，心想这么久还没拿到金镯子，也忍不住发出了吼声，于是白虎就变成了一片白色的石灰岩，后来人们在石灰岩下修建了一座寺庙，取名白虎寺。

二仙女一看更是乱了方寸，一气之下，脚一跺，反而把洞口跺得越来越小。这下两只手镯都无法取出。狮子站在旁边更加是心急如焚，先前还能记住二仙女的交代，忍住没吱声，后来看见二仙女那狼狈不堪的样子，狮子情急之下也是一声大吼！吼声

---

①选自《綦江名山志》(张健、李忠朴、朱德贤编，湖南地图出版社，2022)。

②今枣木岩下边。

之大，可想而知……也同样变成了一蹲大石头，现在位于金银洞旁边的石狮子依然可见。

其实“三桥九洞石狮子”指的就是这个回不了天宫的石狮子。而留在洞里的这对金银手镯，每天夜晚都发出金光和白光，人们就称它为金银洞。后来一群放羊娃爬上去玩，发现里面发光，于是就找来一根木棍去掏，可是每次掏到洞口，一使劲，手镯又掉下去了。无论怎么努力，每次都是只听到落到洞底的叮咚声，但就是掏不上来。一传十，十传百，天生桥洞里有金银镯子的说法就这样被广为流传，引来了无数掏金银的人。

不知曾经有多少娃因为在这里掏手镯，没割到草回去挨打？更不知道有多少娃在这块石头上跪烂了裤子？奇怪的是有一天，金银洞里出现了几行谁也不认识的字，于是大家就去找孙真元老道士前来辨认。老先生说这是天书，写的是：

天生桥，枣木岩，金镯银镯天安排。
各自回家务正业，劝君莫贪便宜财。
发奋读书功名就，金银财宝滚滚来。

后来，人们才从老道士的话语中悟出了道理。从此以后，到金银洞掏手镯子的人就渐渐少了，而且还有不少娃功成名就，这方百姓也丰衣足食。如今，只有石狮子还在那里呆呆地看着那长满葛巴藤的金银洞。

搜集整理：孙文锋，赶水镇藻渡中心小学教师。

打通镇

大石壁兴场——不敢（赶）

大石壁是一块大岩石，坚硬，异峰突起，高高矗立如墙壁，位于打通场口，现在属打通镇打通村苦竹坝社。

据史料记载，以前打通的多数居民都是住在这一带的。清朝嘉庆年间，这里有何、黄、李、刘四姓家族，他们征地建场。街坊铺面多，场舍规模大。竣工后召开兴场典礼，主席台上坐了四姓家族长辈，尚有空席位，客人推一位年轻晚辈入席上座，年轻人见坐上席的都是长辈，便红着脸连说“不敢、不敢、不敢”。

众人说，今天是大石壁兴场吉日，怎么能“不赶”呢？结果，兴了场，真的就没有人来“赶”场。从此以后，“大石壁兴场——不敢（赶）”这一句歇后语便在打通地区传开了，而且流传到现在。

搜集整理：打通镇文化服务中心。

挔罗坎

传说古时候有一商人，用骡子驮着货物翻越双坝村这座大山。途经一狭窄路坎处，骡子过不去。情急之下，商人便用肩膀顶住骡腿，才得以通过。尔后，凡经过这一处地方，都要这样做才行。所以人们称之“ 挔骡坎①”，讹为“ 挔罗坎”。

搜集整理：打通镇文化服务中心。

打通垭

打通垭地名来历很多，代表说法有二：

说法一：据《綦江县志》载，打通垭，清道光十五年（1835 年）建场，因当地但、王两族为建场争地，殴打通场，故得名打通。

---

① 挔：〈方〉，“扛”的意思。

说法二：打通垭，原地名为打桐垭，因该地桐子树多而得名。清同治年间，因“桐”与“同”同音，避讳“打桐子”被说成“打同治”，而改名打通垭。此说有清同治八年的打桐垭路碑为证。

搜集整理：打通镇文化服务中心。

乔家岩口歪歪坟

据说在明代，打通镇下沟村的横山一岩口住着乔姓人家，人们将这地名称之乔家岩口。

一天，从远处走来了一位六十多岁的阴阳先生，穿着长袍戴着老花眼镜，他自报家口，没有子女，是一位孤寡老人。旧时俗说阴阳先生如果给人看好了真地，那他的眼睛必瞎无疑。所以那些风水先生都防着这一点，不会把最好的真龙宝地看给人家的。乔家为了得到宝地，就要求这位先生给乔家看好坟地，如果真是瞎了眼睛，生前奉养，死后厚葬，绝不亏待。这阴阳先生听信了乔家人的花言巧语，也可能相互利用吧。阴阳先生给乔家看了一席好地——火龙穴。乔家人得到了宝地，修了一座堂皇的坟墓，很是高兴。但这风水先生的眼睛也不知道是年老视力衰退呢，还是给乔家看了真地，果真瞎了。老先生住在乔家，这家人起初还是恪守初衷，没怠慢老先生，让他坐吃俸禄，享乐晚年。

后来乔家主人死后，安葬于先生看的火龙地，日子和过去一样十分红火。可对老先生就不那么仁义了，乔家后人天天让老先生舂米，很少得到休息，吃食也降低和减少，一年又一年风水先生就这样累着、熬着，他悔恨交加，常常以泪洗面。

几年后，先生的徒弟打探到了师父的消息，决心要把老先生接到自己家里侍候。徒弟来到这里，师徒俩抱头痛哭，诉说悲情。临走时，徒弟佯装诚意，叫乔家人在坟后造一块田，配上风水，更具宝地，保你乔家人更兴、财更发。乔家人信以为真，没多久时间，就在坟后开出了一块大田，灌满了水，乔家人高兴得不得了，真以为老坟配好了风水。可不久，自己的老坟一天天往下沉，似乎要侧翻的样子，这才知道上了当，被那徒弟给算计了。当地人也认为乔家中了徒弟的邪道，那徒弟真有法，会把坟整歪。乔家人意气低沉，自认倒霉，从此也不如以前那样时运亨通，渐渐走向衰落。

其实这个事件是可以从科学的角度来解释的。那徒弟是很懂地理，对地质地貌是颇有研究的。坟地及其附近的泥土本来是干燥的，因为水田里水的渗透，坟地的泥土含水软化，在重力作用下往低处下滑或下沉，坟地和坟本身就沉陷下去。那徒弟只不过以此来教训和报复乔家，为师父出了一口冤气而已。

乔家岩口早没了乔姓，更没了人丁。如今歪歪坟犹存，邪恶与科学分明。

搜集整理：打通镇文化服务中心。

石壕镇

响水洞

石壕镇万隆附近有一个深深的山洞，洞里终年响着“轰轰”的水声。一股清澈的泉水从洞里被人们引出来浇灌附近田地，当地百姓中还流传着这样一首歌谣：

想水水就响，只需心善良。

神仙来指引，清泉流四乡。

关于响水洞，万隆场附近百姓中间流传着这样一个故事。

万隆场周边山高石头多，地下洞穴多，存不住水。夏天下大雨哗哗哗，雨水顺着山坡流到沟底，或者顺着山上石头间的缝隙流到地下洞穴中。大雨刚住，地里的水流干了。三天不下雨，地里的庄稼叶子起卷了。十天半月不下雨，地里庄稼干枯了。十年九旱，万隆山上的百姓吃够了苦，受尽了累。有时候，不仅地里的庄稼干死了，水井里的水也干了，有些地方的老百姓为了找到煮饭的水，要跑十多里路，翻几座大山。人们希望找到充足的水源，解决人畜饮水及地里庄稼灌溉需用的水，便结伴上山找水。可是，一伙又一伙人上山，一代又一代的人上山，找遍了万隆山大小山梁，也没有找到水源，听说一些洞穴中可能有地下暗流，人们又钻洞穴找水，找过了一个又一个洞穴，也没有找到地下暗流。

找不到水源，万隆山附近山梁上、山沟里居住的百姓只得过着少水的困苦生活。

万隆场附近一个山沟里住着两姓人，一是单姓，一是吴姓。单姓的是亲亲的三兄弟，个个身强力壮，有力气，能干活。山上少水，庄稼种不好，他们便到山下给人打工，挣钱回家养活妻儿，尽管生活不富裕，日子也还过得去。不过单家三兄弟私心都很重，娶的媳妇虽然貌美如花，却尖酸刻薄，三个亲兄弟常常因为一点小事情吵吵闹闹，有时候还大打出手。单家三兄弟的父亲母亲年纪大了，干不了活，本希望三个儿子养老，不料三个儿子和他们的媳妇推三阻四，你推我，我推你，谁也不愿好好地供养父亲母亲。有时候实在推脱不了，让父亲母亲在家里吃上两三天饭，儿子黑着一张脸，媳妇说着尖酸刻薄的话，一心想着怎样气走父亲母亲，害得单家老夫妇三天两头饿肚子。

姓吴的只有母子俩，儿子叫吴大虎。因为家里穷，住的地方又缺水，附近姑娘都不愿嫁到吴家做媳妇，所以三十多岁了，吴大虎还是光棍一个，和年迈的母亲相依为命。吴大虎是个心地善良、孝顺母亲的好孩子。尽管穷，但是想方设法让母亲吃好、穿好，生活舒服。如果家里只有一碗米，他要匀着让母亲吃两三顿，自己吃野菜。吴大虎看到单家老夫妇可怜，还常常把他们叫到自己家，匀出自己吃的让单家老夫妇吃一顿饱饭。

单家和吴家居住的山沟里有一个很深的石洞。曾经有人进到洞里寻找水源，在一个光光的石壁前听到“轰轰”的声音，很像是水声。可是石壁高高的，阻住了路。壁面光光的，用石锤砸，砸不开。不知道“轰轰”的响声是不是水声，怎样才能把水引出来。

传说有一年的秋天，单家、吴家居住的山沟来了一位头发胡子都白了的老道士。扬言要送给单、吴两家人一个劈石引水的仙人斧，能劈开山沟石洞里的石壁，引出洞里的水灌溉农田。不过，要心地善良的人才能用仙斧劈开石壁，而且，谁用仙斧劈开了石壁，引出的水就属于这个人的，或卖或送听任这个人处分。老道士见单家三弟兄听了将信将疑，微微笑着用手一指洞穴，果然一股清澈的泉水流了出来。单家三兄弟相信了，都渴望得到老道士的石斧，劈开石壁引出清泉，然后卖钱发大财。他们知道平时对母亲不好，争着临时抱佛脚，抢着接父亲母亲到家里弄好吃的让父亲和母亲吃，做好衣服让父亲、母亲穿。吴大虎因为家里穷，同时也不想临时装模作样做做，和老母亲过着和平时一样的生活。

这一天，老道士要让单吴两家的人试着用仙斧劈洞里石壁了。单家三弟兄争先恐后，一个又一个抢着夺过仙斧奔进洞里劈石壁。单家老大用了九牛二虎的力气，累得气喘吁吁，也没有劈开石壁，终于绝望了。紧接着，单家老二、老三也依次拿着老道士的仙斧奔进石洞劈石壁，用尽了吃奶的劲，累得骨头架子都快散了，也没有劈开石壁引出泉水，气得破口大骂。最后，吴大虎接过老道士的仙斧进了洞，想不到他用斧子轻轻左右一劈，惊天动地两声巨响，石壁裂开了两条缝，两股清清的泉流了出来。老道士看到清澈的泉水流了出来，摸着雪白的胡子哈哈笑了，大声唱道：

姓单[①]未必善，姓吴心不恶。
善恶天知道，凡人快改过。
……

老道士一面唱，一面健步如飞飘然而去。

吴大虎从石洞里引出了清泉，泉水或卖或送本由他决定。不过，吴大虎是一个天生善良的好人，修了堰沟把水引向四乡缺水的地方。单家三兄弟经过这次教训，明白了“善恶自有天知道”的道理，改恶从善，从此兄弟和睦，对父母孝顺。由于清泉从山洞里流出时终年发出“轰轰”响声，人们把山洞叫成了“响水洞”。

搜集整理：石壕镇文化服务中心。

李公坝

石壕万隆山上有一个叫李公坝的地方。李公坝四周都是山。山不高，山上青青的，长满了树，远远望去，只看见山，看不见坝。可是，沿着山足凿出的一个大洞往里走，便豁然开朗，眼前一亮，仿佛到了另外一个世界：平整整的一坝水田，一条小溪从水田中间潺潺流过，溪水清清。站在溪边，能望见溪水里的鱼虾，水田边有杨树、柳树、白果树，绿绿的，撒下一树的阴。树上缠满葛藤，开着红的、黄的花，树丛中有人家，

①单：shàn，音善。

黑瓦黄墙的吊脚楼。院坝里有成群鸡鸭觅食，有小狗悠闲地摇着尾巴“汪汪”叫，溪边有白色的小羊喝水。溪流上还有小木桥，一个或几个漂亮的山妹子在桥下洗着衣服。田里谷子黄了，微风轻抚泛起金色的波浪。一千四百多米的高山峻岭中居然出现了一幅江南水乡的画面，不论是谁，看到这里的景象都会拍案叫绝。

传说李公坝是唐代大诗人李白住过的地方，李公坝的名字也是李白起的，甚至有人说，历史书上写李白于唐肃宗宝应元年（762 年）病逝于当涂是一个假象，其实李白没有死，而是因为看透了当时官场尔虞我诈，文场追名逐利，请友人道士吴均帮忙做了个病死的假象，让吴道士设坛作法，埋葬了稻草做的假人。

而李白悄悄同吴均一道离开东南，爬高山，涉大河，到了川黔边境尧龙山脉中的石壕万隆山，选中了高山峻岭中的一块绝佳平坝住下来，过上了与世隔绝的神仙般的日子。而吴均则选了附近一个深不见底的石洞住下，李白和吴道士经常往来，谈仙论道，把酒论诗，李白把自己住的地方取名李公坝，吴道士把自己住的地方取名叫仙源洞[①]。因为李公坝山好水好风景好，李白活了一百多岁，吴道士也活了一百多岁，后来两个人都羽化成仙，住到了神仙住的地方去了。传说李白十分留恋住在李公坝过的好日子，还常常从神仙住的地方回到万隆山李公坝看望。

原来，唐代中叶发生了安史之乱，叛军攻到了长安城。唐玄忠李隆基携心爱的女人杨玉环仓皇出逃，在川陕边界的马嵬坡手下兵士要求处死祸国殃民的杨氏兄妹，唐玄宗万般无奈，用白绫绞死了心爱的女人杨玉环，处死了杨玉环的哥哥杨国忠。随后，李隆基逃到四川避乱，朝中大臣拥戴太子李亨在洛阳登基称帝，称肃宗皇帝。

尊李隆基为太上皇，由于唐肃宗是在非常时期由大臣拥戴登上帝位，其他一些王子不服，于是爆发了永王李璘反叛称帝，永王广招人才，把大诗人李白也招在帐下作为幕僚。安史之乱平定后，朝廷镇压了永王李璘的反叛，李白也获罪流放夜郎。

李白天生放荡不羁，傲视权贵，可是当了罪人，无可奈何，只得在差役押解下，闷闷不乐地经长江向位于川黔交界处的夜郎进发。好在中途遇赦，恢复了自由之身，李白又惊又喜，挥笔写下了“朝辞白帝彩云间，千里江陵一日还”的诗句，乘船顺江而下，到了洞廷湖畔的岳阳，岳阳是一座古城，城内有不少古迹，李白在一个客栈住下，准备在岳阳玩几天，再乘船到荆州，然后走陆路到洛阳，他因为受到朝廷赦免，心存感激，一心打算托人在朝廷谋上一官半职，用自己满腹才华报效朝廷。

这一天，李白正在岳阳街头闲逛，忽然听到背后有人喊他的名字，回过头看，原来是老朋友吴均道士，李白大喜过望，奔过去拉着老朋友的手，激动得高声叫起来：“吴大哥，多年不见，想死兄弟了，今日相遇，我们要好好地喝上两杯。”

李白把吴道士请到自己住的客栈，让店小二买来酒，一对老朋友痛饮起来，喝得昏天黑地。

当晚，吴道士和李白住到了一起，两个睡在一张床上，分别说起了分别后的情景，说到未来的打算，李白谈了想到洛阳入朝做官，报效朝廷的打算。吴道士听了，长长地叹了一口气，说：“李老弟，这么多年来，难道你还没有看够世间追名逐利尔虞我诈的虚伪和丑陋，像你这样胸怀报国之心的人不少，可是报国无门，弄不好还会得罪权贵，引来牢狱之灾甚至杀身之祸。”

①仙源洞：在贵州习水县仙源镇境内，离李公坝约二十里。

吴道士一句话深深打动了李白的心，惊出了他一身冷汗，他反复想着吴道士的话，一夜没有合上眼睛。

清晨，李白和吴道士起了床，洗了脸，李白拉着老朋友的手，让吴道士和自己紧挨着坐在一起，深深地叹了一口气说："吴兄，你昨晚一句话惊醒了我这个梦中之人，我决定，不到洛阳去了，我想找一个世人不知道的清静地方，耕田种稻，栽菜淋粪，过普通农家的清闲生活。"

吴道士赞许地点了点头，不过很快又皱起了眉头，说："李老弟，你是大名在外的人，不论在什么地方都会有人找了去，除非……"

吴道士停住了嘴，李白着急地追问："除非什么？吴兄快说。"吴道士诡异地笑了笑，说："除非你死了。"

李白愣住了，忽然，他猜出了吴道士的意思，拍起了巴巴掌，笑着说："吴兄说得对，说得好，我就演一个假死的把戏，然后找一个世人不知的地方，和吴兄一起过逍遥自在的农家日子。"

李白和吴道士商量好了办法，因为吴均还有未了之事须到当涂去，两人一起到了当涂，吴道士办完了事，帮李白演了假死之戏，然后收拾行袋，沿长江西上，终于到了贵州夜郎，可是夜郎山高谷深，找不到栽菜种稻的好地方。

春季的一天，李白和吴道士离开夜郎坝，往四川方向走，高高的大山一座连着一座，山谷很深，谷底溪水湍急，两个人走啊走，不知不觉来到了万隆山。

太阳已经当顶了，肚子饿了，李白和吴道士在一个路边鸡毛小店买了些东西填饱了肚子，坐在一座山足的岩石上休息。忽然，一个姑娘清脆悦耳的山歌声响起："哥哥住在万隆山，幺妹家在獐狮河，妹妹上山把哥寻，哥哥哟，准时到来莫负约……"

深山老林能听到这样美妙好听的山歌，李白和吴道士十分高兴，两个人睁大眼睛四处寻找，想找到唱山歌的姑娘。可是十分奇怪，山歌声仿佛从大山肚子里传出，只听见歌声不见人。李白和吴道士感到疑惑不解，果真从大山肚子里钻出了一个漂亮的山妹子，长长的大辫子，圆圆的脸蛋，水汪汪的大眼睛，高高的鼻子，小小的红嘴唇，身上穿着粗布花格子衣服，背上背着尖底宽口的大背篼。

李白和吴道士弄不明白山肚子怎么会钻出人来，他们以为遇到了仙女，大山肚子里一定有仙人居住的地方，李白抢先一步，朝着姑娘深深弯下腰，作了一揖，说："李白有缘，今日得遇仙姑，仙姑唱的仙家之歌，美妙无比，凡世难闻。"

姑娘望着眼前的男子，有些莫名其妙，说："大叔，你们是从哪里来的，怎么称我仙姑，我是人，不是仙。"

李白和吴道士惊得睁大了眼睛，吴道士抢先问："姑娘，你不是仙人，怎么会住在大山肚子里。"

姑娘明白了，哈哈笑起来，脸儿红红的像盛开的山茶花，说："两位大叔，你们一定是从外地来的，不知道这大山肚子里有平平的地，清清的水溪，绿绿的树，还住了好几户人家。"

李白和吴道士十分惊奇，请求姑娘带他们进大山肚子里看一看。姑娘答应了，领着两个名人爬过一个黑黑的、长长的山洞，忽然眼前一亮，仿佛晋代大文人陶渊明笔下的桃花源出现在了眼前，大山肚子里果然有平整的田地，清清的小溪，绿绿的树，红红的花，农家的小屋……山里山外，景象迥然不同。

李白和吴道士都爱上了这个美丽的地方。姑娘把两人领到自己的家，姑娘家有父亲、母亲、哥哥、妹妹。山里人好客，乐于助人，帮助两个外来的客人用木板搭建了房子，李白和吴道士住下了，后来，李白让人从大山外面捎来了水稻种子，教当地人学会了种水稻，于是，山肚子里有了水田，秋天稻子熟了，田里金黄一片。

李白归化成仙，离开了大山肚子，因为李白在这里住过，所以人们把这里叫作了李公坝。今天的李公坝比李白住的时候更加美丽了，来的客人也更多了……

搜集整理：石壕镇文化服务中心。

万隆山花坝

从前，万隆山足獐狮河边住着一户姓花的人家，花老爹、花大妈和女儿花小妹。花小妹长得很好看，圆圆的脸蛋，弯弯的黑眉毛，会说话的大眼睛。花小妹心地善良，不仅经常帮助遇到难事的附近乡亲，而且当树林里的小动物、天上飞的雀雀鸟鸟，冬天寻不到吃的东西时，花小妹就把苞谷、高粱撒在雪地里、草丛中，让小动物和雀雀鸟鸟吃。遇到受伤的还抱回家，找出父亲母亲收藏的治伤草药包给小动物和雀雀鸟鸟的伤口治疗，伤好了再放回树林。花老爹、花大妈见女儿心地善良，心里非常高兴，有时候也帮助花小妹撒食喂小动物和雀雀鸟鸟，帮着治伤。

花小妹喜欢花，在住的屋子周围种了不少花，山里人种花找不到名贵品种，花小妹就种山野里常见的野菊花、杜鹃花，她家住房周围成了花的世界。

有一年春天，花小妹随着父亲、母亲到地里干活，路过一片小树林时听到一只鸟悲凉、凄惨的叫声，心里奇怪，进树林里寻找，看到草丛中有一只大老鹰。大老鹰被猎人的竹箭射中了翅膀，飞不动了，一声接着一声惨叫。花小妹抱起大老鹰，心痛得流下了眼泪，她把受伤的大老鹰抱回家，找出父母治伤的药敷在大老鹰受伤的翅膀上，花小妹害怕弄痛了大老鹰，手轻轻的，敷了药，还用布包扎好了伤口，花小妹拿了苞谷米喂大老鹰，用小碗盛来水让大老鹰吃。

花小妹把大老鹰留在家里治伤，花老爹、花大妈也常常帮忙包伤、喂苞谷米，一天，两天，三天……花小妹把大老鹰留在家里治了十多天伤，大老鹰翅膀上的伤治好了，又可以飞了，花小妹把大老鹰抱上一个小山头，用手轻轻抚着大老鹰的羽毛，亲切地说："大老鹰，你的家在高高的山上，你的伤好了，该回家了，飞吧，飞回家去。"

大老鹰仿佛听懂了花小妹的话，飞了起来，依依不舍地在花小妹头顶盘旋飞了很久，终于飞上了高高的蓝天，飞走了。

夏天到了，獐狮河涨了水，山洪从山崖上冲下，把正跟着父母在地里干活的花小妹冲走了。花小妹被大浪头卷着，她睁不开眼睛，耳朵里响着哗哗的水声，心里十分害怕，终于昏迷了过去。不知过了多长时间，花小妹苏醒了，耳边响着鸟儿叽叽喳喳的叫声，使劲睁开了眼睛，发现自己躺在一个山洞里。身边围着成千上万只鸟儿，有麻雀、有画眉、有喜鹊，还有一只大老鹰。花小妹看着大老鹰十分眼熟，仔细辨认，终于认出了，是她抱回家治过伤的大老鹰。花小妹知道是鸟儿们从洪水中救了自己，眼里流出了感激的泪珠。

花小妹站起了身，走出了山洞，眼前出现一块宽宽的坝子，坝子位置高，洪水淹不到，不过有些荒凉，到处是荒草，没有花，花小妹轻轻叹了口气，摇了摇头。大老鹰猜出了她的心思，“呱呱”叫作在花小妹头顶盘旋了几圈，领着一些鸟儿飞走了，从各个地方含来了不少花的种子。

花老爹、花大妈见女儿被洪水冲走了，非常伤心，流干了眼泪，况且田地被洪水冲毁，种不上庄稼，日子过不下去了，一天到晚愁得皱紧了眉头，唉声叹气。一天清晨，听到屋外响着大老鹰叫声，出门看，认出了在家里治过伤的大老鹰。大老鹰不停叫作在两位老人头上盘旋，仿佛在叫花老爹、花大妈跟着走。两个老人十分奇怪，跟着大老鹰走，也到了高高的山顶平坝，在山洞里见到了女儿花小妹。

花小妹一家在山洞里住下来。春天到了，坝子上长满了草，开出了各种各样的花，花老爹、花小妹在草坝上采草药卖了买回吃的穿的。过了两年，一个勇敢善良的小伙子到了高山草坝，与花妹子结成了夫妻。花小妹一家和雀儿鸟儿以及山羊、兔子等小动物住在高山草坝上。

花家人喜欢雀儿鸟儿及兔儿羊儿等小动物，人和动物亲亲密密住在一起。大老鹰始终卫护着花家人，它死后，身子变成高高的老鹰岩，仍然护着花家人。

后来，人们把花妹子住过的高山草坝叫作花坝。

搜集整理：石壕镇文化服务中心。

火盆洞

火盆洞是花坝东北边缘一个岩洞，洞里四边高，中间低，像过去烤火的火盆。中部头顶上有一个直径 4 米大小的椭圆形洞口，像是火盆的出气口。

传说火盆洞是八仙过海中的吕洞宾烤火留下的火盆。

吕洞宾随其他几个仙人过海取得真经成了仙，他喜欢游山玩水，打定主意游遍天下名山大川。这一天来到了高山草甸花坝，看到群山中起伏如波浪状的宽阔草甸，草地上点缀着红的、黄的、白的花，非常喜欢。在草原草甸上耍到天晚，仍然不想离开，决定留住一晚，第二天继续玩。可是高山夜晚天冷，怎么办？吕洞宾想到了弄一个火盆来烤火，于是他把草甸边缘一块大岩石点化变成了火盆。在山林中找了一些干柴，取出随身带着的火镰火石打着了火。害怕天下雨淋熄了火，移来附近一个山头盖在火盆上，火盆没有烟道，黑烟熏眼睛，火也烧不旺。吕洞宾随手捡起一根竹竿往上一捅，山头出现了一个洞，烟顺着洞飘走了。吕洞宾烤着火，身体暖和，不知不觉两个眼皮合上了。吕洞宾睡着了，不料火盆里的火苗子窜出来烧着了衣服。吕洞宾醒来发现着了火，慌慌张张在花坝草甸上引水灭火。于是花坝上有了小溪，溪水流进了火盆洞。

后来，吕洞宾离开花坝到其他地方游玩去了，火盆洞留在了花坝上。

搜集整理：石壕镇文化服务中心。

碑垭口

石壕万隆村有一个叫作碑垭口的地方，海拔 1300 多米，山坡上长满密密的树。树林里开着鲜艳的、各种各样的花，藤蔓上结着各种各样的野果。树林里还有松鼠、野兔、山羊等动物，采药人会在山坡上、密林中采到各种各样的野生药材。

碑垭口是个好地方，一年四季都很美，都有吸引游人的特色景物。传说碑垭口以前有一个指路的石碑，指引人们到附近一个叫仙源洞的地方去拜见仙人，乞求仙人赐福。不过只有孝顺父母、亲近邻里、不欺不诈的善良好心人才能顺着指路石碑找到仙人居住的仙源洞，得到仙人的赐福。那些不孝父母、欺诈乡亲的恶人，顺着石碑指引的方向走，非但找不到仙人居住的地方，反而会走上一座高高的断崖，不小心摔下崖去会跌得粉身碎骨。

很早以前，碑垭口山足下住着姓吴的母子俩，吴大妈已经六十多岁，十年前害了一场病，两只眼睛看不见了，全靠儿子吴小勇服侍。吴小勇三十多岁了，因为住在深山老林，附近十多里路没有人家，家里又很穷，母子俩的生活全靠租种附近一个叫李老板的财主三亩坡土的收获。坡土只能种苞谷，辛辛苦苦一年到头，一亩苞谷可以收一两百斤苞谷籽。母亲眼睛瞎了，不能干活，吴小勇干完山坡上地里的活，回到家里还要洗衣煮饭，服侍瞎眼的母亲，十分辛苦。不过，吴小勇是一个孝顺的孩子，再苦再累也不在母亲面前哼一声，怕母亲伤心难过。

有一年天大旱，立春到夏至没有下过一场雨。树林里一些小树枯死了，竹子枯死了，露出了黄扑扑的颜色。坡土上的苞谷秧干死了，不少靠种地为生的人家携老扶幼外出逃荒。可是吴小勇不能走，因为他家有一个瞎眼的母亲。吴大妈虽然眼瞎了，心里却明白得好像有一面镜子，天久不雨，坡地上的苞谷一定干死了，乡亲们一定邀约着走出大山逃荒去了，自己眼睛瞎了，不能外出逃荒，还拖累着儿子留在家里等饿死。吴大妈不愿连累儿子，想了好多天，决定趁儿子外出的机会吊死。一天，吴大勇到树林里找烧火的干柴，吴大妈在屋背后一棵老松树上上了吊，可是十分奇怪，吴大妈吊在树上，足下仿佛有人托着，不论怎样挣扎都死不了。

吴小勇在树林里找了半天背干柴回家，屋里不见了母亲，吓了一大跳，大声呼喊着到处寻找，最后在屋后老松树下找到了，他大声哭着，叫作，奔到树下放下了母亲。

吴大妈叹了一口气，说："好孩子，你不该救我，我死了，你才能放心地外出逃荒，不然，我们母子俩都会饿死在家里。"

吴小勇眼里的泪不断地流，说："母亲，你死了，我也活不成。我们母子，生一起，死一起，受苦一起，享福一起。我们会度过大荒，好好活下来的。”

吴小勇把母亲背回了家，煮了苞谷野菜糊糊，干的捞出让母亲吃了，自己喝了稀的。这天晚上，吴小勇做了一个奇怪的梦。梦里一个头发胡子都白了的老人告诉他，山顶上有一块大石头，顺着石头尖指引的方向会找到一个山洞。洞里住着两个仙人，向仙人乞求会得到治好母亲眼睛的药，还会得到一个盛水的碗。碗里的水源源不断，不仅可以供人饮用，还会用来灌溉坡土上的庄稼，度过干旱。

天亮时吴小勇醒了，把晚上做的梦告诉了母亲，非常奇怪，吴大妈也做了同样的梦。于是，母子俩商量好了，吴小勇用剩下的一点苞谷面煮了苞谷野菜糊糊留在家里让母亲一天三顿有吃的，勒紧裤带，带了一把砍柴的镰刀上了山，果然在山顶找到了一块大石头，顺着大石头指引的方向找到了仙源洞，遇到了仙人，得到了仙人给的治眼睛的药和盛水的碗。吴大妈的眼睛治好了，可以看见东西了。吴小勇把盛水的碗埋在地里，清水汩汩地冒出来，不论天怎样旱，碗里的水流不断，吴小勇让邻近人家修了水渠，把水引出浇灌众多乡亲的田地，让乡亲们都不再受干旱之苦。

吴小勇遇到仙人的事在万隆山乡亲们中间传开了，传来传去，传到一个恶人耳朵里。

万隆场上有一个叫作周贪心的恶人，家里有几百亩好田地，租给附近种田人，收的租子吃穿不愁。可是，周贪心十分吝啬，除了自己吃好喝好外，年迈的父亲、母亲也是一天三顿吃苞谷糊糊，他还让父亲上山找柴，让母亲到山坡上割草喂猪喂牛，一天到晚不让父母歇一会儿。

周贪心听到吴小勇得到仙人帮助的事，也想找到仙人索取珠宝，他顺着山顶大石头指引的方向走，结果走到一个深深的山谷里，跌断了腿，扭坏了腰，不知吃了多少苦才爬出了山谷。他生了气，派人砸坏了山坡上指路的大石头。

后来，一些好心的人在山顶大石头指路的地方立了一块指路的石碑，于是，山顶附近的垭口被人们称作碑垭口。

搜集整理：石壕镇文化服务中心。

永新镇

清溪河

相传在很久以前的一天，清溪河的河水在一夜之间消失得无影无踪。

在河水消失之前，清溪河沿岸本来是美丽富饶的，可自从河水消失之后，居住在清溪河两岸的村民断了水源，便纷纷搬迁出去。舍不得离开的老人们，由于没有水，种不出粮食，都相继饿死、渴死了。从此，清溪河成了一条寸草不生的旱河。

却说清溪河边居住着一位美丽的彩虹姑娘。彩虹姑娘眼看乡亲们纷纷离开自己而去，决心探个究竟。彩虹姑娘有七条丝巾，那七条丝巾以彩虹的七种颜色命名，分别是红丝巾、橙丝巾、黄丝巾、绿丝巾、青丝巾、蓝丝巾、紫丝巾。这可不是普通的丝巾，每一条丝巾都有不同的法力，有的还可以呼风唤雨呢！

彩虹姑娘来到旱河上游源头的时候，突然发现了一个洞，便钻了进去。刚进去时，洞很窄，但越往里走越宽。到了洞底时，彩虹姑娘看见了一条白龙，吓得失声尖叫，惊醒了熟睡中的白龙。那白龙本是东海龙太子，只因触犯天条被玉帝贬到了这里。白龙来到清溪河，心中充满对玉帝的怒气，便把清溪河水统统吸干了。白龙被惊醒后怒气未消，张口便喷出了一团火。彩虹姑娘这时也不再害怕，沉着地一边躲一边用彩虹丝巾做武器奋起迎战恶龙。小姑娘凭着自己的灵巧，躲过了白龙一次又一次的进攻。这一战飞沙走石，天昏地暗。

最后彩虹姑娘战胜了白龙，可她也被冲出洞外，体力耗尽。眼看就要倒下，她用最后的力气扔出了所有丝巾。突然，红丝巾变成了野花，橙丝巾变成了草屋，黄丝巾变成了河沙，绿丝巾变成了翠竹，青丝巾变成了鹅卵石，蓝丝巾变成了河水，紫丝巾变成了鱼虾。她倒下后，白裙变成了数不尽的白鹤，头发变成了绿草，四肢变成了山脉，身体变成了泥土。

旱河又变回了清溪河原来的样子。

搜集整理：陈方钊，男，永新中学退休教师。

九龙沟

这是两百多年前的事情。在当今綦江境内，永新罗家昔日的林峰村，周围重峦叠嶂，还有一个水口山水库坐落其间。

就在这重峦叠嶂中，有一席宝地，叫九龙出山。相传有一位阴阳师精通山型地脉，他从贵州追寻山脉，来到了这里，发现龙脉最终落在了水口山这个位置。于是，他停留下来，一边装作落难者，一边暗地察看地形找寻龙脉。

他发现这席地是最大的宝地，如果把祖坟安葬于此，三代后，后人个个出人头地，不是一方显贵，也是将军般级别的官员。

但前提是被埋葬者必须要有 9 个儿子，而且这一家子人阴功德泽做得不错，扶弱济贫口碑良好。

阴阳师不惜翻山越岭，涉山淌河，挣脱野兽袭击，困悬崖进退两难，多次绝处逢生，耗费了大半辈子，终于在群山万壑觅得一块宝地，不想自己子女条件不够，竟不是自己的福地。于是他伤心过度，瞬间脸色苍白，半死不活地倒在了路上。他的衣服破了，头发长而打结，满面沧桑，尤如一个乞讨老头。

当他醒来的时候，发现自己已躺在了温暖的床上，左右看看，简朴的木屋收拾得干干净净，木窗外面，几缕阳光穿进来，远处，山峰一山高过一山……

一个七十来岁的老人走了进来，脸和面善，他轻咳几声："你醒了？你受了风寒，我叫内人给你熬了山药，吃了就能慢慢好起来……"在老人悉心照顾下，阴阳先生果然一天天好起来。

在与老人交谈中，得知他有 9 个儿子，大的二十多岁，最小的才七八岁。他们一家人非常亲切随和，待他就像一家人。令阴阳师心里非常感动。他思忖，不如把这席宝地送给他，也许就是福人导福地吧！

他和老者情投意合，老人陪他到这个湾湾走走，那条岗岗逛逛，谈谈山脉走势，地理龙脉，相形靠山，远山近态，就像儿时伙伴，老了敞开心扉，无话不谈。

一天深夜，阴阳师坦白了自己的身份。老者并不吃惊，因为早在他衣物中看见了罗盘等物品。两个人相视而笑，阴阳师先发话说："你知不知道这里有席宝地？"

老者点点头。

"那你知道它叫什么地形？"

"不知道！"

"那你知道它具体在什么地方？"

老者摇摇头。

"我告诉你吧！它就在你我经常去的两个大山沟中间掉下来的山脉中间，我已经用树枝钉在地上做了记号。这穴地的抄山①是贵州掉下来的主龙脉，在这群山间，右有四个大沟，左有四个大沟，外加那个刺竹沟，合起来叫九龙沟。"

"九龙沟？"老者惊异地脱口而出。

"对，这就是九龙沟！你仔细想一下，这 9 个大沟，像不像 9 条金龙梭②下来的痕迹？"

"不说不像，越说越像，简直太像了！这就是山川赋予的神奇，放大版！放大版！单看一个沟，谁会注意？整个连起来想，确实恢弘庞大，气吞山河！下面两山延伸到远方的河流，朦胧不定，霭霭河雾，灵气十足，好一个神龙入江、奔腾滚滚的场景……"

"这就对了！这就是九龙穴位。安葬此穴的人，必须要有 9 个儿子，你正好满足这个条件，况且与你相交这些时日，发现你与邻居相交得好，对待周边的人，以和为贵，

---

①抄山：风水名词，疑为"朝山"。朝山便是前山，靠山就是后山，沙山就是附近山丘。
②梭：爬，爬行。

助人为乐，正是阴功德泽、乐善好施。虽自己不清楚，但旁人知道，如果你有缘，是相当契合的。正好，我懂，但没福，条件不满足，而你，天时地利人和都占了，这块福地非你莫属……”

老者想想，也频频点头。

“明天我要走了，感谢你这段日子对我的照顾，我无以为报，只想把一些机密悄悄告诉你，所谓福人等福地，不是你的福，争都争不来！师传看地看准了，眼睛会瞎，但遇到你，我不怕眼睛瞎，反正我回去还有儿子女儿照顾，不怕！不怕！”于是阴阴师在老者耳边嘀嘀咕咕交代了一些问题，叫天机，称泄漏不灵。临走那天早晨，朝阳生辉，老者把最值钱的东西悄悄放进阴阳师的行囊……

花开两朵，另表一枝。传说邓小伙[①]接任綦江县令以来，以擅长风水地理、龙形山脉而著称，好的山脉穴地被他破坏捣毁得精光。为了保住自己的县大老爷位置不被动摇，为了綦江太平盛世，他在綦江境内，破坏了大量的风水宝地，其故事至今流传。

一天夜晚，邓小伙突然做了一个梦。梦里，他看见 9 个包着孝帕[②]的人进入綦江城。他醒来后非常震惊，浑身冒出冷汗，半夜把师爷叫来，翻看綦江地形龙脉，发现从贵州掉下来有一条大山脉，下分 9 个不明的大山沟，是 9 条金龙的预兆。为了扼杀横空出世的金龙把它消灭在萌芽状态，邓小伙费尽心思，察看大量消灭风水宝地的文献，并结合现实，最终确定以兴修石碾，为百姓提供碾谷的措施加以破除。

在察看完地理位置后，邓小伙着实嘘唏，背冒冷汗，要不是一场梦，不久将地位不保。他苦苦冥思，最后确定破坏龙脉，以修碾子为名，将九条还羽翼未丰的金龙辗死，这穴地就算破了，9 条金龙就成不了气候。

他立马打出爱民的旗号，召集大量人工，从右到左一口气在大石包上修了 9 个辗谷场，打制了 9 个大石磙。每个辗谷场与各沟对应，当修好后，已历时 48 天。

如果在第 49 天修好，则该穴破不了，要等一个甲子后才有破的机会。邓小伙很庆幸，幸亏发现得早。当官府悄悄掘开九龙穴位上的新坟时，安葬在该穴那位老者，其人面色红润，亦如刚断气之人。老者身下用谷草垫着，身上正生长着鳞片，就差一片就布满全身，好险！

人们不禁奇怪，邓小伙怎么知道这个消息的呢。原来，阴阳先生临走前叮嘱老人：下葬后，七七四十九天不能披麻戴孝，过后才可以。老头去世前也一再叮嘱自己的 9 个儿子，悄悄把他安葬，一定要等七七四十九天之后，才可以戴孝帕。但是 9 个儿子特别孝顺，哪有家中老人走了不孝敬的道理。结果，“不听老人言，吃亏在眼前”，最终浪费了一个好穴。

搜集整理：乡愁文化。

---

①邓小伙：邓仁堃（1804—1866），字厚甫，湖南武冈人，道光五年拔贡。历任梁山、江油、洪雅、綦江等县知县，富顺知州、南安知府，以功升江西按察使，兼权布政使。道光十一年至道光十六年（1831—1836）邓仁堃知綦江县。到綦 27 岁，人称“邓小伙”。

②孝帕：头上缠绕的白色的帕子。巴蜀地区老百姓自古有头戴“孝帕”的风俗。传说是为贤相诸葛亮戴孝留下来的。诸葛亮忠心治国，勤政爱民，北伐中原操劳过度，病死军中。他过世消息传回四川，百姓无不悲伤，家家户户，都像死了父母亲一样，为他披麻戴孝。谁也不愿意取下来，时间久了就成为风俗习惯。

双龙桥

永新罗汉村王家坪，有一棵高大的白果树。这棵白果树高约 25 米，胸径 1 米左右，枝繁叶茂，年年开花结果，每年可采果实 50 多千克。

据当地八十岁以上的老人说，这根白果树他们小时候就这么大、这么高。据此推断，树龄可能有两三百年了。

白果树下有一院落。院落前面，是通往贵州的古驿道，平滩沟的人们，可以经过这条古道翻越长田山去习水、进贵州。

在罗汉村白果树民居下方溪沟边，耸立着一根四棱石柱，人称“四棱碑”，碑下两个小石板桥，名曰“双龙桥”。

碑前方有两个小溪沟平行排列，中间以一条宽约两米的土埂隔开，两座两米多长的小石板桥呈八字形排列跨过两条小溪沟。在这里要修桥跨过两条小溪，完全可以建一个三米长的石板桥同时跨过两个小溪，可古人为什么这么做呢？

原来清道光年间，住在白果树的闫姓一族很有钱，但族人从来没有一个人加官封爵。传说，时任綦江知县邓仁堃懂风水学，因个子不高，人们背后称他为“邓小伙”。邓县令闻讯，叫上一个平时经常一起研究风水的风水先生一同来此，发现闫家占了当地的“灵猴下山穴”[①]，所以出生的后代聪明。另外，他也发现通往贵州的大路在溪沟上没有桥，行人需要涉水而过。为此，他萌动了策动闫家在溪沟上修桥的想法。

邓县令对同行的风水先生如此这般一番吩咐，交代了处置办法。风水先生来到长田山下，假装巡穴，走到白果树大院找水喝，闲聊中说后面是一穴大地，遗憾的是风水不全，族人或者有功名而无官位，或者有钱无权。闫家长者一听，有道理，赶忙将风水先生请进厅堂，留在闫家数日，待为上宾。风水先生每天吃了睡，睡了吃，只字不提如何补救龙脉，还隔三差五辞行，都被闫家好言留住。后来，风水先生说：龙脉是菩萨所为，上天注定，如果我帮你改变了龙脉，我会遭天谴，会短命。他要求闫家给他置办一套衣棺板木[②]。

闫家立即办齐了全套衣棺板木。向先生讨教龙脉补救方法时，风水先生说：你祖上埋的这穴地，的确是灵猴下山，但下山的出脚路不好，并且前面没有印，所以，你家没有人当官。如果能在屋下的两个小溪沟上架两座桥，就有了文武仕途出路，以后你家就会文武双全，仕途坦荡，再在前面立一块石碑，印就有了，有了印就有了实权。于是，闫家就让风水先生亲自指挥修了这两座桥，立了这块碑。

这两座桥和这块古石碑，虽然没给闫氏带来特别的福祉，却为当年平滩沟老百姓去贵州提供了方便。

搜集整理：张白驹，60 岁，永新镇文化服务中心工作人员。

---

①灵猴下山穴：当地村民说双龙桥以上山脉从上往下看酷似猴子。

②衣棺板木：指人死后用的寿衣、寿褥及棺材。

骏马岭

骏马岭位于清溪河中游，地处永新镇罗家村，远观酷似一匹骏马伏在清溪河边饮水，因而得名“骏马岭”。“骏马”的马头当地人称“马脑壳”，高约 60 米，三面悬崖，下面是清溪河，后面与“马颈子”相连。

“马颈子”是一道长约 50 米、宽约 15 米、高约 30 米的山梁。“马颈子”后面连着马的身体。“马脑壳”处奇险无比，只有借助悬崖岩石上人工开凿出来的名为“手爬岩”的小凹槽才能勉强爬上去。这里有一个美丽的传说……

传说当年孙悟空大闹天宫，受太白金星招安，到天庭当了管马的“弼马温”。后来孙悟空一怒之下反叛天庭，其中的一匹御马趁乱逃到人间，看见永新这块地方山水灵秀，便在这山上成了妖，白天潜伏在山里，晚上便出来祸害老百姓的庄稼和青苗。

离骏马岭不远处住着一张姓人家，主人绰号张大胆，因地里庄稼经常被祸害，决心弄清楚这些庄稼是被什么野兽吃掉了。夜里，他拿一根扁担，悄悄到庄稼地里巡查。第三天晚上半夜时，他突然看见一匹熠熠闪光的金马正在地里吃庄稼。“啊！原来是这个家伙吃的。是谁家的马？怎么世上还有闪光的金马？”

他双手握着扁担向金马冲了过去。大概是金马听到了凡间的响声，转身逃向骏马岭。张大胆追到骏马岭下，急忙抡起扁担向金马劈去。突然，骏马岭石壁出现一道大门，金马一下就跃进门里去了。张大胆正感到十分惊奇时，大门不见了，又变成了原来的石壁。

第二天，张大胆把他看见金马吃庄稼的事告诉了乡亲们，大家将信将疑。过了几天，又有人说他家的庄稼被吃了，并且有人说他们也看见了金马。大家这才相信了张大胆所说的话是真的。

人们虽然发现了金马，夜里轮流守护庄稼，但有的庄稼还是被金马吃掉了。大家对金马一点办法也没有。一天，一位叫李百通的老人说，如果在骏马岭对岸山上修一座山神庙，就一定能镇住金马。于是大家筹集银两很快修了一座山神庙，供奉威风凛凛的山神。山神庙前还修了一座石塔。人们以为，这下山神和石塔可以镇住金马了，夜里就不去守护庄稼了。可是，金马还是照常来吃庄稼。

无奈之下，村民们去庙里向玉帝祷告，玉帝闻听此事后大为震怒，立即派二郎神下界降妖。天马因私自下凡违反了天条，被玉帝剥去天马的法力，贬下凡间，让它守护这一方的安宁。于是，这匹仙马就化成了这座骏马岭。

现在，骏马岭对面山上的山神庙和石塔遗址尚存。

搜集整理：永新镇文化服务中心。

空心石

空心石，位于永新镇紫荆山下的保觉村，距永新场约30千米，由两块如人形的巨石背靠而立。因为中空，故名空心石。两块如人形的巨石似一男一女，性别特征分明，相背而立，尤如一对负气的情侣。

该石通高约40米，四周悬崖绝壁，无路可上，唯胆大者可从中央空心攀爬登顶。远望该石，石缝中生长了一些藤蔓及灌木，甚是奇险。

据传：从前，长田山上有一条青龙，已修炼近千年。它知道要想成正果，必须要到东海去，但它还没有那样的本事。一天，它向二郎神求助，二郎神爽快地答应了，对它说："要助你去东海，必须要在江口[①]临时筑起一道堤，使綦江和清溪河水位上升。那时，你就可以沿着清溪河进入綦江，到江口推倒堤坝，再进入长江就可以到东海了。我现在就为你挑石筑坝去。"青龙听了连声说："谢谢！谢谢！"二郎神是一个乐于助人、雷厉风行的神仙，立即拿了一根金扁担到广西，搬了两块神石挑着赶往江口去筑堤。

川主菩萨是保佑四川百姓的菩萨。这一天，他突然心里一惊，掐指算来，綦江流入长江之处筑起大坝，不知道要淹死多少百姓。他急忙请来观音菩萨一起商量对策。观音菩萨说："二郎神办这件事真是欠考虑，我们必须要阻止他，不能让百姓遭灾。"于是观音菩萨和川主菩萨立即赶去阻止二郎神。在贵州娄山关截住了二郎神，向他说明了这样做要淹死很多百姓，会遭到天下人的唾骂。但是，二郎神却认为水淹上来了百姓会逃走，百姓不会骂他。他不能失信于青龙，仍然坚持要堵断江口。观音菩萨和川主菩萨见不能阻止二郎神，又不便与他动武，便先往回赶，另想办法。

二郎神连夜挑着两块神石到紫荆山下时，突然一阵狗咬声，接着鸡也叫了，远处人声嘈杂，仿佛有人在喊："堵江口淹百姓，二郎神留骂名！"二郎神听了，心想："有人已经知道我堵江口的事了，天就要亮了，百姓们见了，我怎么好意思呢？罢了！罢了！人言可畏，还是先避一下。"想到这里，他放下挑着的两块神石，随手把金扁担扔到长江里，驾着祥云去了。

原来，二郎神听到的狗叫声、鸡叫声和人喊声，都是观音菩萨和川主菩萨使法力所为，离天亮还早着呢。

二郎神挑来放下的神石，就是现在紫荆山下的两块空心石。长田山上的青龙没能到东海里去，至今仍在青龙嘴山峰底下修炼。

与空心石相邻的还有保觉寺、五响庙、天鹅抱蛋、纱帽石、神仙命名[②]等众多景点可供人游览。

搜集整理：永新镇文化服务中心。

---

①江口：长江口，綦江河注入长江的地方，位于重庆市江津区珞璜镇石关村江口社。

②神仙命名：悬崖上自然形成的"荆山"二字。

火烽寺

火烽寺位于清溪河岸边沾滩观音磡南青杠坪，始建于清朝。

传说，鸡公嘴大庙有一口纯金打造的远古神钟，见清溪河太极图有瑞气升起，火烽寺上空祥光照射，就想到太极图福地内的火烽寺来。一天夜里，神钟飞到太极图上空，托梦叫寺内住持打开寺门让它入内。住持贪睡，庙门迟迟不开。突然，鸡公嘴的石鸡公叫了，玉兔将隐，金乌欲升。神钟既进不了火峰寺，又怕回鸡公嘴遭主管神仙责罚，惊慌中一下落入了寺边的清溪河中。住持听到“嘭”的一声巨响，急忙起来观看，借着月光，见波浪溅到了寺门前，正在往河里回流，住持知道，这是因自己没及时开门，托梦给他的金钟无奈落到了河里，他很后悔自己贪睡，没能及时开门，失去了这一镇寺奇宝。

第二天住持请“水猸子”①打捞金钟。“水猸子”在水里看见熠熠闪光的金钟钟口斜对着他，他想游到金钟后面去，不料金钟也随着转动，钟口始终对着他。“水猸子”和金钟转了几圈，金钟突然说:“我就留在这里镇河，不要接近我了。”“水猸子”只好游上岸来告诉住持。

从此，神钟落水处，人们便称之为“落蚌沱”。至今站在“落蚌沱”岸边，还能隐约听到水底“咚、咚”的钟鸣声；若撑船至此，有时竹篙碰到金钟，其声更响。这就是人们说的“金钟落蚌沱”。

这一传说给火烽寺披上了神秘的面纱，故，此庙香火一直很旺。

站在火烽寺的山门前，可以俯瞰碧澄如练的秀丽清溪河，以及太极图、中坝岛等自然景观。

搜集整理：陈方钊，男，永新中学退休教师。

永新垭口村“立峰”刻字

永新垭口村发现“立峰”二字，竖式刻写。“立”高 80 厘米，“峰”超 100 厘米。右上题“乾隆乙酉年春”，左下跋“县令张任佐题”。

张任佐（1719—1789），字立峰，号汝鸾，太学生，汉阳县丰乐里②人。1750 年，以监生出仕宜宾县丞，清乾隆中期两次署理綦江，后升任阆中、屏山等知县，敕授文

①水猸子：指善于潜水搜寻水下物品的人。
②丰乐里：今武汉市东西湖区柏泉农场。

林郎。离任后，屏山县士民在伏盐镇建祠供奉，并勒碑以志不朽，又在湖北宜都红花套建祠崇祀。足见其“人去后”“万古清弦续政声”。

乾隆三十年（1765 年）春，时任綦江县令张任佐到附里走访百姓，体察民生。当走到何家岩口①时，突然一阵风刮来，把轿子的顶盖掀了下来。

见过世面的张县令大惊，心头暗自嘀咕，“不好！人不留客风留客。我得在这里留点什么，才不拂天意?”

作为以太学生资格出仕的一县之令，张任佐秉承曾祖张三异、祖父张伯琮、父亲张坦议②之教诲，顺康乾盛世之大势，解民忧、化民怨，治下綦江，一派升平。

此刻，张县令环顾四周，放眼外望，远方古剑山、太公山、老瀛山逶迤巍峨，近处山梁，孤峰耸立，一磡巨石横空出世，雄猛刚劲，力罩山下阡陌茅舍。炊烟袅袅起，鸡犬声相闻，好一派安宁祥和的田园盛景！

张县令回望来时路，身后石壁，低处离地八九尺，高处再攀一丈五，平如刀削，天然如纸。再低看掉落的轿顶，四面起坡，中峰鼎立，棱角分明，与远山近峰浑然相融。

“这不就是自己的字‘立峰’乎？风来峰挡矣！也正应了先祖期许自己‘为官刚直如峰’的品德。”

于是，张县令计上心来。即命随从，劈木搭梯，水洗苔落。稍事片刻，步履从容登高处。运筹帷幄，手心俱力泼毫墨。“立峰”二字，跃然绝壁，入木三分，生气灌注。

后交由工匠，精雕细镂。不瘦笔酣墨饱，不弱划骨锋刃，不圆横竖折钩。远观巧活蓬勃，近看拙神浑古。

皇天后土，立峰在上。官轿到此，帝恩普泽。

搜集整理：杨友钱，男，47 岁，綦江区文化旅游委干部。

池腾龙和报恩桥

永新场又叫平滩沟，在下场口绕场东流的龙塘溪河上，横跨着一座风雨廊桥，桥的名字叫报恩桥，桥是木结构，桥的上方仿佛房屋似的有梁有柱，还盖了瓦，因为桥身是木结构，永新场上的人便把桥称作了木桥。

永新场上的风雨廊桥是什么时候建的，什么人建的，时间久了没有人知道了。不过风雨廊桥毁于洪水后是永新场上一个名叫池腾龙的人修复的。

清嘉庆年间，龙溪河涨大水，风雨廊桥被洪水冲垮了，由于这座桥处于永新场下场口，桥垮了，很多要经过桥到永新场上赶场或走亲访友的人，只能挽起衣裤涉水过

①何家岩口：今永新镇垭口村湾里头社与江津交界处。

②张三异：顺治五年戊子科经魁，己丑科联捷进士，官至绍兴知府。张伯琮：康熙五年丙午科第 43 名举人，官至河南巡抚。张坦议：岁贡历官甘州、兰川等知府，延榆绥兵备道。

河，非常不方便。有一次，一个妇人带着孩子过河，那时的妇人大多裹了尖尖小脚，在河里面走不稳，一不小心摔倒在河水中，连带孩子也跌倒在河水中，幸亏当时岸边有人，及时相救，才脱离了危险。

永新场上及附近山林的百姓都希望尽快修复龙塘溪河上的木桥。

清嘉庆十五年，永新场出身的在朝廷做官的一个名叫池腾龙的人拿着钱来修复了龙塘溪河上的木桥。

池腾龙，居住在永新场上，家里十分富有，他从小跟着父亲经商，懂得怎样做生意才能挣钱，在他的经营下，池家更加富有了。池腾龙还从小练习武术，由于练武十分刻苦，本领越来越大，十多个人和他拼斗，都打不过他。

池家十分富有，池腾龙又会武术，池家人便拿出钱来为池腾龙捐 3 个官，清朝时朝廷兴用钱捐官，意思是不用参加科举考试，只要拿出大笔的钱捐给朝廷，朝廷便会封你做一个官，不过这种官多半是有名无实，只空有名号，没有实际任职，朝廷也不给发工资。池家人不仅为池腾龙捐了官，还为他的两个儿子也捐了官。当时不少用钱捐了官的会横行乡里，欺压百姓，但池腾龙和他的两个儿子却不像那些有了官便为非作歹的人，照样和睦乡民，有时还拿出钱粮接济贫困乡民。

龙塘溪河上的木桥垮了，乡民过河很不方便，特别是妇女小孩，过河十分艰难，池腾龙看在眼里，终于做出了决定，拿出钱来修复木桥，为了让修复的木桥能经大水冲击不垮，池腾龙亲自到修桥工地监督，基石要牢，木材要结实。

龙塘溪河上的木桥修复了，还在桥上架了房梁，盖上了瓦，修得比原来的木桥更加结实，并且十分好看。

池腾龙出资修复的龙塘溪河上的风雨廊桥被人们叫作了报恩桥，至于是报什么恩，有人说是池家人要报朝廷封官的恩，有人说是永新地区老百姓要报池家人出资修桥的恩。

清嘉庆到现在一百多年过去了，池腾龙出资修复的报恩桥仍然横跨在龙塘溪流上，方便永新地区老百姓来往。

搜集整理：胡世博，男，78 岁，綦江区政协退休干部。

两座凤凰山①

关于綦江两座凤凰山，流传着这样一个传说。

据说很久以前附里②有一户人家，父母早亡，只留兄妹两人相依为命。有一年岁末，一贫如洗的家中只剩下一碗稀粥。哥哥妹妹都舍不得吃，相互推让。这时，柴门外响起敲门声，开门一看，是一个骨瘦如柴、冻得瑟瑟发抖的老奶奶。兄妹俩连忙将

①选自《綦江名山志》(张健、李忠朴、朱德贤编，湖南地图出版社，2022)。
②附里：民国前地域名称，今永新镇、中峰镇等地。

老奶奶迎进屋内，把那碗大家都舍不得吃的稀粥端给了老奶奶。第二天，老奶奶起身告辞，她拿出一幅画有凤凰的画送给兄妹俩。嘱咐：夜里无论发生什么事情，都不得偷看。隔日，妹妹在打扫堂屋的时候发现一枚金蛋。兄妹俩非常高兴，他们把金蛋带到市集上换回了盐米等生活用品。而金蛋每天都有，兄妹俩的生活渐渐好起来。

兄妹俩快速致富的消息传到了县太爷的耳里。贪婪的县太爷通过调查，发觉兄妹致富的关键就是那幅画。于是，他派当差的将兄妹俩的画强抢到了县衙，晚上县太爷静候凤凰下蛋。果然，半夜里，一道金光闪现，凤凰从画中飞了下来。着急的县太爷一跃而出，准备将金凤凰逮住，没想到，金凤凰转身将县太爷的眼睛啄瞎后，破窗而去。第二天早上，凤凰回到兄妹住处，驮上兄妹俩，消失在天边，从此兄妹俩再也没有回来。

据说，凤凰头部落在了郭扶镇石龙，尾部落在了永新镇罗家；也有人说郭扶镇石龙处的凤凰山是哥哥，永新镇罗家处的是妹妹。不管怎样，他们均连成一脉，不离不弃，似乎述说着曾经的忧伤。

搜集整理：不详。

三 角 镇

三角阴阳坟①

(一)

三角镇红岩坪脚下有一个阴阳先生，家有五子，在阴阳先生病危的时候，他的儿子们问他："爹，您一辈子给人家看地，您就没有给您自己看一块地吗？您说出来，等您升天以后，就把您葬在那儿。"阴阳先生说："我的地方倒看好了，就看你们几弟兄有没有那点福气。"他告诉儿子们："红岩坪脚下有一块大石包，我死后，你们就把我看地的罗盘拿起撞石头，并叫：石门开，石门开，阴阳先生要进来。石包自然会开一道门。我就埋在那里。"

阴阳先生病了很久，眼看就要钻土②了。儿子们对他所说的话半信半疑，几弟兄就商量先到石头处试一试。于是，兄弟几人就拿起罗盘撞石头边撞边喊："石门开，石门开，阴阳先生要进来。"真的，石门果然开了。但见里头是一个布置得富丽堂皇的屋子，有供桌、大椅，简直是神仙宝地。几弟兄欢喜溜③了。心想，占了好风水，我们就可以发迹，子孙后代一定是高官厚禄，荣华富贵！

过了几天，他们父亲真的归天了。几弟兄忙着大办丧事。用四抬八轿抬着阴阳先生的遗体走到大石头前，捞起罗盘就开撞，边撞边喊："石门开，石门开，阴阳先生要进来。"可是，任凭他们大喊大叫，这大石头却纹丝不动，可把几弟兄气坏了。他们不知道这石头只能开一回，没有办法，他们就请来石匠在石头上挖了一个洞洞④，把棺材的半截插在里面，半截露在外面。这样一来几弟兄的高官厚禄梦也破灭了，这两半截坟至今还在呢！

讲述：何光元，男，47岁，瀛坪乡财会辅导员。
搜集整理：王川，男，23岁，瀛坪乡文化站专干。

(二)

在綦江、巴南境内，至今流传着"石门前，石门开，阴阳先生要进来"的神奇歌谣。

歌谣讲述的是一位明朝官吏造坟的故事。在三角镇红岩坪石场门，有一座坟与一巨石相接，一半嵌在石里，一半砌在石外，人称阴阳坟。在留存的墓碑上"大明布政司律员刘可尚、妻金氏之墓"等字迹仍清晰可辨。

坟主名刘可尚，世称刘阴阳或阴阳先生，本是大明重庆府布政司律员，后因年事已高便告老还乡，择瀛山莲花保寨脚下石场门福地传家⑤。该官员是否熟谙政务已不

①选自《中国民间故事集成·重庆市綦江县卷》(綦江县民间文学三套集成编辑委员会编,1991年)。
②钻土:去世。
③溜:程度副词,很的意思。
④洞洞:〈方〉洞子。
⑤传家:刘姓至今仍为当地大姓。

可考，喜钻研易经八卦，擅长阴阳风水，却是远近闻名。当地百姓凡修房砌坟[①]，无不求其选址，可见刘可尚的阴阳风水之能事。民间至今还流传着刘可尚师徒铜钱银针定穴佳话。

刘可尚曾有一徒，随他学习多年，以为已尽得师父真传，便有出师自立门户之意。为检验自己所学技艺到底如何，遂背着师父手捧罗盘[②]独自外出选地，在寻得宝地后将一枚铜钱小心安放于穴位处。一日，徒弟随师父外出看地，正巧经过他曾经暗中选定的那处宝地，只见师父脚步渐缓，手持银针左右打量，前后观望，上下比画。口中也念念有词："左青龙，右白虎，只许青龙高万丈，不许白虎抬头望……"师父一扬手："着！"徒弟只觉眼前一条金线闪过，急速奔过去，徒弟扒开草丛，惊讶不已，纳头便拜："师父，高！"原来师父飞出的银针不偏不倚，正好落在徒弟安放的铜钱孔内。从此绝口不提出师之事。

光阴荏苒，岁月如梭，转眼刘可尚已暮老垂年、黄泉有约。其长子问："父亲大人你为父老乡亲选了那么多的阴地阳宅，可曾为自己选好百年之穴？"父答曰："自古福人等福地。我相中之地，前有罩，后有靠，怀有抱，不知为父是否有福能享也？"子曰："父亲官至布政司，且毕其一生，谋福百姓，虽人间至福之地，焉有不能受用之理。"刘可尚遂将龙穴之地及埋葬之法密告之："待为父百年之后，汝等只需持为父寻地之罗盘在那巨石之前连撞三下，呼'石门前，石门开，阴阳先生要进来'三声，自会有石门洞开，你等将我尸身送入其中，迅疾退出，石门自闭。若实能如此，此为父之福，亦尔等之福也！"

一日，刘可尚病重，不食不饮。兄弟聚议，次子斥其兄："人说长兄为父，今父病入膏肓，兄何不急家父百年之事？"兄曰："家父早已安排妥帖，我等到时只需依计即可。"幼子道："家父果料事如神，但此事委实重大，倘不如家父所言，未免贻笑乡里，为防不测，我兄弟需寻万全之策，做两手准备。"兄长思索确有其理，道："二弟、三弟看好父亲，待为兄前往试之。"遂带罗盘按父所授之法撞之，但闻嘎吱声声，原本完整无缝之巨石果然石门洞开。细视之：陈设如宫殿，灯火通明，金碧辉煌，铙钹、锣鼓、唢呐喧天，凡所需之物，一应俱全，大喜。急回告弟兄二人。然其父在弥留之时忽闻古乐之声，顿时回光返照，大呼："非福也！非福也！"便气绝而亡。

兄弟为其穿戴整齐，迅疾抬至巨石前安葬。此时，石门早闭，再以罗盘撞石呼曰："石门前，石门开，阴阳先生要进来！"虽千百遍而不应。正所谓，福待有缘人。无奈之下，兄弟三人请来工匠，凿开巨石将其父尸身葬入其中，在巨石上刻写墓碑。因与当地风俗不合，在石前垒土而坟，也有说錾石半而不能葬，故垒土，尸身及坟内外各半，世人便称阴阳坟。后其兄弟可宣葬于山下沟渠之畔。有好事者戏曰："好个阴阳刘可尚，半截埋在石头上。"

阴阳坟，是明朝布政司律员刘可尚安息之地。那里虽处深山，却是万山丛中一块平地。据传说：在石场门的福地当年建有十道朝门的刘家大院。佣人把汤圆从厨房送到老爷的房间已经冷了。可见大院的宏大与壮观。站在院坝留下的屋基前，一穷千里目，无限风光，尽收眼底。山下梯田，依地势而筑。围绕山丘或斜坡螺旋缠绕上升，

①修房砌坟：也称阳、阴二宅。
②罗盘：阴阳先生定穴必备法器。

远远望去壮观、大气，形成最美田园风光。山下丘陵连绵不断，蜿蜒起伏，好似群星，拱手向阴阳坟朝拜。

“文化大革命”时期，当地村民毁林开荒，掘坟改土，曾掘损众多古坟。有避开刘氏后人意欲探个究竟者，但在掘开“阴阳坟”前半部的土石后，却一无所获，而巨石内的部分则斧錾不开，探者束手无策，只得作罢。只见巨大碑文的中行，“布政司禄员刘可尚妻金氏大”，右行为“朱朝大明国四川重庆府綦江县”，左行为“国号崇祯十七年甲申岁修”。看来这阴阳坟之谜，还将继续流传……

搜集整理：杨友钱，男，47 岁，区文化旅游委干部。

三岔湾

在三角镇的三岔湾，有一片很大的石堆，许多大石头，似人为排列，雄壮又威武。对于这些似乎排列有序的大石头，在三角还流传着这样一段故事。

据传，很多年以前，二郎神自认为神力广大，想用巨石头堵住三峡，把滔滔长江水汇聚起来，让巴渝地区恢复为亿万年前的汪洋大海。于是他手握神鞭将横山、天台山的巨石赶往三峡，而且当晚必须赶到三峡，如有延误，巨石见阳光后就会停滞下来。不料神仙也有失算的时候，巨石群的前锋进入三岔湾时天亮了，巨石停滞不前。二郎神无奈取消了填峡堵水的计划，留下今天人们所见到的在“綦隆公路”三岔湾一侧出现的巨石阵，排山倒海如万马奔腾向三角河俯冲而来的神态。

后来，由于人们不断在此取石搞建筑，现在石群已所剩无几。

搜集整理：三角镇文化服务中心。

“翰林”岩洞

住在三角镇徐家村保安楼一带的陈氏族人的祖先是陈氏家族的第五代传人——陈翰林①。

“翰林”是文官职务的称呼，相当于现在的中科院院士。皇帝的文职侍从官几乎都

①陈翰林：陈铭（1761—1821），字书绅，号警堂，一号西轩。嘉庆七年壬戌恩科进士，翰林院庶吉士。嘉庆十四年（1809年），由实录馆议叙，补浙江绍兴府新昌县知县，后调任秀水县知县，封朝议大夫。戊寅（1818年）夏辞官回乡，在今三角镇徐家村建保安楼久居，与旧生徒饮酒赋诗为乐养老。

是从翰林院中选拔。唐朝以后至清代在京城都有翰林院，明清时只有进士以上的人才可进翰林院。

据陈姓族人提供的有限资料显示，陈家原住北京，是名门望族，有显赫的地位。陈翰林应是皇帝身边有影响的人物，但由于朝廷腐败，尔虞我诈，十分险恶，陈翰林遭到同僚们排挤，矛盾激化，严重威胁家人生命财产的安全。于是家人潜入重庆綦江避难，先住在三角镇红岩村野猪堂，后迁徙至徐家村保安楼。

陈氏家族由于受陈翰林奋发读书、光宗耀祖的影响，重视文化传承，读经论传，根底深厚，看史鉴别，议论伟宏，能文章称述多。信交朋友，惠普乡邻，敬老怀幼，救灾周急，蓄道德，福极厚，广积善名，享誉一方，是当地极有影响力的望族。陈家在保安楼附近修建"千叶楼阁"，此楼宇设计新颖，雕梁画栋，宏伟壮观，彰显辉煌。

陈翰林离任后回徐家村保安楼与家人团聚，由于年迈体差，已不可料理家中事务。本是兴旺发达的家族，但他的儿子却相信封建迷信，请八字先生算命。八字先生胡编乱讲说："你们陈家虽有翰林，家族兴旺，但最近将有重大劫难，你父有杀身之祸，如要避灾只有住在石岩里。"翰林儿子听后信以为真，惊慌失措，回家后商量，决定第二天开始找岩洞，终于在保安楼附近找一个岩洞进行清理整修，用石头砌成三间简易房屋。岩屋修建好后，陈家并未实际居住，是家族附近一贫寒的近邻在岩屋中居住了几年。所以在民间就留下了翰林住岩洞的笑柄，至今仍在民间流传。

陈翰林逝世后，陈家人为了避免盗墓，用三口棺材在三个不同地点同时出葬，一处在乐兴的金竹林，二处在三角杜家湾的青杠林，三处是三角徐家村的保安楼附近陈家山坟山。由于时间久远，究竟何处是逝者的真墓已无法确定。

搜集整理：三角镇文化服务中心。

金银沟①

綦江县三角场有个小石包，离小石包不远，有个小山沟叫金银沟。

据说在"甲子"②灾荒那年，有两个逃荒的人经过这里。一个担了一挑金银，一个背了几升豌豆。那天两个人都同时在这个小山沟歇气。

挑金银的因为饥饿走不动了，就对背豌豆的说："大哥，我这箩筐里装的是金子和银子，随便你高兴要多少就拿多少。只是求你把豌豆抓几把给我吃……"

背豌豆的却摇头说："不干。你那金子、银子吃不得！我这豌豆抓两把吃了，可以再走一截路咧！"歇了一阵，背碗豆的继续往前赶路，走了。

---

①选自《中国民间故事集成重庆市南桐矿区卷》(重庆市南桐矿区民文学集成编委会 1987.11)。该故事采集时间地点为:1983 年 8 月 30 日万盛乡榜上村。

②甲子年:系指百多年前,四川大旱那年。

结果，挑金银的死了。他的尸体和那一挑金子、银子，都被埋葬在这个小山沟里。后人就叫它为金银沟。

讲述：王绍全，男，汉，69岁，万盛乡榜上村农民。
搜集整理：白笠，男，汉，59岁，退休工人。

“气死不告状”石刻

三角镇乐兴村吕家坝公路边上有一块长7米、宽2米的岩壁，在岩壁正中从上至下刻有“气死不告状”五个大字，其右刻“大清光绪三年（1877年）季春子书”，左刻“同方共刻”。中间五字每字宽0.5米、长0.65米、字距0.1米，为行书字体，结构处横势，平稳中带左紧右舒，右肩抬起，横画下笔顺若平出，圭角明显，笔画轻重相当，捺笔粗重，运笔秀巧，有清雅秀媚的趣味，书写技艺高超。每字皆用红漆添写，非常耀眼夺目。

据传，此石刻为时任团总的陈一哉①所作。当时，陈一哉在当地算是一个有钱有势的人，也有一定文化，因几次考功名未就，对时政有些积怨。

当时正是晚清时期，内忧外患，社会动乱，极不稳定。陈一哉身为团总，所辖十甲千家，如有状纸，团总必亲临，精听判断。若每天告状的人太多，团总势必应接不暇，疲于奔命。他也不想百姓多有纠纷，影响安宁，为规劝世人，息气做人，免受官司的苦恼和损失，就雇工而作。

据刻文推算，乐兴“气死不告状”至今已有一百多年的历史，该石刻具有一定历史艺术价值，陈一哉的后裔们仍在乐兴场附近择地而居至今。

搜集整理：三角镇文化服务中心。

天成庙

关于天成庙的修建，传说虽多，但有文字可考的却极少。

据传，一般认为天成庙始建于唐代，复建于清代道光年间。

一种传说是：天成庙是唐代一杨姓人士修建，甚至有人说，杨国忠的后人为躲避祸乱，逃到綦江，隐入瀛山，修建天成庙，遁迹空门。在綦江民间，也有传说杨国忠

①团总：相当于联防总队长。陈一哉：又名陈怀元。

的一个儿子逃了出来，几经辗转来到了老瀛山，天成庙是杨国忠的儿子修建。杨国忠和杨贵妃都是蜀州[①]人，杨国忠曾经任过剑南节度使，四川是他的根据地。如果杨国忠有后人幸免于难，那么，到山高皇帝远的綦江老瀛山来躲躲倒是再恰当不过的。

与之相似的另一种传说是：有人避安史之乱而躲到瀛山创建寺观，修道养生。“天成”(757年10月—759年3月）是安史之乱时安庆绪的年号，如果避安史之乱建庙这一传说成立，那么天成庙的“天成”就与安庆绪称帝的年号恰好吻合。那么，天成庙至今至少已有一千多年了。

第三种传说是：五代后唐明宗李嗣源时，有人修建天成庙，遁迹丛林。五代十国中，有一个后唐（885—926年)。后唐庄宗皇帝叫李存勖[②]，后被养子李亶[③]取而代之。李亶，就是李嗣源。926年3月，李嗣源即皇位，改元“天成”。五代的后唐天成年间，与大唐只隔了一个短短的后梁（只有16年)，而且大唐、后唐都是李姓皇帝，笼统一点，大唐、后唐都称为“唐”。如果天成庙建于这个时期，那么,“天成庙始建于唐”的说法自然言之成理，而且天成庙的“天成”也持之有故，只不过这个“唐”是指“后唐”而已。

第四种传说：天成庙是曾任南州刺史后来在五代十国时任蜀王的王建修建的。民间说，王建被贬为南州刺史时，心中十分窝火，想当皇帝，于是在南州境内的老瀛山修建天成庙。取名“天成”，除老瀛山自然天成的山水风光外，还寄托了王建祈求上天成全，保佑他成功的愿望。这种传说，既与“天成庙修建于唐代”相符，又与“天成”二字有联系。如果是王建或者他的部下修建，那么天成庙最早建于王建任南州刺史时的唐代乾宁四年（897年)，最迟不超过他去世之时的918年。

第五种传说：明朝初年，不知是何方神圣在这个孤峰绝顶上建了一座庙宇，取名马脑庙。据说，当年马脑庙香火旺盛，尽管路途遥远，充满艰险，但一年四季信男善女络绎不绝。

据当地老人讲，最初的马脑庙只有一个殿堂，几尊神像，一个住持。因为寺庙在山顶之巅，前来进香的人寥寥无几。清朝乾隆年间，綦江境内数月大旱无雨，疾病横行，不少人病倒床榻，方圆数百里的百姓生计维艰。这年秋天，外地一个叫朱元道的道士周游到马脑庙，见人们生活在水深火热中，便在马脑庙摆神台，施神水普救众生，消息一传开，前来马脑庙求神水治病的庶民百姓络绎不绝，给往日冷清的寺庙带来了蓬勃生气。

说来也巧，到了第二年，綦江大地普降甘露，风调雨顺，五谷丰登，这本来是大自然的赐予，可人们偏信这是朱元道施法所得。这朱元道也乘机鼓吹说:“此乃天神之德，天神之灵。”四方百姓，对此深信不疑，甚至有“好心”人还添油加醋，把“天神”“神水”吹得神乎其神，把寺庙也给神话了，到后来人们就把马脑庙改成了天神庙。

朱元道又乘机宣称:“人有诚心，神有感应。”要大家“同结善缘”扩建天神庙，为天神改换金身。得到天神“恩赐”的百姓，对朱元道的宣讲深信不疑，他们还四处奔波，为扩建寺庙募得银米，请来能工巧匠，花了一年多的时间，一座金碧辉煌的天神

①蜀州：今四川崇州。

②李存勖(xù)：后唐庄宗，小字亚子，代北沙陀人，生于晋阳(今山西太原)。唐末五代军事家，后唐开国皇帝，晋王李克用之子。

③李亶(dǎn)：后唐明宗李嗣源(867年10月10日—933年12月15日)，本名邈佶烈，称帝后更名李亶，代北沙陀人，生于应州金城(今山西应县)，五代时期后唐第二位皇帝。

庙，屹立在马脑山峰上。天神庙由昔日的一个殿堂扩到了上、中、下三殿，一对石狮雄踞山门，守护着寺庙的灵气。

从此以后，天神庙香火更加旺盛，信男善女千里之外蜂拥而来，庙里的道人也由当初的一个，增加到了8个，朱元道成了庙里的住持道人。朱元道率众道士在马脑山上开荒种地，勤劳耕种，静心修炼。几年后，还购置了庙产数十余亩。天神庙也不断扩大，很多道人慕名而来。后因口音,“天神”讹读为“天成”，便成了天成庙。

搜集整理：三角镇文化服务中心。

乐兴字库塔

三角镇乐兴场至吕家坝之间，在大河匾的河中，矗立着一座塔式字库，以前还有观音庙相伴。“库序”落款“□□□十八年戊申岁秋七月上旬吉旦”，推测应该是清道光二十八年（1848年）修建。

建字库的匠师是牟联升。王世容撰的库序。募捐建字库贡献最大的是杨子成、李昌明二人，他们一直辛苦到字库竣工，实现仙师之遗训。

为什么捐赠修建呢？杨子成、李昌明认为文字是文明传承之本，应该得到尊重和爱惜。立德立行立言，乃人生三大要事，如果立言必须通过书籍来传承，杨子成、李昌明热心乡村事业，补桥铺路、捐资助学、济困扶贫、惩恶扬善等都首当其冲，赢得乡村赞誉。同时积极捐劝人为善的善书等宣传资料，助推乡风民风，深受群众称颂。当时的印刷术不发达，书籍、摹抄文字都是很难的事情。因此，当时私塾学堂先生、学生读书写字，还有家居练习书法的人会留下大批写过字的书简和纸张。如果乱抛乱弃，或就地燃烧，都是对文字的大不敬，是对字的侮辱，这种做法会激怒圣人，是不可原谅的。所以学堂先生、学童和练习书法的留下的书简、纸张必须用竹篓贮之，藏于书橱，存放到一定数量，送到字库燃烧。让字纸灰入小河，顺江河之势，一路送达长江或深海,“埋于净土，斯为所得”，这也是字库建在河边的原因。所以乐兴人认为必须把字库建好，才符合社会风范。通过大众探讨，决定把字库选址建在河中石梁上与观音庙之间，让观音菩萨成为字库保护神。

该塔为石结构，坐北向南，占地面积4平方米，基座边长1.3米。库身成六边形，六级楼阁式，层层上收，通高9米。库内空心，有石梯供人上下。第三层有一神龛，刻有一对联:“河中施法雨，库外覆慈云。”

搜集整理：三角镇文化服务中心。

羊叉街石拱桥“剑毁人亡”

旧时建石拱桥，建好后都要在桥洞顶上的中央，安上一把大铁剑。据说只要安上这把剑，就可以遏制妖魔鬼怪利用涨水之际变成龙或蟒蛇摧毁拱桥。

三角修建东南相接的羊叉街石拱桥时，按习俗必须请有名的铁匠师父打一把铁剑，挂在桥下。当时有一位铁匠师父，三十岁左右，是三角街上人。自幼学打铁，是三角打铁技术最好的铁匠师父。

当师父把自己打造的铁剑送到建桥师父面前，非常得意，围观的人都称赞不绝，唯独有一个人不紧不慢地说“这把剑的样子倒是好，只是形巧了点”。形巧的意思是不够坚固，师父听了这话后，很不服气地说“别嫌它形巧，剑在人在，剑毁人亡”。他的意思是，只要剑哪天被水冲走，那么我就跟着它死去，以表示他打造的这把剑非常坚固。

事情就那么奇怪，有一年夏天，三角真的暴发洪水，把桥淹没了。桥上住的人家也被席卷而走，铸剑师父虽然没住桥上，但不知道怎么搞的也被洪水冲走了，一直被冲到离三角很远的地方才找到了师父的尸体。洪水退却之后，人们发现桥洞上挂的剑也被卷走了。自此,“剑毁人亡”的故事在三角流传至今。

搜集整理：三角镇文化服务中心。

相思岩

在綦江区三角镇石栏村大岗社的“相思岩”上，有一处石刻“相思岩峻”，该石刻坐西向东，立面面积 10 平方米，题记位于离地面 10 米的悬崖壁上，壁上开凿了一方形龛，其内从左到右线刻“相思岩峻”4 个大字，字高 0.8 米，字宽 0.8 米；两侧有题记“道光二十六年（1846 年）仲夏日”。

传说，在很久很久以前,“相思岩”附近的山村，有一个庄园叫谢家庄，住着的当然是谢姓人家。据说谢家庄三庭大院，庭院之间风火墙分隔，庄严雄伟。上玉石台阶进入黑漆大门再入大厅。只见雕花窗户绣花门帘，楠木茶几上堆放着茶壶茶碗，十分气派，更有家丁护院，长工种田，家居老幼丫鬟服侍，是名副其实的大户人家。

说来奇怪，谢家老爷身强力壮，腿粗腰圆。哪知观音娘娘不显神、送子娘娘又懈怠，有妻妾三房就是少下“崽”。有儿女一双，儿子平平常常，小女谢娟却出落得亭亭玉立，粉丹丹的脸，像早晨盛开的桃花，红艳艳的嘴唇，闪亮发光的长发，眼睛闪着迷人光芒，俊得呀！天上难找地下难寻，是谢大爷的掌上明珠。

俗话说：男大当婚，女大当嫁，看着女儿长大，谢家夫妻更是左挑右选，决心找一门称心如意门当户对的好人家。东挑西选，终于选中外村黄姓一财主，黄老爷是某县师爷，有良田百亩，年收租百石①，正是门当户对，相比之下还算是谢家高攀。可黄家公子黄琰，身高不足 5 尺，一张瘦瓜脸上长着的五官，就像是人胡乱捏上去的泥巴，是一个典型的丑八怪，与谢娟一点不配。

更何况谢娟早有心上人了，是同村张大爷家的儿子张东，张东长得眉黑眼亮，俊美伶俐，身体壮实，老诚可靠，是千里挑一的精明小伙子。只是家道中落，但也算是殷实人家。

谢娟、张东两小无猜，常来常往，日久生情。

离他们家不远的地方有一处陡峭的崖壁，崖壁有片灌木林，正好遮住路人的视线，是他们约会的好地方。

日子一长，他俩的恋情被双方的父母发现，双方家长均认为这是大逆不道，违反伦理的，父母之命媒妁之言是不可违背的。双方父母对自己的孩子都进行着严厉的责罚，可两人对爱情忠贞不渝，无论如何都不改变初衷。双方父母无奈均把自己的孩子关起来严加看管。

情人总是心灵相通的，某天夜晚，电闪雷鸣，大雨倾盆，家人放松看管，二人都逃了出来，不约而同到了他们相约的崖边。二人相见心如刀绞，泪如泉涌，痛不欲生。这时雨下得更大，雷的轰鸣震得地动山摇。他们相拥在一起，迎着风雨雷电，在夜幕中带着美好幸福的回忆向远方飘然而去。

时过迁境，谢家庄已衰败，但张东和谢娟的爱情故事仍在民间流传，直至道光二十六年（1846 年）仲夏，当地一些文人墨客为了追忆张东、谢娟对爱情忠贞不渝和与旧封建婚姻进行坚忍不拔的斗争精神，募捐在崖壁上刻“相思岩峻”，以激励后人忠于爱情、忠于家庭。多少相爱的恋人都会来这里祈祷他们的爱情永恒。

搜集整理：三角镇文化服务中心。

七仙庙

传说老瀛山红岩三教寺的山门与七仙庙山门是门对门。

道光年间的一天，三教寺老和尚烧纸烧香时，发现双凤咀②石头上燃烧着 7 堆火。等天亮后，三教寺老和尚派小僧人来双凤咀查看，小僧人一眼看见双凤咀一壁石头有 7 处烧黑了。小僧人回三教寺给老和尚汇报后，老和尚沉默掐指一算，召集三教寺众僧说“玉皇大帝派七仙姐下凡解救民间疾苦，那石头烧黑 7 处象征七仙姐下凡了。”

---

①石（dàn）：古时中国市制容量单位，一石为十斗，一斗约等于 30 斤。
②双凤咀：今七仙庙庙地和附近七仙庙化钱炉人家区域。

从此三角塘双凤咀建起了“七仙庙”。

至今几百年，从道光年间建庙，后建大庙山门，到光绪年间才完善。该庙有信众捐有伙石，招有佃户，还有住庙住持直到解放后土改时期才离开。该庙一正两横四合天井，有禅房和食宿厨房。1964 年，有人将该庙的房屋等一律拆掉，除七仙以外，其他神像一律毁损。1984 年，由信众张光荣、李兆林、缪毓贞等重建遮雨棚，遮盖庙顶和毁损的神像。李兆林、李茂楼、杜贞贵、赵正其等居士、信众组成维修该庙的会首小组，邀请陆清荣艺师对七仙庙 35 座神像全面塑造。直到 2002 年改建为现存七仙庙，现庙门高 2.8 米，宽 1.93 米，门前有起步石踏道，门石柱上有题记“光绪二年丙子仲春日，下民杨永春敬万宗”。该庙为研究当地清代宗教文化、雕刻艺术提供了重要实物依据。

搜集整理：三角镇文化服务中心。

龙门村“石龙过江”

在三角场南面一千米的河中央有两块石头前后相依紧靠，逼真地显现出一条巨龙的头，河边的岩石缝中，一截截怪石相连十米左右，活生生地显现出一条巨龙的背脊梁和龙尾，历代人们都称这里是“石龙过江”。

但石龙并没有如愿过江。

传说，很久以前，有一条巨龙在这一带横行，作恶多端。一天，天下着大雨，这条巨龙乘滂沱大雨之时，妄图悄然逃走。正当它逃入河中时，老天爷顺应民意，一个霹雳将巨龙碎尸几段，从此残留于此。

老天爷斩除妖龙时，也把三角至綦江的人行大道损坏，给行人带来诸多不便。

当地慈善人德安及妻刘氏，自愿解囊修路建桥，起名“龙桥”，借此也把这条恶龙永远踩在脚下，并在旁边的石壁上刻下了建桥人姓名及建桥时间乾隆辛未年（1741 年）。

妖龙被斩和小桥修好后，百姓安居乐业，免受灾难，行走方便。嘉庆六年（1801 年）九月初一，后人为赞扬其这两件好事，特在河边的石壁上刻下对联，曰：“明星朗照沙河地，龙桥一踏万年春。”而今犹存。

搜集整理：三角镇文化服务中心。

小石坝大夫第

三角镇彭香村小石坝院子大门的横额上，依稀可见“大夫第”几个大字。

“大夫”是古代官职，位于卿之下，士之上。“第”是封建社会中官僚的大宅子。

小石坝能凿“大夫第”代表着小石坝出过古代大官。传说这个官姓吴，名光奎①。道光壬辰年（1832 年）出生在三角小石坝。同治年间癸亥岁（1863年）朝考一等七品小官。庚午年（1870 年）中式顺天举人。光绪甲申年（884 年）补福速司主参，乙酉年（1885 年）任知府，光绪丙申年（1896年）任御史升刑科掌印三品衔，光绪二十五年（1899 年）北京胡同卒，享年67 岁。

据《吴氏家谱》记载：吴光奎的祖先，明朝时由湖北孝感迁入四川，落户綦江县三角乡老瀛山山腰，耕织为生。继挑蓝靛去重庆出售。经商多年，稍有“大夫第”大门旧址积蓄。于乾隆年间，觅得小石坝地基修建新居。后又意外拾金，扩建除堂屋房、中堂房、厅房外，全系楼房。家人出任京府州县官多人。吴光奎升至三品，任监察御史，钦赐“大夫第”金匾。加立四柱朱红围杆，堂厅各悬挂，入试中举报匾相衬，更增庭院光彩。

吴光奎任京官后，不仅在门前开凿了“大夫第”几个字，而且还在小石坝院前修成孔道数百丈。文官从这里过要下轿，武官从这里过要下马，唯独新娘子可以坐轿通过。因为古人重视婚姻家庭的建设，更重视繁衍后代，民族兴旺。迎娶新娘标志着一个新的家庭的诞生，所以特许新娘坐轿通过不下轿。经过近百年的变迁，现孔道已无留一迹了。

搜集整理：三角镇文化服务中心。

望夫石

三角红岩坪山崖边矗立着一根石柱，面向远方，宛如怀孕的妇人在深情眺望，这就是瀛山有名的石景奇观——望夫石。

---

①吴光奎：生卒年不详。字聚垣，綦江三角人，吴世樊孙、吴泽棠胞侄，清代同治九年(1870 年)举人。是咸丰元年(1851年)綦江人伍濬祥、伍辅祥后，三十余年后新一个履职监察御史的四川人。素勤慎廉明能称职，后升刑科掌印给事中，又晋衔三品。留心时局，凡开矿、办铁路、通商贸易等国计民生，必力为陈请，皆获允行。余所弹劾，不避权贵。家居，以孝友忍让为先。廉俸所入，必分润族戚之贫者，岁以为常。性宽恕，喜倡义举，时慷慨为亲友代谋，即赔累不计也。列旌善亭。其墓在思里上山堡。

关于望夫石，三角地区流传着一个动人的传说。在很久很久以前，四川盆地还是一片汪洋，而当时的老瀛山只是一个普通的小岛，岛上的人们都靠妇女、老人刀耕火种、年轻男人打猎捕鱼来维持生活。一天，渔村里来了一对新婚不久的夫妇，据说是从岛的另外一面搬来的。小伙子年轻壮硕，名叫海龙，妻子貌美如花、温柔善良，名叫彩螺。海龙夫妇还带来了与本地渔民用的鱼叉、鱼竿不一样的渔具——亚麻编织的渔网。小两口就在渔村安顿下来以后，彩螺教会了妇女、老人如何制作渔网，海龙教会了男人如何出海网鱼。

从那以后，渔村的村民捕获的鱼越来越多，每次出海都是满载而归，日子也越来越好了，村民们都感谢海龙夫妇给他们带来的“新技术”。而海龙夫妇虽然辛劳，日子也算是过得美满。没过多久，彩螺有了身孕，眼看着肚子一天天大了起来。

谁料好景不长，随着鱼虾大量的减少，惊动了掌管这片水域的龙王。查清原因后龙王大怒，率领虾兵蟹将来到渔村外的码头。村民们从来没见过龙王，吓得到处躲藏。当龙王看到村里晾晒着的大量鱼虾后，气得胡须上翘，发誓要报复村民，将小岛淹没于海底！于是向村民吼道:“你们用什么妖术，捕杀我这么多鱼子鱼孙？我要用你们的命来做补偿！”村民们大喊冤枉:“难道多捕些鱼虾来准备过冬都不行？从来也没人说过不能捕鱼啊！”龙王哪里管这么多，在他心里，这方水域都是属于他的财产，也包括渔村！说着身体一阵扭动，随之巨浪滔天，电闪雷鸣，风雨交加。龙王踩着滔天般的巨浪立在虚空之中，双眼冷酷地盯着下方的渔村，仿佛是在看砧板上的鱼肉一般！

在这千钧一发之际，只见海龙手持一柄漆黑三角鱼叉跳上屋顶与龙王对峙。大吼道:“我们用渔网捕鱼，靠的是劳动和智慧，不是妖术！你们还讲天理吗?!”龙王眯着眼睛看着海龙，其实它知道渔网就是普通的麻线编织成的网子，只是没有想到这样的东西对鱼虾有那么大的杀伤力，心中的高傲不允许有比他更聪明的存在，而且居然有人类敢直面他的威严。龙王居高临下道:“你是什么东西？我说它是妖术，它就是妖术！”说着双目大睁，一个翻滚，巨浪竟又涨高一倍！眼看着村子时刻都有被冲毁的危险，村民们更是无处可躲，海龙心里开始打鼓了。

海龙再怎么强壮，毕竟只是一个普通凡人，怎么可能斗过龙王？“网是我造的，鱼是我一个人捕的！”海龙为了妻子和村民们的安危，只有用自己来换大家的生命了。而龙王也不敢把事情闹太大，心里已经有了撤退的念头，何况已经有了海龙这个“出头鸟”！于是，身怀六甲的彩螺眼含泪水和村民们眼睁睁地看着龙王带走了海龙和所有的渔网。

丈夫被带走以后，彩螺一直坚信他会回来，每日每夜都还站在崖上深情地期盼，望啊望，哭啊哭。传说当时的海水是甜的，因为她每日的泪水，海水就变成了现在的咸涩。而她对爱人的忠贞不渝，终于打动了上天，上天收回了这方水域，恶龙得到了应有的惩罚，海龙也获得了自由。

可是等到海龙归来寻找爱妻的时候，彩螺已化作了一尊石像，山间一股清泉飞流而下，那正是彩螺的泪水所化。海龙悲痛欲绝，一头撞死在石像一旁的岩壁上，鲜血染红了绝壁，至今还没有褪色！鱼兵虾卒，也一个个变成丑怪的石头，跪倒在彩螺的身后。这也是望夫石周围怪石嶙峋的由来。

搜集整理：三角镇文化服务中心。

老瀛山如来石像

话说古时期的老瀛山经常有老虎出没，危害庄稼不说还伤及人命，吓得山民惶惶不可终日，每天闭门锁户，苦不堪言！于是，县令就下重金悬赏猎人前去捕杀。可是老虎是吃人的大型猛兽，赏银再高，也没人敢来揭榜。

有一天，一位僧人路过老瀛山听说这件事之后，就去县衙主动请缨为民除害。县令见僧人身体有些单薄，于是便问道："你这身板也能杀老虎？这不是闹着玩的，你可要想好了。"僧人没有当面作答，拿着悬赏令便匆忙上山。因为在他看来，一切众生都有如来智慧德相，动物也是众生，老虎也不例外，世间万物都有灵性，只是它们都不会说话而已。

话说那年那月，僧人只身来到老瀛山老虎常出没的地方。作为出家人，虽然对生命另有释义，但也不想白送性命，他努力思索着怎样除去老瀛山的虎患。此时此刻，他根本不知道老虎已经来到了他的身后。令人匪夷所思的是，此时的老虎并没有敌意，反而坐到僧人跟前与他对视了起来……由此可见，人若是没有害虎之心，老虎便没有伤人之意。这让他想起了释迦牟尼"舍身饲虎"的故事。老虎吃人，是因为饥饿，万不得已也不会冒险咬人。

这时，他放眼望去才发现，山民在开春之前就把方圆几十里的山野都烧了个精光。山羊、山鸡、野猪、野兔等食草动物，早已远走它山。

大家都知道"一山不容二虎"这个道理。老虎是一种在相对固定地盘获取猎物的猛兽。在以山为王的地盘内找不到食物，自然会攻击闯进来的人类。于是，他就用县衙预先支付的"赏银"跟山民换来一些食物，投放到老虎经常出没的地方，后来又将食物逐步投向荒无人烟的深山老林中。

感谢天感谢地，猛虎终于去到了大山深处不见了踪影。老瀛山及綦江一带的虎患就这样被平息了。从此，僧人便在老瀛山隐居了下来，直到圆寂。

后来人们为了纪念他，便在山上建起一座寺庙，取名崇应寺。再后来到了宋代，又在寺庙入口处垒砌一座坟茔，当地人都称其为"和尚坟"。

佛祖感念僧人的大功大德，于是应生来到老瀛山，并在石壁上显现出三十二相，这就是大家眼前的"老瀛如来"——看护老瀛山一带的一切众生。

搜集整理：孙治波，男，45岁，綦江区旅投集团干部。

隆盛镇

梭米洞[1]

从前，隆盛场干溪河岸令牌石下有座古庙。庙里有个姓张的和尚。有一天他到庙后砍柴，看见令牌石下有一个小洞，洞口有一堆白米。他以为是哪个掉的，觉得可惜了，就捧在衣兜里拿回庙里煮来吃了。

第二天，张和尚到洞口去看，还是有一堆米。他晓得了这个洞是专门漏米的。从此以后，和尚天天到这洞口来接米。说来奇怪，不管庙里的和尚和进香的人有多少，一个也好，两个也好，十个八个也好，反正洞里梭出来的米煮来刚好够吃，不多也不少。

有一天，张和尚想，要是梭米的洞洞大一点，每天多漏些米下来，除了吃的就拿去卖钱，那就安逸啦！他就找了钻子、手锤去打梭米洞，打了一阵，洞口倒变大了，可是不梭米出来了。再打，洞里冒出一股凉水。从此以后，梭米洞只流水，一颗米也梭不出来了。

讲述：蒋绍章，男，76岁，隆盛街上。
　　　吴天其，男，26岁，羊叉乡文化站。
　　　张绍泽，男，56岁，安稳乡场上。
搜集整理：王孝鼎，男，27岁，隆盛乡文化站。
　　　　　吴天其，男，26岁，羊叉乡文化站。
　　　　　翁明贤，男，50岁，安稳乡文化站。

隆盛场[2]

隆盛场原来叫龙胜场。为什么叫龙胜场喃？

传说现在龙盛场边的干溪河原来没有水，两岸的土干得起灰，不能种庄稼。住在这一带的人生活苦得很。

离干溪河不远有个高洞塘。很早以前，高洞塘里有一条青龙。它想搭救干溪河两岸的百姓。于是，就去找到龙王，要龙王拿个葫芦跟它装水去倒在干溪河里。龙王见它诚心救人，就拿了个葫芦给他。哪晓得这事被高洞塘边的一只老虎打听到了，它怕

①选自《中国民间故事集成·重庆市綦江县卷》(綦江县民间文学三套集成编辑委员会编,1991年)。
②选自《中国民间故事集成重庆市卷》(科学技术出版社文献重庆分社,1990年)。隆盛场:隆盛乡所在地,在綦江县境东北缘。地处山沟槽谷。清雍正时建,题取"兴隆昌盛"之意得名。1987年采录于綦江县隆盛场。

干溪河有了水，过沟上山找吃的不方便，就悄悄跑到龙井岗躲起。

没隔多久，青龙衔着葫芦回来了，刚走拢①龙井岗，老虎就忽头子②扑出来，想把葫芦抢走。青龙不肯让，就和老虎打起来。

一个用角巴儿③抵，一个用爪子抓，打得天昏地暗。打了一阵④，青龙打冒了火⑤，扯起⑥一葫芦朝老虎脑壳⑦上钉⑧去，只听到“咚”的一声，老虎的脑壳遭打开了花，倒在地上死了。葫芦的盖盖⑨也打脱了，一会儿，干溪河里装满了水，那葫芦的水直往外滮⑩，葫芦也直打倒退，水越滮越急，葫芦“呼”地一声倒退过去，让山梁子那条青龙也受了伤，不久就死了。它的脑壳在庙岗山脚变成了石头，嘴巴奓⑪得很大，好像还在跟老虎打架的样子，它的身子也被龙塘坝的泥巴埋了。

后来，人些纪念青龙送水的功德，就在这个地方兴了一个场，取名叫龙胜场，还专门在那里修了一座龙王庙。

讲述：朱德成，男，77岁，汉族，綦江县隆盛场农民。

搜集整理：王孝顶、韩井泉，綦江文化馆干部。

狗坟岚垭⑫

顺着莲花山梁往西南方向走去，有十五六里的山间，有一个岚垭。岚垭口的路脚下，有一座修得十分精致的小石头坟。传说坟里埋的是一只狗，此处也因此叫“狗坟岚垭”。为什么要为一只狗修建如此漂亮的石头坟呢？原来这背后有段动人的故事。

清朝同治年间，离岚垭不远的山窝里，有一座庞大华丽的庄院。主人名叫李凤君，曾用银钱捐了个举人的功名，又在县府里当过差，六十多岁，因同僚间的互相排挤，辞退回乡，靠祖上留的几百亩田土过着奢侈的生活。他三妻四妾，还不满足，还常在外拈花惹草，对人又反复无常，阴阳怪气，因此，人们给了他一个外号，叫“老疯军”。

“老疯军”怕有人抢劫他的金银财宝，在家里喂了二十多只狗，专门请人驯养，一日三餐，敲梆喂食，白天黑夜，四面放巡，没有训养人的陪伴，任何人也休想走进这座庄院。这二十多只狗内有一只特别高大肥壮的黑狗，分外凶恶勇猛，“老疯军”爱如

①走拢：走到。
②忽头子：〈方〉突然，猛然间。
③角巴儿：〈方〉头上长的角。
④一阵：一会儿、一段时间。
⑤冒了火：生气，气愤。
⑥扯起：〈方〉抓起。
⑦脑壳：〈方〉头、头部。
⑧钉(dìng)：抛、砸。
⑨盖盖：盖子、塞子。
⑩滮(biāo)：〈方〉水流的样子，水往外迸射的样子。
⑪奓(zhā)：〈方〉张开。
⑫选自《中国民间故事集成·重庆市綦江县卷》(綦江县民间文学三套集成编辑委员会编，1991年)。

掌珠，每顿单独喂食，在它脖子上拴了个铜铃，称为“狗王”。“老疯军”不管到什么地方，都要带上它一路跟随。只要远远听见铜铃响，人们就会说：“老疯军”来了。

自从“老疯军”喂了那群恶狗，不知在院后大路上咬伤了多少人。起先，人们给这所庄院取名“失脚杆”。后来，大家只得在庄院的两边绕道过去。渐渐地把庄名改为了“折脚扁①”，现在仍用着这个地名。有一次，“老疯军”坐着软三班轿子，带着“狗王”上莲花赶场，在石庙子歇气，“狗王”逛进山林迷了路，没有跟主人一起赶场，它边走边嗅，走进了黄山松林深处。猛然听得几声狗叫，“狗王”朝叫声奔去，发现一所草房，矮屋檐下一只黄狗迎面扑来。两只狗立刻恶斗起来，黄狗哪是“狗王”对手，霎时就被咬得遍体鳞伤，眼看不得活了。

一个十一二岁的孩子闻声从那边赶来，见此情形，忙折了一根杂木棍子，上前对“狗王”猛抽。“狗王”性起，丢了黄狗，向孩子当头扑来。孩一声惊叫，被“狗王”按倒在地，没头没脑乱咬。

正在危急，忽听霹雳似的怒吼，一个壮汉，手持钢叉，飞奔而来。没等“狗王”惊觉，腰肚子上已挨了一叉。它惨叫一声，横滚下坡。壮汉跳下去又是一叉，结果了“狗王”的性命。壮汉回身上来抱起孩子一看，喉管已被咬破，血流如注，奄奄一息。黄狗在地上挣扎，不能走动。壮汉悲愤交集，哭着把孩子抱回草房，眼睁睁看着孩子在怀里死去。

原来，这壮汉名叫陈东生，是从贵州搬来山里的一个土佃户。他父母双亡，妻子病故，丢下父子二人。儿子陈小毛，跟着爸爸学种庄稼。东生把他当成命根子。现在小毛一死，怎不叫他悲痛欲绝。但有什么办法呢？

再说“老疯军”到了莲花场上，才发觉“狗王”不见，立刻派跟班沿途寻找，那跟班名叫余蚂虾，是个狐假虎威、仗势欺人的家伙。他一路仔细寻找，找到了东生的茅屋侧边，发现“狗王”和黄狗都死在山坡上。这一惊非同小可，赶忙跑进茅屋一看，只见陈东生抚着孩子尸体无声地痛泣。一问，东生把前后情况说了，以为人命总比狗命强之百倍，要求余蚂虾转告上人，得到怜恤。谁知余蚂虾冷笑几声说：“你的娃儿不晓得是怎么死的，但你杀死李老太爷的‘狗王’，是要办个交涉的。”他说完，转身出来，到坡上 挬起“狗王”大踏步走了。

第二天，陈东生被绳捆索绑，押到“折脚扁”，吊在檐柱上。“老疯军”令人用鞭子狠狠地抽打，硬逼东生披麻戴孝。像安葬老人那样来安葬“狗王”。陈东生愤怒抗议。口口声声要“老疯军”偿还儿子的命。但可怜他在这山里势单力薄，无人敢替他说话。在“老疯军”和一群趋炎附势的乡绅地保、土豪、恶棍的威逼下，只得亲自在岚垭路旁挖了坑。余蚂虾将孝帕缠在他头上，一丝麻带拴在他腰上。把“狗王”捆在他背上，押送到土坑，勒令东生安埋了这只“狗王”，垒起了一座土坟。然后又罚他跪了三天香。

东生含着满腔的仇恨，回家安葬了孩子。晚上，他独坐茅屋门口，眼望着黑沉沉的山林和夜空，很久很久。他突然站起身来，从屋里提起一把板斧，很快消失在山野间。

那天晚上，“老疯军”正和全家人在厅上饮酒作乐。余蚂虾笑道，“老太爷虽丢了一

①扁(biǎn)：〈方〉一说长条形的低平地，一说依山而建的带状村庄。

只狗，但住这山里的威望，由此又可大大提高了！”说罢只听一阵满堂欢笑，好不得意。忽然，庄前一阵狗吠声顿起，接着庄左庄右都传来狗吠声。余蚂虾说声“有情况”，立刻提了支火枪，跑出大朝门。

黑夜中见二十多只狗都向东北方狂叫。他大喝一声：“什么东西！”话尤未了，一团黑乎乎的物件从天上劈头飞来。幸亏余蚂虾闪身得快，躲过了。他往前一窜，向东追去。只见一条黑影，在前面飞奔。余蚂虾哪里肯舍，紧紧跟踪不放，有七八只较恶的狗也狂叫作追赶。不到一个时辰，来到了马鞍山脚下，那里有个林木非常茂密的山头。

黑影突然不见，而且，跟上来的几只狗也乱窜乱跑，再不叫唤。余蚂虾在林前转了几圈，看不出什么动静。这时几只狗已走远，晚风吹得树林沙沙发响。他打了个寒颤，准备往回走。可是，一时却找不到大路，左一趟右一趟，越慌越辨不出方向。

林间仿佛传来一声声孩儿的哭叫。余蚂虾真的胆怯了，高一脚低一脚，乱闯乱跳，陡地脚下一空，落进了一口很深的堰塘。他是个旱鸭子，在塘里挣扎着喊了几声救命，就沉下塘底去了。

等“老疯军”家里的人灯笼火把赶来，已找不到余蚂虾的影子，只在堰塘边发现一只他的鞋子，林子边一处有块玉米粑。追到陈东生家，却是一所空茅棚，什么也没找着。几个人下塘打捞，才将余蚂虾的尸首捞起。后来，这余蚂虾就埋在堰塘坎上。据说晚上，有些人路过此地，都迷了路，而且听到孩子哭声和另一个怪叫声，心慌意乱之下，不知怎地闯进一个石旮旯。直到第二天东方发白，才恍恍惚惚走了出来。大家说是余蚂虾在这里作祟害人，当地山民暗地挖毁了余蚂虾的坟，只见一只蛤蟆跳出来，当即被山民打死。人们打开棺材，把余蚂虾枯骨抛到远方去了。从此，这地方又改名为“余蚂蛤”。

“老疯军”经过这一惊骇，心神不宁，更加颠三倒四，风言风语，有时忽作孩啼，有时忽装狗叫。第二年的一天半夜，他哭叫作跑到狗坟，跪在坟前，抱着坟头乱咬乱啃。突见陈东生大步走来，抓住他的头发怒吼道：“老疯狗！还我儿子命来！”“老疯军”哇哇乱叫，不住点头。又用手扒开坟土，搬开棺材，抱起“狗王”尸体，跪在地上，连声叫道：“还你儿子，还你儿子。”

陈东生一脚踢去，“老疯军”抱着狗尸倒地，口吐白沫，一命呜呼了。陈东生抱来两大捆干柴，围住“老疯军”和狗尸，点起一把火，然后转身逃进贵州去了。

第二天，“老疯军”的家小找来，在柴灰里刨出两团糊肉，分不清哪个是“老疯军”，哪个是“狗王”。只得将两团糊肉一起拣回家去，供奉起来。请了僧道，做起法事，超度亡魂。又请阴阳先生看地，说就是那座狗坟，乃大富大贵之地。于是，众妻妾和儿女媳妇等，将两团糊肉一起埋进了原先的坑内，重新修起一座漂亮的石头坟。

本来，他家不准说这是“狗坟”，但人们经过这里，总指着石头坟说：这里面就是埋了“老疯军”那只狗，是一座狗坟。

“狗坟岚垭”这个地名，直到现在仍没有改变。

搜集整理：王官品，男，60岁，莲石乡文化站专干。

梓桐店

传说清朝末年，有一对年轻恩爱的夫妇住在今隆盛镇中桥村附近，结婚后七八年都没有孩子。夫妇俩到处烧香，求神拜佛，还是没有生孩子。

后来听说四川省岳池县有一个送子观音很灵，拜过的人都能生孩子，于是夫妇俩准备盘缠和香烛纸钱前去参拜。到达岳池县找到了那个观音善堂，夫妇俩立即参拜了送子观音。参拜后，看庙的和尚问夫妇俩前来参拜送子观音的原因。夫妇俩述说缘由后，和尚说只要你俩确实是真心诚意的，这里的送子观音一定会显圣，送给你俩孩子的，并提出两个要求，一是要在这里连续参拜七天，二是生孩子后一定要在当地修建一座送子观音寺院。由于夫妇俩想要生子的心情急迫，便答应了和尚的全部要求。

于是晚上把男的安排到另一个寺院居住，女的则留在本善堂与和尚同居。参拜七天期满后，夫妇俩高高兴兴地回了家。回家后不久女人就怀了孕，人们问他们为什么这次怀孕了，他们说岳池县观音菩萨确实很灵，是观音菩萨送来的。生育孩子后，夫妇俩为了还愿，便在附近半山处修建了一座庙宇，庙上塑有送子观音、子童、药王三尊菩萨，取名“子童宫”，常年有尼姑看庙。

清同治十三年（1874 年）的一个夏天，有一位县太爷到旧屋基拜望进士封智容，路过庙宇时，见到院内有一个尼姑在洗脚，把裤子挽到大腿上边，露出白白嫩嫩的大腿。当时县太爷认为在菩萨面前露出大腿不合礼教，有伤风化。到封智容家后，与封提及此事，执令把尼姑赶出庙门。

县太爷走后，封智容承头化钱，在垭口过往行人喝水休息的地方重新修建了一座庙宇。由于此地梓桐落叶乔木很多，生长繁茂，故取名为“梓桐店”。

搜集整理：隆盛镇文化服务中心。

莲花石

相传，在很早以前，在王母娘娘身边有一个侍女叫玉姬，十分羡慕人间生活，动了凡心。她听说西湖是人间美景绝佳之地，就想亲眼去看一下。

一天，王母娘娘有事出宫去了。玉姬趁此机会，独自一人偷偷下凡来到西湖上空，鸟瞰美丽无瑕的西湖山水。西湖的美景将她吸引，她不知不觉走到湖边各处游玩，忘情地在湖中嬉戏。王母娘娘回宫后发现了玉姬的行踪，当即就派天兵天将去捉拿她回宫。玉姬惊恐之下将玉簪投入了湖中，伤心地离开西湖回到天宫。

玉姬回到天宫后，把人间的美丽景色讲给其他仙女听。仙女们个个都对人间产生了向往之心。一次，玉皇大帝召王母娘娘一同巡游天庭，8 个仙女又偷下天宫寻找西湖。当时四川一带是汪洋一片，隆盛莲花石地界是一个繁花似锦、百鸟朝凤的小岛，仙女们路过此地上空，见大海中如此美景，不由自主地驻足，她们来到岛上，嬉笑狂欢，把时间忘得一干一净。王母娘娘发现了此事，火冒三丈，立刻派兵捉拿，准备严惩。

正当天兵天将出发时，东方已露出鱼肚白，捉拿时辰已晚。王母娘在莲花宝座上诅咒，将 8 个仙女打入凡间，定在岛上，永世不能回天宫，并把岛屿周围的海水退去，把这里变成山区。刹那间，天昏地暗，乌云翻滚，狂风呼啸，电闪雷鸣，海水横溢，波涛澎湃，向南奔腾而去，小岛屿变成了四面陡峭、山势人云的高山，海拔高程竟达 1050 米。8 个仙女瞬间在山顶上变成了 8 块有序排列的巨石，远处看去好似盛开的 8 朵莲花。

后来人们将此山取名为“莲花石”，将八块形如盛开莲花的石头取名为“莲花瓣”。据说每过 300 年，石头莲花就要盛开一次，莲花盛开时金光灿烂，流光溢彩，气象万千，但时间短暂，只有天下至善至孝之人才能看到。

搜集整理：隆盛镇文化服务中心。

郭扶镇

郭扶场

郭扶场，以前叫月来场，清雍正年间才被老百姓叫作郭扶场，又叫作郭带子场。

清代以前，郭扶地区没有场，只是大道旁边有几间茅草小铺子，供行人走累了停下歇脚休息，一些住在周边的好心人烧了开水，用水桶提到草房小铺里，让口渴的行人有口水喝。

清代初期，一些家住在附近的老百姓看到大道上过路的行人越来越多，可以卖点食品以及行路需用的草鞋等物品赚钱，于是一家一家地搬到了大道旁边住。住的老百姓多了，大家商议要在这里兴起一个场，设定赶场天让周边的老百姓来卖东西或买东西，在设定开场日期的前几天晚上，明月当空，明月旁几朵白云飘浮。老百姓兴高采烈，于是把兴起的场叫作月来场。

开始，月来场上住的老百姓不多，因为周边几十里的地方没有场，老百姓赶场买卖东西都要来这里，于是月来场上住家的人越来越多，赶场天十分热闹。

清雍正十三年（1712 年），天干大旱，农田无收，老百姓家中无粮，无奈只有外出讨口要饭，非常凄惨。一些老人及年幼小孩走不动路，没有办法，只能饿死家中。

月来场上住了姓郭的一家人，家有兄弟两人，哥哥郭容，弟弟郭安，都是有善心的好人。由于历代长辈省吃俭用，勤奋耕作，还在月来场上做生意，挣下了一份十分富裕的家产。郭家不仅在灾年时家人有吃有穿，家中还存了不少粮食。看到灾民家中无粮，饿着肚子外出讨要，十分可怜，郭家兄弟俩商量后决定帮助灾民渡过灾年，他们在月来场口搭起炉灶，安放大锅煮稀饭给灾民吃。

消息传开，周边的灾民都来郭家讨要粥吃。郭家的大锅灶一天到晚烧火不息。家中的存粮用完了，郭家兄弟又派人到外地买来粮食，继续煮粥救济灾民。郭家兄弟施粥助灾民的行动感动了周边不少老百姓。后来郭容的儿子郭雄屏学习父亲为民做好事的善举，这时郭家已经不是十分富裕，郭雄屏带领全家起早摸黑纺纱织布，贩卖到附近乡村及场镇，挣了银钱存起、捐出在场口小溪上架起一座石桥，方便赶场的周边老百姓。

郭家做了善事，帮助了周边老百姓，老百姓十分感谢，把月来场改为了郭府场，后来官府制的地图上把郭府场写成了郭扶场。

搜集整理：胡世博，男，78 岁，綦江区政协退休干部。

仙人岗

仙人岗位于郭扶镇三塘村六组彭家岩处，这里怪石云集，地势奇特，流传着一个美丽的传说。

相传很久以前，贵州地方神圣黑神，因地少石多，百姓生存困难，欲用神鞭驱赶石头至四川鱼梁河①处、拦水成海。无数大石头被赶至彭家岩处，忽然公鸡鸣叫，黑神以为天将亮了，便急忙回头大步赶回贵州。因走得匆忙，在石头上留下了一串脚印，最为突出的是起步时踩的几个脚印，有二尺多长，一尺多深，且脚印形象逼真，往上走，左右圆石排列，上面都有时隐时现的印痕，仙人岗由此而得名。

传说中，黑神完全可以完成他的成海计划，是木梯岩的川祖菩萨为了挽救众生灵，便假扮公鸡打鸣。黑神以为天亮了，因天亮了就赶不走石头了，慌忙往回走，留下了一片石岗。同时，走在后面的另一神仙，也把挑来准备填海的一挑土倒在了高青场附近，形成了现在的双山。

讲述：不详。

搜集整理：蒋焰，男，59 岁，三江街道文化服务中心工作人员。

金龟玉马

凤凰山主峰左边有一座山峰酷似一只伸头眺望的乌龟，人们称它叫乌龟山。

乌龟山是丹霞石。当太阳光照在它上面时显得金光熠熠，人们又称它为金龟山。据说，凤凰山方圆几十里长寿的人很多，原因就是有金龟山这只神龟的福佑。

金龟山下狭沟溪边有三墩石头。原为一墩巨石，酷似一匹高大的骏马，人们称它叫玉马。玉也是石头，玉马便又叫石马。传说，玉马本是天上的神马，听说凤凰山物丰景美，到此变化成骏马形状的巨石，想长期生活在凤凰山，因夜间常去偷吃人们种的庄稼，被雷神打断成了马头、马身和马屁股三墩石头。

搜集整理：蒋焰，男，59 岁，三江街道文化服务中心工作人员。

---

①鱼梁河：今篆塘镇鱼梁村。

皇帝塆

皇帝塆位于郭扶镇梅子村十组，因建有“皇城”而名播四乡，其遗迹在皇帝塆水库西南一侧的山顶处。而今，在森林中的“皇城”，只有石盆、门条石、石座椅等遗迹，面积约 30 平方米。

皇帝塆因有“皇城”之名，传说版本很多，具有浓厚的神话色彩，其中有两种版本至今还在当地流传。

第一种说法是——皇帝塆本来叫皇殿塆，是人们叫作顺耳把它听成了皇帝塆。据说在很早以前，狮子山有一杨姓人家，勤劳朴素，过着清贫的日子。儿子叫杨小娃，三岁时母亲就过世，与父亲相依为命。

父亲辛勤劳作，还供杨小娃读书。小娃聪明勤奋，一点就通，一学即会，却不料在他 13 岁时父亲也因积劳成疾，不治身亡。乡亲们帮助他把父亲葬在了离家不远的狮子山桂花树下。谁也没有想到，这桂花树正好长在这头狮子的生殖器上，乃狮子山的风水宝地也。

杨小娃没法上学了，外公把他领去一同生活。每天他与小伙伴们一起上山，打柴割草，学习农耕。割草时，他把背篼扣在地上玩“拜皇帝”的游戏。玩伴坐在背篼上，他在地上拜叩时，玩伴总也坐不稳，老是掉落下来。但他上去坐着时，不管玩伴怎么叩拜他都安然无恙，因此他成了孩子王。

又过了 3 年，杨小娃 16 岁。京城里的观天师夜观西南方瑞气冲天，有一颗星星格外璀璨，一连几天都是这样。他知这是颗帝王星，三年之后必夺天下。观天师急向皇上报告，皇帝听后便立刻派一名钦差与观天师同去办理此事。通过两年的观测调查，最终确定地方后，到县衙命县官派人去掘墓和抓人，恰巧县衙里的师爷是杨小娃的舅舅。为防杨小娃逃走，钦差强迫他舅舅写了一封信，把杨小娃骗到半路给杀了，接着又掘了杨小娃父亲的坟墓。

杨小娃被杀当天，新桥斑竹沟的斑竹全爆开了，每个竹节中跳出一个骑着马拿着刀的人，与衙役大战一番。但终因体单力薄，全都被官兵杀了，然后埋在了大坝子的万人坑。杨小娃死后，在皇帝塆山上显现出一座刚建的皇城地基，里面有皇椅、石台，还有皇帝用的洗脚盆。当地人说，山里经常传来隐隐约约的打石头声音和搬运石头的号子声，后来，渐渐的什么也听不见了。相邻的相互打听，都说听到有这样的声音，到山上又什么也没有，只有皇椅、石台、洗脚盆和皇城基石。而今这些景观犹在。村民们相信，这是神仙用法力护住了皇城，而皇帝同神仙一道上天了。因皇帝未登基，从此，这个地方就叫太子殿，皇殿塆因此而得名。

第二种说法是——有一位农民领袖，俗称草寇皇帝，带头造反，在深山中建了一座皇城，还以凤凰山做屏障，修了 108 道寨门，平常在二郎坪上练兵，待机举事。因造反心急，他提前举行登基仪式，不料天心不顺，导致斑竹园一带的竹节提前爆开，每个竹节都跳出一个全副武装的骑兵，帮助这个造反领袖打天下。朝廷闻讯，派重兵围剿，双方在长石坝处交锋。由于竹节提前爆破，造反骑兵乏力，起义军全部被处死，埋在长石坝边的万人坟。农民领袖造反失败后，留下了一座“皇城”在大山深处，人们便将此地取名为“皇帝塆”。

搜集整理：蒋焰，男，59 岁，三江街道文化服务中心工作人员。

关　仓

关仓位于高庙场西八里许，龙泉村四组。

传说在清乾隆年间，一个到田间看灌溉水的农夫，扛着锄头从这里走过，当时正是大热天，在石窟旁歇气。偶尔转头，只见石窟白光四射，他非常吃惊，探头一看，发现满窟白银，就像一银仓。他非常高兴，顺手取一块揣在怀里，准备从家里背个背篼来把银子全部背回家。但他又担心自己走后被别人发现这一石仓白银，就从旁边搬来一块石板，说来也巧，这块石板刚好将石仓掩盖住。

当农夫从家里背来背篼时，只见石板与石仓已严丝密缝，就像天然长成的一样，再也无法打开。如不是他亲手盖得石仓，他也不会相信此事。当地的村民说，曾听老一辈的人讲:“当时有白光如练，直冲云霄。猜想就是因为老天要找一人将这一石仓白银关藏起来，有意让那个贪心的农夫发现，才用石板盖严密封的。”从那时起，这地方的名字就叫“关仓”。据说，掩盖石仓的石板至今还留在那里。

搜集整理：李郭栽，男，75 岁，高庙乡农民。
　　　　　蒋焰，男，59 岁，三江街道文化服务中心工作人员。

庙　屏

在郭扶镇同心村五组庙屏与鸡房之间，以前曾有一株较大的梧桐树。站在树下，看到的是一片田。庙屏的房子后面有一块大土，人们曾在这里建造一座占地近两亩的大庙，佛像齐全，曾经有驻庙和尚专门管理。这里地形错落，野花丛生，像五颜六色的画屏一样，故名庙屏。

相传在清朝光绪年间，乡绅李正学看上了这里的地形，就从原高青乡龙台寺场上迁来此地居住，后生子 8 人。光绪二十六年（1900 年），三子李文达、四子李书铭同时考中秀才，人称“双秀才”。三子任重庆府判官，四子在西藏为将军。李正学之孙李平章，民国中叶迁居重庆，任过四川泸州征收局长和军区处长。后来经商，在重庆购洋房数间，家财丰足，每天招待家乡和外地去投奔的食客十桌，家里还拥有土地上千亩，从郭扶场走到同心岩全为其土地。

解放后，他家“赔血汗”①。郭扶乡每户人家分得一斗大米。后来，梧桐树也枯死了，人们便称此地为庙屏坝。庙屏这个地名也因地形美若画屏和李氏家族曾经的辉煌而渐渐出名。

搜集整理：蒋焰，男，59岁，三江街道文化服务中心工作人员。

石老公和石老婆

（一）

高庙老场不远的台地边缘，有一条深涧，溪涧的东西两边绝崖高处，分别矗立着两块大石头。西面的一块人们叫它石老公，侧身遥望着东面，但无头。东面的一块巨石高约20米，呈多棱石笋状，直径在3~5米，一眼望去，似纤细的女子亭亭玉立。迫至身前，头形发式酷似明清少妇，端庄矜持，妩媚动人，这便是人见人爱的石老婆。

传说在很早以前，石老公每天夜间都要过溪到东山与石老婆约会，特别是在禾苗生长的季节。由于是夜间相会，石老公踩坏了庄稼，因而惹得天神发怒，在一个雷雨交加的夜晚，天神把石老公的头颅劈下，滚落在西山脚下，其头像栩栩如生。

后人有诗云：

西山寂立石老公，东山孤零石老婆。
一溪隔绝夫妻路，咫尺相思泪滂沱。

又云：

石老公恋石老婆，夜夜贪欢践田禾。
雷公发怒一霹雳，留得身躯没头颅。

搜集整理：蒋焰，男，59岁，三江街道文化服务中心工作人员。

（二）

高庙老场海拔一千多米，所在地为高山台地，这里地势平缓，植被丰茂。离老场不远处的台地边缘，有一条植被葱茏望不到底的溪涧。溪涧两边的悬崖峭壁边，分别矗立着两块石笋样的巨石：西边巨石，侧身向东相望，高庙人叫他“石老公”。东边巨石亭亭玉立，端庄矜持，妩媚动人，高庙人称“石老婆”。

传说，不知是哪朝哪代，大僚湖边住着一家四口，夫妻俩和一双儿女。

一家之主陆渔樵，学富五车，曾是官场中人，因秉性刚直，仗义执言，得罪了当

①赔血汗：减租退押。

朝权贵，从北方辗转南下避难于此，以教书授徒，清苦度日。

主妇陆陈氏温柔贤惠，除了日常家务，还织布、染布、绣花、制衣来补贴家用。

儿子陆如风、女儿陆如霜是一对龙凤胎，长得聪明俊秀，一表人才。陆如风志存高远，两耳不闻窗外事，跟随父亲，一心勤学苦读。陆如霜不仅习得琴棋书画，也做得一手好针线，小小年纪，就帮着母亲操持家务。在她 16 岁那年春天，父亲把她许配给了自己的得意门生、家住花耳岩下的张家二公子张营山，两家商议次年完婚。

谁知当年中秋之夜，陆渔樵被大僚坝一位姓狐的富豪兼地头蛇威逼利诱，强行拉去赴宴。都说“会无好会，宴无好宴”，狐土豪果然没安好心。他让陆渔樵不再教授现在的十几个蒙童，专心做他宝贝儿子狐不为一个人的老师。陆渔樵断然拒绝，惹恼了狐家父子俩。狐家父子都是天不怕地不怕的狠角色，只因本家族长规定，要取得功名者才可继任下一任族长。

现任族长正值壮年，狐父肯定无望。同宗同族中竞争激烈，狐父只能寄希望于儿子狐不为。平日里趾高气扬的父子俩，居然遭到一个穷教书的拒绝，这口气自然咽不下去:“既然不能为我所用，那么，哼哼……”

父子俩对望一眼，拼命劝酒，把陆渔樵灌得七荤八素。狐父给家丁使个眼色，两名家丁架走了醉得不省人事的陆渔樵。第二天一早，人们在大僚湖上捞起了陆渔樵的尸体。陆家人伤心欲绝，上告官府。官府却说证据不足，陆家人多方奔走毫无结果。陆如风找来同窗好友，把装了父亲的棺材抬到狐家理论，遭到狐家家丁毒打，差点命丧当场。陆如霜哭劝哥哥:“让父亲入土为安吧！这个世道，人命不值钱。”

在左邻右舍和陆家学生的帮助下，陆家人安葬了含恨而死的陆渔樵先生。就在陆渔樵下葬当天，张家人要求陆如霜过门。因本地风俗，至亲去世要守丧三年。张家太夫人病重，等不起三年，要求陆如霜立马过门冲喜。陆如霜气得眼泪滂沱，柳眉倒竖：“哪有父亲尸骨未寒就嫁女儿的？你们家有这规矩吗？”

当晚，陆如霜神秘失踪。陆家和张家访遍方圆百里，都没找到她的踪影。

一晃，一年过去。这天，狐家府邸张灯结彩，不光庆贺中秋，另有三喜临门：一喜，富豪狐庸五十大寿；二喜，狐家长子狐不为花钱捐了一个县尉，就要走马上任；三喜，狐庸的小妾又生了一对双胞胎儿子。

狐家从外地请来一个戏班子唱堂会。戏台上，戏文出将入相，生旦净末丑，锣鼓铿锵，眼花缭乱。狐庸得意非凡，撸着胡须，看得出神，一直闹到深夜。

唱完戏，戏子们在后台卸妆收拾。狐府管家找到班主，要一个叫“雨相”的俊俏小生去后院陪胡庸老爷吃夜宵，顺便再为老爷唱上一曲。

班主为难地看着雨相，不置可否。要说这位雨相，是班主一年前无意中收留下的，虽是男子，却生得肤白貌美，唇红齿白像个女孩儿。

一年来，在戏班教习师父的训导下，打斗扮相毫无问题，只是曲子唱得比较生疏。平时沉默寡言、从不应酬的雨相这回却爽快地跟着管家去了。班主心生诧异，摇头惋惜。毕竟，这个狐庸，酷爱娈童之名，班主早有耳闻，这下羊入虎口了，唉……

狐庸表现得急不可耐，雨相也曲意奉承，二人喝得酩酊大醉。

半夜，家丁听到房里有异样声响，叫喊、拍门皆无应答。

家丁叫来管家，撞门进去，只见红烛高照，老爷狐庸倒在血泊之中，头上鲜血还在汩汩流淌，却不见了俊俏小生雨相。

冷风吹来，窗户呼啦作响。管家一眼瞥见窗下一双皂靴，正是小生雨相之物，他已弃靴翻窗逃离。

家丁拿过靴子，感觉鞋头柔软，伸手进去抓出两把棉花来：原来扮成小生的雨相，是个有两弯小脚的女人啊！

管家顿悟，全府出动，一夜灯笼火把捉拿凶手。他想，没了鞋子的小脚女人肯定跑不远，于是带着猎犬就在大僚坝附近搜寻。

猎犬闻到血腥，一路叫嚣追逐。不多时看到前边有个影子忽明忽暗，东倒西歪，眼看就要抓住。

谁知影子突然消失不见，猎犬也驻足不前，只是望着黑暗狂吠。

管家举着火把细看，前边竟然是一处断崖。管家倒吸一口凉气：那个小生，哦，不，那个小脚女人摔下去，不粉身碎骨，也得脱一层皮吧？

此时，突然雷电交加，倾盆大雨说来就来。管家一行顾不得了，只好打道回府。

次日雨停，狐家人遍寻崖下，却怎么也找不到那个俏丽的身影：生不见人，死不见尸。

薄雾轻盈的深涧，一道彩虹冉冉而起，在雨相消失的地方，一尊巨石悄然矗立，那么端庄，那么妩媚。

狐家人回忆，那个小生，可不就是陆家失踪了一年的女儿陆如霜吗？

张营山闻之，伤心欲绝。原来，他早已情根深种，深深爱上了聪明美丽的未婚妻陆如霜。

未婚妻报仇身死，让他心碎。他不吃不喝，形销骨立，每日在对面山崖痴痴望着那一尊如霜变成的石像。

某天夜里子时，他似乎看到石像朝他招手，他跌跌撞撞投奔而去，却怎么也爬不上那边的断崖。他只好退守西边，默默凝视。

某日，他望着望着，不知不觉也石化了，变成了石老公。

石老公痴心不改，每晚一到子时，就去东边与他的石老婆陆如霜相会。

一天又一天，一年又一年，庄稼地被他踩出了一条宽阔的大路。他眼里只有他的如霜老婆，忘了脚下的玉米、麦子、荞子……种庄稼的百姓郁闷了，去天母神殿祷告：求天母娘娘慈悲，保佑庄稼不被祸害。天母派雷公电母下凡查探，半夜撞上了石老公私会石老婆而践踏了庄稼地。暴脾气的雷公大怒，不由分说，一记响雷劈断了石老公的头颅，把他钉在了对面山崖。

从此，石老公只能隔空遥望心爱之人，却半点动弹不得。

这真是：

石老公深情脉脉，石老婆泪眼汪汪。
一溪隔绝夫妻路，咫尺相思断人肠。

搜集整理：简贵莲，女，54岁，大专，郭扶镇龙台村人，简氏剪纸传承人。

花岩寺

花岩寺又名花耳岩，清乾隆四十七年（1782 年）建，在光绪元年（1875 年）进行维修，位于龙泉村六组，海拔 841 米。寺庙长 19.5 米、宽 13.88 米，占地 270.66 平方米。坐东向西，单檐悬山顶，铺盖有小青瓦。上殿有 25 尊造像，佛台正中有一碑，碑宽 0.67 米、厚 0.61 米、通高 2.18 米。碑右侧题记：乾隆二十四年（1759 年）。下殿大门口前 2.3 米处有石雕狮子；下殿面宽 2 间 7.45 米、进深 1 间 4.78 米。遗址基本结构完整，上殿造像均整改，唯有一石碑未动，下殿重修，石狮镀金。

传说明朝正德年间，一妙龄女子借居于龙泉一林姓的老太婆家，年方十七八岁，外貌很美，问她的姓名，笑而不答。女子性诙谐，不懂农家活，每天以剪花调笑为乐，空闲时眺望于岩壑间，折草本木本无数，铺设案上以为样板。照样剪裁，与草木原样没有什么差别。新剪之花堆积得满桌都是，过几天就辞别而去了。临走前女子对老太婆说："不可对外面的人说哟。"第二天天亮时，老太婆发现新剪之花光彩夺目，感到很惊异，拿来一看，里面有一种像耳环的花，非常漂亮而且发亮，炫人耳目，把晚上都照得如同白天一样。远远近近的人听到这件事，都聚集到这里观看，林老太婆家门庭若市，不绝如缕。人们怀疑那女子是仙女下凡，花耳岩由此得名。林家旁之寺庙因此得名花岩寺，现已由当地村民捐资培修一新。

相传 1861 年之秋，太平天国农民起义军翼王石达开曾经到此考察，准备在此地建立根据地，后人为此写下《七律·花岩寺》一首：

花岩雄伟跨黔川，景色宜人岂偶然。
巧刻双狮中外少，天生叠嶂古今传。
浩然日也昭然月，肇自清兮创自黔。
惹得游人争美赏，达开曾此写诗篇。

搜集整理：蒋焰，男，59 岁，三江街道文化服务中心工作人员。

仙姑洞

《清道光綦江县志》载：狮子岩"周约三里，中有仙姑洞。相传仙姑王姓，旱岁祷雨，立应。洞侧一庙，石壁旧镌'别有天地'四字。"

仙姑洞是"仙姑洞庙"的简称，始建于清道光三年（1823 年），位于海拔 1100 米的龙台村 5 组（小红岩）。该庙坐北朝南，占地长 8 米、宽 5.5 米，建筑面积 44平方米。庙为石木结构，单檐悬山式屋顶，小青瓦屋面，宽 4.75 米、进深 5 米、通高 4.3 米，庙内有石刻造像 9 尊。该庙左侧墙写有“行地无疆”几字，右侧墙体掉落，大门于近现代重新维修过。

仙姑洞庙左边悬崖间，有一直径约 2 米的天然石洞，泉水汩汩而流，终年不息。据进过此洞的村民讲，他们曾在洞内 5 个钟头，因为岔洞太多，终未找到源头和可出去的洞口而折返。考察中，原“仙姑洞”的石刻碑题被拆损后，复建者又将其镶嵌在洞边的仙姑洞庙的侧壁上，仿佛仍在见证着那个古老而凄美的传说。

据传高庙的人和村马家岗，有一王姓的大家族。王家人虽多，但算不上大富财主，皆以耕读传家。祖辈信佛，儿孙光大，渐成世家，徒子贤孙门客如流，四里八乡要做个什么道场之类，便首请王家先生。王家姑娘则专修女红，王家闺女德貌出众，美名传遍乡里。到了二八年龄，媒婆摩肩接踵，踏破门槛。可那姑娘早受佛文化熏陶至深，一心向佛，更立下了出家之志，对婚嫁之事置若罔闻，从早到晚，藏于闺楼，叨念佛经。长此以往，渐至不吃不喝，终于倒床难起。一天，家人上楼探视，竟空无一人，不知所踪，虽连夜寻觅，终未见影。

过了一年，王家的一个亲戚到高青龙台寺还愿烧香，在路过深山中一个岩洞时，猛然看到一个素衣女子正端坐在洞内一墩岩石上梳理长发，形若仙姑。仔细一看，却是王家遁迹一年的姑娘，正待唤她，那姑娘身影竟云消雾散般隐去。

“王姑娘成仙了”的消息不胫而走，顿时传遍十里八乡。人们开始来到王姑娘现身的岩洞烧香祈愿，竟都十分灵验，便在洞口立了“仙姑洞”的碑刻，还建了神龛神像，长期顶礼膜拜。

每到大旱时节，总有乡民到“仙姑洞”祷告祈雨。据说在民国三十一年（1942）春末，久旱不雨的庄稼奄奄一息，秧苗也无法栽插，大地一片枯黄。高青、龙台等地乡民几百人，来到仙姑洞前祈雨两天，第三日便下起了滂沱大雨，令万物得以复苏。

搜集整理：蒋焰，男，59 岁，三江街道文化服务中心工作人员。

迴龙庄

迴龙庄位于三塘村鱼鳅凼，海拔 635 米，坐东向西，始建于清道光十五年（1835 年），经三年完工，占地 8100 平方米，是清贡生邓梅锋住宅。

庄园外圈用条石砌成高 3.5 米的围墙，围墙圈内长宽 90 米，呈龟形，总耗银三千余两。住房有上下厅，两端各有天井，形成一正两横的建筑布局。建有左右两道朝门和歇山顶。右朝门还建有两道内外石阶各七级。因年久失修，住宅损毁严重，住房原貌也基本看不清了。现存北围墙约 30 米，尚遗有朝门基石、石阶和呈八字排列的两块碑状石雕和基石。东北角存有原围墙 2 米左右，1.5 米高的石头上有主人“迴龙庄”题刻，记述了住宅的修造时间以及耗资数量。住房约占总占地面积的三分之一。宅西

150 米处有一溶洞口，据传溶洞可通至正堂之下，还可听到堂内说话的声音。清泉水从洞内流出，在洞口积一小水凼，凼内鱼虾成群，供人们缺水时取用。洞口上方 1.5 米高处石岩上刻有邓梅锋于道光十八年（1838 年）夏题写的“龙泉洞”三个字。洞口附近溪河滩石上曾刻有两个象棋盘，是盛夏纳凉的好去处。

迴龙庄主人邓梅锋，家财殷实，是拥有方圆三里田土的地主，家有丫鬟、长工数十人，乃当地首富。其人本为贡生（秀才中成绩或资格优异者，升入京师的国子监读书，称为贡生)，才学过人，蜚声乡里。相传綦江知县邓仁堃（人称邓小伙）是一位熟知风水之士，经常云游四方，指点阴阳。据说邓仁堃还曾到邓梅锋家看过风水，其传说妇孺皆知。

清道光年间，邓仁堃闻听邓梅锋文财兼具，猜想邓梅锋居所必是一方风水宝地，便来到鱼鳅凼考察，发现邓梅锋住宅前右方 130 米的水凼中有一条巨大的鱼鳅，周围还跟随着成群的鱼、虾等水生动物。邓小伙见此情景，确认鱼鳅凼是一块能富能贵的风水宝地，顿生妒意。邓小伙向邓梅锋说：你这座庄园以青龙为岸，风水极好，如今之富有和名气，全仰仗这块难得的风水宝地。但是，你的建设尚未到位，应该如此这般地配齐设施，才能发挥出宝地的全部作用，使你更加大富大贵……

邓梅锋笃信这位“家门”①县令的指点，于是遵其嘱告，按照他所教的方案，依次修建了一正两横住房，形如龟状的石围子②，左、右二朝门，正前方立了一块高 1.5 米的四棱碑（以乾位为主)，凼的四周建了 48 个长宽 2~3 米、高 2.5~3 米大小不等的石堆，堆上各栽一棵松树……

修造完成，邓梅锋满以为大功告成，沾沾自喜，单等鸿运天降。他得意地对丫鬟说:“蛮女，我这么多的钱，朗个才用得完哦?”丫鬟随口答道:“三朝人命两朝祸，就用得快。”邓梅锋听罢，当即打了丫鬟一烟斗:“话都不会说。”丫鬟蒙羞，当晚深夜，跳井而亡。

丫鬟死后，她的家人、族人来索人命，不依不饶，百余人吃住在邓梅锋家中，由此而钱粮耗尽，最后连住宅都卖给了罗姓人家，此案方才平息。据说，现在距住庄园东北 80 米远的蛮女坟，就是那个自杀的丫鬟坟。

有风水师解读说，邓梅锋的衰败就是邓小伙破坏其风水的结果。一正两横似冥屋，石围子就似冥用袱子堆。左、右朝门似道士头上戴的方巾，意为成天有两个道士作法。不让鱼鳅逃掉所修的四棱碑又似一把宝剑。48 个堆是壕，堆上松树似钉。以上建筑完工后，水凼干涸，鱼虾皆亡，邓梅锋家业也彻底易帜破落。

搜集整理：蒋焰，男，59 岁，三江街道文化服务中心工作人员。

①家门：同一个姓的平辈。
②石围子：围墙。

潜龙洞

狮子岩茂密的森林中，有几个砂石溶洞。狮子村狮子头至狮子岩水库之间的渝黔古道旁石壁上，有一深不可测的石洞，洞口高 1.8 米、宽 0.9 米，上窄下宽，俗称“罩子洞”，还有个说法叫“潜龙洞”，为沉积砂岩形成。

相传很早以前，东海有一犯天条的戴罪之龙，飞来狮子山上空盘旋。之后，停落在狮子头前的石柱峰上，抬头寻觅藏身之处，发现石壁上有一个洞，就飞进去，再也没出来。

还有一个传说是东海龙王大太子敖凡，他俊美出色、理智冷静、勤奋认真，是除了龙王外，唯一有权可以号令所有臣民的人物。

这一天，白龙太子云游至狮子岩潜龙洞川峡谷，留恋狮子山的美景，便安家在该洞中,“罩子”便是白龙太子呼气所产生的白雾。

“潜龙洞”岔道四通八达，据说可通狮子山顶、狮子山下和更远的仙女洞。有村民说小时候和伙伴们一起进过潜龙洞，一次从观音岩前的石缝出来，另一次从离狮子山顶森林哨所不远处出来。因为洞内漆黑一团，神秘莫测，慕名而来的好奇者总是瞻前顾后，畏缩不前，人们仅在洞口生发一番感叹后悻然离去，留下“潜龙洞”的神秘依然如故。

搜集整理：蒋焰，男，59 岁，三江街道文化服务中心工作人员。

金狮子

狮子头前有两座人形的石柱山峰，极像大头和尚。当地人说这两座山峰是两个逗着狮子玩的大头和尚。

从前有一个割草娃见一个阴阳先生拿着一块磨刀石走到“大头和尚”峰下，便好奇地悄悄跟了过去，在一旁偷看。阴阳用磨刀石在大头和尚峰下的石壁上到处敲，打开石门，走进去一会儿又出来，把磨刀石放在石缝里离开。割草娃从石缝里拿出磨刀石，在石壁上敲到 3 下，石门打开，室内金光闪闪，一对像兔子般大小的金狮子跳来跳去。割草娃吓蒙了，不知怎样关门，慌乱中把磨刀石扔进门内，石门关闭。后来，那位阴阳先生又来到大头和尚峰下，找不到磨刀石，打不开石门，拿不到金狮子。有人说，金狮子是镇山之宝，有了它，狮子山永远都不会崩塌。

搜集整理：郭扶镇文化服务中心。

神 蛙

狮子岩水库北边山上有一巨石，像一只蹲着的大青蛙，人称青蛙石，过往行人无不驻足观赏。关于青蛙石也有一个美丽的传说。

很久以前，郭扶大旱，狮子山下的张姓老汉挑着水桶四处寻水，忽见溪沟边趴着一只青蛙，心想有蛙的地方大多有水，仔细观看却发现溪沟是干的，青蛙也快渴死了。善良的张老汉想把青蛙带到有水的地方去，没想到刚把青蛙放进桶里，转眼间就有了满满的一桶水，他把青蛙放到另外一只桶里，又满了一桶水。回到家，张老汉把水和蛙倒进水缸，缸里的水一下子也满了，而且用之不尽。张老汉家有水了，乡亲们都到他家挑水。当地的李财主知道后，带着奴才们到张老汉家搜查，欲抢走神蛙。神蛙突然跳出水缸，朝着狮子山跳去。李财主见了，带着奴才们喊叫作一路追去。神蛙一步跃到岩上，向天哈气一口，顿时，乌云满天，大雨倾盆，山涧激流滚滚而来，顷刻卷走了李财主和他的奴才。神蛙因擅自使用法力下雨，解除旱情，又伤了人命，触犯了天条，被罚不准回南海，化成一块巨大的青蛙石留在了狮子岩上。

搜集整理：郭扶镇文化服务中心。

篆塘镇

鱼梁河

鱼梁河[1]从前叫鱼拦河。一道石梁酷似一条硕大的黑背鲤鱼横亘于河，把河水拦断，还一天天长高。这道石梁传说是一条修炼得道的鲤鱼精变成的，要长到与马口垭一样高，成为一个大坝，使郭扶高山河水在这里形成一个很大的湖泊，为皇帝塆的皇城配风水。如果要避免大片土地被淹没，必须阻止石梁长高，于是几十个石匠在石梁上凿槽，使其伤筋动骨不再往上长。可人们发现，不但头天凿下的槽在第二天早上就恢复了原样，而且石梁仍在往上长。

一天，一个叫花子跟石匠们说："你们不要再白费力气了！若要石梁不再长高，用火烧即可。"说完，就不见了踪影。他们如法炮制，石梁果然不再长高，凿的槽也留了下来，至今犹在。

当地还有一个传说，在鱼梁河的鲤鱼精企图拦河成湖之时，二郎神也赶来帮忙。二郎神从很远的地方用金鞭赶着成千上万的乱石到了郭扶彭家岩，他想趁着黑夜赶石到鱼梁帮助鲤鱼精筑坝建湖，为皇帝塆的皇城配风水，并在湖外修建皇城的外城墙。观音菩萨和川主急忙赶来阻止。正当二郎神拼力赶石时，他忽然听见鸡鸣犬吠，以为天将亮了，便弃石而逃，慌乱中还在一墩巨石上踩下三个深深的脚印，人称"神仙脚印"。二郎神赶来的石头和他的脚印至今还留在郭扶彭家岩。

搜集整理：篆塘镇文化服务中心。

宝地莲花坝

篆塘镇陶家村的莲花坝声名远扬，那么"莲花坝"之名有何来历呢？

相传一百多年前的一天，养鸭为生的罗海清正在此地放鸭，雨过天晴，空气格外清新，树叶被雨水冲洗得泛着油光，庄稼和小草更是青翠欲滴，鸭群也兴奋地在田里嬉戏……

罗海清正在悠闲地欣赏着雨后美丽的田园风光，但见前方田野里突然升起一股五彩的雾气，那雾气悠悠地上升，约摸高过一人头顶时，竟然向四周分散开来，形如一朵美丽的莲花。

"莲花"越变越大，越升越高，却不曾变形，阳光照在"莲花"上，整朵"莲花"

①鱼梁河：现属篆塘镇。

光彩闪耀，真似观音菩萨的莲花宝座放佛光。罗海清被眼前奇异的景象惊呆了，就连整个鸭群也像迎接仙人下凡似的，安静地对“莲花”行“注目礼”。四五分钟后“莲花”终于高过山顶，消隐在灿烂的云霞中。罗海清迫不及待地向村民们描绘了这番胜景，乡亲们认为这是观音菩萨显圣，相信这“莲花”会给他们带来吉祥和幸福，遂将此地起名为“莲花坝”。

莲花坝地势平坦，两道清溪曲曲弯弯将它包抄环绕，坝周紧密环绕着层层陡立的山峰，两者结合，“莲蓬”与“莲瓣”形神兼备，民间风水先生点莲花坝为“莲花穴”风水宝地。

平常小溪中的水凼不少，圆形的也多，莲花溪中的锅儿凼形状很奇特，它太像一口锅，所以得名“锅儿凼”。更奇的是，锅儿凼的石头会走路。锅儿凼里有一方巨石，大约2 米见方，本来立在锅儿凼里侧“锅边”坎上，一场洪水过后，人们发现它移到锅儿凼里来啦。后来，又一场山洪过后，这方石头竟然又跑到锅儿凼外侧的坎边上立起了。当地人都觉得很奇怪。是啊，得多大的水，才冲得动这么大的石头移位呢?

搜集整理：篆塘镇文化服务中心。

礌子①潭

莲花溪上游有小礌子潭、大礌子潭。莲花坝的人发现，每到久晴欲雨的时候，潭底就发出低沉的“霍霍”声，就像有人在推“礌子”一样。莲花坝地区的土地经不起干，只要连续晴上一段时间，村民们就盼着这“霍霍”之声。对于水潭准确的气象预报，村民很好奇。1962 年夏季天旱，人们抽干了潭中的水来灌溉庄稼，发现潭底有巨石，形如礌子，于是人们恍然大悟：原来有“礌子精”啊，难怪时常发出“霍霍霍霍”的声音呢！于是，人们就将这两个潭称作礌子潭。渐渐地，就传成了“雷子潭”。

搜集整理：篆塘镇文化服务中心。

分　水

民间盛传“分水是根金扁担，地势高，出人才”。意思是分水地区风水极佳，这里曾经诞生过陈翰林这样的大官，说不准将来还会有“大官”在这里诞生呢！这个传言

---

①礌子(léi)：旧时碾米设备。

被当时的县太爷“邓小伙儿”听说了，邓小伙儿是一个对“风水”极有“研究”的人，他寻思着穷乡僻壤的会有啥风水，决定亲自到分水察看虚实。

到了分水，邓小伙儿沿着当年的盐茶古道在分水地区走了一遭，只见这里山山岭岭如游龙走凤，山形地势的奇妙组合形成了好多风水宝地，的确是“地灵人杰”之所在，尤其分水“金扁担”更是名不虚传。邓小伙心里顿时打起了小九九，他想，这里大官出多了，一个接一个荣归省亲时，我这个小县令必得磕头作揖地接待他们，岂不是太累了吗？再说，官高一级压死人，要是他们的家人亲属飞扬跋扈违法乱纪，官员们却要以特权来干涉我处理，我岂不难办？不如毁了它吧！

分水岭的老百姓向邓仁堃诉苦，说分水岭如何如何干烧，如何如何贫穷。邓小伙儿说：“分水岭是一根‘金扁担’，担的是金是银，然而扁担太斜了，金银能担稳当吗？应该给金扁担两头打两根‘柱’撑着，扁担才担得稳当。”百姓都认为县令大人说得在理，于是在分水老街南北两头一边立了一块 4 米高、3 米宽的石碑，碑上记载整修古道功德，碑下两边各伏一个 1 米高的石狮守着。普通百姓不明就里，很高兴地将这两块碑叫作“大碑”。

后来有方士路过，见分水金扁担两端竟然各蹲伏着一只石狮，不禁连声叹息，他说，“金扁担”本是可以挑着世世代代的乡民走向富贵繁荣的，但如今被两只“狮子”守候着，又被“石桩”固定，完了，这里的风水已经被破坏了！老百姓这才发觉上当了，风水被石碑石狮破坏了，得赶紧将它毁掉才行，可是，普通人也不敢擅自动它用它啊。1964 年分水乡修政府大礼堂，人们就把北面的大碑基脚下石包打了，做修建礼堂的地基石，大碑就倒下摔断了。而南面那块大碑，也于文化大革命中被损坏。

大碑消失了，“金扁担”又闪悠闪悠①上路啦！

也有人说，邓小伙设计破坏分水金扁担风水的“石桩”是分水金土地的陈翰林功德牌坊和东溪镇镇紫街的一座节孝牌坊。

搜集整理：篆塘镇文化服务中心。

赶石填海

鱼栏河边的人们，流传着这样一个动人的神话：

传说远古时期，阻截上游的鱼梁石越长越高，上游的水流不出去，越积越深，眼看就要变成汪洋祸害百姓。玉帝密令二郎神杨戬从贵州赶石头来此填海救急，告诉他不可怠慢，务必一夜赶到，第二天鸡叫时分回去交差，一旦天亮将会法术失灵。

事不宜迟，二郎神赶紧做法将石头变作一群会跑的猪儿，连夜赶着它们启程。观音菩萨在半道看见了他们，不知就里，观音菩萨很生气：人家贵州正在闹饥荒，你二郎神怎么还要将贵州人的“猪儿”赶走？天机不可泄露，二郎神也不便向观音菩萨解

①闪悠：〈方〉形容扁担上下扇动的样子

释什么。当二郎神他们行到郭扶镇彭家岩时，观音菩萨情急生智，装起了鸡叫。“鸡”一叫，二郎神的赶石法术顿时失灵，“猪儿”们纷纷变回了石头真身，再也走不动了，至今仍然密密地卧在彭家岩一带呢。

搜集整理：篆塘镇文化服务中心。

白岩寺

传说白岩寺最初的修建规模并不大，只是一个极小的寺庙，后来一姓雍的人士倾其毕生财富修缮，白岩寺的规模才得以扩大。可是那姓雍的为什么连自己的子孙后代都不顾而将全部财产用于修建寺庙呢？

时间得追溯到顺治三年（1646年），中国明末农民起义领袖张献忠在四川进行残忍至极的大屠杀。当时的重庆没有幸免于难，大西军士兵个个都成了杀人恶魔。《蜀难叙略》载：“搜各州县山野，不分男女老少，逢人则杀。”能侥幸活下来简直是奇迹，雍家兄弟俩便是其中两个幸运儿。

大屠杀时，兄弟俩正躲藏在葡萄村自家对面的一个隐秘的岩洞里，屠杀持续了三天，他们没敢离开岩洞半步。等他们确定安全了爬出岩洞，周围已经没有别的活人了，似乎整个世界就剩下兄弟俩。他们便以自家“学堂板”为界，“学堂板”以上直至古岐山方圆几公里的土地归弟弟所有；“学堂板”向西地势往下几公里的土地归哥哥所有。

湖广填四川后，兄弟俩成了家，哥哥生了4个儿子，弟弟却一个孩子也没有。弟弟寻思着自己的家产该让谁来继承呢？当然是“肥水不流外人田”了。于是弟弟到哥哥处抱养了一个孩子，他期望着把这孩子养大后，自己就可以后继有人了。然而，天不遂人愿，抱养的孩子不久夭折了。弟弟那个伤心啊，哥哥看在眼里，急在心头，于是哥哥又把自己的儿子送了一个给弟弟。但是不久以后，第二个抱养的孩子也不幸夭折了。弟弟又到哥哥那里抱养了第三个孩子，本以为这下不会有意外了吧，可谁知这第三个仍然夭折了。

接连夭折了三个孩子，哥哥再也不愿把唯一的孩子让弟弟抱养了，而且埋怨弟弟养死了他的孩子。可是弟弟却委屈了，他抱怨着：“我抱养你的孩子是为你的孩子着想，等我死了以后，我把所有财产全都留给他，这难道不是让他享福吗？他们夭折只能怪他们没这福分，岂能怨我？”这兄弟俩的关系便如此闹僵了，弟弟也不再打算养孩子，他索性将自己的田土变卖了一部分，余下的全部捐给了集体。而变卖田土的资金，他决定给自己积德行善，以期望来生多子多福，所以他把资金全都捐给了白岩寺，用于白岩寺建设。有了这笔巨款，白岩寺得到了极大的发展。

搜集整理：篆塘镇文化服务中心。

显灵寺和白岩寺

篆塘镇的显灵寺和白岩寺相距不过几里路，明末清初，住持僧分别是周印囲[1]和桂印囲，二人功夫了得，篆塘镇民间至今流传着他们的故事。

渡沙村修“显灵寺”时用了十根巨大的石柱——直径近一米，高七八米，当时并没有起重机等先进工具，只有靠人力安装，然而人们费了九牛二虎之力就是不能将石柱子竖立起来。周印囲正好经过，见此情景，往手心里吐了口唾沫，搓了搓手掌，抱着柱子“嗨”的一声低吼，石柱一下子就立好了。人们直赞周印囲功力高强，法力无边，请他做了显灵寺主持。

这事传到白岩寺住持桂印囲的耳里，白岩寺可是一座大寺庙，住持岂肯落人之后？一天，桂印囲与周印囲在白岩寺前悬崖边对面相逢，桂印囲不动声色地轻轻一蹭，就飞上了离地十来米高的崖壁大洞，坐在里面乘凉。他的用心，周印囲自然心知肚明，但他不动声色。

白岩寺庙里祭祀，需要在不同地点买新鲜的水果 48 斤，桂印囲一个早晨便到 48 个场镇买了回来。令善民信众大为惊异，桂印囲的故事也在民间渐渐传开了。

两座相邻寺庙住了两位高僧，也还相安无事。但是，两位高僧都不与附近民众摆谈，神神秘秘的，谁都不知道他们各自的来历。不知什么时候，他们又相继云游未归，只有他们斗功的故事，流传了下来。

搜集整理：篆塘镇文化服务中心。

珠　滩

珠滩河早先名叫“猪溪沟”，只因綦江河与郭扶河接壤处，有一块 3 米见方的猪独石，形似一头站立的猪。

一日，当地一船夫听一游方僧人说，从猪嘴下去到猪肚里有宝藏，遂想把船停靠了带工具去取宝藏，为了不让人捷足先登，就先拿一块大石头堵住了猪嘴的洞。等他停好船后回来一见，石头和猪嘴已长在了一起，怎么也打不开。此后，船夫逢人便说此事，大伙听说后，皆认为此处乃风水宝地。

后綦江县太爷“邓小伙”听说后，亲临现场考察了一番，以此处需建滩坝防洪和

①印囲：是出家人的一种职级。

灌溉农田为由，命人把猪独石粉碎，建设了滩坝。此地因而得名“猪滩”，因猪字不雅，遂取谐音“珠”，珠滩之名由此而来。

在抗战时期经过导淮委员会綦江工程整治后的珠滩，河床宽阔，水流清浅，滩上细浪翻滚，恰似一滩白亮亮圆溜溜的珍珠在蹦跳，珠滩之名，真是名副其实。

搜集整理：篆塘镇文化服务中心。

莲花穴与牛肠坡

篆塘镇古岐村有两座水库，相距咫尺，老水库叫“鼓池”，1952 年新修的那座就叫“古岐水库”。古岐水库库区正中那块地原来叫“大烂巴儿”，是直径 60 米的圆形水田，这是传说中的“莲花穴”。水库周围的山峰一座连一座，大小均匀，层层叠叠，是“莲花的花瓣”。“莲花穴”中稀泥软如豆腐，很久以来，没有人敢踏入此地。

传说“莲花穴”开过“莲花”。当时，有一老汉正在那里犁田，只见田里水打了几个旋旋，骤然间冲起一股水柱，直射向天空。老汉受了惊，撒了犁想逃，却浑身瘫软，心里叫作“妖怪妖怪”，张着嘴却发不出声来。

中午时，家里人来喊他吃饭，人却不知去向。结果，十多天后，在莲花穴出现了奇特现象——那老汉的衣服挂在犁把上，人和犁头同在一起，牛已僵尸不动，再细看时，牛肠子都不知道被什么掏空了。后来，有人在不远处发现了一段牛肠子，那牛肠子立即化作溪流直泻山下，那山由此得名“牛肠坡”。

搜集整理：篆塘镇文化服务中心。

篆塘珠滩“仙女洞”

仙女洞位于珠滩 9 社照贵崖上，靠近山顶，倘若登山锻炼，这里倒不失为一绝佳去处——山高路陡，景色艳丽。

该洞南北走向，南面洞口约一个普通房门大小，可以俯瞰篆塘大地，走进洞内，顿觉山风习习，真有“高处不胜寒”的感觉。洞内空间约为 120 平方米，地面较平整而倾斜，中部躺着一块 5 米见方的扁平石头。洞的顶部由两块巨大的石头紧靠拼接而成。在洞的北口有一道建造得很牢固的“寨门”。从寨门向外眺望，可以清楚地看见古剑的山形地势。仙女洞早年曾用为民众避难之寨，也曾被土匪占为据点。早前来这里观赏的人说洞内甚至有些碗筷等遗物。

这个洞为什么叫仙女洞呢?

据说，在附近的一个村子里有一个姓王的富裕人家，养一姑娘人称王姑。王姑藏在深闺饱读经书，一心向佛，矢志不嫁。一日有媒人来家中提亲，家人同意了。王姑就绝食抗议，七天七夜之后，王姑消失不见了。后来，邻居在几十里外的山洞中看到了她，当时，她正坐在洞中那墩大石头上梳妆。家人闻信而访，却没有见到王姑，只见到了她的妆奁，洞内还有许多碗筷，家人顿时明白王姑已成仙，不再打扰。消息很快传扬开去，人们将此洞称作“仙女洞”。此后，附近百姓经常去洞内借碗筷，使用后归还，但不能沾油，沾油后归还就会消失不见。

搜集整理：篆塘镇文化服务中心。

红岩洞

篆塘镇民丰村象鼻子山背后半山坡里有个村庄，这里山势陡峭，悬崖绝壁众多，而且石头是红色的，因而得名“红岩”。在最红的那片悬崖中有一个山洞，洞口凹入较大，人称“红岩洞”。

红岩洞顶上有条小溪，溪水从红岩上飞泻而下，跌落深深谷底发出啪啪的巨响，红岩洞空穴来风，不仅将一些水吹得如烟似雾迷迷蒙蒙，还将流水声传得很远很远，加之这里草木繁茂浓密，行人极少，故偶有涉足者无不感到阴冷之气沁肌寒骨。

就在这人迹罕至的地方，却藏着罕见而名贵的中药材：在距石岩顶端 3 米的凹入处，长着一丛不起眼的紫色小树，从远处看去像一只巨大的蜘蛛爬在岩石上，这就是“石蜘蛛”[①]又叫“石松”；在距石蜘蛛不远处的石缝里有一株阔叶草本植物叫“岩白菜[②]”；在岩白菜旁边还有一个马蜂窝，这可不是一般的马蜂窝，它有形如“纺锤”的蜂房，而且它只挂在高高的悬崖洞顶，叫“岩蜂房”。这三种东西与羌活、独活[③]一起煎药服用，是治疗瘫痪病人的灵丹妙药。

尽管当地中医众多，却从未有人敢冒险去“取”它们。因为这里有一个传说，令谁都不敢“与神抗争”。

相传，早年这里就有很大一丛石蜘蛛长在高高的悬崖上。石蜘蛛集天地之精华、

---

①石蜘蛛：中药名。又名滴水珠等。为天南星科植物滴水珠 PinelliacordataN.E.Br.的块茎。分布于安徽、浙江、江西、福建、湖北、湖南、广东、广西、贵州等地。具有解毒消肿，散瘀止痛之功效。常用于毒蛇咬伤，乳痈，肿毒，深部脓肿，瘰疬，头痛，胃痛，腰痛，跌打损伤。

②岩白菜：虎耳草科，岩白菜属多年生草本植物，高可达 52 厘米。分布于中国四川西南部、云南北部及西藏南部和东部。根状茎粗壮，叶均基生；叶片革质，先端钝圆，边缘具波状齿至近全缘，基部楔形，两面具小腺窝，托叶鞘边缘无毛。

③羌活，中药名。别名羌青、护羌使者、胡王使者、羌滑、退风使者、黑药，伞形科、羌活属植物，多年生草本，高 60~120 厘米，根茎粗壮，伸长呈竹节状。根颈部有枯萎叶鞘。茎直立，圆柱形，中空，有纵直细条纹，带紫色。其性温，解表散寒、祛寒湿，用于外感风寒、头痛无汗、寒湿痹、上肢风湿疼痛。生长于海拔 2000~4000 米的林缘及灌丛内；分布于中国的陕西、四川、甘肃、青海、西藏。独活，中药名。为伞形科植物重齿毛当归的干燥根。春初苗刚发芽或秋末茎叶枯萎时采挖，除去须根和泥沙，烘至半干，堆置 2~3 天，发软后再烘至全干。用于风寒湿痹，腰膝疼痛，少阴伏风头痛，风寒挟湿头痛。

日月之灵气，竟然长了五尺高，老中医们一看就想采摘这极为罕见而珍贵的药材。可是在石蜘蛛旁边石缝里偏偏住着一窝马蜂，碍于岩石太险，又有马蜂的威胁，谁也不敢贸然去摘取石蜘蛛。后来有几位胆大的医生决定合作采摘“石蜘蛛”，他们一个个全副武装，以免遭到“马蜂”的袭击，然后从山崖顶垂下一条异常结实的长绳，一些人护着长绳确保安全，一人顺长绳滑下去挖石蜘蛛，另一些人则在远处指挥怎么挖。刚开始挖石蜘蛛时，远处指挥的人就发现了奇怪的现象——对面山崖上的石蜘蛛竟然变成闪闪发光的金色树了。他急忙叫伙伴停止“挖树”，可是伙伴却不以为然，因为他没发现有任何异常，依然继续使劲挖着。石蜘蛛却长得很牢，丝毫没有松动之意。这时，指挥人亲眼看见有一只巨大闪光的马蜂伏在长绳上使劲咬着长绳，似乎要把长绳咬断似的。其他人却根本看不见那只闪光的马蜂。指挥人的心都提到嗓子眼了。这时，石蜘蛛上一片叶子飘落了下去，指挥人看见那片叶子已经完全变成金色的了，正遗憾间，不知哪里飞出一只乌鸦，呱呱叫作飞来，恰好接住叶子飞走了。挖“石蜘蛛”的人明明看着叶子掉下去了，却就是找不到那片抖落的叶子，顿觉得蹊跷，连忙停止挖树，攀上了崖顶。待定神细看时，那结实的长绳已经被“咬”断三分之二了，幸亏上去及时，否则就将葬身山谷里了。同行者皆觉神奇，看来那株石蜘蛛是沾了“仙”气的，惹不得。从此以后，再也没人敢去采摘它了。

搜集整理：篆塘镇文化服务中心。

叫花桥

叫花桥位于篆塘镇群乐村柑子垭，早年“川黔盐茶古道”之上。这是一次修筑而成的三座小石桥，三座桥两端相距约 60 米。靠南的这座，桥面由两块平铺的厚石板组成，桥宽约 2.5 米，长 4 米，横跨在约 3 米高的小溪沟上，桥下两端均为石砌的桥墩。另外两座桥的规格与之相差无几。

叫花桥为何人修建？何时修建？现已无法考证。之所以叫“叫花桥”，民间还有一个感人的传说：

在古时，修桥铺路属于一种民间善举。当时为了修建这三座小桥，牵头人派了专人到四乡八邻“化缘”集资。眼看预定的施工吉日到了，但集资款还差了一点儿。按当时的民俗，没筹齐钱款就开工的话，桥用起来是不吉利的，为人所忌。怎么办呢？工匠们带了工具，守着选定的桥址，一筹莫展。这时，恰好一位叫花子从这里经过，听了人们的议论，就掏衣翻兜起来，匠人们默默地等待着有钱的过路人来认捐，谁也没在意这叫花子，不成想叫花子竟然摸出了一些钱，默默地放在募捐箱里。在场的人心中一震，再一数钱，真神啦！叫花子捐出的钱款，一分不多一分不少刚好凑足预计的数额。叫花子捐钱数额并不大，但人们都认为这叫花子的行为非同凡响，甚至认为是神仙化身下凡来促成修桥这桩善事，为了纪念，便将此桥命名为“叫花桥”。

有人推测，叫花子捐款的可能性小，可能是当时为了修桥，除了向大户募捐，牵头人还得安排人四处“化缘”，就像叫花子乞讨，所以叫“叫花桥”。

搜集整理：篆塘镇文化服务中心。

分水卡

早先,“分水岭”叫“大圣场”。整个地区在半山之中，远离大河，中脊部地势较高，凸突成“岭”，上部及两侧坡度大，难以保水，是个经不住天干的地方，几乎整个地区的农田灌溉及居民生活用水都靠位于“岭”上方的象鼻山供给。

象鼻山以前叫石嘴山，从郭扶大田坝高山有凉水顺沟而下来至这里，一年四季不断流淌，自古以来就是附近村民生产、生活用水的重要来源。

象鼻山下两侧分别住的黄姓人和杨姓人，长期因为争水打斗，死伤无数，而且越到枯水季节争斗越厉害。清朝道光年间，县令“邓小伙”邓仁堃微服来到这里巡察，正巧碰到两姓人争斗。为了彻底解决此事，县令想出办法，叫他们修了石堰引水，再在堰里居中砌了一个长 2 米、宽 1 米、齐水渠高的石卡子。石卡子呈箭头形状，把凉水一分为二，顺渠流向山下两侧，让两边居民共享水源各得其利。还在曾经因争斗打死人的地方修建了“泰山石敢当”，用于辟邪和祈福。分水卡分水公平，两保百姓也各守规矩，象鼻山下再也没有发生争水打斗之事。“大圣场”因此更名“分水岭”。

如今，新中国成立后兴修的象鼻山下作坊水库清波漾漾，而分水卡早已停止了工作，在和平与幸福的生活中，爱民县令巧设分水卡的佳话，随着“分水岭”的地名必将流芳百世。

搜集整理：篆塘镇文化服务中心。

学道爱人碑

学道爱人碑位于篆塘镇盖石洞古码头，为光绪十五年民众所立，用以纪念当时綦江县令赵履瀛重视教育、投资文教的事迹。

赵履瀛，字默斋。安徽泾县孝廉出身，光绪十一年四月上任綦江县令，光绪十八年卒于任上。赵默斋方正劳绩，性宽和，善视绅粮。据《四川綦江续志·卷一》记载，赵履瀛尤其重教育，不惜投资培益文教，主持改修瀛山书院建森宝楼。赵默斋去世后，綦江人感其管治有方，教化得道，德政安里，在瀛山书院森宝楼建赵公祠纪念他。

这赵履瀛的确是任好官。那么，这水道之畔的颂碑是就其德政泛泛而立呢，还是与盖石水运息息相关？这块碑与“永定帮规”同处一石紧挨一起共用边框，凿刻风格一致，两者似乎是一次而成，是一件工程的两个部分。再联系码头石阶梯下落款为“光绪十四年八月十八日”的政府告示碑刻内容来看，当年组织治理盖石水运码头河滩，惩治无赖宵小，整饬水运秩序，造福码头的船户及脚夫的当时县级父母官，也正是这位赵县令，可见是百姓感戴父母官“学道爱人”而立颂碑。

可是，关于这面颂碑，在盖石民间，却众口相传着一个悲剧故事：当年，渡沙村里有一个赵姓女子，美貌如仙，身段高挑，皮肤白净，五官俊美，最为特殊的是，她天性清静，少年时即矢志于道学，长期吃素，决意不嫁夫家。可是天妒淑女，红颜薄命，当她二十来岁时，却被流氓玷污，毁了清白。赵氏女愤而投河自尽。后来，村民感其贞烈，立碑纪念。

可是，从“学道爱人”碑刻内容看来，两者风马牛不相及。赵贞女的故事或许纯属虚构，众口铄金以至讹传；或许确有其事另有其碑，或者无有实碑却有口碑，以至两者相混。

很有意思的是,“学道爱人”的“爱”字，上部“爫”换成了“中”，远远看去，整个字上部像“贵”，下部像“爱”。这就引起了许多人的困惑，不知到底认什么。当然还得认“爱”。金文和小篆的“爱”字，上面的“手”，扁口形，右边未封口，一竖中立，样子很像“中”。人们在这里将“爱”字写刻成这个样子，可能是异体字，也可能是书者灵感来了，激情发挥，将“贵”与“爱”两字相合，表达“爱人”即“贵人”的意思。

搜集整理：篆塘镇文化服务中心。

白坪石毛盖

白坪村在 1950 年土地改革前一直没有独立的地名，就直接叫“三保”，新中国成立后因为这里有个“白洋沟”“白岩寺”，加之山上比较开阔，故称“白坪”。白坪村共有五个社，1300 余人，一直隶属于盖石乡，2001 年 8 月划归篆塘镇。

在白坪村 1 社 210 国道旁，有一座小小观音庙，庙里除了供观音菩萨，还供了一块大大的圆石盖，像一口倒扣的大锅，人们叫它“石毛盖”。

这里为什么有一块圆石与观音菩萨一同受人供拜呢?

传说在某个村庄里面有户人家姓李，这家世代单传，然而小孙子却偏偏在十岁时莫名其妙地夭折了，孩子爹娘及爷爷奶奶哭得死去活来。孩子早已气绝多时，亲戚邻居们也都劝他家人节哀顺变，让孩子入土为安，可悲痛欲绝的父母就是不舍将其埋葬。

黄昏时分，众乡邻纷纷散去了，却有一位拄着拐杖的老婆婆走上前来。老婆婆自称偶然经过这里，听里面哭得甚是悲伤，所以进来问询发生了什么事儿。然后老婆婆要求看看孩子，其父母允许了，只见老婆婆掀开孩子头上的盖布，像在吹掉灰尘一般对着孩子的面部吹了两下转身便要离开，只听得一声呵欠，棺材里的孩子竟然将盖布掀开了。孩子死而复生，全家上下顿时喜出望外，方悟老婆婆绝非平常之人。主人拿出粮食和金钱答谢老人，可是老婆婆说什么也不接受他们的报答。后来拗不过主人，她便说："你们如果真要谢我，那就请给我一只棕口袋①，再在口袋里装一把腌菜即可。如果你们以后要去找我的话，请到'窑洞桥'找我，你们看见这个口袋就知道是我的家了。"

不久，孩子父亲备了厚礼前往"窑洞桥"拜访老婆婆。到了窑洞桥后一打听，当地居民谁也没见过这样一位老婆婆。他非常失望，正要往回赶时，看见不远处大石盖下放着一只棕口袋，再仔细一瞧，自己送的腌菜还装在口袋里呢。李家父亲急忙叩头谢恩，联想当时老太婆的慈眉善目之相，他想，一定是观世音菩萨显灵了，遂决定出资为观音菩萨修一座庙，又雕刻了一尊观音佛像供人们祭拜祈福，还把棕口袋上的大石盖也请到庙中一并敬拜。人们就将这里称作"石毛盖"。久而久之,"石毛盖"远近闻名，而"窑洞桥"之名倒被人们淡忘了。

人们都说这里的菩萨很灵，凡观音菩萨的生日或是过年过节之时，这里香火尤其旺。

搜集整理：篆塘镇文化服务中心。

船音寺

据《清道光綦江县志》载，船音寺在南关外三十里许，有巨石长丈余，其形如船，头尾舱柁无不酷肖。举人李英万的曾祖李儒乐同其弟儒意创庙覆之，并舍田业一契以作焚献。古昔相传，往往夜闻款乃声，故寺名"船音"。李英万敬题一联云：济苦海以慈航，望斯人同登道岸；听桡歌于清夜，愿大众永护珠林。

船音寺位于篆塘镇群乐村一片荒山半坡竹林之中。寺庙已毁，从遍地残破的遗迹来看，这是一座非常特别的寺庙。最奇特的是，寺庙供奉的主体并不是大众意识中的神佛，而是一方巨大的石船。石船长 5 米、宽 1.5 米、船帮高 70 厘米，两头弯弯上翘，船头尖尖，高达 3.3 米，船尾方方，高 1.3 米，船体表面平滑，弧度流畅。整个船体似月牙儿，又似老式农具铧口，稳稳地泊在寺庙中心位置平台之中。石船天然形成，头尾舱柁惟妙惟肖，绝胜人工，观者无不惊呼鬼斧神工、叹为观止。仔细观察，船体似从里侧石岩剥脱而来，石岩外壁轮廓与石船非常吻合。那么，是什么力量，让船体脱落后平移外侧 1 米多距离？

关于这方石船，当地村民中流传着一个故事：从前，住在山脚的人夜里总是听到屋外沟谷田里很喧闹，先是划船下行声，不久又似乎有许多人在抬着什么重物，"嘿咗

①棕口袋：用棕树皮缝制的口袋。

嘿咗”地喊着号子回来。第二天早上起来一看，沟谷那一湾田里种的庄稼全被毁了，地上只有一道宽宽的拖痕，从山脚直到赵家屋基四五里长。村民们白天补种上庄稼，夜里又被毁掉。连续几轮过后，村民们细察拖痕，恍然大悟，原来是半山上的石船晚上出游，因为沟谷只是水田，水浅，回程又是上行，是纤夫将船拖回，劳动号子声就是他们发出的。谁能拉得动那么大的石船呢？当然只有天兵天将啦。为了捍卫庄稼，村民们拿上工具上山打断了船首，这片沟谷才得以安宁。船头那点残缺，就是这样来的。

搜集整理：篆塘镇文化服务中心。

丁山镇

花果岛

丁山湖中有一岛，名叫花果岛。岛上树木葱茏，花果繁盛，这里流传着一个“花果”的故事。

花果岛盛产白果，又名银杏，远销川黔，闻名遐迩。相传花果岛上有一座金山寺，寺左旁有9棵高而大的白果树，每棵树高十余丈、直径一丈余，呈S形排列，树冠遮天蔽日，颇为岛增色。

有一年春天，花果岛的金山寺里缺粮，住持济生法师一筹莫展，思虑再三，认为只有那9棵大白果树还能卖百来两银子。于是召集僧众，说出庙中的困难和自己的想法。众僧听罢，虽心惜那九棵大白果树，但迫于生计，无计可施，也只好忍痛割爱，一致同意伐树卖钱。

济生法师遣人到村里找来20多个木匠，砍伐白果树卖。白果树为上等木材，材质致密，纹理细腻，赵财主意欲买下那9棵大白果树打造9口上等大棺材，以供族中长者及自己百年后享用。

赵财主把百两银子如数交给了金山寺的住持济生法师，法师于是设案焚香祷告，虔诚地向那9棵大白果树三鞠躬，然后祈念道：

“白果千年亦通灵，磨霜砺雪铸此身。

笑看人世非与是，无量功德救凡僧。”

之后，济生法师朗声曰：“众匠人听令，吉时已到，启锯伐树。”说来神奇，此言一出，晴空霹雳，振聋发聩，骇人听闻，众人相觑。随即日隐浓云，狂风大作，飞沙走石……惊悸之余，两个木匠，颤抖地把树根的石头移开就锯，孰料，虽用力锯了七下，却不见半点木屑，倒见鲜血淋漓。锯停下，一个个傻眼没了主意，都觉这棵白果树是神树，锯不得，伐了神树必遭神谴。不据吧，又觉得住持已付工钱。

大家正不知如何是好时，却见丁山坝王有道老人正划船急来。谁都知他是一个有声望的隐士，饱读诗书，上知天文，下知地理，为人正直，疏财仗义，为众人所钦。于是众匠人忙过来讨教，一个老木匠先开口，把金山寺住持济生法师卖白果树，树里流血的事给王有道讲了，最后还请求王有道老人为他们想一个两全其美之策。

王有道自幼生在丁山坝，家距花果岛三里许，常到花果岛玩，爱花果岛上的一草一木，爱花果岛上的一崖一石，对那9棵大白果树，更是钟爱有加。倘若要把那9棵大白果树伐了，可真如剜了他的心。

王有道知道，这9棵大白果树生长的年岁上千年，树长这么大，也是有灵性之物。他昂首向树上望了望，边掐指推算边对众僧和木匠煞有介事道：“今天我来，就是为救这9棵大白果树。昨晚夜深人静之时，我在书房研读《易经》，突然从门外飘然进来9位银发老翁，虽仙风道骨，但神色凄怆，他们对我双手一揖，‘扑通’跪下，哀求我救他们一命，我伸手把他们扶起，叫他们详述。他们泪眼淋漓道：

我本金山白果树，来自太白金星园。
千年之前下仙界，明日遭厄变作钱。

那9位老翁说毕飘然而去。我以为是南柯一梦，当时不太在意，也就上床入睡了。谁知刚合上眼，那九位老翁又来了，还是叮嘱我明天救他们，切记切记。一夜中，我将信将疑。今天早上，我就想看个明白，所以一大早就来了还真有这样的奇事！”

众僧与老木匠听后，深信不疑。济生法师即道：“罪过！罪过！教化众人保护神树。”

当人们再次把肃然起敬的目光投向那9棵大白果树时，刚才木匠锯白果树时流出的鲜血，已化着了红艳欲滴的簇簇杜鹃花，景色蔚为壮观，人们更是惊诧不已。

恰在这时，太白金星脚踏祥云而至：“白果本乃玉帝花园之物，因开蟠桃盛会无故落下一片叶子而被贬下界。仙界之物，一花、一草、一树皆有灵性，不同凡响，此岛有奇花杜鹃、异树白果，真乃‘花果岛’也。”话音刚落，人们还未回过神时，太白金星又倏地消失了……

王有道欣然道：“故里乡亲，花果岛若无花无果，那就浪得虚名了，我们从今一定要保护好花与果，使其永驻人间。至于寺中生活急困，由我倾力助之。”于是花果岛上充满了欢声笑语。

搜集整理：罗毅，整理时51岁，现为市级非遗东溪故事项目传承人。

金山寺

金山寺，原位于丁山湖花果岛之上，始建于唐贞观年间。金山寺坐北朝南，规模占地20余亩，建有三殿：即观音殿、大雄宝殿、弥勒殿。金山寺四周胜景有：“石龟苍烟”“半岛渔火”“巴黔风铃”“七峰夜月”“鹤麓斜阳”“杜鹃啼血”“松涛云海”等。

相传明朝惠帝四年（1402年）建文帝朱允炆避难驻金山寺，曾撰一联刻于金山寺正门，联曰“湖水洗尽千秋人物，阅沧桑因缘聚散悟空性；天风拂去万民俗气，倚佛教禅静止观觉有情。”因而引出一段段有趣的传说。

传说，建文帝早年来到金山寺，整天闷闷不乐，常见他在观音殿念经。有一天，建文帝在闭目念经时，方丈对他说：“经声急，乃浮躁；脑不清，心难静，念经何益？”建文帝闻言，如醍醐灌顶，豁然开朗。心想：“是啊，脑不清是失帝位所为，心不静是子被流亡所致。既然出家人四大皆空，何有怨恨哉？”他在佛教的包容和熏陶下，天长日久之后，帝位不保之怨化为乌有，太子流浪之恨抛到九霄云外。

有一年秋天，金山寺扩建正门，方丈想，谁书匾额、谁撰联？建文帝得知，就与方丈说：“由您书额，由我撰书联。”方丈说：“金山寺大门乃重要建筑，有道是‘额为上、联次之’，怎么能倒过来呢？”建文帝说：“我来金山寺没有发表过一次意见，这次不妨听我一次。”方丈说：“那就由你操办吧。”文由心生，建文帝便挥毫写下了前面那幅既有气势而又富有哲理的楹联:“湖水洗尽千秋人物，阅沧桑因缘聚散悟空性；天风拂去万民俗气，倚佛教禅静止观觉有情。”

有人说建文帝隐居金山寺，是等待时机日后回宫。他为金山寺撰联，是希望金山寺更加有名，香火更旺，僧人能有好的食宿。

搜集整理：罗毅，整理时 51 岁，现为市级非遗东溪故事项目传承人。

城隍庙

一

自古以来，城隍庙都建在城里，可在丁山虎脑山岭上却建有一座城隍庙。此山独矗山头，巍峨峻拔，庙前举目，可望数百里之遥。为什么这座城隍庙要建在如此偏远的山上？说来还有段来历呢！

话说明建文四年（1402 年），建文帝因避难在清剑沟饮水时，丢落了随身携带的宝剑，夜宿虎脑山土地庙，下旨命土地爷代为寻觅宝剑。

土地爷不辞劳苦四处找寻，探得宝剑下落，便托梦建文帝宝剑所在之地。翌日，建文帝取回宝剑，龙颜大悦，并赐封该土地庙土地爷为府城隍。据传，该土地庙始建于唐贞观年间，改为城隍庙时间为明嘉靖四十一年（1562 年）冬十月，由丁山帅氏带头捐助和集资而建。

相传，明永乐五年（1407 年）夏天，朱棣派数十名大内高手一路追杀建文帝到丁山虎脑山土地庙。这时，建文帝正独自盘坐在庙里念经，情势危急，眼看无法再逃。

追兵将至，建文帝急中生智，命府城隍用真气元神变作一只巨大的蜘蛛。刹那间，府城隍应声变成一只拳头大的蜘蛛，迅速织网将土地庙门遮得严严实实，而建文帝停止念经，躲在观音雕塑背后。不一会儿，杀气腾腾的官兵到此，欲进土地庙内捉拿建文帝。他们一看蜘蛛网罩门，又无丝毫破迹，认为建文帝已闻风潜逃。于是官兵又马不停蹄地向别处追去了。

搜集整理：罗毅，整理时 51 岁，现为市级非遗东溪故事项目传承人。

二

明朝某一年，皇帝和随从出来巡游，不知咋的被反贼知道了消息，派出一对武林高手暗杀巡游途中的皇帝。事出突然，皇帝的多数随从侍卫赶紧全力以赴对付杀手。皇帝的马受到惊吓，驮着他一阵猛跑。留下专职保护皇帝的几位侍卫完全追不上。

快马驮着皇帝跑了很久很远，直到跑不动了，皇帝才得以下马，牵着它走到一片茂密的丛林边时，大路分成了通往三个方向的三条，皇帝不知道该走哪条道。迷路的皇帝不知道该问谁，也不敢问谁，避开追杀保命要紧，只好牵着马走上往右面那条通往树林深处的道路。

走着走着，发现前面隐隐约约有个小村子。皇帝牵着马赶紧向村子走去。走到村口，他不敢贸然进去，怕中埋伏。只好在村口隐秘处观察，没看到村民，却发现村口边有一口井。早已经是人困马乏的皇帝口渴难耐，快步走到井边，井很深，井水清澈见底。皇帝赶紧拴好马，拿起井盖上的一只碗准备舀水喝。井沿离水面有点高，为了方便，皇帝就顺手把挂在腰间的宝剑取下放在井边。

皇帝喝完水，又喂了马。他不敢耽误时间，怕杀手寻迹追来，只好立即上马继续赶路。又走了好一阵，才来到一个小小的有些破败的土地庙前，庙旁还有一个打猎人的窝棚。这时天逐渐暗下来了，路也看不太清了。再看看前面，夜色下，茫茫的山连着山，看不到半星灯火。听着林中传来的不知道什么野兽的叫声，皇帝也不敢再往前走，于是下马进窝棚，准备等天亮再做打算。

站在庙前，皇帝借着微弱的月光打量里面，正前方不知道啥做的底座上有两尊泥塑的菩萨——土地公公和土地婆婆，菩萨前面还有一个矮矮的供台，上面有残存的香灰和蜡烛油，再无其他。皇帝顿觉无趣，只好钻进窝棚。虽然又累又乏又饿，可是夏日的晚间蚊子实在是多，他很久都睡不着。

不知折腾了好久，才不知不觉进入梦乡。恍惚间看见一个穿着有些破烂的，身材矮矮的老者坐在他旁边，轻轻地摇着手上拿的那一把破蒲扇，为他赶蚊子扇凉风，皇帝感觉从未有过的舒服。

一觉醒来，天也大亮，皇帝钻出窝棚，四周一看，哪有什么老者。只有那两尊泥塑的土地公公和土地婆婆，旁边还有一把破蒲扇，跟昨晚梦里的一模一样。

皇帝顿时明白了，原来昨晚是土地公公为他赶蚊子和扇凉风。眼看时间不早，皇帝也要上马赶路，去与侍卫会合，这时才发现宝剑不在腰间。他想起了昨天喝水时，把宝剑顺手放井边了。皇帝心里想着，宝剑肯定找不回来了。不过还是心存侥幸，于是立即策马返回昨天村口的水井。水井旁边，那把精美的宝剑依然躺在那里。

皇帝拿上宝剑正准备离开，忽然又听到村外他昨天奔来的方向传来了阵阵马蹄声，他赶紧提着宝剑牵着马躲进水井边茂密的树丛中隐藏。等到那队人马走近，发现正是皇帝的侍卫战胜反贼后寻迹而来，一切都转危为安……

皇帝回到京城，想起这一路的惊险，仍然心有余悸。又想到土地公公的勤勉和土地公公管辖的那个小山村的淳朴民风，很是高兴，于是就把那个小山村的原名清涧沟赐名为青剑沟，提拔那个土地公公为“监察司民城隍威灵公”，自然就把土地庙改建成为府级城隍庙。当然，这只属于荣誉城隍。

搜集整理：吴德凤，登瀛学校退休教师。

丁山狸狮三缘桥[1]

丁山镇狸狮坝谷底，有一条刘罗沟（现属狸狮村1社），因沟右边土地属刘家，沟左边是罗家而得名。沟上有一座建于乾隆四十九年（1784年）的单孔石拱桥，长16.3米，宽3.7米，高7.1米，至今已有237年。是古代川黔重镇东溪经狸狮坝到贵州泥坝、四川东胜的盐茶古道必经之路。

只有643米长的刘罗沟，地处高山台地河流源头，平时来水量并不大，过河不是难事。每年难得的几次山洪，在高落差的山涧，也要不了几个时辰，就烟消云散。

在大青石并不稀罕的狸狮坝，完全可以两端垒高礅，一石架东西，费不了多少银两，就可渡宝筏于迷津。何必在小沟沟上大动干戈兴建这座两丈多高、一丈多宽、近五丈长的“两岸融云天际消”石拱桥呢？

一、奔丧路上挤黄泉

刘罗沟小溪流，潺潺不息，在三缘桥下游100余米汇入镇紫河，滋养出两岸村民的祥和幸福。

绝大多数时日，过往山民简易跳礅过河，倒也轻松自在。走热了，还可以脚踩山涧水，顺便浇水洗脸，再喝上几口，清凉袭来，疲惫顿消，让这一程山路多一个希望。

但一到夏季暴雨时节，山上的水四面汇聚，似蛟龙奔海，波汹浪涌，咫尺两岸变天堑。胆小的妹妹只好在心里默默吼：“阿妹要过河，哪个表哥来背我？”

近的、闲的还好，可以原路返回等水消再过。远道而来的，急事必办的，心头那个堵，愁煞直跺脚。

乾隆四十七年（1782年）端午时节，狸狮村龚家老祖母仙逝，外嫁犀牛坝[2]张家的龚幺姑请了一蓫坐台[3]急打三翘地往娘家赶。

5名锣鼓匠加龚幺姑夫妻俩一行7人，在鼓、锣、钗、钹、磬的哀乐中跋涉一个多小时，奔到刘罗沟的时候，天已经擦黑。只见平时清澈温顺的山溪水，此刻却披着黄袍翻腾怒吼，争先恐后跌落前方悬崖，声似奔雷淹灭了对岸的鸡鸣狗叫。

如果在平时，大家可能就地歇息，等他三两时辰，水回落看得到跳礅后再过河。可今天，女儿不孝，没能守到妈妈的最后一口气，天又越来越黑。锣鼓匠长期混迹丧家，感同身受。于是乎，长得牛高马大的队长一声吼，先往河里走，大家手牵手，试踩着跳礅，一步一步往前挪……

眼看着排头的队长已经走过了最为湍急的河中间，后面的人都大体能估计跳礅的位置。没想到，紧跟着队长专司小钹的张干筋打了个踉跄，这手牵手的一队人顿时产生了多米诺骨牌效应，全都被拉下了河。

---

①该故事采录于2019年。

②犀牛坝：今属东溪镇新石村。

③一蓫(zhú)坐台：旧时人死亡后，至亲请的锣鼓队，从开灵起，一直吹打到下葬回来法事结束后。急打三翘：匆匆忙忙。

队伍最后才下水的龚幺姑小两口儿及前一个刘二娃，凭着求生的本能，反身就抓住了歪斜入河的岸边树枝，拣回了三条命。前面 4 个锣鼓匠就没这么幸运，还没来得及喊一声救命就被冲下了 7.7 米远、89 米高的悬岩……

一家丧事起，数家丧又来。刘罗沟两岸，阴风震凉野。任刘、龚、张三姓哀嚎，也唤不回逝去的冤魂。

二、水鬼冤捶锣鼓响

从此以后，这里就变得非常奇怪。一到下雨涨水天，两岸的都会听到水雾中传来飘忽不定的锣鼓声，忽急忽缓，忽尖脆忽低沉，间或又伴抽噎声，如泣如诉……

吓得狸狮坝的人，不到万不得已，绝不往那里跑。小孩儿哭闹，只要大人一声“再犟就把你扔到刘罗沟去”，包准乖乖不再吵。过往行人，即使结队三五儿，也不敢停下喝水洗脚歇个稍。

第二年忌日，更是咚得隆咚咚咚锵，啌啌咣咣鼟鼟[1]镗，是洪水咆哮？是锣鼓齐响？惊得刘、龚、张三姓，不约齐聚两三华里远的刘家祠堂。七嘴八舌，人心惶惶：乌云布穷天，冤魂不散啊！

三、建桥镇妖刘龚张

还是族长们见过世面，进屋三言两语，就做了个决断：

刘罗沟的水鬼，虽然是犀牛坝人，但分姓刘、龚、张，与狸狮村的同姓，都是同源同宗。本因超度亡灵而来，却随追亡灵而去。

刘罗沟跳磴桥，地处川黔孔道，来往客商众多，难免涉水遇险。如果再生事端，他们在阴曹地府，过不安生啊！唯有让以后的人，安安全全过河，他们才能瞑目。

上古有共工败触不周山，折天柱闯大祸，天倾西北，地陷东南，大火不息，全靠女娲炼石补天，烙饼补地，拯救生灵，繁衍生息，才有了我们苍生世界。

狸狮坝上下，安得皇天照顾，土肥地沃，为什么不可以“化众成桥补人”？今天刘、龚、张三姓全都在此，各推一人，爰捧化谱，缘集善男信女，出钱出力，功莫大焉。

族长话音一落，在场的狸狮人，立即纷纷响应，涌向各族的代表，认领善举。第二天，刘、龚、张三会首，暑奔川黔四方，醵[2]尽好义乐输，募足建桥善资。

立冬刚过，溪水退至没脚。寒意渐起，山里人农闲冬藏正当时。狸狮刘、龚、张，鸠工庀材，吉日吉时，妥石固基，千夫万杵，运石搬泥。

来年正月，跨溪桥成，道路欢忭。因三姓化缘，齐心建桥，刘、龚、张众议，名之为“三缘桥”，纪万代之津梁。

讲述：刘勇，男，丁山镇村农民。

整理：杨友钱，男，綦江区文化旅游委干部。

---

①鼟(tēng)：指鼓声。

②醵(jù)：为大家一起凑钱饮酒。出自《说文》《礼记·礼器》《史记·货殖列传》。

乌龟山与乘龟楼

丁山有座山，名叫乌龟山，山形酷似下山乌龟，龟背樟树成荫，香气馥郁。而在丁山湖岸，有一座乘龟楼，竹木结构，台阁高耸，是临湖览胜之好去处。关于乌龟山与乘龟楼，有这样一个传说故事。

相传很久以前，丁山属大夜郎国领地。那时丁山坝有个名叫黄真弦的道人，10岁便四处拜师学道，道法精通，远近闻名。60岁那年，他在丁山河上游遇见一只如脸盆大的白龟，通身颜色洁白如玉。他想，人世间只有黑色乌龟，从未听说有白色乌龟，以为奇异，则收养之。

7年之后，在一个明月如镜的夜晚，子夜时分，这只白龟忽然凌空飞去，如烟如雾，很快就消失在浩瀚的天空。黄道人掐指一算，知那白龟7天后一定会飞回来。于是黄道人吟诗曰："神龟远去拜主人，天界下凡为修行。原本仙宫龟将军，万年长寿看红尘。"

7天之后，那只白龟果然返回，并为黄道人驮回一把三尺长的精致桃木剑，剑柄左面刻有"降妖除魔"，右边刻有"法术无边"。黄道人如获至宝，爱不释手。

一个月色朦胧的夜晚，黄道人站在丁山高滩岩山峰上试剑，面对远处山峰，他用剑一指，口中念念有词，大吼一声"走"，那远处山峰便应声而动，只听得天地间轰声隆隆，飞沙走石，天昏地暗。7分钟后，忽听一声猪叫，黄道人心中一惊，立刻收回木剑，顿时各种声响迅即寂静……

第二天一早，晴空万里，黄道人在高滩岩山峰上手搭凉棚远眺，见东溪柴坝山坳里的石头，状如成百上千的猪正"埋头急走"，栩栩如生。他确信这正是他昨晚用桃木剑施法所致。

之后，白龟驮着黄道人遍游华夏"三山""五岳"，好不悠闲自在，更兼有桃木仙剑在手，事事心想事成，但他用此剑除暴安良、扶危济困。

有一年冬天，黄道人外出云游刚回到丁山河上游，忽然遇见一位须发皆白的道长，见面便问黄道人："你所乘之白龟，原是我丢失之坐骑，您如何得之？"黄道人道："十年前就在这条河上游拣得，并收养之。"老道又道："此白龟乃神龟也，不仅能乘虚空飞游，而且还能入水潜行。均如履平地，日行万里，此乃天地之神物，独一无二。上次神龟回去看我，我便知它就在你处，今特来与神龟作别，我已八百余岁，不久将驾鹤西归，你既养之十年，我就将它赠送给你，但只许你一人独用，切记切记！"黄道人急忙叩谢老道，待他叩完第三个头正抬眼看老道时发现，老道已消失得无影无踪。

于是黄道人乘上白龟，白龟托着黄道人行走入湖、河、江中，只见江水自动分开，身上一点儿也不沾水。这样、黄道人又乘了七七四十九天，或入水，或凌空，或登山，或访仙，过着逍遥自在的日子……

丁山坝的人们，看见黄道人乘着白龟时而消失，又时而回来，很是好奇和钦敬。

周围的人都想乘一下他的白龟，以感受他神仙般的生活，于是，黄道人答应了一个叫吴贵三的人，同意借给他乘坐一天。谁知，吴贵三乘上白龟才几分钟，龟和人就都从空中落下，只听一声巨响，人们循声望去，那白龟落地之处，倏地变成了一座山，状如下山乌龟。

从此，人们就把这座山叫乌龟山。

黄道人后悔莫及，仰天长叹，便用手中桃剑一挑，在丁山湖岸忽地拔起了一座高楼，名曰“乘龟楼”，以此纪念那只白龟……

搜集整理：罗毅，整理时 51 岁，现为市级非遗东溪故事项目传承人。

白鹤林

丁山白鹤林，山清水秀、绿树成荫、鸟语花香。夏秋的早晚，上万只白鹤倾巢飞出，远看如“千树万树梨花开”，情景颇为壮观，是丁山旅游的一道独特风景线。白鹤林边有座白鹤桥，这里流传着一个白鹤仙子修桥的传说。

很久以前，丁山白鹤林前有一条小河，河里立着 18 个石墩。枯水时节，来往的人们可以踩石而过。涨水季节，河水淹没了石墩，行人只好绕道走一个时辰的山路。

有一年春天，白鹤林边杨猎户年仅 10 岁的二儿子杨水生与往常一样去学堂念书，河水刚漫过石墩，杨水生不想绕路，鼓起勇气踏石过河，不料一个水浪打来，跌下河中被水淹死了。杨猎户夭折了儿子，痛不欲生。

他决定积德行善，在那里建座人行石拱桥，以方便行人过路。

于是，杨猎户夫妇每天起早贪黑，进山打猎，然后把所得猎物拿到集市上去卖，把卖得的钱全部用于请人开山取石修桥之用。

岁月如梭，转眼三年过去了。一天清晨，杨猎户夫妇起早正挖桥基时，忽听头上“嘎”地一声尖叫，落下一团白晃晃的东西。夫妇二人放下手中活儿，跑过去一看，原来是一只受箭伤的白鹤。白鹤的翅膀伤势很重，流血不止，生命垂危。他们立即把白鹤带回家，采了些山药给白鹤敷药止血，并喂养食物……

到了秋天，白鹤伤势全好了，杨猎户夫妇将它带进白鹤林，并把它小心翼翼地放在一棵松树枝上，让它回归到属于它自己的家。

殊不知，当他们从修桥处回家时，那只白鹤又飞回到了他们曾经给它治伤疗养的那个窗台上，见他们回家，白鹤便高兴地拍打着翅膀。

杨猎户夫妇对白鹤说：“小白鹤呀小白鹤，既然你不愿意离开我们，那就留在我家吧！”那只白鹤很通人性地点了三下头，并“叽叽叽”叫了三声，逗得杨猎户夫妇开怀大笑。

初冬季节，河水小了，正是修桥的最好时节。但杨猎户夫妇准备的石头堆积如山，这些石头都在修桥处很远的地方，他们整天愁眉不展想着如何把这些石头运过来。站在窗台上的白鹤好像看出了他们的心思，便欢快地拍打着翅膀叫了 6 声。似乎在说：不用愁，我帮你……

这天夜晚，杨猎户夫妇做了一个相同的梦：梦见一个白衣仙女，率领成千上万的白鹤把修桥用的石头全部搬到了修桥处，然后那个白衣仙女伸手从发髻上取下一根银簪，轻轻地向河面一抛，那些石头便随着她的手势纷纷飘在河上，不一会儿，一座人行石拱桥就修好了。第二天一大早，杨猎户夫妇急匆匆赶到修桥处查看，他们被惊得目瞪口呆，河面上真有一座石拱桥。

原来，那只受伤的白鹤是天宫中的一名仙女。她父亲是给玉皇大帝修造天宫的神匠，因为有一次没有按照王母娘娘的要求修桥，便被玉皇大帝打进了天牢，一关就是 9 年。白鹤仙女看透了天上神仙的冷酷无情，就找了个机会来到人间。没想到她从天宫到人间时被猎人射中了一箭。若不是杨猎户夫妇抢救、呵护，她早就香消玉殒了。

白鹤仙子修桥的故事，很快传遍丁山四邻八方，于是人们便把这座石桥，叫作“白鹤桥”。

据说踩桥那天，周围的人像参加盛会一样涌来，人们看见白鹤桥上天空中盘旋着成千上万的白鹤，日落西山时才姗姗离去……

搜集整理：罗毅，整理时 51 岁，现为市级非遗东溪故事项目传承人。

虎脑山

丁山有一座虎脑山，状如老虎昂头，仰天长啸。这里流传着一个神奇的故事。

很久以前，山脚下住着杨氏孤儿寡母，母亲年过六旬，儿子年仅 9 岁，名叫杨生。杨生每天进山打柴为生，一家人的生活过得十分清贫。

后来，山上发生了老虎吃人的事件。听到这个消息后，母亲对杨生说：“日子穷点儿不要紧，饭吃少点儿也没关系，孩子你别再上山打柴了，万一碰见老虎怎么办？”杨生听后，表面上答应了母亲。但他是个孝顺的孩子，不能眼看着母亲老了还挨饿。一天早晨，他瞒着母亲又上山去了，他这一去就再也没有回来……

年迈的母亲站在山脚下，冒着刺骨的寒风痴痴地等，撕心裂肺地喊，从白天等到晚上，再从晚上喊到白天，还是不见杨生的踪影。她便拄着拐杖上山去找。终于在距家五里远的一棵大柏树下，发现了一堆白骨，还有被老虎撕破了的血衣。母亲断定杨生是被山中的老虎吃了悲痛欲绝。看着可怜的老人，有好心的人给她说，赶快去报官吧，老虎吃了你家的独生儿子，得让县太爷派人捕杀老虎偿命。

县衙外一阵击鼓鸣冤，县太爷邓标坐在高堂上听着下面的诉状：“民妇冤枉啊，民妇要告那山上的老虎，吃了我的儿子，只留下这些白骨。”自古奇案重重，告老虎这事邓标还是第一次听说和遇到，但他做了个让人吃惊的决定，此案受理了。

之后的三个月里，县太爷派了两千余人轮番上山捕捉老虎。功夫不负有心人，邓标将捕快捉到的那两只老虎关在县衙的牢里后，并向全县百姓发告示，明日公开审虎。

“县太爷要审吃人的老虎啦!”邓标要审虎的消息，像风一样传得家喻户晓。人们都想看一看这位父母官，是怎样审判那只吃人老虎的。

第二天，天刚露出鱼肚白，县衙外面便人头攒动，在大家的惊诧声中，两只大老虎被带上公堂。只见那两只大老虎低着头、闭着眼，好像深知自己罪大恶极似的。

邓标惊堂木一拍，大声道:“天生万物，惟人为贵，虎食六畜，不能食人，如今食人，违反律条，你们食人者当伏法受诛，无罪者可鸣冤释放。”大家齐刷刷地盯住那两只戴着枷锁的老虎，刚开始还没有动静，听完县太爷的话，一只老虎俯首认罪，另一只老虎昂首鸣冤。

“如实招来，你可知罪?”这下老虎吓得直打哆嗦，趴在地上，嘴里还发出低沉的叫声，像是在求饶一样。百姓中开始议论纷纷,“奇怪了，难道这老虎真能听懂县太爷的话? 真是神通广大呀。”邓标下令:“刀斧手，立即斩下那只吃人老虎的头颅，以偿杨生之命。”刀斧手一刀砍下了那只老虎的头。于是离奇的事出现了，只见那被砍下的虎头迎风飘向空中，一直朝它吃杨生的地方飘去，忽地变成了一座山，于是人们便叫此山为“虎脑山”。

邓标将吃人的老虎判死刑后，再判另外一只老虎俸养杨生之母，给她送终。说来奇怪，另一只老虎还真按照他的吩咐，每天都给杨生之母送去各种猎物，使她过上了衣食无忧的日子。

据说，那两只老虎，一雄一雌，被判死刑者为雄，被判俸养杨生之母者为雌，均为天界白虎星下凡，此乃灵性之物……

搜集整理：罗毅，整理时 51 岁，现为市级非遗东溪故事项目传承人。

野鬼塘

野鬼塘，位于丁山湖的末端。相传很久以前僰人在这里发生了一场惨烈的部落之争战斗，死伤数千人，血流成河。每当夜深人静、阴风怒号之时，就隐约听到剑戟厮杀声、马蹄急驰声、鬼哭神嚎声，声声此起彼伏……

传说丁山有个木匠，姓张名道法，第一次遇鬼就在野鬼塘。他初学木匠时，有天晚上，他和师父回家，夜已经很深了。当他们路过野鬼塘的时候，就遇到了鬼撒沙。开始是听到一片鬼哭狼嚎之声。张木匠每根汗毛都直了起来，紧紧地抓住师父的手。他们又走了几步，突然有很多沙子从他们头顶上飞撒下来。张木匠吓得魂飞魄散，几乎想把头钻进他师父的怀里去。只到师父大怒道:“何处孤魂野鬼，不认得本师么? 休得撒野!”

接着，他师父从木匠夹背中抽出一把稻草，念着咒语，随手迎风一甩。顿时，那些乱喊、乱叫、乱哭、乱撒沙的野鬼，一个个“哎哟”“哎哟”地直喊。师父和那张木匠神秘地说:“鬼都被吊在树上了。”传说，张道法木匠出师后给人建房子，总是晚上单独回家。在离他家二里远的地方就是野鬼塘，这是他回家的必经之路。他每次晚上路过那里时，都发现塘里有人在洗澡，而且还不是一个。他听见塘里有“嘻嘻哈哈”的打闹之声。一段时间里，他们洗他们的澡，木匠走木匠的路，相安无事。

可是有天晚上，路过塘边时，塘里有个年轻女子的声音喊救命。他想，这么晚了，绝不会有哪家的女子有这么大的胆子到这野鬼塘里来洗澡。于是头也不回地一直往前走。

据传，一个人晚上走路时，如果听到身后有陌生的声音喊，千万不能回头。若不回头，鬼就不认识你，一般的鬼也就无法缠你，你可以一直朝前安全地走回家。鬼追了你一段路后，也就不再跟了。如果你回头，鬼看见你的眼神后，勾走你的魂魄使你元神出窍，这时鬼就可任意摆布你：叫你下水你就被淹死，叫你上树你就会被吊死，叫你跳崖你就会被摔死，叫你睡觉你就会被闷死……

可是这个晚上，张木匠碰到了厉鬼。尽管他不回头，可走了不到五十步，有一个漂亮的姑娘在前面拦住了他的去路。听那姑娘说“你这人也太狠心了，我大声喊救命，你理都不理，你也太绝情了!”

张木匠心想，你是鬼，我是人，同你有什么情不情的。但他始终不敢说话。据说，同鬼说上三句话，鬼也会把人的魂钩走。

那姑娘又说:“哥呀，妹子我单恋你好久了。今天好不容易有机会一个人在塘里洗澡，我是偷着跑出来同你约会的。前些日子总被他们看护着，不敢来找你。”

张木匠心想，阴曹地府对女子也管得很严吗？正想着，那姑娘突然抱住了他撒娇地说:“好哥哥，抱抱我吧!”张木匠无奈，只好抱着。轻飘飘的，没有一丝重感。他看着这个柳眉大眼、瓜子脸的漂亮女鬼，悄悄从夹背里取出一根稻草，轻轻地绕在女鬼的脚上，再默念:“化除一切妖魔鬼怪，无奉太上老君，急急如律令。”几句师父传给他的咒语，女鬼就再也逃不掉了。

张木匠把女鬼抱到灶房里，往地下一丢。再看，哪里是什么姑娘，是一根白果树枝，上面系着一根稻草。据说，鬼最怕进人间的灶房，凡进了灶房，鬼就要想法隐藏起来。因为灶神菩萨是鬼的第一克星。

张木匠拿来斧子，将白果树枝劈成两半，见里面有只蟋蟀，他便把那只蟋蟀扔到火中，蟋蟀便化成一股青烟消失得无影无踪。从此，张木匠每当晚上经过那野鬼塘时，再也听不到闹鬼声了……

搜集整理：罗毅，整理时 51 岁，现为市级非遗东溪故事项目传承人。

丁山僰脑壳桥

丁山上有一座僰脑壳桥，传说桥头埋着一个僰人头领的脑壳。

很早很早以前，丁山上住着一支叫僰人的少数民族，后来一些汉人也搬迁到丁山上住，僰人和汉人混住在一起。由于是两个不同的民族，生活习惯不一样，慢慢的，僰人和汉人有了矛盾。

僰人和汉人没有矛盾的时候，两个民族的人团结一心，对抗压迫他们的当地官府，官府要征收繁重的苛捐杂税，两个民族的老百姓团结在一起，拒不缴纳，官府要抓老百姓去服杂役，两个民族的老百姓团结一心不让官府抓走人，官府里的一些坏头头气坏了，挖空脑袋想办法对付丁山上的僰人和汉人。想啊想，终于，一个官府的坏头头想出了破坏僰人和汉人团结的办法，想让僰人和汉人反目为仇，相互攻击，官府从中获利。官府派出了人，分别装成了丁山上的僰人和汉人，装成僰人的官府兵丁去偷汉人的东西，毁坏汉人种的庄家，袭击单独行走在山路上的汉人、老人和孩子。装成汉人的官府兵丁同去偷僰人家的东西，毁坏僰人种的庄家，袭击僰人的老人和孩子。

慢慢的，官府的阴谋得逞了，丁山上原来和睦相处的僰人和汉人有了矛盾，成了仇人，最后还互相打起了仗，你攻击我，我攻击你，丁山上成了战场，战斗中一些僰人受了伤，战死了，一些汉人也受了伤战死了。僰人和汉人的矛盾越来越大，仇恨越来越深。官府从僰人和汉人的矛盾中得到了好处，由于僰人和汉人都想得到官府的帮助对付对方，变得都很听官府的话了，官府叫干什么就干什么。

僰人中有一个十分有头脑的头领，他看到僰人和汉人反目为仇后，官府从中得到了很大的好处，猜出了两个民族闹矛盾是官府在从中挑拨，结果僰人和汉人都受到了伤害，获利的是官府，于是劝说僰人中的各个头领，放弃对汉人的仇恨，让丁山上的僰人和汉人团结起来，和好如初，可是，僰人头领们都听不进这位有头脑头领的话，带领各自管辖的僰人继续与汉人为敌，发生战斗。

有一次，丁山上的僰人和汉人在一座桥边发生了战斗，战斗越打越激烈，不少僰人倒在了血泊中，也有不少汉人倒在了血泊中。那个有头脑、一直劝说僰人和汉人和好的僰人头领知道了，赶到了僰人和汉人发生战斗的桥头，大声劝说战斗中的僰人和汉人以和为贵，放下武器，握手言和，可是打红了眼的僰人和汉人谁也不听这位头领的劝告。这位有头脑的僰人头领急了，大声呼喊起来："丁山上的僰人和汉人都是劳苦百姓，应该团结起来对付压榨我们的官府，你们听不进我的话，现在我以死相劝，希望丁山上的僰人和汉人团结起来，和睦相处！"说完，拔出了身上佩戴的大刀，一刀砍下了自己的脑袋。

传说老天爷被感动了，天空中响起了巨大的声音，丁山上的僰人和汉人放下刀枪，握手言和吧，团结起来和平相处！

终于，战斗中的僰人和汉人被感动了，放下刀枪握手言和了，两个民族的人一起把砍下自己脑袋劝僰汉言和的僰人头领的脑袋埋在了发生战斗的木桥桥头，并且把木桥取名叫僰脑壳桥，以纪念这位以命劝说僰人、汉人和平相处的僰人头领。

搜集整理：罗毅，整理时 51 岁，现为市级非遗东溪故事项目传承人。

仙女石

仙女石，是丁山湖中的一尊大秀，石呈瘦长形，亭亭玉立，状如一位年方二八的美丽少女，因湖水的涨落而时隐时现。民间流传着一个动人的故事。

传说，很久以前，天宫王母娘娘为了阻隔牛郎织女，便用玉簪划出了一道银河，从此仙凡隔绝。

那时，银河的水，自西向东流，就在丁山的龙洞岩上飞泻而下，流入东海。西天与东海相距甚远。八仙过海时，发现银河尽头龙洞岩，高耸入云，美不胜收。

话说玉帝的 7 个女儿，个个水灵聪慧，貌美如花。七仙女的名字是：红衣仙女、青衣仙女、素衣仙女、皂衣仙女、紫衣仙女、黄衣仙女、绿衣仙女。据说名字分别是张天寿、张天阳、张天荣、张天昌、张天显、张天庆、张天羽。三仙女如清水芙蓉，温柔善良。她听说银河尽头可通人间，决心私自下凡。

一天，她趁王母娘娘参加蟠桃盛宴醉酒沉睡之机，便穿了玉帝的隐身衣，越过瑶池，飘出南天门，顺着银河而下，来到了丁山龙洞岩。

她脱下隐身衣，举目四望。只见此地怪石奇岩，嶙峋千姿，与那参天古木、奇花异草相互映衬，更有飞天瀑布，水声潺潺，胜过天庭的美景。

却说那王母娘娘，酣睡三日后方才醒来，却不见了三仙女素衣，忙令各路神仙四处寻觅。可是找遍瑶池天庭，都不见三仙女素衣的踪影。王母急召太白金星到人间查找。不一会儿，太白金星禀告王母娘娘，三仙女已经下凡到了丁山湖。

王母勃然大怒，派出天兵天将前去追拿。孰知，仙界一日，人间一年。三仙女素衣已在丁山湖畔生活了三年时间，赏景游玩、扶弱抑强，深得当地人喜欢。一日，她正在湖中一石边与游鱼儿嬉戏，突然从西天飞来数团乌云，霎时天昏地暗，狂风大作，电闪雷鸣，那是三千天兵天将蜂拥而至。三仙女素衣只好垂泪于石，无可奈何地随太白金星回天庭去了。

王母娘娘得知三仙女素衣是从龙洞岩下凡的秘密后，心中不悦，用力一跺脚，将高入云霄的龙洞岩踩断了一大截，从而堵住了这条下凡通道。三仙女素衣曾经落泪的那尊巨石，一夜之间就变幻成了仙女石。

因素衣下凡时常在石边与鱼游玩，至今仙女石周围的鱼儿仍然成群结队，好像还一直期待着三仙女素衣再次下凡。

搜集整理：罗毅，整理时 51 岁，现为市级非遗东溪故事项目传承人。

七星台

在丁山湖风景区，有7座俊俏挺秀的小山峰，紧紧围绕一座大山峰，人称“七星台”，也叫“扶筐七星”。

山麓有个清澈透明的深潭，因七仙女曾在这里沐浴，名曰“仙女潭”。距潭400米处有一滩名曰漏孔滩，因为七仙女浴后常在这里嬉戏赏景，所以当地人又称“美人滩”。相传，天界玉帝的7位仙女，颇爱洁净，常到江河里沐浴嬉戏，随兴所至，到处都有她们的足迹，她们钟情于曲径通幽、山清水秀的美景。有一年春天，7位仙女漫游到了丁山的上空。她们看到丁山仙女潭的水清澈见底，群鱼欢游，四周茂林修竹，繁花竞艳。潭中戏水鸳鸯成双成对，快乐恩爱。于是7位仙女情不自禁停下来，驻足漏孔滩，尽情戏水赏景，再到仙女潭沐浴，惬意流连。

话说丁山狸狮坝，住着一对年逾六旬的赵姓老夫妻，属当地望族，书香世家。他们育有7子，分别叫赵一郎、赵二郎、赵三郎、赵四郎、赵五郎、赵六郎、赵七郎。赵七郎年仅18岁，每位兄弟之间岁数间隔一岁，个个长得相貌堂堂、虎虎生威。他们读诗断文，种地打猎，勤劳能干，远近闻名。

有一天早上，阳光和煦，花香四溢。7位仙女在潭里沐浴，被赵七郎看到。深山老林里哪来这么多水灵秀美的姑娘？赵七郎断定她们不是凡人。他数了一数，正好有7位仙女，便马上想到自己有7个兄弟，这不是天生的姻缘吗？赵七郎当时不动声色，等到7位仙女腾云而去后，他才回到家中把自己的奇遇告诉给六位哥哥，他的哥哥都以为他在痴人说梦，编故事寻乐，也就没穷根究源放在心上。

第二天，7位仙女又到潭中沐浴，与往日一样唱歌戏水。好不快乐自在。赵氏七兄弟在林中看得如醉如痴，他们神不守舍，像触电般从潭边树丛中一跃而出，一起跪礼道:“我本赵家儿郎，琴棋书画擅长，愿与姑娘连理，恩爱地久天长。”那七位仙女被眼前的情景惊呆了，既感突然又觉惊喜。7位仙女见7个兄弟一表人才，知书达理，于是都动了思凡之心，但又害怕违仙规受到惩罚，一个个害羞地红着脸垂头不语。还是七妹想出了办法，她说:“我们只要迷惑住天上众仙，便可留在凡间了！”6位姐姐忙问有什么办法？七妹说:“我们把仙身化成7座山峰，真身随7个郎君到人间变成凡人，男耕女织，夫妻恩爱，不就很好吗?”6个姐姐都羞涩地点头赞同。

于是，7位仙女施用仙术，只见仙雾起处，7座秀美山峰突兀而立，树木苍翠，姹紫嫣红，好一处人间仙境。霎时间，7位仙女便笑盈盈地站在7个兄弟的面前了。于是狸狮坝赵氏家族举办了前所未有的隆重婚礼。红衣仙女嫁给了赵大郎、青衣仙女嫁给了赵二郎、素衣仙女嫁给了赵三郎、皂衣仙女嫁给了赵四郎、紫衣仙女嫁给了赵五郎、黄衣仙女嫁给了赵六郎、绿衣仙女嫁给了赵七郎……

而今，每当红日喷薄而出、云雾袅绕之时，在七星台仍隐约可见七位仙女的芳容……

搜集整理：罗毅，整理时51岁，现为市级非遗东溪故事项目传承人。

龙凤池

丁山有两座山峰雄峻而峙，左为龙门岭，右为凤凰山，两山中有一汪碧池，故名“龙凤池”。这里一直流传着一个优美动听的故事。

相传，大禹治水时请来了一条白龙，镇守丁山，按时兴云播雨，到处五谷丰登，六畜兴旺，人们过着安宁吉祥的生活。忽一日，歧山有一只凤鸟听到有丁山这么个美丽的地方，就展翅飞到丁山上空盘旋，恰好被大禹看见，当凤鸟飞到白龙跟前时，大禹一口仙气吹过去，把凤鸟定在了白龙的对岸，凤鸟口里的珠子忽然掉落，75 颗珠子向丁山四处滚去，变成了 75 座山峰。

很久以前，龙门岭林密花繁，清风吹拂，香芳阵阵。龙凤池里生活着一群鲤鱼，他们在池中自由自在地生活。池的东面连着一条小河，那就是丁山河。

在凤凰山一带的森林里，生活着一群凤鸟，其中有一只长得特别漂亮，歌声悦耳动人。她性格随和，举止落落大方，温文尔雅，总是尽情挥洒她迷人的身姿，不断地为凤族创造快乐，深受大家的喜爱。

后来有一天，这只凤鸟听说一个前辈因修炼得道而成为天宫凤仙女的故事后便开始了执着的修炼……

当时的凤山是凤鸟的乐园。凤鸟一会儿在空中翩翩起舞，一会儿在池中饮水嬉戏，一会儿在树上辗转欢唱清脆的歌声响彻凤山、龙门岭、龙凤池，特别是那只漂亮的凤鸟，她那婉转动听的嗓音，更是让人心旷神怡。

池中有一条健壮的鲤鱼，只要一听到那只漂亮的凤鸟的歌声，它就被陶醉得如痴如狂。渐渐地，他开始恋上了那只凤鸟。

一次偶然的机会，鲤鱼从一位前辈的口中得知，自己只要跃过池对岸的龙门岭，就可以上天入海，自由翱翔。

不过，鲤鱼的老前辈对他语重心长地说：“在我们鲤鱼家族里，也有不少前辈尝试过，但没有一个是成功的。”虽然这对鲤鱼的打击很大，但是每天面对着那只凤鸟的靓影，鲤鱼的爱慕之心又不能平静。

于是，鲤鱼做出了一个惊人的决定：我一定要跃过龙门岭去，实现“鲤鱼跃龙门”的梦想。于是不管是风吹雨打，还是冷嘲热讽，他都潜心修炼……起初，凤鸟们看见一只鲤鱼一直在池塘里蹦上跳下，还有一些鲤鱼在旁边冷眼观看，而他都不以为然，都觉得很奇怪，纷纷驻足观看。当凤鸟们了解情况之后，有的支持他，为他打气喝彩；有的嘲弄他，对他打击挖苦。那只漂亮的凤鸟被鲤鱼的恒心和毅力所感动，也经常来为他唱歌鼓劲。久而久之，他们相互吸引，相互关心，相互鼓舞，谁也离不开谁了。

白龙、凤鸟、鲤鱼在龙凤池朝夕相处，他们都成了好朋友。白龙开始对鲤鱼跳龙门岭的行为不以为然，后被鲤鱼的恒心和毅力所折服。白龙看着鲤鱼对凤鸟的倾慕，决定帮助他们。就这样，他把龙族飞翔的秘诀传授给了鲤鱼和凤鸟，并送给鲤鱼一套龙鳞甲衣，让鲤鱼也学会了飞腾之术。不久，鲤鱼和凤鸟都学会了飞腾功夫，双宿双飞于天地之间。鲤鱼和凤鸟都很善良，他们相亲相爱，富有爱心，看到人间有危难就立即救援。他们扶危济困的美名很快就传到了天宫，玉皇大帝很感动，就把他们收归天庭，封鲤鱼为天上镇守银河的飞龙将军，凤鸟为凤仙女位列仙班。

搜集整理：罗毅，整理时 51 岁，现为市级非遗东溪故事项目传承人。

翰林石

丁山有一块翰林石，石上曾刻有“皇清诰授通奉大夫湖南布政使翰林院庶吉士显考赵公讳琥”“山东登州府姻侄陈燮堃拜题”等字样。丁山民间至今还流传着关于翰林赵琥的故事。

赵琥祖籍为湖广麻城。清代康乾时期，湖广向川内大量移民，赵琥的曾祖父赵笃便在此时移居到了丁山坝。后因生活艰难，赵笃不得已才带赵琥的三爷到重庆、成都等地闯荡谋生，稍有积蓄后，他们便开始贩卖布匹、烧酒。最后又辗转回到丁山坝。赵笃觉得丁山坝青山绿水、地势平坦，适合居住，于是便带来赵琥的祖父赵大富在此安家。之后，赵大富靠贩卖木材有了一些积蓄，便供两个儿子读私塾。

后来两子均学有所成：赵琥的父亲官至广东吴川县令，叔父官拜甘肃镇番营把总。

传说赵琥母亲为丁山坝人，说话做事像个“男人婆”。赵父在外为官，她本可跟去做官太太享清福，她却选择了在家抚养、教育两个儿子，使家人安居乐业。不久后，赵母用积蓄买下了丁山坝的百亩良田。

赵琥十多岁时，家人曾送他到重庆府读书。赵琥从重庆回乡后考试中举，尔后进京考进士受挫，但他并不气馁，回家后继续温习功课准备再考。至今丁山还流传着这样两句“顺口溜”:“公鸡不鸣母鸡鸣，我儿进京考翰林。”据称为赵琥母亲所编，从字面上看似有挖苦儿子之意，其实是在激励他不堕青云之志，定要求得功名。

赵琥三十五岁那年再次进京赶考，不仅进士及第，还被选入翰林院，专为那时的皇帝起草机密诏制。

期间，赵琥拜在一代名臣曾国藩门下，颇受器重，之后一路官运亨通，迁升湖北按察使、湖南布政使等要职。

赵琥任职期间是多事之秋，湖南湘西等地匪患连绵，广西洪秀全领太平军进军湖南。赵琥一边勤于公务，一边抵抗太平军袭扰。就在平定太平军这事件上，赵琥屡建功勋，并得到清廷赏识。

赵琥为人正直、嫉恶如仇。平定太平军后，他得知曾国藩的弟弟曾国荃倚靠自身势力横行乡里，欺压百姓，霸占了不少田地。于是，赵琥上奏同治皇帝，因此得罪了曾国荃，五十岁那年被贬回丁山坝。

赵琥被贬回到丁山坝，一边兴学一边著书立说，同时苦研书法。清光绪十三年

(1888年)农历七月初八，四川督抚刘仲连及蜀中绅士马长卿等，建成都望江楼崇丽阁落成时，曾请赵琥为崇丽阁题写了一副130字的长联。该联颇受当时文人学士赞誉。为表彰赵琥文才，四川省曾下令减少赵琥家乡丁山征银一千两。这年，赵琥70岁。

今天的丁山镇民间还口口相传着赵琥的故事。

幼时，赵琥的父亲在广东做县令，他便与母亲在家过着还算富裕的生活。到了该读书的年龄，母亲便将他送入丁山坝附近私塾。私塾先生见赵琥天资聪颖、敏而好学，某日至赵琥课桌前随口吟出一上联:“水滚芋叶满天银。”赵琥立马对答:“风吹菜花遍地金。”私塾先生见赵琥反应敏捷、对答工整，于是逢人便说，此儿才智过人，将来必成大器。

传说赵琥58岁那年，应“清末十八名臣”之一的老朋友梅启照之邀，到重庆编撰《重庆府志》。

某日，赵琥闲来无事出门看山城风景，巧遇一大户人家的小姐摆下擂台“对联招亲”。这赵琥饱读诗书，平时对楹联多有研究。他见上去打擂的白面书生，因对不出小姐即兴编出的绝妙上联羞得面红耳赤败下阵来，于是折扇一摇登上擂台。也许此举他并无“抱得美人归”的意思，只想向众人展示一下自己的才华。

小姐见上来个身材瘦削、其貌不扬的糟老头，立马柳眉倒竖、杏眼圆瞪，随口编出上联:“白须老头，黄啪啪，瘦卡卡，呸，滚过去，今生休想。”

小姐上联一出，赵琥虽知其挖苦之意，却不愠不恼、沉着应对:“红粉佳人，胖嘟嘟，嫩闪闪，噫！走拢来，前世有缘。”赵琥的下联用词讲究对仗工整，对小姐充满着戏谑、调侃，算是对她讥讽自己“长相与身材”不佳的反戈一击。他这下联一出，便惊得小姐花容失色、无地自容，而现场打擂者与围观群众却连声叫好，纷纷叫喊要小姐兑现承诺嫁给赵琥做小。赵琥见状只淡淡一笑，随即投袂而去。

清光绪十五年(1890年)冬月初六，赵琥病故于重庆，享年72岁。

搜集整理：罗毅，整理时51岁，现为市级非遗东溪故事项目传承人。

丁山酌水洞①

很早很早以前，酌水洞上就形成了一个村落，村里人建了一个“酌水书院”。

书院有两个学生，一个叫张鹏，另一个叫岳箭。一天书院的白先生叫他俩到酌水洞抬水。他俩出去以后，便在酌水洞嬉玩。一会儿，岳箭发现了两颗如鸟蛋的石头。他认为是神鹰蛋，便和张鹏说了。张鹏看了一会儿，就一口把神鹰蛋吞进了肚里。岳箭发现后很生气，也吃了另一颗神鹰蛋。

回去以后，张鹏变成了展翅飞翔的大鹰，而岳箭变成了射箭手。每当张鹏展翅飞翔时，岳箭就拈弓搭箭射击。张鹏害怕，就躲进了酌水洞里，岳箭就猛射了他三箭。

①选自《綦江名山志》(张健、李忠朴、朱德贤编，湖南地图出版社，2022)。

因为有洞有水掩护，岳箭虽有神奇箭术，却无法射到张鹏。原来那两颗如鸟蛋的石头，是女娲炼石补天时遗落的两颗相生相克的“冤家石”。张鹏得不到安宁，最后只得穿洞缝而过，西出丁山河。而岳箭一直在洞前等着张鹏出来，天长日久，岳箭便幻化成一块如人形的黑色巨石，守候在洞边。那张鹏穿过的洞，就是现在的酌水洞。

搜集整理：丁山镇文化服务中心。

丁山清平洞①

关于清平洞的由来，曾有一段刀光剑影的故事。据记载：“适刘亦侦悉贼疲困，遂会商杨令陈守等，分遣兵团，由高庙、马口城、分水岭等处七路同进。初八、初九日，连克分水岭、观音岩、牛心山贼卡。遂进复镇子、东溪。”记录了当年清军在丁山一带与石达开交战的过程。

清平洞，地处石笋沟内，是通往丁山坝的要道，地势非常险要，因此成为乡人重点防御地带，丁山团勇何兴发就在此设防。同治元年（1862 年）七月十七日、十八日，太平军进驻东溪，石达开大本营驻东溪观音岩山麓丁家湾。闰八月初六，太平军在分水岭、牛心山、镇紫街、观音岩等处设卡。闰八月初八，石达开率 1000 人马与丁山团勇何兴发率领的 200 余人，在清平洞前交战，太平军因不熟地形、地势，在清平洞左冲右突，三战三败，退到一碗水。太平军攻破笋子坪、阡口、关口三个关口的计划落空，又退回东溪大本营。因为太平军没能攻破这个山洞的守防，给丁山百姓带来了平安。从此，人们称这个洞为“清平洞”。

搜集整理：丁山镇文化服务中心。

碓窝台②

相传，宋朝初年，丁山石佛村有一个赵氏老人到山中砍柴，路过这里，看见两个鹤发童颜的老者分坐于东西下棋，他便好奇地坐在一旁默默观棋。看着看着，只见周围树木忽绿忽黄，花开花落，天气忽冷忽热，或雪或雨，急剧变化。一盘棋下完，但见那两个鹤发老者走近两个天然形成的石碓窝，手拿碓窝棒舂谷，一会儿便从中取出类似糍粑的东西食用，并让赵氏老人品尝，可他婉言拒绝，便起身欲离开去山中砍柴。

①选自《綦江名山志》(张健、李忠朴、朱德贤编，湖南地图出版社，2022)。
②选自《綦江名山志》(张健、李忠朴、朱德贤编，湖南地图出版社，2022)。

待他回头，忽然看见那两个老人腾云而去，而自己砍柴用的大弯刀、粗绳子、长扁担都已经腐烂……

他就只好空手回家，回家时发现家中发生巨变，没有一个人认识他。与家里老者相谈，才知道自己是某年某月上山砍柴失踪未归，至今已有四百多年了。于是赵氏家族认老者为祖始爷，乡里乡亲有事便向其询问，他总能让大家逢凶化吉，成就事业。后来，人们就把赵氏老人碰到仙人的地方叫碓窝台。

搜集整理：丁山镇文化服务中心。

安稳镇

安稳场

安稳场起源于宋代，始称安盛场，明洪武年间綦江置八里，安稳为安稳里驻地，清沿明制简称安稳里为安里，后直称安里。

安稳场也和安稳一样，有着悠久的历史。

明清时期，因为地理上的优势，安稳场成了川黔贸易集市，商业繁荣，场上商铺商摊，酒馆客栈，高低错落，客商往来，货源畅通，欣欣向荣。

清康熙二年(1663年),安稳发生过一场争场风波。

安稳历来住着张、文两大家族。张家主要住在白家湾、沙台上一带，文家主要集中住在上坝。张家要把场建在张家地段上，而文家人又不准迁场。双方就争吵起来了。双方都在暗中做准备要打败对方。

到了赶场那天，张家人站在路口对赶场的人说:“凡是到下场赶场的，每人免费吃一个麦粑。”于是，人们都涌到下场来赶场了，上场没有人去赶场了。

到了下一场，文家早有准备，他们率先发出通告，只要是到上场赶场的人每人发两个麦粑，于是，为了两个麦粑人们又到上场去赶场了。张家人对文家人的做法很不服气，于是发出凡是到下场赶场的人每人可以免费得到三个麦粑的话，于是大家又到下场去赶场了，上场又冷清了。

文家人觉得这样和张家人斗财划不来。最后决定用武力来解决。文家人请来了武师，把下场的摊子全砸了。张、文两家便武斗起来了，结果是张家被打败认输，不敢再与文家争场了。

搜集整理：安稳镇文化服务中心。

万灵灯

“万灵灯”位于安稳坝西北面约500米的上坝青岗园山头绝壁上。

“万灵灯”是大自然的杰作，椭圆形，直径约2米，形状如农家用于照明的桐油灯。由于日照的作用，不同的时间万灵灯会出现不同的颜色，特别是每年的农历八月十五月圆时，万灵灯会发出熠熠的光亮，站在安稳坝上也能看得清楚它周围的一草一木。

传说很早以前，安稳坝有一位叫张稳的小伙子，张稳很小的时候父亲就被充军到了边关，留下几岁的张稳和母亲相依为命，两年后由于思念丈夫，母亲经常夜深人静时以泪洗面，哭的时间多了，母亲的眼睛也瞎了。张稳 16 岁那年生了一场大病，病在床上三天三夜起不来，家里又没有钱请郎中看病。母亲便摸索着去对面山上为张稳找草药。

母亲是瞎子，她凭着记忆摸着来到山上，但是当她下山时脚下踩空，一个跟斗摔下了山。两天后当张稳找到母亲时，发现母亲已经逝世了。张稳抱着母亲的遗体哭得死去活来，张稳的凄惨哭声正好被路过此地的八仙听见了，八仙见张稳可怜便停下来想帮他，见她母亲已经死了，铁拐李决定用起死回生之术救他母亲。张果老说，在救母亲的同时一定试试张稳的孝心，怎么试探张稳的孝心呢？铁拐李想了想，就在这块绝壁上画了一盏灯，如果张稳能在这里守孝，这盏灯就会一天更比一天有灵气，三天之后，灯芯就会燃火发光，张稳的母亲就会起死回生，如果张稳没有守孝这盏灯就会慢慢消失。铁拐李画好灯后就随八仙们一起离开了，也没有把这件事放在心上。

三天之后的深夜，铁拐李和其他几位仙人正在东海龙宫喝酒猜令，酒意正浓时忽见西南边发出一束光亮，铁拐李看后心中大喜，这小子还真是个大孝子，在这么一个绝壁前他也能守孝三天三夜。铁拐李说的小子就是安稳坝的张稳。铁拐李当即就放了酒杯，腾云驾雾来到安稳用仙术起死回生救活了张稳的母亲。

张稳见母亲活过来了心中大喜，抬头发现绝壁上竟然有一盏灯在发光。张稳连忙跪在灯前叩头，神奇的是母亲的双目也明亮了。从此以后张稳和母亲过上了幸福生活。绝壁上的这盏灯也留在了这里。

民间流传，千百年来万灵灯保佑着安稳坝的平安。相传，明清时期，安稳匪患严重，人们只要看到万灵灯发亮就知道有土匪要来抢劫了，人们便早作防备，使土匪每次来都空手而归。民国时期，一伙从赶水那边来的强盗因为没有抢到东西而恼羞成怒，便牵怒到万灵灯，上山要铲掉万灵灯。结果当他铲动岩石时，天上突然电闪雷鸣，大雨滂沱，山洪暴发卷走了强盗。强盗头子也被洪水冲下了山。从此以后，万灵灯更成了人们心目中的神灯，人们遇到不顺心的事情便来到万灵灯前烧香叩头，祈求万灵灯的保佑。

搜集整理：安稳镇文化服务中心。

狮子岩

狮子岩位于安稳场北侧 200 米左右，形状酷似一头威武的卧狮，远观如一威武的卫士，保护着安稳坝的平安。

民间传说狮子岩是安稳的一个叫罗安的小伙子变的。传说在很久以前，安稳场土匪闹得凶，土匪烧杀抢夺，闹得场上居民不安宁，罗安早就愤愤不平想除暴安良，可惜自己势单力薄，有这份心也没有这份力。后来，罗安组织起场上的几个青年，暗地里和土匪斗争，害得土匪几次到场上抢劫都落了空。

土匪头子李三娃知道是罗安在从中捣鬼坏了他的好事，便决定报复他。这天夜里，场东边突然响起“土匪来了，土匪来了”的喊声，接着又听到孩子的大哭声。当时罗安一家人正在家里吃夜饭，听到哭声罗安就知道土匪又来打劫了，他立即出家门往场东跑去看个究竟。场东边确实来了几个土匪，他们背起火药枪，手里提起一麻袋东西，耀武扬威地在街上窜，罗安一个人不敢上前阻止，便退下来想去联络其他伙伴想办法。可是等他联络好其他几个人后，土匪早就溜走了。罗安他们确认土匪走后便各自回到了家，可是罗安一回到家就大吃一惊，老母亲和正在奶小娃子的妻子不见了。罗安心里着急，便四处寻找。原来，土匪们故意引开罗安，乘他不在时掳走了他的家人。

罗安来不及联络其他人便只身上了山，他勇闯匪窝，要李三娃放人。李三娃令土匪把罗安五花大绑起来，告诉他，谁坏了他的好事，谁就会家破人亡不得好死。罗安知道，李三娃早就对自己恨之入骨，早就想置自己于死地。土匪心狠手辣，落入匪窝就难逃魔掌。于是罗安说：“好汉做事，一人做事一人当，要杀要剐随你便，只是我家老母和妻儿是无辜的，我做的事情他们根本就不知道。”

可是，李三娃哪里会和他讲道理呢？李三娃说：“既然你不怕死，我就给你一次机会。”说完丢给罗安一把长刀。“你媳妇和老母只能一个人活下来，你只要杀死其一个人，我就放了你们。”罗安心里一惊，没想到李三娃会想出这样恶毒的办法来对付他。老母亲忙说：“儿哪，你就杀了我，好好和你的媳妇过日子吧。”说完就要往石头上撞。罗安拾起地上的刀说：“好吧，我已经打定主意了。”说毕就要迈步上前，就在他往前时突然一个转身，出其不意把刀架在李三娃的脖子上，洋洋得意的李三娃被吓呆了，结结巴巴地说：“快……快放下刀，有话好好说。”

罗安说：“先放了我老母和媳妇，马上派人把她们送下山去。”李三娃只好马上照办了。所有的土匪都虎视眈眈地瞪着罗安，他知道自己也难活性命。估计老母和媳妇已经走远了，罗安乘李三娃不备抽出了长刀，李三娃顿时脖子上血如泉涌，罗安也乘机跳下了悬岩。

就在罗安跳下悬岩后，山上突然乌云密布，伸手不见五指。土匪们被吓得跑的跑，逃的逃，有的还摔下了悬岩。

人们发现山头上多了一头石雄狮，人们都说，这只雄壮的狮子就是罗安的化身。人们便称这里叫狮子岩。罗安为了安稳场上的安宁，与土匪暗中斗争遭到土匪报复，宁可牺牲自己的性命也要保护老母和妻儿。罗安成了人们心中的英雄。后来，每到清明节，还有乡亲在狮子岩下插起香柱烧香祭祀罗安。

搜集整理：安稳镇文化服务中心。

石牛栏

崇溪河流域，有个叫二坡沟的地方，二坡沟有个犀牛洞，洞里有个石牛栏。石牛栏是一块石头，形状就像牛栏和犀牛。

传说，崇溪河流域因为气候好盛产粮食，是安稳坝的天然粮仓。可是每年粮食丰收的时候，都会有野兽出没偷吃粮食，为此每家每户都要派人日夜守候。

家住崇溪河二坡沟的罗那家，加上她共三姐妹，女孩子家不能到田里守夜，就只有父母轮流守。这年秋天，母亲生病了卧床不起，父亲忙里忙外，既要照顾生病的母亲又要照顾田里就要成熟的粮食，为了减轻父亲的负担，罗那便和两个妹妹一起去田里守粮食。她们守了两天两夜平安无事，可是到了第三天的夜里，她听到有个野兽在地里偷吃苞谷，她害怕得不敢起来，只能抱着两个妹妹伤伤心心地哭。

第二天早上起来一看，地里的苞谷被吃了一大片，她知道父亲看到后会吵她的。于是她坐在庄稼地里哭得死去活来，这时候恰好有个游僧经过崇溪河，见了罗那哭得伤心，便问她发生了什么事？罗那说地里苞谷被吃了，自己没有守得住肯定要被爹妈吵。游僧看了看说：“小妹妹你别伤心了，我帮你擒住这只动物让他不得再糟蹋你们的粮食了。

这天晚上，那个游僧一直坐在苞谷地里，罗那吓得紧闭了门不敢出去。半夜里只听见几声牛叫，接着又听见打斗声，牛叫声由大到小，最后完全消失了。

第二天早上，罗那一开门就发现游僧就盘坐在门口。游僧说昨天偷吃苞谷的是一头犀牛，现在已经把它制服了拴在洞里。罗那随游僧来到岩洞里，果真看见一头犀牛被拴在岩洞里。游僧说，你用些石头把它围起来嘛，免得它跑出去吃庄稼。

游僧走后，罗那就和两个妹妹一起搬了很多石头到岩洞里把牛围起来。第二天，当罗那再次来到洞口时发现这头牛已经变成了石头，成了石牛了。

从此以后，这个石牛和石栏就一直在岩洞里了，因为石牛在洞里，人们也将这个洞叫作犀牛洞。

搜集整理：安稳镇文化服务中心。

九盘山

九盘山原名虎口山，是川黔边界上的一座大山，虎口山山势险峻，地势复杂，山间只有一条笔直陡峭的山路可行。虎口山山脚有一个小村庄，村民想要去县城，必须经过虎口山，由于虎口山地势险峻，且来回需要一天一夜，所以村民们行走在山路之间，犹如行走于虎口，这便是虎口山名字的由来。

虽说虎口山山势险峻，却在山腰处有一小块平地，平地处修了一座小土地庙，里面住着这座山头的土地神。土地神虽然个子矮小，却有着猛虎一样的力气和敏捷的身手以及菩萨一样的慈悲心肠，土地神善良，经常帮助村民搬运货物，还默默地在山路靠悬崖的边缘用树枝为他们搭建扶手。土地神热心好学，见村民们生活过得艰难，便去农神那里学来了农术，又从铁神那里学来了铸铁之术，并且毫无保留地传授给了当地的村民。在土地神的帮助下，村民们的生活越来越富足，前来祭拜土地神的人也越来越多，逢年过节，土地庙前不仅插满了香烛，还摆满了大大小小的酒坛。

这年除夕夜，村里举办篝火晚会，邀请土地神一起庆祝今年的大丰收，土地神在高兴之余，陆陆续续地喝了20坛老酒，醉得厉害，还没回到土地庙就一头倒在树林里酣睡起来。岂料当天半夜，村里发生了火灾，许多村民前来土地庙求救，却没有得到土地神的帮助。直到第三天，土地神从睡梦中醒来，才发现自己误了大事，害得村民们无家可归。渐渐的，再也没有人来祭拜土地神，土地庙一下子冷清了，又过了许久，荒草便覆盖了土地庙。直到这时，土地神才彻底的心灰意冷，悄悄地离开了虎口山。

一年后的某个清晨，当村民们从睡梦中醒来的时候，惊讶地发现地里的庄稼被一扫而光，牲口也死了一大片。村里一下陷入了恐慌，就在这时，从虎口山上突然下来9只妖怪，霎时间，天空乌云密布，空中发出“呀呀”的奇怪声响，随后，妖怪如疾风一般在村里扫荡，仅半柱香的时间就劫走了村里十几名男童，并留话三日之后再来取走村里所有女童。顿时，村里被黑暗笼罩，被劫走的男童家长哭天喊地，整晚睡不着觉。于是，村民们找到附近有名的道士前来作法收妖，可是妖怪把道士也劫走了，没了音讯。就在村民都绝望的时候，有个村民突然想起了土地神。于是村长便带着一群人趁着夜色悄悄来到虎口山，跪在土地庙前默默地祈祷。

土地神听到了村民们的祈祷便从离虎口山百公里远的另一个山神家里赶来，试图打败妖怪。土地神与妖怪大战了几个回合，却因为寡不敌众而败下阵来，力不从心的土地神只好拖着虚弱的身体前往天庭，请求玉皇大帝的帮忙。玉皇大帝听了土地神的话之后大怒，立马派四大天王前来助阵。

四大天王随土地神来到虎口山，轮番对妖怪进行攻击，经过一天一夜的厮打，四大天王终于将9只妖怪降服，并将为首的妖怪压在了虎口山之下，其余妖怪则压在了用8颗镇山晶石炼成的8座石峰之下。并命令土地神坚守在此不得离开。

妖怪被降服，村民们又恢复了以往的生活，村长和村民一起修缮了土地庙。

后来，虎口山和八座石峰逐渐相连，形成九座山峰相连的雄伟景象，再经过数百年风蚀，尖尖的山头被渐渐磨平成一个个圆形的石盘，远看就像一个个圆盘子倒扣在山顶。后来人们便将虎口山唤为“九盘山”。

搜集整理：安稳镇文化服务中心。

扶欢镇

新　桥

新桥，南北交通要道，横跨溱溪河，是一座三孔石桥。新桥桥长 21 米，宽 2 米，高 5 米，全用巨石砌成，两个梯形桥墩，墩上雕刻有石狮、石象游卧于河面上，拖着桥身。桥面由 9 块重达 3 吨，长 7 米，厚 60 厘米的石板铺成，并用铁门闩锁着，显得十分坚固，90 厘米高的桥栏，每边用 55 块条石精雕砌成，两桥头各有雕刻精致的石狮、石龙，桥两侧成八字形，也是用精雕条石砌成，确显威严。南桥头镇江王爷高举利斧，守护着桥头，加上新立的牌子，与北桥头东侧的春晖亭相对应，再加上南北桥头的 4 棵三四人合抱高大的黄桷树，十分茂盛，南北相互搭配遮满河面上空，荫盖着约两千多平方米的地面，成了扶欢一美景，是人们休闲纳凉、垂钓、闲聊的好地方。

说起这座新桥，还有一段不平凡的历史呢。新桥在清嘉庆前期，根本没有桥，南来北往全靠踩桥蹬过河，很不安全。后来在道光十一年（1831 年），才募资修建了一座简陋的木桥，南来北往的人们过河方便了。可是好景不长，道光二十九年（1849 年）四月十四日，突发大水冲走了木桥，人们往来又只能踩桥蹬过河了。

到了咸丰元年（1851 年）幸好当地富户刘庆峰在 10 年前保了一位犹姓犯人的命，犹犯名聪，辞别恩人，远离故乡，到江浙一带打工做生意，赚了钱，并在外安了家。他生意做发了，一天他想起刘庆峰，一晃十年不见，顿生思乡之情，便与老婆相商，一起回乡拜望恩人和父母。

犹聪回到家乡扶欢坝，首先去拜望恩人刘庆峰，并拿出很大一笔钱给恩人，以报保命之恩。刘庆峰一见，就说："你不用谢我，要谢，你就把这笔钱捐出，去万寿场下修一座石桥，以方便南来北往的人们，就算是报答我了。"犹聪听了恩人的话，索性把钱捐出，交给恩人刘庆峰，并恳请恩人代他承头修桥，并许诺，所差银两随后送来。刘庆峰答应犹聪的请求，接过银票，在咸丰三年（1853 年）组织人工筹办石料，探基选地，终于在咸丰四年（1854 年）建起了一座坚固的石桥，得到了人们的拥戴。

在石桥竣工之日，正好是万寿场一住户与盖石文盛一住户结秦晋之好的大喜日子，刘庆峰便邀请新郎新娘踩桥，乡亲们看着一对新人相伴，双双喜笑颜开从桥上踩过，便同声祝福新婚夫妇和和美美，白头偕老。接着刘庆峰向乡亲们宣布这石桥取名为"新桥"，它意味着扶欢人民和睦相处，生活完完美美万年长，意味着犯了错的人要想法补救，将功赎罪做新人，做对人民有益的人。

从此，"新桥"这个名称一直沿用至今，已有 150 年了，而且"新桥"这个名字将永远在人民心中流传。

搜集整理：罗宏，75 岁，扶欢小学退休教师。

马刨井[1]

张献忠率领大军浩浩荡荡地进入四川。有一日经南川，至兴隆[2]入扶欢。当时扶欢叫溱州。行至现石足村的沙河坝时，命大军原地休息。

当时正值天干，溱溪河水干断，兵士没得喝水的地方，张献忠很着急。哪知，张献忠骑的那匹马乃是神马，正当他勒马到路边一块大岩石上查看有没有水源的时候，他那匹马猛地在那块大岩石上一蹬，腾空而起，一步便跃上了寨子山的半山腰。那马用脚几刨几不刨[3]就刨了一个井，更神奇的是，从井里流出了一股清清的泉水。

张献忠一看，当然高兴得不得了，又惊又喜，惊的是，我的马人家说是神马，也只不过跑得快，飞得高，而现在，这马竟会刨出泉水来。喜的是，有了水喝，救了全部将士。于是传令士兵，每人带足饮水，继续行军。当时，因为干旱，人们吃水特别困难，有的因为没有水而渴死了，还有的为了吃水到悬崖上找水摔死了……张献忠那匹神马刨了口井的消息，就像炸雷似的一下传开了，方圆几十里的人都提着水桶，拿起盆盆来打水，有的人还把泉水当成神水，说喝了可以治病。

现在，石足村那块岩石上还有马蹄踩的印子，寨子山上也有马刨井这个地方，那井和马蹄也差不多一模一样，现在也有人还在喝那里的泉水。

讲述：谢明天，男，38岁。
搜集整理：秦放，男，25岁，扶欢文化站干部。

马刨井与石足井

脚踏刨成两个井，其中奥妙请猜详。

据《綦江县志》和《桐梓县志》有关章节叙述：明万历中后期，播州[4]宣慰使杨应龙，因心怀不轨，常跟朝廷作对，私下里大肆招兵买马，梦想独霸一方，自立为王。为进一步扩充地盘，蚕食周边地区，借扶欢山[5]有利地形，用朝廷拨款、地方税银和搜刮来的民脂民膏，在扶欢山上修筑城池，作为屯兵进攻綦江的根据地。

杨应龙之子杨朝栋在扶欢山上一边操练军马，一边督促民工修筑城寨。六月中旬，

①选自《中国民间故事集成·重庆市綦江县卷》(綦江县民间文学三套集成编辑委员会编，1991年)。
②兴隆：现关坝乡。
③几刨几不刨：〈方〉几下，形容动作不大，很快，很轻松。
④播州：今遵义。
⑤扶欢山：即今寨子山。

播州宣慰使率领卫队，骑着高头大马，视察各要口后，来到关坝驻扎下来，自己带着两名卫士，骑着马，准备上扶欢山寨视察杨朝栋操练兵马和筑城立寨的情况。由于心急，加上六月的天气炎热，他们一行来到扶欢山下一店子，仰头一看，离山寨不远了，便马鞭一扬，那马奋力一蹄，踏石而上，登上扶欢山。马累得气喘吁吁，且口渴难耐，杨应龙见此情景，大吼一声："畜生，想喝水吗？用脚刨嘛！"那马好像能听懂人意，便用力刨，果然出现一股清泉，解了主仆之渴。

杨应龙带领卫兵察看了山寨筑城的进度，并了解了杨朝栋操练兵马的情况，然后带领卫兵赶回关坝驻地，准备进攻綦江。

后来，人们看到马刨之处那一汪清泉，从不干涸，就称其为马刨井，这井至今犹存。据传，马刨井若水泛，天必大雨。为此，当地的人们一遇天旱，便请人做法事，到这来请水救旱。回看山下马踏之处，脚印深有数尺，如若一井，故称之为"石足井"，并沿用至今。

可谓是：

一脚踏成石足井，地名村名今沿用。
石滩踏成马刨井，新建庙宇留千古。

搜集整理：扶欢镇文化服务中心。

扶　欢

扶欢，古时候称为扶化，唐代设溱州。从地理位置来看，扶欢场镇四周群山环抱，中间一马平川，溱溪河穿城而过，千尺瀑布悬挂高滩而去，海拔五百米，辖地60多平方公里。扶欢为啥称为扶欢呢？关于这个名字的由来，清道光《綦江县志》是这样记载的：

相传唐时有姜姓山民大孝，以其口头禅"扶老欢笑"，所居之山被呼为扶欢山，即今寨子山。因位于山间平坝，亦名扶欢坝，又名扶坝。"扶欢"则由此而名之。

扶欢老场，清乾隆二十九年（1764年）由当地绅士罗泮真出地，在众乡民以及执政者的大力支持和协助下，前后经过近十年的努力，于乾隆三十八年（1773年），扶欢老场从老场岗迁建到溱溪河边，始为石佛场。

五月竣工后，主持移建的首富罗泮真等人同地方官会商，定于当年八月初八开场营业。消息一经传出，就得到了地方百姓、商贾住户和各地乡绅的响应，并备贺礼到场庆贺。

不料这消息传到大佛寺得道高僧至尚耳中，便想趁这开场营业之机，查访一下该地方的人间善恶、风土人情。到了八月初八这一天，至尚高僧化作百岁老翁，头裹白帕，身穿长衫，脚套草鞋，拄着拐棍，同时邀约7位八旬老翁一起，说说笑笑地向石佛场走去。各地赶来庆贺的人们也纷纷赶到场上。

正当众绅首领站起准备宣布开场营业时，只见几个青年人扶着8位老翁，兴高采烈地走上前来，罗泮真见此情景，赶忙迎上前去扶住老翁，要他们上台就座。8位老翁与众绅士握手相见，并与之同坐。这时，至尚老翁站起来，向到场的人们说：“今天，你们新场建好，开场营业，我们没什么贺礼，没想到有这么多人争着帮扶我们，我们真是欢喜得紧啊。”

罗泮真一听，心领神会，便目示众绅，得到默许，便当即站起，向来庆贺的人们大声宣布：“今天，我们以这8位老翁赶来庆贺的言、行以及他们的年龄，将石佛场更名为万寿场，意为万寿场的人们福寿双全，万寿场经济发达，万年兴旺。将原‘扶化治’，以众青年帮扶老人进场的高兴劲更名为‘扶欢治’，并报上司备案。现在开场！”话音落地，全场响起热烈的欢呼声、掌声。这时，至尚老翁站起来，口中念念有词：“我佛慈悲，善哉善哉……”随之飘逸而去，7位老翁也下台观看市场，看热闹去了。

从此，“扶欢”人以帮扶老人为乐的民风传扬在外，“扶欢”这个名字也从乾隆三十八年传到今天，已有200多年历史了。

搜集整理：扶欢镇文化服务中心。

蛇梭桥

相传在清代同治年间，川黔要道扶欢至大石板途中有一个叫大坝的地方，从龙山场到两河口的小溪经坝中流过，这里是一个美丽富饶的地方，人们日出而作，日落而息，过着与世无争的生活。

相传有一只修炼了500年的蛤蟆精沿小溪而上，来到了大坝。它看见这个地方山清水秀，就在小溪上游住了下来，并掌管了这里的溪水分配。每到涨水季节，它便把溪中的水吸入腹内，让坝中的粮田不被水淹；到了天旱时，它就把腹中的水喷出来用于灌溉农田。因此，生活在这里的人们不管是天旱还是水涝都能得到好的收成，生活越来越富裕。

为了感谢蛤蟆精，人们在每年的农历六月初六这天便抬着猪羊，担着鸡鸭，挑着美酒，敲锣打鼓到溪边进贡给蛤蟆精，场面热闹非凡，无比壮观。几年后的一天，住在两河口大河边修炼了千年的犀牛得知了这一消息，便沿溪而上，前来观看。它见这里土地肥沃，风景优美，便在大坝小溪中游住了下来。这年农历的六月初六这天，人们同往年一样抬着猪羊，担着鸡鸭，挑着美酒，敲锣打鼓来进贡给蛤蟆精。犀牛见了顿生恨意，一是妒嫉蛤蟆，二是恨人们不给他上贡。

第二天，犀中便带领着鱼兵虾将去攻打蛤蟆，蛤蟆也不甘示弱，带领着龟兵蟹将严阵以待。双方打得天昏地暗，一直打了六天六夜不分胜负。毕竟犀牛修炼时间长，道法高，它使出绝招“流地雷”，用它那重重的身体在溪中来回打滚，被压死的龟兵蟹将不计其数。蛤蟆只有招架之功，无还手之力，一看形势不妙，便带领剩下的兵将逃到了草坪垭下面的赖子石板住下，继续为那里的人们造福。后来它终于修成正果，成了一名小仙。

蛤蟆精被赶走后，犀牛便掌管了这条小溪。为了报复这里的人们，每当天旱的时候，它便把溪水全部吸入腹内，让坝内的粮田干得裂开大口，庄稼颗粒无收。每当下雨涨水的时候，它便把腹中的水全部喷放出来，使溪水猛涨，冲毁了坝内的所有粮田。年年如此，害苦了这里的百姓，饿死的人不计其数。

在大坝边的江家山上，住着一名叫江霸的地方恶霸。他拥有千顷土地，年年靠收租吃饭，家里富得流油。他见坝内连年受灾，认为是发财的大好时机，便将粮食以借一还十的高利发借。坝内的人们为了活命，不得不向他借粮，后来人们无法还清所欠的粮食，他便霸占了欠粮户的房屋土地，人们更是雪上加霜，被逼得妻离子散，家破人亡。

一天，观音菩萨云游至此，为了解救这里受苦受难的百姓，他便将两块巨大的磐石压在犀牛身上，让他从此不再作恶。后来，观音菩萨又托梦给这里的人们，在坝的中游修一座龙桥。龙桥修建好后，两米多高的龙头在桥的正中对着小溪上游，两米多长的龙尾正对溪的下游。巨龙掌管着溪水分配，他还用龙头将大地主江霸的金银财宝和粮食吃掉，又从龙尾屙[①]出来分给百姓。江家一天天败落下去，百姓一天天富了起来。从此人们就把这座龙桥叫作“蛇梭桥”，犀牛住的地方叫“犀牛凼”，蛤蟆精住过的地方叫“赖口塘”。

搜集整理：李云春，71岁，扶欢小学退休教师。

怕垭山

很久以前，就有一条从綦江县城开始，经三江、扶欢到赶水，然后直上贵州的石板大道。大石板码头也就在这条大道上，这条道是川黔的通商大道，商贩往来，川流不息，蓬勃兴旺。

后来因“张献忠反四川”，商贩经常遭劫，导致这条商道萧条冷落，行人寥寥无几。大石板通到赶水的这段大路更少有行人往来。年复一年，随着时光的流逝，杂草盖路，两旁荆棘丛生，豺狼虎豹也越来越多，连伤十几人性命，人们甚感可怕。后来人们为祭奠这十几条人命，就把云峰山改名怕垭山了。行人为了保全性命，行走安全，从赶水上来的行人来到石香炉就绕道走马道子垭口，再到三五庙分路下坡，到现在的檬子坛合路。

这样过了好多年，相传明朝洪武二年的一天，李祖带着一家四口人，从湖广麻城县迁居到大石板码头住宿。店家问：“客官，你们这一家人从哪里来，又打算到哪里去

①屙(ē)：〈方〉排泄大小便。

落业[①]呀?”李祖听后，手一指:“就在那上面去落业。”店家听后，右手一摆劝阻说:“你们千万不能到那上面去落业，山上的豺狼虎豹已经伤过十几个人的性命啦。这段路已有十多年没有人行走了。”李祖听后冷笑一下回答:“我父子是打猎出身，就是有豺狼虎豹也不怕。”第二天清晨，李祖带着一家执意到怕垭山下落业了。

一天，风和日丽，李祖带着鸟枪和斧子上山砍柴，忽然好似听到有“救命啊！救命啊!”的声音，他便放下砍刀，仔细倾听，他忽然听到有人在说:“小心砍，不要砍到我的耳朵了哟!”李祖再往四处搜寻，仍不见人影，李祖想:“声音明明是从此地发出来的，一定有人，只是我尚未发现。”于是，便回家叫儿子带上锄头也一同来寻找，他们从声音发出的地方开始寻找，砍了灌木杂草，掏开灌木下的泥土，一尊闪闪发光的金佛出现在他们眼前，李祖惊讶之后，连忙跪在地上叩拜菩萨。后来，李祖在道旁修了个寺庙，把菩萨供在庙里。从此以后，前来拜菩萨的人越来越多，这里的人气也越来越旺，人们都说，有了菩萨的保佑，就不怕豺狼虎豹了。

搜集整理：扶欢镇文化服务中心。

大碾圆

扶欢镇松山村有一大碾圆，因为这个大碾圆，松山村有个地方也改名“大碾圆”了。大碾圆这个地名沿用至今已有400多年了。说起这大碾圆，还有一个传奇故事。

传说明朝万历年间，播州宣慰使杨应龙心怀不正，长期与朝廷作对，他在各地招兵买马，扩充地盘，对北边南州[②]垂涎已久，梦想自立为王。

万历二十六年七月有一天，杨应龙化装成一老者，提着烟棒，独自去密探南州的军事设防和官兵情况，为进犯南州做准备。5天后，杨应龙探秘成功，动身返回播州，途径篆塘时，发现路边一碾坊内正在碾米，觉得好奇，便上前细看。看见坊内有一斗筐大小的圆盘，重达半吨，便向主人问道:“这圆盘有什么用?”主人对他说:“用它来碾米，这叫石碾圆，你看这边还有两个呢。”杨应龙过去一看，心想：我播州什么都有，就是没有这碾米的碾圆，如果我有这石碾圆，碾米就方便多了。他向主人索要一个，主人鄙视地说:“只要你提得起，两个都拿去好了。”杨应龙高兴地说:“让我试一试。”说着放下烟棒，一手一个，将碾圆提出碾坊，拿起地上烟棒，串起两个碾圆，扛上肩，挑起碾圆，抄小路来到两河口，过了河向扶欢前行。

杨应龙翻过神滩堡，来到松山脚下的黄桷树，顿觉又饿又累，便将一个碾圆寄放在黄桷树边一住户的朝门右侧，一心想另选时间来取。歇了一会儿后，他用烟棒串起另一个碾圆，拗在肩上继续行走，途径扶欢场，来到狮子桥，心想在此歇息一下再走，不料在放下碾圆时，一不注意，石碾圆滚下了狮子桥，掉到河里了。杨应龙见此情景，

---

①落业：落户、安家。
②南州：今綦江。

叹息一声，加之筋疲力尽，又一心想早点赶回去，带兵攻打南州。他歇了一会儿，提着烟棒赶回播州去了。

在万历二十七年六月，杨应龙带了三万人马进犯南州，旋退屯三溪[①]，于次年被朝廷刘蜓将军打败追进大娄山。六月，杨应龙自缢身亡。从此，杨应龙所寄放的碾圆再也没人搬走，人们便将这地方取名为“大碾圆”，一直沿用至今。

搜集整理：罗宏，75岁，扶欢小学退休教师。

磨刀溪

磨刀溪，本是插旗与长榜交界的一条小溪沟，水小，但终年不断。其中有一段比较平缓，溪间修有石桥一座，是古今交通要道。溪边全是石头，石头沙细起刀，而且遍及两岸，是人们纳凉、洗衣服的好地方。可磨刀溪这个称谓是怎样得名的呢？这里可有一段历史故事。

明朝万历二十八年二月，朝廷派大将刘挺从南州进兵，追剿反王杨应龙。杨驻兵山上，并在山上插旗，以示失地收复。前部先锋史明哲率兵行至今磨刀溪，在溪边一住房扎营，等待进军命令。后来，有几位兵丁来到桥下洗脚、洗手，发现溪边石头沙细，而且隔水又近，正是磨刀的好石头，便解下随身武器——大刀，磨起来，果然很起刀。便赶快回去告知先锋史明哲，史明哲得知后，即刻命部下到溪边磨刀。刚磨好刀，传令兵赶来，要他马上进军，由扶欢场转向赶水，向九盘子进发。史明哲接令后，即刻带兵进发，不到一天工夫，到了九盘子安营扎寨，于二月二十九与刘挺大军会合。刚扎下营寨，杨应龙父子带兵挑战，刘挺出战，大败杨氏父子，乘胜将杨氏父子追进大娄山中，六月，杨应龙自缢身亡，了结罪恶的一生。刘挺得胜班师回朝，分兵驻两河口、嶍峨坪。

后来，当地人们得知刘挺将军得胜的成因一半是先锋史明哲部大刀磨得快[②]，在战场上对敌人犹如砍瓜切菜，一举获胜；一半是士兵作战勇猛。人们便将这条并不出名的小溪称作“磨刀溪”，至今已四百多年矣。

搜集整理：罗宏，75岁，扶欢小学退休教师。

---

①三溪：今三江街道。
②快：锋利。

金龟山

传说清朝初年，扶欢万寿场往东，中坝与上坝之间的崇恩界内，有一小山包，酷似金龟。附近住着十多户人家，其中山堡上住有一大户，姓犹名烨，素有活菩萨之称。他家有田产百多亩，房屋五六间，常常救济贫苦人家，捐资行善，修路建庙。后来娶了一李姓女子为妻，一家老小，平平安安，生活过得称心如意。

随着时间的流逝，犹烨夫妇年近半百，尽管烧香拜佛，求神保佑，仍是膝下无子，心中好生郁闷。一天晚上，李氏忽得一梦，见一道金光闪过，一只金龟从天而降，正好落在犹府堂屋。李氏惊醒，忙向丈夫讲述梦境，丈夫一听，想必是送子娘娘显灵，给我送儿子来了。一晃几个月过去，李氏果然生一小子，乐得夫妇合不拢嘴，特别是犹烨的父母，更是乐开了怀。逢人便称犹家有后了，随即便请众乡邻办酒庆贺。

后来，人们便将金龟落入犹府使犹家有后人的这个小山包称为“金龟山”，流传至今。

搜集整理：扶欢镇文化服务中心。

石鼓洞

唐贞观年间，播州有一曲艺精通的老师，姓卢名昆，吹打弹唱，无一不精，卢昆老师的声誉遍及播州，深受广大曲艺爱好者追捧。

贞观二十一年，溱州荣懿境内有杨姓弟兄二人和张姓小女子受人指点，慕名前往播州向卢昆老师学艺。他们晓行夜宿，到播州找到了卢老师，遂告知来意。卢老师同意了她们的请求，并安排杨林学琴，杨柳学鼓，张玲学舞。就这样三人在老师的精心训教下，各自专心学艺。

学艺中，一个抚琴，一个击鼓，一个展示舞技，学得专心致志，创意有别，不知不觉过了半年有余。他们的技艺长进很快，卢老师心中甚悦。可三师兄妹之间相互也产生了感情。特别是杨柳不但鼓击得好，而且很有创意，不管用什么东西击鼓，都会发出各种美妙之声音，甚得张玲之喜爱，杨柳还对师妹吃、住、玩都无微不至地关心。而张玲也甚是喜欢师兄杨柳。可大师兄杨林抚琴不错，学艺也精，就是心术不正。杨林虽喜欢师妹张玲，但常口是心非、妒嫉心强，经常给师弟杨柳恶作剧。为此，张玲恨而远之。

一天，张玲和师兄杨柳一同前往山中一石台练艺。杨柳一会儿用手击鼓，一会儿用柳枝击鼓，一会儿草茎击鼓，鼓声各有韵。师妹张玲配合各有韵味的鼓声，展示各种舞技，时而跳跃，时而飘舞，时而拥抱师兄，真是抚鼓跳舞之一对恋侣齐韵。恰在这时，师兄杨林路过，见此情景，妒嫉之心顿起，冲上前对杨柳下手，一脚将杨柳踢下悬崖，随后将大鼓往下一扔。这可怪了，只见那鼓径直向前漂去。杨林将师弟杨柳踢下之后，扬长而去。师妹张玲一愣，见情郎坠岩，呼天喊地，含泪寻找情郎杨柳，一直找到第二天早上，才发现杨柳已气息奄奄，满身血污。张玲近前，搂起杨柳，喊着师兄、情郎。这时杨柳微睁双眼，见是师妹，便断断续续地对张玲说："玲妹，我俩今生无缘，等下世吧。你不要管我了，赶快去寻找那神鼓吧，那鼓不用鼓槌，任凭什么抚它，都会发出优美的声韵，你的舞姿离不开它啊。"说完便闭上了双眼，张玲伤心地把师兄安葬后，拜别了老师，去寻找神鼓。而杨林呢？受到播州宣尉司的惩办，命丧他乡。

张玲回到荣懿老家，向父母诉说了学艺经过后，遂拜别父母，到溱州寻找神鼓。她忍着悲痛，沿溱溪河而下，慢慢寻访找寻。一天，她来到扶化境内腊子桥，听人们正谈论三月前突发一声巨响，上天落下一巨型鼓石。鼓石击断河流，成了一洞，洞深二十多米，灌满河水。巧的是鼓石侧呈于洞前。张玲听后赶忙来到洞前一看，果有一洞一鼓石，伤心地向前抚摸。鼓石便发出"咚嘶"之声。张玲又随手摘下柳枝轻击，不料鼓石又发"咚嚓"之声，她又随手拔出一草茎抚击，鼓石又发出清脆之声。这时张玲更是伤心，泪水涌流而滴到鼓石上，鼓即发出"咚咚"之声。张玲听到如此玄妙之声，相信是郎君之神鼓。她伤心地诉说："师兄啊，我的郎君啊，我们今世在阳间无缘，在阴间相会吧。"说完"扑通"一声，扑入水中，不见踪影。

后来，当地的人们不时发现岸边柳枝渐少，连其他树枝也少了许多，不知何故。哪知，一天早上，天刚发白，早起的人们听见各有韵味的鼓声，便寻声悄悄走近一看，一美妙女郎手拿柳枝一边抚鼓，一边伤心哭泣，一连多天，天天如此。为此，人们便把这洞以石鼓命名，称之为"石鼓洞"流传至今，以此来纪念这对情深意切的好师兄妹，好情侣。

搜集整理：罗宏，75岁，扶欢小学退休教师。李云春，71岁，扶欢小学退休教师。黄昌银(已去世)，扶欢小学退休教师。

木鱼山

传说在元朝的时候，两河口石茅盖有一城隍庙，香火极盛。后来这一庙中来了一位高大英俊和尚，可他心术不正，为人懒散，常云游他方，专找妙龄女郎寻欢作乐，纯属一个风流和尚。

一天，他听说扶欢境内有一仙女洞，洞中有仙女，每天夜深人静时便裸身戏水，便心生邪念，想去与仙女戏耍。为此，和尚选了一个月黑风高的夜晚，手敲木鱼，来到仙女洞前，席地而坐，时不时敲一下木鱼，等待仙女出现。不知不觉等到约三更天，还是不见仙女现身，心想:“我今来与仙女会面，难道她听到木鱼声，害羞不成?”随后，和尚沉下心来，静静地坐等仙女的出现。不料，和尚不知不觉地睡着了。忽听一声鸡叫，和尚惊醒，心急如焚地扭身往回走，连木鱼也忘了带着。他走到两河口过山梁时，天也亮了，回不了庙，遂变成了一尊石头，立在山梁上。而所丢下的木鱼越长越大，成了一个小山包。

后来人们便把这小山包称为“木鱼山”，至今仍守在仙女洞前。和尚所变之石，酷似一和尚，人们称之为“和尚石”。它静静地立在山梁之上，任凭风吹雨淋，日晒夜露，诚心悔过。因为和尚没能赶回去，石茅盖之城隍庙从此荒废了，至今踪迹全无。

这真是：

淫心一时起，坐等仙女形，
鸡鸣往回赶，化石守山林，
路人说长短，悔过泪盈盈。

搜集整理：扶欢镇文化服务中心。

牛脑山

话说牛脑山，就要说到牛心山；说牛脑山，牛心山，更离不开草坪垭，为什么呢?这里有一个美妙的传说。

隋唐时期，西牛贺州牛王庄有一神牛，产下一仔，刚着地就能直立行走，连奶都没有吃一口，径直往南奔跑。母牛随后追寻，一直追30余天追之不上，每天只见小牛身影，就是追不上，只好随影而追；不知不觉，竟然追寻到南瞻部州南州境内，在一群山之中追寻到小牛，母子俩亲近一番，便在此停歇下来。一天，母子俩走出群山，向前眺望，綦河对岸一草坪呈现眼前，母子俩见草坪上一片嫩绿之草，飞奔向前，跨过綦河，来到草坪。一夜之间，吃光草坪上的嫩草和住户的庄稼苗，然后回到山中。这草坪也神，昨夜刚被吃光的，次日天亮又长出来了，庄稼苗却长不出来了。草坪住户见此情景，便组织轮班守望追赶俩牛，可每天都守到五更天，不见俩牛影而草坪之草照样被吃掉，次日天亮又长出。如此两月过去，村民没法，只好向地方官求救，而地方官也无法管束。村民又去向菩萨求救，希望赶走俩牛，为民除害。

观音得知，上天面告玉皇大帝，请求玉皇大帝派兵收伏牛妖。玉皇得知，便派灌江口二郎神下界收服。

二郎神领命，即带哮天犬和几百天兵天将，来到南瞻部州俩牛妖住处。探之两只牛又去吃草祸害百姓，便将哮天犬放出，追回牛妖，而两牛吃得正欢，见哮天犬追来，便大叫一声，回头就跑。二郎神见了，便用鞭一指，将母牛妖镇在嶍峨坪南面，面南尾北而立；再用鞭一指将小牛妖镇在丁山东面，要它面东而立，并交观音镇守，而后回复交令去了。

从此，草坪垭庄稼年年丰收，绿草如茵。而这两只牛妖每天只好望着前方草坪而兴叹。两只牛妖隔河而立，而不可相视，乖乖地为当地人们服务。为此人们便将母牛称作牛脑山，为扶欢一景。将小牛称作牛心山，成了东溪一景；将牛妖吃草之草坪取名草坪垭。两只牛妖被镇住成山，给扶欢人民和东溪人民带来了无穷好处，成了人们旅游观光，休闲、纳凉的好去处。

讲述：不详。

搜集整理：罗宏，75 岁，扶欢小学退休教师。黄昌银(已去世)，扶欢小学退休教师。

杨柳井

杨柳井，位于扶欢西北部长榜村，是扶欢至盖石、三江及綦江的必经之地。杨柳井，顾名思义，是人们生命用水之井。这井由何而来？当地流传着一个神奇的故事。

传说清朝道光初年，杨柳井周边杨柳甚多，遍及大路两侧，路边柳林中有一小水坑，成了当地人们和过往行人的饮用水。水源主要靠接露天水，因此天旱则缺少，下雨就充盈。

一晃 20 多年过去了，到了道光二十三年六七月，赤日当空，愈演愈烈。六月十六这天，一位年近八旬的白发老翁从盖石回来，到了杨柳井，因酷热难当，便扑在水坑边，用嘴贴底吸水。这时，一个到大垭场做法事的道士路经此地，见此情景，顿生怜意，便与老翁谈起旱情。

分手时，道士对老翁说："今天这井没水，明天一定会注满。"说完，他拂袖向大垭场走去。

那道士在大垭场一大富户家中，与几位道人共同做法事。做扬幡请水时，道士悄无声息地取出弯角，伸进请到的水中，舀了一点，装入弯角藏好。做完法事回家途中，经过杨柳井时把弯角的水倒入井中，口中念念有词，不一会儿就听见"喔嘟，喔嘟，泛水，泛水"的声音在杨柳林中回荡，再看水坑里，果然水满外溢，道士见此，乐滋滋地走了。

后来，人们将水坑修成一口水井，因为这是在柳树林中，因此命名为"杨柳井"。这虽然是传说，但这井确实给人们带来了很多好处。后来因地壳发生变化，水源下落导致杨柳井成了一口枯井，但"杨柳井"这个名字一直沿用到今天。

搜集整理：罗宏，75 岁，扶欢小学退休教师。

龙山场

扶欢镇民主村南，有一高山，四周风水好，这一带的地名大都带“龙”字，“青龙嘴”“石龙嘴”“龙颈塆”“回龙塆”“骑龙岗”“龙泉岭”，等等，都是响当当、人人皆知的地名。

据民间传说，道光十二年，綦江知县邓仁堃到此地观风水，确认回龙塆有真龙穴。为了当地百姓的平安，防止出草寇，邓仁堃派人在回龙塆以东的山上挖断龙脉，后来，人们称这座山为“挖断山”，流传至今。

咸丰年间，贵州省桐梓、绥阳、温水等地的农民起义达四次之多，常袭击綦江南部的石壕、羊角、青年、东溪、赶水、扶欢坝等地，战乱达七八年之久。咸丰末年七月二十三日，石达开部属赖裕新部由贵州温水出发袭击綦江南部，民众苦不堪言。为躲避战乱，民众于翌年（同治元年，即1862年）在龙泉岭上修建寨子。此山四面悬崖，建围墙一丈多高，东、西、南、北各有一道大寨门，每道寨门两侧均有枪炮孔，北面另有挑水出入的两道小寨门，真是一夫当关，万夫莫开。由于在山上修了寨子，后人把“龙山岭”称作“龙山寨”。

大安乡有个名叫“鹿吟沟”的地方，过去在这里住着一户有名的人家，这家有兄弟俩，一个名叫吴殿安的进士，人称大老爷，另一个叫吴杰安，人称幺老爷。宣统末年，以吴家为主，联络周家、杨家等富豪，在龙山寨上修建场镇，于民国初年竣工，名叫“龙山场”。场中建有一所新学校，土木结构，教室安装了高大明亮的玻璃窗，当地人很少见到这样的学校，就称这个学校为洋学堂。学校系吴家两兄弟经手开办，民主村李时雍三老爷曾在此校任教，教学内容是四书五经。学生来自四面八方，其中多数是读了多年书或任过多年的教师来此深造。

龙山场赶集的日期定为二、五、八日，招来四处商人到此贸易，逐渐兴旺起来，同时也招来土豪劣绅、土匪恶霸在此横行，抢劫欺压百姓，远近商人、大小商贩到此均无一幸免。附近有一姓李的屠户到此卖肉，遇一恶霸购肉不付钱，屠户苦苦哀求，这恶霸不但不付，还说屠户坏了他名声，邀约一帮人对屠户拳打脚踢，抢了屠具和未卖完的肉，又指着屠户恶狠狠地说：“下个赶集日，必须在大街上给我恢复名誉。”李屠户有冤难申，走投无路，回家当晚就自杀身亡。日后，来此的商人多数被敲诈而被滞留场上，数天不能回家，因此当地人称“龙山场”叫“笼三场”。

民国四年十二月十一日，袁世凯窃国称帝。民国五年一月初一，蔡锷兴兵讨袁，同月初五，袁世凯派北洋军入川。是月下旬，北洋军旅长齐燮元、吴佩孚率两个旅直达綦江，吴佩孚驻东溪，吴部所携饷款概系绅票、拾票，在东溪无法使用，夏华清遂以东溪保正的名义，印制了一批钱和救济券兑换使用，大得吴佩孚的欢心，接着，夏华清又将其子夏奠言寄拜吴氏膝下为儿。吴殿安、吴杰安两兄弟得知袁世凯称帝，心想过去的科举制度可能得以恢复，认为升官发财的机会来了，又知本家北洋军旅长吴佩孚驻东溪，真是欣喜若狂。

不久，贵州宣布独立，滇黔联军讨袁，眼看吴氏兄弟的升官发财美梦将成为泡影。一月二十七日，黔军编入滇黔联军，由护国军第一军右翼总司令戴戡，指挥原驻松坎的第五团团长熊其勋率 5、6 两团共 6 个营，2000 余人入川。二月十一日夜，黔军在松坎兵分三路，同时向驻綦江境内的北洋军发起攻击，先后在龙抬寺、刘罗坪、草坪垭发生激战。16 日，滇黔军接蔡锷电示，为免腹背受敌，开始撤退，北洋军占领綦江。三月下旬，袁世凯被迫取消帝制，双方形成停战局面。

这时，吴氏两兄弟想当官的心不死，央求夏华清介绍与吴佩孚相识，欲求一官职。吴佩孚答应了兄弟俩的要求，同时要吴大老爷去坐遵义，二老爷坐桐梓，并支持他俩一些枪支弹药。吴氏兄弟回来后，纠结两三百人在龙山场上训练，数日后便带着队伍向贵州出发。出发的早晨，挂在洋学堂门上的洋号不吹自响。早餐时，在箩筐中取碗见一条蛇盘在其中，人皆惊之，把那条蛇当即打死。吴父得知此事，长叹一声，暗地劝其儿改日出行。吴大老爷却镇定自得地说:“龙凤呈祥，天助我也!”

队伍下午抵达松坎，想在此补充粮草枪支。松坎的团防，见来者众多，且抬着两门大炮，惧之，皆躲进松坎后的大山之中。吴氏两兄弟见无人抵抗，便得意忘形，众皆涣散。河边有一好事青年，见大炮四周无人，便前往观之，有蛇布罩着炮身，用刀破布，见其里是卷成筒的黄篾席，用手抬之颇轻，方知假炮也。这青年急去告知团防，团防将计就计，暗中将其包围，并设宴款待吴氏兄弟及其部下，众醉，两兄弟就地被擒，其余兵士弃甲而逃。兄没能坐遵义，弟也没能坐稳桐梓，当天两人被杀于松坎河沙坝。夜晚又遇涨大水，两具尸体随波而去，渺无踪影。

随后，龙山场日渐萧条，再也没人赶集，场内房屋陆续撤去，居民也陆续迁走。解放时，只有围墙完好，有两道小寨门残留着两扇厚厚的木门，洋学堂处还留下基石，在围墙中有一块石上还刻着“同治元年”四个大字。龙山场上的是非成败烟消云散一场空。

吴氏兄弟丧命，龙山场散伙，其原因民间议论纷纷：有的人认为是县令邓小伙在龙山场的回龙塆挖断了龙脉；有的认为出征时不该打死箩筐中的那盘蛇；有的人认为不听老人言，必定要走西方路，出征的当天，吴氏兄弟没有听从其父改日出征的建议。以上原因皆非也，理当是：

历史潮流不可挡，吴氏逆行见阎王。
天若有情天亦老，人间正道是沧桑。

搜集整理：扶欢镇文化服务中心。

茅阿寺

传说清朝顺治年间，扶欢松山山中有一茅姓人家，很是富有，可他从不欺压百姓，常周济穷苦人家，受到当地人民拥戴。

一天，西方佛祖云游到此，化作一老者下去访查，这茅姓人家确像人们所颂，真有积德行善之举。再看这山林深茂密，景色不错，便给茅姓主人托梦，要他主持在山中修一庙宇，以供佛祖、川祖、刘关张之神灵，所需银两到綦河边一小山包去取。

茅姓主人得梦后，便与家人商讨，决定按梦中所说，亲自主持修建庙宇，行善积德。接着，立马组织人们备料、选址动工修建。又派余音童专门负责背运银两。余音童去背银子时，见山上银子很多，便心生贪意，他往山上背两次，又往家里背一次，就这样，家里柜子装满，而山上还需银子。他又去小山上，见银子没有了，便回去告诉茅姓主人，主人一听，心想银子没了，而庙未修好，怎么办呢？便与余音童到小山包一看，果然没有了，就在这时，忽听一声大响，空中出现佛祖法相，口中念道："私心、贪心、可恶、可恶。"茅姓主人随后返回，想方设法，继续修庙，由于余音童的私心、贪心，导致庙宇下殿未完工，且茅姓主人也倾家荡产，支付了工人的工钱后一家人过着贫寒的日子。而余音童回家后以为自己发了，可打开柜子一看，傻了，满柜子银子化为木炭，叹息一声："看到银子化成水啊！"

后来人们为了纪念茅姓主人的功德，便把这座庙宇称作"茅阿寺"，取银之处，因佛出现，起名"佛现身"，至今犹存。

这真是：积德行善受人赞，贪得无厌银化炭。

讲述：不详。

搜集整理：罗宏，75岁，扶欢小学退休教师。李云春，71岁，扶欢小学退休教师。黄昌银（已去世），扶欢小学退休教师。

范家庄

明洪武年间，范氏祖人由湖广入蜀到川黔交界之石足村，连选三址：一址因虎伤人而未下石，随选二址老梭榜造屋居住不久，因不满该地名，又选三址，觉得该址风水好，便造房移居此地，并起名为"范家庄"。在此居住期间，确是平安如意，人丁兴旺，财源滚滚而来。

可人心不足，他们既想发财，又想家中有人当官。为此，特请了一位深通地理的杨姓阴阳先生来为自己选择风水宝地，修建阴宅。这位杨先生确有本事，经三年游走精选，最终在范家庄往东 500 米落足，修了祖坟，连修三重拜台，取名独龙过江，葬后人兴财发。选址修坟前，范氏主人与杨姓阴阳先生有约在先：如果阴阳先生说的地址是真的，眼瞎后生活困难怎么办？范氏主人许诺，“如先生因为选址而眼瞎，我愿供养先生一辈子，给先生养老送终。”范家把坟修好后，家里确实发达了，儿孙满堂，而且还有大小官员六七乘轿子，确是富甲一方，敢与对门罗家媲美。但对眼瞎的杨先生逐渐冷淡了，而且还把他当作仆人去推磨碾米。20 年后，杨先生之徒由此路过，看见师父在那里给人推磨碾米，心中不忍，便上前去问寒问暖。当杨先生谈及范氏家人不守诺言，冷淡自己，虐待自己时，徒弟愤恨不已便与师父商量报仇之事。师父说：“要报仇，要范家败，只有一个办法，就是在坟的河对面修三个土地庙，可我眼瞎不能办，全靠徒弟你了。”徒弟听后，便寻机与主人摆谈说：“你范家要想永远发下去，还得在坟前河对面修三个土地庙，积德行善。”范家听后，信以为真。第一年请工人修了第一个土地庙，全家平安而过，第二年又请工匠修了一个土地庙，全家内外还是平安度过，心想该徒所说是真，便又请工匠修了第三个土地庙。土地庙修好了，范家正在庆功时，不料天气突变，狂风暴雨，当即对范家不守诺言进行惩罚，发大水将范家庄冲毁，片瓦无存。

从范家的兴败和得失，得出一个道理：无论官与民，贫与富，都要一诺千金，言必行，行必果，才能受世人所赞。

为此，后人有口头禅：独龙过江不守诺，山王庙阻龙作恶，一诺千金世人颂，不守诚信必遭殃。

搜集整理：扶欢镇文化服务中心。

东升奇石

奇石，奇怪之石，在长之石。奇石，现在它在扶欢镇东升村车水湾一老房之内，与坛神菩萨一起，享受人间烟火。这奇石，怎么来的呢？

传说清朝嘉庆年间，扶欢坝现东升村有一高大健壮之人，名赵高。他一生勤劳，是当地黑白两道都吃得开的人，常对人们说：“不怕你筑高墙，喂恶狗，不如请我喝壶酒。”这正说明赵高有极好的社会关系。他一直居住在车水湾。有一年春，因为有一犯事人牵连到赵高，官府派人抓他，当官差来时，赵高正在犁田，公差给赵高说明来意，要抓他去见官。赵高不慌不忙地向官差说：“等一等，让我把牛扛回去后，我就跟你们走。”官差允许后，赵高把牛洗刷干净后，一弯腰扛起牛往家走。官差随后跟着，惊奇地伸伸舌头。果然，赵高放下牛，牵进圈，便跟官差去了官府。

当官差向官老爷谈及赵高扛牛回家之事后，官爷向赵高问了几句，便把他给放了。

赵高在回家途中，来到盖石犁园滩过河时，发现两个鹅卵石在打架，赵高觉得好奇，赶忙把二石捡起藏在自己腋下，过河往家赶。当他回到家里，伸手取石时，发现掉了一个，只好将没掉的一个恭恭敬敬地放在堂屋坛神菩萨边让他与坛神一起享受人间香火。奇石享受了人间香火后，可神了，竟生了灵智，常有人看见奇石在香盒下滚上滚下，最后再回原位不动。后来随着时间的推移，住户的变换，历经数载，就是坛神和奇石位置没变，可奇石却渐渐长大了，由鹅卵石长成为小箩筐大小了。后来，到了 1946 年，原杨姓住户搬走，杜、张两家搬来同住，他们同样像前住户一样常给坛神和奇石烧香礼拜，而那奇石又渐渐长大，到现在也是一般的箩筐口大小了。

搜集整理：罗宏，75 岁，扶欢小学退休教师。

崇恩寺

崇恩寺，位于綦江区扶欢镇境内，是綦江的重点文物保护单位。该寺始建于北宋时期，是綦江境内有文字记载的最早的寺庙之一，现为“重庆市重点文物保护单位”。

据清道光《綦江县志》卷二载：宋哲宗元祐八年（1093 年），曾任长沙太守的赵高峰[①]告老还乡，在扶欢坝定居下来。因赵高峰为官清廉无私，哲宗皇帝敕赐匾额“青莲院”。青，清也，莲，廉也，以誉高峰清正廉洁，高风亮节。后来赵高峰为了表达对皇上赐名的感谢，特意修建了一座寺庙，给寺庙取名叫崇恩寺，还在古石佛背上镌刻“敕赐青莲院住持，从白元祐八年”字样。

据文史资料记载，赵高峰（1012–1114 年），原名讳赵祯[②]，字峙峻。生于溱州扶欢东升山脚赵家湾，宋神宗元丰元年（1078 年），赵高峰 64 岁中进士，官至长沙太守。宋哲宗元祐八年（1093 年）告老归乡，敕赐所居扶欢山。

宋天子崇德报功，钦赐匾额，名曰：青莲院。青莲院之名取自《法华经》谓妙音菩萨“目如广大青莲华叶”之意，所吟《青莲院诗集》已亡佚，仅留《青莲桥头碑词》：

青山寂曲，倚据□□。俯临溪壑，鸟雀还江。
螭虬云捧，锁断长虹。鹤汀凫渚，紫气浮空。
瞿云庆上，八面路通。禅衲出口，永镇无穷。

搜集整理：扶欢镇文化服务中心。

①赵高峰：綦江扶欢赵家湾人氏。
②讳赵祯：宋仁宗登基而避讳。

永城镇

凤冠山①

很久以前，永城地区是一个五谷丰登、六畜兴旺、人民富裕的地方。由于农业连年丰收，人民安居乐业，太平无事，永城人民过着幸福、安康的日子。突然在东面的山上出现了一个叫地拱牛②的妖怪。这妖怪白天在地下睡大觉，晚上却出来危害人民。特别是夏天，正当秧苗一片葱绿，小麦一片金黄的时候，它从地下爬出来，毁坏秧苗，吞吃麦穗。更可恶的是它所到之处，将土地拱得一塌糊涂。人民无法耕种、收获，生活极其困难，更有甚者妻离子散，流浪他乡。

永城人民天天盼，夜夜盼，希望能盼来一个惩治妖怪的能人。当时永城有个读书人，名叫王文，他说南海有个观音菩萨是神仙，专门为人们做好事，只要人们诚心拜请她为民除害，她一定会来制服地拱牛。

听取了王文的建议，当地人民就集资在山凹处修了一座观音庙，雕塑了一个观音菩萨的石像，并在两侧刻下了"公平拜观音、正直朝南海"的竖对。随后按旧时的规矩，天天到庙前烧香、化纸祈祷。乡民依次在庙前进行了七七四十九天的祈祷。最后一天的中午，天空突然乌云滚滚，狂风大作，瞬间一片漆黑。接着只听得空中飕飕飕的响声，然后"咔嚓"一声惊天动地的巨响，东面山脊上几道电光一闪，倾盆大雨便下来了。接着又是几声巨响，雨住了，太阳复出。阳光驱散了乌云，山上流下了红色的水。山脊上不知哪儿飞来了几块挺拔的大石头。

自从永城东面山上出现了几块大石头之后，再也没有发现地拱牛出来危害人们了。后来大家才知道，这山上的几块大石头原来是很远很远的凤凰山上的一只金凤凰头上的几齿冠子。观音菩萨为了解救人民，特使用法术将地拱牛打死后，再将凤冠压在山上，使一切妖魔鬼怪永世不得作祟。从此，永城地方年年安康、岁岁太平。

讲述：王百祥，男，84 岁（已故），永城乡永城村。

搜集整理：王开平，39 岁，古南文化站专干。

---

①选自綦江县民间文学三套集成编辑委员会编《中国民间故事集成·重庆市綦江县卷》（自印，1991 年）。凤冠山：在綦江永城东面，山顶有巨石一块，形似凤冠，因而得名。明嘉靖年间，綦江知县刘宪，经过此地，在大石上挥豪写了"凤冠石"三字。经石匠精刻，至今字体清晰。

②地拱牛：地牯牛，中药名，为蚁蛉科动物黄足蚁蛉的幼虫。

綦风士气题刻[1]

相传明朝时，永里[2]王氏族人中有一小孩，从小天资聪明。5岁能吟诗，6岁能作对，七八岁时对文章能过目成诵。家中父母无不欢喜。为了知晓小孩将来能否成器，他父亲专门请了一位八字先生给他算命。“不打卦不害怕，一打卦就是一大坝[3]。”八字先生讲。孩子小时过于聪明，意味着长不起来，要夭折。父母听了不知如何处理为好。最后八字先生说，要拜一石头作保爷才能成长起来。

王氏夫妇选定了凤冠山上一块大石头作为儿子的保爷。一天，王氏夫妇择定吉日良辰，带着孩子来到大石头前，献上供果，作揖叩首，焚纸烧香，闭目口祈，望石头保佑儿子一生平安，长大成才。说来也奇怪，打这孩子拜了保爷之后，身体长得很好，学习也一天胜似一天。最后通过层层考试，15岁就中了举人。同时还被委任为某地的知府。由于此人在职期间体贴民情，秉公执法，为官廉正，得罪了一些权贵。最后朝廷要他视人执法，苟且偷安。他刚直不阿被判斩首示众。尸体运回永里后，族人用“灰面”[4]做了一个假人头，葬在现在永城镇永城村菜油湾的生期岗。尽管王氏子拜了石头为保爷，仍未能逃脱厄运。

到了清道光二十年，族人王用维等经当时翰林学院批准，为了纪念这位为人清正的先辈，在他幼时拜契的保爷——这块大石头上面，刻下了“綦风士气”四个大字，以此寓意：綦江地区志士仁人的风貌和气概，和这块大石头一样刚直不阿。

讲述：王柏槐，男，78岁，永城乡永城村农民。
搜集整理：王开平，39岁，古南文化站专干。

“何二垭口”飞来庙

很久以前，瀛山脚下，永水河畔，住着一户何姓人家，以打柴为生。主人何二，虽也娶妻，但久婚不育，眼看已到知天命之年，膝下仍无一男半女，夫妻二人很是孤单，也很是焦急，到处寻医问药、求神拜佛，盼子之心分外殷切。

有一天，何二上山打柴，来到凤冠山上。时值正午，烈日当空，白花花的太阳晒

①选自綦江县民间文学三套集成编辑委员会编《中国民间故事集成·重庆市綦江县卷》)(自印,1991年)。
②永里:现永城镇等区域。
③大坝:很多、很长的意思。
④灰面:<方>小麦面粉。

得何二睁不开眼睛。何二又累又渴，来到山垭口，喝了几口甜沁沁的龙井水，躺在一块石头上休息，山风一阵阵吹来，不一会儿就睡着了。酣睡中，何二做了一个梦，梦中一位白发老婆婆拄着竹杖走到他面前，告诉他，要他七七四十九天吃素，九九八十一天晨昏点香烧纸，面向南方跪拜，六六三百六十天行善积德，做好事，妻子定能怀孕生子。说完老婆婆便转过青石不见了踪影，何二的梦也醒了。

何二生性憨厚，诚实善良，越想越觉得此梦蹊跷，回家后将梦境如实告诉了妻子，妻子听后乐不可支，欣然照办。从此以后，夫妻二人天天吃素，每日晨昏点香烧烛，焚钱化纸，面向南方，虔诚跪拜，一年三百六十天，天天找好事做。许是心诚则灵，刚到第二年，妻子果然生了个胖小子。

何二老来得子，甚是高兴，他知道是观音菩萨显灵，为了报恩，他决定募化修建观音庙，以便祭拜，同时愿天下所有人都能养子抱孙。

为了募化，何二上到南川，下到巴县，甚至远达贵州，脚迹云南，走乡串户，渡桥涉水，沥风沐雨，历尽艰险，但资金还是没有筹足。一天，何二募捐从远地回来，走到凤冠山垭口，由于天气暑热，加之多日劳顿，身体疲惫不堪，便倒在地上睡了过去，殊不知，此觉睡去，从此再没有醒过来。入夜，凤冠山上狂风四起，雷电交加，大雨倾盆，山摇树撼，风、雨、雷、电整整呼啸了一夜。

第二天，雨过天晴，凤冠山垭口处不见了何二的遗体，却出现了一座石庙，内有一尊观音菩萨。这件神奇的事情也在当地百姓中传开，人们认为是何二虔诚的心灵感动了上苍，帮他完成了遗愿。何二为了当地人都能够绵延子嗣，嫡传香火，不惜离乡背井，募化修庙，村人实在为之感动。为了纪念他，当地村人将垭口取名为“何二垭口”，而这座观音菩萨石庙亦由于一夜之间从天而降，被称之为“飞来庙”。

后来,“飞来庙”信男善女日渐增多，香火不断，有求必应，灵验一方，远近男女都来朝拜。“文化大革命”期间,“飞来庙”曾被毁塌，再后来，又被当地百姓恢复，延续香火，直至今日。

搜集整理：永城镇文化服务中心。

金鸡报晓石

在永城镇凤冠山的山梁上，屹立着一块高十几米、宽十几米的巨石，它像一只挺着胸、昂着头的雄鸡，仰天长鸣，浑然天成，因此，人们将它称为金鸡报晓。

传说很久很久以前，凤冠山上树林茂密，古木参天，人迹罕至，鸟鸣花喧，群鸟翔集，百兽走歇，一派原始的苍莽与生机。有一天，不知从什么地方飞来一只金鸡，华冠金羽，气宇轩昂，凌凌生气，飒飒威风。金鸡被这里的好景致吸引，便栖息于此。从此，每当清晨，东方刚刚露出鱼肚皮的时候，金鸡立足山顶，面向东方，喔喔啼鸣，啼声悠扬婉转，像嘹亮的军号划破了长空，也像清亮的笛声萦绕在山林谷海，余音回旋，久久不绝。从山谷里跳出来的第一缕阳光铺洒在金鸡身上，光芒万丈，辉耀群山。山下，大地苏然转醒，万物有了声色，屋脊炊烟袅袅，人们呼儿唤女，农夫耕田，农妇播种，书童上学，老迈喂畜，林中雀鸟啁啾欢鸣，倾巢而出，群山莺歌燕舞，百鸟朝凤，呈现一派生机盎然、和乐祥美的欢腾景象。

岁月沧桑，斗转星移，不知道历经了多少风雨，流转了多少时光，小镇上的居民越来越多，房屋密集，道路纵横，大量森林被砍伐了，古树良木被拉走了，留下的是光秃秃的山岗和乱蓬蓬的杂草，昔日的茂密森林成了荒原，鸟儿们不得不迁徙到其他地方，山中不见了走兽踪迹。人们为了建设自己的家园，毁掉了鸟儿们的天堂，从此，山上荒草丛生，怪石嶙峋，金鸡不再啼鸣，带着遗憾变成了石头，永远地伫立在凤冠山上，只留下“金鸡报晓”的传说。

搜集整理：永城镇文化服务中心。

乌龟戏豚石

凤冠山上怪石嶙峋，百态千姿，仔细看，其中有两块石头，状如乌龟和海豚相逐相戏。

传说过去綦江是一片大海，大海中有一只小乌龟，住在海底的礁石下，毫无忧虑，自得自在。一天，小乌龟出游觅食，隔着美丽的海藻看到对面成群的小虾米，乌龟兴奋地游过去，眼看虾米即将群散，乌龟心急力游，却不小心被脚下的藻荇缠住了脚，进不得退不能。乌龟几次挣扎，都未能摆脱藤蔓的束缚，又不敢大声呼救，怕引来强敌。小乌龟又急又怕，正在不知所措之时，远处游来了一只海豚，美丽光滑的身体在水草间自由地穿行，划出一道道优美的弧线。小乌龟急声呼救：海豚呀海豚，快快用你尖尖的嘴巴，帮我把这些该死的海藻逐去。海豚心地善良，看到小乌龟的窘状，毫不犹豫地前来施救。用它尖尖的嘴巴拨开了小乌龟脚下的藤蔓。乌龟感激不尽。从此，两个成了好朋友，它们一起歇宿，一起出游。有时，乌龟爬上海岸看美丽的日出日落，再把看到的讲给海豚听，有时，海豚跃出水面看鸟儿在白云间飞翔，也把看到的讲给乌龟听，它们身上像长了两双眼睛，看到了两份不同的美丽。

这天，乌龟和海豚相约远游，决定到一个从来没有去过的地方，它们要把这海底游遍。乌龟和海豚游啊游，看到了千年的海底沉船，躲过了食人鲸的追捕，游过了长长深深的峡谷，避过了风暴搅起的巨大漩涡。

它们来到海底的一处山石上，这里的石头怪异嶙峋，大的如巨扇，小的如丸卵，比其他地方的鲜活得多，它们从来也没有看到过，决定留下来住几天。小乌龟和海豚在石块之间穿游，它们被那些奇怪的石头迷住了，乐不思蜀。

这天，它俩玩得正高兴，突然海豚被两块巨石卡住了身体，怎么也出不来，海豚急得大叫，乌龟见状，却也无计可施，只围着海豚团团乱转。海豚越挣扎被石块卡得越紧，终于放弃了。乌龟想起当初自己被海藻缠住，海豚奋力相救的情景，伤心极了，它要留下来，陪在海豚的身边。每天早晨，乌龟为海豚寻来食物，傍晚，爬到岸边，把看到的远山近树讲给海豚听。

一天又一天，海水渐渐消退，食物渐渐稀少，海豚悲伤地劝朋友离开自己，趁海水未完全消退，游回大海去。乌龟哪里肯听，坚决留下来，陪在海豚身边。终于有一天，海水一寸一寸消去，海底的石头一块一块裸露出来，海豚停止了呼吸，乌龟再也爬不动了，静静地卧在海豚身旁，成了两块石头。

搜集整理：永城镇文化服务中心。

鳄鱼叫天

相传很久以前，洪水朝天，綦江四周一片汪洋，凤冠山被洪水淹没。有很多水栖动物，游弋在被淹没的凤冠山山脊上。

有一天，一条鳄鱼正在水中游，突然被乱石卡住了身子，只有头部露在外面。鳄鱼奋力挣扎，身子始终抽不出来。后来，大禹疏通九渠，洪水渐渐消退，鳄鱼见状，惊惶失措，竭力朝天呼救，但它叫天天不应，呼地地不灵，最终留在了山上，变成了石头。

搜集整理：永城镇文化服务中心。

皂角扁

最初的永城镇，并不叫永城或是永丰，而是叫作皂角扁。关于这个地名儿，还有一个传说。

在现在的肖玉兰预制场处，有一大片百年皂角树。其地形两岸皆山，一衣带水，遍地野生皂角树，枝繁叶茂，春天花香叶浓，秋季漫山的皂荚挂满枝头，弯弯如新月，当地人称之为“猪牙皂”。每年果实成熟之际，前去捡拾者甚多，可作洗衣涤物的肥皂用，纯天然无公害。而且皂角树的果实和根、茎、叶均可入药，治病防癌，通肠利尿，当地人视之为宝树，加之这一片树种规模盛大，当地人便把这地方叫作皂角扁。

后来，皂角扁闹起了匪患，不少盗匪流窜于三角、隆盛、永城、蒲河一带，杀人越货，为害乡里，他们把当地稍有家资的富户绑至山中，勒索钱财。如稍有迟疑者，匪徒就“撕票”。也有那与土匪抵抗者，被残忍地杀害，土匪还会将所杀者人头悬于皂角树上，以之示威，风吹日晒，血肉淋漓，面目全非，数百里之内，恶臭难闻。一时间，皂角扁人心惶惶，鸡犬不宁。鸟雀不敢飞逾，走兽望而却步，行人闻之胆寒，昔日的福地皂角扁成了阴森恐怖的死亡谷。

再后来，匪患消灭了，至于那一片皂角树的存亡，众说纷纭。有的说是杀戮之气太重，被当地人连根拔起，全部毁掉。也有人说那片树林冤孽之气太深，天人共怨，在一次天灾中，被雷电击灭，悉数尽毁。再后来，皂角扁改为永丰，后又改为永城，再无人提及那片皂角树，只是从一代又一代的老人口中，皂角扁这个地名儿传了下来。

讲述：不详。

搜集整理：永城镇文化服务中心。

永丰河

很久以前，永丰镇只是瀛山脚下的一个小村子，人们以打柴和种地为生。村子四周有青青的山，绿绿的树，就是没有多少水。人们在一个山崖下掘了一口井，一村子的人畜饮水都在这里。由于井水不多，除了水，山上道路险阻，杂草丰茂，荆棘丛生，还时有野兽出没，所以，能找到一股丰沛的水源一直是村里人梦寐以求的。

村里住着一个姑娘，叫作永妹子。永妹子有一头乌油油的头发，走起路来一条大辫子在背上灵活地晃动着，撩人得很。圆圆的脸盘像满月，嵌着两颗黑葡萄一样的眼睛，星子一般，灵动传情。一件白底小红碎花衣束着玲珑苗条的身段，唇红齿白，唱出的歌儿能把夜莺比下去。永妹子不仅人长得漂亮，而且勤劳孝顺，聪明能干。永妹子没有兄弟姊妹，只有一个年迈的母亲与她相依为命。

那年，村里两个月没有下过雨，刚入夏水井就断了水，永妹子只好白天忙完了地里的活，傍晚和村人一起上山找水。接连数月，天上一点云花子都没有。老天爷发了狠似的，一晴到底，周围十里八乡的人们都到山上找水了。

有一天，永妹子忙完了地里的活儿，伺候好母亲，就去山里找水。由于天色渐晚，视线模糊，在山里行走十分困难。忽然，永妹子听到“叮叮咚咚”的滴水声，十分高兴，循声找去，走了很久，不料一脚踩空，滑到了一个深深的山洞里。水声更响了，永妹子赶忙寻找，发现洞里竟然有一股水流，她十分高兴。可是崖洞两边是直立的崖壁，没有可以攀援的地方，永妹子爬上去，摔下来，又爬上去，再摔下来。头发扯乱了，衣服撕破了，眼看天色暗下来，永妹子又急又怕，大声呼救，可是山高林密，没有人回答永妹子。

月亮升起来了，在洞口露出小半个脑袋，夜虫呢喃，间或有飞禽走兽的叫声，山洞里清幽幽地怕人。想到家中老母还等着自己挑水回去做饭，想到从小和母亲上山背柴，下地掘土，想到那年母亲背着发高烧的自己夜行三十里问医，想到昏暗的油灯下母亲为自己缝制小花衣裳，自己不知道还能否回得去，永妹子伤心地哭起来。不知道过了多久，永妹子哭累了，迷迷糊糊地睡着了。隐约间，从山洞外传来清亮的歌声，断断续续传到永妹子的耳朵里。永妹子开始以为是自己梦中的幻觉，可是歌声越来越清晰，猛地醒来，天已经亮了，歌声更听得真切，她又惊又喜，急忙大声呼救，只见山洞口探出一个小伙子的脑袋。

“下面有人吗?”从洞口传来一个声音。

“大哥，救救我，我找水不小心掉进了山洞，家里母亲还等着我回去做饭呢。”说完又伤心地哭起来。

“姑娘别害怕，我去去就来。”说完小伙子转身离去。不一会儿，崖顶传来窸窸窣窣的声响。小伙子折回来时，手里已多了一条拇指粗的藤条。小伙子丢下藤条，一头紧紧拽在手里。永妹子双手抓住藤条，用尽全身力气往上爬，眼看快要爬出洞口，不料“咔嚓”一声，藤条断了，永妹子又掉回山洞，身上受了伤，挣扎一阵，站不起来了。永妹子有些绝望了，哭得更加伤心了。哭了很久很久，昏沉沉又睡着了。不知过了多长时间，永妹子醒来，发现自己正伏在一个人的背上，背他的人抓住一根很粗的藤条，那人大口喘着气，爬一会儿，歇一会儿，十分吃力。终于爬到了洞口，原来是一个英俊的小伙子背着自己拽着拴在山洞边大树上一根粗粗的藤条，从深深的山洞底救上了她。永妹子心里滋生一种重获新生的感慨，挂念着家中老母，一时又哭起来。小伙子连忙安慰永妹子，并告诉她自己叫丰娃，家住瀛山半山腰，平时以上山采药为生，今天清晨出门采药，刚好路过此地，听到有人哭泣。丰娃见永妹子伤势严重，行走不得，问明了住址，把永妹子背回了家，永妹子像遇到了亲人，对丰娃感激不尽。

第二天，丰娃送来了治永妹子摔伤的药，还挑来了水。不几天，永妹子就能下地行走了。丰娃的热情憨厚打动了永妹子的心，经常替他浆洗缝补衣服，他们的感情也渐渐深厚起来。

永妹子和丰娃看到村里人们为了找水四处奔忙，想到山洞里有水流，两人决定把山洞里的水引出来。他们把母亲安顿在邻居家里，拿着铁镐铁锨上山了。两人下到山洞，用劲凿起了洞壁，一天，两天，村里其他人知道了，都来帮忙，一年，两年，三年，四年……终于凿通了山洞，山洞里的水被引了出来，引到了村子里。

从此，这道从洞里引出来的山泉水绕瀛山脚而来，从村头流到村尾。人们为了灌溉和取水方便，掘深了溪底，拓宽了两岸，加固了堤坝。为了纪念永妹子和丰娃，人们把它命名为永丰河，这个村子人们叫它永丰村。村人用河里的水浇灌农田，喂养牲畜，浣洗衣服，丰沛的永丰河和巍巍瀛山一起，无私地养育着这群淳朴的村人，一代又一代，生生不息。

至于永妹子和丰娃，听说后来成了夫妻，生活得十分幸福。

搜集整理：永城镇文化服务中心。

温塘仙女洞

温塘仙女洞，位于温泉村，两边崇山峻岭相峙，山间草木茂盛，郁郁葱葱，奇花绽放，蝴蝶飞舞。特别出奇的得胜山，形势艰险，林木蓊郁，大兵常破贼于此。清朝乾隆初期，有过路道人题壁云:“如来谊不费凡财，踏遍诸山采地来，清磬一声闻上界，绿萝千载覆瑶台。不劳砖瓦重重盖，好把菩提密密栽，与佛共同天地老，坚磨今古更奇哉”。清道光十一年（1831 年），举人罗星刻“古得胜山”4 个大字于石壁。山下其间河水清澈，透明见底，宛如明镜，审美观容。清举人罗星甃石为池，卵石铺底，培以竹树，以恣浴者。得名温塘。

温塘有两股温泉汇聚于此。一股从半山腰洞内涌出，犹如瀑布，直下倾泻注入温塘，泉水温暖，恰可通身淋浴；一股低二丈于河边，从地下上冒的泉水，如沸汤微烫，然能治疥。温泉热气散发，硫黄味香。道光十五年（1835 年），綦江知县邓仁堃题曰：“灵液延春”。鸟瞰此景，真像一人间仙境。

民间传说玉皇大帝的几个女儿，在天庭闺房中寂寞闷郁，窥得这一人间仙境，不顾天条约束，便飘飘荡荡下凡，来到温塘，更衣入塘，净身洗澡，游泳戏水，嬉哈打笑，欢乐极了。洗毕后进入附近的山洞栖身居住，弹琴书画，吟歌跳舞，不知何时，不翼而飞，洞内石床榻梳痕犹存，故名仙女洞。

仙女洞，洞宇穹隆，白沙铺地，可容纳数百人。中有石臼当门，直径一线，其下暗河，深不可测。进者延缘石臼而入，则敞然无际。再进，寻石壁乃出上洞。遇贼时，附近居民避匿其中。石臼处，一夫可以当关。熏灼则烟从水去，百计穷搜不可得，真奇绝也。“三线”建设时期，平山兵工厂将此改造为组装大炮的秘密车间。

搜集整理：永城镇文化服务中心。

中峰镇

石瓮三缸

石瓮三缸坐落于长胜峡谷石笋沟内，东连高青，西接中峰。这里溪岸两边，群山连绵，秀峰矗立，树木挺拔，怪石嶙峋。谷底的溪流随长胜峡谷的走势，蜿蜒盘旋，势若游龙，故名“回龙溪”。再往里走，有一巨大平坦的石滩，溪水犹如一条宽大的银白色帛链，悄悄地淌入一小潭。潭水常年碧波粼粼，美如画卷。潭中游鱼细石，直视无碍。当地人给该潭取名“回龙潭”。

在“回龙潭”中，隐隐有三个绿得发黑、簸箕大小、形如水缸的圆点，远远望去，如一汪青碧，水波不惊；近看则深邃不见底，坛口冒着丝丝凉气。这就是在中峰地区闻名遐迩的“石瓮三缸”。这三口天然“石缸”，据当地人讲，都深不见底。有人曾经用4根麻绳（约16米），拴住石块抛下去，依然没有到底。有一次，山洪暴发，一株合抱粗的松树径直插入缸内，不见踪影。在那青幽幽的缸口，时常窜出青鲌、桃花鱼等。多少年来，这三口缸内的水从来没有干涸过。哪怕久旱不雨，石瓮三缸的潭水依然不满不溢。据当地人讲，三口石缸有时会有血一样的红水溢出，日出即散。

如今的“石瓮三缸”草木茂盛、鸟雀戏鸣，他们在谷内呼朋引伴、追逐嬉戏，鼓弄着山泉，应和着清风，体现着无限的静怡和祥和。然而，在明末清初，这里却发生过一件中峰老百姓家喻户晓的事情，那就是张献忠在此封刀。

清顺治三年（1646年）十一月，明末农民起义领袖“八大王”张献忠在四川西充凤凰山不幸中了清将暗箭，世上皆认为张献忠已身死。据中峰当地老百姓传说，当时张献忠暗中和部将孙可望、李定国、刘文秀、艾能奇、冯双礼等率领农民军向南，在重庆受到明军曾英部的阻击，农民军击毙守将曾英后杀进綦江城，杀死县令赵嘉龙，史书记载，“大西军攻破綦江县城后，杀戮一月，尸填城野。”部队在綦江休整准备开拔，恰逢春节到来，于是，张献忠在綦城大摆酒宴，犒劳三军。席间，张献忠的义子之一——孙可望，为了在义父面前表现表现，端着酒杯，向张献忠敬酒：“父皇，为大顺四（死）年的到来干杯。”张献忠听罢，脸色陡变，把酒杯一摔：“滚！”

孙可望吓得面如土色，不知何故。胆战心惊地退了下来，旁边的军师悄悄地告诉他：“你犯忌了。”孙可望回想自己的祝酒词，方才大悟。

第二天，探子来报：清军已经从万盛杀将过来。这下把张献忠原计划从万盛、南川至黔北的行军路线打破。张献忠打开地图，迅速研究决定：向郭扶进军，造成入贵州垢坝的假象，然后西进中峰，过太平、下江津、入黔北，跳出清军包围圈。

这天，他们正通过高青鹿寨垭时。突然间，张献忠发现在鹿寨垭寨门的大黄葛树下，一个八旬老和尚，双手合十，端然而坐。张献忠万分好奇，世人见他都是望风而逃，独此老和尚不仅不走，还挡住了他们的去路，于是上前大声喝道：“老秃驴，找死啊！”老和尚眼皮都没抬一下：“阿弥陀佛，贫僧为众生而来，死何足惜！将军可知杀戮太重，罪过，罪过。”

“天生万物与人，人无一物与天，难道这些人不该杀！”张献忠咬牙切齿地说。

老和尚这时睁开双眼，盯着张献忠的眼睛，目光如电，张献忠不由打了一个寒颤。“将军想过没有，你把所有人杀完，你管谁呢？难道你掌管冥府中的鬼呀？”说罢，站起身，扬长而去。

后据传说，这和尚就是中峰寺著名住持稽古灵和尚，为了解救中峰老百姓，特到鹿寨垭阻拦张献忠大军。

张献忠听完老和尚的话后，感觉心惊肉跳，觉得这一年的春节有太多不祥征兆，一路郁闷地来到中峰石笋沟峡谷“回龙潭”处。这时正是晌午时分，太阳当顶，阳光明媚，阳光透过峡谷内高大的树木，照在地上，显出斑驳的光点。幽静的峡谷中，潺潺的流水，奏出动人的乐章，这一切，让人感觉仿佛进入人间仙境一样。“唯愿长留于此，做一快乐神仙。”张献忠开始恍惚，在万点阳光的照射中，一动不动，脸上神情祥和平静。孙可望见状，忙命令大军原地歇息，生火造饭，一时间峡谷内炊烟袅袅，一片忙碌。

突然之间，狂风大作，雷电交加，大雨倾盆而下。在厚厚的雨雾中，一道惊鸿，劈在回龙潭上，显出三个石窟，震得所有军士都趴在了地上。张献忠惊骇不已，连忙问部下：“这里是什么地方？”部下回答：“回龙潭。”张献忠听后，喃喃自语：“回龙……回龙……回了……回了……”好久，张献忠大呼一声：“天意呀！”遂将腰间的宝剑取下，掷于刚才劈开的石缸中，杳然而去。而他的部下也就地解散，回归故里。

搜集整理：中峰镇文化服务中心。

石保爷石保娘

中峰东有蟠龙山，南有笔架山，西有龙山，北有龙坪山。在龙山和龙坪山之间，有一个巨大的垭口，就是今天的大垭口。

据说大垭口这个缺口，非常影响中峰的风水，不管东南风，还是西北风，都可以呼呼地从垭口肆无忌惮地掠过，尤其是垭口上的人们，感受更深。据阴阳先生讲，这个垭口不关财，所以，中峰的老百姓富裕不起来。为了堵上这个垭口，中峰的老百姓杀猪宰羊，虔诚地祭奠土地菩萨，希望他做做法，填上垭口。

土地菩萨最终被感动了。一天晚上，土地菩萨在贵州的大山里找到了两块巨石，念着咒语，使劲挥动着赶山鞭，费力驱动着两块巨石，经回龙庙一路急行而来。当他走到红坪朱家湾的时候，已经接近黎明，附近村子里的鸡开始啼鸣，土地菩萨着急得狠狠跺了一脚，然后遗憾地离开了。

第二天一早，朱家湾的村民醒来，发现村后有两块巨石，相隔不过半米，高宽各十数丈。村民大异，近前查看，一个形如脚印的大坑在两块巨石之间，村民无不骇然，不知此石从何而来。

从此，这两块巨石保留至今，不信，你去看看巨石边的脚印，就可以知道当年土地菩萨有多着急。

据当地人讲，这两块巨石非常灵。如果哪家小孩有点小恙，只要到巨石前拜祭拜祭，病情立马可以减轻。如果你有什么心愿，给他述说述说，来年运气就可以好转。于是，当地人把这两块巨石命名为“石保爷、石保娘”。

搜集整理：中峰镇文化服务中心。

广佛寺字库

相传广佛寺建好之后，其对面紫荆山下的田土一时间变得异常肥沃，庄稼一年比一年好，而寺庙这边原本非常肥沃的田土一下子出不了好庄稼了，且时常出现洪涝、滑坡等灾害，这不禁让广佛寺村民感到疑惑：寺庙建好之后理应庇佑寺庙这一方的人和水土，为何反而庇佑对面一方的水土。

一天，有位阴阳先生从广佛寺路过。村民向这位阴阳先生求助，阴阳先生通过仔细观察，发现广佛寺位置蹊跷。经仔细掐算后，阴阳先生说：寺庙对面的紫荆山下有一块大田，这块田里养了一对“金鸭子”。这对“金鸭子”每天早晨在田中嬉戏，将财运带给了紫荆山的村民。广佛寺附近的村民听了阴阳先生的话后恍然大悟，并且确实许多村民都目睹过“金鸭子”在田中的嬉戏。于是他们按照阴阳先生的指导，在广佛寺的庙门前方修建一座塔形字库，并在字库塔下方供奉三尊护塔神，给这对“金鸭子”居住，并组织村民常年拜祭，吸引“金鸭子”的到来。

说来也巧，字库修建好第一年，广佛寺附近的庄稼长势喜人，村民家家丰收。之后也是年年风调雨顺，以前的洪涝、滑坡等灾害也没有了，村民种啥都丰收。反观对面的紫荆山，庄稼收成一年不如一年，许多村民所种庄稼是颗粒无收，村民的日子越发凄惨，不得不到外面去讨生活。

后来紫荆山村民向贵州的阴阳先生求助，并把他们的情况如实告诉了阴阳先生。这位阴阳先生到实地看了之后，指向对面的字库问道：“是不是对面石塔建好之后，你们庄稼收成就越来越差了？”村民纷纷说道：“自从对面的石塔修好之后，再也没有见过‘金鸭戏水’了。”这位阴阳说道：“就是对面的石塔把金鸭引到对面去了，要想这对金鸭回来，需得把对面的石塔推了。”紫荆山村民听后遂组织人员，欲将字库推倒，但一直未成功。

搜集整理：中峰镇文化服务中心。

石猪儿菩萨

在距广佛寺南约两公里的老龙山下，有一块奇石，这块石头酷似肥猪，其背朝天，嘴朝下，头向张家林，尾摇潘家坪，其尾巴后面还跟了一些小猪仔。

这尊石猪儿嘴巴大张，上下两颌不一，下颌较长，表情甚是奇怪。相传在明末清初的时候，有一位叫张吉山的阴阳先生路过此处，仔细观摩了这尊石头后，对当地的村民说道："此猪儿嘴朝张家林，必然要吃穷张家林，尾朝潘家坪，必然要养肥潘家坪。要想张家林不穷，就必须要把这头猪儿的嘴巴打掉。"之后就飘然而去。但张家林当地村民听后不以为意，认为阴阳先生胡言乱语不足为信。后来事实果真印证了这位阴阳先生所说：从清朝初期到新中国成立前，张家林一直都非常贫困，庄稼一直长不好。反观对面的潘家坪，处处土壤肥沃，年年庄稼丰收，并且潘家坪出了许多大地主，这些地主有钱之后将张家林的土地买下来，再租给张家林的村民种。

新中国成立后，"四清"工作破旧立新，张家林生产队队长遂带人将这尊石猪儿的下颌和尾巴凿掉了一截，如此一来石猪儿的上下颌齐了。说来也巧，石猪儿嘴和尾巴被凿掉一截以后，潘家坪的地主个个被打倒，他们的田地都分给了村民。后来张家林这边的庄稼也年年丰收，村民渐渐摘掉了贫穷的帽子，生活也逐渐富裕起来。

或许是因为石猪儿的原因，后来整个新庄农户个个养出了肥猪。到现今，生猪也是新庄百姓的重要收入来源，新庄生猪是中峰场镇的主要供应源，其生猪体质好、生长快、病害少，且猪肉味道鲜，在綦江地区有一定的知名度。

搜集整理：中峰镇文化服务中心。

十锭石

在三角塘仙马桥的中间，两块桥板之间结合得不是很紧密，中间夹了一块宽约 10 厘米的石块，这就是传说中的"一脚踩三石"，又叫"十锭石"。关于十锭石的来历，有一个美丽的传说。

相传，当年清溪河在没有修清溪沟大坝以前，每逢下雨，洪水肆虐，给三角塘通往贵州的古驿道通行带来极大不方便。为了便于通行，当地桥开工的第一天，一个衣衫褴褛的乞丐找到当时的掌坛师，请求给他一点事做。掌坛师看着面容憔悴、骨瘦如柴的乞丐，心想你能做什么事情呢，不要倒在工地上，触了霉头，于是没有同意乞丐的请求。旁边的伙夫老王看着乞丐怪可怜的，于是大发善心，对乞丐说："你也别去工地上干活儿，就到我这儿，每天开饭的时候，不管干的稀的，凑合着填饱肚子，你也别嫌弃。”于是乞丐就在老王那儿传传柴，打打杂，没事的时候，也不知跑到哪儿，时常不见其踪影。

就这样，乞丐每天的生活规律都按部就班，一成不变。老王也不去计较，心想权当做善事。转眼，几个月过去了。一天，乞丐抱回一块石头，石头不方不正，很不规则。老王异常纳闷:“饭都吃不饱，却还有如此闲心，与石头较劲。”乞丐放下石头，长出了一口气，非常轻松地对老王说:“这块石头，将来可以值十锭银子，好好保管啊。”老王心里暗自好笑：修桥的石头三丈长、三尺厚，也管不了十锭银子，你合抱大[①]的石头却值十锭银子，岂不笑话。老王只是笑笑，也不把他的话当回事，就将石头搁置在屋边。

第二天，乞丐不辞而别。渐渐地，石头的事也被老王遗忘得一干二净。年底，桥即将合龙，可遇见一件烦心事。就是桥板搭接完后，中间出现一个缺口，工匠们无论怎样打造，精雕细刻，打出的石头不是高就是低，都不能把缺口填满。眼看年关将近，预定的工期就要到了，怎么不叫人着急呢？为这事，掌坛师眉毛都愁起虱子。这天晚上，掌坛师到老王家借酒浇愁，和老王东拉西扯地述起苦来。喝着聊着，不觉也是半夜时分，掌坛师醉醺醺地准备回自己家睡觉。当他踉跄地走出屋门，一脚被什么绊了一下，摔了一个四仰八叉。掌坛师从地上爬起，借着月色，看见了黑布隆冬的一块石头。掌坛师连忙掏出火石子，打着后仔细地看了起来。这一看不要紧，掌坛师高兴得几乎要跳了起来，这时酒也醒来一半，他几乎癫狂地叫起来:“找着了，找着了!”原来，掌坛师发现的正是那天乞丐留下的石头，其形其状，正好和缺口差不多。这真是“踏破铁鞋无觅处，得来全不费工夫”啊!

第二天，掌坛师兴冲冲就来向老王讨要这块石头。老王不禁惊讶不已，原来乞丐并没有说谎，但他忘了乞丐要十锭银子的嘱咐，将石头送给了掌坛师。掌坛师将石头放入缺口中，不偏不倚，吻合得天衣无缝。此时，才明白遇见了高人，感叹自己的偏见差点误了大事。

桥总算修成了，而该怎样为桥命名呢？大家东想西想，也没有一个好的主意。待到桥落成的第二天清晨，天还没有亮，人们还沉睡在甜甜的梦乡里。忽然，一串清脆的马蹄声和铃铛声从桥上传来，越走越近，然后从三角塘的街市上经过。好奇的人们不觉奇怪：以前，从来没有这么早有马蹄声经过。今天，桥刚落成，马蹄声就响起，谁这么早啊？但当人们出来看稀奇时，却什么也看不见。第二天，有人发现，在镶嵌的小石头上，有一个浅浅的马蹄印。这不由让人议论纷纷，有人说:“这是盐帮赶早，运盐呢。”也有人说:“这是神仙庆祝桥的落成仪式来了。”

而老王在桥落成的前夜，梦见了乞丐，正怒气冲冲对他进行谴责:“为什么不收十锭银子？对这样傲慢的掌坛师，就应该让他明白明白。你不好意思收银子，明天我去给他一些教训”。说完，乞丐就走了。第二天，老王看见在那块镶嵌的石头上留下了马蹄印。

搜集整理：中峰镇文化服务中心。

①合抱：两手环抱。

歇马台和官刀丘

在中峰场镇沿綦(江)四(面山)公路往桐埂子方向上行约400米，有一个突出的山包，山包前就是缓缓流过的清溪河，自古南来北往的古驿道就在山包和河之间，这里当地人称为“歇马台”。在通往周家坝的老大路，过桥后有一块大田，当地人称之为“官刀丘”。这两处地名相隔几公里，但因为一个人被联系了起来，这个人就是张甫辰，传说中的武状元，曾任贵州知府，是周家坝张姓家族入川第十一代先祖。

传说张甫辰在贵州任知府后，某年衣锦还乡。当他走到歇马台时，当时中峰的地方恶霸曹虎榜看见张甫辰一行气宇不凡，很有来头，于是想找张甫辰的麻烦。曹虎榜一伙人在桐埂子处把路一拦，不让张甫辰通过，问道:“何许人路过，报上名来。”

张甫辰正春风得意，想展示一下自己衣锦还乡的荣耀，于是傲慢地说:“我乃贵州知府张某人也，家住周家坝，今回乡探亲，尔等速速让开。”

曹虎榜本就看张甫辰不顺眼，加之张甫辰又如此嚣张，不把人放在眼里。于是决定教训一下张甫辰。曹虎榜加大了语调:“你不看看这是什么地方，还不下马!”

张甫辰看曹虎榜非但不让，反而更加蛮横，更加狂傲:“我乃朝廷命官，尔等草民，也配叫我下马。”

“小小知府，竟敢如此无礼，本地乃‘刘天官’安息之地，岂容你如此喧嚣。”曹虎榜针锋相对，毫不示弱，并扬言:“过人不过马，过马不过人。”

张甫辰看着曹虎榜气势逼人，心想:“一路上大风大浪都走过来了，难道还会在家门口给栽了跟头。”于是，张甫辰不慌不忙，下马后，将马扛在肩上，脸不红气不喘地迈过路障，然后转身对曹虎榜说:“兄台，我这样过没违规吧?”说完，径直向周家坝方向走去。惊得曹虎榜目瞪口呆，半天没有说出话来。当张甫辰走到歇马台这个地方后，实在扛不动了，于是将马放下来，歇歇气。从此，当地人就将此地命名为“歇马台”。

再说张甫辰一行通过歇马台后，马上到家了，心里自然非常高兴，不由得加快了脚步。当他走过回龙溪上的跳蹬，来到家门前的大田时，突然眼尖的随从发现在大田的中央有一把官刀，刀柄的红缨正随风飘扬，非常醒目。张甫辰一看，这不是自己给妻子留下的官刀吗，怎么在这里?再抬头一看，妻子蔡氏正横坐在家门口，腿放在板凳上，一脸的怒火。张甫辰不知道缘由，满腹狐疑，连忙派随从去问个究竟。

随从去了一会儿，回来告诉张甫辰，原来蔡氏不让自己新纳的妾进门，正为此事吃醋发闷火呢。张甫辰虽然贵为知府，也是武状元出身，可平日里却很忌惮蔡氏。这次纳妾并没有事先告知蔡氏，自己也有不当之处，于是厚着脸皮去央求蔡氏，求得原谅。蔡氏见张甫辰也还诚心诚意，更何况那个年代男人三妻四妾很正常，张甫辰又是官场中人，纳妾也没有什么不当之处，于是骑驴下坡，给小妾规定了一些家规，方才让张甫辰进得家门。从此，那块插过官刀的大田就被当地人称为“官刀丘”。

搜集整理：中峰镇文化服务中心。

中　峰

中峰因境内的中峰寺而得名。

据《綦江县志》(清道光版)记载:“中峰老人年百余，梅骨棱棱，霜眉冉冉，携一徒漠漠而至，坐云排月，越七稷不落文字，不事交游，形貌虽极苍古，而其历冰雪，亲风雨，举动如壮岁，力耕之外，亦唯看花发于枝头，听落叶于岩畔，与此山晦明变化，同其卷舒已耳，岂复知有人世事哉!”此人上通天文，下知地理，乡里人见其气度不凡、神采如佛，以为是释迦牟尼佛转世，遂为其建造寺庙，取名中峰寺。后来中峰寺香火旺盛，为綦江远近闻名的大寺，中峰也因此寺庙而得名。

搜集整理：中峰镇文化服务中心。

中峰灵应岩

在灵应岩“阴阳合”山坳上，有一寺院，名叫灵应庙。寺院占地面积 64.6 平方米，坐西向东，呈 T 形布局。建筑结构为单檐悬山顶，小青瓦屋面，穿斗式木结构。整个建筑四柱三开间，方形素面柱础，普通踏道 9 级，每级阶梯宽 4.3 米，寺庙面阔 3 间9.5 米，进深 1 间 6.8 米。庙曾被烧，毁坏严重，后修复。现门檐下两侧还残存有镂空雕刻的撑拱。关于该庙建造原因，在当地老百姓中流传着这样一个美丽的故事。

相传在很久以前，在此地的村子里，已经多年没有男孩出生了。一天，有三个猎户在丛林中追赶一头健壮的母山羊，追到灵应岩附近时，由于清溪河的阻挡，山羊无路可逃，终于被活捉了。正在此时，丛林中款款走来出一位貌若天仙的美妇，她怀里抱着一个男婴，男婴可能由于饥饿，哇哇直哭。三猎户看着这男婴怪可怜的，于是将刚捕获的母山羊挤奶，给这位哭泣的男婴喝。男婴吃完山羊奶，不再哭泣。而美妇抱着男婴，作谢告辞后，转过山坳，飘然而去，让三个猎户惊愕不已。回到村子后向村中族人传讲了此事，不久后，村中族人家中陆续生下男婴，这让村民们高兴不已。他们认为，是观音娘娘给他们送子来了，于是他们将此地取名“灵应岩”。为感谢观音娘娘给村庄带来兴旺的人丁，又在灵应岩前建起灵应庙，供奉起观音佛像。后凡村人生子，都要到此立桅子，以感谢观音娘娘的送子之情。

搜集整理：中峰镇文化服务中心。

中峰寿星桥

寿星桥位于两河口，通往郭扶高青的峡谷往里约50米处，左边为中峰地界，右边为郭扶地界。寿星桥跨径约20米，桥宽3米，距离河面大约6米，是中峰目前保存最为完好的单孔石拱桥。

寿星桥建桥年代也不可考。立于桥头的一块石碑，高约2米，宽0.8米，上面碑帽有祥云雕饰，下面"寿星桥"的桥名依稀可见，但碑记的内容却因风化，已经无法辨认，桥的建桥年代也就无从考证。但从石头的风化程度和桥面凹陷的踏痕判断，寿星桥建桥已有些年月。关于寿星桥的建造，流传着这样一段佳话。

两河口峡谷由于山高林密，地势陡峭，再加上雨量充沛，河流水势湍急。每逢暴雨，山洪更是浩浩荡荡，肆意冲撞，给当地百姓的生活带来极大的不便。每每有牲畜、庄稼损毁，就连人的生命安全也难以保障。有一年，家住红椿湾的周家小孩，十二三岁，到河对岸放牛。晌午时分，却赶上暴雨，在涉水过河时，被山洪卷走。噩耗传来，让周家人悲痛欲绝，欲哭无泪，但却无计可施，只能打碎牙齿往肚子里咽。当时刘家榜有一乡绅胡兴成老先生，一生乐善好施，深得乡邻爱戴。这年正值胡兴成老先生八十大寿，众多邻里皆来庆贺，一时间宴席上觥筹交错、热闹非凡。但周家小孩被洪水冲走的消息，却重重地烙在胡老先生的心上，他面色凝重，如鲠在喉。待到寿宴结束，他将接到的彩礼算了算，然后再将自己的积蓄凑在一起。请来了工匠，在两河口峡谷高青方向，建成了一座宽大的石拱桥。从此，周围的百姓不再受水患之苦，再也没有发生小孩被水冲走事件。当地人为了纪念胡老先生的功德，将桥命名为"寿星桥"。

如今的寿星桥，已经人迹罕至，衰草遍地，只有桥头遒劲的黄葛树与之不离不弃。但在两河口青山绿水间，永恒地记录了一个寿星捐钱修桥、造福后世的故事。

搜集整理：中峰镇文化服务中心。

聂氏祖坟

在中峰镇中峰村笔架山顶有一座古墓。此墓其貌不扬，不走近根本无法分辨。但当你走近之后就会发现此墓的奇特之处——墓地位置非常特别，仅能看见山间的一块墓碑，而没有坟墓，与整个笔架山融为一体，似乎整个笔架山山体就是墓冢。墓碑上刻有聂姓名字，其中有许多"荣"字辈。

据不少专家考证，此墓极有可能是江津聂氏祖坟。中峰当地也一直有传说：家住笔架山背后的聂氏家族为江津李市的旺族，该坟墓埋葬的就是聂氏的祖先。此墓风水绝佳，处于“壁上挂灯”之地。聂氏祖先埋在此处之后，其子孙害怕其祖坟被盗，遂组织江津李市本地族人数十人到笔架山山底担土数月，其间不让任何中峰人靠近。经过数月的垒土，原先的山体面貌大变，墓体也早已被掩盖在了笔架山之中。目前此墓碑仅仅是一个装饰，墓身的真正位置无人知道。

关于聂氏祖坟，民间还流传有这样一个传说：很久以前，聂氏祖先自外地迁到江津，住在笔架山山脚。聂氏祖先以农耕和打猎为生，女子在家耕作，男子则上笔架山及周边的山上打猎。有一天，聂氏族人像往常一样上山打猎，当他们走出家门，发现对面的笔架山上有一只白色的老虎。老虎腰粗背圆，一动不动，朝对面山上凝视，并不时发出啸声。族人遂拿起弓箭长矛向笔架山山顶进发，而当他们到山顶之后并未发现有老虎，在山上狩得一些猎物后遂下山。可是当他们下山后走到家门前时发现白色老虎仍在笔架山上！此后一连数天，这只白色老虎一早一晚都准时出现在笔架山上。族人甚是奇怪，遂求教江津有名的阴阳先生。细说此事之后，阴阳先生随族人来到山顶。经仔细察看之后，阴阳先生说道:“此山为白虎神所居之山，山下为难得的风水宝地，居住在此山的人都会得到白虎神的庇佑，长眠此山之人的子孙将出虎将！但是长眠在此的人必须不被打扰，否则虎将必遭奸人迫害，将难以成才。”于是，才有族人组织担土封山的故事。

聂氏祖坟因地处风水宝地，许多懂风水的盗墓者均闻风而来，但最后都无功而返，悻悻离去。不少盗墓者将墓碑掀翻，区、镇相关管理部门先后多次组织人员对此进行修复，并加大了对该墓的保护力度，近些年来未再发现破坏行为。

搜集整理：中峰镇文化服务中心。

严家古墓

在中峰至郭扶高青的石板大道上，在白峰村回龙庙前有一个村院，名曰新房子。新房子前是一块大田，大田往上行 30 米，在凤凰山余脉的土岗上，昂然屹立着一古墓。这个古墓气势恢宏，在周围的景致中非常醒目，石质雕刻精美，这就是当地闻名遐迩的严家古墓。围绕该古墓的一些传说，却被当地百姓津津乐道。飞蛾穴严家古墓之所以闻名，一说此地形犹如飞蛾，左右的土坡好似飞蛾的翅膀，前面高耸的蟠龙山脉，就像令牌，以预示后人必将飞黄腾达，世代书香门第。据说，严家为了家族的兴旺，可谓煞费苦心。他们出钱出力，将回龙庙的字库建在了对面山脉之上。字库朝新房子一边看，正朝严家堂屋的中央，而朝回龙庙方向看，则回龙庙的大殿赫然在目，彰显了严家的书香之风。

轿杆

严家古墓上有一对轿杆，分列于火匾下方两旁，这不由让人疑惑。一般人的做法，都是祈求富贵，而严家古墓却独雕刻轿杆，不由让人觉得蹊跷，这里面可有一个传说故事。

轿杆相传是綦江清朝道光年间县令邓仁堃所留。当年邓仁堃从郭扶经中峰到綦江上任的时候，走到大沙田，由于轿杆折断，就叫随从在大沙田的楠竹林中砍了两根竹子做轿杆。万万没有想到，严家勒令赔偿，邓仁堃没有办法，只好在严家古墓上画了两根轿杆，以示赔偿。如果你不信，现在去看，轿杆处明显凹进去很多，那就是后来补上的结果。

火匾[①]降三尺

刚修建好的严家古墓，其实比现在的要高大，气势也更加恢宏。不知何故，一个与严家不和的人向县里面举报，说严家古墓的火匾高度已经超过了皇家规定尺寸，犯了欺君之罪。县令大为光火，决定对严家勒令查办。严家在听到这个消息后，连夜将墓基和火匾降低了三尺，逃过了查办。不过据说降低后的古墓已经不能“极目远眺”，气数也就降低了不少，再没有“飞蛾穴”的庇佑了。

香炉传说

严家和“邓小伙”因为轿杆，结下梁子[②]以后，本来就是阴阳家的“邓小伙”自然不愿吃这个哑巴亏，于是明里暗里地想着法子破坏严家的风水。一是“邓小伙”在回龙庙和字库之间，设了一个香炉，又名“化钱炉”。这个香炉的地理位置恰如人肚脐之处，沉重的香炉，可以压制严家的气运，另外也预示不管你严家如何殷实，所招的钱财慢慢的化入炉中，烟消云散。二是“邓小伙”命令将回龙庙的庙门改变方向，在字库处再也看不见回龙庙深邃的佛理，严家也闻不见丝丝的禅机了。从此，严家一代不如一代，逐渐地衰败下去。

搜集整理：中峰镇文化服务中心。

葡钟凼

到过回龙庙大沙田的人都会感叹，这里的崇山峻岭和茂林修竹，以及一渠清泓，隐约于翠绿竹海，是的，这里的美，充满野性，这里的美，更具恬静。就在这美不胜收的画卷里，曾经有一座宝刹，位于大沙田对岸的张口崖下，红砖碧瓦，梵音缭绕。

然而，就在这宝刹里，曾经传出过一个故事，这个故事与綦江末代县令“邓小伙”

①火匾：古墓牌面最上部石刻的装饰图案。
②结下梁子：指结怨或产生矛盾而难以化解。梁子，本义指架在墙上或柱子上支撑房顶的长条水平横木，承接梁以上重载。

有关。邓小伙年纪虽小，却是一个阴阳家，他走到哪里，都会看看地，说说风水，这不，当他走到张口崖下的古寺时，就被寺内的一口铜钟吸引了，他看看张口崖，再看看寺前的回龙溪，然后对随从说：此钟日后必定作怪。说完，扬长而去。

后每日清晨，铜钟定时响起“嗡嗡”的回声，显示出它的庄严，老百姓也按照钟声的提示起床耕作。然而，村民们发现，自家的牛羊总会莫名其妙地丢失。但又总找不到原因。实在没法，村民找到对岸古寺中的住持，希望找到原因，住持也不知所以，无法回答，后来住持忽然想起，当年“邓小伙”曾经说的话：铜钟日后必定作怪。“难道是铜钟的问题，铜钟不会动呀，况且铜钟怎么可能吃掉这么大的牛羊呢?”住持百思不得其解。

但他还是鼓足勇气，找到了县令“邓小伙”，请求明示。“邓小伙”告诉他：“张口崖下设铜钟，那条沉睡的巨龙，被你的钟声惊醒，他还不进进食啊?”住持如梦方醒，回来后组织人，搬起铜钟，想把它运到别的寺院去。铜钟搬到童子林时，需要过回龙溪桥，说是桥，不如说是一块大石凿成的路，石头高低不平，接近回龙溪中间时，一排几乎九十度的陡梯，非常难走，铜钟抬到这里，不知哪位脚一滑，铜钟没抬稳，“噗通”掉进了回龙溪中，那回龙溪，其实不过是一个三角形的小水凼，面积不过 10 平方米，于是抬钟的人就下水打捞，没想到这个小水凼其深无比，怎么探都不到底，更令人生怯的是，溪水冷森森的，越往巨石靠近，越觉得冰凉，巨石悬在水上，水下似乎空无一物。据说，铜钟再也没有被抬上来。于是人们把这个小水凼命名为“葡钟凼”。

搜集整理：朱德贤，男，37 岁，中峰中学教师。

仙人拉纤

在观音沟木瓜塘处，峡谷更加狭窄，而溪流中有一块巨石，长约 15 米、高 3米，形如一艘船。船头高高翘起，船尾向下，好像正在乘风破浪，航行远方，这就是被人称为“石船”的地方，在石船的前方 100 米，有一些略显凌乱的脚印，比人的脚印小很多，这就是传说中“仙人拉纤”的地方。

据说当年这些脚印的旁边，曾经住着姓钟的一家人。他们世代在这里居住。虽然现在这里比较偏僻，但当年这里距离回龙场仅仅 3 千米，又是通往永新三会场的交通要道，还算人来人往。再加上山间坝子的田土肥沃，水源充足，所以人们日子过得衣食无忧。但是，老钟家却为一件事发愁，那就是每到深夜，总会听见外边非常热闹好像有人在吆喝，但每次起来查看，幽静的山谷中，只有清风和明月，这让忙碌了一天的老钟家异常苦恼，进而感到害怕，最后竟然动了搬家的念头。

一天，一位游方道士经过这里，在老钟家歇脚。钟老头把自己的苦恼向这位道士倾诉，道士不动声色，在老钟家前后左右查看了一遍，对钟老头说：“这是仙人晚上拉纤赶路呢。”并把钟老头带到大船石边，然后再带到横七竖八的脚印前。钟老头恍然大悟，迅速地向道士请教处置方法。道士叫钟老头买来香烛纸钱，然后在溪边念念有词，之后长剑一挥，只见一道金光飞向大船石，“叮当”声中，火光四射。然后回身对钟老头说：“今晚你可以安心入睡了。”言毕，飘然离去。

当晚，老钟家果然睡了一个安稳觉，以后再也没有听到吆喝声。后来有人说，道士作法将大船石上的纤绳砍断了，拉纤的仙人得以解脱，不再拉纤，所以半夜就没有吆喝声了。

搜集整理：朱德贤，男，37 岁，中峰中学教师。

神仙脚印

与仙人拉纤的那些小而凌乱、脚印一致向谷外不同，就在这些脚印的前方，有两只脚印面朝峡谷内，深深地镶嵌在溪沟一块平坦的巨石上，非常醒目。脚印只现五个脚趾印，脚掌不可见。但五个脚趾印却形象传神，如真人所踩，当地人称“神仙脚印”。关于这两个脚印，流传有这样一个故事。

传说龙山寺建成之初，为了增加寺院的影响，寺院添置了一大钟，希望清晨的梵音能够普度众生，唤醒沉睡的人们。大钟落成之后，深夜子时，长老持禅杖、披袈裟，对小沙弥说：“鸡鸣三遍，方才敲钟。”在反复叮嘱后，出寺门，径直向朱家沟峡谷走去。小沙弥守在钟前，不敢大意，静静地等着鸡叫。“一遍鸡叫。”小沙弥数着。“二遍鸡叫。”小沙弥还保持着清醒。但渐渐地小沙弥的眼睛再也撑不住了，慢慢的合上了。但由于心里想着事情，小沙弥睡得并不沉，恍惚中，他好像听到了第三遍鸡叫，于是猛然醒来，慌忙敲钟。再说长老出了龙山寺，一路风尘，披星戴月，紧赶慢赶地走到观音沟峡谷处时，听到了龙山寺敲钟的声音，长老非常懊恼，长叹一声，往地上一跺脚，于是溪边的大石上，现出硕大的两个脚印。从此，龙山寺的钟声也只能传播到此。

原来，长老跋涉的距离，就是龙山寺钟声传播的范围，但贪睡的小沙弥提前敲了钟，误了大事。而长老这一去竟再也没有回来，有人说他没把钟声传播这件事情做好，所以无颜回寺；又有人说，长老为赤脚大仙转世，跺脚之后，化为一道青烟，回归仙界了。

搜集整理：朱德贤，男，37 岁，中峰中学教师。

横山镇

圣人孔

在现在的横山学校，下面约 1.2 千米有一个村民小组，小组的名称与一个“山洞”有关，当地人叫作“圣人孔”小组。

传说很久以前，横山有一圣贤之人知书达理，贤惠聪颖，并且家境富裕，但此人济贫嫌富，疾恶如仇，当地百姓非常敬重他，当作圣人拜崇。

后来，因为战乱波及横山。为免遭战乱之苦，并保住家产，此人请来工匠，在自己屋后的巨石上凿了一个洞。洞口离地面约 2 米，并且洞口狭小，只能容一个人通过，但洞内却非常宽敞。修好后，遂将家中重要财物、家什和书籍放到洞中。如果战乱来临，家人均躲在其中，并将洞口密闭，可在里面生活。从外看，就是一块巨石在那儿。后来，这一贤人举家搬移到外地。人们为了怀念他，就将此洞命名圣人孔，同时把当地的地名也叫作“圣人孔”。

搜集整理：横山镇文化服务中心。

天星桥（天心桥）

从东面登天台山，在“观音菩萨庙”右侧的上山路上有一“小桥”，即“天星桥”。其实此“桥”并非“桥”，只不过是一块长 1.8 米，宽 1 米，厚 0.3 米的石板而已。不过，老百姓却把此桥叫作“天心桥”，其中还有一个故事。

据说，民国年间，有两个人，以欲修桥的名义，在原新桥、回龙等处筹措钱款。世人均认为修桥补路是大好事一件，都慷慨解囊。待筹措到了一定的钱款后，二人为遮世人耳目，就用一块石板找一个地方搭建一小桥，取名“天星桥”，然后将余下钱款卷走。做善事，本来就是凭一颗真诚的心。这种以建桥为名，欺骗百姓的事违背了起码的做人品行，所以老百姓把这桥叫作“天心桥”，即“天地良心”的意思。

现今桥也不见痕迹，但是“天星桥”的故事却告诉人们做人的道理。

搜集整理：横山镇文化服务中心。

仙女洞

在新荣村九老岩社小湾岩脚有一个“仙女洞”。围绕这个洞却有不少的传说。

七仙女之说

据说七仙女之一曾下凡来到这里，居于此洞。为帮助周围穷人，她免费为乡亲们提供桌椅板凳、铁锅等，但要求乡亲们用后要归还，并且嘱咐大家只能用于蒸煮、装盛大米、牛肉、羊肉等，千万不能沾一点狗肉，否则所使用的器物将毁坏并不复存在。有一村民将信将疑，遂取狗肉试之，结果印证了仙女的说法，仙女也随之飘然离去，临走时留下 3 个脚印，大小与凡人相同，但不同处是只有前脚掌及 5 个脚趾。

盼夫归之说

很久以前，横山脚下的一个崖洞住着一贫苦农家。家中只有老两口和一个儿子，儿子娶了一个漂亮、能干、贤惠又聪明的儿媳妇。由于战乱，儿子被拉去当壮丁，一去不回。媳妇思夫心切，每天便拿着针线鞋底，到洞上的山崖上，一边纳鞋，一边眺望山下小路，盼夫归来。

等啊，盼啊，守望了许多年后，丈夫仍然杳无音信，但她仍然每天上山为丈夫纳鞋底。开始时，她还下山做饭干活，久而久之，人们只见她整日在山崖上不再下来，不喝不吃。后来人们发现她已坐化，但面容清秀美丽。又过了一段时间，她的肉身也不复存在，传说化作仙女飞上天堂。

后来，当地人为纪念她，把她住过的崖洞称作“仙女洞”。

仙女洞之说

传说很久以前，天上一仙女，羡慕此地的美丽山水，便择此洞住下。因见乡民赤脚干活，怜其辛劳，遂发善心，终日纳鞋，置于洞侧，让乡民来取。但极少有人见其真容，只是说她美不可言。一纨绔子弟不务正业，对仙女起了淫邪之心。遂在夜半之时隐于洞侧草丛中，趁仙女出洞放鞋之际，上前抱住仙女，欲图非礼。仙女挣脱恶徒，一番厉斥后，心想我对乡人如此厚道，乡人对我却是这样报答。伤心之余，仙女遂化作一尊石像，隐身洞内，不再出洞。乡人便将此洞取名为“仙女洞”。

也有传说，洞内有一石台，仙女立于高台之上，栩栩如生，紫气霞光，一派仙境气象。更深月夜，仙女沐浴洞前河中。浴后河水清澈见底，润五谷，壮禾木，可治人间百病。一天，鲁班带领徒弟使法术鞭赶石头，欲建横山天星桥。路过这里时，正巧见到仙女在水中畅游，光艳照人。鲁班虽是正人君子，也为仙女的艳容惊呆，停步不前。后仙女发现，羞涩至极，忙隐身洞中，化作一尊石像。这时，鸡鸣报晓，法力消失，鲁班乃弃石而去。山洞因有仙女居之，故名“仙女洞”。

“仙女洞”有着这些动人的传说，使它闻名遐迩。而仙女洞自然、古朴、野趣的文化特色，和集山、水、林、洞于一体的自然旖旎风光，更使人魂牵梦绕，流连忘返。

搜集整理：横山镇文化服务中心。

石龙坡

在新荣村河对门社有一地名叫石龙坡。

传说这里曾有一得道之龙，终日无所事事，夜晚便出来践踏庄稼，蚕食农民种的稻谷。每每吃到一个地方，那里的农作物便被毁坏一空。吃到后来，就连屙的屎都是米谷料。村民痛恨至极，就想办法除掉此龙。

经过人们悄悄的观察发现，在共和的小湾处，这得道之龙白天化作两块石头：一大一小，形如龙，当地人称龙形石。一工匠想出一个办法，叫众工匠将龙形石的下腭打碎、搬走，并且在对面的一块空地修了两个神像：一个是龙王，一个是土地，以镇压这得道之龙。从此，这龙就不能再作恶，永远都固守在那里。石龙坡由此得名。

搜集整理：横山镇文化服务中心。

盐泉洞

在天台山擂鼓坪的上方，以前有一石缝，石缝流淌着一股涓涓泉水。奇怪的是石缝流出的泉水是咸的，当地的村民还用此泉水制作盐巴。因地壳运动及环境变化的原因，现在这股泉水已经不在，不过与此有关的一段故事却流传至今。

据说，很久以前，天台山下有一大村落，村里有一对青梅竹马的情侣，在外人眼里他们是一对很般配的才子佳人。但是双方家庭因为有世仇，双方的家长都不同意这门婚事。于是两人便私奔到了远离村落的天台山擂鼓坪上方，在一岩洞里居住下来。每天以野果充饥，山泉止渴，过着浪漫的二人世界。不过，由于缺盐，慢慢的，他们的身体也虚弱了很多。但即便如此，二人仍没有下山回家。可能是上苍被他们的爱情所感动吧，一天，他们偶然发现了那股石缝流出的泉水是咸的，味道与盐水无异，二人惊喜万分，为解决了食盐的问题而高兴。后来，他们想到村民们用盐的不易，便用山竹将泉水引到山下造福乡民。于是村民们将这里取名“盐泉洞”。

搜集整理：横山镇文化服务中心。

印子石

在大坪村马家嘴仰天窝右下方400米左右，有一块形似玉玺的大石头。它的四周没有什么大的植被，除了一些灌木丛以外，别无他物。但这里视野开阔，山花遍野，空气清新。当地人把这里叫作“印子石”。

传说玉皇大帝很喜欢到人间游玩，有一次带领众神仙云游到天台山。玉帝被这里的美丽风景吸引住了，问众神仙：“这是什么地方，比我们以前去过的地方美丽多了，好似仙境一般，就是总感觉少了什么。”一神仙答道：“此处还未命名，如今我们来此，就由您来命名吧！”众神仙都附和称好。玉帝略一沉思后说：“等几天再说吧！我们就在这里留几天。”于是众仙便按下云头，到了地上。

“怪不得此处如此美丽，原来这地下充满了灵气。”玉帝惊讶地说。这时众神也都感觉到了一股股充沛的灵气在地下游走。“太神奇了！”一神惊叹道：“大自然的鬼斧神工比我们神仙还厉害呀！”玉帝和众神都点头赞成他的说法。于是玉帝传令众神诵经，众神神游在美景中。都说人杰地灵，一处如此好的宝地，怎么会没有灵物呢？

正巧树林中的一群顽猴被众神惊扰，他们对玉帝放在石板上的一个盒子很感兴趣：那里面会不会是什么好吃的或好玩的呢？在好奇心的引诱下，众猴趁玉帝及众仙不注意时，把盒子偷来。不过，他们很聪明，没有立即打开，而是藏了起来。

当玉帝和众神仙准备离去时，王母盯着空无一物的石板准备问玉帝。玉帝摇了摇头，带领众神仙飞上高空。不过玉帝及众神仙没有立即走开，他们隐藏在云中，悄悄地看着小树林。群猴以为众神离开了，赶紧拿出盒子想一探究竟。没想到，刚一打开，眼前是一道金光闪过，盒子里飞出了玉帝的大印，然后化为了一块巨石立在空地，吓得众猴一散而去。玉帝见状，呵呵大笑：“果然是上天注定，既然这样，这里就叫‘印子石’吧！”众仙这才明白，原来玉帝早就知道大印被盗，看这里似乎少了点什么，就用大印化为巨石，点缀在这块如花似锦的山坳了。

这块神奇的印子石一直留在横山这块美丽的地方，神奇的故事也流传至今。

搜集整理：横山镇文化服务中心。

寒坡岭

在横山场的场口，有一个小坡，当地人把这里叫作“寒坡岭”。据说，大闹天宫的齐天大圣孙悟空和牛魔王曾在火焰山大战数百回合，斗得天昏地暗，日月无光，不分胜负。不过，因为火焰山温度极高，牛魔王早已习惯了这里的气候，而孙大圣却因高温有些疲乏。渐渐地，大圣只有了招架之力，无还手之功，暗想：如果这样下去，俺老孙岂不吃了大亏，必须找个与这蛮牛相斥的地方。想到这里，孙悟空假装败走，使出筋斗云，腾空而去。

牛魔王不知是计，见孙悟空败走，脚下也腾云驾雾，拖着庞大的身体紧紧地追赶着孙悟空。当二人追赶到横山上空时，孙悟空低头一看，只见下面云雾缭绕，寒气逼人。心中大喜，便按下云头，落下地来。牛魔王随后赶来，也落到横山。有了凉爽天气助威，美猴王如鱼得水，转身即向牛魔王挥舞起金箍棒，两人又开始了厮杀。这时，一股股寒气从地上喷泻而出，直逼两人。牛魔王体内的火气被这体外的寒气侵袭，打了一个冷战，接着鼻子一痒，阿嚏！阿嚏！接连打了几个喷嚏，心里一阵慌乱，被孙悟空连连痛击，只得丢下兵器，落荒而逃。而牛魔王丢下的兵器化作一道山岭。

后来人们就将这里称作“寒坡岭”。

搜集整理：横山镇文化服务中心。

老罐窝

横山有一处叫老罐窝的地方，远处看像一个立着的罐子，走近了看像一个放大的鸟窝，因此得名。

相传太上老君为了炼好丹药，走遍了许多灵山采摘仙药。有一天，到了横山上空，一幅秀丽景色跃然眼前，再加上清新的空气，迷蒙稀薄的山雾，顿觉心旷神怡，好生舒服。遂停顿下来，观赏美景，渐渐地有了困意，太上老君心想，当即就在这睡一觉吧。就把药罐放下，靠着石头睡着了。

不知不觉中太上老君感觉自己到了一个被浓雾笼罩的地方，他惊奇地打望四方，感觉有些地方不对劲。这时，一个拄着拐杖的白发老翁领着一群病弱的乡民从浓雾中走来。众人看起来走得很慢，却很快就到了太上老君对面。老翁拿起老君的药罐，把罐里的灵丹妙药倒出给乡民吃。乡民们吃了立即神清气爽，百病顿消……

老君见自己的丹药没了，大惊醒来，发现身边炼丹药的药罐已经化作山石。太上老君感叹：罢了，罢了，既然良药普救了世间生灵，那就不做追究。欣然作罢，继续他的云游。

“老罐窝”也由此得名。

搜集整理：横山镇文化服务中心。

横山一碗水

在横山镇回龙村肖家林合作社，现德信度假酒店处，有一个叫“一碗水”的水凼。对于这个水凼，当地还有一个传说故事。据说很久以前，天台山下的老百姓非常贫苦，衣不蔽体，饭不饱肚，整天还得从事繁重的劳动，而财主却没有半点怜惜之意，变本加厉地让老百姓干活。

有一次，天上的神仙到人间来巡察，途经此地，得知了这一情况，准备帮助他们渡过此劫。可是神仙的力量也是有限的，他们只能通过一点点的帮助来改善百姓的生活。仙人动用法术，在离人们长期干活的地方不远处引来一股清泉，并在泉水流出的地方凿了一个似碗的小坑。泉水小，每次流出的水只有一碗，却不会溢出半点。但泉水充足，喝了一碗，很快又盛满了一碗。干活的老百姓渴了，喝上一口，顿时感到精神气爽；病了，饮上一口，立刻水到病除。

不久，这事传到了财主耳中。一日，待村民干活之际，财主偷偷地来到泉水边，贪婪地猛饮。不料，这奇怪的泉水在他肚中像皮球一般，越长越大。随着一声炸响，财主一命呜呼，命归黄泉。受苦的百姓奔走相告，再一起合力将财主的走狗赶出了横山。

后来，人们就将这个地方取名为“一碗水”。但因为修建“德信度假村”,“一碗水”被施工损毁，现已找不见痕迹。

搜集整理：横山镇文化服务中心。

咬人石

在堰坝村学校祥和岩下，有两块巨石并立在一起，其间有一石缝，而石缝似一个嘴巴的形状。从“嘴巴”的开口处往里看，可见凹凸有致、排列有序的小石包，就像巨石长出的牙齿，惟妙惟肖。当地人把它称作“咬人石”。

石缝宽约 30 厘米，体格小的人可以从下往上沿着“石牙”攀爬而上，体会一下“虎口逃生”的感觉。但更多人的却是望而却步，惊叹大自然的鬼斧神工，探寻“咬人石”的神奇传说。

相传很久、很久以前，一农夫在巨石旁的农田耕作。晌午时，农夫把耕牛拴在田边回家吃饭。等农夫返回后却不见了耕牛，大惊，四处寻觅也不见踪影，却在巨石上发现了斑斑血迹，石头下还有几根牛骨头，方知耕牛被巨石精吃掉了。农夫见状悲痛不已，回家大病而亡。玉帝得知此事大怒，责令雷公查办。雷公查办属实，决定惩罚巨石精。一声惊雷，巨石上划出一道闪电，巨石一分为二，巨石牙再也合不上，只能让人们去谴责它的罪过。

搜集整理：横山镇文化服务中心。

天台山

天台山距横山镇政府所在地只有四公里路程，最高峰海拔为 1326 米。据传，古代有一个皇帝，在游览了天台山后，为这里的美景着迷，曾想在此修筑皇宫，不思归去。朝廷官员只好借堪舆师的话说：这山只有三只脚，不稳定。这才打消了皇帝在此建宫殿的想法。

虽说传言不可信，但由此可以推知天台山的风光美景早就为天下人所知晓。

搜集整理：横山镇文化服务中心。

人头山

来到天台山，巍巍耸立的奇峰与傲然挺拔的松柏相映成趣，畅游其间，犹如在美丽的人间仙境。在天台山山腰天池附近的山脊上有一条小道，其中有长 20 米左右的一段，酷似人头，人称“人头山”。山虽然不高，但却有一段关于它的神奇传说。

很久以前，天台山的人很穷，人们在拜祭的时候都是多人共用一副碗筷，这样既耽误时间，又很容易染病，于是村民们来到“人头山”脚下的神棚拜祭，向神灵祷告，希望神灵保佑来年能有好收成，买更多的碗筷，方便祭祀、上坟、立碑等。

一天，村里勤劳善良的赵姓人家来到山脚下的神棚里诚心祷告，突然闪过一道白光，“人头山”的坡上奇迹般出现了一排阶梯。赵家人顺着阶梯爬到顶上，发现像人头的那石堡倒了下来，里面出现了许许多多的金碗筷。于是他们便取出金碗筷，拿到坟上祭拜，用完后，他们立即来到山前准备归还。此时，“人头山”再次出现阶梯，赵家人便又顺着阶梯爬到顶上，把金碗筷一副不差地还了回去。回到村里，赵家人便把这件事告诉了乡亲父老，并嘱咐大家要诚心，而且用完了一定要还。此后，村里大多数人家办事的时候都到“人头山”借碗，每次用完后都还回去。村民们对“人头山”心存感激，山下小神棚的香火也越来越旺盛。

不久，这件事情被邻村的一个土财主听到。于是他雇了几个苦力来到“人头山”

假装祭祀，当石堡出现金碗筷时，土财主一阵窃喜，心想这下真是发大财了，便叫人把金碗筷全部搬回家去。可是他万万没想到，还没等他把金碗筷卖出去，所有的金碗筷全部变成了石头。从那以后，"人头山"就再也没出现过阶梯，人们也无法上去借碗筷了，就算是有村民千方百计攀登上去，山上的小石包也没再动摇过，村民们对土财主的行为感到很愤怒，于是齐心协力把那个贪婪的土财主赶了出去。虽然"人头山"再也没出现金碗筷，但是神灵依然守护着勤劳善良的天台山村民，他们的收成一年比一年好，也不再需要借碗了。

现在我们再看"人头山"，觉得它威严，像是一位穿着绿色军装的将军，守护着勤劳善良的横山人民。

搜集整理：横山镇文化服务中心。

猴头石

在天台山山顶有一块巨石，重约 10 吨，似猴头。大风吹来，猴头石会微微动摇。该处植被主要是灌草丛，少有一些小树生长。

传说玉皇大帝带领众神仙云游到天台山，被天台山美丽的风景所倾倒，命令众神仙就此停留，然后休憩、诵经。一群顽猴趁玉帝及众仙不注意，将其使用的大印盗走。数日后，玉帝带领众仙离开此地，猴子们才拿出玉帝使用的大印想一睹为快，宝盒一打开，只见一道金光闪过，大印化作一块巨石，吓得众猴一散而去。有一胆大的猴子爬到天台山顶，极目张望，不想自己也化成了一块石头，猴头石由此得名。

不过，在横山还有一个家喻户晓的传说，使得猴头石更加神奇。相传很久很久以前，天台山原始森林中的山寨里有两个人，一个叫赵生，他很勤劳，心地又好，所以建了一座漂亮的新房子，又娶了一个美貌贤惠的妻子。另一个叫周生，他非常懒惰，家里穷得叮当响，而且心眼不好，成天不好好干活，整天躺在家里琢磨怎样发横财。

周生非常妒忌赵生，就打起了坏主意，想霸占他的房子与老婆。在他们的村子的后山上，有一个很深的山洞，从来没有人进去过。有一天，周生来约赵生。"赵生，听说山后那个洞里面像龙宫一样，有闪闪发光的石头桌子、凳子、床，还有酒杯呢，我们进去开开眼界好不好?"赵生一听，也很想去，于是两人就决定上山进洞。周生暗地里带了一团麻线，一进洞他就点起了一个竹篙火把，周生一边走一边偷偷地放麻线，走出不到二里地，他就故意跌了一下，"咣当"就把火把跌熄了。"这下完了，伸手不见五指，东南西北都分不清了，赵生，我们分头走吧，各人找各人的路，谁出得去，谁就找人救另外一个人，免得到时候死到一块儿。"赵生答应说："好吧"，于是两人分头走了。周生拉着麻线，顺着原路一下子就摸回来了。一出来，他就砍了一大捆荆棘塞住洞口，还搬来几块大石头堵死洞口，他心想这下赵生死定了，就算他能摸回洞口，也出不来了，等个一年半载他不回来，他的一切就都是我的了。

赵生摸黑在山洞里走呀走呀，不知走了多久，他走到了一群猴子精住的地方。这群猴子住在洞中有几百年了，早已经修炼成精，洞中还从来没有生人来过，众猴精看见来了一个生人，好不新鲜，就设宴款待客人。宴席上全是山珍海味，稀世美酒。酒足饭饱之后，猴精王还带他去参观猴精们的珍宝洞。赵生一进去就惊呆了，珍宝洞里奇珍异宝遍地皆是，宝光把他的眼睛都闪花了。猴王请他随便拿一件宝贝作留念，他也不贪心，顺手就在脚边拿了一个小梳妆盒子，说："我得到了你们这么热情的款待，已经非常不好意思了，还拿东西走，那多不好，要拿我就拿这个小盒子，给我娘子放个梳子什么的就行了。"猴王一听心想这人不贪心，就对他说："你这人不贪心，这本来是我最心爱的东西，我就忍痛割爱送给你吧。"拿了小盒子后，猴王就吩咐小猴精送他从另一个出口出去了。

赵生回到家中，拿出小梳妆盒子给他娘子。他娘子一打开才知道这真是一个宝贝，里面全是宝光四射的珍珠宝石，而且拿出一个，里面就会又有一个，永远也拿不完，是个聚宝盆。赵生得了宝贝不忘周生，就跑去找他说："老兄，老兄，多亏你带我去了那个好地方，让我得了一个这么好的宝贝，我的老房子就送给你算了，算作是谢礼。"还送了500两银子给周生，周生平白得了一幢房子和许多银子不但不高兴，还气鼓鼓地想，不能就这么白白便宜了赵生这小子。于是跑到赵生家，缠着他带自己去山洞找猴精王要宝贝，赵生不肯："我已经得了宝贝了，怎么还好意思去，要去你自己去吧。"

周生没办法，只好自己去了。他搬开自己塞在洞口的石头和荆棘，入了洞，一路走一路找，居然也找到猴子精住的地方了。这群猴子精看见又来了一个生人，就有点不高兴了，说："前几天才来了生人，现在就又来了，看来这个人要是放他走，以后就会后患无穷，没有我们的安生日子过了。"猴精们就想吃掉他，可是猴精王阻止他们说："慢着，我先看看这个人的为人怎么样，然后再吃也不迟。"于是就又招待他吃饭，当然没有山珍海味了。吃完后就带他参观珍宝洞，也让他选一样宝贝带回去。周生一看满洞的金银财宝，就两眼放光，心想这下发大财了。他发狂似的把所有的宝贝全都摸了个遍，然后双手搂得满满的，还不满足，干脆身上穿的衣服和裤子也脱下来，包了满满一大包，背也背不动，恨不得把所有的宝贝全装回去。猴精王一看就恼了，这个人这么贪婪，如果不吃掉他，以后会把所有的宝贝全搬回家，这还了得。于是就同猴精们把他吃了。猴精王为了防止外人再来，就把吃剩的骨头变了一个猴头样子的大石头堵在洞口，人们就再也进不去了。

现在那块猴头石还在天台山的后山顶上，不信，只要你在当地问一下，就会有人讲这个故事给你听，指猴头石给你看："做人不要贪心哦，你看，那就是贪心的结果！"

搜集整理：横山镇文化服务中心。

天台山棋盘石

在天台山山顶，还有一块巨石，为风化残留岩石，近长方形。四周树木生长茂盛，有红豆杉、香樟、楠木等珍稀树种。站在山顶，近可观山下田园风光，远可望重庆主城区风光。

相传八仙之张果老和铁拐李喜欢斗棋作画，两仙多次对弈，胜负均等，伯仲难分。于是，二仙商定，找一处风景秀丽的地方再战一次，一决胜负。二仙寻至天台山，一眼就被眼前的美景所吸引，于是便将随身携带的棋具在天台山山顶展开，开始了对垒。大战了几个时辰之后，仍不分胜负。渐渐的，二仙陶醉于天台山美景之中，均惬意地睡去。一群调皮的山猴一哄而上，将棋盘上的棋子向四周撒去后逃之夭夭。二仙醒来后，只见棋盘，不见棋子。二仙并没因此震怒，反而哈哈大笑，连声道：此乃天意，此乃天意！随后腾云驾雾，飘然而去。被猴群撒去的棋子在天台山周围变成了一个一个的小山丘，而在天台山山顶的棋盘也化作山石，永远地留在了那里。

搜集整理：横山镇文化服务中心。

天书涯·无字碑

“天书崖·无字碑”，也叫仙人岩，位于天台山棋盘石东面500米的陡峭山崖处。陡崖前平地耸立着一块巨石，从不同的角度看似一本掩卷的书，让人看不尽、读不完；也似一人头像，五官分明，面部轮廓清晰，鬼斧神工，惟妙惟肖。

传说在很久以前，山下村里有个年轻人，年方18岁。有一天吃过早饭，母亲对年轻人说：“中午做饭的柴没有了，你上午不去耕田，就去砍担柴。”年轻人二话没说，就按母亲的吩咐，手拿镰刀往后山上走，当他来到一块巨石下时，突然天上乌云翻滚，狂风大作，顷刻间下起了大雨，年轻人急忙躲进悬崖下避雨。大雨停了，年轻人走出悬崖，抬头一望，隐约看见巨石下有两个人在那里。年轻人感到好奇，他急忙上去想看个究竟，便沿着陡峭山壁来到巨石旁，走近一看，原来两个读书人。一个正开卷沉思；一个正挥毫练笔。约莫看了两支香的时辰，天空突然刮起了一阵风，随即飘来一朵白云落到巨石前，两个读书人踩着白云腾空而去。望着远去的白云，年轻人才想起家中老母正在等着柴火做中饭呢。他赶紧砍了一担干柴，就急匆匆地赶回家里，当他快到家门口时，已近傍晚了。村里人看见眼前这位年轻人挑着一担柴，可谁也不认识，都不知道是怎么一回事。后来，年轻人把自己父母的名字和他在巨石旁看到读书人的情景一五一十说了一遍，村里人才惊觉眼前这位年轻人竟是自己的长辈。原来，天上的一天等于人间的 60 年。当年 18 岁的年轻人上山砍柴，到了晚上没有回家，第二天，全村人上山寻找也不见他的踪影，认为他被山中老虎吃掉了。父母为找不到儿子伤心落泪，整天茶饭不进，不久双双离开人世。如今，60 年过去了，当年与年轻人同龄的人几乎全都过世，没有人认识他了。

村里人听了年轻人的话后，陪他去看巨石。有的看到的是形似天书的巨石，可上面什么也没有写；有的看到的是巨人头像镶嵌在凹凸的绝壁上。

今天,“天书崖·无字碑”和“仙人岩”的故事还在当地民间流传。

搜集整理：横山镇文化服务中心。

夫妻山

在天台山仙人岩附近，这里的地形似有二人抵足而眠，延伸望去，又似两个仰卧的巨人，当地人称“恩爱夫妻山”。

传说天台山下有一美丽女子，新婚后不久，丈夫得疾病离开了人世，只得一个人艰辛过日子。她的勤劳与善良博得了她小叔子的敬重和爱慕，小叔子的真心也感化了嫂子。两人互相爱慕，私下交往密切。但他们的事情却受到了世俗的强烈反对，虽然历经斗争与磨难，也没有得到公婆和家族的承认。为追求圣洁自由的爱情，这对青年男女只有含恨离家，相伴来到天台山上，男耕女织，互敬互爱，终生厮守，谱写了一曲为爱情牺牲一切的美丽颂歌。两人的恩爱故事感动了上苍，后成仙后化作“恩爱夫妻山”。

搜集整理：横山镇文化服务中心。

擂鼓坪

天台山上有一块坝子，这里野草没膝，但在其间却有一块方圆 9 平方米的平地，用力跺脚会发出“咚咚”的空鸣声。当地人人称这里为“擂鼓坪”，伴随着还有一段感人的故事。

很久以前，在天台山的山脚下住有一对恩爱的夫妻，他们相亲相爱，男耕女织，过着平淡又幸福的日子。突然有一天，厄运降临到了他们身上。

在一个烈日炎炎的午后，女子正在劳作，忽然就晕倒了，男子还以为自己的妻子是因中暑晕倒的，没怎么在意。他把妻子抱上床去休息，过了许久还不见妻子醒过来，这下才着急了，忙去请郎中来给妻子看病。郎中看了病后也不知所措，摇着头歉疚地走了。那位男子几乎找遍了当地的所有郎中，可每次结果都是一样。

一天夜晚，男子看着躺在床上的妻子，不由得痛哭起来，忽然他的面前出现一位白发老者，对他说："你的妻子得了一种怪病，你只要到天台山的山腰上去找一位圣人，他有一种丹药可以救你的妻子，但要让他给你丹药，你必须要通过他的一个考验。"说完便笑着消失了。

于是男子来到天台山的山腰，寻找那位圣人。当他在一个满是荒草的地方歇了一会，准备离开时，一位花白胡子的老人出现了。老人对男子说："你就是那位来找我求丹救妻的男子吗？"男子说："对，我就是，还请您赐我丹药。"那位花白胡子的老人说："要丹药可以，你只要把你脚下的这片土地踏出空鸣的响声，我就把丹药给你。"说完便消失了。男子站在草场上木然了，但想到自己的妻子，他的内心又燃起了希望。于是这位男子一直在这片草场上跺脚，很久以后，男子依然在跺着他脚下的那片草地，他感觉自己的脚都不存在了，直到有一天，他的坚持终于感动了上天，他居然把脚下的那片草地踏响了。这时，圣人出现了："你的诚心让我佩服，现在我给你丹药，你拿去救你的妻子吧！"说完用手在男子的腿上一挥，男子的腿奇迹般地有了知觉。待到男子抬头看时，圣人已经不在了。男子转身飞也似地奔回了家，妻子服下丹药后，不出几时便醒了。他们的故事流传了下来。后来，人们便把那片草地称为擂鼓坪。

搜集整理：横山镇文化服务中心。

鸡叫山

登天台山，既可健身，亦可怡情。沿途峰峦如聚，纵横连脉，层层延伸，宛如一片山海。行进中，多的是环山的曲肠小路，越往纵深走，不过几里地，山回路转，豁然开朗，一座大山当天而立，雄伟壮丽，旁边山脉环然拱立，其间一山脊，为象形石，恰似一公鸡仰天长鸣。当地人称为"鸡叫石"。该处松涛起伏，植被繁茂。可以看到层层梯田，山峦起伏。近闻，松涛似鸡鸣，悦耳动听，令人心旷神怡。

鸡叫山山头是一块巨大洁白的石灰岩石，远远望去犹如天落奇石，阳光照耀之下，非常奇伟。鸡叫山山脚是星罗棋布的村落，住着勤劳善良的横山人民。

关于鸡叫山，当地老人都爱给小孩子讲一个故事。传说玉皇奶奶在鸡叫山上养了一群鸡，谁料到山上有一群黄鼠狼，天天夜里都偷玉皇奶奶的鸡，于是玉皇奶奶就变成一只漂亮的大公鸡，等黄鼠狼上门，半夜黄鼠狼果然又来了，被玉皇奶奶逮了个正着，玉皇奶奶消灭了黄鼠狼。鸡叫山是一座普通的山，但是配上优美的传说后，它就成了一座令人神往的山。

搜集整理：横山镇文化服务中心。

其　他

綦江风景地名趣谈①

太公追太婆，鸡公赶飞鹅；二龙抢宝石佛岗，纱帽落在独石沱。

这几句有趣的话，说的是綦江县的名胜古迹。流传至今，饶有情趣。

一、綦江城外，二十余华里处，有两座高高的山峰，远远看去，像男女两位老人，一前一后，正在追逐一样。那山叫太公山。当地的人，无论男女老少都说，那是“太公追太婆”。

二、县城东南，有座高山，山嘴有一洞桥，传说是鲁班所修。桥下有一巨石，像雄鸡展翅，那石名叫鸡公嘴。鸡公嘴斜对面，有一光秃秃的巨石，像凌空翱翔的天鹅。鸡公嘴与飞鹅石相对，人们有趣地把山石叫作“鸡公赶飞鹅”。

三、县城东对岸，有条溪流，名叫龙角溪。溪中间，有一坨大的龙宝圆石；左右两岸有两条长形石梁。石梁与圆石合在一起，很像“二龙抢宝”。那石梁叫石佛岗，人们就说綦江有两条石龙，二龙抢宝石佛岗。

四、县城外，约八华里处，有条河，叫桥坝河。河水平静清澈。水中有三坨高低不平、形状各异的巨石：一叫大独石，二叫二独石，三叫三独石。三独石所在那块地方，叫独石沱。其中有一泥独石，形状就像朝官头上戴的纱帽。人们常常打趣地说“纱帽落在独石沱”。

沧桑变易，自古有之。上述几处风景，而今只有鸡公嘴、飞鹅石几处存在。龙角溪、纱帽石等处的面貌，已经变了。不过，熟知綦江的人去重游旧地，对前面讲的那些自然景象还是觉得依稀可见。

讲述：陈邦贵，綦江古南人，男，汉族，71岁，小学，重庆轮渡公司退休工人。川江号子代表性传承人和发扬光大者。

采录整理：杨忠全、李实际。

云峰山②

（一）

云峰山在青羊寺的北面，是由3座高矮不齐的山峰组成。相传很久很久以前，这里本没有山，而是一条大河，挡住了人们去青羊寺赶场的路。

---

①选自《中国民间故事集成重庆市市中区卷》(重庆市市中区民间文学三套集成编委会编，1988版)。该故事采录于1987年。

②选自《中国民间故事集成重庆市南桐矿区卷》(重庆市南桐矿区民文学集成编委会1987年)。三个故事分别于1986年3月29日、1985年12月、1986年2月1日采集于青年镇。

那时，河上有一个以打鱼和摆渡为生的青年，名叫石敦。他热心为过河的人撞船摆渡，从不计较船钱多少。不论白天、夜晚、刮风下雨，只要有人叫渡，他都不辞辛苦。

一个打雷下雨的傍晚，石敦披着蓑衣戴着斗笠，把木船拴在岸边的柳树上，正准备收渡回家，忽然来了一个生病的老大娘。老大娘穿着一身破烂的衣服，拄着一根拐杖，脚腿上生满了又臭又脏的脓疮。有气无力地喊道："撑船的大哥，我要到街上去买药，你把我送过河去好不好？"

石敦看老大娘那痛苦的样子，二话没说，就上前把老大娘背上船，重新解开拴船的绳索，然后把船撑过河去。到岸，他又小心谨慎地把老大娘扶上岸边。这时一声电闪雷鸣，那老大娘忽然变成了一个满身金光的仙女，微笑着立在岸上！

仙女说："石敦，你是一个好小伙！为了报答你帮助别人的恩情，我可以满足你提出的任何一件要求……你就提出来吧！"

石敦想了想回答说："仙姑，我什么也不要。我只求你把渡口这截河变成陆地，让两边的人能够自由往来，就是我的最大心愿！"

仙女听了石敦的话，立即从怀中摸出3颗石子，往河中一抛。顿时雷声大作，风雨交加。一阵火闪过后，从河中冒出3个石包，一会便长成3座山峰。河水改道了，两岸连成了陆地。随着雷声，仙女也不知去向，山峰脚下出现了一个天然的石洞。

后人为了纪念仙女和善良的石敦，就在洞内塑了一尊仙女像，把洞叫作仙女洞，把洞前的一块大平石，叫作石墩。3座山峰中最高的一座，经常云雾缭绕，人们就叫它为云峰山。

讲述：吴友仁，男，汉，48岁，文盲，农民。

搜集整理：杨永利，男，汉，18岁，初中，学生。

（二）

相传很久以前，云峰山这里原来并不是山，而是一条水不太深、也不太宽的河，挡住了人们去镇上的路。过河必须要赤足涉水，很不方便。

有一天，一个老太婆来过河。她腿上长有脓疮，白色蛆虫还在爬动，衣衫也非常滥褛。看得出来，她非常痛苦，停在岸边，无法过河，更是焦急。

这时，一个身强力壮，名叫"石等"的青年也来过河。老婆婆说："小伙子，我要到镇上去求医抓药。请你做个好事，把我背过河行不行？"青年看她是个穷讨饭的，又脏丈臭，便回答说："哼！我背你，谁来背我呢？"老婆婆再三哀求，青年却理也不理，就脱鞋挽裤，下水过河了。

青年刚走到河中，老婆婆一怒之下，从怀中摸出3颗石子向河中抛去。顿时雷声大作，风雨交加，从河中冒出3个山尖，一会儿便长成3座山峰，挡在了青年的前面。同时，老婆婆和青年人都不见了。老婆婆变成了一个美貌仙女，飞入了山峰下的一个石洞中。青年人却变成了一块又大又长的平石，蹲在山下的小河里！

从此，人们来往再不用涉水过河了。便把那座最高的山叫云峰山。把那个石洞叫仙女洞，把那块平石叫石墩。

讲述：罗玉惠的母亲。

搜集整理：罗玉惠，女，汉，20岁，学生。

（三）

相传很久以前，云峰山原来是一条大河。岸边居住着一个名叫石等的汉子，依靠撑船渡人生活。因他平日好吃懒做，经常敲诈过河客人，所以人们都很厌恶他。

有一天，从南来了一个老太婆，拄着一根木棍，求石等渡她过河去看病，石等见她年老可欺，非要一两银子才渡，少了一钱也不行！

老太婆一气之下，从怀中摸出一颗石子抛到河中。忽然飞沙走石，一阵狂风暴雨之后，河心冒出一座山尖，逐渐长高长大，河不见了，却成了现在的云峰山。

同时，老太婆已飘然而去，石等却变成了山下的一块大平石。据说：老太婆是南海观音菩萨变的，后人就在云峰山上，建了一座观音庙。

讲述：罗昭儒，男，汉，50岁，小学，农民。
搜集整理：杨远明，男，汉，20岁，学生。

黑旗岩和刀子岩①

很久以前，万盛是一个四面环山的海子，是二郎神用利斧劈开一个缺口，让海水流入綦河涌进长江后，才成为一个盆形平坝的。那个被劈开的缺口，人们就叫它二郎峡。

原来住在海子里有一条孽龙，一心想把万盛场恢复成海子。一天晚上，孽龙找了一根十万斤重的铁扁担，走到刀子口，准备把刀子口两岸的两座石山挑起走，重新去堵住二郎峡的出水口。

谁知，这事被二郎神知道了，便急忙赶来。他见孽龙已经把铁扁担，插进了两座石山的山腰上，正要挑起走了。他便学了一声公鸡叫："咯咕咕。"这一叫引得四山的公鸡也都叫了起来。孽龙最怕太阳，一听鸡叫，以为天要亮了，便慌忙抽出铁扁担，逃到东海里去了，万盛才免掉这场灾难！

后来，人们把孽龙用铁扁担插过的两座石山，依形状左边的叫刀子岩，右边的叫黑旗岩，两边山腰上被铁扁担插成的洞，到现在都还在哩！

讲述：王世汾，男，汉，60岁，文盲，农民。
搜集整理：白笠，男，汉，59岁，大专，退休工人。

①选自《中国民间故事集成重庆市南桐矿区卷》(重庆市南桐矿区民文学集成编委会1987年)。黑旗岩和刀子岩：山名。对立在万盛乡刀子岩河两岸。1983年9月24日采于万盛乡建设村。

金鹅洞①

青年镇附近有一个山洞，名叫金鹅洞。

相传很久以前，有个皇帝养了一对金鹅。金鹅五颜六色的羽毛，非常逗人爱！

有一天，皇帝过六十大寿，叫厨师把那对金鹅宰了，煮给自己吃。厨师说："陛下，这金鹅是两只宝贝，杀了可惜呀……"皇帝不等厨师说完，就大声吼道："你不给朕煮来，朕就拿你抵命！"厨师没得办法，只好到关养金鹅的圈里去捉金鹅。

谁知，有人提前给金鹅放了信。厨师一打开圈门，那对金鹅就扑扑地冲了出来，展动两只翅膀，飞奔到了民间。皇帝听了大怒，立刻派兵去捉拿。眼看快要追上了，金鹅慌忙飞到一座石岩边，把身上的羽毛一抖：射出万道金光，石壁就轰隆一声，半壁上被射开一个大洞。这对金鹅便躲进洞里，石头立即像雨点一样落下，打得那些官兵四下逃窜，败走复命去了。

从此，这对金鹅就在洞里住下了。每天，当金鹅一叫，洞对面观音庙里的吊钟，就叮当叮当地响了起来。而洞这面的山岩，也发出了悦耳的应声……因此，这里的"响岩"因此得了名。

又过了很久，有一个叫化子路过这里。他想到洞里去住宿，刚一进洞，就看见了这对金光闪闪的金鹅！叫化子又惊又喜地想捉住金鹅，结果，把金鹅吓出洞外飞走了。以后，那对金鹅再也没有回来，人们就把这个洞取名"金鹅洞"。

讲述：肖述尧，男，汉，45岁，初中，农民。
搜集整理：肖欣，男，汉，18岁，初中，学生。

渔翁巧联地名对②

綦江是长江的一条支流，在江津县汇入长江。在綦江县和江津县交界的这一段綦江河，有三个地名：马桑溪、疯猴子、狗脚子。相传，有一个经常在綦江河上往来的人，把这三个地名联成一副对联的上联：

猴子爬马桑，吊起两只狗脚。

---

①选自《中国民间故事集成重庆市南桐矿区卷》（重庆市南桐矿区民文学集成编委会1987年）。1986年1月20日采于青年镇堡堂村。

②选自《中国民间故事集成重庆市卷》（科学技术出版社文献重庆分社1990年）。1985年11月11日采录于江津县广兴乡。

这个人出了这个上联，求下联，并要求同样要以某一条河中的地名成联，这就难了。很多年过去了，还没有人对得起。

有一年，一个在长江打渔的渔翁，知道了此事，就根据江津至重庆这段长江水路的 3 个地名，铜罐驿、猫儿沱、鸡冠石连成了下联：

猫儿钻铜罐，露出一个鸡冠。

讲述：幸杰良，男，70 岁，汉族，小学，江津县广兴乡农科村农民。

采录：庞国翔。

整理：张明才。

■ 綦江优秀传统文化传承发展工程
■ 綦江文化遗产保护利用项目
■ 綦江老故事丛书

綦江老故事

民间卷

总编◎胡梅　　主编◎熊勇

华龄出版社
HUALING PRESS

图书在版编目（CIP）数据

綦江老故事 / 胡梅总编；熊勇主编. -- 北京：华龄出版社, 2023.5
ISBN 978-7-5169-2523-2

Ⅰ. ①綦… Ⅱ. ①胡… ②熊… Ⅲ. ①民间故事—作品集—綦江区 Ⅳ. ①I277.3

中国国家版本馆CIP数据核字(2023)第070596号

策划编辑 熊 勇　　责任印制 李未圻
责任编辑 李梦娇　　装帧设计 龙承文化

书　名	綦江老故事	作　者	胡梅总编；熊勇主编
出　版 发　行	华龄出版社 HUALING PRESS		
社　址	北京市东城区安定门外大街甲 57 号	邮　编	100011
发　行	（010）58122255	传　真	（010）84049572
承　印	河北浩润印刷有限公司		
版　次	2023年9月第1版	印　次	2023年9月第1次印刷
规　格	787mm×1092mm	开　本	1/16
印　张	41. 75	字　数	500千字
书　号	ISBN 978-7-5169-2523-2		
定　价	168.00元（全三册）		

序

整理綦江老故事　讲好綦江新故事

习近平总书记指出：要立足中国大地，讲好中国故事，塑造更多为世界所认知的中华文化形象。

“观今宜鉴古，无古不成今。”整理綦江老故事，有助于讲好綦江新故事。经过两年多的努力，我们成功实施了“綦江文化遗产系列丛书——綦江老故事”整理工程，成效显著。綦江老故事分为历史卷、民间卷、地名卷。历史卷以《道光綦江县志》《四川綦江县续志》为渊源，生动展现了綦江境内数千年历史进程中的重要人物和事件。民间卷尽其可能搜集整理了民国成立以前人们口口相传、代代相袭的綦江神话、传说、俚俗生活故事。为了展示綦江地名蕴含的丰富历史文化密码，我们将色彩斑斓的地名故事单列，形成地名卷。

綦江老故事内容丰富、篇目众多、洋洋大观，是打开非遗綦江、文史綦江的钥匙。她展示着綦江丰富的历史文化，是研究綦江的口述史，保存着大量可供历史学、语言学、民族性、宗教学、民俗学、文化人类学等研究的珍贵资料。她至今慰藉着这里的人民，发挥着娱乐解乏、传知启智、成风化人等重要作用。她还是綦江文化艺术发展永恒的母题和创作沃土，滋养着一代又一代作家、艺术家找到新的灵感和创作的动力。

瀛山雄峙千年秀，綦河奔腾激新声。新的时代，勤劳智慧的綦江儿女，为建成重庆重要红色文化高地、文化强区和知名康养休闲目的不懈努力，正讲述着“多彩綦江·创新之城”新的传奇故事。

是为序。

2023 年 6 月于綦江

前　言

（一）

綦江民间故事，是指流传在綦江境内，由綦江人民群众用綦江方言讲述的神话、传说、故事、笑话及寓言等形式的民间口头文学的统称。

在綦江大地，讲故事叫摆龙门阵、吹牛、日白、冲壳子、打广子、款天等名称。本书所指的老故事，是指流传在綦江的民国以前的故事。白旭旻《中国民间文学2.0论纲——以新故事和多源故事为表象的故事文化现象》中将民间文学分为“口传”(传统民间文学)、“字传” (现代民间文学)、“屏传”(当代民间文学) 三种形式。本书收录的即是口传形式的故事。至于近现代的故事，以后专门探讨。

綦江民间故事的产生和流传与本地的历史地理文化息息相关。綦江，江以綦名，区以江名，已有1400多年的州县建制史，600余年的正式命名綦江史。在漫长的历史进程中，綦江民间故事得以诞生和发展，形成它的集体性、口头性、变异性和传承性特征。它在茶馆酒馆说书人的神采里，在薅草打腰台的嬉戏处，在盐马古道背二哥、赶马人的谈兴中，在川黔大路驿站、幺店子的火塘前，在热天避暑歇凉的蒲扇上……

綦江地处渝黔、渝湘交通要冲，邻近西南重镇重庆府治所地，历来是兵家必争之地，《清道光綦江县志》载“天下无事则已，有事则黔蜀必变，黔蜀变则綦江必先被兵”。改朝换代，城头变幻大王旗，给帝王将相带来实惠，却给綦江人民带来无尽的灾难和战乱。特别是明末清初，綦江被张献忠部将、吴三桂余党等反复冲击，清代又经历石达开三次攻击县城，留下了关于明末农民起义军领袖张献忠、清代天平天国石达开众多历史故事和传说故事，炼就了綦江人藐视强暴、抵御浩劫的不屈不挠的胆识和性格。

綦江地处四川盆地东南边缘，以山地为主，属典型的丘陵地带，以致人民劳作修桥补路异常辛苦，人人称赞，善莫大焉，产生了许多的山地文化故事。境内大娄山山脉向北延伸，川东平行岭谷呈帚状山脉纵横，古剑山、老瀛山、牛心山等众山突兀，悬崖溶洞深谷瀑湖数不胜数，成为綦江地理标识，所以修道拜佛蔚然成风，佛陀、真人故事源远流长。区境内水系发达，长江一级支流綦江自南向北蜿蜒而过，大小溪流225条润泽众生，成为人民群众生产生活的重要组成部分，人民也讲述着母亲河的传说故事。

綦江一带，先秦时期是濮人、僰人的重要分布区域。《重庆通史》载：“南平僚一直到南宋中期才全部汉化，个别地区到清初还有土僚，后融入苗族。”再加上两次湖广填四川，客家人与綦江土著的融合，形成汉族聚居和多民族杂居及拉锯式融合，移民文化和少数民族文化成为綦江民间故事重要的底色。

綦江方言是属于北方方言区的西南次方言区。它的语音特点是声母、韵母和声

调保留古音较多，与重庆其他地区的语音以及普通话的语音都有较大区别。尤其是保留了古音当中的入声调，具有发音短促、口音较重、语音靠近口腔前部，音节粗犷有力的特点。綦江方言讲述故事，有着自己的口语节奏和韵味，增添了綦江民间故事的魅力。

（二）

綦江民间故事源远流长，在典籍文献中莹莹闪现。宋人王明清的笔记小说、宋人曾敏行《独醒杂志》有记载“毕斩赵谂”故事，说南平（綦江）人赵谂考中榜眼那年，状元为毕渐，由于印刷水平问题，渐字三点水模糊不清，所以最初快报出来被传为毕斩，连念前三名时，就成为“必斩赵谂”。后来赵谂谋反，兄弟被诛，徽宗为此改渝州为恭州，孝宗改年号“隆兴”为“乾道”。结合后事，真可谓“一语成谶”。这可能是现在搜录到的最早讲述綦江故事传说的记载。

綦江民间故事的官方搜集整理，最早见于《清道光綦江县志》卷之十“杂识”部分，收录了《补锅匠绉眉柑诗》《李豸山武人工诗》《尹县宰遇贼》《铁脚和尚》《城隍司北京救火城》《何老八义犬》《水驴》等21个故事。

民国时期，綦江诞生了《綦江日报》《正视报》《一一闻》《南强报》《白云报》《建国先锋》《鉴琴》等报刊，进步人士利用文艺副刊，发表短篇小说《黄桷树下》《逃》等有革命内容的诗歌、小说等文艺作品。我们推测报刊也应该有相关民间故事刊登和发表。由于资料缺乏，现在暂时未能发现这一时期收集的印证资料。

二十世纪80年代，綦江迎来民间故事搜集整理的高潮。原綦江县政协自1981年起到2011年，编印《綦江文史资料》18辑，收文400余篇，其中相关故事、掌故20余篇。1983年1月重庆市群众艺术馆编辑的《故事集锦》收录万邦荣《鱼腹印》、王志华《神仙脚板》两个綦江民间故事。万邦荣在《綦江县三江镇文化概况》写到:（三江）文化站创办的刊物《山溪》，每月一期，定期出版，每期约一万字……《山溪》还搜集编印了《民间故事》（计收入11篇）、《三江掌故》（计收入19篇）各一辑。

1984年4月，中国民间文艺研究会开始编撰《中国民间故事集成》等中国民间文学三套集成。綦江民间文学搜集整理工作，从1985年7月起，历时两年，收录民间故事1095个，计76万字。1991年由綦江县民间文学三套集成编辑委员会编印《中国民间故事集成·重庆市綦江县卷》，这是綦江第一本由政府组织大规模搜集整理民间故事的书籍。该书主编刘光全，执行编辑韩井泉。全书实际收录111篇，其中神话8篇、传说17篇、故事86篇。1997年选编的《中国民间故事集成·重庆卷》，收录綦江故事《双魂坡》《送礼》等。

进入2000年以后，为了配合旅游产业发展，一批文化工作者开始改编整理民间故事出版。2008年胡世博、杨飞著，宁夏少年儿童出版社出版《白云观传奇》，2014年陈昌建、胡世博主编、重庆出版社出版《黑山谷历史传说故事》，雪燃整理、团结出版社出版的《古剑山传说故事》，王兴骥等编、社会科学文献出版社出版《播州土司民间传说》收录有綦江人肖朝明整理的杨应龙传说4篇。

2013–2015年区政协主编、湖南地图出版社出版《綦江街镇历史文化丛书》共20册、300多万字，较为全面整理和改编了各街镇典型人物和地名故事。2021年

区委宣传部编，重庆出版社出版《綦江红色故事》，第一次系统性收录近代红色故事，共 46 个。

2019 年“东溪故事”列为第六批市级非遗代表性项目。2008 年“邓小伙系列传说”“白云观系列传说”列为第一批区级非遗代表性项目。2010、2018 年“扶欢民间文学”“东溪故事”分别列为第二、四批区级非遗代表性项目。

（三）

綦江民间故事类型较为丰富。其中神话故事收录较少，原因大致是搜集整理时，神话涉及信仰，杂糅封建迷信。估计是改革开放初期，搜集整理选编人员有所顾忌。类型主要有宇宙起源型，如《太阳和月亮》；五谷六畜来历型，如《大米的来历》《稻谷与毛稗》《小麦和荞子》《牛大哥下凡》。也有讲述神仙故事的《张果老和盘古王》。有专家认为该故事中盘古、张果老，不在一个神仙系统中，故事不严谨。但是老百姓讲述故事，大多是解乏、逗趣功效，讲究天马行空，也有张飞杀岳飞，杀得满天飞的故事流传，还有习俗形成型的《一天吃三顿饭的来历》等。这些都是先民认识世界、解释世界的一种表达方式。

綦江民间故事中的传说故事非常丰富，包括著名的历史人物传说，如诸葛亮、赵子龙、王羲之、孙思邈、吴道子、杜甫、张献忠、苏东坡、石达开等。也有外籍来綦的官吏、道士、和尚，如邓仁堃、慧宗和尚、王白云、杨太明等人。其中邓仁堃“邓小伙”的故事，数量最多，特点显著。邓仁堃在綦江是妇孺皆知的人物，在綦江历任县令中，知名度最高的。在正史中，记录了他在綦江短短五年做出的丰功伟绩，评价很高。但是民间传说中的“邓小伙”，却是一个到处破坏风水、跋扈显摆、贪婪欺君的人物。为什么正史和民间故事之间差异这么大？笔者认为应该是邓仁堃在綦江的作为，损害和触及部分土豪劣绅的利益。于是这些人挖空心思，巧编故事，泄愤污蔑，误导了舆论，进而一传十、十传百，歪曲了史实，玷污了贤能。部分故事机枢独具，刻画生动，十分传神。所幸，历史自有公论！贤能之功德终不至毁于扭曲之口舌。

传说故事也有本土綦江人的传说。有各级官员：赵高峰、南明“忠国公”王祥、吏部京官王永文、陈鉷陈洪猷父子、张华庭、杨材选等。有商人、武士，如麻乡约创建人陈洪义等。这些传说，十分精彩，流传甚广。还有一些民间的“歪人”传说，如罗正其、好汉郭宗、割肉救娘罗斌、朱宪、麻箩神刘国茂、黎天发等传说故事，十分生动曲折，是綦江式的机智人物“阿凡提”。

另外一类风物习俗传说，色彩斑斓，有艺术起源的故事，如《山歌的起源》《隶书的来历》《唢呐七孔的由来》《芦笙和芦笙舞的来历》等，有民族起源故事，如《汗转苗的来历》，有传统技艺起源故事，如《安酒的传说》《桥头上雕狮子的来历》《蜡染的传说》《木匠吊线为啥用一只眼》等，也反映风俗习惯的故事，如《打母猪鬼传说》《苗族超度竹卦传说》《围腰的来历》等等。这些传说故事有着浓厚的民族色彩和民间味道。

风物习俗传说中，最多的是地名传说，我们专门列为一册。地名传说解读着綦江的山水林田湖草沙等自然形态，解读着人文古迹。名字来历五花八门。最多是象形命名，如棋盘石、独石沱、马脑滩。也有美好期望命名的，如摸儿洞、金银洞、

梭米洞、天成庙、隆盛场。也有人物或故事命名的，如“翰林”岩洞、七仙庙、石老公石老婆、相思岩、扶欢场……

幻想故事展示着綦江先民对生活的热爱，对高尚道德情操的追求。其中动植物故事中，动物报恩故事有《山羊报恩》《虎大哥》，有经典的《熊家婆》故事，有宗教故事《孝子目莲过路》《范丹问佛》《王显遇仙》等，也有浪漫的鬼狐精怪爱情故事《双魂坡》《二百年的选择》，有“死鬼也要怕活鬼”的《廖大爷卖鬼》故事，也有对假丑恶的鞭挞故事《龟背花纹的由来》《城隍遭剐刑》，也有劳动人民逆天改命的故事《王小二添岁数》。

綦江生活故事种类繁多，真实体现了最底层民众的痛苦与快乐、愿望和祈盼，反映了民众豁达、幽默、敢于反抗的精神追求。有经典的蛇吞象类型《蛇吞相》《官路酒》，气死不告状类型《气死莫告状》，有吝啬鬼类型《老汉的心事》《圣贤愁》，“孙打婆”类型。从故事数量上来看，这三个类型的故事最多。第一类是文人、酸秀才类型的《吟扇诗》《秀才和退职官》《谢家女》等。第二类是呆女婿、傻儿子类型《吃鸡》《傻子相亲》《不要留起》等。第三类是整人、诈骗类型《贪口福要吃亏》《守茅厮》《何三爷上当》等。其他尚有还有长工、地主类型《俩大小》《聪明的庄稼汉》等，有媒婆类型《媒婆整人》，懒人类型《懒妇人》，宣传因果报应的故事《金瓜子》《摇钱树（狗耕田）》等，也有宝物故事《宝缸》《兄妹寻宝记》等，有恶母故事《大老爷发稀饭》，巧女、巧媳妇的故事《李才女的故事》《聪明的媳妇》等，这些故事，根植生活底层，充满烟火气，呈现世间百态，蔚为大观，是一本记录綦江历史文化和风俗人情的大书。

（四）

綦江民间故事很多尽管在文化交汇中融合和移植了其他地区的故事类型和思想内涵，但终究形成属于自己鲜明的风格。

綦江故事具有鲜明的地域性。一是民族融合色彩浓厚。綦江原住民不多，在历代的战争中，西南少数民族在此争夺领地和繁衍生息。到今天为止綦江区是重庆市杂散居少数民族分布的重点地区之一，是重庆市民族工作重点区。全区有苗、彝、回、满、壮、白、藏、侗、傣、蒙古、纳西、土家、布依、高山、仡佬等43个少数民族，总人口近万人，约占全区总人口的1%。綦江民间故事中都包含着丰富的历史文化信息，透露着僚人、苗族、彝族等多民族、多种族融合的信息。二是融合民间艺术能力巧妙。抑扬顿挫的口头语言配合着肢体语言以及脸部表情，在故事中有熟悉的俗谚，穿插一些当地的民谣或者歌谣，使讲故事变成了说唱故事。綦江故事与川剧、民间谚语、歌谣、民歌、楹联牌匾等多有融合，显示着綦江故事的独有内容和包容性。三是方言讲述特色显著。綦江方言，与重庆其他地区及普通话，语音方面的差异最大、最明显。綦江方言入声调，也使綦江方言具有古朴、粗犷、铿锵有力的特点。“嘎嘎、肭肭”等古入声调随处可见，“恁、奓、二天、麻粉粉、名堂、叫唤”等方言增加了故事的生动性和趣味性。

綦江故事内容的丰富性。一是奇妙的想象，构建奇异的世界。綦江人用綦江的山山水水为背景，依托存在的或不存在的人物，通过奇妙的想象，创造了一个个精彩的故事，或者是世外桃源，或者宇宙洪荒，或者万物有灵，让人身临其境，欲罢

不能。二是完整的讲述程式。綦江人讲述自己的故事，如何起头，如何铺排，如何煞角，都有程式和套路。綦江人喜欢开门见山，较多故事直接开场。綦江人不喜欢啰嗦，大多故事都短小，长篇故事较少。三是塑造了一系列艺术形象。天地万物皆有形象，塑造了张华庭等清官形象，石达开等豪迈豁达、平易近人农民起义领袖形象，王白云、杨太明憨态可掬、清修精进、充满情趣的师徒形象，罗正其、郭宗阳、刘国茂等人有胆有识、机智聪明的形象……让人过目不忘，深深陶醉，备受感染。

綦江故事传播的特殊性。綦江故事的本土传播，一般是冬季烤火传承、夏天歇凉传承、田间劳作歇气四季传承，也还有赶场茶馆传承、民俗节庆传承。一般是闲时相聚，口口相传。綦江故事的外来输入，主要是“生僚招慰”“湖广填四川”移民人群的故事输入，也有川黔大路商贾往来的故事输入，加之綦江在古代战略上的险峻地位设置有南平军等机构，军旅官员也是故事输入的主要人群，当然也有一些讲经评书专业人员流落四处巡演，带来整本的文人故事，也是重要来源。

（五）

綦江民间故事是綦江传统生活的“活化石”，是地方史和民族史的重要载体，有着自己的功能和价值。

一是娱乐交际功能。故事的作用首先是娱乐、慰勉作用。恩格斯《德国的民间故事书》指出：民间故事书的使命是在一个农人晚间从辛苦的劳动中疲乏归来的时候，是他得到安慰，感到快乐，是他恢复精神，忘掉繁重的劳动，是他的石砾的田园变成馥郁的花园。这是民间故事特有的生活魅力，丰富着綦江先民的日常生活和精神世界。故事还有文学和视听艺术未有的交际功能，人们用讲故事这样的形式，增进了解，促进熟稔，增进友谊，认识更多的朋友。日本学者关敬吾在描写故事演述活动中的这种情形时说：随着故事情节的发展，不管它的主人公是人，是动物，是天狗，还是老山妖，故事里的主人公、讲故事的人和听众们能完全融为一体。人们沉浸在故事里，形成了一种精神集体。

二是传承教化功能。綦江民间故事发挥着道德教化、伦理约束、文化引领等方面的作用。首先，綦江民间故事是巴渝民间文化的重要组成部分，反映了当时社会的风貌、习俗、信仰等，具有历史和文化的价值，蕴含着历史学、语言学、民族性、宗教学、民俗学、文化人类学等人文和自然科学信息，通过故事，实现知识技能代际传递。通过故事，使人获得对自然、世界、人情世故基本的认知，让基本伦理、主流价值观得到传播，启迪人们获得更多的生活生产智慧。恩格斯《德国的民间故事书》指出：民间故事书还有一个使命，这就是同圣经一样使农民有明确的道德感，使他意识到自己的力量、自己的权利和自己的自由，激发他的勇气并唤起他对祖国的热爱。

三是审美评价功能。万建中《讲好中国的民间故事》说到：故事演述活动作为民众最基本的生活样式，之所以得以传承，主要不是依靠信仰的支撑，也不是依附仪式的神圣，而是出于民众对审美的基本需要，也是各民族、各地区民众将生活诗意化的产物。因而，綦江民间故事深刻地凝聚着本地民众的审美理想、审美观念与审美情趣，折射出先民生产生活、道德伦理的评价标准。在故事讲述传播中，綦江

先民体验崇高美、悲剧美、喜剧美、和谐美，体验讲仁爱、重民本、守诚信、崇正义、尚和合、求大同的思想理念，弘扬自强不息、敬业乐群、扶危济困、见义勇为、孝老爱亲的传统美德，学会求同存异、和而不同的处世方法，文以载道、以文化人的教化思想，形神兼备、情景交融的美学追求，俭约自守、中和泰和的生活理念，心理得到激励和启发，精神得以满足和升华，奋力维护着族群的繁衍，创造着属于本土特有的灿烂文化。

（六）

毋庸讳言，綦江民间故事，也有其消极、保守的一面，它反映着綦江人农耕文化的封闭意识和小农观念。考虑到本书有责任应当全面反映綦江民间文学的真实性和研究价值，编纂时有意识地保留了一些具有地域特色的消极、保守意识的口头作品，以便从中窥见綦江民间故事的真实面貌，其中的糟粕因素和非主流价值，请读者明辨。

本书在整理中，力求保持故事原貌以及讲述人的艺术风格，为文学欣赏和学术研究提供一部科学版本。但是，搜集来源较杂，我们也发现很多文本，已被文人加工或者收集者改编。讲述人多已离世，无法补录，已有故事无法恢复原样。这样一来本书故事中，原貌收录作品有之，改编作品有之，臆造作品也有之，存在风格不统一的问题。

经过三载艰苦细致的工作，经历了初选、复选，本书入选的故事基本能够反映綦江本土故事的类型和特色。历史重大人与事，民间神话传说故事代表篇目都有收录，地名故事还覆盖到全区 21 个街镇。

由于水平所限，本书的编纂工作难免存疏漏和瑕疵，敬请诸位同仁、专家和广大读者批评指正！

2023 年夏于綦江

凡 例

一、本丛书遵照中国民间文学相关文件精神进行编纂。其指导思想力求体现作品的本真性、全面性和代表性，使丛书具有较高的民间文学欣赏价值、人文研究价值。

二、本丛书用于留存綦江民间故事，尽量原汁原味采集和汇编，以利来者研究綦江文化使用，故丛书故事中传说色彩浓郁、存在不符合现代主流观点等的情节和描述，望读者认真辨别，不代表本书编者观点。

三、本丛书的编纂以《中国民间故事集成·重庆市綦江县卷》（綦江县民间文学三套集成编辑委员会 1991 年）为基础，并征集了各个时期采录、发表的民国以前（不含民国）的民间故事作品汇编而成。全丛书共精选全区各民族民国以前故事 500 余篇，计 60 余万字。

四、本丛书分为历史卷、民间卷、地名卷三卷。其中历史卷根据近年研究成果，遴选历史上真实发生的事件撰写而成，以普及推广为主。民间卷按神话故事、传说故事、幻想故事、生活故事四大类编排，尽量呈现綦江老故事原貌，保持讲述者方言特色和口语特点。地名卷是綦江民间故事的重要组成部分，因数量较多，满足民政地名管理要求，独立成卷，按照现有镇（街道）行政区划排列，展示地名变迁、历史文化传承。

五、同一主题流布较广的故事，选取有代表性者入选，如有情节不同、较有特色的故事也一并选入。

六、作品有出处的，作品有采录时间地点的，以脚注标注；有讲述者、采集者的，在作品后面标注，尽量标注其姓名、性别、年龄、民族、文化程度、住址或职业（因年久，采录整理者基本情况有缺项，无法补齐），其中年龄均以采录时间为准，凡未注明族属者均为汉族。

七、作品中的方言、难词、典故、习俗、人物生平及专用术语等，均采用页下脚注形式标注。

《綦江老故事》编辑委员会

《綦江老故事》编辑部

《綦江老故事·民间卷》编辑组

总　　编：胡　梅

主　　编：熊　勇

副 主 编：兰采勇　胡世博

执行编辑：兰采勇　刘腊梅　张　卓

执行校对：兰采勇　刘腊梅

编　　辑：罗　东　李　芳　张　靖　蒋　焰　王中萍　沈彦君　李德明
赵　娟　綦　娟　罗　毅　湛江涛　刘明军　张雯雯　傅光君
赵福乾　黄万梅　张白驹　廖荣利　杨莹涛　赵　懿　邓世全
敖　俊　李文林　刘天丽　刘　勇　杨玲宵　公　敬　李　杨
叶心悦　王娜娜

目　录

第一辑　神话故事

第二辑　传说故事

第三辑　幻想故事

第四辑　生活故事

第一辑

神话故事

太阳和月亮[1]（苗族）

很久很久以前，太阳和月亮是一对同胞兄妹，月亮是哥哥，太阳是妹妹。当时，兄妹两人形影不离，白天一同升上天空，晚上一同梭[2]下山去。天天如此，月月如此，时间一长，地上火辣辣的，小溪渐渐干了，草木也渐渐枯了。可一到晚上，漆黑一团，没有一点光亮，人们非常怨恨，说："要是一个走白天，一个行晚上该多好！"

月亮哥哥听了这话，准备和妹妹分个工，以给大地减少热的灾难。晚上也有一点光亮。月亮哥哥叫太阳妹妹晚上才升上天空。太阳妹妹说："晚上冷清清的，我胆子小，害怕！"月亮哥哥说："那你就走白天吧，我来走晚上，我不怕。"太阳妹妹说，"白天人多，他们都要看我，我害羞！"月亮哥哥从怀里摸出一包绣花针递给妹妹说："这不要紧，我给你一包针，要是谁看你，你就用针去刺他的眼睛吧！"

太阳妹妹同意了月亮哥哥的分工，从此太阳妹妹就行白天了。不过，谁要是抬头想看看她，她可不客气，要用哥哥给她的针来刺你的眼睛哩！

讲述：陈春德（苗族），男，52岁，万隆乡香树村四队农民。
搜集：黄治海，男，25岁，万隆乡文化站专干。

稻谷与毛稗[3]

传说从有稻谷的时候起，同时就有了毛稗。毛稗混在水田里，得到与稻谷相同的优惠，尽情喝水，吸收养分，秋收后却一点没有用处。稻谷看到这个情况，对毛稗说："毛稗兄，你一年到头和我在一起，也没啥意思。不如到冬天你再来吧。那时田里水也多，又不拥挤——"毛稗一听，当然明白，可它假装听错的样子："中间来？行嘛，我到你们中间来。"稻谷很生气："到我们中间来？我们挤死你！"毛稗狡猾地一笑："挤不死，我把脚垫高一点。"从此以后，毛稗同样混在稻谷中间，不过比稻谷要高出一点，那便是它垫了脚的缘故。

讲述：赵立位，男，65岁，万隆乡人。
搜集：黄治海，男，25岁，万隆乡文化站。

①选自《中国民间故事集成·重庆市綦江县卷》（綦江县民间文学三套集成编辑委员会编，1991年）。
②梭：爬。
③选自《中国民间故事集成·重庆市綦江县卷》（綦江县民间文学三套集成编辑委员会编，1991年）。

小麦和荞子[1]

在远古时候，小麦和荞子就已经有了。小麦生长期稍长，每年只成熟一季。荞子生长期短，每年可收两季。荞子因此瞧不起小麦。

一天，它对小麦说："麦子老兄，我们一年要收两次，你才收一次，你一次成熟的时间比我们两次还长，真是——"小麦说："生长的时间长短我倒无所谓，要看对人类用处的大小、多少……"不等小麦说完，荞子火了："胡说！"一边摆开架式向小麦撞来。小麦也不示弱，当头就是一锤，打得荞子鲜血直流，染红了全身。荞子忍着痛，也给小麦一脚。小麦没能躲开，正好打在脸膛上，所以至今小麦身上留下了一道凹痕。而荞子呢，被血染红了全身，虽说头上、身上被雨水冲洗干净了，可脚上仍然是红红的。

讲述：赵立位，男，65岁，万隆乡人。
搜集：黄治海，男，25岁，万隆乡文化站。

张果老和盘古王[2]

张果老想和盘古王比岁数。那时张果老只有八百岁，开天辟地的盘古王已经三万零八百岁了。

有一天，他们见了面。张果老说："我们看谁能永远留在世上！"盘古王想：我大你恁[3]多岁，还比不赢你？就戏弄张果老，说："天上梭罗是我栽，地下黄河是我开。生下你张果老时，还是媳妇洗的胎。梭罗树有九十九条根朝天长，九十九条根朝地长；有九十九个疙疤旧，九十九个旧疙疤；有九十九枝开花不结果，九十九枝结果不开花。"张果老听了很恼火，说，"天下的梭罗我要把它砍，地下的黄河我要给你背[4]！"盘古王心想：他只是吹牛，也没管他。

一天，张果老提起开山[5]去砍月亮上的梭罗树，盘古王也不在意。张果老头天砍了一半就回家了。等他第二天去时，梭罗树被砍的地方又长拢！张果老很奇怪。第三天

①选自《中国民间故事集成·重庆市綦江县卷》(綦江县民间文学三套集成编辑委员会编,1991年)。
②选自《中国民间故事集成·重庆市綦江县卷》(綦江县民间文学三套集成编辑委员会编,1991年)。
③恁(nèn):那么。
④背:此作堵塞用。
⑤开山:即斧头。

干脆不回去，砍呀砍的，实在不行了，就在砍出的梭罗树口子上睡。哪晓得他的脑壳[1]被树子长拢来，卡在里面了。

现在我们看月亮，都能看见张果老和梭罗树的影子。

讲述：何其良，男，76 岁，吹角乡人。
搜集：显碧，男，28 岁，吹角乡文化站。

大米的来历[2]

很早很早以前，人间是没有谷子的，只是用野果、草根、树皮充饥。当时的神农皇帝看见这样很惨，就上奏玉皇，用好吃的东西来搭救众生。玉皇叫仙女向地上洒一些种子，大家就叫谷子。后来种子发芽，长高了，又长出了吊吊[3]，但是不扬花[4]，谷子壳壳的嘴巴奓[5]起就奓起，得个凹扁扁[6]。

天上的谷花娘娘看见了，就把她的乳汁滴下来，装到谷谷壳壳里面，谷子的嘴巴就闭拢了，后来就成熟了，碾[7]出来就成了大米。大米之所以好吃，有营养，一辈子也吃不腻，就是这个原因。

讲述：周荣清，男，72 岁，瀛山乡千秋村人。
搜集：周呈焕，男，23 岁，瀛山乡千秋村队长。

一天吃三顿饭的来历[8]

以前，人间吃饭是乱的，有些地方三五天吃一顿，有些地方一天吃一顿。玉皇大帝为了统一，叫天上的牛通知人间：三天吃一顿饭。

牛下凡来就把“三天吃一顿”说成了“一天吃三顿”。等他回到南天门时，玉皇问他哪个说的？他说“一天吃三顿”。玉皇一听，很是冒火：“说三天一顿，你偏要说一天

---

①脑壳：脑袋。
②选自《中国民间故事集成·重庆市綦江县卷》(綦江县民间文学三套集成编辑委员会编，1991 年)。
③吊吊：水稻、小麦、高粱等作物的条状穗。
④扬花：水稻、小麦、高粱等作物开花时，花药裂开，花粉飞散。
⑤奓(zhā)：〈方〉张开。
⑥凹扁扁：干瘪，不饱满。
⑦碾(niǎn)：把东西轧碎、轧平或使粮食去皮所用的工具。
⑧选自《中国民间故事集成·重庆市綦江县卷》(綦江县民间文学三套集成编辑委员会编，1991 年)。

三顿！人间哪里得恁多饭来吃？既然说了，你就下去帮助人们犁田种粮食吧！”说完就命令天将踢了他一脚，推出南天门摔下人间来了，牛摔下来，把嘴上面的牙齿也整断了，所以上面从此不生牙齿。

人种庄稼，牛犁田。到秋天收割后，人们在晒谷场上把谷子堆一堆、谷草堆一堆。玉皇对牛说：“你犁田有一半的功劳，收的东西你也吃一半。”牛看见谷草那堆要多点，就说吃那堆。从此呢，人就吃谷子，而且一天吃三顿。牛就只有吃谷草了。牛出了力，还没有吃到谷子，所以，至今民间还流传着一句话：吃饭不知牛辛苦。

讲述：张大德，男，45 岁，藻渡乡光明村人。
　　　张绍泽，男，68 岁，安稳乡场上人。
搜集：陈天友，男，53 岁，藻渡乡文化站专干。
　　　翁明贤，男，50 岁，藻渡乡文化站专干。

牛大哥下凡①

自从牛神传错了玉皇大帝的旨意被贬下凡间后，缺了上排牙齿的牛神不能吃饭，只能吃草，天天帮农人犁田。

牛在地上干活，却一点也不老实，总是偷奸耍猾。人们拿它没法。一天，一个螃蟹对耕地的人说，“你们只要把牛神的鼻子用绳子穿起来，它就会老实的。”于是人们照螃蟹说的去做了，牛从此服服贴贴，受人的摆布。

不过，从此牛就特别恨螃蟹了，把它当作仇人，想乘机报复。一次，牛下地干活的时候，看见螃蟹在一个沟里玩，就随机应变，假装没看见，一脚踏去，一心想把螃蟹踏死。哪知螃蟹的背②太硬，没有踏死，只是在它的背上深深地留下了牛的脚印。这以后，螃蟹背上就有了这么一个牛脚印。

讲述：罗福华，男，28 岁，大罗乡人。
搜集：赵立风，女，22 岁，大罗乡文化站专干。

①选自《中国民间故事集成·重庆市綦江县卷》(綦江县民间文学三套集成编辑委员会编，1991 年)。
②背：指螃蟹壳。

第二辑

传说故事

诸葛亮炮轰陈光岩

汉朝末年，宦臣当道，外戚干政，朝廷腐败，百姓困苦。终于激起了黄巾起义，各路豪强借镇压农民起义纷纷拥兵自立，不再听从皇帝的命令，在豪强相互混战中，北方的曹操，西南的刘备，东南方向的孙权逐渐强大。刘备祖辈本汉室宗亲，但到了他这一代，在汉末动乱中与关羽、张飞桃园三结义，参与镇压黄巾起义，匡扶汉室。刘备十分注重人才，从南阳隆中请出了谋士诸葛孔明为军师，孔明采取了“北拒曹操，东和孙权”的政策，几经拼杀，终于取得了西南一隅天下。东汉灭亡后，刘备建立蜀汉政权，在成都称帝，不料刘备的义弟关羽因与吴国争夺荆州，大意轻敌，兵败麦城，被吴国抓住杀了。刘备听到消息，十分震怒，不听诸葛亮的劝阻，率领大军顺长江而下伐吴，进兵途中三弟张飞又遭部下将士杀害。因杀害张飞的将士投了吴国，刘备更加震怒，发誓要与吴国决一死战。可是，不幸中了吴国大将陆逊的“火烧连营计”，损兵折将，大败而归，终于又气又恨，于回军途中卧病不起。

蜀汉昭烈帝章武三年（223 年），刘备死前在长江三峡的白帝城，把儿子刘禅托给前来探望他的丞相孔明，望丞相扶助幼主，振兴蜀汉江山。丞相孔明扶刘禅登上帝位后，继续采取东和东吴、北抗曹魏的政策，与吴国达成相互友好协定，准备粮草，训练军队，准备北伐魏国。

正当诸葛孔明准备率兵北伐之际，消息传来，南方蛮夷造反，兴兵侵犯南部边陲。诸葛亮十分明白，南方不能安宁，北伐就会受到牵制，要伐北必须先安南。然而，南方素为蛮夷所占，居住的也多是蛮夷。蛮夷和汉人，长期相互敌视，而历朝历代对付反叛的蛮夷，都是采用征剿的方式，而征剿只能让蛮夷暂时收敛臣服，一旦有了机会，又会东山再起，再兴反叛之兵。因此，征剿不是让蛮夷长期臣服，和汉人和睦相处的办法，怎么办？诸葛亮思来想去，觉得对蛮夷只能采取“和”“抚”之策，决定了平南的策略，诸葛亮兴兵南下了。

传说蜀汉的平南军分成了三路，西路由诸葛亮亲自率领，沿锦江、金沙江到僰道①，进抵南蛮叛军聚集之地；中路由大将姜维率领，从成都出发，经简州到沱水②到泸州，过长江进抵蛮夷反叛军占领区；东路由大将马忠率领经江津，沿僰水③南进。诸葛亮事先预测好进军时间，规定三路大军在僰水源头一带会合，进攻南蛮叛军首领孟获老巢。

传说蜀汉平定南蛮的东路大军由马忠率领，在江州④附近渡过大江，沿南江⑤两岸

①僰(bó)道：古县名。汉属犍为郡。为僰人所居，故名。王莽时曾改称僰治。地在今四川宜宾县境。见《汉书·地理志上》。

②古水名。今四川郫县西南，为古郫江之前身。

③僰水：綦江河古称。

④江州：重庆主城在公元前 316 年至公元 548 年期间的名称，巴郡郡治所在地，最初指今重庆江北区江北嘴至刘家台一带，是中国历史上第一个“江州”。

⑤南江：此处应该指綦江河。綦江：汉代称僰水，南齐时称僰溪，因流经夜郎境曾称夜郎溪，元代又称南江。此处为作者错用元代称呼。

的崇山峻岭一边修路一面进军。一路上虽然没有遇上大股蛮夷攻击，但修路任务异常艰难，经过了千辛万苦，终于把路修到了僰水源头，即现在的安稳、羊叉一带。而姜维率领的南征大军也如期到达，马忠姜维两路大军会合，连营数十里，旌旗招展、遮天蔽日，军士操练时、喊杀之声震天动地，吓得附近蛮夷武装闻声躲藏，不敢交战。

诸葛亮亲率的南征西路大军兵过僰道后，遇到了蛮夷首领孟获的大队蛮夷兵马。诸葛亮神机妙算，惯于用计，孟获不是对手，屡战屡败，六次被诸葛亮擒获。诸葛亮要想用“和”“抚”之策让蛮夷永远臣服，以达蜀汉南部地区不再有反叛引发的战乱，六次擒获蛮夷首领孟获，六次都放了。不过，孟获天生狡诈，始终没有认输臣服，诸葛亮的南征目的没有实现。

诸葛亮率领的南征西路大军也来到僰水源头与姜维、马忠的大军会合了。三路大军聚集一起，声势更壮，军威更盛。不过，孟获并没有被蜀汉大军的军威吓倒，他深深知道：兵士再多，再勇猛，在高山丛林中无法展开，只能装样子吓人，起不到多么大的作用，仍然准备率蛮兵与蜀汉大军作战。

诸葛亮深入南蛮聚居之地，久久不能达到让蛮夷臣服的目的，而大军常驻，后勤供给艰难。诸葛亮心急如焚。这一天，他独坐帐中，愁从心起，皱起了眉头，思来想去，找不出让南蛮首领孟获尽快认输臣服的方法。

传说诸葛亮想着想着困了，也累了，靠着椅子打起了瞌睡。迷迷糊糊中军帐亮起红光，一个异常威武且手托宝塔的神将大步进了军帐。诸葛亮吃了一惊，仔细看，认出了来的神将是天将托塔李天王，惊得赶忙上前施礼，大声说：“不知天王驾到，未曾远迎，罪过罪过。”

托塔李天王微微一笑，说：“诸葛丞相，你不在朝廷主持朝政，施恩于民，让老百姓过上好日子，长时期待在南蛮荒凉之地，为的什么？”

诸葛丞相苦着脸，说出了心中的苦闷。托塔李天王哈哈笑了，拉着诸葛亮的手出了军帐，将手中宝塔朝空中一抛，宝塔化成了一门大炮，李天王用手一指，大炮轰隆隆发出了巨响，轰垮了一座高高的陡壁，躲避在山谷丛林中的蛮夷吓坏了，乱纷纷跑出来表示愿意臣服。

诸葛亮一惊，睁开了眼睛，原来刚才做了一个梦。想想梦中情景，他忽然明白，要想让孟获臣服，一定要威恩并举，用强大的威势压服孟获。诸葛丞相从梦中的大炮想到自己当年和曹军作战时造过大炮，于是让军士伐来巨木作炮身，造出火药做炮弹。一个月过去，大炮和炮弹都造好了，诸葛亮让手下军士架好大炮，填上炮弹，炮口对准皂泥山上一处叫陈光岩的光光石壁。丞相一声令下，军士点燃大炮上的引火索，只听到“轰隆隆”一声巨响，震天撼地，炮弹把陈光岩石壁炸开了一个大洞。

传说孟获果然被蜀汉的大炮吓坏了，乖乖地走出丛林来到诸葛丞相帐前，投降臣服了诸葛丞相，表示永不反叛。诸葛亮南征目的达到了，他感谢梦中神人提醒，祭拜了天地，收兵回了成都，南方平定了，诸葛亮准备起兵北伐魏国了。

整理：石壕镇文化服务中心。

赵子龙綦江驱蚊[1]

蜀汉建兴三年[2]，益州[3]飞报：“蛮王孟获，大举蛮兵十万犯境。”丞相诸葛亮得报后，熟虑深思，欲举兵北伐，必先南征始无后顾之忧。

这时，赵子龙坐镇江州，他照诸葛亮的部署，一面征集粮草，一面组织精锐部队出綦江，经习水，穿合江，越泸州，然后合师叙府。

先头部队兼程前进，当夜下寨綦江。当年，綦江只有几家供来往行人打尖歇脚的幺店子[4]，位于现在的东门口。深夜，天气闷热，蚊虫成阵，扰得士兵一夜不得入睡。第二天，部队拖着疲乏的步子继续前进，同时飞报中军：“綦江蚊虫猖獗，不宜宿营。”

赵子龙得报暗惊：蚊虫虽小，危害极大，不能等闲视之。在进军綦江途中，赵子龙回忆青年时代在“常山”放牧时的情景，暗中拟定了驱蚊方案。

赵将军率领主力一到綦江，立即派出精壮兵士，上山割苦蒿、剃柏桠。其余士兵，先把驻地周围打扫干净，然后安营下寨，埋锅造膳。傍晚，赵子龙传令各营把割来的蒿草点燃，盖上柏桠，刹时浓烟四起，蚊虫逃得无影无踪，士兵得以安然入睡。翌日晨起拔营，士兵精神焕发，如期会师叙府。

綦江东门口无蚊虫，因为赵子龙在此住过。至今传为佳话。

搜集整理：蒋焰。

供稿：三江文化服务中心。

王羲之的墨龙[5]

传说书法家王羲之的字能避水火，能镇妖邪。所以一个县官想得到他的真迹。县官叫手下人拿了一段白锦缎到王羲之家里，叫王羲之写个中堂[6]。

但手下人去了好几次都没有拿到中堂。王家人不是说没写起，就是说王羲之不在

---

①选自《重庆日报(农村版)》1985年10月26日第四版。

②建兴三年:225年。建兴(223年5月—237年),是三国时期蜀汉后主刘禅的第一个年号,共计15年。这也是蜀汉政权的第二个年号。

③益州:中国古地名,汉武帝设置的十三州(十三刺史部)之一,其最大范围(三国时期)包含今四川、重庆、云南、贵州,汉中大部分地区及缅甸北部,湖北、河南小部分,治所在蜀郡的成都。

④幺店子:〈方〉意为街边的、路边的小店铺。

⑤选自《中国民间故事集成·重庆市綦江县卷》(綦江县民间文学三套集成编辑委员会编,1991年)。

⑥中堂:国画装裱中直幅的一种体式,以悬挂在堂屋正中壁上得名。是竖行书写的长方形的作品。尺寸一般为一张整宣纸(分四尺、五尺、六尺、八尺等)。中堂因为尺幅比较大,所以需要创作者具有精熟的技法和整体把握作品布局的能力。

家。这一天县官有点冒火，叫手下人非拿转[①]来不可。王羲之叫这手下人把墨磨好，然后牵开白缎子，用大笔在上面画了两根棒槌。手下人见这样好的缎子上画两根棒槌，根本没有写字，但又不好说什么，就把中堂拿回去交给县官。

县官一看这两根棒槌，气得吹胡子，认为王羲之瞧不起他。于是叫手下人把中堂拿到河头洗干净，二天[②]再找人写。手下人把白缎子拿到河边，恰恰沾到水，那两根棒槌变成了两根黑颜色的龙，摇头摆尾地游起走了。手下人赶忙跑去跟县官说了，县官这才晓得王羲之的墨迹硬是厉害，后悔得不得了。他跑到河边去看，两条龙已经游走了，后悔得哭了一场。

讲述：王卓然，男，70岁（已故），三角乡人。
搜集：王官品，男，60岁，莲石乡文化站专干。

药王菩萨骑虎[③]

传说，在很早以前，有一只老虎到某一家院子叼了一个年轻的妇人。没等拖到虎窝，老虎就大口大口地吃掉了这妇人。不料，妇人头上插的簪子吞到喉咙时把虎给卡住了。老虎着了慌，使劲地咳，喉咙的血都咳出来了，却怎么也咳不出来。老虎急得没办法。

正万般无奈的时候，它突然想起，听说孙先生[④]要到某处去医病，会从三步坎处路过。于是它就提前跑到那里的树林子里等候，没等多久就看见药王先生从前面低着头走过来了。刚走到树林边，老虎从树林子里跑出来，拦住了药王菩萨的去路。药王以为老虎是来吃他的，但为什么老虎的来势不猛呢？药王定了定心，口里念道："畜生，你是要吃我呢，还是怎么回事？如果要吃我就点头三下，不吃我，就摆头三下？"老虎恭恭敬敬地摆了三下头。药王才知道老虎原来不是来吃他的。药王又问，你既然不吃我，为什么又来拦住我的去路呢？老虎张了张嘴，眼里流下了泪，表达恳求药王给它治嘴的意思。药王明白了，就动手给老虎治疗，不多一会儿簪子取出来了，老虎就轻松恢复了常态。老虎谢过了药王，趴在地上，求药王骑在它的背上，以此谢恩。

从此老虎当了药王出诊行医的坐骑，来往于患病的百姓人家。

讲述：杨国财，男，40岁，丁山乡农民。
搜集：尚文华，男，27岁，丁山乡文化站专干。

---

①转：〈方〉回的意思。
②二天：〈方〉后面，隔段时间。
③选自《中国民间故事集成·重庆市綦江县卷》(綦江县民间文学三套集成编辑委员会编，1991年)。
④孙先生：药王孙思邈。

吴道子画像观音岩

綦江城过去有城门，南边的城门叫南门，位置在现在的彩虹桥附近。那时候没有公路，南门外是起伏的山峦，石板铺成的小路一面靠江，一面紧靠着一个高高的石岩。石岩名叫观音岩，陡峭笔直，光滑的岩石上绘刻了一幅很大的观音神像。旁边有茂密的树林，是綦江县城一大景观。很多文人墨客曾来此处游览，还有不少文人题写诗句。只可惜民国期间修川黔公路石岩被毁，古迹泯然无存，至今很少有人知道。

相传观音岩上的观音神像是唐代著名画家吴道子亲自绘画的。山岩的一角还刻有“吴道子书”几个大字。被称作观音岩的，全国有很多，平淡无奇。唯独原綦江县城南门外高高的观音岩，因为历史久远，加上有名人作画，当年十分有名气。

史书记载，唐朝天宝元年①，历史上被称作“百代画圣，千古一人”的吴道子，被唐玄宗召入宫中替宫廷作画。后来唐玄宗听说四川嘉陵江、长江两岸山美水美，特意派吴道子和另外一个著名画家李思训一同前去采风，描画四川嘉陵江及长江山水。吴道子和李思训离了京城长安，翻山涉水，十分辛苦地进了四川，两人漫游嘉陵江、长江，见两江景色确实很美，十分兴奋。他们不急于作画，只是把所见嘉陵江、长江两岸的山水一一记在心中。传说吴道子和李思训到了渝州，听州府的人介绍长江南岸南川②境内的南江两岸景色也很美，不过那里常有“蛮夷”作乱，到那里去有危险。吴道子很想去南江两岸看看，可是李思训害怕遇到危险，不愿意去，于是吴道子只身向南行进。

那时候，长江之南十分荒凉，被称作“蛮荒”之地，吴道子向南行进，不仅为欣赏风景，也想去“蛮荒”之地探个究竟。他请了一个当地人带路从长江进入南江，沿江而上，跋山涉水走得十分辛苦，整整走了 3 天才到达南川，看到江边一石岩高耸，石岩面平整光滑，吴道子突然有了作画留下的想法，于是登上高高的石岩绝顶，在陡峭的石岩上画了一幅观音大士像，还在一旁写上“吴道子书”4 个大字。

后来，綦江城里的一些人将吴道子画的观音像刻在石上，把“吴道子书”4 个大字也刻到石头上，从此，这片山岩被人们称为了观音岩。

整理：胡世博，男，78 岁，綦江区政协退休干部。

---

①天宝元年:742 年。

②南川:今綦江。

杜甫续诗①

相传，唐朝初年，成都附近有个不第秀才，名叫赵麟，善诗。

一日郊游，赵麟见一深潭，水清见底。潭壁一巨石，中有裂缝，泉水穿石而注入潭内。他吟诗一首，记事抒怀。口念："泉泉泉。"但一时接不下去。于是徘徊潭边，继续口念"泉……"如此过了个多时辰，仍不能成诗。他想，方圆数十里，谁不夸我才华横溢，蜀之瑰宝。今天这样绞尽脑汁、焦头烂额的窘态，被人知道岂不贻笑大方。我有何面目立于人世！扑通一声，赵麟投入潭内，沉于潭底。然而，他死不瞑目。溪水为之发出"泉泉泉泉泉"有节奏的声音而昼夜不停地流着，流着……

暑往寒来，几经沧桑，为避"安史之乱"，当时的大诗人杜甫来到成都，碰巧因事过此，听见溪水流出"泉泉泉泉泉"有节奏的响声，信口续到："饥餐不饱渴餐甜。"杜甫话音刚定，潭底水鬼赵麟接着说："玉斧劈开顽石水。"杜甫又续下句："金钩钩出老龙涎。"潭底接道："乌飞兔走不停住。"杜甫说："古往今来不计年。"水鬼赵麟大吃一惊，是谁如此才思敏捷？近来游潭名士纷纷在讲当代诗人，首推杜甫，难道是他？于是冒叫一声："知君到，莫非杜工部？"杜答："然然然然然！"

从此，溪水不再发出"泉泉泉泉泉"有节奏的声音，而代之以"哗哗哗哗哗哗哗"的欢快声，汇入江河，朝宗海洋。

搜集、整理：佚名。

张献忠跃马过干溪②

当年，张献忠反四川时，带人马从莲花山下綦江，走到龙井岗时，在马上观看隆盛的情况。他指着西边问："山那边是啷个地方？"旁边的人说："是葫芦槽。"张献忠说："葫芦不能钻，钻进去有危险。"又问："山下那条叫啷个河？"旁边的说："干溪河。"张献忠很高兴："干溪无水，正好行军！"旁边的赶忙说："这条河字名叫干溪，其实不干，经常决堤闹水患。河边的小路又狭窄难行，恐怕行军不利。"张献忠不听这些，把马屁股一拍："弟兄伙，随我来！"

未到干溪河边，张献忠马鞭一扬，那战马飞起前蹄，后蹄一蹬，"呼"的一声飞过

①选自《山溪(流传在民间的故事)》(重庆綦江县三江公社文化站编印，1985年)。
②选自《中国民间故事集成·重庆市綦江县卷》(綦江县民间文学三套集成编辑委员会编，1991年)。

了干溪河，落在令牌石上。那马再一跃，就下了石梁。那些兵士赶忙一个个跑下山去，从龙塘坝到石梁，去追赶张献忠。

至今，龙井岗的石板路上还留有两个马的后蹄印，令牌石上有两个马的前蹄印。

讲述：唐炳清，男，72岁，隆盛场上人。
搜集：王孝鼎，男，27岁，隆盛乡文化站专干。

苏东坡与江南才子①

苏东坡听说江南人很有才学，有次碰到一个江南才子，就和他一起游玩。

来到湖边，见一群鸭子正在找吃的。其中一只被夹在石缝里，呷呷地叫唤。苏东坡说："我出个上联，请你对下联：扁嘴鸭，钻石夹，石夹含倒扁嘴鸭，呷呷呷，呷呷呷。"

才子晓得不好对，使劲考虑。这时他见一个蜂子把竹子打了一个洞，从那里钻进去。就说："有了。下联是：细腰蜂，钻筒筒，筒筒箍倒细瘦蜂，嗡嗡嗡，嗡嗡嗡。"

讲述：刘照模，男，汉族，30岁，三角乡生田村人。
搜集：霍仁伦，男，三角乡文化站。

"油炸桧"的故事

不少三角塘的居民每天早餐时都喜欢到餐馆喝豆浆、吃油条，并且三角人还把油条叫作"油炸桧"。为什么把油条叫"油炸桧"呢？其中还有故事在三角塘流传。

油条叫作"油炸桧"，据说最早是临安人做出来的。南宋年间，宰相秦桧和他老婆王氏，在东窗定下了毒计，把精忠报国的岳元帅杀害了。消息传开来，老百姓个个不服气，酒楼茶馆，街头巷尾，都在讨论这件事。

那时，在众安桥河下，相邻有两个吃食摊；一家卖芝麻葱烧饼，一家卖油炸糯米团。这一天，刚刚散了早市，做烧饼的王二通通火炉，理好灶上剩的一叠葱烧饼，看看没有买主，就坐在条凳上休息。这时，做糯米团的李四，也已收拾好油锅，蹲在那里咂旱烟。

①选自《中国民间故事集成·重庆市綦江县卷》(綦江县民间文学三套集成编辑委员会编,1991年)。

彼此打过招呼，李四便走过来，两个人对面坐起来聊天。一谈两谈，不觉又谈到秦桧害死岳飞的事情上来了。李四讲到气头上来，不由得捏起拳头在条板上用劲一敲："卖国贼！我恨不得把你……"王二听了嘻嘻一笑，说："李四哥别性急，你看我怎么收拾他们！"说着，从条板上摘了两个疙瘩，捏捏团团，团团捏捏，捏成两个面人：一个吊眉大汉，一个歪嘴女人。他抓起切面刀，往那吊眉大汉的颈项上打横一刀，又往那歪嘴女人的肚皮上竖着一刀，对李四说："你看怎么样？"

李四点点头，说："不过，这还便宜了他们！"说完，他跑回自己摊子去，把油锅端到王二烤烧饼的炉子上来，又将那两个斩断切开了的面人重新捏好，背对背地粘在一起，丢进滚油锅里去炸。一面炸面人，一面叫着，"大家来看油炸桧啰！大家来看油炸桧啰！"

过往行人听见"油炸桧"，觉得好新鲜，都围拢来。大家看着油炸得吱吱响，就明白是怎么回事了，他们心里很痛快，都跟着叫起来；"看呀看呀，油炸桧啰！看呀看呀，油炸桧啰！"

就在这时候，只听一阵锣声响，正巧，秦桧坐着八抬大轿，从皇宫里退朝回府，经过众安桥。秦桧在轿子里听见嘈杂的喊声，觉得这声音不对，就叫停下轿子，立刻派出亲兵去抓人。亲兵挤进人群，把王二和李四抓来，连那油锅也端到轿前，秦桧看见油锅里炸得焦黑了的面人，气得一根根络腮胡子都朝上，走出轿来大吼道："好大胆子！你们想要造反？"

王二装作没事人似的，笑嘻嘻地回答说："我们是做小生意的。哪里造得了反呢？"

秦桧说："既然如此，怎敢乱用本官的名讳？"

王二说："哎呀，宰相大人，你是木旁的'桧'，我是火旁的'烩'哩！"

这时，大家都叫起来，"对呀，对呀，音同字不同！"秦桧无话可说。他看看油锅里浮起的那两个面人，喝道："不要啰嗦！这炸成黑炭一样的东西，如何吃得！分明是两个刁民，聚众生事，欺蒙官府！"

听秦桧这么一说，人群中立刻站出两个人来，说："就要这样炸，就要这样炸！"一面把油锅里的面人捞起来。还连连说："好吃，好吃！我越吃牙齿越痒，恨不得一口把它吞下去哩！"这一来，弄得秦桧哭笑不得，他只好瞪瞪眼睛，往大轿里一钻，灰溜溜地走了。

堂堂的宰相当众吃瘪①，这件事一下轰动了临安城。人们纷纷赶到众安桥来，都想吃一吃"油炸桧"。李四索性不做糯米团了，把油锅搬了过来，和王二并做一摊，合伙做"油炸桧"卖。原先，"油炸桧"是背对背的两个人。但面人要一个一个捏，做一个"油炸桧"得花不少时间，实在很费事。后来，王二和李四想出了一个简便的法子。他们把一个大面团用刀切成许多小条，拿两根来，一根算是秦桧，一根算是王氏，用棒儿一压，扭在一起，放到油锅里去炸，仍旧叫它"油炸桧"。这样做起来就方便多了。

老百姓当初吃"油炸桧"是为了消恨的。但一吃味道不错，价钱也便宜，所以吃的人越来越多。一时间临安城里城外所有烧饼摊，都学着做起来。之后，就传遍了全

①吃瘪：被迫屈服、认输。

国各地。从此,“油炸桧”便成为一种人人爱吃的食品。后来人们看看“油炸桧”是根长条条，就叫它“油条”。因为油条是最早在烧饼摊上做出来的，所以直到现在，各地都还保留着原来的习惯，烧饼和油条总是合在一个摊子上做。

搜集：三角镇综合文化服务中心。

正德王微服私访

传说明朝第十一代皇帝武宗朱厚照，人称正德王，行事谨慎，非常关心、体察民情，经常微服到全国各地私访，以了解百姓生活情况，同时暗中考察各地政府官员执政的情况。而当时的丞相姓曹名永正，他的家就住在东溪镇紫街范家坝，距场镇一千米许。曹丞相年满七十，向正德王告假回老家镇紫街范家坝办七十岁寿宴。正德王决定参加曹丞相的寿庆。

为了不增加曹丞相及地方官员的迎驾负担，又可以到时给曹丞相一个惊喜，正德王就没有把这一决定告诉曹丞相。

正德九年（1514年）农历八月十二日，即距曹丞相举行寿宴的前三天，正德王才身着微服，带两个随从悄悄来到东溪镇紫街上。到镇紫街上时，已是夜深人静，所有店铺都关门了。他从上场走到下场，始终都没有找到住宿的地方。

正德王到了观音寺，见寺门未关，便进去住下。又因为时值秋天，寺内蚊子颇多，辗转难眠，便不耐烦地脱口而出:“尔等蚊子真不知天高地厚，竟然无故咬朕，速去外面石头里去吃露水。”

这里需要说明，他本来想说“到外面石头上去吃露水”，不经意间说成“到外面石头里去吃露水”，分明是说错了话。但在帝王时代，皇帝是金口玉牙，君无戏言，一言九鼎，即使错了，也是圣旨。

蚊子见皇上发怒，闻言而出。后来人们果然发现寺外那根高5米、直径2米的大石柱上有一个鸡蛋大小的洞，里面却有一小凼水，不少蚊子在洞里飞来飞去，发出嗡嗡乱叫的声音，见者无不称奇。

第二天清晨，正德王站在观音寺寺门前，四顾群山，俯视溪水，抬头又观日出。呈现在他眼前的，是一座座重峦叠嶂的青山，迎着朝阳那霞光万丈的天宇，清澈见底的涓涓溪水，好一派仙境般的景色。顿使他感叹不已，颇生赞美之情，欣然挥笔，在一块石板上写上“第一名山”4个苍劲流畅的大字。后来雇请工匠在观音寺寺门前修造了一座高达丈余、宽可过车的牌坊，将“第一名山”4个字横嵌在两边大石柱上的大石碑上，四个字都是烫金字，在阳光照射下，金光四射，显得字大如巨斗。这块石碑一直承传至今。现埋藏在观音寺正门前，可以掘而得之。因为离曹丞相的生日寿庆还有两天，正德王没有提前到曹丞相家，而是仍然身着微服，在镇紫街上的一家饭馆吃了早饭，徒步经观音岩到东溪太平桥看水码头，观古盐道，好一派热闹非凡、百姓安居乐业的景象，令正德王流连忘返。

当他离开东溪时，已是日落月升之时，他走到离镇紫街二里许的求雨岗时，已是夜深人静。他们一行人借着月光赶路，走到路边一草舍，尚见屋内的油灯灯光，可知屋内的人还不曾入睡，正德王便上前敲门，想在此户人家借宿，体验农家生活。

这家农户当家人姓周名举，两年前已经去世，只剩下其媳妇和八岁大的儿子。母子二人相依为命，过着非常贫寒的生活。

深夜听到有人敲门，周举的媳妇心有不安，顿起戒心，且由于周家家境贫寒，母子共居一间独屋，没有多余的床铺，客人自然没有住处。她对着门缝对正德王说："客官，我们家穷，实在没有住处，请到别处去吧。"

正德王此时肚中饥饿，又精疲力竭，哪里还走得动呢，只好再三恳求，说道："如你们家屋里没有住处，就让我在你们家的屋檐下暂宿一晚吧！"周嫂听此人说话言辞恳切，话中充满善意，不像那些邪恶之人的言行，便生同情之心，速把门打开，把正德王让到屋里坐。周嫂见正德王困乏之中仍不失轩昂气宇，便问道："客官，你吃过晚饭没有？"正德王回答道："我连中午饭都还没有顾得上吃，哪里吃晚饭啰。"于是周嫂便把准备留作第二天早饭的苞谷稀饭端出来，放在桌子上，取来碗筷，并先盛上一碗递给正德王说："客官，我家没有好的饭菜招待你，你就将就吃点吧！"

因为接连两顿没有吃饭，走的路又多，正德王饿得慌，虽说是苞谷稀饭，也觉得分外可口，连声称赞："好吃，真好吃。"

当然，正德王并不知道苞谷稀饭是什么煮成的，因在宫中，苞谷是从来不入厨的，便问："嫂子，你这稀饭是什么煮的？"周嫂吃惊地说："是苞谷煮的呀，难道你没吃过？"正德王见稀饭的颜色是金黄的，与金銮宝殿的颜色相差无几，而且又如此好吃，便说："这哪里是苞谷呀，简直是玉米哟。"据说，从此之后人们就把苞谷叫作玉米了，这种称谓一直传承至今。

正德王吃完饭后，周家嫂子便叫儿子周三把客官睡觉的铺铺好。周三就去搬了一个大斗筐放到屋檐坎，又取了一件蓑衣和一个印子[①]放在斗筐内，就算把铺给客官铺好了。于是，周三请正德王休息。正德王一看，满腹狐疑，心想这就是给我铺的铺吗？正德王问周三："这个圆圆[②]是什么？"周三答道："客官，这是盘龙铺。"正德王又指着蓑衣问："这个筋筋蓑蓑的东西是什么？"周三答道："客官，是龙须毡。"正德王又不解地问"这个方方又是什么？"周三答道："客官，这是玉忱。"

这时，正德王不由一惊，暗想这孩子小小年纪，他并不知道我的身份，更不知道我是当今皇上，却又似把我当作皇上跟我对话，而且又回答得这样得体，又如此不俗而文雅，真是一个超凡脱俗的奇才。他便问周嫂："嫂子，你这孩子多大了，叫什么名字？"周嫂答道："他今年 8 岁了，叫周三，因为我家穷，前两个孩子因生病无钱治而夭折了。他爹去世两年了，我没钱叫孩子识字，还没有给他取书名，真叫客官见笑了。"

正德王说："周嫂子，我看你这孩子小小年纪，虽还没有上学读过书，但说起话来却是这样的流畅通达，真是一个世间少见、绝顶聪明的好孩子，你真有福气啊！"周嫂见客官如此这般夸奖儿子，心里自然十分高兴。

---

①印子：古代量谷物的一种器物。

②圆圆：指农村晾晒或者陈列物品的斗筐。

善良聪慧的周嫂暗暗思量，这位客官虽穿着一般，但举止谈吐都与常人不一样，兴许有点来历，不如把儿子拜继给他，日后也好有个关照和提携。于是便诚恳地对正德王说："客官既然如此这般夸奖我这儿子，可怜他现在又没有了父亲，如果客官不嫌弃，就让他拜继给你当干儿子吧！"

正德王说："那当然好啰。"聪明的周三听母亲和客官把话都说到这个份上了，就赶忙走到正德王面前，下跪叩头道："干爹在上，儿子这厢有礼了。"喜得正德王心花怒放，龙颜大悦，连说三个："好！好！好！"就这样，正德王便收下了周三这个干儿子，赐姓赵，名尚为。

这时夜更深了，周嫂让儿子陪正德王一起睡，正德王问周三："这个圆圆我睡觉怎能伸得起脚？"周三答道："干爹，这是盘龙铺，当然就要盘着睡了。"于是正德王就蜷缩着身子睡，周三就睡在他的怀里。正德王睡在斗筐里，回想他今夜的遭遇，虽说睡的地方不好，但却遇上这家虽然贫穷但却非常善良的母子，而且还收了一个聪明乖巧的干儿子，感触良深，不禁诗兴大发，诗云：

盘龙龙须玉枕床，八岁孩童陪君王。
父子对答如流水，他日为曹千金郎。

正德王心中决定做大媒，讨曹老丞相的千金小姐作干儿子赵尚为未来的妻子。

第二天早晨，一轮朝阳喷薄而出。正德王站在屋前地坝上，眼见范家坝人欢马叫，人来人往，鞭炮盈耳，彩旗招展，热闹非凡。正德王自然知道，这是曹丞相70岁生日来临了，但他假装不知，对周家嫂子问道："亲家，下面那里在做什么，这般热闹？"

周嫂答道："亲家有所不知，那里是曹丞相举办70岁生期酒，要大宴宾客呢！"正德王顺着问道："那么，亲家，你去不去呢？"周嫂说："我们家穷，送两升苞谷子，恐怕人家看不起。"

正德王说："亲家，你不用愁，我给你一件东西，你拿去送，包他满意。"周嫂说："那当然好啰。"于是正德王便叫周三去拿个碗来倒扣在桌子上当作墨砚，自己打开包裹取出笔墨和朱红纸，挥笔在正面上写上"圣旨"二字，在反面上题诗一首，诗云：

尚为虽然年纪小，说话做事很灵巧。
寡人意思已决定，把你千金许配了。

写好后正德王问周嫂："亲家，你家有谷盆没有？"周嫂说："有！"随即周嫂找来谷盆，正德王吩咐周三："你把这张纸扣谷盆上，当你走到曹丞相家附近时，才把这张纸拿出来放在谷盆里。写有'圣旨'二字的一面朝上，双手将谷盆顶在头上。在人多的地方，一边走，一边口头连呼'圣旨到'，一直呼叫到曹丞相设置的寿堂。"

当周三呼喊着"圣旨到"走到曹丞相的寿堂时，曹丞相赶忙穿好官服到寿堂接旨。

他接旨一看，便知道这是正德王御笔，并且还给他的小女儿赐了婚，自然是喜出望外，忙跪呼："谢主隆恩！吾皇万岁！万岁！万万岁！"

随即问周三："写这个字的人现在哪里？"周三回话："在我家里。"又问："你家住哪里，家里还有些什么人？"周三回答："我家就住在对面求雨岗上，家里只有母亲一人。"曹丞相连忙安排管家带周三去洗澡，换上最好的衣服。同时安排自己坐的八抬官轿和一副四抬官轿前往求雨岗迎接正德王和周嫂。

这样一来，曹丞相的七十寿庆就增添了新的光彩，皇上亲自登门祝贺，还为小女赐婚，确为双喜临门，风光无限。四周百姓听说皇帝驾临，无不争睹帝王风采、帝王尊容。范家坝万众欢腾，成了欢乐的海洋。

午宴之后，正德王回想他两天前夜宿观音寺以及题写“第一名山”时的心情，觉得在那附近的小溪石坝上，是一个值得游玩的好地方。曹丞相便按皇上旨意，在小溪石坝上修了一个可供饮酒取乐的九曲流杯池。

据说，水流到谁所在位置的石槽里，就该谁喝酒，代替划拳猜令，别出心裁，颇有乐趣。一连几天，正德王、曹丞相以及随行官员等人都到这里赏景饮酒作乐，君臣无不欢愉。这流杯池仍在东溪镇紫孝感桥处，陈迹宛然，令人回味。

同年农历八月二十四日，正德王起驾回宫时，把周嫂和干儿子赵尚为都接到京城去了。

正德王对赵尚为特别关照，时刻鼓励他学习成才。15 年后，赵尚为官居兵部侍郎、吏部侍郎等职，身份显赫……

搜集整理：罗毅，编撰时 37 岁，现为市级非遗项目东溪故事传承人。

明武宗降旨整治綦江河

明朝正德九年，武宗皇帝微服私访，周游全国，来到了綦江安稳里麻城[①]。他看见綦江河由南向北，由贵州夜郎坝、松坎，流入綦江石门坎、赶水，经东溪太平桥、麻城、盖石、三江，经綦江县城，流入江津县境，在顺江口注入长江。

綦江河，古名夜郎溪、僰溪、南江，全长 231.3 千米，流域面积大，流量大，水力资源丰富，而且“水作苍帛色”。但是，由于年久无人治理，两岸杂草丛生，河道泥石阻塞，致使一江河水白白流去。武宗皇帝暗忖：当时綦江地势偏僻，交通不便，百姓生活困苦，如果把綦江河整治开发出来使其能行船，岂不是为人民造福。

于是，武宗皇帝回到京城后，赓即降下圣旨，饬令四川布政使司重庆府知府孙公豹清理整治开发綦江河。

重庆府知府孙公豹奉旨立即招募石匠、民工，并亲自多次到现场督办，指挥民工们砍伐綦江河两岸的树木、杂草，清掏河道的泥石。

石匠们用大锤打掉河床的巨石和浅滩的岩石，疏通河道。綦江河经过清理整治后，载重几吨的木船，可由綦江县城经三江，到达东溪太平桥。洪水期间，竹筏或木筏可顺水而下，漂到綦江。从此，形成了綦江河道的雏形。

“武宗皇帝降旨，孙公豹打滩”的传说，至今还在东溪、镇紫街、盖石洞一带流传。

搜集：罗毅，编撰时 37 岁，现为市级非遗项目东溪故事传承人。

①安稳里麻城：今东溪镇镇紫街。

鱼腹印①

胡四郎提着一条八斤多重的綦河鲤鱼，天麻粉粉亮②就到贾嗣桥赶集。走到场口，迎面碰着龙登山龙门寺的一个和尚。见了四郎手里的鱼，和尚大大方方从怀里摸出一两雪白纹银，交到四郎手里，二话没说，提着鱼转身就走。四郎一想，这条鱼最多能值七钱银子，怎么能多收人家的呢？忙喊："师傅！师傅还要补你的钱哩！"和尚好像是个聋子，头也不回，一眨眼就消失在大街的尽头。胡四郎捏着手里的银子心想："总有一天碰着龙门寺买鱼的那个和尚，多收的钱我还是要补给他的，我相信一定能够再碰见他的。"

转眼半年过去了，胡四郎几乎场场都到贾嗣桥赶集，怪就怪在龙门寺那个买鱼的和尚，连影子都没有看到。一天早饭后胡四郎正在坝子边搭冬瓜架，忽然一阵急骤的马蹄声从对面山上飞来。他抬眼一看，哎呀！三匹棕色高头大马，正向他家快速疾驰，眨眼间，三骑马已到了他跟前。马上跳下三人，打头的年约四十开外、中等身材、鼻正口方，二目炯炯有神，头戴一顶蓝缎子扎花软巾，上着白色大褂，下穿藏青色大裤。后面两人，年纪都不过二十挂零，身体魁梧，英姿勃勃，一身灰色短打，腰挎三尺青锋，一看便知是两位带刀侍卫。

不等胡四郎开口，打头那位将军打扮的人，双手抱拳，满脸含笑倒先开了腔："请问大哥，胡四郎是住在这里吗？""住在这里，大人问他啥子事啊？""有事、有事，当然有事啰！""可以给我说吗？""大哥，对不起，不能给你讲，只有面见胡四郎本人方能告知。""啊，大人，我就是胡四郎。""咹！您就是胡贵人哪？""不不不，我不是什么胡贵人，我是胡四郎哇！"将军一听这位庄稼汉正是他要找的胡四郎，不禁喜上眉梢，跨前一步，紧紧握住胡四郎的大手，和蔼的目光不断在胡四郎身上上下打量。

胡四郎被将军的热情举动弄得丈二金刚——摸不着头脑，连声说："大人，请屋头坐，屋头坐！"将军吩咐侍卫把马拴在坝子边的柏树上，然后与胡四郎手挽手朝屋里走去。这下惊动了正在喂猪的妻子刘氏，见一位当官的挽着丈夫的手，来到自己破烂的茅草房，搞得来手忙脚乱，抹桌子也不是，擦板凳也不是。胡四郎与将军落座后，刘氏上前献茶。将军呷了一口茶，郑重其事地说："当今天子，思念贵人，特遣卑职请贵人进京一见。"胡四郎再次声明："我是胡四郎，不是胡贵人。"将军微微一笑，说："就是请胡四郎到京城去。"四郎心里一愣，皇帝与我非亲非戚，怎么思念起我来？忙问："大人，皇帝找我去做啥子哟？""这个我也不清楚，你到了京城自然就明白了。"刘氏迫不及待地问："大人，哪天起身？""圣命紧迫，请四郎即刻起程。"胡四郎虽然没有读过几天书。但是对于"圣命难违"的道理还是懂得的。于是用请求的口吻说："大人，皇帝圣命，我咋个敢违抗，只是进京路途遥远，少说来回也要三五个月，我想把家务事

①选自《中国民间故事集成·重庆市綦江县卷》(綦江县民间文学三套集成编辑委员会编，1991年)。
②天麻粉粉亮：指天刚刚亮。

安排一下，明早起身要得不？”将军把头微微一点，说：“那就明早起程吧。”说罢起身告辞：“四郎哇，一言为定啰，明天上午，我在綦江县衙门前候驾！”

送走将军，胡四郎夫妇回到屋里议论起来：“皇帝做啥要找我去京城？噫！看样子要出事啊！”“不会哟。”四郎想起我们祖祖辈辈都是庄稼人，又没有做过什么见不得天的事，怕它个屁！“是倒是呵，出门看天色，进门看脸色，从刚才那位大人的脸色看到没有什么值得担心的。但是，事情很难预料哇！”“四郎呀，四郎！你慢慢地想一想，到底在哪里做过亏心事没有？”“哎呀，我们一二十年的夫妻呐，我做的事哪点你不清楚啊。只有半年前在贾嗣桥卖鱼给龙门寺的和尚，多收了他一点钱，但这点小事天子岂能知道？其他的事嘛，我就对天对地对你都对得起哟？”“既是这样，你还担心啥哟！”刘氏边说边走向厨房，准备午饭去了。

中午，胡四郎的一双宝贝儿女打柴回来，听说爹爹要到京城见皇帝，高兴得要命。11 岁的儿子玉坤，蹦蹦跳跳地跑到爹爹面前，拉开四郎的手说：“爹！到京城给我买点好吃的东西回来呀！”胡四郎把儿子搂在怀里，百感交集：“我活了四十多岁，从来没有出过远门，这次离家，祸福难定。只要爹爹能回来，一定给你买好吃的东西，就怕……”女儿玉秀，今年 14 岁，从小聪明过人，这时她正拿着筷子从厨房走出来，听出爹爹的话中有话，笑嘻嘻地接着说：“爹一定回得来。这回皇帝要爹爹到京城，说不定还要封爹爹个官嘞！”一家人这么东猜西想，也想不出一个名堂来。

第二天清晨，四郎吃罢早饭，带上换洗衣服，来到离县城约五华里的“牌坊沟”和昨天那位将军和侍卫赶到重庆。又飞驰成都，出剑阁，穿长安，过洛阳，直奔京城而去。

这天，到达京都，穿街过巷，来到一座红墙黄瓦棕色大门的府前。门上方，矗立一块长八尺、宽三尺，黑底金字竖匾，上书“钦赐尚书府”五个光华灼灼的大字，正门紧闭，侧门洞开。一位身着绿袍的门官，待立门旁，将军翻鞍下马，门官上前躬身一揖：“将军几时回京？”“刚到京城，烦通禀徐大人，胡贵人已到。”门官哪敢怠慢，飞速进内通报。两个随行侍卫，上前搀扶胡四郎下马。突然“叽——噶”一声、中门大开，一位年过半百，身着大红吉服的官员，出门高喊：“胡贵人，罗将军，一路辛苦，请进府休息！”将军指着这位官员对胡四郎说：“这是当朝礼部尚书徐大人。”胡四郎慌忙深深一礼，说：“见过大人！”“岂敢，岂敢！贵人，将军，请进！”罗将军说：“圣命在身，不敢久留，贵人今已请到，卑职立刻回兵部复命。”“既是如此，下官就不留了，改日请过府一叙。”将军翻身上马，拱手告别。

将军去后，徐尚书挽着胡四郎的手，步进大门，来到客厅，分宾主落座，家院献上香茗。徐尚书说：“万岁爷思念贵人，特命罗将军专程到四川请您。一路风尘仆仆，备尝艰辛，就在舍下休息数日，待下官奏明圣上，当今天子还要当面酬谢您哩！”说罢放声大笑。胡四郎欠身说：“山乡小民，给大人添麻烦了，实在不敢当！请问大人，皇帝为啥子要感谢我呢？”尚书说：“贵人见了圣上，一切自然明白了。”四郎不便多问，只好等着面见皇帝。徐尚书吩咐家院设宴“静观亭”，为胡贵人接风洗尘，再三言明天子的思念，劝胡四郎安心住下等待召见。三天以后，京城五府、六部、三台阁八亲王的大红请帖如雪片飞来。徐尚书陪胡四郎各处赴宴，做客，转眼不觉一月有余。

一天，胡四郎独坐在书房正想念刘氏母子，徐尚书兴冲冲进来说：“恭喜贵人！万岁传诏：明天上午在仁寿宫接见您。”四郎一听，愁绪全消，忙起身让座。徐尚书接着说:“明天面君，贵人要注意礼仪。”“哎呀，大人，大人！我人活几十年，从来没有见过皇帝，见皇帝有哪些礼节哟?”“下官今日就来教您。”胡四郎谢过徐尚书。就在东书房学起见皇帝那套礼节来了。胡四郎从来没有搞过这套烦琐名堂①，整整学了一个上午。把年过半百的徐尚书累得大汗淋淋，他还没有弄得“伸展”。尚书再三对四郎叮咛:“明日面君，处处看我脸色行事，记住！勿失君臣大礼。”

第二天清晨，用过早膳，徐尚书与胡四郎乘轿来到太平门，值班太监早就恭立门首，上前请安，然后转身带路，直奔“仁寿宫”。走至宫门外，徐尚书示意胡四郎止步。片刻，宫内太监高喊:“万岁口诏下，胡贵人、徐尚书进宫朝参!”“领诏!”徐尚书话音刚落，胡四郎也跟着来个“领诏”，两人同时跨进宫门，三呼、九叩、四礼、八拜，拜到御案前，俯伏金阶，口称“吾皇万岁！万岁！万万岁!”

熹宗皇帝端坐御案正中，双目直盯胡四郎，把头微微一点，说:“爱卿平身!”这回胡四郎没有弄错，与徐尚书同时回答:“谢恩!”俩人直立案下，头不敢抬，眼不敢看。熹宗言道:“二卿看坐!”徐尚书回答:“万岁金驾在此，哪有为臣座位。”胡四郎自然也跟着说了一遍。不同的是把“为臣”二字改为“小民”。熹宗微笑着说:“赐坐便坐!”“谢恩!”这一回两个回答得很整齐。

胡四郎坐在靠近熹宗的下首，徐尚书的座位紧挨胡四郎。熹宗面带笑容，目不转睛地望着胡四郎，说:“寡人能执掌乾坤，全赖卿之相助！寡人回朝后，日思夜念，特请贤卿进京，共享荣华。”胡四郎一听莫名其妙，不知怎样回答才好，心想：管他问得问不得，不知者不为过，问清楚才好说话，回道:“小民世居山乡，不知在哪里帮助过万岁，请万岁说给小民听听。”熹宗听罢，哈哈大笑，反问道:“你还认得寡人吗?”胡四郎举目一望，大吃一惊。他全忘记了这里是“仁寿宫”，上面坐着的是当今天子，倏地站起，对着熹宗皇帝脱口而出:“你不是龙门寺的和尚吗？噫，师傅，你让我找得好苦哟！那天我在贾嗣桥卖鱼，多收了你的钱，今天总算碰到了，来来来，我补给你!”他边说边向怀里摸钱。这一手倒把徐尚书吓惨了，稍稍扯了下他的衣角，胡四郎一惊，猛想起这是在见皇帝，刚才的言语举动，有失君臣之礼，霎时手足无措，不知如何是好。熹宗笑逐颜开，说:“胡卿，寡人正是龙门寺的和尚，也买过你的鱼，不是你补孤的钱，是孤要补你的钱。不不，还要补你个官啰!”熹宗示意四郎坐下后，又说:“爱卿功盖环宇，名垂竹简，就在寡人身边做个官吧!”四郎这时已恢复了平静，躬身说:“小民不读书，不识礼，怎能做官？请万岁开恩，放我回家，当一个奉公守法的老百姓就感恩不浅了。”熹宗笑了笑又说:“爱卿就是不愿在朝为官，寡人也要封你一官半职，方遂心愿。胡卿！叫你何名讳?”

“小人姓胡，排行第四，大家叫我胡四，后来又有人喊我胡四郎。”“四郎?”熹宗略一沉吟，对四郎说:“好，侍郎①也是一个官嘛，寡人就封你个侍郎，准卿回乡，乐享田园。”四郎急忙俯伏金阶，叩头谢恩。接着嘉宗又赏黄金百两，彩缎十匹，在家乡修建侍郎府一座，还命徐尚书代为设宴送行。然后二人离开“仁寿宫”。

当天下午，京都各府，纷纷送来礼品。当晚尚书府灯火辉煌，大排筵宴为胡侍郎饯行。送走贵宾，徐尚书陪胡侍郎回到东书房，胡侍郎除了请徐大人转奏天子谢恩外，特请徐尚书言明他到底怎么帮助过皇帝的。徐尚书呷了一口茶，便说出了当年的实情。

①名堂:花样、道理、成绩、内容、结果等。出自《官场现形记》。

原来，天启二年春，明熹宗带了一名亲随，素衣小帽，随带玉玺，扮作主仆二人，微服出访。他们从京城南下，然后溯长江而上，行至重庆府所辖綦河与长江汇合处，乘舟过江，起船上岸时，一个趔趄险些跌下江去。亲信见状大惊，飞快上前搀扶，人虽未掉下水，玉玺却堕落江中。当时熹宗不敢声张。等船离去后，望着滔滔江水，流涕痛哭，失去玉玺，怎能回朝！亲信劝说无效，脱去衣裤就下江打捞。忽然一个浪花劈头打来，亲信站立不住，被滚滚洪流卷走了。熹宗无奈何，便独自一人溯綦江而上，忍饥挨饿走了一天多，来到江津县贾嗣桥的龙登山龙门寺，自称是外地人经商过此，遭匪洗劫一空，无法回家，请求收留。当时龙门寺的壅土禅师念其进退艰难，承认收留下来。

一年后，壅土和尚偶染重病，生命垂危。熹宗感收留之恩，去贾嗣桥买鱼来煮给老和尚吃，恰巧碰上胡四郎到贾嗣桥卖鱼。当时熹宗因壅土禅师病危，顾不上讨价还价，递过纹银一两，提鱼转身就走。回到寺里，亲自把鱼剖开，一颗亮晶晶的玉印，从鱼腹里滚了出来。熹宗拾起一看，原来正是自己朝思暮想失去一年多的玉玺，不禁喜上眉梢，将玉玺小心翼翼放入怀内。这时，禅房内传出悲痛的哭声：壅土禅师升天了！待埋葬壅土禅师以后，熹宗就离开了龙门寺……胡侍郎听完徐尚书这番话，恍然大悟惊讶不已。

次日，徐尚书代表天子，把胡侍郎送出京城。胡侍郎在二十名卫士护卫下，按来时路线入川回乡。不日来到钦赐侍郎府前，夫人刘氏带领子女，家院丫鬟出来迎接。胡侍郎看着夫人、女儿，不禁喜泪盈眶，感慨万千，疑在梦里。不多时，周围的邻居听说胡侍郎衣锦还乡，纷纷前来祝贺。侍郎夫妇亲自出府迎接，以礼相待。入夜，侍郎府大排酒宴，直到月移花影才尽欢而散。

送走邻居，侍郎夫妇进入内室。胡四郎把进京面圣封官及皇帝失印、买鱼、还印的前后讲了一遍。夫人听后，不胜惊讶。

但是，胡四郎虽然当上了“侍郎”，还是布衣草履，田野躬耕，平安地度过了他的晚年。

讲述、搜集：万帮云，时为三江镇文化站站长。

①侍郎：中国古代官名，明清时代是政府各部的副部长，地位次于尚书。

康熙和武状元①

康熙皇帝装扮成一个客商，混到民间，他想找一个力气大又机灵的武状元。

这一天，康熙来到河南的一座山下，碰见一个大汉。这大汉用一根很大的铁扦担②在挑东西。他问过大汉才晓得姓王，人称王大汉。他用的铁扦担担有一千二百斤重。康熙见他力气恁大，心里很高兴，只不晓得他机不机灵，就想叫他一路，试试他行不行："王大汉，你如愿意给我挑东西到京城，我多出点钱。"王大汉说："要得。"

天黑的时候来到一家栈房住宿。跑堂的跟他们打洗脸水、洗脚水，康熙赏他一点散碎银两。跑堂的看见这两个人有点特别，一摸出来就是恁多钱，就去跟老板讲了，想打坏主意。康熙觉得老板和跑堂的鬼鬼祟祟的，晓得有板眼，就想试试大汉："我看今晚不妙，你说啷个办?"王大汉说："不怕，我有办法。"三大汉把栈房里的一个石头打的脚盆提上楼去。这个石脚盆有八百多斤。他又喊跑堂的担两挑水来，说要洗个澡。大汉把水倒在脚盆头，关了楼门，和康熙坐在石脚盆上。

半夜的时候，有烟冒到楼上来。大汉说："他们在放闷烟了！我们把脑壳瓮在水头。"隔一哈儿，闷烟散了，他两个才把脑壳从水里伸出来。正在这时，听见有人打门的声音，王大汉赶忙把铁扦担拿在手上。门打烂了，上来两三个人，王大汉一扦担一个，把他们穿死了。楼下还有几个要想上来，大汉把石脚盆端起往下面一甩，下头的几个被压在石脚盆下面，喊娘喊老子的叫唤。康熙和王大汉趁这个时候逃出了栈房。

跑到外面，大汉说："客商，你的东西已留在栈房，没有担的了，我就回家去。"康熙通过这两天已经把大汉选上了，就叫他一路进京。直到走进皇宫，大汉才晓得这个客商原来是康熙皇帝。后来康熙封王大汉当了武状元。

讲述：谢万景，男，67岁，瀛山乡千秋村农民。
搜集：周星焕，男，23岁，瀛山乡千秋村农民。

石达开三溪题词③

1863年，太平天国翼王石达开率军西进，溯长江，入四川，败川东团练于涪陵，军威大振。翼王临阵指挥，身先士卒，不幸右臂负伤。闻綦江县永里一王姓医生，善

①选自《中国民间故事集成·重庆市綦江县卷》(綦江县民间文学三套集成编辑委员会编,1991年)。
②扦担:农用竹竿或木件做成的挑柴工具,两端是尖的。
③选自綦江区政协《綦江文史资料》。

治刀伤，于是率部经南川入綦江永里治伤。伤势稍愈，翼王引亲随十余骑，过蒲河，经石角，到三溪[1]侦察敌情。三溪地方团镇申培源亲迎翼王。

翼王到三溪场后，立于河嘴[2]，指着綦江上游问申培源："我欲沿江而上可乎？"申答："离此十里有"关门杀"[3]，两峰对峙，道路崎岖，一夫当关，万夫莫敌，于大王行军不利。"

翼王转面指下游头问："我欲顺江而下，可乎？"申答："此去十二里，有'三百梯'，梯陡三百，居高临下，兵家所忌。"

翼王又指对面山坡问："我欲渡江翻山而过，可乎？"

申答："前去八里，有'牛树石'，羊肠小道，山势险峻，怪石嶙峋，牛过尚且不能，况大王十万雄师乎。"

申培源的回答，打消了翼王从三溪进军的念头，延缓了太平军攻打綦江县城的时间。临别前，申培源呈上笔砚，展开宣纸，请翼王题词留念。翼王书法造诣高深，浓墨过处，白纸上留下十六个雄浑豪放、刚劲有力的大字：

善有善报，恶有恶报。不是不报，时候未到。

翼王去后，申培源因接触过太平军，被诬以通"贼"罪而枉杀。后来有人将翼王手迹刻石立碑，矗立于"明家沟"大路旁。近百年来，行人过此无不停步瞻仰。那些心怀鬼胎者，见了此碑，尽不寒而栗。

民国廿五年（1936年）修筑川湘公路时，拆毁石碑，今已不存。

搜集、整理：钦贤。

石达开永丰留诗[4]

翼王石达开一踏上四川的土地，王清澄的影子时刻在他眼前闪现。他急切盼望见到这位故人，畅叙阔别情怀……

石达开转战湖南期间，曾派专人去"岳麓书院"迎请这位学识渊博、执教多年的同榜年兄，到军中来运筹帷幄，共襄盛举。可惜晚了点，王清澄已先期离开书院，回老家綦江县永里啸傲林泉，放怀山水，安度余年去了。

石达开饮马南川万盛场[5]的第二天，即率"老鹊营"飞驰永丰场，登门拜望老年兄。这天，正逢王清澄的母亲百岁寿辰。王府堂前，张灯结彩，高烧红烛，斗大红底金色的寿字耀眼夺目。前来祝寿的远亲近邻络绎不绝，热闹非凡。翼王亲临，更给这

①三溪：今三江街道。
②河嘴：今綦江、蒲河合流处。
③关门杀：关门石谐言。
④选自綦江区政协《綦江文史资料》。
⑤万盛场：今万盛经开区。

山乡的百岁寿庆增添了奇光异彩。故人相见喜不胜喜，畅叙别情，没完没了。中午，王清澄陪翼王步入堂屋，与前来祝寿的宾客共赴筵宴。

席开，堂屋正中小方桌上陈放一罐农家自酿杂酒，醇香扑鼻，热气腾腾。大家请翼王先品尝，翼王谦逊再三，离座步至酒罐前，左手握住空心竹管，正欲低头吸酒。忽然，王清澄快步上前对翼王道："贤弟才华横溢，学富五车，今日驾临寒舍，岂能无诗？望吾弟先诗后酒。"满座宾朋，对王清澄的提议，欢呼雀跃，掌声雷动。翼王笑逐颜开，环顾满堂，道："年兄过誉，小弟戎马生涯以来，笔墨荒疏，但恭敬不如从命，愿将早年喝杂酒时的拙作一首，奉献吾兄及在座诸君，敬祈斧正！"霎时，四座鸦雀无声，翼王高声吟道：

万颗明珠一瓮收，君王到此亦低头。

五龙抱着擎天柱，嚼得黄河水倒流！

翼王吟罢，满堂喝彩，赞不绝口，这餐农家寿宴，直到日落西山才尽欢散。

当晚，翼王下榻王清澄家，同榜举人，促膝谈心，抵足而眠。在王清澄的热情挽留下，翼王暂住王家。此间，王清澄还陪同翼王游览了綦河胜景"白云观"。经过几天推心置腹的切磋，王清澄终于接受了翼王的邀请，跨上了新的征途。

搜集、整理：钦贤。

石达开石壕题壁①

清朝同治元年（1862年）四月上旬，石达开率部攻打綦江县域，数日不下，改道江津县。其时，江津方面早已层层设防，太平军所到之处，处处受阻。冀王问计于王清澄，王清澄建议回师綦江，伺机进军贵州。石达开接受王清澄建议，由江津大垭口入綦境，驻马东溪、赶水、高庙场一带，稍事修整。此间，冀王常深入民间，体察民情，广行布道。一日，与王清澄去石壕场，乘兴题诗一首于牛市口中堂上。诗曰：

戎马倥偬又七年，声振尔南日月边。

中原逐鹿缘何事，只为安民□□□。

此诗至今隐约可见，唯最后三字不存。传说，乡人迷信，认为冀王留墨可治病，遂被附近居民刮去治病了。当地老人回忆是"解倒悬"三字。

同年间八月初，冀王挥师离綦境，挺进贵州遵义。

整理：王志华、微笑。

①选自綦江区政协《綦江文史资料》。

赵高峰八十岁得子

赵高峰就是我们扶欢镇东升山脚赵家湾人，生于宋真宗大中祥符五年，从小好学。在宋真宗元丰年登入进士，被派到长沙府任太府一职。在任时是一位为官清廉、正直清白、铁面无私、为民申冤的好官。

他先娶两房妻子，早亡。他在将近耄龄外出视察民情，走在乡村路上，见一个焦姓的女子在挖土种植。由于当时天旱，他就问这个女子说："干旱这么严重，你种下去何以得收？"这个焦姓女子回答说："不怕天干，只要地润。"他听后在回府的路上思索着小女子的话。突然醒悟，于是他就请媒去提亲。姓焦的女子得知他是一位长沙府的清官，就答应了这门亲事。他俩成婚后，在赵高峰 80 岁那年，焦氏女子果然生一男孩，取名赵参仰①。这时与他同朝为官的表弟罗迁礼做七绝诗，贴在墙上嘲笑他，意思是你 80 岁的人哪里还能生育，是戴绿帽子得来的。赵高峰看见后命手下人撕掉，问是谁做的，下人答复："罗迁礼官人所做。"于是他命手下人取来笔砚答之：

八十老翁得一娃，笑煞长沙万万家。

果然老翁亲骨肉，依然上任坐长沙。

赵参仰长大以后，苦读诗书，继承父亲的传统美德。在宋徽宗宣和元年②进士登科，复任长沙太守，印证了赵高峰的诺言。从此以后，他的公众诺言传为佳话，流传至今。

宋哲宗亲政后，赵高峰告老还乡。其百年后，赵姓子孙为祭祀供奉先祖，又建一宗祠，土墙瓦屋，规模宏伟，有飞檐斗拱，面积约数百平方米，内设神台，供奉列表祖先牌位。赵氏子孙均乐以祖德为范。

崇恩寺开始并不是很大，赵高峰后人一辈一辈培修扩大，加之赵姓家族更加荣耀，现崇恩寺规模宏大，富丽堂皇。

赵高峰得皇帝赐匾"青莲院"，其后世子孙以此尊为姓氏堂名。赵姓子孙在播州逐渐兴旺，赵姓人口繁盛。在播州当地流传一句名言："上三里，陈胡杨；下二里，赵王张。"这六大姓占据播州大部分人口。青莲院赵姓子孙早已遍布西南各省，在如今城乡融合的大环境下，全国各地都有青莲院赵姓子孙。

搜集、整理：黄昌银。

供稿：扶欢镇文化服务中心。

①赵参仰：赵一娃。

②宣和元年：1119 年。

南明“忠国公”王祥击杀刁化神

明朝末期山河飘摇，江津油溪进士刁化神从荆南任上潜逃回乡，拉国势作大旗，所谓“近抗献贼，远拒鞑虏”。北方多俊士，天府出怪才。油溪古镇是秦始皇设郡县的乐城县，乐城县贡献给秦朝的天府怪才是阿房宫的总设计师董宣。古乐城县贡献给明末清初乱世的怪才显然就是这尊刁化神。他熟悉娄山流播而出的巫风，朝廷命官摇身一变为通灵的道士，可以撒豆成兵，能够隔山挥剑人头落。这样的蛊惑，在 370 多年前的中国，显然市场广大。他撒出的豆，是骁勇的山民，聚集拢来，就是五万神兵。

后来，他干脆不再用朝廷旗号，因为飘摇着半壁河山的明朝已经失去了民众的信赖。神兵扯起“刁家军”大纛[1]，骆騋[2]山成为“神兵”大寨，高筑墙，广积粮，“神兵”四出，躲避的是大西兵，鱼肉的是庶民百姓，闹腾毋宁日，夜郎溪古僰溪两岸广袤鱼米之乡耕作全废，民不聊生。

眼看众将抛头颅洒热血收复回来的疆土，很快就被“刁家军”摧残破败，屯驻白云山的王祥决定“以怪制怪”，他收罗上万只性情粗暴的娄山山羊，角上绑扎小灯笼，黑夜驱赶至骆騋山下。点灯放羊，金鼓大作，兵士惊天动地齐吼“太上老君驾到”，山羊乱窜，满山星火点点。山上“神兵”大乱，刁化神弹压不住。王祥挥师上山，取了“神兵”头领首级，招抚部众。

从此，骆騋山成为僰溪走廊拱卫遵义府的前敌指挥部和中军大帐，王祥成为最高军事长官，以娄山为后合，构筑起东起南川西至合江的牢固防线。张献忠亲率的进攻部队多次折戟于此，“屠四川”唯遵义一府幸免，为以后四川经济社会的复苏保留了种子。“不怕刁家兵马多，只怕王祥半夜摸”的民谣流传至今。

供稿：永新镇文化服务中心。

慧宗和尚运铜钟

綦江平滩沟有一个石门寺。石门寺里曾经有一个很大的铜钟，重量有七千八百斤。还有一个很大的铜铸的观音神像，重三千四百斤。传说铜钟和观音神像都是峨眉山的和尚慧宗带着徒弟募钱铸成，并且不远千里从峨眉山运到石门寺的。

相传，慧宗和尚是綦江人[1]，从小被父母送到峨眉山当了和尚。不过，他始终没有

①纛(dào)：古代军队里的大旗。
②騋(lái)：高七尺的马。

忘记自己是綦江人，年纪稍长，就不远千里回到綦江家乡看望。家乡有一座庙叫石门寺，离慧宗和尚的家很近，慧宗每次回到家乡都要到石门寺去看一看，还要跟石门寺的和尚一起切磋佛法。他看到石门寺虽然庙子修得宏大，但是缺少一个大钟。观音神像也修得矮小了，于是决定募钱为石门寺铸一口大铜钟和一尊观音神像。但是铸铜钟和观音神像要花不少钱，峨眉山附近是农村，住的人家都不富裕，要在峨眉山附近募钱来铸铜钟和观音神像非常艰难。一些和尚得知慧宗要募钱铸铜钟和观音神像，好心劝告说："慧宗师傅，你一天到晚在庙里求神拜佛，已经十分辛苦，还要到处募钱铸铜钟和观音神像，恐怕不容易办到，还是知难而止步吧。"

慧宗没有听从好心的师兄师弟的劝告，下定决心要募钱为家乡的石门寺铸一口大铜钟和观音神像，他思来想去，想到江南富有人家多，而且还有不少家乡人在江南做官和经商，于是打定主意南下江南募钱。峨眉山到江南有两千多里，路上要翻过高山，渡过大江，十分难走。不过慧宗和尚是一个意志坚强的人，打定了的主意想尽办法也要做到。他向庙里的住持和尚讲了下江南募钱铸铜钟及观音神像的事，请了假，带了一个小徒弟离开了峨眉山，踏上了去江南的路。慧宗和尚和徒弟早起晚宿，不管是炎炎烈日，还是冰天雪地，天天赶路，走了一天又一天，一月又一月，有时候路上遇不到可以化缘吃饭的地方，就饿着肚子赶路，走得筋疲力尽。有时候急着赶路，错过住宿的地方，就在野外山洞里或大树下，师徒俩紧靠在一起过夜。有一次，慧宗和尚和徒弟在山洞里过夜，夜深时，山洞外响起了野狼的叫声，一声又一声十分吓人。慧宗的徒弟吓得浑身发抖，紧紧偎依着慧宗说："师傅，狼，狼来了，我们要被野狼吃了……"好在慧宗师傅在峨眉山时经常外出化缘，曾经遇到过野狼，知道野狼怕火，赶忙拿出随身带着的火链和火石，打着了火，燃起干柴，火光果然吓走了野狼。还有一次，慧宗和小徒弟在一个小树林里过夜，半夜刮起了风，下起了雨，师徒俩被雨淋醒了，可是找不到避风躲雨的地方。风呼呼吹着，雨越下越大，慧宗和徒弟冻得浑身颤抖，两个人相互拥抱得紧紧的。终于，风停雨住，慧宗和徒弟在小树林里找了些野果子吃了，穿着湿衣服上了路。

慧宗和小徒弟一路上吃了不少苦，受了不少罪，终于到了江南。

慧宗和小徒弟在江南寻找富有人家募钱。有的富有人家十分大方，见慧宗和小徒弟不远千里来到江南，又听慧宗说了募钱铸铜钟和观音神像的事，十分感动，很慷慨地捐出了钱。也有一些富有人家小气吝啬，舍不得捐出钱来。还有一些人家心地不善良，见慧宗师徒上门募钱，不但不捐钱，还放出恶狗咬人。有一次，慧宗的小徒弟被恶狗咬了，慧宗背着不能走路的小徒弟，找到一座寺庙，让小徒弟在庙里养了十多天伤。

小徒弟的伤好了，师徒俩继续在江南找富有人家募钱。有不少綦江人在江南做官或经商，大多数都捐出了钱。慧宗和小徒弟在江南募到了不少钱，他们把钱换成银票藏在身上，尽管有时候找不到吃饭和睡觉的地方，师徒俩也舍不得在饭馆吃饭或进旅馆住宿。

慧宗和尚和小徒弟在江南募够了铸铜钟和观音神像的钱，回到了峨眉山，买了上好的铜，请了工人铸成了七千八百斤的大铜钟和三千四百斤重的观音神像。这时候又

①查阅相关文献，不能证明慧宗是綦江人。

有一个难题摆在了前面，就是怎样才能将两个庞然大物运回家乡。不过，慧宗和尚是一个不怕困难、意志坚强的人，决心要办成的事，即使千难万难也要想办法办到。峨眉山的师兄弟们见慧宗带着小徒弟吃苦受累，募钱铸成了铜钟和观音神像，一个个都被慧宗师徒不怕难的精神感动，一起帮着出主意，想办法。请来附近身体强壮，力量很大的农民，二十多个人一起抬起大铜钟和观音神像，费了不少力气，才将大铜钟和观音神像运到了峨眉山下岷江边上，慧宗和尚雇了船，将大铜钟和观音神像装到了船上。慧宗和小徒弟为了守护大铜钟和观音神像也上了船，船从峨眉山下经乐山沿水路向南到了宜宾，再经长江向东行。慧宗和尚和小徒弟以及船工都很辛苦，有时候刮起大风，下起暴雨，江上涌起波浪，船颠簸着前进不了，如果遇上江中岩石，船还有翻的危险。有一次，船在泸州附近遇到大风浪，慧宗和尚担心大铜钟和观音神像的安全，冒着风浪来到船头查看大江的前方有无岩石，不料一个浪头打来，慧宗和尚被风浪打下了船，落到了江中，他在江中挣扎着，吃了不少水，好在两个船工及时跳下了水，救起了慧宗和尚。

运送大铜钟和观音神像的船到了綦江河和长江的交汇处，需要逆水而行才能运到石门寺。逆水行船比顺水行船要难得多。慧宗和尚和小徒弟同船工们一起当起纤夫，拉着纤绳在河滩上、山崖边一步一步地艰难行进。终于，船到了石门寺脚下，大铜钟和观音神像被运进了石门寺。慧宗和尚带着小徒弟历经千难万险，达成了心愿。

搜集整理：胡世博，男，78岁，区政协退休干部。

吏部京官王永文

清朝乾隆年间，打通镇小寨坝王永文，名元士，在朝廷任吏部京官。至今，当地还流传着他一些鲜为人知的故事。

族人迁坟京官涉嫌

有人密报，称王永文为了光宗耀祖，家族兴旺，世代当官发财，迁老坟，改大路，引得当地百姓不满，怨恨朝廷。乾隆问及此事，王永文毫不知情，但朝廷上下却议论纷纷，闹得满城风雨。王永文一头雾水，百口难辩。于是，王永文请假三月，一来回家探望十多年未曾见面的父老乡亲，二来查明迁坟改路的真相。

回到家里，才知迁坟确有其事，族人听信了当地阴阳先生的蛊惑，才将祖坟迁到了四五里外。改大路是士民们所为，那大路是用石头砌成的，从大田中笔直地伸到新迁坟前。永文一看，新改之路犹如一把利剑直指老坟，是那些别有用心的人嫉妒王姓家族，以此举败坏王姓风水。王永文又气又恨。

为民修堰怒杀胞叔

到了春耕时节，在家休假的王永文发现家乡小河南边的人们引水耕田，忙着插秧，干得热火朝天。而小河北边的村民却干等老天下雨才能浇田耕作。一了解才知道南边胞叔霸占了小河，不让北边村民修堰引水，村民惧怕胞叔，无可奈何。

王永文几次找胞叔协商，希望他同意北边村民修堰引水，胞叔态度蛮狠，始终不同意。王永文趁胞叔到远处作客的空当，组织北边士民，昼夜苦干，三天时间修成了一条长四华里的大堰，北边村民终于引来河水耕田了。事已至此，胞叔应该同意了吧。殊不知，胞叔回来知道后，气急败坏不让放水。王永文摆事实，讲道理，试图说服胞叔，但都无济于事。胞叔反而变本加厉，填沟毁堰，永文前往阻止，胞叔口中念念有词:“你王永文要放水，除非把我杀了!”这时的王永文觉得胞叔欺人太甚，不可理喻，一气之下，杀死了胞叔。胞叔的家人向县衙状告王永文，要求杀人偿命。

扛牛惊差逼缚为囚

一天，小寨坝来了两个身佩大刀的彪形大汉，他们是来捉拿凶杀案犯王永文的县衙差人。两人看到在路边放牛的王永文，但不认识，于是要他带路到王永文家。王永文心知肚明，满口答应后，牵牛上路。他嫌牛走得慢，一下把牛扛起来往前走，两个差人见状大惊。到家后，王永文把牛关上圈，向差人表明身份，他就是王永文。一听说是王永文，差人目瞪口呆，不敢贸然动手擒拿。王永文则双手反背，向差人大声吼道:“快把我捆起来，押到县衙去。”这时，两个差人才回过神来，颤抖着把王永文简单地捆起来，押着向綦江县衙走去。

临审智辩反唇相讥

在县衙法庭，原告称南边良田要产三百石，那小河属南边所有，用水理所当然。王永文辩言，北边良田要产一千石，那堰非修不可。他反问审官:“于士民生死不顾，损渠毁堰，这样的人该不该杀?”审官说:“该杀，但不该你杀。”王永文反驳说:“当杀不杀，何时才杀?等到县里派人来杀，北边士民早已饿死……”审官一时哑口无言。

这时，王永文嬉戏审官，他说审官“身背万岁爷，该当何罪”，审官回头看了一下乾隆皇帝像。王永文又说审官“反眼瞪天子，罪加几等”。审官目视着台下的王永文，但见他正气凛然，神色镇定。只好以王永文“先斩未奏”为过，重打三十大板后，将王永文释放。

辞官回乡退耕还草

三月休假已满，王永文回到京城，向朝廷禀报了家人迁坟、乡亲改路以及怒杀胞叔的经过，求皇上按大清律法办，皇上没有太多的责怪。

几年后，王永文以自己年事已高，为朝廷效劳力不从心为由，向皇上递交辞呈，得到了皇上的准奏，王永文衣不重彩[①]回到了家乡。

王永文看到当年修的堰沟早该整治维修，特别是由于水土流失，堰渠经常遭泥沙堵塞不能正常导水。王永文开导士民们，保持水土，减少流失，堰上土地停耕，还山

①衣不重彩:衣服不全是彩色的。比喻衣着朴素。出自《吴越春秋·勾践归国外传》。

还草。村民们听从永文的指引，维护沟渠，放牛山及山下的堰沟堰上土地放弃耕种，使之绿草丛生，成了放牛的好地方。那片草地也因此得名“放牛山”。至今，堰沟也依然照常通水，浇灌良田。

与神争地气宇轩昂

王永文看中了土地庙那块地，准备在那里建坟。他连续三天早上到那土地庙前烧香化纸，要土地菩萨让出地方，另寻庙宇，不然对其不客气。不知怎的，第四天早上，再到那里看时，那土地庙的菩萨真的“走”了。怎么“走”的，到哪里去了，谁也不知道。土地菩萨“走”后，王永文在那里建造了坟墓。乾隆三十六年，王永文因病逝世，葬于墓中。墓联上刻着：

神地让凡才，前世根基有定。

宗风与仙品，后生顶戴无穷。

土地庙埋的是京官王永文，因此坟前的那块田取名“官田”。

补记：王永文杀死胞叔后，胞叔后人把血衣保存到新中国成立后才烧毁，两家几代冤仇从此了结。

搜集整理：打通镇文化服务中心。

陈洪义创建麻乡约

清咸丰二年，云南昆明创立了一个兼传递民间信件同抬轿子送客人的企业，名字叫“麻乡约大帮信轿行”，人们简称为“麻乡约”。

麻乡约的创始人叫陈洪义，原綦江县德胜场，今新盛街道号房村陈家坝人，因为先辈当过“乡约”①又传说长了一脸麻子，所以人们称他为“麻乡约”。

陈洪义生于清嘉庆二十五年（1820年），13岁父母俱亡，与人割草放羊，成人后给人抬轿挣钱为生。相传有一次，一个姓唐的官员奉朝廷命令到云南昆明当官，带着家人从家乡远赴云南，在经过綦江新盛号房村②的时候雇了陈洪义为其老母亲抬轿。陈洪义是一个十分敬业的人，抬的又是一位老人，因此十分小心，把轿子抬得稳稳当当，上轿下轿时用心搀扶老人，因此很得唐姓官员母亲赞赏。唐姓官员见母亲称赞轿夫，也对陈洪义有了好感。

轿子抬到了贵州境内，一天恰好是唐姓官员母亲生辰，唐姓官员让驿站准备了酒菜为母亲庆祝生辰，也请了包括陈洪义在内的轿夫同自己一起饮酒吃菜，庆祝母亲生辰。席间唐姓官员发现陈洪义默默坐在席上，不喝酒不吃菜，眼里似乎有泪水，心里

①乡约：指奉官命在乡里中管事的人。
②号房村：当时重庆到贵州的大道经过号房村。

觉得奇怪。晚上休息了，唐姓官员见陈洪义没有在房间睡觉，不知去了哪里？于是出门查看，看到陈洪义正在一棵树下烧纸钱，一面烧纸钱一面带着哭声说：“母亲大人，今日是你的生辰。如果你还在人世，孩子一定想尽办法让你过一个好好的生辰，可是你已经同儿阴阳两隔，孩儿只得用纸钱为你过生，望你在阴间好好过一个生辰……”

唐姓官员终于明白了陈洪义白天在酒席上不喝酒不吃肉的原因，他十分佩服陈洪义的孝心，心里对陈洪义十分赞赏，决定要尽自己的力量帮助陈洪义。

陈洪义抬着唐姓官员母亲的轿子到了云南昆明，唐姓官员没有让他回綦江，询问陈洪义有什么愿望，陈告诉唐姓官员想办一个信轿行，为老百姓传递信件、抬轿子送需远行的客人。

唐姓官员满足了陈洪义的要求，拿出钱借给陈洪义做本钱，又帮助在昆明招揽客人，让陈洪义建起了信轿行。

陈洪义有唐姓官员帮助，又本着以诚经商原则经营信轿行，信誉好，生意越做越大，信轿行营业范围遍及西南云、贵、川三省，还远涉到全国各地。

陈洪义把自己创建的信轿行取名叫“麻乡约”信轿行。

搜集整理：胡世博，男，78 岁，区政协退休干部。

王白云弃官上瀛山

王白云是老瀛山上白云观里的道士，明朝嘉靖年间跟随师傅杨常符来到老瀛山上，历经千辛万苦，建起了白云观，他是首创白云观的道士之一。

王白云是湖北人，从小勤奋学习，学识渊博，能诗能文，曾考中进士，当过县官，后来升任了河南府尹。他为官清正，从不收受下级办事人员、或到府前告状人的贿赂以及请客吃饭。审案时认真听取当事人申诉，认真调查了解，认真分析判断，作出的判决比较公正，老百姓称他为“王青天”。王白云为此甚为得意，认为自己判的案子件件公正，没有冤枉过无辜的人。

有一天，王白云在官府审案子，一直审到中午过了。他十分疲倦，回到家中吃了中午饭，回到房间上床休息了。当时房间里没有一个人，他的妻子王夫人出门办事去了，家里的丫鬟名字叫银环，在外面屋里扫地、抹桌子。王白云躺在床上，迷迷糊糊地睡着了，忽然被一阵“窸窸窣窣”的响声吵醒。睁开眼睛，朦胧中看见桌子上有一篮子鸡蛋，两只大老鼠正在往鸡蛋篮子里爬。王白云明白了，两只大老鼠是想偷篮子里的鸡蛋吃。他心里有一些好奇，想看看老鼠怎样弄破滑滑的鸡蛋壳吃到鸡蛋，于是没有发出声响惊动偷鸡蛋的老鼠，静静地观看老鼠偷鸡蛋。只见一只大老鼠爬进了鸡蛋篮子，伸开四只爪子紧紧抱着鸡蛋。另外一只大老鼠用嘴咬住抱着鸡蛋大老鼠的尾巴使劲往篮子外面拽，终于把抱着鸡蛋的大老鼠拽出了篮子，又拽下了桌子，然后拽着往墙角一个老鼠洞里爬。

王白云明白了，两只大老鼠并不是要打碎鸡蛋壳吃鸡蛋，而是要把鸡蛋拖进老鼠洞里。他想起床赶走老鼠，把鸡蛋拿回来，可是身上软软的又不想起床。大喊了两声银环，没有人答应。王白云猜想银环也出门办事去了，因为太疲倦了，他的上眼皮直往下眼皮靠，王白云又迷迷糊糊地睡着了。等到他重新睁开眼睛，往桌上鸡蛋篮子里看，大大地吃了一惊，原来偷鸡蛋的不只是两只大老鼠了，又来了四五只。老鼠们用同样的办法，一只大老鼠紧紧抱着鸡蛋，另外一只大老鼠咬着尾巴使劲拽。一个抱，一个拽，把桌上篮子里的鸡蛋拖进老鼠洞里。篮子里的鸡蛋已经只剩下两三个了，其余的全被大老鼠偷走了。

王白云起了床，走到外间屋里，丫鬟银环仍然不在。妻子外出办事也没有回来，因为衙门里有事情要办，王白云只得匆匆地离开了家，到衙门里办事去了。

王白云在衙门里整整办了一下午的事情，审理了一个小妾杀夫案。因为丈夫被杀时，大夫人外出办事去了，家中只有小妾一个人可以接近被杀的丈夫，并且在小妾房间里搜出了杀人的血刀，于是王白云判定小妾是杀夫的凶手。开始，小妾拒不承认杀害丈夫，可是有大夫人做人证，还有搜出的杀人凶器，终于，小妾承认了。王白云结了案，判了杀人凶手斩刑，办理好了结案文书，让衙役火速送往京城刑部，等刑部批核回复便可以将罪犯执行斩刑。事情多，他一直忙到天黑了才往家里走，刚刚进家门，看到妻子正手持竹板在拷问丫鬟银环。王白云知道丫鬟银环忠厚老实，干活勤快，不明白妻子为了什么事情拷问她。便端了一把椅子坐在一旁听，原来妻子拷问银环是为了放在房间桌子上的一篮子鸡蛋不翼而飞了。妻子怀疑鸡蛋是被银环偷偷拿走了，银环拒不承认，于是妻子拿了竹板拷问。

王夫人满脸怒气，大声训责：“银环，我见你平常十分老实，家里的箱子柜子从不上锁，把你当作亲人一般，想不到你偷拿鸡蛋还死不承认。”

银环满脸是泪申辩说：“夫人，我真的没有偷拿鸡蛋。”

王夫人更加生气，挥舞着手中的竹板说：“银环，家里没有外人，能进房间的只有你、我和老爷，我和老爷不会偷鸡蛋，不是你还有谁？”

王白云知道夫人冤枉了银环，赶忙站起身说出了中午睡觉时老鼠偷鸡蛋的事。可是王夫人不相信丈夫的话，认为王白云是可怜银环，编了谎言庇护银环。王白云耐着性子给夫人讲述了中午睡觉时亲眼看到的情况，王夫人仍然不相信。夫妻俩争吵起来，一个说亲眼所见，不能冤枉好人；一个说编造谎言，包庇丫鬟，夫妻俩吵得面红耳赤。后来，银环大声喊了起来：“老爷！夫人！你们不要为了我伤了和气，我承认，是我偷拿了鸡蛋，我缺钱用，把鸡蛋偷拿出去卖了。”

王白云大吃一惊，他不明白银环没有偷鸡蛋，为什么要承认偷卖了鸡蛋，事后，他找来银环仔细询问。银环叹着气说出了实情：“老爷，我不想你们为了我伤了夫妻的和气，所以承认偷了鸡蛋。”晚上，王白云睡在床上，脑子里始终想着丫鬟银环没有偷鸡蛋却承认偷了鸡蛋的事，他联想到自己审过的很多案子，原以为只要罪犯承认便可以结案，不会冤枉人了，现在明白了即使受审者承认有罪也可能冤枉好人。

王白云忽然想起刚刚结案的小妾杀夫案，这里面也许还有没有审清的地方，小妾可能不是真正的杀人凶手。王白云越想越害怕自己审错了案，冤枉了好人，翻身起床，披上衣服出家门去了衙门，连夜提出小妾杀人案中的凶手审问。终于，小妾说出了实情，她因为害怕受到严刑拷打才承认杀了人。王白云想纠正错判的小妾杀人案，可是，呈文已经派人连夜送到了刑部，纠正错案迟了一步。王白云联想到自己以前审案时也有可能冤枉了不少好人，他吓出了一身冷汗，最后决定辞官出家，在道观拜神以求改正错过，求神宽恕，并且为被自己错判冤枉的人祈福……

王白云辞了官，拜道士杨常符做了师父，上了老瀛山，同师父一起创建了白云观。

搜集整理：胡世博，男，78 岁，区政协退休干部。

蠢钝成仙①

传说蠢钝道士是在瀛山白云观骑着老虎成仙的。

蠢钝道士原是一个很老实的书僮，跟着他师父王白云。传说王白云辞官不做，到白云观修行当道士以后，蠢钝就专门负责做饭吃。每天早晨，蠢钝都要到山下的抬头山点火上山煮饭。抬头山到白云观来回三四里路，而且山路陡峭，九弯十八拐，遇到刮风就更加难走，可老实的蠢钝终年四季坚持不懈，总是按时开饭。一天，他到抬头山点火回来，师父指着油灯说:“这不是火吗?”蠢钝恍然大悟：早知灯是火，饭熟几多时！可想蠢钝的老实程度。

蠢钝虽然老实，传说他有一种非凡的本领。早晨到武汉去把肉割回来做午饭，还只迟了点点。日复一日，年复一年，蠢钝天长日久日都是这样干着活儿，从无一声怨言。

相传，修行升天的人，在升天以前都要盘脚端坐七天七夜，而且纹丝不动，不吃不喝。蠢钝老实巴交，规规矩矩，盘腿打坐，忍受着饥饿干渴的煎熬，而他师父却把炒米弄来藏在身边，等蠢钝不注意就吃，蠢钝知道了也不敢说。

这天，蠢钝照例到山下点火，走到阳桥，一只老虎拦住了他的去路。蠢钝说:“畜生，你是来吃我的呢，就等我点火回来把饭煮好给师父吃了你再吃我。你是来接我上天的呢，也等我把饭煮好再走。”老虎点了点头，蠢钝把饭煮好了，走出来骑在老虎身上。他师父出来看见了，说:“徒弟，你倒走了，我呢?”蠢钝说:“师父，你的炒米还没有吃完哩!”说完，骑着老虎飘然而去。

讲述：何光元，男，47 岁，瀛坪乡财会辅导员。
搜集：王川，男，23 岁，瀛坪乡文化站专干。

①选自《中国民间故事集成·重庆市綦江县卷》(綦江县民间文学三套集成编辑委员会编，1991 年)。

杨太明山下取火

綦江老瀛山上有一座非常有名的道观叫白云观。从前，白云观里有一个道士叫杨太明，他性情朴实，做事勤快，从外表看，似乎还有一些愚钝，于是人们便给他取了一个外号叫蠢钝。时间长了，白云观周边的人忘记了他的名字，都把他叫成蠢钝，或者叫他做蠢钝道士。

蠢钝是白云观道士王白云的徒弟，他十分听师父的话，师父叫他做什么就做什么，在白云观里扫地煮饭，服侍师父，有了空便到山里打柴。他打的柴除了供道观里煮饭烤火外，有剩余的就送给道观附的近孤苦老人，或家中缺乏劳动力的穷苦人家。杨太明的师父王白云喜欢山水，还很会写诗填词，杨太明跟着师父学，也学会了写诗填词。他天天练习，诗词写得越来越好，写过一首非常有名的诗叫《蠢钝吟》，让当时的綦江文人十分佩服。后来被选载在清朝道光年间编写的《綦江县志》中，诗中写道:“遥望瀛山兮，渺渺称抒怀。秉天上之清秀，为人间之往来。少年从此学，今日升蓬莱。长歌香碑侧，缓步棋盘岩。时而春，时而夏，无非花鸟。时而坐，时而起，不睹尘埃。当斯时也，际斯景也。云霞如故，幢幔新裁。密密松梧，笑傲壶中之日月；迢迢宇宙，修培洞里之楼台。山也悠哉，水也悠哉，眼界当前且放开；行也快哉，坐也快哉，十分相称主人怀。有人问我家何处，白云终日覆茅斋。”

杨太明在白云观里是一个十分勤劳肯干、很听师父话的道家小徒弟，也是文人们十分敬仰的大诗人。白云观附近一带至今流传着他的一些故事。

传说有一天清晨，杨太明早早地起了床，到厨房为师父和道观里的人煮早饭，可是进了厨房，到了灶前，发现每天打火点燃柴火的火镰与火石找不到了，那时候没有火柴，更没有打火机，点火煮饭全靠用火石撞击火镰发出火花点燃柴火，没有火石火镰便打不出火来点燃柴火煮饭。杨太明十分着急，找了很久很久，忽然想起打火的火石火镰被师父拿进自己房间打火抽烟了。他很想进师父房间拿出火石火镰，又害怕惊醒了师父，扰了师父的好梦。犹豫了一阵，杨太明决定到山下农户家找火点燃松明，再回到道观中烧火煮饭。他打定了主意，在厨房灶前拿了两块松明下山找火。经过道观大殿时，看到大殿神台上长明灯里的油快干了，灯光有些昏暗，还为神台上的长明灯添了油，挑了挑灯芯。杨太明离开道观往山下走。白云观位于高高的瀛山顶峰，下山找到农户家要走不少路，而且山路崎岖难行，有高高的石坎，还要跨过潺潺流淌的小溪，山路两旁长满荆棘。加上天快亮时特别黑，杨太明下山寻找火种十分艰难。路上摔了两跤，一次跌进溪水中弄湿了衣服，一次跌进荆棘丛中，手被扎破了，流出了血，脸被荆棘划了两条血痕。他坚持到山下农户家寻找火种，正走着，一阵冷风吹来，打了几个寒战，冷得上牙巴直打下牙，身子轻轻颤抖起来，而且手上、脸上被荆棘扎破的伤火辣辣般痛。杨太明咬着牙忍着，终于到了山脚农户家，在农户家讨到了火种，点燃了松明，举着松明回到了白云观。

杨太明的师父王白云清早起床，叫了几声徒弟杨太明，没有人答应，走到厨房也没有找到徒弟，厨房里冷锅冷灶，还没有点火煮饭。王白云找遍了道观，也没有找到徒弟杨太明，又到道观前小松林里寻找，仍然不见徒弟身影，正感到十分奇怪时，忽然看到杨太明气喘吁吁，手上脸上带着伤，衣服裤子湿了一大片，手里举着松明火把回来了。王白云叫住了徒弟，询问徒弟清晨到什么地方去了，为什么脸上、手上有了伤，还打湿了衣服裤子？杨太明把清早起来找不到火石火镰，无可奈何只得下山到农户家借火种、路上摔了两跤的经过回禀了师父。

王白云摇了摇头，长长地叹了一口气，他觉得徒弟傻得可爱，为了教育徒弟，等杨太明到厨房点燃了火准备煮饭时也到了厨房，吩咐徒弟到大殿神台长明灯去看一看灯火还燃着没有，并且特别把大殿长明灯灯火的火字说得特别重。杨太明按照师父吩咐到了大殿，看到长明灯的灯火燃得很好，猛然想起师父吩咐自己时把灯火的火字说得特别重，终于醒悟师父是在教育自己以后做事要仔细观察，多用脑子想，长明灯灯上有火，完全不用跑很多的路到山脚农户家中讨要火种，自己真是愚钝到了极点。杨太明摇了摇头，叹了一口气，十分自责地说："早知灯是火，饭熟几多时。"

收集整理：胡世博，男，78岁，区政协退休干部。

蠢钝飞身记[①]

蠢钝陪王白云到"瀛山"出家数年，静修苦炼，断绝人间烟火。这时的王白云除了离县城时随身携带的干粮，三天两头吃点外，也渐渐不思茶饭了。

一天清晨，王白云对蠢钝说："我们好久没吃过饭了，我床头还有纹银一两，你拿着去抬头山买点米，割点肉，回来我们美美地吃一顿。"

"谨遵师命！"蠢钝告别王白云，飞身下山。

傍晚，蠢钝背着米、肉，气喘吁吁回到瀛山。王白云问："去抬头山买米，割肉，为何天晚才归？"

蠢钝说："回禀师父，徒弟下得山去，没见有米卖，只得找当地农民买了几升黄谷。听说三溪场'圈圈河'有个'簋子[②]丘'我忙将谷子背去打成米。走到街上一看，嗬，猪肉架上挂的全是人肉；我又匆匆奔重庆、上成都，走遍府城，省城，没有一个肉摊不是人肉。在回山的路上，路过巴县'龙岗场'，幸好那里还有几斤没卖完的猪肉。师父吔，早知龙岗场有猪肉卖，徒弟我才不跑那些冤枉路哟！"蠢钝说完，王白云沉吟不语，少顷，王白云对徒弟说："徒弟呀，今天你够辛苦了，早些回房去休息。"

蠢钝去后，王白云陷入沉思：瀛山离省城有一千四百余里，在短短的一天内，走

---

①选自《山溪(白云观特辑)》(綦江县三江乡1988年第5期，总65期)。

②簋(lěi)子：古代一种用竹篾编制成的稻谷脱壳工具。

个来回，还要浏览大街小巷，足见他的法力也非寻常。

第二天王白云起床后不见蠢钝，正欲外出寻找，忽见蠢钝拿着一个柏树皮捆的火把，从门外走来。王白云问："这么早，你到哪里去来？"

蠢钝说："下山取火煮饭。"

王白云指着神像前的灯说："那不是有火吗？"

"啊啊！"蠢钝用手拍打着自己的头笑道："师父！师父！早知灯上火，饭熟几多时！"话音刚落，一阵急骤的风掠过殿堂，吹得屋顶青瓦"沙沙"作响，四周松涛振振有声，随即"嚯嚯"数声狂叫，山鸣谷应。蠢钝忙扶王白云进入房内，然后只身走出道观，登上南面土坡，举目四处远眺，蓦地，"杨桥"上一只黄皮黑斑猛虎，正对着他走来，距离越来越近。蠢钝厉声喝道："孽畜止步！"猛虎闻声，点头摇尾，全身伏地。蠢钝正感手足无措，惊诧万分，突然"石笋"上空，音乐缭绕，瑞云四起，定睛一看，祥云顶端托着一位身材魁梧、顶盔贯甲，威风凛凛的神将。

蠢钝慌忙躬身施礼，对面传来铿锵之声："蠢钝听着，吾乃金甲神，因汝心地善良，潜心修炼，感动上苍，奉玉帝口谕，着神虎前来迎汝飞身，位列仙班，机不可失，汝切勿怠。"待蠢钝举目望时，石笋上空，云散天青，金甲神已无踪影。蠢钝哪敢怠慢，飞身跨上神虎，神虎四足一蹬，腾空而起，足下毫光万道，冉冉往"南天门"而去。

蠢钝朝足下的"白云观"高声吼道："师父，师父，我走了！买的米，割的肉，点的火都搁在房外，恕弟子不能侍奉您了。您剩下的炒米快点吃完，明年今日我好来接您升天！"

据传，第二年的同一天，同一时，蠢钝骑着神虎把王白云接走了。

搜集整理：佚名。

蠢钝大师的传说

白云观蠢钝大师，本名叫杨太明，号蠢钝子，自幼父母双亡，被好心的邻居收养。16岁那年，经人指点到白云道观修行，拜王白云为师。蠢钝子为人忠厚老实，在道观里潜心修道，勤于洒扫，对师父极为孝顺，因而深得师父喜爱，得到师父悉心传授道法和功夫。

传说有一天，蠢钝子起了个大早，准备给师父做早饭，当他到玉井担水时，望见山下有农舍着火了，此时的天还黑沉沉的，冲天的火光特别显眼。蠢钝子心里想："天还没有亮，周围乡邻大都在被窝里，救火的人一定不多，如果火势不能很快扑灭，着火的人家就要遭殃了。现在时间还早，先去救火，再赶回来烧火煮饭也不会太迟。"

于是他便开了山门，使出速行法下了山，临近农舍，还隐隐地听到有女人的哭声。他没有犹豫，快步赶到着火的农户前，果然，由于着火的农户地处偏僻，单家独户，救火的只有农户自己家里的几个人。蠢钝子立即动手帮忙，一手提起一个水桶，飞快地跑到池塘里打水灭火。

此时刮起了大风，火借风势越烧越旺，火苗也窜起很高。蠢钝子手脚灵巧，跑得快，提来一桶又一桶水泼向着火的地方，农户家的几个男人也在忙忙碌碌救火，此时有个农妇在哭喊："春儿，春儿。"喊了一阵没有听见回答，农妇凄厉地大声叫起来："春儿一定困在火里了，快快救他。"

一个男人着了急，往燃着大火的屋里冲去，因火势太猛，很快便退了出来。蠢钝子见状，提起一桶水，从自己头上泼下，穿着湿衣服冲进了火海。他摸进了屋里，到处是火，到处是烟，睁不开眼，火烤得人脸皮发烫。蠢钝子强忍着，继续摸索着寻找屋里的人，忽然听到哭声，顺着声音找去，在一个屋角里找到了一个十来岁的小男孩。蠢钝子抱起小孩，使出功力，急速从火海中窜了出去。啼哭的农妇看到春儿救出来了，扑通跪倒在蠢钝子面前："恩人，你是我们家的大恩人！"

天亮开了，农户家的大火也扑灭了。蠢钝子猛然想起还要为师父做早饭的事，便顺手从火场捡了一根还带着火星的木头，使出速行法往道观里赶。

当他回到白云观，在院坝里正好碰上师父在晨练。王白云看到徒弟衣衫不整，手里拿着一根带火的木头，心里奇怪，叫住了询问："蠢钝子，这么早你到哪儿去了来，弄成这副模样。"蠢钝子不想说出下山救火的事，随口敷衍说："师父，今早我起来烧火煮饭，发现灶房里没有火了，便到山下借火，害怕耽误时间，来去匆匆，不小心在路上摔了一跤，成了这般模样。"

王白云觉得徒弟傻得可爱，笑着说："谁说没有火？大殿里神龛前长明灯上难道不是火吗？"蠢钝子被师父问呆了，嬉笑着说："我忘了灯上有火。唉，早知灯是火，饭熟几多时。"

蠢钝子下山救火的事，白云道观里没有人知道。山下失火的农户诚心想感谢帮着救火、从火海中救出孩子的英雄。可是，救火英雄没有说出姓名便走了，看穿戴好像是道观中的人，于是做了一块匾，上写"救火英雄"4个大字，敲锣打鼓，把匾送到了白云观，要当面感谢救火的大恩人。王白云听说有农户到观中送匾额感谢救火英雄，丈二和尚摸不着头脑，便解释说："乡亲们，你们可能弄错了人，近两天我们道观的人整天诵经作法，没有人外出，怎么能到你家中救火。"

送匾的乡亲说："我们看得真真切切，救火的英雄穿着你们道观的衣服，一定是你们道观的人，师父不要谦虚了。"王白云忽然想起那天早上看到蠢钝子一身狼狈，从山下取回火种的事，便带着送匾的乡亲去辨认。送匾的人看到恩人，跪下便拜，弄得蠢钝子十分不安。

后来，蠢钝子依然与瀛山脚下的百姓和睦相处、诚信相待，为乡亲们做了不少的好事，以致善名远传。相传，在蠢钝子得道成仙的时候，是在白云观飞身崖处骑虎升天的。瀛山的乡亲们为了永远怀念蠢钝大师，自发地为蠢钝大师凿刻了一尊石像，石像至今还在白云观山门外的一个石壁上，凡造访白云观者都能看到。

搜集整理：石角镇文化服务中心。

邓小伙坐公堂①

清朝道光年间，湖广生员邓仁堃，人称邓小伙，中产之家，为寻求功名，典当祖辈遗产，多方打点，好容易谋得四川綦江正堂②官职，择定吉日良辰，携家带佣前去赴任。他们晓行夜宿，水陆兼程，十多天后，綦江城已遥遥在望。正在这时邓仁堃经不住千里跋涉之苦，又染风寒，生起了重病。夫人无奈，与弟弟邓仁玉商量，决定暂住下来，等治好邓仁堃的病再走。

午夜，邓仁堃高烧不退，几度惊厥，一口痰哽住了咽喉，便一命呜呼。夫人遭此意外，悲痛欲绝，放声啼哭。弟弟邓仁玉却抢前一步，捂住她的嘴。夫人正疑惑不解，邓仁玉说出了一番道理："我哥哥一个普通生员，全凭'孔方'兄开路搭桥，经过多方逢缘，耗尽祖辈积蓄，才弄得一个綦江正堂，只说从此以后，仗权索财，勿须三年五载，就可腰缠百万，然后回转原籍，购置田产，落得下半辈子的荣华富贵。如今哥哥暴病身亡，人财两空，一旦走漏风声，张扬出去，上峰定然另派他员，我和嫂嫂只有乞食街头，饿死沟壑，抛尸异乡！"

"叔叔之言有理。但下一步又该怎办？"夫人收住泪水，急切问道。

邓仁玉胸有成竹地说："为今之计，只好悄悄将哥哥尸体埋葬，然后我顶哥哥之名，赴綦就任，只要官在，什么都好办。"夫人强忍悲痛，与邓仁玉和佣人一起，不到五鼓鸡鸣，就将邓仁堃草草掩埋。

第二天下午，新任綦江正堂"邓仁堃"一行抵达綦江石佛岗。县城绅士闻讯，出东门过江迎接。其时邓仁玉正年轻，一介书生，在大庭广众之下多说几句话都会面红耳赤，哪见过如此隆重场面，心里忐忑不安，担心露出马脚。还是夫人机敏，命家人传话出去，说老爷一路辛苦，身体欠佳，感谢诸公厚意，改日县衙相见。众人散去后，"邓仁堃"一行，径直往綦江县衙而去。

住进县衙后，夫人每天在后堂教"邓仁堃"一些待人接物，处事应酬之道，好在弟弟从小聪颖过人，博览群书，素怀大志。经过夫人连日来的悉心点拨，又关起书房门作了一番演练，自然得心应手，恰到好处。

---

①选自《山溪(流传在民间的故事)》(重庆綦江县三江公社文化站编印，1985年)。邓小伙：即邓仁堃(1804—1866)，字厚甫，湖南武冈人，道光五年拔贡。历任梁山、江油、洪雅、綦江等县知县，富顺知州、南安知府，以功升江西按察使，兼权布政使。道光十一年(1831年)邓仁堃知綦江县，27岁，时人称"邓小伙"。在綦任职五年间，带头捐银5000两，作《财主辩》动员乡绅捐款建成金墉堤。重修武庙、城隍庙、禹王宫、龙神祠、火神庙、观音岩、水月殿、书院、内署、半边街石堤、南门外文明桥、骡子滩青云桥、汉尹珍故里碑以及南平军教授刘望之(观堂)墓等，还新建古南州坊，移古南平坊于赶水。知道自己将调任富顺知州后，仍催在建学宫加紧施工，又捐银400两。到了富顺得知余工未完，再寄银400两，使大成殿、启圣祠、忠孝祠、名宦祠、乡贤祠等工程得以告竣。他亲自巡视穷乡僻壤，教民开垦立业。见游民劝其归家劳动，并作《劝民歌》。凡有才能德行之士，召来授业门下，以修建工程余款存入盐商生息，资助来县应试之士。又劝捐购置田产，为科考文童免除考试卷资。士民怀其德，于道光十六年集资修建邓公祠。邑举人罗星赞曰："遗爱长留。"著有《养根修实斋稿》《菊逸山房文集》二卷、《诗集》二卷，增修《綦江县志》。邓仁堃子邓辅纶，以诗文名世。邓仁堃因上任时年轻，又聪明能干，在綦江传说故事特多，几乎家喻户晓。

②正堂：犹正屋；听政大堂；明清时对府县等地方正印官的称呼。

五天后，夫人传话出去："明天上午，老爷要办理公务，准备打鼓升堂。"

次日早饭后，"邓仁堃"头戴单花翎藏青七品圆顶帽，身穿八团花马褂，立于大堂进口处门帘内，踟蹰不前。

"咚咚咚——"鼓声骤起。

"唬啊——"堂威大震。对这个年轻的新任正堂大人来说，毕竟是有生以来的第一次，尽管夫人一再催促，依旧徘徊帘内。夫人无奈，用手一推，"邓仁堃"一个踉跄从帘内闪入大堂，而旁衙役见状笑得前仰后翻。"邓仁堃"疾步登上公堂，"啪啪"惊堂木一拍，厉声道："尔等竟敢笑本县无才，来呀，与我拉下大堂打打打！"

在"啪啪啪啪"板子声中"邓仁堃"开始了綦江的宦海生涯……

据说，后来"邓仁堃小叔成嫂"。此事无可稽核，还是把它当作"据说"罢了。

搜集整理：蒋焰，三江文化站工作人员。

邓小伙与白云观神棋①

清朝道光年间，湖广邓仁堃任綦江县知县，人称邓小伙。一天傍晚，他挑灯剔火，翻阅《綦江县志》读到："白云观，在老瀛山东南角上……此地状似仙山蓬莱，瀛洲，传为老子修炼遗址。观南峭壁悬岩边有一石腔，名'南岩仙弈'。盘石棋局系老子所刻。红黑棋子为炼药遗丹，将子弃之岩下，次日仍将复原。"阅文至此，邓小伙不禁拍案惊呼："神棋！神棋！"当晚，邓知县辗转床榻，通宵不寐，他想的是如何把这神棋弄到手。

第二天上午，他把师爷叫到内屋，告知神棋的事，并要他想个妥善的办法。师爷眉头一皱，眼珠一转，贴着邓小伙耳朵悄声说："太爷，何不来个以假乱真'狸猫换太子'？""着、着、着。"邓小伙眉开眼笑，拍着师爷的肩膀说，"你真不愧本县的'智多星'，事成之后，定当重赏。夜长梦多，事不宜迟，速办！"

当天下午，师爷乔装香客，夜宿白云观次日清晨，在"南岩仙奕"处与游人对弈数局后离去。回县城的当天晚上，即命衙役找来雕刻巧匠，假称县太爷近期宴请本县名流，要他按规格大小、木质色泽，三日内刻制象棋一副送进县衙。

三天过去，师爷拿着新刻的象棋去见邓小伙，邓心大悦，即刻派人晓谕白云观住持，不日来山进香。

数月后，四川省重庆府綦江县正堂邓小伙，在师爷、衙役的簇拥下往"白云观"而去。登上白云观，邓小伙兴致勃勃，尽情浏览观前观后风景名胜，但见四周长松佛地，修竹干宵，放眼山下，云起雾绕环抱山腰，恰似人居天上，不禁心旷神怡，赞不绝口："此乃綦江大观！"

到达白云观的当天下午，邓小伙由住持陪同，去"南岩仙弈"处弈棋数局，离开

①选自《山溪(白云观特辑)》(綦江县三江乡1988年第5期，总65期)。

时故意将子弃之岩下。笠晨，邓小伙梳洗毕，与师爷一起，快步去“南岩仙弈”，见昨日弃于岩下的棋子，有规则地摆在棋盘山。邓小伙喜上眉梢，示意师爷动手。师爷从怀里取出一个精致木盒，倾出与神棋相似的棋子，倏地将神棋装进盒内，藏入怀中。然后把倾出的棋子，按帅、士、相、车、马、炮的位置摆在棋盘山。转身跟在邓小伙的后面，悠闲地回了白云观。

吃过午饭，邓小伙叫住持呈来“结缘簿”，布施纹银十两，并嘱咐住持管好庙宇，之后，带领原班人马，打道回县城。

一进县衙，邓小伙忙命丫鬟请来夫人，乐呵呵地说：“托祖先福荫，白云神棋今已到手！有了这副神棋，你我夫妻下半辈子的生活就高枕无忧了。”夫人凑趣道：“老爷说得对，神棋到手，一家之喜一生之喜！”转面吩嘱丫鬟，备宴为老爷贺喜。片刻，家人送来酒，夫人亲自把盏，夫妻对酌，直到残月西下，才双双进入内室安息。

光阴苒荏，岁月如流。六年后，邓小伙卸任离綦返湖广，在重庆朝天门码头雇了一只船，携家挈眷，顺流东下。不日，船入三峡，邓小伙屹立船头，观赏三峡风光。忽然，乌云密布，狂风大作，霎时江面波涛翻滚，浊浪排空，阵阵恶浪拍打船舷，滚滚浪花涌进船舱，船身颠簸摇摇晃晃，飘忽不定，邓小伙骇得面色苍白，周身颤抖，一家大小痛哭流涕，紧抱一团，坐等覆舟沉船，丧身鱼腹。蓦地，“白云观神棋”掠过邓小伙脑海，忙喊夫人：“快……快……快取神棋！”夫人跌跌撞撞，冲进后舱打开笼箱取来神棋，递给邓仁堃。邓小伙咬紧牙关，鼓足勇气，站在船头上，“嗵嗵嗵嗵”将32枚神棋掷入江中，瞬息，风平浪静，云散天开。邓仁堃死里逃生，总算平安回转原籍。正是：

蜀中“天宝”不出川，
且看神棋落巫山。
不尽长江东流去，
积淀山间今古谈。

搜集整理：佚名。

邓仁堃鸡公嘴照镜子①

离綦江县城二十华里的鸡公嘴山上，有座东岳庙。庙里大雄殿上，屹立着一面闪闪发光的古铜镜。传说这面古怪的镜子，能把你的“根底②”照出来。

清朝道光年间，刚到任的綦江县令邓仁堃，要去鸡公嘴纳凉避暑，美其名曰“体察民情”。七月的一天，火红的太阳还没露脸。邓太爷头戴腥腥血染单花翎凉帽，身穿八团花单纱马挂，脚蹬天青地白薄履，乘坐4人青纱大轿，后跟四个彪形卫士，逶迤

①选自綦江区政协《綦江文史资料》。
②根底：底细、背景、前世今生、原形。

向鸡公嘴而来。行至山脚下，因山势实在太陡，只好改乘“滑杆[①]”上山。

当天的东岳庙，“闲人”早就回避得干干净净。邓太爷到后，对住持说：“本县既到庙里来了，少不得要去大雄殿烧三柱‘太平香’。”其实邓仁堃还未就任綦江县令以前，就听人说过鸡公嘴古镜能照人“根底”的事。这次来就是为了照镜子。但又担心照出怪象，惹人笑话，只好说是烧太平香。住持哪敢怠慢，即刻吩咐下去：大雄宝殿红烛高烧，盆香齐焚。

稍许，邓仁堃带一个贴心侍卫，由住持带路，步入大雄宝殿。殿上，烛光摇曳，香烟袅袅，磬鼓齐鸣，庄严肃穆。邓仁堃由侍卫搀着，撩衣俯地，诚惶诚恐，口中念念有词……

三炷香烧完后，漫步古镜前。侍卫很理解大人的心思，快步上前，为邓大人整衣拂袖。此时此刻，邓仁堃心里盘算：我邓家世代“好善乐施”，好容易才出了我这个“光宗耀祖”的七品县令。古镜有知，定会映出一位气宇非凡、雍容高贵的“民之父母”的威严仪容。

邓仁堃把上身微微倾斜，面部对准铜镜……嗨呀！说时迟，那时快，古镜上立刻现出一个毛骨高耸，黄里透黑，两耳直立，双眼圆睁，眼珠不动，眼皮不眨，嘴筒长约八寸的狼狗狗头。邓仁堃心惊肉跳，全身颤抖，赶忙把头移了过来。那个侍卫，惊得目瞪口呆，心不由己地脱口而出：“狗……”“啪！”一记响亮的耳光狠狠打在侍卫呆若木鸡的脸上。随着清脆的耳光声，邓仁堃几乎在吼：“狗东西！看到做啥子？本县身体不爽，打道回府！”

庙里的住持，满以为今天邓太爷亲临深山古刹，一定会得到一笔可观的“香资[②]”。现在这样一来，什么都完了，弄得不好，还会招来皮肉之苦。只好自认倒霉，提心吊胆，小心翼翼地跟在邓仁堃后面，走出大雄宝殿。

邓太爷离庙上“滑杆”前，怒气冲冲地对住持说：“这面古镜是妖邪，赶快用乌鸡白狗血淋洗，不要让它在此作怪，扰乱民心。”住持点头哈腰，诺诺连声，立刻照办去了。

“墙有缝，壁有耳。”邓仁堃照古镜现狗头这桩丑事，早被几个躲在殿外偷看的人传了出去。邓太爷还在回县城的途中，邓太爷原来就是狗太爷的新闻，已经“不胫而走、不翼而飞”了。一传十，十传百，不到三天时间，方圆百余里的綦江县就已家喻户晓，众所周知了。

经过乌鸡白狗血淋洗的古镜已不再闪闪发光、照人根底了，但邓太爷是狗太爷的故事，却流传开来……

搜集整理：钦贤。

①滑杆：古代中国西南山区特有的一种传统人力交通工具，形如轿子。即用两根竹竿绑扎成担架状，中间架以躺椅，前垂脚踏板。

②香资：香钱。

邓小伙与独石沱的传说

说起“独石沱①”，作为土生土长的綦江人，不知道的恐怕没有几个。美丽的綦江河经桐梓、赶水、三江、桥河，弯弯曲曲绵延数百千米，流经綦江城南的独石沱，再一路向北，到江津的江口汇入滔滔长江往东而去。

话说清朝中叶，有一个秀才从贵州进京赶考。那个年代不像现在这样，水陆空齐全，船车机任选，日行千里，朝出晚至。那时只有水、旱两路，水路是最便捷的交通方式。秀才历尽千辛万苦来到綦江，夜宿半边街望江亭客栈，准备次日乘船沿江而下直达重庆。谁知秀才半夜醒来，见窗外两岸青山连绵起伏，高兴地起身披衣漫步江边。清风徐徐，明月高挂，碧波如镜，一蹲巨石兀立江中，犹如巍巍巨人昂啸长空，好一幅壮美的万里河山。秀才豪情万丈，诗兴大发，高声吟唱：“乱石江中一秤砣……乱石江中一秤砣……乱石……江中……一秤砣……”秀才嘴里反复念叨“秤砣”“秤砣”，一时思绪短路，气急攻心，血往上涌，不由得一口鲜血顺着嘴角缓缓流出，昏倒在地，不省人事。没多时日，就在客栈命归黄泉，客死异乡，幸有几个好心人凑足铜钱，草草安葬在独石沱江边。

说也奇怪，自从秀才死后，半夜经过独石沱的大小商船，常常浪高水急，阴风四起，不是触礁沉没，就是止步不前。更有胆子小的船夫，茫茫深夜，荡舟江上，仿佛听到秀才幽幽的声音从水底传出：“乱石江边一秤砣！秤砣……秤砣……”从此，人们畏惧秀才不散阴魂，独石沱周边船不敢行，人不敢过，商贸水运日渐萧条。

光阴如白驹过隙，一晃数十年过去。帅气“娃娃县令”邓小伙来到綦江上任。经过翻阅陈年积案，才晓得地处川黔要冲的綦江，交通闭塞，十年九涝。小伙县令毅然决定，要安抚移民，整治河道，修筑堤坝，解决水运交通和农业灌溉需要。哪个晓得，方案还没有张榜公示，当即遭到城中大户全力抵制：一个乳臭娃娃，哪敢乱来？独石沱的鬼秀才哪个能惹？不要坏了山河风水！

邓小伙头把火莫说没烧得起来，实际上连烟丝丝都没有冒一丁点儿。邓小伙是何许人也？小伙本名邓仁堃，湖南武冈人，幼年勤奋，过目不忘。传说他 15 岁顶替早逝的兄长参加朝廷科举考试，高中皇榜，官至江西督粮道。此时的邓小伙正年轻气盛，自信满满，虽见势不对，但并没有撤退，而是沉下心来，天天微服私访。今天到张三家，明天到李四家，吃百家饭说百家话体百家情。单是独石沱，差不多就转了将近半个月，吃饭喝酒抽烟话家常，把每家每户都走得很熟悉，聊得很热乎，谈得很透彻。最重要的是邓小伙与独石沱的船老大成了哥们儿，晓得了当年秀才的故事，晓得了独石沱沉船要么是水位太浅，要么是船装载过重，并不是死去的秀才在冥冥中为难众乡亲。

①独石沱位于古南街道綦江殡仪馆附近河中心，是一高近 10 米、长宽各 3 米多的大石。过去由于此地河道狭窄、水流湍急，上下行走船只常遇险情甚至翻没河中，让人谈石色变。

邓小伙回到县衙，眉头一皱，计上心头，一连数天闭门不出。转眼到了十五月圆，小伙县令广发帖子，在半边街山顶观景台摆下数十桌宴席，邀请城中大户，把酒言欢，共赏明月。宾主双方坐定，邓小伙绝口不提修堤筑坝，只谈喝酒吃菜，共叙乡情。等到酒过三巡，邓小伙起身站立，目视前方，指着江水环抱巨石，高声叹道："本县令初来乍到，请问何物盘踞江中？"旁边城中大户正色道："县令有所不知，那是江中有名的独石沱！"随后，把秀才赋诗不成气绝身亡的事情，一一告知邓小伙。谁知小伙县令傲然起身，面对风清月明星河灿烂，豪情满怀意气风发，大声吟唱：

乱石江中一秤砣，山脉作秤意如何？
且把弯月当钩挂，秤得江山为几多？

顿时，把酒言欢的喧嚣戛然而止，方圆十里鸦雀无声，日月共明，无不为邓小伙的雄才豪情折服。小伙县令不等大伙儿反应过来，当场捐赠500银票，作为浚河筑坝的首善之资。众人无不为之折服，纷纷慷慨解囊，尽捐家中财物，兴修綦江水利，共保家乡平安。不久，一条长500米、高10米的"金墉"大堤直立綦河岸边。美丽的独石沱宛如纤纤少女，或颔首低语，或玉臂轻舞，或深情远眺，静静地关注着来来往往的商贸黎民、人间沧桑。

搜集整理：古南街道文化服务中心。

邓小伙与"七星点斗"和"牛碾场"

綦江区郭扶镇高庙村三社的"石墙院"，背靠窑子坪，面朝后河坝。住着好几户张姓人家，房子前方和右方有七墩巨石，每墩巨石重达几十吨，呈北斗七星状分布于此，人们叫它"七星点斗"。

石墙院对岸山坡上，有一方巨石，斜斜地由北向东南延展开来，非常宽阔。这个圆盘，附近人家叫它"牛碾场"，形如大多数的"火纸厂"用来碾竹浆用的碾槽。

石墙院这里的"七星点斗"巨石，有人说"七星成阵"要出猛将，有人说"七星聚会"要出文学巨匠。

总之，以讹传讹，声名远播，最后竟传到了道光年间的綦江知县"邓小伙"耳朵里，距今一百七十多年了。

邓小伙听罢手下得来的消息，若有所思，却不置可否。

这年秋收，他带着手下到处视察庄稼收成，他们一行人紧行慢赶来到了高庙石院墙。

邓小伙仔细看了看"七星点斗"的七墩巨石："果然是北斗七星！可惜啊可惜……"他吩咐手下，如此这般交代下去。

光阴似箭，不知过了多久。

石墙院的七墩巨石，渐渐地面目全非了，或平了顶，或缺了角，或打了梯步，或掏了藏洞……总之，七墩巨石无一幸免。

更让人百思不得其解的是，在离石墙院七星点斗巨石约300米的对岸山坡的超大石坝上，被石匠打出了一个圆圆的石碾盘。

有家外地搬迁来的舀纸匠，在此开了一家火纸厂。于是，石碾盘不分昼夜运转起来。

当地农民困惑不已，莫名其妙。

后来，一位风水先生路过，听闻此事，摇头惋惜："咱们这位县大老爷呀，真是火眼金睛，可就是见不得人好。哎，可惜，好个七星点斗，哪里禁得起'碾盘'日日旋转碾压?"

后来，这里再没出过文星武将。

搜集整理：简贵莲，简氏剪纸传承人，郭扶镇人。

邓小伙破永城风水

永城镇，原名皂角扁，素有文化之乡的美称，历史悠久，当时的"西禅院""芙蓉书院"培养了一大批文人学士，至明朝时期更为发达，文风甚浓，出现了许多"文人"，考中了不少举人，据说在台子上①还出过京官。

台子上离皂角街约500米，是一个有30余户200多人、占地15亩的地主庄园。两条小河从台子上的东西两侧相交于正前方，俯瞰像一艘船。其前面是通蒲河、隆盛、永城的三岔路，路口前有一条小溪，小溪南的永城河岸竹林茂密，溪水潺潺。大路旁是几棵高大茂盛的黄桷树，环境十分幽雅。当时为了方便群众出行，集资在小溪交汇处修建了一座两边有护栏的石拱桥。在拱桥南修建了一座专门供焚烧纸用的字库石塔，在拱桥北的三岔路口建了一个六菱形的指路碑。

按风俗习惯，工程修建完工后，要请名人或者知名人士赠言，方言叫封赠。适值此时，綦江县县令邓仁堃邓小伙私访途经此地，见三个建筑物连成一片，略微沉思便脱口道："前面字库塔是招魂幡，中间拱桥是丧架，后面路碑是灵牌。"由于官府的封赠不吉利，破坏了永城的风水，致使永城文化日渐衰落。据传，事后不久，台子上的那位京官就战死沙场，之后永城就再也没有出现过京官了。

搜集整理：永城镇文化服务中心。

①台子上：地名，位于永城镇永城村台子上社。

邓小伙与严家古墓上的轿杆

在通往綦江峡谷的入口，有一个村庄叫新房子。在新房子的边上有一座非常气派的古墓，这个古墓画栋雕梁，刻工精湛，虽经时光的流逝，略显破败，但规模和做工，依然显示出主人当年的气派。在古墓的上方，有一对轿杆，涂着鲜艳的色彩，异常醒目。关于这对轿杆，却大有来历。

清道光年间，綦江有名的“娃娃县太爷”邓小伙（邓仁堃）上任之初，从郭扶到中峰，再到綦江就职。可走到长胜峡谷外的大沙田，轿杆却坏了，幸好大沙田边全是挺拔秀颀的楠竹。于是，命令随从砍了两根做轿杆。没想到，这竹子竟然是当地名门严家的祖业。当他走到新房子的时候，严家的家丁拦住了他，死活不让走，非要赔偿十两银子才放人。邓小伙非常生气，堂堂一县的父母官，砍一对竹子，竟然被勒索。邓小伙的脸涨红了，立马就要发作。这时，随同他来赴任的师爷下轿来，拦住了他，在他耳边说了些什么，邓小伙的气马上消了，问家丁怎么办。

这时，严老爷出来了，假装非常生气:“砍了别人的竹子，还耍横，什么道理?”

邓小伙年纪虽小，但聪明透顶:“下官刚从郭扶过来，准备去綦江上任，但适逢轿杆损毁，没向严老爷通报，实在抱歉。”他自报了家门。

“哦，原来是县太爷，有失远迎，罪过罪过。”严老爷这时假惺惺地客气起来，然后话锋一转:“按理县太爷要一对轿杆，草民应该双手奉上。但县太爷刚刚上任，却落得个乱占他人财物的名声，不好不好。”严老爷卖起了关子。

“那不如这样，我正在修生基。听说县太爷琴棋书画，无所不能，你就在生基上方，画一对轿杆，就算赔过了。这样既体现老爷刚正不阿，又反映了老爷体恤民情，对老爷树立威望，再好不过了。”

看着严老爷奸猾的老脸，邓小伙强压着心头的怒火，在生基上方，画了一对轿杆，然后愤然离去。

你道为什么邓小伙如此给严老爷面子？原来，严家朝中有一个正五品大员。

从此，这对轿杆就永久地刻在了严家古墓上，不信，你现在去看看，它还清晰地挂在墓碑的上方呢。

搜集整理：中峰镇文化服务中心。

邓小伙与猪槽街[①]

邓仁堃，又名邓小伙，当綦江县官。大约是清同治、光绪年间的事情。时年未过三旬，是历任綦江县令中最年轻的一个，他从小就酷爱“阴阳学”，是一个地地道道的唯心主义者。为人刻薄，忌才。就任綦江后，踏遍綦江境内的山山水水，对雄伟、秀雅的綦江河山，肆意破坏。当时，古南镇“玛瑙滩”足下，弯滩子旁，有一家姓刘的，在北京做过天官。邓仁堃少不得也要去参观“天官府”，在离开时，他把“天官府”周围的远山近水，认真勘察了一番：呵！原来綦河一泄直下，到此转折，形成一大回水沱，山明水秀，雄浑壮观，不改变此地“风水”，刘家还要出大官。

不久，邓仁堃以疏河为名，招来一批民工，截河改道，打断“玛瑙滩”，从此刘家不再出官。至今，綦江还流传着所谓“邓仁堃智取玛瑙滩”的故事。

有一年，邓仁堃视察青羊石[②]回县，途径“庙岗”，见其山势险陡，恰似猛虎下山，紧靠山足，有一座“罗氏宗祠”。他想，如果让猛虎越过“庙岗”，罗家日后必出大官。于是命人在“庙岗”修起石围墙，把“猛虎”困于墙内。这就是人们所说的“猛虎跳墙”。

在路过“大秧田”[③]时，见平坝中一山峦，面河背山，状似乌龟，人行道从山峦后面横过，邓仁堃以为此路不妥:“路从后面过，龟必追下河。”乌龟入水，海阔天空，此地将来也要出大官。下令把原来的山后通道，改在山前——“前面是阳关，乌龟缩进山”，这就是人们所说的“荷叶盖金龟”。

……

邓仁堃在綦江县任期内，经常离城外出，游山玩水，大煞綦江县的风景。虽然吃得好，耍得好，但他本人面黄肌瘦，就是不长肉。其妻关切地说:“老爷身体不好，是否与县衙‘风水’有关?”这一句话提醒了邓仁堃，他说:“谢谢夫人关心，我倒忘记了县衙的风水，让我整治一下，我的身体就会长得好的。”邓仁堃找来师爷，叫它命人在县府大堂对面，砌一排长方形的石栏杆，远望过去好像猪槽。并把衙门口这条街，命名为“猪槽街”。他以为这样一来，自己很快就会“身宽体胖”了。

这一回，邓仁堃的“风水”不灵，直到他离任时还是枯瘦如柴，像个猴精，不过，他刮尽綦江县的民脂民膏，荷包倒是胀肥了。

搜集整理：佚名。

---

①选自《山溪(流传在民间的故事)》(重庆綦江县三江公社文化站编印,1985 年)。

②青羊石:今万盛经开区南桐矿区青年镇。

③大秧田:今石角公社红旗村。

邓小伙隆盛关口坠马

关口山位于綦江隆盛东边，大约有两里多路。

当年綦江县官邓小伙巡山到此，抬头见山口雄踞，青黛蜿蜒，便兴致勃勃打马上山。谁知刚要起步，一阵妖风突然袭来，人惊马栗，邓小伙瞬间从马上跌落在路边。当他醒豁[①]过来，冥冥中向土地神乞告:“我是因公事巡山，为何将我打于马下?”

土地神回应:“你跃马扬威撒，如今你也亵渎了关口山神，回去后需修防洪水堤十丈，用以罪谢神灵!”

邓小伙唯唯是诺，只好弃马步行，爬上关山口上叹道：

关口山，关口山，县爷也得滚下鞍。
修得金墉堤一段，来年敬奉关口仙。

搜集整理：佚名。

邓小伙与鱼鳅荡的故事

说说郭扶乱石岗的来历，相传玉皇大帝派二郎神赶石到海边填海，不知因什么事情耽误了，赶到郭扶时遇鸡鸣天亮，就根本赶不动了，于是就留下很大一片整块整块的石头。当二郎神慌忙中撒腿就跑，在彭家岩道班后面的乱石岗中留下长一丈八、宽一丈二、深一丈的脚板印。每一步之间有近二百米，至今都还在。彭家岩道班那棵百年以上的大黄桷树可以作证，大黄桷树下的岩下有更多更奇特的石洞、石头，于是人们就根据当地的地理特征取名“乱石岗”。

乱石岗后又有了鱼鳅凼的繁衍生息，鱼鳅凼的故事就开始了……邓小伙到綦江为官一方后，为百姓做了不少实事。这个15岁的娃娃官还真有点本事，他得知郭扶鱼鳅凼有一个阴阳先生富甲一方，对百姓不是十分友善。于是他就前往打探查个虚实，结果一看，阴阳先生的住宅豪华、气派，十分耀眼，邓小伙就想法子要收拾此人，于是他编了一故事说：鱼鳅凼里有一条金鱼鳅，如果你不想办法修造一些水槽，金鱼鳅肯定会跑。阴阳先生一听，县太爷的话有些道理，立即请人按邓小伙的设计修建了横竖28道水槽，每个水槽长一丈八、宽一丈二、深一丈。然后他又请

①醒豁：清醒、清楚、明白。

人把整个院子用条石围起，没过多久阴阳先生就如同井底之蛙，受困在高墙之中，无法动弹，最后慢慢地衰退潦倒。

收集整理：乡愁文化。

邓小伙破穴的传说

在巴南地区流传着一个地师的故事，有一位地师[①]姓邓名小伙，人们都称他邓小伙，据说还当过县令，在綦江县志中也有记载。

邓小伙天资聪慧，勤奋好学，5岁能作诗，8岁能断案，被民间称之为“神童”，可后来他命运多舛，时运不济，流放无踪。

传说，在清代的时候，邓小伙的哥哥邓大伙金榜题名，受皇恩被派到綦江做县令，邓小伙也跟随哥嫂前往，经过长途跋涉，快到綦江之时，邓大伙骤得疾病，半道陨落，忽然而终。这时，邓小伙的嫂子勒令随从人员藏匿尸首，封闭消息，若无其事地前往任职。到了县衙后，各地官员都来拜访，济济一堂，只等新官接见，可左等右等未见县令，县令之位一直空着。正当大家等得不耐烦之时，邓小伙的嫂子灵机一动，随手把身边八岁的小叔子邓小伙推在了县令位子上，台下一片笑声，邓小伙被嫂子莫名其妙地推上县太爷宝座，还没有明白是怎么回事，看到台下在笑他，他忽然灵机一动，正言厉色道:“本县无才，不懂礼貌，给我打。”

公堂两边的打手立即行动，只听得一阵板子声和叫唤声，台下讥笑的人几乎都被打了个遍，未被打着的也颤抖不停，从此，所有官员都听从邓小伙的使唤了。

一晃过了几年，邓小伙虽然年纪尚小，可非常聪明能干，在嫂子的扶助下，把偌大个县治理得还算井井有条，百姓评价尚好，都说来了个“神童县令”。

转眼间，邓小伙已经十多岁了，由于他勤奋好学，博览群书，精通了天文地理，阴阳风水，周易八卦。为此，他下决心要外出游历，寻找佳穴风水破之，以免对自己的位子造成威胁。

一天，他来到了一个叫石林岗的地方，看到了有一座山腔体像一只老虎爬着，张开大口，正对着一个坟的坟尾，问之，此坟名“尖尖坟”。邓小伙根据山形地脉推断，此穴为“老虎追兔子”之穴，此坟的后人要出三七二十一个状元。天哪！那还了得！此地出这么多状元，哪还有我邓小伙的位子与去处，再说自己还是“冒牌”的呢！于是，他找到了那户人家，以风水先生的名义，采取了各种游说的手段，说服了主人动坟，其实也很简单，就是把那个“尖尖坟”调了一个头而已。试想，老虎追兔子，兔头在前，兔子跳得很快，又会上坡又会钻草，老虎永远也追不到。而调头后，兔子一跑，就会跳进虎口里，送兔入口。

那家主人把坟调头后，家道逐渐败落，才知道上了风水先生的当，赶忙用木柱子

①地师：指旧时看风水的人。

将虎口撑着，使其闭不拢嘴，但为时已晚，没有用了，佳穴早已被破解，至今那木柱子还撑着虎口，小时候我与割草娃们还常到虎口里玩耍呢。

一日，邓小伙云游到了一个叫幸家湾的地方，这个地方三面环山，一面有条小溪缓缓流出，河水清澈见底。三山环抱之中全是冟水的农田，农田旁边有一小山，形状如牛伏卧，昂首观天。小山的腰部有一座坟，像个小孩骑在牛背上，悠闲放牧。邓小伙根据山形地脉判断，此穴为“犀牛睡塘”之地，葬坟的后人要出七七四十九个探花。他为了证实真相，问及村民：“此处有无异常情况？”村民答：“每逢月明风清夜晚，好像有一头牛似的东西在塘内洗澡，但又看不见，只听得水哗哗地响。第二天起来一看，我们栽的秧苗已被像牛打过滚的糟蹋了，那座小山上也满是稀泥，不知是啥怪物？”

“那个坟是哪家葬的？后人如何？”邓小伙又问。

“是幸家，很发达，前两年还出了文官。”村民答。

邓小伙确定了自己的判断，看来不加快速度破解，这里会接二连三地出高级人才，自己将会无地自容。

于是，他察看山形后，以县衙的名义，发布文告，大意是为了村民们过河安全，决定修一座石拱桥连接两边小路，为防有人意外落水被冲走，在桥下要设栏杆挡着，以便打捞。没多久，整个工程就全面完成了，佳穴被破解了，幸家湾再没有出过文人。

原来邓小伙采用的是“你为牛、我筑圈”的方法，三山为房，一面出口修桥筑圈，外加横木挡住围栏，不让你出入，困死其中。而今这座石拱桥仍在，只是连接的是两边的山村公路。

一次，邓小伙又到了一个叫观音岩的地方，此山像一个龙头，几棵千年榕树点缀山上特像龙角，后面山峦起伏，绵延数百里，活像一条巨龙伏游大地。问之叫“龙眼峰”。上山察看，有一石棺正修在龙眼处，还未葬人。邓小伙根据山形地脉分析，此地若谁得葬，其后人要出九九八十一个榜眼，太可怕了，自己无学无历，真乃沧海之一粟也。

于是，他回到衙中，苦想破解之法。再去游说，别人不信；下道文书，有强人之难之嫌。正当他冥思苦想、束手无策之际，一位下人道：“老爷，今天是观音菩萨生辰，我陪你去上上香吧！”

“嗯，我们去吧，是该求神仙保佑保佑了。”邓小伙答应着，突然就惊喜地喊道“有办法了，我们马上就走，去拜访长老。”

下人被搞得莫名其妙地跟着他走。他到庙里给观音菩萨上了香，又去拜访了方丈，并进行了长谈，然后才回衙休息。

不久，因一方丈看起了“龙眼峰”这块风水宝地，要修寺庙占用，县衙同意，凡涉及房坟等物者无偿迁走，并将此地更名为“观音岩”，修造寺庙，供奉观音，便人朝拜，延续香火。观音岩至今尚存，越修越好，我有时回家，也要去拜谒，回味那个历史故事。

就这样此处佳穴被无偿占用了，还没有出生的人才，被扼杀在摇篮中。原来邓小伙采用的是“借刀杀人，先下手为强”之法。龙眼峰，顾名思义，谁葬龙眼，就是画龙点睛之笔，龙就会飞黄腾达。你未葬为空，我先占为实。你为鬼，我为神，鬼让神，鬼怕神。天下名山僧占多，方丈一求天地灵。这是天经地义之事。

尽管邓小伙能力很强，水平很高，看地很准，破穴有法，后来因有人告发他冒名顶替，犯有欺君之罪，被拿下。皇帝念他神奇天下、治理有功，罢官流放。

从此，邓小伙在历史长河中消失了，只留下了民间传说和故事，供后人茶余饭后摆谈和思索。

收集整理：黄吉沛，川煤芙蓉珙泉煤业公司员工。

邓小伙与永新“四棱碑”

在重庆市綦江区永新镇罗汉村王家坪白果树院落下，是永新通往贵州的古驿道，古时候平滩沟[①]的人们，经过这条古道翻越长田山去习水、进贵州。

在罗汉村白果树民居下方溪沟边，耸立着一根四棱石柱，人称“四棱碑”，碑下两个小石板桥，名曰“双龙桥”。四棱碑总高五米左右，耸立于一个圆形基石上，碑上有一个四角单檐盖，一个圆雕石狮端坐碑顶，遥望溪水东流。

碑顶三面刻有“双龙桥”三字，笔触苍劲、大气。碑正面有诗一首：“黄塘分岭频起波，往来行人自□□，独善欣心修功果，声声常念阿弥陀。”刻注立碑时间为“道光二十六年丙午岁季春月下浣”，标注匠师为“熊太顺、张合顺”。碑另一侧为碑记，因字小且风化严重，大多不可辨认。碑后面镌刻出资修桥人为“信善闫月明建修”“同子闫有郃、闫有郛，孙闫盛越”。

碑前方有两个小溪沟平行排列，中间以一条宽约两米的土埂隔开，两座两米多长的小石板桥呈八字形排列跨过两条小溪沟。在这里要修桥跨过两条小溪，完全可以建一个三米长的石板桥同时跨过两个小溪，可古人为什么这么做呢？

原来清道光年间，住在白果树的闫姓一族很有钱，但族人从来没有一个人加官晋爵。传说时任綦江知县邓仁堃，颇通风水学，因个子不高，人称“邓小伙”。邓县令闻讯，叫上一个平时经常一起研究风水的风水先生一同来此，发现闫家占了当地的“灵猴下山穴”，双龙桥以上山脉从上往下看酷似猴子，所以出生的后代聪明。另外，他也发现通贵州的大路在溪沟上没有桥，行人需要涉水而过。为此，他萌动了策动闫家在溪沟上修桥的想法。

于是，邓小伙安排风水先生来到长田山下，假装巡穴，走到白果树大院找水喝，闲聊中假装透露后面是一穴大地，遗憾的是风水不全，族人或者有功名而无官位，或者有钱无权。闫家长者一听，有道理，赶忙将风水先生请进厅堂，留在闫家数日，待为上宾。风水先生每天吃了睡，睡了吃，只字不提如何补救龙脉，还隔三差五辞行，都被闫家好言留住。后来，风水先生说：“龙脉是菩萨所为，上天注定，如果我帮你改变了龙脉，我会遭天谴，会短命。”他要求闫家给他置办一套衣棺板木。

闫家立即办齐了全套衣棺板木。向先生讨教龙脉补救方法，风水先生说：“你祖上埋的这穴地，的确是灵猴下山，但下山的出脚路不好，并且前面没有印，所以，你家

①平滩沟：今永新镇。

没有人当官。如果能在屋下的两个小溪沟上架两座桥，就有了文武仕途出路，以后你家就会文武双全，仕途坦荡，再在前面立一块石碑，印就有了，有了印就有了实权了。”于是，闫家就请风水先生亲自指挥修这两座桥，立了这块碑。

这两座桥和这块古石碑，虽然没给闫氏带来特别的福祉，却为当年平滩沟老百姓去贵州提供了方便。

搜集整理：张白驹，60岁，永新镇文化服务中心干部。

陈錪出生故事

篆塘本地居民中流传着陈翰林陈洪猷[①]的父亲陈錪出生的传奇故事：

两百多年前的一个夜晚，在篆塘遥河村。一位普通农家妇女正倚在院坝里的木凳上，她面前的地上放着一口大大的脚盆。这位头发乌黑、容貌娟秀的少妇已经十月怀胎，她挺着个大肚子，正在吃力地洗衣服。洗着洗着，天边忽然出现一道亮光，那亮光犹如一团熊熊燃烧的火焰直向院坝袭来，火焰初若蚕豆般大小，很快便如乒乓球大小了。妇女见火光明亮，恐有不测，急忙起身跑进屋里。也不知因为跑得太快动了胎气，还是孩子到该出生的点儿了，妇女刚进屋里，自觉肚子一阵剧痛，很快便产下一子。妇女联想到天边飞来的火焰，认为是上天赐予了她这个孩子，遂给孩子起名“典”，感谢上苍的恩典，依祖制陈錪这一辈的名字都要加金字旁，所以写作“錪”，姓名“陈錪”。

搜集整理：罗毅，60岁，市级非遗项目东溪故事代表性传承人。

陈大人收鬼

陈翰林是陈洪猷的舅舅住篆塘镇葡萄村大庄，屋后有一片茂密的竹林，屋前有清清的池塘，倒也环境优美。但是莫名其妙地，这家女主人陈洪猷的舅母最近总是奇奇怪怪、疯疯癫癫的样子，一家老小言谈举止间也有些迷迷糊糊的。

---

①陈洪猷：(1818—1870)，即陈燮坤，字均甫，号升阶，綦江篆塘遥河村黄石垭人。清道光二十一年(1841年)辛丑恩科进士，钦点翰林院庶吉士。散馆后，选授广西灵川县知县，后调马平县知县、丁忧服阕，拣发山东，升任登州府同知，保升知府，署青州府知府。清咸丰三年(1853年)创办明善书院。清咸丰七年(1857年)，改省陕西。参加了镇压太平军和捻军的战争，屡建军功。咸丰末年回綦江奉旨办理重庆界连黔省各县团务。同治初年，击退石达开攻綦部队。清同治四年(1865年)，拟赴陕西候补，不意以积劳卒于家中。得旨追赠光禄寺卿。陈燮坤家族，俊杰辈出。清道光《綦江县志》记载，其家连续九代榜上有名，堪称累代簪缨。

原来几个月以来，每到夕阳西下夜幕降临之时，他家屋顶上就会响起“沙沙沙”的响声，而且还能听见屋后幽幽的说话、争吵声，然而这本是独户人家，根本就少有外人路过，追过去看时，那声音却消失或飘远了。这家人甚觉奇怪，于是便紧锁房门，可是屋顶响声依旧，甚至厨房里也响起了锅碗瓢盆的碰撞声，只要点亮灯盏，声音立刻消失。如此反复多次，这家人明白是屋里头闹鬼了，于是便请道士作法收鬼，可是好景不长，往往几天以后又反复了。几个月下来，屋里的人都被扰得心神不宁、神魂颠倒的，真是伤透了脑筋。

屋后的声音，起初一段时间还含混不清，后来渐渐明晰了起来，想是鬼们胆儿大了起来吧，主人家逐渐也能听清一些内容了，好像是一帮小鬼在赌博或猜拳似的，敢情“小鬼们”是把这户人家当作他们的娱乐场所了。这家人对此是干瞪眼却无可奈何。

这天凌晨，男主人又听见了他们的议论声，这次是很慌张的语气。只听一个压低了嗓门的男声说:“这两天我们不能再到这屋里来了，明天陈大人要来此地，我们得躲起来。”一个女的声音便问道:“我们应该躲到哪里才安全呢?”接下来便是一阵喧闹。后来似乎终于找到了藏身之地，只听见有人说:“明天太阳下山以后我们躲到竹林里的罐子里。等陈大人走了后我们再出来。”接着便没了声响。

晚上，这家人果然什么声音也没有听到，全家老小安安静静地睡了一夜。陈洪猷的舅舅想到听见的对话，想必小鬼们是躲到竹林里的罐子里去了。他寻思着哪位陈大人会到这偏僻的山沟里来呢? 陈大人到来，我一定要请他帮我捉捉这些小鬼。

第二天，8 岁的陈洪猷来这里探望外公外婆。虽然陈洪猷是舅舅平时最喜爱的外侄，但今天，他哪有心思和时间去管陈洪猷呢? 只叫他自己玩耍。舅舅也不出门去干活，一天都守在院里朝屋旁的路上张望，他心无旁骛，盼星星盼月亮，只盼望着陈大人快快到来。可是直到日落时分也没有一个陌生人经过，远看近看，路上再也没有一个人影。舅舅琢磨着:“噫，小鬼们明明说有陈大人要来，怎么一个过路人都没有呢?莫非小鬼也说假话?”舅舅失望回屋，小客人陈洪猷的身影进入眼帘。舅舅心中一动:莫非这陈洪猷就是小鬼们所说的“陈大人”吗? 全天来这里的就只有他一人姓陈哪!可是陈洪猷只是一个小孩子啊，管他的，聊胜于无吧。死马当成活马医，不妨试试!于是，他带着陈洪猷找到了林中的罐子，可林中有三个罐子，哪一个才是小鬼藏身的罐子呢? 陈洪猷说，干脆把它们全封了吧。舅舅找来牛皮纸和面糊，陈洪猷把罐子口封了，在纸上写了“封”字，而后舅舅将罐子深埋在了土里。

从此以后，舅舅家一切又都恢复了正常，过上了安宁的生活。

陈洪猷收鬼的故事一传开，人们更觉得他天资异禀，将来必成大器。

搜集整理：罗毅，60 岁，市级非遗项目东溪故事代表性传承人。

陈鉠杀年猪

年关到了，陈鉠请来杀猪匠杀肥猪。

嗬，好家伙，陈鉠家的猪喂在牛栏里，又肥又大就像一头小牛犊，起码三百斤，赶上寻常人家的两头啦。这位资深的杀猪匠什么样的猪没见过？偏偏就没见到过这样大的猪。

杀猪匠一边感觉开了眼界，一边在心里暗自紧张。他想：猪大力大，杀这头猪可得小心着点。陈鉠是个大善人，接济穷人、修桥补路的事可没少做，四邻之人，没有不尊重他的。杀猪匠也不例外，他一心想着要把这件事做妥当才对得起人。

当地风俗认为，杀年猪顺利与否，就预兆着主人家来年顺利与否。在杀猪过程中，在场所有人的言语也有应验的预兆作用。所以懂事的人家会管好自己家小孩子，不准去看杀猪，允许孩子去的话，也要千叮咛万嘱咐他不要随便开腔，以免孩子信口开河说出不当的话来。杀猪匠的表现更是关键。主人家请杀猪匠都很挑剔，等也要等到手艺高为人厚道的师傅。就有一些杀猪匠，因为对主人不满或者自己不厚道或者不懂规矩，说三道四，惹得主人耿耿于怀，不再请他。有些师傅手艺高德行好，可因为带了徒弟，主人家担心他的徒弟在屠宰过程中有失当之处，就不会请这个师傅了。

果然，猪大费力，几个壮汉好不容易把大肥猪按在了宽凳上。杀猪匠憋着一股劲，用膝盖死命摁住猪的脖子，一手紧紧捂住猪嘴巴，一手持着尺把长的尖刀，贴着猪下巴往猪脖子上狠劲一递，再一搅，然后利落地抽出刀来。咦？那股喷射而出的殷红的猪血呢？大肥猪生命还很健旺，拼命地尖叫拼命地蹬腿，力大如牛。杀猪匠顾不得擦汗，赶紧再捅一刀，在猪喉内使劲旋了一圈，才抽出刀来。那猪还是嚎得凶，四腿乱蹬。按猪的不敢松懈。杀猪匠什么也没想，换了个位置又一刀递进去。这一下，肥猪终于沉默安静了。杀猪匠顾不得擦汗，他一边收刀入鞘，一边大声呼道："连升三级！"

杀猪匠话音刚落，"谢谢师傅金口玉言！"主人陈鉠立即掏出三两银子拱手相送。

猪没杀好，倒得了三两银子，杀猪匠心里不能平静，他一边打理肥猪一边搜肠刮肚地想着：我今天怎么报答主人家呢？

一般人家杀年猪都是主人家理猪肠的。今天，杀猪匠偏不让主人家帮忙，猪肠子臭烘烘的，怎么能让如此仁义的主人家自己动手呢？他得自己理，还要理得干干净净。理着理着，杀猪匠眼睛一亮，有啦！

他理好猪肠，没有像平时那样绾①在棕叶上挂起。他把猪肠吹得鼓鼓囊囊的，分成三截分别将两头系上，双手托着走到陈鉠面前，大声叫道："恭喜主人家，钱袋子三截！"陈鉠立即接过"钱袋子"，又掏出三两银子拱手相送。

不久，陈鉠的儿子陈洪猷科举一帆风顺，由拔贡而举人而进士，真正连升三级。

①绾（wǎn）：盘绕，系结。

陈鉷在家经营有道，财源广进，置买了三处田地，一处在金土地敖家湾[①]，一处在葡萄大庄[②]，一处在东溪。三处田地就像三个钱袋子，让陈家更为富足。大家都说，陈家好运连连，是因为那年杀猪匠封证得好，本来三刀才杀死年猪，是少见的恶兆，可杀猪匠巧语封证[③]，将坏事变成了好事。

当然，所谓“封证”，不过是一种说吉祥话、讨吉利的表现，但陈鉷为人之善，从中可见一斑。

搜集整理：罗毅，60岁，市级非遗项目东溪故事代表性传承人。

陈鉷邻居装鬼吓小偷

话说陈鉷治家理财有道，家境殷实，在黄石垭修建了宽大的宅第，也引来小偷对他家产的觊觎。

几个小偷相约来偷他家，接连几个晚上都无法动手。因为小偷们每天半夜三更来到黄石垭，都见陈家门前小溪里，有一群人在洗衣服，小偷们不敢翻墙越室，只好空手而归。这一天，又是这样，小偷们忍不住了，就问洗衣人：“你们家有好多人么，啷个[④]天天晚上都在洗衣服哟?”洗衣人说：“陈家修造房屋毁坏了我们的屋子，弄脏了我们的衣服，我们不敢把他们怎么样，只好天天都在这里洗一洗。”小偷问：“你们做啷个不敢把他们家怎么样呢?”洗衣人说：“他们家有下凡的星宿，马上就要当翰林[⑤]了，我们这些小鬼怎么敢对他怎么办嘛？你们也别打他家的主意了，他们家的东西，你得不到的个，赶紧自己回家去吧。”小偷心想：妈啊，敢情这是一群鬼啊！鬼都拿陈家没办法，我们还是赶紧溜之大吉。

小偷们遇见的哪是鬼啊，原来是附近邻居，因为陈家人善，大家才把自己说成是鬼，吓跑了小偷。

搜集整理：罗毅，60岁，市级非遗项目东溪故事代表性传承人。

①敖家湾：今属篆塘镇民丰村。
②葡萄大庄：今属篆塘镇遥河村。
③封证：〈方〉指说吉祥话、讨吉利、预言；也有诅咒之意。原指封建时代推恩臣下，将官爵授予其父母。父母存者称封，死者称赠。
④啷个：〈方〉怎么。
⑤翰林：唐以后皇帝的文学侍从官，明清两代从进士中选拔。

陈洪猷赴考

陈鏔的儿子陈洪猷，从小聪明好学，道光十七年少年拔贡，被选入京城学习。道光二十年（1840年）庚子恩科乡试，他北闱中举，考取内阁中书。

转眼到了道光二十一年，辛丑恩科会试在即，陈洪猷早就选好了黄道吉日，准备赴京。在启程的前一天夜里，他早早准备好行囊，躺在床上，奇怪，一贯胸有成竹沉着冷静的他，心脏竟然莫名地怦怦激跳，为了第二天有充沛的精力上路，陈洪猷强迫自己闭目养神。睡意朦胧中，喔喔喔一阵鸡鸣传入耳鼓，陈洪猷一惊，翻身一看计时香，刚交子时。陈洪猷躺下一想：家中未曾喂有公鸡，这半夜鸡叫，自然是母鸡所为，母鸡叫可是不祥之兆啊！难怪我这一天心跳反常！此番赴考定然大大不利。既然如此，何必伤财费神跑那么远的冤枉路赴京呢？干脆下轮再考。主意一定，陈洪猷放松心情安然入眠。

天还没亮，陈洪猷的母亲早早起床，一边纺织，一边听儿子动静。怪了，一向早起的儿子今天怎么没动静呢？陈母忙去叫儿子起床，她说："儿啊，我怕你今天出门迟了，昨晚做好了饭，你赶紧起来煎热吃了好上路。"陈洪猷说："母亲哩，昨晚母鸡叫了，看来我此番赶考不利啊，我就不去算啦。"陈母一听，赶紧说："鸡公不叫鸡母叫，朝中正等状元到！洪猷，好兆头吔！你快收拾，别误了时辰。"母命难违，陈洪猷赶紧起床洗漱。

陈洪猷在厨房舀水洗锅，猛地一只耗子蹿出来，扑通一声跳到水缸里淹死了。陈洪猷心里一沉，停下动作。陈母一看，高兴地说："家中要出虎，耗子吓跳河①。儿子，好兆头吔！你去收拾行李，我来做饭。"陈洪猷去检查行装，他一提扁担，担子上的棕绳咯地一声断掉，陈洪猷愣住了。陈母恰巧见到这一幕，她找来一根新绳子递给陈洪猷，脱口而出："旧绳断掉上新绳，朝廷迎来新官人。"

慈母几番言语，陈洪猷感动再三，豪情勃发，准时启程赶考，终于一举得登龙启瑞榜，钦点翰林院庶吉士。

搜集整理：罗毅，60岁，市级非遗项目东溪故事代表性传承人。

---

①綦塘民间习俗，"虎"象征大贵，武将；"耗子"是奸人肖小。

陈洪猷受封翰林

陈洪猷去赶考，一路风尘紧赶慢赶终于于五月到达京城，可是会试之期已过两日，不禁沮丧万分。在京城的街道上，他迎面碰到一位朝中大臣。大臣一见陈洪猷英俊的模样，硬朗的气概，潇洒的举止，顿生喜爱之心。一拉话，竟然是巴蜀同乡，二人相谈甚是投机，大臣感到陈洪猷是一位不可多得的人才，毅然决定要帮他一把。

大臣上朝，向皇上举荐："巴蜀来了一书生，眉清目秀，满腹经纶，本来赶考，因路上肚子疼，迟到二日……"

皇上召见陈洪猷，一看，果然俊秀而轩昂。皇上问陈洪猷："你是巴蜀哪里人？"

陈洪猷答："安里四甲黄石垭。"

皇上问："哪个黄石垭。"

"跳墩河沟黄石垭。"

"附近可是有座私孃子[1]坟？"

"附近是有座私孃子坟。"

"多远？"

"300 米远。"

"坟是用什么做的？"

"火砖做的。"

皇上仿遇故知，顿生好感。他不动声色，开始考察这位英俊后生才识："巴蜀什么是宝贝？"

陈洪猷说："巴蜀蚕绕丝蜂绕林是宝贝。"皇上一听，说："你是巴山汉！"

"还不赶快谢主隆恩！"引荐的巴蜀籍大臣赶紧催陈洪猷。

"谢主隆恩！"陈洪猷赶紧叩头。

原来，"汉""翰"同音，那位巴蜀籍大臣一听"巴山汉"，也不知是故意的还是无意的误会成"巴山翰"，催着陈洪猷赶紧领赏谢恩。

皇上也对陈洪猷很有好感，于是将错就错，将他选入翰林府。那么，皇上提起"私孃子坟"又有何由头呢？

原来，皇上即位之前，少年之时，曾微服游历，陪同的有他美丽而慈爱的皇姑。当他们循着古川黔大道来到陈洪猷老家跳墩河沟，皇姑突患绞肠痧[2]疼痛而死，亲人用火砖将她草草埋在路旁，含泪而去。

于是，陈翰林老家这个地方得名"皇室垭"，不明真相的人们将它写成了本地语音的同音字"黄石垭"。

据分水本土人、曾任篆塘镇政府秘书的李明素讲，路旁那座"私孃子坟"，确有其

---

①私孃子：指未嫁的姑娘。一说是神婆。

②绞肠痧：中医指患者腹中绞痛，吐不出泻不出的疾病。

事。他1959年经过那里，曾亲眼目睹火砖所砌坟墓完好无损。

搜集整理：罗毅，60岁，市级非遗项目东溪故事代表性传承人。

张华庭判首案[①]

这是发生在清朝的事。张华庭中举后，调任贵州司南府官。刚到任，便去微服私访，了解民情。他来到一家茶馆，适逢正在谈礼信[②]。他也发一碗茶在一旁静听事情的始末。

原来，是一个鸡贩子带着几十只鸡住在一家栈房。后来鸡不见了几只，鸡贩子要栈房老板赔他，栈房老板认为只包住宿，随身搬带的物件不见了，不负责任。双方各谈各有理。相持不下。鸡贩子说："昨后半夜我听见楼下有响动，又听见鸡的叫声，今早晨起来一数，鸡不见了五只……" 老板打断鸡贩子的话："那也许是强盗，也许是黄鼠狼。大家说说看，我跟强盗、黄鼠狼有啷个关系？嗯？简直是胡扯！" 在座的众人一听，全都哈哈大笑，不消说这笑声等于支持了栈房老板的意见，而耻笑鸡贩子无理。接着有几个人你一言我一语袒护老板，劝鸡贩子这礼信不要谈了，各人把几桌子茶钱开了算了。鸡贩子只知着急，张口结舌，谈不出许多道理来，只好搜遍全身，摸钱付了几桌茶费，垂头丧气地奔出了茶馆。

坐在一旁的张华庭一边听，一边思考，他感到其中有些名堂，特别是鸡贩子是外地人，举目无亲；而栈房老板是本街本巷的，判礼信的都是熟人，自然要帮他的忙。他赶忙离开茶馆，追上鸡贩子，在肩上一拍："老哥，今天的礼信我看你是被冤枉了……""啷个不是？可他们人多为王，狗多为强，再说我又没有拿到证据。""听说司南府新来了一位府官，何不去叫他做主？""哎呀，不瞒你老兄，钱都整光了，连请人写状子都没有钱了。再说，纵写了状子，那些昏官未必帮倒我说？" 张华庭说："那倒不一定，你去找纸笔来，我代你写。" 当下二人到了另一家茶馆，张华庭喊了两碗茶，问清了事情的来龙去脉，借了文房四宝，一挥而就。

下午，张华庭接状升堂。原告、被告和茶馆里作证的判理的人等均已传齐。张华庭问："栈房老板，你被鸡贩子告了知道吗？" 老板说："大人，我知道。上午我们在镇上已谈了礼信。小人开房坐店以来，从未干过偷鸡摸狗的事。他的鸡被人偷了是实，但我只包住宿，包不了他带的东西。当然我不承认赔偿。他们也是这样明断的！" 他指着

---

①选自《中国民间故事集成·重庆市綦江县卷》(綦江县民间文学三套集成编辑委员会编，1991年)。张华庭：(1839—1922)，字济辉，又名星楣、华亭，今綦江新盛镇人。自幼勤奋攻读，清同治九年(1870年)以优贡入京，朝考名列一等。历任贵州天柱、婺川、遵义、仁怀、清镇、贞丰、荔波等县知事，台拱厅同知。光绪二十五年(1899年)升思南府知府。次年，因思南地区农民捣毁天主堂，震惊朝廷，张华庭被撤职，携眷回綦。后拟任云南井岗厅而一再拒绝。回乡后，主讲瀛山书院。1912年任綦江劝学所视学，与县人屈纯忠等筹资举办中学堂(綦江中学前身)。张华庭从政重视革除社会弊端，重视地方教育，为官清廉。其擅书法，人称"张体"。真迹存于贵州婺川县《祝寿堤碑记》《川流不息》碑及手抄《寄斋杂录》。为官清廉，民间多有佳话流传。

②礼信：民间聚众判是非。

旁边那些证人说，这些证人也七嘴八舌为老板辩护，认为是鸡贩子自己不慎，无理取闹。

张华庭问老板："昨夜你店内的东西可曾被盗？"老板说："不曾被盗。"张华庭说："既不曾被盗，说明不是强盗进屋，强盗进来金银细软不要，未必只偷鸡，何况鸡是活物，容易鸣叫。"老板赶忙说："大人，可能是黄鼠狼也未可知。"张华庭说："住家人户中，即便有鼠狼也不过一两只，怎能衔走五只大鸡？""这个……"老板语塞了，张华庭进一步追问："你店内可曾喂有鸡？"回大人，小的开设有饭馆，当然买了鸡以做营业之用。"你的鸡喂的什么东西？"老板回答十分干脆："喂的大米。"张华庭又问鸡贩子，这鸡贩子吞吞吐吐，半天讲不清楚，张华庭桌上一拍："大胆！快从实招来"鸡贩子连连磕头："大老爷恕罪！小的是生意人，总想多赚点钱，喂的是绿豆，要柞秤些……"

张华庭便叫了两个快班速去栈房捉来几只老板的鸡，当场剖腹，果然全是绿豆，栈房老板一看，赶忙求饶："大老爷开恩！小人一时见财起意，罪该万死！"

张华庭端坐堂上，一一发落："案情已大白，这开栈房者乃属宵小之辈，行为恶劣，手段奸诈。你愿罚还是愿打？""愿……愿打……""来呀给我往死里打！"老板吓得连忙改口："不不，大人，我愿罚。""愿罚也行，别人几只鸡你都看起了，不知以前多少客商上过你的当，吃过你的亏！除了赔出五只鸡款外，其余家产全部没收！"立即派快班去查封了栈房。张华庭又对鸡贩子说"当官的不一定都是昏的吧？"鸡贩子心头一震，抬头一看，才明白府官正是上午代写状子之人，连忙感恩："小人该死，我当时是吃了亏，气糊涂了。"张华庭说："这也不怪你，你们这些证人，也要接受点教训才好！"这些证人忙说："接受教训，接受教训！"张华庭叫随从买来五斤菜油。将栈房老板裤儿垮了，用菜油抹在屁股上，叫这些证人去舔干，舔干又抹，抹了又舔，直至菜油抹完为止。

从此，司南地区的人均晓得张府官厉害，胡作非为之事大大有收敛。

讲述：袁洪福，男，正自乡人。
搜集：申立尧，男，35 岁，正自乡文化站专干。

张华庭重惩造币者①

清朝年间，张华庭到遵义府任职一个月后，他到绸缎铺购一件马挎，自己选中了一件八堂花服装，给了一锭银子，铺子老板就找补了几个小钱。当时张华庭二话没说就回府里去了。他问师爷说："当地的经济往来如何这样找补呢？"师爷说："此地历来都是这样，下面有私造硬币的，我们无法制止。"张华庭身为府官，心想有如此不法之事，有损于朝廷之法律。

第二天，他就叫师爷出面，请来绸缎铺的老板，向他询问道："为什么补我小钱呢？"老板说："不是小人图财，而是当地多人私造硬币作弄于人。"这时张华庭眉毛一竖，有了主意，对在场的人员包括师爷和老板说："既然有如此便宜，请把凡能造币的

①选自《中国民间故事集成·重庆市綦江县卷》(綦江县民间文学三套集成编辑委员会编,1991 年)。

各位先生们请来，从明日起，给我一律造币，到时自有重奖。”

第二天，通过互相转告，都认为张老爷是贪官，积极前来帮助造币。连续三天以来，所造的硬币不少于三万以上。第五天，张华庭就开始升堂问案了。先振堂威，然后叫带上所有造币人员，跪于堂下，惊堂木一响说：“你们有犯于朝廷，私造硬币，扰乱当地物币之差，该当何罪？”堂下私造币者若干人吓得瞠目结舌，无人敢对答。张华庭当场宣布，为首者杀头三人，其余通通押牢，自此之后，当地物价平衡，人心大快。

讲述：张尔詹，男，50 岁，正自乡个体户。
搜集：申立尧，男，35 岁，正自乡文化站专干。

张华庭的故事

原綦江县正自乡的张华庭，自清光绪二年起，曾先后在贵州天柱、婺川、遵义、桐梓、思南等地任知县或知府，历时近 30 年。以为官清廉，在綦江小有名气，至今坊间还流传着他的一些为官故事。

三个“里”的故事

张华庭中举后，被皇上封为四品官员，派到贵州省思南府任府官。皇帝召见他时，问他有什么看法和要求。张华庭说没有什么看法，只请求皇上在家乡周围“三里”内免交三年的屠宰税。皇帝心想不就是“三里”地吗，就爽快地答应了，并下了圣旨。

张华庭回到綦江后，县太爷等一干人纷纷在县衙门口作揖行礼迎接，并设宴热情款待。在席间的谈话中，县太爷问张华庭道：“皇上有什么旨意没有？”张华庭回答说有。于是就拿出圣旨对县太爷说：“你们知不知道，我们綦江、巴县和江津三个县，三年免交屠宰税？”

“有这等好事？”县太爷大喜过望，连忙接过圣旨看，但他看完圣旨后却有几分失望地说：“不就是免你家乡三里内的屠宰税吗？你怎么说是三个县的呢？”

张华庭说：“圣旨里的这个‘三里’，其中的深意，不单单是指三里地这么简单哟！”

“喔，此话怎讲？”县太爷疑惑道。

张华庭笑着说：“我们綦江为思里，巴县为兼里，江津为广里，这个你们也都是清楚的啊！圣旨里的‘三里’，难道不是这个意思？”张华庭这么一说，县衙内的官员们顿时恍然大悟，明白了这是张华庭在皇帝面前的“良苦用心”。

据说，从此后，綦江、巴县和江津三个县果然免去了三年的屠宰税。

张华庭为老百姓做了一件实实在在的好事。

胡豆笑话

张华庭到贵州思南府任职不久，当地有个富豪，请大人和当地官员们吃“胡参席”。张华庭从来就没有听说过什么“胡参席”，感到新鲜，于是就去了。

一到富豪家，官员们见面相互寒暄了一番后，就坐下来喝茶聊天摆起了龙门阵。开席前，张华庭看每张桌子上都摆有一盘胡豆，且只有 8 颗。他心想，我入京赶考以来还未回过家，好久没有吃过胡豆了，于是，就顺手把桌上的一盘胡豆倒在手中，慢慢地吃了起来。

后来，席上的菜上齐了，正准备开席时，主人发现有张桌上差了一盘“胡参”。官员们面面相觑，彼此都心知肚明，但又都不好开口，只有在一旁偷笑。这时，还是有一位胆子大的官员开口了，他告诉主人家，桌上的“胡参”被张大人吃了。主人家一听连忙说没关系，马上叫下人补上了一盘。

张华庭一人就吃了一盘“胡参”，官员们表面上没有说啥，但在心里都感到张华庭这人挺“好笑”的，连为官最起码的恭敬礼让都不懂。酒过几巡后，张华庭忍不住向本地出身的同僚讨教，“你们这个地方，怎么把胡豆叫成胡参呢?”一个官员对他说，思南这地方没有这个东西，都是商人从外地贩运进来的，所以物以稀为贵。张华庭说：“你们说的这种胡参，在我家乡四川綦江叫胡豆，并不是啥稀罕的东西，多得吃不完，老百姓就把胡豆拿来喂猪喂牛。明天，我就派几个人到我的家乡綦江去，用木船运几船来做种，今后我们思南不就有了吗?”在座的人听了个个欢喜万分。

第二天，张华庭给綦江知县写了一封信，并派了几个差人立即动身前往綦江县采购胡豆。

差人到綦江县衙，把张华庭的亲笔信一亮，綦江的县太爷看了，就立即派人组织了三船的胡豆。

几天后，差人把胡豆运回了思南府。从此以后，贵州思南就有了胡豆。

搜集整理：新盛街道文化服务中心。

杨建廷（杨材选）其人其事①

杨建廷字材选，生卒年不详，光绪年间任綦江团练，书法了得。

光绪四年，本地盗匪蜂起，杨建廷劝说“刘罗坪”的蔡、廖、李三大户，出资修筑寨垣，于险隘处设三门。一曰“天师门”，一曰“钧安门”，一曰“春阳门”。杨建廷亲自题名勒石。匪猖獗时，接纳外户，入寨避难，照缴租谷若干。进出寨门，户主须挂“腰牌”，守门家丁，验牌放行，以策安全。

有一天，廖家派一佣人出寨下山，去石角场上购物，不慎遗失腰牌，被一外地来的小偷拾得，依样制作腰牌若干块。某天傍晚，小偷混入天师门，守丁见有腰牌，但

①选自綦江区政协《綦江文史资料》。杨建廷：杨建亭笔误，即杨材选（1827—1893），字建亭，綦江遵里欧家坝人。清咸丰元年辛亥（1851 年）恩科举人，候选直隶州知州。母以苦节着，现古剑街下场口有其节孝坊。材选弱冠，邀乡荐。后虽以文士知名，而其人慷慨沈毅，有智计，好兵家言。任团首，在刘罗坪抵制贵州杨逆煽乱，协助铧尖山之役，邑人多假某教滋事，解决三费债滋以重等事件中屡显才能。甲申乙酉间，綦大饥。举人杨材选传其事，以稻草寸断炒熟，磨粉调野蔬食之，较胜观音泥。但不重仕途，多位官员请出山不就。又尝培修节孝祠，于境建毓英书院。清同治二年补修《綦江县志》担任分阅。书仿颜真卿，古文在柳宗元、王安石间。其父杨锦，遵里例授文林郎。妻罗氏。子泽霖，诸生。杨建廷，应为杨建亭。

面孔陌生，盘问阻行，并将此牌趋禀杨二老爷，即杨建廷。杨二老爷看后说此牌有假，立即拿下。原来小偷不识草书，把“杨建廷”写成“杨廷建”，因“建廷”两字都有“廴”收笔，草书区别不清，乍看相似，故耳颠倒，竟至罗网自投。附会者说：“杨老爷眼睛厉害，看得穿木板。”

杨建廷有三支铁笔，各刻“此非常笔”四字。“此非常笔”四字，传为光绪初年，重庆府学官徐昌绪[①]莅綦视察，下榻“瀛山书院”[②]，召见杨建廷，邀杨挥毫。徐昌绪是当时的名书法家，杨不敢写，托故随仆人进书房，取出随身所带铁笔，在宣纸上画了长约二尺余的中锋一笔，不辞而去。仆人禀其事，徐昌绪至书房见杨建廷留下的中锋，莞尔笑曰：“此非常笔。”

不久，杨建廷进城，在珠藏街遇见仆人，始知徐昌绪有此好评。遂将“此非常笔”四字分别刻于三支铁笔，以示荣誉。

搜集整理：潘德潜。

杨材选与一根豇豆[③]

杨材选字写得好，虽然他才是个举人，在京城里也很有名。那时，掌管重庆东昌书院的徐昌绪，是个大书法家，也曾特派手下人，备上礼物，来求他写字。

徐昌绪两个手下人来到綦江县欧家坝杨府，投上书子[④]说：“徐大人请杨大人写几个字。”杨材选看了书子问道：“重庆来的？好，你们耍倒[⑤]！”谁知两个手下人在杨府住耍一两个月了，他都没写。原来到杨家求字的人多，应酬大，杨材选没把这件事放在心上；两个手下人也不好催问。

一天，杨材选偶然看到两个手下人，便问：“吔！你们还在这里？”两个手下人说：“是。还在候杨大人的字……”杨材选这才想起：“好！你们再耍一天。”

第二天，杨材选起身很早，就喊家里人掌砚磨墨，自己却到屋外转悠了个把时辰才回来。一看墨已磨好，立即摊开宣纸，挥笔就写。只竖起写了一笔。接着便说：“好。跟徐大人拿转去！”两个手下人心想：“说你写得好，你写成这个，像根豇豆，拿转去咋个交差？”但是，又不得不辞别杨府，只好拿走。

两个手下人回到重庆，觉得字没求到，迟迟不敢见徐昌绪。一天，徐昌绪看到了他两个：“呃！你们怎么这么久才转来[⑥]？求的字呢？”两个手下人这才说道：“启禀大人，

---

①徐昌绪：官至知府，曾执掌重庆东昌书院，系刘继陶（人称百万富翁，捐后补道）的女婿，著名书法家。据说重庆南岸“涂山”两个石刻大字是徐的手笔。
②瀛山书院：今粮食局油脂公司。
③选自《中国民间故事集成重庆市南桐矿区卷》（重庆市南桐矿区民文学集成编委会，1987年）。该故事1983年12月20日采于关坝乡供销社职工宿舍。
④书子：指信柬。
⑤耍倒：〈方〉玩一下，待几天。
⑥转来：〈方〉回来。

他没写啥字。写是写得有一笔，像根豇豆，不便送大人过目。”“看看无妨。”徐昌绪拿过一看，却很高兴地说：“我没得他写得好，力量不及他。”

所以，人们都说，杨材选的字写得好，就是遒劲有力。

讲述：杨芝启，男，65岁，汉，退休工人。

搜集：龙吟，男，54，汉，文化馆干部。

杨材选智惩恶奴①

清朝光绪年间，綦江县知县的家奴郑发海，脸上有几颗醒目的白麻子，人们都叫他“郑麻块”。麻块仗着大老爷的权势，狐假虎威，欺压善良，百姓恨之入骨。

一天，知县写了一封信。要麻块送到离县城六十华里的石角镇“欧家坝”去，请当时颇负盛名的书法家杨材选到县衙来书写屏条②，借以附庸风雅。麻块不知信内缘由，误认为是杨材选作了案子，信封里装的是拘他的传票。禁不住脸上那几颗白麻子蹦蹦跳跳，嘴边掠过一丝叫人难于捕捉的笑意。

来到杨材选家门口，麻块抬头一看：嗨哮！不简单——黑漆朝门金字匾，梅鹿衔花排两边。坐南向北风光好，看来杨家硬有钱。心里不住盘算：多亏大老爷照顾我这趟“福喜③”差事，这回敲十两银子没有问题……他尽量克制激动的心情，拉长颈子，放开嗓门惊抓抓④地叫道：“杨材选在屋头⑤没有哟？”适逢杨材选正从门里走出来，闻声举目一看，那几颗跳动的白麻子，勾起了去年一段往事——那是去年六月的一天，杨材选由重庆回家，路过县城，口中发渴，到县北街“临江茶园”喝茶。亲眼看见这个有几颗白麻子的家伙，随带两名衙役，把茶园老板毒打一顿。事后一打听，才知道白麻脸是县太爷的宠奴，因常找茶园老板借钱，上次没有借给他，他恼羞成怒，借口对方“欠债不还”，抓着就打……杨材选双眉微蹙，满脸堆笑，问道：“大哥贵姓？”

“姓郑。”

“从何处来？”

“县——衙！”

“啊！是郑大哥么？久仰，久仰！找我家主人何事？”

麻块阴声怪气地说：“你家主人的事，他自己明白。只要懂得起，我看大事可以化小，小事可以化无。”

“我家主人的事，方望大哥高抬贵手啰！”

“好说！好说！你家主人嘞？”

---

①选自綦江区政协《綦江文史资料》。

②屏条：书画条幅，通常以四幅或八幅合成一组。

③福喜：〈方〉意外之财，捡到便宜。

④惊抓抓：〈方〉形容大声吼叫、喧嚷。

⑤屋头：家里。

“我家主人正在午睡，请大哥稍息片刻，待我进内禀报，主人好整衣敞门出来迎接你。”

杨材选正欲转身入内，麻块厉声吼道：“慢点啰，慌啥子！这里有县太爷手谕一纸，拿去通报！总之，事在人为嘛！”麻块边说边从怀中取出信札，不屑一看地递给杨材选。杨接过书信，转身入内。

片刻，杨材选手里拿着一封信，从门里走出来，笑眯眯地对麻块说：“大哥，遗憾，遗憾！天有不测风云。我家主人午睡受凉，四肢疼痛，无法起床，不能亲自出迎，万望海涵。县太爷的信他已经拜读了，所要东西，毫不吝惜，并写有回信一封，烦大哥带回县衙面呈太爷。”说完，毕恭毕敬双手将信递给麻块。接过信，麻块迫不及待地问：“我家大人要的啥子[①]东西？”杨材选神秘地说：“哪的哟，我家坝子边那扇磨磴[②]，本是名贵石料打成，不知县太爷怎么知道了？既然来信索取，我家主人只好奉送。”随手指着坝子边那扇磨磴说：“我家主人郑重告诉我，县太爷信里再三叮咛，此珍贵石磴，非同寻常，定交持信人背回。这样看来，大哥定是县太爷信得过的人啰！哈哈！哈哈！”说到这里，杨材选跨前一步，对着麻块的耳朵悄声说：“请大哥一定亲自背回，万万不可找人代运，若有差错，你我吃罪不起！大哥，我还要上街请医生给主人看病，失陪了，失陪了！”杨材选上身微倾，双手抱拳，转面朝着去镇上的大路，步履匆匆……

主子的话，对于奴才来说好比圣旨。杨材选走后，麻块到坝子边一看：我的个妈呀，这扇石磨齿都磨平了的石磴，少说也有七八十斤，挠[③]是挠不动的，只好到附近人家买个背兜，装上石磴，迈着吃力的步子，一步一步向回县城的路上走去……

走得麻块精疲力尽，背得麻块四肢散架，到掌灯的时候，总算回到了县衙，麻块把磨磴放在二堂，气都没有喘一口，就兴冲冲地跑到后厅向县太爷表功去了。

一见麻块，知县问：“何时归来？”

“刚才。”

“事情办得怎么样？”

“办妥了。”

“来了吗。”

“来啦。”

“在哪里？”

“二堂。”

知县一听在二堂，装作一副礼贤下士的样子，快步迎了出去。麻块得意洋洋地跟在老爷后面，脑壳一直在啄[④]。

知县环视二堂，四壁空空，回头问麻块：“在哪里？”麻块靠前一步，一脸谄笑，指着磨磴说：“在那里！”知县一看，心里发愣。麻块见状，忙从怀中取出书信，双手呈给知县，说：“这里有杨材选的回书，请大人过目。”知县接信拆开一看，不禁哈哈大笑，笑得麻块莫名其妙。忽听知县自言自语地说：“天作孽犹可违，自作孽不可活！”

“老爷！我没有作孽呀！”知县把信递给麻块，说：“嘿！没有作孽，拿去看！”麻块

---

①啥子：什么。

②磨磴(dēng)：〈方〉磨的上下两个圆石盘的统称。

③挠：〈方〉指扛、抬、举的动作。

④啄：点头。

接信一看，脸色由白变青。信上写道：

堪叹杨某家贫寒，奈何“郑兄”死纠缠。
逢场作戏背磨磴，“点石成金”也是钱。

搜集整理：钦贤。

罗正其智退“长毛贼”

在三江镇雷神店上 G75 高速公路往贵阳方向行驶，约 1 千米路程后就到达一座大桥，路牌标名为“关门石大桥”。很多年以前，这里曾经发生过一场类似空城计的战争。

清代的一天，珠滩村的青年罗正其到外溜达，无意中得知确切消息：一伙“长毛贼”[①]正由綦江方向而来，要进攻篆塘等地。由于清廷的宣传，当地的人们对太平天国的军队感到非常恐怖。不得了，兵灾之下百姓遭殃啊！他赶紧就往家跑，一边跑一边想：通知乡亲们转移已经来不及了，怎么办？怎么办？罗正其匆匆跑到自家院子，伸手要推开院门，谁知院门却忽然打开，一个圆筒筒猛地戳到胸口，吓了他一跳。原来是邻家大哥抱着一卷竹席要去铺在地上晒粮食。罗正其猛然间计上心来，他压住惊魂，等不及气定神闲，一把抱住大哥的卷席，喘着粗气道出自己心中对策。大哥听了很在理，于是慌忙扔下卷席，又发动几个村民借来了几张躺席，几人把躺席全部卷裹起来，再用锅灰全部抹黑，在关门石上面高高的柏树坡一崭儿整齐摆放停当。

“长毛贼”很快到来，罗正其他们在柏树坡点上柏香树的枝叶，坡上顿时烟雾弥漫，仿若云山雾海。“长毛贼”远远望去，几门“大炮”正对着他们，又听当地老百姓说此处名叫“关门石”，误听为“关门杀”，以为清廷早有准备埋伏于此，而烟雾中又不知就里，只怕吃大亏，于是赶紧收兵。一方百姓因此免受战争涂炭。罗正其智退“长毛贼”的故事也就传了下来。

搜集整理：篆塘镇文化服务中心。

---

①长毛贼：清廷对太平天国军队的蔑称，老百姓随之称呼。

罗正其传奇二则

（一）一人造反

清代，重庆到綦江和万盛的交通运输非常困难。没有今天的川黔公路，也没有川湘公路，唯一的运输途径就是从长江经铜罐驿入綦河再进孝子河，下行开闸放水船随水下，上行靠撑船拉纤人拉船行。

重庆的盐商看准了这条水上黄金通道，把自流井的盐巴①在江津的铜罐驿装木船溯江而上，入綦河再赶水下船，把大盐用人背马驮，经打通过石壕运进贵州习水。在岔滩下船经藻渡过坡渡运进松坎羊磴。进孝子河在两河口下船，背上黑山下羊蹬岩，运进狮溪口、黄坪、旺草、水坝。在万盛三元桥下船，背上茅香台，运进贵州的道真、务川、正安等地。

盐业生意十分红火，也为綦万两地的穷人找到了一份职业，就是世世代代背盐巴进山。坨坨盐在数次上下船的时候经碰撞，掉下不少盐渣渣，人们又喊作花花盐和散盐，就是这些花花盐，却让盐商们犯了难，如果将这些花花盐背进贵州，在途中经日晒夜露要化成水，如果在码头当地销售，当地人又不愿意买，都认为大盐除了味大些并且又好保管。盐商们经过碰头商量，干脆在綦江和万盛两地都不卖大盐，只卖花花盐。这一招却害苦了綦万两地的老百姓，把买回的花花盐装在盐罐里面要不到几天就化成黑水水，稍放长点就生盐蛆，盐蛆到处爬。綦万两地世世代代背盐巴进山的人，眼睁睁地看到贵州人吃大盐，背盐巴的人反而吃散盐，怨声载道，但对不法盐商又奈何不得。就这样日复一日，年复一年地过了几代人。

綦江石角镇有个罗正其，他偏不信这个邪，硬要和不法盐商斗一回，决意独闯渝州府，告倒不法盐商，为綦万两地老百姓讨回公道。数月来，他奔走于綦万两地，两地的老百姓也三元两元地为罗正其告状筹集盘缠。罗正其写好状纸，身带盘缠，肩负百姓的众望，孑然一人前往重庆告状。罗正其来到设在重庆下半城的府衙击鼓告状。衙役接过状纸一看，仅为吃盐巴一事，又见罗正其貌不惊人，只不过一凡夫俗子，遂将罗正其逐出衙门，不准见官。罗正其万般无奈，便心生一计，第二天一大早罗正其就从储奇门坐过河船到海棠溪，用老百姓凑来告状的盘缠钱，请工匠在海棠溪河沙坝用鹅卵石加黄泥巴构筑城池，城墙高丈余，长百丈。又请人砍来铁竹②横做旗杆，买红布来做旗幡，旗幡上大书“罗正其一人造反”7个大字。旗幡在江风吹拂下熠熠生辉，大有千军万马屯集海棠溪之势。此举惊动了重庆当局政府，迅即调集兵马过江围剿。巴县团防倾巢出动，把罗正其设在海棠溪的城池团团围住，呐喊攻城。待三军打进“城内”，只见罗正其一人正襟而坐，闭目养神。他们将罗正其五花大绑，押过长江进城请功。

---

①盐巴：〈方〉食盐。当时为大盐，即粗盐、块状的锅巴盐，本地又称老盐，是盐卤水的天然结晶，所含的杂质较多。

②铁竹：中国特有植物。铁竹，因竹竿外壁坚硬如铁而得名。中小型乔木状竹类。

听说捉住要犯，府官迅即升堂问案，待兵卒将罗正其押进衙门，府官警堂木一拍，厉声喝道:“胆大包天的罗正其，为何要一人造反?”罗正其不慌不忙地将陈述实情，我为两地数十万百姓请愿！不待罗正其把话说完，府官哈哈大笑:“好你个罗正其，为众人吃点盐巴的区区小事，竟置全家身家性命于不顾，胆敢造反不怕被杀头?”罗正其正言道:“我也深知造反会被杀头，但是，我是‘一人搭桥，免得万人下水’。”府官一听气不打一处来，厉声喝道：你要搭个啥子桥，看给你冲得垮还是冲不垮？罗正其连声说:“冲得垮、冲得垮，是浑水就冲得垮，是清水就冲不垮。”府官一听，罗正其话中有音。浑水者昏官也，自己又一直以清正廉明自诩，何不做个顺水人情，捡个清官的名声，于是忙叫差人为罗正其松绑，下令重庆盐商在綦万两地不准强买强卖散盐，都卖大盐，从此，綦万两地的老百姓都吃上了大盐。

（二）智斗邓知县

白塔状似九节鞭，欲拦猛虎跃平川。

阴阳无奈风水怨，笑煞七品芝麻官。

话说罗正其独闯重庆府衙，告倒不法盐商获胜归来，綦万两地老百姓欢欣鼓舞，奔走相告。罗正其会打官司的名声大振，一时间有冤的、有仇的、受欺的、受压的百里乡邻，从四面八方涌来，纷纷来找罗正其替自己打官司讨回公道。有状告乡绅高利盘剥加租加佃的；状告恶霸横行乡梓，强占民女、掠夺田产的；状告不法商人欺行霸市，估[1]买估卖的；状告官吏贪赃枉法草菅人命的。字字血，声声泪，老百姓积怨多年的仇恨像大河决堤，似火山爆发，顿时，状纸像雪片般飞到綦江县衙。

时任綦江知县的邓仁堃，系楚南人，乃一介书生，因少年得志，人称“邓小伙”。邓仁堃面对突然间飞来如此多的状纸，惊恐不已。县衙一群饱食终日的官吏，更是束手无策。邓知县等人像热锅上的蚂蚁，坐卧不安，惶惶不可终日。经遍查状源，原来是罗正其受人之托，为民申冤，在綦万两地发起了一场声势浩大的告状运动。邓仁堃迅即采取收买拉拢办法，召罗正其到綦江县衙赴宴，如收买拉拢不成，就采取政治恐吓，想办法使罗正其就范，让他再也不敢为老百姓写状纸告状。

翌日，邓仁堃差人到罗正其家请他赴宴。罗正其经过一番思索后，决定到綦江赴宴。来到县衙，邓知县虚情假意地对罗正其寒暄一番，便直到大堂就餐，筵席成品字形展开。大堂上方供有当朝皇帝牌位，邓知县以一方父母官独坐首席上方，特意安排罗正其坐首席右侧，以示知县大人的宠爱，其他席位坐的都是本县名流和一帮刀笔小吏。席间，邓知县频频敬酒，暗中观察罗正其的一举一动，并以话套话，想从罗正其的口中掏点东西。

好个罗正其，竟十分老到，处处得体，使邓知县无懈可击。邓知县从其他人处了解到罗正其仅读过三年私塾，没有任过一官半职，于是便不把罗正其放在眼里，待酒过三巡，认为时机已到，准备向罗正其发难，当场教训羞辱一番。此时的邓知县清了清嗓子，站起来开始发话:“各位请哑静，本县就任以来，深得诸公的鼎力支持，深得民众的信任，全县上下一派和平盛世景象，百姓安居乐业，民间少有纷争，不过，近来有点不妙啊！听说百里乡邻都来找罗正其写状纸告状，看来是有人故意搬弄是非，

①估：〈方〉估到的缩写，强行的意思。

蛊惑民心。现在是谣言四起，状纸如麻，大有为难本县、扰乱綦江之势啊！请问罗公正其你说是不是这样？听说你会安[1]主意告状，今天本县把你当贵客请你赴宴，会不会也安个主意告本县一状，让诸公一新耳目？但是啊！小心主意不当，问罪于你哟！”

邓知县的话咄咄逼人，罗正其站起身来，拱手曰：“自有话说！自有话说！席间鸦雀无声，空气紧张得让人窒息。”其实，罗正其事先已估计到邓仁堃请他赴宴，是黄鼠狼给鸡拜年，不会安好心，在酒席上定会为难于他。于是，在互相敬酒的时候，就把一个有皇帝年号的铜钱放在邓知县的脚下。罗正其站起来高声说：“邓大人请看！”邓仁堃下意识地环顾四周，四周皆空，返身一看，只见身后万岁牌熠熠生辉，再朝脚下一看，只见铜钱一枚。

此时的罗正其大声说道：“知县大人你可知罪？你身为朝廷命官，竟敢脚踏黄龙宝，身背万岁牌，反脸恨天子，你官从何处来？”邓仁堃与其他官吏一时间面面相觑，顿时语塞，不知如何是好，邓仁堃也深知犯了欺君辱帝之罪，罪行严重，宴席就这样不欢而散了。

堂堂一县之长的邓仁堃被罗正其在大庭广众之中定罪檄文，又羞又恨，但对罗正其安的罪名又万般无奈，于是这个封建迷信老儿请来阴阳风水先生，分析綦江为何会出罗正其这样刁顽之辈与他作对。经阴阳先生的明察暗访，了解到明朝末年红巾军起义，时任湖北麻城太守罗英豪率五子“荣华显茂盛”入蜀。次子罗显落业綦江，其后一裔孙死后葬新民猛虎跳墙穴，此公一葬，其后人要出 48 条光棍。罗正其是第一条。邓仁堃一听，这还了得，仅罗正其一根光棍就使我头痛不已，若是 48 条光棍一出，綦江非被这帮穷光蛋搞得天翻地覆不可。

阴阳先生又如此这般献计说：“有法收拾罗正其等，先在猛虎跳墙穴对面山上修座白塔，塔高数丈，状似九节钢鞭，让塔底压住虎头，钢鞭在老虎抬头便打，把老虎困在地下永世不得翻身，把罗氏风水一破，48 条光棍就出不来了，今后的子孙均属平庸之辈，逐步衰落，就好管束了。”于是邓仁堃就按阴阳先生的指点，选准了建塔位置，请来工匠，调出国库白银 5000 两，大兴土木，建起塔来。历时两年，白塔终于建成了。但邓仁堃也因不理正事，政绩平庸，治县无方，调离了綦江。后听传闻，他干脆出家修道去了。

白塔修建至今，快 300 年历史了，邓仁堃当时意欲败坏风水，使罗氏后继无人，这个封建老儿打错了如意算盘。据罗氏甲戌谱考证，罗姓家族在綦江、万盛和其他地方已发展到十余万人，人才辈出，像罗正其这样的忧国忧民之士层出不穷，海外更是不乏知名族人。

搜集整理：罗昭书。

---

[1] 安：拿。

罗正其[1]故事五则

打盐官司[2]

以前，进贵州的大盐，都经过四川，靠背二哥背运。像扶欢坝、青羊寺[3]等地，就是很热闹的盐路。但是，我们这个地方的四川人，连那些背盐的，却都吃不到大盐。因为被川、黔两省的盐商垄断了，老百姓为这事很气愤！

青羊寺附近有一个叫罗正其的人，是根光棍，会打官司。当时，眼看吃不到大盐，他就在一些乡场、渡口、重庆长江水码头贴出告白："想吃大盐的，请自愿捐钱！罗正其愿出力奔走。"告白一出，才一个多月，捐款源源不断，钱就凑齐了。罗正其就带上这些银钱到了贵阳。

进城后，罗正其写一张状纸把贵州的盐商告起。衙门升堂审问时，由于盐商大都是贵阳人，官府大老爷便责问罗正其："盐家经商，将钱买货，公平交易，你凭甚告人?"罗正其反问道："进贵州的大盐，沿途经过四川各地，连背盐的和老百姓，一点都吃不到，这合情理吗?"大老爷又问："你这样打官司，给人抬轿，到底打得赢打不赢?"罗正其回道："只要河水是清水，就打得赢：如果是浑水，我就打不赢！"大老爷因为得过盐商的银子，心里很虚。心想："这还难办哩！我如果答应了他，就是清官；如果不答应他就成了昏官！"大老爷左思右想，怕罗正其串连上告只好判大盐要卖给四川人吃。

这场官司打赢了，从此，我们这个地方的人就吃上了大盐。

【附记】整理时对原记录稿略有删节。并参照南桐街道十一段黎树友讲述、冷静搜集的异文，作了必要的补正。

讲述：胡永珍，女，汉，85岁，初小，农民。
搜集：黄光平，男，汉，47岁，中专，教师。

我就是罗正其[4]

有一天，罗正其去坐船，那船老板虽不认识他，却很热情，又招待他吃，又招待他住。后来，船老板就问他是哪里人？罗说他是蒲河罗汪村的。船老板由于不认识罗正其，就说："听说你们罗汪村，有个狗日的罗正其，幺不倒台[5]！"罗正其也不答应好和歹，到了綦江城下船时，就把船老板的一床铺盖[6]，抱起就走了。那船老板就说：

---

①选自《中国民间故事集成重庆市南桐矿区卷》(重庆市南桐矿区文学集成编辑委员会，1987年)。罗正其：綦江县石角人，其逸闻趣事，流传颇多。
②该故事采集于1984年10月2日青年镇堰口村上坝。
③扶欢坝：即现在綦江区扶欢镇。青羊寺：即万盛经开区青年镇。
④该故事1986年4月3日采于南桐乡其林村。
⑤幺不倒台：不得了、了不起的意思。
⑥铺盖：〈方〉被子。

"嗨，你这个人才怪个！吃我的、住我的，哪点对不起你？你啷个要把我的铺盖抱起走？"罗正其说："是我的。"两个拉扯起就往县衙门走。县太爷问船老板："你的铺盖有何记号？"船老板说："我自己制的个，有啥子记号哟！"又问罗正其，罗说："我有暗记。我平时爱吃杆绵烟，把铺盖角烧过几个眼……"原来罗正其在船上，听老板骂了他以后，就准备整他，悄悄把铺盖用烟烧了几个眼眼。

县太爷叫人打开铺盖一看：角上硬是有几个眼！于是，就判船老板冒认财物，将铺盖断给了罗正其。两个人同时从衙门出来时，船老板嘟起嘴不说话。罗正其却笑嘻嘻地说："老板，这铺盖是你的，你拿去吧。你开口骂罗正其，闭口骂罗正其，罗正其又没惹你。你认不得嘛？我就是罗正其！"

讲述：杜绍怀，男，汉，76 岁，文盲，农民。
搜集：王良福，男，汉，32 岁，高中，文化站专干。
　　　石发林，男，汉，22 岁，高中，农民。

争猫[①]

在綦江县，罗正其听说有个财主，对农民太刻薄！就想去收拾那个财主。

他打听了几天，晓得财主最喜欢他家里的那只猫儿。罗正其想了个办法，把猫儿弄到了手。财主找不到心爱的猫儿，心头又急又气，就拿别人出气，把他那些长工打得啃土[②]！

这天，罗正其故意抱起这只猫儿，在财主门前经过。财主一看见是自己的猫儿，就把罗正其拉倒，说罗正其偷他的猫儿。罗正其就假巴意思[③]的和他争论。争来争去也说不清楚，最后双方说定：到县衙去请县大老爷评理，哪个输了就赔五百文钱给对方。

到了县衙，县太爷问财主："你的猫儿有啷个记号哇？"财主跪在地上，结结巴巴地说："老、老爷！我是买的猫儿，没得啷个记号；只晓得是、是黄的。"

县官又问罗正其："你的猫儿有记号吗？"罗正其说："我的猫儿也是黄的，不过只有 8 根胡子，多一根我都是扯来甩了的。如果老爷不信，可以当面数。"老实，县官就当面把猫儿捉来，数来数去，果然只得 8 根胡子。

这样，财主就输了！只得承认倒赔罗正其五百文钱，猫儿也归了罗正其。罗正其把赢来的钱，分给了遭财主打过的那些长工，把猫儿放回给了财主，然后扬长而去。

原来，财主和县官都不晓得，猫儿本来就只有 8 根胡子。

撵和尚[④]

罗正其的亲戚死了，请个和尚来做法事，超度亡魂。

和尚来了以后，罗正其想试一试和尚是不是真的吃素？吃午饭时，就壅[⑤]了半碗肉在饭底下，悄悄和几个年轻人，躲在旮旯头看。

和尚发现了饭底下有肉，以为是主人家诚心请他吃的，心里喜欢得不得了，就装作不晓得，狼吞虎咽地把半碗肉全都吃了。

①该故事 1983 年 9 月 6 日采于南桐乡营寨村。
②啃土：〈方〉形容厉害。
③假巴意思：〈方〉即假意。
④以下两个故事 1983 年 10 月 4 日于南桐乡民权村。
⑤壅(yōng)：〈方〉就是掩埋、遮盖。

几个年轻人等他吃完，才涌上前去说和尚开荤破了戒，做的法事不灵！就把和尚撵走了。

讲述：姓名不详，系农民。
搜集：石发林，男，汉，20岁，高中，农民。

邓小伙提鞋

罗正其聪明的名声传得很远，綦江县才上任的县官邓小伙也知道了，心里不服气，要见识见识，就派人去请罗正其。

罗正其猜到了县官的心意。到了县衙后，就约邓小伙一路[1]，到城门外去耍。走到田边，罗正其说："大老爷，你等我一哈儿[2]，我到田里去摸几条鱼来下酒……"就把鞋子脱来放在田坎上，请邓小伙给他看倒[3]。

罗正其一块田、一块田地摸鱼，渐渐就走不见了。邓小伙一等不来、二等不来，眼看天就要黑了，只好把鞋子提回衙门。

回到衙门一看：罗正其早就回衙门等他了。县官是聪明人，知道是罗正其整他，心头气极了，嘴里又不好说。

这一来，县官邓小伙给罗正其提鞋子的事，就传开了。

讲述：刘照全，男，汉，45岁，初中，农村干部。
搜集：石发林，男，汉，20岁，高中，农民。

朱小大当皇帝[4]

传说綦江有个读书娃儿名叫朱小大。他读私馆，进学堂天天都迟到。老师问他是什么原因。朱小大说："老师，你不晓得，我天天进学堂时都在南山一个塘里洗澡。水头有个牛儿，天天都钻出来跟我两个耍。我骑在它背上，好耍得很！"老师听了晓得那牛儿不是一般牛，是犀牛，是个宝贝，就没有骂他。

隔两天，老师把他死去父亲的骨头用红口袋装好，拿给朱小大："朱小大，你明天和牛儿耍的时候，把这个红包包放在牛儿嘴头。"朱小大很聪明，也把父亲的骨头捡来装在一个小罐罐里。第二天去和牛儿耍的时候，他就把罐罐塞进牛儿嘴里，把老师的包包挂在牛儿的角上。牛儿把嘴巴一闭，就钻到水底去了。这时，塘边树上有个雀雀[1]在叫："朱小大，朱小大，快点爬起来，垮山要来压，你有万万年的天下！"朱小大听了

---

①一路：〈方〉一起。
②一哈儿：〈方〉一会儿。
③看倒：照看。
④选自《中国民间故事集成·重庆市綦江县卷》（綦江县民间文学三套集成编辑委员会编，1991年）。

赶忙爬上来，刚刚上岸，一座山垮下来把塘填平了。

朱小大回到屋头，把这个事跟娘说了。他的娘正在灶门前洗锅，边用刷把在灶头上拍，边说："儿啊，不要说万万年的天下，就是八百年的天下都好喔！"哪晓得这一拍，就把灶神菩萨打痛了，他就到玉皇大帝那里去告状。玉皇不信，灶神把背上的伤给玉皇看，果然遭打了八百玉棍。玉皇大帝说："就将就朱小大母亲说的话，等他家坐八百年的天下。"

后来，朱家搬离了綦江，他的后人果然坐了天下……

讲述：霍人沛，男，45岁，瀛山乡千秋村。

搜集：钟成树，男，28岁，瀛山乡文化站。

门神二将的由来②

传说唐太宗在位时，渭水河边住着一个算命先生袁天罡，他算事情算得很准，可知未来。

这一天，袁天罡来到綦江河边，见一个渔夫打不到鱼发愁，找他算算。袁天罡说："明日午时三刻你去打鱼，包你打得很多。"第二天果不其然。原来，这天午时三刻正是鱼兵虾将朝拜龙王归来，自然成群集队。

龙王知道了这事，十分冒火，变成一个小伙子和袁天罡斗法。龙王来到算命处，他要袁天罡算算天上何时布云，何时打雷，何时下雨。袁宝候掐指一算："明天午时三刻布云、打雷、下雨。城外七点，城内三点。"

龙王暗暗吃惊，玉帝正是这样吩咐他的。他为了说明袁天罡算不准，偏在城内下七点，城外下三点。事后他又上岸找袁宝候："怎么算不准?"袁宝候笑了笑："我倒算准的，你是掌管下雨的龙王，要反起干我有什么办法？不但这个算得准，我还知道你违背了玉帝的旨意，犯了天条……""犯了天条?""叫你城内三点，城外七点，你要反起下，可知城外三点收灰尘，城内七点淹死人？你死到临头啦！"龙王见势不妙，只得下矮："袁先生，请搭救于我！"袁宝候说，"杀你的人是魏征丞相，你只有去请太宗皇帝保你了。"

当晚，龙王给太宗托了一梦，要求救他。太宗也不知真假，早朝时，却唯独不见魏征，太宗派人去叫他，心想我找他下棋，待过了午时三刻，才放他走，岂不救了龙王一命？

不一阵，魏征应召而来，楚河汉界，君臣摆开了战场。眼看午时三刻已到，太宗暗自高兴，这时，忽然掉一棋子在地上，魏征俯身去拣。谁知魏征竟弯着腰酣然入睡！太宗想，不要惊动他，等三刻一过，再叫不退。魏征双目紧闭，却大汗淋漓。太宗有

---

①雀雀：鸟儿。

②选自《中国民间故事集成·重庆市綦江县卷》(綦江县民间文学三套集成编辑委员会编，1991年)。

爱臣之心，便将自己手中的扇子替他扇了三扇，魏征猛一惊醒，倒头便拜："谢主降恩！"太宗道："何谢之有？"魏征一边揩汗一边叙述："我正与金骨老龙斗法，杀得难解难分，为臣本事有限，眼看支将不住，正好万岁赐我三御扇，为臣宝剑陡长三尺，方得斩下龙首！"太宗悔之不得，但又将信将疑："卿言可信？"魏征便领太宗去到午朝门外，果见高悬着一颗血淋淋的龙头。太宗失声叫道："寡人言而无信了！"

当晚太宗又得一梦，见全骨老龙那血淋淋的头向他扑来，张口大叫："还我命来！汝为当今天子，却为何自食其言？"太宗一惊，再也不能入睡。接连几天均是如此。太宗只好派秦叔宝、尉迟恭（一说符俊德）二员大将镇守于门外，如此一夜无梦。太宗后来考虑每晚叫二将值勤，也不是办法，便令人画了二将全身披挂的肖像贴于门上，依旧安然无事。再过些时候，民间为了驱除鬼神，也照此方法炮制，于是民间有了贴门神的习惯。

讲述：张国民，男，60岁，三会乡双池村人。
搜集：龙克礼，男，30岁，三会乡文化站专干。

狗尝新[1]

綦江本地的尝新习俗，为什么先喂给狗儿吃？

传说綦江原来没有谷子，哪个都没有吃过大米。有一天，一只狗浮到海那边去，那边正是搭谷子的时候，晒坝上到处晒起谷子。狗去上面滚两转，周身[2]沾些谷子，又游回来。虽说水冲走了一些，有几颗在它身上没冲掉。它围着主人转，主人看见谷子，就取下来洒到田头，秋天长出了谷子。所以吃新米饭，就先留点给狗儿，因为它有功劳。

讲述：李泽玉，女，汉族，50岁，土台乡人。
搜集：邹玉华，土台乡文化站。

①选自《中国民间故事集成·重庆市綦江县卷》(綦江县民间文学三套集成编辑委员会编，1991年)。
②周身：全身。

山歌的起源[①]

传说，在宋朝末元朝初时，綦江有一家开办高炉厂的老板，当时炼铁的炉子用的风箱都是很原始的旱箱，还没有水箱。每天都安排人换班拉旱箱。人们拉着拉着，日长夜久，拉得愁眉苦脸的。井火娘娘[②]看见井口的火渐渐小了，下来一看，拉箱的人们精神很不好，劲也不大，所以井火娘娘就随口唱出一首歌来解解人们的忧愁。

她唱的第一首歌是："高炉厂高又高，高炉厂来三道腰，头的一道马门上，二的一道半中腰，三的一道花盆上，红矿黑炭倒中央，红矿化成水，黑炭化成灰……"还唱："秦桧曾把岳飞害，死在地狱难翻身。岳爷平生为忠正，死在天空封为神……"

拉旱箱的人们听了，个个精神振奋。唱着唱着，不料老板回来，遇见自己的妻子在放声高唱，痛骂道："你女人家，乌虚呐喊成什么名堂[③]？"井火娘娘感到不好意思，就从炉口投进炉膛里去了。炉膛里的火正旺，有进无出，几股青烟上天，人们就说井火娘娘已经归天成神去了。

事后，人们感到唱歌真的能解忧愁，就你传我，我传你，一直流传至今，所以山歌的创始人是井火娘娘。

讲述：岳少青，男，68 岁，丁山乡人。
搜集：尚文华，男，27 岁，丁山乡文化站专干。

桥头上雕狮子的来历[④]

从前，綦江一个村子里有个财主姓乔，每年都要村里的石匠轮流交一样好看的雕刻品给他。如果哪个不交，就要遭他逮去打一顿。

这村有一家，老汉和他儿子都是石匠。这一年该他们交了。俩爷子就商量：乔老爷这个家什[⑤]可恶！但不交又拗不过[⑥]，干脆雕一个大狮子，等他抬都抬不动！

当真的，俩爷子就到山上去选了好大一墩石包，天天去打。打了又刻，刻了又雕，

①选自《中国民间故事集成·重庆市綦江县卷》(綦江县民间文学三套集成编辑委员会编，1991 年)。
②井火娘娘：老板娘每天监视着井口，所以又称井火娘娘。
③乌虚呐喊：〈方〉呜嘘呐喊，大肆喊叫。名堂：〈方〉规矩。
④选自《中国民间故事集成·重庆市綦江县卷》(綦江县民间文学三套集成编辑委员会编，1991 年)。该故事 1987 年采录于綦江县扶欢乡。
⑤家什：家伙。
⑥拗不过：硬不过，过不了关。

几个月才雕好。这个石狮子脑壳朝天，嘴巴张得多大，活灵活现的，大家都说雕得好，雕得像！

他们就去跟乔老爷讲："狮子雕好了，我们俩爷子搬不动。你喊人上山去抬嘛！"乔老爷就派人一起上了山。

乔老爷一看，真的雕得好，高兴得很，就到大狮子肚皮底下去东看西看的。等他看到抬起的右脚底下时，石狮子的脚忽然朝下一踩，把乔老爷踩死了。

大家都说这石狮子是神仙下凡，就把它供起，烧香敬它。后来，有修桥的地方，大家也在两当头①修两个石狮子把桥镇住，意思是不准"乔（桥）老爷"翻身。

讲述：陈志德，男，39岁，扶欢乡大石板村人。
搜集：秦放，男，23岁，扶欢乡文化站。

安酒的传说

安酒是綦江县安稳镇的特色佳酿，据说，安酒的历史可以追溯到隋朝末年，隋朝末年由于隋炀帝荒淫无能不理朝政，各地农民纷纷起义，全国各地硝烟四起，时局动乱，民不聊生。

有一天，一支讨伐隋帝的武装队伍从贵州来到了安稳，在安稳驻扎下来招兵买马。安稳坝的许多热血青年都拿起武器加入到了队伍中。在这些人中，有一个叫安久的苗家小伙子，为了讨伐荒淫的皇帝，他告别了新婚不久的妻子文梅。

安久走后，文梅在家孝敬父母，下地种田回家做家务，勤勤恳恳地劳动生活。苗家人喜欢种五谷杂粮，过年还要做五谷粑。自从安久走后，文梅每年都要把安久的一份存起来，他担心安久在他乡吃不饱穿不暖，有朝一日安久回来时一定要他多带些粮食走。可是日子一天天地过去了，一年又一年的等待中文梅已经为安久存了很多粮食。

这年的腊月初二，安稳坝突然回来了两个几年前和安久一起去当兵的小伙子。他们都成了残疾人，一个断了一只手臂，一个少了一只脚。回来的人说年初遇到过安久，他还说春节一定要回家过年。这个好消息让文梅兴奋了好久，春节快到了，文梅天天到村头那条大路口去等安久，她相信安久会回来过春节，安久都五六年没有回来了。

文梅把平时为安久存起来的五谷粮食都做成了酒。腊月二十六了，文梅开始忙年货，一切都准备好了，只等安久回来过年了。可是到大年三十了，安久还是没有回家。文梅天天去村头大路口等，一直等到正月十五，安久也没有回来。

春天来的时候，又从外地回来几个人，他们都认识安久，都说安久被当兵的杀了。文梅不相信，天天还去大路口等，都等到夏天了安久还是没有回来，文梅开始相信安久被杀了。文梅精神恍惚成疾，最后从狮子岩上跳下去死了。

文梅死后，人们发现了文梅为安久酿的酒，这酒是用真情酿成的，所以味道甘醇

①当头：(桥)的两边、两头。

清香，如琼浆玉液，爽口宜人。人们为了纪念文梅对安久的一片痴情，把文梅酿的酒叫作安酒。生活在安稳的苗家人世代酿造安酒，是苗家接亲访友必备的礼品。

搜集整理：安稳镇文化服务中心。

唢呐七孔的由来（苗族）

传说在很早以前，安稳上坝住着一户人家。这家人有 7 个儿子，但是幺儿和 6 个哥哥始终合不拢[①]，总是格格不入的。老汉心里很难过，发誓一定要让 7 个儿子和睦相处，团结得就像一个人一样。

有一天，老汉砍了 7 根竹竿，每根竹竿上钻了一个孔，要 7 个儿子一个个地吹，单音不成曲，老汉要儿子们在竹竿上挨次钻孔，6 个儿子都照他的意思办了。只有幺儿想，不钻吧，不听老爸的话不对头，钻吧，又实在的不想和他们在一起，于是他在竹竿的背面钻了个孔。吹起来虽然成曲调了，但声音不洪亮。

老汉又去砍了一截桊子[②]丫枝，用刀子斜着在树枝上滚动，然后把树皮取下来盘[③]在竹管下端，做成了喇叭形，吹起来声音合在了一起，传出来的声音也很洪亮了。老汉对儿子们说，人和睦了，就像这支唢呐罩上了桊皮，音调才会同步，声音才洪亮，才能发出好声音。7 个儿子领悟了老爹的良苦用心，幺儿不再忍心让老爹难过了，与6 个哥哥和睦相处了。从此以后，苗家唢呐就打了 7 个孔，吹出的声音洪亮，曲调优美。

搜集整理：安稳镇文化服务中心。

打母猪鬼传说（苗族）

打母猪鬼，是苗族的一个风俗。

打母猪鬼的苗族人家，必须养一头母猪，长到像年猪一样大小。但也不是每家每户每年都要打一次，而是十年八年才举行一次。每次举行时都要通知同祖同宗的族人，其他外房受邀请也可参加。在举行前还要选良辰吉日，待人到齐后，把母猪拉出来，一个人手拿着一根木棒，打几下猪，然后拉出板凳，把猪杀死。

---

①和不拢：不和睦。
②桊子：别名木樟树、乌桕、白蜡树、蜡烛树。是大戟科乌桕科。落叶乔木，高可达 15 米，含白色乳汁。叶互生，卵形，长和宽各 3~7 厘米。
③盘：围成卷筒状。

这时族人中长辈或年长者围着猪转一圈，边转边念咒语，说一些吉利、祝愿的话，待猪打整干净割一部分当天煮来招待客人吃，将另外全部分割给今天来参加打母猪鬼的客人，见户一块，让他们各自带回家煮来吃。意思就是说，人人吉利，我们大家都吉利。

关于打母猪鬼，苗族民间还流传着这么一个故事。

传说从前有一对恩爱的马姓夫妻，去送端午节回来。因为要翻过七座山、八条沟、九条岗。走着走着，天下起了大雨。当他们将要过最后一条河时，只见河水越涨越大。但为了赶路，两人手拉着手慢慢地朝对岸走去。眼看快到岸边时，忽然一个急浪打来，丈夫为了保护妻子，使尽全身力气，用双手将妻子推向岸边，妻子得救了，而他被洪水卷入了急流中……

丈夫人不见了，妻子在岸上哭啊喊啊，就是看不见他的身影。她又喊着哭着沿着河边寻找，边走边喊：我的夫，我的伴。她整整走了一天一夜，来到一个大沙坝，忽然听见有人说："你喊什么，我在这里。"妻子四处张望，就是只听音不见人，只见一个像猪嘴巴的东西在晃动："我就是你的伴。"妻子泪流满面地说："我的夫，我的伴，你怎么变成这样，让我把你带回家吧！"于是妻子带着"猪嘴巴"，夫妻两个有说有笑地回到了家。回家后，丈夫对妻子说，我该走了。请你叫后辈儿孙们，把我的猪嘴巴骨头供在香火上，我保佑他们一年四季吉利，儿孙满堂。因此，现在大多数马姓苗族的香火上都还有一块猪嘴巴骨头供着。

搜集整理：赶水镇文化服务中心。

蜡染的传说（苗族）

綦江赶水苗族中流行有《蜡染歌》，这首古老的歌曲代代传唱，叙述着蜡染的起源故事。

从前，有一个聪明美丽的苗族姑娘并不满足于衣服的单一色彩，总希望能在裙子上染出各种各样的花卉图案来，可是一件一件的手工绘制实在太麻烦，但她一时又想不出什么好办法来，终日为此闷闷不乐。

一天，姑娘又看着一簇簇一丛丛的鲜花久久发愣，办法没想出来却在沉思中昏昏入睡。朦胧中有一个衣着漂亮的花仙子把她带到了一个百花园中，园里有无数的奇花异草，鸟语花香、蝶舞蜂忙。姑娘在花园中看呀看呀，看得入了迷，连蜜蜂爬满了她的衣裙也浑然不知。等她醒来一看，才知道刚才是睡着了，可是低头再看。花丛中的蜜蜂真的刚刚飞走，而且在她的衣裙上留下了斑斑点点的蜜汁和蜂蜡，很不好看。她只好把衣裙拿到存放着靛蓝的染桶中去，想重新把衣裙染一次，试图覆盖掉蜡迹。染完之后，又拿到沸水中去漂清浮色。

当姑娘从沸水中取出衣裙的时候，奇迹出现了：深蓝色的衣裙上被蜂蜡

方出现了美丽的白花！姑娘心头一动，立即找来蜂蜡，加热熬化后用树枝在白布上画出了蜡花图案，然后放到靛蓝染液中去染色，最后用沸水熔掉蜂蜡，布面上就现出了各种各样的白花。哦！染缸中居然染出了印花布，姑娘高兴地唱起了山歌。人们听到了姑娘的歌声，纷纷来到她家听她讲百花园里的梦境、观看她染出的花裙、学习她描花绘图的技艺，大家回到自己家里之后，照着姑娘教给的方法，也都染出了花样繁多的花布。从此，蜡染技术就在苗族普及开了。

搜集整理：赶水镇文化服务中心。

苗族超度竹卦传说（苗族）

（一）

很久很久以前，在两座山清水秀的大苗山之间，有一条清溪小河把两山分隔成两个苗寨。坐落在河道左侧的苗族因先祖最先落户得名为上寨，右侧称为下寨。上寨与下寨同喝一湾水，同享一片天，身处深山老林，苗族先民靠农耕打猎为生。

上寨中有一位英俊潇洒、力大神勇的苗族小伙子名叫董派让。他在家中是独子，从小聪明伶俐，力量过人，敢与林中豺狼搏斗，猛蛇抗争。他喜吹木叶、竹箫，会唱苗家歌曲。每当放羊放牛，只要他吹的木叶一响，牛羊归家，鸟儿归巢。所唱的苗歌如蝉鸣，如鸟叫，对河两岸苗家人对他的大名家喻户晓。

下寨一苗家农户有个幺女才 18 岁，长得眉清目秀，神采奕然，貌如天仙，名叫蒙姿彩娥奏。蒙姿彩娥奏心灵手巧，勤劳朴实，会挑花来会纺织，会刺绣来会蜡染。她绣的龙来龙腾云，画的凤来凤飞天。所做的手工艺品，精美绝伦，苗寨中人人都夸。

董派让与蒙姿彩娥奏虽隔一条河各在一个寨，但同饮一湾水，吹笙唱歌都能听见。每年干活董派让与蒙姿彩娥奏路过小河对面相见，大家都只能回眸一瞥，害羞得不能相互呼喊，相互都有些爱恋。蒙姿彩娥奏 19 岁那年，董派让跟他爹妈说：“爹、妈我已成年，我相中了对寨的漂亮姑娘蒙姿彩娥奏，我去踩山坪踩山，看我能否与她结缘了。”

（二）

这年正月初三正是苗家的踩山节，蒙姿彩娥奏早早打扮，脚穿一双自绣的红色绣花鞋，身穿一件青色的蜡染短裙，头戴大花盘，阳光一照，银光闪闪。蒙姿彩娥奏打着红雨伞在前，董派让也吹起芦笙跟随其后。路上行人说说笑笑赶往花山。赶花山场真热闹：花杆立在场中央，笙歌艳舞围满场，苗家大坛子杂酒摆四方；场上爬花杆，上“刀山”，下“火海”，吹木叶，吹口弦，吹竹箫，打竹球、踢毽子、甩钎杆；场下交流农活，议论家常，谈情说唱；对不上山歌的喝倒场。

董派让和蒙姿彩娥奏的木叶情歌最受大家赞赏，只听董派让吹道：

今日赶场把歌对，妹似仙女哥相随。

绫罗绸缎哥不追，妹的眼神心陶醉。

蒙姿彩娥奏腼腆地一笑，摘张木叶吹道：

今日赶场遇见哥，遇见哥哥妹快活。

你有情来我有意，有情有义才接歌。

在场人高声喝彩，“继续对唱”。这一来，歌坛上他俩成了主战场，从上午一直对到下午，大家才肯收歌，最后董派让表露：

很早就想与妹爱，只因隔河难相挨。

今日赶场得表述，唱歌认识常相连。

蒙姿彩娥奏答道：

金山银山万宝山，家家都有果树园。

人家果园结满山，不嫌就选我家园。

一时间场上响起热烈的欢呼声。花山场上人们都说董派让与蒙姿彩娥奏是最配的一对，他俩有缘注定终生。整个踩山节，大家吃喝唱跳直到日落归西，才依依不舍地离去。归来时，蒙姿彩娥奏含羞地送给董派让一张花帕，董派让送给蒙姿彩娥奏一把小口弦。从那以后，董派让与蒙姿彩娥奏干活归来常常吹响木叶相约在小河滩，每次董派让与蒙姿彩娥奏都要小叙一番，谈吐真言到好晚，小溪滩成了他们相邀的难忘地段。没过多久董派让就催促爹妈，请来媒人，三回九转把婚办。

（三）

董派让与蒙姿彩娥奏结婚后，董派让十分羡慕别人会吹芦笙，于是给爹妈商量：“汉家的歌、汉家的礼我学到了手，我要去南天门学芦笙、学苗礼，不让苗家人小瞧，学完归家孝敬你们双老。”爹妈见儿好学，十分高兴，叫董派让和蒙姿彩娥奏一定要筹商好。

这天夜晚，月明星稀，董派让与蒙姿彩娥奏坐在河滩石头上，蒙姿彩娥奏依偎在董派让身边，共商家计。蒙姿彩娥奏支持董派让学手艺，宁愿自己吃苦也要熬过去。她在家照顾老人，望董派让好好学艺。董派让发誓学艺归来与蒙姿彩娥奏相守到永远。好些话语说不完，好些真情了不断。大家商计到半夜，董派让还给蒙姿彩娥奏说：“我学艺要学三年归，第三年的秋季不是初三就是初七回。蒙姿彩娥奏，想我时，你就用我送你的口弦吹：夜晚来，月儿亮，相思情侣逐相望，此时相望不相闻，愿逐月华流照君。”没想到，董派让与蒙姿彩娥奏的话语被下山来喝水的花斑老虎听到了，花斑老虎知道董派让要上南天门去学芦笙，暗自高兴。

去南天门学艺出发前，董派让磨了三天的刀和箭，打了三天三夜的糍粑做干粮，于是告别爹妈，辞别心爱的妻子上了南天门。

董派让上了天梯，到天堂学芦笙一学就是三天，人间即为三年。自从董派让上了天堂，花斑虎见蒙姿彩娥奏貌如天仙，想把蒙姿彩娥奏独自抢占，可蒙姿彩娥奏时时都有人相伴。于是，花斑虎每晚都到河滩旁的林间寻找机会。

第一年的夏季，月光明亮，蒙姿彩娥奏干活路过河边，看到溪水潺潺绕山间，唉声叹道：“哎，若董派让在家，我们又在河滩上聊了。”老虎听到蒙姿彩娥奏叹息声，知道不能占据董派让在蒙姿彩娥奏心中的地位，无法接近蒙姿彩娥奏。可花斑虎并不气馁，还是每晚都到河边的林子里窥探。第二年的一天，野变婆[1]听说林中大王——花斑虎被蒙姿彩娥奏的美貌和忠诚迷恋，每天都在河滩林中等待，决心用迷魂大法帮助花斑虎迷倒蒙姿彩娥奏。于是，每到半夜，野变婆就会学董派让的声音，在河滩上喊："蒙姿彩娥奏！奏！奏！来呀，我是董派让等你来呀！"最初蒙姿彩娥奏在屋里的门缝听，感觉好像董派让的声音，她不敢相信这是董派让，她坚信董派让学艺不会归来。她不去听，更不去开门。第三年的初秋，蒙姿彩娥奏采果回来，也是黄昏时分，路过思念的河滩，突然看见一身影从河滩晃过，好似董派让。蒙姿彩娥奏揉了揉眼，见一个貌似董派让的背影坐在河滩大石头上，难道真是他，不可能我看错了眼。蒙姿彩娥奏追了过去，昏暗中，还听见"夜晚来，月儿亮，相思情侣逐相望，此时相望不相闻，愿逐月华流照君"歌声。蒙姿彩娥奏真不敢相信，这是董派让教他唱的《思念曲》呀，蒙姿彩娥奏懵了，是他，是他，是我苦苦等了三年的情郎呀。当她迅速跑去，想紧紧地拥抱"董派让"时，只见石头上的身影飞快地跑入林中不见了。第二天晚上，蒙姿彩娥奏早早来到河滩边，坐在石头上，等待朝思暮想的情郎快出现。可等了好半晚，什么也没看见。蒙姿彩娥奏心灰意冷地回到家，躺在床上哭丧了一晚——难道董派让变了心，难道董派让有了另一人……蒙姿彩娥奏越哭越伤心，这晚后，蒙姿彩娥奏喋喋不休，喊着情郎，昏迷不醒。这一来花斑虎，每晚都到蒙姿彩娥奏的竹屋缝来窥探。看到蒙姿彩娥奏病倒在床，好是心欢，嘻嘻默念道："蒙姿彩娥奏即将是我的妻了。"到了第四天半夜，只听见河滩上又传来"夜晚来，月儿亮，相思情侣逐相望，此时相望不相闻，愿逐月华流照君"的歌唱声，蒙姿彩娥奏从床上撑起身，拖着身子打开房门，由于思念成疾加之几日来没进饭食，晕倒在堂屋大门。

蒙姿彩娥奏使劲撑起身可怎么也起不起，昏沉沉中，蒙姿彩娥奏喃喃道："哪个拉我臂膀，我就做他新娘，哪个扶我身，我就跟他一生。"这时，等待已久的花斑虎从竹楼缝边连忙跑过去，一把扶起蒙姿彩娥奏，托起蒙姿彩娥就往外奔，从此，蒙姿彩娥奏落了魂，不再见踪影。

蒙姿彩娥奏这一走，可把家里人犯了愁，董派让爹妈每天每夜喊着蒙姿彩娥奏的名字哭得泪水往外流，去请巫师来做法式。巫师说："蒙姿彩娥奏还活着，只是魂被虎精迷走，得病不好，跟鬼跟虎走了，要找她，只有董派让学艺归来才能救她。"

一晃三年，董派让吹着欢快的芦笙曲调归来，不见蒙姿彩娥奏在家，问他妈。他妈伤心地告诉董派让："自从董派让上南天门学芦笙，蒙姿彩娥奏一个在家把家持，老虎精不起良心，初秋的一个初三夜，伪装成董派让模样，晚上去骗取蒙姿彩娥奏的心，蒙姿彩娥奏受尽心魔摧身，病重卧床不起，茶饭不思；我熬了三十三味药，还是没法救醒她。最后，她被虎精拖走，没有寻到踪影。巫师说她没死，唯有你是她的救星。"董派让听了好后悔，悔恨自己定错了时，他发誓要救回蒙姿彩娥奏把家理。

（四）

董派让在家含泪制了七天七夜的箭和弩，磨了三天三夜的剑和刀。宝剑磨得锋利亮锃锃。他给他妈说："妈！我要找回蒙姿彩娥奏，把你做的蜡染裙子让我试试剑锋，

---

[1]野变婆：传说一种人形神秘动物，类似于人但身材矮小，能在空中飞翔，会潜入村庄中掳走孩童并哈哈大笑，很会变术。

看我剑锋利不锋利。”董派让妈皱了皱眉头说：“我儿！我做的裙子是用来防老穿，我给了你，我老了谁来为我做老衣。”董派让答道：“妈，你不怕没有吃穿，等我找回了蒙姿彩娥奏少不了你的衣穿。”董派让的妈拗不过董派让，于是就拿出做的蜡染裙给董派让试剑，只见董派让接过裙子，向天上一扔，一剑刺去，裙子戳成无数窟窿。董派让又给他妈讲：“妈！你拿你那个搓的麻团让我试试剑刃。”他妈哭诉道：“我儿！我那个麻团留来纺纱织布的，给你试了剑，我们怎么制穿？”董派让答道：“妈，你不怕没有穿，等我找回了彩蒙姿彩娥奏给你制好的穿戴。”董派让的妈还是拗不过董派让，又把西瓜大的麻团递给董派让，董派让从他妈手中接过麻团，向空中一抛，董派让把麻团砍断成两半。他又去找他爹，苦苦哀求说：“爹！把你喂的那条公牛让我牵去试试剑。”他爹叹息道：“我儿！大公牛我每年犁田种地，收获庄稼，拿了你去试剑，家中生活怎么办？”董派让沉重地说：“爹，你不怕没有吃，等我找回了蒙姿彩娥奏，我们勤劳持家，不愁吃穿。”他爹见儿子心意坚定，摇摇头道：“哎，我家大的是你，小的也是你，就让你牵牛去试剑吧！”董派让把那条公牛牵到坝子中央，举起剑往公牛头上一劈，三百多斤重的大公牛颈子被截断，大公牛没叫一声瞪着双眼倒地死去。董派让这才感到剑已经锋利，可以放心去追赶虎精。

临行时，董派让他爹妈给他打了三斗三升糯米粑，把劈死的公牛肉煮熟，风成牛肉干，作为路上的充饥物。董派让万事俱备，对他爹妈说：“爹、妈，你们样样都给儿试剑，这次，我要追踪蒙姿彩娥奏，把她寻回当你们的好儿媳。你们在家里看屋，我去三年归来。三年若不归，敬请双老别惦记儿在心，到时给儿烧灵，了了双老心。儿在屋后栽了根竹，枝繁叶茂就当儿活着。”说完，董派让打点行装，背着弓箭，腰挂宝剑，身插腰刀，叩拜爹妈吹起芦笙寻找蒙姿彩娥奏去。他爹妈含泪送出好几里，告诫董派让路上追踪蒙姿彩娥奏要谨慎，豺狼虎豹来当行，要特别小心。追上蒙姿彩娥奏后，立刻赶回程。

（五）

董派让一个人走呀走，翻了九十九座岗，涉过八十八道河，度过多少寒风露宿，战胜多少豺狼虎豹，逢人便问，见虎脚印就追寻，见落叶就识别，累了吃点干粮充饥，喝点水填肚。每一次停歇，董派让都要摘张木叶吹奏：“噗哩噗哩噗哩哩，蒙姿彩娥奏翻山越岭在哪里？”整整追了九百九十九天，这天，董派让碰见一行人说，前方有花斑虎出没。董派让振作精神，勇往直前，追了六十里，没见蒙姿彩娥奏踪迹。休整一宿，第二天，又见路人说，刚有一群花斑虎咬羊咬猪路过此地。董派让信心百倍，加速追赶。正值晌午时，董派让十分疲倦，坐在一棵树下休息，摘下木叶吹奏：“噗哩噗哩噗哩哩，蒙姿彩娥奏翻山越岭在哪里？”忽然，对面山上木叶响：“噗哩噗哩噗哩哩，蒙姿彩娥奏跟鬼跟虎在这里。”董派让好似欢欣。啊，是她，是蒙姿彩娥奏的木叶声！董派让简直不敢相信，又重复吹到：“噗哩噗哩噗哩哩，蒙姿彩娥奏翻山越岭在哪里？”对岸山上又响起“噗哩噗哩噗哩哩，蒙姿彩娥奏跟鬼跟虎在这里。”噢，是的，是蒙姿彩娥奏的回声。董派让欣喜交加，又吹一曲：“噗哩噗哩噗哩哩，阿哥寻妹数百回，阿妹被虎夺走心，阿哥寻妹好伤心。”对面山上又传来木叶声，“噗哩噗哩噗哩哩，阿妹没有变异心，阿妹被虎骗进老箐林，阿哥救我别伤心。”董派让顺着山岩爬下山，抓住藤蔓攀越到悬岩。

此时将傍晚，太阳渐渐落山，一道红红的晚霞照得天边好亮丽。董派让站在悬崖上，像威武的勇士屹立在山巅。他往悬崖下观望，发现半岩有个洞，洞内有块干燥平坦的台阶，台阶中央平放着一块翻转过来的千斤大石臼，蒙姿彩娥奏恰好高高地坐在石面上，手里还摘了张树叶当绣花帕，正一针一线地绣花呢。看到了朝思暮想的情侣，董派让既激动又忧虑。忧虑的是石阶下躺卧一只睡觉的老花斑虎。董派让左右观望，通向洞口只有岩壁一条狭窄的独路，路口被守卫的老虎拦住，要想下悬崖，只有用藤蔓掉滑下去。但怎样才能救出蒙姿彩娥奏呢？董派让急中生智，他攀上岩上蒙姿彩娥奏头顶上的一棵苍松，对准蒙姿彩娥奏绣的“花帕”，向下吐了一口痰，痰不偏不斜，正落在蒙姿彩娥奏绣的“花”心上，蒙姿彩娥奏叨念道:“哎，光天化日下，是哪只鸟儿这么讨厌，解个大便在我绣的花心上。”董派让听后，忍不住嘻嘻一笑，蒙姿彩娥奏抬头一望，啊，是我日夜思念的情郎啊！也许是蒙姿彩娥奏叨念声过大，惊醒了守望的老花斑虎，花斑虎睁了睁惺忪的睡眼，粗声粗气地问道:“什么事让你唠叨呀。”蒙姿彩娥奏镇定地说:“哦，是岩高箐深，鹊屎染身，这是喜事临门。”蒙姿彩娥奏机智地应对了老花斑虎。老花斑虎见左右十分安静，没有起疑心，又呼呼大睡去。过了好一会儿，蒙姿彩娥奏用针刺了刺花斑虎身，确认花斑虎也睡熟，才叫董派让系好南山藤蔓爬下岩层。时隔 6 年，一对夫妻今日相见，激动的泪水夺眶而盈，相互紧紧拥抱。然而，他们又立刻拭干眼泪共商怎样逃脱老虎的魔爪。董派让拉着蒙姿彩娥奏手悄声说：“今天，我来接你回家去。”蒙姿彩娥奏低声说:“怎么走，人家兄弟把守这么严。”“怕什么！我武功盖世，有剑有弓弩，我的刀剑杀过很多的老虎精和野变婆，你放一百八十个心，我耐心等待机会，杀了这群暴君。”

正商量之际，远处三头花斑虎分别叼着猪、羊、鸡赶回洞中，蒙姿彩娥奏忙叫董派让揭开石臼，藏在石臼下，然后撒开自己的大百褶裙遮住石面，让老虎看不到半点马脚。走在前面的那只花斑虎扔下猪向崖壁闻了闻，似乎闻到有不对的味儿，责问蒙姿彩娥奏是何因，蒙姿彩娥奏灵敏地答道:“刚才一只失伴的喜鹊掉落在岩脚，我受惊吓，现了原形，刚刚还影响了守候我的虎哥，不信，问问就是。”在一旁酣睡的花斑虎随声附和:“嗷，是。”然后侧翻身子，呼呼大睡去。三只花斑虎回来，十分疲倦，纷纷躺在守候蒙姿彩娥奏的花斑虎左右，一会儿工夫就呼呼睡着了。

半个时辰后，蒙姿彩娥奏看那些花斑虎都睡着了，于是从怀里取出颗绣花针，试探那个守候的公老虎睡死没有，她连续刺了三针，公老虎“嗷”的一声，眼睛都不睁开一下，呼呼大睡。她又去试探其他两只老虎，那两只老虎也是“嗷”的一声，又睡着了。她又转回身试探刚睡着的虎幺妹，只听虎幺妹“喵咪”的一声，进入了梦乡。她又返回来每个老虎都再次试探一针，见个个老虎都入睡。这时，她跑去喊董派让出来，正是下手的好机会。董派让轻轻托起石臼，放稳后，拔出宝剑，跳下石阶先斩守护的老花斑虎，然后再斩虎幺妹身旁的花斑虎和虎幺妹，还剩最后那只闻出生人味的大花斑虎，只见董派让高高举起剑正要斩下这只虎头时，蒙姿彩娥奏突然站到董派让面前，伸开双臂阻拦道:“派让，别伤他，虽然我被他蒙骗，但看在平日他对我百般疼爱，百般呵护份上，饶了他吧！董派让。”蒙姿彩娥奏央求道。董派让知道蒙姿彩娥奏中了虎精的邪，一时说不服蒙姿彩娥奏，心生一计，指着蒙姿彩娥奏后方，叫蒙姿彩娥奏抬头看天空有对大雁往山崖上飞来。蒙姿彩娥奏中计，趁她转身之际，董派让眼疾手快，向刚苏醒的大花斑虎胸口就是一剑，正刺中老花斑虎心间。老花斑虎呻吟两声，摇身一变，站起身来，露出虎精全貌，张牙咧齿飞向石臼。董派让搭箭射去，虎精一个纵身，躲过飞箭，跳到洞口。董派让又搭一箭射向虎精，虎精躲闪不及，一箭穿心，落入洞中，看着蒙姿彩娥奏长叹两声，耷拉着脑袋倒在血泊中死去。董派让见虎精死去放了心，兴奋地拉着蒙姿彩娥奏的手，激动地说："蒙姿彩娥奏，这次你该放心了，现在，你该跟我一起回家了吧。"蒙姿彩娥奏见虎精已死，虎兄弟姊妹都被斩首，没有值得好留恋的，扫视了四周，喝了三捧老虎血，赶着月夜，同董派让手拉手愉快地返回程。

(六)

他们翻过九百九十九座山，跨过八百八十八条河，饿了董派让打野兔、山鸡充饥，采野果过活。历经千辛万苦，蒙姿彩娥奏和董派让终于在秋天赶到了大苗山的后山坡。这时太阳西下，一群大雁归山。董派让看到自己种的那棵竹如今也变成一片青翠茂盛的竹林，好是兴奋。再听，董派让居住的房子传来悲惨的芦笙音，"哆啦嗒，哆啦嗒，董派让变成虎屎啦，哆咯咗，哆咯咗，董派让变成虎尿啰。"同时还听到好些人的哭泣声。董派让好是生气，自言自语道："不知是哪个小后生，在我屋中乱吹芦笙。"于是叫蒙姿彩娥奏加快步伐赶回家，没料到，此时蒙姿彩娥奏内急，要上茅厕。董派让只好不等蒙姿彩娥奏，整理了一下披散的发型，像个乞丐似的步入屋内，接过芦笙吹道："哆啦嗒，哆啦嗒，董派让没死呀，董派让回来啦。"众人一听，这是董派让的吹奏声，大家才仔细观望，有个长者高声叫道："是董派让，是董派让，董派让回来了。"大家纷纷叫嚷："董派让回来了。"董派让的母亲听说儿子归来，正抱着一坛杂酒从楼上下来，由于迫切想看到儿子，没想到从楼梯上滑了下来，扭伤了腰。董派让的母亲顾不上疼痛，一颠一簸的从厨房门出来，抱住儿子一阵痛哭，众亲邻相互劝告，大家都沉浸在欢乐的气氛中。芦笙手吹响欢乐曲，大家围着董派让家人跳起苗族舞蹈。欢庆过后，大家问董派让寻找到蒙姿彩娥奏没有，董派让把寻蒙姿彩娥奏、智斗虎精救出蒙姿彩娥奏的经过简单向大家描述，大家都十分佩服。董派让又问父母为何请来乡邻为他超度？董派让父母讲述，自从董派让走后，每日都看屋后的竹，见竹枝繁叶茂，双老相信自己的儿子还活着，可是一晃就三年，打听好多苗寨中外出的同胞都杳无音信，于是认为董派让已不在人间。这才请来坛师、吹笙师、鼓师、歌师来为儿子除灵超度。大家谈得正热，忽然一小孩大叫："外面有一只老虎。"众亲友操起扁担、锄头等器械往屋外跑去。

董派让跑到前面，见一蓬发污垢、张牙舞爪的花斑虎蹲立屋后茅厕处，见到众人抡刀弄棒，不断向众人嗷嗷号叫，目光却死死地盯着董派让。董派让上下打量，这不是蒙姿彩娥奏吗？怎么会变成虎的模样，披上了虎的服装。众人纷纷都说："杀死蒙姿彩娥奏，蒙姿彩娥奏会变老虎，祸害寨中的牲畜。"众亲友都一致要求打死蒙姿彩娥奏。董派让怎么舍得下手，哀求众亲友放过蒙姿彩娥奏。他将会用真心打动蒙姿彩娥奏，治好蒙姿彩娥奏的病。人群中突然一老者说："蒙姿彩娥奏被虎精的魂魄附了体，需请南岳的法师做堂法式。"董派让回想蒙姿彩娥奏阻拦他杀虎精，口喝三口虎精血，越想越觉得蒙姿彩娥奏不对劲，是被虎精的魂魄附了体，连忙叫众人绑了蒙姿彩娥奏。

①下阴：一种巫术，指作法者进入到阴间的状态。

董派让连夜赶晚地来到南岳，请法师做法事。南岳法师下阴①观看说："蒙姿彩娥奏被虎精的魂魄附了体，这 3 年被虎精强暴，怀下了 3 只虎娃，归来时蒙姿彩娥奏在屋后借上茅厕，产下了虎娃。要救蒙姿彩娥奏只有杀了虎娃，把她活埋在屋后的一堆牛粪下，面上掩些浅浅的泥巴，用根苦竹插入蒙姿彩娥奏嘴里，衔住帮助呼吸，然后把口弦挂在苦竹节上，守候 13 天，如果苦竹变黄，蒙姿彩娥奏魂魄就救不回来了，蒙姿彩娥奏就会活埋而死；如果苦竹还是那么青翠挺拔，蒙姿彩娥奏就会脱胎换骨，转世在人间，与你安度晚年。"董派让谢了南岳法师，连夜赶回，去杀虎娃。

没想到，杀第一只虎娃时，血液沾在了董派让手指背上，董派让手指背就是揩不净，长出了少许汗毛，如今，男人手指末端背面上有少许的汗毛，苗家人相传，与其传说离不开。杀第二只虎娃时，血液沾满宝剑，董派让往腋下一揩，没想到，血液浸入腋窝下，腋窝下长出了一小簇汗毛，如今男人手指背、腋窝下长毛就是董派让杀虎娃所造成。当他正要杀第三只小虎娃时，小虎娃飞快地跑入茅厕后躲藏，被董派让一箭射死。

董派让又遵照南岳法师的指令，活埋了蒙姿彩娥奏，插上苦竹。这其间董派让每天都要到蒙姿彩娥奏坟堆旁守候，当看到苦竹碧绿青翠时，董派让就吹起悠扬的芦笙曲，当苦竹发黄时，董派让就吹起悲伤的芦笙曲呼唤着蒙姿彩娥奏的魂魄回来。到了第 13 天，董派让早早来到蒙姿彩娥奏坟堆前，见苦竹青翠柔嫩，董派让十分欣喜，掀开堆积的牛粪土，只见从坑中露出一位洁白美丽的姑娘，头戴红饰帽，身穿青布蜡染皱褶裙，从坑中站起来，抖了抖身上的泥土，拉着董派让的手幸福地走向苗寨中。一时间，苗寨亮起万家灯火都来为这对患难夫妻庆贺。

如今苗族人死后超度亡灵，超度时要砍苦竹一小节，从中剖开，制成竹卦进行占卜，13 天后才超度亡人的灵魂。苗族人这一超度习俗一直延续至今。

搜集整理：马弘，男，苗族，48 岁，石壕镇羊叉学校教师。

汉转苗的来历（苗族）

从明朝年间至今，苗族分居贵州安顺、赤水、习水、仁怀、毕节、贵阳、遵义、桐梓、重庆合川、江津和四川内江、湖南湘西等地。住在綦江的弘农场姓苗族立祠堂羊角水竹林，子孙分支桐梓松坎火石坪、羊角、温水、石壕、习水大坝。

明朝年间，弘农场氏后裔杨克西，连任朝廷都察院御史大夫，此人为人耿直，办事认真踏实，是朝廷难得的忠臣，因受奸臣李进所害，打入天牢，定为死罪，满门抄斩。杨克西经朝中好友搭救，于 1437 年 5 月 14 日晚逃出虎口，在离京逃命的 27 天途中，遭奸臣陷害，眼看就要落入前堵后追的京兵手中。

在这个危急关头，巧遇苗族妇女熊氏在自家坝子中间纺线，杨克西向熊氏跪地再三求救。此时，熊氏当机立断，放下手中纺织工具，把杨克西带到屋内，叫他装成重病垂危的样子躺在床上。

熊氏既出房门，恰遇追杀的京兵赶来："你看见有年轻男子路过此地吗？"熊氏答："刚才确有一个高个男子往我院坝南边跑了。"京兵既往南追杀。不到一个时辰，百余京兵又突然返回，凶神恶煞地逼问熊氏："我们所抓的逃犯根本没往南跑。肯定藏在你家。"熊氏随口便答："我家中只有丈夫病了十几天，在床上睡起的。不信我这妇道人家，你们尽管搜就是了。"京兵在屋内四处搜寻，除一睡床呻吟的人外，并无他人。待京兵走后，杨克西准备叩谢熊氏，再次逃命时，熊氏问："你现在准备去哪里，何方是你落脚之处？"杨克西答："不知往何处去好。"熊氏向杨克西说明："我结婚两年丈夫就死了，又无后。现在因为包庇罪，也是朝廷钦犯，无路可走……干脆我们就结为夫妻，白头到老。"杨即感恩代谢，同熊氏结为夫妻，并隐姓埋名，改名文登科，同熊氏共同生活 68 年。

搜集整理：石壕镇文化服务中心。

选亲歌（苗族）

自古以来，苗家姻缘传人间，父母养育子女成年，男大当婚，女大当嫁。儿女们为了谋求自己的幸福，常走南闯北精挑细选意中人。

有个能歌善舞的英俊苗家郎，他挑了邻近四方的姑娘，都没有选中自己合适的姑娘。别人给他介绍，他都不如愿。要么觉得不般配，要么觉得没心肠。

正月初三，苗家郎听说天神蚩尤的幺女十分漂亮，要下凡赶花山，苗家郎赶忙精心准备奔赴花场。在花山节上，蚩尤的幺女与苗家郎把山歌来对唱。

苗家郎：

林中画眉鸣新春，那是情妹好歌声。
花山场上与我配，放声歌唱来相亲。

幺女：

今日见哥好缠绵，妹不小心把歌欢。
就怕今后被抛弃，好比口里吃黄连。

苗家郎：

云儿飘荡在山间，偶然看见花妖艳。
阵阵香气入我鼻，哥不想走心被牵。

幺女：

哥哥可能也成年，鸾凤和鸣歌声甜。
我愿与哥共甘苦，两地分隔心相连。

蚩尤的幺女与苗家郎越唱越投缘，难分难舍叙不完。离别时，蚩尤幺女告知自己的情郎：

加热豆腐莫慌吃，未熟水果莫乱食。

红花绿叶好搭配，择期请媒常相识。

小伙子回到家中与父母商量，告诉了父母喜欢上蚩尤幺女的情况，得请一位媒人当介绍。父母乐意应道，你相中了自己心中的姑娘，我们当父母的请一位熟知蚩尤家境情况的媒人作介绍，完全应当。于是，苗家小伙子的父亲择其良日，杀了自家喂养的牛羊，抬着重礼敬请南山苗寨王。南山苗寨王不好推卸，收下礼品，邀约小伙子的父亲再择良期，带上重礼，亲临天堂。

到了良期，苗寨王扔下手中活，抬着苗家郎准备好的重礼，上了天堂。蚩尤得知苗家郎请了介绍要娶幺女，问清幺女相识苗家郎的情况，要幺女亲自到苗家郎的家里去试探家境情况，还叫女儿打听苗家郎的人品怎样，让女儿归来再点头答应南山苗寨王。蚩尤女儿来到苗家郎的家中，苗寨环境幽雅，人人热情大方，见猪儿肥，牛羊壮，五谷丰登封满仓，家人勤劳喜满堂。蚩尤女又见苗家郎在家中勤劳朴实，与左邻右舍关系和睦，又会吹笙又会弹唱，决定死了心眼就嫁苗家郎。

蚩尤女来望数日，苗家郎的父母杀猪宰羊，还上街买来绫罗绸缎给蚩尤女做了衣裳。蚩尤女临走时，苗家郎父母打发蚩尤女白布、花布数丈，请蚩尤女快快做好蜡染刺绣的苗家结婚装，蚩尤女接过，含羞地离开了苗庄。

苗家郎送别回房，父母问其苗家郎是否如愿以偿。苗家郎高兴地告诉爹娘，三回九转后，蚩尤女同意把秋收的高粱做成杂坛酒，收割的稻谷碾成大米往锅里装，择其良辰吉日，杀猪宰羊，通知亲朋好友吃喜糖。

演唱：杨廷英，女，苗族，78岁，安稳镇羊角村人。

记录整理：马弘，男，苗族，48岁，石壕镇羊叉学校教师。

采录时间：2013年。

教育子女不要懒惰歌（苗族）

从前，有一位聪明能干，勤劳勇敢的苗家父亲名叫尤蚩。夫妻勤劳朴实，育有一男一女。尤蚩儿女小时候，成天懒惰待在家，儿不想学干活，女不愿学绣花。

两夫妻为了教会孩子勤劳奋发，父亲尤蚩，带着儿子亲自到田间地头学种庄稼，母亲领着女儿学刺绣和学挑花。

到了一年春耕播种的季节，尤蚩的儿子待在家里不愿出门学种庄稼。尤蚩只好独自起早摸黑去耕种，不料播下的一些种子被野鸡、竹鸡吃去。尤蚩十分气愤，回家取出鸡套子和弓弩寻找野鸡和竹鸡的足迹，安上野鸡、竹鸡套子追到半岩边，套住了竹鸡，用弓箭射死了野鸡，高兴地拿着猎物回到家。教育儿子说，播种季节关系大，要把好关口，不能让猎物破坏庄稼，我的劳动收获大。到了丰收季节，野猪，刺猬下山践踏庄稼，尤蚩叫儿子去守候庄稼，儿子借口怕野猪伤人，不敢出门。尤蚩独自一人在野物走过的路道上安上绳套和捕猎网，套住了野猪、刺猬等野物，高兴地扛着猎物回到家。尤蚩回到家中对儿子说，教育儿子别害怕，对付豺狼虎豹有办法，要勤劳持家。从此，尤蚩儿子牢记尤蚩话，既勤劳来又治家，苗家儿女人人夸。

尤蚩妻子在家教女儿既蜡染来又绣花。女儿的蜡画，笔画既大外形又不雅，嘟着嘴不作画。尤蚩妻子耐心作范画，边画边鼓励女儿线条要稳，构图要大。蜡布画完染回家，要洗染料要晒花，女儿嘟嘴不说话。尤蚩妻子激励女儿认真蜡染赶汉家。女儿的刺绣蜡染进步大，尤蚩妻子连连夸。

尤蚩孩子在尤蚩夫妇的教育和影响下，长大成人既勤劳又会理家。苗家人都夸尤蚩教育儿女有方法。

演唱：杨廷英，女，苗族，78岁，安稳镇羊角村人。
记录整理：马弘，男，苗族，48岁，石壕镇羊叉学校教师。
采录时间：2013年。

芦笙和芦笙舞的来历（苗族）

芦笙的来历

在很早很早以前，峦陇有座苗家山寨，住着一户苗族人家，家中一对苗家老夫妇他们有个儿子名叫幼梭。在幼梭7岁时，这对老夫妇在山上砍柴，遇到了花斑老虎，夫妇俩不幸被虎伤害而死。家中只留下幼梭和姐姐相依为命。但是幼梭从小勤劳勇敢，聪明智慧，喜欢观察，爱动手发明，深受苗寨人喜欢，苗寨人都夸，幼梭是苗家的好后生。

苗寨上住着一位勤劳持家的苗族老人，他叫蒙子幼，他对苗寨的人十分友好，又是做农活的好能手。他有个幺女，名叫彩娥奏。彩娥奏从小心灵手巧，很会挑花刺绣。她绣的彩裙蝴蝶采花，彩凤飞翔。

幼梭和彩娥奏从小一起在苗寨中玩耍，捉迷藏，割牛草。长大到十八，天天上山砍柴，下地割猪草、种地、互相照顾。寨上的人们都悄悄议论她俩好似天生的一对，地配的一双。蒙子幼知道后，不准彩娥奏与幼梭在一起，觉得幼梭家庭太穷，不能给女儿带来幸福，再也不允许彩娥奏一起上山砍柴放牛。

彩娥奏与幼梭苦恼极了。他们只有每天砍柴放牛回寨时，站在另一个山头吆喝放牛归家中吹着木叶暗传情意。每一次，幼梭最喜欢跑到后山的苦竹林中等待彩娥奏归来。有一天，幼梭等啊等，突然，一只金蝉飞来，爬在苦竹筒上，放开金嗓，“哪哪哩”“唧唧哩”地唱起优美嘹亮的蝉歌来。幼梭想我们能够通过蝉歌来传递爱情，那才好呢。与此同时，他观察到金蝉翅膀颤抖才发出了洪亮响声，幼梭想为什么不把竹子砍来试试呢？他砍了一节苦竹带回家仿造金蝉翅膀模样，制作一片竹舌，他含在嘴里，轻轻一吹，发出了动听的声音。可竹舌吹不到好久就碎了，后来他在制作中不断地改进，用铜片代替了竹舌，发出的声音更加动听、清晰。幼梭把它取名叫“嘎讲”，他精细制作了两片“嘎讲”，自己保存一支，送一支给情人彩娥奏。就这样，他们相互传递着纯真的爱情。

有一天，幼梭见到邻居墙上挂着一个葫芦，忙取下来在葫芦肚里钻了6个小孔，新做了6支长短不同的竹筒笛，又在葫芦嘴上一吹，六管齐鸣，声音洪亮，发出的声音在山谷中飘荡，野兽听到都躲闪一旁。六管笙响后，苗家山寨的后生们都觉得芦笙好听，大家都十分好奇，都跑来向幼梭学习吹奏本领。幼梭毫不保留地教后生们吹笙，还根据日月的变化编成了一曲曲优美的芦笙曲。日复一日，整个苗寨都喜欢上了芦笙乐曲，大家吹响芦笙，还赶跑了山上的老虎，出门砍柴放牛甚至寨子里的人都把芦笙带上。

苗族老人蒙子幼见大家对幼梭的芦笙这么感兴趣，觉得幼梭聪明能干，很会创造发明，于是，开通了思想，同意把女儿嫁给幼梭，让他们一起对歌，跳舞，过上美满幸福的日子。

现在这个故事还流传在綦江苗族民间故事中，綦江苗族老艺人们说是幼梭发明创造了芦笙。

口述：熊天贵，男苗族，贵阳人（已故）。

收集整理：马弘，男，苗族，48岁，石壕镇羊叉学校教师。

芦笙舞的来历

苗族人边吹芦笙边跳芦笙是怎样形成的，为什么吹芦笙的人，刚开始吹就要歪去跛来地跳呢？这里有一个美丽的传说。

在很久很久以前，我们苗家有个老祖先叫幼梭。他的7个儿子都会吹单管笙。每次出门演奏，大哥样样懂，他就专门负责击长鼓指挥6个弟弟吹。6个弟弟各吹各的管，演奏时，谁也离不开，在方圆几百里，这7兄弟的演奏家喻户晓。

有一次，皇主知道后，就下诏，宣他们7弟兄进宫为皇主吹奏，一去要近九天七夜。这七兄弟还是第一次远离父母，要上这么远的地方去，大家商议父母年迈，一去九天七夜不回头，一出门九天七夜不归家，父母在家既要做庄稼，还要喂猪牛牲口。这么多天，父母难为这个家。可是不去，又怕招来横祸。这次还是硬着头皮去。

回来后，七弟兄深感父母在家实在太苦，没有空闲。照此演奏下去，天长日久，双老身体日趋下降，父母将被劳累而死。于是七弟兄商议，决定大哥精通乐曲礼仪，让大哥击长鼓来指挥幺兄弟，其余五兄弟回家帮父母做庄稼养牲畜。幺兄弟是跛子，想了个办法用葫芦装上了6根笙管，一人吹六管，代替了5个哥哥的吹奏，由于是跛子，跳起芦笙一跛一歪，故此，现在苗族人吹奏跳芦笙时，都要歪去跛来地跳。

苗族人芦笙舞就是这样形成的。

口述：马龙海，苗族，70岁，石壕镇罗李村人。

收集整理：马弘，男，苗族，48岁，石壕镇羊叉学校教师。

芦笙和芦笙舞的传说（苗族）

芦笙的传说

远古时候，在夜郎的苗岭山上的一个村寨里，有一个英俊潇洒的小伙子阿桑，他看上了酋长的女儿阿娜，可酋长嫌阿桑家穷，不肯把女儿嫁给他。阿桑非常悲伤，上山砍柴时，砍断一根苦竹，凿了几个洞孔，吹了起来，以表示对阿娜的思念，芦笙幽幽，如泣如诉。阿娜听到心上人的呼唤，于是黑夜与阿桑私奔，一起去了理想的地方。后来，吹芦笙时伴以舞蹈，象征苗族人民对自由、美满、幸福生活的追求。舞蹈时，总是男女结队、结伴而跳。

芦笙舞的传说（两则）

芦笙舞是由狩猎和御敌演变而来的，已有近千百年的历史。

（一）

相传，苗族与汉族原本是两兄弟，同住在遥远的北方，日子过得美满幸福。不料，因罪恶的战争把兄弟俩冲散。苗族兄弟带着子孙以及牛羊往南逃到大江边，前被江水阻隔，后有敌人追赶。正在焦急万分之际，江面上突然出现一道翠绿色的闪光，原来是龙竹，这普通的竹子顿时成了苗族人逃生的希望，于是，智慧的苗族人齐心协力砍伐龙竹，做成了一个个竹排渡江而过，一部分在贵州定居，一部分迁徙到云南。因为竹子帮苗家人解脱了危难，当时的老年人发誓要让竹子永世长存，留给祖孙后代，因此，苗家就用它做成了芦笙。为了行路安全，一般先派一人吹着芦笙在前面开路侦察，用芦笙召唤群众躲避危险，让人们安全南迁，这样，苗家的芦笙就一代一代地相传下来。

（二）

传说是某苗寨有一姑娘，名叫葛仰香。长得很漂亮，已与一个穷苦青年相播相亲相爱，然而有一财主想去霸占。一天，葛仰香与相播双双相约远离他乡。但却被财主知道了，带家丁追赶二人。当追至一山崖时，相播摔下悬崖身亡。葛仰香为此悲愤不已，便在大年初一邀约同伴一起吹芦笙舞蹈，以悼相播在天之灵。当大家舞蹈至天黑时，葛仰香倒地，气绝身亡。后来苗族人民为了纪念这两位苗族男女青年的纯真爱情，每每在过年过节吹芦笙舞蹈以示纪念。汉族史籍里也对苗族芦笙文化有生动记载：“参差六竹管，长声黄钟涛，短声清微散，舞来随节旋，吹去别促缓，苗女共苗男，明月花满山。”

收集整理：石壕镇文化服务中心。

茶仙的传说

传说唐朝的时候，溱州城里有个“金旺茶庄”，老掌柜的叫金旺，他雇佣的小伙计姓綦，叫綦亮。老掌柜管内，綦亮跑外，两人配合得默契，买卖也做得越来越红火。

綦亮长得机灵，模样也好看，老掌柜没有儿子，就把綦亮当儿子一样，綦亮就认老掌柜做干爹，天天干爹长干爹短地把老掌柜叫得巴实。綦亮每年都要到古剑山上办茶叶，春去秋回，办回来的茶叶都是上乘的好茶。

这年春天，又到了办茶叶的时候，老掌柜点出三千两银子，打发綦亮到了古剑山。年年往来，地熟人也熟，綦亮在古剑山下找了个客店住下来，只等茶农收了茶送上来。可是这年春天的雨水特别多，茶叶的收成不是很好，綦亮左挑右选，最后只订下一千两银子的货，就巴望着等到秋天再收货了。

綦亮闲来无事，便登上鸡公嘴山峰游览。綦亮被山上的美景陶醉，在林中穿行忘了返回的路。正在着急的时候，他发现远处豁然开朗，云雾缭绕中有一间小茅屋，便朝茅屋走过去。茅屋的门虚掩着，綦亮轻轻地敲了敲门，没有人答应。他正转身要走，忽然听见屋里传来呻吟声。

綦亮被吓了一跳，但他又想到是不是有人生病了？綦亮不仅人机灵，还有一副热心肠。他推开柴门，见床上躺着一个白发苍苍的老妈妈，老妈妈骨瘦如柴，奄奄一息。

綦亮刚要上前询问，柴门一响，从外面进来一个姑娘。姑娘长得好水灵哟，粉面桃花，肌白如玉，体态轻盈，婀娜多姿。她见了綦亮就施礼说：“有劳客官前来探望，我们不胜感激。”綦亮长了这么大，还从来没有这么近距离地看过漂亮姑娘，心里像有很多只小鹿在碰撞，跳得好厉害：“没……没有什么，我只是偶尔路过这里碰到了。”说完觉得不妥当，又忙补充问：“敢问姐姐，老妈妈是不是生病了？”

“不瞒客官，我娘已病半个多月了，想请个郎中看病又没有钱，所以我就自己去采些药来给娘治病，可还是没有好转。”姑娘说着就流泪了。綦亮忙说：“姐姐莫急，我这里还有些银两。你们就跟我进城吧，我找个郎中给你娘治病。”

姑娘说：“你的银两是办茶叶的，花光了你拿什么去办茶叶呢？”綦亮十分惊讶，这姑娘怎么就知道我是来办茶叶的？他不由得多看了姑娘一眼。“姐姐，救人要紧，快跟我一起下山吧。”綦亮连夜带着姑娘母女进了城，在一家客栈住了下来。第二天一大早便请来郎中。郎中瞧了老妈妈的病后，摇着头说：“真是奇怪了，什么病也没有啊。”

綦亮忙说：“你不要急，慢慢瞧，人都成这样子了怎么会没有病？”郎中又瞧了一次还是没有瞧出啥病，就只好按身体虚弱开了两副补虚的药吃吃看效果。綦亮去药铺抓药，都是些贵重的药品，两副药就花去了 18 两银子。药吃完了，老妈妈的病还是不见好转。救人要救到底啊，綦亮又去请了郎中，请了一个又一个，也看不出老妈妈究竟得了什么病。

一晃就是半年过去了。3 个人连吃带住，外加抓药，綦亮手头的钱剩得不多了。

姑娘看出了綦亮的心思，便对他说："你就不要管我们了吧，我妈妈的病怕是治不好了。"姑娘越是这样说綦亮越是放不下心。相处这么久的时间了，綦亮和他们母女就像一家人一样，他发现自己在不知不觉中喜欢上了姑娘。綦亮也发现，姑娘好像对他也有好感，在他面前总是很羞涩。綦亮经常想着要和姑娘一起担当起照顾老妈妈的责任。綦亮思前想后打定了主意，茶叶就不办了，先把老妈妈的病治好。

綦亮打定主意后，又接连请了几个郎中给老妈妈瞧病抓药。但是，老妈妈的病始终不见好转。这一晃，又是 3 个月的时间过去了。綦亮身上的银两已经剩得不多了。没有银两，不但治不成病，就连吃饭都成问题。这天綦亮打定主意，先让姑娘母女在这里等着，自己把办好的茶叶先送回去，顺便跟老掌柜说明实情，也好再要些银两来办茶叶。正想着，姑娘进来了，问他是不是想回溱州了。

綦亮一听，愣了半晌才回过神来，我还没有说出口的话，她怎么知道的啊？

姑娘笑着说："我看你就别回去了，明天你去把办好的茶叶也退了，等我们再住上半年，我娘的病好了，我去采茶，我采的茶一定能让你掌柜的喜欢。"

綦亮听得呆了，看姑娘说话认真的样子又不像是撒谎。他疑惑了，为什么自己心里想的事情，她全都知道，莫不是真的遇到茶仙了？以前老掌柜给綦亮吹牛时，吹到过古剑山茶仙的事，凡是上古剑山办茶的人都梦想自己能遇到茶仙，但那茶仙毕竟是吹牛的事。綦亮不相信世界上会有茶仙。想到这里，綦亮不由得抬头看了姑娘一眼，姑娘也正瞧着他抿嘴笑哩。羞涩的姑娘貌若天仙，綦亮心里涌过一阵暖流，他真不情愿离开姑娘。于是，他红着脸答应了。说来也奇怪，綦亮答应后没几天，老妈妈的病也好了。这天，老妈妈拉过綦亮的手说："小伙子你真是心地善良的好人啊，这回我真的放心了，你就娶我女儿做媳妇吧。我们明天就回古剑山去，我女儿会帮你办好茶叶的。"

回到古剑山后老妈妈就回娘家去了。姑娘就成了綦亮的媳妇，两口子恩恩爱爱过着美满的日子。綦亮守着貌若天仙的媳妇真有做梦的感觉。不知不觉中秋天到了，这天媳妇对綦亮说："从明天起我要开始采茶了，你上街去买一尺红绫子，五尺黄绫子，再买一个上等的细瓷坛子。"

綦亮问："买坛子干什么啊？"媳妇说："装茶叶啊。"

綦亮更纳闷了："用坛子装茶叶？那能装多少啊？"

媳妇说："你放心好了，我办的茶叶一坛子比你办的几十箱茶叶都值钱。"

綦亮依照媳妇的要求，上街买了绫子和坛子。媳妇又说："我采茶需要一百天，采到第 99 天的时候我就走不动了，到时候你要帮我，每天早上都要往我嘴里吹气，吹上一百次我就会好起来。"

第二天，媳妇去后山采茶了，綦亮悄悄地跟着，他是怕把媳妇累了，这么个温柔美貌的娇妻，綦亮一刻都不想离开她。

綦亮看到媳妇采茶就惊呆了，因为他媳妇不是用手摘茶而是用嘴叼，每天叼一嘴，然后就吐在坛子里，然后就往坛子里吹气。一个月下来，媳妇就变得面黄肌瘦了。到了第 99 天，媳妇连走路都困难了。采完最后一天，綦亮按照媳妇的吩咐，开始往她嘴里吹气，天天吹，吹到綦亮也没力气了。媳妇就用采来的茶泡给他喝。调养了几日，綦亮恢复了体力。俩人定下日期，送茶回溱州茶庄。

这天，老掌柜从中午开始就到路口等綦亮，直到太阳落山的时候才看见綦亮牵着一匹马回来，往年綦亮都是雇一队马帮运茶回溱州，今天却什么也没有，只牵一匹马，马上只坐着一个漂亮女子。老掌柜见了，心里就火冒三丈高，三两步就蹿上前责问："你办的茶叶呢?"

綦亮指着媳妇手里的坛子说："茶叶装在这里的啊。""什么，三千两银子就办回这么一坛子茶叶？还带个女人回来。"

老掌柜更冒火了，"客商都在等着要货哩。"

这时，綦亮媳妇说："老掌柜，明天你把溱州城大大小小的茶庄掌柜都请来品茶，然后再交货。"

老掌柜半信半疑地点了头。老掌柜对綦亮这次办茶很不满意，他心里盘算，若是这次搞砸了，就顺势把綦亮辞退了。

下了请帖，溱州城大大小小的茶庄掌柜都来到了茶庄。綦亮按照媳妇的吩咐，准备了一只陶瓷大壶，再从深井里打起一桶水，然后又旺火烧开水，再将水冷到一定的温度。一切准备就绪，媳妇打开用绫子包裹着的坛子，然后用一只竹夹伸进坛子里，夹出 7 颗茶粒放进壶里，再盖上捂了几分钟，壶盖揭开，满屋飘起了香气，媳妇又把壶里的茶分别倒进碗里，碗里立刻冒起一团热气，香味随之扑鼻而来，掌柜们还看见，每只茶碗上都有 7 个小精灵在跳舞。掌柜们都惊呆了，连声惊呼："茶仙！茶仙！真的有茶仙哪！宝茶，真的是宝茶啊!"

因为是宝茶，掌柜们都争先恐后地要买，而且价格都很贵。一坛子茶就值了上万两银子。据说后来，綦亮跟着媳妇到了古剑山安居乐业，他们每年都要采茶，綦亮每年都要办一坛子茶回溱州城的金旺茶庄。金旺茶庄也因此兴旺发达，远近闻名。

搜集整理：扶欢镇文化服务中心。

伍氏家风故事

在风光旖旎的綦河畔，位于綦江城石佛岗耸立着一座始建于清道光二十七年（1847 年）的石牌坊。牌坊正对着渝、云、贵古道，牌坊有三道门（孔），约 12 米宽、高约 9 米。中间是最大的正门，两边侧门稍窄。正门上刻有“兄弟进士”四个大字。

据《綦江县志》记载：清道光年间，綦江有伍辅祥、伍浚祥、伍奎祥三兄弟十二年内先后考取进士，被赞誉为“邑中三凤”。同治时期（1862 年），为了嘉勉地方教育风化、表彰伍氏家族科第业绩，建“兄弟进士”石牌坊作为永久纪念，至今已有 150 多年。

一门三登第，“兄弟进士”石牌坊见证着綦江伍氏家族的家风故事。

邑中铁面书生：宁可饿死不丢名节

三进士的父亲叫伍绍曾（1762—1852 年），号燕堂。庠生出生，随父亲伍庄在清王朝“拓边西进”“开发西部”政策推动和民间湖广填四川的浪潮中，离开兴宁老家，率先来到綦江古南（古称邑中）从事商贸业，并最终定居。

嘉庆期间，绍曾公因文才出众而受到熊士烺、刘元熙、张九谷、图敏等綦江历届邑令的青睐，延聘幕府任事，曾代阅官课卷及试卷。有一年正值干旱，绍曾公家子弟多，都快穷得揭不开锅了。有黄姓商人送来银两，请绍曾公代阅试卷开恩，让其儿子通过童试。绍曾公的妻子儿女都期盼绍曾公能留下一点，缓解家庭燃眉之急。绍曾公义正言辞拒绝，告诫妻子儿女不要辱没家风，宁肯饿死，也不要丢了名节。一文不动地让人把银两送回黄姓商人家中。至此，无人敢来贿赂绍曾公。绍曾公共参加代阅官课卷及试卷 7 次，从不涉一毫私。一时间，绍曾公故事被传为佳话，人称邑中铁面书生。

南州大善人：自强不息造福乡梓

绍曾公是个大孝子，照顾双亲无微不至。家里贫穷，他将在官府做事所得俸禄悉数上缴家庭，供奉同胞兄弟维系日常开销。嘉庆十六年，绍曾公建议家族购置小泥坝田地备荒旱，又积极募捐修建起湧孔村角溪桥，人们都很敬仰他。地方修桥、筑堤、铺路、设渡等，绍曾公无不刻刻在念，赞襄其事，人皆德之。道光綦江县志赞曰：邑中完人，此为第一。

道光年间，作为长江一级支流的綦河，每到春夏，洪水暴发，经常泛进綦江城，“人或为鱼鳖”，綦河两岸粮田更是遭淹而失收，饥饿的灾民经常去县衙闹事。为了从根本上解决问题，县令邓仁堃倡议筑堤，据测算，共需银两三万两。但做好事不一定就能得到拥护和支持，邓仁堃一提出筑堤，就遭到当地一个池姓大户的阻挠，说是会破坏风水。打破阻挠倒是不难，难的是筑堤的巨款从哪里来？正在邓仁堃一筹莫展之际，绍曾公前来拜见，为其支招，建议：一是惩办一些土豪劣绅，罚他们的款；二是邀集全县商贾士绅开会，请求捐资筑坝。

在全县商贾士绅动员会上，绍曾公慷慨陈词：“慷慨公益千古流芳，储金不舍为人不齿。”带领和动员伍氏家族捐款捐物，号召大家支持邓仁堃。结果一呼百应，乡绅们在他的带动下，捐钱捐物，派遣劳动力，终于完成银钱筹措。

最终，经过 6 个月的努力，终于修成长约一百四十丈，宽约五丈，高约一丈八尺的长堤。本地的士人、妇女很多扶携着来观看，说这是铁打的城墙，可以千古不颓，被称为“金墉堤”。

客家教育家：培养人才誉满皇城

绍曾公，学识渊博，才具练达，是一位非凡的客家传奇人物、杰出的教育家。中年以后，绍曾公开设家塾，取名“诚意斋”，注重研习经史，解析吏事吏治，教授自家弟子、子侄孙辈，尽皆亲自教读训诲。后来名声在外，学员经常人满为患。

他教育儿女为人要正直，自强不息，为官要清廉，造福一方。伍家兄弟在父亲的精心培育下，发愤读书，老二伍辅祥于道光十五年（1835 年），老大伍濬祥于道光十六年(1836 年)，老三伍奎祥于道光二十七年（1847 年）相继考取进士，创造了巴渝大地一门三中弟的传奇。辅祥、濬祥被封为御史，奎祥为知县，皆为政清廉自厉，勤理民事，秉公持正，惩恶扬善，拔取寒士，为群众爱戴。在他的教育下，其家族还出贡生 2 人，廪生 2 人，庠生 3 人。

绍曾公一生著作等身，广泛传播，清《全蜀诗》选有其诗作。他撰写刻录的《并一说》《晓开山集》《摘明文小题钞》等，最有益蒙童教育。还将自己撰写的《民说》《下车首政三十二条》刻录遍赠等候任命的官员，希望影响他们，教化他们，清正廉明，造福一方。晚年还撰写刻录《率真子偶存》(二十一卷)。

正因为他的教育成就，绍曾公于道光十五年进京，成为皇族子弟之师，与当朝相国浙江籍汤敦甫公交情笃厚，互赠礼物并经常切磋诗词，任事 16 年。咸丰二年去世，享年 90 岁，被皇帝诰封为中宪大夫。

搜集、整理：熊勇，男，45 岁，区文化旅游委工作人员。

木匠吊线为啥用一只眼[①]

从前，有个名叫陆八的匠人。他木工、泥工的手艺都会做，做的活顶呱呱，人们都很称赞！于是，陆八就骄傲起来。每做一件事，总想别人夸奖他，他心里才舒服。

有一次，他修了一座桥，就洋洋得意地坐在桥头上，凡是要过桥的人都得称赞他几句，他才让过。

到这天，来了一个跛脚老头，一句话不说就想过桥。陆八就挖苦老头说:“狗吃黄屎也得搭把黄沙。就是天官过我的桥，也得说几句好语！你这么容易就想过我的桥?”

老头并不生气，和和气气地对他说:“年轻人，推屎爬[②]想听画眉叫，也得翻几道坡。你想听我的好话，没得那么容易！你得先让我试一试，你这桥是不是牢固?”说着，老头儿就走到桥心，然后把头摇得像个鼓，一句好话都不说，只说桥不牢靠！陆八见了气极了，开口骂道:“你这老头儿有眼无珠，胡说八道!”

老头还是不生气，微微一笑说:“那我两个就来打个赌，要是桥被一挑担子压垮了，你就做瞎子；要是压不垮，我做瞎子。”陆八心想:“莫说一挑，就是十挑，百挑也压不垮!”就一口答应了。

老头儿走到山坡脚下，担来一挑担子，轻飘飘地走上桥。一说来也怪，他一上桥，这桥就摇晃起来。还没走几步，哗啦一声桥就垮啦！把陆八吓得倒在地上，爬都爬不起来。

原来这跛脚老头是个神仙，他知道陆八爱虚荣，很骄傲，有心来教训他。那担子看起来轻飘飘的，实际上箩筐里装的是两座山！

---

①选自《中国民间故事集成重庆市南桐矿区卷》(重庆市南桐矿区民文学集成编委会,1987 年)。该故事 1986 年 2 月 24 日采于南桐区金桥乡。

②推屎耙:即屎克螂。

老头儿走到陆八面前说："年轻人，怎么样？"陆八又吃惊、又惭愧地说："老人家，是我有眼无珠，活该当瞎子……"

老头见他真心后悔，又笑一笑说："我让你瞎一只吧，留一只给你做活路时好吊线。"说完就用手一指，陆八的左眼就瞎了。陆八得了教训，谦虚谨慎了，手艺也越来越好啦！

从此以后，木匠干活，总是用一只眼吊线，就是这个缘故。

讲述、搜集：伏友芬，女，汉，20岁，高中，农民。

围腰的来历①

从前，女人都比男人聪明。

一天，一个皇帝骑着马在外面走，看见农民在田里栽秧，就问一个农民："你栽秧栽得恁快，一天到底栽了好多窝？"栽秧子哪个去记窝数哦，这农民就答不起。皇帝说："我下午回来时再问你，如果还答不起就要打你三百大板！"

农民回家焦得很②，女人问他做啷个？他就讲了皇帝问他的事，女人说："你恁傻哟！你就不晓得问他的马一天走了好多步？"这个农民才放了心。

下午，皇帝又来问他。他说："你的马跑得恁快，它一天到底跑了好多步啊？"皇帝听了很吃惊，当然也答不起，就说："这是哪个教你的？"农民说是他女人教的。皇帝说这女人聪明，就赏了这个女人一个金围腰。实际上皇帝怕女人聪明了不好打整③，是用金围子来扪倒④女人的心的。其他的妇女见这女人金围子拴在身上好看，也像她这样缝围子来拴在腰上。从此，女人就兴⑤拴围腰了，女人也从此没有男人聪明了。

讲述：钟邦法，男，72岁，瀛山乡千秋村农民（已故）。
王纵明，男，45岁，福林乡金竹村农民。
王天伦，男，24岁，福林乡回龙村高中生。
搜集：钟成树，男，28岁，瀛山乡文化站专干。
王启春，男，26岁，福林乡文化站专干。

---

①选自《中国民间故事集成·重庆市綦江县卷》(綦江县民间文学三套集成编辑委员会编，1991年)。围腰:〈方〉围裙，用来防止弄脏衣裤的外套。
②焦得很:很心焦。
③打整:治理、制服、收拾。
④扪(mén)倒:掩盖、隔离。
⑤兴:兴起、形成习惯。

第三辑

幻想故事

山羊报恩（苗族）

很多年以前，从外地来了几个苗族猎人在新盛阳台山上打猎，他们看见了一只山羊，为了抓活的就没有开枪。他们翻山越岭，跟着一路狂奔的山羊追呀追呀，但始终都追不上。

惊慌失措的山羊跑到了山脚下，看见有间房子，它走到房前坝子上犹豫了一会，看见房子的门是开着的，于是，就走了进去。里面有对年轻夫妇，看见山羊突然进了他们的房间有些诧异。这时，外面传来了一群人说话的声音，年轻夫妇马上明白了山羊进屋的意思。男青年连忙用一个割牛草的大背篼把山羊盖了起来。

不一会儿，追山羊的苗族猎人追到这对年轻夫妇的房前问:“你们看见一只山羊从这里跑过去了吗?”男青年不慌不忙，顺手朝房前的一条小路一指，道:“从那条路跑过去了。”那几个人听了连“谢谢”都没来得及说一声，就忙着追山羊去了。

等这几个人走后，男青年把背篼拿开，对山羊说:“山羊，你是为了逃命跑进我家的，现在他们已走了，你回去吧!”山羊听了上前走了几步，又回过头来看了看这对年轻夫妇，好像在默默地祝他们幸福似的，然后才依依不舍地离开了。

事情过了几天后，有一天中午，这对年轻夫妇正在屋里吃午饭，那只山羊突然跑到这对夫妇房前的山上叫，声音越叫越急，好像有什么紧急要事就要发生似的。年轻夫妇感到很奇怪，就放下饭碗，出来看个究竟。他俩刚走到院坝中间，就听见屋子后面“轰——”的一声巨响，后山山崩地陷，房子瞬间就被乱石掩埋了，而那对年轻夫妇却完好无损地站在院坝里，连一块皮都没有被伤着。夫妇俩顿时明白了，是山羊催促他俩从房中及时出来，救了他俩的命啊!

原来，山羊是来报答这对年轻夫妇的救命恩情的。从此，山羊报恩的故事就在当地传开了。

搜集整理：新盛街道文化服务中心。

狗啊鸟[1]

三江镇的农村中，有一种黑色小鸟，每年春末夏初，成天“狗啊、狗啊”地叫着，叫声凄厉、悲切，人们都叫它“狗啊鸟”。

相传在很久以前的白鹤山下，綦水河畔，有一个心狠手毒的中年妇女。儿子未满

①选自綦江区政协《綦江文史资料》。

9 岁，就给他娶了一个 18 岁的媳妇。媳妇过门后，家里一切活路都交给她一人去做，而且既要侍奉她，又要照顾小丈夫。若有一点不如意，她就骂不绝口，打不歇手。

一年的春末夏初，婆母去赶三江场，离家前交给儿媳妇两个鸡蛋，叫她煮好后等她回来吃。时近中午，儿媳妇挑粪淋菜回家，把鸡蛋煮熟后剥去蛋壳，用碗盛着放在灶台上。正要掺水煮饭，碰上小丈夫与邻家小儿嬉戏，跌在水田里，她慌了手脚，忙去把小丈夫扶回家换衣服。这时一只大黄狗爬上灶台偷吃了鸡蛋。待她从室内出来，见此情况，悲哀哽咽道:“天啦！婆母回来怎么说得清楚啊?”

不一会儿，婆母回来了。儿媳妇畏怯地迎上前去，双膝跪在她脚下，把狗吃鸡蛋的事如实告诉婆母。婆母暴跳如雷，硬说是她把鸡蛋偷来吃了，便抓来一根扇担，劈头盖面一顿毒打，打得儿媳妇晕倒在地上乱滚，嘴里不断高喊:“狗啊！狗啊！”婆母仍不停地打，直到把儿媳妇打得断了气才住手。

儿媳妇屈死以后，化成一只黑色鸟儿，在她屈死的季节盘旋在三江地区田野山岗的上空，栖息在茂密的森林，从早到晚不知疲倦地叫着“狗啊、狗啊……”向善良的人们倾诉自己屈死的经过，揭露恶婆婆凶狠的罪行。

整理：万邦荣，三江文化站工作人员。

一只大恐龙的遭遇

传说很久很久以前，四川盆地是一个一望无边的大湖泊。綦江是湖泊边上的一大片沼泽地和沼泽地边缘的一个又一个山丘。沼泽地长满茂密的水草，山丘上长着一棵棵又高又粗的树。树丛里生活着不少恐龙，有大恐龙、小恐龙，还有会飞的恐龙。有的恐龙以沼泽地里的鱼虾为食物，有的恐龙以树林里的小动物为食物，还有的恐龙以沼泽里的水草为食物。这些恐龙把沼泽地和森林当成了生活的乐园，因为食物非常丰富，恐龙们饿了就吃，吃了就玩，也许还开过运动会，比试谁跑得快，谁跳得高。可是，舒服的好日子不会永远不变，慢慢的沼泽地里的水越来越少，天气越来越热，水里的鱼虾少了，树林里的小动物也少了，恐龙们的食物少了。找不到食物，恐龙们常常会饿肚子，有时候，几只恐龙会为了争夺不多的食物打架，打得头破血流。

沼泽地边一片小树林里生活着一只大恐龙，长十多米，高五六米，这只大恐龙生活在小树林里已经很多年了，靠吃沼泽地里小鱼小虾和沼泽地边小树林里的小动物生活。天气变热了，沼泽地里的鱼虾少了，森林里的小动物也少了，大恐龙经常吃不饱肚子。有一次，大恐龙已经饿了两三天了，肚子咕咕叫，连爬行的力气也快没有了，它十分艰难地想爬到沼泽地里寻找食物，爬呀爬，爬呀爬，终于爬到了沼泽边上，看见水里有一具小动物的尸体，大恐龙高兴了，努力向小动物尸体爬去，想好好美餐一顿，用小动物的尸体填饱肚子，再回到小树林里美美地睡上一觉。想不到，正当大恐龙爬到小动物尸体旁边，张开大嘴巴准备一口吞下时，天空传来“呀！呀！”的怪叫声。大恐龙抬起头一看，天上飞来了一只会飞的恐龙，正瞪着血红的眼睛，准备扑向沼泽地里的小动物尸体。大恐龙认出来了，会飞的恐龙也是生活在沼泽地边小树林里，并且经常和自己抢食物。两天前自己出外找食物，好不容易找到一具小动物尸体，正准备吃下时，天上也是传来“呀！呀!”的怪叫声。飞的恐龙凭借着会飞的本领忽然从天而降，抢先一步抓走了小动物尸体，害得自己空欢喜一场，还饿了两天肚子。

大恐龙听到天上传来的怪叫声，心里十分气愤，决心和会飞的恐龙拼一把，努力保护自己找到的食物。它昂起头，举起了两只前爪，扑向会飞的恐龙。打呀，打呀，会飞的恐龙一只翅膀受了伤，大恐龙的一只爪子也受了伤。终于，会飞的恐龙打不过大恐龙，“呀！呀!”怪叫着飞走了。大恐龙十分高兴，爬到小动物尸体旁边，它不想再像以前一样一口吞下好不容易抢到手的食物，想要慢慢品尝。大恐龙正慢吞吞地把小动物尸体咬碎，一点一点吞进肚子时，沼泽地发出了“轰轰轰”的响声。开始，大恐龙并没有在意沼泽地里发出的响声，可是慢慢地，随着“轰轰”的响声越来越响，大恐龙感觉到沼泽地在往下面陷，水已经淹没了 4 只爪子。大恐龙有一些心慌了，挣扎着想逃出沼泽地，不过已经晚了，大恐龙又大又重，随着沼泽地下陷，身子往泥水里陷，泥沙淹没了 4 只爪子，淹没了半边身子，终于，大恐龙侧着身子倒下了，整个身体都陷进了泥沙中，被泥沙遮得严严实实，它想挣扎逃出，可是 4 只爪子已经动弹不了……

过了很多很多年，到了 19 世纪末，綦江县城古南街道一个名叫蔡长铭的农民修挖水池时发现了一块怪石，体积像洗脸盆大小，形状像一节牛颈骨，他在现场一共挖出了这类石头两口袋，后来经过专家鉴定属于恐龙化石，为距今一亿五千万年侏罗纪时期的蜥足类恐龙化石，据悉，蜥足类恐龙是当时最大的陆生动物。从恐龙化石骨骼堆积的形态表明，恐龙死亡时是侧卧倒地，颈椎骨叠在头骨上方。

或许，蔡长铭家发现的恐龙化石就是大恐龙死后的遗体……

整理：胡世博，男，78 岁，区政协退休干部。

龟背花纹的由来①

乌龟壳背上，本来不是像现在这样有花纹，而是一个整块。

传说很久以前，有一个神仙，他在生辰的前一个月，就发出请帖，邀请客人们到天上赴宴。而水族当中只请了他的好朋友乌龟。

到了神仙生辰前三天，凤凰邀约喜鹊、燕子、麻雀等，一齐去约乌龟上天赴宴。来到乌龟家中，正看见乌龟对着天空发愁！大家一问，原来是乌龟没有翅膀上不了天。

鸟儿们想了很久，才想出一个办法。大家都拔下一些羽毛，给乌龟做成了两只翅

①选自《中国民间故事集成重庆市南桐矿区卷》(重庆市南桐矿区民文学集成编委会，1987 年)。该故事 1986 年 2 月 10 日采于南桐区青年乡。

膀。于是，便一齐飞上了天，受到了神仙的热情款待。

宴会一开始，乌龟嘴馋，一见桌子上摆满了那么多好吃的亲西，不等主人喊“请”便抢着吃。一不小心，又把装果品的盘子碰在地上，打得稀巴烂，弄得客人们都不高兴。

宴会后，鸟儿们很生气，就把借给乌龟的羽毛收了回来。乌龟没有翅膀，当然就没法回家！它就哀求燕子给它的伴侣带个信，叫她把家里柔软的东西全部搬到院子外面来铺起，它要从天上跳下去，免得摔坏了！

燕子因为不满意乌龟馋嘴，回后对乌龟的伴侣说：“你的丈夫在两个时辰以后，要从天上跳下来，叫你把家里所有的硬东西，都堆到院子外面去。”

乌龟的伴侣就照着办了。当乌龟从天上跳下来时，在半空中朝下一看，院子外面堆的都是家具、缸缸、盆盆之类的东西……吓得它把头一缩，闭上眼睛。接着就“叭”的一声，落在硬家伙上，把背上的壳摔成十几瓣，痛得它叫喊连天！

乌龟太太急忙请来了最好的医生，给乌龟缝背。于是乌龟就留下了背上的花纹！

讲述：杨明福，男，汉，44岁，高中学历，教师。
搜集：吴铭，男，汉，18岁，高中学生。

孝子目莲过路[1]

从前，有一个大孝子，名叫目莲。他孝心很好，一天晚上做梦梦见母亲死了之后投身成了一只狗，被某家养着的，就一定要去找。

目莲背着自己的书箱出门了，他想一边找母亲一边读诗书。东打听西打听，终于找到了那户人家，要回了那只狗。回家时在那户人家找了两个箩筐，一只装诗书，一只装“母亲”。一路上，他把担子横着担，因为如果一前一后不好办：诗书在前得罪了“母亲”；“母亲”在前又得罪了孔夫子的诗书。

因为他是大孝子，所以一路上的树木花草都赶忙给他让路。但走到一处，松树和马桑树不让路。目莲冒火了，“封赠”了一句话，“松树不让路，砍了不发树；马桑不后退，一辈子弯腰驼背”。从此以后，原先是砍了也能发枝的松树砍了就不发枝叶了。马桑树原先也长得伸伸展展的，从此以后就永远都弯来弯去的，长不伸展[2]了。

讲述：陈春德，苗族，男，67岁，万龙乡人。
搜集：黄治海，男，26岁，万龙乡文化站专干。

①选自《中国民间故事集成·重庆市綦江县卷》(綦江县民间文学三套集成编辑委员会编，1991年)。
②伸(shēn)展：周正、笔直。

虎大哥①

从前，大山上住着一户孤零零的人家。这家有两个人，张三和他的妈妈。妈妈年老多病，只靠张三每日砍柴下山去卖，勉强维持母子二人的生活。

这一天，张三照例上山砍柴，砍着砍着，突然一阵呼啸把张三给吓了一跳。抬头一看，一只猛虎正张开血盆大口朝他扑来！他忘了躲闪，也忘了手上的斧头，呆呆站着等死。听得“呼”的一声就没有声响了。张三睁开眼睛一看，老虎来势过猛，被两根大松树给死死夹住了，它左挪右挪，怎么也拔不起身来。看见这个情况，张三胆子也大了些，提着斧头走了过去，他想，我砍柴又没有惹你，你要来吃我，我也把你打死算了。可张三是个善良的人，转念又想它说不定家里也有一个虎妈妈等它回去哩！我把它打死了，它妈妈不是也要饿死？就上前去对老虎说：“虎大哥，我可以救你，但先要问你句话：如果你要吃我，就点头 3 下，如果不吃我，就摆头 3 下。你不吃我，我就可以把树砍了救你。”老虎摆了 3 下。张三就过去几斧头砍倒了一棵大树，老虎就得救了。老虎舒舒筋骨，跑过来在张三身上一阵乱抓，张三以为他变卦了，可老虎是在感谢他呢。跳了几下，又在地上打起滚来，张三这才明白过来了。

看看太阳都偏西了，张三才想起还要砍柴。他忙提着斧头砍起来，老虎在旁边看着，像是懂得了这个意思，便用结实的身子去撞断旁边的枯树枝，给张三帮忙。不一会儿柴就砍了一堆。捆好柴，张三和老虎点头告别，各自回家。

第二天，张三上山砍柴时，老虎已经在这里等他哩！它又用身子去撞断树枝，让张三再砍断。从此，老虎成了张三每天砍柴的好帮手。

日子一久，他们简直成了好朋友。张三有时还从家里给老虎带些吃的来。老虎呢，说也奇怪，竟会说起话来：“三弟，你今年多大了？”张三说：“18 岁。”老虎还问张三娶媳妇没有？张三说：“虎大哥，我家这么穷，哪里去娶媳妇啊！”老虎说：“不要紧，二天②我帮助你娶一个。”

没过几天，老虎打听到山南面有一家姓陈的财主家有个小姐，过两天就要嫁给山北面一家姓李的财主。老虎叫张三在家做好准备，等着拜堂成亲。

等到两家财主办喜事这天。老虎约了它的兄弟伙③到路旁等候。等花轿吹吹打打一拢④，虎们跳出来吼几声，全都吓跑了，只剩一座花轿。老虎从轿里把陈家小姐衔到张三家。陈小姐睁开眼睛一看，吃了一惊，见张三十分憨厚，小伙子又年轻力强，又想到李财主年近六十岁，简直像她的父亲，也就答应了这桩老虎撮合的婚事。张三母子对虎大哥当然也感激不尽。

讲述、搜集：黄治海，男，25 岁，万隆乡文化站专干。

①选自《中国民间故事集成·重庆市綦江县卷》(綦江县民间文学三套集成编辑委员会编，1991 年)。
②二天：〈方〉以后。
③兄弟伙：〈方〉旧时四川帮会袍哥称自己组织中的同伙。泛指小集团中的同伴。
④拢：到达。

熊家婆[①]

綦江从前，深山里住了一家人。一天，妈妈要走人户，就对两个娃儿说:“晚上你们害怕的话，就去喊家婆来搭伴儿[②]。”妈妈走了以后，两姊妹就到外面去朝对门山上喊:“家婆，妈妈走了，你晚上来跟我们搭伴儿!”哪晓得遭人熊[③]听到了，它就说:“要得，我晚上来!”

到了晚上，人熊装成家婆来了。它看见屋头照起灯的，怕遭认出来了，就说:“把灯吹了，家婆得了眨巴眼[④]，看不得亮。”姐姐就喊弟弟把灯吹熄了。进了屋，喊它坐，它长有尾巴，不好坐，就说:“端个坛坛[⑤]来我坐，家婆屁股上生了疮，坐不得板凳。”姐姐就端个坛坛来给它坐，姐姐看见这个家婆屁股上吊个尾巴，就问:“你屁股上啷个有根尾巴哟?”熊家婆说:“这是你们家公跟我买的蚊刷，拿来打蚊子的。”

睡觉的时候，弟弟跟熊家婆睡一头。睡到半夜，熊家婆把弟弟吃了。姐姐听到熊家婆在吃东西，嚼得“可可可”的，就问:“家婆，你在吃啷个？我也要吃!”熊家婆说:“幺儿[⑥]，这是你们家公跟我买的干胡豆，娃儿家吃不得。”这个姐姐有点机灵，用脚在铺上到处蹬，没有蹬到弟弟，知道他被吃了，就假装说:“我要起来屙尿!”熊家婆怕她跑了，拿一根裹脚[⑦]拴住她的手杆[⑧]，个人[⑨]捏着裹脚的那一头。

姐姐假装屙尿，悄悄把裹脚解了拴在尿罐把上就跑出屋去了。熊家婆在床上等了一阵，见这个娃儿没有上床，就说:“你还没有屙完吗?”没得人答应。一垃裹脚，尿罐头的尿“蹦洞蹦洞”地响。它还以为女孩在拉肚子，再隔一阵又拉，还是这样。它赶忙爬起来，顺倒裹脚摸过去，摸到一个尿罐，才晓得那个娃儿已经跑了。

第二天天亮了，它在屋里到处找，没有找到，走到坝子上看见小孙女在梨树上。它喊她下来。孙女说:“我不下来，我要摘梨。家婆，你吃梨不？我跟你甩下来。”熊家婆很好吃，就说要得。小孙女先跟它甩个梨下来，熊家婆吃了。孙女问:“好吃不?”“好吃!”孙女说:“有个大的梨我摘不倒，你把门背后的杆子刀[⑩]拿来。熊家婆跟她拿来了，孙女说:“你把眼睛闭倒，嘴巴张大点，我摘大梨甩跟你!”熊家婆真的把嘴巴张开。孙女把杆子刀甩在它嘴巴里，把熊家婆砍死了。

熊家婆死的地方流了多大滩血，后来长出一棵大白菜。一个叫化子背个砂锅走

---

①选自《中国民间故事集成·重庆市綦江县卷》(綦江县民间文学三套集成编辑委员会编，1991年)。家(ga)婆:〈方〉外婆。

②搭伴儿:作陪伴。

③人熊:传说中长得像人的熊。

④眨巴眼:一种眼病，见了光亮睁不开，且痛。

⑤坛坛:坛子。

⑥幺儿:祖母，外祖母对孙、外孙的一种亲热的喊法。

⑦裹脚:旧时妇女缠脚用的布。

⑧手杆:手臂。

⑨个人:自己。

⑩杆子刀:类似梭标的武器。

齐[1]这里，看见这个白菜，就砍来煮在砂锅里，煮了好久都煮不熟。白菜还在砂锅头说话："前世我吃人，这世人吃我——"叫化子听到白菜说话，吓倒了，就把砂锅装起白菜一齐丢到河头去了。

讲述：王树发，男，72岁，福林乡金竹村农民。
搜集：王启春，男，27岁，福林乡文化站专干。

双魂坡[2]

从前，在南川与綦江边界有个读书人，名叫乔逸生，从小父母双亡，只得投靠他的表叔陈员外。员外对他还不错，叫他读书。表妹陈玉芹和他也很亲近。只有表哥表嫂对他很冷淡，有时还要当面冷言冷语地奚落他。

乔逸生不愿意吃这个受气饭。有一天，也不跟哪个打招呼就悄悄离开了陈家，临走时写了一首诗："胸怀大志，蠖屈一时，有朝翼展，绝非池鱼。"员外派人到处去打听也没有消息。表妹玉芹很是怄气。

乔逸生出来之后，到处流浪，只靠给人家写写字画个画找点饭钱。最后到了贵州的方竹岩，岩上有个乡绅叫罗炳卿，见他可以书画，就替他团了个学堂，有十多个农村娃儿在那里读书。

这一年冬天，放了年假，乔逸生一个人转到山上去耍，看到远处的山，心头又想到表妹对他的好处，就在那里吟诗：

鸿雁行行去，白云朵朵开。
他乡流浪者，盼望故人来。

说来也怪，诗才吟完就看见山下来了一个人。走拢一看，正是玉芹。俩表兄妹见了又高兴又悲伤。玉芹说："你走了以后，我饭吃不饱，觉也睡不好，得了一场病，哥哥嫂嫂又逼我出嫁，我不愿，就跑出来了，没想到在这里遇见了你。"逸生把表妹领回罗家暂时住到。后来罗家见玉芹一个单身女子出来，怕受牵连，劝乔逸生打发她走。乔逸生晓得主人的意思，就和表妹一起离开了罗家。

他们出来之后，虽说一起流浪，总是兄妹相称，规规矩矩的。后来到了落武坝，租了一间房子，表兄卖书画，表妹做点针线，勉强过活。

有一天，乔逸生向表妹提出了成婚的事情。表妹还是说就这样做兄妹好些，逸生也就算了。再过一阵到了中秋，他们一边赏月一边喝酒，不一阵两个都有点醉意，当晚二人就成了夫妻。第二天，逸生起来找不到玉芹，到外面去也没有找到。他问附近的邻居。邻居说大清早看见玉芹上山去了。逸生连忙去追，追了好远都没追到。追到一个山沟的石壁处，看见石壁上写了一首诗：

---

①齐：拢、到。
②选自《中国民间故事集成·重庆市綦江县卷》（綦江县民间文学三套集成编辑委员会编，1991年）。

妾本孤魂流异乡，蒙君相爱效祝梁。
春宵一度情缘尽，羞听他人语话长。

又看见路边有一个小坟，碑上刻着：蜀川义女陈玉芹之墓。逸生看了大吃一惊，然后放声大哭。过路的人见他哭得伤心，劝他，问他。他也不开腔。一个山民对他说："五年前，从四川来了一个姑娘叫陈玉芹，是出来找表兄乔逸生的。没有找到，又有病，我们周围团转的人留她在这里养病。后来实在医不好，就死了。"逸生听了更是悲痛，找笔来在石壁上写道：

穷途末路得卿怜，人鬼殊同死与生。
我自贪生徒怨苦，不如一死伴芳魂。

写完就在坟前哭，哪个也劝不住。一直哭了七天七夜，第八天死在坟前。附近的人把他们葬在一起，就把这个地方取名叫双魂坡。

讲述：朱绍泉，男，61 岁，南川石莲乡人。
搜集：王官品，男，60 岁，莲石乡文化站专干。

二百年的选择

在东溪万天宫如来佛祖的背后，有一只酒杯大小的红蜘蛛在那里默默地织网，网破了再织，如此这般过了二百年。

有一年的农历六月十九的早晨，突然一阵狂风吹来，蜘蛛织的网又破了，但在剩下的网中却留下了一滴晶莹的甘露，蜘蛛因这甘露的到来而变得快乐起来。

可是好景不长，不一会儿甘露便消失了，蜘蛛每天都无精打采地混日子。佛祖见后，便问："蜘蛛，你知道世间最珍贵的是什么？"蜘蛛便说："那是得不到或已失去的东西。"佛祖笑了笑说："那你去人间走一趟吧！"这样，蜘蛛便投胎到了人间。蜘蛛投胎到了一个官宦之家，父母给她取了个名字，叫珠儿。

光阴似箭，转眼 16 年过去了，珠儿长成了一个楚楚动人的少女。恰巧这一年，进士甘露金榜题名，高中状元，被皇上招入皇宫。当时，珠儿和其他的一些达官贵人的子女也去了，还有皇上的掌上明珠晨风公主也欣然到场祝贺。

甘露在御宴上出口成章，谈古论今，琴棋书画无所不精，无所不晓，深得皇上喜爱。

前去的金枝玉叶们都被甘露的才貌双全所折服。珠儿春心荡漾，心花怒放，她知道甘露是属于她的。十年修得同船渡，百年修得共枕眠，这是佛祖在冥冥之中的安排。

又过了几天，珠儿陪母亲去上香，看见甘露也在陪母亲上香，两位老人聊了起来。这时珠儿走到甘露身边对他说："你还记得二百年前东溪万天宫如来佛祖背后吗？"甘露笑了笑对珠儿说："姑娘，你长得很美丽，但你的联想也太丰富，太遥远了，我真不明白你在说些什么。"说完后便和母亲离开了。

珠儿回到家中百思不得其解，佛祖安排我下界，那为什么不让甘露知道以前的事呢？

正在这时，屋外传来了响亮的鞭炮声。这时，一位公公手执圣旨宣读了起来。原来皇上让自己的晨风公主与状元郎甘露完婚，珠儿与太子完婚。

这突如其来的圣旨使珠儿天天茶饭不思，身体也一天天地消瘦。太子得知此事后，忙出宫赶往珠儿的家。看到珠儿躺在床上奄奄一息的样子，心里说不出的难受，并对昏睡的珠儿说："在那次宴会上，我被你的美丽和聪慧所吸引，是我要求父皇让我俩完婚的，如果你死了，那我也不想活下去了。"说完欲拔剑自刎。

这时珠儿的灵魂已出壳，在空中与佛祖相遇。佛祖看到憔悴的珠儿，走上去，笑了笑说："怎么啦，还是想不通吗？你原来是一个蜘蛛在万天宫生活着。因为一滴甘露，让你喜忧不定，但甘露是谁带给你的呢？"

"你知道吗？那是风，那便是晨风公主，所以甘露是属于晨风公主的，不属于你。而那太子便是那株常年翠绿的万年青，他默默地在你前方守望了二百年，看护了你二百年，风雨无阻，而你却从来不知。"

听到这，珠儿恍然大悟。佛祖再问："那世间最珍贵的是什么呢？"珠儿忙说："不是那得不到或已失去的东西，而是把握住现在的幸福。"

突然间佛祖消失了，珠儿的灵魂也回来了。当看到欲拔剑自刎的太子，她一掌打掉他手中的剑，同太子拥抱在一起……

后来，珠儿和太子步入了婚姻的殿堂。再后来，珠儿成了一国之母，母仪天下，至尊至贵。

搜集整理：罗毅，编撰时 37 岁，现为市级非遗东溪故事项目传承人。

小神子的传说

传说很久以前，在綦江中峰镇磨子口的地方，住着一户人家，户主姓胡名大孝。胡大孝祖祖辈辈都生活于磨子口这个地方，生活虽不算富裕，但温饱尚能自足，就这样平平淡淡地生活着，倒也相安无事。

可是不久，家中却接连不断地出现了怪事。先是家中每日鸡鸭下的鸡蛋、鸭蛋什么的，总是不翼而飞。紧接着，在屋的四周，莫名其妙地出现牛屎马粪之类的脏东西，搞得整天臭气冲天，非常难受。就连他家的冬水田，也乱七八糟地堆满了石头。

胡大孝心里直嘀咕："莫非我得罪了什么人，招来了人家的报复？"可是左思右想，平时自己待人接物还算客气，也没有与周围的人红过脸，应该不会遭人如此平白无故的恶作剧。就算有人恶作剧，他弄牛屎马粪的时候，总该有蛛丝马迹吧？可他无论怎样留心，也没发现任何可疑的线索。最为蹊跷的是，自家鸡窝鸭圈全在屋内，就算有人偷鸡摸狗，也是一次两次的事，不可能每次都让人摸走，自己连鸡蛋、鸭蛋的影儿都看不见。

胡大孝越想越奇怪，越想越糊涂。最后，他满腹狐疑地去找中峰寺的住持，希望他能帮助自己。住持听他叙说后，不紧不慢地说："你遇到小神子了。"至于怎样捉拿小神子，住持只字不提，也不再与胡大孝言语。"小神子"，又名"独脚五郎"，是一种高一寸左右的小人，动作迅速，有时会隐形，千变万化，是神通广大的神话人物。据说它听话听反话，不听真话。

胡大孝没法，只好悻悻地回到家里。毕竟胡大孝还算聪明，他想：小神子就是我不喜欢什么，他就偏给我弄什么来吗？我不如这样对付他。

第二天，胡大孝来到田里，对着满田的石头，哈哈大笑："不知哪家的这么好，不知道石头屙屎千年肥吗?"接着又说："如果把我家周围的牛屎马粪弄来，我这年的庄稼可就完了。"说完，笑眯眯地走了。接下来，意想不到的事情发生了，他家周围的牛屎马粪没有了。再看田里，石头不见了，取而代之的是牛屎马粪。这一年，他家的庄稼喜获丰收，而家里人也不再被屋子周围那些脏东西困扰，胡大孝着实高兴起来，心情也愉快不少。

可好景不长，新的烦心事又来了，田里的肥料太多，庄稼成活不了。胡大孝的眉头重新紧锁，人也仿佛苍老了不少。

实在没法，胡大孝就请当地有名的道士收"小神子"，但道士的钹被"小神子"挂在檐口，叮当作响，吓得道士灰头土脸地走了。

就这样，"小神子"闹得他一年不如一年，家贫如洗，最后只剩下一口锅和一头小猪。他实在没有办法了，只好搬家。胡大孝在一个冬日的早上，背着锅，牵着小猪，往渝黔交界的回龙庙方向进发，希望茫茫的大山和遥远的路途能够阻挡"小神子"。

可祸不单行，刚走至大沙田，不知哪里神秘地飞来一块小石头，正好砸在锅上，锅被砸成两半。回头再看身后的小猪，早已不知去向，手中只剩下一条拴猪的草绳。

从此，胡大孝下落不明，逐渐消失于人们的视野。

话说中峰寺的住持，某一日与人讲经，教育人们要与人为善，说出了"小神子"的真相。原来，胡大孝有一傻儿子，不仅不能干活，而且特能吃，已经成为本就清贫的家的累赘。看着憨憨的儿子，胡大孝先是把他哄到一个很远的地方，想把他扔掉。可他刚一回到家，他的傻儿子早就坐在院子里了，这让胡大孝非常恼火。后来，胡大孝不知用了什么手段，将傻儿子害死了。不想，傻儿子却冤魂不散，变成"小神子"，来为难他老爹呢。

搜集整理：中峰镇文化服务中心。

廖大爷卖鬼①

从前，綦江乐兴乡有个好喝酒的人，姓廖，大家喊他廖大爷。每逢赶场，廖大爷总要喝得醉醺醺地才回家。

这一天，廖大爷又在乐兴场上喝醉了，回家时天已擦黑。走到吕家坝那棵黄桷树旁，恍惚见树上有个人，走近一看，是根牛鼻索。这时树上跳下一个人，把他吓了一跳。他以为是拦路抢劫的，他想：反正荷包头的钱都喝酒喝光了，我也不怕。他正要走，树上下来的人说："大爷，耍哈儿②走哦！""有啷个耍事哟！""你看树上挂了个圈圈，你钻得过不？"廖大爷一听，酒醉心明白，这是一个想找替代的鬼。就假装说："啷个钻法？我钻不成。你钻来看看。"鬼把脑壳钻进圈圈，廖大爷捉倒索子展劲③一收，鬼的颈子被箍得死死的。鬼惨叫一声，变成了一个冬瓜。他把冬瓜抱回家，第二天又抱到场上卖了去喝酒。

隔了几天，廖大爷喝醉了酒又回家，走到吕家坝黄桷树时，有两个鬼悄悄商量，把这酒醉鬼推下岩。两个正要下手，变冬瓜的鬼过来说："不整他，这个老头厉害得很，前次我好不容易才逃脱了！"这两个鬼一听，都吓倒了。这样看来，死鬼也要怕活鬼。

讲述：杜洪，男，汉族，23岁，三角乡杜家村人。
搜集：霍仁伦，男，34岁，三角乡文化站专干。

僰人传说

很久以前，綦江丁山僰西山上一年四季晓雾缭绕，祥云朵朵，溪流潺潺，花香鸟语。树一年四季都是绿的，草一年四季都是青的。西王母就在一片百花丛中的瑶池洞里修炼。那瑶池洞口的一株檀香树上，长年累月都立着一只雌性的小山鹰，客人来了它会向主人报信，客人离开时它又会代替主人送客，非常乖巧，西王母亲昵地称它"阿鹰"。

阿鹰常年听西王母讲经诵道，也渐渐悟得一些道行，修炼成了人身，西王母就索性收她为侍女。

---

①选自《中国民间故事集成·重庆市綦江县卷》(綦江县民间文学三套集成编辑委员会编，1991年)。
②耍哈儿：耍一会儿。
③展劲：使劲。

从此各路神仙常常看到僰酉山上的万花丛中，有一个亭亭玉立的黑衣少女，头上扎着花绳，苗条健美，鸭蛋脸儿，头上梳了一个高高的发髻，齿白唇红，两翼翅膀化作身上的马褂衣和桶裙，美貌可人。后来她的儿孙们几乎都沿用这个穿戴。

一天，九仙山桃源洞广成子道人，携彩霞童子到昆仑山玉虚宫拜见师父元始天尊。彩霞童子没有名姓，广成子叫他阿彩。主仆二人途径西王母的瑶池洞前，彩霞童子被阿鹰的美貌所倾倒，阿鹰也十分喜欢彩霞童子。二人一见钟情，花前柳下，互诉衷肠。俗话说姻缘天注定，连神仙也难免。西王母掐指一算，阿鹰与彩霞童子还真有一段姻缘呢！于是西王母移驾玉虚宫，拜见玉虚掌门元始天尊，向天尊谈起她的侍女与天尊徒弟广成子身边的侍童彩霞童子有一段人间姻缘。不料天尊听后哈哈大笑："此事早在我的掌控之中。"遂取出九品乾坤卦，卜了一卦，算出二人要经受太多的磨难。天尊叹了口气，遂派金童叫来广成子，吩咐广成子成全二人的姻缘。

广成子一算，丁溪河一带正有一块荒蛮之地，虎狼出没，荆棘丛生，何不叫二人去开垦这个地方呢？一来惩罚二人不遵守清规戒律，思凡下界；二来也考验二人的爱情是否忠贞不渝。想到这里就把彩霞童儿和阿鹰叫来，语重心长地对二人说："阿彩啊！你们二人均已动了凡心，道是修不成了。这也难怪，上天注定你们有一段人间姻缘。也罢，我如今借土遁送你们去一个地方，开荒种地，生儿育女。待你们的儿子儿孙辅助人间明主成功后，再回山修炼，也能修成正果。"

阿彩带着心仪之人且喜且悲，喜的是终于得到漂亮温柔的阿鹰伴其身边，悲的是师父广成子说那里是一个荒蛮之地，古树参天，野兽横行，以后二人将面临更大的挑战。想着想着，只听耳边风呼呼作响，眨眼工夫，广成子已经用法术把二人送到丁溪河畔的一片茶树林边了。二人采茶作食物，砍来树枝和野草在茶林旁边搭建了一个小窝棚，就是他们的新家了。

山神土地为他们送来了开荒的农具，南极仙翁的仙鹤为他们叼来御寒的衣服，从此夫妻恩爱，用火烧山，用石开荒种地，生了很多的儿女。由于男的唤女的叫"阿鹰"，女的唤男的叫"阿彩"，他们的子孙就世代姓"阿"了。他们最先在茶林边居住，后来僰人的"僰"字的含义就是茶树下居住的人。

后来，丁山僰人战败，改阿姓何，默默生存繁衍下来，在丁山广为种植茶树。因此，丁山僰人茶，俗称老鹰茶，也叫老荫茶，独具一味，流传至今。

搜集：罗毅，编撰时 37 岁，现为市级非遗东溪故事项目传承人。

古少英成神记①（苗族）

苗龙山一家姓古的，有一个女儿叫古少英。少英长到 10 岁时，就能帮助家里做一

①选自《中国民间故事集成重庆市南桐矿区卷》（重庆市南桐矿区民文学集成编委会，1987 年）。该故事 1986 年 7 月 30 日采于青年镇 2 村。

些事情，天天背起背篼出门打猪草。

这年遇天干，很不好割猪草，少英还是每天要打一背草回家。有一天，确实没有什么地方割草了。她走啊走啊，来到了苗龙山上的玉皇庙。庙门内立有鸡脚神像，少英就给神磕了一个头，问鸡脚神哪里有猪草，并许愿说：以后每天都要来给他烧一炷香。

当天晚上，鸡脚神就给少英托了一个梦，告诉她在玉皇庙侧面的山咀上有一笼猪草，叫她去割。

第二天早晨，少英背着背篼到那个山咀一看，果然有一笼猪草。割完后，刚刚装满一背篼。第三天去看，那笼猪草又长起来了。就这样，少英每天都要到那里去打猪草；同时每天都去给鸡脚神烧一炷香。

三个月后，少英喂的猪儿就长成了大肥猪。猪杀了以后，见猪肚子里全部都是"猪神砂"！原来少英打的猪草都是灵芝草，猪吃了后就成了神砂！

少英把猪神砂卖了钱，用这些钱接济那些有困难的乡亲！

鸡脚神见少英勤快，心又好，人也长得漂亮！就想给她做媒，准备把少英嫁给玉皇大帝的三儿子。于是，又给少英托了一梦。

少英醒来后，就把她得的梦告诉了她母亲。母亲和父亲一商量，觉得少英还小，就没有同意这门婚事。

一晃五年过去了，少英与邻寨的一个小伙子结了婚，并且有了一个娃娃。有一天，少英带着儿子，回娘家探望父母后，走到回婆家的路上时，她毕竟是个女的走不赢男人！丈夫见她走得很慢，心头不高兴，就一个人背着娃儿自己走了。

走了约一里多路，男人回头望，却不见了少英。等了一会儿也不见影子，丈夫就倒回去找，结果在玉皇庙的神台上把少英找到了。

少英泥塑木雕一般站在神台上，却像一尊菩萨！丈夫就拉着她的衣裙，叫她下来走；可是少英却纹丝不动。丈夫急了，就用劲一扯……结果，站立在庙堂四周的菩萨，都一齐棚拢①来了，丈夫吓得不得了，只好一个人背起娃儿逃走了。

从此以后，古少英就成了神！据传说：苗龙山上的玉皇庙里，至今还立着古少英的神像哩！

后来，少英的儿子长大成人，当了苗族的首领。他率兵打了72场仗，胜了71仗。最后那一仗，战死在贵州的九盘子②。

讲述：杨贵发，男，苗，六十四岁，文盲，农民。

搜集：肖光寅，男，汉，三十四岁，初中，文化站专干。

①棚拢：围拢。

②九盘子，又称九盘山，就是横亘在今安稳镇与赶水镇之间的一座大山，因主山脊一侧，横亘着9个圆形山峦，远看就像是9个圆形盘子倒扣在山脉上而得名。

范丹问佛[①]

很早以前，有个穷人叫范丹。家里有个年迈的老娘，每天以打柴为生。有一天，他想：我为啥这样穷而别人又那样有钱？他决定到佛祖那儿去问个所以然。

他打点行李从一个财主家过时，财主问他到哪里去？他说去问佛。财主就说，“帮我也问一下，我女儿十八九岁了，说不成话。她好久才能说话？”范丹说：“要得。”

他从一个土地庙过，土地问他走哪里去？他说要去问佛。土地说：“帮我问一问，我修了一千多年的行，好久才能成仙啰？”范丹说：“要得。”

他又朝前走，忽然，一条龙睡在路上，对范丹说：“听说你要去问佛，给我问一问，我修了几百年的道，哪阵才能到东海哟？”范丹也答应了。

走了好久好久，终于到了佛那里。范丹把别人托他的三件事都问了。佛说：“财主的女儿要见到她的男人才说话。那土地只要把他存的左边一缸金、右边一缸银给你，他就可以成仙。那龙只要把它头上的两颗夜明珠给你，他就可以到东海。”范丹记在心头，高高兴兴地走了，他自己的事倒忘了问佛。

走到龙那里，他把佛的话讲了。龙把夜明珠取下来拿给范丹，到东海去了。又走到土地庙，把佛的话说了。土地把他左边一缸金右边一缸银送给范丹，就成仙了。最后走到财主家，财主和女儿都在。范丹说：“佛说的，你女儿要见了她的男人才说话。”这话刚说完，财主的女儿就骂了一声：“呸哟！打胡乱说的！”财主看见女儿说话了，又想到佛的话，只得把女儿许配给范丹了。

讲述：刘学初，男，汉族，45岁。曾成忠，男，53岁。均为中峰乡人。
搜集：刘国平，中峰乡文化站专干。

王显遇仙[②]

云龙山脚下住着两母子。儿子叫王显，年纪20岁，常年在山上砍柴，生活很苦。

这一天，王显又去山中砍柴。刚上山就看见一个白胡子老头，王显过去问他：“老伯，你到这深山野林干啥子？这里经常有虎狼，万一来了你啷个办？”老头说：“不要担心。你又来山上做啥？”“我来砍柴。你叫啷个名字？”“我叫王显，家住在山脚，家里还

---

①选自《中国民间故事集成·重庆市綦江县卷》(綦江县民间文学三套集成编辑委员会编，1991年)。
②选自《中国民间故事集成·重庆市綦江县卷》(綦江县民间文学三套集成编辑委员会编，1991年)。

有一个母亲。”老头说:“看你很诚实，我老实跟你说吧，我是过路的神仙。”王显感到很吃惊。老头说:“你不要砍柴了，今晚洪水要淹这个县。你快回去和你母亲一起逃命吧。”王显说:“这阵也逃不到多远，母亲脚又小，走不动，求大仙救救我母亲吧！”老头想了想说:“好吧，我这里给条船，这船可大可小，拿回去放在墙缝里，不要放在脏地方。如果洪水来了，你把船放在水中可以得救。但有一点，可以救其他东西，切勿救人，切记!”说完，老头不见了。

下午，果真下起了大雨，洪水慢慢涨起来，淹到坝子，进了屋，哈哈儿[①]就淹齐了腰杆[②]。王显赶忙把船取来放在水中，眨个眼睛就变成了大船。他把母亲抱上船，自己也上去了。

突然，传来嗡嗡的声音。他朝水里一看，有一桶蜜蜂。他连忙把蜂桶提上船。又漂来一根棒棒，上面有好多蚂蚁，差点被水浪冲到水里，他连忙把棒棒拖到船上。再过一阵，船头上搁了一点啷个东西，王显过去一摸，是根蛇，把他吓了跳，他又把蛇救上船来。再过一阵，听到有人喊救命，王显想，神仙说的不能救人，就没任理他。这时喊救命的人说：王显，我是你弟弟，叫王三。王显心想，母亲只生我一个，哪有弟弟哟？但他是软心肠，就把王三救上船来了。

洪水退了，王显和王三搭了一个棚棚，三个人一起住下来。第二天王显从山上砍柴回来，听母亲说:“皇上派人来找你，你不在，王三就到朝廷去了。”王显心想：是不是我得了一只神仙的船犯了王法，惹到了皇帝。王三去万一有个三长两短，不是把他害了？他跟母亲说，想去看看。

王显去进京城，住在一个栈房里。老板对他说：出了怪事啦！有一个县被洪水冲了，只有王显一家活下来了。皇上说这是王显积了德，要封他的官。正说着，街上敲锣打鼓，王显忙出门看，只见王三身披红袍骑在马上，前呼后拥的。他赶忙上前喊：王三兄弟，我是王显！王三一听，晓得遭了。因为他是冒王显的名才被封了官的。他对手下人说：这家伙胆敢冒充本官，乱棒打死！王显就被一阵乱棒打死了，拖来丢在城门外。

晚上，很多很多的蚂蚁抬着两根灵芝草走过来，一根搁在王显嘴里，一根放在王显手里，蚂蚁就走了。又过一阵，梭来一条蛇，往王显身上打个滚，尾巴在王显眼睛上一扫，蛇就走了。王显慢慢醒了，好像听到有人对他说:“明天就拿你手头的药去给皇上治病。”

第二天，王显在城里真的看一张告示，说哪个能治好皇上的病可以当大官。王显揭了榜，被带到皇上面前。他把灵芝草给皇上吃，病就好了。皇上要封王显当大官，并要把公主许配给他。但是，之前是准备把公主许配给王三的。最后皇上决定：用十五乘轿子，装宫娥彩女，只有一乘装公主，他们两个哪个摸到公主那乘轿，就许配给哪个。

王显和王三就来摸轿子。王三摸了好几乘都不是。王显不慌不忙，只摸最后一乘，果然是公主。皇上问他:“你为啥晓得。”王显说:“昨晚我做了个梦，蜜蜂对我说，它们跟倒追的那乘是公主。刚才我看最后一乘有蜜蜂。”皇上说:“蜜蜂啷个能跟你说话?”

②哈哈儿:一会儿。
③腰杆:腰。

王显便把前因后果讲了。皇上说:“这是他们对你的报答。”就把王三拉去杀了，把王显的母亲接进宫来，王显和公主成了亲。

讲述：李国涛，男，汉族 49 岁，新民乡寨垭村，农民。
搜集：潘世科，男，22 岁，农民。

王小二添岁数①

从前綦江地区有个王小二，17 岁，和母亲一起过活。母亲已经八十多岁了，一老一小，生活很清寒，全靠他上山砍柴卖钱来维持生活。

一天，他上街卖了柴，看见八字先生在算八字。他想算算自己的苦命好久才完，好久才能发财。算命先生问了他的辰庚，一算，就说:“你这个八字有点恼火，明年的今天就是你的死期!”王小二一听，想到老母将来无人供养，伤心得不得了。

他回家后一连几天吃不好睡不着。这一天晚上，他在床上刚要睡着，忽然有个人站在他面前说:“王小二，你也不要哭，我跟你想个办法。明天你准备一壶好酒、一盘好菜，拿到南山上去。那里有两个人下棋。你把酒、菜摆好，个人在边边跪倒。等他们喝完酒问你的时候你才一五一十地给他们讲。”王小二正要问那两个是哪个人，面前的人就不见了。

第二天，王小二当真买了酒、菜提到南山上去。走拢一块大石头上，真的有两个人下棋，下起认真得很。王小二把酒、菜摆好，跪在边边。

原来，这两个人一个是掌管生簿的东宫菩萨，一个是掌管死簿的南宫菩萨。他们看见酒和菜，不管三七二十一，就一边下棋一边喝酒。第三天，他们喝完酒才看见边边跪一个人，就问他跪起做哪个？王小二把自己明年要死、母亲没人照看的事情说了。两个菩萨听了觉得不好办。但是酒都喝了，又见王小二可怜，其中一个就说:“你是管死簿的，跟他改一下算了。”另一个说:“光是我这里改也不行。你要给他加生的年月才行。不然他还是活不成。”最后两个菩萨都翻开簿子，把只活到 18 岁改成活到 80 岁。王小二连忙跟他们磕头，高高兴兴地回家去了。

讲述：谢万银，67 岁，瀛山乡千秋村人。
搜集：周呈焕，男，23 岁，高中，瀛山乡千秋村人。

①选自《中国民间故事集成·重庆市綦江县卷》(綦江县民间文学三套集成编辑委员会编,1991 年)。

城隍遭剐刑①

相传，綦江曾有一恶霸，强占了一穷人的田地。那穷老头告状打官司均无人理睬，就只好到城隍庙烧香求菩萨举报恶人。他叩头许愿说："城隍爷爷啊，你要是显灵，举报那个恶人，我用一个猪头祭你。"恶霸知道了，心怕城隍菩萨降祸于他，就宰了一头大肥猪，抬进庙去祭城隍，他求告说："城隍爷爷呀，你只要不举报我，来年我还杀一头大牛来祭你。"城隍一看大肥猪，又想到还有大牛，心动了，就收了祭礼。那恶霸一家平安无事。

哪知，时隔不久，这个县病疫流行，千家万户屙痢不止，药物概无效验。那穷老头一家也染其疾，全家人卧床不起，只待毙命。

正在危难之际，一天深夜，穷老头南柯一梦，只见观音菩萨飘然而至，并对他说："我今赐一妙方与你治病，你去城隍菩萨身上刮回少许粉末，兑水饮服，药到病除。"穷老头一觉醒来，甚觉离奇，心想，城隍菩萨身上都刮得么？定是病中突生怪梦，想了想也就作罢。哪知，第二天第三天仍是那般情景。他转念一想，不去也反正要病死，不妨试一试。第四天早上，他带上一把小刀，拄着拐棍，吃力地向城隍庙走去。

穷老头跪在城隍菩萨神像足下，壮起胆子，口里念着："城隍爷爷呀，我一家快要病死了，观音菩萨叫我在你身上取一点神药，你就开恩吧。"一边念着，一边战战兢兢地在城隍足下刮下一点粉末。回到家里，他就把粉末兑在清水里，一家老小都喝了一点。殊不知，果真药到病除。

左邻右舍见穷老头一家突然病愈，甚觉奇怪，就问老头怎么治好的。穷老头嘴对着别人的耳朵，悄悄地说了诀窍。左邻右舍得知后，也偷偷的去城隍身上刮回一点粉末兑水喝了，果然灵验。就这样，暗中你传我，我传他，一传十，十传百……成千上万的人都去城隍身上刮神药。这一来可不得了啰，把个城隍菩萨的足、手、腿膀都刮得像手指拇那么细，鼻子、耳朵也刮掉了。

一天晚上，那恶霸梦见城隍菩萨血淋淋一身站在面前，恶狠狠地说："你霸占贫家田地，我因受了你的祭礼。观音菩萨责罪下来，我今遭万民刀剐。你快快退回别人的田地，修治我神像。如若不然，我让你全家肚痛死绝。"那恶霸从梦中惊醒，吓出一身冷汗，但又舍不得那份田地，犹犹豫豫拖了一天。到晚上，一家人突然肚痛不止，狗哭狼嚎。那恶霸一见认真了，连连大叫："城隍爷爷呀，饶命啦，我明天就退别人的田地，给你修复金身！"一阵叫过，一家人病势减微。那恶霸没奈何，第二天只得退还了穷老头的田地，又急忙雇请工匠去城隍庙修复城隍菩萨神像。

此后，全县痢疾顿止，那恶霸也不敢再横行乡里了。

搜集整理：山民。

①选自《山溪(流传在民间的故事)》(重庆綦江县三江公社文化站编印，1985年)。

福龙寺里的蹇先生

福龙寺位于綦江篆塘镇群乐村4社。寺内造像建于清道光元年，当初位于篆塘镇群乐村柑子垭庙内，解放后由群众搬迁至山崖之上油榨岩①，与原庙直线距离三四百米。十多年前，这些造像又被全部搬迁至群乐4社新屋基崇兴寺。崇兴寺经2014年重新修缮，更名为福龙寺。

福龙寺内供有玉皇大帝、王母娘娘、地母、药王菩萨、财神菩萨、送子观音、文殊菩萨等神佛，还有孔子大圣、关羽、周昌、关平、七仙女以及诸如李员外之类，造像共30尊，神、佛、圣、贤、淑、贞济济一堂，被当地信众统统拜为仙人。

右边第一个是蹇先生。说起福龙寺的造像，当地人最津津乐道的是蹇辉三，人称蹇先生。群乐村的人说：蹇先生本是群乐本地人，生前是位名声很响的掌坛师，很有些道行法术。一天，蹇先生去到外地一县城，适逢当地久旱渴雨。蹇先生站街叫卖：卖雷雨！卖雷雨！这奇怪的叫卖声惊动了县太爷，世上卖针卖线卖吃卖穿卖儿卖女都有，哪有卖雷雨的？大旱之时吆喝“卖雷雨”，简直是造谣惑众！于是，县太爷要拿他法办。见到了县太爷，蹇辉三就与他打赌：若是自己没雨来卖，自然听任县太爷法办；若是有雨，县太爷须到自己老家走一趟，算是两人结缘。

县太爷倒也爽快，按蹇先生要求提供了一个新簸箕，蹇先生接过，拿墨在上面画了三圈再一拍，天上应声打下一个炸雷，接着就痛痛快快下了一场大雨。当地百姓解了疾苦，县太爷既惊且喜，对蹇先生顶礼膜拜。

几个月后，县太爷如约寻到蹇先生的老家，拜访蹇先生。可是，群乐村的人告诉他，蹇先生已经去世好几年了，还带他去看望了蹇先生的墓地。县太爷言之凿凿的故事，让群乐村的人很惊奇，又很自豪，原来蹇先生成了神！于是，当地民众把他供在庙里。

搜集整理：篆塘镇文化服务中心。

---

①油榨岩：曾叫巴洞岩。

第四辑

生活故事

官路酒①

九盘山脚下有一条大路，是綦江到贵州的通道。路边有一个名叫“官路”的地方。这里住着老两口，家境贫寒，卖点小饮食维持生活。

一天，吕洞宾经过这里，看见他们很穷，就说:“啷个不煮点酒来卖?”老两口说:“这里离场远，没有人运酒来。”吕洞宾说:“何必去远，你们屋背后那水井里的就是酒。”老两口不信。吕洞宾说:“你们去舀来尝嘛!”他们拿个水瓢去井头舀来一尝，嘿，真是好酒，又纯又香。他们想舀来给这客人尝尝，出来一看，吕洞宾早已不见了。

从此以后，老两口就舀井头的酒卖钱。过往的行人都来喝他们的酒，都夸这个酒好。大家把这个酒叫作“官路酒”这一来，老两口的生活也一天比一天好了。

又过了些年辰，吕洞宾又往这里过。他问老两口:“你们生意好嘛? 日子还过得下去嘛?”老两口说:“好倒好，就是没有酒槽子喂猪。”吕洞宾也没有说啷个，叹一口气就走了。老两口再到井头去舀酒来一尝，哪是啷个酒哦，完全是跟原来一样的清水水!老两口想问问那位客人，到门口一看，早已无影无踪。只在壁上留了一首诗:

天高不算高，人心转见高。
白水卖成钱，嫌少喂猪糟!

讲述：安稳乡场上，张绍泽，男，56岁。
搜集：安稳乡文化站，翁明贤，男，50岁。

蛇吞象②

相传在很远很远的年代，綦江羊渡河畔住着一个名叫张福喜的青年农民。他自幼父母双亡，耕耘着祖辈亲手开拓的几亩山坡薄土，勉强度日。

一天，张福喜在田里薅苞谷，看见一条小蛇，尾部带有血痕，在那里痛苦地挣扎着。张福喜一时产生了怜悯之心，摘下头上的草帽，装进小蛇，扛起锄头，回转家里。

回家后，张福喜从草帽里取出小蛇，用木盆舀来清水，渗着盐粒，给它洗净伤口上的泥土，还把早晨吃剩的包谷羹，用碗盛着给小蛇吃。然后找来一只箩筐，把小蛇放在里面，盖上草帽，让它养伤。

几天以后，经过张福喜的精心护理，小蛇已经伤愈。一天清晨张福喜端着装小蛇

①选自《中国民间故事集成·重庆市綦江县卷》(綦江县民间文学三套集成编辑委员会编,1991年)。
②选自《中国民间故事集成·重庆市綦江县卷》(綦江县民间文学三套集成编辑委员会编,1991年)。

的箩筐，放在门外对小蛇说："你的伤已经好了，去吧！"小蛇把头抬起来，摆了三下，用眼睛直盯着张福喜，表示不愿离去。张福喜只好把箩筐搬回屋里，仍和往天一样，自己吃什么，就给小蛇什么吃。

半年过去。小蛇已经长到酒杯口粗了，自己可以从箩筐里梭进梭出。每当张福喜锄地回来，小蛇就活蹦乱跳地梭在门口，昂头翘尾，迎接主人。

两年以后，小蛇的身躯粗似碗口，长约丈余，盘踞屋角，恰似一堆肉围席。因蛇食量大增，张福喜实感无法继续养活它，一天，吃过晚饭，张福喜对蛇说："朋友，我实在养不起你了，还是去吧！"蛇很理解主人的心情，连连点头。第二天清晨，蛇以万分感激的眼神，把张福喜盯了好一阵，接连点了几下头，梭出门外又回过头来看一下，梭一下，停一下，如此数次，才恋恋不舍地梭向河边，穿水而过，进入对面的山洞里去了。

河岸上的天然溶洞，高约八米，宽约五米，与张福喜的家隔河相望，张福喜每天清晨下地，傍晚回家，都要"曜曜曜曜"打着响亮的哨声，对门山洞里也传来"叽叽、叽叽"的声音以示应和。要是张福喜那天没有下地干活，他就涉水过河，去看望这位好邻居蛇朋友，每次去，他都要带点苞谷粑、糯米团一类的东西，招待蛇朋友，从来不打空手。

暑往寒来，斗转星移。一晃，十年过去了，这条蛇已经长成巨蟒，头如地堡，嘴似大门，眼睛像两扇闪闪发光的玻璃窗户，要是外人碰见，不吓死也要吓他个呼爷叫娘。而张福喜亲眼看见它由小长大的，习以为常，不但不怕，反觉格外亲切。

这年"夜郎"国国王的母亲金太后偶染重疾，生命垂危。国王传旨，御医进宫治疗，御医望、闻、问、切以后，回禀国王："陛下，太后之病，已入膏肓，非龙肝熬汤，实难奏效。"国王问御医："龙肝如何可得？"御医回奏："重赏之下，必有勇夫，大王可张榜于四门，如有人取得龙肝来献者，赐以高官厚禄。"国王便即刻传诏，命大学士张榜四门，如有取得龙肝来献者，赏黄金千两，封右丞相。

消息传到羊渡河畔，张福喜一想，龙蛇同宗，不妨找我的好朋友，求它赐以蟒肝，一来救活皇太后，二来自己可平步青云。张福喜涉水来到溶洞，把国王需龙肝救太后、赐高官的事告知巨蟒，巨蟒点头，表示赞成。于是张开像门一样的嘴，用眼睛看了一下张福喜，示意进去。张福喜沿着巨蟒的食道，进入内脏，用事先准备好的小刀，割下蟒肝大约二两，又返身沿着食道，从口钻出。他举目一望，巨蟒双目紧闭，呼吸急促，痛苦难当。稍许，巨蟒微睁双眼呆滞地望着张福喜，张福喜心里非常难过，眼含珠泪对巨蟒说："我永远不会忘记你的。"巨蟒吃力地点了点头，张福喜这才洒泪告别，涉水回家。

张福喜拿着巨蟒的肝子，晓行夜宿，来到夜郎国京城，揭了榜文，见了国王。国王命人收下龙肝，交与御医熬汤送去太后吃。第二天，药到病除，国王大喜，赏千金，封右丞相。从此，张福喜在夜郎国过着"天上神仙府、人间宰相家"的豪华生活。

三年后，太后的旧病复发，国王命张福喜再取龙肝救太后。张福喜哪敢怠慢，辞别国王，即刻返回老家，找到巨蟒，说明来意，巨蟒点头同意，张开大嘴示意张福喜进去，张福喜和上次一样，割了二两蟒肝，谢过巨蟒，连夜赶回夜郎国。渊医如法炮制，过了一天，太后的病又好了。

又过了三年，太后的病又发了，国王又命张福喜取龙肝，张福喜回到羊渡河畔，找着巨蟒，说明来意，巨蟒还是和过去一样，点头张嘴，示意张福喜进去，张福喜进入巨蟒腹内举刀欲割蝶肝，转念一想，要是过几年太后的病又发了。再来找巨蟒，三番五次，如果它不同意，我这个宰相岂不是当不成了？不如这次多割点，省得以后再来。于是用小刀狠狠地割去蟒肝三斤有余。“哎唷”一声惨叫，巨蟒疼痛难当，支持不住，紧紧闭住了嘴巴，张福喜自然也葬身蟒腹。张福喜救了蛇，又害了蛇，最后终害了自己，这正是：为人不可贪心，人心不足蛇吞“相”。

讲述：刘银清，男，68岁。
搜集：万帮云，男，57岁，三江文化站专干。

老汉的心事（苗族）①

有一个老汉，吝啬不是一般，一生积下了不少家产。

这一天，老汉病入膏肓，知道自己不行了，把四个儿子叫到身边安排后事。老汉说：“我一生省吃俭用，挣下这份家业，你们要好好留住。我死了，你们打算这丧事从俭还是怎么办？”老大说：“您老一生爱财，如果死了，当然应该像模像样地办它一场……”不等老大说完老汉差点气得昏过去。老二连忙说：“爹，你挣这份家业不容易，丧事不能铺张，只请几个人悄悄抬上山埋了就是。”老汉还是摇头，老三上前一步，俯下身子：“爹，我看最好是棺材也不要，人也不请。就我们四弟兄抬你老上山，挖个坑，找点谷草遮遮身子，壅上泥巴。”老汉表情稍好一点，还是摆头。老幺跪在床前，大声说：“爹，我明白你的心事！死了也不埋……”三个哥哥吼起来：“那怎么行？”老汉却高兴起来，“让老幺说完！”老幺继续说：“一切事都要看有利无利，依我看，爹死后可以把肚皮破开：肉拿来腌来吃，骨头可以熬油来点灯，肠子肚子可以卖给别个煮火锅……”

老汉这才微笑着闭上了双眼。

讲述：陈春德（苗族），男，52岁，万隆乡香树村农民。
搜集：黄治海，男，25岁，万隆文化站专干。

圣贤愁②

从前，有一人“象”③得很，随便哪个跟他打交道都要吃他的亏，他没得蚀本的。

①选自《中国民间故事集成·重庆市綦江县卷》（綦江县民间文学三套集成编辑委员会编，1991年）。
②选自《中国民间故事集成·重庆市綦江县卷》（綦江县民间文学三套集成编辑委员会编，1991年）。
③象：吝啬。

周围的人说他又“象”又狡猾，神仙遇到他都把他无法，就给他取了个名字叫“圣贤愁”。

这个事情被八仙中的吕洞宾和韩湘子晓得了。他们不服气，要下凡来试一下。两个神仙就约“圣贤愁”到馆子去喝酒。他俩一个买了一壶酒，心想你总要买。这“圣贤愁”也假装去买酒，走拢柜台身上一摸：“哎呀，今天身上没有钱，下回由我办招待。”两个神仙也不好说啷个，请都请来了，只好喊他坐。

吕洞宾心头算，不能这样放过了他，想点办法收拾他一下，就说：“我们三人今日相会，酒也有了，还差下酒菜，这样吧，大家说四言八句[①]。说得出就喝酒，说不出就去买菜来下酒。”三个说要得。韩湘子对圣贤愁说：“我们不说其他，就说你‘圣贤愁’三个字。”吕洞宾先谈：“我说圣（聖）字：耳口王耳口王，壶中有酒我先尝，桌上没有下酒菜，割个鼻子当香肠！”说完拿刀割下个人的鼻子，沾点佐料下酒吃了。韩湘子又说：“我说‘贤’（賢）字：臣又贝臣又贝，壶中有酒我先醉，桌上没有下酒菜，割个耳朵来相配！”说完拿刀割下自己的耳朵，沾点佐料也下了酒。该圣贤愁说了，他眼睛几眨眨，说：“我说“愁”字：禾火心禾火心，壶中有酒我先吞。桌上没有下酒菜，……”说到这里，两个神仙默倒[②]他要遭了，谁知他接下去说：“扯根汗毛表寸心！”说完在手杆上扯根汗毛，提起壶壶把酒喝了。

讲述：郭荣才，男，47 岁，郭扶乡石龙村人。
张伯庆，男，78 岁，东溪镇二居人。
敖生荣，男，65 岁，高庙乡场上人。
搜集：梁维昌，男，27 岁，郭扶乡文化站专干。
曾琳，女，43 岁，东溪镇文化站专干。
高思强，男，21 岁，高庙乡文化站专干。

吟扇诗[③]

綦江有个私塾先生收了一群弟子在家里教诗书。他有个女儿十六七岁。对女儿管得很严，整天关在绣楼上。

一天，这小姐在楼上窗口见一个弟子路过，弟子十八九岁，长得一表人才。小姐对他很有意，就故意把剪刀掉下去。她想弟子把剪刀捡来送上楼去。这弟子见小姐的剪刀掉了，捡起来给小姐抛上了窗口。

第二天，小姐又见这弟子走过，她又把尺子故意掉下来。弟子还是不上楼，又把尺子抛上窗口。

---

①四言八句：指口溜、快板。
②默倒：以为。
③选自《中国民间故事集成·重庆市綦江县卷》（綦江县民间文学三套集成编辑委员会编，1991 年）。

第三天，弟子从窗下过时，小姐心想我把花针掉下来看你啷个抛？就把花针掉下来了。弟子捡起花针只好送上楼去。小姐对弟子十分殷勤，说了一阵话，两个就情投意合了。从此，这个弟子常常偷偷上绣楼去和小姐相会。

有一次，弟子因为和几个书生整鱼鳅吃，误了和小姐相会的时间。后来弟子和小姐见面时说了原因。小姐认为他把吃鱼鳅看得比相会还重要，就生气了，一时间断绝了往来。

弟子想起这事很不是滋味，就在扇子上吟了一首诗：

剪刀尺子都用上，短针偏遇线儿长。
火热之时情义重，却为鱼鳅两分张！

后来扇子上的这首诗被老先生看见了，他很是生气，认为这是一首淫诗。学生不好好攻读诗书，搞这些乱七八糟的事，这还了得！就把学生喊来，要严惩他。这弟子先很惊慌，隔了一哈儿就声明说："先生，我不是写的淫诗，是一首吟扇子的诗。"先生说："你讲来！"弟子说："白缎做成的扇面，先要尺子量、剪刀裁，所以说剪刀尺子都用上。"先生说："这句说得通嘛。"弟子说："扇子要用针线来缝。"先生说："也还有道理。"弟子说："热天气候炎热，一天到晚都离不得扇子，所以是'火热之时情义重'。"先生说，"这句写得好，寓意深。那第四句呢？"弟子说："鱼鳅两个字写恍了，应该是'立秋'。立了秋就不用扇子了，当然就'两分张'啰。"老先生想了一阵，还是觉得有理，也就算了。

讲述：高平昭，男，86岁，新场乡农民。
王言如，男，64岁，正自乡石桥村农民。
搜集：王宫品，男，60岁，莲石乡文化站专干。
王言如，男，64岁，正自乡石桥村农民。

秀才和退职官①

从前，綦江有一个秀才和一个退职官在溪边下棋。秀才想到对方为官之时很是跋扈，他说："我以溪水的溪字为题，说几句顺口溜：有水是溪，无水也是奚，去了溪边水，添鸟便成鷄（鸡）。得势猫儿雄似虎，褪毛鸾凤不如鸡。"

退职官自知被秀才奚落了，沉思一会，他也说："我以棋为题，也说几句顺口溜：有木是棋，无木也是其，去了棋边木，添欠便是欺。鱼游浅水遭虾戏，虎落平川受犬欺。"

讲述：欧祥忠，男，51岁，篆塘乡铁马村七队人。
搜集：李正平，男，27岁，篆塘乡文化站，专干。

①选自《中国民间故事集成·重庆市綦江县卷》(綦江县民间文学三套集成编辑委员会编，1991年)。

谢家女①

从前，綦江赶水谢家街有一姓谢老汉，养一闺女，写出一联，如有人对上，愿以女许之为妻。上联曰：“谢家街，谢家女、拿细针、穿细线、做细鞋、细眉细眼、细腰杆。”后有一路过大学生，见着此联，即对以“大学堂、大学生、读大书、提大笔、写大字、大模大样、大眼睛”。

讲述：陈廷海，男，39岁，永乐乡人。
搜集：何兴国，男，42岁，永乐乡文化站专干。

童生赶考②

从前，綦江有一童生，上京赶考。上船过渡，船夫见他是个读书人，又知他是上京赶考，想试试他的才学。见岸边沙滩上有泥色马儿在奔跑。即出一上联要童生对，上联是“沙马跑沙池，沙壅沙马蹄”。童生冥思苦想，无法对上，想想自己十年寒窗之苦，竟被一山野船夫难倒，还要考什么老爷，连回家乡见亲人也没有脸面，遂投江而死。从此，每年到了童生投江的忌日，此渡就无风三尺浪，往往打翻渡船，许多旅人商贾，葬身鱼腹。

这一年，有位翰林院学士游经此渡，船刚至江心，又是波浪连天，渡船上下颠簸，左右摇晃，眼看又要翻船，学士觉得奇怪，忙问船夫，是何缘故。船夫将童生之事说了一遍，学士认为是童生冤魂来索对子，寻找“替代”。这学士寻思片刻，抬眼一看，见江上有一渔舟，周围有些水毛子③正在钻上窜下，叼衔鱼儿。忙叫侍儿取来文房四宝，挥毫急书下联曰：“水毛钻水底，水湿水毛衣。”然后叫侍儿焚香三柱，将对子火化，丢入江中，顿时浪歇风停。从此，此渡乃得太平。

讲述：何九贯，男，57岁，永乐乡人，农民。
搜集：何兴国，男，42岁，永乐乡文化专干。

---

①选自《中国民间故事集成·重庆市綦江县卷》(綦江县民间文学三套集成编辑委员会编，1991年)。
②选自《中国民间故事集成·重庆市綦江县卷》(綦江县民间文学三套集成编辑委员会编，1991年)。
③水毛子：水獭。

自家告自家①

过去，綦江有个老人，膝下四子，读书不成才，令他们学做庄稼，但兄弟四人总是背着老人在坡上鬼混。老人只得暗中监视，予以督促，兄弟们感到十分恼火。

一天，他们上坡薅草，混了一阵，老大抬头说："天上在起云。"老二歪着脖子道："山顶雾沉沉。"老三撑起锄把说："好像要下雨。"老四把锄头一扛说："活路干不成！"说完就往家走。

老人气冲冲过来拦阻。老大说："年老人又笨。"老二接着说："闲事你莫问。"老三说："无事要来管。"老四恶狠狠地说："谨防挨一顿。"老人气得说不出话来，呻唤着到县官那里告状。

这县官是个爱听奉承话的糊涂官，起先听了老人的诉状觉得有理，立刻将四弟兄传到公堂跪下，一拍惊堂木，吼道："你们怎么敢忤逆父亲，犯下不孝之罪！"老大磕了个头说："我们是读书人。"老二向上作揖道："出口便成文。"老三接着念："随口答父问。"老四爬下道："怎叫不孝亲？"县官说道："既是如此，今天你们以我大堂为题，顺口吟来。如吟得好，免罪不罚。如吟不好，定打不饶。"老大双手一比，说道："大堂一枝花。"老二一指道："老爷戴乌纱。"老三打拱道："此案问得好。"老四站起来行礼道："一定把官加。"一席话说得县官哈哈大笑，不住夸奖兄弟四人真是了不起，反说老人不对头，诬告儿子，令拖下去责打四十大板。

老人有口难辩，忍痛回家，端了把椅子，坐在堂屋，手执竹板，等四弟兄回来，想以家法惩治一番。太阳快下山时，四弟兄才慢拖拖回来，他们在门外一见父亲满脸怒气，老大顺门说道："端把椅子堂屋叉，"老二说："刚才挨打就是他，"老三说："接连挨了四十下。"老四说："还是自家告自家。"老人听了怒气往上冲，大叫一声，栽倒地上昏了过去。

讲述：秦启伦，男，70岁，莲石乡黄山村农民。
搜集：王官品，男，60岁，莲石乡文化站专干。

秀才抛文②

綦江有三个秀才，一个姓汪，一个姓往，一姓望。

这一天三人一同叫了轿夫，抬他们出外游山玩水。三人商量，今天不管看见什么，

①选自《中国民间故事集成·重庆市綦江县卷》(綦江县民间文学三套集成编辑委员会编，1991年)。
②选自《中国民间故事集成·重庆市綦江县卷》(綦江县民间文学三套集成编辑委员会编，1991年)。

都要说吉利话。迎面来了一个坐小轿的，汪秀才说叫“风摆柳”。又遇路旁烧房子，往秀才说这是“屋放光”。碰上一群人送葬，望秀才说，敲锣叫“叮当会”，抬死人叫“逍遥杠”。又过一会，见农夫挑大粪，汪秀才说这叫“金黄酱”。往秀才指着坐在路边的叫花子说，这是“挨门闯”。三个秀才说完，洋洋得意，哈哈大笑。

望秀才埋头看着轿夫，“你们懂吗？”几个轿夫觉得三个秀才又酸又可恨都说：“懂了！”然后你一句、我一句地念起来：“三个先生汪往望，顿顿吃的金黄酱。去的之时风摆柳，回来之时逍遥杠，一年一次叮当会，两年三回屋放光。秀才秀才唯愿你，子子孙孙挨门闯。”

讲述：张得成，男，80岁，篆塘乡中林村农民。
搜集：李正平，男，25岁，篆塘乡文化站专干。

自讨没趣①

从前，綦江有几个童生赴京赶考，路过一木桥，见桥下有一女子洗衣裙，即出言戏之：“有木是桥，无木也是乔，去掉桥边木，添女便是娇。娇娇人人爱，人人爱娇娇！”说完哈哈大笑。

那女子抬头一看，是个獐眉鼠目、嬉皮笑脸之徒，出言不逊，定是顽劣之辈，便略一沉思开口答道：“有米是粮，无米也是良，去掉粮边米，添女便是娘，谁娘不爱子，谁子不爱娘？乖乖儿，多读圣贤书，少说些空活吧！”众童生面面相觑，瞠目结舌。

讲述：何万刚，男，58岁，永乐乡人。
搜集：何磊，男，42岁，永乐乡文化站专干。

补锅匠出口成诗

綦江县城东南面和巴县毗邻的地方有一座圣灯山，山上有座庙子，庙子叫作圣灯寺。传说明朝永乐年间圣灯寺里有一个名叫惠兴的老和尚，出家当和尚前是巴县一个秀才，文笔很好，特别喜欢写诗。圣灯寺旁边住着一位姓李的秀才，也很喜欢写诗。惠兴和尚和李秀才经常在一起写诗作文，相互切磋。

有一次，李秀才写了一首诗，拿着到圣灯寺给惠兴和尚看，到了圣灯寺后园，看到惠兴老和尚正对着几株开满灿烂桃花的桃树摇头摆脑地吟诵桃花诗。李秀才来了兴

①选自《中国民间故事集成·重庆市綦江县卷》(綦江县民间文学三套集成编辑委员会编，1991年)。

趣，等待惠兴和尚吟诵完了，也跟着吟诵了一首触景生情写出的桃花诗。惠兴和尚见李秀才吟诵的诗和自己吟诵的诗不相上下，非常高兴，赶忙把李秀才请到自己住的房间，泡上香茶招待。李秀才也觉得惠兴和尚很有文采，非常愿意和惠兴和尚结交，赶忙拿出了自己写的诗请惠兴和尚指教。

惠兴和尚同李秀才成了非常亲密的文友、诗友。李秀才一有空便手里提着酒壶，怀里揣着新近写成的诗稿，到圣灯寺找到惠兴和尚。两个人一边喝酒一边欣赏着对方新近写成的诗稿，非常快乐。一年秋天，李秀才一手提着酒壶，一手拿着两个从集市买回的红红的新鲜柑橘。来到圣灯寺，找惠兴和尚喝酒吟诗。惠兴和尚把李秀才迎到寺内，因为寺内后花园秋景很美。惠兴和尚让小徒弟搬了一张小桌子、两个小板凳在花园里摆下，他和李秀才两人拿了酒杯，叫小和尚把李秀才带来的酒壶和柑橘也拿来放在小桌子上，两个诗友要喝酒吟诗。惠兴和尚看到红红的柑橘十分可爱，提议说："李家兄弟，今天我们两人各自吟一首柑橘诗，谁先吟完谁就喝酒，吟不出的就不得喝酒，好不好?"李秀才拍手表示赞成。于是，惠兴和尚让小徒弟拿来笔，他和李秀才开始写诗了。小桌子上的柑橘看起来红红的，十分可爱，可是，要以柑橘为题写成诗篇，惠兴和尚和李秀才都不知从何处下笔。惠兴和尚皱着眉头，眯着眼睛，脑子里苦苦思索，嘴里念着红红柑橘……念了一遍又一遍，始终落不下笔。李秀才也和惠兴和尚一样，紧皱眉头，嘴里咬着笔杆，苦苦思索，笔下却写不出诗句。

惠兴和尚同李秀才比赛谁能先写出"柑橘"诗的情景被一个正在花园边上为圣灯寺厨房补锅的匠人看在了眼里。圣灯寺里的厨房和花园紧挨着，厨房里为众位和尚煮饭烧火的大铁锅坏了，烧穿了几个洞。厨房管事的便到附近集市上找来一个补锅匠补锅。补锅匠一边补锅一边看着惠兴和尚与李秀才比赛吟诵柑橘诗，见两人紧皱眉头，苦苦思索，久久吟不出柑橘诗，笑了。这时，补锅匠要补的锅已经补好，厨房管事的给了他补锅的钱。补锅匠把补锅赚得的钱揣进荷包，走到了正在苦苦思索想写成"柑橘"诗的惠兴和尚与李秀才面前，很有礼貌地打了个招呼，行了礼，说:"两位大哥，我知道你们正在吟诵柑橘诗，也让我来参与吟诵，不知可不可以?"李秀才正因为自己吟诵不出柑橘诗而生闷气，见一个补锅匠也想来参与比赛吟诗，抬起头扫了补锅匠一眼，很不友好地说:"去去去，也不看看自己是什么人？一个穷补锅匠也要来和我们一起吟诗，只怕把你倒吊在大树下也倒不出两点墨水。快去，不要打扰我们。"补锅匠冷笑了，也不说话，走到小桌子前，蹲下身，拿起小桌子上的纸与笔，似乎想也没有想，眨眼工夫便挥笔在纸上写成一诗。他然后提起小桌子上的酒壶，壶嘴对着自己的嘴巴，工夫不久，把酒全都倒进了自己的肚子里，然后放声大笑走了。

惠兴和尚和李秀才惊得目瞪口呆。看到补锅匠已经走远了，惠兴和尚赶忙拿起补锅匠放在小桌子上的诗稿，只见诗稿上写着：

历尽冰霜独傲秋，两眉端得为谁愁。
筵前试把金刀破，点点酸心对客流。

惠兴和尚大声呼喊:"好诗！好诗！一首绝好的诗。"赶忙起身去寻补锅匠，他追出了庙门，可是已经看不到补锅匠的影子了。

补锅匠是藏在老百姓中间的一个很有文才的人，惠兴和尚和李秀才自从遇到了出口成诗的补锅匠，再也不敢自以为是，以衣帽及从事的职业看人了。

整理：胡世博，男，78 岁，区政协退休干部。

吃　鸡[1]

从前，綦江有个老头，他有3个女婿。大女婿和二女婿都是读书人，很喜欢；三女婿是农民，他总看不顺眼。

一天，他杀了鸡请3个女婿，说吃的时候要说好听的才行。吃饭时，老头挟着鸡头问："这是啷个?"三女婿说："鸡脑壳。"大女婿说："独占鳌（头）。"鸡头就给大女婿吃了。

老头又挟着鸡肠问："这是啷个?"三女婿说："鸡肠子。"二女婿说："金头绳。"鸡肠就给二女婿吃了。

老头又挟着鸡腿问："这是啷个?"三女婿说："鸡腿。"大女婿说："金鼓擂棒锤。"鸡腿又给大女婿吃了。

老头又挟着鸡翅问："这是啷个?"三女婿说："鸡翅膀。"二女婿说："两翅而飞天。"鸡翅又给二女婿吃了。

老头又挟着鸡脚问："这是啷个?"三女婿说："鸡爪爪。"大女婿说："双脚而刨土。"鸡脚又给大女婿吃了。

最后，老头挟着一块鸡血问："这是啷个?"三女婿说："鸡血。"二女婿说："望子。"鸡血又给二女婿吃了。

吃了饭，老头叫3个女婿上山找柴。三女婿是搞惯[2]的，一哈哈儿[3]就找了一背柴。二女婿和大女婿没有找过柴，又怕回去不好扯回销[4]，就去偷别人家的柴。结果被别人家捉到了，捆起来打，打得头破血流的。三女婿赶忙回去报信。老头说："你两个哥哥啷个没回来?"三女婿说："他们去偷人家的柴，被人家用金头绳套住独占鳌头，一阵金鼓擂棒槌，打得两翅而飞天，打得双脚而刨土，望子都打出来了!"老头说："你啷个恁个说？不是望子，是血。"三女婿说："刚才我说血不得吃，他们说望子啷个又得吃啦?"老头气得说不出话来。

讲述、搜集：罗祥成，男，汉族，31岁，新民乡朝阳村人。

---

①选自《中国民间故事集成·重庆市綦江县卷》(綦江县民间文学三套集成编辑委员会编,1991年)。流传地区:新民乡一带。
②搞惯:习惯。
③一哈哈儿:即一会儿。
④扯回销:给回信儿、交代。

傻子相亲①

綦江有个有钱人家，生了个儿子是傻子。周围的人晓得他是傻的，都不愿把女儿嫁给他，所以二十多岁还没得媳妇。爹妈很心焦，喊他出门去学个机灵。

傻子走到街上不晓得该学哪个，他听见卖布的人在念顺口溜："好布好布！苏州布，杭州布，苏杭二州出好布。五尺宽的布，铜钱厚的布，一丈要称二斤一！"傻子拿了一两银子给卖布的，他要学这几句。卖布的得了银子，就把顺口溜教给他了。

傻子回到家之后，说学到了机灵，爹妈就找媒人在远处给他说个媳妇。女方家里的人要看看这个女婿到底如何，就喊媒人把他带起去。

走拢女方家，老丈母正在编布，就问傻子："某大哥，你看我们这个布好不好？"傻子就背学到的顺口溜："好布好布！苏州布，杭州布，苏杭二州出好布。五尺宽的布，铜钱厚的布，一丈要称二斤一！"老丈母一听，以为他还很会说话。走到牛栏，老丈母又问他："我们这头牛长得好不好？"傻子说："好牛好牛！苏州牛，杭州牛，苏杭二州出好牛。五尺宽的牛，铜钱厚的牛，一丈要称二斤一！"老丈母越听越不对头，就骂道："放你妈的屁哟！"傻子连忙说："好屁好屁，苏州屁，杭州屁，苏杭二州出好屁，五尺宽的屁，铜钱厚的屁……"还没等他说完就遭丈母娘拿棍子撵出门去了。

讲述：张华成，男，85岁，莲石乡黄山村农民。
搜集：玉官品，男，60岁，莲石乡文化站专干。

不要留起②

从前，綦江有一个老太婆，她有两个女婿。大女婿发财，丈母娘喜爱，每次来都是好酒好肉招待，也不叫干活儿。二女婿穷，老太婆一见就来气，每次来残汤剩饭吃一点，还叫干这样，干那样，不让休息。二女婿明知丈母娘不公平，但没有出过怨言。

有一回，两个女婿一齐来了。老太婆想了想，就安排大女婿在门前看鸡，二女婿到西山去砍柴，还说："这样，该是一样待女婿了吧？"二女婿猜透了她的心，二话没说，背了柴夹马③，提了斧头从前门出去。他又从牛栏拐回灶房，隐在柴堆下，从壁缝往里瞧。果然，见老太婆走进灶房，锅里热了壶酒，灶内烧了团血豆花，然后反扣房门走了。

---

①选自《中国民间故事集成·重庆市綦江县卷》（綦江县民间文学三套集成编辑委员会编，1991年）。
②选自《中国民间故事集成·重庆市綦江县卷》（綦江县民间文学三套集成编辑委员会编，1991年）。
③柴夹马：一种背柴火的工具。

二女婿很快拨开后窗，翻进灶房，咕噜噜喝了那壶酒，然后撒了一壶尿放好，又掏起血豆花[①]揣在怀里，将一团牛屎包好放在灶内，这才翻出来关好窗子，上山砍柴去了。

不一会，老太婆引大女婿来到灶房，将酒壶递给他说："快，就这样喝了！"大女婿喝了一口，咸酱酱[②]的，说："岳母，像是尿哇！"老太婆说："小声点！你'还要'吗，我还有好吃的给你。"说着把那团牛屎递给他，叫他快吃，大女婿拍了拍灰，也咬了一口，觉得臭熏熏的，粗沙沙[③]的，说："岳母，像是牛屎！"老太婆说："还要'留起'，那背时的回来了还说我偏心哩！"

讲述：侯盛隆，男，63岁，莲石乡黄山村农民。
搜集：王官品，男，60岁，莲石乡文化站专干。

憨包儿子学本事[④]

从前，綦江有一个财主。他有一个儿子很大了，可是什么也不懂！

一天，财主把儿子叫到面前说："儿呵，我这里有三十两银子，你拿起出门学点本事回来。"

儿子出门走了很远，看见有一股水从山上流下来，便问崖边的割草娃："小兄弟，那是什么呀？"割草娃不说，他就拿十两银子酬谢，割草娃给他说了："这叫高山水流流。"

他又走到一个村庄，见一个妇人抱着一个小孩在屙屎，一只大黄狗在一旁舔。他又问那妇人："大嫂，这是什么呀？"妇人不说，他也给她十两银子，妇人便说："这叫黄狗舔粑粑[⑤]。"

他又走了很远，看见两头牛在打架。这时有个人走了过来，他便拉住问："大叔，这是什么呀？"那人不说，他又给了十两银子，那人告诉他："这是大牛打小牛。"

儿子的钱用完了，心想已经学到三样本事，便回家去见他父亲。回到家里，看见门前张灯结彩。就问别人："我家里在做什么？"旁人告诉他："是你父亲在庆寿！"他便离屋去了。一看筵席已经摆好，客人正入座，他父亲便喊儿子敬酒。于是，他把酒壶举得高高的，往下一倒，说："高山水流流。"倒得满桌子都是酒，他父亲一见可惜了，便用舌头去舔。他又说："黄狗舔粑粑！"财主一听，火冒三丈，转过身就打了儿子一括耳[⑥]。儿子又大叫起来："大牛打小牛呵！"财主一听气昏了，客人们全都捧腹大笑。

讲述：罗开全，男，汉，50岁，文盲，农民。
搜集：王锋，汉，18岁，高中，学生。

---

①血豆花：应是血豆腐，是指以豆腐、猪血为主要原料，加肥肉、佐料成团，用菜叶包裹，烟熏而成的一种地方小吃。主要流传于西南地区。
②咸酱酱：很咸的样子。
③粗沙沙：粗糙的感觉。
④选自《中国民间故事集成重庆市南桐矿区卷》（重庆市南桐矿区民文学集成编委会，1987年）。该故事1986年1月20日采于南桐区青年镇。
⑤粑粑：〈方〉即大便。
⑥括耳：耳光。

三个女婿拜寿①

从前，綦江有个财主，他有三个女婿。大女婿、二女婿都是读书人，三女婿是庄稼汉。

财主六十大寿，请三个女婿来吃酒。吃酒的阵，财主喊三个女婿都说个四言八句，都要夸他养的那匹马跑得快，看哪个说来快点。大女婿说："水上放金针，丈人骑马到南京。骑去又骑回，金针尚未沉。"财主说不错不错！二女婿接倒说："火上放鹅毛，丈人骑马到琼瑶。骑去又骑回，鹅毛尚未焦。"财主说很好很好！该三女婿谈了，他没有读过书，紧倒想不起。这时，丈母娘来上菜，忽然打了一个屁。三女婿赶忙对："丈母娘打屁，丈人骑马到意大利。骑去又骑回，孔门还没有闭。"财主一听，气得吹胡子。

讲述：李家槐，男，38 岁，永城乡。
倪明先，男，50 岁，永乐乡中罗村。
对仁和，男，46 岁，高青乡。
翁区长，男，42 岁，三角区。
搜集：肖朝巨，男，32 岁，永城乡文化站专干。
尚文华，男，24 岁，丁山乡文化站专干。
李洪焱，男，28 岁，高青乡文化站专干。
霍仁伦，男，35 岁，三角乡文化站专干。

媒婆整人②

从前，綦江有个女娃儿长得还不错，就是脚有点瘸，走起路是跛的，一直放不倒人户③。后来找到媒婆送了东西，媒婆就给她介绍一个好小伙。媒婆给男方说这个女娃儿如何如何的好。男方说要亲眼看看人。媒婆说："要得嘛。"

媒婆跟女娃儿说："明天你到晒坝去簸麦子④，把瘸的一只脚踩在风簸上，人家就看不出来。"

第二天男方的人来了。媒婆引他们到晒坝来。媒婆说："你们看嘛，那个簸的就

---

①选自《中国民间故事集成·重庆市綦江县卷》(綦江县民间文学三套集成编辑委员会编，1991 年)。
②选自《中国民间故事集成·重庆市綦江县卷》(綦江县民间文学三套集成编辑委员会编，1991 年)。
③放人户：即嫁人。
④簸麦子：把刚打下来的麦子放在风簸里，摇动风簸，将麦子和壳分开。

是。”这些人一看，这女娃儿长得白生生的，身材也可以，就同意了。

后来成了亲，过了门。男方才发现女娃儿的脚有残疾，就来责问媒婆：“你说这个女娃儿如何如何的好，哪个过哄哟？”媒婆说：“我说的都是真话，哪里哄你们哟？”男方的人说：“他的脚有毛病，走起路是跛的，你哪个事先没有谈？”媒婆说：“人是你们自己看的，当时我指给你们看的阵[①]就说的——‘那个跛的就是’。我哪个没有谈？”男方的人听了也打不出喷嚏，只有算了。

讲述：张国秀，女，58岁，莲石乡黄山村农民。
搜集：王官品，男，60岁，莲石乡文化站专干。

俩大小[②]

传说綦江从前有个财主，接了两个婆娘。为了晚上在哪里睡的事经常吵架。

这天吃晚饭，财主说：“你们不要争，我来出个题目，用酒和菜说四言八句，哪个说得好我就在哪里睡。”大婆子说：“壶中有酒，盘中有鸡，自古以来都是一夫一妻。”小婆子说：“壶中有酒，盘中有豆，你不生儿子才说[③]我来当后。”财主不好评，就说：“壶中有酒，盘中有蛋，你两个要累死我老汉！”长年[④]在旁边说：“壶中有酒，盘中有姜，老板你怕忙，长年我来帮。”

讲述、搜集：罗祥成，男，汉族，31岁，新民乡朝阳村人。
韩元江，男，61岁（已故），莲石乡人。
王官品，男，60岁，莲石乡文化站专干。

小师傅[⑤]

新中国成立前，綦江有个大地主，他家有几百亩良田。每年都要请很多人栽秧。

这一年，正是栽秧的大忙季节，他没找到人，着急得很，正好一群人走来，说是从四川过来找活路的，这群人的后面跟着一个十三四岁的小娃儿，老板以为是他们一路来的，他们又以为是老板请来的。其实一个都认不到他。住都住下来了，没得法，

---

①阵：时候。
②选自《中国民间故事集成·重庆市綦江县卷》（綦江县民间文学三套集成编辑委员会编，1991年）。
③说：这里是讨的意思。
④长年：即长工。
⑤选自《中国民间故事集成·重庆市綦江县卷》（綦江县民间文学三套集成编辑委员会编，1991年）。

老板就喊他割草喂牛。除了吃饭之外，每个栽秧的还得吃一个鸡蛋，他只得半个。

到栽秧的最后一天了，这个娃儿说他要栽秧，老板心头想，最后一天了，他一个人栽歪点也不要紧，就同意了。

这娃儿先去扯秧。这个栽把[①]甩上天还没有落下来，二的个又甩上去了。这样接二连三的整，要三四个大人才赶得上。栽秧的阵，他快得很！栽过去，栽过来，再栽过去，这样三趟，那些大人才勉强栽一趟。他栽的秧子比哪个都伸展，还尽栽迂头秧[②]。

秧子栽完了，他拿泥巴在田壁上写了一首诗："这家老板真是尖[③]，心头会挽烂圈圈[④]。鸡蛋大人吃一个，小的只得吃半边。要想你的秧子长，等到明年三月间。"写完就走了，等老板晓得已经失悔迟了。

讲述：邹召金，男，汉族，51岁，土台乡农民。
搜集：邹玉华，土台乡文化站专干。

见鸡而行[⑤]

从前有个地主，很爱吃鸡。佃户租种他家的田，除了交租，还得送只鸡，不然明年就不让你种。

有个佃户叫王五，这年年终去给地主交租并佃第二年的田。王五虽说也带了一只鸡，装在了口袋里。地主一看没有鸡，就说："这个田明年你不种了。"王五连忙把鸡逮出来。地主看见鸡，连忙接到说："这个田明年你不种了，又拿跟哪个种呢？"王五说："你的活啷个变得恁快？"地主说："方才是无稽（鸡）之谈，这阵是见机（鸡）而行。"

讲述、搜集：李才文，男，汉族，18岁，新民乡铺子村五组农民。李国民，60岁，石角乡文化站专干。

聪明的庄稼汉[⑥]

从前，綦江有个大老爷很有钱，他爱听别人讲故事，就贴了一张告示出去，上面

①栽把：秧苗扯好后捆绑成的把子。一般捆绑好后，随手就丢到身后。
②迂头秧：栽出来的秧行，横竖整齐，技艺极高的一种栽秧技法。
③尖：狡暗、刻簿。
④挽烂圈圈：盘算多端。
⑤选自《中国民间故事集成·重庆市綦江县卷》(綦江县民间文学三套集成编辑委员会编，1991年)。搜集时间：1987年4月。
⑥选自《中国民间故事集成重庆市卷》(科学技术出版社文献重庆分社，1990年)。1985年11月采录于南桐矿区青年镇。

写着:“凡有人来讲了我没听过的故事,就赏他一锭银子。”有几个秀才上门去讲了,大老爷都说:“你讲的故事,我早就听说过了。”

有天,一个庄稼汉上门来讲,“我家里有一条牛,站在牛角这边的人,喊牛角那边的人都喊不答应,看也看不到。”讲完以后,庄稼汉就坐下喝茶歇气了,大老爷舍不得这一锭银子,就和仆人商量:“他讲的故事,我们都没有听过,怎么办呢?”仆人们说:“还是说我们早就听过的好啦!”

庄稼汉又讲:“我家里有一粮仓的银子,你家大老爷也借过我十锭银子。”仆人们为了讨好老爷,又说:“早就听说过了。”庄稼汉说:“我不信。”大老爷急忙说,“是真的。”庄稼汉还是说不相信。大老爷就提笔写了一张条子,上面写道:“借你十锭银子那个事,早就听说过了,确实是真的!”并且在条子后头,还签上了名字。

于是,庄稼汉就要大老爷还他十锭银子。大老爷不依,告状告到县里。县官一看条子,就判大老爷还了庄稼汉十锭银子。

从此,大老爷再也不敢请人讲故事了。

讲述、采录者:喻建英,女,17岁,汉族,初中学生。

贪口福要吃亏①

传说綦江从前有一个年轻的农村妇女上街赶场,买了一些吃的穿的,用包袱裹了放在背篼里。回家的路上,她走累了在石拱桥歇气。怕包袱丢了。就放在地上,然后用背篼罩倒,坐在背篼上。

这时过来一个年轻小伙,走拢就喊:“舅娘,你赶场嘛?”妇女一看:“吔,我唧个认不到你哟?”小伙说,“哎呀,舅爷接你的阵②,我还喊你发糖来吃,你唧个搞忘罗?”这妇女才过门不久,好多亲戚认不清楚,就信以为真。小伙说:“舅娘,到我们家去吃了饭再走,没得好远。”这妇女说:“算了,二天③来。今天我要赶回去。”小伙说:“舅娘,你等倒,我到幺店子④去端碗面来招待你!”这妇女的肚皮当真也饿了,又看小伙热情,就等他去端面。

隔石拱桥不远有个幺店子,一哈儿面就端来了,冒尖尖的,还是煮的双碗。小伙端拢时,做起很烫手的样子。这妇女连忙站起来把面碗接倒,然后坐在背篼上吃。等她吃完面,小伙才拿起碗走了。

等小伙到幺店子去了,她翻开背篼准备装起包袱回家。

一看,包袱不见了!她感到奇怪:自己一步都没有离开,又坐在背篼上的,包袱唧个会不见?她这才去问幺店子的老板,问那小伙的住处。老板说根本不认识,附近

①选自《中国民间故事集成·重庆市綦江县卷》(綦江县民间文学三套集成编辑委员会编,1991年)。
②接你的阵:娶你的时候。
③二天:〈方〉以后。
④幺店子:〈方〉即路边小店。西南地区从一个场镇到另一个场镇的途中,为供人歇脚的路边小店。

没有那个人，她这才晓得上当了。原来，是两个人约起来整她。就在她站起来接面碗的时候，背后藏的另一个人很快翻开背篼拿走了包袱。这妇女没得法，哭着说："不该吃他那碗面！"

讲述：王立九，男，72岁，隆盛街上农民。
搜集：王官品，男，60岁，莲石乡文化站专干。

六百文①

一年冬天，綦江隆盛场上有个老太婆手提铜炉子在家门口烤火。

来了一个小伙，对老太婆说："你的铜炉子借我烤一烤膏药，我要贴个疔疮。"老太婆看了他一眼，没有拿。小伙说："你老人家认不倒我了？我叫陆伯文，是那边幺店子陆大爷的儿子。"老太婆就把炉子递给他了。

小伙把膏药烤化了，拿到老太婆面前说："你闻，好香！"老太婆没有注意，小伙已经把膏药按到她嘴巴上，提起铜炉子就跑。等老太婆把膏药撕下来，小伙已经跑了好远。老太婆忙喊："炉子，陆伯文，陆伯文！"那小伙假装说："六佰文？不卖不卖！"街上的人还以为他们在讲生意，根本不管。那小伙提着铜炉子大摇大摆地走了。

讲述：王立九，男，72岁，隆盛街上人。
搜集：王官品，男，60岁，莲石乡文化站专干。

何三爷上当②

过去，綦江县城有个最大的绸缎铺，生意做得很红火，掌柜是何三爷。

有一年夏天，铺里来了一位客人。是一个阔太太，金箍子、金膀圈的戴起，穿的不消说很摩登③，又年轻又漂亮，还跟着一个奶妈。奶妈抱一个一两个月大的奶娃。

何掌柜一看，大买主来了，又是个年轻太太，就热情得很，又是请坐又是倒茶。这位太太说自己是重庆某老板的太太，是来綦江探亲的。坐了一阵，买了两匹最好的缎子。临走时，何掌柜一再邀请这位太太要经常来耍。

从此以后，阔太太真的成了何掌柜家的常客。阔太太和何掌柜的妻子也耍好了，经常在何家买缎子、打麻将。何家还常常留她吃饭。奶妈也抱着奶娃来进出。奶娃睡

①选自《中国民间故事集成·重庆市綦江县卷》(綦江县民间文学三套集成编辑委员会编，1991年)。
②选自《中国民间故事集成·重庆市綦江县卷》(綦江县民间文学三套集成编辑委员会编，1991年)。
③摩登：英文modern音，时尚时髦。

着了就放在何掌柜妻子床上。大家一点也不拘束了。

这样过了两个月。这一天，阔太太带着奶妈和奶娃坐着一辆大马车来了，下车后，进到屋里。阔太太对奶妈说："你把小孩放在铺上，去选五十匹最好的缎子，老爷在重庆等到要货呢。"何掌柜高兴得不得了，一下子就买恁多，真是个大财神爷！等他陪着奶妈去把缎子装上马车，送走了奶妈回来时，阔太太正和他夫人在打麻将。

阔太太见何掌柜来了，问他："都装走了？""装走了！"阔太太说："三爷来替我打倒牌，我走个厕所。"何掌柜就坐下来替她，过了一阵，不见阔太太来。何掌柜说："恁一阵都不来，硬是屙绵挑屎[①]嘛啷个？"另外一个打牌的太太说："是不是跑啰？"何掌柜说："宝贝儿子都在床上睡起的，啷个跑罗？你们默倒我没有考虑呀？我都是一个在生意场伙跑的人！"

再隔一阵还是没有来，何掌柜这才慌了，忙去铺上掀开铺盖一看：是他妈一个洋娃娃！这才晓得遭了！

讲述：王尊九，男，68岁，隆盛街上人。
搜集：王官品，男，60岁，莲石乡文化站专干。

守茅厮[②]

从前，綦江南门口有一家糖食铺。

这天来了一个买主，穿得很好，长得也白白净净的。他买了一马车红糖，叫车夫先拉走，他留下算账。他留下来后就和掌柜吹生意经，吹了一阵后，他说要走厕所。掌柜怕他跑了，亲自带他去。那个厕所没有后门，跑是跑不脱的，掌柜就在门口守倒。

这时，学柜听见厕所里有另外一个人与买主在吵架。那个说："你啷个不好点屙，溅我一裤子？"买主说："哪个喊你龟儿不站开点！"那个说："你们有钱人就恁歪[③]呀？"买主说："你把老子怎样？"吵一吵的[④]，两个打起来了。掌柜想进去劝劝，可是推不开门，隔一哈儿，厕所门打开了，出来一个穿得烂朽朽[⑤]的人，像个叫花子，脸上黑溜溜的，满脸络腮胡，一边走还在一边骂。掌柜觉得好笑，再等一阵，里面没有动静。他赶忙进去一看，哪还有买主的影子？在墙角角看见一堆衣服，这才晓得刚才是买主一个人装两个人的声音，假装吵嘴，最后化装成叫化子跑了。

讲述：王尊九，男，68岁，隆盛场上人。
搜集：王官品，男，60岁，莲石乡文化站专干。

---

①绵挑屎：戏指解大便时间过久。
②选自《中国民间故事集成·重庆市綦江县卷》(綦江县民间文学三套集成编辑委员会编，1991年)。茅厮：厕所。
③歪：〈方〉凶恶的意思。
④吵一吵的：吵着吵着。
⑤烂朽朽：破烂的样子。

唱　戏[1]

綦江过去有一个烧鸦片烟的人，又穷又拖了一副大烟瘾。只要烟瘾一发，他就要出些烂点子来整钱。

这一天，他进城看见在演戏，就去跟戏班子的头头交涉：只要饭酒吃饱、烟瘾过足，他主演一晚上的戏。人家答应了，等他吃得一醉二饱的，烟瘾也便是过足了。

晚上，锣鼓一打响，他穿着皇帝的服装走上场，乱比几个手势，唱道："初一孤王登金殿！"打一通锣鼓他又唱："初二文武两边排！"又打锣鼓，又唱："初三进贡人如海！"又打锣鼓，又唱："初四新科状元来。"唱完这四句就下场，再不出来。满场观众不依教[2]，喊退票。把老板整得下不了台。

后来老板找他讲道理。他说："我承认唱一晚上，实际上我从初一唱到初四，整整唱了四天，你还该补我三天的烟饭钱！"老板跟他两个扯不伸[3]，把他没得办法：你喊他还钱，他一个穷光蛋！咬他的脑壳硬，咬他的屁股臭。只有算了。

讲述：瞿国财，男，63岁，小学，永久乡中书村五队人。
搜集：董金元，男，35岁，初中，永久乡文化站专干。

好汉郭宗阳[4]

清朝末年，在綦江正自、新盛[5]一带流传着一个真实的故事，那就是郭宗阳为民除两害的英雄传奇故事。

郭宗阳身材高大，是一个身强力壮的硬汉子，他为人正直，对人和气，还有一手打猎的好本事。就是狗在前面跑他在后面追，也能把狗抓住。特别是他对欺压百姓的人极端仇视。当时新盛地方有个土匪头子名叫吴理珍，是一个满脸长着横肉的彪形大汉，无恶不作，到处欺压百姓，搞得一方百姓不得安宁。郭宗阳恨之入骨，想方设法要干掉这帮匪徒。

他以打猎为借口秘密组织了十几个人的打猎队，与吴理珍进行斗争。有一次吴理珍回家，郭宗阳和大伙在路上选择了有利地形，出其不意把吴理珍干掉了，当地乡民

①选自《中国民间故事集成·重庆市綦江县卷》(綦江县民间文学三套集成编辑委员会编，1991年)。
②依教：同意、服气。源自"依教依从"：遵照行事。
③扯不伸：解释不清楚，有理说不清。
④选自《中国民间故事集成·重庆市綦江县卷》(綦江县民间文学三套集成编辑委员会编，1991年)。
⑤正自、新盛：均为綦江的乡名。

无不拍手称快。

还有一次，郭宗阳上山打猎，在他亲戚家吃完饭后，给其他几个伙伴说："你们在此等着我，我出去看看就来。"走时便唤了两条狗。刚出去翻了一个山坡，过了一条沟，突然听见两条狗汪汪叫着，像被什么东西吓跑了。然后又听见咔咔的声音，一会儿又不响了。郭宗阳这时知道事情不妙。不一会儿又听见咔咔两声和一声狂啸，他惊呆了，知道这是一只老虎。想躲，却见周围没有房子。就在这千钧一发之际，他果断决定与老虎决一死战。

郭宗阳迅速选好有利地形。老虎狂叫两声后突然向郭宗阳猛扑过来，他一闪身老虎扑了个空，张着血盆大嘴狂叫一声，动作迅猛的老虎又转身扑来。恰好此处有一条小沟，深约四尺、宽两尺，老虎往下一扑，他往里一躲，老虎的脑壳与前脚正好搭在沟坎外，后脚在里边土坎上。这时郭闪身跃起，突然抱住老虎的肚皮，老虎由于前后都在沟坎边担着，动弹不得。郭宗阳一手按着，再用另一只手拿着石头猛击老虎的胸部，一连十几分钟，老虎成了半死，无力反抗。正当老虎喘不过气之机，郭又闪身跃起，骑在老虎的背上，拉着老虎的耳朵，另一只手紧紧按住老虎的喉咙，不到二十分钟老虎没气了。等到他几个伙伴找来此地时，郭宗阳也精疲力尽了。他为人民除两害的事至今流传在正自、新盛一带。

讲述：正自乡众多乡民。

搜集：申立尧，男，30岁，正自乡文化站专干。

李干人赴宴①

以前，綦江永城乡有个财主叫四老爷，时年要满60岁。生辰前，他向管家打招呼，除了他的亲戚以外，对周围的左邻右舍，不分贵贱，均发请帖，以此搜刮民财。

在同乡的瀛山上，有个聪明出奇的李干人。平时由于家庭贫困都是靠打柴、卖柴为生。这天，他也收到一份请帖，一看便知是四老爷要搜刮民财。

到了四老爷生辰的那天，府上鼓乐喧天，热闹非凡。送礼的人从早上到中午，连续不断。有的送绫罗绸缎、金银首饰，有的送古董玩物、字画寿屏。四老爷在旁边见了，笑得眉毛成了弯豆角。轮到李干人送礼了，四老爷见李干人昂首挺胸，从容不迫，手捧两盒草纸上来，顿时双目圆瞪，要发脾气。正当这时，李干人上前说："四老爷，贫民深知你年满花甲，身体健康，其中秘诀在于讲究卫生。因此，特送上草纸两盒，以作卫生纸之用。"原来，四老爷是以为他故意送草纸来挖苦他寿将终寝的，经李干人这样一说，转怒为喜，连忙招呼李干人进屋坐。

到吃酒的时候，所有的豪绅贵富，人人起立，手捧酒杯，向四老爷进酒。有的贺他福如东海，寿比南山。有的祝他岁岁康宁，万寿无疆。只有李干人不理睬，不起立，

①选自《中国民间故事集成·重庆市綦江县卷》(綦江县民间文学三套集成编辑委员会编，1991年)。干人：穷人。

装着不懂规矩，埋头将佳肴美酒吃了个够。待众人即将坐下来吃菜的时候，李干人把送给四老爷的两盒草纸拿到四老爷跟前，说:“四老爷，我的草纸你用不着了，因为舔你屁股的人太多了。”说完，拿着草纸扬长而去。

四老爷和众人看着李干人的背影，呆呆地站在那儿，好一阵说不出话来。

讲述：王化余，男，41 岁，永城乡永城村农民。
搜集：王开平，男，39 岁，古南文化站专干。

罗斌割肉救娘①

康熙年间，綦江地区兵荒马乱，人们到处躲避。田园荒芜。战后，创伤尚未治愈，农民无法交粮。新民乡大屋地盘上的罗斌，被扣上“拒交皇粮”的罪名关押于綦江监狱。

罗斌被逮后，他六十多岁的母亲念子心切，终日卧床不起不思茶饭。一天，母亲病重甚危，叫身边亲信罗三去綦江告知罗斌。几天后，罗三来到綦江监狱，看到面庞清瘦的少爷，说道:“少爷，婆婆叫我来看你……”罗三说着泪眼汪汪,“婆婆想念你生病不起，你要尽早归家呀!”罗斌听了，痛心疾首，但他没流半滴眼泪。他望着铁栅高墙，沉了沉，说:“你上街去给我称几两水烟、几两盐巴来。”罗三不解其意，向街上走去。一会儿工夫，罗三回来了。罗斌又说:“再给我借一把刀来。”罗三又照办了。罗三透过铁栅，凝望着罗斌，只见他脱去长衣，用刀子向手膀划去。罗三“啊”的一声，吓得昏倒在地。当他醒来后，只见一块鲜血染红的肉摆在栅栏上。“少爷，你……”罗斌若无其事地说:“将这块肉提回去，给我妈吃，不要让她知道。儿子生是这块肉，死是这块肉。给妈说我很快就会回来的。起来，快走吧，请妈保重。”罗三双膝跪下，用颤抖的双手接过这沉重的几两肉，一步一回头地离开了监狱。

罗斌的母亲吃下这几两肉，说来也怪，病一下好了，可她还蒙在鼓里呢。事后三天，县官提审罗斌，听狱卒说了这事，深受感动。从此下令:“綦江河两岸横三十里，竖三十里，免税三年。”罗斌因此获释。这事奉报康熙皇帝，康熙为罗斌孝敬父母的行为惊叹不已，特御赐“可谓孝矣”匾一块，当时挂在大屋堂屋正中。

此匾听说藏于大屋某家，是新中国成立后取下的。

讲述：罗玉庆，男，45 岁，新民乡齐雨村村长。
搜集：罗玉彬，男，28 岁，新民乡文化站专干。

①选自《中国民间故事集成·重庆市綦江县卷》(綦江县民间文学三套集成编辑委员会编，1991 年)。

朱宪的故事①

从前，在綦江、南川、巴县三县交界的山村里，有一个贪财吝啬、刁钻刻薄的土财主，名叫曾兴恒。他有两个儿子，从小舍不得送他们读书，长大后虽都成了家，但目不识丁，呆头呆脑。只会在山间横行霸道，奸淫妇女，劫人钱财。他还有两个女儿，大女儿长得丑陋，嫁给南川小河台一个驼背猪贩子何德贵为妻。二女儿叫玉仙，长得倒比较清秀聪明，与半山坡一个读书子弟朱宪结了亲。曾兴恒实指望朱宪读书成名，当丈人的也沾个光，谁知朱宪父母染病，相继亡故，因欠债过多，家道衰落，竟穷得揭不开锅。曾兴恒不但不予以周济，反而懊悔莫及。想把女儿接回娘家另自改嫁。但玉仙与丈夫恩恩爱爱，哪里肯依，便与父亲顶撞，伤了父女感情，两家也几乎断绝了行走。山里人见此，都叫曾兴恒为“真心狠”。

（一）

朱宪弃学从农，与玉仙苦吃苦做。过着清淡而安详的日子。那一年天干，山里粮食无收，很多人四处逃荒或挖草根树皮充饥。曾兴恒家里却是粮满仓、银满柜，可就是颗粒不施、分文不舍。有人求借，就乘机以高利盘剥。朱宪与玉仙实在气愤不过，商量了一条妙计，与乡亲们配合，再把丈人的钱粮搞点出来以度饥荒。安排停妥，朱宪与丈人捎去一封信，大意是：小婿有祖传珍宝，现迫于生计，不得已将其出售。但不欲失之外人，如岳父大人有意，即请驾临寒舍而谈，望勿误良机云云。曾兴恒见信大喜，也不和家人言知，独自匆匆往朱宪家走来。

朱宪把老丈人迎进堂屋，装烟倒茶，十分殷勤。曾兴恒急于要见宝贝，玉仙说声“好”，转身走进隔垛板壁的厨房，只听得“当！”一声锅响，立刻端出一碗煮熟的荷包蛋来。曾兴恒接在手中，心里有些奇怪。朱宪道：“玉仙。你再去办点吃的来。”玉仙笑吟吟又进入厨房。忽听一阵碗碰盆响，铲动锅鸣。霎时，就端出了四五盘好菜，一壶酒，一盒饭，整整齐齐摆在桌上。曾兴恒不觉惊诧，问道：“你们在耍什么玩意?”朱宪把他拉到厨房门口站定，指着灶上一小小的足有半寸厚的铁锅道：“此乃我先祖当年在朝廷做官时，有次出使海外，一个国王爱他能说会道，特赏赐的一口‘神锅’。今天要请你看的珍宝就是这个。”玉仙接着道：“这锅见水就涨，见米就熟，见菜就香，但它要极其干净，诚心才灵。爹爹，你没有沐浴净身，是挨近不得的，就站在这里看我表演一下吧！”说罢，她舀了一瓢水，双手恭敬地捧着，走上去往锅里一掺，只见一股白气直冲起来，叭叭叭……水已涨开了。曾兴恒一见，心花怒放，连声称赞：“好锅！好锅！”三人复又转出堂屋。经过一番讨价还价，最后以一百石黄谷、百两银子马上兑现成交。曾兴恒立刻写了字据，交与朱宪，朱宪赶忙请来几十个乡亲，手执字据到曾家担了谷子，取了银子，大家拿来暗中均分了。朱宪叫大家不用害怕担心，一切他自承

①选自《中国民间故事集成·重庆市綦江县卷》(綦江县民间文学三套集成编辑委员会编，1991 年)。

担，方才各自去了。至晚，玉仙烧水叫爹洗了澡，换了衣，才把“神锅”交给他背走。

曾兴恒哪里知道这是朱宪和玉仙约同乡亲们耍的花样，饭菜是另外的人办好了悄悄从里面递过来的，那厚锅先用木炭烧得通红，所以一瓢水下锅就涨。曾兴恒高高兴兴背着锅，诚心诚意在月色下走回家，生怕被不干净的人污秽了，偷偷地把它放在秘密的地方，然后把全家人叫到中堂，说明了缘由，并说明天早饭要由他来表演。老婆子和儿子媳妇将信将疑，只不敢作声。

第二天早晨，曾兴恒起来催促老婆子带着儿子媳妇们出门做活去了。他又一次沐浴净身，虔诚地将“神锅”取出安好。像玉仙那样倒下一瓢水，却不见涨，一摸冰冷，心里有点发毛。以为要烧一烧，但烧了几把火，一摸，仍是冷水，就更慌了。重又把周身洗了一遍，再一试，还是不灵。得用柴使劲地烧，老半天也不见水涨……再说老婆子和儿子媳妇在外面等老头子喊吃早饭，等了半天，也无动静，实在挨不过，闹嚷嚷走回家来。到厨房一看，只见老头子满头大汗，爬在灶前吹火，而锅里的水只有一点儿热气。老婆子气鼓鼓地道:“你这是什么‘神锅’呀?”两个呆儿子也埋怨起来。曾兴恒气呼呼地站起来，左看右看，忽然明白是上了女婿的当，端起“神锅”往灶角石头上猛力摔去，哐啷一声，摔成粉碎。

(二)

曾兴恒怒气冲冲地来到朱宪家，见大门紧闭，就使劲打门。叫朱宪两口子快出来说话。玉仙从里面开门出来，曾兴恒一把揪住就要打。玉仙边挣扎边说:“那是你女婿干的事，怎么能怪我来?”朱宪忽然冲出来，将玉仙拖进屋里，边打边骂:“你自己叫我卖给岳父，不知怎的被污秽了不灵，反又来怪我，我打死你这没良心的小贱人!”于是，二人扭住一团，乱打乱骂。

曾兴恒见状，反倒不知所措，正想喝止，忽见朱宪往玉仙腰部一拳，玉仙仰面倒地，一股鲜血浸透衣衫，在地上滚了几滚，两脚一蹬，两手一伸，竟自呜呼哀哉了。曾兴恒大惊，指着朱宪叫道:“你打死我女儿，回头要你偿命!”说罢急急走了。

等曾兴恒邀了三亲六戚，乡正地保，一窝蜂拥到朱家说人命时，见朱宪已将玉仙停放在木板上，脸上遮了一张草纸，身上盖了一床被单。他坐在尸旁静守着。这些人一进屋就大吵大闹，大哭大叫，动手动脚。乡正地保只得从中调和，主持公断。闹了半天，朱宪才开门问道:“岳父岳母，诸位尊长，你们究竟要活人呢?还是要命价?”曾兴恒吼道:“好个混账东西，你还我一个活女儿麻!”朱宪忽地站起来道:“对，大家亲耳所说，我如果真还了一个活人，该怎么说?”一时七嘴八舌，各说不一。

曾兴恒道:“你能还我活人，我愿输五百两银子。还不了，今天也要将你活活打死填命。”朱宪要求乡正执笔，立好文书，双方画了押。只见他从贴身取出一根五色花棒，轻轻在玉仙头上、胸口上、脚上各敲三下，同时口中念了三遍“还魂来”!玉仙随着喊声微微抖动，待敲到脚时，她双手一缩，两脚一弯，竟坐了起来，打了个哈欠，左右一看，如睡初醒，甚是惊疑。大家这时好不奇怪，尽都直愣愣呆若木鸡。一会儿，老婆子才回过神来。扑过去拉住女儿叫了起来。其余人等不愿自讨没趣，都边说“怪事”边抽身出门去了。

曾兴恒最后把老婆子和儿子媳妇们撵走。他却单独留了下来。朱宪当即向他索取五百两银子，曾兴恒坐下来笑嘻嘻说道:“这个小事情，不过，我倒要问你，你那花棒是什么玩意？从何而来。”朱宪道：“此棒名曰‘还魂棒’，也是我祖宗遗传下来的一件珍宝。”曾兴恒愿再添一百两银子购买，左说右说，又加了两百石黄谷成交。朱宪又请乡亲们随到丈人家把黄谷担来分了，曾兴恒得到了“还魂棒”，好不得意。把它放在更秘密的地方，保存起来。

原来，这又是朱宪夫妻演的一场把戏，玉仙先用猪肠子装了猪血水拴在腰上，朱宪一拳打破猪肠，血水流出，玉仙装死，那花棒只不过染上五色的一根木棒。曾兴恒自从得了那“还魂棒”，在家里总是无端寻事，打鸡骂狗，儿子媳妇们都远远避着他。一天晚饭时，曾兴恒嫌一样菜不好吃，找老婆子发气，老婆子实在看不惯，顶了他几句，曾兴恒大发雷霆，抓住老婆子就拳打脚踢，把老婆子打昏在地，儿子媳妇忙上前劝阻，曾兴恒更是凶狠，边骂边提起一根门闩照老婆子头上猛击，眼看不得活了，才气呼呼坐在一旁。不消说，老婆子的本家第二天就来了几十个人，要与曾兴恒说人命，争吵之后，曾兴恒问道：“你们要活人呢？还是要命价？”大家都说要活人。于是立了文书，画了押，曾兴恒拿出那根花棒照着朱宪那样从头到脚边敲边吼：“还魂来！还魂来！”谁知敲念了很久，也不见老婆子活过来，他这才着了慌，周身颤抖，大汗齐出。大家扭住他骂道：“呲，你这老鬼真心狠啦！打死了还要敲尸，走！见官去！”曾兴恒知道又上了女婿的当，大叫一声，气倒在地。

(三)

这场官司，弄得曾兴恒几乎倾家荡产，才算了结。过后想来，觉得朱宪实在可恶。一天夜里，他带了两个儿子，偷偷来到朱宪家，把后门打烂，闯进屋去，将朱宪和玉仙绳捆索绑、押回庄上。先将玉仙关进一间石窟，再将朱宪吊在厅上，用皮条狠狠地抽打，打得朱宪皮开肉绽，鲜血淋淋，但朱宪咬紧牙关，忍受痛苦，一边思索怎样脱身。半夜过后，曾兴恒也觉疲倦，便和儿子们商量：“这朱宪害得我好苦，如在家中将他打死，必又遭人命。你兄弟俩不如把他装进麻袋，抬到麻柳湾沉下塘去。但要注意，不让他跑掉了。”两个呆子答应一声，拿一条大麻袋将朱宪装好扎牢，抬着往麻柳湾而去。抬到半路，忽听袋内哈哈哈一阵笑声，两个呆子吓得放下袋子，吼道：“你已快要死了，笑什么？”朱宪在袋里答道：“我与麻柳塘的龙王是干亲家，你两个送我去龙宫玩几天吧”大呆子想了一阵说：“老二，麻柳塘去不得，咱们抬到岩鹰凼去沉吧！”于是二人抬起麻袋折路往岩鹰凼而来。这时，已是鸡叫头遍了，岩鹰凼是一个阴森森的山峪，朱宪在袋里都觉得寒透了心。不一会，到了岩边，朱宪知道再不想法脱身，就会葬身于岩下深涧之中。他想了想，就在袋里高声唱起了歌儿来。二呆子道：“你在高兴什么？”朱宪唱道：“岩鹰函里有岩鹰，鹰王有群好儿孙，那天给我来个信，要接我去当先生。等我三年教书满，叫你全家活不成。”两个呆子一听，直犯了愁，打不起主意，又怕天亮了不好办，就放下麻袋，到一旁商量。最后决定，暂将麻袋捆在岩边一根枯树丫上，回去问一问老头子咋办。但他俩谁也不敢单独留下来守麻袋，只得一起飞奔回去了。

这时已是鸡叫二遍，东方开始露白。朱宪见两个呆子走了，正思要趁机设法脱身，忽听得岩那边传来呵斥的声音，一道火光渐渐转过岩咀，来到岩边，朱宪在袋里仔细看，不是别人，正是姐夫哥何德贵。原来这条路正是通向南川的捷径，何德贵平素也顺着丈人瞧不起朱宪，只为隔得远，差不多事不知道，没有参与。这段时间，仿佛也听到丈人家一些消息，不知究竟怎样，所以特地吆了十多只山猪，一来准备贩卖，二来到丈人家探个虚实。他摸黑赶路，恰好此时来到岩边。朱宪看得真切，恨他原来为虎作伥，立刻计上心来。在袋里大喝一声："嗨！"然后又哇喇哇喇地念了起来。何德贵先是吓了一跳，后来才举起火把一照，发现枯树上捆了条麻袋，就高声问道："什么东西？"朱宪把声调一变，仿着外地口音答道："人！""干什么？""振驼背子。"何德贵下意识地反手摸了摸自己的驼背。问道，"真的？""不信你把我放下来看，原先好驼的背都完全振伸了！"何德贵早就因自己背驼苦恼，有这机会，哪肯放过。就把猪用竹竿拦了，插上火把，爬上枯树，解了麻袋，放下地来。然后梭下树来，把麻袋打开。说时迟，那时快，朱宪忍着周身疼痛，倏地从袋里钻将出来，一拳打倒何德贵，拖来放进麻袋，扎好袋口，吊上树丫，捆得结实，很快下来。他不管何德贵怎么叫唤，抽起火把，吆起那群山猪，直往南川进贵州方向走了。

再说两个呆子跑回家中，把情由对曾兴恒说了。曾兴恒大骂："混蛋东西，听他那些鬼话，快走！"三爷子不顾天黑路陡又跑到岩边，此时天已大白，只听袋里沙哑的叫唤声。曾兴恒害怕有人来闯见，吩咐两个呆子快将枯树连同麻袋推下岩鹰凼。于是三人合力推那枯树。

何德贵一听，觉得不妙，连忙破声破气喊道："你们推什么？""你自己明白。"

"我是何德贵呀！"

曾兴恒气不打一处来，气喘呼呼地叫道："你害得我人财两空，还说没得罪呀，奋力推！"

何德贵慌了，但他越急声音越沙哑："哎呀，我是猪贩啦！"两个呆子气不过："你三番两次整我们，还是初犯吗？"

何德贵极力喊道："不不，我是猪贩……"

"晓得你叫朱宪！"

三人嗨呀、嗨呀地用力推，何德贵好像听出了声音，忙喊道："岳父！……"

"你这才认得到岳父哇！"咔嚓一声，枯树折断，带着麻袋，滚进深深的岩鹰凼里去了。

玉仙在石窟里被关了几天，曾兴恒说朱宪已死，劝她改嫁。玉仙伤心痛哭，誓死不从，恨恨地独自归家，与父兄彻底断绝了关系。不久，大女儿回到娘家，说丈夫外出贩猪杳无音信，家里无主，只得在娘家住下。后来各处打探，也无下落，就依父亲做主，改嫁去了。

(四)

一晃又是四五年过去了。

再说那朱宪当夜吆着十几头山猪，连夜赶路脱离了险境。天亮，已进入南川境内，找到一个穷人家里，说明了自己的遭遇，把身上血迹洗净，要了两件破旧衣服穿上，辞别主人，吆猪到巴县各地贩卖。从此，他辗转于贵州、南川、巴县一带贩猪，赚了不少钱，因惦念妻子，心想过去四五年了，不知家里怎样了，就偷偷回到山里。一打听，才知玉仙独自在家过活。岳父家比先前更狠，父子三人在山里胡作非为，压榨百姓，大家都恨之入骨。朱宪决心再与这虎豹般的丈人作一次绝斗，为百姓除害。

一天，朱宪突然衣冠楚楚地带着两个随从，大模大样出现在曾兴恒庄上。两个呆子先发现，跌跌撞撞喊着："打鬼！打鬼！"往屋里奔跑。朱宪直接来到厅堂，高喊：

"岳父，请出来一见。"曾兴恒闻步赶来，一见也觉惊心，父子三人壮了壮胆，才到厅堂问道："你究竟是人是鬼，不要乱来吓人！""哈哈哈！光天化日，哪来的鬼？真是笑话。岳父，大哥、二哥，快请来受礼！"说罢作揖三下。三人只得出来相见，问其原由，朱宪道："当夜我在麻袋里，被你们推下岩鹰函，鹰王立即将我救起，迎进晶石宫，设宴招待。并劝我与你们解除冤仇，重结友好。后来，我在晶石宫为鹰王子孙设馆授学，三年满了，又再三挽留，只得住下，直到现在，才因一件大事托我回家替他办理。"

曾兴恒忙问："什么大事？"朱宪道："今年十月十八，是鹰王母一百五十岁大寿之期，要太大庆贺一番，他们最喜爱的是面食，要接待普天下的神圣，需推磨五万多斤面粉。为此，托我回家乡替他购买石磨千层，凡能亲自送进晶石宫者，每人可送三件奇珍异宝，以表酬谢。"曾兴恒又心痒起来，忙问："你已买齐了吗？"朱宪道："我回乡已十多天，有百多人送去了共约七百多层，这两位也是亲自送去，今天才回来的。"曾兴恒看了看那两人，果真喜气洋洋，穿着华丽，就说："两位住在哪里？刚才朱宪的话是真的吗？"两人齐声答道："怎么不真，我们就是东山人，下次送去，鹰王就要重加奖赏了。"曾兴恒低声下气地要求朱宪允许他也送几十层石磨去。朱宪假装不肯，经两个随从劝说，才勉强答应道："以你们过去对我的情况来看，本不欲应承，但究竟是至亲嫡戚，你们就抓紧准备好石磨，到时我来带你们去吧。"

朱宪出庄回家，夫妻见面，相拥大哭。把当年的事情一提，又气又恨，又惊又喜。玉仙听朱宪说出要除掉她父亲和兄长、先是一惊，但后来想到那三人的为人，也不再说什么了。

过了十多天，朱宪又来到曾兴恒庄上，见院子里已打好了十多层石磨，就对曾家父子说："这些石磨不知是否合格？"

"今天我们先背两层去看看好吗？"曾兴恒连说可以，于是他们四人各背了一扇石磨，恰好两层，慢慢来到岩鹰凼前，见那岩鹰凼又大又深，映照着四面山岩，碧绿澄清，冷气逼人，父子三人打了个寒颤，有些害怕，两个呆子问道："晶石宫在哪里？怎么去呢？"朱宪道："你们看，那一闪一闪的金色大道不是明明显显么？你只要下得水去，那水就自然分开，顺着金光大道，就到了晶石宫，岳父，你老人家请吧！"曾兴恒老眼昏花，把岩石倒影真看成了大道，加上他得宝心切，就耸了耸肩，回头道："贤婿请前面带路。"朱宪把绳子整了整说："哪里哪里，说话有个高低，行路有个长幼，小婿在后，便于照看你们。"说罢，又替三人把背绳整了整，暗中给他们打了死结。

曾兴恒道："这么办，老大老二走前头，贤婿你走中间，我在后面慢慢走，不挡路。"朱宪说："好！大哥二哥请！"两个呆子害怕，曾兴恒利令智昏，大喝一声："笨蛋，还不快下？"老大见老头子发火，闭上眼，往函里一跨，扑冬！水花一溅，老大落进水中，双手不停地刨着。"二哥，大哥在招呼你快去。"朱宪边说，边将老二一推，老二随即也下了水，同样双手乱打，直往下沉。朱宪很快拉住曾兴恒道："岳父，大哥二哥在招手叫你快去！"曾兴恒恍惚间也滚下了凼，朱宪将背上石磨一掀，抛在地上，指着凼里说道："你这三个狠心的东西，今天到阴（鹰）王那里去领赏吧！"

传说那朱宪自收拾了曾家父子，回家与玉仙耕种庄稼，专门为山里人做好事，后来白头到老，儿孙满堂。他的故事也一直流传到现在。

讲述、搜集：王官品，男，60岁，莲石乡文化站专干。

姚顺改过[①]

很久很久以前，綦江有家姓姚的夫妇，四十多岁才生个独儿，取名叫姚顺。

老两口对儿子百依百顺，从小娇生惯养，养成了一副怪脾气。姚顺长大以后，便经常打骂他爹娘，还觉得有乐趣！久而久之，逼死了他爹。

爹死后，姚顺只好承担起家里的农活。每天上坡做活路，他娘都要给他送饭，还要递到手头。如果饭送早了或晚了，姚顺都要打他娘。娘把他没得法子，不晓得要啷个才顺得到儿子的心。

有一天，太阳特别晒，姚顺在坡上犁田。他娘见已到晌午了，便收拾饭菜送上坡去。姚顺在坡上，肚皮也饿了，便解开牛绳，让牛儿自己吃草去。就在这时，他娘已快走拢田边了，娘一见牛儿朝自己走来，心想："饭又送晚了，又要挨打罗！"吓得她没了主意。她见路边有根老槐树，便朝那树干一头碰去，当即碰死在槐树底下。

姚顺把娘埋了，日子过得更苦了，除了要上坡种庄稼外，家里的事也得自己干。有一天，在犁田歇气的时候，肚皮饿得不得了，又没得娘送饭来了，还得自己回家煮饭。正在难过的时候，突然听见树上一群鸦雀在叫唤。他抬头一看，原来是老鸦鹊在给一窝小鸦鹊喂食儿。食儿落在地上时，老鸦鹊又飞下地把食儿叼起，重新飞进窝里再喂。姚顺看着，心头就在想：我的爹娘不也是这样把我养大的吗？我却把他们打呀、骂呀地逼死了。姚顺就哭喊起来："我的爹啊、娘啊！我真对不起你们啊！"他走到老槐树面前指着说："老槐树呀！就是你碰死了我的娘，今天我要砍了你！"

姚顺砍了老槐树，把它搬回家里，锯成一节跟人一样高的树桩，然后请了一个木匠，雕成他娘的模样。从此以后，不论是上坡做活路，还是在家里做事，总是把槐树雕成的"娘"带在身边。犁田时把"娘"放在当头，犁拢当头就喊一声"娘"。在家时，早上起来就先问："娘，你老人家好？"总之，随时都把"娘"挂念到的，经常问饥问寒的。

有一年，姚顺收了庄稼，把谷子晒在地坝上。因为无人照看，每天都要被鸡子和雀鸟吃掉很多。姚顺没得法子，就把"娘"安置在地坝阶沿的板凳上，在"娘"的侧边供上香烛，还放上一根吆鸡、雀的响篙[②]。上坡前给"娘"打声招呼，请"娘"照管一下。果然，每次回家来，谷子总是原封原样的，再没有任何东西动过了。

这事，天老爷知道了，就来显灵，要试一试姚顺的心，看他是不是真的悔改了，是不是真诚地对待"娘"？这天姚顺晒谷子，安顿好了"娘"，出门去了。他刚走到坡上，突然乌云四起，快要下雨了。姚顺急忙转身回家，首先把"娘"抱进屋里把香烛点燃供好以后，才跑出门收谷子。当他跨出门来时，乌云却已散尽，青天朗朗的。后

---

①选自《中国民间故事集成重庆市卷》(科学技术出版社文献重庆分社,1990年)。1985年12月8日采录于南桐矿区青山乡。

②响篙:方言:吆牲畜、家禽、雀鸟的破竹竿。

来有人说:“如果姚顺是先把谷子收了，再去照应他‘娘’的话，天老爷早就用炸雷打死他了!”

说起也怪，由于姚顺年年、月月、天天，把他“娘”喊呀叫的，终于把“娘”喊活了。有一天，他早上起来，那槐树木雕成的“娘”，突然能吃饭，能说话了，变成了原来那个真娘。

从此以后，姚顺上坡做活，又有娘在家煮饭、洗衣，照管他了。姚顺也真心诚意地孝敬娘，母子俩越过越好了。

讲述：梁治成，男，79 岁，汉族，文盲，农民。
采录：刘绪应。

王爷庙和尚智退敖天

清嘉庆二年，綦江东溪太平桥王爷庙有一个小和尚名慧聪，从小得高僧的训导和真传，不仅精通十八般武艺，而且才思敏捷，年仅 14 岁就闻名遐迩。而当时东溪夏氏家族中有一远方亲戚名叫敖天，是秀才出身，自恃文采无人能敌，从不把他人放在眼里，还时常刁难别人。敖天闻听慧聪被人称颂，颇为不服，很想一试高低。

是年农历三月初三，王爷庙做庙会，前来赶庙会的人络绎不绝。敖天认为和慧聪和尚决定胜负的机会到了，他要让慧聪在众人面前丢脸。

敖天在夏家公子哥儿的簇拥下，大摇大摆地来到王爷庙，恰好看见慧聪从庙的山门出来:“喂，和尚，你喝酒吗?”敖天无礼地大声喝问慧聪。“阿弥陀佛！佛门认为酒是刮骨钢刀，酒多伤身，酒醉失德，喝酒害多益少，故佛门不许喝酒。”慧聪双手合一躬身答道。

敖天又追问:“那你们吃不吃高粱呢?”“高粱乃五谷杂粮，食之可滋养身心，延年益寿，当然吃了。”慧聪有礼有节地答道。“这我就颇为费解了，酒乃高粱酿造而成，你们为何允许吃高粱，却不允许喝酒呢？这岂不是食其母而不食其子吗?”敖天说完放纵狂笑，跟随他的公子哥儿们一齐起哄，引得围观者越聚越多。

慧聪面对敖天的故意发难，镇定自若:“敢问施主，你吃鸡蛋吗?”“鸡蛋乃鸡生之精华，营养丰富，谁不爱吃？多多益善!”敖天自负地答道。“敢问施主吃鸡屎否?”“不吃，不吃，人世间只有神经病者才会吃鸡屎。”“这我也就更费解了，鸡蛋和鸡屎同从鸡屁眼出来，实乃一母所生，施主为何只吃鸡蛋而不吃鸡屎，这岂不是食其兄而不食其弟吗?”

慧聪朗声说完，众人哄笑，“答得妙!”“自取其辱，不知天高地厚!”的声音此起彼伏。敖天自讨没趣，却还死要面子地说:“改天再找你算账”，便无地自容而逃。

整理：罗毅，整理时 38 岁，现为市级非遗项目东溪故事传承人。

麻箩神刘国茂的故事

（一）乱世破宁静

麻箩神，本姓刘，名国茂[①]，綦江丁山狸狮坝人，生于光绪三年。近两米的身高，因小时候出天花而满脸麻子凼，膀圆腰粗如箩筐，力大无穷。

他为人厚道，热心邻事，好打抱不平，哪家受了委屈，必然冲上前去扎起，又从不仗力欺人，乡人都曾受惠，因此被敬称为“麻箩神”。

这在农耕社会，干活一人能顶仨伍几，全家饱饭自不在话下。周围数十里的准老丈人们，都想把这女婿纳入麾下。竞争结果却是河马坎[②]武庠出身的富户，李家姑娘夺得头彩。婚后男耕女织，孝养父祖，育有一女称刘大，日子过得舒舒坦坦。

可惜在晚清乱世，一些地痞流氓，乘机兴风作浪，已经打破了东溪、丁山一带的平静。有条件的富户，开始寻洞筑寨，以求自保。比如咸丰二年壬子仲春月，危氏振西、继安等为求清静平安，就在狸狮坝二十里外的石笋沟[③]绝壁上，将一天然岩洞稍加整饬，变身为“石固成磐堂连广厦，笋斑如玉洞比仙源”的“清平洞”，躲避匪祸。

世外桃源狸狮坝虽不见兵荒马乱，但周围匪盗滋扰的狼烟，特别是山外亲戚时不时遭受一次强抢的噩耗，不时传入平静的狸狮坝，扰乱麻箩神的心绪。

（二）遇劫出人命

1.拳打“红活麻”

光绪晚期某一年，春耕前夕，石笋沟外亲戚家做寿，麻箩神携妻带女上门庆贺。铺席开宴，薄肴情重，家酿烧酒，主宾酬酢兴致高。叙到屡遭强盗吊线抢劫伤心处，麻箩神不由自主地捏紧拳头，青筋股股突起，一身蛮力却无处可使！直到酣熏微醉擦黑时，一家子才亮杆[④]开路，沿东溪往贵州泥坝方向古道赶回家……

一小时后，终于爬上大河坝，稍作休息。眼看再走一小时，就能回到狸狮坝的安稳家了。

这一带，自古以来都不太平。早在明嘉靖时期，就因“积妖甚重”，綦江城隍无力管制，皇帝“敕封一县两城隍”，另派大区总管——凤翔府城隍爷在此设立办公室，直接查办惩治两省妖孽。麻箩神一家，自然是走得小心翼翼。

好不容易赶到只有一座房子的凉水店[⑤]。突然一个黑影闪了出来，拿着一把大刀横指：“懂事点，要钱不要命，留命不留钱，看你怎么选！”

麻箩神定睛一看，原来是绰号叫“红活麻”，本名叫曾春的流氓无赖。红活麻的

---

①茂：綦江话，音梦。
②河马坎：今东溪镇巩固村。
③石笋沟：今万佛峡漂流景区。
④亮杆：用高粱秆制作的，用于走夜路照明的工具。
⑤凉水店：今黄坪村委会往大河坝方向数十米远川黔古道上。

家，就住在这附近。古道上来往商旅，没少受他的欺凌。见到好东西就估吃霸赊，好多赶东溪场回来的都被他翻过包包。女的遇到，甚至还被侮辱奸淫。因为山高皇帝远，红活麻一直逍遥法外。麻箩神早就想除掉他！

加之刚才因亲戚被抢激起的怒火还没消下，现在这不怕死的居然送上了门来。麻箩神马步一蹲，“来，来，来……让你见识麻箩神的厉害！”

红活麻这才明白，今天看走了眼，抢到了远近闻名的麻箩神。也是活该他倒霉，成了麻箩神的受气包。

结果自然是“鲁提辖拳打镇关西”：一拳打在鼻子上，鲜血迸流；一拳锤得眼窝眶，乌珠迸出；一拳打在太阳穴，口里只出不进落了气。

2.愤除“杨佬咪”

好事不成双，坏事接踵来。不到一旬，麻箩神赶贵州条台岗回来，紧赶慢赶又蹭到了天黑才走到一个叫壕沟儿[①]的小地方，眼看前方就是狸狮坝岩上，马上就能回到温暖的家了。

突然间，宁静的山窝里传来声声凄烈：“抢人啦！抢人啦！”循声望去，百米远的坡上人家，烛火冲天，恍惚中人影幢幢。麻箩神明白，这又是碰到抢劫的了。

本就疾恶如仇的麻箩神，哪还容得下！三步并作一步冲了上去！接着就是一声晴天霹雳：“麻箩神在此！哪个敢抢人！给我滚！”

毛贼们怵了，今天遇到的这个打干帮忙[②]的，原来是个远近闻名的硬茬[③]。打不赢就跑，是这些匪徒强盗的惯用伎俩，那个土匪头子杨佬咪，因吃得好长得胖，反而跑得最慢。

如果换成以前，心地善良的麻箩神也就拍拍手算了，不会死赶穷追逼贼上绝路。

但今天，已经染上一条人命的麻箩神杀红了眼。三五几箭步就冲了上去，杨佬咪被左抓过来，右扔出去，几脚踢踏……任他哭爹喊娘拜麻奶奶求麻爷爷，麻箩神的拳头还是一根筋狂揍不停！

杨佬咪这类小匪，平时遇到的都是温顺的庄稼人，即使有反抗的，都会被三下五除二制得服服帖帖。哪经得起麻箩神狂风骤雨般的铁拳？没用几分钟，这个倒霉蛋就如死猪般奄奄一息瘫在地上。

麻箩神还没解气，嘴里骂骂咧咧，顺手拿起一根竹竿，几杆子就把杨佬咪戳到坡脚的水田里，染红了整块田……

（三）官兵来捉拿

20天后，狸狮坝平静的日子，随着几名来势汹汹的官兵的闯入，被打破了。

原来，因为连死了两个！这可是人命关天的大事，官府很快就晓得了，并且知晓是死在麻箩神的拳头下！

麻箩神的媳妇儿哪里见到过这么大的阵仗，边吼着“闯祸了”“闯祸了”，边跑向田榜榜找正在耕田的麻箩神去。

---

①壕沟儿：在今狸狮村六社。
②干帮忙：帮干忙、枉操心。
③硬茬(chā)：厉害的角色

官兵坐下来还不到一袋烟的工夫，就听到房屋拐角处传来震耳欲聋的一声："找我干啷个?"

紧接着，肩扛着一头头班角子[2]大牯牛的莽汉步履如飞地进入院坝。我的个乖乖，官兵们忍不住吐了吐舌头，这头牯牛，怕有1000斤哟!

假装什么也不知道的麻箩神，把牯牛拴在院坝树上，就急忙端凳抹桌招呼官兵，坐、坐、坐。然后又钻进屋里泡茶去。

"请喝茶——"还在寻思怎么动手的官兵又被麻箩神瓮声瓮气的招呼惊了耳朵。看到麻箩神手不抖、气不喘，端着一个磨磴[3]，几碗茶搁置其上，递了过来，满满的茶水居然一滴也没有荡出来。

自以为哪样案犯都见过的官兵，没想到在这里遇到了一个刺头。他们与麻箩神，好像调换了角色。只好唯唯诺诺接过茶碗，心不在焉地边吹凉边小口喝。

麻箩神热情依旧,"官爷们，辛苦了、辛苦了！这么远跑来，一定饿了。我再去给你们煮碗汤圆!"

麻箩神刚一转身进屋，几个官兵就相互眨眼努嘴递神色，悄悄地溜了……

原来，麻箩神出场的两个下马威，早就把为虎作伥的官兵吓得半死。

好汉不吃眼前亏，保命要紧。至于那两个毛贼，活该遇到麻箩神，本就该死!

讲述：刘朝斋、刘勇，丁山镇狸狮村人。

整理：杨友钱，男，47岁，区文化旅游委干部。

黎天发传奇

清咸丰年间，有个叫黎天发[4]的农户，住在綦江县永里五甲苦竹坝。家中有父母和他共三口人，家庭十分贫寒。因他脸上有麻子，周围的人都叫他"黎麻子"。

黎麻子家中因租种土地少，农活不多，农忙时常外出栽秧子，挣点零用钱。咸丰四年的一天，他们一伙前往南川县城附近栽秧子，途中遇见一个小男孩在玩耍，小孩好奇地问:"你们这些师傅今天到哪儿去栽秧？我们家都要请人栽秧。"黎麻子看是个小娃儿，就想占人家便宜，便开玩笑说:"去我老丈人家栽秧。"

谁料，黎麻子一行人正巧是去这小孩家栽秧。因黎麻子长相特殊，恰被那个小孩认出来了，对他父亲说:"那个麻子，上午在我家门口路过时，我问他去何处，他说到他老丈人家栽秧，结果跑到我家来了。"小公子的父亲听后异常生气，说:"来了就让他龟儿子栽一天再说。"

这家主人姓朱，住的庄园宽大，田土较多，远的租给佃户耕种，近的自己雇人耕种。到了晚上，庄园主把黎麻子喊来问:"听我儿子说你到你老丈人家栽秧，为何跑到

①头班角子:形容壮实的牛。
②磨磴:磨的两个圆石盘的统称。
③黎天发:原名黎天友。

我家来了？混账东西，竟敢占老爷我的便宜，赶快给我滚，否则老子棍子不认人！”说罢，就把黎麻子赶出庄园。一句欺腔话，白干一天活，黎麻子后悔得直想抽自己的嘴巴。

被赶出庄园的黎麻子无处可去。恰巧天公不作美，又下起了大雨。这时，他忽然想起庄园门口堆着一大堆豌豆草，便摸回庄园，钻进豌豆草里藏着，以豌豆草当被盖，等天亮后再走。

再说朱家小姐因不同意父母给她定的婚事，她与表哥私自约定今天晚上逃婚。

藏在豌豆草堆里的黎麻子正自认倒霉。心说，今天多嘴说一句挖苦话，吃了大亏，栽一天秧子工钱没得到，还差点挨打。想到明天到哪里找活路，二更时也无法入睡。忽然听到有人拍了三巴掌，然后楼上有个声音在窗前小声问：“来了没有？”黎麻子说俏皮话已成习惯，见此情就灵机一动回答说：“来了！”接着，楼上很快用绳子放下来两个大包袱，随后一个小姐也顺着绳子滑下来。黎麻子见状，迅速到楼下提着那两个大包袱，叫那个小姐快走。小姐问：“人来了吗？”麻子说：“叫我来接，快点跟我走吧！”他带着那个小姐连夜摸黑走了四十余里，走到南川县南坪区神童乡弯滩时，天开始亮了。小姐问：“人在哪里？”麻子答：“我就是。”朱家小姐大惊失色，见是一大麻子，寻死觅活，坚决不走。麻子趁机说：“你和我摸黑走一夜，你若回去，你爹一定要把你的脚杆打断。小姐啊！人命要紧，名誉要紧，事到如今，你不如跟我做妻子，我才三十来岁，又未婚配，我会爱你、关心你的。俗话说夫妻恩爱苦也甜嘛，因缘本是前生定，你何必去寻短路。”

经过麻子说服开导，小姐说：“我家父母把我许配给一个我很不愿意的人家，我坚决不同意。我与表兄相好，约定逃婚远走他乡，定了时间，不知为何出了差错，遇到你了。真是冤枉，我命好苦哟！”小姐心想：如果回去，忤逆了父母之言，日子也不好过，名声也不好，只好将错就错跟麻子走。

她和麻子一起回到了黎麻子老家，见到他父母。看到黎麻子家上无片瓦，下无寸地，仅在苦竹坝一个看林木的窝棚里栖身，心里是好生后悔。可如今生米已成熟饭，只有凑合着过了。她和麻子商量，只有把两个包袱里所有的私房钱和金银首饰拿来变卖，在莲花石天齐庙购买旧房和少量田土及被褥等物，全家四人搬到那里去栖身。由于黎麻子一家勤劳，日子很快一天天好起来。

再说南川朱姓庄园主。自从小姐逃走后，因那个时代交通不便，信息闭塞，问遍所有亲友，杳无音讯，也就不了了之。

时间过去五年，黎天发的小女儿已满 4 岁。他想，不管怎样，还是应该让老婆孩子认认娘家才好。可就这样去，那还不得挨丈人的揍才怪，得想个万全的法子才行。

这次，黎天发想了个新主意。他设法先进朱家庄园帮忙收谷子。第二天中午，他故意把朱小姐人娘家带走的绣有鸳鸯戏水图案的手巾洗了晒在朱家庄园显眼的地方。恰巧被朱家庄园主的儿媳妇看见了，眼见那手巾似乎是自家小姑的绣帕，与她的那张鸳鸯戏水图案是一对，便告知了她婆婆。母亲拿来一对照，果然不错。那么，那张手巾是谁晾的呢？朱家媳妇说：“晾回原处，注意观察谁去收。”下午收工后，看到麻子在收手帕。晚饭后，待其他人走时，把麻子留下，专门叫入内房，仔细询问他那张手帕是从哪里得来的。

黎麻子一一详细述说后，庄园主回忆起五年前的一幕，才如梦方醒，真是又惊又气。毕竟是自己女儿，打断骨头还连着筋呢。庄园主又担心女儿的生活，就问："你们现在过得怎样？"黎麻子回答说："你女儿现在生活得很好，虽然日子苦了点，但一家人生活得和睦幸福，你的外孙女已经四岁了。今天我特地来认亲，请岳父母大人不见气。"因庄园主只有一个女儿，事已至此，只好认下了这个女婿，留住数日，再赠银数箱，并派人送往。

黎麻子回到莲花石天齐庙后，将此银两又购置部分田产、重修住房，成为当地有名的富裕户。

搜集整理：隆盛镇文化服务中心。

懒妇人①

传说綦江地区从前有个懒妇人，懒得很，三年不洗脸，不扫地，不洗锅。这天，男人从外面做生意回来，喊开门。她说："慢点慢点，等我拿个扒梳②把渣渣掏开才打得开门。"男人喊她烧点开水，她去烧了一点点。男人说："唧个烧恁点点？"她说："只装倒恁点。"男人心想，我买的二号锅，唧个只装一小碗？过去一看，全被锅巴堆满了，中间一个小洞洞。男人冒火了，抱坨石头往锅头一砸，砸在锅巴上，石头反而抛出来了。妇人说："敢起③没有洗锅，不是的话锅儿都打烂了。"男人更冒火，拿把刀跟她砍去。一刀砍在妇人的眼屎上栽起。妇人说："敢起没有洗脸，不是这坨眼屎的话，刀都栽到眼睛里头了！"

讲述、搜集：罗祥成，男，汉族，31 岁，新民乡朝阳村五组人。

团鱼的故事

在綦江石壕镇万隆村，有一家两兄弟，大哥为人忠厚老实，勤劳勤奋，弟弟偷奸耍滑，为人狡诈。两兄弟结婚后分家，老大由于忠厚，分得的土地又少又贫瘠，弟弟由于狡诈，分得的土地多且肥沃。大哥一家无论怎么起早贪黑地耕种，生活还是比较困难，而弟弟一家则日子过得比较舒坦。

有一年大旱，大哥家里粮食收成不好，生活难以为继。但他勤劳肯干，偕同全家

①选自《中国民间故事集成·重庆市綦江县卷》(綦江县民间文学三套集成编辑委员会编，1991 年)。
②扒梳：西南地区呈梳状、平整水田的铁制农业工具。
③敢起：幸好。

开荒种田，开垦了新的荒地沃土 10 余亩。但苦于没有种子，于是他不得不向弟弟家借些种子。弟弟和弟媳虽满口答应，却背地里使坏，他们把农作物种子放在锅里炒后借给大哥。大哥不知情，将种子全部种到地里，日夜呵护，期待来年丰收，日复一日，结果所有土地只长出了一株小米，那是有颗小米未被炒熟发了芽。他心里十分难过，心想，即便只有一株小米苗，也总有些收成，所以百般看护，这株小米苗也长得很大很好。

快到成熟的时候，有一天，一只雀鸟飞来啄食小米。他用锄头奋力驱赶雀鸟，结果一不小心，把小米树给打断了。眼见如此，他悲痛欲绝，放声痛哭。他的哭声惊动了旁边的土地公，于是土地公问土地婆是怎么回事，土地婆把事情的原委告诉土地公。土地公十分感动，于是亲自去问这位大哥，并向他说道，你先回去，在家里焚香祭祀，摆上 12 碗肉，然后敲一下昙牙就吃一碗肉，你的生活肯定会逐渐变好。

他回家后，按照土地公的话精心布局好各种材料，完全照搬，事毕，向土地公报告了办理情况。土地公又告诉他说，你再到种地的地方又哭，正当他哭得十分伤心时，突然，不知从哪里冒出一缸金子和一缸银子，有此作为基础，再加上自己的勤奋努力，家况日渐好转，日子过得十分红火。

他的弟弟和弟媳看见大哥家里的日子突然几年时间蒸蒸日上，十分眼红，心里不是滋味，夫妻俩商定一起到大哥家里看个究竟，问个明白。大哥由于为人忠厚，就把事情的原委如实的告知弟弟和弟媳。弟弟和弟媳也仿效大哥的做法去开荒种地、把种子炒熟进行种植，并在地里哭诉。土地听到哭声，虽心知肚明，也问其原因，并又按照教给他大哥的方式及做法告知他。弟弟也仿效大哥的做法，设置祭坛、准备物质，但在吃肉的时候两口子抢着吃，不懂礼数，但土地爷还是赐予他一物，12 丈长的鼻子。他痛苦万分，找土地爷评理，土地爷知此人狡诈异常、好吃懒做，于是又将其变为一只团鱼。

故事告诉我们，幸福需要自己实实在在地努力，为人做事要心地善良，要相互帮助。

口述：陈坤腾。

整理：石壕镇文化服务中心。

金瓜子①

从前，綦江有一家人，夫妻俩都勤劳善良。但是，日子不好过，穷得吃了上顿没得下顿。

有一天，屋梁上的燕窝里，一只燕儿掉下地来，摔断了一条腿。女的看着可怜，

①选自《中国民间故事集成重庆市南桐矿区卷》(重庆市南桐矿区民文学集成编委会，1987 年)。该故事 1986 年 3 月 27 日采于青年镇街上。

就找了点草药给燕儿敷上，用破布条包缠起，放在竹篮里调养。不久，燕儿的伤好了，也长大了，飞出门去，给主人家衔来一颗南瓜子，向着主人叽叽喳喳叫。夫妻俩不懂它的意思，只把南瓜子种在地里，不久就长出苗苗，牵起藤藤，结了一个百多斤重的大南瓜！

南瓜这么大一家人都舍不得吃。可是，日子越过越穷，有一天，没米下锅了，就商量着把南瓜煮来吃。女的把瓜洗干净，用刀划开一看：呀！竟是一肚子的金瓜子。两个人高兴极了，把金瓜子藏起，省吃节用，日子就慢慢富裕起来。

隔壁也有两口子，日子也过得穷，但是俩人都好吃懒做，总希望发点横财。他们见这夫妻俩富裕起来，就去探问原因？这夫妻俩老实，就把事情说了。隔壁两口子听后，便回家把屋梁上的燕窝戳垮，也落下一只燕儿，也被摔断了腿。他两口子也找点草药，给燕子敷起用布条包好，放在竹篮里调养。不久，燕儿的伤好了，也飞出去衔了一颗南瓜子回来，他们也照样种在地里。生出了苗苗，牵起藤藤，也结了一个百多斤重的大南瓜。

两口子高兴得不得了，想到不久就会有金子用了，就东家借、西家欠，拉了一屁股的债！两口子对债主们说："再过三天，准定来拿钱吧。"过了 3 天，十几个债主都来了。两口子只好把南瓜摘下来，满以为里边是金瓜子，谁知一划开，却跳出一个白胡子小老头，一蹦就不见了！债主们逼着两口子还债，他俩一点办法都没有，只有哭天抢地。

讲述：王祥钊，男，汉，71 岁，文盲，农民。
搜集：王由署，男，汉，22 岁，高中，农民。

摇钱树（彝族）①

从前，綦江万隆乡有两弟兄，哥哥又笨又自私，弟弟很聪明又贤惠。那年分家，哥哥把全部农具都占了，只分一间小屋给弟弟。

耕田的时候，弟弟没有牛。去跟哥哥讨，哥哥又不干，他只好把自己喂的一条狗用来犁田。狗不走，他就拿苞谷推成②细面来做成粑粑，甩在田的那边，狗想吃粑粑就把犁头拉过去了。他就用这个办法犁了田。哥哥看见了，也想借弟弟的狗去犁田，弟弟就借给他。

哥哥随便啷个吆，随便啷个甩粑粑，狗儿都不跟他犁。哥哥整冒火了，就把狗儿打死了。晚上，弟弟来问哥哥田犁完没有？哥哥说："犁个屁，它随便啷个都不走，我把他打死了。"弟弟一听，大哭了一场，把狗拖到屋后的金竹林里埋了。

---

①选自《中国民间故事集成·重庆市綦江县卷》(綦江县民间文学三套集成编辑委员会编，1991 年)。
②推成：推磨磨成。

没隔好久，狗的坟上长了一棵树子出来，那叶子金黄金黄的，多好看。弟弟一想起没有狗犁田，一想起狗儿死得很惨，就到狗坟上哭。有一天，他又来抱着坟上的树伤心，哪晓得一摇树子，上面的叶子落下来掉在地上变成了金子。弟弟高兴得很，去买了好多好东西，有吃的也有穿的。弟弟是个老实人，他把这件事跟哥哥讲了。

他哥哥高兴得很。第二天天不亮他就去找到了狗的坟，使劲摇，哪晓得哥哥摇下来的不是金子，全是些狗屎疙瘩，打得他满脸满身臭狗屎。

讲述：陈春平，男，彝族，52岁，万隆乡苏家村人。

搜集：黄治海，男，26岁，万隆乡文化站专干。

宝　缸[1]

据传说，在很早以前綦江有一户人家，家里只有一个年老的母亲和一个儿子——小三。家境很贫穷，整天靠小三上山打柴卖来维持母子二人的生活，寒来暑往，一直都过着很贫寒的生活。可是小三却很有孝心，是一个很善良的忠厚人。

有一天，小三上街卖柴回家，路过一个三岔路口，突然一晃，出现在眼前的是一口缸。凑近一看，是一口满身花纹、釉子似镜的一口缸。这地方很远都没有人烟，喊了几声，也没有人答应。

他又仔细看缸的里面，不料，小三头上戴的烂草帽掉进缸里去了，连忙伸手去捡起掉进缸里的烂草帽，捡起来一个缸里又有了同样的一个，再捡起来一个，又有一个，接连捡了十几个同样的烂草帽，硬是捡不完。小三感到奇怪了，但又没有找到缸的主人，只好把缸背回了家。

到家以后，仔细地回想起刚才在路上捡了十几个烂草帽的事，越想越感到奇怪，怎么会捡不完呢？是不是上天给我赐的宝缸啊？他又将卖柴买回来的米放进缸里，果然撮[2]不完。第二天又上山打柴背到街上去卖，这天就不用买米了，把卖柴的钱换得的一锭银子带回家来，照样放进缸里。这缸同样大显神威，照样有捡不完的银子。这样一来，小三母子二人就有穿有吃有钱花了。

不久，小三捡宝缸的事闹开了，后来被一家财主知道了。此人心黑手毒，就想方设法来骗取小三的宝缸。说来也巧，那时正是财主的老汉年满八十大寿，早晨很早就派了几个跑腿去小三家偷他的宝缸。没到吃午饭的时刻，几个跑腿就把小三的宝缸骗来了。刚把宝缸放下来，财主心里乐滋滋的，他老汉也急忙来看这宝缸，一脚不稳，一下子被栽进缸里去了。财主搞慌了手脚，急忙拉起他老汉，拉起来一个，又同样的还有一个，接连拉了十几个同样的老汉起来站了一排。这下子把财主气坏了，就朝宝

①选自《中国民间故事集成·重庆市綦江县卷》(綦江县民间文学三套集成编辑委员会编，1991年)。

②撮(cuō)：聚起，多指用簸箕状的器具铲起东西。

缸一脚跌去，只听得“哐啷”一声，宝缸不翼而飞，财主没有得到宝缸，只多得了十几个老汉。

讲述：帅承勋，男，25 岁，丁山乡四角村人。
搜集：尚文华，男，30 岁，丁山乡文化站专干。

兄妹寻宝记①

从前，綦江地区有三姐妹，爹妈死得早，三姐妹好不容易才长大成人。

有一天，三姐妹在山坡上玩耍，谈起各人的心愿。大姐说：“我想嫁给皇帝家那个缝衣裳的，不愁穿。”二姐说：“我想嫁给皇帝家的厨子，不愁吃。”三妹想一下说：“我要嫁给皇帝，帮他管天下！”谁知，皇帝手下的人上山打猎，把她们的话听见了，转回去报告给皇帝。皇帝说：“去把三姐妹都给我叫来。”

三姐妹到了皇宫，皇帝一看：相貌都不错。就说：“你们的心愿我都知道了……”于是，就把大姐嫁给裁缝。把二姐嫁给厨子。把三妹封为皇妃。在皇宫里，大姐和二姐都成了三妹的仆人。时间一久，两个姐姐就生了嫉妒心，商量起要整三妹。

三妹生娃儿，两个姐姐去照顾她。娃儿刚生下来，趁三妹不省人事的时候，大姐、二姐就把娃儿甩下了御河，哄三妹说：“生下的是死胎。”这御河要经过丞相的家门口，娃儿顺水漂流，正好被丞相捞起。一看是个男娃儿，还没有死咧！心知是皇家的骨肉，就把娃儿留在家里哺养，消息也不准外传。

三妹生的第二个娃儿同样被两个姐姐甩下了御河，也被丞相家捞上来哺养。又过了两年，三妹生了一个女孩，仍然被甩下河，又被丞相收养在家里。这事除丞相家知道外，其他任何人都不晓得。

十多年过去了，3 个娃儿都长大了。有一天，两个哥哥上山打猎去了，只有妹妹一人在花园玩耍。突然来了一个巫婆对她说：“你们家的花园虽好，却缺少三样东西。”妹妹问。“还缺少哪三样东西？”巫婆说：“这三样东西是：能言鸟、五色泉、音乐树。能言鸟会说话，它知道的事情很多，五色泉能喷出五颜六色的彩雾；音乐树能奏出美妙动听的乐曲。不过，要找到这三样宝贝非常艰难，要到很远很远的黑石山去取，如果一不小心，就会变成黑石头，永远也回不来了！”巫婆说完就不见了。

妹妹很想得到那三样宝贝，等两个哥哥打猎回来，就把巫婆说的话说了。大哥说：“好，让我去取那三样宝贝来给妹妹玩。”第二天临走时，他留下一把宝剑说：“如果这把宝剑不再发光，我就一定出了事，回不来了！”

大哥走了三天三夜，走到黑石山迷了路，看见一间房子，便进去问路。一个八十多岁的白发老头对他说：“要取那三样宝贝是很不容易的。但是，只要有勇气冲上山顶

①选自《中国民间故事集成重庆市卷》(科学技术出版社文献重庆分社，1990 年)。该故事 1986 年 7 月 6 日采录于南桐矿区青山乡。

就能得到。不过，在冲上山顶时，不管任何人叫你，你都不能回头。”于是，大哥便走到黑石山脚往山上爬。当他走到半山腰，突然有人在叫他的名字，他越听声音越近，像有很多人在叫喊。他觉得奇怪，便忘记了老头的话，回头一望，顿时全身无力，立即倒在地上，变成了一块黑石头。

二哥和妹妹在家里，三天三夜都守着宝剑。第四天宝剑突然不发光了，二哥说：“大哥肯定出事了，让我去把三样宝贝取回来吧！”临走时，他把一串明珠交给妹妹说：“要是珠子攠[①]不动了，就是我出了事，回不来了！”

二哥同样走了三天三夜，来到白发老头那里问路。老头说：“要取那三件宝贝很不容易，不过，只要有勇气，就能得到。你在冲上山顶时，不管任何人叫你，你都不要回头。”二哥很快走到黑石山下，只管向山顶爬，快要到达山顶的时候，突然听见大哥的声音在喊他。他想：莫不是大哥迷了路？回头一望，也立即倒在地上变成了一块黑石头。

妹妹在家中守了三天三夜，眼看珠子攠不动了，晓得二哥也出了事。她痛哭一场之后，便自己出发，决心要把两个哥哥救来，还要把三样宝贝取到手。

妹妹来到黑石山，也到白发老头家问路。白发老头又说：“你只要有勇气一直到达山顶，就能够取到宝物。重要的是：不管任何人叫你，你都不要回头。”

妹妹鼓起勇气直往山顶爬去。快到山顶的时候，忽然听见她的两个哥哥在不停地呼喊她的名字。她牢记老头的话，一概不理那些喊声，一直爬上山顶，便找到了那三样宝贝：能言鸟、五色泉、音乐树。

能言鸟对她说：“你只要洒上五色喷泉的水，变成黑石头的人便会复活。”于是，妹妹便舀了一些泉水，洒在那些黑石头上。果然，大哥、二哥都活了。

妹妹和大哥、二哥重新团聚，三人捧着三件宝贝，欢欢喜喜回到家里，把能言鸟、五色泉、音乐树安放在花园里。

不久，皇帝上山打猎，遇见两个打猎的年轻人，便叫来一问，才知是丞相的两个儿子。皇帝问：“听说你们家花园里有会说话的鸟，有喷五彩雾的泉水，有会奏乐的树，是真的吗？”两兄弟急忙回答：“是真的，请皇上前去观赏！”皇帝当即应允，便由两兄弟引路，来到丞相府中。

妹妹想办点菜来招待皇帝，就去问能言鸟。鸟儿说：“音乐树下有一串明珠，你拿去氽汤[①]。那就是皇帝最喜欢吃的东西。”妹妹就照鸟儿的话备办。皇帝见到那碗明珠汤时，觉得很稀奇，舀了一瓢吃在嘴里，真是美味可口。便说道：“稀奇真稀奇，珠宝也能吃！”能言鸟听了就答道：“这个不算奇，还有稀奇的事哩！”皇帝问：“还有哪样事更稀奇呢？”鸟儿说：“个人的娃儿都认不到，你说稀奇不稀奇？”皇帝说：“哪有自己的娃儿都认不到的稀奇事哟？”能言鸟就把大姐和二姐淹死皇妃两儿一女、被丞相救起扶养的事，不添不减，一五一十地说了。皇帝恍然大悟，便立即把两儿一女叫到身边，仔细看他们的相貌。觉得儿子确实像自己，女儿确实像她妈妈，不禁伤心落泪。他非常感激丞相，给了重赏。更痛恨害他妻子和儿女的那两个姐姐，下令把她们赶出皇宫。皇帝领回了他的儿女，一家人团圆了。

讲述者：张国维，男，45岁，汉族，高小，农民。
采录者：熊安文。

---

①攠：〈方〉读 má，此处指数串珠的动作。

张老幺吹唢呐

从前，綦江安稳坝有张氏三兄弟分家，大哥二哥分到高房大屋，猪马耕牛，老幺就只分到一只唢呐。张老幺的唢呐吹得好，声音响亮曲调优美。他就靠在场上吹唢呐换得一些零钱凑合过日子。

张老幺天天吹，在安稳场上吹了三年，吹得硬是好。他常常坐在仙人桥上吹唢呐。有一次，他坐在仙人桥上吹得正起劲，就看到一个驼背老者走过来。老者说："张老幺，龙王听说你唢呐吹得好，就派我来请你去吹给他听。"

张老幺问："你是什么人？怎么知道龙王的事？"

老者说："不瞒你说，我是龙王的差官，今天龙王头痛，想听你吹唢呐。"差官还告诉他吹好了龙王肯定有奖赏。到时候你什么都不要就要他神台上的那个炊壶，那才是真正的宝贝。

张老幺为龙王吹了一天一夜，龙王的头果然不痛了。龙王拿出一箱子银子高兴地说："张老幺，你的唢呐真的吹的好，这些银子是奖励你的。"

张老幺摇头头说："我不要银子，只想要你神台上的那个炊壶。"龙王说："你再多要银子我都可以给你，就是那个炊壶我舍不得。"张老幺说："要不你就什么都不要送我，要送就送那个炊壶。"

龙王见张老幺真想要炊壶，没得办法，只好给他了。其实张老幺也不晓得这炊壶是啥子宝贝。回到仙人桥上那个差官也跟来了，差官说："我家老母生病了没得钱医，你快让这炊壶给我变些银子来。"

张老幺很纳闷，他按照差官说的用手在炊壶上擦了擦，只见吹壶里硬是装起了银子。张老幺被吓倒了，差官拿了银子就要走，还对他说："你以后要什么有什么了，还可以娶个漂亮的媳妇了。"

张老幺不贪财，再说这些银子来历不明他也怕。他就把炊壶藏起来，每天还是在街上吹唢呐。

有一回土匪下山，抢了粮食还要抢姑娘。安稳坝东边的罗大娘因为保护女儿不被土匪抢，被土匪打得昏死过去了，但又没得钱请郎中。张老幺见了很心疼就回家找出炊壶要了一些银子来医好了罗大娘。罗大娘的女儿罗玲花硬是要嫁给他。张老幺走了桃花运，欢欢喜喜把罗玲花娶回了家。又要了些银子来盖了房子，打了家具。

张老幺成了有钱人，大哥、二哥便上门来讨好他了，要张老幺借点银子给他们。在大哥、二哥的软缠硬磨下，张老幺没得办法又擦了一回炊壶，要了一些银子给大哥、二哥。但大哥、二哥贪得无厌，要了银子还想要炊壶。

他们侦察到张老幺炊壶放的地方，晚上悄悄起来偷走了炊壶。

大哥、二哥得了炊壶就使劲地擦炊壶，炊壶里头就不断地流出银子来，银子在大

①氽汤：将食物开水下锅，水开就捞起来的烹饪做法。

哥二哥家门里堆成了山。

土匪知道后就下山来把他们抓起来，要他们交出炊壶。张老幺知道后怕土匪拿到炊壶干坏事，于是他来到仙人桥上吹唢呐，唤来龙王的官差，告诉他炊壶的事。官差说："炊壶给你本是想要你去救济穷人的，可是如今落到了坏人手里。"官差就贴近张老幺耳朵告诉了他咒语。张老幺急忙赶回场上，见土匪正在使劲擦炊壶，地上堆了很多银子。张老幺赶忙念了咒语，炊壶里的银子变成了石头。再一念，炊壶变大了，变成了巨石。

土匪见了气急败坏，便把张老幺的两个哥哥拉过来问罪。两个哥哥怕死，就告诉土匪说这个炊壶是在弟弟家偷来的。土匪头子又令土匪去把张老幺抓起来打，要他说出吹壶擦出银子的秘密。张老幺说这炊壶是从龙王那里要来的，要问你去问龙王。土匪头子不相信硬是跑到仙人桥去找龙王。龙王被气到了，喷了一口水上来就把土匪头子卷下河去了，再也没见他起来。

据安稳坝老人讲，那砣由炊壶变的石头后来一直在安稳场上，人们都把这砣石头当成神，逢年过节都要拜礼。直到 20 世纪 80 年代初，因为修房子才把这砣石头移走。

搜集整理：安稳镇文化服务中心。

大老爷发稀饭①

从前，綦江三元里住着一户姓王的人，全家共三口。这便是寡妇王张氏和两个儿子。这兄弟俩不是一娘所生，老大王逢仙是前娘所生；老二王付义是张氏所生。爹爹死后，丢下这三娘母，靠着爹爹遗留下来的家产相依为命，日子过得倒也称心。兄弟俩也和睦，天天读书，同去同来，从不吵嘴打闹。哥哥 12 岁，比弟弟大两岁。兄弟俩都很聪明，逗人喜欢。

时间一天一天地过去，儿子一年比一年大，家境也越来越不如过去。为娘的也不知不觉地多长了心眼，这一切对于还不懂事的儿子是不可理解的。

一天，兄弟俩放学回家，哥哥上山找柴去了。弟弟在家写字。"我儿，你进来，娘有话跟你说。"付义听娘在喊他，忙到屋里，一看娘跟以前不一样。他还以为自己做错了什么事，伤了娘的心，便扑通一声跪在娘面前，低着头说："娘，你有话就说吧。""娘只有你一个亲儿子，能不为你担心吗？""娘，你怎么啦？""你爹爹留下这份家业并不大，你和你哥哥这些年读书已花销不少，要是将来再分成两半，怕连媳妇都接不进来，要是没有你哥哥该多好啊。""娘，你究竟怎么啦？""你还不懂，娘都是为你好。你过来娘对你说……""我不敢！""听娘的没错。要是你再说半个不字，从今起，为娘的就不管你啦。"付义无奈，只得依从娘的话。第二天，兄弟俩吃罢饭，又双双上路，朝学堂走去。从他家到学堂，要经过一个很高很高的岩边，这岩下树林茂密，阴森可怕。兄弟

①选自《中国民间故事集成·重庆市綦江县卷》(綦江县民间文学三套集成编辑委员会编，1991 年)。

俩边走边玩，不觉也来到岩边，弟弟不走了，他要哥哥拉着他的手，看岩子有多高，岩下有些什么。哥哥劝说不过，只好照办了。弟弟看了一阵，突然高兴地叫起来："哥哥，快来看啦，下面的石头开花啦。""你拉着我，让我看看。"哥哥说。弟弟一手拉着哥哥，一手拉着岩边小树，待他哥哥正在张望时，他突然将手一丢。只听谷中一声惨叫……弟弟失魂落魄地跑回了家。

却说这高岩深谷的半中腰，有一个人不可到的洞，洞深数十丈，洞道平整，洞底景色别致，明晃晃，光灿灿，香气四溢，甚是离奇，洞中百般家什齐全，还分大小主次排列了一十八把交椅。既像辉煌的宫殿，又像世外桃源。无不使人眼花缭乱，心旷神怡。洞中有一长须白发老翁，此时忽听谷顶发出惨叫声，便在洞口伸出巨手，将遇难者接住。待逢仙醒来，已躺在温暖柔软的床上。

自从逢仙离开了娘，失去了朝日相处的弟弟，不知不觉来到这无人可及的地方，整天忧伤啼哭，不思饮食。老翁问他为何这样，他思念娘和弟弟，并决意要回家看望他们，帮他们担水找柴。老翁说："先别忙，你有所不知，现在你是不能回家的。"逢仙听后更是伤心落泪。老翁说："你先别哭。待我说与你听，就算你回去了。你娘和你弟弟早迟还会害死你的。"逢仙听了只是摇头不信。"这不就是你娘叫你弟弟把你从高岩上推下来的吗？不然你怎么到这人不可及的地方呢？"逢仙还是不信。待老翁把全部真情讲完，逢仙才伤心地痛哭了一场。从此，他安心在洞中，接受老翁的指点，苦读经书。

一天，逢仙来到洞底，跨过一道石门。便是一间明晃晃的厅堂。厅堂内安放着 18 把交椅，他感到很是奇怪。便索性这里试试，那里坐坐。当他坐上正中的第一把龙凤椅榻上，还没等他坐稳，便摔了下来。他摸被摔痛的屁股，自言自语道："原来这不是我坐的椅子。"然后他挨次在二、三、四、五、六把椅子上去试坐，不是被摔，就是不舒适，只有第 7 把交椅他坐着很满意。这究竟为什么，他也无心追究。

逢仙在此洞中，一晃已过了 5 年。在老翁的照料和指点下，他学到了不少的东西。老翁也很喜欢逢仙勤奋好学的习惯和正直的性格。一天，老翁把逢仙叫到跟前，好一阵不说一句话，只叹息不已。逢仙感到奇怪，忙跪倒在地："承蒙恩翁教诲数年，学得一些东西，请相信弟子决无异心。"老翁摇摇头道："我实话告诉你吧。但你不要怕。我本不是什么老翁。我只不过是一条普普通通的蛇在此修道，经过 1200 年的修炼。现已成龙，到明日午时三刻就要随洪入海了。"

逢仙听后又是惊奇又是伤心。他紧紧抱住老翁的腿："你不是蛇，你不是蛇呀！你是我的恩翁，我要把你养老送终，报你的恩德，你走了我怎么办啊！""傻孩子，这是天意，天家自有安排，虽说你的灾星还未脱，但熬过这关就会得到洪福的。""那明日你走后我在这里怎么办啦？""到明日午时三刻，只要洪水漫上洞口，你就紧闭双眼骑到我背了，紧抓住我的衣领，任凭风吹浪打，电闪雷鸣，万万不可睁开双眼，我自会送你到一个去处，此后你就得自谋生路。"

当晚，天色突变，下起了滂沱大雨，次日到处山洪暴发，洪水越漫越高，深谷变成了一片汪洋。待洪水刚到洞口，逢仙即按老翁之言，爬在他背上，双手抓住衣领不放，紧闭双眼，这时老翁摇身一变，顺水流入河心。逢仙骑在龙背上，双手抓紧龙冠。只听得洪水哗哗，风声呼呼，巨雷轰鸣。他的心都吓得提上了嗓子眼。但他记住了老翁的话，怎么也不放手，怎么也不睁眼。

突然，逢仙被重重地摔落在一块硬邦邦的东西上，把他吓得睁开了双眼。一看，四面江洋，恶浪滔滔，原来他已被抛在河心的一个大石包上。这时水位正在上升，眼看没被淹的石包已所剩无几了，前后狂滔，左右恶浪，真是上天无路，入地也无门。他站在石包顶上，狂呼着："救命啊！救命啊！救……命……"

无情的雷电和震耳欲聋的吼水声淹没了他的呼救声。就算有人能听见，这桥不能搭，船不能行，他自知身处绝境，伤心地痛哭起来。正在这危急关头，对面山上下来了一位手拄拐杖的老太婆，逢仙又急呼起来。谁知这一声叫喊就被老太婆听见了。老太婆见是遇难者在呼救。便随手伸出她那拐杖。只是那拐杖越伸越长，越长越细，待伸到石包顶时，已像一根针一样细。谁还能攀着它过河呢。逢仙呆在那里一动也不敢动。只听老太婆一声喊："闭上眼睛走过来。"逢仙刚闭上眼睛，啊！出现在面前的竟是一条大路，他平安地来到河对岸。逢仙睁开眼睛，刚想跪地谢恩时。却早已四下无人。他朝山一拜，对水一拜，表示谢恩。原来，是南海观音搭救了他，把他救到老林脚下的岸边。

此时，已是夕阳西下，这山脚下别无他路。只有一条小道上山。他只好顺道往上爬，等来到半山腰，天已黑尽。在这茫茫林海中，何处投宿呢？他硬着头皮往前走。忽然一股香气飘来，他随香气走去，终于找到了一座山王庙，便闯了进去。庙中空无一人，他决定在此暂住一夜，待明日再作打算。逢仙依神台边躺下，想好好睡一夜，待明日上路寻个去处。才闭上眼睛，就听门外一声虎叫，脚步声也噼里达啦地朝庙门而来。他一骨碌翻起来，全身像筛糠一样，没头没脑地东藏西躲，可怎么也找不到隐身之处。他正着慌时野兽也狂叫着闯进了庙门。逢仙被吓得满身汗如雨注，一个劲往神台后摸去，恰好摸到一个洞，他便不管三七二十一钻了进去。原来他钻的正是山王菩萨的肚腹。

这时，各种野兽都相继到来，满堂嘈杂不已，东串西嗅。突然，他听老虎在对其他野兽说："这里有生人之气，大家快找呀。"豹子也附和说："对呀，生人味就在这屋里，快找出来填填肚子呀。"逢仙听后，吓得魂不附体。"不得胡来，这是菩萨的殿堂。得罪了神灵，我们谁也活不成。"感激梅花鹿的劝阻，逢仙才松了口气。原来这百般兽类都是应山王菩萨之召，前来开会的。山王菩萨说："今天召大家拢来，是要告之你们一事，当朝皇后害了瞎眼病，双目完全失明，皇上无心问政，整天传旨张榜求名医，并说有谁能治好此病，可封官赐禄，要啥有啥。如没有受过大劫难的人，是不会享受这份洪福的。就是有了这种人，他也要经过千难万险，来此山岩上那过去舂火药老翁的碓窝脚下取出灵芝草去，才能治好此病。要你们从即日起守戍，切不可伤害取药人，违者赐死。"

山王菩萨的这席话逢仙听得一清二楚。他想，我何不去做这一件好事，治好皇后就可使皇上安心过问朝政，关心民众之事，这也是我对民众的一份功德。第二天，他采了一些野果充饥，便寻路往上爬，林中乱刺丛生，锋利无比，把他连衣带肉划了上百条口子，鲜血直流，疼痛难忍，但他终于攀上了万丈悬岩。他找到了那个碓窝，绕碓窝脚一看，果有一株奇特的芳草，便小心地拔起来，收藏在身，往京城方向寻路而去。

经过半个多月的跋山涉水，夜宿晓行，王逢仙终于赶到了京城。他来到张榜的榜文前，抬手便揭了下来，两个护榜的皇兵一看，这揭榜的竟是一个衣衫褛烂的小叫花子。"你是何人，如此大胆？"一个皇兵说。"我是为皇后治病的。"逢仙答道。"你不怕死吗，凡来者治不好病都要被赐死的。""我不怕，你们只管带我进去就是了。"两个皇兵把逢仙带进皇宫并通报皇上："有一揭榜的小叫花子要朝见皇上。"皇帝端坐于龙凤宝座之上，见逢仙是一个叫花子，心里很不高兴。逢仙开口道："下民王逢仙朝见皇上。""胆大小叫花子有何本事？"皇上问。"回皇上，下人能治好皇后的眼病。""你知不知道欺君该当何罪？""该当死罪，但我确实能治好此病。"逢仙答道。"既如此，传太监快拿衣服来与他换上，到内宫与皇后治病。"皇上传旨说。

逢仙被带进内宫，他叫退太监，不慌不忙地从怀中取出灵芝草，叫皇后坐定，用灵芝在她眼上刷了一遍。半时辰后，他叫皇后睁眼试看。皇后说："眼前好像灰蒙蒙一片。"逢仙又给她刷了第二遍，待半时辰后，又叫她睁眼试看。皇后说："望见模糊的影子了。"逢仙又给皇后刷了第三遍。待半时辰后，逢仙叫她睁大眼睛看。皇后猛地睁开眼睛，她惊喜地叫起来："我看见啦！我看得见啦，什么都看得见啦！"太监在门外听后惊讶不已，忙叫通报皇上，宫门外响起了数声铁炮。逢仙治好了皇后的眼病，自然成了皇上的恩人，当即大摆酒宴庆贺，整个皇宫一片欢腾。

从此，宫内大小官员，都以赞叹的眼光和讨好的笑脸向着他。这个送金银珠宝，那个送绫罗绸缎。但逢仙都一一谢绝了。一天，皇上召逢仙进宫，下旨按榜文兑现，要对逢仙进行封官赐禄。皇上说："逢仙啦，你为当朝立了大功，我现在就要按榜文对你进行封官赐禄，你有何要求？"逢仙答道："承皇上恩赐，下人一不要金银珠宝，二不要绫罗绸缎，三不要做王侯都督司马太监。只求回家乡当一县令就满足了。"皇上听后十分高兴，当即对满朝官员说："逢仙为当朝立功不小，本应封赐高官厚禄，但他不贪钱财，不图高官，为人正直，定要加倍赏赐财宝，并派人亲送至县衙。"

四月二十二日这天，王逢仙带着公文，随押解财宝的皇兵来到家乡，接任了县令。他接管的这个县，已连遭三年大旱，大地干裂，禾苗枯死，民不聊生。逢仙到任后，立即派出人马到外地调运大批粮米，并在县衙门前成排地打灶安锅，每天造饭分发一次，拯救难民。

一天，他出来视察排队等饭的难民时，见有一男一女两人，在队列中东推西挤，抢排前队，正要上前教训他们，还没开口，他却惊呆了，原来这老的正是他娘，这男的是他弟弟王付义，怎么他们也成饥民了？不是还有那么大的家产吗？怎么这样不循规守道，昧着良心硬把先到的老弱病残推到后面，看来搭救我的洞中老翁没说假话。这种人非得教训教训看能否悔改。他当即回堂，对手下人吩咐说，再发稀饭时，一切听我号令。

到发稀饭时，王付义两母子又厚着脸皮挤到了最前面。逢仙看后，叫把稀饭从后面往前发，以饭发完为止。待还没到王付义时，稀饭已光了。两母子很不服气，王付义说："娘，今天没得算了，回家煮来吃就是了。明天我们排在最后总该得到。"就这样空着碗回去了。

第二天，逢仙又叫手下人把稀饭从前队往后队发。刚发到王付义，稀饭又完了。他娘说："我们的运气怎么这样差哟。"王付义说："娘别急，待明天来我们挤到中间去，随他往哪头发我们也会得到的。"

到了第三天，逢仙出来一看，又叫手下人把稀饭从两头同时往中间发。待发到他们的时候，稀饭又完了。这时，两母子已知道不是运气了，而是有意作弄她们，便哭哭啼啼地来找县大老爷："你们为什么这样作弄我们？我们连等了 3 天的饭却一次也得不到，我们挤到前面，你们从后而发。我们排到后面，你们从前面发。我们挤进中间，你们从两头发。你们为什么专门作弄我们？我家的财产败完还有两顿饭的米都是要来的，你们晓得吗？”等付义娘一通气愤的话问完，县大老爷才不慌不忙地反问道：“你们家中还有两顿饭的米，人家这些颗粒皆无。你们专门去欺负老弱病残，硬把人家推到后面，挤在两边。还有那高岩脚的石头开花，这一切你们晓得吗？晓得吗！”

一席问话，使付义娘母哑口无言，目瞪口呆，磕头赔罪如捣蒜。现在他们才明白，原来这县大老爷便是6年前被害死的逢仙。他娘说：“儿啦，是娘错了，娘没有良心，只想自己的亲生儿独占家财，谁知会落到现在，是娘对不起你呀。”付义也哭诉着说：“大哥呀，是我对不起你，你是我亲手所害的，我有罪，我该死。自从把你害了以后，我不敢再往那里去读书，娘说只要哥哥死了，这个家产就够我们吃穿一辈子的。之后我就好吃懒做，要么就出去和别人一起害人取乐。家产已经被败完了，哥哥治我罪吧。”逢仙见到这种情境，心已软了几分。训斥了一阵后，为他们定出了几戒，叫他们从今以后不要害人。

讲述：黎顺祥，女，71岁，通惠乡柏林村人。
搜集：霍仁伦，男，32岁，三角乡文化站专干。

聪明的媳妇[①]

从前綦江有个老头，他有三个儿子，都娶了媳妇。

老头有点不正经，胡思乱想的。这天，老头六十大寿，酒席上他偏要3个媳妇给他斟酒，别个斟他就不喝。大媳妇斟好酒，双手递给公公，可老头说要说句好听的话才喝。大媳妇想了想，说：“公公今天满60，好像屋后的棕树。”老头说：“啷个意思？”大媳妇补充道：“节节高嘛！”老头高兴了，一饮而尽。二媳妇斟酒递给公公：“公公今天满60，好像土头的萝卜。”老头问：“此话怎讲？”媳妇说：“嫩实实的。”老头笑着把酒喝了。三媳妇也把酒斟好，说：“公公今天满60，好像锅头的鱼。”老头说：“怎么样？”“快乐！”老头笑得闭不拢嘴：“快乐，快乐！”

晚上，他把这件得意的事摆给老伴听。老伴听了却不以为然，笑道：“屋后的棕树，哪是节节高嘛，是千刀万剐！土头的萝卜也不是嫩实实，是说你半截钻土啦！”“那锅头的鱼呢？”“那是叫你不要烧火[②]！烧了火，锅头的鱼还不死？”老头这才恍然大悟，明白了3个媳妇是在讥笑、警告他。从此，这老头再不敢妖言戏法[③]了。

讲述：翟国才，男，60岁，永久乡中书村人。
搜集：董金元，男，35岁，永久乡文化站专干。

①《中国民间故事集成·重庆市綦江县卷》(綦江县民间文学三套集成编辑委员会编，1991年)。
②烧火：〈方〉指公公调戏、骚扰儿媳妇的乱伦现象。
③妖艳戏法：言行异常，不符常理。

聪明的妻子[1]

有一对夫妇自结婚后，感情甚佳，丈夫不管到哪里，都思念着妻子。如果离家近，他经常都要跑回家看一下妻子，因为妻子长得十分美。为了使丈夫更好地做事，妻子就将她的相画在纸上，叫丈夫带到田的两面，丈夫犁田时来回都看得见妻子的画像。

有一次，他把妻子的画像放在田边，遇到大风，把妻子的画像吹落到綦江县城的官府内。官府内的府官捡起画像一看，看中了画中的女人。于是这个府官就派人来把这个美貌女人抓去给他做妻子。临走时，女人把火药枪拿给丈夫，还有一件长衣服，她跟丈夫说："你今后把打雀的羽毛贴在衣服上。"妻子的吩咐，丈夫按照这样去做了。

3 年都快要过去了，丈夫日积月累打猎，羽毛贴满了衣服。打猎人就来到县府。府里的女人听说外面有一个身穿羽毛的猎人，叫手下人把他喊进来。这个三年不说话的女人早就盼望着自己的丈夫，机会终于到来了。这女人就哄她的府官丈夫脱下他的官袍，穿上这个猎人的长衣，于是此官就换下了龙官，穿上猎人的衣服。这猎人立刻穿上了官袍。这位府官丈夫便登位展示他的猎衣，顿时，女人招来手下说："这个穿猎衣的人是从哪里来的？立即推出去斩了。"然后，女人的原有丈夫马上登位任职。

讲述：王泽宣，60 岁，通惠乡人。
搜集：王泽云，男，29 岁，通惠乡文化站专干。

李才女的故事[2]

从前，綦江隆盛干溪槽有一李姓大户，家有一女，生性聪明伶俐。后来，家里专门请了一个教书先生来教她。她年纪虽小，但学习刻苦勤奋，不到几年就读完了诗书对课、四书五经。

一天，家里来了几个客人，都是些有头有脸、知书达理之人，听说此女有些才学，便想试试。其父谦道："小女不才，望各位指教。"女孩来到堂前，一一施礼相见。一客人出了一个上联："狗尾草"，让女孩续对。女孩略加思索道："鸡冠花"。另一客人见此女孩确实不凡，便以本地的地名出一上联："黄椿沟"[3]，女孩随即用本地地名应答："柏杨塆。"此人又道："黄椿沟溪水潺潺。"女孩接道："柏杨塆林木森森"。客人一惊，大声

①《中国民间故事集成·重庆市綦江县卷》(綦江县民间文学三套集成编辑委员会编,1991 年)。
②綦江街镇历史文化丛书《千姿隆盛》(政协重庆市綦江区委员会编)湖南地图出版社,2015 年出版
③黄椿沟:在振兴村沟口处。

道："黄椿沟溪水潺潺游鱼乐"。女孩朗声应道："柏杨塆林木森森飞鸟鸣！"众人听罢，无不拍手称赞。及至女孩成年后，饱读诗书，当地人皆称李才女。

一转眼，李才女已是年方十八，到了谈婚论嫁的时候，她自己选定的意中人是一吴姓人家。小伙英俊帅气，也通诗书，可说是门当户对，便托媒人介绍，订下婚姻。

一个上午，艳阳高照，吴小伙到李才女家做客，正遇她和嫂子在地坝晾衣服，李才女见状，不好意思，转身欲往内室躲，嫂子出口道："妹妹害羞躲内房。"李才女也不示弱，随即以对相讥："嫂嫂怕日手遮阳。"吴小伙听罢，忍俊不禁，随声应到："哥哥庄外敲门廊。"嫂嫂一听，笑着赶忙将吴哥儿迎进屋内。

到了李才女出嫁之日，她出了个上联，贴在轿门上，让新郎对上了，她才上轿。联曰："东启明，西长庚，南极北斗，谁是摘星手？"迎亲的人见状，个个面面相觑，为新郎捏了一把汗。

新郎胸有成竹，不慌不忙，沉思片刻，应声对道："春牡丹，夏芍药，秋菊冬梅，我是采花郎。"才女一听，嫣然一笑，心想，我确实没有选错人，遂欣然上轿。

轿到婆家，新郎新娘拜过天地，行过大礼，引入洞房，新郎正欲动手掀开盖头，"且慢！"只听新娘道："妾有四句字谜，请各打一字，郎若能猜对，方可掀起盖头，否则今晚也休想入我洞房。"随即展开手卷，只见上面用娟秀的小楷写道："举手一试不足斤，四维缥缈罩玉人；莫看此丝虽然少，黄花女子最倾心。"

新郎见才女如此浪漫，更是欣喜若狂，便道："我若能对上，要把你亲个够。"新娘道："那是自然。"新郎在房内踱着方步，略略沉思，便迎上前去，掀下小姐的盖头，把新娘搂在了怀里……原来，盖头也称罗纱，谜底是："掀、罗、纱、好"四字，新郎用肢体语言解了谜。

新婚当晚，当地风俗，要闹房。众亲友早闻新娘是个才女，都想见识见识。是时，华灯齐放，满院通明，闹房宴拉开序幕。众亲友凡是有点墨水的，不分尊卑老幼，围坐席上，新郎新娘提壶举盏，侍候左右，热情敬酒。

两新人来到一青年小伙面前敬酒，只见这青年不慌不忙，从桌下拿出一根用来赶鸡的破竹竿来，问新娘："这是什么？"这种用来赶鸡的破竹竿本地方方言叫"响篙"，引得众人哈哈大笑，新娘不假思索地答道："鸡怕！"小伙被敬酒一杯。

一中年男子见状，因他知道，这门婚事是才女自己选定后才托媒介绍的，便说道："我有一个上联，请新娘续对，若对不上，请谈谈你是怎样选定这新郎的？上联为：因荷（何）而得藕（偶）？"才女道："我若对上了，你要喝双杯哟。我的下联是：有杏（幸）不须梅（媒）。"众人叫好，都称赞她有眼光，婚姻自主，可敬可贺，那男子爽快地喝酒两杯。

这时又有一人站将起来，大声说道："表嫂，今日得见娇颜，看得我老表心神乱，我有一字谜，让你猜猜，若猜不出，请让我当众亲一口。谜曰：蒙了上面，下面睡起日；蒙了下面，上面睡起日；蒙了左面，右面站起日；蒙了右面，左面站起日；蒙到中间就不日。"众人一听，笑得差点憋了气。李小姐又羞又气，故作难状："你这谜这么难听，我猜中了，你要喝三杯才是。"接着道："我知道老表爱种"田"，特把酒杯递面前，喝！"他老表足足喝了三大杯。

这时，一老者说道："新婚三天不分老幼，我老头也来凑个热闹"，老者于是把筷子放于酒杯上，让新娘猜。李才女红着脸说："不负厚望，筷（快）杯（背）儿，请长辈喝酒!”众人喝彩，老者高高兴兴喝了一杯。

经过几番较量，众亲友都不是新娘对手，一个个都喝得醉醺醺的，但意犹未尽。有人提议，让新娘出个节目，李才女欣然允诺，道:“我说个四言八句[①]，你们猜是什么意思，猜不出，每人都要喝一杯酒。”即道:“老夫聊发少年狂，娘心岂还放中央，方知小女早有备，便将喜酒给你尝。”说完，转身进了洞房。这时，席上炸开了锅，有的在猜，有的在嚷，说新娘等不及了，逃跑了，闹得不亦乐乎。有的确实在猜想：这第一句，倒是引用苏轼的词《江城子·密州出猎》中的句子，几句话的意思嘛，倒很明白，但到底是什么意思呢？仅一会儿，新娘便来到席前，不少人连声问:“你跑到哪里去了来?”新娘道:“我说的四言八句中，不是给你们说了吗，还在问？难道你们都没听清楚那四句话的头一个字吗?!”这时，大家才恍然大悟，接着一阵哄堂大笑，原来是首藏头诗“老娘方便”，只得自叹倒霉，各自喝了这杯酒。李才女待大家喝完这杯酒，接着说道:“我还来出个题目，若答对了，就来敲门，若答不上，就不要来干扰我。”说完，将一个柿子用红线拴了，挂在洞房门口，便拉着新郎，走进洞房，随手关上房门。众亲友绞尽脑汁，百思不得其解，只好各自散去。

第二天，众亲友要求新娘说出谜底。李才女说:“我让你们继续闹房，你们怎么不闹了?”哦，谜底原来是个“闹”字。

搜集：东溪镇文化服务中心。

“乌鸦反哺”的故事

乳哺三年娘受苦，移干就湿卧娘身。
儿病恨不将身替，调理汤药不离身。
……

黄喻氏生于乾隆十六年农历八月十二（1753年9月8日），娘家在綦江东溪镇上罗村。虽家境贫寒，但父母十分重视家教，礼节甚严。喻氏虽是女子，但从小也在家读过“三纲五常”的书籍，深受《蒙学》等“仁、义、礼、智、信”的传统礼教影响。早读晚诵，铭刻在心，习以为常，举止言谈，中规中矩，四方乡邻皆赞喻家家教得法，引为楷模。

未出嫁的喻氏身材高挑，眉清目秀，白里透红的脸颊，一笑两酒窝，十分讨人喜爱，引来无数的媒婆踏破喻家门槛。喻父不为大户土豪所动，千挑万选，终于选中邻乡郭扶的黄姓之子黄思智，择为佳婿。

黄思智家住郭扶人和村，家境也颇贫困，但为人勤勉厚道，知书达理，是个左邻右舍都夸赞不已的好后生。把女儿嫁给黄家，用喻父的话说：这才是门板对门板，篾笆对篾笆。

①四言八句：当地方言，即顺口溜、打油诗之类。

喻氏嫁过黄家，早起晚睡，勤俭持家，家境渐有起色，先后生育二儿一女，加上公公、公婆，一家共 7 人，人丁渐旺。

乾隆三十五年，黄喻氏的公公、公婆由于积劳成疾，重病缠身，丧失了劳动力，再加上连续三年自然灾害，家境愈发贫困，难以维系。为防不测，黄喻氏给丈夫商议：趁我们还身强力壮，早点给老人建好墓葬，以利二老仙逝之时安享百年，免得到时手忙脚乱，礼数不周。丈夫黄思智深表赞同，第二天天刚亮，夫妇俩带着孩子到生期湾合粟坪挖土掘石，为二老修筑墓穴。一连挖了七天七夜，正在精疲力竭时，黄喻氏突然“啊”地大叫一声，竟然在墓道内挖出了一窝闪闪发光的金子。一家人欣喜不已，赶紧用金子雇人修墓，了却夙愿。

夫妻俩孝老获金后，家境得到了改善。乾隆四十一年冬，公婆黄王氏突生大病，这日向黄喻氏说想要吃笋子，就是不知买得到不。媳妇黄喻氏立刻答应，赓即出门挨门逐户寻购竹笋。殊不知，接连几天走遍了方圆几十里的农家都没买到笋子，令黄喻氏心急如焚。由于连日翻山越岭的劳累，刚到家她便倒在床上昏睡过去。睡梦中，她梦见自己在山间小道上因找不到竹笋而呼天喊地，大哭不止，心力交瘁。梦中的泪水浸湿了衣衫，满天的大雪覆盖了山川。待她一觉醒来，已是早晨，赶紧趁着晨光起床，为一家老小煮早饭。

就在她开启后门端水煮饭时，猛然间抬头，只见后山上的楠竹林中生长出一棵又大又嫩的楠竹笋。黄喻氏大喜过望，立即摘下竹笋，为公婆做了一道味道鲜美的“冬笋烧腊肉”，了却了公婆的心愿。一时间，黄喻氏“梦中哭开冬笋来”的传奇闻名乡里。

转瞬间又到了乾隆四十三年的隆冬，公婆黄王氏又向儿媳黄喻氏说：要是能够吃上一顿火锅鱼该多好啊！黄喻氏同样欣然应诺。天寒地冻，冰封雪裹，一望无垠的田野山川到哪里去捕鱼？黄喻氏为使婆婆吃上鲜活的鱼儿，手拿竹竿、竹围，腰挎笆篓①，顶着寒风，来到自己家的冬水田，跳入其中，破冰扬竿，开始捕捞。刺骨的冰水寒冷异常，但丝毫没有阻止黄喻氏的决心。她从这块田到那块田不停地捕捞，虽然四肢冻得通红，依然没有退缩的意思。经过三天的连续破冰捕捞，她终于捉到了一条二斤重的鲤鱼，立刻返身回家，给公婆做了一道可口的糯米炖鲤鱼……黄喻氏之举，被后人传为“寒冰捕鱼”的佳话。

第二年，黄喻氏再生三子黄廷彦时，公婆黄王氏突生大病，难以进食，生命垂危。为挽救公婆的性命，黄喻氏果断地舍弃给儿子吃奶，把母乳喂给婆母黄王氏，喂乳时间长达一年，直至乾隆四十五年农历七月初三寿终正寝，葬于人和岩子湾生期坟。黄喻氏以乳喂公婆的动人事迹流传百里，成为当地“乌鸦反哺”“百善孝为先”的典范，令后人感动万千，争相仿效。

道光十一年农历四月初五，78 岁的黄喻氏病故，葬于人和村岩子湾生期坪。后人在她的墓碑牌坊上，以图案形式，刻记了黄喻氏深明大义、至孝至善的故事，流传至今。

搜集：赶水镇文化服务中心。

①笆篓：用竹篾或荆条编织成的盛器。

鸡公嘴的菩萨应远不应近

相传在很早很早的时候，綦江古剑山鸡公嘴山上住着一个姓王的泥匠。这泥匠手艺高超，他捏的泥人栩栩如生，请他塑身的多数都是有身份名望的人家。

有一天夜里，王泥匠在梦中看见了观音娘娘。观音娘娘说："古剑山的风景优美，气候宜人，是一个很好的地方。你住在这里安居乐业，也是多亏了老天保佑，你该好好感谢老天爷。"梦醒后，王泥匠反复想着夜里的梦，便与妻子商量，该如何感谢老天爷。想来想去，王泥匠决定塑一尊观音娘娘的像。他妻子也觉得只有这样才好。于是，王泥匠花了两个多月的时间，精心塑了一尊观音娘娘的像，放到鸡公嘴山顶。并在观音像前第一个许了一个心愿："希望自已的儿子，长大了学有所成，将来成达官贵人，不像他，做一辈子的泥匠。"

十年后，王泥匠的儿子，因为有真才实学，被南州[①]县官看中，并举荐给楚州[②]，还真的成了达官贵人。王泥匠逢人便说，这是观音娘娘让他实现了这个梦想，是观音娘娘显的灵。

王泥匠家的飞黄腾达，让当时老百姓相信，鸡公嘴上的菩萨确实灵，因此到鸡公嘴来拜菩萨的人络绎不绝。王泥匠那个成为达官贵人的儿子，便派手下，在山顶修了一座寺庙，这座寺庙就是现在都还在的净音寺。寺庙修好后的第二年，王泥匠的儿子回乡省亲，与南州县官一起去鸡公嘴拜观音，两人同时许愿，希望来年能得到提拔。果然不出所料，第二年，王泥匠的儿子真的得到了提拔。于是，南州县官嘟囔着：这鸡公嘴的菩萨硬是应远不应近呐。从此，"鸡公嘴的菩萨应远不应近"这个说法就流传开了，而且越传越远，越传越神，很多想得到荣华富贵的人都不远万里到鸡公嘴来烧香许愿呢！

"鸡公嘴的菩萨应远不应近"这句话流传到了清朝光绪年间。一次，巴县的一位师爷来古剑山游玩，陪同的有綦江县师爷。游玩途中，密林深处传来一女子婉转动听的山歌。随行的人都听得呆了，有人前去打探，看见该女子，貌若桃花，粗布裹衣却仍藏不住灵气与妩媚。听说这里的许愿灵验，巴县师爷与綦江师爷一起许愿，希望与该女子结成百年好合。巴县师爷还留了一把姻缘锁锁在鸡公嘴舍身崖上。

第二年，巴县师爷把喜帖送到綦江，綦江师爷看了喜帖才知道他们同时许的愿落到了巴县师爷头上。綦江师爷感叹：鸡公嘴的菩萨硬是应远不应近啊！巴县师爷新婚燕尔的时候，身心倍爽，特派人把寺庙重新修整了一番。

如果说王泥匠的儿子是有因有果的话，那巴县师爷的许愿灵验让人们深信"鸡公嘴的菩萨是应远不应近"的说法，于是"鸡公嘴的菩萨是应远不应近"这种说法越传

---

①南州：今綦江。
②楚州：今重庆市区。

越远，一直流传到现在，舍身崖上的姻缘锁也因此越添越多。一年四季到鸡公嘴许愿的、求神拜佛的人络绎不绝。

搜集：古南街道文化服务中心。

詹厨子与“鸡脖菜”

“进詹[①]有雨，出詹晴”，綦江石壕地区的一句农谚。“詹”就是指每年秋天的“詹天”季节，即农历八月十三至二十六的这13天时间，在石壕地区称为“詹天”。在这13天时间里，往往都是阴雨连绵，严重影响海拔600米以上地区的秋收，稍不留神，水稻、玉米就会没有收天[②]而烂掉。“詹天”是怎么来的呢？

传说在上古时代，有位皇帝非常喜欢吃鸡的脖子，并起名叫“鸡脖菜”。于是就专门聘请了一位姓“詹”的厨子来，每天都要给他做这道“鸡脖菜”来吃。这位詹厨子不但“鸡脖菜”做得非常好吃，而且对皇帝非常忠心，对此，皇帝很是欢心。

天长日久，皇宫周边千里之内的鸡都被皇帝吃光了，于是詹厨子想了一个办法，就用蛇来代替鸡的脖子，没想到，比鸡脖子做的“鸡脖菜”更加美味可口，皇帝大加赞赏。数十年过去了，山上的蛇也被皇帝吃光了，于是詹厨子再也做不出来“鸡脖菜”了。一连三日，皇帝都没能吃上“鸡脖菜”，非常恼怒，一气之下，拔剑就将詹厨子给杀了。之后，皇帝的侍从们把詹厨子是如何做“鸡脖菜”的情形和对皇上如何的忠心耿耿，一五一十地给皇帝讲了。皇帝感到非常后悔，于是就在每年秋天，用13天的时间不上朝，把这13天的时间让位给这位忠心耿耿的詹厨子。

这位詹厨子一方面感到死得非常冤枉，很是悲痛伤心。另一方面皇帝又让位13天给他，他又感到皇恩浩荡，非常欢欣。于是这位詹厨子悲喜交加，在他在位的这13天时间里，每天都以泪洗面。因此，每年在詹厨子在位的这13天里，便是阴雨连绵。

整理：赵福乾，60岁，石壕镇文化服务中心主任。

---

①詹：也写作沾。
②收天：晴天。

“罗扯哄①”的传说

清道光年间，綦江新盛号房村出了一个喜欢“耍嘴皮子”的人，由于此人爱开玩笑，还特别爱撒谎，人们都叫他‘罗扯哄’，久而久之，倒把他真名给忘了。

“罗扯哄”开师傅的玩笑

一次，“罗扯哄”向一个师傅学做木匠活儿，可他又不爱听师傅的话，因此，经常受到师傅的责骂，有时气极了还少不了要打他几下。“罗扯哄”对师傅心生不满，就决心要报复师傅，给师傅一点儿颜色看。

在一个夏天的中午，“罗扯哄”对师傅说：“今天天气这么热，我们去洗个澡，你看要不要得?”师傅答应了。于是，师徒二人就去新盛号房的龙洞河沟洗澡。他们刚洗了一会儿，“罗扯哄”就先上岸穿好衣服，二话没有说，把师傅的衣服裤子全部抱起就跑，害得师傅不敢上岸。

“罗扯哄”抱着师傅的衣服裤子一口气跑到了师傅的家中，一进门便大声吼道：“师母呀，师母，不好了，师傅去洗澡被淹死了！”他边说还边把一道门的门板下了下来，然后扛起门板，抱起师傅的衣服裤子往河边跑，边跑边说：“师母，你们后面快点来，我先去把师傅弄起来。”

“罗扯哄”跑到了龙洞河沟，对还在水里的师傅火急火燎地吼道：“师傅啊，师傅，不好了呀，你家房子被火烧了，我也只抱出来一块门板啊！”师傅一听，吓得不得了，连忙从河沟里爬上来，三下五除二，穿上衣服裤子就往家里跑。

“罗扯哄”见师傅被他哄得团团转开心极了。趁师傅走了，就赶忙悄悄地溜了。

等师傅和师母在半路碰见时，师母说：“你不是被淹死了吗?”师傅说：“家里房子不是被火烧了吗?”这时他们二人才恍然大悟，都异口同声地说，这个龟儿子“罗扯哄”，硬是整死个人。

“罗扯哄”整县令

相传，有“邓小伙”之称的邓仁堃，在綦江任县令时，一天，他从重庆府衙坐着大轿，前呼后拥地回綦江。经过新盛号房②时，遇到了“罗扯哄”。

“罗扯哄”一见到邓大人的大轿就顿生一计：你邓小伙不是会阴阳爱“整人”吗?今天我也要整你一回。于是，“罗扯哄”就一直在邓县令的大轿后面跟着。

到了号房村一个小地名叫“烧房”的地方，喜欢风水的邓大人对眼前的地势产生了兴趣，就连忙喊歇轿。轿子停下后，邓大人从轿子里出来，站在一旁出神地看着山形地貌，还不时闭上眼睛，用手指掐算着。

---

①扯哄：方言，即撒谎的意思。
②新盛号房：綦江到重庆的老石板路。

"罗扯哄"一看整邓小伙的机会来了，因为大轿正好停在大路边一块"万岁碑"前面。

原来，经过号房村的这条石板大路是由皇帝批准后才修的，路修好后，人们就修了一块"万岁碑"立在路边，上面刻有一个大大的"圣"字和捐赠钱、粮人的名字，原本就是感谢皇恩的意思，这下可给"罗扯哄"逮着机会了。他趁轿夫们在一旁歇气不注意的时候，就从口袋里掏出四个青龙钱，悄悄地塞在了大轿的四只脚下，然后佯装着过路的行人，若无其事地走到邓小伙跟前说道："邓大人，你可知道你犯罪了吗?"

"胡说八道，我犯什么罪呀!"邓县令见有人打断了他的兴致，怒不可遏，气急败坏地高声呵斥道。

"罗扯哄"奸诈地一笑，说："你看你，脚踏青龙钱，背对万岁碑，你这不是犯了欺君之罪吗?"

邓大人不相信，但还是随着"罗扯哄"手指方向，往后面和大轿的四只脚下一看，果然如此！邓大人一怔，沉默了片刻对"罗扯哄"说："我上当了，你千万不要说出去，你随我到綦江县衙，我办招待①如何?""罗扯哄"见邓小伙给自己下了"矮桩②"，心里早就乐开了花，想都没想就答应了，高高兴兴地和邓小伙到了綦江县衙。

在酒席上，"罗扯哄"仗着几分酒兴，洋洋得意地对邓小伙自报家门，说他是新盛号房出了名的"罗扯哄"。

邓县令看着"罗扯哄"，突然大笑了起来："其实你那个拿铜钱塞轿脚的把戏，我早就看穿了。"

"此话怎讲?"

邓县令道："铜钱有口没有脚，就像你有脚没翅膀。你飞不上天，铜钱也就不会自己钻进四个轿脚里去。我们一二十双眼睛都没有发现轿脚底有铜钱，唯独被你看见了，这摆明了就是此地无银三百两，不是你放的还会有谁?"

"那……那你邓大人，为何还要好酒好肉的款待我这个刁民啊？""罗扯哄"吓出了一身冷汗。

传说后来他们经过一番交涉后，"罗扯哄"回家生了一场大病。从那以后，"罗扯哄"就"改邪归正"了。

整理：新盛街道文化服务中心。

不信鬼的苟白珍

苟白珍，何许人也？那是新中国成立前綦江新盛有名的大地主，后来他靠捐钱买官，还当上了新盛乡的保长。

---

①办招待：请客吃饭。
②下矮桩：示弱。

苟白珍家住新盛黄秧坝龙岗子①。当时的人由于经济落后和生活贫困的缘故，大多比较愚昧，迷信和相信有鬼神的人很多。苟白珍这人却与其他人不同，胆大，不怕邪，什么鬼神之类的，他都不相信。

有一天晚上，苟白珍从乡公所回家。刚走到家门前，他就听到家中很热闹。在门外看热闹的邻居说，有个观花婆②正在他家观花。于是，他就和两个乡丁悄悄地在外面侧耳倾听。只听到观花婆在屋里口若悬河、乱七八糟地胡说一通，说什么她这会儿已经到了阴间，见到了阎王，事主有啥要问的就赶紧问，免得错过了时辰，鬼神走了就打听不到了。苟白珍一听差点笑破了肚皮，他叫跟班到隔壁一户邻居家中找个背篼，装一背青杠树叶来。

很快，乡丁背来了满满一背篼的青杠树叶。这时，苟白珍一脚踢开他家堂屋的大门走进去，把一背篼青杠树叶“哗”地一下倒在堂屋当中。他太太和丫鬟们一见都各自跑开了，可那观花婆还故作镇静一个劲地念道：“砰砰踩，砰砰踩，妖魔鬼怪要出来。”苟白珍瞄了装腔作势的观花婆一眼，熟练地用一根火柴轻轻地一划，“刺啦”一下就把青杠树叶点燃了。

堂屋当中，干透了的青杠树叶冒着火星噼噼啪啪地响，很快就把观花婆烤得满脸通红。她实在是受不了，爬起来就往门外跑，边跑嘴里还不停地念着：“妖魔鬼怪真的出来了！”

这时，苟白珍追到坝子大声喊道：“你们快来看哟，观花婆怕钱纸火烧，被吓跑了，连鬼都恐怕是被烧死了哟！”

观花婆逃跑的狼狈相，把在门外看热闹的人逗得哈哈大笑。

事后，苟白珍对他的太太和丫鬟们说：“观花婆既然是到阴间去了，她怎么会看得到阳间的火呢？还晓得跑？这摆明了下阴就是骗人的鬼把戏。我叫你们不要信鬼，你们偏不相信。这下总该是信了吧！”

整理：新盛街道文化服务中心。

苟串其人

新盛场以前有个叫苟串的人，天生聪明，能干，为人逢场作戏，世故圆滑。

有一次，有人修房子，请他刻一对辟邪的木狮，在上房梁的时候专用。苟串用了一个月的时间刻了一对木狮子，雕工细腻，造型优美，开脸威猛霸气，但美中不足的却是一对顺风耳。当主人询问其缘由，苟串就对主人叫苦：生活开得差，每次上厕所都要蹲半天，腿都蹲麻了，使他干活静不下来。主人问他为何上厕所需要老半天时间？他说：“主人啊！肛门生了锈，解便困难。”

主人明白了苟串的意思。后来就每餐都给他大鱼大肉，并且还酒水多多的“伺

①黄秧坝龙岗子：今四坪村一社。
②观花婆：神婆、巫婆，会走阴、看水碗等技能。

候”。但苟串上厕所仍然是半天不回来。主人又问他是何故？他说：“肛门太滑，解出来了都不晓得。”

上梁的日子眼看就要到了，苟串这才要了一碗桐油和一把灯草，加班加点赶刻成了另一只木狮配对。

上梁的良辰吉日到了。按照当地风俗，上梁是很讲究的，每人都要当众说几句吉利话。可是苟串一开口就是：“梁高好吊颈，门大好发丧。”话还没有说完，主人的肺都气炸了，立刻打断他的话。这下苟串就生气了，原准备说的后面两句“千年遇一次，万年不过双”也就没有接着说。但他接过主人的话茬却说，“说怪就说怪，新房无瓦盖，梁上长木耳，地上生青苔。”此后，这家人果然气运没落，此房再无人居住。

整理：新盛街道文化服务中心。

邓贵林传奇

邓贵林其人

据传，邓贵林出生于清朝嘉庆年间，今吹角村黄沙坎人。他自幼喜欢练功习武，精通十八般武艺，身怀一身绝技。

一风水先生路过邓贵林的老祖坟，称其坟上有五色祥云，后人要出皇帝。于是，邓贵林踌躇满志，一心想当皇帝。他以传授武功为名，秘密组织造反，揭竿而起，对抗清朝政府。经过多年的招兵募马，邓贵林的人马很快壮大起来，扩充到近万人，他自称皇帝，准备在吹角张家口修皇城。不久便带领部下向北京进发。由于他自不量力，半途中被清军围剿，终因寡不敌众，大部被歼，残余溃逃，邓贵林被生擒斩首。在他死后至今，当地还流传着与他有关的神奇故事。

裁头庙

邓贵林的首级被清兵送回老家，在他准备修皇城的地方张家口悬首示众。一月后，其头颅就埋在那里。

传说当时邓贵林头上的眼珠还在不停地转动，挂在那里，蚊子苍蝇都没有了。人们认为邓贵林人虽死，身首异地，心不甘，死不瞑目，阴魂不散，令人恐惧。眼珠转，不可置信，如说刚砍下的一刹那眼珠转还有可能。蚊蝇不叮，也许是送首级的人怕首级发臭，用药物处理过吧。为了震慑邓贵林的阴魂，叫他遗臭万年，永世不得翻身，在埋葬邓贵林头骨的地方，特地修了一座寺庙压住邓贵林，那庙子取名“裁头庙”，也就是现在龙泉山庄的“青龙寺”。

天星奇石

距离邓贵林准备修皇城不远的天星村石岗子社，有一两千米的狭长地带，堆满了大大小小的石头，估计有几万乃至十几万方，大的上吨，小的几十千克，不知是哪里来的，石岗子地名就因此而来。

石头多，不足奇，奇的是这些大大小小的石头几乎都近似长方体和正方体，从观察者角度来看好像人工开凿，鬼斧神工，令人费解。传说是邓贵林为了修皇城，特地施奇术从贵州省寨坝镇将石头用使牛棍赶来的。当时石头的滚动像无数大大小小的猪在行走。赶到这里，邓贵林向世人宣称这是他的千军万马，兵卒将士。

人们却说不像猪也不像人，而是一些大大小小的石头，结果，这些石头就不再滚动了，在那里停至如今。是不是邓贵林在哪里开山动土、凿石取材修造皇城，那些石头是不是就是城砖呢？还有待进一步探究。

挖断山

一条经贵州省习水县境内绵延上百千米的山脉，到达吹角村黄沙坎后，被人为地挖出了一处近 50 米宽、40 米深的大缺口，至今犹存，这就是名传于今的“挖断山”的来历。邓贵林的祖坟三棺合葬，被盗毁坏，就在这山下黄沙坎的生栖坪。

为何要把山挖断呢？传说在邓贵林覆灭后，清朝廷和当地官府唯恐邓氏后裔萌芽生机，卷土重来，再出个“草寇”皇帝。要把邓氏祖坟的龙脉挖断，永除后患，让邓氏彻底衰败。官兵们把那山挖了数日后，挖断了一根地瓜藤，水桶般大小，流了三天三夜的血色酱液，遂认为邓氏龙脉已断，官兵们这才罢休，因此留下了一个大缺口，让后人谈论其是是非非。

皇帝梦

邓贵林为了实现皇帝梦，请了一个会观天象的先生在打通镇一座山上，现“观天师岗”长住，专门观测天象、察看星宿，特别研究南方星空的变化，以确定良辰吉日，出兵征战，推翻朝廷，夺取皇位。当观天师传来消息，南方皇帝星宿已快升空时，邓贵林做了七七四十九天的法事，剪纸人纸马放入道箱中封存。待功德圆满，向朝廷开战时，打开道箱，放出纸人纸马，犹如杀出千军万马，好比雄师铁甲，威不可当矣。他要让部下相信，天助神扶，邓贵林要当皇帝势在必得。

起兵的时辰已定，只要在天亮皇帝上朝时，将其射死，然后向京城进伐就可成事。邓贵林要其母亲在鸡叫三遍后叫醒他，没向他母亲说明叫醒他的原因。邓贵林没坐着等天亮，而睡觉去了。邓母由于昏沉疲倦，没等到鸡叫，便找来簸箕连拍几下，犹如公鸡拍翅一般，引得众多公鸡打鸣，比既定时间差了几个时辰，此时京城皇帝尚未上早朝。邓贵林被母亲叫醒后，翻身起床，三叶茅草当箭，向着京城皇位射去，三箭牢牢地钉在龙椅上。当皇帝早朝时，吓出了一身冷汗。邓贵林连发三箭后，随即宣布：皇帝已被射死，起兵时刻到。于是打开道箱，放出纸人纸马，率领部下，向着京城杀去。结果，落得个身首异处的下场。有人说他邓贵林自己没坐等良机，不诚心，当不了皇帝。

天生三炮

传说至今尚可佐证的地理景观是沿河村屋基湾天生一洞穴，名曰“哑巴洞”，外洞直径百米。另外，下沟村还有两洞，这三洞成三角阵式，为三门大炮，炮口都对准挖断山下的邓贵林祖坟，此乃天灭邓氏矣。

要是邓贵林真有其人，如果起兵成功，真当上了皇帝，又不知是怎样的一个说法，谁能知是否还有这些神奇的传说。

好个邓贵林，故事传得神。
皇帝没当上，反配草寇名。

整理：打通镇文化服务中心。

挖不断的野地瓜藤

相传明清年间，在綦江三角镇乐兴村，有位秀才中了举人，受到赏识，就要进京做官了。当地人为了巴结他，争先恐后地到他家送礼。当时乐兴有个乡绅，一向认为自己是名门望族，才高八斗。他见如此多的人都去巴结这个举人，而无人再关注自己，心生嫉妒，便想从中作梗，破坏此举人的运势。

这个乡绅府中有位家丁见自家老爷每天都朝着举人家的方向唉声叹气，便主动建言献策，向乡绅推荐了一位外地的风水先生。这位风水先生到了乐兴之后，便到举人家周围各处勘探了一番，并在举人家对面的山上施咒作法，然后他告诉乡绅已经有了破坏举人运势的方法。

乡绅特别高兴，大摆筵席酬谢他，酒足饭饱之后，风水先生道出了举人家能如此风光的原因。原来，举人家的房屋后面是一座挺直的山脉，就像龙的脊背一样，而举人家恰好建在龙头的位置，所以这位秀才才能中了举人，飞上枝头。要破坏举人的运势，只有挖断他家背后的龙脊山。乡绅见这方法如此容易，便拿出重金酬谢了风水先生，并安排家丁马上去挖山。

家丁们拿着工具到了龙脊山便开始行动，挖了三天三夜，终于挖断了山脊。正在他们高兴之时，突然狂风大作，原本晴朗的天空被滚滚乌云覆盖，挖断的山脊底部出现了两根碗口粗的野地瓜藤。一个家丁拿起锄头想将这两根野地瓜藤挖断，一锄头下去，顿时有鲜红的血流出，过了一会儿，被挖断的地瓜藤居然又恢复如初。家丁们都被这情景吓到，全都丢下工具跑回了家。

乡绅本来在家等着好消息，谁知道居然看到家丁们如此狼狈地跑回来了，顿时大怒。细问之下，了解了事情的始末，无奈想不到破解之法。而风水先生早已拿了酬金，不知去向。乡绅没办法，只好叫家丁们继续去挖。可是无论家丁们使多大劲，用多锋利的锄头、砍刀，都无济于事，野地瓜藤还是断了又长。眼看离举人进京的时间越来越近，乡绅越来越着急，命令家丁们日夜开工。

由于长时间不间断地工作，家丁们个个疲惫不堪，晚上都偷起懒来。三更的时候，有个家丁醒来想去茅厕，但是看着周围黑漆漆的泛着诡异，便有点犹豫。就在这时，他隐隐约约听见说话的声音，仔细听来，好像是那两根挖不断的野地瓜藤在说话。这位家丁胆小，不敢靠近去听，而那说话声音也小，所以他只听到了那野地瓜藤说最怕“你去我来”。天亮之后，他把夜里所闻讲给其他同伴听，大家都在想“你去我来”到底是什么东西。最后，一位比较年长的家丁想到可能是锯子，因为锯子就需要推过去拉过来。于是大家就找来锯子，果然，用锯子把野地瓜藤锯断之后，它们再也不能恢复原状，不一会儿就枯萎了。

过了没两天，京里就来了旨意，说是举人不用进京了，那个官职已经有人取代。就此，送礼的人也渐渐没有了，举人家也渐渐衰落。

整理：三角镇综合文化服务中心。

綦仁保护三绝碑

綦江南部打通镇有一个叫作吹角坝的地方，靠近一处山崖有一个石洞，当地人把石洞叫作孔明洞，洞里曾经发现过一块石碑，碑上刻着建安六年八月乙丑朔廿一伏庐议严季男……文字。当时人们猜想这块碑可能是为了纪念蜀汉时孔明采用“和抚”少数民族政策而立的，所以把发现石碑的洞叫作了孔明洞，因为石碑上文字刻得好，虽年代久远字迹仍然清楚，碑的石质好，于是人们把碑称作三绝碑，又叫孔明碑。

传说，三绝碑是吹角坝上一个叫作綦仁的贫苦青年发现的。綦仁家有兄弟两个。大哥綦图从小跟着一个亲戚到綦江城、重庆府做生意，慢慢地赚了钱，在綦江城里买了房子，取了年轻漂亮的女人做妻子，随着日子一天比一天富裕。綦图的心也慢慢变了，开始嫌弃吹角坝上贫穷的父亲、母亲和弟弟。一年半载不回家看一看，也不拿钱回家奉养父亲母亲，只顾自己在外面花天酒地地鬼混，完全忘记了老家吹角坝上还有饥一顿饱一顿的父母和弟弟。靠不住大儿子，綦家老父老母只好依靠小儿子。綦仁是一个心地善良、孝敬父母的好青年，每天天刚亮就出门，或下地种庄稼，或到山里打柴，辛辛苦苦挣钱来养活父亲母亲。

一天，綦仁到山里打柴发现了隐蔽在荆棘从中的石洞，在石洞中找到了石碑。

綦仁在大山石洞里找到了一块刻有“建安六年”字样的石碑，建安六年距离綦仁找到石碑时已经隔了上千年，石碑应该是十分古老的了。消息传开，当地的、綦江城里甚至四川重庆府和贵州遵义府的不少文人都前来观看这块古老的石碑，谈论着石碑的文物价值，有的文人想出钱买走石碑，也有文人嘱咐綦仁好好保护这块尊贵的石碑，好好保护家乡的这个宝贝。

后来，綦江吹角坝上发现汉代建安年间石碑的消息被贵州遵义城里的一个大文人郑珍知道了。郑珍学识渊博，知道汉代石碑是非常珍贵的文物，很想用钱把石碑买过来，摆放在遵义城里让人们观赏。他不怕辛苦，专程从遵义来到綦江，又爬山涉水到了吹角坝，找到了綦仁，出了很高的价钱要买下三绝碑，想不到被綦仁拒绝了。吹角坝上有人见郑珍出高价要买走石碑，又看到綦仁家里贫穷，一天到晚辛辛苦苦干活养活老父老母，二十多岁了还没有钱娶媳妇，好心地来到綦仁家劝他卖了三绝碑，用卖碑的钱娶一个媳妇，让家里老父老母的生活好一些。綦仁摇了摇头，十分坚决地说："不行，我不卖碑，三绝碑虽然是我发现的，但不是我綦家自己的东西，它是吹角坝乃至綦江百姓的宝，我不能卖了大家的宝物，还把卖宝物的钱用来娶媳妇。"

綦仁不仅没有卖掉石碑，还把石碑保护得更好，藏在一个十分隐蔽的地方。

郑珍非常想买到石碑，他让自己手下的人想办法。郑珍的手下人想了很多办法，用金钱诱惑，出高价钱买，綦仁一口拒绝；让人上门劝说，仍然遭到拒绝。后来，郑珍的手下人打听到了綦仁有一个哥哥在綦江城里做生意，虽然和綦仁同父同母，性格却完全不一样，十分贪财，于是到了綦江城里找到了綦图，提出了想用高价买走綦仁在山洞中找到的石碑。綦图听说弟弟在山洞里找到了一块十分值钱的石碑，觉得是天上掉下了个金元宝，砸到了綦仁头上，又听说綦仁不愿意卖掉石碑，十分生气，大声责骂弟弟是一个大傻瓜。他拍着胸脯向郑珍的手下人保证，一定回老家吹角坝劝说弟弟把石碑卖出。

綦图为了钱舍得出力气，亲自走路回到了吹角坝，找来了弟弟，大声责备綦仁藏起石碑不卖，接着又装出一副好模样，嘻嘻笑着说："好弟弟，你运气好，找到了石碑，有了发财的好机会，卖了石碑，有了钱父亲母亲可以过上好日子，你也可以娶一个年轻漂亮的好媳妇。"

綦仁摇了摇头，语气十分解决地说："哥哥，石碑虽然是我发现的，但不属于我个人，不能卖了它赚钱，以后，我要靠自己一双手努力干活挣钱，让父亲、母亲过上好生活，娶媳妇。"

哥哥劝说了很久，可是弟弟仿佛是一块石头，一点也听不进哥哥的话，綦图生气了，大声责备："綦仁，你真是一个大傻瓜，现成的钱不赚，现成的财不发，像你这样的人，一辈子也别想过上好日子。"

綦仁笑了笑，说："哥哥，如果要靠发众人的财，卖众人的宝物才能过上好日子，我宁愿一辈子过穷日子。"

綦图劝不了弟弟，可是又不愿意让发财的机会从身边溜走，他挖空心思想办法，最后想出一个缺德的主意"偷石碑"。綦图装出不再劝说弟弟卖石碑的样子，而是留在了吹角坝，让人买了一些好吃的、好穿的送给父亲、母亲，装出了一副大孝子的模样，借以迷惑弟弟。果然，綦仁见哥哥孝顺父母，十分高兴，放松了对哥哥的警惕。綦图又买来酒肉请弟弟吃，终于，有一次，綦仁吃醉了酒，綦图问出了藏石碑的地方。

綦图花钱请了几个人，一天半夜偷了石碑往郑珍住的地方送，不料半路上被一农户家里的人发现，急急忙忙赶到綦仁家说了。綦仁听说哥哥半夜雇人偷石碑，十分气愤，找了几个知心朋友，追赶上綦图一行人，夺回了石碑。

郑珍听说綦仁不图钱财、不顾兄弟之情保护石碑的事，十分感动，他上门找到綦仁赔礼道歉，诚心诚意地称赞了綦仁保护吹角坝石碑的行为。

新中国成立后，这块珍贵的石碑被送到四川博物院保存了起来。

收集、整理：胡世博，男，78岁，区政协退休干部。

罗世茂归途遇神人

罗世茂是綦江永里人，清朝道光年间著名文人,《道光綦江县志》主编罗星的父亲。他从小刻苦读书，可惜运气不好，参加了多次科举考试，连一个举人也没有考上。于是办起了学堂，招一些学生，以教书为生。罗世茂教了五十年的书，不少学生考中举人、进士，于是他也名声大振，县里不少官员和有名的学者都非常尊敬他，常常登门请教。罗世茂非常孝顺父亲和母亲，每天清晨都要到父母床前问候，还给父亲、母亲打来洗脸水。家里有了好吃的东西，首先拿给父母吃。父母想吃的东西，千方百计弄来给父母吃。

有一年冬天，天上下起了大雪，非常寒冷。罗世茂的母亲想吃鱼，罗世茂到附近街上去买。可是天太冷，渔夫在河里很难捕到鱼。罗世茂一连三天到街上没有买到鱼，为了满足母亲吃鱼的愿望，他决定亲自到小河沟里抓鱼。刮着风，还飘起了雪花，罗世茂脱去了衣服裤子下了水，一阵寒气袭来，他冻得浑身颤抖，脸皮发紫。罗世茂忍着寒冷在小河沟里捉鱼，用了一个多时辰，终于捉住了两条小鱼，拿回家煮熟给母亲吃了。他的母亲知道儿子是冒着寒冷到小河中抓来的鱼，激动地抓住儿子的双手，眼里流出了泪水，说:“儿啊，你真是天底下最孝顺的儿子!”周围邻居听说罗世茂天寒地冻下河抓鱼给母亲吃，一个个伸出大拇指称赞他有孝心。

有一次，罗世茂到十里多外一个朋友家里办事。事情办完了正准备回家，突然天空乌云密布，紧接着刮起了大风，响起了雷声，眼看着一场倾盆大雨就要落下。朋友怕他回家途中遭大雨淋，劝罗世茂住一晚，等到雷雨过后再回家。罗世茂答应了，不料，刚在朋友家吃了晚饭，准备休息时，一个乡人急匆匆地赶来找到了他，原来罗家人让乡人捎信，罗世茂父亲得了病，虽然已请医生看过、拿药吃了，病情有所减轻，但没有完全好，希望罗世茂办完事赶快回家。

罗世茂听说父亲生了病，非常着急，眼里流出了泪，捶着胸膛责备自己说:“罗世茂，你是一个不孝的儿子，千不该万不该今天出门办事，让父亲病了得不到很好的照顾。”

朋友好心劝告说:“世茂兄，不要过于自责，你不是神仙，不能预知今天会发生什么事，不知道父亲会突然生病。”

罗世茂叹着气说:“父亲患病，我不能在身边侍奉，我就是不孝之人。”

罗世茂一手提着灯笼，一手拿着伞，在高低不平的山路上走。一阵风吹来，手上的伞被吹走了，灯笼也被吹熄了。天上下起了雨，雨点子一颗比一颗大，哗哗哗，响成了一片，他的衣服淋湿了。罗世茂眼前黑蒙蒙一片，在风雨中挣扎着往前走。山路高低不平，一不小心摔倒了，顺着山坡滚到了山沟里，衣服撕破了，腿摔伤了，一阵阵刺骨般疼痛。罗世茂咬着牙，忍着痛，挣扎着爬起来，可是刚走了两步又摔倒了，挣扎了一阵没能够爬起来。罗世茂心里想，困在山沟里不能回家看望生病的父亲了，他非常难过，抬起头面对着黑沉沉的天空大声喊："老天爷！人们都说老天爷关照孝顺父母的人，我要赶回家看望生病的父亲，在父亲身前尽孝，你为什么不关照一下我！"罗世茂的喊声还在山沟里回荡，惊天动地的一声雷响，紧接着一道耀眼的闪电，空中出现一个人的身影，一个声音在半空中响起："罗世茂，你是一个孝子，起来吧，我们送你回家。"罗世茂吃惊地呆住了，他试着动了动身子，摔伤的腿不痛了，很容易地站了起来，被淋湿的衣服仿佛干了，撕破的地方看不到了，就像从来没有摔倒过，并且崎岖不平的山路变得平坦了。风停了，雨也没有下了，只有闪电还在一个接着一个亮着，仿佛在为他照路。罗世茂大步地往家的方向赶，越走越快，十多里山路只用了不到半个时辰就到家了。

他看到了自己的家门，听到屋里的人正为大风大雨自己回家要挨雨淋担心。罗世茂刚刚进了家门，就听到外面"哗哗哗"，大雨倾盆而下，雷声一声接着一声，震得山谷仿佛颤抖一般，风也刮起了，"呼呼呼"，一阵比一阵猛。罗世茂来到父亲床前，扑通跪下给父亲磕了头，问了安，他的父亲看到儿子冒着风雨回来看望自己，高兴得笑着大声说："世茂，这么大的风雨你还赶回来看望我，真是孝顺。"

罗世茂平安地回到了家里，家里人见他冒着风雨赶回家，衣服没有被雨水淋湿，鞋上没有沾上稀泥，都非常奇怪。妻子好奇地询问丈夫怎么回家的，罗世茂讲了回家路上的奇遇，妻子激动地奔到门外，站在雨地里对着天大声喊："老天爷，谢谢你把我丈夫平安送回了家。"

罗世茂的孝心感动了天，他在风雨之夜被老天爷平安送回家的事传开了。不过，也有人说这是罗世茂为宣扬孝心编出来的故事。

收集、整理：胡世博，男，78岁，区政协退休干部。

何老八义犬擒凶

清朝乾隆年间，綦江安里有一个姓何的人，因为排行老八，附近人们都称他为何老八。何老八娶妻张氏，生了一儿一女。女儿长大后嫁了人。儿子长到18岁，已经到了娶媳妇的年龄，不料生了一种怪病，只要一吃饭，肚子就疼痛不止。何老八到处求医买药给儿子看病。5年过去了，花光了家中的钱，仍然没有治好儿子的病。儿子死了，何老八家也由一个中等富裕人家变成了贫穷人家。

何老八养了一只黄狗，养了五六年，他和黄狗朝夕相处，建立了很深的感情。尽管家里穷了，有时候连饭都吃不起，何老八仍然千方百计想办法让黄狗吃饱。他的妻子何张氏几次以家里穷、养不起狗为名，要何老八把黄狗送给别人家，可是都遭到何老八拒绝。何老八宁愿自己少吃饭或者不吃饭，也要把黄狗留在家里养。黄狗也似乎知道主人养自己的苦衷，对何老八有了感情，好几次，何老八遇到危险，黄狗都舍身相救。

有一次，何老八上山找朋友借粮，黄狗寸步不离地跟在身后。何老八背着借来的粮食下山回家，天黑了，看不清楚路，不小心跌下山崖。黄狗跟着跳下山崖，守候在何老八跟前。山上人烟稀少，天黑了，山路上没有了行人，尽管黄狗“汪汪”叫了很久，也没有引来人相救。无可奈何，何老八只好躺在山崖下等着天亮，黄狗守候在身边。半夜山里响起狼叫，两只狼瞪着血红的眼睛，嗅着人的气味来到山崖下，张着大嘴巴要伤害何老八。黄狗看到恶狼要伤害主人,“汪汪”狂叫着扑上去和两只狼撕打在一起。黄狗十分凶猛，大声叫着扑向恶狼，尽管身上被恶狼咬得血淋淋的，仍然拼命和恶狼搏斗，终于把恶狼赶跑，保住了主人的性命。

何老八的妻子何张氏是一个不愿意过贫困生活、心胸恶毒的女人。何老八家穷了，她不愿跟着丈夫过贫穷生活，偷偷地和邻居一个叫蓝四的人好上了。有一次，何老八不在家，何张氏把蓝四约到家里，正当一男一女在床上鬼混时，被何老八撞见了。可是何老八一个人敌不过何张氏与蓝四两个人，奸夫打倒了何老八，夺门逃走了。何老八气得生了病，睡到了床上。何张氏偷偷到了蓝四家，两个人商量出了一条毒计，何张氏买来了毒药，偷偷地放在了开水里，装着关心的样子把开水碗端到了何老八床前。何老八喝了开水，中毒死了。何张氏和蓝四趁天黑没有人看见，把何老八的尸体运到野外，找来干柴，想把尸体烧成灰后扔掉。然后何张氏谎称何老八外出未归来蒙蔽周围的邻居。不料，天快亮了，何老八的尸体仍然没有烧成灰，奸夫淫妇没有办法，只好匆匆忙忙地挖了个坑，把何老八的尸体埋在坑里，急急忙忙逃走了。第二天早上，一个农民来到野外准备开荒种地。看到一片挖过的新土，仔细一看，挖过的新土里露出了两只人脚，吓了一大跳，赶忙叫来了人，一起从新土中挖出了何老八烧焦的尸体，赶忙到綦江县衙门报了官。

綦江县衙门的县大老爷姓邓，邓县令看到有人来报命案，不敢迟疑，急急忙忙带着衙役来到现场，查验过了烧焦的尸体，找问话来附近村民辨认，有人认出死者是何老八。邓县令命衙役找来了何张氏问话。何张氏见被毒死的丈夫尸体被人发现，而且报了官，县大老爷到了埋尸现场，吓得心里“呯呯”跳。不过，何张氏是个十分狡猾的女人，很会装模作样演戏骗人。在邓县令前面痛哭流涕，谎称丈夫何老八外出借粮，一夜没有回家，不知被什么人害了，要县大老爷查出凶手，为丈夫申冤。何张氏装得很像，哭得凄凄惨惨，满脸泪水，弄得邓县令信以为真，让衙役迅速查清案情，捉拿凶手。县大老爷发了话，衙役遵命而行，到何老八家附近查访。可是，何张氏与蓝四通奸的事做得十分隐秘。没有被外人知道，衙役们一连查了四五天，没有查出杀害何老八的凶手。

何老八死了，他养的黄狗没有人疼爱了，黄狗是一只通人性的狗，见家里的女主人与外人通奸杀害了疼爱自己的男主人，十分气愤，决心为男主人报仇。那天晚上，黄狗悄悄跟着蓝四、何张氏，看见两人背着何老八的尸体到了郊外，用火烧何老八尸体，又把尸体埋进了土里。它等两个坏人走远了，便到埋人的土里用爪子刨出了尸体的两只脚，天亮后何老八的尸体被人发现了，黄狗看到县里来人挖出了何老八的尸体，可是没有抓走凶手何张氏与蓝四，心里不服，决心帮助县衙门抓住凶手。

一天，邓县令正在县大堂上叫来衙役禀报何老八被害案侦办情况，忽然看到一只黄狗“汪汪”叫着跑上大堂，咬着办案衙役的裤脚使劲往大堂外拖。邓县令十分奇怪，便大声对黄狗说:“黄狗啊黄狗，你若有冤情就前面带路。我们一定给你讨回公道。”黄狗似乎听懂了邓县令的话，松开了咬着办案衙役裤子的嘴巴，汪汪叫着在前面带路，邓县令和衙役紧跟在黄狗后面。黄狗一路叫着，把邓县令和衙役带到了凶手蓝四家。蓝四本以为何老八被杀一案自己已经摆脱了嫌疑，心里正暗暗得意。忽然见一只大黄狗领着县令和衙役来到自己家门口，吓得脸上变了色。黄狗进了蓝四家门，一口紧紧咬着蓝四裤子不放。邓县令见状，喝令衙役抓了蓝四，带回了县衙门。黄狗又一次在县大堂上咬住衙役裤脚汪汪叫着往外拖，邓县令猜出杀害何老八的还有凶手，让衙役跟着黄狗又抓来了何张氏。邓县令开堂审案，蓝四和何张氏跪在大堂上。黄狗蹲在奸夫淫妇前，两个杀人凶手见黄狗帮着破了案，以为自己做了不可饶恕的坏事，老天爷要惩罚，不敢隐瞒罪行，如实交代了合谋杀害何老八的过程。

两个杀人凶手受到惩罚后，黄狗来到何老八坟前，不吃不喝，最后饿死在了主人坟前。

收集、整理：胡世博，男，78 岁，区政协退休干部。

方文尸比的故事①

綦江石壕山上的“吹角坝”，地处川、黔边境，是一个脚踏两省的高山小平原。“吹角”得天独厚，铁矿遍山遍岭，而且含铁量大。早在清朝嘉庆年间，就有人在那里用小高炉炼铁了。吹角的铁，价钱低，质量好，很快就畅销綦江、重庆、遵义、贵阳等地。其中“下沟坝”的张洪顺，祖辈以前就从事炼铁，日积月累，传到他手里已经是一个拥有“小高炉”十余座、田土近千亩的吹角巨富了。

别看他张洪顺和尚头、老鼠耳、蒜头鼻、山羊胡，眼眯成线，嘴挂油瓶，短杵杵的颈子，圆溜溜的肚子，走起路来一坦一坦的，活像个“大麦鹅”，就凭他手头那十几座高炉生产的铁，每年能卖回一千多两亮华华的银子，这笔账，“舔肥”的人就不算少了。

那年张洪顺的长子张耀宗满 20 岁，做寿酒那天硬叫有个阵仗：朝门口①的火炮纸渣渣炸了五寸厚，寿面寿糖接了半间屋，绫罗绸缎装了两柜子，红封封填满三口大皮箱。起起散散两三天，八大碗的流水席摆了千多桌……这些那些都不算，连金字匾额也接了二十几块。你看，其中有一块那才叫“提劲”，长有一丈二，宽约六尺五，漆得来黑幽幽，亮华华的，连蚂蚁的脚都抓不稳。匾额正中有斗大 4 个烫金字：“方文尸比”。笔锋刚劲互见，粗细得体，不知出自哪位名人之手。确实，这块匾来头不小，是贵州省遵义道员特遣幕僚专程送来的。张洪顺真是“簸箕”当锅盖——万不谙②。去年因卖了一批毛铁给遵义道员。不想道员竟如此抬爱，于小儿 20 生辰特赠此匾额。张洪顺受宠若惊，命家人将这块光耀门庭的金字匾悬挂在堂屋正中醒目处，其余本县名流，乡里绅士所赠匾额，一律降低两尺，分挂左右。因为这次张府公子“二十寿辰”有遵

---

①选自《山溪》(綦江县三江乡文化站编印,1984 年第 1 期,总 28 期)。

义道员赠匾，自然身价百倍。那些趋炎附势之辈，真像绿头蚊蝇沾死耗子——巴到就不飞。

第二年秋天，一个远方卖字画的先生，慕张洪顺之名，路过下沟坝，特来求“张罗③”。一进张府大门，抬头看见“方文尸比”4个闪闪发光、熠熠生辉的大字，不禁作惊作寒④，心想：这张洪顺“德高望重”，远近闻名，为何将此匾挂中堂？简直令人笑掉门牙！正好张洪顺挺起圆不溜秋的肚子从内室“滚”进堂屋。卖画先生一看这幅“打头”，猜定来人必是张洪顺，赶忙快步上前，深深一躬：“张翁，小子浪荡江湖。卖画为生，初到贵地，慕你老人家大名，特送上几幅拙作，望张翁笑纳！”张洪顺一听是来求“张罗”的家伙，心里就有几分不悦。于是装起一副老像，双眼眯成一条缝，皮笑肉不笑地说：“哎呀呀，先生来得太凑巧了！我那东书房本来须用几幅山水画，怎奈目前正在动工修整，待竣工后再请先生来寒舍画几天，眼下就屈尊驾喽！”卖画人一听就知对方是在送客。但这个久跑江湖的“老游子⑤”，钱搞不进包包头是无论如何不会“撇撇脱脱⑥”就走的。马上扯开话题，以攻为守：“张翁！堂前金匾，何人所赠？”

一提起这块金匾，你看张洪顺那个样儿哟，把山羊胡子一捋，泡胡豆眼睛一眯，眉飞蛇舞，洋洋得意对面前这位先生吹嘘：“此匾乃小儿耀宗去年二旬寿辰之际，遵义道员大人亲赠！”说罢哈哈连天，笑得一对耗子耳朵直是在腾。卖画人一看张洪顺这副忘乎其形的样子，知道已经钻进了他挽的圈圈，来个欲擒故纵：

“此匾原非一般，足见张翁德高望重。只是这匾上题词内容，嘿嘿……小子不便启齿。”

“咋个，这匾上的字还有子曰⑦？”张洪顺心里一怔，想立马弄个“伸展⑧”，于是用眼睛前后左右一扫，幸好这哈无人，忙压低声音对先生说：“此地非言话之所，请到客厅一叙！”卖画人只轻轻把脑壳一啄，径直跟张洪顺去客厅。

来到客厅，分宾主落座，张洪顺命家人献茶。茶罢将手一摆，示意家人退去，这才把椅子搬过来，紧贴先生：“刚才你提起匾上题词，到底作何解释？望先生直言赐教！”

“既然张翁请教，小子敢不直言奉告，不当之处，望张翁要海涵。”

卖画先生呷了一口茶，清了清喉咙，郑重其事地说：“张翁，匾上四字‘方文尸比’，原是两个字拆开写的，只要组合起来，你就明白了。”

卖画先生边说边用二指头在茶杯里沾起浓茶写字给张翁看：“方文，‘放’，尸比，‘屁’。令郎20岁祝寿，他在骂你‘放屁’！”

张洪顺一听，气往上冲，但转念一想，遵义道员，地位显赫，穷不与富斗，民不与官斗，也不可能在跑江湖的人面前说，如果以后传到道员大人耳朵里，我张洪顺便是吃罪不起的。灵机一动，满面春风。

“与君一席话，胜读十年书”——这些社会上的奉承，应酬话，这些年来张洪顺听

---

①朝(cháo)门：建于建筑物前或围墙前的门厅或入口。
②万不谙：万万没想到。按不满的谐音。
③张罗：〈方〉照应。
④作惊作寒：〈方〉恐惧不安的样子。
⑤老游子：〈方〉一般写作老油子，指处事经验多而油滑的人。也可说作“老油条”。
⑥撇脱：〈方〉干脆、耿直。
⑦子曰：问题、解释、说法。
⑧伸展：清楚、明白。

都听熟了，承赐教！承赐教！就命家人好生招待，饭后还送了五两银子给卖画的人。

送走卖画人，张洪顺怒容满面，立刻找来六七个精壮的家人取下闪闪发光、熠熠生辉的金字匾额。家人莫名其妙，又不敢问其究竟，只好遵命照办。

从此，下沟坝府堂屋正中，空了一块挂匾位置，直到“十年动乱”前，到过下沟坝的人都亲眼看见过这个曾经挂过匾的空位置，也听过当地人讲的“二十岁做寿——放屁”这个故事。

搜集：万邦荣，三江文化站。

二十岁办酒来贺“放屁”

乾隆四十九年某个雨后天晴的好日子，綦江安稳麻沟坝张家庄唢呐喜响，锣鼓震天，数十桌流水宴高朋满座，来来往往的客人把庄外的三合土大道踩得泥泞不堪。原来是张老夫人文氏的独孙子张龟藏 20 岁生辰，三亲四戚、左邻右舍都来扎场子贺寿，迎送报信的李管家都站在了 500 米开外的青龙垭口，不停地作揖打拱，“尽管吃好喝好”,“恭候下次再来”等客套话说个不停。

“邱大人来啦！小的在此恭候多时，请——请，请、请——请！”新任綦江知县邱璽，接到张家请帖，也来与民同乐，顺便体察民情。

张龟藏 20 岁办酒，怎么能惊动县太爷呢？原来是张家自明末入川以来，先祖审时度势，先是配合清廷扫清南明残余势力，后又在征讨吴三桂叛乱时出力甚多，数代经营，家大业大，成为一方富绅。且每遇县令倡捐都毫不吝啬，成为綦江县衙的座上宾。邱县令初来綦江，也需要搞好与知名乡绅的关系。

李管家边弯腰边引路，侧身在邱县令轿旁，连走带跳把尊贵的客人引入庄园。邱县令看到满堂喜闹，不动声色，吩咐纸笔拿来，挥毫泼墨一气呵成,“文方尸比”贺字曲屈狂草、龙凤蟠结，右上“特授四川重庆府綦江县正堂加三级纪录邱写”，左下“贺张府龟藏弟弱冠，大清乾隆四十九年甲辰孟春吉旦”绵中露锋。

跑腿的喜气洋洋，立即把邱县令的贺字高贴户对顶上光耀门楣，统领众贺，宾客纷纷叫好，七嘴八舌建议：县太爷赐墨宝，张府荣光，接下来该制匾收藏。

寿星张龟藏知悉邱县令驾到，第一时间就偕同母亲余氏进里屋搀扶祖母文氏，一家老少出来迎接，恭请入座主席。没想到邱县令不摆架子，早就贺词高挂。只是寒暄客套两句就以公务要紧辞行，张府挽留不得。

送到青龙垭口，邱县令强叫张家老少留步。送客归来，张龟藏自然想借县令威严解读一番图高兴、炫门望，顺便在目不识丁的亲朋乡邻面前卖弄学识，叫喝得兴起、吃得高兴的都随他一起仰头细看邱县令贺词……

大家正待静听寿星喜吉良言。突然，张龟藏脸色大变，俯身向老夫人耳语两句，就朝青龙垭口飞奔而去。颤颤巍巍的老夫人也带着一家人紧跟快赶追了出去。

张龟藏毕竟年轻，几分钟就在青龙垭口下方不远处追上了官轿，扑通一声长跪不起。等到老夫人一行赶到，全家齐跪向邱县令。老夫人一把鼻子一把泪，说出原委乞求原谅。

原来，古时候人都结婚早，10多岁就结婚生娃儿。他们张家也不例外。但不知撞到什么不吉利的，原来生龙活虎的男主人都不到20岁就因病死亡，留下孤儿寡母，苦撑张家不倒。这样连续多代，相比族宗，人丁不旺。为了打破这个魔咒，他们想不尽的方，信不完的术，把才生下来的命根子以“柏木坚固耐用几百年”寓意，取名张柏强，结果仍是“王光光”，没活到20岁。柏强儿子的名字更直白叫张石硬，也没有硬过20年。石硬的儿子张铁锤，同样没有管到两个10。铁锤的儿子张天柱，才满19，就让刚满月的儿子头顶的那块天塌了下来……

数代单传到张龟藏，老天爷长脸，他们这一脉张，才迈过了这个20岁的坎。所以斗胆打破“父母在、不办酒”的传统，企望通过寿庆冲喜，结束这连绵六七代活不过20岁的魔咒！

邱县令才来綦江，当然不知张家的悲往。一接到张龟藏20岁的寿贴，以为安稳当地有滥办酒席的恶习，自然火冒三丈。为了整肃民风，他不顾劳顿，头天五更就早起，赶到东溪歇一晚，只为今天中午前赶到酒席正酣时，出张家的丑：“文+方、尸+比”，两两组合，不就是骂张龟藏20岁办酒“放屁”吗？

老夫人文氏一番苦楚倒出来，梗在张家数代人心头那个结，吐得酣畅淋漓。邱县令也满脸通红，后悔自己没有深入调查鲁莽行事，下轿搀扶着老夫人回到张家……

搜集整理：杨友钱，男，47岁，区文化旅游委干部。

碓窝神①

青山墨绿细水长流，在四环山的綦江小河台盆地中心，传说百多年前，那里有一座金碧辉煌、香火旺盛、“有求必应”的碓窝神庙。

“碓窝”，本是用来舂米、豆的工具，农户人家几乎家家都有，原不奇怪。“碓窝”成神，必另有一番由来。

盆地西山脚下，有个叫刘和清的农民，排行第二，人们都习惯叫他刘二哥。那年，刘和清请石匠，在离家五里的沙土岗山上打了一个碓窝。打好后，请来邻居三人帮忙抬回家。抬到半路上，忽然天色骤变，乌云密布，狂风大作，眼看倾盆大雨即将来临。于是搁下碓窝，跑到附近人家暂避暴雨。

六月间的“偏东雨”来得速，注②得快。霎时彩虹横空，雨过天晴，清风徐来，空

①选自《山溪（流传在民间的故事）》（重庆綦江县三江公社文化站编印，1985年）。
②注：指雨停止。

气清新，正是赶路的好时机。刘和清和三个邻居来到搁碓窝的地方，准备抬起就走。其中一人忽然惊呼:“喂喂！刘二哥！咋搞的刚才倾盆大雨，为什么碓窝还是干的?”经他一提醒，大家仔细一看，碓窝周围都是湿漉漉的，唯独碓窝是干的，还散发着热气。几个人七嘴八舌讨论起来。

“这石头恐怕是关圣人的磨刀石?”

“我看，说不定是女娲娘娘炼石补天用剩的，要不，怎么水泼不进，雨淋不湿?”

……

很快，碓窝四周围了一大堆人，有赶路回家过路的，有雨后下田栽秧的，还有挎起背篼打猪割草的，少说都有七八十人。把上通瀛山、下到石角的中大路①都堵断了。忽然，人群后面有人气喘吁吁在喊:“慢点！慢点！这石头的来历我知道!”众人掉头一看，原来是方荣贵——方道士，忙问:“那你说说这是块什么石?”方道士喘息初定，见周围众目睽睽，鸦雀无声，这才不松不紧，绘声绘色地对大家说:“这石头是杨二郎的‘驱瘟降妖石’。一个月前，我夜梦川主菩萨②召见我，说我们这个地方人心不善，违反天意，玉皇搬旨，要降一场瘟疫惩罚惩罚。我再三求情，二郎神才说，只要大家能改恶向善，多修庙宇，改换金身，上天还是有好生之德的。我现在命黄巾力士，将我门前的‘驱瘟降妖石’送到你们那里去驱除瘟疫。总之大家诚心诚意，瘟疫之灾是可以免除的。这叫人有诚心，神有志应嘛。十多月来，我就四处打听，寻找这块神石，真是踏破铁鞋无觅处，得来全不费工夫，原来被刘二哥打成碓窝了。”方道士故意卖关子，顿了顿又说:“没关系！我们马上修个庙宇，把它供奉起来，早烧香，晚点灯，就可以保我们一方四季平安，人寿年丰，大家认为如何?”众人一听方道士说得有道理，心里又害怕“瘟疫降临”，都异口同声地说:“就这样办！就这样办!”其中只苦了刘二哥，自认倒霉，只好再求人打个碓窝。

大伙一计议，修庙的事，就请方道士来办，至于修庙的钱，可去四处慕化。方荣贵半推半就地说:“本人能力有限，手中没钱，修庙的事实在难办。但为了地方安宁，转祸为福，我只好尽力而为之了。”

方荣贵回到家里，心中暗喜，这是个千载难逢的捞钱机会，看来我方某交运了。不觉地抿嘴笑了起来。

从第二天起，方道士就赶东家，去西家，编起一套“上天欲降瘟疫，施舍能解脱”的鬼话，八方慕钱，凑少成多。两个月以后，聚集了四百多两银子，五十几石黄谷，请来灵工巧匠，大兴土木，没等到过年，一座两横一正、金碧辉煌的“碓窝神庙”已经竣工。方荣贵自然从中捞了不少油水。

新庙落成，又是一番热闹。正殿石台上，供奉着刘和清那石碓窝，左钟右鼓，红烛高烧，庄严肃穆。石碓窝顶上重重叠叠堆了约两尺多高的红布盖头。左右两面不消说就是玉皇大帝、川主菩萨的神像了。

从此，方道士就住在庙里，接待烧香还愿的善男信女。不到半年时间，碓窝神庙“有求必应”的消息，很快就飞过瀛山，跨过綦河，传到百里以外去了。于是庙庭若市，车水马龙，香火旺盛。方道士应接不暇，还请了两个帮手，日子自然过得更加宽

①中大路：大路，官道。

②川主：是流行于中国巴蜀地区以及其他巴蜀移民聚居地的重要民间信仰，起源于唐朝及之前四川地区对于秦蜀郡太守李冰及二郎神的信仰崇拜，是一种以巴蜀治水文化为核心内容的民间信仰，求川主以保佑巴蜀免于水旱灾害。

裕。不久又与当地的陶“观花婆”勾搭上了。

可惜好景不长，4 年后的一天上午，一个年约三旬上下不知姓名的远方来客，信步来庙里观光，看见进香的男女老幼，人来人往，川流不息，拉住一位老头问:“大爷！这是什么庙？如此灵验。”老头把来人上下打量了一阵，看他不是本地人，料想不知底细，这才一五一十地把碓窝如何是神，如何修庙的来龙去脉说了一遍。来客一听，哈哈大笑，连说假的，假的，碓窝神完全是假的！正好方道士打从身边经过，听到说碓窝神是假的，勃然大怒，停住脚步，皮笑肉不笑地说:“这是神仙道院，何方狂徒，胆敢在此胡言乱语，污秽神灵。皇天降罪，你担得还是我担得！”听说碓窝神是假的，庙里进香人群拥了过来，责问来人，要他讲清楚假在哪里。方道士见众人责问来客，更加趾高气扬，摇头晃脑阴阳怪气地说:“啧，年轻人，放明白点，不扯清楚是走不倒路的哟！”“喂！快点说清楚，不说清楚硬是走不倒路！”众人又在催。

来人不慌不忙，满面春风，先来个自我介绍:“各位父老兄妹！我叫冯泽君，巴县石龙场人，舅舅霍绍平，住在桂花湾……”

“呵！你原来是霍老爷的外甥，大家都不是外人啰！那你怎么说碓窝神是假的嘞?”不等冯泽君说下去，起先那个老头就开了腔。“大伯!”冯泽君接着说:“四年前的夏天，舅舅生病，我妈叫我专程来看他。适逢那天赶场，舅舅叫我上街去给他买口煮猪草的二炊锅，回来时路过沙土岗，碰上瓢浇的“偏东雨”，雨来得急，躲避不赢，看见路旁有一大石碓窝，我忙钻进去，把二炊锅撑在上面，等雨一停，我捞起锅儿就走，你们说，这碓窝是干的还是湿的？碓窝神是真的还是假的?”众人面面相觑。

突然，一声撕心惨叫，一个中年妇女跑过来指着方道士的脸，痛哭流涕地说:“方道士，你搞的什么鬼？去年我狗娃生病，来庙求神，你抓点香灰给我，叫我拿回去给狗娃吃，吃了就好。当时我把买‘空仓[①]’的两块钱都给了你，谁知狗娃吃了你的香灰，当晚就死了。第二天我来找你，你说不是神药无效，是狗娃阳寿已尽。当天下午，陶观花婆来我家‘观花’，与你说的一模一样，我还信以为真。原来是你背地作怪！嘿！图财又害命，你好狠的心啰！老娘今天跟你拼了！”说着说着就扑过去抓着方道士一阵好打。一时群情激愤，打的在打方道士，掀的在掀石碓窝，一刹时把“碓窝神庙”打得稀巴烂。方道士被打得鼻青脸肿，哎哟直叫，趁混乱之际，跑出庙门逃命去了。

第二天，方道士和陶观花婆不知去向，不知又到哪个地方害人去了。

从此“碓窝神庙”冷冷清清，无人上门。后来年久失修，碓窝也不知被谁抬去了。而今只剩下一片废墟。

搜集、整理：佚名。

①买空仓:〈方〉即放青苗、买青苗。旧时地主或商人在每年青黄不接时，利用农民生活上的困难，杀价预购农民地里的青苗，庄稼成熟后，归其所有，或以青苗作抵押品，放出高利贷，从中获取暴利。

鱼拦河上的爱情故事

一根扁担三尺三，挑起多少辛和酸。
翻过八十一道拐，踩过九十九个湾。
一条路上撒血泪，千里盐茶搁在肩。
挑的是盐茶文明，担的是家国河山。

一百多年前，一个夏天的傍晚，重庆府綦江县篆塘地界的鱼梁①，一群汗流浃背的脚夫，挑着沉重的盐担子，气喘吁吁来到鱼梁场上，在上场口的东升客栈落脚。

领头人高云天，35岁，高大粗豪，快人快语，能挑200多斤。他家住四川自贡，在这条道上做挑夫近20年。

鱼梁是早年的幺店子，后来官方设置为驿站。

据道光版《綦江县志》记载，蜀汉时期，关索、马超奉命南征，为部队南行开山修路，后来成了百姓、官府、军队来往于川黔之大通道，迄今为止近1800年了。

鱼梁驿站，随着云贵川贸易的发展，它和川黔古道的其他幺店子一样，逐渐兴旺发达起来，明清时期，因黔用川盐而达鼎盛。

“十里一铺，五里一墩；十里一停，五里一歇”，说的就是当时川黔茶马古道沿途的盛况。

鱼梁之名，因郭扶河流中游有一庞大石鱼，它横亘东西连接两岸，河流上边被它阻成深潭，潭水从石鱼梁背部流下，人们形象称为“鱼拦河”，简称鱼梁。

古代的幺店子②，为往来行人、贩夫走卒提供食宿需要。仅鱼梁就有大小客栈、酒家、茶馆、烟铺、杂货店十来家，有的还是全方位一条龙服务。

东升客栈老板娘陈芳云刚满30岁，轻盈俊俏，勤快能干，把店内外收拾得干干净净清清爽爽。她带着一双儿女，孝敬病弱的婆婆，一家人亲热和谐。

5年前，她丈夫任忠义，意外死于运盐途中。同行伙伴们把他葬在离鱼梁不远的马垭下边的小塆头。

高云天及同伴们，同情她上有婆母、下有儿女，大家凑钱给她盘下了这间不太景气的小客栈。

原客栈老板周运来因在三江赌场被人下套，输得一塌糊涂，又沉迷“福寿膏③”，被官府衙役和本保保长敲诈，被逼贱价卖掉客栈，还了赌债。

他一贫如洗，一身轻松，随高云天去了自贡，说是挖盐去了。

周运来常年不事体力劳动，肩挑背驮不得力，又不耐吃苦，没干多久，被盐井老板辞退，后来不知所踪。

---

①鱼梁：俗称“鱼拦河”，拦(lán)本地话读轻音。
②幺店子：驿站。
③福寿膏：旧称俗称鸦片，清朝期间民间叫大烟、烟土、鸦片烟、阿芙蓉、福寿膏。

陈芳云接下东升客栈，因经营有方，童叟无欺，口碑甚好，各路挑夫们也特别的照顾，生意渐渐好起来。陈芳云一家总算解决了温饱。

每次高云天他们都是结伴而行，一来人多相互照应，二来势众防备土匪抢劫。他们有的是肩挑，有的人背驮。

若遇土匪，肩挑者扯下扁担就是武器，背驮者手里的杵路棍就是极好的打狗棒。

这些粗豪汉子，都是身强力壮之人，翻山越岭如履平地，眼观四路耳闻八方，老弱病残者根本不能参加如此负重的长途跋涉。

高云天他们吃完老板娘准备的晚饭，天色尚早，他像往常一样，给陈芳云的一双儿女讲起路上的见闻来：自贡出发，沿途都是人，但见人背马驮，骡嘘马叫，车水马龙，络绎不绝。他们挑着盐担，经重庆储奇门歇脚、海棠溪验关、黄角垭打望、老厂遇土匪差点出事儿，然后爬三百梯，经鹿角、界石、安澜……一路走走停停，有惊无险，终于来到綦江，在新盛号房登记通关。然后在沱湾打个尖，上桥河，经古剑翻马垭，下到鱼拦河。

高云天口才并不算好，平凡的经历，讲起来似乎平淡无奇，却让陈芳云一家听得津津有味。他们一边听，一边自动脑补想象他们路途所有的经历和各种画面。

眼看天黑，走了一天的脚夫们酣然入睡。他们睡的是大通铺，稻草、席子、糠壳枕头、粗麻被子，每人睡距不过两尺来宽。

陈芳云加班给这些弟兄们烙饼、做腌菜，捆好新草鞋。她感激这帮兄弟的情意，尽可能照顾好他们。

特别是高云天，那深情火辣的眼神，看得她心里直打鼓。如果不为他做点什么，心里就如小鹿乱撞，怎么也静不下来。

次日清晨天不亮，高云天他们就得赶早上路。她的心，会跟着那抹高大健壮的身影，上柑子垭、过金土地、上分水岭、下幺塘而过东溪，再过赶水、安稳、松坎，就到贵州地界了。

一想到他的细心关照，她就忍不住脸红心热，如暖流涌遍全身。但她只能拼命干活儿掩饰，不让任何人发现自己的小秘密。

高云天他们这次是把盐巴送到桐梓官仓盐库。他们一路风尘仆仆，跋山涉水，沿途得接受各地各关验明，也要谨防土匪，中途不得有任何闪失。

高云天他们也承接运送蜀锦、棉布、小米等生活必需品去桐梓、绥阳、遵义、贵阳等地，返回时候担回茶叶、药材及其他山货，总之往返都不能空着担子。

他们最远的行程，是从自贡送去贵阳城。据说，来回近两千里，若天气不给力，往返可能需要一个月，草鞋都要穿烂好几双。

途中的酸甜苦辣，各种艰辛，陈芳云闭着眼睛都能想象得到。因为丈夫也是风里来雨里去做了十几年挑夫，所以，她理解他们，心疼他们。往返途中，她尽可能给这些汉子们细心准备吃食、住宿，尽可能送出一份真诚心意。她的贤惠，感动着挑夫们，也激励着她自己。

据说，高云天一生未娶。陈芳云也没改嫁。高云天长年累月不知疲倦来来往往，各种运送，只为多看她一回，再多看她一眼。

陈芳云守着她的客栈，白天生意兴隆，迎来送往。夜深人静时，给心里的他，打草鞋，默默思念……

岁月如梭，一转眼过了20年。这年冬天，天溜路滑，九盘子上冻了。同行的一个伙伴打滑摔倒，高云天急急逮住，谁知二人连人带货，一同失脚滚落山崖，魂断当场。同伴大痛！生得侠义，死得耿直！高云天，享年55岁。

同伴带回噩耗，连同高云天的三尺扁担。陈芳云脸颊贴在扁担上，痛哭失声。几天后，她的儿媳发现母亲端坐床边，怀抱扁担，面色平静，却早已没了呼吸。陈芳云，就这样静静离开了。50岁的人生，戛然而止。她的儿女把她葬在马垭口下父亲的坟墓旁。陪伴她的，还有那根满是血泪的三尺扁担。

后来，只听鱼拦河边，有人吼过悲凉的号子：

茶马古道不见马，
铃儿叮当响天涯。
一曲号子恨无话，
悠悠古道谁念他……

搜集整理：简贵莲，简氏剪纸传承人，郭扶镇人。

猴王抢亲[1]（苗族）

从前，在綦江鲤鱼河[2]岩上住着一个打山匠[3]。打山匠有两个女儿，大的叫阿彩，小的叫阿凤。打山匠在每年“踩山坪”的时候，都要带两个女儿去参加对歌、跳舞、吹芦笙。

这一年，两个女儿都长大了，打山匠就叫两个女儿自己去参加“踩山坪”会，并告诉她们:“完了就早点回来。”两姊妹记着阿爸的话就走了。

“踩山坪”一直热闹了三天，姊妹俩也高高兴兴地耍了三天。然后，就匆匆忙忙往回赶。走了一山又一山，过了一湾又一湾；太阳落山了，月儿上天了，姊妹俩还在山间小路上，不停脚地走。

走啊走的，不知不觉就到了猴子岩。岩上的猴子听到半夜有人走路，觉得奇怪！猴王就对他手下的猴子说:“你们去看看，是什么人半夜三更还在行走？把他们给我抓上山来。”于是，猴子们连跑带跳下到岩脚，一拥而上，就把姊妹俩拉拉扯扯推上山去了！

猴王一见是两个十五六岁的姑娘，想娶为夫人，就说:“我是猴山的大王，我要娶你两个作夫人，你们愿意吗？”阿凤首先说:“不愿意！”阿彩也说:“猴大王，人和猴子是不能通婚的。请你放我们走罢。”

①选自《中国民间故事集成重庆市南桐矿区卷》(重庆市南桐矿区民文学集成编委会,1987年)。该故事1986年7月31日采于青年镇更鼓村。

②鲤鱼河:南桐矿区与贵州桐梓县交界的山溪,两岸是高山。

③打山匠:猎人。

猴王见姐妹俩不同意，心头非常恼火。他想了想就对猴子们说："你们去把新房给我准备好，把红烛点亮；不管她们愿不愿意，今晚上都要成亲！"

阿彩见猴王要逼迫成亲，想逃也逃不脱，心里很着急！就用手拉了拉阿凤的衣裙，轻轻对妹妹说："你想个办法吧，今晚怎么办呵？"阿凤想了想对姐姐说："不怕，我有办法。"

阿凤面带笑容，走到猴王面前说："大王，我们愿意给你当夫人。不过，你得让我们姐妹俩准备一下，7天以后再成亲。如果今天晚上成亲，我们死都不得干的！"

猴王听了，觉得迟几天也行，就同意了。但是，他却派了几个猴子，轮流看守着姐妹俩。阿凤原想拖延时间，寻找机会逃跑。谁知被看守得这样紧，姊妹俩只有抱头痛哭。

这样一直到了第六天。

猴王见还有一天就可以成亲了，非常高兴。就叫手下的猴子们，到附近各山洞去请亲戚朋友来参加婚礼。到各处去采摘果品食物。只剩猴王一个留在洞里守住阿彩、阿凤。

自从阿彩、阿凤去参加"踩山坪"后，打山匠在家一直挂念着两个女儿！现在过了十几天了，还不见女儿回家，就决定去寻找他们。

打山匠走了一天，来到猴子岩，隐约听到猴子洞内有女人的哭声。就爬上岩洞里去看，正是他的两个女儿，猴王还在旁边守着哩。阿彩、阿凤见是自己的阿爸来了，激动得哭喊起来！

打山匠又喜又气，对猴王说："你快把我的女儿放回家；不然我就把你杀了！"说着就把腰刀抽了出来。

猴王很害怕，嘴里却狡辩说："是你的两个女儿同意明天和我成亲的，说话应该算数嘛！"

阿彩和阿凤同时说："不，是你逼着我们同意的！"正说话的时候，到四山采集果子的猴子们，已陆陆续续地回到洞里，打山匠见此情况，沉思了一会儿，就把腰刀插进鞘里。转身对猴王说："猴王，既然是我的女儿愿意同你成亲，那就让我问问她们。你先出洞去，让我们商量好了再告诉你。"猴王听了，觉得可以，便领着猴子们守在洞外。

阿彩和阿凤一看自己的阿爸这样办，都一齐说："阿爸，你为什么这样糊涂？难道你真要把我们嫁给猴子吗？"打山匠说："不，孩子！砍树要刨根，除害要除尽。杀死猴头容易，但是还有猴子、猴孙哩！只有把他们一网打尽，才能免除祸患。现在，你们两个就照我的办法办罢！"于是悄悄给阿彩、阿凤讲了一阵话……

打山匠把猴王叫进洞里说："我的女儿既然说过愿意嫁给你，那就不好反悔。不过有个条件：要把你的猴子们全部召集拢来，和我们比武；如果打赢了我们，才能成亲！"

猴王问："怎样比法呢？"

打山匠说："无论怎样比都可以，只要能把我们从岩顶上拉下来就算赢！"

阿彩、阿凤在一旁故意说："阿爸，不能让他们抓脚板心啊，那是我们的命根根啦！"

打山匠也故意说："孩子，既然是比武，抓哪里都行。我们自己多防着点就是了！"

猴王一听阿彩、阿凤说怕抓脚板心，就牢牢地记住了这一招。心想：我有这么多猴子，还怕抓不到你们的脚板心吗？就答应了比武。

第二天，打山匠和阿彩、阿凤，各自带了一把小尖咀锤，来到猴子岩顶，刚一坐好，猴王就指挥他的大大小小的猴子们，三个五个地涌上岩顶去，专抓父女三人的脚板心。当猴子们埋头抓脚板心时，打山匠和阿彩、阿凤，就用尖嘴锤敲猴子们的脑门心。一锤一个，前面的死了后面的又涌上来；不一会工夫，猴子们和猴王全被敲死了，只剩下一男一女和两个刚生下来不久的猴儿。

打山匠父女见这两个猴儿可怜，就把猴儿套回家去喂养起。猴儿慢慢长大了，阿彩、阿凤就拿烂斗笠、烂草帽给他们戴在头上，挂上牛、马、猪、羊等脸壳①，逗猴子取笑。后来猴儿再也不敢害人了，有些猴子还会演猴戏，在戏班子里当演员哩！

讲述：杨贵发，男，苗，64岁，文盲，农民。
搜集：肖光寅，男，汉，34岁，初中，文化站干部。

吃“随手”①

从前有一个土财主，家住川黔交界的綦江回龙寨。他虽然有钱，但从不肯轻易用钱，所以，除了回龙寨周围那些小场外，稍微大点的地方，他从来没有去过。

有一次，他儿子到青羊寺②赶场回来，财主问他：“听说青羊寺那个地方很热闹！有些啥子好吃的哟？”他儿说：“好吃的嘛……抄手就好吃！”财主听他儿子一夸奖，就打算到青羊寺去开开眼界。

这天，土财主揣了点钱，走到青羊寺街上，看见一家馆子生意兴隆！他忽然想起儿子说的啥子“手”好吃，一时又想不起名字了。管他的哟，进去坐倒再说。刚刚坐下，隔壁张桌子有人在喊：“幺师③，拿随手来。”土财主一听“哦”了一声心想：“对啦，对啦，是随手！”等那跑堂的幺师来问他上啥子？他就说：“给我来碗随手。”幺师默倒④是自己耳朵听错了，又重问他一回：“吃啥子呢？”土财主还是说：“煮碗随手来。”

幺师一想：“好嘛，既然你要吃随手，我就给你弄随手！”于是，就跟灶上的一商量：把抹桌布撕了一块，用刀切成丝丝，然后在油锅里一炸，再用鲜汤一烩；放上葱花佐料，做成一碗香喷喷的“随手”，给他端上桌来。

土财主赶快拿起筷子，细吮细嚼起来！那随手虽然是抹桌布，但经过油炸，还是勉强嚼得动。一会儿，他把一碗“随手”吃得干干净净。

---

①脸壳：即面具。
②选自《中国民间故事集成重庆市南桐矿区卷》(重庆市南桐矿区民文学集成编委会 1987.11)。随手：旧时饭馆里用的抹桌布。该故事 1985 年 11 月 30 日采录于南桐区青年镇。
③青羊寺：万盛经开区青年镇，明、清时为“青羊市(寺)”。
④幺师：旧时饭店、茶馆的堂倌。
⑤默倒：以为。

幺师走来，笑嘻嘻问他："大爷，随手的味道好吃不?"土老财一边付钱，一边打着饱嗝说："不错！不错！只是还差点火候，没有煮熟……"

讲述：杨大贵，男，汉，52岁，高中，农民。
搜集：肖光寅，男，汉，44岁，高中，文化站专干。

铁脚和尚

相传从前綦江古剑山上有一个自称铁脚、很会走路的和尚，并且认为自己道法很高，学问也很好，看不起其他和尚。

他听说成都昭觉寺有一个道行、学问都很高的和尚，名字叫丈雪，在成都、重庆两地都很有名气。他心里不服气，决定到成都昭觉寺与丈雪和尚比一比谁的学问高。铁脚和尚走了上千里路到了成都，找到了昭觉寺。当时丈雪和尚正在登台讲解佛经。铁脚和尚手拿用来坐的蒲团，一直走到丈雪和尚讲经的台子前，打断了丈雪的讲经，大声说："咱是古剑铁脚，特来访丈雪。"

丈雪和尚被人打断了讲经，并没有生气，微微笑了笑，回应说："你如愿学法，趁我炉子热。"意思是如果想学法，坐下好生听我讲经。铁脚和尚很不服气地说："铁有千斤重，炉须练不得。"丈雪和尚见铁脚十分傲慢，轻轻叹了口气说："将来铸成钟，从早打到黑。"铁脚和尚仍然不服气，说："钟打千年在，只愁丈雪灭。"丈雪和尚笑了笑，反驳说："丈雪灭时归正果，钟打千年还是铁。"铁脚和尚见自己说不过丈雪和尚，终于服了，拜丈雪和尚做了师父。

收集、整理：胡世博，男，78岁，区政协退休干部。

吃"龙滚沙"①

从前，在学堂读书的学生，每逢过年过节，都要请老师到自己家里去吃顿饭，表示尊敬。

有年中秋节，四个学生都请老师吃饭。第一个学生说："老师，今天到我家去耍，我爸爸说今天要杀狗来吃。"老师心想吃狗肉，便说，"可以。"

第二个学生说："老师，今天到我家去耍，爸爸说要杀只大鸡公来招待你。"老师心

---

①选自《中国民间故事集成重庆市南桐矿区卷》(重庆市南桐矿区民文学集成编委会,1987年)。该故事1986年12月26日采于南桐区金桥乡。

想：吃鸡比吃狗肉好！又说“可以”。

第三个学生说：“老师，今天到我家去耍，我妈昨日就把糯米打好了，要吃糍粑。她还说要送两升糯米给你哩！”老师心想，吃糍粑、又得糯米，当然比吃点鸡肉好，于是又答应了。

第四个学生对老师说：“老师，我爸爸说一定请你今天去耍，我家今天吃龙滚沙。”老师一听吃“龙滚沙”，这名字又新鲜，又动听，一定是点好东西！自己还没有吃过哩，不如去见识见识。于是，就对前面那三个学生说：“我不到你们家去了，我要去吃龙滚沙。”

到了第四个学生家里，家长非常客气地接待老师。一会儿就上桌吃饭，老师兴致勃勃地等着，准备狠狠的吃一顿新鲜东西！谁知“龙滚沙”一上桌，原来是两大碗煮好的四季豆，用黄豆面滚起吃！

当时老师就感到扫兴，连饭都没有吃饱，就打个招呼走了。第二天，他对那 3 个学生说：“早晓得四季豆拌黄豆面是龙滚沙，还不如到你们家去吃狗、鸡、糍粑哩！”

讲述：向武华，男，汉，26 岁，高中，农民。
搜集：向伍明，男，汉，22 岁，高中，农民。

娄木匠做事——心细

綦江新盛乡有个娄二木匠，手艺精，为人心细，堪称名师。

有一次，有人请娄二木匠建造一幢新房。因为房子比较大，用的材料多，收的树木也多。这时，有一个不怀好意的人，把娄二木匠准备上梁做大梁用的木材偷偷锯短了一截。这事儿被娄二木匠发现了，但他没有声张，只是悄悄地换了一根备用。

上梁当天，不怀好意的人心中暗喜，等待着看娄二木匠的笑话。只见娄二木匠胸有成竹地叫来众徒弟，高声呼喊：“众班师傅听号令，众位徒儿要齐心。”徒弟们齐声附和：“天眼照宅地，阳光撑栋梁。”只见众徒弟抬着大梁的两端用力一拉，梁木恰好不长不短横放在了房脊上。

随后，娄二木匠轻轻松松将梁木逗进了梁柱上的槽榫。

上梁事成，主人高兴。不怀好意的人心中百思不得其解，就问娄二木匠，是不是梁木长点短点都可以用？

娄二木匠指着地上那根被偷偷锯短了一截的梁木，严肃地当着众徒弟徒孙们说：“大徒弟、二徒弟，只要事事做事心细，梁木被锯短了一截也没有关系。”

搜集整理：新盛街道文化服务中心。

背死人[①]

綦江在到贵州的一条山路上，有个叫幺店子的地方，原来是两夫妇，后来男人死了，只有个女老板。后来女老板和坡对门王二哥勾上了，两个伙起干坏事。

有天，来了3个背包老伞的商人。女老板看他们还有点油水，就和王二哥约起要害这3个人。晚上吃饭时她把毒药放在饮食里头，把3个人毒死了，得了一些钱财。

第二天擦黑时来了一个背毛铁的下力汉。女老板给他讲生意，“把死人背去甩在岩下，我拿三升米。”女老板说：“你甩下岩就转来，不要转身去看。”下力汉答应了。下力汉背一个死人到岩边，丢下岩，也没有看，就回来要米。女老板说：“喊你不看，你偏要看，你看他走转来啦！”下力汉说：“我没有看。”女老板从门背后又拖出一个死人，说：“你看，这不是？这次背去甩了不要看哟！”下力汉只好又背。这回丢下岩后下力汉心想：明明甩下去的，啷个又回去了？我要看他落到底底。等死人落到山底，他才转回去。

走拢屋，女老板假装冒火：“你这个人，喊你不看，不看，你偏又看了！”她又从门背后拖出第3个死人。下力汉感到怪得很，但他没办法，又背到岩边去。这回他要看清楚点。谁知把死人甩下去时，岩下有个找柴的，见上面滚个死人下来，吓得赶忙跑了。下力汉一看。以为死人又跑回去了，他说：“这样看来，背不完的个，老子舍得三升米不要算了！”就跑下山去了。

讲述：李德云，男，64岁，羊叉乡农民。

搜集：吴天其，男，26岁，羊叉乡文化站专干。

总是吃亏[②]

传说从前綦江有个人眼力不好，记性也不好。一天他上街打油，半路上看见地下有个“烟锅巴[③]”，捡来旯[④]在耳朵上，一会儿耳朵痛起了。他自言自语地说：“这烟锅巴还没有熄。”又放在另外只耳朵上，又痛起来，拿下来一看，是只牛角蜂。

他买油回家，见壁上有颗钉，把油瓶子往上一挂，油瓶掉在地上打得稀巴烂。原

①选自《中国民间故事集成·重庆市綦江县卷》(綦江县民间文学三套集成编辑委员会编，1991年)。

②选自《中国民间故事集成·重庆市綦江县卷》(綦江县民间文学三套集成编辑委员会编，1991年)。故事流传地区：新民乡、永久乡等。

③烟锅巴：烟头。

④旯(la)：夹。

来不是钉子，是一只丁丁猫[1]。他去找颗钉子来钉在壁上。抹桌子的时候，看见桌上有沱东西，以为是糖，放在嘴头一嚼：原来是沱鸡屎！

第二天，他煨了一罐肉，又上街去打油，回来见墙上有颗钉子，又想起昨天的丁丁猫，说："昨天才上你的当，今天又来了！"一巴掌打去，手被整了一条口。走到灶门前一看，地上有沱黑的东西，他以为是鸡，说："昨天你屙些屎在桌子上，今天又来了！"一脚踢去，把煨的肉罐罐打烂了，满地都是肉。

讲述、搜集：罗祥成，男，汉族，31 岁，新民乡朝阳村五组人。

耙耳朵[2]

从前綦江有个耙耳朵，这个人不承认自己是耙耳朵。一天，耙耳朵对朋友说："我不是耙耳朵，不信你到我屋头去看。"耙耳朵赶忙回家跟堂客说："今天有个朋友要来，你千万让倒我这一回，二天随便啷个都可以。"

下午，朋友真的来了。耙耳朵喊倒茶，他堂客[3]就倒茶。耙耳朵喊装烟，他堂客就装烟，喊摆饭就摆饭，喊斟酒就斟酒。这个朋友看了这些，真的以为他不是耙耳朵。

等朋友刚跨出门，那堂客就吼起了："今天你跟老子硬是安逸[4]，把老娘累得幺不倒台[5]！快点打水来跟老娘洗脚！"耙耳朵赶忙去打水跟堂客洗脚。耙耳朵正默倒去倒洗脚水，他堂客说："你把洗脚水吃了！"耙耳朵说："这个啷个吞得下去哟？"堂客说："啷个吞不下去？吞不下去也要估倒吞！"他堂客看他不吃，才说："这样，你去称二两糖来兑在里面就好吞了。"男人只好去称糖。

走到卖糖处已经关门了。耙耳朵敲了一阵门，出来一个男人开门，问他啷个夜半三更来称糖？耙耳朵就把吃洗脚水的事谈了。卖糖的男人听了冒火得很："嘿，你啷个恁耙哟？要是我呀……"他活还没说完，他的女人从里面出来，眼睛恨倒他："要是你，你要做啷个？"这卖糖的男人马上蔫了："我说要是我的话，我就不兑糖，就像这样喝了。"

讲述：张正华，男，46 岁，永久乡人。

技集：董金元，男，35 岁，永久乡文化站专干。

---

①丁丁猫：即蜻蜓。

②选自《中国民间故事集成·重庆市綦江县卷》（綦江县民间文学三套集成编辑委员会编，1991 年）。耙耳朵：俗称怕老婆的人。

③堂客：〈方〉老婆。

④安逸：舒服。

⑤幺不倒台：不得了、了不起的意思。

比吹牛[1]

传说綦江从前有 3 个人都喜欢吹牛，他们说："我们一个吹一个牛，哪个不信，我们就走他家去吃饭。"大家都说："要得。"

第一个说："我看见一个人，高得很。太阳当顶的时候，他坐在床上，脑壳都要抻[2]旁倒[3]太阳。"那两个说："我信。"

第二个说："我逮到一个蚊子，把脑壳拿来称，有三百斤。"那两个也说："我信。"

第三个说："那天我看见一个烧火佬放了一个屁，一个打山匠跟倒屁追，追了三天三夜才追倒了，煎来得了一土钵。"第一个说："屁又抓不倒，我不信。"二三个说："讲好的，不信就走你家去吃饭。"

他们一路到第一个家里，他跟妻子说了。妻子说，"好说好说，你两个等一下，我去扯个萝卜来煮肉。"她一去就不回来。天黑了才回来了。这两个说："啷个萝卜要恁一阵？"妻子说："哎，说不得，萝卜倒扯起来了，我跌到凼凼[4]头去了，硬是爬不起来！"这两个说："哪有恁大个萝卜凼凼哟？"妻子说："你们不信就只有到你们屋头去吃饭了。"那两个没得法，只好饿起肚皮走了。

讲述、搜集：罗祥成，男，汉族，31 岁，新民乡朝阳村五组人。

学礼节[5]

从前，綦江有个私馆[6]先生在学堂跟学生讲："你们要学点礼节。称呼别个要加'贵'字，比如问别个的姓氏就说贵姓，说别个的家要说贵府；说别个的地方要说贵地，等等。如果说自己就要谦恭一些，要加个'舍'字。比如说自己要说舍下；说自己的弟弟要说舍弟；谈自己的侄儿要说舍侄，等等。"

有个学生死死地记住了先生教的这些礼节，并且经常用它。有一天，这个学生去赶场，被一个人提的瓦油壶碰到了脑壳。他拉住那个人说："贵老板，你的贵油壶把我

---

①选自《中国民间故事集成·重庆市綦江县卷》(綦江县民间文学三套集成编辑委员会编，1991 年)。
②抻(chēn)：拉长，延伸。
③旁倒：挨到、碰到。
④凼凼：大坑。
⑤选自《中国民间故事集成·重庆市綦江县卷》(綦江县民间文学三套集成编辑委员会编，1991 年)。
⑥私馆：私塾，民间个人举办的学堂。

的舍脑壳碰得精痛[①]！”

讲述：高平昭，男，85岁，新场乡农民。
搜集：王官品，男，60岁，莲石乡文化站专干。

写家信[②]

从前綦江有一个丈夫出门当伙房[③]，半年多了，他就给妻子写了一封信。这个人平常爱说个四言八句，写信也是这样。他是这样写的："夫在外去当伙房。""当伙房"3个字写不起，只好画3个圆圈占位置。下面一句："妻在家中守空房。""空房"两个字写不起，又画两个圆圈。最后两句是："再等三月回家转，红罗帐内戏鸳鸯。""戏鸳鸯"三个字写不起，也画3个圈。

信送到妻子手中，她认不得字，只得请一位管账先生念："夫在外面零零零，妻在家中守零零，再等三月回家转，红罗帐内零零零。"妻子不明白意思，又请一个教书先生读，先生是号惯了圈的，他念："夫在外面圈圈圈，妻在家中守圈圈。再等三月回家转，红罗帐内圈圈圈。"妻子还是不晓得，又去找一个锣鼓匠念。锣鼓匠正儿八经地念道："夫在外面状状状，妻在家中守状状，再等三月回家转，红罗帐内状状状！"妻子一听，哭笑不得。

讲述：王先民，男，汉族，51岁，隆盛乡人。
搜集：王孝顶，男，26岁，隆盛乡文化站专干。

死得冤枉[④]

传说在修洛阳桥的时候，全部材料都备齐了，只等打桥基石。天气冷，哪个都不想下水去。有个民工出了个主意，他对当官的说："这下去打基，一般人是不行的。"官说："要哪起人才能下去？"民工说："要下得河的。"这官立刻去给皇上讲："非要找下得河的下水打基，不然洛阳桥修不成。"皇上一听立刻下令：在全国内找下得河的。这口谕传到下面传讹了，把下得河说成了"夏德和"。

---

①精痛：非常痛。
②选自《中国民间故事集成·重庆市綦江县卷》（綦江县民间文学三套集成编辑委员会编，1991年）。
③伙房：炊事员。
④选自《中国民间故事集成·重庆市綦江县卷》（綦江县民间文学三套集成编辑委员会编，1991年）。

几天之后，全国没有找到夏德和，只找到一个叫夏德海的。皇上一听，心想海都下得当然下河不成问题哟，把夏德海带到修桥的地方，说："你下去打基！"夏德海说："水恁深，河恁宽，我下去要被淹死。"那些兵说："你是不是下得海？""我是。""好道，海都下得未必河还下不得？"夏德海一听，才晓得遭了！他抱头大哭，埋怨爹妈不该取这个倒霉的名字，哪怕就取猪儿、狗儿都要好些。最后没得法，只有跳下河去淹死了。

讲述：刘义生，男，汉族，74岁，中丰乡人。
搜集：刘国平，中丰乡文化站。

书生吟诗①

綦江过去有两个书生，考了几次功名都不中，这年又去考，也没有考得起。在回家的路上，一个提议以前面的石山为题吟诗，另一个也赞成。一书生说："远看大石山，近看石山大。"另一个书生说："果然石山大，硬是大石山。"他两个对吟的诗都很满意，说："我们这么好的文才，考官不录，今后活在世上已无颜见人了，不如死了算了。"

走了一会，前面有座庙，庙里的和尚平时对无钱买棺材的人都给以施舍。他们便对和尚说想要两副棺材。和尚问他们拿棺材干啥？他二人说想自杀。和尚很奇怪，问他们为啥想死？他二人说出理由。和尚听了说："我只有两副棺材，现在只施一副。"二人问为啥？和尚说："我听了你们吟的诗，我也要羞死了，所以我要留一副。"

讲述：张正华，男，46岁，永久乡人。
搜集：董金元，男，35岁，永久乡文化站专干。

三弟兄学手艺②

传说綦江过去有个财主，他有3个儿子，有一天他对3个娃儿说："我拿点银子给你们，你们都出门去学手艺，要学有用的。"三个儿子拿了银子就出门去了。

大儿子走到半路，看见许多人围成一堆，他走过去一看：是在杀猪。他觉得还好耍，就把银子拿给杀猪匠，请他教手艺。

二儿子走到街上，看见一个补鞋匠，觉得这个活儿也很轻松，就把银子拿给鞋匠，

①选自《中国民间故事集成·重庆市綦江县卷》(綦江县民间文学三套集成编辑委员会编，1991年)。
②选自《中国民间故事集成·重庆市綦江县卷》(綦江县民间文学三套集成编辑委员会编，1991年)。流传地区：扶欢、兴隆一带。

请他教手艺。

三儿子走了几天也没看见啥子好的手艺。这天下乡，多远就听到吹唢呐、打锣鼓，热闹得很！他想，学这个手艺安逸。就把银子拿给唢呐匠，学他的手艺。

隔了一年，三个儿子都学好了手艺转来了。财主说："你几个学了些啥子手艺？今天做跟老子看看……"大儿抽出杀猪刀刀，朝他老汉肚皮上一刀："我就学的这个！"老汉痛得遭不住，血跟倒脚杆流。二儿赶忙剪下一块牛皮，又拿针来穿好线，跟他老汉把肚皮补起，他说："我学的这个！"不一阵财主就死了。三儿子把唢呐摸出来"嘀嗒……"吹起来。三弟兄都说学的手艺用上了。

讲述：杜正平，男，70岁，扶欢乡东升村四队人。
搜集：秦放，23岁，扶欢乡文化站。

字不离体[①]

从前綦江有一位私学先生，他学问不高，由于他哥哥教过《人之初》一书，他偷师学艺，在其中学了一些。所以自高自大的，以为教书并不难。后来他也就设了一私学教《人之初》，教到人之初书中的"一而十，十而百，百而千，千而万"一课时，其中的"而"字认不识，他想了想，字不离体，此"而"字就像我小时候捞牛屎草草用的烂耙梳，可能认耙，他在教学生时就将而字教读成耙字"一耙十、十耙百、百耙千、千耙万"的就这样耙过去了。

讲述、搜集：尚文华，男，30岁，丁山乡文化站文化专干。

送　礼[②]

传说从前綦江有甲乙两个人是好朋友，但都很夹[③]。

有一天是甲的生辰，乙去吃生期酒，当然要送礼。他只送5元钱，而在礼单上写着："送礼10元，现交5元，下欠5元。"过后，甲当然不好去收这欠下的钱。

过了些时候，是乙的生辰了，甲也要去送礼，吃生期酒。他在礼单上写着："送礼

①选自《中国民间故事集成·重庆市綦江县卷》(綦江县民间文学三套集成编辑委员会编，1991年)。
②选自《中国民间故事集成重庆市卷》(科学技术出版社文献重庆分社，1990年)。1985年采录于綦江县正白乡。
③很夹：吝啬。

10 元，赊账 5 元，下欠 5 元。”结果一元也没送。乙拿到礼单说：“他是要比我厉害！”

讲述、采录：王言如，男，64 岁，汉族，农民。

猜身世①

传说綦江从前有个七八十岁的老人，常常在人前人后唉声叹气。一天，有个远地不相识的人碰见了这老者，见他愁眉苦脸，很不愉快，就问道：“你老人家有啥心事啊？”老人答道：“我呀，家有万金受贫，膝下五子受孤啊！”那人听了莫名其妙。你们猜得到这是怎么样的老人吗？

谜底：无人赡养。万金指 10 个女儿，五子指 5 个女婿。女儿出嫁，女婿不孝，都不赡养老人，孤苦伶仃。

猜　字②

綦江莲花乡从前有个富翁，膝下有 3 个儿子，富翁知道自己老了，不久就将永辞人世了，想留个纪念品给后代。他想了想，就买了块一寸长的玉石，花很多钱请一位工匠在玉石的一面刻了“嫦娥奔月”图，另一面刻上“一寸佳人”4 个字。这真是一件非常珍贵的艺术品。3 个儿子都想父亲留给自己，但父亲却对他们说：“这个宝贝啦，是一个谜语，它打一字破，从现在起，你们谁先猜中了，我就传给谁。”

于是，三弟兄就翻肠倒肚地猜起来，一天一天，一月一月，一年一年过去了，他们各自到处寻师访友，仍没猜中是个什么字。直到富翁病危，快咽气了，还猜不出来。

富翁被抬到正厅，左右扶住坐在大圈椅上，那截玉雕就放在他前面桌案上，他把三个儿子叫到身边，断断续续低声说道：“你、你们——猜着——了——吗？真猜——不着——，那——那宝——贝就随——我埋——到棺——材去！”三个儿子听了，心急火燎，抓耳搔腮，满厅乱窜，口中不住“一寸佳人……一寸佳人”地叨念。忽然，大门外闯进一个小叫花儿，从桌上抓起那截玉雕，飞快跑出去了。三弟兄一见大惊，忙去追赶，富翁陡然撑起身来，竭力吼道：“不一要——追——他！”三弟兄只得回来问道：“爹，你怎么啦？”富翁摇摇头说，“他猜——中——啦。”说完，仰面倒下，咽下了

①选自《中国民间故事集成·重庆市綦江县卷》（綦江县民间文学三套集成编辑委员会编，1991 年）。
②选自《中国民间故事集成·重庆市綦江县卷》（綦江县民间文学三套集成编辑委员会编，1991 年）。

最后一口气，你们能猜出是个什么字吗？

谜底：夺，繁体字“奪”的组合。
讲述、搜集：王官品，男，60岁，莲石乡文化站专干。

尼姑救人①

从前綦江有一个尼姑回寺庙，路上看见一个人醉倒在路边。尼姑走近一看，赶忙把那个人背回庙里。众僧看见，认为尼姑背一个男人不成体统，问他背的什么人？尼姑说：“醉汉妻弟尼姑舅，尼姑舅姐醉汉妻。”大家就没有活说了。

尼姑和醉汉是什么关系？

谜底：父女。
讲述：张付红，汉族，19岁，丁山乡保元村农民。
搜集：尚文华，男，汉族，25岁，丁山乡文化站专干。

①选自《中国民间故事集成·重庆市綦江县卷》（綦江县民间文学三套集成编辑委员会编，1991年）。